HEYNE BÜCHER

Von John le Carré sind
als Heyne-Taschenbücher erschienen:

Eine Art Held · Band 01/6565
Der wachsame Träumer · Band 01/6679
Dame, König, As, Spion · Band 01/6785
Ein blendender Spion · Band 01/7762
Krieg im Spiegel · Band 01/7836
Schatten von gestern · Band 01/7921
Ein Mord erster Klasse · Band 01/8052
Der Spion, der aus der Kälte kam · Band 01/8121
Eine kleine Stadt in Deutschland · Band 01/8155
Das Rußland-Haus · Band 01/8240
Die Libelle · Band 01/8351
Endstation · Band 01/8416
Der Heimliche Gefährte · Band 01/8614

JOHN LE CARRÉ

Smiley

Dame, König, As, Spion
Agent in eigener Sache

Zwei George-Smiley-Romane in einem Band

WILHELM HEYNE VERLAG
MÜNCHEN

HEYNE ALLGEMEINE REIHE
Nr. 01/8870

QUELLENVERZEICHNIS

John le Carré
DAME, KÖNIG, AS, SPION / Tinker, Tailor, Soldier, Spy

Aus dem Englischen von Rolf und Hedda Soellner
(Der Titel erschien bereits in der Allgemeinen Reihe
mit der Band-Nr. 01/6785 in der 8. Auflage.)

John le Carré
AGENT IN EIGENER SACHE / Smiley's People

Aus dem Englischen von Rolf und Hedda Soellner
(Der Titel erschien bereits in der Allgemeinen Reihe
mit der Band-Nr. 01/7720 in der 5. Auflage.)

Printed in Germany 1994
Umschlagillustration: Archiv Dr. Karkosch, Gilching
Umschlaggestaltung: Atelier Ingrid Schütz, München
Druck und Bindung: Ebner Ulm

ISBN 3-453-07171-9

INHALT

Dame, König, As, Spion

Für James Bennett
und Dusty Rhodes

Die Personen des Romans

In den Hauptrollen

Control	ehemals Chef des Circus, des Britischen Geheimdiensts
Percy Alleline	neuer Chef des Circus
George Smiley	ehemals Controls rechte Hand
Peter Guillam	zur Zeit Chef der Skalpjäger in Brixton
Bill Haydon	Einsatzleiter des Teams unter Percy Alleline
Roy Bland Toby Esterhase	Mitarbeiter von Bill Haydon
Lauder Strickland	Leiter der Bankabteilung des Circus
Diana Dolphin	die Gestrenge der Personalabteilung des Circus
Ricki Tarr	Außenagent im Fernen Osten, zu Guillams Section in Brixton gehörig
Steve Mackelvore	Außenagent in Paris
Lord Miles Sercombe	Staatssekretär in Whitehall
Oliver Lacon	der Mann des Ministers
Inspektor Mendel	George Smileys Freund und Helfer
Sam Collins	Manager eines Spielclubs
Jerry Westerby	Sportjournalist
Roddy Martindale	ein gefürchteter Schwätzer

Karla, alias Gerstmann	der Große Geheimnisvolle auf der Gegenseite
Gerald, der »Maulwurf«	sowjetrussischer Agent innerhalb des Circus
Oberst Viktorow, alias Alexei Poljakow	Kulturattaché der sowjetischen Botschaft in London
Boris	Mitglied einer russischen Handelsdelegation in Hongkong
Irina	Boris' Frau
Mr. Thursgood	Direktor des Thursgoodschen Internats
Jim Prideaux	Aushilfslehrer bei Mr. Thursgood
Max	ein tschechischer Babysitter a. D.
Bill Roach	ein schwieriger Zögling
Ann	George Smileys schöne Frau
Camilla	Peter Guillams schöne Freundin
Ian	Bill Haydons Freundin
Connie Sachs	eine Dame mit phänomenalem Gedächtnis
Mrs. Graham Pope	Inhaberin des Hotels »Islay«

Ferner wirken mit

Angehörige beider Geheimdienste, Lehrerinnen, Lehrer und Schüler des Thursgoodschen Internats, einige Oxford-Professoren, Babysitter, Inquisitoren, Hausdamen, ein tschechischer General, eine tote Eule u. a. m.

Erster Teil

1 *Jim Prideaux trifft im Thursgoodschen Internat ein und wird von einem Schüler adoptiert*

Jim wäre nie zu Thursgood gekommen, wenn den alten Major Dover beim Taunton-Rennen nicht der Schlag getroffen hätte. Er fing dort ohne Einstellungsgespräch mitten im Quartal an – es war Ende Mai, obwohl man es dem Wetter nicht anmerkte. Vermittelt hatte ihn eine fragwürdige Agentur, die sich auf Aushilfslehrkräfte für Heimschulen spezialisierte, und er sollte die Fächer des alten Dover übernehmen, bis passender Ersatz gefunden wäre. »Er ist Linguist«, erklärte Thursgood im Lehrerzimmer, »ein Notbehelf«, und fegte kämpferisch die Haarlocke aus der Stirn. »Priddo.« Er buchstabierte den Namen »P-R-I-D-...« Französisch war nicht sein Fach, er konsultierte einen Zettel –»E-A-U-X, Vorname James. Ich glaube, bis Juli können wir uns mit ihm behelfen.« Der Lehrkörper konnte mühelos die Zeichen lesen. Jim Prideaux war ein armer Weißer aus dem Schulmeisterstand. Er gehörte der gleichen traurigen Gilde an wie die selige Mrs. Loveday, die einen Persischlamm-Mantel getragen und den Religionsunterricht in der Unterstufe erteilt hatte, bis ihre Schecks platzten; oder wie der selige Mr. Maltby, der Klavierlehrer, der mitten aus einer Chorübung abberufen worden war, um der Polizei bei ihren Nachforschungen behilflich zu sein, und ihr, nach allem was man wußte, noch heute behilflich war, denn Maltbys Reisekoffer lag noch immer im Keller und wartete auf seine Weisung. Einige Lehrer, vor allem Marjoribanks, waren dafür, daß man den Koffer öffnete. Er enthalte, sagten sie, verschwundene bekannte Kostbarkeiten: Aprahamians silbergerahmtes Bild seiner libanesischen Mutter zum Beispiel, Best-Ingrams Schweizer Armeemesser und Matrons Uhr. Aber Thursgood wehrte sich entschieden gegen ihr Drängen. Seit er die Schule von seinem Vater geerbt hatte, waren erst fünf Jahre vergangen, aber sie hatten ihn bereits gelehrt, daß manche Dinge am besten unter Verschluß bleiben.

Jim Prideaux kam an einem Freitag unter Regengüssen an. Die

Schauer rollten wie Geschützrauch über die braunen Hänge der Quantocks herab und preschten dann über die leeren Kricketplätze gegen den Sandstein der alten Fassaden. Er kam kurz nach dem Lunch, in einem alten roten Alvis mit schrottreifem Wohnanhänger, der früher einmal blau gewesen war. Der frühe Nachmittag ist bei Thursgood eine friedliche Zeit, eine kurze Kampfpause im Rückzugsgefecht eines jeden Schultags. Die Jungens werden zur Mittagsruhe in ihre Schlafsäle geschickt, die Lehrer sitzen beim Kaffee im Lehrerzimmer und lesen Zeitung oder korrigieren Hefte. Thursgood liest seiner Mutter einen Roman vor. So kam es, daß Bill Roach als einziger von der ganzen Schule Jim ankommen sah, sah, wie der Dampf aus dem Kühler des Alvis brodelte, wie der Wagen den bröckeligen Fahrweg entlangkeuchte, die Scheibenwischer auf Hochtouren liefen und der Wohnanhänger durch die Pfützen hinterherrumpelte.
Roach war neu an der Schule und als lernschwach eingestuft, wenn nicht gar als geistesschwach. Thursgood war seine zweite Privatschule in zwei Halbjahren. Er war ein fettes kurzbeiniges Kind mit Asthma und einem romantischen Herzen, und er verbrachte stets einen großen Teil der Ruhezeit damit, keuchend am Fußende seines Bettes zu knien und durchs Fenster zu schauen. Seine Mutter lebte in Bath auf großem Fuß, sein Vater galt allgemein für vermögender als die übrigen Väter, eine Auszeichnung, die den Sohn teuer zu stehen kam. Als Kind einer gescheiterten Ehe war Roach von Natur aus ein guter Beobachter. Wie Roach beobachtete, hielt Jim nicht vor den Schulgebäuden an, sondern nahm die Kehre zum Wirtschaftshof. Er kannte also die Anlage. Roach kam später zu dem Schluß, daß Jim sich eingehend erkundigt oder Pläne studiert haben mußte. Auch im Hof machte er noch nicht halt, sondern fuhr weiter ins nasse Gras, schnell genug, um nicht steckenzubleiben. Dann über die Koppel in die Senke, Kopf voran und weg war er. Roach erwartete fast, daß der Wohnanhänger am Grabenrand abknicken werde, so schnell riß Jim ihn hinter sich her, aber er lüpfte nur das Hinterteil und verschwand wie ein riesiges Karnickel in seinem Loch.
Die Senke gehört zur Folklore des Thursgoodschen Internats. Sie liegt in einem Stück Ödland zwischen dem Obstgarten, dem

Vorratshaus und den Stallungen. Der Betrachter sieht weiter nichts als eine grasbewachsene Bodenmulde mit Erdhügeln an der Nordseite, etwa von Bubenhöhe und mit Gestrüpp überwuchert, das im Sommer morastig wird. Diese Erdhocken verliehen der Senke ihre besondere Eignung als Spielplatz, und ihre Legende, die je nach der Phantasie jeder neuen Jungengeneration wechselt. Sie sind die Reste einer aufgelassenen Silbermine, sagt der eine Jahrgang und buddelt begeistert nach Reichtümern. Sie waren eine römisch-britannische Befestigung, sagt ein anderer und inszeniert Schlachten mit Stöcken und Lehmgeschossen. Für wieder andere ist die Senke ein Bombenkrater aus dem Krieg, und die Erdhocken sind sitzende Menschen, die durch die Explosion ums Leben kamen. Die Wahrheit ist viel prosaischer. Vor sechs Jahren, kurz ehe er mit der Empfangsdame des Schloßhotels durchbrannte, hatte Thursgoods Vater den Bau eines Schwimmbeckens angeregt und die Jungens dazu gebracht, daß sie eine große Grube aushoben, mit einem tiefen und einem flachen Ende. Aber die eingehenden Gelder reichten nie ganz aus, um das ehrgeizige Vorhaben zu finanzieren, und so wurden sie an andere Pläne verzettelt, zum Beispiel einen neuen Projektionsapparat für den Kunstunterricht und die Vorarbeiten zur Einrichtung einer Champignonzucht in den Schulkellern. Und sogar, sagten die Zyniker, als Nestpolster für ein gewisses, sündiges Liebespaar, das inzwischen nach Deutschland, die Heimat der Dame, entfleucht war. Jim ahnte nichts von diesen Zusammenhängen. Aus schierem Glück hatte er die einzige Stelle des Thursgood-Anwesens gewählt, die, jedenfalls für Roach, mit übernatürlichen Eigenschaften ausgestattet war.

Roach blieb am Fenster, sah aber nichts mehr. Der Alvis samt Anhänger waren im toten Winkel verschwunden, und wären nicht die nassen roten Fahrspuren auf dem Gras gewesen, so hätte er sich fragen können, ob er das Ganze nicht bloß geträumt habe. Aber die Spuren waren da, und als die Glocke das Ende der Mittagsruhe anzeigte, zog er seine Gummistiefel an und stapfte durch den Regen zum Rand der Senke. Als er hinunterlinste, sah er Jim, der einen Militär-Regenmantel trug und einen höchst absonderlichen Hut, breitrandig, wie ein Safarihut, aber aus Haarfilz und an einer Seite mit verwegenem Piratenschwung hochgeschlagen, und das Wasser rann herab wie aus einer Regenrinne.

Der Alvis stand im Wirtschaftshof. Roach erfuhr nie, wie Jim ihn aus der Senke herausgezaubert hatte, aber der Anhänger war noch drunten, er stand am tieferen Ende auf verwitterten Ziegelsteinen aufgebockt und Jim saß auf der Treppe, trank aus einem grünen Plastikbecher und rieb sich die rechte Schulter, als hätte er sie an etwas gestoßen, und der Regen troff aus seinem Hut. Dann hob sich der Hut, und Roach starrte plötzlich in ein äußerst grimmiges rotes Gesicht, das im Schatten der Hutkrempe und durch einen braunen, vom Regen zu zwei Fangzähnen verklebten Schnurrbart noch grimmiger wirkte. Das übrige Gesicht war kreuz und quer von zackigen Furchen durchzogen, so tief und verwinkelt, daß Roach in einem seiner Phantasieblitze zu dem Schluß kam, Jim müsse einmal irgendwo in den Tropen sehr ausgehungert gewesen sein und inzwischen wieder zugenommen haben. Der linke Arm lag noch immer über der Brust, die linke Schulter war noch immer zum Hals hochgezogen. Aber die ganze verdrehte Gestalt verhielt sich regungslos, sah aus wie ein festgefrorenes Tier: ein Edelhirsch, lautete Roachs optimistische Interpretation, etwas Besonderes.

»Wer zum Teufel bist denn du?« fragte eine sehr militärische Stimme.

»Sir, Roach, Sir. Ich bin ein Neuer.«

Das ziegelrote Gesicht musterte Roach aus dem Hutschatten hervor noch eine Weile. Dann entspannten sich seine Züge zur großen Erleichterung des Jungen zu einem wölfischen Grinsen, die linke Hand, die über der rechten Schulter gelegen hatte, nahm ihr langsames Massieren wieder auf, und gleichzeitig hob die Rechte den Plastikbecher für einen Schluck.

»Ein Neuer, so?« wiederholte Jim, noch immer grinsend, in den Plastikbecher. »Na, das trifft sich ja großartig.«

Dann stand Jim auf, wandte Roach den verkrümmten Rücken zu und machte sich, wie es schien, an eine gründliche Untersuchung der vier Beine des Anhängers, eine sehr kritische Untersuchung, einschließlich mehrmaligen Testens der Aufhängung, mehrmaligen Neigens des seltsam bedeckten Kopfs und Unterschiebens von Ziegelsteinen in verschiedenen Lagen und an allen möglichen Stellen. Inzwischen trommelte der Frühlingsregen auf alles herab: auf Jims Mantel, seinen Hut und das Dach des grünen Anhängers. Und Roach stellte fest, daß Jims rechte Schulter sich während aller dieser Manöver überhaupt nicht bewegt hatte, sondern zum Hals hochgeschoben blieb, als steckte ein Felsbrocken unter dem Regenmantel. Er überlegte daher, ob Jim vielleicht einen Buckel habe und ob alle Buckligen solche Schmerzen hätten wie Jim. Und ferner nahm er ganz allgemein zur Kenntnis, daß Leute mit schmerzendem Rücken lange Schritte machten, es mußte mit dem Gleichgewicht zusammenhängen.

»Ein Neuer also? Na, *ich* bin kein Neuer«, fuhr Jim nun viel freundlicher fort und zog an einem Bein des Anhängers. »Ich bin ein alter Hase. So alt wie Rip van Winkle, wenn du's genau wissen willst. Älter. Irgendwelche Freunde? Hast du Freunde?«

»Nein, Sir«, sagte Roach einfach, in dem müden Ton, den Schuljungen immer anschlagen, wenn sie »nein« sagen und jede positive Reaktion den Fragestellern überlassen. Von Jim kam jedoch überhaupt keine Reaktion, und Roach vermutete in jäher Hoffnung in ihm eine verwandte Seele.

»Mein Vorname ist Bill«, sagte Roach. »Bill bin ich getauft, aber Mr. Thursgood nennt mich William«.

»Bill ist schon in Ordnung.«

»Ja, Sir.«

»Hab' eine Menge Bills gekannt. Waren alle in Ordnung.«

Damit war gewissermaßen die Bekanntschaft geschlossen. Jim schickte Roach nicht weg, also blieb Roach am Grabenrand stehen und linste durch seine regenverschmierten Brillengläser hinunter. Die Ziegel, so stellte er bewundernd fest, waren vom Gurkenbeet geklaut. Einige waren schon immer ein bißchen locker gewesen, und Jim mußte sie noch ein wenig mehr gelockert haben. Roach fand es wundervoll, daß jemand, der gerade erst im Thursgood angekommen war, so kaltblütig sein konnte, sozusagen die Bausteine der Schule für seine eigenen Zwecke zu klauen, und er fand es doppelt wundervoll, daß Jim für seine

Wasserversorgung den Hydranten angezapft hatte, denn dieser Hydrant war Gegenstand einer besonders strengen Schulregel: Schon das Berühren wurde mit Prügeln bestraft. »He du, Bill. Du hast nicht vielleicht zufällig sowas wie eine Murmel bei dir?«

»Wie bitte, Sir, eine was, Sir?« fragte Roach und beklopfte verwirrt seine Taschen.

»Murmel, alter Junge. Runde Glasmurmel, kleine Kugel. Spielen Jungens heute nicht mehr mit Murmeln? Haben wir getan zu meiner Schulzeit.«

Roach hatte keine Murmel, aber Kerani in III C besaß eine ganze Sammlung, die per Flugzeug aus Beirut gekommen war. Er brauchte ungefähr fünfzig Sekunden, um ins Schulgebäude zurückzurasen, trotz heftiger Gegenwehr eine Murmel an sich zu reißen und keuchend wieder an der Senke einzutreffen. Dort zögerte er, denn für ihn war die Senke bereits Jims Revier, und Roach würde es nicht ohne Erlaubnis betreten. Aber Jim war im Wohnwagen verschwunden, also stieg Roach nach einer Weile zaghaft den Abhang hinunter und reichte die Murmel durch die Tür hinein. Jim sah ihn nicht sofort. Er nippte an seinem Becher und starrte durchs Fenster auf die schwarzen Wolken, die in allen Richtungen über die Quantocks jagten. Dieses Nippen war, wie Roach feststellte, eine schwierige Sache, denn Jim konnte nicht einfach aufrechtstehend schlucken, er mußte den ganzen entstellten Rumpf nach hinten kippen, um den richtigen Winkel zu erzielen. Inzwischen war der Regen wieder heftiger geworden, er prasselte wie Hagel auf den Wohnwagen.

»Sir«, sagte Roach, aber Jim bewegte sich nicht.

»Nix wie Scherereien mit einem Alvis, hat praktisch keine Federung«, sagte Jim endlich, mehr zum Fenster als zu seinem Besucher. »Man fährt praktisch mit dem Hintern auf der Straße, was? Haut jeden zum Krüppel.« Und kippte den Rumpf zurück und trank.

»Ja, Sir«, sagte Roach und wunderte sich, daß Jim anzunehmen schien, er könne Auto fahren.

Jim hatte den Hut abgenommen. Das sandfarbene Haar war kurz gestutzt, stellenweise mußte die Schere zu tief hineingeraten sein. Diese Stellen waren fast sämtlich auf einer Seite, und

Roach schloß daraus, daß Jim sich das Haar selber geschnitten hatte mit seinem heilen Arm, wodurch er noch einseitiger wirkte.
»Ich bringe Ihnen eine Murmel«, sagte Roach.
»Sehr nett von dir. Danke, alter Junge.« Jim nahm die Murmel und ließ sie langsam in seiner harten staubigen Handfläche herumrollen, und Roach wußte sofort, daß er in allen möglichen Dingen sehr geschickt sein mußte; daß er zu den Leuten gehörte, die mit Werkzeug und mit Gegenständen im allgemeinen umzugehen wußten. »Nicht eben, siehst du, Bill«, erklärte er, die Augen noch immer auf die Murmel geheftet. »Schlagseite. Wie ich. Paß auf«, und wandte sich energisch zum größeren Fenster. Ein Stück Aluminiumrinne lief an der Unterseite entlang, die das Kondensationswasser auffangen sollte. Jim legte die Murmel hinein und sah zu, wie sie ans andere Ende rollte und auf den Boden fiel.
»Uneben«, wiederholte er. »Hecklastig. So geht's nicht, wie? He, he, wo bist du denn hin, du kleines Biest?«
Der Wohnwagen war nicht besonders wohnlich, stellte Roach fest, während er sich bückte, um die Murmel zu suchen. Er hätte irgend jemandem gehören können, war allerdings peinlich sauber. Eine Koje, ein Küchenhocker, ein Gaskocher, eine Propangas-Flasche. Nicht einmal ein Bild seiner Frau, dachte Roach, der außer Mr. Thursgood noch nie einem Junggesellen begegnet war. An persönlichen Gegenständen entdeckte er lediglich einen Werkzeugbeutel aus Sackleinen, der an der Tür hing, einiges Nähzeug, das neben der Koje verwahrt war und eine selbstfabrizierte Dusche, bestehend aus einer durchlöcherten und säuberlich am Dach festgelöteten Keksdose. Und auf dem Tisch eine Flasche, die ein farbloses Getränk enthielt, Gin oder Wodka, dachte Roach, denn das trank sein Vater, wenn er in den Ferien die Wochenenden bei ihm verbrachte.
»Ost–West scheint okay, aber Nord–Süd hängt ganz eindeutig«, erklärte Jim nach einem Test an der anderen Fensterrinne. »In was bist du besonders gut, Bill?«
»Ich weiß nicht, Sir«, sagte Roach hölzern.
»In irgendwas bist du bestimmt gut, das ist jeder. Wie steht's mit

Fußball? Bist du gut in Fußball?«

»Nein, Sir«, sagte Roach.

»Bist du am Ende ein Stubenhocker?« fragte Jim zerstreut, ließ sich mit einem kurzen Grunzton aufs Bett nieder und nahm einen Schluck aus dem Becher. »Aber du siehst mir wirklich nicht aus wie ein Stubenhocker«, fügte er höflich hinzu. »Obwohl du ein Einzelgänger bist.«

»Ich weiß nicht«, wiederholte Roach und schob sich einen halben Schritt auf die offene Tür zu.

»Also, was ist dann deine starke Seite?« Er tat wiederum einen langen Zug. »In irgendwas mußt du gut sein, ist jeder. Meine starke Seite war Steine übers Wasser hüpfen lassen.«

Nun war das eine besonders unglückliche Frage, denn sie beschäftigte Roach ohnehin fast den ganzen Tag. Ja, in letzter Zeit bezweifelte er sogar, ob er überhaupt irgendeinen Daseinszweck hatte. Bei Arbeit und Spiel fand er sich bedenklich ungenügend; sogar die kleinen Alltagspflichten in der Schule, wie Bettenbau und Kleiderbürsten, schienen seine Fähigkeiten zu übersteigen. Auch seine Frömmigkeit ließ zu wünschen übrig, wie die alte Mrs. Thursgood ihm vorgeworfen hatte, in der Kapelle schnitt er sogar Grimassen. Er nahm sich diese Unzulänglichkeiten sehr zu Herzen, am meisten aber nahm er sich das Scheitern der elterlichen Ehe zu Herzen, das er hätte vorhersehen und verhindern müssen. Er fragte sich sogar, ob er nicht direkt dafür verantwortlich sei, ob er zum Beispiel abnorm bösartig oder träge oder ein Störenfried sei und sein schlechter Charakter den Bruch herbeigeführt habe. In seiner letzten Schule hatte er versucht, sich durch Schreikrämpfe und simulierte Anfälle von progressiver Paralyse, an der seine Tante litt, verständlich zu machen. Seine Eltern hatten den Fall gemeinsam beraten, wie sie es in ihrer vernünftigen Art zu tun pflegten, und ihn in eine andere Schule gesteckt. Und als ihn nun hier, in dem engen Wohnwagen, diese Frage aus dem Mund eines zumindest halbgottgleichen Wesens unversehens ansprang, hätte sie ihn um ein Haar in die Katastrophe gestürzt. Er fühlte, wie ihm die Hitze ins Gesicht schoß, sah, wie seine Brillengläser sich beschlugen und der Wohnwagen in einem Meer von Kummer zu versinken schien. Roach erfuhr nie, ob Jim es bemerkt hatte, denn dieser hatte sich plötzlich abgewandt, war zum Tisch gegangen und bediente sich nun aus dem Plastikbecher, wobei er rettende Bemerkungen von sich gab.

»Also, ein guter Beobachter bist du mal auf jeden Fall, alter Junge. Das sind wir Eigenbrötler alle, haben keinen, auf den wir uns verlassen können, was? Außer dir hat mich kein Mensch entdeckt. Ganz schöner Schreck, steht da droben wie vom Himmel gefallen. Hab' gedacht, du bist ein Juju-Mann. Bill Roach ist der beste Beobachter im ganzen Stall, wetten? Wenn er seine Brille aufhat. Wie?«

»Ja«, stimmte Roach dankbar zu, »das bin ich.«

»Dann bleib jetzt mal hier und beobachte«, befahl Jim und stülpte sich den Safari-Hut wieder auf den Kopf, »während ich 'rausgehe und die Beine reguliere. Willst du?«

»Ja, Sir.«

»Wo ist die Murmel?«

»Hier, Sir.«

»Du rufst, wenn sie rollt, ja? Nord, Süd, eben in welcher Richtung, verstanden?«

»Ja, Sir.«

»Weißt du, wo Norden ist?«

»Hier«, sagte Roach prompt und streckte blindlings den Arm aus.

»Richtig. Also, du rufst, wenn sie rollt«, wiederholte Jim und verschwand in den Regen. Kurz darauf fühlte Roach den Boden unter seinen Füßen schwanken und hörte einen Aufschrei des Schmerzes oder der Wut, als Jim sich mit einem widerspenstigen Bein abquälte.

Im Lauf dieses Sommerquartals ehrten die Jungens Jim durch die Verleihung eines Spitznamens. Erst nach mehreren Anläufen fanden sie das Richtige. Sie hatten es mit Wüstenfuchs probiert, was den militärischen Einschlag traf, sein gelegentliches harmloses Fluchen und seine einsamen Streifzüge in die Quantocks. Trotzdem setzte Wüstenfuchs sich nicht durch, und sie versuchten Pirat und eine Weile Gulasch. Gulasch wegen seiner Vorliebe für heiße Gerichte, des Geruchs nach Gewürzen und Zwiebel und Paprika, der ihnen in Schwaden entgegenschlug, wenn sie auf ihrem Weg zur Abendandacht im Gänsemarsch an der Senke vorüberzogen. Gulasch wegen seines vollendeten Französisch, dem angeblich etwas Lasches anhaftete. Spikely aus Fünf B konnte es täuschend nachahmen: »Du hast die Frage gehört, Berger. Was blickt Emil an?« Eine ruckartige Bewegung der rechten Hand. – »Starr mich nicht so an, alter Junge, ich bin kein Juju-Mann. *Qu'est-ce qu'il regarde, Emile, dans le tableau que tu as sous le nez? Mon cher* Berger, wenn du jetzt nicht bald einen anständigen französischen Satz zusammenbringst, *je te mettrai tout de suite à la porte, tu comprends,* du Knallkopf.« Aber diese schrecklichen Drohungen wurden nie wahr gemacht, weder auf Französisch noch auf Englisch. Wunderlicherweise trugen sie sogar noch zu der Aura von Güte bei, die Jim bald schon umgab, eine Güte, die nur Jungensaugen an großen, kräftigen Männern entdecken können.

Trotzdem, Gulasch war auch nicht das Richtige. Es fehlte der Hinweis auf die innere Kraft. Auch war Jims leidenschaftliches Englischsein nicht berücksichtigt, das einzige Thema, mit dem man ihn todsicher vom Unterricht ablenken konnte. Knallfrosch Spikely mußte nur eine geringschätzige Bemerkung über die Monarchie fallenlassen, die Vorzüge eines fremden – vorzugsweise warmen – Landes in den Himmel heben, und schon schoß Jim das Blut ins Gesicht, und er ereiferte sich gute drei Minuten lang über das Privileg, als Engländer geboren zu sein. Er wußte, daß sie ihn hochnahmen, aber er konnte sich einfach nicht zurückhalten. Oft beendete er seine Erbauungspredigt mit einem reuigen Grinsen und murmelte etwas von Ablenkungsmanövern und Betragensnoten und langen Gesichtern, wenn gewisse Herrschaften nachsitzen müßten und das Fußballspiel versäumten. Aber England war seine große Liebe; im Ernstfall würde er niemanden ihretwegen leidenlassen.

»Bestes Land in der ganzen verdammten Welt!« hatte er einmal gebellt. »Weißt du, warum? Weißt du warum, Knallfrosch?« Spikely wußte es nicht, also nahm Jim ein Stück Kreide und zeichnete einen Globus. »Im Westen ist Amerika«, sagte er, »voll gieriger Narren, die ihr Erbteil versauten. Im Osten

China–Rußland«, er zog keine Grenze: »Arbeitskluft, Gefangenenlager und ein verdammt langer Marsch nirgendwohin. In der Mitte ...«

Schließlich verfielen sie auf Rhino.

Es war zum Teil eine Art Reim auf Prideaux, zum Teil eine Anspielung auf seine Geschicklichkeit als Selbstversorger und auf den Bewegungshunger, den sie ständig an ihm beobachteten. Wenn sie morgens vor Kälte zitternd an der Dusche Schlange standen, sahen sie schon Rhino die Coombe Lane heranstiefeln, wie er mit einem Rucksack auf dem Buckel von seinem Morgenmarsch zurückkam. Beim Zubettgehen konnten sie seinen einsamen Schatten durch das Kunstglasdach der Ballspielhalle erspähen, wo Rhino unermüdlich die Betonmauer attackierte. Und an warmen Abenden beobachteten sie ihn manchmal durch die Fenster des Schlafsaals beim Golfspielen, wobei er den Ball mit einem gräßlichen alten Schläger im Zickzack über den Platz trieb, oft, nachdem er ihnen aus einem besonders englischen Abenteuer-Buch vorgelesen hatte: Biggles, Percy Westerman oder Jeffrey Farnol, die er auf gut Glück aus der schäbigen Bibliothek geholt hatte. Sooft ein neuer Schlag fällig war, warteten sie auf das anfeuernde Grunzen beim Ausholen, und sie wurden selten enttäuscht. Sie führten genau Buch über seinen Leistungsstand. Beim Kricket-Match hatte er fünfundzwanzig geschafft, ehe er einen Ball absichtlich zu Spikely ins Aus schlug. »Fang ihn, du Knallfrosch, fang ihn, hüpf! Gut gemacht, Spikely, braver Junge, dafür bist du schließlich da.«

Außerdem wurde ihm, trotz seines Hanges zur Toleranz, eine gesunde Witterung für kriminelle Veranlagungen bescheinigt. Er hatte sie bereits mehrmals bewiesen, am überzeugendsten aber ein paar Tage vor Ferienbeginn, als Spikely in Jims Papierkorb den Entwurf für die morgige Klassenarbeit fand und reihum an Anwärter für jeweils fünf neue Pennies auslieh. Mehrere Jungen zahlten ihren Obolus und lernten die Antworten eine qualvolle Nacht hindurch beim Schein der Taschenlampen unter der Bettdecke auswendig. Als jedoch die Klassenarbeit geschrieben wurde, legte Jim ein völlig anderes Aufgabenblatt vor.

»Das da könnt ihr gratis haben«, bellte er und setzte sich hinters

Pult. Und nachdem er seinen *Daily Telegraph* entfaltet hatte, widmete er sich in aller Ruhe den jüngsten Weisheiten der Juju-Männer, wie er, soviel die Jungens begriffen hatten, so ziemlich alle Leute mit intellektuellen Ansprüchen benannte.

Dann war die Sache mit der Eule passiert, die in ihrer Meinung über ihn einen besonderen Platz einnahm, denn dabei hatte der Tod eine Rolle gespielt, etwas, worauf Kinder verschieden reagieren. Da das Wetter unverändert kalt war, brachte Jim einen Eimer Kohlen mit ins Klassenzimmer, und an einem Mittwoch zündete er ein Feuer an, setzte sich mit dem Rücken davor und las ein *dictée*. Zuerst fiel ein bißchen Ruß durch den Kamin, was Jim nicht beachtete, dann kam die Eule herunter, eine ausgewachsene Schleiereule, die zu Dovers Zeiten gewiß manchen ungestörten Winter und Sommer hindurch dort oben genistet hatte und nun ausgeräuchert war, benommen und schwarz und erschöpft vom verzweifelten Herumschlagen im Rauchfang. Sie purzelte über die Kohlen und dann als zusammengesunkenes Häuflein auf den hölzernen Fußboden, flatterte und prustete noch ein bißchen und hockte dann da wie ein Teufelsbote, verkrümmt, aber atmend und glotzte aus starren, rußverklebten Augen auf die Jungens. Es war keiner unter ihnen, der sich nicht gefürchtet hätte; sogar Spikely, der Held, fürchtete sich. Nur nicht Jim, der den Vogel ohne viel Federlesens zusammenfaltete und wortlos mit ihm hinausging. Sie hörten nichts, obwohl sie die Ohren spitzten. Eine Weile später ertönte Wasserplätschern hinten im Korridor, wo Jim sich offenbar die Hände wusch. »Er war pinkeln«, sagte Spikely und erntete ein nervöses Gelächter. Aber als sie im Gänsemarsch das Klassenzimmer verließen, entdeckten sie, säuberlich gefaltet, säuberlich getötet, die Eule, die auf dem Misthaufen neben der Senke auf ihr Begräbnis wartete. Jemand hatte ihr, wie die Beherzteren feststellten, den Hals gebrochen. Nur ein Wildhüter, erklärte Sudeley, verstehe sich darauf, eine Eule so perfekt zu töten.

Im anderen Teil des Hauses Thursgood waren die Meinungen über Jim weniger ungeteilt. Der Geist Mr. Maltbys starb schwer. Matron erklärte ihn, genau wie es Roach tat, für heldenhaft und schutzbedürftig: es sei ein Wunder, daß er mit diesem Rücken das Leben meisterte. Marjoribanks sagte, er sei in betrunkenem Zustand unter einen Bus geraten. Es war auch Marjoribanks gewesen, der bei jenem für Jim so glorreichen Lehrermatch auf den Sweater hingewiesen hatte. Marjoribanks war kein Kricketspieler, war aber hinuntergegangen und hatte an Thursgoods Seite zugesehen.

»Glauben Sie, daß der Sweater koscher ist?« hatte er in scherzhaftem Tonfall gekräht, »oder glauben Sie, er hat ihn geklaut?«

»Leonard, das ist sehr unfair«, rügte Thursgood und klopfte seiner Labradorhündin die Flanken. »Beiß ihn, Ginny, beiß den bösen Mann.«

Aber als Thursgood dann wieder in seinem Arbeitszimmer war, hatte seine Heiterkeit sich gelegt, und er wurde äußerst nervös. Mit falschen Oxford-Leuten wußte er umzugehen, hatte er doch während seiner Amtszeit schon mit Altphilologen zu tun gehabt, die kein Griechisch konnten, und mit Geistlichen, die keinen Schimmer von Theologie hatten. Wenn man solche Burschen mit den Beweisen für ihren Betrug konfrontierte, so brachen sie zusammen, weinten und gingen fort, oder sie blieben für das halbe Gehalt. Männer jedoch, die ihre tatsächlichen Fertigkeiten geheimhielten, gehörten einer unbekannten Spezies an, von der er nur wußte, daß er sie nicht mochte. Nachdem er im Universitäts-Almanach nachgeschlagen hatte, rief er die Agentur an, einen gewissen Mr. Stroll.

»Um welche *bestimmte* Information geht es?« fragte Mr. Stroll unter gräßlichem Röcheln.

»Um keine *bestimmte.*« Thursgoods Mutter saß über einer Näharbeit und schien nicht zuzuhören. »Nur, wenn man einen schriftlichen Lebenslauf anfordert, dann möchte man einen vollständigen. Der keine Lücken aufweist. Nicht, wenn man die volle Gebühr bezahlt.«

An dieser Stelle kam Mr. Thursgood der verzweifelte Verdacht, er habe Mr. Stroll aus einem Schlummer geweckt, in den sein Gesprächspartner nun wieder zurückgesunken sei. »Ein sehr patriotisches Haus«, bemerkte Mr. Stroll endlich.

»Ich habe ihn nicht wegen seines Patriotismus engagiert.«

»Er war im Krankenhaus«, keuchte Mr. Stroll weiter wie

durch greuliche Schwaden von Zigarettenrauch. »Bettlägerig. Rückenmark.«

»Meinetwegen. Aber ich nehme an, er hat nicht die ganzen letzten fünfundzwanzig Jahre im Spital verbracht. – *Touché*«, flüsterte er seiner Mutter zu und hielt die Hand über die Sprechmuschel, und wiederum fragte er sich, ob Mr. Stroll nicht eingeschlafen sei.

»Sie haben ihn bloß bis Quartalsende«, rasselte Mr. Stroll endlich. »Wenn er Ihnen nicht paßt, feuern Sie ihn. Sie wollten eine Aushilfe, Sie haben eine Aushilfe gekriegt. Sie wollten was Billiges, Sie haben was Billiges gekriegt.«

»Sei dem, wie ihm wolle«, entgegnete Thursgood unverzagt, »aber ich habe Ihnen eine Gebühr von zwanzig Guineas gezahlt, mein Vater hat viele Jahre lang mit Ihnen gearbeitet, und ich habe ein Recht auf verbindliche Auskünfte. Sie schreiben hier – darf ich vorlesen? – Sie schreiben hier, *vor seiner Versetzung auf verschiedenen Auslandsposten mit kommerziellen Angelegenheiten und Recherchen beschäftigt.* Das gibt doch wirklich wenig Aufschluß über sein Berufsleben, wie?«

Die Mutter nickte beipflichtend über ihrer Näharbeit. »*Überhaupt* keinen«, sagte sie laut.

»Das wäre das erste. Ich möchte aber noch einiges.«

»Nicht zu viel, Darling«, warnte seine Mutter.

»Ich weiß zufällig, daß er anno 1938 in Oxford war. Warum hat er nicht fertig gemacht? Was ist schiefgegangen?«

»Ich vermeine mich zu entsinnen, daß es um jene Zeit ein Zwischenspiel gegeben hat«, sagte Mr. Stroll nach einem weiteren Jahrhundert. »Aber Sie sind wohl zu jung, um sich daran zu erinnern.«

»Er kann schließlich nicht die *ganze* Zeit im Gefängnis gesessen haben«, sagte seine Mutter nach sehr langem Schweigen, ohne von ihrer Arbeit aufzublicken.

»Er hat irgendwo gesteckt«, sagte Thursgood erbittert, und starrte über die windgepeitschten Gärten hinweg zur Senke.

Während der ganzen Sommerferien, in denen er sich mühselig zwischen dem einen und dem anderen Haushalt hin und her bewegte, zwischen freudigem Willkommen und Zurückweichen, machte Bill Roach sich Sorgen über Jim, ob sein Rücken schmerzte, wie er sich jetzt Geld verdiente, nachdem er niemanden mehr zu unterrichten und nur das Gehalt für ein halbes Quartal zum Leben hatte; und vor allem, ob er noch da sein würde, wenn das neue Quartal beginnen würde; denn er hatte das vage Gefühl, Jim lebe so gefährlich auf der Weltoberfläche, daß er jeden Augenblick herunter und ins Leere stürzen könnte; denn er befürchtete, Jim könne, wie er selber, von keiner natürlichen Schwerkraft festgehalten werden. Er rief sich ihre erste Begegnung wieder ins Gedächtnis, insbesondere die Frage nach seinen Freunden, und er bekam eine Heidenangst, daß er nicht nur die Liebe seiner Eltern, sondern auch die Zuneigung Jims verspielt hatte, vor allem wegen ihres Altersunterschieds. Und daß Jim daher weitergezogen war und sich bereits anderswo nach einem Gefährten umsah, die blassen Augen in anderen Schulen umherschweifen ließ. Er stellte sich ferner vor, daß Jim, genau wie er selber, eine tiefgehende Bindung gehabt hatte, die ihn enttäuscht hatte und für die er einen Ersatz suchte. Aber hier war Bill Roach mit seinem Latein am Ende: Er hatte keine Ahnung, wie Erwachsene einander liebten. Er konnte praktisch so wenig für ihn tun. Er schlug in einem medizinischen Werk nach und fragte seine Mutter über Bucklige aus, und er hätte zu gerne eine Flasche von seines Vaters Wodka mitgehen lassen, um sie im Thursgood als Köder auszulegen, aber er getraute sich nicht. Und als ihn schließlich der Chauffeur seiner Mutter an den verhaßten Stufen absetzte, blieb er nicht einmal mehr stehen, um sich zu verabschieden, sondern rannte, so schnell er konnte, zum Rand der Senke, und da stand zu seiner grenzenlosen Freude Jims Wohnwagen noch immer am alten Platz in der Mulde, um eine Nuance verdreckter, und daneben war ein frischer Erdhaufen aufgeschüttet, für Wintergemüse. Und Jim saß auf der Stufe, grinste zu ihm auf, als hätte er Bill kommen hören und das Willkommen-Grinsen schon bereit gehabt, ehe Bill am Rand der Senke erschienen war.

In diesem Quartal erfand Jim einen Spitznamen für Roach. Anstatt Bill nannte er ihn nur noch Jumbo. Er gab dafür keinen

Grund an, und Roach war, wie dies bei Taufen üblicherweise der Fall ist, nicht in der Lage, Einspruch zu erheben. Dafür ernannte Roach sich selber zu Jims Beschützer, als Ersatzmann für Jims verschwundenen Freund, wer immer dieser Freund gewesen sein mochte.

2 *George Smiley entdeckt, daß unerwünschte Gesellschaft deprimierender ist als gar keine*

Im Gegensatz zu Jim Prideaux war Mr. George Smiley von der Natur nicht für Eilmärsche im Regen ausgerüstet, schon gar nicht mitten in der Nacht. Er hätte, genau gesagt, die Endform sein können, für die Bill Roach der Prototyp war. Der kleine, rundliche und, schonend ausgedrückt, mittelalte Mann gehörte dem Aussehen nach zu Londons Sanftmütigen, die nicht das Erdreich besitzen werden. Seine Beine waren kurz, sein Gang war alles andere als beschwingt, die Kleidung teuer, schlechtsitzend und ungemein durchnäßt. Sein Mantel, der etwas von einer Witwentracht an sich hatte, war aus jenem schwarzen lockeren Gewebe, das wie geschaffen ist, den Regen aufzusaugen. Entweder waren die Ärmel zu lang oder seine Arme zu kurz, denn wie bei Roach, wenn er seinen Regenmantel trug, verschwanden die Finger fast in den Stulpen. Aus Eitelkeit trug er keinen Hut, da er zu Recht annahm, daß Hüte ihn lächerlich machten: »Wie ein Eierwärmer«, hatte seine schöne Frau bemerkt, nicht lange, ehe sie ihn das letzte Mal verlassen hatte, und ihre Kritik war ihm, wie so oft, geblieben. So hatte der Regen sich in großen, nicht abzuschüttelnden Tropfen auf seinen dicken Brillengläsern gesammelt und zwang ihn, den Kopf abwechselnd zu senken oder in den Nacken zu werfen, während er den Gehsteig vor den geschwärzten Arkaden der Victoria Station entlangeilte. Er war auf dem Weg nach Westen, zur Freistatt in Chelsea, seiner Wohnung. Sein Schritt war aus irgendeinem Grund eine Spur unsicher und wäre Jim Prideaux aus dem Schatten auferstanden und hätte ihn gefragt, ob er Freunde habe, so hätte er wahrscheinlich geantwortet, ein Taxi wäre ihm lieber.

»Ein Schwätzer, dieser Roddy«, brabbelte er vor sich hin, als ein neuerlicher Wasserschwall gegen seine ausladenden Backen klatschte und dann in sein durchweichtes Hemd rann. »Warum bin ich nicht einfach aufgestanden und gegangen?«

Zerknirscht rief Smiley sich noch einmal die Gründe für sein

augenblickliches Elend in den Sinn und kam mit einer vom demütigen Teil seines Charakters untrennbaren Sachlichkeit zu dem Schluß, daß er sie ausschließlich selber geliefert hatte.
Es war von Anfang an ein vertrackter Tag gewesen. Er war zu spät aufgestanden, nachdem er am Vortag bis spät in die Nacht hinein gearbeitet hatte, eine Gewohnheit, die sich trotz seines hartnäckigen Widerstands eingenistet hatte, seit er im Jahr zuvor aus dem Dienst ausgeschieden war. Dann hatte er entdeckt, daß ihm der Kaffee ausgegangen war, und sich im Laden angestellt, bis ihm auch die Geduld ausging und er hochgemut beschloß, sich der Regelung seiner geschäftlichen Angelegenheiten zu widmen. Sein Bankauszug, der mit der Morgenpost gekommen war, hatte ihm gezeigt, daß seine Frau den Löwenanteil seiner monatlichen Pension abgehoben hatte: Na schön, entschied er, dann würde er irgend etwas verkaufen. Die Reaktion war unsinnig, denn er stand sich recht gut, und die obskure City-Bank, auf die seine Pension überwiesen wurde, zahlte sie ihm regelmäßig aus. Dennoch verpackte er eine frühe Grimmelshausen-Ausgabe, einen bescheidenen Schatz aus den Oxforder Jahren, und machte sich feierlich auf den Weg zu Heywood Hills Buchhandlung in der Curzon Street, wo er mit dem Inhaber dann und wann freundschaftliche Gelegenheitskäufe ausfeilschte. Unterwegs steigerte er sich noch mehr in seinen Unmut hinein und traf von einer Telefonzelle aus eine Verabredung mit seinem Anwalt für den Nachmittag.
»George, wie können Sie so vulgär sein? Von Ann läßt man sich nicht scheiden. Schicken Sie ihr ein paar Blumen nach und kommen Sie zum Lunch.«
Dieser Rat richtete ihn auf, und frohen Herzens näherte er sich Heywood Hill, nur um Roddy Martindale, der vom wöchentlichen Haarschnitt kam, geradewegs in die Arme zu laufen.
Martindale hatte keinen legitimen Anspruch auf Smiley, weder beruflich noch gesellschaftlich. Er arbeitete auf der nahrhaften Seite des *Foreign Office*, und seine Aufgabe bestand darin, auswärtige Würdenträger zum Lunch zu führen, die kein Mensch sonst auch nur in seinen Holzschuppen eingeladen hätte. Er war ein flatterhafter Junggeselle mit grauer Mähne und jener Behen-

digkeit, wie sie nur Dicke haben. Er hatte ein Faible für Knopflochblumen und zartfarbene Anzüge, und er machte sich unter fadenscheinigsten Begründungen einer intimen Vertrautheit mit den großen rückwärtigen Räumen von Whitehall anheischig. Vor ein paar Jahren, kurz vor ihrer Auflösung, hatte er eine untergeordnete Whitehall-Gruppe zur Koordinierung von Nachrichten seiner Mitwirkung gewürdigt. Während des Krieges war er dank einer gewissen mathematischen Begabung in die Randbereiche der Geheimwelt eingedrungen; und einmal hatte er, wie er zu berichten nie müde wurde, zusammen mit John Landsbury vom Circus an einer höchst delikaten Chiffriersache gearbeitet. Aber der Krieg lag, wie Smiley sich zuweilen selber in Erinnerung rufen mußte, dreißig Jahre zurück.

»Hallo Roddy«, sagte Smiley. »Nett, Sie zu sehen.«

Martindale sprach mit jenem dröhnenden Von-Mann-zu-Mann-Ton der Oberklasse, der Smiley bei Urlaubsaufenthalten im Ausland mehr als einmal aus seinem Hotel vertrieben hatte: »Mein lieber Junge, wenn das nicht der Maestro persönlich ist! Mir hat man gesagt, sie säßen bei den Mönchen in St. Gallen oder sonstwo und schwitzten über alten Handschriften! Gestehen Sie auf der Stelle. Ich will genau wissen, was Sie treiben, jede kleinste Einzelheit. Geht es Ihnen gut? Lieben Sie England noch immer? Was macht die entzückende Ann?« – sein unsteter Blick flackerte die Straße auf und ab, ehe er auf dem eingewickelten Grimmelshausen unter Smileys Arm zur Ruhe kam – »eins zu hundert, daß das ein Geschenk für sie ist. Hab' schon gehört, daß Sie sie maßlos verwöhnen.« Er senkte die Stimme zu vernehmlichem Flüstern: »Hören Sie, Sie sind doch nicht wieder auf Kriegspfad? Sollte das alles nur Tarnung sein, George, nur *Tarnung?*« Seine feuchte Zunge fuhr rasch in die Winkel des kleinen Mündchens, dann verschwand sie wie eine Schlange zwischen den Wülsten.

So beging Smiley die Torheit, sich durch das Versprechen loszukaufen, daß sie noch am gleichen Abend gemeinsam am Manchester Square in einem Club essen würden, dem sie beide angehörten, den Smiley jedoch mied wie die Pest, nicht zuletzt, weil Martindale dort Mitglied war. Am Abend war er noch immer knüppelsatt vom Lunch im *White Tower*, denn sein Anwalt, ein alter Genießer, hatte entschieden, daß nur eine gewaltige Mahlzeit George von seinen Depressionen heilen könne. Martindale war, wenn auch auf einem anderen Weg, zur gleichen Entscheidung gelangt, und vier endlose Stunden lang hatten sie sich, bei Speisen, die Smiley anwiderten, Namen zugeworfen, als wären sie vergessene Fußballer: Jebedee, Smileys einstiger Tutor: »Ein *schwerer* Verlust für uns, weiß der Teufel«, murmelte Martindale, der, soviel Smiley wußte, Jebedee noch nicht einmal vom Sehen gekannt hatte. »Und so begabt für das Spiel, was? Einer der wirklich Großen, sag' ich immer.« Dann Fielding, der Altfranzose in Cambridge: »Ach, dieser *köstliche* Sinn für Humor. Scharfer Denker, ganz scharf!« Dann Sparke, der Orientalist, und schließlich Steed-Asprey, der eben diesen Club gegründet hatte, um Nervensägen wie Roddy Martindale zu entkommen. »Ich kannte seinen armen Bruder, wissen Sie, halb soviel im Kopf und das Doppelte an Muskeln. Alles Hirn ging an den andern, weiß Gott.«

Und Smiley hatte sich durch den Alkoholdunst diesen Unsinn angehört, »ja« und »nein« gesagt und »ein Jammer«, und »nein, er wurde nie gefunden«, und einmal zu seiner lebenslänglichen Beschämung, »na, na, Sie schmeicheln mir«, bis Martindale mit fataler Unabwendbarkeit auf aktuellere Ereignisse zu sprechen kam, auf den Machtwechsel und Smileys Ausscheiden aus dem Amt.

Wie vorherzusehen war, begann er mit Controls letzten Tagen: »Ihr alter Boß, George, Teufel nochmal, der einzige, der je seinen Namen geheimgehalten hat. Natürlich nicht vor Ihnen: vor Ihnen hatte er *nie* Geheimnisse, George, nicht wahr? Ein Herz und eine Seele, Smiley und Control, heißt es, bis ans Ende.«

»Zuviel der Ehre.«

»Zieren Sie sich nicht, George, ich bin ein alter Hase, vergessen Sie das nicht. Sie und Control waren *so* miteinander.« Die plumpen Finger deuteten kurz zwei verschlungene Ringe an. »Deshalb sind Sie auch geflogen, machen Sie mir nichts vor, und deshalb hat Bill Haydon Ihren Job gekriegt. Deshalb ist er Percy Allelines Mundschenk, und nicht Sie.«

»Wenn Sie's sagen, Roddy.«

»Das tue ich. Ich sage noch mehr. *Viel* mehr.«
Als Martindale sich näher zu ihm beugte, erhaschte Smiley den Hauch einer der kultiviertesten Trumperschen Duft-Kreationen.
»Ich sage noch folgendes: Ich sage, Control ist überhaupt nicht gestorben. Er wurde unlängst gesehen.« Mit einer flatternden Handbewegung erstickte er Smileys Proteste. »Lassen Sie mich ausreden. Willy Andrewartha hat ihn im Flughafengebäude von Johannesburg, in der Wartehalle, aus nächster Nähe gesehen. Keinen Geist. Fleisch und Blut. Willy kauft sich an der Bar ein Sodawasser gegen die Hitze, Sie haben Willy lang nicht mehr gesehen, er ist ein Faß. Er dreht sich um, und da steht Control direkt neben ihm, in so einem gräßlichen Burenkostüm. Sowie er Willy sieht, wird er schneeweiß und stürzt davon. Wie finden Sie das? Jetzt wissen wir also Bescheid, wie? Control ist überhaupt nicht gestorben. Er wurde von Percy Alleline und seiner Drei-Mann-Kapelle verjagt und hat sich nach Südafrika abgesetzt, Teufel nochmal. Na ja, man kann's ihm nicht verübeln, wie? Man kann's einem Menschen nicht verübeln, daß er an seinem Lebensabend noch ein bißchen Frieden möchte. Ich jedenfalls nicht.«
Die Ungeheuerlichkeit dieses Gerüchts, das durch einen immer dicker werdenden Wall geistiger Erschöpfung zu ihm drang, verschlug Smiley einen Augenblick die Rede.
»Das ist doch lächerlich! Das ist die idiotischste Geschichte, die ich je gehört habe! Control ist tot. Er starb nach langer Krankheit an Herzversagen. Außerdem haßte er Südafrika. Er haßte jeden Ort mit Ausnahme von Surrey, dem Circus und Lords Cricket Ground. Wirklich, Roddy, Sie dürfen solche Gerüchte nicht verbreiten.«
Er hätte hinzufügen können, ich hab' ihn selbst eingescharrt, in einem lausigen Krematorium im East End, am letzten Heiligen Abend, allein. Der Pfarrer hatte einen Sprachfehler.
»Willy Andrewartha war schon immer der gottverdammteste Lügner«, überlegte Martindale gänzlich ungerührt. »Ich sagte genau das gleiche zu ihm: purster Unsinn, Willy, Sie sollten sich schämen.« Und nahtlos weiter, als hätte er niemals in Gedanken

oder Worten diese alberne Annahme geteilt: »Der Tschechen-Skandal, der war wohl der letzte Nagel zu Controls Sarg. Der arme Kerl, der in den Rücken geschossen wurde und in die Zeitungen kam, und der angeblich immer so dick mit Bill Haydon war. *Ellis* mußten wir ihn nennen, und so nennen wir ihn noch, nicht wahr, auch wenn wir seinen wirklichen Namen so gut kennen wie unsern eigenen.«

Listig wartete Martindale, daß Smiley seinen Trumpf daraufsetzte: Aber Smiley war nicht gesonnen, auf irgend etwas irgendeinen Trumpf zu setzen, also versuchte Martindale eine dritte Tour:

»Irgendwie finde ich Percy Alleline als Chef nicht recht glaubhaft, Sie etwa? Ist es das Alter, George, oder nur mein angeborener Zynismus? Sagen Sie's mir, Sie sind ein so guter Menschenkenner. Ich glaube, Macht paßt einfach nicht zu Leuten, mit denen man aufgewachsen ist. Könnte das die Lösung sein? Es gibt so wenige, die mir heutzutage noch imponieren können, und der arme Percy ist ein so *durchsichtiger* Mensch, finde ich immer, vor allem nach diesem Reptil, Control. Diese ganze kernige Kumpanei, wie kann man so jemanden ernst nehmen? Man muß sich nur an ihn erinnern, wie er in den alten Tagen an der Bar im *Travellers* lungerte, an seiner Stummelpfeife nuckelte und den großen Tieren Drinks spendierte: also, wenn einer schon intrigieren muß, sollte er's raffinierter anfangen, meinen Sie nicht auch? Oder finden Sie, daß der Erfolg die Mittel heiligt? Was ist sein Trick, George, sein Geheimrezept?« Er sprach mit höchster Eindringlichkeit, beugte sich mit gierigen und erregten Augen über den Tisch. Nur Essen konnte ihn normalerweise in solche Erregung versetzen. »Sich mit den Fähigkeiten seiner Untergebenen schmücken, das ist wohl heutzutage das Führungsprinzip.«

»Wirklich, Roddy, ich kann Ihnen nicht helfen«, sagte Smiley matt. »Ich habe Percy nie als Größe gekannt. Nur als –« Er fand das Wort nicht mehr.

»Als Gernegroß«, half Martindale mit glitzernden Augen aus, »immer mit einem Auge auf Controls Purpurkleid, Tag und Nacht. Jetzt trägt er es, und der Mob liebt ihn. Wer ist also sein starker linker Arm, George? Wer verdient ihm seine Lorbeeren? Er macht sich fabelhaft, hört man von allen Seiten. Kleine Lesesäle in der Admiralität, kleine Ausschüsse mit komischen Namen schießen aus dem Boden, roter Teppich für Percy in allen Whitehall-Korridoren, die sein Fuß betritt, jüngere Mitarbeiter werden von oberster Stelle beglückwünscht, Leute, von denen man nie gehört hat, kriegen Orden für nichts und wieder nichts. Ich hab' das alles schon mal gesehen, wissen Sie.«

»Roddy, ich kann Ihnen nicht helfen«, wiederholte Smiley und schickte sich an, aufzustehen. »Sie überfordern mich, ehrlich.« Aber Martindale zwang ihn, sitzen zu bleiben, hielt ihn mit einer feuchten Hand am Tisch fest, während er noch schneller auf ihn einsprach.

»Also wer ist der Pfiffikus? Percy nicht, das steht fest. Und sagen Sie nicht, die Amerikaner vertrauten uns auf einmal wieder.« Der Griff wurde härter. »Das kluge Kind Bill Haydon: unser moderner Lawrence von Arabien. Genau, Bill ist es, Ihr alter Rivale.« Martindales Zunge streckte wiederum den Kopf heraus, erkundete das Terrain und zog sich zurück, wobei sie eine kleine Schneckenspur hinterließ. »Ich habe gehört, Sie und Bill hätten einst *alles* miteinander geteilt«, sagte er. »Orthodox war er ja nie, was? Genies sind das niemals.«

»Noch einen Wunsch, Mr. Smiley?« fragte der Kellner.

»Oder Bland: der letzte Strohhalm der Nation, der Akademiker aus der Proleten-Presse.« Noch immer wollte er nicht lockerlassen. »Und wenn diese beiden nicht den Laden schmeißen, dann ist es jemand im Ruhestand, wie? Ich meine, jemand, der angeblich im Ruhestand ist, ja? Und wenn Control tot ist, wer bleibt dann noch übrig? Außer Ihnen?«

Sie zogen ihre Mäntel an. Der Garderobier war schon heimgegangen, sie mußten sich selber von den braunen Ständern bedienen.

»Roy Bland ist nicht aus der Proleten-Presse«, sagte Smiley laut. »Er war am St. Anthony's College in Oxford, wenn Sie's genau wissen wollen.«

Gott sei mir gnädig, etwas Besseres ist mir nicht eingefallen, dachte Smiley.

»Seien Sie doch nicht albern, mein Lieber«, fuhr Martindale ihn an. Smiley hatte ihn gelangweilt, er schaute mürrisch drein und wie jemand, den man übers Ohr gehauen hatte, traurige senkrechte Falten hatten sich in der unteren Wangenpartie gebildet. »Natürlich ist St. Anthony's eine Proleten-Presse. Daran ändert auch die Tatsache nichts, daß in der gleichen Straße eine Elite ausgebildet wird. Oder daß Bland Ihr Protegé war. Jetzt ist er vermutlich Bill Haydons Protegé – geben Sie ihm kein Trinkgeld, ich habe eingeladen, nicht Sie. Bill ist ihnen allen ein Vater, immer gewesen. Zieht sie an wie Bienen. Nun ja, er hat eben etwas Strahlendes, das, was manchen von uns fehlt. Star-Qualität nenne ich es, einer der wenigen. Es heißt, die Frauen liegen ihm buchstäblich zu Füßen, und das ist noch das wenigste.«

»Gute Nacht, Roddy.«

»Vergessen Sie nicht, Ann zu grüßen.«

»Bestimmt nicht.«

»Ich will's hoffen.«

Und jetzt goß es in Strömen. Smiley wurde naß bis auf die Haut, und Gott hatte zur Strafe sämtliche Taxis vom Antlitz Londons getilgt.

3 George Smiley kommt vom Regen in die Traufe

»Purer Mangel an Willenskraft«, schalt er sich und lehnte das Anerbieten einer Dame unter der Tür dankend ab. »Man nennt es Höflichkeit, aber in Wahrheit ist es nur Schwäche. Martindale, du *Strohkopf*. Du aufgeblasener, falscher, weibischer, nichtsnutziger ...« Mit einem weiten Schritt setzte er über ein vermutetes Hindernis hinweg. »Schwäche«, wiederholte er, »und die Unfähigkeit, ein erfülltes Leben unabhängig von Institutionen zu führen ...«, eine Pfütze entleerte sich säuberlich in seinen Schuh, »und emotionale Bindungen, die ihren Sinn längst überlebt haben. Als da sind meine Frau, der Circus, mein Leben in London. Taxi!«

Smiley stürzte vor, aber zu spät. Zwei Mädchen, die unter einem gemeinsamen Regenschirm kicherten, stiegen von der Fahrbahnseite ein. Er schlug völlig sinnlos den Mantelkragen hoch und setzte seinen einsamen Marsch fort. »Letzter Strohhalm der Nation«, brummte er wütend. »Proleten-Presse. Du schwülstiger, neugieriger, impertinenter ...«

Und dann fiel ihm ein, zu spät natürlich, daß er den Grimmelshausen im Club gelassen hatte.

»O verdammt!« rief er *sopra voce* aus und hielt zur Bekräftigung in seinem Trab inne. »Verdammt, ver*dammt,* verdammt.«

Er würde sein Londoner Haus verkaufen. Das stand fest. Während er sich wiederum unter dem Vordach des Clubs eng an den Zigarettenautomaten drückte, um das Ende des Wolkenbruchs abzuwarten, hatte er diesen schwerwiegenden Entschluß gefaßt. Die Immobilienpreise waren in London ins Unermeßliche gestiegen, das hörte man von allen Seiten. Gut. Er würde verkaufen und mit einem Teil des Erlöses ein Cottage in den Cotswolds erstehen. Burford? Zu viel Verkehr. Steeple Aston, das war ideal. Er würde sich dort als harmloser Sonderling etablieren, als zerstreuter, zurückgezogen lebender Kauz mit ein paar liebenswerten Eigenschaften, zum Beispiel Selbstgespräche führen, wenn er

durch das Städtchen schlenderte. Ein bißchen rückständig vielleicht, aber wer war das heutzutage nicht? Rückständig, aber der eigenen Zeit treu geblieben. Für jeden Menschen kommt schließlich der Moment, da er sich entscheidet: wird er vorwärtsgehen, wird er rückwärtsgehen? Es war nicht unehrenhaft, wenn man sich nicht von jedem modernen Lüftchen durcheinanderwehen ließ. Es war besser, Bestand zu haben, sich zu verschanzen, eine Eiche aus der eigenen Generation zu sein. Und falls Ann zu ihm zurückzukommen wünschte, würde er ihr die Tür weisen. Oder ihr nicht die Tür weisen, je nachdem, wie sehr sie zurückzukommen wünschte.
Von diesen Zukunftsbildern getröstet, kam Smiley zur King's Road, wo er auf dem Gehsteig stehenblieb, als wollte er hinüber. Zu beiden Seiten strahlende Schaufenster. Vor ihm seine heimatliche Bywater Street, eine Sackgasse, genau 117 Smileyschritte lang. Als er hier eingezogen war, hatten diese georgianischen Cottages einen bescheidenen, vergammelten Charme besessen, junge Paare hatten sich hier schlecht und recht mit fünfzehn Pfund pro Woche und einem steuerfreien, im Kellergeschoß versteckten, Untermieter durchgeschlagen. Jetzt schützten Stahlgitter ihre unteren Fenster, und vor jedem Haus verstellten drei Autos den Weg. Aus alter Gewohnheit hielt Smiley unter ihnen Musterung ab, prüfte, welche ihm bekannt waren und welche nicht; bei den unbekannten, welche von ihnen Antennen und zusätzliche Spiegel hatten, welche zu jenen geschlossenen Lieferwagen gehörten, wie Observanten sie gern benutzten. Es war zum Teil ein Gedächtnistest, zum Teil ein privates Spiel, um seine Wachsamkeit vor dem Verkümmern im Ruhestand zu bewahren, genau wie er unlängst die Namen der Geschäfte an seiner Busstrecke zum Britischen Museum auswendig gelernt hatte; genau wie er wußte, wie viele Stufen jeder Treppenabsatz in seinem Haus zählte und in welche Richtung sich jede der zwölf Türen öffnete.
Aber Smiley hatte noch einen anderen Grund, und der war Furcht, die geheime Furcht, die jeden Professionellen bis ins Grab verfolgt. Daß nämlich eines Tages, aus dem Dschungel einer Vergangenheit, in der er sich mehr Feinde gemacht haben

mochte, als er selber noch wußte, einer von ihnen ihn finden und Abrechnung halten würde.

Am Ende der Straße führte eine Nachbarin ihren Hund spazieren; als sie ihn sah, hob sie den Kopf und wollte etwas sagen, aber er tat, als sähe er sie nicht, denn er wußte, sie würde von Ann anfangen. Er überquerte die Straße. Sein Haus lag im Dunkeln, die Gardinen waren so, wie er sie zurückgelassen hatte. Er stieg die sechs Stufen zur Vordertür hinauf. Seit Anns Abreise hatte ihn auch seine Putzfrau verlassen: niemand außer Ann hatte einen Schlüssel. An der Tür waren zwei Schlösser, ein Riegelschloß und ein Chubb-Schloß, und zwei Splinte seiner eigenen Herstellung, daumennagelgroße Stückchen Eichenholz, über- und unterhalb des Riegelschlosses in die Tür geklemmt. Ein Überbleibsel aus seiner Zeit im Außendienst. In letzter Zeit pflegte er, ohne zu wissen warum, diese Holzsplinte wieder einzuklemmen; vielleicht wollte er nicht, daß Ann ihn überraschte. Mit den Fingerspitzen stellte er fest, daß beide an ihrem Platz waren. Nach dieser Routineprüfung schloß er die Tür auf, schob sie nach innen und spürte, wie die Mittagspost über den Teppich rutschte.

Was war heute fällig, fragte er sich. *German Life and Letters? Philologie?* Philologie war fällig, entschied er. Er knipste das Licht in der Diele an, bückte sich und warf einen Blick auf seine Post. Eine »beiliegende Rechnung« von seinem Schneider für einen Anzug, den er nicht bestellt hatte und der, wie er vermutete, im Moment Anns Liebhaber zur Zier gereichte; eine Rechnung von einer Garage in Henley für ihr Benzin – was hatten sie bloß in Henley zu suchen, abgebrannt, am neunten Oktober? – ein Brief von der Bank betreffs einer Vollmacht für Barabhebungen bei einer Zweigstelle der Midland Bank in Immingham, zugunsten von Lady Ann Smiley.

Und was zum Teufel tun sie in Immingham? begehrte er von diesem Schriftstück zu wissen. Wer um Gottes Willen hatte je eine Affäre in Immingham gehabt? Wo *war* überhaupt dieses Immingham?

Er sann noch immer über diese Frage nach, als sein Blick auf einen unbekannten Regenschirm im Ständer fiel, einen seidenen mit handgenähtem Ledergriff und einem goldenen Ring ohne Initialen. Und mit einer Schnelligkeit jenseits jeder meßbaren Zeit durchfuhr ihn der Gedanke, daß dieser Schirm trocken war und daher vor sechs Uhr fünfzehn hierhergekommen sein mußte, vor Einsetzen des Regens, denn auch im Schirmständer war keine Nässe. Auch daß es ein sehr eleganter Schirm war und die Zwinge kaum verkratzt, obwohl er nicht neu war. Und daß der Schirm folglich einem agilen Mann gehören mußte, sogar einem jungen wie Anns derzeitigem Galan. Daß aber sein Besitzer höchst wahrscheinlich auch Smiley kennen mußte, denn er hatte von den Holzsplinten gewußt und sie auch wieder angebracht, sobald er im Haus war, und war so schlau gewesen, die Briefe, nachdem er sie zusammengeschoben und zweifellos auch gelesen hatte, wieder hinter die Tür zu legen; und daß er kein Liebhaber war, sondern ein Profi wie er selber, der irgendwann einmal mit ihm zusammengearbeitet hatte und seine Handschrift, wie es im Fachjargon heißt, genau kannte.

Die Wohnzimmertür stand einen Spalt offen. Leise schob Smiley sie weiter auf.

»Peter?« sagte er.

Durch die Türöffnung sah er zwei schwarze Schuhe bequem übereinandergeschlagen über das Sofaende ragen.

»Ich an deiner Stelle würde den Mantel anbehalten, George, alter Junge«, sagte eine liebenswürdige Stimme. »Wir haben einen langen Weg vor uns.«

Fünf Minuten später saß George Smiley, angetan mit einem weiten braunen Reisemantel, einem Geschenk Anns und seinem einzigen trockenen Stück, erbost auf dem Beifahrersitz von Peter Guillams ungemein zugigem Sportwagen, der auf einem Platz in der Nähe geparkt gewesen war. Ihr Ziel war Ascot, berühmt für Frauen und Pferde. Und wohl nicht ganz so berühmt als Wohnort von Mr. Oliver Lacon vom Ministerium, Ehrenmitglied in mehreren gemischten Ausschüssen und Wachhund des Nachrichtendienstes. Oder, wie Guillam es weniger ehrerbietig ausdrückte, Vorturner in Whitehall.

Im Thursgoodschen Internat lag indessen Bill Roach wach im Bett und überdachte die jüngsten Wunder, die ihm im Lauf seiner täglichen Wacht über Jims Wohlergehen begegnet waren. Gestern hatte Jim den Gärtner Latzy in Erstaunen versetzt. Heute hatte er Miss Aaronsons Post gestohlen. Miss Aaronson lehrte Cello und die Bibel, und Roach verehrte sie wegen ihrer Sanftmut. Latzy, der Hilfsgärtner, war eine *Displaced Person*, ein Flüchtling, und wie alle DPs sprach er kein Englisch oder nur sehr wenig. Aber gestern hatte Jim mit Latzy gesprochen, ihn um seine Hilfe beim Auto-Club gebeten, und er hatte in der Flüchtlingssprache mit ihm gesprochen oder in der, die DPs eben sprechen, und Latzy war auf der Stelle um einen Kopf größer geworden.

Die Sache mit Miss Aaronsons Post war schon verzwickter. Als Roach am Morgen nach dem Gottesdienst die Hefte seiner Klasse im Lehrerzimmer abgeholt hatte, hatten zwei Briefe auf dem Ablagetisch gelegen, einer an Jim adressiert und einer an Miss Aaronson. Jims Brief war mit Maschine geschrieben. Der für Miss Aaronson mit der Hand, und die Schrift war Jims Schrift nicht unähnlich. Das Lehrerzimmer war, als Roach diese Entdeckung machte, leer gewesen. Er nahm sich die Klassenhefte und ging gerade in aller Ruhe wieder hinaus, als Jim durch die andere Tür hereinstapfte, rot und keuchend von seinem Frühmarsch.

»Beeilung, Jumbo, es hat schon geläutet«, und er beugte sich über die Briefe.

»Ja, Sir.«

»Hundewetter, was, Jumbo?«

»Ja, Sir.«

»Also, ab mit dir.«

An der Tür blickte Roach sich um. Jim stand wieder aufrecht, zurückgelehnt und schlug den *Daily Telegraph* auf. Die Ablage war leer. Beide Umschläge waren verschwunden.

Hatte Jim an Miss Aaronson geschrieben und es sich anders überlegt. Ihr vielleicht einen Heiratsantrag gemacht?

Dann kam Bill Roach ein anderer Gedanke. Jim hatte unlängst eine alte Schreibmaschine erstanden, eine invalide Remington, und sie eigenhändig repariert. Hatte er auf ihr einen Brief an sich selber getippt? War er so einsam, daß er sich selber Briefe schrieb, und dazu noch die Briefe anderer Leute klaute? Roach schlief ein.

4 *Peter Guillam fährt George Smiley zu später Stunde zu einem Whitehall-Beamten nach Ascot*

Guillam fuhr lässig, aber schnell. Herbstgerüche füllten den Wagen, der Vollmond leuchtete. Zu beiden Seiten hingen Nebelstreifen über dem freien Feld, und es war bitter kalt. Smiley überlegte, wie alt Guillam sei, und schätzte vierzig, aber bei diesem Licht hätte er ein Student sein können, der ein Skullboot ruderte; denn er handhabte den Schalthebel mit einer langen fließenden Bewegung, als zöge er ihn durchs Wasser. Auf jeden Fall, überlegte Smiley gereizt, war der Wagen viel zu jugendlich für Guillam. Sie waren durch Runnymeade gerast und nahmen die Steigung nach Egham Hill. Zwanzig Minuten fuhren sie bereits, und Smiley hatte ein Dutzend Fragen gestellt und keine stichhaltige Antwort bekommen, und jetzt erwachte in ihm eine nagende Furcht, der er keinen Namen zu geben wagte.

»Ich wundere mich, daß Sie nicht auch mit uns zusammen hinausgeworfen wurden«, sagte er in nicht gerade liebenswürdigem Ton und wickelte die Mantelschöße enger um sich. »Sie hatten sämtliche Qualifikationen: gut bei der Arbeit, loyal, zurückhaltend.«

»Ich habe die Skalpjäger übernehmen müssen.«

»Ach du lieber Gott«, sagte Smiley schaudernd, zog den Mantelkragen über sein Doppelkinn hoch und überließ sich, statt noch unerfreulicheren Erinnerungen, der Rückschau auf Brixton und das freudlose steinerne Schulgebäude, das den Skalpjägern als Hauptquartier diente. Der offizielle Name der Skalpjäger war Reisestelle. Die Einheit war auf Bill Haydons Anregung hin von Control ins Leben gerufen worden, in den Pioniertagen des Kalten Krieges, als Mord und Kidnapping und Erpressung auf Tod und Leben an der Tagesordnung waren, und ihr erster Kommandant war von Haydon vorgeschlagen worden. Es war eine kleine Gruppe, ungefähr ein Dutzend Männer, und sie mußten die Blitzaktionen im Ausland erledigen, die für einen dort ansässigen Agenten zu schmutzig oder zu riskant waren. Gute Arbeit für den Nachrichtendienst, hatte Control immer gepredigt, sei Schritt für Schritt und auf die sanfte Tour zu erledigen. Die Skalpjäger waren die Ausnahme von seiner eigenen Regel. Sie arbeiteten weder Schritt für Schritt noch auf die sanfte Tour, worin sich eher Haydons als Controls Temperament spiegelte. Und sie arbeiteten solo, und deshalb hausten sie im Verborgenen hinter einer hohen Steinmauer mit Glasscherben und Stacheldraht obendrauf.

»Ich habe gefragt, ob das Wort Lateralismus Ihnen etwas sagt«, sagte Guillam.

»Ganz gewiß nicht.«

»Es ist jetzt die Mode-Doktrin. Früher ging's hin und her. Jetzt geht's in einer Richtung.«

»Was soll das heißen?«

»Zu Ihrer Zeit hat der Circus regional funktioniert. Afrika, die Satellitenstaaten, Rußland, China, Südostasien, und was weiß ich noch alles: jede Region wurde von ihrem eigenen Juju-Mann geleitet, Control saß im Himmel und hielt die Fäden in der Hand. Erinnern Sie sich?«

»Kommt mir entfernt bekannt vor.«

»Und heute gehen alle Operationen von einer Stelle aus. Sie heißt London Station. Die Regionen sind out, Lateralismus ist in. Bill Haydon ist Befehlshaber von London Station, Roy Bland seine Nummer Zwei, Toby Esterhase rennt wie ein Pudel zwischen ihnen hin und her. Sie sind eine Dienststelle innerhalb einer Dienststelle. Sie haben ihre eigenen Geheimnisse und verkehren nicht mit dem Plebs. Vergrößert unsere Sicherheit.«

»Hört sich an wie eine sehr gute Idee«, sagte Smiley und überhörte geflissentlich die versteckte Anspielung.

Als die Erinnerungen aufs neue in sein bewußtes Denken heraufdrängten, überkam ihn ein wunderliches Gefühl: als lebte er diesen Tag zweimal, zuerst mit Martindale im Club, jetzt nochmals mit Guillam im Traum. Sie fuhren an einem Bestand junger Tannen vorbei, das Mondlicht lag in Streifen zwischen den Bäumen.

»Hört man irgend etwas von...« begann Smiley von neuem. »Was weiß man Neues über Ellis?« fragte er unverbindlicher.

»In Quarantäne«, sagte Guillam kurz.
»Ach gewiß. Natürlich. Ich möchte nicht neugierig sein. Nur, ich meine, kann er sich behelfen und so? Er ist wieder gesund, aber kann er auch gehen? Der Rücken kann einem angeblich schwer zu schaffen machen.«
»Wie es heißt, kommt er ganz gut zurecht. Ach, ich hab noch gar nicht gefragt, wie es Ann geht.«
»Gut, danke. Sehr gut.«
Es war plötzlich stockdunkel im Wagen. Sie waren von der Straße abgebogen und fuhren über Kies. Schwarze Mauern aus Blattwerk erhoben sich zu beiden Seiten, Lichter wurden sichtbar, dann ragte ein hohes Portal und der von Türmchen gekrönte Umriß eines weitläufigen Hauses über den Wipfeln. Der Regen hatte aufgehört, aber als Smiley in die frische Luft hinaustrat, hörte er rundum das rastlose Ticken nasser Blätter.
Ja, dachte er, als ich letztes Mal hier war, hat es auch geregnet; damals als der Name Jim Ellis Schlagzeilen machte.

Sie hatten sich gewaschen und in dem geräumigen Ankleidezimmer Lacons Kletterausrüstung inspiziert, die gänzlich unpassend in einem wirren Haufen auf der Sheraton-Kommode lag. Jetzt saßen sie im Halbkreis vor einem leeren Stuhl. Es war das häßlichste Haus weit und breit, und Lacon hatte es für ein Butterbrot erworben. »Eine Berkshire-Gralsburg«, hatte er es einmal Smiley gegenüber genannt, »erbaut von einem millionenschweren Abstinenzler.« Der Wohnraum war eine riesige Halle mit sechs Meter hohen Buntglasfenstern und einer hölzernen Galerie über dem Eingang. Smiley zählte die bekannten Gegenstände nach. Ein Pianino, darauf Stöße von Noten, alte Porträts von Geistlichen in Amtstracht, ein Stapel gedruckter Einladungen. Er suchte das Universitätsruder aus Cambridge und sah es über dem offenen Kamin hängen. Das gleiche Feuer brannte darin, viel zu spärlich für den gewaltigen Rost. Eine Atmosphäre von Kargheit, die den Reichtum verdrängt hatte.
»Macht der Ruhestand Spaß, George?« fragte Lacon, als faselte er gedankenlos in die Ohrtrompete einer tauben Tante. »Die Wärme des menschlichen Kontakts fehlt Ihnen nicht? Würde

mir schon fehlen, glaube ich. Die alte Arbeit, der alte Haufen.«
Er war ein langes Gerippe von Mann, ohne Eleganz und alterslos jungenhaft: Der Spion, der aus der Kirche kam, sagte Haydon, der geistreiche Kopf im Circus. Lacons Vater war Kanonikus der schottischen Kirche gewesen und seine Mutter irgend etwas Adeliges. Gelegentlich schrieben die smarteren Sonntagsblätter über ihn und nannten ihn einen Vertreter des neuen Stils, weil er jung war. Sein Gesicht war vom hastigen Rasieren verschrammt.
»Ach, ich komme eigentlich ganz gut zurecht, vielen Dank«, sagte Smiley höflich. Und um das Gespräch in die Länge zu ziehen: »Ja, ja, wirklich recht gut. Und Sie? Ist bei Ihnen alles in Ordnung?«
»Keine großen Veränderungen, nein. Alles geht seinen Gang. Charlotte bekam ihr Stipendium für Roedean, was uns sehr gefreut hat.«
»Oh, gut.«
»Und Ihre Frau, gesund und blühend und so weiter?« Auch seine Ausdrucksweise war jungenhaft.
»Wie eine Rose, vielen Dank«, sagte Smiley in dem ritterlichen Bemühen, in gleicher Tonart zu antworten.
Sie hielten die Augen auf die Doppeltür gerichtet. In weiter Ferne hörten sie das Klappern von Schritten auf einem Fliesenboden. Smiley schätzte zwei Leute, beides Männer. Die Tür ging auf, und eine große Gestalt tauchte im Gegenlicht halb als Schattenbild auf. Den Bruchteil einer Sekunde lang erblickte Smiley dahinter einen zweiten Mann, dunkel und klein und aufmerksam; aber nur der erste betrat den Raum, und sofort schlossen unsichtbare Hände die Türflügel wieder.
»Bitte, schließen Sie uns ein«, rief Lacon, und sie hörten das Schnappen des Schlüssels. »Sie kennen Smiley, nicht wahr?«
»Ja, ich glaube«, sagte die Gestalt, während sie sich auf den langen Weg aus dem fernen Halbdunkel bis zu den drei anderen machten. »Ich glaube, er hat mir einmal einen Job gegeben, oder, Mr. Smiley?«
Seine Stimme war so sanft wie der Singsang eines Südstaatlers, aber der koloniale Akzent war nicht zu überhören.

»Tarr, Sir, Ricki Tarr aus Penang.«
Das Flackern des Feuerscheins erhellte eine Seite des starren Lächelns und ließ das eine Auge wie ein Loch erscheinen. »Der Anwaltssohn, wissen Sie nicht mehr? Na aber, Mr. Smiley, Sie haben mir schon die Windeln gewechselt.«
Und dann standen sie lächerlicherweise alle vier aufrecht, und Guillam und Lacon sahen aus wie Taufpaten, während Tarr Smileys Hand schüttelte, dann nochmals, dann ein drittes Mal, wie für die Photographen.
»Sehr erfreut, Mr. Smiley. Wirklich nett, Sie zu sehen, Sir.«
Endlich ließ er Smileys Hand los und nahm Kurs auf den für ihn reservierten Stuhl, während Smiley dachte: Ja, bei Ricki Tarr wäre es möglich gewesen. Bei Ricki Tarr war einfach alles möglich. Mein Gott, dachte er, noch vor zwei Stunden habe ich mir eingeredet, ich würde mich in die Vergangenheit flüchten. Er war durstig und vermutete, es komme von der Furcht.

Vor zehn? Vor zwölf Jahren? Sein Zeitgefühl war in dieser Nacht nicht auf der Höhe. Damals hatte es zu Smileys Aufgaben gehört, die Rekruten zu sieben: keiner wurde genommen ohne sein Nikken, keiner ausgebildet ohne seine Unterschrift auf dem Lehrplan. Der Kalte Krieg lief auf Hochtouren, Skalpjäger waren gefragt, die Außenstellen des Circus hatten Anweisung von Haydon, sich nach geeignetem Material umzusehen. Steve Mackelvore aus Djakarta hatte Tarr angeworben. Mackelvore war ein alter Profi, als Schiffsmakler getarnt, und hatte seinen Schützling gefunden, als Tarr, reizbar und betrunken, in den Docks herumrandalierte und ein Mädchen namens Rose suchte, das ihn hatte sitzenlassen.
Nach Tarrs eigener Darstellung hatte er mit ein paar Belgiern zusammengearbeitet, die zwischen den Inseln und der Küste Waffenhandel trieben. Er haßte Belgier, und das Waffenschieben hing ihm zum Hals heraus, und er war erbost, weil sie ihm Rose gestohlen hatten. Nach Mackelvores Ansicht würde er auf Disziplin ansprechen, und zudem war er jung genug für das Nahkampftraining, das die Skalpjäger hinter den Mauern ihres unfreundlichen Hauses in Brixton betrieben. Nach den üblichen

Erkundigungen wurde Tarr zu einer zweiten Inspektion nach Singapur weitergereicht und dann zu einer dritten an die *Nursery* in Sarratt. Hier schaltete Smiley sich ein, als Moderator bei einer Reihe von Interviews, darunter ein paar sehr unerfreulichen. Die *Nursery* war das Ausbildungslager, aber sie hatte auch Platz für andere Zwecke.

Tarrs Vater, ein australischer Advokat, lebte angeblich in Penang. Die Mutter, Provinzschauspielerin aus Surrey, war vor dem Krieg mit einer britischen Theatertruppe nach Asien gekommen. Der Vater war, wie Smiley sich erinnerte, missionarisch angehaucht und predigte in evangelischen Gemeindehäusern. Die Mutter hatte in England ein kleines Strafregister gehabt, aber Tarrs Vater wußte entweder nichts davon, oder es war ihm egal. Bei Kriegsausbruch übersiedelte das Paar des kleinen Jungen wegen nach Singapur, und Ricki Tarr erhielt seine erste Ausbildung im Gefängnis von Changi unter japanischer Aufsicht. In Changi predigte der Vater jedem, dessen er habhaft werden konnte, Gottes Barmherzigkeit, und wären die Japse ihm nicht auf den Pelz gerückt, so hätten seine Mitgefangenen diese Aufgabe für sie übernommen. Nach der Befreiung gingen alle drei nach Penang zurück. Ricki nahm einen Anlauf, das Strafrecht zu studieren, kam jedoch häufig damit in Konflikt, und der Vater hetzte ihm ein paar rauhe Gottesmänner auf den Hals, die ihm die Sünden aus der Seele prügeln sollten. Tarr setzte sich nach Borneo ab. Mit achtzehn war er regulär bezahlter Waffenschmuggler, der auf dem indonesischen Archipel Freund und Feind belieferte, und dabei war Mackelvore auf ihn gestoßen.

Als Tarr die *Nursery* absolviert hatte, war die Malaya-Krise ausgebrochen, und er wurde erneut in den Waffenhandel eingeschleust. So ziemlich die ersten, mit denen er zu tun bekam, waren seine alten belgischen Freunde. Sie waren von ihren Waffenlieferungen an die Kommunisten zu sehr in Anspruch genommen, um sich Gedanken darüber zu machen, wo er gesteckt hatte, und sie waren knapp an Leuten. Tarr übernahm ein paar Lieferungen für sie, um ihre Verträge platzen zu lassen, dann setzte er sie eines Nachts unter Alkohol, erschoß vier oder fünf von ihnen, einschließlich Rose, und steckte ihren Kahn in Brand. Er trieb sich in Malaya herum und erledigte noch einige Aufträge, dann wurde er nach Brixton zurückbeordert und für Sondereinsätze in Kenia umgeschult: oder weniger vornehm ausgedrückt: für die Mau-Mau-Jagd gegen Kopfprämie.

Nach Kenia hatte Smiley ihn mehr oder weniger aus den Augen verloren, aber einige Vorfälle blieben ihm in Erinnerung, weil sie sich zu Skandalen hätten auswachsen können und Control in Kenntnis gesetzt werden mußte. Im Jahr einundsechzig war Tarr nach Brasilien geschickt worden, um einem Rüstungsminister, dem das Wasser bis zum Hals stand, ein massives Bestechungsangebot zu unterbreiten. Tarr ging zu brutal vor, der Minister verlor die Nerven und informierte die Presse. Tarr hatte einen falschen holländischen Paß, und niemand konnte sich einen Vers auf die Geschichte machen, ausgenommen der niederländische Geheimdienst, der wütend war. Ein Jahr darauf erpreßte – oder verheizte, wie die Skalpjäger zu sagen pflegten – Tarr aufgrund eines von Bill Haydon gelieferten heißen Tips einen polnischen Diplomaten in Spanien, der sein Herz an eine Tänzerin verloren hatte. Die erste Lieferung war gut, Tarr erntete eine Belobigung und eine Prämie. Aber als er sich eine zweite Rate holen wollte, schrieb der Pole ein Geständnis an seinen Botschafter und stürzte sich, mit oder ohne Ermutigung, aus dem Fenster.

In Brixton bezeichneten sie ihn als einen Unfall-Magneten. Nach dem Ausdruck seines unreifen aber alternden Gesichts zu schließen, bezeichnete ihn Guillam als etwas weit Schlimmeres, während sie im Halbkreis um das kümmerliche Feuer saßen.

»Tja, dann will ich jetzt mal loslegen«, sagte Tarr unbeschwert und nahm gelöst auf dem freien Stuhl Platz. Hinter ihm stießen graue Speere durch die Fensterläden, es wurde Tag.

5 *Ricki Tarr berichtet, was eine russische Handelsdelegation in Hongkong alles treibt*

»Es war vor etwa einem halben Jahr«, begann Tarr.
»Im April«, fauchte Guillam. »Wir wollen uns an die genauen Daten halten, nicht wahr, auf der ganzen Linie?«
»Also es war im April«, sagte Tarr gleichmütig. »In Brixton war es ziemlich ruhig, ich glaube, wir waren ungefähr unser sechs auf Abruf. Pete Sembrini, der aus Rom zurück war, Cy Vanhofer hatte soeben in Budapest einen Coup gelandet«, er lächelte schelmisch – »Tischtennis und Billard im Wartesaal von Brixton, stimmt's, Mr. Guillam?«
»War die Sauregurkenzeit.«
»Als aus heiterem Himmel«, sagte Tarr, »eine Blitzanforderung der Außenstelle Hongkong eintraf.
Sie hatten eine zweitrangige sowjetische Handelsdelegation in der Stadt, die auf Elektroartikel für den Moskauer Markt Jagd machte. Einer der Delegierten machte fleißig die Nachtclubs unsicher. Ein gewisser Boris, Mr. Guillam hat die Einzelheiten. Noch nichts über ihn in den Akten. Sie hatten ihn seit fünf Tagen unter Beobachtung, die Delegation sollte noch zwölf weitere Tage bleiben. Politisch war der Fall zu heiß für die Jungens am Ort, aber sie dachten, mit direktem Vorgehen wäre Abhilfe zu schaffen. Das Ergebnis würde nicht umwerfend sein, aber was soll's? Vielleicht könnten wir ihn auf Vorrat kaufen, stimmt's, Mr. Guillam?«
Vorrat bedeutete Verkaufs- oder Tauschobjekt für andere Geheimdienste: ein Handel mit Schmalspur-Verrätern, der den Skalpjägern oblag.
Guillam, der Tarr keinerlei Beachtung schenkte, sagte: »Südostasien war Tarrs Pfarrei. Er saß herum und hatte nichts zu tun, also gab ich ihm den Auftrag, sich an Ort und Stelle umzusehen und telegrafisch zu berichten.«
Sooft ein anderer sprach, versank Tarr in einem Traum. Sein Blick heftete sich auf den Sprecher, seine Augen verschleierten

sich, und es entstand eine Pause, als komme er wieder zu sich, ehe er fortfuhr.

»Ich tat also, was Mr. Guillam angeordnet hatte«, sagte er. »Wie immer, nicht wahr, Mr. Guillam? Ich bin wirklich ein braver Junge, wenn auch ein bißchen impulsiv.«

Er flog in der nächsten Nacht, Sonnabend, den 31. März, mit einem australischen Paß, der ihn als Autoverkäufer auswies, und zwei unbeschriebenen Schweizer Notpässen, die im Futter seines Koffers versteckt waren. Es waren Pässe für unvorhergesehene Fälle, die je nach Bedarf ausgefüllt wurden: einer für Boris, einer für ihn. Er verabredete ein Treffen im Wagen mit dem Leiter der Außenstelle Hongkong, nicht weit von seinem Hotel, dem *Golden Gate* auf Kaulun.

Hier beugte Guillam sich zu Smiley hinüber und flüsterte: »Dusty Thesinger, dieser Hanswurst. Ex-Major, *King's African Rifles.* Von Percy Alleline ausgesucht.«

Thesinger brachte einen Bericht über Boris' Bewegungen zum Vorschein, das Ergebnis einer einwöchigen Überwachung:

»Boris war ein komischer Vogel. Ich wußte nicht, woran ich bei ihm war. Nacht für Nacht pausenlos gezecht. Hatte eine Woche lang nicht geschlafen, und Thesingers Observanten waren schon die Knie weich. Den ganzen Tag trabte er mit der Delegation herum, besichtigte Fabriken, leistete Diskussionsbeiträge und war ganz und gar der brillante junge Sowjetfunktionär.

»Wie jung?« fragte Smiley.

Guillam warf ein: »Laut Visa-Antrag geboren in Minsk, 1946.«

»Abend für Abend ging er zunächst ins *Alexandra Lodge,* eine alte Spelunke am North Point, wo die Delegation abgestiegen war. Er aß mit der Mannschaft, dann, gegen neun, verdrückte er sich durch die Seitentür, schnappte sich ein Taxi und ab ging's zu den bekannten Nachtlokalen um die Peddar Street. Sein Lieblingsplätzchen war das *Cat's Cradle* in der Queen's Road, wo er für die einheimischen Geschäftsleute Runden spendierte und den beliebtesten Mann des Jahrhunderts markierte. Er blieb meist bis Mitternacht. Aus dem *Cradle* brauste er straks zum Aberdeen Harbour, in ein Lokal namens *Angelika,* wo die Getränke billiger sind. Allein. Dort draußen sind vor allem schwimmende Restaurants und die dicken Brieftaschen, aber das *Angelika* ist ein Café auf dem Festland mit einem Spielzimmer im Keller. Er nahm meist drei, vier Drinks zu sich und verwahrte die Rechnung. Im allgemeinen trank er Brandy, aber dann und wann auch zur Abwechslung einen Wodka. Einmal hat er mit einer Eurasierin angebändelt, und Thesingers Observanten sind ihr nach und haben die Story gekauft. Sie sagt, er sei einsam gewesen und habe auf dem Bett gesessen und gejammert, daß seine Frau sein Genie nicht zu schätzen wisse. Das war ein echter Durchbruch«, fügte er sarkastisch hinzu, als Lacon sich geräuschvoll über das kärgliche Feuer hermachte und die einzelnen Kohlen zu neuem Leben schürte. »In dieser Nacht bin ich zum *Cradle*, um ihn mir selber anzuschauen. Thesingers Observanten wurden mit einem Glas Milch zu Bett geschickt. Sie brauchten davon nichts zu wissen.«

Während Tarr sprach, überkam seinen ganzen Körper manchmal eine völlige Bewegungslosigkeit, als lauschte er auf seine eigene Stimme, die ihm auf Band vorgespielt wurde.

»Er kam zehn Minuten nach mir an und brachte sich Gesellschaft mit, einen großen blonden Schweden mit einer Chinesenbiene im Schlepptau. Es war dunkel, und ich schob mich hinter den Nebentisch. Sie bestellten Scotch, Boris bezahlte, und ich saß anderthalb Meter entfernt, beobachtete die lausige Kapelle und belauschte ihre Unterhaltung. Die junge Chinesin verhielt sich schweigsam, der Schwede bestritt den Großteil des Gesprächs. Sie sprachen englisch. Der Schwede fragte Boris, wo er wohne, und Boris sagte, im *Excelsior*, was eine verdammte Lüge war, denn er wohnte mit dem übrigen Kirchenchor im *Alexandra Lodge*. Klar: das *Alexandra* steht recht weit unten auf der Liste. *Excelsior* klingt besser. Gegen Mitternacht bricht die Gesellschaft auf. Boris sagt, er muß nach Hause, und morgen ist ein arbeitsreicher Tag. Das war die zweite Lüge, denn er ging so wenig nach Hause, wie – welcher ist es doch gleich, Jekyll und Hyde, richtig! – der ehrenwerte Doktor, der sich in Schale wirft und auf den Schwoof geht. Also welcher war Boris?«

Zunächst half ihm keiner.

»Hyde«, wiederholte Lacon zu seinen rotgeschrubbten Händen.

Er saß jetzt wieder und hatte sie im Schoß gefaltet.
»Hyde«, wiederholte Tarr. »Vielen Dank, Mr. Lacon. Ich wußte immer schon, daß Sie ein gebildeter Mann sind. Sie begleichen also die Rechnung, und ich troll mich 'runter nach Aberdeen, um schon vor ihm da zu sein, wenn er im *Angelika* anrückt. Aber ich bin jetzt schon fast überzeugt, daß ich an der falschen Adresse bin.«
An seinen trockenen langen Fingern zählte Tarr gewissenhaft die Gründe auf: erstens, er hatte noch nie eine sowjetische Delegation gesehen ohne ein paar Gorillas, deren Aufgabe es war, die Jungens von den Fleischtöpfen fernzuhalten. Also, wie ging Boris ihnen Nacht für Nacht durch die Lappen? Zweitens gefiel ihm die Art nicht, wie Boris mit seinen Devisen herumwarf. Das war unnatürlich bei einem Sowjetfunktionär, behauptete er: »Er hat einfach keine verdammten Devisen. Und wenn er welche hat, kauft er Glasperlen für seine Squaw. Und drittens, es gefiel mir nicht, wie er log. Zu glattzüngig, um seriös zu sein.«
Tarr wartete also im *Angelika*, und tatsächlich tauchte nach einer halben Stunde sein Mr. Hyde mutterseelenallein auf: »Er setzt sich und bestellt sich zu trinken. Sitzt nur da und trinkt wie so ein Mauerblümchen!«
Wiederum war Smiley der Empfänger von Tarrs sonnigem Charme: »Also was soll das Ganze, Mr. Smiley? Sie wissen, was ich meine? Ich habe ein Auge für die *kleinen* Dinge«, gestand er, noch immer zu Smiley gewandt. »Zum Beispiel, wie er saß. Glauben Sie mir, Sir, wenn wir selber dort gewesen wären, wir hätten uns nicht günstiger setzen können als Boris. Er hatte die Ausgänge und die Treppe im Auge, überblickte den Haupteingang und alles, was im Lokal vorging, er war Rechtshänder und hatte linker Hand Deckung durch eine Wand. Boris war ein Profi, Mr. Smiley, daran war überhaupt nicht zu zweifeln. Er wartete auf eine Verbindung, betreute einen Briefkasten, oder er hat absichtlich auf die Pauke gehauen und auf einen Gegenzug von einem Tölpel wie mir gewartet. Und hören Sie: einen kleinen Pinscher von einer Handelsdelegation zu verheizen, ist eine Sache. Aber sich mit einem vollausgebildeten Nahkampfspezialisten anzulegen, ist eine ganz andere, stimmt's, Mr. Guillam?«

Guillam sagte: »Seit der Umorganisierung haben die Skalpjäger nicht mehr den Auftrag, Doppelagenten zu fangen. Sie müssen unverzüglich an London Station weitergereicht werden. Die Jungens haben stehende Order, sie ist von Bill Haydon persönlich unterzeichnet. Wenn es nur im geringsten nach der Gegenseite riecht: Hände weg.« Er fügte, vielleicht nur für Smileys Ohr hinzu: »Der Lateralismus hat unserer Autonomie den Garaus gemacht.«
»Und ich habe schon früher mit Doppel-Doppelspielern zu tun gehabt«, bekannte Tarr im Tonfall der gekränkten Tugend. »Glauben Sie mir, Mr. Smiley, sie sind ein Natterngezücht.«
»Das glaube ich Ihnen«, sagte Smiley und rückte affektiert an seiner Brille.
Tarr telegraphierte an Guillam »kein Verkauf«, buchte einen Rückflug und ging einkaufen. Aber, da seine Maschine erst am Dienstag abging, dachte er, er könne inzwischen noch, bloß um sein Fahrgeld zu verdienen, in Boris' Zimmer einbrechen.
»Das *Alexandra* ist eine ganz baufällige Bude, Mr. Smiley, in der Nähe der Marble Road, lauter Holzbalkone übereinander. Und die Schlösser, also Sir, die gehen von alleine auf, wenn sie einen nur kommen sehen.«
Daher stand Tarr nach kürzester Zeit in Boris' Zimmer, mit dem Rücken zur Tür, und wartete, bis seine Augen sich an die Dunkelheit gewöhnten. Er stand noch immer dort, als ihn eine Frauenstimme schläfrig auf russisch vom Bett her anredete.
»Es war Boris' Frau«, erklärte Tarr. »Sie weinte. Ich nenne sie einfach Irina, ja? Mr. Guillam hat alle Einzelheiten.«
Smiley meldete bereits Einspruch an: »Frau war unmöglich«, sagte er. »Moskau hätte sie niemals beide gleichzeitig aus Rußland herausgelassen, sie hätten einen behalten und den anderen fortgeschickt.«
»Ehe nach dem Gewohnheitsrecht«, sagte Guillam trocken. »Inoffiziell, aber dauerhaft.«
»Es gibt heutzutage viele, die's auf die andere Tour machen«, sagte Tarr mit gemeinem Grinsen zu niemandem im Besonderen und schon gar nicht zu Smiley, und Guillam warf ihm einen weiteren giftigen Blick zu.

6 *Ricki Tarr erzählt, wie er einen schüchternen Fuß ins Land der Liebe setzte*

Vom ersten Augenblick der Besprechung an hatte George Smiley eine undurchdringliche Buddha-Pose eingenommen, aus der ihn weder Tarrs Bericht noch Lacons und Guillams gelegentliche Zwischenbemerkungen aufzurütteln vermochten. Er saß zurückgelehnt, die kurzen Beine angewinkelt, den Kopf vorgereckt und die plumpen Hände vor dem ausladenden Magen gefaltet. Die Augen unter den überhängenden Lidern hatten sich hinter den dicken Brillengläsern geschlossen. Als einziges Zeichen von Unruhe polierte er von Zeit zu Zeit seine Brille am Seidenfutter der Krawatte, und sooft er das tat, hatten seine Augen einen verquollenen, nackten Blick, der jeden, der ihn in diesem Moment beobachtete, in leichte Verlegenheit setzte. Sein Einwand jedoch und der gekünstelte, nichtssagende Laut, den er auf Guillams Erklärung hin ausgestoßen hatte, wirkten nun auf die übrige Versammlung wie ein Signal und veranlaßte allgemeines Stühlescharren und Räuspern. Lacon meldete sich als erster:
»George, was trinken Sie? Darf ich Ihnen einen Scotch geben oder sonstwas?« Er bot den Drink so fürsorglich an wie ein Aspirin gegen Kopfschmerz. »George, einen zum Aufwärmen, ja? Es ist schließlich Winter. Ein Schlückchen?«
»Ich bin ganz zufrieden, danke«, sagte Smiley.
Er hätte gern eine Tasse Kaffee aus der Maschine gehabt, aber irgendwie fühlte er sich außerstande, darum zu bitten. Außerdem erinnerte er sich, daß Lacons Kaffee abscheulich war.
»Guillam?« wandte Lacon sich an den nächsten. Nein; auch Guillam fand es unmöglich, von Lacon ein alkoholisches Getränk anzunehmen.
Tarr wurde nichts angeboten, und er fuhr in seiner Berichterstattung fort.
Er habe Irinas Anwesenheit gefaßt hingenommen, sagte er. Ehe er ins Haus ging, hatte er sich einen Fluchtweg zurechtgelegt, und jetzt schritt er zur Tat. Er zog keine Kanone oder schlug sie

mit der Hand auf den Mund oder dergleichen Humbug, wie er sich ausdrückte, sondern sagte, er sei gekommen, um mit Boris eine Privatangelegenheit zu besprechen, sie solle entschuldigen, aber er werde verdammt nochmal solange hier sitzenbleiben, bis Boris auftauchte. In gutem Australisch, wie es einem erzürnten Autoverkäufer von dort unten anstand, erklärte er, er wolle sich zwar nicht in andrer Leute Angelegenheiten einmischen, aber er wolle verdammt sein, wenn er sich in einer einzigen Nacht sein Mädel und sein Geld stehlen lasse, von einem lausigen Russen, der für seinen Spaß nicht zahlen könne. Er steigerte sich in große Erbitterung, achtete jedoch darauf, leise zu sprechen, und dann wartete er, was sie tun würde.

Und damit, sagte Tarr, fing die ganze Geschichte an.

Er hatte Boris' Zimmer um elf Uhr dreißig betreten. Er ging um halb zwei, mit dem Versprechen, in der nächsten Nacht wiederzukommen. Inzwischen hatte die Situation sich völlig gewandelt: »Wir haben natürlich nichts Ungehöriges getan. Nur rein platonisch, ja, Mr. Smiley?«

Einen Augenblick schien es, als spielte dieses Geblödel auf Smileys kostbarste Geheimnisse an.

»Ja«, bestätigte er schwach.

An Irinas Anwesenheit in Hongkong war nichts Ausgefallenes, und es war nicht einzusehen, daß Thesinger davon wissen mußte, erklärte Tarr. Sie war gelernte Textilverkäuferin: »Nebenbei, sie war bedeutend fähiger als ihr Alter, wenn ich ihn so nennen darf. Sie war keine Schönheit, ein bißchen blaustrümpfig für meinen Geschmack, aber sie war jung, und ihr Lächeln reizend, als sie zu weinen aufhörte.« Tarr malte ein Genrebildchen. »Sie war ein nettes Mädchen«, betonte er, als müsse er sie gegen eine Mehrheit verteidigen. »Als Mr. Thomas aus Adelaide in ihr Leben trat, war sie völlig am Ende vor Sorgen, was sie mit dem verteufelten Boris anfangen sollte. Für sie war ich der Engel Gabriel. Wem konnte sie von ihrem Mann erzählen, ohne damit die Hunde auf ihn zu hetzen? Sie hatte in der Delegation keine Freunde, auch zu Hause in Moskau hatte sie niemanden, dem sie vertrauen konnte, sagte sie. Niemand, der das nicht selber mitgemacht habe, könne je wissen, was es bedeute, eine zerbrochene Verbindung weiterzuführen, wenn man ständig unterwegs sei.« Smiley war wieder in tiefe Trance verfallen. »Ein Hotel nach dem anderen, eine Stadt nach der anderen, und nirgends dürfe man auch nur unbefangen mit den Einheimischen sprechen oder von einem Fremden ein Lächeln entgegennehmen, so hat sie ihr Leben beschrieben. Sie fand das einen recht erbärmlichen Zustand, Mr. Smiley, wofür Gott und alle Heiligen und die leere Wodkaflasche neben dem Bett als Zeugen herhalten mußten. Warum konnte sie nicht sein wie normale Menschen?, fragte sie immer wieder. Warum konnte sie sich nicht der lieben Sonne freuen, wie alle anderen? Sie liebte Reisen, sie liebte fremde Kinder, warum konnte sie nicht ein eigenes haben? Ein Kind, das in der Freiheit zur Welt kam, nicht in der Gefangenschaft. Sie wiederholte ständig: In der Gefangenschaft geboren, freigeboren. ›Ich bin ein fröhlicher Mensch, Thomas. Ich bin ein normales, umgängliches Mädchen. Ich mag die Menschen: warum muß ich sie betrügen, wenn ich sie liebe?‹ Und dann sagte sie, zu ihrem Unglück habe man sie schon vor langer Zeit für eine Arbeit bestimmt, die eine gefühllose alte Frau aus ihr mache und sie von Gott trenne. Deshalb habe sie auch einen Schluck trinken und sich ausweinen müssen. Ihren Mann hatte sie inzwischen ganz vergessen, sie rechtfertigte sich nur noch für ihren Suff.«

Wieder zögerte er. »Ich konnte es wittern, Mr. Smiley. Sie war Gold wert. Hab's vom ersten Moment an gewittert. Wissen ist Macht, heißt es, Sir, und Irina hatte diese Macht, genauso wie sie die Fähigkeiten dazu hatte. Sie war vielleicht ein verrücktes Huhn, aber dennoch – sie konnte ganz und gar in einer Sache aufgehen. Ich kann die Großzügigkeit in einer Frau spüren, wenn sie vorhanden ist, Mr. Smiley. Dafür bin ich begabt. Und diese Frau war ganz und gar von Großzügigkeit durchdrungen. Herrje, wie soll man so ein Gespür beschreiben? Manche Leute können Wasser unterm Boden riechen ...«

Er schien irgendeine Sympathiekundgebung zu erwarten, also sagte Smiley: »Ich verstehe« und zupfte sich am Ohrläppchen. Tarr beobachtete ihn mit einem seltsam erwartungsvollen Gesichtsausdruck und schwieg noch eine ganze Weile. »Am nächsten Morgen machte ich als erstes die Buchung rückgängig und

zog in ein anderes Hotel«, sagte er schließlich.
Smiley öffnete abrupt die Augen: »Was haben Sie London gesagt?«
»Nichts.«
»Warum nicht.«
»Vielleicht, weil ich glaubte, Mr. Guillam würde sagen, ›Kommen Sie heim, Tarr‹«, antwortete er mit einem schlauen Blick auf Guillam, der nicht erwidert wurde. »Wissen Sie, vor langer Zeit, als kleiner Junge, habe ich einmal einen Fehler gemacht und bin auf ein Lockvöglein 'reingefallen.«
»Er hat sich von einer Polin zum Narren halten lassen«, sagte Guillam. »*Ihre* Großzügigkeit hat er auch gespürt.«
»Ich wußte, daß Irina kein Lockvogel war, aber ich konnte nicht erwarten, daß Mr. Guillam mir glauben würde.«
»Haben Sie es Thesinger erzählt?«
»Kein Gedanke!«
»Welchen Grund haben Sie London für Ihre Verspätung angegeben?«
»Ich hätte am Donnerstag abfliegen sollen. Ich schätzte, daß mich zu Hause niemand vor Dienstag vermissen würde. Zumal, da Boris eine taube Nuß war.«
»Er hatte keinen Grund angegeben, und die Personalabteilung führte ihn ab Montag unter ›Unentschuldigtes Fehlen‹«, sagte Guillam schroff. »Er hat sämtliche eisernen Regeln gebrochen, und noch ein paar dazu. Mitte der Woche rührte sogar Bill Haydon die Kriegstrommeln. Und ich mußte es mir anhören«, fügte er erbittert hinzu.
Wie dem auch gewesen sein mochte, Tarr und Irina trafen sich am nächsten Abend wieder. Desgleichen am übernächsten. Das erste Rendezvouz fand in einem Café statt und war eine lahme Sache. Sie mußten sich schrecklich in acht nehmen, nicht gesehen zu werden, denn Irina war ganz krank vor Angst, nicht nur vor ihrem Mann, sondern vor den auf die Delegation angesetzten Sicherheitsbeamten, den Gorillas, wie Tarr sie nannte. Sie wollte nichts trinken und zitterte dauernd. Am zweiten Abend wartete Tarr immer noch auf ihre Großzügigkeit. Sie fuhren mit der Tram hinauf zum Victoria Peak, eingekeilt zwischen amerikani-

schen Matronen mit weißen Söckchen und Lidschatten. Am dritten mietete er einen Wagen und fuhr sie in den New Territories herum, bis sie plötzlich das Zittern kriegte, weil sie so nah an der chinesischen Grenze waren, also mußten sie schleunigst kehrtmachen. Trotz alledem hatte die Fahrt ihr Spaß gemacht und sie sprach oft davon, wie schön es gewesen sei, die Fischteiche und die Reisfelder. Tarr hatte es auch Spaß gemacht, denn jetzt wußten sie beide, daß sie nicht beschattet wurden. Aber Irina hatte immer noch nicht ausgepackt, wie er es ausdrückte.

»Und jetzt will ich Ihnen sagen, was sich bei diesem Stand der Dinge Komisches herausgestellt hat. Anfangs habe ich Thomas von Australien überstrapaziert. Hab' ihr eine Menge blauen Dunst vorgemacht über eine Schafzucht in der Umgebung von Adelaide und einen eigenen Laden in der Hauptstraße mit Glasfront und Thomas als Star. Sie glaubte mir nicht. Sie nickte und tat als ob und wartete, bis ich mein Stückchen aufgesagt hatte, dann sagte sie ›Ja, Thomas, nein, Thomas‹ und wechselte das Thema.«

Am vierten Abend fuhr er sie zu den Hügeln über North Shore, und Irina gestand Tarr, daß sie sich in ihn verliebt habe und daß sie für die Zentrale in Moskau arbeite, sie und ihr Mann, und daß sie wisse, daß auch Tarr vom Bau sei, das sehe sie an seiner Umsicht und an der Art, wie er mit den Augen lausche.

»Sie war zu dem Schluß gekommen, ich sei ein britischer Oberst vom Geheimdienst«, sagte Tarr ohne eine Spur von Lächeln. »Sie weinte und lachte im nächsten Moment, und meiner Meinung nach war sie auf dem besten Weg, meschugge zu werden. Halb redete sie wie eine übergeschnappte Groschenheft-Heldin, halb wie ein nettes einfaches Vorstadtmädchen. Kein Volk liebte sie so wie die Engländer. Gentlemen, sagte sie immer wieder. Ich hatte ihr eine Flasche Wodka mitgebracht, und sie hatte sie in ungefähr fünfzehn Sekunden halb ausgetrunken. Ein Hoch auf die englischen Gentlemen. Boris war der Vormann und Irina seine Assistentin. Es war eine Partner-Nummer, und eines Tages wollte sie mit Percy Alleline sprechen und ihm ein großes Geheimnis ins Ohr sagen. Sie kannte die großen Tiere des Circus, wie ein Junge seine Fußball-Kanonen kennt. Boris war auf

Fischfang nach Geschäftsleuten in Hongkong und betreute nebenbei einen Briefkasten für die dortige sowjetische Dienststelle. Irina erledigte Gänge, entzifferte die Mikro-Punkt-Informationen und funkte die abgehenden Nachrichten in Überhöhter Geschwindigkeit, damit sie nicht abgehört werden konnten. So las es sich auf dem Papier, verstehen Sie? Die beiden Nachtclubs waren Treffpunkte für Boris' lokale Verbindungen. Aber Boris wollte weiter nichts als trinken und den Tanzmädchen nachstellen und Depressionen haben. Oder fünfstündige Spaziergänge unternehmen, weil er es nicht im gleichen Zimmer mit seiner Frau aushielt. Und Irina tat nichts anderes als heulen und sich vollaufen lassen und sich ausmalen, wie sie allein mit Percy am Kamin saß und ihm alles erzählte, was sie wußte. Ich ließ sie sich aussprechen, dort oben auf dem Hügel im Wagen. Ich habe keinen Mucks getan, weil ich den Zauber nicht brechen wollte. Wir sahen zu, wie die Dämmerung sich über den Hafen senkte und der liebliche Mond darüber aufging und die Bauern mit ihren langen Stangen und ihren Kerosinlampen vorüberglitten. Fehlte nur noch Humphrey Bogart im Smoking. Ich hielt die Wodkaflasche unter Verschluß und ließ sie reden. Ich regte keinen Muskel. Tatsache, Mr. Smiley, Tatsache«, erklärte er mit der Hilflosigkeit eines Mannes, der um Glauben bettelt, aber Smileys Augen waren geschlossen und er war taub gegen jeden Anruf.

»Sie packte hemmungslos aus«, erklärte Tarr, als wäre das Ganze plötzlich ein Zufall, an dem er keinen Anteil hatte. »Sie erzählte mir ihre ganze Lebensgeschichte, von ihrer Geburt bis zu Oberst Thomas, das bin ich. Mammi, Pappi, erste Lieben, Anwerbung, Ausbildung, ihre lausige Halb-Ehe, alles von A bis Z. Wie sie und Boris als Partner-Nummer ausgebildet wurden und seither immer beisammen gewesen waren: eine der großen unzerstörbaren Beziehungen. Sie verriet mir ihren richtigen Namen, ihren Arbeitsnamen und die Decknamen, unter denen sie gereist war und Nachrichten übermittelt hatte, dann brachte sie ihre Handtasche zum Vorschein und zeigte mir ihr Zauberwerkzeug: den hohlen Füllhalter, darin aufgerollt die Codetabelle. Versteckte Kamera, den ganzen Klimbim. ›Warte, bis Percy das sieht‹, sage ich und lotse sie damit weiter. Alles Serienherstellung, wissen Sie, keine Spezialanfertigung, aber trotzdem erstklassiges Material. Und um dem Ganzen die Krone aufzusetzen, fängt sie an, über die sowjetische Außenorganisation in Hongkong zu lästern: die Kuriere, die ›sicheren Häuser‹, die Briefkästen, rein alles. Ich bin fast verrückt geworden, als ich es nachher wieder zusammenkriegen wollte.«

»Aber Sie haben's geschafft«, sagte Guillam kurz.

Ja, bestätigte Tarr; so ziemlich. Er wußte, daß sie ihm nicht die volle Wahrheit gesagt hatte, aber er wußte, wie schwer die Wahrheit einer Frau fallen mußte, die seit ihrem fünfzehnten Jahr unter falschem Namen gelebt hatte, und er fand, daß sie es für den Anfang schon recht nett machte.

»Ich fühlte sozusagen mit ihr«, sagte er, wiederum in seinem verlogenen Bekennerton. »Ich fühlte, daß wir auf der gleichen Wellenlänge waren, ungelogen.«

»Bestimmt«, ließ Lacon sich ausnahmsweise vernehmen. Er war sehr blaß, aber ob der Ärger daran schuld war oder das ständig heller werdende Licht des frühen Morgens, das durch die Läden kroch, ließ sich nicht sagen.

7 Ricki Tarr enthüllt seine Methoden, London Station hüllt sich in Schweigen

»Nun war ich in einer vertrackten Situation. Ich sah Irina am nächsten und übernächsten Tag, und ich schätzte, wenn sie nicht überhaupt schon schizoid war, so würde sie es verdammt bald werden. Im Augenblick faselte sie davon, daß sie von Percy einen Job im Circus kriegte und für Oberst Thomas arbeitete, brach dann einen Streit mit mir vom Zaun, ob sie Leutnant oder Major werden würde. Im nächsten Augenblick sagte sie, sie wolle nie wieder für irgend jemanden spionieren und werde Blumen züchten und sich mit Thomas im Heu tummeln. Dann kriegte sie die Klostertour: Baptistennonnen würden ihre Seele reinwaschen. Ich bin fast gestorben. Wer zum Teufel hat jemals von Baptistennonnen gehört, fragte ich sie. Egal, sagte sie, die Baptisten seien die Wucht, ihre Mutter sei Bäuerin und kenne sich aus. Das sei das zweitgrößte Geheimnis, das sie mir jemals anvertrauen werde. ›Und was ist dann das größte?‹ frage ich. Fehlanzeige. Sie sagt lediglich, wir seien in tödlicher Gefahr, in größerer Gefahr, als ich wissen könne: keiner von uns hätte noch die geringste Chance, es sei denn, sie könne dieses Schwätzchen mit Bruder Percy halten. ›Was für eine Gefahr, um Gottes willen? Was weißt du, was ich nicht weiß?‹ Sie war wahnsinnig stolz auf ihr Wissen, aber als ich sie drängte, klappte sie zu wie eine Auster, und ich bekam höllische Angst, sie könnte heimsausen und alles brühwarm Boris erzählen. Außerdem wurde die Zeit knapp. Es war schon Mittwoch, und die Delegation sollte am Freitag nach Moskau zurückfliegen. Irina war technisch gesehen nicht ganz ohne, aber wie konnte ich einer Irren wie ihr vertrauen? Sie wissen, wie Frauen sind, wenn sie sich verlieben, Mr. Smiley. Sie können kaum ...«

Guillam war ihm bereits ins Wort gefallen. »Bleiben Sie gefälligst beim Thema, ja?« befahl er, und Tarr schwieg eine kleine Weile.

»Mit Sicherheit wußte ich nur, daß Irina überlaufen wollte – mit Percy sprechen, nannte sie es –, sie hatte noch drei Tage Zeit, und

je eher sie absprang, um so besser für alle. Wenn ich noch lange wartete, würde sie es sich wieder ausreden. Also riskierte ich es und suchte Thesinger auf, sofort, nachdem er seinen Laden aufgemacht hatte.«
»Mittwoch, der elfte«, murmelte Smiley. »In London ganz früh am Morgen.«
»Thesinger muß mich für ein Gespenst gehalten haben. ›Ich muß nach London telegrafieren, persönlich für den Leiter von London Station‹, sagte ich. Er wehrte sich mit Händen und Füßen, aber er ließ mich dann doch. Ich setzte mich an seinen Schreibtisch und verschlüsselte selber die Botschaft nach einem alten Code, während Thesinger mir zusah wie ein kranker Hund. Wir mußten das Ganze auf Handelscode zurechtstutzen, denn Thesingers Tarnung war das Exportgeschäft. Das dauerte nochmals eine halbe Stunde. Ich war völlig fertig, wirklich. Dann verbrannte ich den verdammten Code und tippte die Nachricht in den Apparat. Außer mir wußte damals kein Mensch auf der Welt, was die Zahlen auf diesem Blatt Papier bedeuteten, auch Thesinger nicht. Ich forderte volles Überläuferverfahren für Irina an, Schnellverfahren. Ich erbat alle die Vergünstigungen, von denen sie nicht einmal gesprochen hatte: Bargeld, Paß, neue Identität, kein Rampenlicht und einen Ort zum Leben. Schließlich war ich gewissermaßen ihr Sachwalter, nicht wahr, Mr. Smiley?«
Smiley blickte auf, als überraschte ihn die Anrede. »Ja«, sagte er ganz freundlich, »ja, ich nehme an, das waren Sie, gewissermaßen.«
»Und außerdem war er auch real beteiligt, wie ich ihn kenne«, sagte Guillam leise.
Tarr hatte es aufgeschnappt oder erraten und wurde wütend. »Das ist eine verdammte Lüge!« schrie er und wurde krebsrot. »Das ist eine ...« Nachdem er Guillam haßerfüllt angestarrt hatte, kehrte er zu seiner Erzählung zurück.
»Ich umriß ihre Laufbahn bis dato und wo sie Zugang gehabt hatte, einschließlich ihrer Aufträge von der Zentrale. Ich bat um Inquisitoren und eine Militärmaschine. Sie glaubte, ich hätte um eine persönliche Unterredung mit Percy Alleline auf neutralem

Boden gebeten, aber ich fand, diese Hürde sollten wir erst nehmen, wenn wir auf der anderen Seite wären. Ich schlug vor, sie sollten ein paar von Esterhases Aufklärern vorschicken, die sich um sie kümmern könnten, dazu vielleicht einen von unseren Ärzten.«

»Warum die Aufklärer?« fragte Smiley scharf. »Sie sind nicht autorisiert, Überläufer zu betreuen.«

Die Aufklärer waren Toby Esterhases Meute und nicht in Brixton stationiert, sondern in Acton. Sie hatten die Hilfsdienste bei Großaktionen zu leisten: Beschatten, Abhören, Transport und »sichere Häuser«.

»Ja, Toby hat's seit Ihrer Zeit ein Stück weitergebracht, Mr. Smiley«, erklärte Tarr. »Ich habe gehört, daß seine Pflastertreter jetzt sogar in Cadillacs 'rumfahren. Und stehlen den Skalpjägern das Brot vom Mund weg, wenn sie Gelegenheit dazu kriegen, stimmt's, Mr. Guillam?«

»Sie sind die offiziellen Straßenräuber von London Station geworden«, sagte Guillam kurz. »Im Zuge des Lateralismus«, fügte er hinzu.

»Ich schätzte, daß die Inquisitoren ein halbes Jahr brauchen würden, um sie auszuquetschen, und aus irgendeinem Grund war sie ganz erpicht auf Schottland. Ja, am liebsten hätte sie dort den Rest ihres Lebens verbracht. Mit Thomas. Unsere Babys im Brutkasten aufgezogen. Ich gab die Adresse von London Station an, kennzeichnete es als ›sofort nach Empfang und nur an einen höheren Dienstrang zu übermitteln‹.«

Guillam warf ein: »Das ist die neue Formel für maximale Geheimhaltung. Soll wahrscheinlich eine Bearbeitung in den Coderäumen ausschließen.«

»Aber nicht in London Station?« sagte Smiley.

»Das ist deren Sache.«

»Sie haben vermutlich gehört, daß Bill Haydon den Job gekriegt hat?« sagte Lacon und fuhr zu Smiley herum. »Chef von London Station? Er ist praktisch der Einsatzleiter, was Percy zu Controls Zeiten war. Sie haben einfach alle Namen ausgetauscht. Sie wissen, wie Ihre alten Kollegen in bezug auf Namen sind. Sie sollten ihn aufklären, ihn up to date bringen.«

»Oh, ich glaube, ich bin im Bilde, vielen Dank«, sagte Smiley höflich. Mit trügerischer Verträumtheit erkundigte er sich bei Tarr: »Sie sprach von einem großen Geheimnis, sagten Sie?«
»Ja, Sir.«
»Haben Sie in Ihrem Telegramm nach London darüber eine Andeutung gemacht?«
Er hatte an irgend etwas gerührt, das war nicht zu übersehen; er hatte einen wunden Punkt berührt, denn Tarr blinzelte, warf einen argwöhnischen Blick auf Lacon, dann auf Guillam. Lacon, der erriet, worum es ging, ließ sofort ein Dementi los:
»Smiley weiß nur soviel, wie Sie ihm jetzt in diesem Zimmer berichtet haben«, sagte er. »Das stimmt doch, Guillam?« Guillam nickte bestätigend und beobachtete Smiley.
»Ich habe London das gleiche gesagt, was sie mir gesagt hat«, gab Tarr mürrisch zu, wie jemand, dem man eine besonders gute Geschichte gestohlen hat.
»In welchen Worten, ganz genau?« fragte Smiley. »Wenn Sie sich noch an den Wortlaut erinnern.«
»›Behauptet, weitere Informationen von höchster Bedeutung für Wohl des Circus zu besitzen, bisher ohne nähere Angaben.‹ Jedenfalls ganz ähnlich.«
»Danke. Haben Sie vielen Dank.«
Sie warteten, bis Tarr fortfuhr.
»Ferner ersuchte ich den Chef von London Station, Mr. Guillam zu informieren, daß ich fündig geworden sei und mich nicht zum Spaß draußen 'rumtriebe.«
»Ist das geschehen?« fragte Smiley.
»Mir hat niemand etwas gesagt«, sagte Guillam kalt.
»Den ganzen Tag war ich dort und habe auf Antwort gewartet, aber am Abend war noch immer nichts da. Irina tat ihre Arbeit wie alle Tage. Darauf habe ich bestanden, verstehen Sie. Sie wollte einen kleinen Fieberanfall simulieren und im Bett bleiben, aber davon wollte ich nichts hören. Die Delegation sollte ein paar Fabriken auf Kaulun besichtigen, und ich sagte, sie solle hübsch mitzotteln und intelligent dreinschauen. Sie mußte mir schwören, nicht zu trinken. Ich wollte nicht, daß sie im letzten Moment eine Schau abzog, alles sollte bis zum Absprung normal wirken.

Ich wartete bis zum Abend, dann stieß ich noch mal nach.«
Smileys verschleierter Blick heftete sich auf das blasse Gesicht vor ihm. »Sie bekamen natürlich Bestätigung?« fragte er.
»›In Bearbeitung‹. Sonst nichts. Ich habe die ganze verdammte Nacht wie auf Kohlen gesessen. Bei Tagesanbruch noch immer keine Antwort. Ich dachte: vielleicht ist die RAF-Maschine schon unterwegs. London macht's gründlich, dachte ich, knüpfen erst sämtliche Fäden, bevor sie mir grünes Licht geben. Ich meine, wenn man so weit von ihnen entfernt ist, *muß* man einfach glauben, daß sie's richtig machen. Was immer man von ihnen hält, daran *muß* man glauben. Und ich meine, ab und zu machen sie's tatsächlich richtig, stimmt's, Mr. Guillam?« Niemand kam ihm zu Hilfe.
»Ich habe mir Sorgen wegen Irina gemacht, verstehen Sie? Noch einen Tag, und sie würde schlappmachen. Endlich kam die Antwort. Es war überhaupt keine Antwort. Es war Verzögerungstaktik: ›Teilen Sie uns mit, in welchen Abteilungen sie gearbeitet hat, die Namen früherer Kontakte und Bekannte innerhalb der Moskauer Zentrale, wie ihr jetziger Boß heißt, Eintrittsdatum in Zentrale.‹ Herrje, ich weiß nicht mehr, was noch alles. Ich setzte schnell eine Antwort auf, denn ich war für drei Uhr mit ihr verabredet, drunten an der Kirche...«
»An welcher Kirche?« Wieder Smiley.
»Englische Baptisten, Kennedy Road.« Zu jedermanns Erstaunen errötete Tarr aufs neue. »Sie ging so gern hinein. Nicht zum Gottesdienst, nur so'n bißchen 'rumschnuppern. Ich lungere am Eingang herum, aber sie kreuzt nicht auf. War das erste Mal, daß sie eine Verabredung nicht eingehalten hat. Unser Ausweich-Treff war drei Stunden später oben auf dem Hügel, danach jeweils zwei Minuten vor der vollen Stunde an der Kirche, bis es klappen würde. Falls sie in Schwierigkeiten wäre, würde sie ihren Badeanzug vors Fenster legen. Sie war eine leidenschaftliche Schwimmerin, ging alle Tage schwimmen. Ich rase zum *Alexandra*, kein Badeanzug. Ich mußte zweieinhalb Stunden totschlagen. Ich konnte nichts anderes mehr tun als nur warten.«
Smiley sagte: »Welchen Vermerk hatte das Telegramm der Zentrale an Sie?«

»Dringend.«
»Aber Ihres war ein Blitztelegramm.«
»Meine beiden waren Blitze.«
»Trug das Telegramm aus London eine Unterschrift?«
Guillam schaltete sich ein: »Das ist nicht mehr üblich. Außenstehende haben immer mit London Station allgemein zu tun.«
»Hieß es ›Persönlich entschlüsseln‹?«
»Nein«, sagte Guillam.
Sie warteten, bis Tarr fortfuhr.
»Ich trieb mich in Thesingers Büro herum, aber dort erfreute ich mich keiner besonderen Beliebtheit, er hält nichts von Skalpjägern und er hatte eine große Sache auf dem chinesischen Festland laufen und fürchtete offenbar, ich würde dazwischenfunken. Also setzte ich mich in ein Café, und dort fiel mir ein, ich könnte zum Flugplatz hinunterschauen. Es war nur ein Einfall: wie man sich sagt, ›eigentlich könnte ich ins Kino gehen‹. Ich setzte mit der Fähre über, nahm ein Taxi und wies den Chauffeur an, zu fahren wie der Teufel. Dann hat es sich zu einer Art Panik ausgewachsen. Ich drängte mich an der Auskunft vor und fragte nach sämtlichen Flügen nach oder aus Rußland. Ich bin fast verrückt geworden, während sie die Fluglisten durchgingen, und habe die chinesischen Clerks angebrüllt, aber die letzte Maschine war bereits gestern gestartet, und die nächste ging an diesem Abend um sechs. Aber jetzt hatte mich diese Ahnung gepackt. Ich mußte Gewißheit haben. Wie stand es mit Chartermaschinen, mit außerplanmäßigen Flügen, Fracht-, Sondermaschinen? War seit gestern Vormittag nichts, wirklich *gar* nichts nach Moskau abgeflogen? Dann rückt diese Kleine mit der Antwort heraus, eine der chinesischen Hostessen. Ich gefalle ihr, verstehen Sie. Sie tut mir einen Gefallen. Eine außerplanmäßige Sowjetmaschine war vor zwei Stunden gestartet. Mit nur vier Passagieren an Bord. Die Attraktion war eine kranke Frau gewesen. Eine Dame. Im Koma. Sie mußte auf einer Bahre zum Flugzeug gebracht werden, und ihr Gesicht war mit Bandagen umwickelt. In ihrer Begleitung waren zwei Krankenpfleger und ein Arzt. Das war die ganze Reisegesellschaft. Ich rief als letzte Hoffnung das *Alexandra* an. Weder Irina noch ihr sogenannter Ehemann waren offi-

ziell abgereist, aber aus ihrem Zimmer kam keine Antwort. Das windige Hotel wußte nicht mal, daß sie fort waren.«

Vielleicht hatte die Musik schon eine ganze Weile gespielt, und Smiley hörte sie erst jetzt. Sie drang in Fetzen aus verschiedenen Teilen des Hauses zu ihm: eine Tonleiter auf der Flöte, ein Kinderlied von einem Bandgerät, ein beherzter intoniertes Geigensolo. Die zahlreichen Lacon-Töchter erwachten.

8 *Ein russisches Tagebuch, das allen spanisch vorkommt*

»Vielleicht war sie *wirklich* krank«, sagte Smiley sachlich, mehr zu Guillam als zu einem der anderen. »Vielleicht war sie *wirklich* im Koma. Vielleicht wurde sie von echten Pflegern weggebracht. Nach dem, wie sie sich anhört, war sie ziemlich durchgedreht, gelinde gesagt.«
Mit einem Seitenblick zu Tarr fügte er hinzu: »Schließlich waren zwischen Ihrem ersten Telegramm und Irinas Abflug erst vierundzwanzig Stunden vergangen. Bei diesem knappen Timing können Sie die Schuld kaum London in die Schuhe schieben.«
»Eben doch«, sagte Guillam und blickte zu Boden. »Es ist äußerst knapp, aber es funktioniert *gerade,* wenn jemand in London ...« – sie warteten alle – »wenn jemand in London Dampf dahinter macht. Und in Moskau ebenfalls, natürlich.«
»Genau das habe ich mir auch gesagt, Sir«, sagte Tarr voll Stolz in Beantwortung von Smileys Argument, während er Guillams Einwurf ignorierte. »Meine Rede, Mr. Smiley. Immer mit der Ruhe, Ricki, sage ich mir, wenn du nicht verdammt aufpaßt, schießt du noch auf Gespenster.«
»Oder aber die Russen haben sie geschnappt«, fuhr Smiley unerbittlich fort. »Die Beschatter haben von Ihrer Affäre Wind gekriegt und sie aus dem Verkehr gezogen. Es wäre ein Wunder, wenn sie es nicht 'rausgekriegt hätten, so wie ihr beide euch benommen habt.«
»Oder sie hat es ihrem Mann gebeichtet«, gab Tarr zu bedenken. »Ein bißchen verstehe ich auch von Psychologie, Sir. Ich weiß, was zwischen Mann und Frau passieren kann, wenn sie sich überworfen haben. Sie will ihm weh tun. Um ihn zu reizen, eine Reaktion zu provozieren, dachte ich mir. ›Soll ich dir sagen, was ich getan habe, während du auf deinen Sauftouren warst?‹ – so in dieser Art. Boris geht auf der Stelle hin und erzählt's den Gorillas, sie ziehen ihr eins über und schaffen sie nach Haus. Ich bin alle diese Möglichkeiten durchgegangen, Mr. Smiley, glau-

ben Sie mir. Ich habe sie durchgearbeitet, Ehrenwort. So wie's jeder Mann macht, dem die Frau abhaut.«
»Wir wollen uns auf den Bericht beschränken, ja?« zischte Guillam wütend.
Na also, sagte Tarr, er gebe zu, daß er vierundzwanzig Stunden lang den wilden Mann gespielt habe: »Und das passiert mir nicht oft, stimmt's, Mr. Guillam?«
»Oft genug.«
»Ich war ziemlich angeschlagen. Frustriert, könnte man sagen.«
Die Überzeugung, daß man ihm mit brutaler Gewalt einen stolzen Preis vor der Nase weggeschnappt hatte, versetzte ihn in ziellosen Zorn, der sich in einer Sauftour durch alte Stammlokale austobte. Er ging ins *Cat's Cradle*, dann ins *Angelika*, und bis zum Morgengrauen hatte er ein halbes Dutzend weiterer Kneipen absolviert, ganz zu schweigen von ein paar Mädchen, die ihm dabei unterkamen. Einmal fuhr er ans andere Ende der Stadt und wirbelte in der Nachbarschaft des *Alexandra* ein bißchen Staub auf. Er hoffte, mit diesen Sicherheits-Gorillas ins Gespräch zu kommen. Als er wieder nüchtern wurde, fiel ihm Irina ein und ihr gemeinsames Abenteuer, und er beschloß, vor seinem Abflug nach London ihre toten Briefkästen aufzusuchen und nachzusehen, ob sie ihm zufällig noch hatte schreiben können, ehe man sie wegbrachte. Zum Teil einfach, damit er irgendetwas zu tun hatte. »Zum Teil habe ich wahrscheinlich den Gedanken nicht ertragen können, daß ein Brief von ihr irgendwo in einem Mauerloch herumliegt, während sie im Schwitzkasten sitzt«, gestand er, der verlorene Sohn, der immer wieder heimfand.
Sie hatten zwei Verstecke, wo sie Briefe füreinander hinterlegten. Das erste war nicht weit vom Hotel auf einer Baustelle. »Haben Sie schon mal die Bambusgerüste gesehen, mit denen sie arbeiten? Phantastisch. Ich habe welche gesehen, die zwanzig Stockwerke hoch waren, und die Kulis krabbelten darüber mit Bauteilen aus Fertigbeton.« Ein unbenutztes Rohrstück, in Schulterhöhe. Wenn Irina in Eile gewesen war, so hatte sie höchstwahrscheinlich diesen Rohrpostkasten benutzt, aber als Tarr hinkam, war er leer. Der zweite war in der Kirche, »unten drin, wo sie die Traktate verwahren«, wie er sagte. »Der Stand

war Teil einer ehemaligen Kleiderablage, wissen Sie. Wenn man im hintersten Kirchenstuhl kniet und herumtastet, findet man ein loses Brett. Dahinter ist ein Hohlraum voller Abfall und Rattendreck. Ich sage Ihnen, es gab ein reizendes Versteck ab, nicht zu überbieten.«

Eine kurze Pause trat ein, im Raum schwebte das Bild von Ricki Tarr und seiner Moskauer Liebsten, die Seite an Seite in der hintersten Bank einer Baptistenkirche in Hongkong knieten.

In diesem toten Briefkasten, sagte Tarr, fand er keinen Brief, sondern ein ganzes verfluchtes Tagebuch. Die Handschrift war gut, und jedes Blatt zweiseitig beschrieben, so daß häufig die schwarze Tinte durchschlug. Es war in großer Eile geschrieben, ohne Verbesserungen. Er sah auf den ersten Blick, daß sie es in ihren lichten Momenten geführt hatte.

»Das ist natürlich nicht das Original. Das ist nur meine Kopie.« Seine lange Hand schlüpfte unter sein Hemd und brachte eine Ledertasche an einem breiten Riemen zum Vorschein. Er entnahm ihr ein schmuddeliges Päckchen Papier.

»Ich nehme an, sie hat das Tagebuch hineingelegt, kurz bevor es sie erwischt hat«, sagte er. »Vielleicht hat sie bei dieser Gelegenheit noch ein letztes Gebet gesprochen. Ich habe die Übersetzung selbst gemacht.«

»Ich wußte nicht, daß Sie russisch sprechen«, sagte Smiley, nur für Tarr hörbar, der plötzlich grinste.

»Ah, heutzutage muß man in unserem Beruf auf Draht sein, Mr. Smiley«, erklärte er, während er die Seiten aufschlug. »Als Jurist bin ich vielleicht kein großes Licht, aber eine Fremdsprache kann entscheidend wichtig sein. Sie kennen vermutlich den berühmten Ausspruch: ›Man ist sovielmal ein Mensch, wie man Sprachen spricht.‹ Stammt von einem großen Herrscher, Sir, von Karl dem Fünften. Mein Vater vergaß nie ein Zitat, das muß ich ihm lassen, und das Komische dabei ist, daß er außer Englisch kein Wort in einer anderen Sprache konnte. Ich lese Ihnen das Tagebuch vor, wenn es Ihnen recht ist.«

»Er versteht kein Wort Russisch«, sagte Guillam. »Sie haben die ganze Zeit englisch gesprochen. Irina hat einen dreijährigen Englischkurs absolviert.«

Guillam blickte zur Decke hoch, Lacon auf seine Hände. Nur Smiley behielt Tarr im Auge, der lautlos über seinen Scherz lachte.

»Sind wir so weit?« fragte er. »Also, dann fange ich an. ›Thomas, hör mir zu, ich spreche mit dir.‹ Sie nannte mich bei meinem Nachnamen«, erklärte er. »Hab ihr gesagt, ich hieße Tony, aber für sie war ich immer Thomas, ja? ›Dieses Tagebuch ist mein Abschiedsgeschenk, falls sie mich fortschleppen, ehe ich mit Alleline sprechen kann. Ich möchte dir mein Leben schenken, Thomas, und natürlich meinen Körper, aber es sieht so aus, als würde dieses armselige Geheimnis alles sein, womit ich dich glücklich machen kann. Nutze es gut!‹« Tarr blickte auf. »Das ist mit Montag datiert. Sie hat das Tagebuch während der vier Tage geführt.« Seine Stimme war ausdruckslos geworden, fast gelangweilt. »›In der Zentrale von Moskau geht mehr Klatsch um, als unseren Vorgesetzten lieb sein kann. Besonders die kleinen Würstchen machen sich gern wichtig und tun, als wüßten sie Bescheid. Zwei Jahre vor meiner Versetzung zum Handelsministerium habe ich nämlich in der Registratur unseres Hauptquartiers am Dzerzhinsky-Platz gearbeitet. Die Arbeit war furchtbar langweilig. Thomas, das Klima war unfreundlich, und ich war damals noch nicht verheiratet. Wir wurden angehalten, einander zu mißtrauen, es ist so zermürbend, nie unbefangen sprechen zu dürfen, niemals. Ich hatte einen Gehilfen namens Iwlow. Obwohl Iwlow mir weder gesellschaftlich noch im Dienstrang gleichgestellt war, brachte die bedrückende Atmosphäre eine Gleichgestimmtheit unserer Temperamente ans Licht. Verzeih mir, manchmal kann nur der Körper für uns sprechen, du hättest mir früher begegnen sollen, Thomas! Iwlow und ich machten mehrmals zusammen Nachtschicht, und schließlich kamen wir sogar überein, uns entgegen den Vorschriften außerhalb des Dienstgebäudes zu treffen. Er war blond, Thomas, wie du, und ich begehrte ihn. Wir trafen uns in einem Café in einem armen Stadtviertel von Moskau. In Rußland lehrt man, daß Moskau keine armen Stadtviertel besitzt, aber das ist eine Lüge. Iwlow erzählte mir, sein wirklicher Name sei Brod, aber er sei kein Jude. Er brachte mir Kaffee mit, den ihm ein Kamerad schwarz aus Teheran geschickt hatte, er war sehr süß, auch Strümpfe. Iwlow sagte, er bewundere mich sehr, und er habe einmal in einer Abteilung gearbeitet, wo über sämtliche von der Zentrale beschäftigten ausländischen Agenten bis ins kleinste Kartei geführt werde. Ich lachte und sagte, eine solche Kartei gebe es gar nicht, es sei ein Wunschtraum, anzunehmen, so viele Geheimnisse könnten an einer einzigen Stelle versteckt sein. Nun ja, wir waren wohl beide nur Träumer!‹«

Wieder unterbrach sich Tarr.

»Jetzt kommt der nächste Tag«, verkündete er. »Sie fängt an mit Gutenmorgengrüßen an Thomas, Gebeten und ein bißchen Liebesgeflüster. Eine Frau kann nicht an die Luft schreiben, sagt sie, also schreibt sie an Thomas. Ihr Alter ist früh weggegangen, und sie hat eine Stunde Zeit. Okay?«

Smiley grunzte.

»›Beim zweiten privaten Zusammensein mit Iwlow traf ich ihn im Zimmer einer Cousine von Iwlows Frau, einer Lehrerin an der Staatsuniversität in Moskau. Wir waren allein. Bei diesem Zusammensein, das ganz verstohlen stattfand, kam es zu einem, wie wir es in einem Bericht nennen würden, inkriminierenden Akt. Ich glaube, Thomas, du selber hast auch schon einige Male einen solchen Akt begangen! Bei diesem Zusammensein erzählte Iwlow mir auch die folgende Geschichte, um uns noch fester aneinander zu binden. Thomas, du mußt dich in acht nehmen. Hast du schon einmal von Karla gehört? Er ist ein alter Fuchs, der listigste, der verschwiegenste in der Zentrale, sogar sein Name ist kein Name, den ein Russe versteht. Iwlow hatte schreckliche Angst, mir diese Geschichte zu erzählen, die angeblich mit einer großen Verschwörung zusammenhängt, vielleicht der größten überhaupt. Iwlows Geschichte lautet folgendermaßen. Du darfst sie nur *absolut vertrauenswürdigen Personen* erzählen, Thomas, weil sie äußerst konspiratorischer Natur ist. Du darfst sie keinem Menschen im Circus erzählen, denn man darf niemandem vertrauen, ehe das Rätsel gelöst ist. Iwlow sagte, es stimmte nicht, daß er eine Agentenkartei bearbeitet habe. Er habe diese Geschichte nur erfunden, um mir zu zeigen, wie gut er sich in der Zentrale auskenne und mir zu beweisen, daß ich mich nicht in einen Niemand verliebt habe. In Wahrheit hatte er in einer von Karlas großen Verschwörungen mitgewirkt und war als Karlas Helfer in England stationiert gewesen, als Chauffeur und Verschlüsselungsgehilfe bei der Botschaft getarnt. Für diese Aufgabe hatte er den Decknamen Lapin bekommen. Aus Brod war also Iwlow geworden und aus Iwlow Lapin: darauf war der arme Iwlow besonders stolz. Ich habe ihm nie gesagt, was *lapin* im Französischen bedeutet. Daß man den Wert eines Menschen nach der Zahl seiner Namen bemißt! Iwlows Aufgabe war, bei einem Maulwurf zu dienen. Ein Maulwurf ist ein Tiefen-Agent, und wird so genannt, weil er sich tief in das System des westlichen Imperialismus vorwühlt, in diesem Fall war es ein Engländer. Maulwürfe sind für die Zentrale sehr wertvoll, denn es dauert viele Jahre, bis man sie ansetzen kann, oft fünfzehn oder zwanzig. Die meisten englischen Maulwürfe wurden vor dem Krieg von Karla angeworben und waren aus dem gehobenen Bürgertum, sogar Aristokraten und Adelige, die ihre Herkunft verabscheuten und zu heimlichen Fanatikern wurden, weitaus fanatischer als ihre Kameraden aus der englischen Arbeiterklasse, die eher träg sind. Einige bewarben sich um Aufnahme in die Partei, als Karla sie abfing und mit einer Spezialaufgabe betraute. Andere kämpften in Spanien gegen den Franco-Faschismus, wo Karlas Talentsucher sie aufstöberten und sie zur Anwerbung an Karla weiterreichten. Manche wurden während des Krieges angeworben, als Rußland mit den Briten ein Zweckbündnis hatte eingehen müssen, manche danach, als sie enttäuscht waren, weil der Krieg dem Westen keinen Sozialismus gebracht hatte.‹ Hier bricht sie ab«, verkündete Tarr, ohne von seinem Manuskript aufzublicken. »Ich habe vermerkt: ›bricht ab‹. Wahrscheinlich ist ihr Alter früher als erwartet zurückgenommen. Die Tinte ist ganz verwischt. Gott weiß, wo sie das verdammte Ding versteckt hat. Vielleicht unter der Matratze.«

Falls dies ein Scherz sein sollte, so mißlang er.

»›Der Maulwurf, für den Lapin in London arbeitete, wurde unter dem Decknamen Gerald geführt. Er war von Karla angeworben worden und war Gegenstand strengster Geheimhaltung. Hilfsdienste bei Maulwürfen werden nur von Genossen mit erstklassiger Befähigung versehen, sagt Iwlow. Iwlow-Lapin war an der Botschaft scheinbar eine bloße Null und mußte sich auf Grund dieser untergeordneten Stellung viele Demütigungen gefallen lassen, zum Beispiel bei festlichen Anlässen mit Frauen hinter der Bar stehen, in Wahrheit hingegen war er ein wichtiger Mann, der geheime Adjutant von Oberst Gregor Viktorow, dessen Arbeitsname bei der Botschaft Poljakow lautet.‹«

Hier meldete Smiley sich ein einziges Mal zu Wort; er ließ sich den Namen buchstabieren. Wie ein Schauspieler, der mitten im schönsten Monolog unterbrochen wird, antwortete Tarr ungnädig: »P-O-L-J-A-K-O-W. Haben Sie's jetzt verstanden?«

»Ja, vielen Dank«, sagte Smiley mit unerschütterlicher Höflichkeit und in einem Ton, der eindeutig besagte, daß der Name für ihn keinerlei Bedeutung habe. Tarr fuhr fort:

»›Viktorow ist selber ein alter Hase und mit allen Wassern gewaschen, sagt Iwlow. Seine Tarnung ist Kulturattaché, und in dieser Eigenschaft verständigt er sich mit Karla. Als Professor Poljakow organisiert er an britischen Universitäten und bei Gesellschaften Vorlesungen über kulturelle Probleme der Sowjetunion, aber nachts arbeitet er als Oberst Gregor Viktorow. Nach Anweisung Karlas aus der Zentrale instruiert er den Maulwurf Gerald und holt dessen Informationen ein. Zu diesem Zweck setzt Oberst Viktorow Kuriere ein, und der arme Iwlow war eine Zeitlang einer von ihnen. Aber nach wie vor wird der Maulwurf Gerald von Karla in Moskau unmittelbar kontrolliert.‹ Jetzt ändert es sich völlig«, sagte Tarr. »Sie schreibt nachts und ist entweder blau oder halb tot vor Angst – ein einziges Gefasel die ganze Seite über. Über Schritte auf dem Korridor und Seitenblicke, die die Gorillas ihr zuwerfen. Nicht übernommen, o. k., Mr. Smiley?« Und auf ein sparsames Nicken hin fuhr er fort: »›Die Sicherheitsmaßnahmen zum Schutz des Maulwurfs waren bemerkenswert. Schriftliche Berichte aus London an Karla wurden, auch wenn sie verschlüsselt waren, auseinandergeschnitten und durch getrennte Kuriere geschickt, andere waren unter der üblichen Botschaftskorrespondenz, nur mit Geheimtinte verfaßt. Iwlow erzählte mir, der Maulwurf Gerald habe zeitweise mehr Material geliefert, als Viktorow-Poljakow beim besten Willen bewältigen konnte. Vieles war auf unentwikkelten Filmen, oft dreißig Rollen in einer Woche. Wenn der Behälter nicht auf eine bestimmte Art geöffnet wurde, war der Film verdorben. Anderes Material wurde vom Maulwurf bei streng geheimen Zusammenkünften mündlich geliefert und auf Spezialband aufgenommen, das nur über einen raffiniert konstruierten Apparat abgespielt werden konnte. Auch dieses Band wurde gelöscht, wenn man es dem Licht aussetzte oder auf einem falschen Gerät abzuspielen versuchte. Die Zusammenkünfte wurden von Fall zu Fall verabredet, immer anders, immer plötzlich, mehr weiß ich nicht, außer daß es sich um die Zeit handelte, als die faschistische Aggression in Vietnam ihren Höhepunkt erreicht hatte; in England hatten die reaktionären Kräfte wieder die Macht an sich gerissen. Auch daß, laut Iwlow-Lapin, der Maulwurf Gerald einen hohen Rang im Circus bekleidete. Thomas, ich sage dir dies alles, weil ich, seit ich dich liebe, alles Englische bewundere, dich am meisten. Ich mag nicht glauben, daß ein englischer Gentleman ein Verräter sein soll, obwohl ich es natürlich richtig finde, daß er sich für die Sache der Arbeiterklasse einsetzt. Auch fürchte ich für die Sicherheit eines jeden, der für den Circus arbeitet. Thomas, ich liebe dich, geh vorsichtig um mit diesem Wissen, es könnte auch dir schaden. Iwlow war ein Mann wie du, auch wenn sie ihn Lapin nannten ...‹« Tarr zögerte verschämt. »Am Ende kommt eine Stelle, wo ...«

»Lesen Sie«, brummte Guillam.

Tarr hob den Papierpacken leicht schräg an und las in der gleichen schleppenden Tonart weiter:

»›Thomas, ich sage dir alles auch deshalb, weil ich Angst habe. Als ich heute morgen aufwachte, saß er auf dem Bett und starrte mich an wie ein Irrer. Als ich zum Kaffee hinunterging, belauerten mich die Wächter Trepow und Nowikow wie Tiere, ihr Frühstück rührten sie kaum an. Sie waren bestimmt schon seit Stunden da, auch Awilow, ein Junge von der Außenstelle, saß bei ihnen. Hast du geplaudert, Thomas? Hast du ihnen mehr erzählt, als ich ahnen konnte? Jetzt begreifst du wohl, warum nur Alleline in Frage kommt. Mach dir keine Vorwürfe, ich kann erraten, was du ihnen erzählt hast. Im Herzen bin ich frei. Du hast nur meine schlechten Seiten zu sehen bekommen. Das Trinken, die Angst, die Lüge, in der wir leben. Aber tief in meinem Innern brennt ein neues und seliges Licht. Ich glaubte immer, die Geheimwelt sei ein hermetisch abgeschlossener Ort und ich sei für immer auf eine Insel von Halbmenschen verbannt. Aber Thomas, sie ist nicht abgeschlossen. Gott hat mir gezeigt, daß sie hier ist, inmitten der wirklichen Welt, in unserer Reichweite, und daß wir nur die Tür öffnen und hinaustreten müssen, um frei zu sein. Thomas, du mußt immer nach diesem Licht streben, das ich gefunden habe. Man nennt es Liebe. Jetzt werde ich dieses Buch zu unserem Versteck bringen und dort lassen, solange noch Zeit ist. Lieber Gott, ich hoffe, es ist noch nicht zu spät. Gott gewähre mir eine Freistatt in seiner Kirche. Erinnere dich: auch dort habe ich dich geliebt.‹« Tarr war leichenblaß, und seine Hände, die das Hemd aufknöpften, um das Tagebuch wieder in die Ledertasche zu stecken, waren zittrig und feucht. »Es kommt noch ein Nachsatz«, sagte er. »Er lautet: ›Thomas, warum weißt du nur noch so wenige Gebete aus deiner Kindheit? Dein Vater war ein großer und guter Mensch.‹ Wie ich schon sagte«, erläuterte er, »sie war verrückt.«

Lacon hatte die Läden geöffnet, und jetzt strömte das weiße Tageslicht voll in den Raum. Die Fenster gingen auf eine kleine Koppel hinaus, wo Jackie Lacon, ein fettes kleines Mädchen mit Zöpfen und Reitkappe, behutsam ihr Pony im Kanter laufen ließ.

9 *Außerplanmäßige Flüge mit Landung in Ost und West*

Ehe Tarr wegging, stellte Smiley ihm einige Fragen. Er blickte dabei nicht Tarr an, sondern stellte die kurzsichtigen Augen auf mittlere Distanz ein. Die Tragödie hatte einen trostlosen Ausdruck auf dem feisten Gesicht hinterlassen.
»Wo ist das Original dieses Tagebuchs?«
»Ich habe es sofort wieder in den toten Briefkasten gelegt. Sie müssen es sich so vorstellen, Mr. Smiley: Als ich das Tagebuch fand, war Irina schon vierundzwanzig Stunden in Moskau. Meiner Vermutung nach würde sie nicht mehr viel Puste haben, wenn das Verhör losging. Höchstwahrscheinlich war sie schon im Flugzeug gründlich präpariert worden, dann folgte eine zweite Runde bei der Landung, dann Frage Eins, sobald die Obermacher mit dem Frühstück fertig waren. So machen sie's bei den Schüchternen: erst die Daumenschrauben und dann die Fragen, stimmt's? Es könnte daher nur einen, höchstens zwei Tage dauern, bis die Zentrale einen Strauchdieb losschicken würde, der sich ein bißchen dort hinten in der Kirche umsehen sollte, okay?«
Und dann wieder affektiert: »Außerdem mußte ich auf mein eigenes Wohlergehen bedacht sein.«
»Er will sagen, daß die Moskauer Zentrale weniger daran interessiert sein würde, ihm die Kehle durchzuschneiden, wenn sie glaubten, er hätte das Tagebuch nicht gelesen«, sagte Guillam.
»Haben Sie es fotografiert?«
»Ich trage keine Kamera. Ich habe mir ein dickes Schreibheft gekauft. In dieses Heft habe ich das Tagebuch abgeschrieben. Das Original habe ich wieder in sein Versteck gelegt. Die ganze Arbeit hat rund vier Stunden gedauert.« Er schaute Guillam an, dann von ihm weg. Das frische Tageslicht enthüllte plötzlich tiefverborgene Furcht auf Tarrs Gesicht. »Als ich ins Hotel zurückkam, war mein Zimmer völlig verwüstet: sie hatten sogar die Tapeten von den Wänden gerissen. Der Direktor schrie mich

an, ich solle mich zum Teufel scheren. Er wollte von nichts gewußt haben.«
»Er hat eine Kanone bei sich«, sagte Guillam. »Er wird sie nicht mit hinausnehmen.«
»Da haben Sie verdammt recht, das werd' ich nicht.«
Aus Smileys Magengegend kam ein mitfühlendes Grunzen: »Diese Zusammenkünfte, die Sie mit Irina hatten: die toten Briefkästen, die Warnsignale und Ausweichtreffpunkte. Wer hat diese fachmännischen Vorschläge gemacht: die Frau oder Sie?«
»Irina.«
»Worin bestanden die Warnsignale?«
»Körpersprache. Wenn ich den Kragen offen trug, wußte sie, daß ich die Umgebung abgesucht hatte und vermutete, daß die Luft rein sei. Wenn ich ihn geschlossen trug, Treffen abgeblasen bis zum Ausweichtermin.«
»Und Irina?«
»Handtasche. Linke Hand, rechte Hand. Ich kam als erster und wartete irgendwo, wo sie mich sehen konnte. Sie hatte die Wahl: Bleiben oder Abhauen.«
»Das Ganze ereignete sich vor einem halben Jahr. Was haben Sie inzwischen gemacht?«
»Geschlafen«, sagte Tarr grob.
Guillam sagte: »Er hat durchgedreht und sich nach Kuala Lumpur in eines der Bergdörfer verzogen. Sagt er jedenfalls. Er hat eine Tochter namens Danny.«
»Danny ist meine Kleine.«
»Er hat bei Danny und ihrer Mutter sein Lager aufgeschlagen«, sagte Guillam. Wie immer redete er Tarr ganz einfach dazwischen. »Er hat seine Weiber über den ganzen Globus verstreut, aber im Moment scheint sie die Lieblingsfrau zu sein.«
»Warum sind Sie ausgerechnet jetzt zurückgekommen?«
Tarr sagte nichts.
»Hätten Sie nicht gern Weihnachten mit Danny verbracht?«
»Schon.«
»Also, was ist passiert? Hat Ihnen etwas einen Schreck eingejagt?«
»Es sind Gerüchte umgegangen«, sagte Tarr mürrisch.

»Welche Art von Gerüchten?«
»So ein Franzose ist in KL aufgetaucht und hat herumerzählt, ich schuldete ihm Geld. Wollte mir einen Anwalt auf den Hals hetzen. Ich schulde niemandem Geld.«
Smiley wandte sich wieder an Guillam: »Im Circus wird er noch immer als Überläufer geführt?«
»Als mutmaßlicher.«
»Was haben Sie bisher unternommen?«
»Ich bin nicht zuständig. Ich habe auf Umwegen erfahren, daß London Station vor einer Weile mehrmals Kriegsrat über ihn gehalten hat, aber ich war nicht eingeladen und weiß also nicht, was dabei herauskam. Ich vermute, gar nichts, wie üblich.«
»Welchen Paß hat er benutzt?«
Tarr hatte die Antwort bereit: »Thomas habe ich abgeworfen, sobald ich in Malaya ankam. Wie ich annahm, war Thomas zur Zeit in Moskau nicht gerade Liebkind, und so machte ich ihm besser an Ort und Stelle den Garaus. In KL ließ ich mir einen Commonwealth- und britischen Paß anfertigen.« Er gab ihn Smiley. »Auf den Namen Poole. Nicht schlecht für den Preis.«
»Warum benutzten Sie nicht einen Ihrer Schweizer Pässe?«
Wieder eine argwöhnische Pause.
»Oder kamen die Pässe bei der Durchsuchung Ihres Hotelzimmers abhanden?«
Guillam sagte: »Er hat sie sofort nach seiner Ankunft in Hongkong gut versteckt. Das Übliche.«
»Warum haben Sie sie dann nicht benutzt?«
»Sie waren numeriert, Mr. Smiley. Sie waren zwar nicht ausgefüllt, aber numeriert waren sie. Mir war ein bißchen mulmig, ehrlich gesagt. Wenn London die Nummern hatte, dann hatte Moskau sie vielleicht auch, wenn Sie wissen, was ich meine.«
»Und was taten Sie mit Ihren Schweizer Pässen?« wiederholte Smiley freundlich.
»Er sagt, er hat sie weggeworfen«, sagte Guillam. »Wahrscheinlich hat er sie verkauft. Oder für diesen da in Tausch gegeben.«
»Wie? Wie hat er sie weggeworfen? Haben Sie sie verbrannt?«
»Stimmt, ich habe sie verbrannt«, sagte Tarr, und seine Stimme klang frech, halb Drohung, halb Furcht.

»Aber Sie sagten, dieser Franzose habe Sie gesucht...«
»Er suchte Poole.«
»Wer hat jemals etwas von Poole wissen können, außer dem Mann, der diesen Paß gefälscht hat?« fragte Smiley und blätterte darin. Tarr sagte nichts. »Sagen Sie mir, wie Sie nach England zurückgereist sind«, forderte Smiley ihn auf.
»Hinten 'rum, über Dublin. Kein Problem.« Tarr war ein schlechter Lügner, wenn er unter Druck gesetzt wurde. War vielleicht die Schuld seiner Eltern. Er reagierte überstürzt, wenn er nicht vorbereitet war, und zu aggressiv, wenn er eine Antwort in petto hatte.
»Wie sind Sie nach Dublin gekommen?« fragte Smiley und prüfte die Einreisestempel auf der Mittelseite.
»Ging wie geschmiert.« Er hatte sein Selbstvertrauen zurückgewonnen. »Ich habe ein Mädchen, die Stewardeß bei der *South African* ist. Ein Kumpel hat mich per Fracht zum Kap geflogen, dort hat mich mein Mädchen übernommen und mir dann durch einen der Piloten einen Freiflug nach Dublin verschafft. Für die Leute im Osten habe ich die Halbinsel überhaupt nicht verlassen.«
»Ich tue alles in meiner Macht Stehende, um das zu prüfen«, sagte Guillam mit einem Blick zur Decke.
»Dann passen Sie verteufelt auf, Baby«, herrschte Tarr Guillam an. »Hetzen Sie mir nicht die falschen Leute auf den Pelz.«
»Warum sind Sie zu Mr. Guillam gekommen«, erkundigte sich Smiley, der noch immer in Mr. Pooles Paß vertieft war. Es war ein benutztes, ein vielbenutztes Dokument, weder zu voll noch zu leer. »Abgesehen davon, daß Sie natürlich Angst hatten.«
»Mr. Guillam ist mein Boß«, sagte Tarr tugendhaft.
»Ist Ihnen überhaupt nicht in den Sinn gekommen, daß er sie kurzerhand an Alleline weiterreichen könnte? Schließlich sind Sie, jedenfalls in den Augen der Circus-Riesen, ein sehr begehrter Mann.«
»Klar. Aber ich kann mir nicht vorstellen, daß Mr. Guillam mehr für die neue Gruppierung übrig hat als Sie, Mr. Smiley.«
»Außerdem liebt er England«, erläuterte Guillam mit beißendem Hohn.

»Klar. Ich hab' Heimweh gekriegt.«
»Haben Sie jemals erwogen, sich an jemanden anders als an ihn zu wenden? Warum zum Beispiel nicht an eine der Außenstellen, wo Sie weniger Gefahr liefen? Ist Mackelvore noch der Leiter in Paris?« Guillam nickte. »Na also: Sie hätten zu Mr. Mackelvore gehen können. Er hat Sie angeworben, Sie können ihm vertrauen: ein alter Circus-Mann. Sie hätten sicher in Paris sitzen können, anstatt hier Ihren Hals zu riskieren. Du lieber Gott. Lacon, schnell!«
Smiley war aufgesprungen, er hatte den Handrücken an den Mund gepreßt und starrte aus dem Fenster. Auf der Koppel lag Jackie Lacon schreiend auf dem Bauch, während ein reiterloses Pony zwischen den Bäumen davonraste. Sie schauten noch immer hinaus, als Mrs. Lacon, eine hübsche Frau mit langem Haar und dicken Winterstrümpfen, über den Zaun sprang und das Kind aufhob.
»Sie fallen oft 'runter«, bemerkte Lacon ziemlich ärgerlich. »In diesem Alter tun sie sich nicht weh.« Und nicht viel liebenswürdiger setzte er hinzu: »George, Sie sind nicht für Gott und die Welt verantwortlich.«
Langsam setzten sie sich wieder zurecht.
»Und wenn Sie Paris zum Ziel gehabt hätten«, fuhr Smiley fort, »welche Route hätten Sie dann gewählt?«
»Die gleiche bis Irland, und dann wahrscheinlich Dublin-Orly. Was haben Sie gedacht: daß ich auf dem Wasser wandle?«
Hier wurde Lacon rot, und Guillam sprang mit einem zornigen Ausruf hoch. Nur Smiley schien ganz ungerührt. Er nahm den Paß wieder zur Hand und kehrte langsam zum Anfang zurück. »Und wie haben Sie sich mit Mr. Guillam in Verbindung gesetzt?«
Guillam antwortete an seiner Stelle, er sprach schnell: »Er wußte, wo ich meinen Wagen unterstelle. Er schlug einen Treffpunkt vor und deutete an, wir sollten das Ganze zunächst als Privatsache betrachten. Ich nahm Fawn als Babysitter mit.«
Smiley unterbrach: »Vorhin an der Tür, war das Fawn?«
»Er stand für mich Wache, während wir redeten. Seitdem ist er ständig bei uns. Sobald ich Tarrs Geschichte gehört hatte, rief ich

von einer Telefonzelle aus Lacon an und bat um eine Unterredung. George, sollten wir das nicht unter uns besprechen?«

»Haben Sie Lacon hier angerufen oder in London?«

»Hier«, sagte Lacon.

Stille trat ein, bis Guillam erklärte: »Ich erinnerte mich zufällig an den Namen eines Mädchens in Lacons Büro. Ich erwähnte ihren Namen und sagte, sie habe mich gebeten, ihn dringend wegen einer Privatsache anzurufen. Es war nicht ideal, aber es war das Beste, was mir auf Anhieb einfiel.« Und um das Schweigen auszufüllen, setzte er hinzu: »Verdammt nochmal, es bestand kein Grund zur Annahme, daß die Leitung angezapft war.«

»Es bestand jeder Grund.«

Smiley hatte den Paß zugeklappt und prüfte den Einband im Licht einer neben ihm stehenden schäbigen Leselampe. »Recht ordentlich, wie?« bemerkte er leichthin. »Sogar sehr ordentlich. Ich würde sagen, Facharbeit. Ich kann keine schwache Stelle entdecken.«

»Bemühen Sie sich nicht, Mr. Smiley«, konterte Tarr und nahm den Paß wieder an sich, »er ist nicht *made in Russia.*« Als er an der Tür stand, war das Lächeln wieder zurückgekehrt. »Soll ich Ihnen mal was sagen?« fragte er die drei Männer über die Schneise des langen Raums hinweg. »Wenn Irina recht hat, dann werdet ihr Jungens einen ganz neuen Circus brauchen. Wenn wir also zusammenhalten, könnten wir die Kerntruppe bilden.« Er trommelte spielerisch an die Tür. »Mach auf, Darling, ich bin's. Ricki.«

»Danke! Geht in Ordnung! Öffnen Sie bitte«, rief Lacon, und einen Augenblick später wurde der Schlüssel umgedreht, die dunkle Gestalt Fawns, des Babysitters, wurde einen kurzen Moment sichtbar, und die Schritte der beiden verklangen in den tiefen Gewölben des Hauses, zur Begleitmusik von Jackie Lacons fernem Gebrüll.

10 *Worin der Name Ellis zum ersten, aber nicht zum letzten Mal fällt*

Auf der Seite des Hauses, die der Pony-Koppel entgegengesetzt war, lag unter den Bäumen versteckt ein Tennisrasen. Es war kein guter Tennisrasen, er wurde selten gemäht. Im Frühling war das Gras sumpfig vom Winter und die Sonne konnte nicht hingelangen und es trocknen, im Sommer verschwanden die Bälle im Laubwerk, und an diesem Morgen war er knöcheltief von gefrorenen Blättern bedeckt, die sich überall aus dem Garten hier angesammelt hatten. Aber außen herum, ungefähr parallel mit dem Drahtrechteck, zog sich ein Pfad zwischen einigen Birken hin, und auf diesem Pfad gingen auch Smiley und Lacon fürbaß. Smiley hatte seinen Reisemantel angezogen, aber Lacon trug nur seinen fadenscheinigen Anzug. Vielleicht hatte er deshalb eine so scharfe rücksichtslose Gangart angeschlagen, daß jeder Schritt ihn ein Stück weiter über Smiley hinausbrachte und er ständig innehalten und – Schultern und Ellbogen angehoben –, warten mußte, bis der kleinere Mann aufgeholt hatte. Dann legte er sofort wieder los und gewann aufs neue Vorsprung. Auf diese Weise brachten sie zwei Runden hinter sich, bis Lacon das Schweigen brach.

»Als Sie vor einem Jahr mit einem ähnlichen Vorschlag zu mir kamen, habe ich Sie leider hinausgeworfen. Ich nehme an, ich sollte mich entschuldigen. Ich war nicht auf der Höhe.« Angemessenes Schweigen herrschte, während er sein Pflichtversäumnis erwog. »Ich gab Ihnen Anweisung, Ihre Nachforschungen einzustellen.«

»Sie sagten, es sei Amtsanmaßung«, sagte Smiley betrübt, wie in Erinnerung an den gleichen Trauerfall.

»Habe ich diesen Ausdruck gebraucht? Großer Gott, wie schwülstig!«

Vom Haus her hörte man Jackie noch immer schreien.

»Sie hatten nie welche, wie?« quäkte Lacon plötzlich und hob lauschend den Kopf.

»Wie bitte?«
»Kinder. Sie und Ann.«
»Nein.«
»Neffen, Nichten?«
»Einen Neffen.«
»Ihr eigener?«
»Anns Neffe.«
Vielleicht bin ich nie von hier weggegangen, dachte er und blickte um sich, auf die wuchernden Rosen, die zerbrochenen Schaukeln und morastigen Sandgruben, das ungepflegte rote Haus, das im Morgenlicht so roh wirkte. Vielleicht sind wir noch vom letzten Mal da. Lacon rechtfertigte sich aufs neue: »Ich gebe zu, daß ich Ihren Motiven nicht hundertprozentig traute. Es ging mir durch den Kopf, daß Control Sie darauf angesetzt haben könnte, wissen Sie. Um sich an der Macht zu halten und Alleline nicht zum Zug kommen zu lassen«, und wieder rannte er los, mit langen Schritten, abgewinkelten Handgelenken.
»O nein, ich garantiere Ihnen, daß Control überhaupt nichts davon wußte.«
»Das ist mir jetzt klar. Damals nicht. Es ist nicht ganz einfach zu entscheiden, wann man euch trauen darf und wann nicht. Sie haben ganz andere Maßstäbe, nicht wahr? Ich meine, notwendigerweise. Ich akzeptiere sie. Ich will hier nicht richten. Schließlich haben wir alle das gleiche Ziel, wenn auch unsere Methoden verschieden sind« – er setzte über einen Viehgraben. »Einmal hörte ich jemanden sagen, Moral ist Methode. Sind Sie auch dieser Meinung? Wahrscheinlich nicht. Sie würden vermutlich sagen, die Moral sei durch das Ziel definiert. Nur, daß es schwer zu sagen ist, welche Ziele man wirklich hat, besonders wenn man Brite ist. Wir können von euch Leutchen nicht erwarten, daß ihr die Politik für uns festsetzt, wie? Wir können euch nur bitten, sie zu schützen. Habe ich recht? Knifflige Sache das.«
Smiley, der keine Lust mehr hatte, hinter ihm herzujagen, setzte sich auf eine rostige Schaukel, wickelte den Mantel enger um sich und wartete, bis Lacon endlich zurückstelzte und sich neben ihm niederließ. Eine Weile schaukelten sie gemeinsam sanft im Rhythmus der ächzenden Federn.

»Wie zum Teufel ist sie auf Tarr verfallen«, brummte Lacon schließlich und ließ die langen Finger knacken. »Von allen Menschen auf der Welt ausgerechnet den als Beichtvater zu wählen, der so ziemlich der unpassendste sein dürfte.«
»Ich fürchte, diese Frage werden Sie einer Frau stellen müssen, nicht uns«, sagte Smiley und fragte sich wieder einmal, wo Immingham sein mochte.
»Wahrhaftig«, sagte Lacon mit übertriebener Betonung, »ein vollständiges Rätsel, das Ganze. Um elf Uhr bin ich beim Minister. Ich muß ihn ins Bild setzen. Ihren Parlamentsvetter«, fügte er als gezwungenen vertraulichen Scherz hinzu.
»Eigentlich Anns Vetter«, berichtigte ihn Smiley im gleichen abwesenden Tonfall. »Um etliche Ecken, sollte ich hinzufügen, aber trotz allem ein Vetter.«
»Und Bill Haydon ist auch Anns Vetter? Unser vornehmer Direktor von London Station.« Auch dies hatten sie schon einmal durchgespielt.
»Auf andere Weise, ja, ist Bill auch ihr Vetter.« Ziemlich überflüssig fügte er hinzu: »Sie kommt aus einer alten Familie mit einer starken politischen Tradition. Im Laufe der Zeit hat sie sich ziemlich ausgebreitet.«
»Die Tradition?« Lacon liebte es, auf Doppeldeutigkeiten hinzuweisen.
»Die Familie.«
Hinter diesen Bäumen, dachte er, fahren Autos vorbei. Hinter diesen Bäumen liegt eine ganze Welt, aber Lacon hat seine rote Burg und sein christliches Pflichtgefühl, das ihm keinen anderen Lohn verspricht als einen Adelstitel, die Achtung seiner *Peers*, eine fette Pension und ein paar Aufsichtsratspöstchen in der City.
»Auf jeden Fall sehe ich ihn um elf.« Lacon war aufgesprungen, und nun marschierten sie wieder. Smiley fing den Namen Ellis auf, den die herbstliche Morgenluft zu ihm zurückwehte. Einen Augenblick überkam ihn, genau wie neben Guillam im Auto, eine seltsame Nervosität.
»Schließlich«, sagte Lacon gerade, »haben wir beide nur unsere Pflicht getan. Sie glaubten, Ellis sei ein Verräter, und Sie verlang-

ten eine Hexenjagd. Mein Minister und ich glaubten, es handele sich um schlimmste Unfähigkeit von Control – eine Ansicht, die, um es milde auszudrücken, das *Foreign Office* teilte –, und wir verlangten einen neuen Besen.«

»Oh, ich verstehe *Ihr* Dilemma sehr gut«, sagte Smiley mehr zu sich selber als zu Lacon.

»Freut mich. Und vergessen Sie nicht, George: Sie waren Controls Mann. Control hat Sie Haydon vorgezogen, und als er gegen Ende die Dinge nicht mehr im Griff hatte – und dieses ganze ungeheure Abenteuer begann –, haben Sie sich für ihn exponiert. Nur Sie, George. Es passiert nicht alle Tage, daß der Leiter eines Geheimdienstes einen Privatkrieg gegen die Tschechen beginnt.« Es war klar, daß die Erinnerung immer noch schmerzte. »Unter anderen Gegebenheiten hätte wahrscheinlich Haydon dran glauben müssen, aber Sie saßen schon auf dem Schleudersitz, und ...«

»Und Alleline war der Mann des Ministers«, sagte Smiley so milde, daß Lacon seine Gangart zügelte und ihm zuhörte.

»Sie hatten ja keinen Verdächtigen, nicht wahr? Sie wiesen nicht mit dem Finger auf einen bestimmten Mann. Eine ziellose Untersuchung kann außerordentlich viel Schaden anrichten.«

»Ein neuer Besen hingegen kehrt besser.«

»Percy Alleline macht seine Sache sehr gut. Er sorgt für Nachrichten statt für Skandale; er hält sich genau an die Abmachungen und hat das Vertrauen der Klienten gewonnen. Und soviel ich weiß, ist er noch nicht in tschechoslowakisches Gebiet eingedrungen.«

Sie waren zu einem leeren Schwimmbassin gelangt und starrten auf den Grund. Aus den schlammigen Tiefen vermeinte Smiley wieder Roddy Martindales hinterhältige Stimme zu hören: »Kleine Leseräume in der Admiralität, kleine Ausschüsse mit komischen Namen wachsen aus dem Boden ...«

»Sprudelt Percys Spezialquelle noch immer?« erkundigte sich Smiley. »Das *Witchcraft*-Material oder wie man das heutzutage nennt.«

»Ich wußte nicht, daß Sie eingeweiht sind«, sagte Lacon keineswegs erfreut. »Da Sie danach fragen, ja. Quelle Merlin ist unser wichtigster Anhaltspunkt, und *Witchcraft* ist immer noch der Name des Produkts. Der Circus hat seit Jahren kein so gutes Material vorgelegt. Überhaupt nie, soweit ich mich erinnern kann.«

»Und es unterliegt noch immer diesen besonderen Sicherheitsbestimmungen?«

»Gewiß, und nachdem das jetzt passiert ist, werden wir bestimmt noch weit strengere Vorsichtsmaßnahmen treffen.«

»Das würde ich an Ihrer Stelle nicht tun. Gerald könnte den Braten riechen.«

»Das ist der Haken, nicht wahr?« bemerkte Lacon rasch. Seine Zähigkeit war unglaublich, dachte Smiley. Im einen Augenblick war er ein dürrer, ausgepumpter Boxer, dem die Handschuhe zu groß waren für die mageren Gelenke; im nächsten hatte er ausgeholt, einen in die Seile geschickt und beobachtete sodann sein Opfer mit christlichem Mitgefühl. »Wir können nichts tun. Wir können keine Nachforschungen anstellen, weil das gesamte Instrumentarium für eine solche Untersuchung in den Händen des Circus liegt, vielleicht sogar beim Maulwurf Gerald persönlich. Wir können nicht beschatten oder abhören oder Post öffnen. Wir würden in jedem solchen Fall auf Esterhases Aufklärer zurückgreifen müssen, und Esterhase muß wie jeder andere auch suspekt sein. Wir können keine Verhöre anstellen, wir können nicht dafür sorgen, daß bestimmten Personen der Zugang zu heiklen Geheimnissen verwehrt wird. Wenn wir etwas Derartiges unternähmen, würden wir riskieren, den Maulwurf stutzig zu machen. Es ist die älteste Frage der Welt, George. Wer kann den Spion ausspionieren? Wer kann den Fuchs hetzen, ohne mit ihm zu rennen?« Er machte einen weiteren mißglückten Versuch, Humor zu beweisen: »Höchstens der Maulwurf«, sagte er im Verschwörerton.

In einer jähen Aufwallung von Energie hatte Smiley sich losgerissen und trabte vor Lacon den Pfad entlang, der zur Koppel führte.

»Dann gehen Sie doch zur Konkurrenz«, rief er. »Gehen Sie zum Sicherheitsdienst. Sie sind die Experten, sie werden Ihnen eine feine Arbeit liefern.«

»Der Minister möchte das nicht. Sie wissen sehr genau, was er und Alleline von der Konkurrenz halten. Und ganz zu recht, wenn ich das sagen darf. Eine Meute ehemaliger Verwaltungsbeamter aus den Kolonien, die in den Circus-Papieren herumstöbert: ebensogut könnte man das Heer ansetzen, um die Marine zu überprüfen!«

»Das ist überhaupt kein Vergleich«, wandte Smiley ein.

Aber Lacon als guter Beamter hatte schon die zweite Metapher bereit: »Jedenfalls würde der Minister lieber unter einem undichten Dach wohnen, als sich von diesen Außenseitern seine ganze Burg einreißen zu lassen. Entspricht Ihnen diese Formulierung? Er hat einen absolut stichhaltigen Grund, George. Wir haben doch Agenten im Außendienst, und ich würde keinen Pfifferling mehr für sie geben, wenn die Herren vom Sicherheitsdienst angewalzt kämen.«

Jetzt war es an Smiley, sein Tempo zu mäßigen.

»Wie viele?«

»Sechshundert, ein paar mehr oder weniger.«

»Und hinter dem Vorhang?«

»Auf dem Etat stehen hundertundzwanzig.« Bei Zahlen, bei Fakten kannte Lacon keine Unsicherheit. Sie waren das Gold, mit dem er arbeitete, das er im Schweiß seines Angesichts der grauen bürokratischen Erde entrungen hatte. »Soviel ich den Zahlungsquittungen entnehmen kann, sind sie zur Zeit fast alle im Einsatz.« Er machte einen langen Satz. »Ich kann ihm also sagen, daß Sie es übernehmen, nicht wahr?« flötete er so ganz beiläufig, als wäre die Frage eine reine Formalität, nur damit dieser Punkt abgehakt werden könnte. »Sie übernehmen die Arbeit, misten den Stall aus? Gehen Sie zurück, vorwärts, alles was notwendig ist. Schließlich ist es Ihre Generation. Ihr Erbteil.«

Smiley hatte das Gatter der Koppel aufgestoßen und schlug es hinter sich zu. Sie maßen einander über den wackligen Zaun. Lacons rosig angehauchtes Gesicht zeigte ein unterwürfiges Lächeln.

»Wie komme ich auf Ellis?« fragte er im Konversationston. »Warum spreche ich von der Ellis-Affäre, wenn der arme Mensch doch Prideaux hieß?«

»Ellis war sein Arbeitsname.«

»Natürlich. So viele Skandale in letzter Zeit, man vergißt einfach die Details.« Unterbrechung. Schwingen des rechten Unterarms. Ausfall. »Und er war mit Haydon befreundet, nicht mit Ihnen?« erkundigte sich Lacon.

»Sie waren vor dem Krieg zusammen in Oxford.«

»Und während des Krieges und danach Stallgefährten im Circus. Das berühmte Gespann Haydon–Prideaux. Mein Vorgänger sprach dauernd davon.« Er wiederholte: »Aber Sie standen ihm nie nah?«

»Prideaux? Nein.«

»Kein Vetter, meine ich?«

»In drei Teufels Namen«, japste Smiley.

Lacon wurde plötzlich wieder linkisch, aber irgendeine verbissene Absicht ließ ihn den Blick nicht von Smiley wenden. »Und es besteht kein emotionaler oder sonstiger Grund, der Sie veranlassen könnte, den Auftrag abzulehnen? Seien Sie ganz aufrichtig, George«, drängte er so besorgt, als wäre ›aufrichtig sein‹ das letzte, was er sich wünschte. Er wartete einen Moment, dann warf er alle Bedenken beiseite: »Ich sehe eigentlich auch keinen Grund. Ein Teil unserer Person gehört wohl immer der Arbeit für die Öffentlichkeit, nicht wahr? Der Gesellschaftsvertrag hat seine zwei Seiten, das haben Sie gewiß schon immer gewußt. Und Prideaux ebenfalls.«

»Was soll das heißen?«

»Ja, du lieber Gott, er hat einiges abbekommen, George. Eine Kugel im Rücken gilt allgemein als ziemliches Opfer, nicht wahr, sogar in Ihrer Welt?«

Smiley stand allein am entfernten Ende der Koppel unter triefenden Bäumen und versuchte, seine Gefühle zu ergründen, während er um Atem rang. Wie ein altes Leiden hatte ihn der Zorn angefallen. Seit seinem Abtreten hatte er ihn verleugnet, alles gemieden, was ihn zum Ausbruch bringen könnte: Zeitungen, ehemalige Kollegen, Klatsch à la Martindale. Nachdem er ein Leben lang von seinem Verstand und seinem enormen Gedächtnis gelebt hatte, widmete er sich nun hauptamtlich der Aufgabe des Vergessens. Er hatte sich gezwungen, wissenschaftliche Interessen zu pflegen, die ihm während seiner Dienstzeit im Circus hinlänglich als Zerstreuung gedient hatten, aber jetzt, in seiner Untätigkeit, waren sie nichts, absolut nichts. Er hätte laut schreien können: nichts!

»Verbrenn den ganzen Kram«, hatte Ann hilfsbereit vorgeschlagen und damit seine Bücher gemeint. »Zünde das ganze Haus an. Alles, nur nicht verschimmeln.«

Wenn sie mit »verschimmeln« resignieren meinte, dann hatte sie sein Bestreben richtig beurteilt. Er hatte versucht, ehrlich versucht, als er sich seinem, wie die Versicherungsprospekte es mit Vorliebe nannten, Lebensabend näherte, einen mustergültigen *Rentier* abzugeben; obgleich niemand, und am allerwenigsten Ann, ihm diese Mühe dankte. Sooft er am Morgen sein Bett verließ, sooft er es des Abends, meist allein, wieder aufsuchte, hatte er sich eingehämmert, daß er nicht unentbehrlich sei und es niemals war. Er hatte sich das Bekenntnis eingepaukt, daß er in jenen elenden letzten Monaten von Controls Amtsführung, als eine Katastrophe die andere jagte, die Dinge viel zu überspitzt gesehen hatte. Und wenn jetzt der alte Amtsadam in ihm rebellierte und sagte: du *weißt*, daß es mit dem Circus bergab ging, du *weißt*, daß Jim Prideaux verraten wurde; nun, hatte er erwidert, und wenn schon? »Es ist schiere Eitelkeit, zu glauben, daß als einziger Mensch ein fetter, älterer Spion imstande wäre, die Welt zusammenzuhalten«, ermahnte er sich. Und bei anderen Gelegenheiten: »Ich habe noch nie gehört, daß irgendwer bei seinem Ausscheiden aus dem Circus *keine* unvollendete Arbeit zurückgelassen hätte.«

Nur Ann weigerte sich, diesen Schluß anzuerkennen, zu dem er mit soviel Mühe gelangt war. Sie ereiferte sich sogar, wie nur Frauen sich über geschäftliche Dinge ereifern können, sie drängte ihn, umzukehren, seine Arbeit dort wieder aufzunehmen, wo er sie abgebrochen hatte, nicht unter billigen Argumenten vom Kurs abzugehen. Nicht daß sie etwas gewußt hätte, aber welche Frau hat sich jemals von einem Mangel an Wissen aufhalten lassen? Sie fühlte. Und verachtete ihn, weil er nicht in Übereinstimmung mit ihrem Fühlen handelte.

Und jetzt, genau in dem Moment, als er endlich so weit war, an sein eigenes Dogma zu glauben, ein Schritt, der ihm durch Anns Verliebtheit in einen stellenlosen Schauspieler nicht leichter gemacht wurde, was passiert jetzt? Die vollzählig versammelten Gespenster aus seiner Vergangenheit: Lacon, Control, Karla, Alleline, Esterhase, Bland und zu guter Letzt Bill Haydon persönlich stürmen in seine Zelle und teilen ihm strahlend mit, während sie ihn wieder zurück in den gleichen Garten zerren, daß alles, was er Eitelkeit genannt hatte, Wahrheit sei!
Haydon, wiederholte er leise, denn er konnte sich nicht mehr gegen die Flut der Erinnerungen wehren. Schon der Name versetzte ihm einen Stoß. »Ich habe gehört, Sie und Bill hätten einst *alles* miteinander geteilt«, sagte Martindale.
Er starrte auf seine pummeligen Hände und sah, wie sie zitterten. Zu alt? Impotent? Angst vor der Jagd? Oder Angst vor dem, was er am Ende aufstöbern würde?
»Für das Nichttun gibt es immer ein Dutzend Gründe«, sagte Ann mit Vorliebe – es war tatsächlich eine treffliche Rechtfertigung vieler ihrer Seitensprünge. »Für das *Tun* gibt es nur einen Grund. Nämlich, daß man es will.« Oder muß? Ann würde das leidenschaftlich verwerfen: Zwang, würde sie sagen, ist nur ein anderes Wort für »tun, was man will«; oder für »nicht tun, wovor man sich fürchtet«.

Mittlere Kinder weinen länger als ihre Geschwister. Jackie Lacon lag an der Schulter ihrer Mutter, um ihren Schmerz und den verletzten Stolz zu beschwichtigen, und beobachtete den Aufbruch der Gäste. Zuerst zwei Männer, die sie noch nie gesehen hatte, der eine groß und schlank, der andere kurz und dunkel. Sie fuhren in einem kleinen grünen Lieferwagen weg. Niemand winkte ihnen nach, wie sie feststellte, oder sagte auch nur Auf Wiedersehen. Dann fuhr ihr Vater in seinem Wagen weg und schließlich gingen ein schöner blonder Mann und ein kleiner fetter in einem viel zu großen Mantel zu einem Sportwagen, der unter den Birken geparkt war. Zuerst glaubte sie, mit dem Fetten müsse etwas nicht stimmen, er folgte dem anderen so langsam und mühselig. Aber als er sah, daß der schöne Mann ihm die Wagentür hielt, schien er aufzuwachen und fiel in einen schwerfälligen Trab. Aus unerfindlichen Gründen regte diese Szene sie von neuem auf. Eine Woge von Kummer erfaßte sie, und ihre Mutter konnte sie nicht trösten.

11 Peter Guillam folgt den Spuren eines »Maulwurfs« und findet die Jagd nicht ungefährlich

Peter Guillam war ein ritterlicher Mann, dessen bewußte Loyalität durch seine Gefühle der Zuneigung bestimmt wurde. Seine angeborene Loyalität gehörte seit vielen Jahren dem Circus. Sein Vater, ein französischer Geschäftsmann, hatte während des Krieges für Haydons *réseau* spioniert, während die Mutter, gebürtige Engländerin, geheimnisvollen Beschäftigungen mit Chiffren nachging. Guillam selber hatte bis vor acht Jahren, als Angestellter eines Transportunternehmens getarnt, seine eigenen Agenten in Französisch Nordafrika gehabt, ein ausgesprochenes Himmelfahrtskommando. Sein Netz flog auf, seine Agenten wurden gehenkt, und für ihn begannen die langen Jahre des gestrandeten Profis mittleren Alters. Er verrichtete in London Gelegenheitsarbeiten, manchmal für Smiley, leitete ein paar Inlandseinsätze, dirigierte ein Netz von Freundinnen, die, wie es im Fachjargon hieß, nicht rundgeschaltet waren, und als Allelines Clique ans Ruder kam, wurde er nach Brixton abgeschoben, vermutlich, weil er die falschen Beziehungen hatte, unter anderem Smiley. So hätte er bis vergangenen Freitag ganz entschieden seine Lebensgeschichte dargestellt. Seine Verbindung zu Smiley hätte er sich größtenteils für den Schluß aufgehoben.
Guillam wohnte damals vorwiegend in den Londoner Docks, wo er unter den vereinzelten polnischen und russischen Matrosen, die er und einige Talentsucher aufgetan hatten, ein untergeordnetes Marinenetz zusammenstellte. Zwischendurch saß er immer wieder in einem kleinen Zimmer im Erdgeschoß des Circus, tröstete eine hübsche Sekretärin namens Mary und war ganz zufrieden, abgesehen davon, daß keiner, der etwas zu sagen hatte, jemals seine Aktennotizen beantwortete. Wenn er das Telefon benutzte, war entweder besetzt, oder es meldete sich niemand. Er hatte gerüchtweise etwas von Schwierigkeiten gehört, aber es gab dauernd Schwierigkeiten. So war zum Beispiel allgemein bekannt, daß Alleline und Control einander in der Wolle

hatten, aber darin bestand schon seit Jahren ihre Hauptbeschäftigung. Er wußte ferner, genau wie alle anderen, daß eine großangelegte Sache in der Tschechoslowakei geplatzt war und daß Jim Prideaux, der Chef der Skalpjäger, der älteste Tschechen-Spezialist und Bill Haydons lebenslanger Gefährte, angeschossen und erwischt worden war. Daher vermutlich das unüberhörbare Schweigen und die düsteren Mienen. Daher auch Bill Haydons rasender Zorn, der durchs ganze Haus seine Wellen schlug: wie Gottes Zorn, sagte Mary, der ausgewachsene Leidenschaften imponierten. Später hörte er die Katastrophe als »Operation Testify« bezeichnen. *Testify*, so sagte Haydon ihm später, sei die stümperhafteste Operation gewesen, die jemals ein alter Mann um seines welkenden Ruhmes willen angezettelt habe, und Jim Prideaux sei der Preis dafür. Einiges darüber war in die Zeitungen gelangt, es gab Anfragen im Parlament und sogar Gerüchte – die offiziell nicht bestätigt wurden –, daß britische Truppen in Deutschland in höchster Alarmbereitschaft seien.

Schließlich, nachdem er sich lange genug in allen möglichen Büros herumgetrieben hatte, ging ihm auf, was allen anderen schon vor sechs Wochen aufgegangen war. Der Circus schwieg nicht nur, er war eingefroren. Nichts kam herein, nichts ging hinaus; jedenfalls nicht auf der Ebene, auf der Guillam sich bewegte. Alle Mächtigen des Hauses waren wie vom Erdboden verschluckt, und als der Zahltag kam, steckten keine dicken Kuverts in den Fächern, weil, laut Mary, die Personalabteilung nicht die übliche allmonatliche Anweisung erhalten habe, sie auszugeben. Dann und wann berichtete jemand, er habe Alleline beim Verlassen seines Clubs gesehen, ausgesprochen verbiestert. Oder Control beim Einsteigen in seinen Wagen, ausgesprochen sonnig. Oder daß Bill Haydon seine Entlassung eingereicht habe, mit der Begründung, daß er übergangen oder unterlaufen worden sei, aber Bill reichte ständig seine Entlassung ein. Dieses Mal jedoch, wie das Gerücht wissen wollte, aus andersgearteten Gründen: Haydon sei wütend darüber, daß der Circus sich weigere, den Tschechen den Preis für Jim Prideaux' Freilassung zu zahlen; sie verlangten angeblich zu viel an Agenten oder an Prestige. Und daß

Bill einen seiner Ausbrüche von Chauvinismus gehabt und erklärt habe, jeder Preis sei angemessen, wenn man dafür einen Engländer zurückbekomme: gebt ihnen alles, was sie wollen, aber holt Jim zurück.

Dann erschien eines Abends Smiley unter Guillams Tür und lud ihn zu einem Drink ein. Mary wußte nicht, wer er war, und sagte nur in ihrem einstudiert klassenlosen Tonfall »Hallo«. Als sie Seite an Seite den Circus verließen, wünschte Smiley den Kontrollbeamten ungewöhnlich knapp gute Nacht, und in der Kneipe an der Wardour Street sagte er: »Sie haben mich geschaßt«, und das war alles.

Vom Pub gingen sie in ein Weinlokal in der Nähe von Charing Cross, einem Keller mit Musik und ohne Gäste. »Haben sie irgendeinen vernünftigen Grund angegeben?« erkundigte sich Guillam. »Oder ist es nur, weil Ihre Figur gelitten hat?«

Smiley hakte bei dem Wort »vernünftig« ein. Er war inzwischen ehrenhaft, aber gründlich betrunken, doch »vernünftige Gründe« drangen, während sie am Themseufer entlangschwankten, zu ihm durch.

»Vernünftig als logisch?« fragte er, und es klang weniger nach Smiley als nach Bill Haydon, dessen polemischer Stil aus der Vorkriegszeit in diesen Tagen jedermann in den Ohren zu klingen schien. »Oder vernünftig als begründet? Vernunft als Lebensform?« Sie setzten sich auf eine Bank. »Ich pfeife auf ihre ›vernünftigen Gründe‹. Ich habe meine eigenen. Und zwar ganz andere«, räsonierte er hartnäckig weiter, während Guillam ihn sorgsam in ein Taxi verlud und dem Chauffeur Geld und Adresse gab, »ganz andere, als diese halbgare Toleranz, die nur der Interesselosigkeit entspringt.«

»Amen«, sagte Guillam, der dem entschwindenden Taxi nachschaute und in diesem Augenblick klar erkannte, daß nach den Regeln des Circus ihre Freundschaft, so wie sie bisher gewesen war, hier und jetzt endete. Am nächsten Tag erfuhr Guillam, daß noch mehr Köpfe gerollt waren und daß Percy Alleline als Nachtwächter mit dem Titel eines amtierenden Chefs zunächst den Laden übernehmen sollte, und daß Bill Haydon zu jedermanns Erstaunen, aber höchst wahrscheinlich aus nagendem

Zorn auf Control, unter ihm arbeiten wolle; oder, wie die ganz Gescheiten sagten, über ihm. Weihnachten war Control tot.
»Du wirst der nächste sein«, sagte Mary, die in diesen Ereignissen eine zweite Erstürmung des Winterpalasts sah, und sie weinte, als Guillam in die sibirische Verbannung nach Brixton zog, ironischerweise, um Jim Prideaux' Planstelle auszufüllen. Als Guillam nun an jenem feuchten Montagnachmittag, beschwingt von der Aussicht auf Treuebruch, die Stufen zum Circus hinaufstieg, ließ er sich alle diese Ereignisse nochmals durch den Kopf gehen und kam zu dem Schluß, daß heute sein Weg zurück begann.

Er hatte die vorangegangene Nacht in seiner geräumigen Wohnung am Eaton Place in Gesellschaft Camillas verbracht, einer Musikstudentin mit langgestrecktem Körper und traurigem schönem Gesicht. Obwohl sie erst zwanzig war, hatte ihr schwarzes Haar graue Strähnen, wie von einem Schock, über den sie niemals sprach. Als vielleicht weitere Folge des gleichen unausgesprochenen Traumas aß sie kein Fleisch, trug keine Lederschuhe und nahm keine alkoholischen Getränke zu sich; nur in der Liebe war sie, wie es Guillam schien, frei von solchen geheimnisvollen Hemmungen. Er hatte den ganzen Vormittag allein in seinem äußerst schäbigen Zimmer in Brixton Dokumente aus dem Circus fotografiert, mittels einer Kleinstbildkamera aus seinen eigenen Ausrüstungsbeständen; er tat das häufig, um in Übung zu bleiben. Der Lagerverwalter hatte gefragt »Tageslicht oder künstlich«, und sie hatten sich freundschaftlich über Lichtempfindlichkeit unterhalten. Er hatte seiner Sekretärin gesagt, daß er nicht gestört werden wolle, seine Tür abgeschlossen und sich nach Smileys präzisen Anweisungen an die Arbeit gemacht. Die Fenster waren hoch in der Wand eingelassen. Im Sitzen konnte er nur den Himmel sehen und das Dach der neuen Schule am Ende der Straße.
Er begann mit Nachschlagematerial aus seinem Privatsafe. Smiley hatte ihm die Reihenfolge angegeben. Zuerst das Mitarbeiterverzeichnis, nur an höhere Beamte auszuhändigen, mit den Privatadressen, Telefonnummern, Namen und Arbeitsnamen

des gesamten im Inland stationierten Circuspersonals. Zweitens, Richtlinien der Aufgabenverteilung, mit Ausfalt-Diagramm des neuen Organisationsplans des Circus unter Alleline. In seinem Mittelpunkt lag London Station wie eine Riesenspinne in ihrem Netz. »Nach der Prideaux-Pleite«, hatte Bill zu wiederholten Malen gewettert, »wird es für uns keine Geheimarmeen mehr geben, keine linke Hand, die nicht weiß, was die linke tut.« Alleline war, wie Guillam feststellte, zweimal eingetragen, einmal als Chef, einmal als »Direktor der Abteilung Besondere Quellen«. Das Gerücht wollte wissen, daß diese Quellen den Circus am Leben hielten. Nach Guillams Dafürhalten war der minimale Arbeitsausstoß des Circus und das Ansehen, das er in Whitehall genoß, durch nichts anderes zu erklären. Diesen Dokumenten fügte er auf Smileys Drängen noch den revidierten Organisationsplan der Skalpjäger hinzu. Es handelte sich hierbei um einen Brief Allelines, der mit den Worten »Lieber Guillam« begann und ihm im einzelnen die Beschneidung seiner Befugnisse mitteilte. Sie gingen in mehreren Fällen an Toby Esterhase, den Chef der Aufklärer in Acton über, der einzigen Zweigstelle, die im Zuge des Lateralismus an Bedeutung gewonnen hatte.

Danach ging er hinüber an seinen Schreibtisch und fotografierte, ebenfalls auf Anweisung Smileys, ein paar Routine-Rundschreiben, die als allgemeine Lektüre nützlich sein konnten. Unter ihnen war ein Klagelied der Verwaltung über den Zustand »sicherer Häuser« im Gebiet von London: »Es wird *dringend* gebeten, sie *pfleglich* zu behandeln«, und ein weiteres über den Mißbrauch nicht registrierter Telefone im Circus zu Privatgesprächen. Schließlich ein sehr massives persönliches Anschreiben der Dokumentenabteilung, worin er »zum unwiderruflich letzten Mal« darauf aufmerksam gemacht wurde, daß seine auf seinen Arbeitsnamen lautenden Autopapiere abgelaufen seien, und daß er, falls er sie nicht zu erneuern geruhte, »der Personalstelle zur Einleitung entsprechender disziplinarischer Maßnahmen gemeldet würde«.

Er legte die Kamera zur Seite und ging wieder zum Safe. Im untersten Fach lag ein Packen Aufklärerberichte, mit Toby Esterhases Unterschrift versehen und mit dem Codewort Axt gestempelt. Sie enthielten die Namen und Tarnberufe der zwei- bis dreihundert identifizierten sowjetischen Geheimdienstagenten, die in London unter legaler oder halblegaler Tarnung tätig waren: Handel, Tass, Aeroflot, Radio Moskau, konsularischer und diplomatischer Dienst. Gegebenenfalls auch die Daten von Nachforschungen, die durch die Aufklärer angestellt worden waren und die Namen von Nebenstellen, wie man in der Fachsprache solche Kontakte nannte, die im Zug einer Überwachung entdeckt und nicht unbedingt immer weiter verfolgt wurden. Die Berichte waren in einem jährlichen Hauptband mit monatlichen Ergänzungsbänden zusammengefaßt. Guillam studierte zuerst den Hauptband, dann die Ergänzungen. Um elf Uhr zwanzig verschloß er den Safe, rief über die direkte Leitung London Station an und verlangte Lauder Strickland von der Bankabteilung.

»Lauder, hier Peter in Brixton, wie geht das Geschäft?«

»Ja, Peter, was kann ich für Sie tun?«

Kurz und bündig. Wir in London Station haben wichtigere Freunde, besagte der Tonfall.

Es handle sich darum, ein paar Moneten abzustauben, erklärte Guillam, und damit einen französischen diplomatischen Kurier einzukaufen, der offenbar zu haben war. Mit seiner demütigsten Stimme brachte er die Frage vor, ob Lauder wohl Zeit finden könnte, daß sie sich treffen und die Sache besprechen würden. Ob das Projekt von London Station freigegeben sei? wollte Lauder wissen. Nein, aber Guillam habe die Papiere bereits mit dem Pendelbus an Bill abgeschickt. Lauder Strickland wurde eine Spur zugänglicher. Guillam ließ nicht locker: »Die Sache hat ein paar kitzlige Aspekte, Lauder, ohne Ihren Grips werden wir nicht auskommen.«

Lauder sagte, er könne eine halbe Stunde für ihn erübrigen.

Auf dem Weg ins West End lieferte er seine Filme in der unansehnlichen Drogerie Lark in der Charing Cross Road ab. Lark, wenn er es selber war, war ein sehr fetter Mann mit riesigen Fäusten. Der Laden war leer.

»Die Filme von Mr. Lampton, zum Entwickeln«, sagte Guillam.

Lark nahm das Päckchen mit ins Hinterzimmer, und als er wiederkam, sagte er mit gurgelnder Stimme: »Alle in Ordnung«, und stieß einen Luftschwall aus, als rauchte er, was er aber nicht tat. Er brachte Guillam zur Tür und schloß sie hinter ihm. Wo mag George sie nur immer auftreiben? fragte er sich. Er hatte eine Packung Hustenpastillen gekauft. Jeder einzelne Schritt muß zu begründen sein, hatte Smiley ihm eingeschärft: Nehmen Sie stets an, daß Tobys Hunde vierundzwanzig Stunden am Tag auf Ihrer Fährte sind. Das ist schließlich nichts Neues, dachte Guillam; Toby Esterhase würde seiner eigenen Mutter die Hunde auf die Spur hetzen, wenn es ihm ein Schulterklopfen von Alleline einbrächte.

Von Charing Cross ging er zu *Chez Victor* zu einem Lunch mit seinem Vorturner Cy Vanhofer und einem Halunken, der sich Lorimer nannte und behauptete, seine Mätresse mit dem ostdeutschen Gesandten in Stockholm zu teilen. Lorimer sagte, das Mädchen sei bereit, mitzuspielen, aber sie benötige die britische Staatsbürgerschaft und einen Haufen Geld, zahlbar bei der ersten Lieferung. Sie würde alles tun, sagte er: Die Post des Botschafters abfangen, Mikros in seine Räume pflanzen »oder ihm Glasscherben ins Badewasser streuen«, was ein Witz sein sollte. Guillam hielt Lorimer für einen Lügner, und er hätte gern gewußt, ob auch Vanhofer einer sei, aber er wußte nur zu gut, daß er keinem von beiden darauf kommen würde, nach welcher Seite er tendierte. Er mochte das Lokal *Chez Victor*, konnte sich aber nicht erinnern, was er gegessen hatte, und als er den Vorplatz im Circus betrat, war ihm klar, daß er schrecklich aufgeregt war.

»Hallo Bryant.«

»Freut mich, Sie zu sehen, Sir. Nehmen Sie doch Platz, Sir, nur einen Augenblick, Sir, vielen Dank«, sagte Bryant, alles in einem Atemzug, und Guillam ließ sich auf der Holzbank nieder und dachte an Zahnärzte und Camilla. Sie war eine ganz neue und ziemlich schillernde Erwerbung; alles war so schnell gegangen wie schon seit langem nicht mehr. Sie hatten sich bei einer Party kennengelernt, wo sie bei einem Glas Karottensaft allein in einer Ecke saß und über die Wahrheit sprach. Guillam setzte alles auf eine Karte und sagte, Ethik sei nicht seine starke Seite und ob sie nicht lieber einfach ins Bett gehen sollten? Camilla überlegte eine

Weile ernsthaft; dann holte sie ihren Mantel. Seitdem hing sie in Guillams Wohnung herum, briet Nuß-Frikadellen und spielte Flöte.

Der Vorplatz sah schäbiger aus denn je. Drei alte Aufzüge, eine Holzbarriere, ein Werbeplakat für Mazawatee-Tee, Bryants verglastes Schilderhäuschen mit einem Bilder-aus-England-Kalender und mehrere bemooste Telefone.

»Mr. Strickland *erwartet* Sie bereits, Sir«, sagte Bryant, als er wieder auftauchte, und stempelte bedächtig auf einen rosa Zettel die Tageszeit auf: Vierzehn Uhr fünfundfünfzig, P. Bryant, Portier. Das Gitter des mittleren Aufzuges klapperte wie ein Bündel trockener Stecken.

»Zeit, daß das Ding mal geölt wird, wie?« rief Guillam, während er wartete, bis der Mechanismus in Gang kam.

»Wir haben schon x-mal angemahnt«, sagte Bryant und stieg in seine Lieblingsklage ein. »Sie rühren keinen Finger. Man kann nachfragen, bis man schwarz wird. Wie geht's der Familie, Sir?«

»Bestens«, sagte Guillam, der keine hatte.

»Freut mich«, sagte Bryant. Von oben sah Guillam den sahnefarbenen Kopf zwischen seinen Füßen verschwinden. Mary nannte ihn immer Erdbeer mit Vanille, fiel ihm ein: rotes Gesicht, weißes Haar und breiig.

Im Lift betrachtete er seinen Besuchsschein. »Berechtigt zum Betreten von LS«, lautete die erste Zeile. »Zweck des Besuches: Bankabteilung. Dieses Dokument ist vor Verlassen des Gebäudes zurückzugeben.« Und neben »Unterschrift des Besuchten« ein freier Platz.

»Tag, Peter. Begrüße Sie. Sie haben sich ein bißchen verspätet, aber das macht nichts.«

Lauder wartete an der Schranke, das ganze 1 Meter 80 hohe Nichts von ihm, mit weißem Kragen und voll heimlichen Stolzes, weil er aufgesucht wurde. Zu Controls Zeiten war diese Etage ein einziges Hin und Her geschäftiger Leute gewesen. Heute verschloß eine Schranke den Zutritt. Ein rattengesichtiger Portier prüfte eingehend seinen Besuchsschein.

»Du lieber Gott, seit wann haben Sie denn dieses Ungetüm?«

fragte Guillam und blieb vor einem glänzenden neuen Kaffeeautomaten stehen. Ein paar Mädchen, die ihre Becher füllten, blickten auf und sagten: »Hallo, Lauder«, wobei sie Guillam anschauten. Die große erinnerte ihn an Camilla: das gleiche langsam glimmende Auge, das die männliche Unzulänglichkeit ächtete.

»Ach, Sie ahnen gar nicht, wie viele Mann-Stunden das einspart«, schrie Lauder plötzlich. »Phantastisch. Ganz phantastisch«, und hätte in seiner Begeisterung beinah Bill Haydon überrannt.

Haydon war aus seinem Zimmer getreten, einem sechseckigen MG-Stand mit Blick über New Compton Street und Charing Cross Road. Er bewegte sich in der gleichen Richtung wie sie, aber im Tempo von einer halben Meile pro Stunde, was bei Bill innerhalb des Hauses Vollgas bedeutete. Im Freien verhielt er sich anders; Guillam hatte auch das gesehen, bei Übungsspielen in Sarratt und einmal bei einem nächtlichen Überfall in Griechenland. Im Freien war er flink und gewandt; das scharfgeschnittene Gesicht, das in diesem dumpfen Korridor fahl und verschlossen wirkte, schien unter freiem Himmel von den fernen Orten geprägt, an denen er gearbeitet hatte. Sie waren Legion: für Guillams bewundernde Augen gab es kein Einsatzfeld, das nicht irgendwo Haydons Siegel getragen hätte. Er war in seiner eigenen Karriere immer wieder den Spuren von Bills ungewöhnlicher Laufbahn begegnet. Vor ein paar Jahren, als er noch für den Marine-Geheimdienst arbeitete und unter anderem die Aufgabe hatte, ein Team von Küstenbewachern für die chinesischen Häfen Wentschou und Amoy zusammenzustellen, entdeckte Guillam zu seinem Erstaunen, daß es in beiden Städten noch chinesische Agenten gab, die Bill Haydon während irgendeines vergessenen Kriegseinsatzes rekrutiert, mit Geheimsendern und allem Zubehör ausgestattet hatte und mit denen man sich in Verbindung setzen konnte. Und ein anderes Mal, als er die Berichte über Himmelfahrtskommandos von Circus-Kämpfern während des Krieges durchging – weniger, weil er für die Gegenwart Wichtiges zu finden hoffte, als in wehmütigem Rückblick –, stieß Guillam zweimal innerhalb von zwei Minuten auf Haydons Arbeitsnamen: Im Jahr einundvierzig hatte er französische Fischkutter aus der Helford-Bucht gefahren; im gleichen Jahr richtete er, mit Jim Prideaux als Sozius, Kurierstafetten quer durch Südeuropa ein, vom Balkan bis Madrid. Für Guillam gehörte Haydon jener einmaligen, aussterbenden Circus-Generation an, zu der auch seine Eltern und Smiley gehörten – exklusiv und in Haydons Fall von blauem Blut. Aus einem einzigen Dasein, das er in unsteter Hast zubrachte, hatten sie in aller Gelassenheit ein Dutzend Leben gemacht, und noch heute, nach dreißig Jahren, verdankte der Circus ihnen seinen ersterbenden Hauch von Abenteuer.

Als er die beiden Männer sah, blieb Haydon wie angewurzelt stehen. Seit Guillam zuletzt mit ihm gesprochen hatte, war ein Monat vergangen; vermutlich war er in ungenannten Geschäften verreist gewesen. Als er jetzt, das Licht im Rücken, vor seiner offenen Bürotür stand, sah er seltsam schwarz und groß aus. Er trug irgend etwas, Guillam konnte nicht feststellen, was es war, eine Zeitschrift, eine Akte oder ein Bericht; sein Büro, das von seinem Schatten entzweigeschnitten wurde, war ein Mittelding zwischen Mönchszelle und unaufgeräumter Studentenbude. Überall lagen Berichte, Manuskripte und Akten herum; ein filzbespanntes Anschlagebrett an der Wand war mit Postkarten und Zeitungsausschnitten besteckt; daneben hing, schief und ungerahmt, eines von Bills frühen Bildern, konsequent abstrakt, in harten, flachen Wüstenfarben.

»Hallo Bill«, sagte Guillam.

Haydon ließ seine Tür offenstehen – ein eklatanter Bruch der Hausordnung – und setzte sich, noch immer wortlos, vor ihnen in Bewegung. Er war wie immer sagenhaft verschroben gekleidet. Die Lederflecke auf seinem Jackett waren sternförmig aufgenäht, nicht viereckig, so daß er von hinten wie ein Harlekin aussah. Die Brille hatte er über die graue Stirntolle geschoben wie eine Schutzbrille. Eine Weile trabten sie unsicher hinter ihm her, bis er sich plötzlich unversehens umdrehte, in ganzer Figur, wie eine Statue, die langsam auf ihrem Sockel herumschwenkt, und den Blick auf Guillam richtete. Dann grinste er, so daß die sichelförmigen Augenbrauen sich hoben wie die Brauen eines Clowns, und sein angespanntes Gesicht wurde hübsch und un-

wahrscheinlich jung.
»Was, zum Teufel, haben Sie denn hier zu suchen, Sie Paria?« erkundigte er sich liebenswürdig.
Lauder, der die Frage ernst nahm, stürzte sich in Erklärungen über Belgrad und das nötige Kleingeld.
»Schließen Sie besser die Löffel weg«, sagte Bill und redete einfach durch Lauder hindurch. »Diese Skalpjäger stehlen Ihnen das Gold aus den Zähnen«, und setzte mit einem weiteren freundschaftlichen Grinsen seinen Weg fort, nachdem er sie vorbeigelassen hatte. »Und verschließen Sie auch die Mädchen«, rief er ihnen noch nach, »wenn sie sich's gefallen lassen. Seit wann stauben die Skalpjäger ihr Geld selber ab? Das ist unsere Arbeit.«
»Lauder staubt ab. Wir verpulvern's nur.«
»Unterlagen an mich«, sagte Haydon mit plötzlicher Barschheit zu Strickland. »Mit dem Kuddelmuddel ist jetzt Schluß.«
»Sind schon an Sie unterwegs«, sagte Guillam. »Liegen wahrscheinlich bereits in Ihrem Einlaufkorb.«
Ein letztes Nicken forderte sie zum Überholen auf, so daß Guillam auf dem ganzen Weg bis zur nächsten dunklen Biegung spürte, wie Haydons blaßblauer Blick sich in seinen Rücken bohrte.
»Phantastischer Kerl«, erklärte Lauder, als hätte Guillam Bill zum erstenmal gesehen. »London Station könnte gar nicht in besseren Händen sein. Unglaubliche Befähigung. Unglaubliche Beurteilung. Glänzend.«
Während ihr, dachte Guillam, vom Abglanz profitiert. Indem man euch mit Haydon identifiziert, mit dem Kaffeeautomaten, mit den Banken. Seine Betrachtungen wurden durch die ätzende Cockney-Stimme Roy Blands unterbrochen, der aus der nächsten Tür vor ihnen auftauchte.
»He, Lauder, Moment mal: haben Sie Bloody Bill irgendwo gesehen? Er wird dringend gewünscht.«
Darauf folgte unmittelbar Toby Esterhases getreues mitteleuropäisches Echo aus der gleichen Richtung: »Umgehend, Lauder, wir haben sogar schon seinetwegen Alarm geschlagen.« Sie waren in den letzten engen Korridor eingeschwenkt. Lauder hatte vielleicht drei Schritt Vorsprung und setzte bereits zu seiner

Antwort an, als Guillam die offene Tür erreichte und hineinschaute. Bland lungerte in Hemdsärmeln an seinem Schreibtisch. Schweißringe umzogen die Achselhöhlen. Esterhase beugte sich wie ein Oberkellner zu ihm, ein sehr kleiner Mann mit steifem Rücken, eine Miniatur-Exzellenz mit Silberhaar und einem verkrampften unfreundlichen Kiefer, und er hatte eine Hand nach dem Schriftstück ausgestreckt, als wollte er eine Spezialität empfehlen. Sie hatten offenbar gerade das gleiche Dokument gelesen, als sie des vorbeigehenden Lauder ansichtig wurden.
»Doch Roy, ich habe Bill Haydon gesehen«, sagte Lauder, der die Gabe hatte, ungebührliche Fragen in eine anständige Form umzufunktionieren. »Mir schwant sogar, daß Bill zu Ihnen unterwegs ist, er kommt schon hinten im Korridor, wir haben nur kurz über ein paar Dinge gesprochen.«
Blands Blick glitt langsam zu Guillam und blieb auf ihm haften; dieses frostige Abschätzen erinnerte unangenehm an Haydon. »Hallo, Peter«, sagte er. Im gleichen Moment reckte sich Klein Toby zu voller Höhe und wandte die Augen gleichfalls auf Guillam; braun und still wie die Augen eines Schützen.
»Hei«, sagte Guillam, »worüber wird gelacht?«
Ihre Begrüßung war nicht nur frostig, sie war schlichtweg feindselig. Guillam hatte während eines sehr kniffligen Einsatzes in der Schweiz drei Monate lang eng mit Toby Esterhase zusammengearbeitet, und Toby hatte die ganze Zeit über nicht ein einziges Mal auch nur gelächelt, daher war sein eisiges Glotzen keine Überraschung für Guillam. Aber Bland war eine von Smileys Entdeckungen, zu warmherzig und impulsiv für diese Welt, rothaarig und stämmig, von unverdorbenem Intellekt, und ein erfreulicher Abend bestand für ihn darin, daß man in den Kneipen rund um Kentish Town über Wittgenstein diskutierte. Er hatte zehn Jahre als Spitzel in der Kommunistischen Partei gearbeitet, die akademische Route in Osteuropa abgeklappert, und jetzt war er, genau wie Guillam, zurückgepfiffen worden, was immerhin eine Gemeinsamkeit darstellte. Zu seinem Begrüßungsstil gehörten im allgemeinen ein breites Grinsen, ein Schlag auf die Schulter und eine abgestandene Bierfahne. Aber nicht so heute.

»Es wird überhaupt nicht gelacht, Peter, alter Junge«, sagte Roy schließlich und rang sich ein reichlich verspätetes Lächeln ab. »War nur überrascht, Sie zu sehen, weiter nichts. Wir sind so daran gewöhnt, dieses Stockwerk ganz für uns allein zu haben.«

»Da kommt Bill«, sagte Lauder, hoch befriedigt, weil seine Prognose sich so prompt bestätigte. Als Haydon in einen Lichtstreifen trat, fiel Guillam die merkwürdige Färbung seiner Wangen auf. Eine tiefe wallende Röte hoch auf den Backenknochen, die von geplatzten Äderchen stammte. Sie verlieh ihm, wie Guillam in seiner Erregtheit dachte, eine gewisse Ähnlichkeit mit Dorian Gray.

Seine Unterredung mit Lauder Strickland dauerte eine Stunde und zwanzig Minuten. Guillam hatte sie nach Kräften in die Länge gezogen, und während der ganzen Zeit dachte er über Bland und Esterhase nach und fragte sich, was den beiden so sehr im Magen liegen mochte.

»Ich gehe jetzt wohl besser und kläre das Ganze mit dem Delphin«, sagte er schließlich. »Wir wissen ja, wie sie sich hat, wenn's um Schweizer Banken geht.« Die Personalabteilung hauste zwei Türen von der Bankabteilung entfernt. »Das lasse ich hier«, fügte er hinzu und warf den Paß auf Lauders Schreibtisch.

Diana Dolphins Zimmer roch nach Deodorant; ihre Kettentasche lag auf dem Safe neben einer Nummer der *Financial Times*. Diana war eine jener modebewußten Circus-Bräute, die nie jemand wirklich heiratet. Ja, sagte er müde, die Unterlagen habe er London Station bereits eingereicht. Ja, er verstehe, daß das Herumwerfen mit schmutzigem Geld der Vergangenheit angehöre.

»Wir werden die nötigen Schritte unternehmen und Ihnen Bescheid geben«, verkündete sie, was heißen sollte, daß sie Phil Porteous fragen würde, der nebenan saß.

»Ich werd's Lauder bestellen«, sagte Guillam und ging.

Weiter, dachte er.

Bei »Herren« wartete er dreißig Sekunden am Waschbecken, beobachtete im Spiegel die Tür und horchte. Seltsame Stille hatte sich über das ganze Stockwerk gesenkt. Los, dachte er, du wirst alt, weiter. Er überquerte den Korridor, trat ungeniert ins Büro des Diensthabenden, knallte die Tür zu und sah sich um. Er schätzte, daß er zehn Minuten Zeit haben würde, und er schätzte, daß eine zugeknallte Tür weniger Lärm in dieser Stille verursachte als eine leise und verstohlen geschlossene Tür. Weiter. Er hatte die Kamera bei sich, aber das Licht war miserabel. Das Fenster mit der Netzgardine ging auf einen Innenhof voll geschwärzter Rohre. Er hätte keine hellere Glühbirne wagen können, selbst wenn er eine bei sich gehabt hätte, also strengte er sein Gedächtnis an. Seit dem Machtwechsel schien sich nicht viel verändert zu haben. Das Zimmer war tagsüber als Ruheraum für Damen bestimmt gewesen und war es wohl noch immer, nach dem billigen Parfümgeruch zu schließen. An einer Wand stand das Kunstledersofa, das nachts als Behelfslager diente; daneben der Erste-Hilfe-Kasten mit dem abblätternden roten Kreuz auf dem Deckel und ein aufgeklapptes Fernsehgerät. Der Stahlschrank stand noch am alten Platz zwischen dem Schaltbrett und den gesperrten Telefonen, und er ging straks darauf zu. Es war ein alter Schrank, er hätte ihn mit einem Dosenöffner aufgekriegt. Er hatte seine Dietrichs und einiges Leichtmetallwerkzeug mitgebracht. Dann fiel ihm ein, daß die Kombination 312211 gelautet hatte, und er probierte sie, vier linksrum, drei rechtsrum, zwei linksrum, rechtsrum, bis er aufgeht. Die Scheibe war so ausgeleiert, daß sie ihre Tour von alleine lief. Als er die Tür öffnete, quoll eine Staubwolke hervor, kroch ein Stück am Boden entlang und entschwebte dann langsam zum dunklen Fenster. Im gleichen Augenblick hörte er einen Ton wie eine einzelne Note, die auf der Flöte gespielt wurde; wahrscheinlich hatte auf der Straße ein Auto gebremst; oder das Rad eines Aktenkarrens auf dem Linoleum gequietscht; aber für ihn war es in diesem Moment einer der langgezogenen klagenden Töne, aus denen Camillas Tonleiter-Übungen bestanden. Sie spielte, wann immer sie dazu Lust hatte. Um Mitternacht, frühmorgens, egal wann. Die Nachbarn konnten ihr gestohlen bleiben; sie schien überhaupt völlig skrupellos zu sein. Er erinnerte sich, wie sie an jenem ersten Abend gewesen war: »Welche Bettseite ist dir lieber? Wo soll ich meine Kleider hintun?« Er hielt sich einiges auf seinen Takt in solchen Dingen zugute, aber Camilla hatte dafür keinen Sinn, Technik war für sie bereits ein Kompromiß, ein Kompromiß mit der Wirklichkeit, sie würde sogar sagen, eine Flucht aus der Wirklichkeit. Na schön, dann hilf mir 'mal raus aus dem Salat hier.

Die Dienst-Tagebücher waren im obersten Fach, gebunden, die Daten klebten auf den Einbandrücken. Sie sahen aus wie Haushaltsbücher. Er nahm den Band »April« heraus und studierte die Namensliste auf dem Innendeckel, wobei er überlegte, ob er vom Kopierraum über dem Hof gesehen werden konnte, und wenn ja, würden sie stutzig werden? Er ging die Eintragungen durch, seine Suche galt der Nacht vom 10. zum 11. des Monats, in der die Codeverbindung zwischen London Station und Tarr angeblich stattgefunden hatte. Hongkong war zeitlich acht Stunden voraus: sowohl Tarrs Telegramm wie Londons erste Antwort waren in die Zeit außerhalb der Dienststunden gefallen.

Vom Korridor kam plötzlich ein Stimmenschwall, und eine Sekunde lang glaubte er sogar, das humorlose Scherzen von Allelines schottisch gefärbtem Brummbaß herauszuhören, aber was er glaubte, war im Moment keinen Pfifferling wert. Er hatte sich eine Ausrede zurechtgelegt, und ein Teil seiner Person hielt sie bereits für wahr. Sollte er erwischt werden, so würde seine ganze Person sie für wahr halten, und falls die Inquisitoren in Sarratt ihn in die Zange nehmen würden, hatte er einen Helfer in der Not, er reiste niemals ohne. Dennoch packte ihn Entsetzen. Die Stimmen erstarben, und der Geist Percy Allelines mit ihnen. Schweiß rann ihm über die Rippen. Ein Mädchen trippelte vorbei und summte eine Melodie aus *Hair.* Wenn Bill dich hört, Mädchen, bringt er dich um, dachte er; wenn es etwas gibt, was Bill in Fahrt brachte, dann war es Summen. »Was haben Sie hier zu suchen, Sie Paria?«

Dann hörte er zu seiner flüchtigen Erheiterung tatsächlich Bills wütendes Gebrüll, das aus Gott weiß welcher Entfernung erscholl: »Schluß mit dem Gewinsel. Wer ist denn dieses Kamel?«

Weiter. Sobald du stehenbleibst, kommst du nie mehr los: dieses Lampenfieber macht dich fertig, du vergißt deinen Text und läufst weg, deine Finger verbrennen, sobald du fündig wirst, und das Herz fällt dir in die Hosen. Weiter. Er stellte den April-Band zurück und nahm auf gut Glück Februar, Juni, September und Oktober heraus. Er blätterte sie rasch durch, suchte nach ähnlichen Fällen, stellte sie ins Fach zurück und ging in die Hocke. Wenn sich doch der Staub legen wollte, er schien unerschöpflich zu sein. Warum beschwerte sich niemand? Immer das gleiche, wenn viele Leute den gleichen Gegenstand benutzen: keiner ist verantwortlich, keiner schert sich einen Deut. Er suchte jetzt die Anwesenheitslisten der Nachtportiers. Er fand sie im untersten Fach, zwischen den Teebeuteln und der Dosenmilch: ganze Bündel, in großen Kuverts. Die Portiers füllten sie aus und brachten sie einem zweimal während der zwölfstündigen Dienstzeit: um Mitternacht und um sechs Uhr morgens. Man bestätigte ihre Richtigkeit, was praktisch unmöglich war, denn das Personal vom Nachtdienst war über das ganze Gebäude verstreut – zeichnete sie ab, behielt eine dritte Kopie und schmiß sie in den Stahlschrank, niemand wußte, warum. Das jedenfalls war das Verfahren vor der Sintflut gewesen und war es anscheinend auch jetzt noch.

Staub und Teebeutel im gleichen Fach, dachte er. Wann hat zum letztenmal jemand Tee gemacht?

Wiederum konzentrierte er seine Aufmerksamkeit auf den 10./11. April. Das Hemd klebte ihm an den Rippen. Was ist los mit mir. Herrgott, ich bin auf dem absteigenden Ast. Er blätterte vor und zurück, dann wieder vor, zweimal, dreimal, dann stellte er alles zurück und schloß den Schrank. Er wartete, lauschte, warf einen letzten besorgten Blick auf die Staubwolke und schritt dann kühn über den Korridor und zurück in die Geborgenheit von »Herren«. Unterwegs fielen ihn die Geräusche an: »Wo ist der verdammte Wisch, ich hab ihn in der Hand gehabt«, und wieder dieses geheimnisvolle Flöten, aber es klang nicht mehr wie Camillas Spiel im Morgengrauen. Nächstes Mal bring' ich sie dazu, daß sie's tut, dachte er grimmig, ohne Kompromiß, Auge in Auge, wie das Leben sein sollte.

In »Herren« standen Spike Kaspar und Nick de Silsky Schulter an Schulter an den Waschbecken und flüsterten einander im Spiegel zu: Kuriere für Haydons sowjetisches Netz, seit Jahren im Haus und nur unter dem Namen »die Russen« bekannt. Als sie Guillam sahen, hörten sie sofort zu sprechen auf.

»Hallo, ihr zwei! Herrgott, ihr seid *wirklich* unzertrennlich!« Sie waren blond und vierschrötig und sahen russischer aus als jeder Russe. Er wartete, bis sie weg waren, wusch sich den Staub von den Fingern und spazierte zurück in Lauder Stricklands Büro.

»Du meine Güte, dieser Delphin redet wie ein Buch«, sagte er nonchalant.

»Sehr tüchtige Kraft. Nahezu unentbehrlich, mehr als jeder andere. Äußerst kompetent, ich weiß, was ich sage«, sagte Lauder. Er blickte pedantisch auf die Uhr, ehe er den Zettel unterschrieb, und begleitete ihn zu den Aufzügen. Toby Esterhase stand an der Schranke und sprach mit dem unfreundlichen jungen Portier.

»Fahren Sie zurück nach Brixton, Peter?« Sein Tonfall war beiläufig, seine Miene wie immer undurchdringlich.

»Warum?«

»Ich hab' draußen einen Wagen stehen. Dachte, ich könnte Sie vielleicht mitnehmen. Wir haben dort draußen etwas zu erledigen.«

Toby sprach keine bekannte Sprache perfekt, aber er sprach sie alle. In der Schweiz hatte Guillam sein Französisch gehört, und es hatte einen deutschen Akzent gehabt; sein Deutsch klang slawisch, und sein Englisch war voller winziger Fehler und Stokkungen und falschklingender Vokale.

»Sehr nett, Toby, ich glaube, ich geh' nach Hause. Gute Nacht.«

»Direkt nach Hause? Ich würde Sie hinbringen.«

»Danke, ich muß noch Besorgungen machen. Alle diese verwünschten Patenkinder.«

»Klar«, sagte Toby, als hätte er auch welche und zog das kleine steinharte Kinn enttäuscht zurück.

Was zum Teufel will er? dachte Guillam wieder. Beide, der kleine Toby und der große Roy: Warum sind sie so scharf auf mich? Hatten sie vorhin etwas Bestimmtes gelesen oder etwas in den falschen Hals bekommen?

Draußen schlenderte er die Charing Cross Road entlang und beäugte die Schaufenster der Buchläden, während die andere Hälfte seiner Aufmerksamkeit den beiden Seiten des Gehsteigs galt. Es war bedeutend kälter geworden, Wind kam auf, und Erwartung stand in den Gesichtern der Vorüberhastenden zu lesen. Er fühlte sich beflügelt. Bisher hatte er viel zu sehr in der Vergangenheit gelebt, fand er. Zeit, daß ich mich wieder auf die Gegenwart einschieße. Bei Zwemmer schaute er sich einen repräsentativen Bildband an mit dem Titel »Musikinstrumente im Wandel der Jahrhunderte«, und erinnerte sich, daß Camilla eine Abendlektion bei Doktor Sand, ihrem Flötenlehrer, hatte. Er ging bis zu Foyle zurück und sah sich im Vorbeigehen die Busschlangen genau an. Betrachten Sie alles wie ein fremdes Land, hatte Smiley gesagt. Wenn er sich an das Dienstzimmer und Roy Blands kalte Fischaugen erinnerte, hatte Guillam keine Schwierigkeiten. Und auch an Bill: Teilte Haydon ihren Verdacht? Nein. Bill war eine eigene Klasse, dachte Guillam in einer unwiderstehlichen Aufwallung von Loyalität gegenüber Haydon. Bill würde nie etwas teilen, was nicht ursprünglich seine eigene Idee war. Neben Bill waren die beiden anderen nur Pygmäen.

In Soho nahm er ein Taxi und fuhr zur Waterloo Station. Am Bahnhof rief er von einer übelriechenden Telefonzelle aus eine Nummer in Mitcham, Surrey, an und sprach mit einem Inspektor Mendel, einem ehemaligen Mitglied der Sonderabteilung, den Guillam und Smiley aus einem früheren Leben kannten. Als Mendel sich meldete, fragte er nach Jenny und hörte, wie Mendel ihm kurz angebunden mitteilte, hier wohne keine Jenny. Er entschuldigte sich und hängte ein. Er wählte die Zeitansage und mimte ein heiteres Gespräch mit seiner automatischen Partnerin, denn draußen wartete eine alte Dame auf das Ende des Gesprächs. Inzwischen müßte er da sein, dachte er. Er hängte ein und wählte eine zweite Nummer in Mitcham, dieses Mal eine öffentliche Sprechzelle am Ende von Mendels Straße.

»Hier Will«, sagte Guillam.

»Und hier Arthur«, sagte Mendel fröhlich. »Wie geht's, Will!«

Er war ein gewiefter, unbeirrbarer Spürhund mit scharfen Zügen

und scharfen Augen, und Guillam konnte sich genau vorstellen, wie er sich jetzt mit gezücktem Stift über sein Notizbuch beugte. »Ich möchte Ihnen die Schlagzeilen durchgeben, falls ich unter einen Bus geraten sollte.«
»Sehr richtig, Will«, sagte Mendel tröstlich. »Man kann gar nicht vorsichtig genug sein.«
Er berichtete langsam und in Ausdrücken aus der Universitätswelt, was sie als letzte Sicherung gegen etwaiges Abhören vereinbart hatten: Examen, Studenten, gestohlene Prüfungsaufgaben. Sooft er absetzte, hörte er nur ein schwaches Kratzen. Er stellte sich vor, wie Mendel bedächtig und leserlich mitschrieb und nicht sprach, ehe er alles zu Papier hatte.
»Ich hab' übrigens die phantastischen Präparate aus der Drogerie gekriegt«, sagte Mendel schließlich, nachdem er alles nochmals überlesen hatte. »Eine wahre Freude. Kein einziges verdorben.«
»Vielen Dank. Das freut mich.«
Aber Mendel hatte bereits eingehängt.
Apropos Maulwürfe, dachte Guillam, ihr Leben muß ein einziger dunkler Tunnel sein. Aber als er die Tür für die alte Dame offenhielt, sah er den Telefonhörer auf der Gabel liegen und den Schweiß in Tropfen darüberkleben. Er bedachte noch einmal seine Botschaft an Mendel, dachte wieder an Roy Bland und Toby Esterhase, wie sie ihn von der Tür her angestarrt hatten, und überlegte fieberhaft, wo Smiley sein mochte und ob er sich in acht nehmen würde. Er kehrte zum Eaton Place zurück, sehnte sich nach Camilla und fürchtete sich ein bißchen vor seinen Gründen. War ihm wirklich plötzlich sein Alter so im Weg? Zum erstenmal im Leben hatte er sozusagen gegen sein eigenes Elitedenken gesündigt. Er fühlte sich schmutzig, empfand Ekel vor sich selbst.

12 *George Smiley sucht wieder einmal Oxford auf und konsultiert eine Gedächtnis-Akrobatin*

Es gibt alte Männer, die Oxford wieder aufsuchen und in jedem Stein einen Gruß aus ihrer Jugend erblicken. Smiley gehörte nicht zu ihnen. Vor zehn Jahren hätte er vielleicht ein leises Ziehen gespürt. Jetzt nicht mehr. Als er an der Bodleian Library vorüberkam, dachte er: dort habe ich gearbeitet. Beim Anblick des Hauses seines alten Tutors in der Parks Road erinnerte er sich, wie in diesem langgestreckten Garten, vor dem Krieg, Jebedee mit dem Vorschlag herausgerückt war, Smiley könne, wenn er Lust habe, »mit ein paar Leuten, die ich in London kenne«, sprechen. Und als er vom Tom Tower die sechste Abendstunde schlagen hörte, fielen ihm Bill Haydon und Jim Prideaux ein, die im gleichen Jahr hierher gekommen sein mußten, in dem Smiley abgegangen war, und die dann der Krieg in seinen Strudel gerissen hatte, und er überlegte flüchtig, wie sie damals wohl nebeneinander ausgesehen haben mochten, Bill, der Maler, Polemiker und Sozialkritiker; Jim, der Sportsmann, der an jedem seiner Worte hing. Während ihrer gemeinsamen Blütezeit im Circus hatte diese Verschiedenheit sich, wie Smiley noch wußte, nahezu ausgeglichen: Jim wurde ein flinker Denker, und Bill konnte im Außendienst keiner mehr etwas vormachen. Erst am Ende bestätigte sich die alte Gegensätzlichkeit: das Zugpferd kehrte wieder in seinen Stall zurück, der Denker an seinen Schreibtisch.
Einzelne Regentropfen fielen, aber er sah sie nicht. Er war mit dem Zug gekommen und vom Bahnhof aus auf allerlei Umwegen – Blackwells, immerhin sein früheres College, dann nordwärts – zu Fuß gegangen. Wegen der Bäume war die Dämmerung hier früh eingefallen.
Vor einer Sackgasse hielt er aufs neue inne, machte aufs neue Inventur. Eine Frau, in einen Schal gehüllt, radelte durch die Lichtkegel der Straßenlampen, soweit sie die Nebelschwaden durchstachen, an ihm vorbei. Sie stieg ab, zog ein Gittertor auf und verschwand. Auf der anderen Straßenseite führte eine ver-

mummte Gestalt, ob Mann oder Frau, war nicht zu unterscheiden, einen Hund spazieren. Sonst war die Straße leer, desgleichen die Telefonzelle. Dann gingen plötzlich zwei Männer an ihm vorbei, die sich laut über Gott und Krieg unterhielten. Der jüngere sprach die meiste Zeit und der ältere stimmte ihm zu, woraus Smiley schloß, daß er der Professor sei.
Er ging an einem hohen Staketenzaun entlang, durch den Buschwerk quoll. Das Tor zu Nummer fünfzehn hing windschief in den Angeln, nur einer der beiden Flügel wurde benutzt. Er drückte, das Schloß war zerbrochen. Das Haus stand weit zurück, die meisten Fenster waren erleuchtet. In einem der oberen Räume beugte sich ein junger Mann über einen Schreibtisch. In einem anderen schienen zwei Mädchen zu streiten, an einem dritten Fenster spielte eine Frau auf der Bratsche, aber er konnte keinen Ton hören. Auch im Erdgeschoß waren die Fenster erleuchtet, aber die Gardinen zugezogen. Der Vorplatz war gefliest, die Haustürfüllung aus Buntglas, am Pfosten hing ein alter Zettel: *Nach 23 Uhr nur Seiteneingang benutzen.* Über den Klingeln weitere Zettel: »Prince, 3 × klingeln«, Lumby 2 ×«, »Buzz: bin den ganzen Abend weg, Gruß Janet.« An der untersten Klingel stand »Sachs«, und dort klingelte er. Sofort erscholl Hundegebell und die scheltende Stimme einer Frau.
»Flush, du *dummer* Kerl, ist doch bloß einer von den Eselsbänklern. Schluß jetzt, Flush. Flush!«
Die Tür ging einen Spalt auf, eine Sperrkette war vorgelegt; ein Körper zwängte sich in den Türspalt. Während Smiley sich fieberhaft bemühte, zu sehen, wer sonst noch im Haus sei, musterten ihn zwei schlaue Augen, feucht wie Babyaugen, schätzten ihn ab, registrierten seine Aktenmappe und die verspritzten Schuhe, huschten nach oben, um über seine Schultern hinweg die Auffahrt abzusuchen, und nahmen ihn sich noch einmal im ganzen vor. Endlich erstrahlte das weiße Gesicht in einem reizenden Lächeln, und Miß Connie Sachs, Ex-Königin der Recherchen-Abteilung im Circus, gab ihrem spontanen Entzücken Ausdruck.
»George Smiley«, rief sie mit schüchtern verwehendem Lachen und zog ihn ins Haus. »Sie lieber, netter Mensch, und ich dachte, Sie wollten mir einen Staubsauger verkaufen und dabei ist es un-

ser George!« Sie schloß hinter ihm schnell die Tür.
Sie war eine stattliche Frau, einen Kopf größer als Smiley. Wirres weißes Haar rahmte das zerfließende Gesicht. Sie trug einen braunen Blazer und Hosen mit Gummizug um die Taille, und sie hatte einen Hängebauch wie ein alter Mann. Im Kamin schwelte ein Koksfeuer. Katzen lagen davor, und ein räudiger grauer Spaniel, bis zur Unbeweglichkeit verfettet, lungerte auf dem Sofa. Auf einem Teewagen standen die Konservendosen, aus denen sie aß, und die Flaschen, aus denen sie trank. Aus einem Mehrfachstecker bezog sie den Strom für ihr Radio, ihre Kochplatte und die Brennschere. Ein Junge mit schulterlangem Haar lag auf dem Boden und bereitete Toast. Als er Smiley sah, legte er die Blechgabel weg.
»Ach Jingle, Darling, *könntest* du wohl morgen kommen?« flehte Connie. »Es passiert nicht oft, daß meine allerälteste Liebe mich besucht.« Er hatte ihre Stimme vergessen. Sie spielte ständig damit, zog sämtliche Register. »Ich gebe dir eine Freistunde, Lieber, ganz unter uns: einverstanden? – Einer von meinen Eselsbänklern«, erklärte sie Smiley, längst ehe der Junge außer Hörweite war. »Ich gebe immer noch Stunden, warum weiß ich nicht, George«, murmelte sie und beobachtete ihn stolz über das Zimmer hinweg, während er die Sherryflasche aus der Aktenmappe nahm und zwei Gläser füllte. »Von all den lieben, netten Männern, die ich je gekannt habe – er ist *zu Fuß* gegangen«, erklärte sie dem Spaniel.
»Schau nur seine Stiefel an. Den ganzen Weg von London hierher zu Fuß, nicht wahr, George?«
Das Trinken fiel ihr schwer. Ihre gichtigen Finger waren nach unten gekrümmt, als hätte sie sie allesamt beim gleichen Unfall gebrochen, und ihr Arm war steif. »Sind Sie allein marschiert, George?« fragte sie und fischte eine lose Zigarette aus der Jackentasche. »Hat uns niemand begleitet?«
Er zündete ihr die Zigarette an, und sie hielt sie wie ein Erbsenblasrohr, die Finger an der Spitze, und visierte ihn aus ihren schlauen rosa Augen damit an. »Und was möchte er von seiner Connie, der böse Junge?«
»Ihr Gedächtnis.«

»Welchen Teil?«
»Wir gehen einiges aus der Vergangenheit durch.«
»Hast du das gehört, Flush?« schrie sie zu dem Spaniel. »Erst stellen sie uns den Stuhl vor die Tür, dann möchten sie bei uns schnorren. Welche *Vergangenheit*, George?«
»Ich habe Ihnen einen Brief von Lacon mitgebracht. Er ist heute Abend um sieben in seinem Club. Wenn Sie Bedenken haben, rufen Sie ihn von der Telefonzelle an der Ecke aus an. Mir wäre lieber, Sie täten's nicht, aber wenn's sein muß, wird er die nötigen ergreifenden Geräusche von sich geben.«
Sie hatte sich an ihn geklammert, aber jetzt fielen ihre Hände herab und eine ganze Weile tappte sie im Zimmer herum, suchte Rast und Stütze an den vertrauten Plätzen und fluchte: »Fahr zur Hölle, George Smiley, und alle, die im gleichen Boot sitzen.« Am Fenster schob sie, wohl aus Gewohnheit, die Gardine beiseite, aber draußen schien nichts ihre Aufmerksamkeit zu fesseln.
»O George, der Teufel soll Sie holen«, murmelte sie. »Wie können Sie einen Lacon zuziehen? Dann könnten Sie auch gleich die Konkurrenz zuziehen.«
Auf dem Tisch lag die heutige *Times*, Kreuzworträtsel obenauf. Jedes Quadrat war mit schwerfälligen Buchstaben ausgefüllt. Nicht eines war weiß.
»War heute beim Fußballspiel«, sang sie aus dem Dunkel unter der Treppe, wo sie sich am Teewagen stärkte. »Der liebe Will hat mich mitgenommen. Mein Lieblingsesel, war das nicht super von ihm?« Ihre Kleinmädchenstimme, dazu gehörte ein Schmollmündchen. »Connie hat *gefroren*, George. Richtig eisig, arme Connie, Zehen und alles.«
Er nahm an, sie weinte, holte sie aus dem Dunkeln und führte sie zum Sofa. Ihr Glas war leer, und er füllte es zur Hälfte. Seite an Seite auf dem Sofa sitzend tranken sie, während Connies Tränen über den Blazer auf seine Hände tropften.
»O George«, sagte sie immer wieder, »wissen Sie, was sie gesagt hat, als sie mich rauswarfen? Diese Personalkuh?« Sie hielt eine Ecke von Smileys Kragen fest und zwirbelte sie zwischen Finger und Daumen, während sie sich beruhigte. »Wissen Sie, was diese Kuh gesagt hat?« Ihre Feldwebelstimme: ›Sie verlieren den Sinn

für die Realität, Connie. Zeit, daß Sie rauskommen in die reale Welt!‹ Ich *hasse* die reale Welt, George. Ich mag nur den Circus und alle meine lieben Jungens.« Sie nahm seine Hände und versuchte, ihre Finger in die seinen zu flechten.
»Poljakow«, sagte er ruhig. »Alexei Alexandrowitsch Poljakow, Kulturattaché, Sowjetbotschaft London. Er ist wieder auferstanden, genau wie Sie vorhergesagt haben.«
Ein Wagen bog in die Straße ein, er hörte nur das Geräusch der Reifen, der Motor war bereits abgestellt. Dann Schritte, sehr behutsam.
»Janet schmuggelt ihren Freund ein«, flüsterte Connie, und ihre rosageränderten Augen hefteten sich auf die seinen, während sie mit ihm lauschte. »Sie glaubt, ich wüßte es nicht. Haben Sie gehört? Eisen an den Schuhen. Passen Sie auf.« Die Schritte hielten inne, man hörte ein leises Scharren. »Sie gibt ihm den Schlüssel. Er glaubt, er kann leiser damit aufschließen als sie. Kann er nicht.« Das Schloß drehte sich mit lautem Schnappen. »Ach, ihr Männer«, hauchte Connie mit hoffnungslosem Lächeln. »Ach, George. Warum müssen Sie Alex ausgraben?« Und eine Zeitlang weinte sie um Alex Poljakow.
Ihre Brüder waren Akademiker, erinnerte Smiley sich; ihr Vater war Universitätsprofessor. Control hatte sie beim Bridge kennengelernt und einen Job für sie erfunden.
Sie begann ihre Geschichte wie ein Märchen: »Es war einmal, vor vielen, vielen Jahren, anno dreiundsechzig, ein Überläufer namens Stanley«, und sie ging dabei mit der gleichen Pseudo-Logik zu Werke, teils Intuition, teils intellektueller Opportunismus, wie sie ein großartiger Verstand hervorbringt, der nie erwachsen wurde. Auf ihrem formlosen weißen Gesicht erschien der großmütterliche Glanz beglückten Erinnerns. Ihr Gedächtnis war so umfangreich wie ihr Körper, und sie liebte es sicherlich mehr, denn um ihm zu lauschen, hatte sie alles andere beiseite geschoben: den Drink, die Zigarette, eine Weile sogar Smileys geduldige Hand. Sie saß nicht mehr zusammengekauert, sondern kerzengerade, den großen Kopf zur Seite geneigt, und zupfte an dem weißen Wollhaar. Er hatte angenommen, sie würde sofort mit Poljakow beginnen, aber sie begann mit Stanley; er hatte ihre

Leidenschaft für Stammbäume vergessen. Stanley also; der Deckname für einen fünftklassigen Überläufer aus der Moskauer Zentrale. März dreiundsechzig. Die Skalpjäger hatten ihn aus zweiter Hand von den Holländern gekauft und nach Sarratt verfrachtet, und wenn nicht Sauregurkenzeit gewesen wäre und die Inquisitoren zufällig wenig Arbeit gehabt hätten, wer weiß, ob irgend etwas von der ganzen Geschichte ans Licht gekommen wäre. In Brüderchen Stanley steckte ein Goldkörnchen, ein einziges winziges Körnchen, und sie fanden es. Den Holländern war es entgangen, aber die Inquisitoren fanden es, und eine Kopie ihres Berichts fand den Weg zu Connie: »Was ein *weiteres* Wunder war«, bellte Connie erzürnt, »wenn man bedenkt, daß alle, und *besonders* Sarratt, dem Grundsatz huldigten, die Recherchen-Abteilung nicht auf ihrer Verteilerliste zu führen...« Smiley wartete geduldig auf das Goldkörnchen, denn Connie war in einem Alter, wo ein Mann ihr nur noch seine Zeit schenken konnte.

Stanley sei während eines bewaffneten Einsatzes in Den Haag übergelaufen, erklärte sie. Er war ein berufsmäßiger Killer und nach Holland geschickt worden, um einen russischen Emigranten zu ermorden, der der Zentrale auf die Nerven ging. Statt dessen beschloß er, sich der Gegenseite zu stellen. »Irgendein *Mädchen* hat ihm den Kopf verdreht«, sagte Connie voll Verachtung. »Die Holländer hatten diesen Lockvogel auf ihn angesetzt, und er ist ihm mit weit geschlossenen Augen ins Garn gegangen.« Um ihn auf diese Mission vorzubereiten, hatte die Zentrale ihn in ein Trainingslager in der Nähe von Moskau gebracht, zwecks Auffrischung in den schwarzen Künsten: Sabotage und lautloses Töten. Die Holländer, die ihn zunächst hatten, waren darüber schockiert gewesen und hatten ihre Verhöre auf diesen Punkt konzentriert. Sie brachten ein Foto in die Zeitungen und ließen ihn Zeichnungen von Zyanidkugeln und all den anderen schmutzigen Waffen anfertigen, die der Zentrale so teuer sind. Aber die Inquisitoren in der *Nursery* kannten das alles in- und auswendig, sie interessierten sich für das Trainingslager, das neu eingerichtet und wenig bekannt war. »Eine Art Nobel-Sarratt«, erklärte sie. Sie erstellten eine Skizze der Anlage, die Hunderte von Morgen Wald- und Seenland umfaßt, und zeichneten alle Gebäude ein, an die Stanley sich erinnern konnte: Wäschereien, Kantinen, Vortrags-Baracken, den ganzen Plunder. Stanley war mehrmals dort gewesen und erinnerte sich an eine Menge. Sie glaubten schon, ziemlich alles zu haben, als Stanley sehr still wurde. Er nahm einen Bleistift und malte in die Nordwestecke fünf weitere Baracken und rundum einen Doppelzaun für die Wachhunde, der Gute. Diese Baracken seien neu, sagte Stanley, erst in den letzten Monaten errichtet. Man erreichte sie über eine Privatstraße; Stanley hatte sie von einem Hügel aus gesehen, als er mit seinem Instrukteur Milos einen Spaziergang machte. Laut Milos, der Stanleys Freund war, sei dort eine unlängst von Karla gegründete Spezialschule untergebracht, die Offiziere für Verschwörungen ausbildete.

»Da hatten wir's also, mein Lieber«, schrie Connie. »Seit Jahren kamen uns Gerüchte zu Ohren, wonach Karla versuchte, innerhalb der Moskauer Zentrale seine eigene Privatarmee aufzubauen, aber, das arme Schaf, er hat es nicht geschafft. Wir wußten, daß er Agenten rund um den Globus hatte und natürlich mit zunehmendem Alter immer besorgter wurde, er könne sie eines Tages nicht mehr allein unter Kontrolle halten. Wir wußten, daß er, wie jeder, *schrecklich* eifersüchtig auf sie war und den Gedanken, sie den Außenstellen in den Zielländern zu überlassen, nicht ertragen konnte. Ganz klar: Sie wissen, wie er Außenstellen haßte: zu viele Leute, zu wenig Sicherheit. Genau, wie er die alte Garde haßte – Kriechtiere, nannte er sie. Stimmt. Jetzt aber hatte er die Macht, und er nutzte sie, wie jeder echte Mann. März dreiundsechzig«, wiederholte sie, falls Smiley das Datum entgangen sein sollte.

Dann war natürlich Sense. »Das übliche Spiel: abwarten, inzwischen etwas anderes tun.«

Drei Jahre lang hatte sie gewartet, bis Major Mikhail Fedorowitsch Komarow, stellvertretender Militârattaché an der Sowjetischen Botschaft in Tokio, *in flagranti* bei der Übernahme von sechs streng geheimen Filmrollen erwischt wurde, die ein höherer Beamter des japanischen Verteidigungsministeriums beschafft hatte. Komarow war der Held ihres zweiten Märchens:

kein Verräter, sondern ein Soldat mit den Schulterstücken der Artillerie.

»Und Orden, mein Lieber! Jede Menge Orden!«

Komarow hatte Tokio so überstürzt verlassen müssen, daß sein Hund in der Wohnung zurückblieb und später verhungert dort aufgefunden wurde, etwas, das Connie nicht verzeihen konnte. Komarows japanischer Agent wurde indessen gebührend ausgequetscht, und durch einen glücklichen Zufall konnte der Circus von der Toka das Protokoll erwerben.

»Übrigens, George, da fällt mir ein, Sie haben ja den Handel arrangiert!«

In seiner beruflichen Eitelkeit geschmeichelt, schürzte Smiley kokett die Lippen und räumte ein, daß dies durchaus möglich sei.

Der Inhalt des Protokolls war im wesentlichen ganz einfach. Der japanische Verteidigungsbeamte war ein Maulwurf. Er war vor dem Krieg im Schatten des japanischen Einfalls in die Mandschurei von einem gewissen Martin Brandt angeworben worden, einem deutschen Journalisten, der mit der Komintern in Verbindung stand. Brandt, sagte Connie, sei in den dreißiger Jahren einer von Karlas Namen gewesen. Komarow habe selber nie der offiziellen Tokioter Außenstelle innerhalb der Botschaft angehört, er habe solo gearbeitet, mit einem Kurier und einem direkten Draht zu Karla, dessen Waffenbruder er im Krieg gewesen war: »Es kommt noch besser: Vor seiner Ankunft in Tokio hatte er eine Spezialausbildung in einem neuen Trainingslager in der Umgebung von Moskau absolviert, das für Karlas eigens ausgesuchte Schüler eingerichtet worden war. »Schlußfolgerung«, sang Connie, »Brüderchen Komarow war unser erster und leider *nicht* sehr glänzender Absolvent von Karlas Ausbildungsstätte. Er wurde erschossen, der arme Kerl«, fügte sie hinzu und senkte theatralisch die Stimme. »Sie *hängen* sie nie, was? Zu ungeduldig, die kleinen Schlingel.«

Jetzt sah Connie ihre Zeit gekommen, sagte sie. Sie wußte, wonach sie suchen mußte, und sie nahm sich Karlas Akte vor. Sie verbrachte drei Wochen in Whitehall bei den Moskau-Onkels und kämmte die sowjetischen Armee-Postbücher nach verschlüsselten Einträgen durch, bis sie aus einem Heer von Verdächtigen drei neue, identifizierbare Karla-Schüler aussortiert hatte. Alle Militärs, alle persönlich mit Karla bekannt, alle zehn bis fünfzehn Jahre jünger als er. Als ihre Namen gab sie Bardin, Stokowsky und Viktorow an, alle drei Oberst.

Bei der Erwähnung des dritten Namens senkte sich Schläfrigkeit über Smileys Züge, seine Augen blickten sehr müde, als müsse er verzweifelt gegen die Langeweile ankämpfen.

»Und was ist aus ihnen geworden?« fragte er.

»Aus Bardin wurde Sokolow und dann Rusakow. Wurde Mitglied der sowjetischen Delegation bei den Vereinten Nationen in New York. Keine offene Verbindung zur dortigen Außenstelle, keine Teilnahme an kleinen Fischzügen, keine Provokationsversuche, ein guter, solider Tarnposten. Ist noch immer dort, soviel ich weiß.«

»Stokowsky?«

»In die Illegalität gegangen, hat in Paris unter dem Namen Grodescu, Franco-Rumäne, ein fotografisches Unternehmen aufgezogen. Errichtete eine Zweigstelle in Bonn, betreut angeblich eine von Karlas westdeutschen Quellen von jenseits der Grenze.«

»Und der dritte? Viktorow?«

»Spurlos untergetaucht.«

»Sowas«, sagte Smiley, und seine Langeweile schien sich zu vertiefen.

»Ausgebildet und vom Erdboden verschwunden. Kann natürlich gestorben sein. Man neigt dazu, die natürlichen Ursachen zu vergessen.«

»Stimmt«, pflichtete Smiley bei. »Ja, das stimmt.«

In einem langen Leben im Geheimdienst hatte er die Fertigkeit entwickelt, mit sorgsam geteilter Aufmerksamkeit zuzuhören; die vordergründigen Ereignisse direkt vor sich abrollen zu lassen, während eine zweite, völlig unabhängige Begabung die historische Verknüpfung herzustellen suchte. Der rote Faden lief über Tarr zu Irina, über Irina zu ihrem armen Geliebten, der so stolz darauf war, Lapin zu heißen und bei einem gewissen Oberst Gregor Viktorow zu dienen, »dessen Arbeitsname an der Bot-

schaft Poljakow lautet«: In seiner Erinnerung waren diese Dinge gleichsam Teil einer Kindheit. Er würde sie nie vergessen.
»Waren Fotos vorhanden, Connie? Haben Sie überhaupt Personenbeschreibungen an Land gezogen?«
»Von Bardin bei den Vereinten Nationen, selbstverständlich. Von Stokowsky möglicherweise. Wir hatten ein altes Zeitungsfoto aus seiner aktiven Soldatenzeit, aber wir konnten die Übereinstimmung nie völlig nachweisen.«
»Und vom spurlos untergetauchten Viktorow?« Es hätte jeder beliebige Name sein können. »Auch von ihm kein hübsches Bildchen?« fragte Smiley und durchquerte das Zimmer, um die Gläser frisch zu füllen.
»Viktorow, Oberst Gregor«, wiederholte Connie mit liebevollem zerstreutem Lächeln. »Hat wie ein Löwe bei Stalingrad gekämpft. Nein, ein Foto hatten wir nie. Schade. Es hieß, er sei mit Abstand der Beste gewesen.« Sie reckte sich: »Obwohl wir's natürlich bei den anderen nicht *sicher* wissen. Fünf Baracken und ein zweijähriger Kursus: mein Lieber, nach so vielen Jahren muß einiges mehr herausgekommen sein als drei Absolventen!«
Mit einem kleinen Seufzer der Enttäuschung, der besagen sollte, daß an dem ganzen Bericht weiter nichts daran gewesen sei, ganz zu schweigen von der Person Oberst Gregor Viktorows, was ihn in seiner mühevollen Suche voranbringen könnte, schlug Smiley vor, daß sie sich dem damit in keinerlei Zusammenhang stehenden Phänomen Poljakow, Alexei Alexandrowitsch, von der Sowjetischen Botschaft in London, Connie besser bekannt als der liebe Alex Poljakow, zuwenden und herauszufinden suchen sollten, wie und wo er in Karlas Schema paßte und wieso man Connie verboten hatte, ihre Nachforschungen nach ihm fortzusetzen.

13 George Smiley stellt zerstreuten Blicks gezielte Fragen

Sie war jetzt viel munterer. Poljakow war kein Märchenheld, er war ihr lieber Alex, obwohl sie nie mit ihm gesprochen, ihn vermutlich nie in Person gesehen hatte. Sie hatte in einen Sessel neben der Leselampe übergewechselt, einen Schaukelstuhl, der gewisse Beschwerden linderte: sie konnte nirgends lang sitzen bleiben. Sie hatte den Kopf zurückgelegt, so daß Smiley das weiße Gewoge ihres Halses sehen konnte, eine der steifen Hände ließ sie kokett baumeln, während sie Indiskretionen bekannte, die sie nicht bedauerte. Dabei erschienen Smileys akkuratem Verstand ihre Spekulationen, gemessen an der klassischen Arithmetik des Nachrichtendienstes, sogar noch wilder als zuvor.

»Ach, er war ja *so* gut«, sagte sie. »Sieben lange Jahre war Alex schon hier gewesen, ehe wir auch nur die kleinste Spur hatten. Sieben Jahre, mein Lieber.«

Sie zitierte seinen ersten Visa-Antrag vor jenen sieben Jahren: Poljakow, Alexei Alexandrowitsch, promoviert an der Staatsuniversität von Leningrad, stellvertretender Kulturattaché im Rang eines Legationsrats zweiter Klasse, verheiratet, aber nicht von Ehefrau begleitet, geboren am dritten März neunzehnhundertzweiundzwanzig in der Ukraine als Sohn eines Transportarbeiters, Partei-Ausbildungsgang nicht angegeben. Ein Lächeln war in ihrer Stimme, als sie geläufig die erste Routinebeschreibung der Aufklärer hersagte: »Größe 1 Meter 79, robust, Augenfarbe grün, Haarfarbe schwarz, keine weiteren besonderen Kennzeichen. Fideler Riese von einem Kerl«, erklärte sie lachend. »Kolossaler Spaßvogel. Schwarze Tolle, hier über dem rechten Auge. Ganz bestimmt ein Popo-Kneifer, obwohl wir ihn nie dabei erwischt haben. Ich hätte ihm ein paar von unseren Popos angeboten, wenn Toby gespurt hätte, aber er wollte nicht. Nicht daß Alexei Alexandrowitsch auf *so etwas* hereingefallen wäre, wohlgemerkt. Alex war *viel* zu gerissen«, sagte sie stolz.

»Hinreißende Stimme. Melodisch wie die Ihre. Ich habe die Bänder oft zweimal abgespielt, nur um ihm zuzuhören. Ist er wirklich noch im Lande, George? Am liebsten würde ich nicht danach fragen. Aus Furcht, sie könnten alle wechseln und ich würde sie nicht mehr kennen.«
Er sei noch immer hier, versicherte ihr Smiley. Gleiche Tarnung, gleicher Rang.
»Und wohnt er noch immer in diesem gräßlichen kleinen Vorstadthaus in Highgate, das Tobys Beschatter so haßten? Meadow Close Nummer vierzig, oberster Stock. Eine schauderhafte Bude. Ich mag Männer, die ihre Tarnung wirklich leben, und Alex gehörte zu ihnen. Er war der emsigste Kulturmanager, den die Botschaft je gehabt hat. Wenn irgend etwas sofort benötigt wurde: Vortrag, Konzert oder was auch immer, Alex hat dem Amtsschimmel Beine gemacht.«
»Wie hat er das angestellt, Connie?«
»Nicht so, wie *Sie* denken, George Smiley«, sang sie, und das Blut stieg ihr ins Gesicht. »O nein. Alexei Alexandrowitsch war nur das, als was er sich ausgab, fragen Sie Percy Alleline oder Toby Esterhase. Rein wie frisch gefallener Schnee war er. Nicht einen Spritzer auf der Weste, das kann Toby Ihnen bestätigen!«
»He«, murmelte Smiley und füllte ihr Glas. »He, ruhig, Connie. Regen Sie sich ab.«
»Blödsinn«, schrie sie, keineswegs besänftigt. »Schierer ausgewachsener *Blödsinn.* Alexei Alexandrowitsch Poljakow war ein ehemaliger Klassenprimus bei Karla, wenn ich Augen im Kopf habe, aber sie wollten nicht auf mich hören! ›Sie sehen schon Spione unterm Bett‹, sagt Toby. ›Die Aufklärer sind voll ausgelastet‹, sagt Percy« – ihr schottischer Tonfall – »›Für Marotten haben wir hier keinen Platz.‹ Von wegen Marotten!«
Jetzt weinte sie wieder. »Armer George«, sagte sie immer wieder. »Armer George, Sie wollten helfen, aber was konnten Sie tun? Sie waren selber auf der Abschußliste. O George, jagen Sie nicht mit den Lacons. Bitte tun Sie's nicht.«
Behutsam geleitete er sie wieder zurück zu Alex, und warum sie so überzeugt war, daß er Karlas Spion war und aus Karlas Schule kam.

»Es war am Heldengedenktag«, schluchzte sie. »Wir haben seine Orden fotografiert, klarer Fall.«

Zurück zum Jahr eins, zum ersten Jahr ihrer Liebschaft mit Alex Poljakow. Das Seltsame war, sagte sie, daß sie vom ersten Augenblick seines Eintreffens ein Auge auf ihn geworfen hatte: »Hallo, dachte ich. Mit dir werde ich bestimmt einigen Spaß haben.«
Warum eigentlich, wußte sie nicht. Vielleicht war es sein sicheres Auftreten, vielleicht sein strammer Gang, direkt vom Exerzierplatz: »Hart wie eine Nuß. Der Militär durch und durch.« Oder vielleicht seine Wohnung: »Er hat sich das einzige Haus in ganz London ausgesucht, an das die Aufklärer nicht auf fünfzig Schritt herankamen.« Oder vielleicht seine Arbeit: »Es gab bereits drei stellvertretende Kulturattachés, zwei von ihnen waren Gorillas, und der dritte tat nichts anderes, als die Blumen für den armen Karl Marx zum Highgate-Friedhof karren.«
Sie war ein bißchen benebelt, und er führte sie wieder im Zimmer herum und fing ihr ganzes Gewicht auf, wenn sie strauchelte. Also, sagte sie, zuerst war Toby Esterhase einverstanden, daß Alex auf die A-Liste kam, und die Aufklärer beschatteten ihn in unregelmäßigen Abständen, an zwölf von dreißig Tagen, und sooft sie ihm nachspürten, war er so rein wie frisch gefallener Schnee.
»Mein Lieber, man konnte meinen, ich hätte ihn angeklingelt und zu ihm gesagt: ›Alex Alexandrowitsch, seien Sie auf der Hut, denn ich lasse Klein Tobys Hunde auf Sie los. Leben Sie also ausschließlich Ihre Tarnung und keine faulen Tricks!‹«
Er ging zu Begräbnissen, Vorträgen, spazierte im Park, spielte ein bißchen Tennis und hätte nicht respektabler sein können, fehlte nur noch, daß er Süßigkeiten an die Kinder verteilte. Connie kämpfte um weitere Beschattung, aber es war von Anfang an eine verlorene Schlacht. Die Maschinerie ging ihren schwerfälligen Gang, und Poljakow kam auf die B-Liste: nachzuprüfen alle sechs Monate oder je nach Arbeitsanfall. Die halbjährlichen Nachprüfungen ergaben nicht das geringste, und nach drei Jahren hatte er bei uns seinen Persilschein: Erschöpfend überprüft,

Resultat: ohne Interesse für den Geheimdienst. Connie konnte nichts unternehmen, ja, sie hatte beinah schon begonnen, mit dieser Auflage zu leben, als eines prächtigen Novembertags der reizende Teddy Hankie ziemlich atemlos von der *Laundry* in Acton bei ihr anrief und sagte, Alex Poljakow habe seine Tarnung fallenlassen und endlich Farbe bekannt. Eine Farbe, die zum Himmel schreie.

»Teddy war ein alter, *alter* Freund. Alter Circus-Mann und ein wahrer Schatz, wenn er auch an die Neunzig ist. Er war auf dem Heimweg, nach Dienstschluß, als der Wolga des sowjetischen Botschafters, der sich zur Kranzniederlegung begab, an ihm vorüberfuhr. Darin saßen die drei Attachés vom Dienst. Drei weitere folgten in einem zweiten Wagen. Einer war Poljakow, und er war mit Orden behängt wie ein Weihnachtsbaum. Teddy raste mit seiner Kamera nach Whitehall und fotografierte sie über die Straße. Mein Lieber, *alles* war auf unserer Seite: das Wetter war genau richtig, ein bißchen Regen und dann die schöne Abendsonne, er hätte noch aus dreihundert Meter Entfernung jeden Fliegenklecks daraufgebracht. Prachtvoll. Wir haben die Fotos vergrößert, und da waren sie: zwei Tapferkeitsmedaillen und drei Felddienstorden. Poljakow war Kriegsteilnehmer gewesen und hatte in sieben Jahren keinem Menschen ein Wort davon gesagt. Ich war wahnsinnig aufgeregt! Unnötig, die Feldzüge zu identifizieren. ›Toby‹, sagte ich – ich rief ihn sofort an – ›Jetzt hören Sie mir mal kurz zu, Sie ungarischer Giftzwerg. Es ist soweit, endlich ist meine Wenigkeit einmal schlauer gewesen als jede Tarnung. Sie müssen mir den lieben Alex Alexandrowitsch um- und umstülpen, keine Wenns und Abers, unsere kleine Connie hat richtig getippt.‹«

»Und was hat Toby gesagt?«

Der graue Spaniel ließ einen wehen Seufzer hören und schlief wieder ein.

»Toby?« Connie war plötzlich sehr einsam. »Oh, Klein Tobys Stimme klang wie ein toter Fisch, und er sagte, jetzt sei Percy Alleline der Einsatzleiter, nicht wahr? Es sei Percys Job, nicht der seine, die Anweisungen zu erteilen. Ich wußte sofort, daß irgend etwas faul war, aber ich dachte, es sei Toby.« Sie verstummte.

»Verdammtes Feuer«, brabbelte sie mißmutig. »Sobald man ihm den Rücken kehrt, geht es aus.« Ihr Interesse war erloschen. »Den Rest kennen Sie. Der Bericht ging an Percy. ›Na und?‹ sagte Percy. ›Poljakow war in der russischen Armee. Es war eine ziemlich große Armee, und nicht jeder, der in ihr kämpfte, war Karlas Agent.‹ Sehr komisch. Warf mir unwissenschaftliche Deduktion vor. ›Von wem stammt dieser Ausdruck?‹ fragte ich ihn. ›Es ist überhaupt keine Deduktion‹, sagt er, ›es ist *In*duktion.‹ – ›Mein lieber Percy, wo immer Sie solche Ausdrücke gelernt haben, Sie hören sich an wie so ein widerlicher Doktor oder so.‹ Mein Lieber, er war wütend! Pro forma setzt Toby die Hunde auf ihn an, aber sonst passiert nichts. ›Sein Haus anzapfen‹, sagte ich. ›Seinen Wagen, alles! Fotos schießen, ihn um- und umstülpen, die Abhorcher auf ihn ansetzen! Schützen Sie eine Personenverwechslung vor und durchsuchen Sie ihn. Was immer Sie wollen, aber tun Sie um Gottes willen irgend etwas, denn ich wette ein Pfund gegen einen Rubel, daß Alex Poljakow einen englischen Maulwurf betreut!‹ Daraufhin läßt Percy mich rufen, sehr ungnädig« – wieder der schottische Akzent –: »›Sie lassen jetzt gefälligst Poljakow in Ruhe. Schlagen Sie ihn sich aus ihrem albernen Weiberkopf, verstanden? Sie und Ihr verfluchter Polly – oder wie er heißt – hängen mir langsam zum Hals 'raus, also Schluß damit.‹ In Bestätigung des Gesprächs ein grober Brief. ›Wie bereits mündlich vereinbart‹, Kopie an die Leitkuh. Ich schrieb darunter ›Ja, wiederhole nein‹, und schickte ihm den Brief zurück.« Sie stellte um auf ihre Feldwebelstimme: »›Sie verlieren den Sinn für die Realität, Connie. Zeit, daß Sie 'rauskommen in die reale Welt.‹«

Connie hatte jetzt einen Katzenjammer. Sie war wieder über ihrem Glas zusammengesunken. Die Augen hatten sich geschlossen und der Kopf fiel immer wieder zur Seite.

»O Gott«, flüsterte sie, als sie wieder erwachte. »O himmlischer Vater!«

»Hatte Poljakow einen Kurier?« fragte Smiley.

»Wozu? Er ist Kulturmanager. Die brauchen keine Kuriere.«

»Komarow in Tokio hat einen gehabt. Das sagten Sie.«

»Komarow war Militär«, erwiderte sie mürrisch.

»Poljakow auch. Sie haben seine Orden gesehen.«
Er hielt ihre Hand und wartete. Lapin, der Hase, sagte sie, Bürodiener, Chauffeur an der Botschaft, Mädchen für alles. Anfangs war sie nicht aus ihm klug geworden. Sie vermutete, er sei ein gewisser Iwlow alias Brod, aber sie konnte es nicht nachweisen, und es half ihr ja auch keiner. Bummelte die meiste Zeit bloß durch London, guckte nach den Mädchen, wagte aber nicht, eine anzusprechen. Aber nach und nach bekam sie die Fäden zu fassen. Poljakow gab einen Empfang, Lapin, der Hase, half beim Servieren der Getränke. Poljakow wurde spät nachts zur Botschaft beordert, und eine halbe Stunde später tauchte auch Brüderchen Lapin dort auf, vermutlich um ein Telegramm zu entziffern. Und als Poljakow nach Moskau flog, übersiedelte Lapin regelrecht in die Botschaft und schlief auch dort, bis Poljakow zurückkam. »Er war mit von der Partie«, sagte Connie entschieden. »Sah man von weitem.«
»Und Sie haben auch das berichtet?«
»Natürlich.«
»Und was geschah?«
»Connie wurde geschaßt und Meister Lampe hoppelte nach Hause«, sagte Connie und kicherte. Sie gähnte. »Heia hoh«, sagte sie. »Halkyonische Tage. Hab' ich den Erdrutsch ausgelöst, George?«
Das Feuer war erstorben. Irgendwo oben hörte man einen Plumps, vielleicht war es Janet mit ihrem Liebhaber. Langsam begann Connie zu summen und sich dann zu ihrer eigenen Musik zu wiegen. Er gab ihr noch mehr zu trinken, und endlich erwachte sie wieder zum Leben.
»So«, sagte sie, »jetzt will ich Ihnen *meine* verdammten Orden zeigen.«
Erneutes Getümmel im Schlafgemach. Sie hatte sie in einer abgeschabten Diplomatenmappe, die Smiley unter dem Bett hervorziehen mußte. Zuerst einen richtigen Orden in einem Etui und eine maschinengeschriebene Belobigung, die auf ihren Arbeitsnamen Constance Salinger lautete und sie auf die Empfangsliste des Ministerpräsidenten setzte.
»Weil Connie ein so braves Mädchen war«, erläuterte sie und

schmiegte ihre Wange an die seine. »Und sie liebte alle ihre Prachtjungens.«
Dann Fotos ehemaliger Mitglieder des Circus; Connie in der Uniform des weiblichen Hilfscorps, die zwischen Jebedee und dem alten Bill Magnus, dem Funker, stand, irgendwo in England aufgenommen. Connie mit Bill Haydon auf der einen und Jim Prideaux auf der anderen Seite, die Männer im Kricket-Dreß und alle drei schauten typisch »bitte recht freundlich« drein, wie Connie sich ausdrückte. Das Bild war während eines Sommerkurses in Sarratt aufgenommen, hinter ihnen lagen die Kricketplätze, gemäht und sonnenhell, und die Seitenabschirmungen glänzten. Daneben ein riesiges Vergrößerungsglas, auf dessen Linse Autogramme eingeritzt waren: von Bill und Percy, von Toby und vielen anderen. »Für Connie mit allen guten Wünschen, und, wer weiß, Auf Wiedersehen!«
Schließlich eine Karikatur Connies, wie sie über ganz Kensington Palace Gardens hingestreckt liegt und mit einem Teleskop die sowjetische Botschaft beobachtet: »Mit allen guten Wünschen und lieben Erinnerungen, liebe, liebe Connie.«
»Man erinnert sich hier noch immer an ihn, wissen Sie. Der Goldjunge. Christ Church besitzt ein paar von seinen Bildern. Sie werden ziemlich oft ausgestellt. Neulich hielt Giles Langley mich auf der Straße an: ob ich gelegentlich von Haydon hörte? Weiß nicht, was ich sagte: Ja. Nein. Betreut Giles' Schwester immer noch ›sichere Häuser‹, wissen Sie das zufällig?« Smiley wußte es nicht. »›Sein *Flair* fehlt uns sehr‹, sagt Giles, ›diese Züchtung gibt es heutzutage nicht mehr. ›Giles sagt, er sei Bills Lehrer in Neuer Geschichte gewesen, damals, als *Empire* noch kein Schimpfwort war. Fragte auch nach Jim. ›Sein *alter ego*, sozusagen, hem, hem, hem, hem.‹ George, Sie haben Bill nie gemocht, wie?« Connie plapperte weiter, während sie alles wieder in Plastiktüten und Lappen verpackte. »Ich habe nie rausbekommen, ob Sie auf ihn eifersüchtig waren oder er auf Sie. Zu attraktiv, nehme ich an, Sie haben dem Äußeren immer mißtraut. Nur bei Männern, wohlgemerkt.«
»Meine liebe Connie, wie kommen Sie auf diesen Unsinn«, protestierte Smiley, ausnahmsweise unvorsichtig. »Bill und ich wa-

ren immer gute Freunde. Was um alles in der Welt bringt Sie auf solche Gedanken?«

»Nichts.« Sie hatte es schon fast vergessen. »Ich habe mal gehört, er habe mit Ann eine Runde im Park gedreht, das ist alles. Ist er nicht ein Vetter von ihr oder sowas? Ich habe mir immer gedacht, Sie und Bill hätten ein so gutes Team abgegeben, wenn es geklappt hätte. Ihr beide hättet den alten Geist wieder zurückgebracht. Statt dieses schottischen Fatzkes. Bill erbaut ein neues Camelot« – wieder das Märchentanten-Lächeln – »und George ...«

»George sammelt die Brosamen auf«, sagte Smiley, indem er auf ihren Ton einging, und sie lachten beide, Smiley gezwungen.

»Geben Sie mir einen Kuß, George. Geben Sie Connie einen Kuß.«

Sie begleitete ihn durch den Küchengarten hinaus, den Weg, den ihre Mieter benutzten, sie sagte, das würde ihm lieber sein als der Anblick der gräßlichen neuen Bungalows, den die Harrison-Schweine im Garten nebenan errichtet hatten. Leichter Regen fiel, die Sterne standen groß und bleich im Nebel, auf der Landstraße donnerten Lastwagen nordwärts durch die Nacht. Plötzlich wurde Connie von Furcht erfaßt und klammerte sich an ihn.

»Sie sind abscheulich, George. Hören Sie? Sehen Sie mich an. Sehen Sie nicht dort hinüber, da gibt's nur Neonlampen und Sodom. Küssen Sie mich. Auf der ganzen Welt sind garstige Menschen am Werk, die uns die Zeit stehlen, warum müssen Sie ihnen helfen? Warum?«

»Ich helfe ihnen nicht, Connie.«

»Natürlich tun Sie's. Sehen Sie mich an. Es war eine gute Zeit, hören Sie? Eine echte Zeit. Damals konnten die Engländer stolz sein. Lassen Sie ihnen jetzt diesen Stolz.«

»Das liegt nicht ganz in meiner Macht, Connie.«

Sie zog sein Gesicht zu sich herab, also küßte er sie auf den Mund.

»Die armen Lieben.« Sie keuchte schwer, nicht aus einer bestimmten Erregung, sondern aus einem Durcheinander von Erregungen, das in ihr herumschwappte wie verschiedene Sorten

Alkohol. »Die armen Lieben. Für das Empire erzogen, erzogen, um die Meere zu beherrschen. Alle dahin. Alle fort. Gute Nacht, schöne Welt. Sie sind der letzte, George, Sie und Bill. Und ein bißchen auch der gräßliche Percy.« Er hatte gewußt, daß es so enden würde; aber doch nicht ganz so schlimm. Er hatte die gleiche Geschichte mit ihr bei jeder der kleinen Weihnachtsfeiern erlebt, die im Circus in stillen Winkeln abgezogen wurden. »Sie kennen Millponds nicht, oder?« fragte sie jetzt.

»Was ist Millponds?«

»Da wohnt mein Bruder. Schönes klassizistisches Haus, reizende Umgebung, in der Nähe von Newbury. Dann haben sie eine Straße gebaut. Krach. Bumm. Autostraße. Das ganze Grundstück dahin. Ich bin dort aufgewachsen, verstehen sie. Sarratt ist nicht verkauft worden, oder? Ich habe es immer befürchtet.«

»Nein, ganz bestimmt nicht.«

Er hätte sich gern von ihr freigemacht, aber sie klammerte sich noch verzweifelter an ihn, und er fühlte, wie ihr Herz pochte.

»Wenn es schlimm ist, dürfen Sie nicht wiederkommen. Versprechen Sie's? Ich bin zu alt, ich kann nicht mehr umdenken. Ich möchte euch alle so in der Erinnerung behalten, wie ihr damals wart. Liebe, liebe Jungens.«

Er wollte sie nicht allein und schwankend im Dunkeln unter den Bäumen zurücklassen, also ging er wieder ein Stück mit ihr zum Haus zurück; keiner von ihnen sprach. Als er in die Straße einbog, hörte er sie wieder summen, so laut, daß es wie ein Aufschrei war. Aber es war nichts im Vergleich zu dem Tumult in seinem Inneren, die Wogen von Panik und Erbitterung und Ekel über diesen Nachtmarsch mit geschlossenen Augen, an dessen Ende sich Gott weiß wessen Leichen finden würden.

Er fuhr mit dem Personenzug nach Slough, wo Mendel ihn mit einem Mietwagen erwartete. Während sie langsam auf das orangefarbene Leuchten der Stadt zufuhren, hörte er sich das Ergebnis von Peter Guillams Nachforschungen an. Das Dienstbuch enthalte keine Einträge für die Nacht vom zehnten auf den elften April, sagte Mendel. Die Seiten seien mit einer Rasierklinge herausgetrennt worden. Auch die Listen der Portiers für die gleiche Nacht fehlten, desgleichen die Signallisten.

»Peter glaubt, es sei erst kürzlich geschehen. Auf die folgende Seite ist eine Anmerkung gekritzelt: ›Alle Nachfragen an Chef von London Station.‹ Es ist Esterhases Handschrift und mit Freitag datiert.«

»*Letzten* Freitag?« fragte Smiley und fuhr so jäh herum, daß sein Sicherheitsgurt einen klagenden Laut von sich gab. »Das ist der Tag von Tarrs Ankunft in England.«

»Das alles sagt Peter«, erwiderte Mendel stoisch.

Und schließlich, daß betreffs Lapin alias Iwlow, und Legationsrat Poljakow, beide von der Sowjetischen Botschaft in London, Toby Esterhases Aufklärerberichte nicht die geringste verdächtige Spur aufzeigten. Über beide Männer war eingehend ermittelt worden, beiden wurde der Persilschein ausgestellt: das strahlendste Weiß, das es je gab. Lapin war vor einem Jahr nach Moskau zurückbeordert worden.

Mendel hatte eine Mappe mit Guillams Fotos mitgebracht, die Ergebnisse seines Raubzugs in Brixton, alle entwickelt und auf Normalgröße gebracht. Beim Bahnhof Paddington stieg Smiley aus und Mendel reichte ihm die Mappe durch die Tür. »Soll ich wirklich nicht mitkommen?« fragte Mendel.

»Vielen Dank. Es sind nur ein paar Schritte.«

»Ein Glück für Sie, daß der Tag vierundzwanzig Stunden hat, wie?«

»Ja, wirklich.«

»Manche Leute schlafen.«

»Gute Nacht.«

Mendel hielt die Mappe noch immer fest. »Kann sein, daß ich die Schule gefunden habe«, sagte er. »Heißt Thursgood, in der Nähe von Taunton. Er hat ein halbes Quartal irgendwo in Berkshire ausgeholfen und ist dann anscheinend nach Somerset getreckt. Soll einen Wohnwagen haben. Möchten Sie, daß ich's nachprüfe?«

»Wie wollen Sie das machen?«

»An seine Tür bollern. Ihm einen Staubsauger verkaufen, ihn gesellschaftlich kennenlernen.«

»Entschuldigen Sie«, sagte Smiley plötzlich bekümmert. »Es sieht so aus, als sähe ich schon Gespenster. Entschuldigen Sie, das war unfreundlich von mir.«
»Der junge Guillam sieht auch schon Gespenster«, sagte Mendel mit Entschiedenheit. »Behauptet, er würde im ganzen Haus so komisch angesehen. Behauptet, da gehe was vor, und sie steckten alle drin. Hab' ihm gesagt, er soll einen Strammen kippen.«
»Ja«, sagte Smiley nach weiterem Nachdenken. »Ja, das ist das einzig Richtige. Jim ist ein Profi«, erläuterte er. »Ein Außenagent der alten Schule. Er ist gut, was immer sie ihm auch angetan haben.«

Camilla war spät zurückgekommen. Soviel Guillam wußte, war die Flötenstunde bei Sand um neun zu Ende, aber es war schon elf, als sie die Tür aufschloß. Er war entsprechend kurz angebunden mit ihr, er konnte nicht anders. Jetzt lag sie im Bett, das grauschwarze Haar über das Kissen gebreitet, und beobachtete ihn, während er am dunklen Fenster stand und auf den Platz hinausstarrte.
»Hast du gegessen?«
»Doktor Sand hat mir was gegeben.«
»Was?« Sand war Perser, hatte sie ihm erzählt.
Keine Antwort. Träume vielleicht? Nußkroketten? Liebe? Im Bett rührte sie sich nie, außer um ihn zu umarmen. Im Schlaf atmete sie kaum; manchmal lag er wach, beobachtete sie und überlegte, wie ihm wohl zumute wäre, wenn sie tot wäre.
»Hast du Sand gern?« fragte er.
»Manchmal.«
»Gehst du mit ihm ins Bett?«
»Manchmal.«
»Vielleicht solltest du mit ihm zusammenwohnen statt mit mir.«
»So ist es nicht«, sagte Camilla. »Das verstehst du nicht.«
Nein, das verstand er nicht. Zuerst dieses Pärchen, das auf dem Rücksitz eines Rover seine Spiele trieb, dann ein einsamer Bubi mit Schlapphut, der seinen Sealyham spazierenführte, dann ein Mädchen, das ein stundenlanges Gespräch von der Telefonzelle vor seiner Haustür aus führte. Nichts von alledem mußte etwas

bedeuten, nur daß sie alle hintereinander aufgezogen waren wie bei der Wachablösung. Jetzt hatte ein Lieferwagen geparkt, und niemand stieg aus. Noch ein Liebespaar oder eine Aufklärer-Nachtschicht? Der Lieferwagen hatte zehn Minuten dagestanden, als der Rover wegfuhr.
Camilla schlief. Er lag neben ihr wach und wartete auf morgen. Morgen wollte er auf Smileys Anweisung die Akte über den Fall Prideaux stehlen, auch bekannt als der Ellis-Skandal – oder für Eingeweihtere – Operation *Testify*.

14 Im Thursgood übernimmt Bill Roach das Steuer von Jim Prideaux' Wagen

Bis zu diesem Augenblick war dies der zweitglücklichste Tag in Bill Roachs kurzem Leben gewesen. Der glücklichste war kurz vor der Auflösung seines Elternhauses, als sein Vater unterm Dach ein Wespennest entdeckt und Bill als Hilfskraft beim Ausräuchern herangezogen hatte. Der Vater war kein Naturmensch, auch nicht sehr geschickt, aber nachdem Bill in seinem Lexikon alles über Wespen nachgelesen hatte, waren sie gemeinsam zur Drogerie gefahren und hatten Schwefel gekauft, den sie auf einer großen Platte unter der Dachrinne verbrannten und damit den Wespen den Garaus machten.

Der heutige Tag jedoch hatte die feierliche Eröffnung von Jim Prideaux' Automobil-Club-Rallye gesehen. Bisher hatten sie nur den Alvis auseinandergenommen und wieder zusammengesetzt, aber heute hatten sie zum Lohn und mit Latzys Hilfe eine Slalompiste mit Strohballen auf der steinigen Seite der Strecke angelegt, dann hatte reihum jeder sich ans Steuer gesetzt und war mit Jim als Stopper unter dem brausenden Jubel der Supporters durch die Tore gekeucht und gewedelt. »Bester Wagen, den England je gebaut hat«, hatte Jim sein Auto vorgestellt. »Wird heute nicht mehr hergestellt, von wegen Sozialismus.« Jetzt war der Alvis frisch lackiert, trug auf der Kühlerhaube einen Rallye-Union Jack und war unbestritten der schönste und schnellste Wagen der Welt. Im ersten Durchgang hatte Roach den dritten Platz unter vierzehn Teilnehmern belegt, und jetzt, im zweiten, war er, ohne ein einziges Mal abzubremsen, beim Kastanienbaum angelangt und startbereit für die Endrunde. Eine Rekordzeit! Er hätte nie gedacht, daß ihm etwas so viel Spaß machen könnte. Er fand das Auto herrlich, und zum erstenmal in seinem Leben hätte er es herrlich gefunden, zu siegen. Er hörte, wie Jim brüllte: »Sachte, Jumbo«, und er sah Latzy auf und ab hüpfen und die improvisierte Zielfahne schwingen, aber als er um den Pfosten radierte, wußte er bereits, daß Jim nicht mehr auf ihn achtete, sondern über die Rennstrecke hinweg zu den Birken hinüberstarrte.

»Sir, wie lange, Sir?« fragte er atemlos, und hörte nur ein leises »Psst!«

»Stopper!« rief Spikely und riskierte eine Lippe. »Die Zeit, bitte, Rhino.«

»War prima, Jumbo«, sagte Latzy und blickte ebenfalls auf Jim. Ausnahmsweise fanden weder Spikelys Frechheit noch Bills Flehen Beachtung. Jim starrte über das Spielfeld zum Fahrweg hinüber, der die östliche Grenze bildete. Neben ihm stand ein Junge namens Coleshaw, ein Repetierer aus III B, bekannt dafür, daß er den Lehrern um den Bart ging. Das Gelände war hier sehr flach, ehe es zu den Hügeln anstieg; nach ein paar Regentagen stand oft alles unter Wasser. Deshalb lief auch keine ordentliche Hecke am Fahrweg entlang, sondern nur ein Drahtzaun mit Holzpfosten; und es gab auch keine Bäume, nur den Drahtzaun, die Ebene und da und dort dahinter die Quantocks, die heute im alles beherrschenden Weiß verschwunden waren. Die Ebene hätte daher auch Sumpfland sein können, das zu einem See führte oder einfach in die weiße Unendlichkeit. Vor diesem farblosen Hintergrund wanderte eine einzelne Gestalt dahin, ein normaler, unauffälliger Fußgänger, ein Mann mit schmalem Gesicht, weichem Filzhut und grauem Regenmantel; er trug einen Spazierstock, den er kaum benutzte. Roach, der ihn gleichfalls beobachtete, kam zu dem Schluß, daß der Mann gern schneller gegangen wäre, aber aus einem bestimmten Grund den Schritt zügelte.

»Hast du die Brille auf, Jumbo?« fragte Jim und starrte unverwandt auf diese Gestalt, die sich nun dem nächstgelegenen Pfosten näherte.

»Ja, Sir.«

»Wer ist denn der? Sieht aus wie Salomon Grundy.«

»Weiß nicht, Sir.«

»Noch nie in der Gegend gesehen?«

»Nein, Sir.«

»Kein Lehrer, keiner aus dem Dorf. Also was ist er? Räuber? Dieb? Warum schaut er nicht zu uns herüber, Jumbo? Was paßt

ihm nicht an uns? Würdest du nicht hinschauen, wenn du einen Haufen Jungens sehen würdest, die im Auto um ein Feld rasen? Mag er keine Autos? Mag er keine Jungens?«
Roach überlegte noch immer eine Antwort auf alle diese Fragen, als Jim anfing, zu Latzy in der DP-Sprache zu reden. Sein tonloses Flüstern verriet Roach sofort, daß zwischen den beiden ein Einvernehmen bestand, ein besonderes fremdartiges Band. Der Eindruck wurde durch Latzys Antwort verstärkt, die mit der gleichen unerschütterlichen Zurückhaltung erteilt wurde und deutlich negativ war.
»Sir, bitte, Sir, ich glaube, er hat was mit der Kirche zu tun, Sir«, sagte Coleshaw. »Ich hab' ihn mit Wells Fargo sprechen sehen, Sir, nach der Andacht.«
Der Name des Vikars lautete Spargo, und er war sehr alt. Die Thursgood-Legende wollte, daß er in Wahrheit der große Wells Fargo sei, der sich hierher zurückgezogen hatte. Jim dachte eine Weile über diese Erklärung nach, und Roach war wütend und fand, Coleshaw wolle sich nur interessant machen.
»Gehört, worüber sie geredet haben, Coleshaw?«
»Sir, nein, Sir. Sie haben die Sitzordnung der Kirche studiert, Sir. Aber ich könnte Wells Fargo fragen, Sir.«
»*Unsere* Sitzordnung? Die Sitzordnung von Thursgood?«
»Ja, Sir. Die Sitzordnung der Schule. Von Thursgood. Mit den ganzen Namen, Sir, und wo wir sitzen.«
Und auch wo die Lehrer sitzen, dachte Roach erbittert.
»Wer ihn nochmals sieht, sagt mirs. Ihn oder sonstige trübe Figuren, verstanden?« Jim wandte sich an alle und lieferte dabei eine einfache Erklärung. »Hab' nichts übrig für komische Vögel, die sich um Schulen 'rumtreiben. An meiner letzten war's eine richtige Bande. Haben alles mitgehen lassen. Silber, Geld, Armbanduhren der Jungens, Radios, Gott weiß, was sie nicht geklaut haben. Er wird nächstens den Alvis klauen. Bester Wagen, den England je gebaut hat, und wird nicht mehr hergestellt. Haarfarbe, Jumbo?«
»Schwarz, Sir.«
»Größe, Coleshaw?«
»Sir, einsachtzig, Sir.«

»Für Coleshaw sieht jeder wie einsachtzig aus, Sir«, sagte ein Spaßvogel, denn Coleshaw war ein Zwerg und angeblich mit der Ginflasche aufgezogen.
»Alter, Spikely, du Knallfrosch?«
»Einundneunzig, Sir.«
Die Situation löste sich in Gelächter auf, Roach durfte den Durchgang wiederholen und schnitt schlecht ab, und in dieser Nacht lag er in qualvoller Eifersucht wach und fürchtete, der ganze Automobilclub, ganz zu schweigen von Latzy, könnte in Bausch und Bogen in den ehrenvollen Rang von Beobachtern erhoben worden sein. Es tröstete ihn kaum, daß er sich sagte, ihre Wachsamkeit könne sich nie und nimmer mit der seinen vergleichen; daß Jims Anweisung nur für diesen einen Tag Geltung habe; oder daß Roach von nun an seine Anstrengungen verdoppeln müsse, um dieser eindeutig näherrückenden Bedrohung zu begegnen.
Der Fremde mit dem schmalen Gesicht war wieder verschwunden, aber anderntags stattete Jim dem Kirchhof einen seltenen Besuch ab; Roach sah ihn mit Wells Fargo sprechen, vor einem offenen Grab.
Von diesem Tag an stellte Bill Roach an Jim eine verschlossene Miene fest und eine Sprungbereitschaft, die manchmal wie Zorn hervortrat, wenn er allabendlich durch das Zwielicht stapfte oder vor dem Wohnwagen auf den Erdhocken saß, unempfindlich gegen Kälte oder Nässe, und seine dünne Zigarre rauchte und am Whisky nippte, während die Dunkelheit ihn einhüllte.

Zweiter Teil

15 *Mrs. Pope Graham vom Hotel* Islay *kommt zu einem verdächtigen Gast, Inspektor Mendel zu einem billigen Babysitter*

Das Hotel *Islay* in Sussex Gardens, wo George Smiley am Tag nach seinem Besuch in Ascot unter dem Namen Barraclough sein Hauptquartier aufgeschlagen hatte, war ein für diese Lage sehr ruhiges Haus und für Smileys Zwecke vorzüglich geeignet. Es stand in einer Reihe älterer Herrschaftshäuser knapp hundert Meter südlich von Paddington Station und war von der Hauptstraße durch eine Reihe gleichhoher Bäume und einen Parkplatz getrennt. Draußen dröhnte der Verkehr die ganze Nacht hindurch. Das Innere jedoch war trotz der Anhäufung scheußlicher Tapeten und kupferner Lampenschirme ein Hort der Stille. Nicht nur, daß sich im Hotel nichts regte: Auch in der Außenwelt regte sich nichts, und dieser Eindruck wurde noch verstärkt durch die Besitzerin, Mrs. Pope Graham, Majorswitwe, deren furchtbar schleppende Stimme Mr. Barraclough genau wie jedem anderen, der das gastliche Haus aufsuchte, ein Gefühl grenzenloser Müdigkeit vermittelte. Inspektor Mendel, dessen Informantin sie seit vielen Jahren war, behauptete, ihr Name sei schlicht Graham. Das Pope habe sie zwecks größerer Vornehmheit oder als Huldigung an Rom hinzugefügt.

»Ihr Vater war nicht zufällig bei der Greenjacket-Brigade?« erkundigte sie sich gähnend, als sie den Namen Barraclough im Register las. Smiley zahlte ihr fünfzig Pfund Vorschuß für einen zweiwöchigen Aufenthalt und sie gab ihm Zimmer Nummer acht, weil er ungestört arbeiten wollte. Er bat um einen Schreibtisch, und sie gab ihm einen wackeligen Bridgetisch, Norman, der Hotelboy, schleppte ihn an. »Er ist georgianisch«, seufzte sie, als sie die Lieferung überwachte. »Sie werden ihn doch sorgsam behandeln, nicht wahr, mein Lieber? Eigentlich sollte ich ihn gar nicht ausleihen, er hat dem Major gehört.«

Zu den fünfzig Pfund fügte Mendel privatim weitere zwanzig a conto aus seiner eigenen Brieftasche hinzu, Schmierlappen, wie er sagte, die er später wieder von Smiley kassierte. »Wo nichts

ist, kann auch nichts stinken, wie?« meinte er.
»So könnte man sagen«, bestätigte Mrs. Pope Graham und barg die Scheine hoheitsvoll in ihren Dessous.
»Ich will jeden Dreck erfahren«, schärfte Mendel ihr ein, als sie in ihrer Souterrainwohnung bei einer Flasche ihrer Lieblingsmarke saßen. »Genaue Zeiten von Kommen und Gehen, Kontakte, Lebensweise und vor allem« – er hob einen mahnenden Finger – »vor allem, und das ist wichtiger, als Sie wissen können, müssen mir alle verdächtigen Personen gemeldet werden, die sich für ihn interessieren oder unter irgendeinem Vorwand Ihr Personal aushorchen wollen.« Er warf ihr seinen Lage-der-Nation-Blick zu. »Auch wenn sie behaupten, sie wären die Königliche Leibgarde und Sherlock Holmes in einer Person.«
»Wir sind allein hier, ich und Norman«, sagte Mrs. Pope Graham und wies auf einen fröstelnden Jungen in einem schwarzen Mantel, den Mrs. Pope Graham mit einem beigen Samtkragen herausgeputzt hatte. »Und bei Norman werden sie kein Glück haben, nicht wahr, Lieber, du bist viel zu taktvoll.«
»Außerdem alle Briefe, die für ihn kommen«, sagte der Inspektor. »Briefmarken und Poststempel, wenn irgend lesbar, notieren, aber nicht dran rumpfuschen oder zurückhalten. Außerdem seine Sachen.« Er ließ einen Engel durch den Raum schweben, während er den mächtigen Safe betrachtete, der einen so wesentlichen Bestandteil des Mobiliars darstellte. »Hin und wieder wird er etwas hinterlegen wollen. Es werden hauptsächlich Papiere sein, manchmal Bücher. Außer ihm darf nur ein einziger Mensch auf der Welt diese Dinge zu Gesicht bekommen« – er ließ ein kurzes Seeräubergrinsen aufblitzen –, »ich. Verstanden? Niemand sonst darf auch nur wissen, daß sie hier sind. Und murksen Sie nicht dran herum, er merkt es sofort, er ist ein scharfer Hund. Es müßte meisterhaft gemurkst sein. Mehr sage ich nicht«, schloß Mendel. Smiley gegenüber bemerkte er allerdings bald nach seiner Rückkehr aus Somerset, wenn der Preis nicht höher sei als zwanzig Lappen, dann seien Norman und seine Herrin die billigsten Babysitter in der Branche.
Worauf er zu Unrecht stolz war, verzeihlicherweise, denn er konnte schließlich nicht wissen, daß Jim den gesamten Automo-

bilclub eingespannt hatte; und ebensowenig konnte er wissen, auf welche Weise es Jim in der Folge möglich war, den Pfaden von Mendels mißtrauischen Nachforschungen zu folgen. Und weder Mendel noch irgend jemand sonst ahnte das Ausmaß elektrisierter Alarmbereitschaft, in die der Zorn, die Anspannung des Wartens und vielleicht ein kleiner Knacks Jim versetzt haben mochten.

Zimmer acht lag im obersten Stock. Das Fenster ging auf die Dachbrüstung hinaus. Gegenüber, in einer Seitenstraße, war eine zweifelhafte Buchhandlung und ein Reisebüro mit dem Namen »Weite Welt«. Im Handtuch war *Swan Hotel Marlow* eingewebt. Lacon kam noch am gleichen Abend mit einer dicken Aktenmappe angestelzt, die eine erste Portion Papiere aus seinem Büro enthielt. Zu ihrer Unterredung setzten sie sich nebeneinander aufs Bett, und Smiley ließ ein Transistorradio spielen, um ihre Stimmen zu übertönen. Lacon nahm das ungnädig auf, irgendwie schien er zu alt für solche Scherze. Anderntags holte Lacon auf dem Weg zum Dienst die Papiere wieder ab und gab die Bücher zurück, mit denen Smiley die Mappe ausgestopft hatte. In dieser Rolle war Lacon miserabel. Er gab sich gekränkt und zerfahren und machte kein Hehl daraus, daß er diese Unregelmäßigkeit haßte. Die Röte, die sein Gesicht in der Kälte annahm, schien nicht mehr weichen zu wollen. Aber bei Tag konnte Smiley die Papiere nicht lesen, da sie Lacons Mitarbeitern jederzeit zugänglich sein mußten, und ihr Verschwinden hätte Staub aufgewirbelt. Er hätte es auch nicht gewollt. Er wußte besser als jeder andere, daß die Zeit verzweifelt drängte. In den nächsten drei Tagen änderte sich sein Programm nur sehr wenig. Allabendlich lieferte Lacon auf dem Weg zum Bahnhof Paddington seine Papiere ab, und allnächtlich meldete Mrs. Pope Graham Mendel verschwörerisch, daß der lange Griesgram wieder dagewesen sei, der Norman immer so scheel ansehe. Allmorgendlich, nach drei Stunden Schlaf und einem widerlichen Frühstück aus halbgaren Würsten und zerkochten Tomaten – etwas anderes war nicht zu haben – wartete Smiley auf Lacons Kommen, dann floh er dankbar hinaus in den kalten Wintertag, um seinen Platz

in der menschlichen Gesellschaft wieder einzunehmen.
Es waren schon außergewöhnliche Nächte für Smiley, so allein dort oben im Dachgeschoß. Wenn er später nach einer Zeit, die ebenso erfüllt und nach außen hin weit ereignisreicher war, an sie zurückdachte, so erschienen sie ihm wie eine einzige Reise, fast wie eine einzige Nacht. *Ich kann ihm doch sagen, daß Sie es übernehmen*, hatte Lacon schamlos im Garten geflötet. *Vorwärts, zurück?* Während Smiley Pfad um Pfad in seine eigene Vergangenheit zurückwanderte, verschwand dieser Unterschied: Vorwärts oder rückwärts, es war die gleiche Reise, und sein Ziel lag vor ihm. Nichts in diesem Zimmer, kein einziger Gegenstand in diesem Sammelsurium schäbigen Hotelkrams, trennte ihn von den Zimmern seiner Erinnerung. Er war wieder in der obersten Etage des Circus, in seinem eigenen schäbigen Büro mit den Drucken von Oxford, genau wie er es vor einem Jahr verlassen hatte. Jenseits der Tür war das niedrige Vorzimmer, wo Controls grauhaarige Damen, die Mütter, leise tippten und Anrufe beantworteten; während hier im Hotel ein unentdecktes Genie ein paar Türen weiter Tag und Nacht geduldig auf einer alten Schreibmaschine klapperte. Am anderen Ende des Vorzimmers – in Mrs. Pope Grahams Haus befand sich dort ein Badezimmer mit einem Schild, das die Benutzung verbot – war die verbotene Tür zu Controls Allerheiligstem: ein Schlauch von Zimmer, mit alten Stahlschränken und alten roten Büchern, einem Geruch nach süßem Staub und Jasmintee. Hinter dem Schreibtisch Control persönlich, damals schon nur mehr ein Gerippe von Mann, mit seinem schütteren grauen Stirnhaar und dem warmen Lächeln eines Totenschädels.
Diese geistige Verwandlung war so vollständig, daß Smiley, als sein Telefon klingelte – der Anschluß war eine zusätzliche Leistung und in bar zu bezahlen – sich erst wieder erinnern mußte, wo er war. Andere Geräusche übten eine ähnlich verwirrende Wirkung auf ihn aus, zum Beispiel das Scharren von Tauben auf dem Dach, das Knarren der Fernsehantenne im Wind, und bei Regen der gurgelnde Bach in der Dachrinne. Denn auch diese Geräusche gehörten zu seiner Vergangenheit und waren in Cambridge Circus nur in der fünften Etage zu vernehmen gewe-

sen. Das war wohl der Grund, warum sein Ohr sie nun heraushörte: Sie waren die Geräuschkulisse seiner Vergangenheit. Als Smiley einmal frühmorgens im Hotelkorridor Schritte hörte, ging er tatsächlich zur Tür, weil er mit dem Chiffreur vom Nachtdienst rechnete. Er war gerade in Guillams Fotos vertieft und versuchte, an Hand viel zu spärlicher Informationen das Verfahren auszutüfteln, nach dem eingehende Telegramme aus Hongkong unter dem Circus-Lateralismus bearbeitet werden mochten. Aber anstatt des Chiffreurs hatte er Norman vorgefunden, der barfuß im Schlafanzug vor der Tür stand. Über den Läufer waren Konfetti verstreut, und vor der Tür gegenüber standen zwei Paar Schuhe, ein Paar Damen- und ein Paar Herrenschuhe, obwohl kein Mensch im *Islay*, am allerwenigsten Norman, sie jemals putzen würde.

»Laß das Spionieren und geh zu Bett«, hatte Smiley gesagt. Und als Norman ihn nur anglotzte; »Ach, so geh doch, ja?« – und beinahe, aber er hielt sich zurück – »Du schmieriger Knirps.«

»Operation *Witchcraft*« lautete der Titel des ersten Bands, den Lacon ihm an diesem Sonntag brachte. »Vorschriften zur Verteilung besonderer Produkte.« Der übrige Einband war mit Warnzetteln und Benutzungsanweisungen vollgeklebt, darunter eine, die mit entzückender Naivität dem zufälligen Finder nahelegte: »Diese Akte UNGELESEN zurück an den Chefarchivar im Kabinettsbüro.« »Operation *Witchcraft*« stand auf dem zweiten Band. »Antrag auf zusätzliche Mittel an Schatzamt, Wohnmöglichkeit in London, besondere Zahlungsvereinbarungen, Prämie etc.« »Quelle Merlin«, stand auf dem dritten, der mittels einer rosa Kordel mit dem ersten zusammengebunden war. »Auswertung durch Konsumenten, Kosteneffektivität, weitere Auswertung, siehe auch geheimer Anhang.« Aber der geheime Anhang war nicht angehängt, und als Smiley nach ihm fragte, schlug ihm ein Eishauch entgegen. »Der Minister verwahrt ihn in seinem Privatsafe«, knurrte Lacon.

»Kennen Sie die Kombination?«

»Wo denken Sie hin!« erwiderte Lacon wütend.

»Wie lautet der Titel des Anhangs?«

»Das kann für Sie von keinerlei Interesse sein. Ich begreife nicht, warum Sie Ihre Zeit überhaupt damit vergeuden sollen, hinter diesem Material herzujagen. Es ist streng geheim, und wir haben alles Menschenmögliche getan, um den Leserkreis auf ein Minimum zu beschränken.«

»Auch ein geheimer Anhang muß einen Titel haben«, sagte Smiley milde.

»Dieser hat keinen.«

»Gibt er Merlins Identität an?«

»Machen Sie sich nicht lächerlich. Der Minister würde sie nicht kennen wollen, und Alleline würde ihn nicht aufklären.«

»Was bedeutet weitere Auswertung?«

»Sie haben kein Recht, mich auszufragen, George. Sie gehören nicht mehr zur Familie, wie Sie wissen. Von Rechts wegen hätte ich Sie erst einmal genau durchleuchten lassen müssen.«

»*Witchcraft*-durchleuchten?«

»Ja.«

»Gibt es eine Liste der Personen, die solche Durchleuchtungen hinter sich haben?«

Sie liegt im Kabinettsbüro, gab Lacon zurück und hätte um ein Haar die Tür hinter sich zugeknallt, doch kam er zurück, während sanft das Lied »Sag mir, wo die Blumen sind« erklang. »Der Minister...« begann er von neuem. »Er hat nichts übrig für umschweifige Erklärungen. Er sagt immer: Ich glaube nur, was auf einer Postkarte Platz hat. Er wartet ungeduldig auf handgreifliche Resultate.«

»Sie vergessen Prideaux nicht, ja? Einfach alles, was Sie über ihn finden können; jeder kleinste Wisch ist besser als gar nichts.«

Smiley ließ Lacon eine Weile hierüber nachglotzen, dann zu einem zweiten Abgang ansetzen: »Verrennen Sie sich auch nicht in eine fixe Idee, George? Es ist Ihnen doch klar, daß Prideaux höchstwahrscheinlich kein einziges Wort von *Witchcraft* gehört hat, ehe er angeschossen wurde? Ich begreife wirklich nicht, warum sie nicht bei der Hauptsache bleiben können, anstatt dieses Herumwühlens in...« Aber inzwischen hatte er sich bereits aus dem Zimmer hinausgeredet.

Smiley wandte sich dem letzten Stoß zu: »Operation *Witchcraft*,

Schriftwechsel mit Department.« Department war eine von Whitehalls zahlreichen beschönigenden Umschreibungen für den Circus. Dieser Band bestand aus offiziellen Aktennotizen, gewechselt zwischen dem Minister einerseits und – sofort zu erkennen an seiner berühmten Schulschrift – Percy Alleline andererseits, der damals noch auf den unteren Sprossen von Controls hierarchischer Leiter schmachtete.
Ein recht glanzloses Denkmal, fand Smiley bei der Durchsicht dieser vielbenutzten Akten, für einen so langen und grausamen Krieg.

16 George Smiley füttert sein Gedächtnis mit Akten aus Oliver Lacons Geheimarchiv

Als Smiley nun in die Lektüre von Lacons Akten einstieg, erlebte er diesen langen und grausamen Krieg in seinen wichtigsten Schlachten noch einmal. Die Gegenspieler waren Alleline und Control, der Ursprung des Krieges lag im Dunkeln. Die Akten enthielten einen denkbar dürftigen Bericht; Smileys Gedächtnis enthielt weit mehr. Bill Haydon, der die Ereignisse ebenso sorgfältig wie besorgt verfolgt hatte, behauptete, die beiden Männer hätten einander in Cambridge hassen gelernt, wo Control sich kurze Zeit als Lehrer und Alleline als Student aufgehalten hatten. Laut Bill sei Alleline Controls Schüler gewesen, ein schlechter Schüler, und Control habe sich über ihn mokiert, was sehr wohl möglich war. Die Geschichte war so grotesk, daß Control nicht umhin konnte, sie noch hochzuspielen:

»Percy und ich sind Blutsbrüder, höre ich. Haben uns gemeinsam in diesen Stechkähnen, den *Punts*, getummelt, man stelle sich vor!« Er sagte nie, ob es wahr war.

Derartige Halbmythen konnte Smiley mit ein paar Tatsachen aus dem früheren Leben der beiden Männer zurechtrücken. Während Controls Herkunft unbekannt war, stammte Percy Alleline aus dem Süden Schottlands und war in einem Pfarrhaus geboren; sein Vater war ein presbyterianischer Eiferer, und wenn Percy auch nicht seinen Glauben hatte, so hatte er doch zweifellos seine sektiererische Unduldsamkeit geerbt. Er verpaßte den Krieg um ein paar Jahre und kam von einer Firma in der City zum Circus. In Cambridge hatte er sich ein bißchen als Politiker (gleich rechts von Dschingis Khan, sagte Haydon, der weiß Gott selber kein Scheiß-Liberaler gewesen war) und ein bißchen als Sportler hervorgetan. Er war von einem unbedeutenden Menschen namens Maston angeworben worden, der eine Zeitlang versucht hatte, sich ein Plätzchen bei der Gegenspionage einzurichten. Maston sah für Alleline eine große Zukunft voraus, fiel jedoch selber in Ungnade, nachdem er seinen Schützling frenetisch feilgeboten hatte. Die Personalabteilung des Circus expedierte Alleline, um ihn loszuwerden, nach Südamerika, wo er unter konsularischer Tarnung zwei volle Dienstperioden ableistete, ohne nach England zurückzukehren.

Sogar Control gab später zu, wie Smiley sich erinnerte, daß Alleline dort vorzüglich gearbeitet habe. Den Argentiniern gefiel die Art, wie er ritt und Tennis spielte, und sie hielten ihn für einen Gentleman – so Control – und nahmen daher an, er müsse dumm sein, was Percy niemals völlig war. Als er die Stelle an seinen Nachfolger übergab, hatte er an beiden Küstenstrichen seine Agentenkette gezogen und war auch schon auf dem Vorstoß nach Norden. Nach einem Heimaturlaub und einer mehrwöchigen Instruktion wurde er nach Indien versetzt, wo seine Agenten ihn als den wiedererstandenen britischen Sahib zu betrachten schienen. Er predigte ihnen Loyalität, zahlte ihnen so gut wie gar nichts und verbriet sie, wenn es ihm in den Kram paßte. Von Indien aus ging er nach Kairo. Dieser Posten hätte für Alleline schwierig, wenn nicht unhaltbar sein müssen; denn der Nahe Osten war bis dato Haydons Stammrevier gewesen. Die Netze in Kairo blickten zu Bill auf wie zu einem modernen Lawrence von Arabien – buchstäblich das gleiche Bild, das Martindale in jener schicksalhaften Nacht in seinem obskuren Club von ihm gezeichnet hatte. Sie waren bereit, seinem Nachfolger das Leben zur Hölle zu machen. Trotzdem boxte Percy sich verbissen durch, und wenn er den Amerikanern aus dem Weg gegangen wäre, hätte Haydon in ihm noch seinen Meister gefunden. So aber kam es zu einem Skandal und einem offenen Zusammenstoß zwischen Percy und Control.

Die Umstände lagen noch immer im Dunkeln: der Zwischenfall hatte sich lange vor Smileys Ernennung zu Controls oberstem Kammerherrn ereignet. Alleline hatte sich offenbar ohne Autorisation Londons in ein albernes amerikanisches Komplott zur Absetzung eines einheimischen Potentaten, der durch eine genehmere Figur ersetzt werden sollte, eingelassen: Alleline war schon immer ein großer Bewunderer der Amerikaner gewesen. In Argentinien hatte er staunend ihre Rotte linksgerichteter Politiker um den halben Erdball verfolgt; in Indien entzückte ihn

ihre Geschicklichkeit bei der Zunichtemachung der Zentralisierungsbestrebungen. Während Control, wie die meisten im Circus, die Amerikaner ebenso verachtete wie alle ihre Werke, die er häufig zu sabotieren suchte.
Das Komplott platzte, die britischen Ölgesellschaften waren wütend, und Alleline mußte sich, wie es so bildhaft im Jargon heißt, barfuß auf die Socken machen. Später behauptete Alleline, Control habe ihn zuerst dazu gedrängt und ihm dann den Teppich unter den Füßen weggezogen. Wie dem auch gewesen sei, Alleline kam nach London und fand dort den Befehl vor, sich in der *Nursery* einzustellen, wo er die Ausbildung von Neulingen übernehmen sollte. Diese Planstelle war normalerweise Vertragsangestellten vorbehalten, die noch ein paar Jährchen bis zu ihrer Pensionierung hatten. Heutzutage, erklärte Bill Haydon, damals Personalchef, gebe es in London so furchtbar wenige Jobs für einen Mann von Percys Dienstalter und Fähigkeiten.
»Dann werden Sie verdammt nochmal einen für mich erfinden müssen«, sagte Percy. Er hatte recht. Wie Bill sich wenig später Smiley gegenüber in schöner Offenheit ausdrückte: Er hatte die Rechnung ohne die Alleline-Lobby gemacht.
»Aber wer sind diese Leute?« hatte Smiley immer wieder gefragt. »Wie können sie Ihnen einen Mann aufzwingen, wenn Sie ihn nicht wollen?«
»Golfer«, knurrte Control. Golfer und Konservative, denn Alleline liebäugelte damals mit der Opposition und wurde mit offenen Armen empfangen, nicht zuletzt von Miles Sercombe, Anns leider nicht geschaßtem Vetter und Lacons Minister. Doch Control konnte wenig dagegen machen. Im Circus herrschte Flaute, und es ging sogar die Rede, man wolle die ganze Mannschaft ausrangieren und irgendwo mit einer anderen neu anfangen. In dieser Welt treten Fehlschläge traditionsgemäß in Serien auf, aber dies war eine ungewöhnlich lange Pechsträhne gewesen. Das Produkt war zurückgegangen; immer mehr Material hatte sich als verdächtig erwiesen. Dort, wo es darauf ankam, hatte Control nicht allzuviel zu sagen.
Diese vorübergehende Ohnmacht trübte Controls Freude bei der Abfassung von Percy Allelines Eignungsgutachten für den

Posten des Operationsleiters nicht im geringsten. Damit machte er Percy, wie er sagte »hofnarrenfähig«.

Smiley konnte nichts unternehmen. Bill Haydon war damals in Washington und versuchte, mit den, wie er es ausdrückte, faschistischen Puritanern der amerikanischen Dienststelle erneut über ein Informationsabkommen zu verhandeln. Aber Smiley war in die fünfte Etage aufgestiegen, und dort gehörte es zu seinen Aufgaben, Control alle Bittsteller vom Hals zu halten. Folglich hatte Alleline mit Smiley zu tun, sooft er kam und fragte: »Warum?« Suchte ihn in seinem Büro auf, wenn Control nicht da war, lud ihn in seine trübselige Wohnung ein, nachdem er seine Geliebte vorsorglich ins Kino geschickt hatte und fragte immer wieder in seinem klagenden Tonfall: »Warum?« Einmal hatte er sogar eine Flasche Malzwhisky erstanden, den er Smiley nachgerade aufdrängte, während er selber der billigeren Sorte treu blieb.

»Was habe ich ihm denn so Furchtbares angetan, George? Wir haben uns ein paarmal gekabbelt, aber was ist daran so ungewöhnlich, können Sie mir das sagen? Warum hackt er auf mir herum? Ich will doch nichts als einen Platz am obersten Tisch. Gott weiß, daß meine Qualifikation mich dazu berechtigt.«

Mit obersten Tisch meinte er die fünfte Etage.

Die Kompetenzen, die Control ihm zugewiesen hatte und die auf den ersten Blick höchst eindrucksvoll wirkten, gaben Alleline das Recht, sämtliche Einsatzpläne zu überprüfen, ehe sie durchgeführt würden. Das Kleingedruckte machte dieses Recht von der Zustimmung der betroffenen Abteilungen abhängig, und Control sorgte dafür, daß es nicht so weit kam. Der Dienstvertrag verpflichtete ihn zur »Koordinierung von Quellen und Schlichtung regionaler Kompetenzstreitigkeiten«, eine Aufgabe, die Alleline später mit der Einrichtung von London Station erfüllt hat. Aber die für Quellen zuständigen Abteilungen, wie zum Beispiel die Aufklärer, die Fälscher, die Abhörer und die Funker, weigerten sich, ihm Einblick zu gewähren, und er hatte keine Möglichkeit, sie zu zwingen. Alleline darbte also, von Mittag an war sein Tisch leer.

»Ich bin mittelmäßig, das ist der Grund, wie? Heutzutage muß

jeder ein Genie sein, eine Primadonna, kein Statist, und uralt obendrein.« Denn Alleline, obwohl man es bei ihm leicht vergaß, war für den obersten Tisch ein noch junger Mann. Einen Unterschied von acht und zehn Jahren konnte er gegen Haydon und Smiley ins Treffen führen, und gegen Control noch mehr.
Control war unerbittlich: »Percy Alleline würde seine Mutter für einen Adelstitel verkaufen, und diese Dienststelle für einen Sitz im Oberhaus.« Und später, als die niederträchtige Krankheit ihn bereits befallen hatte: »Ich weigere mich, mein Lebenswerk einem Paradepferd zu hinterlassen. Ich bin zu eingebildet, um auf Schmeicheleien reinzufallen, zu alt, um ehrgeizig zu sein, und ich bin häßlich wie die Nacht. Percy ist in allem das Gegenteil, und in Whitehall gibt es genügend Tausendsassas, denen einer wie er mehr liegt als ich.«
Womit Control sich gewissermaßen selber den Fall *Witchcraft* auf Umwegen aufgehalst hatte.
»George, kommen Sie 'rein«, hatte Control eines Tages durch die Sprechanlage gebellt. »Bruder Percy will mir das Messer auf die Brust setzen. Kommen Sie rein, oder es gibt ein Blutbad.«
Es war die Zeit, erinnerte sich Smiley, als ruhmlose Krieger aus aller Herren Länder zurückkehrten. Roy Bland war soeben aus Belgrad heimgeflogen, wo er mit Toby Esterhases Hilfe versucht hatte, die Reste eines sterbenden Agentennetzes zu retten; Paul Skordeno, zu jener Zeit Nr. 1 in Deutschland, hatte vor kurzem seinen besten sowjetischen Agenten in Ostberlin verloren, und Bill selber war nach einer weiteren erfolglosen Reise zurück in seinem Turmzimmer und wütete über die Pentagon-Arroganz, die Pentagon-Idioten, die Pentagon-Lumpen; und behauptete, die Zeit sei gekommen, »sich lieber mit den verdammten Russen zusammenzutun.«
Und im Hotel *Islay* war es nach Mitternacht, denn ein verspäteter Gast klingelte an der Tür. Wofür Norman ihm zehn Silberlinge abknöpfen wird, dachte Smiley. Mit einem Seufzer zog er den ersten Band der *Witchcraft*-Akten heran, leckte bedächtig Zeigefinger und Daumen der rechten Hand und ging daran, das amtliche Gedächtnis mit seinem eigenen zu verquicken.

»Wie besprochen«, schrieb Alleline nur ein paar Monate nach dieser Unterredung in einem leicht hysterischen persönlichen Brief an Anns einflußreichen Vetter, den Minister, der in Lacons Akte enthalten war.

»Die *Witchcraft*-Berichte kommen sämtlich aus einer Quelle, die unbedingt äußerste Behutsamkeit erfordert. Meiner Meinung nach wird keine der in Whitehall üblichen Verteilermethoden diesem Fall gerecht. Depeschenkoffer, wie wir sie für GADFLY benutzten, erwiesen sich als ungeeignet, als Whitehall-Konsumenten die Schlüssel verloren und, in einem besonders bedauerlichen Fall, ein überarbeiteter Unterstaatssekretär seinem Mitarbeiter seinen Schlüssel überließ. Ich sprach bereits mit Lilley vom Geheimdienst der Kriegsmarine, der bereit ist, uns im Hauptgebäude der Admiralität einen eigenen Leseraum zu überlassen, wo das Material den Konsumenten zur Verfügung gestellt und von einem dienstälteren Aufsichtsbeamten dieser Dienststelle bewacht werden könnte. Der Leseraum wird aus Sicherheitsgründen als Konferenzraum der *Adriatic Working Party* oder kurz AWP bezeichnet. Zugelassene Konsumenten erhalten keine Lesekarten, da hier zu leicht Mißbrauch getrieben werden könnte. Sie weisen sich vielmehr persönlich meinem Aufsichtsbeamten gegenüber aus« – Smiley nahm das Pronomen zur Kenntnis –, »der eine Eintragungsliste mit Fotos der Konsumenten zur Hand hat.«

Lacon, der noch nicht überzeugt war, an das Schatzamt auf dem Weg über seinen verhaßten Gebieter, den Minister, dem unumgänglichen Dienstweg:

»Vorausgesetzt, daß dies notwendig ist, müßte der Leseraum weitgehend umgebaut werden.

1. Werden Sie die Finanzierung übernehmen?
2. Wenn ja, so sollten die Kosten offiziell von der Admiralität getragen werden. Das Department wird vertraulich Rückzahlung leisten.
3. Es erhebt sich ferner die Frage zusätzlichen Aufsichtspersonals, ein weiterer Kostenpunkt ...«

Und ferner erhebt sich die Frage größeren Ruhms für Percy Alleline, kommentierte Smiley, während er langsam die Seiten um-

wandte. Schon blitzte es auf Schritt und Tritt wie ein Leuchtsignal: Percy ist auf dem Marsch zum obersten Tisch, und Control könnte ebensogut schon tot sein.
Aus dem Treppenhaus erscholl recht wohltönender Gesang. Ein walisischer Gast wünschte, stockbetrunken, der Welt eine gute Nacht.
Witchcraft war, wie Smiley sich erinnerte – wiederum war sein Gedächtnis am Zug, die Akten wußten nichts von solchem menschlichen Kleinkram –, keineswegs Percy Allelines erster Versuch, auf seinem neuen Posten eine eigene Operation aufzuziehen; doch da seine Dienstanweisung ihn an Controls Zustimmung band, war er bisher nicht zum Zug gekommen. Eine Zeitlang hatte er sich auf Tunnelbau konzentriert. Die Amerikaner hatten in Berlin und Belgrad Audio-Tunnels gebaut, und die Franzosen hatten sich ähnlicher Einrichtungen gegen die Amerikaner bedient. Schön, nun würde unter Percys Banner auch der Circus in diesen Markt einsteigen. Control sah dem Ganzen milde zu, ein innerdienstlicher Ausschuß wurde gebildet (bekannt als Alleline-Ausschuß), ein Spezialteam der Klempner inspizierte die Fundamente der Sowjetbotschaft in Athen, wo Alleline auf uneingeschränkte Unterstützung durch das letzte Militärregime hoffte, das er genau wie seine Vorgänger ungemein bewunderte. Dann stieß Control ganz sanft Percys Bauklötzchen um und wartete, bis er mit einem neuen Projekt ankam. Und das hatte Percy nach verschiedenen Zwischenversuchen an jenem grauen Morgen getan, an dem Control Smiley mit solcher Entschiedenheit zur Tafelrunde gebeten hatte.
Control saß an seinem Schreibtisch, Alleline stand am Fenster, zwischen ihnen lag ein einfacher Aktenhefter, knallgelb und geschlossen.
»Setzen Sie sich hierhin und schauen Sie sich diesen Blödsinn an.«
Smiley setzte sich in den Lehnstuhl, und Alleline blieb am Fenster stehen, stützte die Ellbogen aufs Fensterbrett und starrte über die Dächer hinweg auf die Nelsonsäule und die etwas kümmmerlichen Türmchen von Whitehall.
In dem Hefter befand sich die Fotografie eines Dokuments, das

sich als hochwichtige sowjetische Marinedepesche entpuppte, fünfzehn Seiten lang.

»Wer hat die Übersetzung angefertigt?« fragte Smiley und dachte, der Qualität nach könne sie Roy Blands Werk sein.

»Der liebe Gott«, antwortete Control. »Der liebe Gott persönlich, nicht wahr, Percy? Stellen Sie ihm keine Fragen, George, er sagt kein Wort.«

Um diese Zeit hatte Control ungemein jugendlich ausgesehen, entsann sich Smiley, auch, daß Control schlanker geworden war, daß seine Wangen rosig waren und daß jeder, der ihn nur flüchtig kannte, sich bemüßigt gefühlt hatte, ihn zu seinem guten Aussehen zu beglückwünschen. Smiley war vielleicht der einzige, dem die winzigen Schweißperlen auffielen, die sogar damals fast ständig Controls Haaransatz säumten.

Das Dokument war, genau gesagt, eine angeblich für das sowjetische Oberkommando erstellte Bewertung einer vor kurzem im Mittelmeer und im Schwarzen Meer abgehaltenen Flottenübung. In Lacons Akte fand es sich schlicht als Report Nr. 1, unter der Bezeichnung *Marine.* Seit Monaten schon löcherte die Admiralität den Circus wegen irgendeiner Information über diese Übung. Sie war daher von beachtlichem Aktualitätswert, was sie in Smileys Augen sofort verdächtig machte. Sie ging ins Detail, handelte jedoch von Dingen, die Smiley nicht einmal entfernt verständlich waren: Küsten-See-Schlagkapazität, Radioaktivierung feindlicher Warnsysteme, die höhere Mathematik des Gleichgewichts des Schreckens. Wenn das Dokument echt war, hatte es Goldwert, aber es gab keinen Grund zu der Annahme, daß es echt war. Woche für Woche behandelte der Circus Dutzende nicht angeforderter sogenannter Sowjet-Dokumente. Die meisten waren nichts als Plunder. Einige waren von Verbündeten, die ihre eigenen Absichten verfolgten, eingespielt worden, andere russische Abfallprodukte. Nur sehr selten erwies das eine oder andere sich als einwandfrei, aber meist erst, nachdem es verworfen worden war.

»Wessen Initialen sind das?« fragte Smiley und meinte ein paar russische Buchstaben, die mit Bleistift an den Rand geschrieben waren. »Weiß das jemand?«

Control wies mit einer Kopfbewegung auf Alleline.
»Fragen Sie die zuständige Stelle. Nicht mich.«
»Zharow«, sagte Alleline. »Admiral, siebente Eskadra.«
»Es ist nicht datiert«, bemängelte Smiley.
»Es ist ein Entwurf«, erwiderte Alleline überlegen, und sein Akzent war deutlicher denn je. »Zharow hat es am Donnerstag abgezeichnet. Die endgültige Fassung mit den Zusätzen ging am Montag hinaus und ist entsprechend datiert.«
Heute war Dienstag.
»Woher kommt es?« fragte Smiley, der noch immer ratlos war.
»Percy sieht sich außerstande, das zu sagen«, sagte Control.
»Was sagen unsere Auswerter?«
»Die haben es noch nicht gesehen«, sagte Alleline. »Und sie werden es auch nicht zu sehen bekommen.«
Control sagte eisig: »Mein Bruder in Christo, Lilley vom Geheimdienst der Kriegsmarine, hat immerhin eine vorläufige Beurteilung abgegeben, nicht wahr, Percy? Percy hat es ihm gestern abend gezeigt – bei einem Gläschen Gin, nicht wahr, Percy, im *Traveller's*?«
»In der Admiralität.«
»Bruder Lilley, ebenfalls Schotte, geizt im allgemeinen mit seinem Lob. Als er mich jedoch vor einer halben Stunde anrief, war er außer Rand und Band. Er hat mir sogar gratuliert. Er erachtet das Dokument für echt und bittet uns – oder vielmehr Percy – um die Genehmigung, die übrigen Lords der Admiralität vom Inhalt in Kenntnis setzen zu dürfen.«
»Ganz unmöglich«, sagte Alleline. »Es ist ausschließlich für seine Augen bestimmt, jedenfalls für die nächsten paar Wochen.«
»Die Ware ist so heiß«, erklärte Control, »daß sie erst abkühlen muß, ehe sie verteilt werden kann.«
»Aber woher kommt sie?« bohrte Smiley weiter.
»Keine Sorge, Percy hat schon einen Decknamen. Waren um Decknamen nie verlegen, wie, Percy?«
»Wo setzt sie an? Wer ist damit befaßt?«
»Sie werden Ihre helle Freude haben«, versprach Control leise.
Er war außerordentlich wütend. Während ihrer langen Zusammenarbeit hatte Smiley ihn noch nie so wütend gesehen. Die ma-

geren, fleckigen Hände zitterten, und die normalerweise leblosen Augen sprühten Feuer.

»Quelle Merlin«, sagte Alleline und ließ der Eröffnung ein leichtes, aber sehr schottisches Schmatzen vorangehen, »ist eine hochrahmige Quelle mit Zugang zu den höchsten Ebenen sowjetischer Politik.« Und er fügte im *pluralis majestatis* hinzu: »Wir haben sein Produkt *Witchcraft* getauft.«

Er hatte genau die gleichen Worte gebraucht, bemerkte Smiley, wie in seinem streng geheimen und persönlichen Brief an einen Gönner im Schatzamt, worin er für sich größere Ermessensfreiheit bei ad hoc Zahlungen an Agenten erbat.

»Nächstens wird er sagen, er hat ihn bei der Fußball-Lotterie gewonnen«, prophezeite Control, der trotz seiner zweiten Jugend in der Umgangssprache nicht mehr ganz auf dem laufenden war. »Jetzt fragen Sie ihn, warum Sie ihn nicht fragen dürfen.«

Alleline blieb unerschüttert. Auch er war rot im Gesicht, aber aus Triumph, nicht aus Ärger. Er dehnte die breite Brust zu einer langen Rede, ausschließlich an Smiley und mit ausdrucksloser Stimme, wie ein schottischer Polizist vor Gericht aussagt:

»Die Identität Merlins ist ein Geheimnis, zu dessen Enthüllung ich nicht befugt bin. Er ist die Frucht langer Bemühungen gewisser Leute in dieser Dienststelle. Leute, die mir verbunden sind, wie ich ihnen verbunden bin. Leute, die so wenig wie ich erbaut sind über die Mißerfolgskurve dieses Hauses. Es ist zuviel schiefgegangen. Zuviel Verluste, Verschwendung, Skandale. Ich habe es immer wieder gesagt, aber es war immer nur in den Wind gesprochen, er hat mir nicht einmal zugehört.«

»Mit ›er‹ meint er mich«, erläuterte Control aus dem Zuschauerraum. »›Er‹ bin in dieser Ansprache immer ich, kapiert, George?«

»Die etablierten Grundsätze von Effizienz und Sicherheit werden in diesem Betrieb mit Füßen getreten. Man fragt sich: wo sind sie überhaupt noch? Abschottung auf allen Ebenen: wo ist sie, George? Es gibt zu viele regionale Intrigen, die von oben gefördert werden.«

»Wieder eine Anspielung auf mich«, warf Control ein. »Teile und herrsche, lautet heutzutage die Devise. Die Leute, die ge-

meinsam den Kommunismus bekämpfen helfen sollten, liegen sich gegenseitig in den Haaren. Auf diese Weise verlieren wir unsere wichtigsten Partner.«
»Er meint die Amerikaner«, kommentierte Control.
»Wir verlieren unseren Elan. Unsere Selbstachtung. Jetzt reicht's uns.« Er nahm den Bericht wieder an sich und klemmte ihn unter den Arm. »Wir haben, genau gesagt, die Schnauze voll.«
»Und wie jeder, dem's reicht«, sagte Control, als Alleline geräuschvoll das Büro verließ, »möchte er noch mehr.«
Nun führten eine Weile, statt Smileys Erinnerungen, Lacons Akten die Geschichte weiter. Es war typisch für die Atmosphäre der letzten Wochen, daß Smiley, nachdem er anfangs mit einbezogen worden war, nie wieder ein Wort über die weitere Entwicklung erfuhr. Control haßte Fehlschläge, so wie er Kranksein haßte, und am meisten haßte er seine eigenen Fehlschläge. Er wußte, wenn man einen Fehlschlag akzeptierte, mußte man mit ihm leben; wenn eine Dienststelle nicht kämpfte, konnte sie nicht überleben. Er verachtete die Agenten im Seidenhemd, die sich gewaltige Brocken aus dem Etat unter den Nagel rissen, zum Schaden der Netze, die um ihr tägliches Brot arbeiteten und in die er alle Hoffnung setzte. Er liebte den Erfolg, aber er haßte Wunder, wenn sie alle seine übrigen Bemühungen in den Schatten stellten. Er haßte Schwäche, wie er Gefühle und Religion haßte, und er haßte Percy Alleline, der von beidem sein Gutteil abbekommen hatte. Seine Methode, sich mit ihnen auseinanderzusetzen, bestand darin, daß er buchstäblich seine Tür davor verschloß: sich in die schäbige Abgeschlossenheit seiner oberen Räume zurückzog, keine Besucher empfing und sich alle Telefonanrufe durch die Mütter verabreichen ließ. Die gleichen stillen Damen verabreichten ihm Jasmintee und die zahllosen Dienstakten, die er in Stößen anforderte und zurückreichte. Smiley sah sie ständig vor der Tür angehäuft, während er seinen eigenen Obliegenheiten nachging und versuchte, den übrigen Circus in Schwung zu halten. Viele waren uralt, aus den Tagen, ehe Control die Meute anführte. Einige waren persönlich, die Lebensläufe früherer und gegenwärtiger Mitarbeiter.
Control sagte nie, womit er sich beschäftigte. Wenn Smiley die

Mütter fragte, sogar wenn Bill Haydon, der Lieblingssohn, antanzte und sich erkundigte, schüttelten sie nur die Köpfe oder hoben die Brauen in Richtung auf das Allerheiligste: »Endphase«, besagten diese sanften Blicke. »Wir hätscheln einen großen Mann am Ende seiner Laufbahn.« Smiley jedoch, der nun geduldig Akte für Akte durchblätterte und in einem Winkel seines komplexen Gedächtnisses Irinas Tagebuch für Ricki Tarr rezitierte: Smiley wußte – und dieses Wissen war ihm ein durchaus realer Trost –, daß er nicht als erster diese Forschungsreise unternahm; daß Controls Geist ihn fast bis zu den letzten Stationen begleitete; und vielleicht sogar über die ganze Strecke mitgegangen wäre, wenn die Operation *Testify* ihn nicht in elfter Stunde abgewürgt hätte.

Wiederum Frühstück, und ein sehr gedrückter Waliser, ohne jeden Appetit auf halbgare Würste und zerkochte Tomaten.
»Möchten Sie diese da zurückhaben«, fragte Lacon, »oder sind Sie damit durch? Sie können nicht sehr aufschlußreich sein, denn sie enthalten nicht einmal die Berichte.«
»Heute abend, bitte, wenn es Ihnen nichts ausmacht.«
»Sie wissen vermutlich selber, daß Sie wie ein Wrack aussehen.«
Er wußte es nicht, aber als er in die Bywater Street zurückkehrte, zeigte ihm Anns hübscher Spiegel dort seine rotgeränderten Augen und die Furchen der Übermüdung in den fleischigen Backen. Er schlief ein bißchen, dann ging er wieder seine geheimnisvollen Wege. Als der Abend kam, wartete Lacon bereits auf ihn. Smiley machte sich sogleich wieder an seine Lektüre.
Sechs Wochen lang hatte die Marinedepesche laut Akten offenbar keinen Nachfolger. Andere Abteilungen des Verteidigungsministeriums stimmten in den Lobgesang der Admiralität über die erste Depesche ein, das Auswärtige Amt bemerkte, dieses Dokument »werfe ein entscheidend neues Licht auf das sowjetische Aggressionsdenken«, was immer das heißen sollte; Alleline betonte immer wieder seine Forderung nach Sonderbehandlung des Materials, aber er glich einem General ohne Armee. Lacon bezog sich frostig auf den »verzögerten Nachschub«, und schlug seinem Minister vor, er solle »die Situation mit der Admi-

ralität abklären«. Von Control, soviel aus den Akten zu ersehen war, nichts. Vielleicht war er jetzt bettlägerig und betete, es möge vorübergehen. In der Zwischenzeit wies ein Moskau-Observant des Schatzamts säuerlich darauf hin, daß Whitehall in den letzten Jahren eine Menge ähnlicher Fälle erlebt habe: ein vielverheißender erster Bericht, dann Schweigen oder schlimmer noch: ein Skandal.

Er hatte unrecht. In der siebenten Woche verkündete Alleline die Veröffentlichung von drei neuen *Witchcraft*-Reports, alle am gleichen Tag. Alle waren in Form geheimer sowjetischer ministerialinterner Korrespondenz, obwohl die Themen weit auseinandergingen.

Witchcraft Nr. 2, wie Lacon den Bericht nannte, beschrieb Spannungen innerhalb des Comecon und sprach von der zersetzenden Wirkung von Handelsabkommen mit dem Westen auf die schwächeren Mitglieder. Nach Circus-Normen war Nr. 2 ein klassischer Report aus Roy Blands Domäne, denn er behandelte das gleiche Zielobjekt, das vom Netz »Aggravate« seit Jahren von Ungarn aus vergeblich angepeilt wurde. »Ausgezeichneter *tour d'horizon*«, schrieb ein Konsument des Auswärtigen Amts, »von guten Nebeninformationen gestützt.«

Witchcraft Nr. 3 beschäftigte sich mit dem Revisionismus in Ungarn und mit Kadars erneuten Säuberungsaktionen im politischen und akademischen Leben: wenn man müßigem Geschwätz ein für allemal ein Ende machen wollte, schrieb der Autor des Papiers, wobei er ein vor langer Zeit geprägtes Chruschtschow-Wort übernahm, müsse man bloß noch ein paar Intellektuelle abknallen. Auch dies war Roy Blands Domäne. »Eine heilsame Mahnung«, schrieb der gleiche Kommentator aus dem Auswärtigen Amt, »an alle jene, die sich in der Illusion wiegen, daß die Sowjetunion mit ihren Satelliten sanft umgehe.«

Die beiden letzten Berichte waren im wesentlichen Background-Information, aber *Witchcraft* Nr. 4, sechzig Seiten lang, wurde von den Konsumenten für einzigartig gehalten. Es handelte sich um ein umfangreiches technisches Gutachten des sowjetischen Auslandsnachrichtendiensts über die Vor- und Nachteile des Verhandelns mit einem geschwächten amerikanischen Präsidenten. Die Schlußfolgerung lautete, per saldo: wenn die Sowjetunion dem Präsidenten einen Köder für seine Wählerschaft lieferte, so könnte sie damit nützliche Zugeständnisse bei bevorstehenden Diskussionen über nukleare Mehrfach-Sprengköpfe einhandeln. Hingegen wurde ernstlich in Frage gestellt, ob es wünschenswert sei, die Vereinigten Staaten zu sehr auf die Verliererseite zu drängen, da dies das Pentagon zu einem Vergeltungs- oder Präventivschlag verleiten könnte. Der Bericht stammte mitten aus Bill Haydons Domäne. Doch wie Haydon selber in einer herzbewegenden Notiz an Alleline schrieb – die prompt ohne Haydons Wissen fotokopiert an den Minister geschickt und in die Akten des Kabinettsbüros aufgenommen wurde –, in den fünfundzwanzig Jahren, die er mit der Bearbeitung des sowjetischen Nuklearziels verbracht habe, sei ihm nichts von annähernd solcher Qualität untergekommen.

»Und auch nicht unseren amerikanischen Waffenbrüdern«, schloß er, »wenn mich nicht alles täuscht. Ich weiß, es ist dafür noch zu früh, aber ich möchte doch meinen, wer immer dieses Material nach Washington schaffte, könnte allerhand dafür einhandeln. Ja, wenn Merlin seine Qualität hält, wage ich die Vorhersage, daß wir uns dafür alles kaufen können, was die Amerikaner in ihrem Laden haben.«

Percy Alleline bekam seinen Leseraum; und George Smiley braute sich Kaffee auf dem vorsintflutlichen Kocher neben dem Waschtisch. Mittendrin lief die Gasuhr ab, und wütend rief er nach Norman und bestellte für fünf Pfund Shillingmünzen.

17 *Bill Haydon und Roy Bland machen Karriere, jeder auf seine Art*

Mit steigendem Interesse setzte Smiley seine Reise durch Lacons magere Berichte über jenes erste Treffen der Gegenspieler bis zum heutigen Tag fort. Seinerzeit hatte sich im Circus der Argwohn in einem Maß ausgebreitet, daß das Thema sogar zwischen Smiley und Control tabu wurde. Alleline brachte die Berichte herauf und wartete im Vorzimmer, während die Mütter sie zu Control hineinbrachten, der sie unverzüglich abzeichnete, um zu demonstrieren, daß er sie gar nicht erst las. Alleline nahm die Akte wieder an sich, steckte den Kopf zu Smileys Tür herein, brummte einen Gruß und stapfte treppab. Haydon und Bland hielten sich fern, und sogar Bill Haydons Stippvisiten bei den traditionellen Wortgefechten in der obersten Etage, zu denen Control in vergangenen Tagen seine dienstälteren Leutnants gern ermutigte, wurden seltener und immer kürzer, bis sie schließlich ganz aufhörten.

»Control wird kindisch«, erklärte Haydon voll Verachtung. »Und wenn ich nicht irre, dann stirbt er auch bald. Fragt sich nur, was ihn zuerst erwischt.«

Die Donnerstags-Besprechungen wurden eingestellt und Smiley wurde von Control pausenlos gepiesackt; entweder sollte er irgendeinen undurchsichtigen Auftrag im Ausland erledigen oder als Controls persönlicher Abgesandter die inländischen Niederlassungen aufsuchen, Sarratt, Brixton, Acton und so weiter. Er hatte immer stärker das Gefühl, Control wolle ihn aus dem Weg haben. Wenn sie miteinander sprachen, fühlte er die ungute Spannung des Verdachts zwischen ihnen, so daß Smiley sich allen Ernstes fragte, ob Bill vielleicht doch recht habe und Control seiner Aufgabe nicht mehr gewachsen sei.

Aus den Akten des Kabinettsbüros ging klar hervor, daß die Operation *Witchcraft* während der folgenden drei Monate blühte und gedieh, und zwar ganz ohne Controls Zutun. Die Berichte trafen in einer Frequenz von zwei oder sogar drei pro Monat ein und ihre Qualität war, nach Aussage der Konsumenten, nach wie vor ausgezeichnet, aber Controls Name wurde selten erwähnt, und er wurde nie aufgefordert, seinen Kommentar dazu zu geben. Gelegentlich stießen die Auswerter auf geringfügige Unstimmigkeiten. Weit öfter beklagten sie sich, daß eine Überprüfung unmöglich sei, da Merlin sie auf nicht erfaßte Gebiete führe: können wir nicht die Amerikaner um Nachprüfung bitten? Können wir nicht, sagte der Minister. Noch nicht, sagte Alleline; der in einer vertraulichen Notiz, die niemand zu Gesicht bekam, hinzufügte: »Wenn die Zeit reif ist, werden wir mehr tun, als unser Material für ihres eintauschen. Wir sind nicht an einem einmaligen Austausch interessiert. Unsere Aufgabe ist es, Merlin völlig einwandfrei zu identifizieren. Wenn das geschafft ist, kann Haydon die Ware zu Markt tragen...«

Es war kein Zweifel mehr möglich: unter der kleinen Elite, der die Gemächer der *Adriatic Working Party* (AWP) vorbehalten waren, war Merlin bereits der Favorit. Sein Material war exakt, wie andere Quellen oft im nachhinein bestätigten. Ein *Witchcraft*-Ausschuß mit dem Minister an der Spitze wurde gebildet. Alleline war zweiter Vorsitzender.

Merlin war zu einer ganzen Industrie geworden, in der Control nicht einmal einen Arbeitsplatz hatte. Und deshalb hatte er in seiner Verzweiflung Smiley zum Klinkenputzen ausgeschickt: »Es sind drei und Alleline«, sagte er. »Quetschen Sie sie aus, stellen Sie sie auf die Probe, drangsalieren Sie sie, geben Sie ihnen alles, was sie schlucken können.«

Auch von diesen Besprechungen wußten die Akten nichts zu berichten, sie gehörten ausschließlich in die dunkelsten Bereiche von Smileys Erinnerung. Er hatte schon gewußt, daß bei Control nichts mehr zu holen war, was ihren Hunger stillen konnte.

Es war März. Smiley kehrte aus Portugal zurück, wo er einen Skandal vertuscht hatte, und fand Control in einer belagerten Festung. Akten lagen auf dem Fußboden verstreut; neue Riegel waren an die Fenster montiert worden. Er hatte den Teewärmer über sein einziges Telefon gestülpt, und von der Decke hing ein Unterbrecher gegen elektronische Abhörversuche, ein Ding wie ein elektrischer Ventilator, der ständig die Stellung änderte. In den drei Wochen von Smileys Abwesenheit war Control ein alter Mann geworden.

»Sagen Sie ihnen , wir sollen hier mit Falschgeld bestochen werden«, murmelte er und blickte kaum von seiner Lektüre auf. »Sagen Sie ihnen, was Sie wollen. Ich brauche Zeit.«

Es sind drei, wiederholte Smiley nun im stillen, als er am Spieltisch des Majors saß und Lacons Liste der Leute studierte, die zu *Witchcraft* Zugang hatten. Im Moment war dreiundsechzig Besuchern die Benutzung des Leseraums der *Adriatic Working Party* gestattet. Jeder hatte, wie in der Kommunistischen Partei, eine Nummer, entsprechend seinem Eintrittsdatum. Nach Controls Tod war die Liste neu erstellt worden; Smiley stand nicht darauf. Aber die Spitze hielten noch immer die gleichen vier Gründerväter: Alleline, Bland, Esterhase und Bill Haydon. Drei und Alleline, hatte Control gesagt. Plötzlich wurde Smileys Denken, das während des Lesens für jede Folgerung, jede Querverbindung empfänglich war, von einer ganz abwegigen Vision überfallen. Er sah sich selber und Ann vor einem Jahr in den Klippen Cornwalls wandern. Es war die Zeit unmittelbar nach Controls Tod; die schlimmste Zeit, an die Smiley sich in ihrer langen und wirren Ehe erinnern konnte. Sie waren hoch über der Küste, irgendwo zwischen Lamorna und Porthcurno, wohin sie zu einer unmöglichen Jahreszeit gefahren waren, unter dem Vorwand, daß Ann in der Seeluft ihren Husten loswerden würde. Sie waren den Klippenweg entlanggegangen, jeder hing seinen Gedanken nach: sie dachte an Haydon, vermutete er, er selber dachte an Control, Jim Prideaux und *Testify*, und an das furchtbare Durcheinander, das er bei seiner Pensionierung hinterlassen hatte. Zwischen ihnen herrschte kein Einklang. Sogar die Ruhe war dahin, die sie früher bei ihrem Beisammensein genossen hatten; sie waren einander ein Rätsel, und das harmloseste Geplauder konnte seltsame, unkontrollierbare Wege einschlagen. Ann hatte in London ein zügelloses Leben geführt und jeden genommen, der sich dazu bereitfand. Er wußte, daß sie etwas zu begraben versuchte, das sie sehr schmerzte oder beunruhigte; aber er fand den Zugang zu ihr nicht.

»Wenn *ich* gestorben wäre«, fragte sie plötzlich, »anstatt Con-

trol, wie wäre dann deine Einstellung zu Bill?«
Smiley überlegte sich noch immer eine Antwort, als sie fortfuhr: »Manchmal habe ich das Gefühl, ich beschönige deine Ansicht über ihn. Kann das sein? Daß ich euch beide irgendwie zusammenhalte?«
»Das kann sein.« Er fügte hinzu: »Ja, ich glaube, ich hänge in gewisser Weise auch an ihm.«
»Ist Bill im Circus noch immer ein wichtiger Mann?«
»Vermutlich mehr denn je.«
»Und er reist noch immer nach Washington, mauschelt mit ihnen und dreht sie um und um?«
»Ich nehme es an. Man sagt so.«
»Ist er so wichtig, wie du früher warst?«
»Wahrscheinlich.«
»Wahrscheinlich«, wiederholte sie. »Ich nehme es an. Man sagt so. Ist er also *besser*? Ist er tüchtiger als du, ein besserer Kenner der höheren Circus-Mathematik? Sag mir's. Bitte, sag mir's. Bitte.«
Sie war seltsam erregt. Ihre Augen, die vom Wind tränten, schimmerten verzweifelt, sie hatte beide Hände auf seinen Arm gelegt und zerrte an ihm wie ein Kind, das eine Antwort will.
»Du hast immer zu mir gesagt, man solle Männer nicht vergleichen«, erwiderte er unbeholfen. »Du hast immer gesagt, du dächtest nicht in Vergleichen.«
»Sag mir's!«
»Gut, wie du willst: Er ist nicht besser.«
»Genauso gut?«
»Nein.«
»Und wenn es mich nicht gäbe, was würdest du dann von ihm halten? Wenn Bill nicht mein Vetter wäre, nicht mein ein und alles? Sag mir's. Würdest du mehr von ihm halten oder weniger?«
»Weniger, nehme ich an.«
»Dann mußt du von *jetzt* an weniger von ihm halten. Ich verstoße ihn aus der Familie, aus unserem Leben, aus allem. Hier und jetzt. Ich werfe ihn ins Meer. Da. Begreifst du?«
Er begriff nur eins: Geh zurück zum Circus und beende deine Arbeit. Es war eine der unendlich vielen Arten, auf die sie den

gleichen Gedanken ausdrücken konnte.
Noch immer beunruhigt durch diesen Spuk stand Smiley ziemlich erregt auf, trat ans Fenster und schaute hinaus, wie gewöhnlich, wenn er aus dem Tritt gekommen war. Eine Reihe Möwen, ein halbes Dutzend, hatte sich am Dachrand niedergelassen. Er hatte wohl ihren Schrei gehört und sich an diese Wanderung nach Lamorna erinnert.
Ich muß immer husten, wenn ich irgend etwas nicht sagen kann, hatte Ann ihm einmal gestanden. Was hatte sie damals nicht sagen können? fragte er mürrisch die Schornsteinaufsätze gegenüber. Connie konnte es sagen, Martindale konnte es sagen; warum nicht auch Ann?
»Es sind drei und Alleline«, murmelte Smiley laut. Die Möwen waren weggeflogen, alle auf einmal, als hätten sie einen besseren Platz erspäht. »Sagen Sie ihnen, sie wollen sich mit Falschgeld einkaufen.« Wenn aber die Banken dieses Falschgeld annehmen? Wenn die Experten es für echt erklären und Bill Haydon es in den Himmel lobt? Und die Akten des Ministers voll sind des Beifalls für die wackeren neuen Männer des Circus, die endlich den Bann gebrochen haben?
Er nahm sich Esterhase als ersten vor, denn Toby verdankte ihm seine Karriere. Smiley hatte ihn in Wien angeworben, wo Toby als halbverhungerter Student in den Ruinen eines Museums lebte, dessen Kurator sein verstorbener Onkel gewesen war. Smiley war also zur *Laundry* nach Acton gefahren, wo er ihm am Walnuß-Schreibtisch mit der Reihe elfenbeinfarbener Telefone gegenübersaß. An der Wand Anbetung der Könige, dubioser Italiener, 17. Jahrhundert. Vor dem Fenster ein umfriedeter Hof, vollgestellt mit Autos, Lieferwagen und Motorrädern, und Ruhebaracken, wo die Aufklärer-Teams ihre Freizeit totschlugen. Zuerst fragte Smiley nach Tobys Familie: er hatte einen Sohn in Westminster und eine Tochter an der medizinischen Fakultät, erstes Semester. Dann hielt er Toby vor, daß die Aufklärer mit ihrem Arbeitsplan zwei Monate in Verzug waren, und als Toby Ausflüchte gebrauchte, fragte er geradeheraus, ob die Jungens in letzter Zeit Sonderaufträge erfüllt hätten, entweder im Lande oder auswärts, die Toby aus verständlichen Sicher-

heitsgründen in seinen Meldungen nicht habe erwähnen können.
»Für wen sollte ich das tun, George?« fragte Toby mit ausdruckslosem Blick. »Sie wissen, daß das nach meinem Kanon völlig illegal wäre.« Und in deinem Kanon, Toby, bist du eine wahre Kanone.

»Nun, ich könnte mir zum Beispiel vorstellen, daß Sie es für Percy Alleline tun«, schlug Smiley vor und lieferte ihm damit eine Ausrede. »Schließlich, wenn Percy Sie *anweisen* würde, irgend etwas zu tun und es nicht in die Meldung aufzunehmen, wären Sie in einer heiklen Lage.«

»Was für eine Art von irgend etwas zum Beispiel, George?«

»Im Ausland einen Briefkasten leeren, ein ›sicheres Haus‹ trimmen, jemanden beschatten, in einer Botschaft Meisen kleben. Percy ist schließlich oberster Einsatzleiter. Sie könnten annehmen, er handle auf Befehl der obersten Etage. Ich kann mir so etwas ohne weiteres vorstellen.«

Toby blickte Smiley aufmerksam an. Er hielt eine Zigarette in der Hand, die er angezündet hatte, aber nicht rauchte. Es war eine Selbstgedrehte, aus einem silbernen Etui, sie brannte, aber er führte sie nicht ein einziges Mal an die Lippen. Sie kreiste, manchmal vor ihm, manchmal zur Seite; zuweilen schien es, als wagte sie den Sprung, aber es kam nie so weit. Unterdessen hielt Toby seine Rede: eine von Tobys persönlichen Verlautbarungen, die seinen endgültigen Standpunkt in dieser Lebensphase ausdrückte.

Toby liebte seine Arbeit, sagte er. Er wolle sie gern behalten. Sie sei sein Leben. Er hänge an ihr. Er habe noch andere Interessen, die ihn jederzeit ganz in Anspruch nehmen könnten, aber seine Arbeit sei ihm am liebsten. Sein einziger Kummer, sagte er, sei die Beförderung. Nicht daß er aus ehrgeizigen Gründen danach strebe. Er würde sagen, seine Gründe seien sozialer Natur.

»Wissen Sie, George, ich habe so viele Dienstjahre hinter mir, daß es mir richtig peinlich ist, wenn diese jungen Burschen verlangen, ich solle von ihnen Aufträge entgegennehmen. Sie verstehen, was ich sagen will? Acton sogar: Allein der Name Acton klingt für sie lächerlich.«

»Oh«, sagte Smiley milde. »Was sind das für junge Burschen?«

Aber Esterhases Interesse war erloschen. Das Gesicht nahm nach dem Abschluß seiner Verlautbarung wieder den gewohnten leeren Ausdruck an, die Puppenaugen hefteten sich auf einen Punkt in mittlerer Entfernung.
»Meinen Sie Roy Bland?« fragte Smiley. »Oder Percy? Ist Percy jung? Wer, Toby?«
Es war sinnlos, bedauerte Toby: »George, wenn man überfällig ist für eine Beförderung und sich krumm schuftet, dann kommt einem jeder jung vor, der eine Sprosse höher auf der Leiter steht.«
»Vielleicht könnte Control Sie ein Stück nach oben hieven«, meinte Smiley und fand seine Rolle wenig sympathisch.
Esterhases Erwiderung traf den Nerv. »Ach, wissen Sie, George, ich bin nicht so sicher, daß er im Moment dazu in der Lage ist. Ich möchte Ihnen etwas für Ann mitgeben« – er zog eine Schublade auf –, »als ich erfuhr, daß Sie kommen würden, rief ich ein paar Freunde an, etwas Schönes, sage ich, etwas für eine ideale Frau, wissen Sie, ich kann sie nicht mehr vergessen, seit wir uns einmal bei Bill Haydons Cocktail begegneten.«
Und so trug Smiley den Trostpreis davon – ein kostbares Parfüm, vermutlich von einem heimkehrenden Aufklärer eingeschmuggelt – und sagte bei Bland sein Sprüchlein auf. Damit, das wußte er, kam er einen Schritt näher an Haydon heran.

Smiley nahm wieder am Tisch des Majors Platz und suchte unter Lacons Akten, bis er auf einen schmalen Band mit der Aufschrift *Operation Witchcraft, direkte Zuweisungen* stieß, worin die ersten, während der Laufzeit von Quelle Merlin angefallenen Ausgaben verzeichnet waren. »Aus Sicherheitsgründen wird vorgeschlagen«, schrieb Alleline in einem weiteren persönlichen Memorandum an den Minister, datiert mit dem 8. Februar vor zwei Jahren, »die Finanzierung für *Witchcraft absolut getrennt* von allen anderen Circusmitteln zu führen. Bis passende Dekkung gefunden werden kann, ersuche ich um direkte Subventionen aus dem Etat des Schatzamts anstelle bloßer Zuschüsse an die Geheime Bewilligung, die *zweifellos in angemessener Zeit ihren Weg in die generelle Rechnungslegung des Circus finden*

würden. Ich werde Ihnen persönlich Rechenschaft ablegen.«
»Genehmigt«, hatte der Minister eine Woche später geschrieben, »vorbehaltlich ...«
Es gab keine Vorbehalte. Ein Blick auf die erste Zahlenreihe zeigte Smiley alles, was er wissen mußte: Bereits bis Mai jenes Jahres, um die Zeit jenes Gesprächs in Acton, hatte Toby Esterhase persönlich nicht weniger als acht Reisen auf Rechnung des *Witchcraft*-Budgets unternommen, zwei nach Paris, zwei nach Den Haag, eine nach Helsinki und drei nach Berlin. In jedem Fall war als Zweck der Reise kurz und bündig »Produkt-Beschaffung« angegeben. Zwischen Mai und November, als Control in der Versenkung verschwand, unternahm er weitere neunzehn. Eine davon führte ihn nach Sofia, eine andere nach Istanbul. Keine erforderte eine Abwesenheit von mehr als drei vollen Tagen. Die meisten fanden an Wochenenden statt. Auf mehreren solchen Reisen wurde er von Bland begleitet.
Milde ausgedrückt, hatte Toby Esterhase, wie Smiley nie ernstlich bezweifelte, in seinen Hals gelogen. Es machte Spaß, daß die Akte diesen Eindruck bestätigte.
Smiley hegte damals Roy Bland gegenüber zwiespältige Gefühle. Als er sie jetzt prüfte, fand er, daß sich daran nichts geändert hatte. Ein Universitätslehrer hatte ihn gemeldet, Smiley hatte ihn angeworben; auf erstaunlich ähnliche Weise war Smiley selber ins Netz geraten. Doch zu Roy Blands Zeiten fachte keine deutsche Bestie die patriotische Flamme an, und antikommunistische Motive hatte Smiley immer ein bißchen störend empfunden. Wie Smiley hatte auch Bland keine richtige Kindheit gehabt. Sein Vater war Dockarbeiter, leidenschaftlicher Gewerkschafter und Mitglied der Kommunistischen Partei. Die Mutter starb, als Bland noch klein war. Der Vater haßte Bildung, wie er Autorität haßte, und als Bland ein gescheiter Junge wurde, setzte sein Vater sich in den Kopf, er habe seinen Sohn an die verhaßte herrschende Klasse verloren, und prügelte ihn halb tot. Bland kämpfte sich trotzdem aufs Gymnasium durch, und in den Ferien schuftete er sich krumm, wie Toby sagen würde, um das Schulgeld zu verdienen. Als Smiley ihn in seiner Tutorenwohnung in Oxford kennenlernte, wirkte er so ausgepowert wie

jemand, der gerade von einer schlimmen Reise zurückkehrt. Smiley kümmerte sich um ihn und brachte ihm im Lauf mehrerer Monate behutsam einen Vorschlag nahe, den Bland annahm, vorwiegend, wie Smiley vermutete, aus Haß auf seinen Vater. Danach war er Smileys Obhut entzogen. Bland lebte nun von namenlosen Zuwendungen, arbeitete in der Marx Memorial Library und schrieb linksgerichtete Artikel für winzige Gazetten, die längst eingegangen wären, wenn der Circus sie nicht unterstützt hätte. An den Abenden debattierte er bei verräucherten Meetings in Wirtshäusern und Turnsälen. Den Urlaub verbrachte er in der *Nursery*, wo ein Fanatiker namens Thatch Mannequin-Kurse für Tiefenagenten im Auslandseinsatz abhielt, mit jeweils einem Schüler pro Kurs. Thatch trainierte Bland in allen Disziplinen und lotste seine progressiven Ansichten behutsam näher an das marxistische Lager seines Vaters. Genau drei Jahre nach seiner Anwerbung bekam er, teils wegen seines proletarischen Stammbaums und des väterlichen Einflusses, in King Street einen Einjahresvertrag als Hilfslektor für Wirtschaftswissenschaften von der Universität Poznan. Damit war er lanciert.

Von Polen aus bewarb er sich erfolgreich für eine Stelle an der Akademie der Wissenschaften in Budapest, und in den folgenden acht Jahren lebte er das Nomadendasein eines kleinen Linksintellektuellen auf der Suche nach dem wahren Licht, gewann Sympathien, niemals Vertrauen. Er hielt sich in Prag auf, kehrte nach Polen zurück, lehrte zwei höllische Semester in Sofia und sechs in Kiew, wo er einen Nervenzusammenbruch erlitt, den zweiten in zwei Monaten. Wiederum nahm die *Nursery* ihn auf, dieses Mal um ihn »auszutrocknen«. Er wurde als sauber entlassen, seine Netze bekamen andere Außenagenten, und Roy selber wurde in den Circus versetzt, wo er, im wesentlichen vom Schreibtisch aus, die Netze führte, die er draußen angeworben hatte. In jüngster Zeit, so schien es Smiley, hatte Bland sich sehr an Haydon angeschlossen. Wenn Smiley unangemeldet bei Roy auftauchte, um mit ihm zu plaudern, so fand er mit ziemlicher Sicherheit Bill im Sessel lungern, umgeben von Papieren, Karten und Zigarettenrauch; kam er in Bills Büro, so bedeutete es keine

Überraschung, wenn er Bland im durchgeschwitzten Hemd gewichtig auf dem Teppich hin und her stapfen sah. Bill bearbeitete Rußland, Bland die Satelliten; doch schon in jenen frühen Tagen von *Witchcraft* war der Unterschied nahezu verschwunden.

Sie hatten sich in einem Gartenlokal in St. John's Wood verabredet. Es war immer noch Mai, halb sechs Uhr an einem trüben Tag, und der Park war leer. Roy brachte ein Kind mit, einen etwa fünfjährigen Jungen, einen winzigen Bland, blond, stämmig und rosig. Er sagte nicht, wer der Junge sei, aber manchmal verstummte er während ihres Gesprächs plötzlich und schaute hinüber zu der entfernten Bank, auf der er saß und Nüsse knabberte. Nervenzusammenbrüche oder nicht, Bland trug noch den Stempel der Thatch-Philosophie für Agenten im feindlichen Lager; Selbstvertrauen, positive Beteiligung, Rattenfänger-Appeal und alle übrigen unbequemen Parolen, die in der Blütezeit des Kalten Krieges aus der *Nursery* fast so etwas wie ein Zentrum für moralische Aufrüstung gemacht hatten.

»Also, wie lautet der Handel?« fragte Bland verbindlich.

»Es geht nicht um einen Handel, Roy. Control findet die gegenwärtige Situation ungesund. Er sieht nicht gern zu, wie Sie in eine Kabale verwickelt werden. Und ich auch nicht.«

»Großartig. Also, wie lautet der Handel?«

»Was möchten Sie?«

Auf dem Tisch, der noch naß war vom Nachmittagsregen, stand eine Lunch-Garnitur mit Essig und Öl und einem Päckchen Plastikzahnstocher in der Mitte. Bland nahm einen heraus, spuckte das Papier auf den Rasen und fing an, mit dem breiten Ende seine Backenzähne zu bearbeiten.

»Tja, wie wär's mit fünftausend unter der Hand aus dem Reptilienfonds?«

»Und ein Haus und einen Wagen?« sagte Smiley und machte einen Scherz daraus.

»Und der Junge nach Eton«, fügte Bland hinzu und winkte über das Betonpflaster zu dem Jungen hinüber, während er weiter in den Zähnen stocherte. »Ich habe bezahlt, George. Sie wissen es. Ich weiß nicht, was ich dafür eingekauft habe, aber ich habe einen gesalzenen Preis bezahlt. Davon will ich etwas zurückhaben.

Zehn Jahre von allem abgeschnitten, nur für die fünfte Etage, das ist ein schöner Batzen in jedem Alter. Sogar in Ihrem. Es muß einen Grund gehabt haben, warum ich mich auf dieses Spiel einließ, aber ich weiß nicht mehr recht, was es war. Muß Ihre magnetische Persönlichkeit gewesen sein.«

Smileys Glas war noch nicht leer, also holte Bland sich selber eins an der Theke und auch etwas für den Jungen.

»Sie haben doch die Bildung mit Löffeln gefressen«, erklärte er leichthin und setzte sich wieder. »Ein Künstler ist ein Kerl, der zwei fundamental entgegengesetzte Ansichten besitzen und damit leben kann. Wer hat sich das ausgedacht?«

»Scott Fitzgerald«, antwortete Smiley und dachte einen Augenblick lang, Bland wolle etwas über Bill Haydon sagen.

»Ja. Fitzgerald war nicht dumm«, bestätigte Bland. Als er trank, glitten seine leicht vorstehenden Augen seitwärts zum Zaun, als suchte er jemanden. »Und ich kann durchaus damit leben, George. Als guter Sozialist bin ich auf Geld aus. Als guter Kapitalist halte ich es mit der Revolution, denn wenn man's nicht besiegen kann, soll man's bespitzeln. Schauen Sie mich nicht so an, George. Es ist heute die Spielregel: Du kitzelst mein Gewissen, ich fahr dafür deinen Jaguar, stimmt's?« Noch während er das sagte, hatte er den Arm gehoben. »Bin gleich wieder da!« rief er über den Rasen. »Tischen Sie noch einen für mich auf!« Zwei Mädchen trieben sich jenseits des Zauns herum.

»Stammt der Witz von Bill?« fragte Smiley und war plötzlich sehr ärgerlich.

»Wie bitte?«

»Ist das einer von Bills Witzen über das materialistische England, die verhausschweinte Gesellschaft?«

»Wäre möglich«, sagte Bland und trank sein Glas aus. »Gefällt er Ihnen nicht?«

»Nicht besonders, nein.«

»Ich habe Bill nie als radikalen Reformer gekannt. Was ist denn plötzlich über ihn gekommen?«

»Das ist nicht radikal«, erwiderte Bland, der es nicht mochte, wenn jemand seinen Sozialismus oder Bill Haydon madig machte. »Das ist bloß, was man sieht, wenn man aus dem verdammten Fenster schaut. Das ist England heute, Mensch. Gefällt keinem, oder?«

»Wie sollte man Ihrer Meinung nach«, fragte Smiley und hörte sich in seinem bombastischsten Tonfall sprechen, »die Besitz- und Wettbewerbsinstinkte in der westlichen Gesellschaft ausrotten, ohne gleichzeitig...«

Bland hatte sein Glas ausgetrunken; und damit die Unterredung beendet.

»Was regen Sie sich auf? Sie haben Bills Job bekommen. Was wollen Sie mehr? So lang, wie's dauert.«

Und Bill hat meine Frau bekommen, dachte Smiley, als Bland sich zum Gehen anschickte; und Gott verdamm ihn, er hat dir's erzählt.

Der Junge hatte ein Spiel erfunden. Er hatte einen Tisch hochgekantet und ließ eine leere Flasche in den Kies rollen. Jedesmal setzte er die Flasche höher an der Tischfläche an. Smiley ging, ehe sie zerschellte.

Zum Unterschied von Esterhase hatte Bland sich nicht einmal die Mühe gemacht, zu lügen. Lacons Akten ließen keinen Zweifel an seiner Beteiligung an der Operation *Witchcraft:*

»Quelle Merlin«, schrieb Alleline in einer Aktennotiz, die kurz nach Controls Verschwinden von der Whitehall-Bühne datiert war, »ist in jedem Sinn eine Operation des *gesamten Ausschusses*... Ich vermag nicht zu entscheiden, welcher meiner drei Mitarbeiter die von Ihnen vorgeschlagene Auszeichnung verdient... Blands Tatkraft liefert uns allen einen Ansporn...« Er beantwortete hierin den Vorschlag des Ministers, daß die Verantwortlichen für *Witchcraft* in der Neujahrsliste lobend erwähnt werden sollten: »... während Haydons Ingenium zuweilen dem von Merlin selber kaum nachsteht«, fügte er hinzu. Die Orden wurden allen Dreien verliehen; Allelines Ernennung zum Chef wurde bestätigt, und damit rückte der ersehnte Ritterschlag näher.

18 *George Smiley beschwört die Erinnerung an Ann und meditiert über Liebe und Freundschaft*

Womit mir nur noch Bill übrigblieb, dachte Smiley.

Einmal tritt sogar in einer Londoner Nacht eine Lärmpause ein. Zehn, zwanzig Minuten, dreißig, sogar eine Stunde lang grölt kein Betrunkener, schreit kein Kind und prallen keine Autos mit kreischenden Reifen aufeinander. In Sussex Gardens ist das gegen drei Uhr der Fall. In dieser Nacht war es früher, um eins, und Smiley stand wieder einmal an seinem Dachfenster und blickte wie ein Gefangener hinunter auf Mrs. Pope Grahams Sandfleck, wo seit kurzem ein Kombiwagen parkte. Das Dach war mit Slogans bekleckst: *Sydney neunzig Tage, Athen Nonstop, Mary Lou, wir kommen.* Drinnen glomm Licht, und er vermutete, daß dort ein paar Kinder in trauter Zweisamkeit schlummerten. Teenager sollte er wohl sagen. An den Fenstern hingen Gardinen.

Womit mir nur noch Bill übrigblieb, dachte er und starrte noch immer auf die zugezogenen Gardinen des Kombiwagens und die grelle Globetrotter-Beschriftung; womit ich wieder bei Bill angelangt wäre und unserem freundschaftlichen kleinen Schwatz in der Bywater Street, nur wir beide, alte Freunde, alte Waffengefährten, die »alles miteinander teilten«, wie Martindale sich so elegant ausgedrückt hatte. Aber Ann war für den Abend weggeschickt worden, damit die Männer allein sein konnten. Womit mir nur noch Bill übrigblieb, wiederholte er und fühlte, wie sein Blut in Wallung geriet, seine Vision deutlichere Farben annahm und seine Beherrschung gefährlich zu schwinden begann.

Wer war er? Smiley hatte ihn nicht mehr im Griff. Sooft er an Bill dachte, malte er ihn zu groß und jedesmal wieder anders. Vor Anns Affäre mit Bill hatte er geglaubt, ihn recht gut zu kennen: seine Qualitäten und seine Grenzen. Er gehörte jenem angeblich ausgestorbenen Vorkriegstypus an, der gleichzeitig schuftig und nobel sein konnte. Sein Vater war hoher Justizbeamter, zwei seiner schönen Schwestern hatten in die Aristokratie geheiratet; in

Oxford war er Parteigänger der unmodernen Rechten gewesen, nicht etwa der modischen Linken, wobei er sich allerdings kein Bein ausriß. Noch vor seinem zwanzigsten Jahr hatte er sich als unerschrockener Forscher und Amateurmaler originaler, wenn auch allzu ehrgeiziger Prägung betätigt: mehrere seiner Bilder hingen jetzt in Miles Sercombes albernem Palais in Carlton Gardens. Er hatte an jeder Botschaft und in jedem Konsulat im ganzen Vorderen Orient seine Verbindungen und nutzte sie rücksichtslos. Er erlernte mühelos die ausgefallensten Sprachen, und als das Jahr neununddreißig kam, holte ihn sich der Circus, der seit Jahren ein Auge auf ihn gehabt hatte. Der Krieg war eine Glanzzeit für ihn. Er war überall zugleich und charmant; er war unorthodox und zuweilen hemmungslos. Wahrscheinlich war er ein Held. Der Vergleich mit Lawrence drängte sich auf.

Es stimmte ferner, wie Smiley zugab, daß Bill seinerzeit mit wichtigen historischen Problemen experimentiert hatte; alle möglichen großartigen Pläne für ein Wiedererstarken Englands zu Einfluß und Größe vorbrachte – wie Rupert Brooke sprach er selten von Großbritannien. Doch selbst in seinen wenigen objektiven Augenblicken konnte Smiley sich kaum an ein Projekt erinnern, das je vom Start gekommen wäre.

Für die andere Seite von Haydons Charakter indessen vermochte Smiley als Kollege eher Respekt aufzubringen: die Unbeirrbarkeit des geborenen Agentenführers, sein hochentwickeltes Gefühl für das rechte Maß beim Zurückspielen von Doppelagenten, und das Aufziehen von Ablenkungs-Operationen; seine Fähigkeit, Zuneigung, sogar Liebe zu hegen, auch wenn sie anderen Bindungen zuwiderlief.

Vielleicht ist Bill *wirklich* ein Sonderfall, überlegte er bei seinem verzweifelten Bemühen, eine Norm zu finden. Wenn er sich Bill jetzt vorstellte und ihn mit Bland, Esterhase und sogar Alleline verglich, so schien es Smiley allen Ernstes, daß die anderen nur mehr oder weniger unvollkommene Nachahmungen des Originals waren, Nachahmungen Haydons. Daß ihre Posen nur Versuche waren, sich zum gleichen unerreichbaren Ideal des perfekten Mannes hochzuschrauben, mochte die Vorstellung auch irrig oder unzutreffend sein; mochte Bill ihrer auch im höchsten Maß unwürdig sein. Bland und seine demonstrative Ungeschliffenheit, Esterhase und sein künstliches super-englisches Gehabe, Alleline und sein unechter Führungsanspruch: ohne Bill waren sie Nullen. Smiley wußte auch oder glaubte zu wissen – der Einfall kam ihm jetzt wie eine sanfte Erleuchtung –, daß Bill dagegen für sich allein auch sehr wenig war: daß er, während seine Bewunderer – Bland, Prideaux, Alleline, Esterhase und der ganze übrige Supporter-Club – ihn für vollkommen hielten, in Wahrheit sie für sich einspannte, Anleihen aus ihren passiven Persönlichkeiten machte, hier ein Stück, dort ein Stück, und damit sein eigenes Ich abrundete: mit diesem Trick die Tatsache verschleierte, daß er weniger, viel weniger war als die Summe seiner scheinbaren Qualitäten ... und schließlich seine Abhängigkeit von ihnen hinter der Arroganz des Künstlers verbarg, der sie als Geschöpfe seines Genius bezeichnete ...

»Jetzt reicht's aber«, sagte Smiley laut.

Er riß sich abrupt aus seiner Meditation los, verscheuchte sie ärgerlich als eine seiner vielen Theorien über Bill und kühlte sein überhitztes Denken durch die Erinnerung an ihre letzte Begegnung.

»Sie wollen mich vermutlich über den verdammten Merlin ausquetschen«, begann Bill. Er wirkte müde und nervös; es war kurz vor seiner Abreise nach Washington. In den alten Tagen hätte er ein unpassendes Mädchen mitgebracht und sie Anns Gesellschaft überlassen, während er mit Smiley das Geschäftliche besprach; von Ann erwartete er, daß sie dem Mädchen gegenüber sein Genie herausstrich, dachte Smiley boshaft. Sie waren alle von der gleichen Sorte: Halb so alt wie er, schmuddelige Bohèmeweiber, mürrische Kletten; Ann sagte, er müsse einen Hoflieferanten haben. Und einmal brachte er sogar einen gräßlichen Knaben namens Steggie an, Hilfskellner aus einer der Kneipen in Chelsea, mit offenem Hemd und einem Goldkettchen um den Magen.

»Es heißt allgemein, Sie schreiben die Berichte«, erklärte Smiley.

»Ich dachte, das sei Blands Job«, sagte Bill mit seinem füchsischen Grinsen.

»Roy macht die Übersetzungen«, sagte Smiley. »Sie verfassen die kommentierenden Berichte; sie sind auf Ihrer Maschine geschrieben. Das Material darf Stenotypistinnen nicht zugänglich gemacht werden.«
Bill hörte aufmerksam zu, er hatte die Brauen hochgezogen, als könne er jeden Augenblick unterbrechen oder zu einem passenderen Thema übergehen, dann hievte er sich aus dem tiefen Sessel und schlenderte zum Bücherregal, wo er um ein ganzes Fach höher hinauf reichte als Smiley. Mit den langen Fingern fischte er einen Band heraus, schlug ihn auf, grinste.
»Percy Alleline ist nicht gut genug«, verkündete er und blätterte um. »Ist das die Prämisse?«
»So ziemlich.«
»Was bedeutet, daß auch Merlin nicht gut genug ist. Merlin würde gut genug sein, wenn er *meine* Quelle wäre, nicht wahr? Was würde passieren, wenn unser lieber Bill hier zu Control spazieren und sagen würde, er habe einen großen Fisch und wolle ihn selber drillen? ›Große Klasse, Bill, mein Junge, klar tun Sie das. Ein Täßchen Hundepiß?‹ Er hätte mir einen Orden verliehen, anstatt Sie in den Korridoren herumschnüffeln zu lassen. Wir waren einmal ein feiner Haufen. Warum sind wir so vulgär geworden?«
»Wer führt ihn, Bill?«
»Percy? Karla natürlich, wer sonst? Kleiner Pinscher mit höchster Protektion. Weiß sich Liebkind zu machen. Percy hat sich an Karla verkauft, ist die einzige Erklärung.« Er hatte schon vor langer Zeit die Kunst absichtlichen Mißverstehens entwickelt. »Percy ist unser Haus-Maulwurf«, sagte er.
»Ich meinte, wer führt Merlin? Wer *ist* Merlin? Was ist eigentlich los?«
Haydon verließ das Regal und machte einen Rundgang vor Smileys Bildern. »Ein Callot, wie?« – er hakte einen kleinen Goldrahmen ab und hielt das Bild ans Licht – »Hübsch.« Er kippte die Brille, um sie als Vergrößerungsglas zu benutzen. Smiley war überzeugt, daß er das Bild schon ein dutzendmal betrachtet hatte. »*Sehr* hübsch. Kommt niemand auf die Idee, daß *ich* dabei der Gelackmeierte bin? Mein Zielobjekt ist zufällig Rußland,

wissen Sie. Hab' ihm meine besten Jahre geopfert, Netze eingerichtet, Talentsucher, sämtliche Verbindungsstellen. Ihr Leute im fünften Stock habt vergessen, was das heißt: Ein Einsatz, bei dem es drei Tage dauert, bis man einen Brief aufgeben kann, und man kriegt nicht mal Antwort für seine Mühe.«

Smiley, pflichtschuldigst: »Ja, das habe ich vergessen. Ja, ich kann's Ihnen nachfühlen. Nein, ich denke nicht die Bohne an Ann; wir sind schließlich Kollegen und Männer von Welt und sind hier beisammen, um über Merlin und Control zu sprechen.«

»Und dann kommt dieser Parvenü Percy des Wegs, dieser verdammte schottische Klinkenputzer, keine Spur von Klasse, und schleppt eine ganze Wagenladung russischer Leckerbissen an. Verdammt ärgerlich, finden Sie nicht?«

»Äußerst.«

»Der Haken ist, meine Netze sind nicht sehr gut. Viel einfacher, Percy auszuspionieren, als ...« Er brach ab, als hätte er genug von seiner eigenen These. Seine Aufmerksamkeit hatte sich einem winzigen Van Mieris, einem Kopf in Kreide, zugewandt.

»Und das hier mag ich *sehr*«, sagte er.

»Hat Ann mir geschenkt.«

»Wiedergutmachung?«

»Wahrscheinlich.«

»Muß eine recht schwere Sünde gewesen sein. Seit wann haben Sie es?«

Noch jetzt erinnerte Smiley sich, wie still die Straße gewesen war. Dienstag? Mittwoch? Und er erinnerte sich, daß er gedacht hatte: »Nein, Bill. Für dich habe ich bisher noch keinen Trostpreis bekommen. Bis zum heutigen Abend bist du nicht einmal ein Paar Pantoffeln wert.« Gedacht, aber nicht gesagt.

»Ist Control krank oder was?« fragte Haydon.

»Nur sehr beschäftigt.«

»Was tut er den ganzen Tag? Er lebt wie ein Einsiedler. Wie ein bekloppter Einsiedler kratzt er in dieser Höhle dort oben still vor sich hin. Diese ganzen verdammten Akten, die er durchschnüffelt, was um Gottes willen soll das sein? Eine sentimentale Reise durch seine unerfreuliche Vergangenheit, möcht ich wetten. Er sieht hundeelend aus. Daran ist wahrscheinlich auch Merlin schuld, wie?«

Wiederum sagte Smiley nichts.

»Warum kommt er nicht aus seinem Bau? Warum beschäftigt er sich nicht mit uns, anstatt dort oben nach Trüffeln zu wühlen? Wonach ist er aus?«

»Ich wußte nicht, daß er nach etwas aus ist«, sagte Smiley.

»Ach, stellen Sie sich doch nicht so an. Natürlich ist er nach etwas aus. Ich hab eine Quelle dort oben, eine von den Müttern, wußten Sie das nicht? Liefert mir Indiskretionen gegen Schokolade. Control ackert die Personalakten der alten Circusrecken durch, klaubt den Dreck heraus, wer war rot? Wer war andersrum? Die Hälfte von ihnen liegt schon unter der Erde. Arbeitet an einer Zusammenstellung aller unserer schwachen Seiten: können Sie sich das vorstellen? Und weshalb? Weil wir Erfolg haben. Er ist verrückt, George. Nicht mehr alle Tassen im Schrank: Altersblödsinn, dürfen Sie mir glauben. Hat Ann Ihnen je vom bösen Onkel Fry erzählt? Der glaubte, die Diener würden die Rosen mit Mikros spicken, um rauszukriegen, wo er sein Geld versteckt hat? Gehn Sie weg von ihm, George. Der Tod ist eine Nervensäge. Reißen Sie sich los, ziehen Sie ein paar Etagen weiter runter. Zum Fußvolk.«

Ann war noch nicht zurück, und so schlenderten sie nebeneinander die King's Road entlang und hielten nach einem Taxi Ausschau, während Bill seine jüngsten politischen Ideen zum besten gab und Smiley »ja, Bill« und »nein, Bill« sagte und überlegte, wie er es Control beibringen sollte. Vor einem Jahr war Bill überzeugter Falke gewesen. Er hatte die konventionellen Streitkräfte in Europa reduzieren und sie kurzerhand durch nukleare Waffen ersetzen wollen. Er war ungefähr der einzige Mensch in Whitehall gewesen, der noch an Englands unabhängige Abschreckungsmacht glaubte. In diesem Jahr war Bill, wenn Smiley sich recht erinnerte, Pazifist und wollte das Schwedenmodell ohne Schweden.

Kein Taxi kam, es war eine schöne Nacht, und wie alte Freunde wanderten sie Seite an Seite dahin.

»Übrigens, wenn Sie jemals diesen Mieris verkaufen wollten,

lassen Sie mich's wissen, ja? Ich würde Ihnen einen anständigen Preis zahlen.«

Da er glaubte, Bill mache wieder einmal einen schlechten Witz, fuhr Smiley zu ihm herum und wollte ärgerlich erwidern. Haydon entging es völlig. Er spähte straßab und winkte einem nahenden Taxi.

»Herrgott, seh'n Sie sich das an«, rief er ungehalten. »Voller verdammter Juden, die zu Quag's zum Fressen fahren.«

»Bill muß schon lauter Schwielen am Hintern haben«, brummte Control am nächsten Tag und blickte kaum von seiner Lektüre auf. »Seit Jahren sitzt er bloß herum und wartet seinen Tag ab.« Einen Augenblick starrte er Smiley verloren an, als ob er durch ihn hindurch auf ein anderes, weniger fleischliches Ziel sähe; dann senkte er die Augen und schien sich wieder ans Lesen zu machen. »Ich bin froh, daß er nicht *mein* Vetter ist«, sagte er.

Am folgenden Montag hatten die Mütter überraschende Nachrichten für Smiley. Control sei nach Belfast zu Besprechungen mit der *Army* geflogen. Als Smiley später die Reisevorschüsse nachprüfte, entdeckte er die Lüge. Niemand aus dem Circus war in diesem Monat nach Belfast geflogen, aber es fand sich eine Belastung für ein Retourbillett erster Klasse nach Wien und als Antragsteller war Smiley angegeben. Haydon, der auch zu Control wollte, war wütend:

»Was, zum Teufel, ist denn in letzter Zeit los mit ihm? Er will wohl Irland kapern, die Organisation aufspalten. Herrjeh, der Mann ist eine Nervensäge.«

Das Licht im Kombiwagen erlosch, aber Smiley konnte den Blick noch immer nicht von dem buntscheckigen Dach abwenden. Wie leben sie? fragte er sich. Woher kriegen sie Wasser, Geld? Er versuchte, sich in die Logistik eines Klausnerdaseins in Sussex Gardens einzufühlen: Wasser, Dränage, Licht. Ann würde das ohne weiteres lösen, ebenso Bill.

Tatsachen. Was waren die Tatsachen?

Tatsache war, daß ich eines linden Sommerabends vor der *Witchcraft*-Zeit unerwartet aus Berlin zurückkehrte, um Bill Haydon auf dem Teppich im Salon ausgestreckt zu finden, während Ann ihm auf dem Grammophon Liszt vorspielte. Ann saß am anderen Ende des Zimmers, im Negligé ohne Make-up. Es gab keine Szene, jeder benahm sich gequält natürlich. Bill war, laut eigener Aussage, soeben aus Washington gelandet und auf dem Weg vom Flugplatz kurz vorbeigekommen. Ann war schon im Bett gewesen, hatte es sich jedoch nicht nehmen lassen, aufzustehen und ihn willkommen zu heißen. Wir waren uns darüber einig, wie schade es sei, daß wir nicht gemeinsam ein Taxi von Heathrow genommen hatten. Bill ging wieder, ich fragte: »Was wollte er?« und Ann sagte: »Sich an einer Schulter ausweinen.« Bill hatte Liebeskummer und wollte sein Herz ausschütten, meinte sie.

»In Washington sitzt Felicity und möchte ein Baby, und in London Jan, die eins kriegt.«

»Von Bill?«

»Das weiß der Himmel. Bill weiß es bestimmt nicht.«

Am nächsten Vormittag stellte Smiley wider eigene Absicht fest, daß Bill seit zwei Tagen zurück war, nicht erst seit einem. In der Folge benahm Bill sich Smiley gegenüber ungewohnt manierlich, und Smiley vergalt es ihm mit einer Zuvorkommenheit, die normalerweise jüngeren Freundschaften vorbehalten ist. Nach angemessener Zeit wurde Smiley deutlich, daß die Katze aus dem Sack war, und noch heute war er perplex, mit welcher Geschwindigkeit es sich herumgesprochen hatte. Vermutlich hatte Bill vor irgend jemandem damit geprahlt, vielleicht vor Bland. Wenn das Gerücht stimmte, dann hatte Ann drei ihrer eigenen Regeln verletzt. Bill war vom Circus und er war vom *Set*, wie sie Familie und Freundeskreis bezeichnete. Aus jedem der beiden Gründe war er tabu. Drittens hatte sie ihn in der Bywater Street empfangen, laut Übereinkunft ein grober Verstoß gegen den Revierfrieden.

Wieder einmal zog Smiley sich in sein eigenes einsames Leben zurück und wartete darauf, daß Ann etwas sagen würde. Er übersiedelte ins Gästezimmer und sorgte dafür, daß er eine Menge abendlicher Verabredungen hatte und auf diese Weise von ihrem Kommen und Gehen weniger bemerkte. Ganz allmählich dämmerte ihm, daß sie zutiefst unglücklich war. Sie

nahm ab, verlor ihre spielerische Art, und wenn er sie nicht so gut gekannt hätte, hätte er geschworen, sie leide unter einem schweren Anfall von Zerknirschung, ja, von Abscheu vor sich selber. Wenn er freundlich zu ihr war, wehrte sie ihn ab; sie zeigte kein Interesse an Weihnachtseinkäufen und erkrankte an einem quälenden Husten, was, wie er wußte, ihr SOS-Ruf war. Ohne die Operation *Testify* wäre er schon früher mit ihr nach Cornwall abgereist. So aber mußten sie die Reise bis Januar verschieben, und dann war Control tot, Smiley pensioniert und das Blatt hatte sich gewendet; und um die Schmach vollzumachen, deckte Ann die Haydon-Karte mit jeder Menge anderer, die sie aus dem Haufen herausziehen konnte.
Was war passiert? Hatte sie die Beziehung abgebrochen? Oder Haydon? Warum sprach sie nie darüber? War es denn überhaupt so wichtig, eine Affäre unter so vielen anderen? Er gab auf. Wie die Katze aus *Alice im Wunderland* schien Bill Haydons Gesicht zu verschwimmen, sobald er sich ihm näherte und nur das Grinsen blieb. Aber er wußte, daß Bill auf die eine oder andere Art Ann zutiefst verwundet hatte, und das war die unverzeihlichste aller Sünden.

19 *Merlin beginnt endlich, menschliche Züge anzunehmen*

Mit einem Grunzen des Abscheus kehrte Smiley an den wenig einladenden Schreibtisch zurück und setzte seine Lektüre von Merlins Fortschritten seit seinem erzwungenen Ausscheiden aus dem Circus fort. Die Ära Alleline hatte, wie er sofort sah, unverzüglich mehrere vorteilhafte Veränderungen in Merlins Lebensstil bewirkt. Etwas wie eine Reifung, eine Beruhigung. Die nächtlichen Spritztouren in europäische Hauptstädte hörten auf, der Nachrichtenstrom wurde regelmäßiger, weniger hektisch. Gewiß, es gab noch allerhand Kopfschmerzen. Merlins Geldwünsche gingen weiter – Ersuchen, niemals Drohungen –, und mit dem anhaltenden Wertverfall des Pfundes wurden diese ansehnlichen Zahlungen für das Schatzamt zu einem Alptraum. Es fand sich einmal sogar eine – nie weiter verfolgte – Anregung, Merlin möge »da wir das Land seiner Wahl sind, auch in etwa unserem finanziellen Engpaß Rechnung tragen«. Haydon und Bland waren offensichtlich empört gewesen: »Ich habe nicht die Stirn«, schrieb Alleline mit ungewohnter Offenheit an den Minister, »meinen Mitarbeitern dieses Thema nochmals vorzutragen.«

Außerdem hatte es Krach wegen einer neuen Kamera gegeben, die von den Klempnern unter großem Kostenaufwand in röhrenförmige Bestandteile zerlegt und in eine genormte Stehlampe sowjetischer Herstellung eingepaßt worden war. Die Lampe wurde nach großem Wehgeschrei, diesmal aus dem *Foreign Office*, per Diplomatengepäck nach Moskau gemogelt. Dann stellte sich das Problem der Ablieferung. Die Außenstelle konnte nicht über Merlins Identität informiert werden und wußte auch nicht, was in der Lampe steckte. Die Lampe war sperrig und paßte nicht in den Gepäckraum des Wagens des Außenagenten. Nach mehreren Versuchen wurde eine »unsaubere« Übergabe bewerkstelligt, aber die Kamera funktionierte nie, und es gab böses Blut zwischen dem Circus und seiner Moskauer Außenstelle.

Ein weniger raffiniertes Modell wurde von Esterhase nach Helsinki gebracht und dort – so Allelines Aktennotiz an den Minister – »einem vertrauenswürdigen Mittelsmann übergeben, der unbehelligt die Grenze passieren konnte«.
Plötzlich richtete Smiley sich mit einem Ruck auf.
»Wie besprochen«, schrieb Alleline in einer Notiz an den Minister, datiert mit dem 27. Februar dieses Jahres. »Sie erklärten sich einverstanden, dem Schatzamt einen zusätzlichen Antrag für ein Londoner Haus vorzulegen, das im *Witchcraft*-Budget geführt werden soll.«
Er las es einmal, dann nochmals langsamer. Das Schatzamt hatte sechzigtausend Pfund für das Anwesen und weitere zehntausend für Einrichtung und Zubehör bewilligt. Es wollte jedoch, zwecks Kostenersparnis, die Überschreibung durch seine eigenen Anwälte erledigen lassen. Alleline weigerte sich, die Adresse mitzuteilen. Aus dem gleichen Grund gab es Unstimmigkeiten darüber, wer die Unterlagen verwahren sollte. Dieses Mal blieb das Schatzamt hart, und seine Anwälte trafen Vorsorge, daß das Haus zurückgegeben würde, falls Alleline sterben oder bankrott machen sollte. Aber die Adresse behielt er weiterhin für sich, desgleichen die Rechtfertigung dieses außergewöhnlichen und kostspieligen Beitrags zu einer Operation, die angeblich im Ausland abgewickelt wurde.
Smiley suchte eifrig nach einer Erklärung. Die Abrechnungen waren darauf angelegt, wie er bald herausfand, keine zu liefern. Sie enthielten einen einzigen verkappten Hinweis auf das Londoner Haus, und zwar, als die Steuern verdoppelt wurden. Der Minister an Alleline: »Ich nehme an, das Londoner Ende ist noch immer wichtig?« Alleline an den Minister: »Eminent. Ich möchte sagen, mehr denn je. Ich möchte ferner sagen, daß der Kreis derer, die Bescheid wissen, sich seit unserem Gespräch nicht erweitert hat.« Bescheid – worüber?
Erst als er sich wieder den Akten zuwandte, in denen das *Witchcraft*-Produkt bewertet wurde, stieß er auf die Lösung. Das Haus war Ende März bezahlt worden. Unmittelbar darauf wurde es bezogen. Genau vom gleichen Datum an begann Merlin, menschliche Züge anzunehmen, und sie stellten sich hier in

Form der Konsumentenkommentare dar. Bisher war Merlin für Smileys kritisches Auge eine Maschine gewesen: fehlerlos arbeitend, unheimlich in der Reichweite, frei von den Streß-Symptomen, die das Arbeiten mit den meisten Agenten so schwierig machten. Jetzt war ihm plötzlich der Gaul durchgegangen.
»Wir legten Merlin Ihre erneuten Fragen wegen der Haltung des Kreml in Sachen eines Verkaufs russischer Ölüberschüsse an die Vereinigten Staaten vor. Wir machten ihn wunschgemäß darauf aufmerksam, daß dies im Widerspruch zu seinem Bericht vom letzten Monat stehe, wonach der Kreml zur Zeit mit der Regierung Tanaka wegen eines Vertrags über die Lieferung sibirischen Erdöls an den japanischen Markt Kontakt aufgenommen habe. Merlin sah in den beiden Berichten keinen Widerspruch und lehnt eine Prognose ab, welcher Markt im Endeffekt bevorzugt werden könnte.«
Whitehall bedauerte seine Dreistigkeit.
»Merlin wird seinen Bericht über die Unterdrückung des georgischen Nationalismus und die Aufstände in Tiblisi nicht – wiederhole *nicht* – ausweiten. Da er nicht selber Georgier ist, vertritt er die gängige russische Ansicht, wonach alle Georgier Diebe und Vagabunden und am besten hinter Gittern seien...«
Whitehall drängte nicht weiter.
Merlin war plötzlich näher gerückt. War es nur der Erwerb eines Londoner Hauses, was Merlin für Smiley in greifbare physische Nähe brachte? Merlin schien aus der Abgeschiedenheit eines Moskauer Winters plötzlich hierher zu ihm, in dieses erbärmliche Zimmer, gekommen zu sein; auf der Straße vor dem Fenster hielt, wie Smiley wußte, Mendel seine einsame Wache. Aus dem Nichts war ein Merlin aufgetaucht, der redete und Antwort gab und unentgeltlich seine Meinung dartat; ein Merlin, der Zeit hatte für Begegnungen. Hier in London? Der in einem Haus für sechzigtausend Pfund aus- und einging, aß und Bericht erstattete, große Töne spuckte und Witze über Georgier riß? War das der Kreis derer, die Bescheid wußten? Der Kern, der sich innerhalb des größeren Kreises der *Witchcraft*-Konsumenten gebildet hatte?
An dieser Stelle huschte eine höchst ausgefallene Gestalt über die

Bühne: ein gewisser J.P.R., ein Neuling in Whitehalls wachsender Gruppe von *Witchcraft*-Auswertern. Smiley konsultierte die Verteilerliste und stellte fest, daß der volle Name Ribble lautete und daß Ribble dem *Research Department* des *Foreign Office* angehörte. J. P. Ribble stand vor einem Rätsel.

J.P.R. an die *Adriatic Working Party* (AWP): »Darf ich mir erlauben, Sie auf eine offensichtliche Diskrepanz bezüglich der Daten hinzuweisen? *Witchcraft* Nr. 104 (Sowjetisch-französische Gespräche über gemeinsame Projekte im Flugzeugbau) trägt das Datum 21. April. Gemäß Ihrem Begleitschreiben erhielt Merlin diese Information direkt vom General Markow, einen Tag nachdem die Verhandlungspartner sich über einen geheimen Notenaustausch geeinigt hatten. An diesem 21. April indessen war Markow laut Auskunft unserer Pariser Botschaft noch in Paris, und Merlin besuchte, wie aus Ihrem Bericht Nr. 109 hervorgeht, an diesem Tag eine Raketenforschungsanstalt in der Nähe von Leningrad ...«

Das Schreiben führte nicht weniger als vier ähnliche »Diskrepanzen« an, die zusammengenommen bedeutet hätten, daß Merlin in der Tat so frei beweglich war, wie sein wunderbarer Name besagte.

J. P. Ribble erhielt den bündigen Bescheid, sich um seine eigenen Angelegenheiten zu kümmern. In einem getrennten Schreiben an den Minister jedoch machte Alleline eine außerordentliche Eröffnung, die ein völlig neues Licht auf den Charakter der Operation *Witchcraft* warf.

»Streng geheim und persönlich. Wie besprochen. Merlin ist, wie Sie seit einiger Zeit wissen, nicht eine Einzelquelle, sondern eine Kombination verschiedener Quellen. Obwohl wir unser Möglichstes taten, diese Tatsache aus Sicherheitsgründen vor Ihren Lesern geheimzuhalten, macht es der bloße Umfang des Materials zunehmend schwierig, die Wahrheit zu verbergen. Wäre es nicht an der Zeit, die Karten auf den Tisch zu legen, zumindest innerhalb gewisser Grenzen? Im gleichen Zusammenhang darf das Schatzamt getrost darauf hingewiesen werden, daß Merlins monatliches Honorar von zehntausend Schweizer Franken nebst einer gleichen Summe für Spesen und laufende Kosten kaum zu hoch gegriffen sind, wenn die Mittel in so viele Teile gehen.« Aber das Schreiben endete in einer härteren Tonart: »Wie dem auch sei, selbst wenn wir übereinkommen, die Tür so weit zu öffnen, so betrachte ich es doch als unerläßlich, daß die Kenntnis von der Existenz des Londoner Hauses und vom Zweck, dem es dient, auf ein absolutes Minimum beschränkt bleibt. Denn sobald Merlins Pluralität unter unseren Lesern bekannt wird, dürfte sich der Londoner Teil der Operation noch heikler denn je gestalten.«

In völliger Ratlosigkeit las Smiley die Briefe immer wieder von neuem. Dann blickte er wie von einem jähen Einfall gepackt auf, sein Gesicht ein einziges Bild der Verwirrung. Seine Gedanken waren so weit weg, so intensiv und komplex, daß das Telefon im Zimmer mehrmals klingelte, ehe er reagierte. Er nahm den Hörer ab und blickte auf die Uhr; es war sechs Uhr abends, er hatte kaum eine Stunde gelesen.

»Mister Barraclough? Hier Lofthouse von der Finanzabteilung, Sir.«

Peter Guillam bediente sich der verabredeten Wendungen, um einen Notruf nach einer sofortigen Zusammenkunft loszulassen, und seine Stimme klang erschüttert.

20 *Peter Guillam setzt die Jagd auf den »Maulwurf« fort*

Das Archiv des Circus war vom Haupteingang aus nicht erreichbar. Es war in einem Labyrinth schäbiger Räume und Zwischenstockwerken an der Rückseite des Gebäudes untergebracht, und glich eher einem der Antiquariate, die in dieser Gegend wuchern, als dem organisierten Gedächtnis eines bedeutenden Amts. Der Weg führte durch eine unauffällige Tür in der Charing Cross Road, zwischen einem Rahmengeschäft und einem Tagescafé, dessen Betreten den Mitarbeitern verboten war. An dieser Tür hing ein Schild »Stadt- und Bezirks-Sprachenschule, Lehrereingang«, und ein zweites »C und L Vertriebs-A.G.« Wer hineinwollte, drückte auf den einen oder den anderen Klingelknopf und wartete auf Alwyn, einen weibischen Marinesoldaten, der nur von seinen Wochenenden sprach. Bis etwa Mittwoch sprach er vom vergangenen Wochenende, danach vom kommenden. An diesem Morgen, einem Dienstag, drückte seine Stimmung entrüstete Besorgnis aus.

»Also, was sagen Sie denn zu dem Unwetter?« fragte er, während er Guillam über die Theke das Buch zum Unterschreiben zuschob. »Als wäre man in einem Leuchtturm. Den ganzen Samstag, den ganzen Sonntag. Ich sagte zu meinem Freund: ›Da sind wir mitten in London, und hör dir das an.‹ Soll ich das für Sie verwahren?«

»Da hätten Sie erst dort sein müssen, wo ich war«, sagte Guillam und legte den braunen Segeltuchsack in Alwyns wartende Hände. »Von wegen anhören, man konnte sich kaum aufrechthalten.«

Nicht übertrieben freundlich sein, ermahnte er sich.

»Und trotzdem liebe ich das Land«, vertraute Alwyn ihm an und verstaute den Sack in einem der offenen Fächer hinter der Theke. »Möchten Sie eine Nummer? Ich muß Ihnen eine geben, der Delphin würde mich umbringen, wenn sie dahinterkäme.«

»Ich vertraue Ihnen«, sagte Guillam. Er ging die vier Stufen hinauf und stieß die Schwingtüren zum Leseraum auf. Darin sah es aus wie in einem improvisierten Hörsaal: ein Dutzend Arbeitsplätze, alle in einer Richtung, und eine überhöhte Fläche, wo die Archivarin saß. Guillam setzte sich an die Rückwand. Es war noch früh – zehn nach zehn auf seiner Uhr –, und außer ihm war nur Ben Thruxton von der Forschung da, der die meiste Zeit hier zubrachte. Vor langer Zeit war Ben, als lettischer Dissident verkleidet, mit Aufständischen durch die Straßen Moskaus gerannt und hatte »Tod den Unterdrückern« gebrüllt. Jetzt kauerte er über seinen Schriften wie ein alter Priester, weißhaarig und schweigend.

Als Guillam an das Pult der Archivarin trat, lächelte sie. Wenn in Brixton nichts los war, verbrachte Guillam häufig einen Tag im Archiv und suchte in den alten Fällen nach einem, der sich neu anheizen ließe. Sie war Sal, ein stämmiges, sportliches Mädchen, Leiterin eines Jugendclubs in Chiswick und Trägerin des schwarzen Judogürtels.

»Ein paar hübsche Hälse gebrochen am Wochenende?« fragte er und nahm sich einen Packen grüner Bestellzettel.

Sal händigte ihm die Notizen aus, die sie für ihn in ihrem Stahlschrank verwahrte.

»Wie immer. Und Sie?«

»Tanten in Shropshire besucht, vielen Dank.«

»Die möcht ich auch mal sehen«, sagte Sal.

Er blieb an ihrem Pult stehen und füllte die Zettel für die beiden nächsten Titel auf seiner Liste aus. Er sah zu, wie sie die Zettel stempelte, die Kontrollabschnitte abtrennte und sie durch einen Schlitz in ihrem Pult warf.

»Reihe D«, murmelte sie und gab ihm die Stammzettel zurück. »Die Nummern zwei-acht sind auf halbem Weg links, die drei-acht in der nächsten Nische hinten.«

Er öffnete die Tür am rückwärtigen Ende des Saals und betrat die Haupthalle. In der Mitte brachte ein alter Lift, der aussah wie ein Förderkorb, Akten ins Innere des Circus. Zwei müde Stifte füllten ihn, ein dritter betätigte die Winde. Guillam wanderte langsam an den Regalen entlang und las die fluoreszierenden Nummernschilder.

»Lacon schwört, daß er über *Testify* überhaupt keine Akte habe«, hatte Smiley ihm in seiner üblichen bekümmerten Art gesagt. »Nur ein paar Dokumente über Prideaux' Rückführung, sonst nichts.« Und im gleichen Leichenbitterton: »Ich fürchte demnach, wir müssen uns auf irgendeinem Weg beschaffen, was sich in der Registratur des Circus befindet.«
»Beschaffen« hieß in Smileys Vokabular »klauen«.
Ein Mädchen stand auf einer Leiter. Karl Allitson, der Ordner, füllte einen Waschkorb mit Akten für die Funker, Astrid, der Hauswart, reparierte einen Heizkörper. Die Regale waren aus Holz, tief wie Kojen und durch Sperrholzplatten senkrecht durchteilt. Er wußte bereits, daß die Referenznummer für *Testify* vier-vier-acht-zwei E war, was bedeutete, Nische vierundzwanzig, vor der er jetzt stand. E stand für *extinct* und wurde nur für tote Operationen verwendet. Guillam zählte bis zum achten Fach von links. Testify sollte das zweite von links sein, aber es war nicht mit Sicherheit zu sagen, denn die Rücken trugen keine Signatur. Nachdem er seine Erkundung beendet hatte, zog er die beiden Akten heraus, die er angefordert hatte, und steckte die grünen Zettel in die dafür vorgesehenen Stahlklammern.
»Viel ist bestimmt nicht da«, hatte Smiley gesagt, als wäre es mit dünnen Akten einfacher. »Aber etwas muß da sein, und wäre es nur um den Schein zu wahren.« Das war auch eine Eigenschaft, die Guillam in diesem Moment nicht an ihm schätzte: er sprach, als könnte man seinem Gedankengang folgen, als wäre man die ganze Zeit mit in seinem Kopf.
Er setzte sich und tat, als läse er, dachte jedoch die ganze Zeit an Camilla. Was sollte er mit ihr anfangen? Als sie heute früh in seinen Armen lag, hatte sie ihm erzählt, sie sei einmal verheiratet gewesen. Manchmal redete sie so, als hätte sie schon zwanzig Leben gelebt. Es sei ein Fehlgriff gewesen, also hätten sie's wieder aufgesteckt.
»Was ging denn schief?«
»Nichts. Wir paßten nicht zueinander.«
Guillam glaubte ihr nicht.
»Bist du geschieden?«

»Ich nehme es an.«

»Sei nicht so verdammt albern, du mußt doch wissen, ob du geschieden bist oder nicht!«

Seine Eltern hätten sich darum gekümmert, sagte sie; er sei Ausländer.

»Schickt er dir Geld?«

»Warum sollte er? Er schuldet mir nichts.«

Dann wieder die Flöte, im Gästezimmer, lange fragende Noten im Halblicht, während Guillam Kaffee machte. Ist sie eine Komödiantin oder ein Engel? Wenn er nur ihren Namen durch die Registratur laufen lassen könnte. In einer Stunde hatte sie eine Lektion bei Sand.

Mit einem grünen Zettel für eine vier-drei-Nummer in der Hand stellte er die beiden Akten an ihre Plätze zurück und postierte sich vor der Nische neben *Testify*.

»Abfrage negativ«, dachte er.

Das Mädchen stand noch immer auf seiner Leiter. Allitson war verschwunden, aber der Waschkorb stand noch da. Der Heizkörper hatte Astrid bereits erschöpft, er saß daneben und las die *Sun*. Auf dem grünen Zettel stand vier-drei-vier-drei, und er fand die Akte sofort, weil er sie bereits früher aufgesucht hatte. Sie hatte einen rosa Umschlag, genau wie *Testify*. Genau wie *Testify* war sie ziemlich abgegriffen. Er steckte den grünen Zettel in die Klammer. Er ging wieder den Gang entlang zurück, blickte sich nochmals nach Allitson und dem Mädchen um, dann griff er nach der Akte *Testify* und vertauschte sie blitzschnell mit der Akte, die er in der Hand hielt.

»Das wichtigste ist meines Erachtens, Peter« – so Smiley – »daß keine Lücke bleibt. Ich schlage daher vor, daß Sie sich eine ähnliche Akte beschaffen, ich meine, eine *äußerlich* ähnliche, und sie dort einstellen, wo ...«

»Kapiert«, sagte Guillam.

Guillam hielt die Akte *Testify* ungezwungen in der rechten Hand, Titelseite nach innen, ging in den Lesesaal zurück und setzte sich wieder an seinen Tisch. Sal hob die Brauen und maulte irgend etwas. Guillam nickte ihr zu, daß alles in Ordnung sei, da er annahm, daß sie das habe fragen wollen, aber sie winkte ihn zu sich. Ein Moment der Panik. Die Akte mitnehmen, oder liegenlassen? Was tue ich sonst immer? Er ließ sie auf dem Tisch liegen.

»Juliet geht Kaffee holen«, flüsterte Sal. »Möchten Sie welchen?«

Guillam legte einen Shilling auf die Theke.

Er blickte auf die Wanduhr, dann auf seine Armbanduhr. Herrgott, hör doch auf, dauernd auf die verdammte Uhr zu sehen! Denk an Camilla, an ihre Unterrichtsstunde, die jetzt anfängt, denk an die Tanten, bei denen du das Wochenende nicht verbracht hast, denk an Alwyn, der nicht in deine Tasche schaut. Denk an alles, nur nicht an die Zeit. Noch achtzehn Warteminuten. »Peter, wenn Sie den geringsten Vorbehalt haben, Hände weg. Das ist das allerwichtigste.« Großartig, und wie soll ich wissen, ob ich Vorbehalte habe, wenn mein Magen das reinste Bienenhaus ist und mir der Schweiß wie heimlicher Regen unterm Hemd rinnt? Noch nie, das konnte er schwören, hatte es ihn so schlimm erwischt.

Er schlug die Akte *Testify* auf und versuchte zu lesen.

Sie war nicht ganz so dünn, aber dick war sie auch nicht. Der erste Abschnitt handelte von dem, was nicht darin enthalten war: »Anlagen 1 bis 8 bei London Station, siehe auch PFS ELLIS Jim, PRIDEAUX Jim, HAJEK Wladimir, COLLINS Sam, HABOLD Max ...« noch eine ganze Fußballmannschaft außerdem. »Interessenten wenden sich an H/London Station oder CR«, was heißen sollte, Chef des Circus und seine Mütter von Amts wegen. Nicht auf deine Armbanduhr schauen, schau auf die Wanduhr und rechne dir's selber aus, du Idiot. Acht Minuten. Komisch, Akten über den eigenen Vorgänger klauen. Komisch, Jim als Vorgänger zu haben, wenn man's recht bedenkt, und eine Sekretärin, die über ihn wachte, ohne jemals seinen Namen zu erwähnen. Die einzige lebendige Spur, die Guillam, abgesehen von dem Arbeitsnamen auf den Akten, je von ihm gefunden hatte, war der verbeulte Tennisschläger, der hinter dem Safe in seinem Zimmer gequetscht war, mit dem eingebrannten J. P. im Griff. Er zeigte ihn Ellen, einem zähen alten Besen, der Cy Vanhofer zum Zittern bringen konnte wie einen Schuljungen, und sie brach in Ströme von Tränen aus, wickelte den Schläger ein und schickte ihn mit dem nächsten Aktenkarren an den Delphin, mit einem persönlichen Schreiben und der dringenden Bitte, ihn Jim zurückzuerstatten, »wenn irgend menschenmöglich«. Wie ist Ihr Spiel zur Zeit, Jim, mit ein paar tschechischen Kugeln im Schulterknochen?

Noch immer acht Minuten.

»Also, wenn es Ihnen möglich wäre«, sagte Smiley, »ich meine, wenn es nicht zu viele Umstände macht, bringen Sie Ihren Wagen in Ihre Werkstatt. Treffen Sie die Verabredung über Ihr privates Telefon, in der Hoffnung, daß Toby zuhört...«

In der Hoffnung. Heilige Perlmutter. Und all sein Liebesgeflüster mit Camilla? Noch immer acht Minuten.

Die übrige Akte schien aus Telegrammen des *Foreign Office* zu bestehen, aus tschechischen Zeitungsausschnitten, Zeitfunkberichten von Radio Prag, Auszügen einer Verfahrensregelung für die Rückführung und Rehabilitation von »verbrannten« Agenten, Aufträgen an das Schatzamt und einem *post mortem* Allelines, worin er Control die Schuld an dem Fiasko gab. Lieber du als ich, George.

Guillam fing an, im Geist die Entfernung von seinem Tisch zur Hintertür zu messen, wo Alwyn an der Empfangstheke döste. Er schätzte sie auf fünf Schritt und beschloß, eine taktische Zwischenstation zu machen. Zwei Schritt von der Tür entfernt stand eine Kartentruhe wie ein großes gelbes Klavier. Sie war mit allem möglichen Nachschlagematerial gefüllt. Generalstabskarten, alten Exemplaren von *Who's Who*, alten Baedekern. Er klemmte sich einen Bleistift zwischen die Zähne, nahm die Akte *Testify*, schlenderte zur Truhe, suchte ein Telefonbuch von Warschau heraus und fing an, Namen auf ein Blatt Papier zu schreiben. Meine Schrift! Es schrie in ihm: meine Schrift ist ganz zittrig, sie fährt über die ganze Seite, schau dir diese Zahlen an, als wäre ich betrunken! Wieso merkt das niemand? Das Mädchen Juliet kam mit einem Tablett herein und stellte eine Tasse auf seinen Tisch. Er warf ihr eine zerstreute Kußhand zu. Er suchte ein zweites Telefonbuch heraus, von Poznan, glaubte er, und legte es neben das erste. Als Alwyn hereinkam, blickte er nicht einmal auf.

»Telefon, Sir«, flüsterte Alwyn.

»Ach, Mist«, sagte Guillam, ins Telefonbuch vertieft. »Wer denn?«
»Stadtgespräch, Sir. Rauher Bursche. Ich glaube die Werkstatt wegen Ihres Wagens. Sagt, er hat schlechte Nachrichten für Sie,« sagte Alwyn hocherfreut.
Guillam hielt die Akte *Testify* mit beiden Händen, verglich scheinbar etwas mit dem Telefonbuch. Er wandte Sal den Rükken und spürte, wie seine Knie gegen die Hosenbeine schlotterten. Der Bleistift steckte immer noch in seinem Mund. Alwyn ging voraus und hielt ihm die Tür, und er durchschritt sie eifrig lesend: wie ein verdammtes Greenhorn, dachte er. Er wartete, daß der Blitzstrahl ihn traf, daß Sal Mordio schrie, Ben, der Superspion, plötzlich zum Leben erwachte, aber nichts geschah. Er fühlte sich viel besser: Alwyn ist mein Verbündeter, ich vertraue ihm, wir sind gegen den Delphin verschworen, ich kann rausgehen. Die Schwingtür schloß sich, er ging die drei Stufen hinunter, und da stand wieder Alwyn und hielt die Tür der Telefonkabine auf. Der untere Teil war undurchsichtig, der obere Teil verglast. Er nahm den Hörer auf und legte die Akte neben seine Füße und hörte Mendel ihm mitteilen, er brauche ein neues Getriebe, der Spaß könne bis zu hundert Pfund kosten. Das hatten sie sich für die Personalabteilung ausgedacht, oder wer immer die Aufzeichnung lesen würde, und Guillam hielt das Gespräch ungezwungen in Gang, bis Alwyn hinter seiner Theke verschwunden war, wo er mit gerecktem Hals lauschte. Es klappt, dachte er, es klappt, ich fliege, es klappt doch. Er hörte sich sagen: »Na, schön, aber fragen Sie zuerst beim Haupthändler nach, wie lange es dauert, bis sie das verdammte Ding beschaffen können. Haben Sie die Nummer?« Und gereizt: »Bleiben Sie am Apparat.«
Er öffnete die Tür einen Spalt und drückte das Mundstück fest an sein Hinterteil, damit die nächsten Worte auf keinen Fall registriert werden könnten. »Alwyn, werfen Sie mir den Sack mal rüber, ja?«
Alwyn brachte ihn schneidig herbei, wie der Erste-Hilfe-Mann bei einem Fußballmatch. »In Ordnung, Mister Guillam, Sir? Soll ich ihn für Sie aufmachen?«
»Lassen Sie ihn nur hier fallen, danke.«

Der Sack lag auf dem Boden vor der Kabine. Jetzt bückte er sich, zog den Sack herein und öffnete den Reißverschluß. In der Mitte, zwischen seinen Hemden und einer Menge Zeitungen, steckten drei blinde Ordner, einer lederfarben, einer grün, einer rosa. Er nahm den rosa Ordner und sein Notizbuch heraus und steckte dafür die Akte *Testify* hinein. Er zog den Verschluß zu, richtete sich auf und las Mendel eine Telefonnummer vor, übrigens die richtige. Er hängte ein, gab Alwyn den Sack und ging mit dem Blindband zurück in den Lesesaal. Allitson führte sein Stückchen auf, erst zog er am Waschkorb, dann versuchte er es mit Schieben.

»Peter, helfen Sie uns bitte, ich bring ihn nicht vom Fleck.«

»Sekunde.«

Er holte die Akte vier-drei wieder aus dem Fach, ersetzte sie durch den Blindband, stellte sie an ihren richtigen Platz in der Nische vier-drei und zog den grünen Zettel aus der Klammer. Gott thront im Himmel, und die erste Nacht war eine Wucht. Er hätte am liebsten laut gesungen: Gott thront im Himmel, und ich kann noch immer fliegen.

Er brachte den Zettel Sal, die ihn abzeichnete und auf einen Dorn spießte. Wie immer. Später am Tag würde sie nachsehen. War die Akte an ihrem Platz, dann würde sie den grünen Zettel und auch den Abschnitt in der Schachtel vernichten, und nicht einmal die kluge Sal würde sich erinnern, daß er sich vor Nische vier-vier aufgehalten hatte. Er wollte gerade ins Archiv zurück, um dem alten Allitson zu helfen, als er plötzlich direkt in die braunen unfreundlichen Augen Toby Esterhases blickte.

»Peter«, sagte Toby in seinem nicht ganz perfekten Englisch. »Tut mir leid, wenn ich störe, aber wir haben eine kleine Krise, und Percy Alleline möchte Sie dringend sprechen. Können Sie jetzt kommen? Das wäre sehr freundlich.« Und an der Tür, als Alwyn sie hinausließ: »Er möchte Ihre Meinung hören«, bemerkte er mit der Beflissenheit eines kleinen, aber kommenden Mannes. »Er möchte in einer Sache Ihre Meinung einholen.«

In einem verzweifelten, aber erleuchteten Moment wandte Guillam sich an Alwyn. »Mittags fährt ein Bus nach Brixton. Rufen Sie doch bitte bei der Transportabteilung an, und bitten Sie, daß

das Ding da für mich mit hinausgenommen wird, ja?«
»Wird gemacht, Sir«, sagte Alwyn. »Wird gemacht. Vorsicht, Stufe.«
Und sprich ein Gebet für mich, dachte Guillam.

21 *Mit Percy Alleline als Circus-Direktor arbeitet Peter Guillam am Hochseil ohne Netz*

»Unsere graue Eminenz«, nannte ihn Haydon. Die Portiers nannten ihn Schneewittchen wegen seines Haars. Toby Esterhase kleidete sich wie ein Dressman, aber sobald er die Schultern senkte und die winzigen Fäuste ballte, wurde er eindeutig zum Boxer. Guillam ging hinter ihm durch den Korridor des vierten Stocks, sah wieder den Kaffeeautomaten, hörte wieder Lauder Stricklands Stimme verkünden, daß er nicht zu sprechen sei, und dachte: »Herrgott, wir sind wieder drunten in Bern und auf der Flucht.«

Er spielte schon mit dem Gedanken, es Toby laut zuzurufen, verwarf den Vergleich jedoch als nicht opportun.

Sooft er an Toby dachte, mußte er an die Schweiz vor zehn Jahren denken, als Toby noch ein simpler Beschatter gewesen war und sich mit seiner Fähigkeit, nebenbei die Ohren zu spitzen, immer mehr einen Namen machte. Guillam war aus Nordafrika zurück und im Wartestand, und so schickte der Circus die beiden zu einem Sondereinsatz nach Bern, wo sie im Haus belgischer Waffenhändler, die mit Schweizer Hilfe ihre Waren in unerwünschte Richtungen verschickten, Meisen kleben sollten. Sie mieteten eine Villa neben dem Zielhaus, und in der nächsten Nacht stellte Toby einen Anschluß her und sorgte dafür, daß sie über ihr eigenes Telefon die Gespräche der Schweizer abhören konnten. Guillam war Boß und Kurier, zweimal täglich lieferte er die Bänder an die Außenstelle Bern, wobei er einen geparkten Wagen als Briefkasten benutzte. Mit gleicher Leichtigkeit bestach Toby den Briefträger, der ihm die Post der Belgier vor der Zustellung zur Durchsicht überließ, und die Putzfrau, die im Salon, wo gewöhnlich die Besprechungen stattfanden, ein Mikrophon installierte. Zur Ablenkung gingen sie ins *Chikito*, wo Toby mit den jüngsten Mädchen tanzte. Gelegentlich brachte er eine von den Kleinen mit nach Hause, aber am nächsten Morgen war sie immer verschwunden, und Toby hatte alle Fenster ge-

öffnet, um den Geruch loszuwerden.
So lebten sie drei Monate lang, und Guillam kannte Toby nicht besser als am ersten Tag. Er wußte nicht einmal, in welchem Land er geboren war. Er war ein Snob und wußte, wo man essen und sich zeigen mußte. Er wusch seine Sachen selber, und nachts trug er ein Netz über dem Schneewittchenhaar, und an dem Tag, als die Polizei in die Villa eindrang und Guillam über die rückwärtige Mauer springen mußte, fand er Toby im Hotel Bellevue, wo er Patisserien mampfte und dem *thé dansant* zusah. Toby hörte sich an, was Guillam zu sagen hatte, zahlte seine Zeche, gab zuerst dem Kapellmeister ein Trinkgeld, danach Franz, dem Chefportier, dann führte er Guillam durch ein Gewirr von Korridoren und Treppenhäusern zu der unterirdischen Garage, wo er den Fluchtwagen und die Pässe versteckt hatte. Auch dort bat er gewissenhaft um die Rechnung. »Wer es je eilig hat, aus der Schweiz herauszukommen«, dachte Guillam, »der bezahle zuerst seine Rechnungen.« Die Korridore waren endlos, mit Spiegelwänden und Versailles-Kandelabern, so daß Guillam nicht einem Esterhase folgte, sondern einer ganzen Prozession.
Dieses Bild stand ihm jetzt wieder vor Augen, obwohl das enge hölzerne Treppenhaus zu Allelines Büros schmutziggrün gestrichen war und nur ein verbeulter Pergamentschirm die Kandelaber ersetzte.
»Zum Chef«, verkündete Toby großspurig dem jungen Portier, der sie mit lässigem Nicken durchwinkte. Im Vorzimmer saßen an vier grauen Schreibmaschinen die vier grauen Mütter in Twinsets und Perlen. Sie nickten Guillam zu und übersahen Toby. Ein Schild an Allelines Tür besagte »Bitte nicht stören«. Daneben ein riesiger Schranksafe, neu. Guillam fragte sich, wie der Fußboden die Belastung aushalte. Obenauf Flaschen mit afrikanischem Sherry, Gläser, Teller. Mittwoch, fiel ihm ein: Zwangloses Lunch-Meeting in London Station.
»Ich möchte keine Telefonanrufe, sagen Sie's ihnen«, schrie Alleline, als Toby die Tür öffnete.
»Der Chef nimmt keine Anrufe entgegen, bitte, meine Damen«, sagte Toby gewählt und hielt Guillam die Tür. »Wir haben eine Besprechung.«

Eine der Mütter sagte: »Wir haben es gehört.«

Es war ein Kriegsrat.
Alleline saß am obersten Ende des Tisches in dem geschnitzten überdimensionalen Lehnstuhl, er las ein zweiseitiges Dokument und regte sich nicht, als Guillam eintrat. Er knurrte nur: »Setzen. Neben Paul. Nach dem Salzfaß«, und las mit gesammelter Aufmerksamkeit weiter.
Der Stuhl rechts von Alleline war leer, und Guillam wußte, daß er Haydon gehörte, denn an die Lehne war eine Rückenstütze gebunden. Links von Alleline saß Roy Bland, gleichfalls lesend, aber er blickte auf, als Guillam vorbeiging, und sagte »Guck mal, Peter«, und die vorstehenden blassen Augen folgten ihm den Tisch entlang. Neben Roy saß Mo Delaware, das weibliche Paradepferd von London Station, mit scharf gewelltem Haar und braunem Tweed-Kostüm. Neben ihr Phil Porteous, der Personalchef, ein reicher serviler Mensch mit einem großen Haus am Stadtrand. Als er Guillam sah, hörte er auf zu lesen, klappte ostentativ die Akte zu, legte die schlanken Hände darauf und feixte. »Nach dem Salzfaß heißt neben Paul Skordeno«, sagte Phil und feixte noch immer.
»Danke. Ich seh's.«
Nach Porteous kamen Bills Russen, die er zuletzt bei »Herren« im vierten Stock gesehen hatte, Nick de Silsky und sein Busenfreund Kaspar. Sie konnten nicht lächeln, und soviel Guillam wußte, konnten sie auch nicht lesen, denn sie hatten als einzige keine Papiere vor sich liegen. Sie saßen da, hatten die vier dicken Hände auf dem Tisch liegen, als stünde jemand mit dem Gewehr hinter ihnen, und beobachteten ihn nur mit ihren vier braunen Augen.
Noch weiter bergab saß Paul Skordeno, angeblich Roy Blands Außenagent in den Satelliten-Netzen, es hieß aber auch, er arbeite zwischendurch für Bill. Paul war dünn und mies und vierzig, hatte ein narbiges braunes Gesicht und lange Arme. Guillam hatte ihn einmal bei einem Nahkampfkurs in der *Nursery* zum Partner gehabt, und sie hätten einander um ein Haar umgebracht.

Guillam rückte seinen Stuhl ein Stück von ihm ab und setzte sich, Toby war also der nächste in der Reihe, wie die andere Hälfte eines Bewacherteams. Was zum Teufel glauben sie, daß ich tun werde? dachte Guillam: Einen wahnwitzigen Ausbruchsversuch unternehmen? Aller Augen waren auf Alleline gerichtet, der seine Pfeife stopfte, als Bill Haydon ihm die Schau stahl. Die Tür ging auf, und zunächst kam niemand herein. Dann hörte man ein langsames Schlurfen, und Bill erschien, eine Kaffeetasse in beiden Händen, obenauf die Untertasse. Er trug einen gestreiften Ordner unter den Arm geklemmt, und die Brille hatte er hochgeschoben, also mußte er vorher gelesen haben. Sie alle haben es gelesen, nur ich nicht, dachte Guillam, und ich weiß nicht, worum es geht. Er fragte sich, ob es das gleiche Dokument war, das Esterhase und Roy am Vortag gemeinsam gelesen hatten, und entschied ohne jeden Anhaltspunkt, daß dem so sei; daß es gestern gerade eingetroffen sei; daß Toby es zu Roy gebracht und daß er die beiden in ihrer ersten Begeisterung gestört habe; falls Begeisterung das rechte Wort war.
Alleline hatte noch immer nicht aufgeblickt. Vom unteren Tischende konnte Guillam nur das volle schwarze Haar und ein Paar breite tweedbedeckte Schultern sehen. Mo Delaware zupfte beim Lesen an ihrer Stirnlocke. Percy hat zwei Ehefrauen, erinnerte er sich, als Camilla aufs neue durch das Gewimmel seiner Gedanken geisterte, und beide waren Alkoholikerinnen, was gar nicht so einfach sein mußte. Er hatte nur das Londoner Exemplar kennengelernt. Percy baute damals gerade die Liga seiner Getreuen auf und hatte in seinem weitläufigen holzgetäfelten Apartment in Buckingham Palace Mansions eine Cocktailparty gegeben. Guillam kam zu spät und legte gerade in der Diele seinen Mantel ab, als eine blasse blonde Frau schüchtern auf ihn zuschwebte und beide Hände ausstreckte. Er hielt sie für das Mädchen, das ihm den Mantel abnehmen wollte. »Ich bin Joy«, sagte sie mit dramatischer Stimme, es klang wie »Ich bin die Tugend«, oder »Ich bin die Enthaltsamkeit«. Sie wollte nicht seinen Mantel, sondern einen Kuß. Als er sich ihrem Wunsch beugte, atmete er die vereinte Süße von *Je reviens* und einer hohen Konzentration billigen Sherrys ein.

»Ja, junger Herr Guillam«, – so Alleline – »haben Sie jetzt endlich Zeit für mich oder stehen noch weitere Erledigungen in meinem Haus an?« Er blickte halbwegs auf, und Guillam sah zwei winzige pelzige Dreiecke auf den verwitterten Wangen. »Was treiben wir denn zur Zeit draußen auf dem flachen Land?« – er blätterte um – »außer den Dorfjungfrauen nachstellen, falls es in Brixton welche geben sollte, was ich ernsthaft bezweifle, wenn Sie mir diese Frivolität verzeihen wollen, Mo, und öffentliche Gelder für opulente Mahlzeiten verschwenden?«
Dieses Anrempeln war Allelines Kommunikationsmethode. Es konnte freundschaftlich oder feindselig sein, vorwurfsvoll oder gutheißend, aber im Endeffekt war es wie der stete Tropfen auf die gleiche Stelle.
»Ein paar Arabergrüppchen sehen recht vielversprechend aus. Cy Vanhofer hat einen Draht zu einem deutschen Diplomaten. Das wär' alles.«
»Araber«, wiederholte Alleline, schob den Ordner beiseite und zog eine rustikale Pfeife aus der Tasche. »Jeder Idiot kann einen Araber umdrehen, was, Bill? Ein ganzes Arabisches Kabinett für eine halbe Krone kaufen, wenn's ihm Spaß macht.« Aus einer anderen Tasche nahm Alleline einen Tabaksbeutel, den er lässig auf den Tisch warf. »Wie ich höre, sind Sie ein Herz und eine Seele mit unserem unlängst verblichenen Bruder Tarr. Wie geht's ihm heutzutage?«
Eine Unmenge Gedanken schossen Guillam durch den Kopf, während er sich antworten hörte. Daß die Beobachtung seiner Wohnung erst gestern Abend aufgenommen worden war, durfte als sicher gelten. Daß er übers Wochenende frei von Kontrolle war, wenn nicht Fawn, der Babysitter, zum Verräter geworden war, was ein harter Schlag gewesen wäre. Daß Roy Bland eine auffallende Ähnlichkeit mit dem verstorbenen Dylan Thomas hatte; Roy hatte ihn immer an jemanden erinnert, er war nur nie dahinter gekommen, an wen; und daß Mo Delaware nur dank ihres männlichen Pfadfinderinnen-Habitus die Bezeichnung Frau erworben hatte. Ob Dylan Thomas wohl auch Roys ungewöhnlich helle blaue Augen hatte? Daß Toby Esterhase eine Zigarette aus seinem goldenen Etui nahm und daß Alleline im all-

gemeinen keine Zigaretten duldete, nur Pfeifen, also mußte Toby sich im Moment recht gut mit ihm stehen. Daß Bill Haydon seltsam jung aussah und daß die Circus-Gerüchte über sein Liebesleben vielleicht doch nicht so lachhaft waren: sie behaupteten, er sei doppelseitig begabt. Daß Paul Skordeno eine braune Handfläche auf den Tisch gelegt und den Daumen leicht in die Luft gereckt hatte, als wolle er die Schlagwirkung des Handrückens vergrößern. Er dachte auch an seinen Segeltuchsack: hatte Alwyn ihn dem Bus mitgegeben? Oder war er zum Lunch weggegangen und hatte den Sack einfach in der Garderobe gelassen, wo jeder beförderungshungrige junge Portier die Nase hineinstekken konnte? Und Guillam fragte sich, nicht zum erstenmal, wie lange Toby wohl schon um das Archiv herumgestrichen sein mochte, ehe Guillam ihn gesehen hatte.

Er wählte einen scherzenden Tonfall: »Stimmt, Chef, Tarr und ich trinken jeden Nachmittag bei Fortnum zusammen Tee.« Alleline nuckelte an der kalten Pfeife, befühlte die Tabakfüllung. »Peter Guillam«, sagte er mit wohlüberlegter Ironie. »Es ist Ihnen vielleicht entgangen, aber ich bin ein ungemein versöhnlicher Charakter. Ja, ich triefe geradezu vor Menschenfreundlichkeit. Ich will weiter nichts als den Inhalt Ihrer Unterredung mit Tarr. Ich fordere weder seinen Kopf noch irgendeinen anderen Teil seiner verdammten Anatomie, und ich will den Impuls zügeln, ihn mit eigenen Händen zu erwürgen. Oder Sie.« Er riß ein Streichholz an und entzündete die Pfeife; eine gewaltige Flamme schlug hoch. »Ich würde mich vielleicht sogar bereitfinden, Ihnen eine goldene Kette um den Hals zu hängen und Sie aus dem verhaßten Brixton wieder in den Palast zu holen.«

»Wenn dem so ist, kann ich es gar nicht erwarten, bis er auftaucht«, sagte Guillam.

»Und Tarr soll freies Geleit haben, bis ich ihn zu fassen kriege.«

»Ich will's ihm sagen. Er wird begeistert sein.«

Eine dicke Rauchwolke rollte über den Tisch.

»Ich bin sehr enttäuscht von Ihnen, junger Peter, üblen Nachreden destruktiver und heimtückischer Art das Ohr zu leihen. Ich zahle Ihnen ehrliches Geld, und Sie fallen mir in den Rücken.

Meiner Ansicht nach ein erbärmlicher Dank dafür, daß ich Sie am Leben erhalte. Gegen die dringenden Vorstellungen meiner Ratgeber, wie ich Ihnen sagen möchte.«

Alleline hatte sich eine neue Manieriertheit angewöhnt, eine, die Guillam oft bei eitlen Männern mittleren Alters beobachtete: Er packte eine Fleischtasche unter dem Kinn und massierte sie zwischen Daumen und Finger, in der Hoffnung, sie zu verkleinern.

»Erzählen Sie uns doch noch etwas über Tarrs Lebensumstände«, sagte Alleline. »Etwas über seine Gemütsverfassung. Er hat eine Tochter, nicht wahr? Ein Töchterchen namens Danny. Spricht er manchmal von ihr?«

»Früher hat er's getan.«

»Ergötzen Sie uns mit ein paar Anekdoten über sie.«

»Ich kenne keine. Er hat sie sehr gern, mehr weiß ich nicht.«

»Wahnsinnig gern?« Die Stimme schwoll plötzlich vor Zorn. »Was soll das Achselzucken bedeuten? Wie kommen Sie plötzlich dazu, mich mit einem Achselzucken abspeisen zu wollen? Ich spreche mit Ihnen über einen Verräter aus Ihrer eigenen verdammten Abteilung, ich bezichtige Sie, mit ihm hinter meinem Rücken zu konspirieren, bei einem idiotischen Spielchen mitmischen zu wollen, wenn Sie nicht einmal wissen, wie hoch der Einsatz ist, und Sie zucken einfach die Achseln. Es gibt ein Gesetz, Peter Guillam, gegen die Zusammenarbeit mit Feindagenten. Vielleicht wußten Sie das nicht. Ich habe gute Lust, Sie unter Anklage zu stellen.«

»Aber ich war nicht mit ihm zusammen«, sagte Guillam, und jetzt kam ihm auch der Zorn zu Hilfe. »Ich bin nicht derjenige, der hier sein Spielchen spielt. Das sind Sie. Also lassen Sie mich in Frieden.«

Im gleichen Augenblick spürte er die Entspannung in der Tischrunde, wie ein fast unmerkliches Absinken in Langeweile, wie die allgemeine Erkenntnis, daß Alleline sein Pulver verschossen hatte und das Ziel unberührt geblieben war. Skordeno fummelte an einem Stückchen Elfenbein herum, einem Talisman, den er immer bei sich trug. Bland hatte seine Lektüre wieder aufgenommen, Bill Haydon trank seinen Kaffee und fand ihn abscheulich, denn er schnitt eine Grimasse zu Mo Delaware und setzte die Tasse ab. Toby Esterhase hatte das Kinn in die Hand gestützt, die Brauen gehoben, und starrte auf die Glut-Attrappe im victorianischen Kamin. Nur die Russen wandten auch weiterhin kein Auge von ihm, wie zwei Terrier, die nicht glauben wollten, daß die Jagd abgeblasen war.

»Er hat also mit Ihnen über Danny geplaudert, wie? Und Ihnen gesagt, daß er sie liebe«, sagte Alleline, der sich wieder den Dokumenten zugewandt hatte. »Wer ist Dannys Mutter?«

»Eine Eurasierin.«

Jetzt ergriff Haydon zum erstenmal das Wort. »Unverkennbar Eurasierin, oder könnte sie auch aus einer näher gelegenen Gegend stammen?«

»Tarr findet offenbar, sie sehe völlig europäisch aus. Die Kleine auch, findet er.«

Alleline las vor: »Zwölf Jahre alt, langes blondes Haar, braune Augen, schlank. Ist das Danny?«

»Ich würde sagen, sie könnte es sein. Hört sich so an.«

Lange Zeit herrschte Schweigen, und nicht einmal Haydon machte Miene, es zu brechen.

»Wenn ich Ihnen also sagte«, fuhr Alleline schließlich fort und wählte seine Worte mit äußerster Vorsicht, »wenn ich Ihnen sagte, daß Danny und ihre Mutter vor drei Tagen mit dem direkten Flug aus Singapur am Flughafen London hätten landen sollen, so dürfte ich annehmen, daß Sie ebenso perplex wären wie wir.«

»Ja, das wäre ich.«

»Und Sie würden darüber schweigen, nachdem Sie dieses Haus verlassen haben. Kein Wort, nicht einmal zu ihren zwölf allerbesten Freunden?«

Aus geringer Entfernung kam Phil Porteous' Schnurren: »Die Quelle ist strengstens geheim, Peter. Für Sie mag es sich anhören wie eine gewöhnliche Flugauskunft. Aber es ist ultra-*ultra*-geheim.«

»Aha, in diesem Fall will ich versuchen, meine Klappe *ultra*-geschlossen zu halten«, sagte Guillam zu Porteous, und während Porteous rot wurde, grinste Bill Haydon aufs neue wie ein Schuljunge.

Alleline kam wieder zum Thema. »Und wie würden Sie diese Information beurteilen? Los, Peter«, wieder der herausfordernde Ton, »los, Sie waren sein Boß, sein Führer, Philosoph und Freund, wo um Gottes willen bleibt Ihre Psychologie? Warum kommt Tarr nach England?«
»Davon haben Sie kein Wort gesagt. Sie sagten, Tarrs Frau und ihre Tochter Danny seien vor drei Tagen in London erwartet worden. Vielleicht will sie Verwandte besuchen. Vielleicht hat sie einen neuen Freund. Wie soll ich das wissen?«
»Stellen Sie sich doch nicht dumm, Mann. Leuchtet es Ihnen nicht ein, daß man dort, wo Danny ist, vermutlich nicht sehr weit nach Tarr zu suchen braucht? Wenn er nicht schon hier ist, was ich beinah glauben möchte, denn im allgemeinen kommt der Mann zuerst und läßt die Troßweiber später nachkommen. *Pardon,* Mo Delaware, ist mir so herausgerutscht.«
Zum zweitenmal gestattete Guillam sich einen kleinen Temperamentsausbruch. »Bisher hat es mir nicht eingeleuchtet, nein. Bisher war Tarr ein Überläufer. Das wurde vor sechs Monaten offiziell festgelegt. Stimmt's, Phil, oder nicht? Tarr saß in Moskau, und alles, was er wußte, war als verraten zu betrachten. Stimmt's, Phil? Man nahm das auch zum Anlaß, in Brixton die Lichter zu löschen und eine Portion unserer Arbeit London Station und den Rest Tobys Aufklärern zu übertragen. Was soll Tarr jetzt eigentlich machen – wieder zu uns überlaufen?«
»Wieder überlaufen würde eine verdammt milde Bezeichnung sein, das kann ich Ihnen nur sagen«, erwiderte Alleline, ohne von den Papieren vor ihm aufzublicken. »Hören Sie zu, hören Sie gut zu, und merken Sie sich's. Denn ich zweifle nicht, daß Sie, genau wie meine übrigen Mitarbeiter, ein Gedächtnis haben wie ein Sieb, ihr Primadonnas seid alle gleich. Danny und ihre Mutter reisen mit gefälschten britischen Pässen unter dem Namen Poole. Die Pässe sind russische Fälschungen, und Tarr hat einen dritten von der gleichen Sorte, der wohlbekannte *Mister* Poole. Tarr ist bereits in England, aber wir wissen nicht, wo. Er ist vor Danny und ihrer Mutter abgereist und hat eine andere Route genommen, unseren Nachforschungen zufolge eine schwarze. Seine Frau oder Freundin oder was immer«, er sagte das, als hätte

er keins von beidem, »nochmals pardon, Mo, sollte ihm eine Woche später nachkommen, was aber offenbar bis heute nicht der Fall war. Diese Information erreichte uns gestern, wir haben also noch eine Menge Kleinarbeit zu leisten. Tarr wies sie an – Danny und ihre Mutter – falls es ihm aus irgendeinem Grund nicht möglich sein sollte, mit ihnen in Verbindung zu treten, so müßten sie sich auf Gnade und Ungnade einem gewissen Peter Guillam anvertrauen. Das sind Sie, wenn ich nicht irre.«
»Wenn sie vor drei Tagen fällig gewesen wären, was ist ihnen passiert?«
»Verspätet. Flugzeug verpaßt. Pläne geändert. Flugtickets verloren. Wie zum Teufel soll ich das wissen?«
»Oder aber, die Information ist falsch«, schlug Guillam vor.
»Das ist sie nicht«, schnappte Alleline.
Wut, Irreführung, Guillam klammerte sich an beide.
»Na schön. Die Russen haben Tarr umgedreht. Sie haben seine Angehörigen herübergeschickt – Gott weiß, warum, ich hätte gedacht, sie legen sie auf Eis – und ihn dazu. Was ist daran so heiß? Was für eine Funktion kann er haben, wenn wir kein Wort von dem glauben, was er sagt?«
Dieses Mal, stellte er mit Erheiterung fest, beobachteten die Zuhörer Alleline, der, so schien es Guillam, schwankte zwischen einer vernünftigen, aber indiskreten Antwort und einer, mit der er sich lächerlich machen würde.
»Egal, welche Funktion! Verwirrung stiften, Brunnen vergiften vielleicht. Etwas in dieser Art. Uns ein Bein stellen, kurz ehe wir durch's Ziel sind.« Seine Rundschreiben klingen genauso, dachte Guillam. Eine Metapher jagt die andere. »Aber merken Sie sich eins: Beim ersten Zeichen, noch vor dem ersten Anzeichen, beim ersten Pieps von ihm oder seiner Dame oder seinem Töchterlein, junger Peter Guillam, kommen Sie zu einem von uns Erwachsenen. Zu irgendeinem, den Sie hier am Tisch sehen. Aber sonst zu keinem Menschen. Schreiben Sie sich das hinter die Ohren. Weil es nämlich in diesem Laden mehr Kompetenzenüberschneidungen gibt, als Sie wissen können oder dürfen ...«
Plötzlich kam Bewegung in die Szene. Bland hatte die Hände in die Taschen gerammt, latschte durchs Zimmer und lehnte sich

an die rückwärtige Tür. Alleline hatte die Pfeife frisch angezündet und löschte das Streichholz mit ausholender Armbewegung, während er Guillam durch den Rauch finster anblickte. »Wem machen Sie zur Zeit den Hof, Peter, wer ist die Glückliche?« Porteous ließ ein Blatt Papier den Tisch entlangschlittern, das Peter unterschreiben sollte. »Für Sie, Peter, bitte.« Paul Skordeno flüsterte seinem russischen Nachbarn etwas ins Ohr, und Esterhase stand unter der Tür und erteilte den Müttern unliebsame Anweisungen. Nur Mo Delawares schlichte braune Augen blieben unverwandt auf Guillam gerichtet.
»Lesen Sie es bitte vorher«, riet Porteous ölig. Guillam war bereits halbwegs damit durch.
»Ich bestätige hiermit, daß ich heute vom Inhalt des *Witchcraft*-Report Nr. 1308, Quelle Merlin, in Kenntnis gesetzt wurde«, lautete der erste Absatz. »Ich verpflichte mich, über keinen Teil dieses Berichts zu anderen Mitgliedern der Dienststelle zu sprechen oder die Existenz der Quelle Merlin zu erwähnen. Ich verpflichte mich ferner, alles zur Meldung zu bringen, was mir an möglicherweise mit diesem Material in Zusammenhang Stehendem zur Kenntnis gelangt.«
Die Tür war offen geblieben, und als Guillam unterschrieb, marschierte die zweite Garnitur von London Station auf, angeführt von den Müttern mit Tabletts voller Sandwiches. Diana Dolphin, Lauder Strickland, aufgeblasen bis zum Platzen, die Mädchen von der Verteilung, und ein sauertöpfisches altes Schlachtroß namens Haggard, Ben Thruxtons Vorgesetzter. Guillam ging langsam hinaus und zählte dabei die Häupter, denn er wußte, daß Smiley würde wissen wollen, wer da gewesen war. An der Tür gesellte sich zu seiner Überraschung Haydon zu ihm, der anscheinend zu dem Schluß gekommen war, daß die nun folgenden Festlichkeiten nichts für ihn seien.
»Ein Affentanz«, bemerkte Bill und winkte den Müttern salopp zu. »Percy wird von Tag zu Tag unerträglicher.«
»Scheint wirklich so«, sagte Guillam herzlich.
»Was macht eigentlich Smiley? Sehen Sie ihn öfter? Sie waren doch ziemlich mit ihm befreundet, oder?«
Guillams Welt, die bis zu diesem Moment wieder zu einer halb-

wegs normalen Drehzahl zurückzukehren schien, erhielt einen heftigen Stoß. »Bedauere«, sagte er, »er ist gesperrt.«
»Machen Sie mir doch nicht weis, daß Sie ein Wort von diesem Unsinn glauben«, schnaubte Bill. Sie waren an der Treppe angelangt. Haydon ging voran.
»Und Sie?« rief Guillam hinter ihm her. »Sehen Sie ihn öfter?«
»Und Ann ist ihm ausgerückt«, sagte Bill und überhörte die Frage. »Abgehauen mit einem Matrosen oder Kellner oder dergleichen.« Die Tür zu seinem Büro stand weit auf, der Schreibtisch war mit Geheimakten übersät. »Stimmt das?«
»Das wußte ich nicht«, sagte Guillam. »Armer alter George.«
»Kaffee?«
»Ich glaube, ich muß gehen, vielen Dank.«
»Zum Tee mit Bruder Tarr?«
»Genau. Bei Fortnum. Wiedersehen.«
Im Archivtrakt war Alwyn wieder auf seinem Posten. »Sack schwimmt schon, Sir«, sagte er munter. »Sollte jetzt sogar schon in Brixton sein.«
»Mist!« sagte Guillam und schoß damit seine letzte Patrone ab. »Es war was drin, was ich gebraucht hätte.«
Eine empörende Erkenntnis überfiel ihn: sie schien so klar und so schrecklich naheliegend, daß er sich nur wundern konnte, wieso er erst jetzt darauf kam. Sand war Camillas Ehemann. Sie führte ein Doppelleben. Nun sah er lauter Hinterlist und Betrug vor sich. Seine Freunde, seine Geliebten, selbst der Circus taten sich zusammen und bildeten neue endlose Formen der Intrige. Ein Satz von Mendel fiel ihm wieder ein, den dieser vorgestern abend bei einigen Glas Bier in einem düsteren Vorstadt-Pub von sich gegeben hatte: »Kopf hoch, Peter. Jesus Christus hatte nur zwölf, wie du weißt, und einer von ihnen war ein Verräter.«
Tarr, dachte er. Dieses Schwein Ricki Tarr.

22 Peter Guillam und George Smiley suchen einen alten Bekannten auf und Babysitter Fawn greift taktvoll in die Unterhaltung ein

Der Schlafraum war lang und niedrig, ein ehemaliges Dienstbotenzimmer im Dachgeschoß. Guillam stand an der Tür, Tarr saß bewegungslos auf dem Bett, den Kopf an die schräge Decke zurückgelehnt, die Hände mit gespreizten Fingern neben dem Körper. Über ihm war ein Dachfenster, und Guillam konnte von seinem Standort aus lange Strecken schwarzen Suffolk-Lands sehen und eine Reihe schwarzer Bäume, die sich vor dem Himmel abhob. Die einzige Glühbirne hing in einem schwarzeichenen Leuchter von der Decke, sie warf seltsam geometrische Muster auf die Gesichter, und wenn einer von ihnen sich bewegte, Tarr auf dem Bett oder Smiley auf dem hölzernen Küchenstuhl, so schienen sie durch ihre Bewegung das Licht ein Stück weit mitzunehmen, ehe es wieder zur Ruhe kam.

Hätte Guillam Tarr für sich allein gehabt, so wäre er bestimmt rauh mit ihm umgesprungen. Seine Nerven waren in Hochspannung, auf der Herfahrt hatte er hundertvierzig erreicht und Smiley mußte ihn scharf zur Ordnung rufen. Hätte er Tarr für sich allein gehabt, er hätte die Wahrheit aus ihm herausgeprügelt und notfalls Fawn als Verstärkung geholt; am Steuer hatte er klar vor Augen gehabt, wie er die Tür des Hauses, wo Tarr sich aufhielt, öffnen und ihm zunächst ein paar kräftige Ohrfeigen versetzen würde, mit herzlichen Grüßen von Camilla und ihrem Ex-Gatten, dem trefflichen Doktor des Flötenspiels. Und vielleicht hatte Smiley in der gemeinsamen Spannung dieser Reise auf telepathischem Weg das gleiche Bild empfangen, denn das wenige, was er sagte, war deutlich dazu bestimmt, Guillam zu beschwichtigen. »Tarr hat uns nicht belogen, Peter. Nicht mit Worten. Er hat nur getan, was sämtliche Agenten auf der ganzen Welt tun; er hat uns nicht die ganze Geschichte erzählt. Andererseits ist er ganz geschickt gewesen.« Er war weit entfernt von Guillams übler Laune, ja, er schien sogar seltsam zuversichtlich; seine Gelöstheit ging so weit, daß er sich erlaubte, ein Bonmot

von Steed-Asprey über die Kunst des Doppelspiels zu zitieren; irgend so etwas wie, daß man nicht nach Perfektion streben solle, sondern nach Vorteilen, was Guillam wiederum auf Camilla brachte. »Karla hat uns in den inneren Kreis reingelassen«, verkündete Smiley, und Guillam machte einen schlechten Witz über den Kreisverkehr. Danach beschränkte sich Smiley darauf, Anweisungen zu geben und den Außenspiegel im Auge zu behalten. Sie hatten sich am Crystal Palace getroffen, wo Mendel sie mit einem Lieferwagen abgeholt hatte. Sie fuhren nach Barnsbury, direkt in eine Karosseriewerkstatt am Ende einer Kopfsteingasse, in der es von Kindern wimmelte. Dort wurden sie mit gebändigtem Entzücken von einem alten Deutschen und dessen Sohn begrüßt, die dem Lieferwagen die Nummernschilder abgenommen hatten, fast noch ehe sie ausgestiegen waren, und sie zu einem hochfrisierten Vauxhall führten, der bereits zur Ausfahrt durch die rückwärtige Tür bereitstand. Mendel blieb zurück, und mit ihm die *Testify*- Akte, die Guillam in seinem Reisesack aus Brixton mitgebracht hatte; Smiley sagte: »Zur A 2«. Es herrschte wenig Verkehr, aber kurz vor Colchester gerieten sie hinter eine Schlange von Lastwagen, und Smiley mußte Guillam befehlen, sich einzureihen. Einmal trafen sie einen alten Mann, der mit dreißig auf dem Überholstreifen fuhr. Als sie ihn auf der falschen Seite überholten, riß er das Steuer jäh zu ihnen herum, er war betrunken oder krank oder einfach erschrocken. Und einmal stießen sie unversehens auf eine Nebelwand, sie mußte vom Himmel herabgefallen sein. Guillam fuhr mitten hindurch, wegen der Vereisung wagte er nicht zu bremsen. Hinter Colchester wählten sie Nebenstraßen. Auf den Ortsschildern standen Namen wie Little Horkesley, Wormingford und Bures Green, dann hörten die Ortsschilder auf, und Guillam hatte das Gefühl, nirgendwo zu sein.
»Jetzt links und am Pförtnerhaus nochmals nach links. Fahren Sie, soweit es geht, aber parken Sie nicht am Gitter.«
Sie kamen zu einer Art Weiler, aber man sah keine Lichter, keine Leute, keinen Mond. Als sie ausstiegen, fiel die Kälte sie an, und Guillam roch einen Kricketplatz und Holzrauch und Weihnachten, alles zugleich; er glaubte, niemals an einem so ruhigen oder

so kalten oder so abgelegenen Ort gewesen zu sein. Ein Kirchturm ragte vor ihnen auf, auf einer Seite lief ein weißer Zaun entlang, und oben auf dem Hügel stand ein Gebäude, das er für das Pfarrhaus hielt, ein niedriges, unregelmäßig angelegtes Haus, teilweise mit Stroh gedeckt, er konnte den Giebelrand gegen den Himmel ausmachen. Fawn erwartete sie: sobald sie standen, kam er zum Wagen und kletterte schweigend in den Rücksitz.
»Mit Ricki geht's heut viel besser, Sir«, meldete er. Er hatte offensichtlich in den letzten Tagen regelmäßig an Smiley Meldung gemacht. Er war ein ausgeglichener, stiller Junge voller Diensteifer, aber die übrige Brixton-Meute schien ihn zu fürchten, Guillam wußte nicht, warum. »Nicht so nervös, entspannter würde ich sagen. Hat am Vormittag seine Partie Billard gespielt, spielt gern Billard, der Ricki, nachmittags haben wir für Miss Ailsa Tannen ausgegraben, damit sie sie zum Markt fahren konnte. Am Abend haben wir ein Kartenspielchen gemacht, und dann ging's früh zu Bett.«
»Ist er allein fortgewesen?« fragte Smiley.
»Nein, Sir.«
»Hat er das Telefon benutzt?«
»Um Gottes willen, nein, Sir, nicht solange ich in der Nähe bin, und bestimmt auch nicht, solange Miss Ailsa da ist.«
Ihr Atem hatte die Wagenfenster beschlagen, aber Smiley wollte nicht, daß der Motor lief, und daher arbeiteten auch Heizung und Entlüftung nicht.
»Hat er von seiner Tochter Danny gesprochen?«
»Am Wochenende die ganze Zeit. Jetzt hat sich's ein bißchen gelegt. Ich meine, er hat sich die beiden sozusagen aus dem Gemüt geschlagen.«
»Er hat nicht davon gesprochen, sie wiederzusehen?«
»Nein, Sir.«
»Nichts über Vorbereitungen zu einem Treffen, wenn diese Geschichte hier vorüber ist?«
»Nein, Sir.«
»Oder daß er die beiden nach England holen will?«
»Nein, Sir.«
»Und daß er ihnen Papiere verschaffen will?«

»Nein, Sir.«
Guillam fiel gereizt ein: »Worüber hat er also gesprochen, Herrgottnochmal?«
»Über die russische Dame, Sir. Irina. Er liest gern in ihrem Tagebuch. Er sagt, wenn der Maulwurf geschnappt wird, läßt er ihn vom Circus gegen Irina eintauschen. Dann verschaffen wir ihr ein hübsches Plätzchen, Sir, wie es Miss Ailsa hat, aber droben in Schottland, wo es noch hübscher ist. Er sagt, mich wird er auch nicht vergessen. Gibt mir einen feinen Job im Circus. Er redet mir zu, ich soll eine Fremdsprache lernen, dann hab' ich mehr Möglichkeiten.«
Der gleichmäßigen Stimme von hinten, aus dem Dunkeln, war nicht anzuhören, was Fawn von diesem Rat hielt.
»Wo ist er jetzt?«
»Im Bett, Sir.«
»Schließen Sie die Türen leise.«
Ailsa Brimley wartete in der Vorhalle auf sie: eine grauhaarige Sechzigerin mit festem, gescheitem Gesicht. Sie war früher beim Circus, hatte Smiley gesagt, eine von Lord Landsburys Codiererinnen während des Krieges, jetzt im Ruhestand, aber noch immer großartig. Sie trug ein adrettes braunes Kostüm. Sie schüttelte Guillam die Hand, sagte »Angenehm«, verriegelte die Tür, und als er wieder nach ihr schaute, war sie verschwunden. Smiley ging die Treppe hinauf voran. Fawn sollte auf dem unteren Absatz warten, falls er gebraucht würde.
»Ich bin's, Smiley«, sagte er und klopfte an Tarrs Tür. »Ich möchte ein bißchen mit Ihnen plaudern.«
Tarr öffnete sofort. Er mußte sie kommen gehört und hinter der Tür gewartet haben. Er öffnete sie mit der linken Hand, in der rechten hielt er den Revolver, und er blickte an Smiley vorbei in den Korridor.
»Ist nur Guillam«, sagte Smiley.
»Eben,« sagte Tarr. »Babies können beißen.«
Sie traten ein. Er trug Trainingshosen und eine Art billigen malaischen Überwurf. Kreuzwortkarten lagen über den ganzen Fußboden verstreut, in der Luft hing der Geruch nach einem Curry-Gericht, das er sich auf einem Kocher zubereitet hatte.

»Tut mir leid, Sie zu belästigen«, sagte Smiley mit einer Miene aufrichtigen Bedauerns. »Aber ich muß Sie nochmals fragen, was Sie mit diesen Schweizer Notpässen angefangen haben, die Sie nach Hongkong mitkriegten.«

»Warum?« sagte Tarr schließlich.

Seine flotte Art war dahin. Das Gesicht zeigte Gefängnisblässe, er hatte abgenommen, und während er auf dem Bett saß, den Revolver auf dem Kissen neben sich, forschten seine Augen fieberhaft in den Zügen der beiden Männer, sein Mißtrauen war grenzenlos.

Smiley sagte: »Hören Sie zu. Ich möchte Ihre Geschichte gern glauben. Nach wie vor. Sobald wir das wissen, respektieren wir Ihr Privatleben. Aber wir müssen es wissen. Es ist ungemein wichtig. Ihre ganze Zukunft steht und fällt damit.«

Und noch eine ganze Menge außerdem, dachte Guillam und beobachtete schweigend; ein ganzes Bündel labyrinthischer Berechnungen hing an einem Faden, wenn Guillam Smiley überhaupt kannte.

»Ich hab' schon gesagt, ich verbrannte sie. Die Nummern störten mich. Ich schätzte, daß sie aufgeflogen waren. Hätte mir genauso gut ein Schild um den Hals hängen können: ›Tarr, Ricki Tarr, steckbrieflich gesucht‹, wie diese Pässe benutzen.«

Smileys Fragen kamen furchtbar langsam. Selbst Guillam konnte sie in der tiefen Stille der Nacht kaum noch erwarten.

»Womit verbrannten Sie die Pässe?«

»Das dürfte doch wohl egal sein?«

Aber Smiley schien keine Lust zu haben, die Gründe für seine Fragen zu erläutern, er ließ einfach das Schweigen seine Wirkung tun und war offenbar überzeugt, daß sie nicht ausbleiben werde. Guillam hatte ganze Verhöre so führen sehen: ein ausgeklügelter Katechismus, unter vielen Schichten von Routinefragen versteckt, ermüdende Pausen, während jede Antwort in Langschrift festgehalten wurde und das Hirn des Verdächtigen sich bei der einzigen Frage des Inquisitors mit tausend weiteren quälte, und von Tag zu Tag vermochte er weniger an seiner Geschichte festzuhalten.

»Als Sie Ihren britischen Paß auf den Namen Poole kauften«,

fragte Smiley nach einem weiteren Jahrhundert, »haben Sie da noch mehr Pässe von der gleichen Quelle gekauft?«
»Warum sollte ich?«
Aber Smiley geruhte nicht zu antworten.
»Warum sollte ich?« wiederholte Tarr. »Ich bin schließlich kein Sammler, Herrgottnochmal, ich wollte bloß raus von dort unten.«
»Und Ihr Kind schützen«, warf Smiley mit verständnisvollem Lächeln ein. »Und auch dessen Mutter, wenn irgend möglich. Bestimmt haben Sie sich den Kopf zerbrochen, wie Sie's anstellen könnten«, sagte er in anerkennendem Ton. »Schließlich konnten Sie die beiden nicht gut diesem jagdeifrigen Franzosen ausliefern, wie?«
Smiley wartete und schien inzwischen die Karten zu betrachten, las die Wörter in der Senkrechten und in der Waagrechten. Sie waren nichts Besonderes: irgendwelche zufälligen Wörter. Eines war falsch geschrieben, wie Guillam feststellte. Was tut er bloß die ganze Zeit dort droben, fragte sich Guillam, in dieser stinkenden Wanzenburg von Hotel? Welchen verstohlenen Spuren ist er im Geist nachgeschlichen, zwischen Ketchup-Flaschen und Handlungsreisenden eingesperrt?
»Na schön«, sagte Tarr mürrisch, »ich habe also Pässe für Danny und ihre Mutter gekriegt. Mrs. Poole, Miss Danny Poole. Und was tun wir jetzt: uns weinend an den Busen sinken?«
Wieder wurde das Schweigen zum Ankläger.
»Warum haben Sie uns das nicht gleich gesagt?« fragte Smiley im Tonfall eines enttäuschten Vaters. »Wir sind keine Unmenschen. Wir wollen die beiden nicht ins Unglück stürzen. Warum haben Sie es uns nicht gesagt? Vielleicht hätten wir Ihnen sogar helfen können«, und wandte sich wieder der Betrachtung der Karten zu. Tarr mußte mehrere Päckchen benutzt haben, sie lagen in Mengen auf dem Kokosteppich. »Warum haben Sie es uns nicht gesagt?« wiederholte er. »Es ist kein Verbrechen, für die Menschen zu sorgen, die man liebt.«
Wenn sie einen lassen, überlegte Guillam und dachte dabei an Camilla.
Um Tarr die Antwort zu erleichtern, machte Smiley selber ein

paar hilfreiche Vorschläge. »Vielleicht, weil Sie in die Spesenkasse gegriffen haben, um diese britischen Pässe zu bezahlen? Haben Sie es uns deshalb nicht sagen wollen? Du lieber Gott, kein Mensch schert sich hier um Geld. Sie haben uns wertvolle Informationen geliefert. Warum sollten wir um ein paar tausend Dollar markten?« Und die Zeit tröpfelte weiter, und niemand nutzte sie.

»Oder vielleicht«, schlug Smiley vor, »weil Sie sich geschämt haben?«

Guillam straffte sich, seine eigenen Probleme waren vergessen.

»Ich meine, Sie haben sich vielleicht ganz einfach geschämt. Es war schließlich nicht sehr ritterlich, Danny und ihre Mutter mit ungültigen Pässen diesem sogenannten Franzosen auszuliefern, der so eifrig hinter Mr. Poole her war? Während Sie selber sich davonmachten und als VIP reisten? Ein gräßlicher Gedanke«, bestätigte Smiley, als hätte Tarr, nicht er, diese Erklärung vorgebracht. »Gräßlich, wenn man sich vorstellt, wie weit Karla gehen würde, um sich Ihres Schweigens zu versichern. Oder Ihrer Dienste.«

Der Schweiß auf Tarrs Gesicht wurde plötzlich unerträglich. Es war einfach zu viel, es sah aus wie Ströme von Tränen. Die Karten interessierten Smiley jetzt nicht mehr, sein Auge ruhte auf einem anderen Zeitvertreib.

Es war ein Spielzeug, bestehend aus zwei Stahlstäben, wie die Griffe einer Zange. Der Trick bestand darin, daß man eine Stahlkugel zwischen ihnen entlangrollen ließ. Je weiter die Kugel rollte, um so mehr Punkte bekam man, wenn die Kugel in ein Loch darunter fiel.

»Ein weiterer Grund, warum Sie es uns nicht erzählen wollten, war wohl der, daß Sie sie verbrannt haben. Ich meine, Sie verbrannten die *britischen* Pässe, nicht die schweizerischen.«

Sieh dich vor, George, dachte Guillam und schob sich behutsam einen Schritt näher heran, um den freien Raum zwischen ihnen zu verkleinern. Sieh dich bloß vor.

»Sie wußten, daß Poole aufgeflogen war, also verbrannten Sie die Poole-Pässe, die Sie für Danny und ihre Mutter gekauft hatten. Ihren eigenen aber behielten Sie, weil Ihnen nichts anderes üb-

rigblieb. Dann buchten Sie die Reise für die beiden auf den Namen Poole, um jedermann zu überzeugen, daß Sie die Poole-Pässe noch immer für verwendbar hielten. Mit jedermann meine ich Karlas Observanten, ja? Sie haben die Schweizer Notpässe aufgetakelt, einen für Danny, einen für ihre Mutter, im Vertrauen darauf, daß die Nummern nicht nachgeprüft würden, und machten dann eine zweite Reservierung, diesesmal nicht in aller Öffentlichkeit. Eine Reservierung für einen früheren Zeitpunkt als die der Damen Poole. Wie wär's damit? Die beiden würden in Ostasien bleiben, aber an einem anderen Ort, zum Beispiel in Djakarta: irgendwo, wo Sie Freunde haben.«
Sogar von seinem neuen Standplatz aus brauchte Guillam zu lange. Tarrs Hände schlossen sich um Smileys Kehle, der Stuhl kippte um, und Tarr stürzte ebenfalls. Aus dem Haufen suchte Guillam sich Tarrs Arm heraus und verdrehte ihn auf dem Rükken, wobei er ihn beinah gebrochen hätte. Aus dem Nichts erschien Fawn, nahm die Pistole vom Kopfkissen und ging wieder zu Tarr, als wolle er ihm helfen. Dann zog Smiley seinen Anzug zurecht, und Tarr saß wieder auf dem Bett und betupfte sich den Mund mit einem Taschentuch.
Smiley sagte: »Ich weiß nicht, wo sie sind. Soviel ich weiß, ist ihnen nichts geschehen. Sie glauben mir doch, nicht?«
Tarr starrte ihn an und wartete. Seine Augen waren weiß und voll Zorn, aber über Smiley hatte sich eine Art Ruhe gesenkt, und Guillam vermutete, daß er die erhoffte Bestätigung erhalten hatte.
»Solange Sie nicht versuchen, sich mit ihnen in Verbindung zu setzen«, fuhr Smiley fort, »ist es wahrscheinlich besser, wenn ich es nicht weiß. Es sei denn, Sie möchten, daß ich irgend etwas für sie tue. Geld oder Schutz oder irgendeine Hilfe?«
Tarr schüttelte den Kopf. Er hatte Blut im Mund, eine ganze Menge, und Guillam war klar, daß Fawn ihn geschlagen haben mußte, aber er hatte es nicht gesehen.
»Es wird nicht mehr lange dauern«, sagte Smiley. »Eine Woche vielleicht. Weniger, wenn ich es machen kann. Versuchen Sie, nicht dauernd dran zu denken.«
Als sie dann gingen, grinste Tarr wieder, woraus Guillam schloß,

daß der Besuch oder sein Ausfall gegen Smiley oder der Schlag ins Gesicht ihm gutgetan hatten.
»Diese Fußball-Tippscheine«, sagte Smiley gelassen zu Fawn, als sie ins Auto kletterten: »Sie geben sie doch nicht zur Post, oder?«
»Nein, Sir.«
»Wir können nur hoffen und beten, daß er keinen Treffer hat«, bemerkte Smiley in einer höchst ungewöhnlichen Anwandlung von Scherzhaftigkeit, und alles lachte.
Das Gedächtnis spielt einem erschöpften, überladenen Gehirn seltsame Streiche. Während Guillam fuhr und ein Teil seines bewußten Denkens auf die Straße gerichtet war und der andere sich mit zunehmend abstruseren Vermutungen über Camilla herumschlug, zogen Bilder aus diesem und anderen langen Tagen unkontrolliert durch seinen Kopf. Tage schieren Entsetzens in Marokko, als seine Agenten einer um den anderen ausfielen, und er bei jedem Schritt, der auf der Treppe hörbar wurde, ans Fenster stürzte und auf die Straße spähte; müßige Tage in Brixton, als er diese armselige Welt draußen vorbeigleiten sah und sich fragte, wann er wohl wieder zu ihr gehören werde. Und plötzlich lag der schriftliche Bericht wieder vor ihm auf dem Schreibtisch: auf Blaupause abgezogen, weil er überspielt worden war, Quelle unbekannt und wahrscheinlich unzuverlässig, und jedes Wort stand in fußhohen Lettern vor ihm:

> *Nach Aussage eines kürzlich aus Lubianka entlassenen Gefangenen hat die Zentrale Moskau im vergangenen Juli im Hinrichtungsblock eine geheimte Exekution durchgeführt. Die Opfer waren drei ihrer eigenen Funktionäre. Eines war eine Frau. Alle drei wurden durch Genickschuß liquidiert.*

»Er trug den Stempel ›international‹«, sagte Guillam dumpf. Sie hatten auf einem Platz neben einem Rasthaus geparkt, das mit bunten Glühbirnen behängt war. »Irgendwer von London Station hatte daraufgekritzelt: *Kann jemand die Toten identifizieren?*«
Im farbenfrohen Schein der Lichter sah Guillam, wie Smileys Gesicht sich vor Abscheu verzog.
»Ja«, bestätigte er schließlich. »Ja, die Frau war natürlich Irina,

nicht wahr? Der eine war Iwlow und der andere war Boris, ihr Mann, nehme ich an.« Seine Stimme war ganz sachlich geblieben. »Tarr darf es nicht erfahren«, fuhr er energischer fort, als schüttelte er seine Müdigkeit ab. »Es ist wichtig, daß er nichts davon ahnt. Gott weiß, was er tun oder nicht tun würde, wenn er wüßte, daß Irina tot ist.« Eine Weile blieben beide regungslos sitzen, vielleicht fehlte beiden, wenn auch aus verschiedenen Gründen, die Kraft oder der Mut.
»Ich sollte telefonieren«, sagte Smiley, machte aber keinerlei Versuch, auszusteigen.
»George?«
»Ich muß telefonieren«, murmelte er. »An Lacon.«
»Dann telefonieren Sie doch.« Guillam langte über ihn hinweg und öffnete die Tür.
Smiley kletterte aus dem Wagen, marschierte ein Stück über den geteerten Platz, dann schien er es sich anders überlegt zu haben und kam zurück.
»Kommen Sie, wir essen etwas«, rief er im gleichen zerstreuten Tonfall durchs Fenster. »Ich glaube, nicht einmal Tobys Leute würden uns hierher folgen.«
Es war früher ein Restaurant gewesen und jetzt ein Fernfahrer-Café mit Resten vergangener Pracht. Die Speisekarte war in rotes Leder gebunden und voller Fettflecke. Der Junge, der sie brachte, schlief beinahe.
»*Coq au vin* soll angeblich eine sichere Sache sein«, sagte Smiley voll Galgenhumor, als er aus der Telefonzelle in der Ecke zurückkam. Und mit ruhigerer Stimme, die nicht weit trug und kein Echo auslöste: »Sagen Sie, wieviel wissen Sie über Karla?«
»Ungefähr soviel, wie ich über *Witchcraft* und die Quelle Merlin und all das weiß, was sonst noch auf dem Papier stand, das ich für Porteous unterzeichnet habe.«
»Aha, das ist zufällig eine ausgezeichnete Antwort. Sie war vermutlich als Vorwurf gedacht, aber zufällig war die Analogie äußerst treffend.« Der Junge erschien wieder, er schwang eine Flasche Burgunder wie eine Gymnastikkeule.
»Lassen Sie sie bitte ein bißchen zu Atem kommen.«
Der Junge starrte Smiley an wie einen Irren.

»Machen Sie sie auf, und lassen Sie sie auf dem Tisch stehen«, sagte Guillam kurz.

Smiley erzählte nicht die ganze Geschichte. Später stellte Guillam verschiedene Lücken fest. Aber es genügte, um seine Lebensgeister aus den Niederungen zu befreien, in denen sie sich verfangen hatten.

23 *Bei karger Kost berichtet George Smiley von seinem Versuch, Mr. Gerstmann das Leben zu retten*

»Es gehört zum Beruf der Agentenführer, daß sie sich selber in Legenden verwandeln«, begann Smiley, fast als hielte er einen Vortrag vor Kursteilnehmern in der *Nursery*. »Sie tun dies zunächst, um ihre Agenten zu beeindrucken. Später probieren sie es bei ihren Kollegen und machen sich damit, nach meiner persönlichen Erfahrung, nur lächerlich. Manche gehen sogar soweit, daß sie es selber glauben. Das sind die Scharlatane, und man muß sie so schnell wie möglich abstoßen, eine andere Möglichkeit gibt es nicht.«

Dennoch, Legenden wurden geschaffen, und eine von ihnen war Karla. Sogar sein Alter war ein Geheimnis. Höchstwahrscheinlich war Karla nicht sein richtiger Name. Jahrzehnte seines Lebens lagen völlig im Dunkeln und würden es wohl auch immer bleiben, denn die Leute, mit denen er arbeitete, hatten die Eigenheit, plötzlich zu sterben oder wie Gräber zu schweigen.

»Es heißt, sein Vater sei in der *Ochrana* gewesen und später in der *Tscheka* aufgetaucht. Das mag stimmen, aber ich glaube es nicht. Andere Quellen wollen wissen, daß er als Küchenjunge in einem Panzerzug gegen die japanischen Besatzungstruppen im Osten gearbeitet habe. Angeblich hat er seine Technik von Berg gelernt – soll genau gesagt sein Lieblingsjünger gewesen sein –, was ungefähr so ist, als studierte ein junger Musiker bei ... ach, nehmen Sie irgendeinen großen Komponisten. Für mich begann seine Karriere im Jahr sechsunddreißig in Spanien, denn dafür haben wir Beweise. Er trat damals als weißrussischer Journalist bei den Franco-Leuten auf und rekrutierte eine Mannschaft deutscher Agenten. Es war eine höchst schwierige Operation und bemerkenswert für einen so jungen Mann. Dann begegnen wir ihm wieder bei der sowjetischen Gegenoffensive auf Smolensk im Herbst einundvierzig, als Abwehroffizier unter Konew. Er hatte die Aufgabe, Partisanennetze hinter den deutschen Linien zu führen. Bei dieser Gelegenheit entdeckte er, daß sein Funker

umgedreht worden war und Botschaften an den Feind funkte. Er drehte ihn wieder zurück und veranstaltete von da an ein Funkfeuerwerk, das ein heilloses Durcheinander stiftete.«
Auch dies sei ein Teil der Legende, sagte Smiley: Es sei Karlas Verdienst gewesen, daß die Deutschen bei Yelnia ihre eigene Front unter Beschuß nahmen.
»Und zwischen diesen beiden Auftritten«, fuhr er fort, »also zwischen sechsunddreißig und zweiundvierzig, besuchte Karla England, wir nehmen an, für ein halbes Jahr. Aber noch heute wissen wir nicht – das heißt, weiß *ich* nicht –, unter welchem Namen und welcher Tarnung. Was nicht heißen muß, daß Gerald es nicht weiß. Aber Gerald wird es uns kaum erzählen, jedenfalls nicht absichtlich.«
Smiley hatte noch nie so mit Guillam gesprochen. Er hielt nichts von Vertraulichkeiten oder langen Vorträgen; Guillam kannte ihn als einen bei aller Eitelkeit sehr schüchternen Menschen, der sich wenig von einem Meinungsaustausch versprach.
»'48 wurde Karla, der seinem Land stets loyal gedient hatte, ins Gefängnis geschickt und anschließend nach Sibirien. Das Ganze hatte nichts mit seiner Person zu tun. Er gehörte nur zufällig zu einer der roten Abwehrgruppen, die der einen oder anderen Säuberungsaktion zum Opfer fielen.«
Und mit Sicherheit sei er, fuhr Smiley fort, nach Stalins Tod und seiner Rehabilitierung nach Amerika gegangen, denn als die indischen Behörden ihn im Sommer '55 unter dem vagen Vorwand eines Verstoßes gegen die Einwanderungsbestimmungen festgenommen hatten, war er gerade aus Kalifornien gelandet. Der Circus-Klatsch brachte ihn später mit den großen Hochverrats-Skandalen in England und den Vereinigten Staaten in Verbindung.
Smiley wußte es besser: »Karla war wieder in Ungnade gefallen. Moskau lechzte nach seinem Blut, und wir dachten, wir könnten ihn jetzt auf unsere Seite bringen. Deshalb flog ich nach Delhi. Um mich mit ihm zu unterhalten.«
Er schwieg eine Weile, als der müde Junge herübergeschlurft kam und sich erkundigte, ob alles nach Wunsch sei. Smiley bejahte die Frage pflichtschuldigst.

»Die Geschichte meiner Begegnung mit Karla«, fuhr er fort, »ist typisch für die Stimmung der damaligen Zeit. In den fünfziger Jahren war die Moskauer Zentrale am Boden zerstört. Ranghohe Beamte wurden aus unerfindlichen Gründen erschossen oder ausgemerzt, und bei den unteren Chargen wütete der Massenwahnsinn. In der Folge liefen die im Ausland stationierten Beamten der Zentrale scharenweise über. Aus der ganzen Welt, Singapur, Nairobi, Stockholm, Canberra, Washington und was weiß ich sonst noch, bekamen wir den gleichen stetigen Zulauf von den Außenstellen geschickt: nicht direkt die großen Fische, aber die Kuriere, Fahrer, Chiffreure, Stenotypistinnen. Irgendwie mußten wir reagieren – ich glaube, niemand macht sich je klar, in welchem Maß die Industrie selber ihre Inflation anheizt –, und im Handumdrehen wurde ich eine Art Handlungsreisender, flog an einem Tag in eine Metropole, am nächsten zu einem gottverlassenen Grenzkaff und einmal sogar zu einem Schiff auf hoher See, um Abschlüsse mit abtrünnigen Russen zu machen. Um die Spreu vom Weizen zu scheiden, die Bedingungen festzulegen, für Desinformation und eventuelle Verwendung zu sorgen.«
Guillam beobachtete ihn unablässig, aber selbst unter dem gnadenlosen Neonlicht verrieten Smileys Züge nichts als leicht bemühte Konzentration.
»Wir hielten für Leute, deren Geschichten Hand und Fuß hatten, sozusagen drei Arten von Verträgen bereit. Hatte der Klient nichts Interessantes zu bieten, so verhökerten wir ihn an ein anderes Land und Schwamm drüber. Auf Vorrat kaufen, nennt man das wohl, so wie es die Skalpjäger heute machen. Oder wir spielten ihn wieder nach Rußland zurück: Vorausgesetzt, daß sein Verrat dort noch nicht bekannt war. Und wenn einer Glück hatte, dann nahmen wir ihn; holten alles aus ihm heraus, was er wußte, und setzten ihn neu ein. Im allgemeinen entschied London darüber. Nicht ich. Aber bedenken Sie eins: Damals war Karla – oder Gerstmann, wie er sich nannte – nur einer von vielen Klienten. Ich habe seine Geschichte von rückwärts erzählt. Es sollte keine Geheimnistuerei sein, Sie müssen sich vielmehr jetzt, bei allem, was zwischen uns vorging oder besser gesagt nicht

vorging, stets vor Augen halten, daß ich und alle anderen im Circus lediglich wußten: ein Mann, der sich Gerstmann nannte, installierte eine Richtfunk-Brücke zwischen Rudnew, dem Chef der illegalen Netze in der Moskauer Zentrale, und einem von der Zentrale gesteuerten Apparat, der mangels Kommunikationsmittel brachlag. Sonst nichts. Gerstmann hatte über die Kanadische Grenze einen Sender eingeschmuggelt und drei Wochen in San Francisco verbracht, um den neuen Sendetechniker einzuarbeiten. So lautete die Vermutung, und sie wurde durch eine Reihe von Testsendungen bestätigt.«

Für diese Testsendungen zwischen Moskau und Kalifornien, erklärte Smiley, sei ein vereinbarter Code benutzt worden. »Dann, eines schönen Tages, gab Moskau einen direkten Befehl durch...«

»Auch nach dem vereinbarten Code?«

»Genau. Das ist der springende Punkt. Dank einer kleinen Fahrlässigkeit von Rudnews Codierern waren wir um eine Nasenlänge voraus. Unsere Funker haben ihren Code geknackt, und so kamen wir an unsere Information. Gerstmann sollte San Francisco verlassen und sich in Delhi mit dem Tass-Korrespondenten treffen, einem Talentsucher, der auf eine heiße chinesische Spur gestoßen sei und sofortige Anleitung nötig habe. Warum er dazu von San Francisco nach Delhi mußte, und warum es ausgerechnet Karla sein mußte – davon später. Wichtig ist nur: Als Gerstmann sich am Treffpunkt in Delhi einstellte, händigte der Tass-Mann ihm ein Flugticket aus und bestellte ihm, er müsse unverzüglich zurück nach Moskau. Keine Fragen. Der Befehl kam von Rudnew persönlich. Er war mit Rudnews Arbeitsnamen unterzeichnet und selbst für russische Maßstäbe äußerst barsch.«

Woraufhin der Tass-Mann das Weite suchte, und Gerstmann stand da mit einer Menge Fragen und achtundzwanzig Stunden Zeit bis zum Abflug.

»Er blieb aber nicht lange so stehen, denn die indischen Behörden nahmen ihn auf unser Ersuchen hin fest und transportierten ihn ins Gefängnis von Delhi. Soviel ich mich erinnere, hatten wir den Indern einen Anteil am Produkt versprochen. Ich *glaube* jedenfalls, so war's«, bemerkte er, verstummte und blickte abwesend durch den rauchigen Raum, wie jemand, der durch das Versagen seines Gedächtnisses zutiefst betroffen ist. »Oder vielleicht haben wir auch gesagt, sie könnten ihn haben, wenn wir mit ihm fertig seien. Ach, du liebe Zeit.«

»Ist ja egal«, sagte Guillam.

»Es war das einzige Mal in Karlas Leben, wie gesagt, daß der Circus ihm voraus war«, fuhr Smiley fort, nachdem er einen Schluck Wein getrunken und ein saures Gesicht geschnitten hatte. »Er konnte es nicht wissen, aber das Netz in San Francisco, das er gerade eingerichtet hatte, war am Tag seines Abflugs nach Delhi mit Haut und Haaren aufgerollt worden. Die Stöpsler hatten alles mitgehört, Control verkaufte die Geschichte, sobald er sie von den Funkern bekam, an die Amerikaner, die vereinbarungsgemäß Karla unbehelligt ließen, aber das übrige kalifornische Netz Rudnews zerschlugen. Gerstmann flog ahnungslos nach Delhi, und er hatte noch immer keine blasse Ahnung, als ich ins Gefängnis von Delhi kam, um ihm eine Versicherungspolice zu verkaufen, wie Control es nannte. Karlas Wahl war sehr einfach. Nach dem Stand der Dinge war nicht daran zu zweifeln, daß Gerstmanns Kopf in Moskau auf dem Block lag, da Saschtazy dort alles tat, um ihm das Auffliegen des kalifornischen Netzes anzulasten. Die Affäre hatte in den Staaten großen Wirbel gemacht, und Moskau war über diese Publicity sehr erbost. Ich hatte die amerikanischen Pressefotos von der Festnahme bei mir; sogar ein Foto des Sendegeräts, das Karla eingeschmuggelt hatte, und der Signalpläne, die er vor seinem Abflug in einem Versteck deponierte. Sie wissen, wie kribbelig wir alle werden, wenn etwas in die Presse gelangt.«

Guillam wußte es; und in jähem Schreck dachte er an die Akte *Testify*, die er zu Beginn dieses Abends an Mendel weitergegeben hatte.

»Kurzum, Karla war das sprichwörtliche Waisenkind des Kalten Krieges. Er hatte seine Heimat verlassen, um eine Sache im Ausland zu erledigen. Die Sache war geplatzt, aber er konnte nicht zurück: die Heimat war feindseliger als die Fremde. Wir konnten nicht dafür sorgen, daß er ständig eingesperrt blieb, also war es

Karla anheimgestellt, unseren Schutz zu erbitten. Ich glaube, ich habe nie einen idealeren Fall für einen Frontwechsel gesehen. Ich mußte ihn nur davon überzeugen, daß das Netz in San Francisco im Gefängnis saß, mußte ihm die Pressefotos und Zeitungsausschnitte aus meiner Brieftasche vor die Nase halten, ihm ein wenig von den unfreundlichen Machenschaften Brüderchen Rudnews in Moskau erzählen, daraufhin an die ziemlich überarbeiteten Inquisitoren in Sarratt telegrafieren, und mit ein bißchen Glück könnte ich am Wochenende wieder in London sein. Ich glaube sogar, ich hatte Karten für das ›Sadlers Wells‹. Ann schwärmte in diesem Jahr fürs Ballett.«
Ja, auch davon hatte Guillam gehört. Ein zwanzigjähriger walisischer Apoll, der Wunderknabe der Saison. London hatte monatelang über die beiden gelästert.
Die Hitze im Gefängnis war mörderisch, fuhr Smiley fort. In der Mitte der Zelle stand ein Eisentisch, Vieh-Halteringe waren ringsum in die Wände eingelassen. »Sie führten ihn in Handschellen herein, was albern schien, denn er war so schmächtig; ich bat sie, ihm die Handfesseln zu lösen, und als er die Hände frei hatte, legte er sie vor sich auf den Tisch und sah zu, wie das Blut zurückströmte. Es mußte schmerzhaft gewesen sein, aber er äußerte sich nicht dazu. Er war seit einer Woche hier und trug einen Kattunkittel. Rot. Ich habe vergessen, was das Rot bedeutete. Irgendeine Einstufung.« Er trank einen Schluck Wein, verzog wieder das Gesicht, dann wechselte sein Ausdruck, als die Erinnerungen sich erneut zu Wort meldeten.
»Also, auf den ersten Blick machte er wenig Eindruck auf mich. Ich hätte schwerlich in dem kleinen Burschen vor mir den schlauen Fuchs aus dem Brief der armen Irina erkannt. Wahrscheinlich stimmt es auch, daß meine Nervenenden ein bißchen abgestumpft waren von den vielen ähnlichen Begegnungen in den letzten Monaten, den Reisen und den – nun ja, den Vorgängen zu Hause.«
In den vielen Jahren, die Guillam ihn nun kannte, hatte Smiley nie annähernd so deutlich auf Anns Untreue angespielt.
»Aus irgendeinem Grund hat es ganz schön wehgetan.« Seine Augen waren geöffnet, aber sein Blick richtete sich auf eine in-

nere Welt. Die Haut der braunen Wangen war gestrafft wie unter der Anspannung seines Gedächtnisses; aber nichts vermochte Guillam über die Einsamkeit hinwegzutäuschen, die dieses eine Geständnis enthüllt hatte. »Ich habe eine Theorie, die leider ziemlich unmoralisch sein dürfte«, fuhr Smiley lockerer fort. »Jeder von uns verfügt über ein bestimmtes Maß an Mitleid. Und wenn wir unsere Gefühle an jede streunende Katze verschwenden, stoßen wir nie zum Kern der Dinge vor. Was halten Sie davon?«

»Wie hat Karla ausgesehen?« fragte Guillam und tat Smileys Frage als reine Rhetorik ab.

»Onkelhaft. Bescheiden und onkelhaft. Er hätte sich gut als Priester gemacht: die armselige, gnomische Sorte, die man in kleinen italienischen Städtchen sehen kann. Kleiner, drahtiger Bursche mit silbrigem Haar und hellbraunen Augen, ganz verrunzelt. Oder als Schullehrer, er hätte Schullehrer sein können: hart, was immer das bedeuten mag, und gescheit, im Rahmen seiner Erfahrung: aber trotzdem Kleinformat. Einen weiteren ersten Eindruck machte er nicht, außer daß sein Blick fest war und sich vom Beginn unseres Gesprächs an auf mich heftete. Wenn man es Gespräch nennen kann – denn er sprach kein Wort. Nicht ein einziges, solange wir beisammen waren, nicht eine Silbe. Außerdem war es brüllend heiß, und ich war von den vielen Reisen völlig kaputt.«

Weniger aus Hunger, als um der Form Genüge zu tun, machte Smiley sich über seinen Teller her. Er aß lustlos ein paar Bissen, ehe er seine Erzählung wieder aufnahm. »So«, murmelte er, »jetzt muß sich die Köchin nicht kränken. Offengestanden war ich gegen Gerstmann ein bißchen voreingenommen. Wir alle haben unsere Vorurteile, und meines richtet sich gegen Radioleute. Sie sind nach meiner Erfahrung eine lästige Bande, schlechte Außenarbeiter, meist überzogen und aufs peinlichste unzuverlässig, wenn es darauf ankommt. Gerstmann war für mich auch nur einer aus diesem Clan. Vielleicht suche ich auch nur nach Entschuldigungen dafür, daß ich ihn mit weniger ...«, er zögerte, »weniger Sorgfalt, weniger Behutsamkeit behandelte, als man rückblickend für nötig erachtet.« Plötzlich wurde er wieder

sicherer. »Dabei bin ich keineswegs überzeugt, daß ich mich überhaupt entschuldigen muß«, sagte er.
Hier spürte Guillam eine Aufwallung ungewöhnlichen Zorns, die sich durch ein geisterhaftes Lächeln um Smileys blasse Lippen ausdrückte. »Hol's der Teufel«, murmelte Smiley.
Guillam wartete verdutzt.
»Ich erinnere mich auch, daß ich dachte, die nur sieben Tage im Gefängnis haben ihn ganz schön geschafft. Seine Haut hatte schon dieses staubige Weiß. Und er schwitzte überhaupt nicht. Ich um so mehr. Ich sagte also mein Sprüchlein auf, wie bereits ein Dutzendmal in diesem Jahr, nur daß natürlich nicht daran zu denken war, ihn als unseren Agenten nach Rußland zurückzuspielen. »Sie haben die Alternative. Es liegt nur bei Ihnen. Entweder Sie kommen in den Westen, dann verschaffen wir Ihnen innerhalb vernünftiger Grenzen ein angenehmes Leben. Nach der Befragung, bei der mit Ihrer Mitarbeit gerechnet wird, können wir Ihnen zu einem neuen Start verhelfen, einem neuen Namen, Zurückgezogenheit, hinlänglich Geld. Oder Sie können heimkehren, dann werden Sie vermutlich erschossen oder in ein Lager verschickt. Im vergangenen Monat waren Bykow, Schur und Muranow an der Reihe. Warum sagen Sie mir eigentlich nicht, wie Sie wirklich heißen?« Etwas in dieser Art. Dann lehnte ich mich zurück, wischte mir den Schweiß ab und wartete, daß er sagen würde ›ja, vielen Dank‹. Aber das tat er nicht. Er tat überhaupt nichts. Er sagte kein Wort. Er saß nur da, steif und klein, unter dem großen Ventilator, der nicht funktionierte, und blickte mich mit seinen braunen, beinah lustigen Augen an. Seine Hände lagen vor ihm auf dem Tisch. Sie waren voller Schwielen. Ich erinnere mich, daß ich dachte, ich muß ihn fragen, wo er so hart gearbeitet hat. Er hatte sie mit den Handflächen nach oben auf dem Tisch liegen, die Finger ein bißchen geknickt – so –, als wären sie noch immer gefesselt.«
Der Junge, der glaubte, Smiley wolle mit dieser Geste einen Wunsch andeuten, kam angetrabt, und Smiley versicherte ihm, daß alles bestens sei und der Wein geradezu einmalig, er frage sich wahrhaftig, wo sie ihn herhätten; bis der Junge sich feixend entfernte und seine Serviette auf den Nebentisch klatschen ließ.

»Ich glaube, genau in diesem Augenblick beschlich mich ein ungewöhnlich starkes Gefühl des Unbehagens. Die Hitze machte mir sehr zu schaffen. Der Mief war fürchterlich, und ich weiß noch, daß ich auf das tropf-tropf der Schweißperlen lauschte, die von meiner Stirn auf den Eisentisch fielen. Es lag nicht nur an seinem Schweigen; seine völlige körperliche Unbewegtheit fing an, mir auf die Nerven zu gehen. Gewiß, ich war schon Überläufern begegnet, die sich Zeit ließen, ehe sie sprachen. Für einen Menschen, der auf Verschwiegenheit sogar seinen besten Freunden gegenüber gedrillt ist, kann es eine schmerzhafte Umstellung bedeuten, wenn er plötzlich den Mund auftun und seinen Feinden Geheimnisse ausliefern soll. Es kam mir auch in den Sinn, daß die Gefängnisleute es als ein Gebot der Höflichkeit erachtet haben mochten, ihn schon ein bißchen mürbe für mich zu machen, ehe sie ihn mir vorführten. Sie schworen zwar, das sei nicht der Fall, aber man weiß das nie. Also schrieb ich sein Schweigen zunächst dem Schock zu. Aber diese Unbewegtheit, diese intensive, lauernde Unbewegtheit war etwas ganz anderes. Zumal, da in meinem eigenen Inneren alles in Aufruhr war: Ann, mein eigenes Herzklopfen, die Auswirkungen der Hitze und des Reisens...«

»Das kann ich verstehen«, sagte Guillam ruhig.

»Wirklich? Sitzen ist eine sehr beredte Sache, das kann ihnen jeder Schauspieler sagen. Wir sitzen je nach unserem Charakter. Wir recken und spreizen uns, wir ruhen wie Boxer zwischen zwei Runden, wir rutschen herum, hocken auf der Kante, schlagen die Beine über und wieder zurück, verlieren die Geduld, verlieren die Ausdauer. Gerstmann tat nichts von allem. Seine Haltung war endgültig und unbeirrbar, seine kleine eckige Gestalt glich einem Felsenkap; er hätte den ganzen Tag so dasitzen können, ohne einen Muskel zu bewegen. Während ich –« Smiley brach in ein linkisches, verlegenes Lachen aus und probierte aufs neue den Wein, der indessen nicht besser geworden war. »Während ich dachte, wenn ich nur irgend etwas vor mir hätte, Papiere, ein Buch, einen Bericht. Ich glaube, ich bin ein ruheloser Mensch; schusselig, unbeständig. Jedenfalls damals glaubte ich es. Ich fand, daß es mir an philosophischer Gelassenheit fehle.

Überhaupt an Philosophie, wenn Sie wollen. Meine Arbeit hatte mir weit mehr zugesetzt, als mir bis dahin klar geworden war. Nun aber, in dieser stinkenden Zelle, fühlte ich mich wirklich deprimiert. Mir war, als hätte man mir die ganze Verantwortung für den Kalten Krieg aufgebürdet. Was natürlich Blech war, ich war einfach erschöpft und ein bißchen krank.« Er trank wieder. »Glauben Sie mir«, drängte er nochmals und ärgerte sich über sich selbst, »niemand braucht sich für das zu entschuldigen, was ich getan habe.«

»Was haben Sie denn getan?« fragte Guillam lachend.

»Also, da trat nun diese große Pause ein«, fuhr Smiley fort. »Kaum von Gerstmanns Seite, denn er war ja nur eine einzige große Pause; vielmehr von meiner Seite. Ich hatte meinen Spruch aufgesagt, hatte die Fotos vorgezeigt – denen er überhaupt keine Beachtung schenkte, er schien mir auch so aufs Wort zu glauben, daß das San-Francisco-Netz aufgerollt war – und nahm diesen und jenen Teil nochmals auf, variierte ein bißchen und dann saß ich auf dem Trockenen. Nun weiß jeder Narr, was passiert, wenn es einmal so weit ist. Man steht auf und geht: ›Es liegt ganz bei Ihnen‹, sagt man. ›Wir sprechen uns morgen wieder‹; irgend etwas. ›Gehen Sie und überlegen Sie eine Stunde.‹ Also, ehe ich selber wußte, was ich tat, hatte ich angefangen, von Ann zu sprechen.« Guillams unterdrückten Ausruf fegte er vom Tisch. »Nein, nicht über *meine* Ann, mit keinem Wort. Über *seine* Ann. Ich nahm an, er habe eine. Ich hatte mich, gewiß recht beiläufig, gefragt, woran würde ein Mann in seiner Lage denken, woran würde ich in seiner Lage denken? Und meine Antwort war höchst subjektiv: an seine Frau. Nennt man das Projektion oder Substitution? Ich hasse diese Ausdrücke, aber ich bin überzeugt, daß einer von ihnen hier zutrifft. Ich habe mein eigenes Problem ihm unterstellt, darauf läuft's hinaus, und, wie mir jetzt klar ist, ein Verhör mit mir selber angestellt – er sagte nichts, können Sie sich das vorstellen? – Allerdings ging ich dabei von gewissen äußeren Anhaltspunkten aus. Er *sah aus* wie ein verheirateter Mann; er *sah aus* wie die Hälfte eines Ganzen; er sah zu *komplett* aus, für jemand, der ganz allein im Leben steht. Außerdem wurde er im Gerstmann-Paß als verheiratet bezeichnet;

und wir alle haben die Angewohnheit, unsere falschen Lebensläufe oder angenommenen Identitäten der Wirklichkeit zumindest parallel laufen zu lassen.« Wieder verfiel Smiley in Nachdenken. »Ich habe mir das oft gedacht. Ich trug es sogar Control vor: wir sollten die Tarnungen der Gegenseite ernster nehmen, sagte ich. Je mehr Identitäten jemand hat, um so mehr zeigt sich in ihnen die Person, die darunter steckt. Der Fünfzigjährige, der von seinem Alter fünf Jahre abzwackt. Der Verheiratete, der sich als Junggeselle ausgibt; der Vaterlose, der sich zwei Kinder zulegt... oder der Fragesteller, der sich selber in das Leben eines Mannes hineinprojiziert, von dem er keine Antwort bekommt. Wenige Menschen können ihre eigentlichen Neigungen verleugnen, wenn sie sich eine andere Persönlichkeit andichten.« Wiederum verlor er sich in seinen Gedanken, und Guillam wartete geduldig, bis er zurückkäme. Denn während Smiley sich auf Karla konzentrierte – oder auch nicht –, konzentrierte Guillam sich auf Smiley und wäre ihm über die längsten Strecken, auf den verwinkeltsten Pfaden gefolgt, um mit ihm Schritt zu halten und die Geschichte bis zum Schluß zu hören.

»Außerdem wußte ich aus den amerikanischen Observanten-Berichten, daß Gerstmann Kettenraucher war: Camels. Ich ließ ein paar Päckchen besorgen, und ich weiß noch, wie seltsam es mir vorkam, als ich dem Wärter Geld gab. Wissen Sie, ich hatte den Eindruck, Gerstmann sehe in der Aushändigung des Geldes von mir an den Inder etwas Symbolisches. Ich trug damals einen Geldgürtel. Ich mußte herumgrabschen und einen Geldschein aus einem Bündel ziehen. Unter Gerstmanns Blick fühlte ich mich wie ein fünftklassiger imperialistischer Unterdrücker.« Er lächelte. »Und das bin ich ganz gewiß *nicht*. Bill schon eher. Auch Percy. Aber nicht ich.« Dann nahm er die Erzählung von neuem auf: »Ich fragte ihn also nach Mrs. Gerstmann.« – Er rief den Jungen herbei und sagte, nur um ihn aus dem Weg zu schikken: »Bringen Sie uns bitte Wasser. Eine Karaffe und zwei Gläser. Vielen Dank.« – »Ich fragte ihn, wo sie sich aufhalte. Eine Frage, die ich in bezug auf Ann liebend gern beantwortet wüßte. Keine Antwort, die Augen starr. Im Vergleich zu ihm wirkten die beiden Wärter rechts und links von ihm und ihre Augen lebhaft. Sie müsse ein neues Leben anfangen, sagte ich; eine andere Möglichkeit gebe es nicht. Ob er keinen verläßlichen Freund habe, der sich um sie kümmern könne? Vielleicht könnten wir es ermöglichen, uns heimlich mit ihr in Verbindung zu setzen? Ich wies ihn darauf hin, daß Mrs. Gerstmann mit seiner Rückkehr nach Moskau nicht im geringsten gedient wäre. Ich hörte mich selber sprechen, immer weiter, ich konnte nicht mehr aufhören. Vielleicht wollte ich auch nicht. Ich hatte ernsthaft daran gedacht, mich von Ann zu trennen, ich hielt den Augenblick für gekommen. Eine Rückkehr sei reine Don Quichotterie, sagte ich, ohne jeden praktischen Wert für seine Frau, ganz im Gegenteil. Sie würde geächtet werden; im günstigsten Fall würde man ihr erlauben, ihn vor seiner Erschießung noch kurz zu sehen. Wenn er dagegen mit uns gemeinsame Sache machte, könnten wir sie vielleicht austauschen; erinnern Sie sich, wir hatten damals große Vorräte, und einiges davon ging als Tauschware nach Rußland zurück; warum um alles in der Welt wir es allerdings zu diesem Zweck hätten verwenden sollen, geht über meinen Verstand. Bestimmt, sagte ich, würde sie ihn lieber sicher und gesund im Westen wissen als erschossen oder in Sibirien dem Hungertod ausgeliefert. Ich ritt auf dem Thema herum: sein Gesichtsausdruck ermutigte mich dazu. Ich hätte schwören können, daß ich zu ihm durchdringen würde, daß ich den Sprung in seiner Rüstung entdeckt hatte: während ich in Wirklichkeit – in Wirklichkeit nur ihm zeigte, wo meine Rüstung einen Sprung hatte. Und als ich Sibirien erwähnte, hatte ich eine wunde Stelle berührt. Ich spürte es wie einen Klumpen in meiner eigenen Kehle, ich spürte Gerstmanns Zurückschaudern. Wirklich kein Wunder«, kommentierte Smiley säuerlich: »schließlich war er noch vor kurzem ein Sträfling gewesen. Endlich kam auch der Wärter mit den Zigaretten, einem ganzen Arm voll, und ließ sie auf den Eisentisch klatschen. Ich zählte das Wechselgeld, gab ihm eine Belohnung, und fing dabei wiederum Gerstmanns Blick auf; ich bildete mir ein, Belustigung darin zu lesen, aber ich wußte, daß ich bereits nicht mehr in der Lage war, das zu beurteilen. Ich stellte fest, daß der Wärter mein Trinkgeld liegengelassen hatte; vermutlich haßte er die Engländer. Ich riß ein Päckchen auf und bot Gerstmann eine Zigarette an. ›Na los‹, sagte ich, ›Sie sind doch Kettenraucher, das ist allgemein bekannt. Und Camels sind Ihre Lieblingsmarke.‹ Meine Stimme klang angespannt und albern, aber ich konnte es nicht ändern. Gerstmann stand auf und bedeutete den Wärtern höflich, daß er in seine Zelle zurückgebracht werden wolle.«

Bedächtig schob Smiley den halb leeren Teller zurück, auf dem sich weiße Fettflocken gebildet hatten wie Winterfrost.

»Ehe er die Zelle verließ, überlegte er es sich anders; er nahm ein Päckchen Zigaretten und das Feuerzeug vom Tisch, mein Feuerzeug, ein Geschenk von Ann. ›Für George in Liebe von Ann.‹ Normalerweise wäre es mir nicht im Traum eingefallen, ihn das Feuerzeug nehmen zu lassen; aber diese Situation war nicht normal. Ich fand es sogar durchaus angemessen, daß er ihr Feuerzeug nahm. Ich empfand es, Gott verzeih mir, als Ausdruck unserer Gemeinsamkeit. Er ließ das Feuerzeug und die Zigaretten in die Tasche seines roten Kittels fallen und hielt dann die Hände für die Fesseln hin. Ich sagte: ›Zünden Sie sich gleich eine an, wenn Sie wollen.‹ Ich sagte zu den Wärtern: ›Bitte lassen Sie ihn eine Zigarette anzünden.‹ Aber er machte keine Bewegung. ›Es ist beabsichtigt, Sie morgen in die Maschine nach Moskau zu setzen, falls wir zu keiner Einigung gelangen‹, fügte ich hinzu. Er überhörte es. Ich sah zu, wie die Wärter ihn hinausführten, dann kehrte ich in mein Hotel zurück, irgendwer fuhr mich hin, ich könnte bis heute nicht sagen, wer. Ich wußte nicht mehr, was ich empfand. Ich war verwirrter und kränker, als ich mir selber eingestehen wollte. Ich aß spärlich, trank zu viel und hatte hohes Fieber. Ich lag auf meinem Bett, schwitzte und träumte von Gerstmann. Ich wünschte mir sehnlichst, er möge bleiben. In meinem Fieberwahn hatte ich es mir in den Kopf gesetzt, ihn zurückzuhalten, sein Leben neu zu gestalten, ihm wenn möglich zusammen mit seiner Frau eine Idylle zu schaffen. Ihn frei zu machen, ihn ein für allemal aus dem Krieg hereinzuholen. Ich wünschte mir verzweifelt, daß er nicht zurückgehen würde.«

Wieder blickte er mit dem Ausdruck der Selbstironie auf. »Was ich hier sage, Peter, bedeutet folgendes: Smiley, nicht Gerstmann hat in dieser Nacht seine Krisis durchgemacht.«

»Sie waren krank«, sagte Guillam wieder.
»Sagen wir, müde. Krank oder müde, in jener ganzen Nacht, zwischen Aspirin und Chinin und zähen Traumvorstellungen von der wiedererstandenen Gerstmannschen Ehe, kehrte ein Bild immer wieder. Gerstmann, auf der Fensterbrüstung, starrt mit seinen regungslosen braunen Augen hinunter auf die Straße; und ich rede auf ihn ein, unaufhörlich: ›Bleib, nicht springen, bleib.‹ Wobei mir natürlich nicht klar war, daß es um meine eigene Unsicherheit ging, nicht um die seine. Am frühen Morgen bekam ich vom Arzt eine Spritze, die das Fieber senken sollte. Ich hätte den Fall aufgeben sollen, um einen Ersatzmann telegrafieren. Ich hätte noch warten sollen, ehe ich wieder ins Gefängnis ging, aber ich hatte nur noch Gerstmann im Sinn: ich mußte hören, wie er sich entschieden hatte. Schon um acht ließ ich mich zum Zellenblock führen. Er saß stocksteif auf einer Bank; zum erstenmal sah ich den Soldaten in ihm und wußte, daß er genau wie ich die ganze Nacht nicht geschlafen hatte. Er war unrasiert und durch den silbernen Flaum auf den Wangen sah er aus wie ein alter Mann. Auf anderen Bänken schliefen Inder, und mit seinem roten Kittel und dem silbrigen Teint wirkte er zwischen ihnen sehr weiß. Er hielt Anns Feuerzeug in der Hand; das Zigarettenpäckchen lag neben ihm auf der Bank – unberührt. Ich schloß daraus, daß er die Nacht und die verschmähten Zigaretten benutzt hatte, um zu prüfen, ob er dem Gefängnis und den Verhören und dem Tod ins Auge blicken könne. Ein Blick in sein Gesicht sagte mir, daß er die Prüfung bestanden hatte. Ich drang nicht in ihn«, sagte Smiley und fuhr in einem Zug for. »Er hätte sich keinen blauen Dunst vormachen lassen. Seine Maschine flog am späteren Vormittag ab; ich hatte noch zwei Stunden Zeit. Ich bin der schlechteste Advokat der Welt, aber in diesen zwei Stunden versuchte ich alle Gründe anzuführen, die gegen diesen Flug nach Moskau sprachen. Verstehen Sie, ich glaubte, in seinem Gesicht etwas erblickt zu haben, was dem bloßen Dogma haushoch überlegen war; und ich begriff nicht, daß das nur meine eigene Reflektion war. Ich hatte mir eingeredet, Gerstmann sei im Grunde normalen menschlichen Argumenten zugänglich, wenn sie von einem Mann seines Alters und Berufs und, nun ja, seiner

eigenen Ausdauer kämen. Ich versprach ihm nicht Reichtum und Frauen und billige Butter, es war klar, daß er dafür keine Verwendung hatte. Ich besaß nun wenigstens genügend Verstand, um das Thema Ehefrau beiseite zu lassen. Ich hielt ihm keine Reden über die Freiheit, was immer das bedeuten mag, oder über den ehrlichen guten Willen des Westens: außerdem war das damals nicht der richtige Zeitpunkt, um diese Geschichte aufzutischen, und ich selber befand mich in keiner eindeutigen ideologischen Position. Ich versuchte es mit der Kameradschaft. ›Sehen Sie‹, sagte ich, ›wir beide werden alt, und wir beide haben unser Leben damit zugebracht, in den Systemen des anderen die schwachen Stellen zu suchen. Ich durchschaue die Werte des Ostens ebenso, wie Sie die des Westens durchschauen. Wir haben bestimmt beide bis zum Überdruß die technischen Siege dieses elenden Krieges ausgekostet. Aber jetzt wollen Ihre eigenen Leute Sie abschießen. Finden Sie es nicht an der Zeit, zuzugeben, daß Ihre Seite genauso wenig wert ist wie die meine? In unserem Metier‹, sagte ich zu ihm, ›bekommen wir doch immer nur das Negative zu sehen. In diesem Sinn hat keiner von uns beiden mehr ein Ziel. Als wir jung waren, verschrieben wir uns beide *großen* Idealen‹, wieder spürte ich, daß etwas in ihm vorging, Sibirien, ich hatte einen Nerv getroffen, ›aber das ist vorbei. Ja?‹ Ich drängte ihn, mir nur dieses Eine zu beantworten: kam es ihm nicht in den Sinn, daß er und ich auf verschiedenen Wegen sehr wohl zum gleichen Schluß über das Leben gekommen sein konnten? Selbst wenn meine Schlüsse nach seinem Denken reaktionär sein mochten, waren nicht unsere Werke identisch? Glaubte er zum Beispiel nicht auch, daß die Politik im allgemeinen bedeutungslos war? Daß für ihn im Leben jetzt nur noch das Besondere wichtig war? Daß die großen Pläne in den Händen der Politiker nichts anderes hervorbringen als neue Formen des alten Elends? Und daß daher sein Leben, die Rettung seines Lebens vor einem der vielen sinnlosen Erschießungskommandos, wichtiger war – moralisch, ethisch wichtiger –, als das Pflichtgefühl oder die Treue oder der Ehrenstandpunkt oder, was immer es sein mochte, das ihn zur Selbstzerstörung zwang? Kam es ihm nicht in den Sinn, nach all den vielen Reisen seines Lebens, die Integrität eines Systems infragezustellen, das kaltblütig vorhatte, ihn für Missetaten zu erschießen, die er niemals begangen hatte? Ich bat ihn – ja, ich flehte ihn wohl buchstäblich an – wir waren auf der Fahrt zum Flugplatz und er hatte noch immer kein einziges Wort an mich gerichtet –, ich bat ihn, zu überlegen, ob er wirklich glaube; ob der ehrliche Glaube an das System, dem er gedient hatte, ihm in diesem Augenblick noch möglich sei.«

Nun saß Smiley eine ganze Weile schweigend da.

»Ich hatte meine ganze Psychologie in den Wind geschlagen; meine berufliche Technik ebenfalls. Sie können sich vorstellen, was Control sagte. Dennoch, mein Bericht erheiterte ihn; er hörte gern von den Schwächen der Menschen. Besonders von den meinen, aus bestimmten Gründen.« Er hatte seine sachliche Art wiedergewonnen. »Das war's also. Als die Maschine bereitstand, ging ich mit ihm an Bord und flog ein Stück mit: damals gab's noch nicht lauter Jetflüge. Er entglitt mir, und ich hatte keine Möglichkeit, ihn aufzuhalten. Das Reden hatte ich aufgegeben, aber ich war da, falls er es sich anders überlegen sollte. Das tat er nicht. Er würde lieber sterben als mir geben, was ich wollte; er würde lieber sterben als das politische System verleugnen, dem er sich verschworen hatte. Das Letzte, was ich meines Wissens bis heute von ihm sah, war sein ausdrucksloses Gesicht im Rahmen des Kabinenfensters, das mir nachsah, als ich die Gangway hinunterschritt. Ein paar sehr russisch aussehende Burschen waren zugestiegen und saßen nun hinter ihm, und es hatte wirklich keinen Sinn, daß ich noch länger blieb. Ich flog nach Hause, und Control sagte: ›Ich hoffe zu Gott, daß sie ihn abknallen‹, und labte mich mit einer Tasse Tee. Dieses widerliche chinesische Kraut, das er immer trinkt, Zitronenjasmin oder so, er läßt es im Kramladen um die Ecke holen. Ich meine, er ließ. Dann schickte er mich zwangsweise für drei Monate in Urlaub. ›Ich mag es , wenn Sie zweifeln‹, sagte er. ›Daran sehe ich, wo Sie stehen. Aber machen Sie keinen Kult daraus, Sie werden sonst zur Nervensäge.‹ Es war eine Warnung. Ich beherzigte sie. Er sagte auch, ich solle aufhören, mir dauernd wegen der Amerikaner Gedanken zu machen; er versicherte mir, daß er selber kaum jemals an sie denke.«

Guillam blickte ihn an und wartete auf die Lösung. »Aber wie erklären *Sie* es sich?« fragte er. »Dachte Karla jemals wirklich daran zu bleiben?«

»Ich bin überzeugt, daß es ihm nicht im Traum einfiel«, sagte Smiley angewidert. »Ich habe mich wie ein armer Irrer benommen. Der Archetypus eines knieweichen westlichen Liberalen. Aber ich möchte trotz allem lieber nach meiner Fasson den Narren spielen, als nach der seinen. Ich bin überzeugt«, wiederholte er, »daß ihn weder meine Argumente noch seine prekäre Lage gegenüber der Moskauer Zentrale letztlich auch nur im geringsten beeinflußten. Vermutlich hat er während dieser Nacht einen Plan ausgearbeitet, wie er nach seiner Rückkehr nun seinerseits Rudnew abschießen könnte. Rudnew wurde übrigens wirklich einen Monat später erschossen. Karla bekam Rudnews Job und machte sich daran, seine alten Agenten wieder zu aktivieren. Unter ihnen zweifellos auch Gerald. Komisch, wenn man bedenkt, daß er vielleicht die ganze Zeit über mich angesehen und dabei an Gerald gedacht hat. Vermutlich haben die beiden sich später darüber halb totgelacht.«

Die Episode habe eine weitere Folge gezeitigt, sagte Smiley. Seit seinem Abenteuer in San Francisco habe Karla nie wieder einen Geheimsender angefaßt. Kam für ihn nicht mehr in Frage. Er strich es ein für allemal von seiner Liste: »Botschaftsverbindungen sind etwas anderes. Aber seine Außenagenten müssen die Finger davon lassen. Und Anns Feuerzeug hat er noch immer.«

»Ihr Feuerzeug«, berichtigte Guillam.

»Ja. Ja, meines. Natürlich. Sagen Sie«, fuhr er fort, als der Kellner mit dem Geld abgezogen war, »hat Tarr sich auf irgend jemanden besonders bezogen, als er diese unschöne Anspielung auf Ann machte?«

»Hat er leider. Ja«

»Das Gerücht ist also schon so konkret?« erkundigte sich Smiley. »Und bereits überall hingedrungen? Sogar bis zu Tarr?«

»Ja.«

»Und was besagt es, ganz genau?«

»Daß Bill Haydon ein Verhältnis mit Ann Smiley hatte«, sagte Guillam und spürte, wie ihn jene Kälte überkam, die sein

Schutzmantel war, wenn er schlechte Nachrichten für jemanden hatte: Sie sind hochgegangen; Sie sind geschaßt; Sie liegen im Sterben.

»Ah. Aha. Ja. Vielen Dank.«

Verlegenes Schweigen.

»Und gab es, gibt es eine Mrs. Gerstmann?« fragte Guillam.

»Karla war früher einmal mit einem Mädchen in Leningrad verheiratet, einer Studentin. Sie beging Selbstmord, als er nach Sibirien deportiert wurde.«

»Karla ist demnach gegen alles gefeit«, sagte Guillam schließlich. »Er ist nicht zu kaufen, er ist nicht zu schlagen.«

Sie gingen zum Wagen zurück.

»Eigentlich ziemlich teuer, im Verhältnis«, gestand Smiley. »Glauben Sie, der Kellner hat mich beschummelt?«

Aber Guillam war nicht in der Stimmung, über den Preis miserabler Mahlzeiten in England zu plaudern. Als er wieder hinter dem Steuer saß, wurde der Tag für ihn aufs neue zum Alptraum, ein trüber Wirbel aus nebelhaft erfaßten Gefahren und argwöhnischen Gedanken.

»Und wer ist nun Quelle Merlin?« fragte er. »Woher könnte Alleline diese Information haben, wenn nicht von den Russen selbst?«

»Oh, er hatte sie natürlich von den Russen.«

»Aber um Gottes Willen, wenn die Russen Tarr ausschickten ...«

»Haben sie nicht. Und Tarr hat auch nicht die britischen Pässe benutzt, nicht wahr? Die Russen haben es mißverstanden. Was Alleline in die Hände bekam, war der Beweis, daß Tarr sie übertölpelt hat. Das ist die wichtige Botschaft, die dieser Sturm im Wasserglas uns zugetragen hat.«

»Was zum Teufel meinte Percy dann mit ›Verwirrung stiften‹? Er muß sich doch dabei auf Irina bezogen haben, oder?«

»Und auf Gerald«, pflichtete Smiley bei.

Wieder fuhren sie schweigend dahin, und die Kluft zwischen ihnen schien plötzlich unüberbrückbar zu sein.

»Hören Sie: Ich bin selber noch nicht ganz dahintergekommen, Peter«, sagte Smiley ruhig. »Aber fast. Karla hat den Circus völlig durcheinandergebracht; soviel habe ich begriffen, und Sie auch. Und er hat noch einen letzten gekonnten Knoten geschlungen, und ich kann ihn nicht aufkriegen. Aber ich bin entschlossen. Und wenn ich Ihnen 'mal was sagen soll: Karla ist nicht gegen alles gefeit, denn er ist ein Fanatiker. Und wenn's nach mir geht, dann kommt der Tag, an dem dieser Mangel an Mäßigung ihn zu Fall bringen wird.«

Es regnete, als sie die Station Stratford erreichten; ein Grüppchen Fußgänger kuschelte sich unter dem Schutzdach zusammen.

»Peter, ich möchte, daß Sie von jetzt an ein bißchen kurztreten.«

»Drei Monate Zwangsurlaub?«

»Ziehen Sie für eine Weile die Ruder ein.«

Als Guillam die Tür des Beifahrersitzes hinter Smiley schloß, drängte es ihn plötzlich, ihm gute Nacht oder sogar viel Glück zu wünschen. Er beugte sich über den Sitz, kurbelte das Fenster herunter und holte Atem, um ihm nachzurufen. Aber Smiley war verschwunden. Guillam hatte niemals einen Menschen gekannt, der so schnell in der Menge untertauchen konnte.

Während des Rests derselben Nacht brannte ununterbrochen das Licht im Dachfenster von Mr. Barracloughs Mansarde im Hotel *Islay*. Ohne sich umzuziehen oder zu rasieren, blieb George Smiley über den Schreibtisch des Majors gebeugt, las, verglich, merkte an, stellte Querbezüge her, alles mit einer Gründlichkeit, die ihn, wenn er sich selber hätte beobachten können, bestimmt an Controls letzte Tage im fünften Stock des Circus erinnert hätte. Dann nahm er eine Umgruppierung vor, er zog Guillams Urlaubstabellen und Krankenlisten für das vergangene Jahr heran und legte sie neben die offizielle Aufstellung der Reisen des Kulturattachés Alexei Alexandrowitsch Poljakow, seine Aufenthalte in Moskau, seine Aufenthalte außerhalb Londons, soweit sie dem *Foreign Office* durch die Sonderabteilung und die Einreisebehörden gemeldet worden waren. Er verglich sie wiederum mit den Daten, an denen Merlin anscheinend seine Informationen lieferte, und zerlegte, ohne eigentlich zu wissen, warum er das tat, die *Witchcraft*-Berichte in solche, die zur Zeit

ihres Eintreffens nachweisbar aktuell waren, und in solche, die bereits einen oder zwei Monate früher gesammelt sein konnten, sei es von Merlin oder denen, die ihn kontrollierten, um Leerzeiten zu überbrücken: Analysen, Charakterstudien prominenter Regierungsmitglieder, Histörchen aus dem Kreml, die zu einem beliebigen Zeitpunkt aufgelesen und für Durststrecken verwahrt sein mochten. Nachdem er die aktuellen Berichte in einer Liste zusammengefaßt hatte, notierte er ihre Daten in einer eigenen Spalte und warf den Rest beiseite. In diesem Stadium hätte man seine Stimmung am besten mit der eines Wissenschaftlers vergleichen können, der instinktiv spürt, daß er kurz vor einer Entdeckung steht und in jedem Augenblick die logische Verknüpfung erwartet. Später nannte er es in einem Gespräch mit Mendel »alles in eine Teströhre füllen und abwarten, ob es explodiert«. Was ihn am meisten fasziniert habe, sagte er, sei die Bemerkung gewesen, die Guillam über Allelines düstere Warnung von wegen »Verwirrung stiften« gemacht hatte, in anderen Worten, er suchte nach dem »letzten gekonnten Knoten«, den Karla geschlungen hatte, um den ganz bestimmten Verdacht entkräften zu können, den Irinas Tagebuch geweckt hatte.
Zunächst stieß er auf ein paar seltsame erste Funde. Zum einen, daß jedesmal, wenn Merlin einen seiner neun aktuellen Berichte geliefert hatte, entweder Poljakow in London gewesen war oder Toby Esterhase eine Spritztour ins Ausland gemacht hatte. Zum anderen, daß während der wichtigen Zeit, die auf Tarrs Abenteuer in Hongkong folgte, Poljakow zu dringenden Kulturgesprächen in Moskau gewesen war; und daß bald darauf Merlin mit einer seiner spektakulärsten und aktuellsten Informationen über die »ideologische Durchdringung« der Vereinigten Staaten herausrückte, einschließlich einer Wertung der Ermittlungen des Circus über die wichtigsten amerikanischen Aufklärungsziele. Als er nochmals die Probe machte, entdeckte er, daß auch die Umkehrung stimmte: daß die Berichte, die er mangels engen Bezugs zu jüngsten Ereignissen verworfen hatte, fast immer zur Verteilung gelangten, während Poljakow in Moskau oder auf Urlaub war.
Und dann hatte er's.

Keine schlagartige Enthüllung, keine jähe Erleuchtung, kein »Heureka« und keine Anrufe bei Guillam oder Lacon: »Smiley ist der Beste.« Einfach nur, daß hier, in den Berichten, die er geprüft, und in den Notizen, die er zusammengetragen hatte, die Bestätigung einer Theorie lag, der er schon oft nahegekommen war, ohne ihr jedoch einen Namen gegeben zu haben; einer Theorie, für die an diesem Tag Smiley und Guillam und Ricki Tarr, jeder von seinem Blickpunkt aus, den Beweis vor Augen gehabt hatten: daß zwischen dem Maulwurf Gerald und der Quelle Merlin eine nicht mehr wegzuleugnende Verbindung bestand; daß Merlins sprichwörtliche Beweglichkeit ihm erlaubte, sowohl Karlas wie auch Allelines Werkzeug zu sein. Oder sollte er besser sagen, überlegte Smiley – während er sich ein Handtuch umwarf und frohgemut in den Korridor hinaustänzelte, um sich zur Feier des Tages ein Bad zu genehmigen – Karlas Agent? Daß dieser ganzen Verschwörung ein verblüffend einfacher Mechanismus zugrunde lag, dessen Symmetrie für ihn die reine Wonne war. Es war sogar mit Händen zu greifen: hier in London, ein Haus, vom Schatzamt bezahlt, die ganzen sechzigtausend Pfund; und gewiß oft von den unglücklichen Steuerzahlern, die täglich daran vorbeigingen, mit begehrlichen Blicken bedacht – nie würden sie sich etwas Derartiges leisten können, und doch hatten sie es, ohne ihr Wissen, bar bezahlt.

Seit vielen Monaten hatte er sich nicht mehr so erleichtert gefühlt wie jetzt, als er sich die gestohlene Akte über die Operation *Testify* vornahm.

24 *Bill Roach sieht verbotene Dinge und ist entgeistert*

Eins mußte man Matron lassen: Sie hatte sich schon die ganze Woche über wegen Roach Sorgen gemacht, seit sie ihn allein im Waschraum entdeckt hatte, zehn Minuten, nachdem der ganze übrige Schlafsaal zum Frühstück hinuntergegangen war. Er hatte, noch immer im Pyjama, über ein Waschbecken gebeugt dagestanden und sich verbissen die Zähne gebürstet. Als sie ihn ausfragte, mied er ihren Blick. »Es ist sein elender Vater«, hatte sie zu Thursgood gesagt. »Er macht ihn wieder mal fertig.« Und am Freitag: »Sie *müssen* seiner Mutter schreiben und ihr sagen, daß es ihn erwischt hat.«

Aber nicht einmal Matron hätte trotz all ihres mütterlichen Scharfblicks auf blankes Entsetzen diagnostiziert.

Was konnte er nur tun, er, ein Kind? Hier lag seine Schuld. Hier lag der Anfang des Fadens, der direkt zurückführte zum Unglück seiner Eltern. Hier lag der Fluch, der seinen gebeugten Schultern bei Tag und Nacht die Verantwortung für die Erhaltung des Friedens auf der Welt aufbürdete. Roach, der Beobachter – der »beste Beobachter im ganzen Stall«, um Jim Prideaux' treulich bewahrte Worte zu gebrauchen – hatte am Ende allzu gut beobachtet. Er hätte alles dafür gegeben, sein Geld, den Lederrahmen mit den Fotos seiner Eltern, alles, was ihm in der Welt Wert verlieh, wenn er sich dafür von der Erkenntnis hätte loskaufen können, die ihn seit Sonntagabend quälte.

Er hatte Signale gegeben. Sonntagnacht, eine Stunde, nachdem die Lichter gelöscht worden waren, war er geräuschvoll aufs Klo gegangen, hatte sich den Finger in den Hals gesteckt, hatte gewürgt und sich schließlich übergeben. Die Schlafsaal-Aufsicht, die hätte wachen und Alarm schlagen sollen – »Matron, Roach ist krank« – verschlief jedoch die ganze Scharade. Roach kletterte hundeelend wieder in sein Bett. Am nächsten Nachmittag hatte er von der Telefonzelle neben dem Lehrerzimmer aus irgendeine Nummer gewählt und sinnloses Zeug in die Muschel geflüstert, in der Hoffnung, daß einer der Lehrer es hören und ihn für verrückt erklären würde. Niemand achtete auf ihn. Er hatte versucht, Wirklichkeit und Träume zu vermischen, und gehofft, alles, was er erlebt hatte, könne zu einem Phantasiegebilde werden; aber allmorgendlich, wenn er an der Senke vorbeikam, sah er wieder Jims bucklige Gestalt im Mondlicht über den Spaten gebeugt; er sah den schwarzen Schatten des Gesichts unter der Krempe seines alten Huts und hörte Jim beim Graben vor Anstrengung grunzen.

Roach hätte gar nicht dort sein dürfen. Auch das war seine Schuld: sein Wissen war durch Sünde erworben. Nach einer Cellostunde am anderen Ende des Dorfs war er absichtlich langsam zur Schule zurückgekehrt, um zur Abendandacht zu spät zu kommen und Mrs. Thursgoods mißbilligendem Auge zu entgehen. Die ganze Schule lobte Gott, alle, außer ihm und Jim: er hörte sie das *Tedeum* singen, als er an der Kirche vorüberkam. Er hatte den längeren Weg gewählt, um an der Senke vorbeizukommen, wo Jims Licht brannte. Von seinem gewohnten Platz aus beobachtete Roach, wie Jims Schatten sich langsam über die Fenstergardine bewegte. Er geht früh schlafen, dachte er beifällig, als das Licht plötzlich erlosch; denn Jim war nach seiner Ansicht in letzter Zeit zu viel weg gewesen, er war nach dem Rugby im Alvis weggefahren und erst zurückgekommen, wenn Roach bereits schlief. Dann öffnete sich die Tür des Wohnwagens und schloß sich wieder, und Jim stand an der Gemüsemiete mit einem Spaten in der Hand, und Roach fragte sich in großer Verwunderung, wonach er dort im Dunkeln wohl graben mochte. Nach Gemüse für sein Abendessen? Eine Weile stand Jim völlig still und lauschte auf das *Tedeum;* dann blickte er langsam in die Runde und direkt auf Roach, der vor den schwarzen Erdhocken nicht zu sehen war. Roach überlegte sogar, ob er ihn anrufen solle; aber er hatte ein zu schlechtes Gewissen, weil er die Andacht geschwänzt hatte.

Dann fing Jim an, Maß zu nehmen. So wenigstens schien es Roach. Anstatt zu graben war er an einer Ecke des Beets niedergekniet und hatte den Spaten auf die Erde gelegt, als wolle er damit etwas anvisieren, was Roach nicht sehen konnte: zum Beispiel den Kirchturm. Daraufhin schritt Jim rasch dorthin, wo das Blatt des Spatens lag, markierte mit der Ferse die Stelle, hob den Spaten auf und führte schnell mehrere Stiche, Roach zählte zwölf; dann trat er zurück und nahm wieder Maß. Aus der Kirche hörte man nichts; dann Gebete. Jim bückte sich hastig und hob ein Paket aus der Erde, das er sofort unter seinem Dufflecoat verbarg. Sekunden später, und viel schneller, als menschenmöglich schien, fiel die Tür des Wohnwagens wiederum zu, das Licht ging wieder an, und Bill Roach schlich im kühnsten Augenblick seines Lebens auf Zehenspitzen hinunter in die Senke, bis drei Schritt vor dem dürftig verhangenen Fenster, wo er noch hoch genug stand, um hineinschauen zu können.

Jim stand am Tisch. Auf der Koje hinter ihm lag ein Stapel Schulhefte, eine Wodkaflasche und ein leeres Glas. Er mußte alles dorthin geworfen haben, um Platz zu schaffen. Er hielt ein Federmesser in der Hand, benutzte es aber nicht. Jim hätte nie eine Schnur durchschnitten, wenn es zu vermeiden war. Das Päckchen war dreißig Zentimeter lang und aus gelbem Material wie ein Tabaksbeutel. Er öffnete es und zog etwas heraus, das wie ein englischer Schraubenschlüssel aussah, der in Rupfen gewikkelt war. Aber wer würde einen »Engländer« vergraben, selbst wenn er ihn für den besten Wagen brauchte, den England je fabriziert hat? Die Schrauben oder Bolzen waren in einem eigenen gelben Umschlag; er schüttete sie auf den Tisch und prüfte jedes einzelne Stück. Keine Schrauben: Gewinde. Auch keine Gewinde, aber jetzt waren sie unter Bills Blickfeld gerutscht.

Und auch kein »Engländer«, kein Schraubenschlüssel, nichts, aber schon absolut nichts für den Wagen.

Roach war Hals über Kopf hinaufgerannt. Er lief zwischen den Erdhocken durch auf den Fahrweg zu, aber langsamer, als er je gelaufen war; lief durch Sand und tiefes Wasser und saugendes Gras, schlang die Nachtluft hinunter und schluchzte sie wieder hinaus, lief mit Schlagseite wie Jim, hinkte bald auf dem einen Bein, bald auf dem anderen, und warf den Kopf nach vorn, um Tempo zu gewinnen. Er wußte nicht, worauf er zulief. Er hatte sein Bewußtsein hinter sich gelassen; auf den schwarzen Revolver und die Wildlederriemen gebannt; auf die Schrauben und

Muttern, aus denen Kugeln geworden waren, als Jim sie methodisch in die Kammer fädelte und sein gefurchtes Gesicht sich dem Lampenlicht zukehrte, bleich und ein wenig blinzelnd in dem hellen Schein.

25 *George Smiley begegnet einem der zahlreichen, unerfreulichen Cousins seiner schönen Frau*

»Ich darf nicht zitiert werden, George«, warnte der Minister in seiner schleppenden Sprechweise. »Keine schriftlichen Notizen, kein Wort zuviel. Ich muß auf meine Wähler Rücksicht nehmen. Sie brauchen das nicht, und Oliver Lacon auch nicht oder, Oliver?«

»Ich weiß«, sagte Smiley. »Bedauere sehr.«

»Sie würden es noch mehr bedauern, wenn Sie meinen Wahlkreis hätten«, erwiderte der Minister.

Wie vorauszusehen war, hatte bereits die Frage, wo sie sich treffen sollten, einen albernen Streit ausgelöst. Smiley hatte Lacon klargemacht, daß es unklug wäre, sich in seinem Büro in Whitehall zu treffen, da sich dort ständig Leute aus dem Circus herumtrieben, von Boten, die Depeschentaschen ablieferten, bis zu Percy Alleline höchstpersönlich, der vorbeischaute, um über Irland zu sprechen. Der Minister seinerseits lehnte sowohl das Hotel *Islay* wie die Bywater Street ab, mit der willkürlichen Behauptung, beide seien unsicher. Er war unlängst im Fernsehen aufgetreten und stolz darauf, daß die Leute ihn erkannten. So entschieden sie sich nach einigem Hin- und Hertelefonieren für Mendels ziemlich alleinstehenden Tudor-Wohnsitz in Mitcham, wo er und sein blank poliertes Auto auffielen wie ein Paar weiße Raben, und nun saßen sie, Lacon, Smiley und der Minister, in dem schmucken Vorderzimmer mit den dichten Netzgardinen und der Platte mit frischen Lachsbrötchen auf dem Tisch, während ihr Gastgeber oben stand und den Zugang bewachte. Auf dem Fahrweg versuchten Kinder, den Chauffeur auszuhorchen, wem das Auto gehörte.

Hinter dem Kopf des Ministers stand eine Reihe Bücher über Bienen. Sie waren Mendels Leidenschaft, wie Smiley wußte; er bezeichnete alle Bienen, die nicht aus Surrey stammten, als »exotisch«. Der Minister war ein noch junger Mann, sein dunkler Kiefer sah aus, als sei er ihm bei einer unziemlichen Keilerei

ausgerenkt worden. Er hatte einen Kahlkopf, der ihm ein ungerechtfertigt reifes Aussehen verlieh, und den gräßlich schleppenden Tonfall eines Eton-Boys. »Also, welche Anregungen liegen vor?« Er beherrschte auch die Kunst autoritärer Dialogführung.
»Nun, ich würde vorschlagen, daß Sie als erstes alle Verhandlungen einstellen, die in letzter Zeit mit den Amerikanern gelaufen sind. Ich denke an den geheimen Anhang ohne Titel, der in Ihrem Safe verwahrt ist«, sagte Smiley, »der sich mit der möglichen weiteren Verwertung von *Witchcraft*-Material befaßt.«
»Nie davon gehört«, sagte der Minister.
»Ich verstehe natürlich völlig die Beweggründe. Es ist immer verlockend, an die Creme dieses enormen amerikanischen Apparates heranzukommen, und mir ist klar, was dafür spricht, ihnen dafür *Witchcraft* abzutreten.«
»Was spricht also *dagegen?*« fragte der Minister, als spräche er mit seinem Börsenmakler.
»Wenn der Maulwurf Gerald existiert«, begann Smiley. Von allen ihren Vettern, hatte Ann einmal stolz gesagt, habe nur Miles Sercombe nicht einen einzigen versöhnlichen Charakterzug. Zum erstenmal glaubte Smiley, daß sie recht hatte. Er kam sich nicht nur idiotisch vor, sondern auch unlogisch. »Wenn der Maulwurf existiert, worüber wir uns einig sein dürften...« Er wartete, aber niemand verneinte. »Wenn Gerald existiert«, wiederholte er, »so wird nicht nur der Circus vom Amerikageschäft profitieren, sondern auch die Moskauer Zentrale, denn sie werden von Maulwurf Gerald alles bekommen, was Sie den Amerikanern abkaufen.«
Verdrießlich ließ der Minister die flache Hand auf den Tisch klatschen, auf dessen Politur ein feuchter Abdruck zurückblieb. »Herrgott, ich verstehe *kein* Wort«, erklärte er. »Dieses Witchcraft-Zeug ist verdammt fabelhaft! Vor einem Monat war's die große Sensation. Jetzt verkriechen wir uns in unsere Höhlen und sagen, die Russen brauen es laufend für uns zusammen. Was zum Teufel geht eigentlich vor?«
»Ich glaube offengestanden nicht, daß es ganz so widersinnig ist, wie es klingt. Schließlich haben wir selber gelegentlich das eine oder andere russische Netz geführt, und obwohl ich pro domo

spreche, darf ich sagen, nicht einmal schlecht. Wir haben das beste Material geliefert, das wir uns leisten konnten. Raketen, Kriegsplanung. Sie haben selber mitgemacht« – dies zu Lacon, der flüchtig Zustimmung nickte, »wir haben ihnen Agenten hinübergeschickt, die wir entbehren konnten, räumten ihnen gute Verbindungen ein, sicherten ihren Kurierdienst, hielten die Luft frei für Signale, so daß wir sie abhören konnten. Diesen Preis zahlten wir dafür, daß wir die Gegenseite führen konnten, daß wir – wie drückten Sie sich aus? – erfuhren, wie sie ihre Kommissare instruierten. Ich bin überzeugt, Karla würde das gleiche für uns tun, wenn er unsere Netze leitete. Er würde noch mehr tun, nicht wahr, wenn er auch den amerikanischen Markt anpeilen könnte.« Er brach ab und blickte Lacon an. »Viel, viel mehr. Eine amerikanische Verbindung, ich meine, eine fette, amerikanische Gewinnbeteiligung würde den Maulwurf Gerald direkt auf Platz eins versetzen. Natürlich indirekt auch den Circus. Als Russe würde man den Engländern praktisch alles geben, was sie wollen, wenn man ..., wenn man sich dafür die Amerikaner kaufen könnte.«

»Danke«, sagte Lacon.

Der Minister ging, nachdem er sich ein paar Sandwiches für die Rückfahrt mitgenommen und versäumt hatte, sich von Mendel zu verabschieden, vermutlich, weil Mendel nicht seinem Wahlkreis angehörte.

Lacon blieb.

»Sie baten mich, alles über Prideaux ausfindig zu machen«, erklärte Lacon schließlich. »Ich habe festgestellt, daß wir doch einige Unterlagen besitzen.«

Er habe zufällig einige Akten über die interne Sicherheit im Circus durchgeblättert, erläuterte er, »einfach um auf meinem Schreibtisch Ordnung zu machen«. Dabei sei er auf einige alte positive Untersuchungsberichte gestoßen. Einer davon habe sich auf Prideaux bezogen.

»Er war komplett sicherheitsüberprüft worden. Nicht ein Schatten zu entdecken. Allerdings«, er senkte die Stimme, was Smiley veranlaßte, aufzublicken, »eins könnte Sie vielleicht trotzdem interessieren. Ein winzig kleines Munkeln über seine Zeit in Oxford. Aber in diesem Alter hat jeder das Recht, ein bißchen rosig angehaucht zu sein.«

»Durchaus.«

Das Schweigen stellte sich erneut ein, es wurde nur von Mendels gedämpften Schritten droben unterbrochen.

»Prideaux und Haydon waren damals sehr eng miteinander befreundet, wissen Sie«, bekannte Lacon. »Es war mir entgangen.«

Er hatte es plötzlich schrecklich eilig, wegzukommen. Er tauchte in seine Mappe, holte einen großen neutralen Umschlag hervor, drückte ihn Smiley in die Hand und kehrte in die erhabeneren Gefilde Whitehalls zurück; und Mr. Barraclough vom Hotel *Islay* zu seiner Lektüre der Operation *Testify*.

26 Sam Collins, ein alter Hase, plaudert aus der alten Schule

Es war um die Mittagszeit am folgenden Tag. Smiley hatte gelesen und ein bißchen geschlafen, wieder gelesen und ein Bad genommen, und als er jetzt die Stufen des hübschen Londoner Hauses hinaufstieg, war er guter Laune, denn er mochte Sam. Das Haus war in georgianischem Stil aus braunen Ziegeln erbaut und stand ganz in der Nähe des Grosvenor Square. Es hatte fünf Türstufen und eine schalenförmig eingelassene Messingklingel. Die schwarze Tür war von Säulen flankiert. Er drückte auf die Klingel und hätte ebensogut die Tür aufgedrückt haben können, denn sie öffnete sich sofort. Er betrat einen runden Vorplatz mit einer weiteren Tür im Hintergrund, und die beiden breitschultrigen Männer in Schwarz hätten Wachen in der Westminister Abbey sein können. Über einem Marmorkamin bäumten sich Pferde, es hätte ein Stubbs sein können. Der eine Mann war ihm behilflich, als er den Mantel auszog. Der andere führte ihn zu einem Stehpult, wo er sich eintrug.

»Hebden«, murmelte Smiley, während er schrieb; Sam würde sich an diesen Arbeitsnamen erinnern. »Adrian Hebden.«

Der Mann, der seinen Mantel hatte, wiederholte den Namen in ein Haustelefon. »Mr. Hebden, Mr. Adrian Hebden.«

»Wenn Sie bitte einen Augenblick warten wollen, Sir«, sagte der Mann neben dem Stehpult. Man hörte keine Musik, und Smiley fand, sie gehörte eigentlich hierher; ebenso ein Springbrunnen.

»Ich bin nämlich ein Bekannter von Mr. Collins«, sagte Smiley. »Wenn Mr. Collins zu sprechen ist. Vielleicht erwartet er mich sogar.«

Der Mann am Telefon murmelte »danke« und hängte auf. Er führte Smiley zur Innentür und drückte sie auf. Nicht das geringste Geräusch war zu hören, nicht einmal ein Schaben auf dem Seidenteppich.

»Mr. Collins ist hier, Sir«, flüsterte er respektvoll. »Die Getränke gehen auf Kosten des Hauses.«

Die drei Empfangsräume gingen ineinander über; sie waren durch Säulen und Bogen optisch abgeteilt und mit Mahagony getäfelt. In jedem Raum stand ein Tisch. Der dritte war zwanzig Meter entfernt. Die Beleuchtung erhellte nichtssagende Stilleben in gewaltigen Goldrahmen und die grünen Flanellbezüge der Tische.

Die Gardinen waren zugezogen, die Tische etwa zu einem Drittel besetzt, jeder mit vier bis fünf Spielern, alles Männer, aber man hörte nichts als das Klicken der Kugel im Rad und das Klikken der Chips, wenn sie verteilt wurden, und das sehr leise Flüstern der Croupiers.

»Adrian Hebden«, sagte Sam Collins mit einem Zwinkern in der Stimme. »Lange nicht gesehen.«

»Hallo, Sam«, sagte Smiley, und sie schüttelten sich die Hände.

»Kommen Sie mit in meine Höhle«, sagte Sam und nickte dem einzigen anderen Mann zu, der herumstand, einem sehr dicken Mann mit zu hohem Blutdruck und einem zerschlagenen Gesicht. Der dicke Mann nickte zurück.

»Gefällt's Ihnen?« erkundigte sich Sam, als sie einen mit roter Seide bespannten Korridor durchschritten.

»Sehr eindrucksvoll«, sagte Smiley höflich.

»Genau«, sagte Sam. »Eindrucksvoll. Genau das ist es.« Er trug einen Smoking. Sein Büro war in Plüsch gehalten, der Schreibtisch hatte eine Marmorplatte und Klauenfüße, aber der Raum selber war klein und keineswegs gut belüftet, eher wie eine Requisitenkammer im Theater, dachte Smiley, voller alter Versatzstücke.

»Später kann ich mich vielleicht sogar mit eigenem Geld beteiligen, in einem Jahr oder so. Sind harte Jungs, aber sehr auf Draht, muß man sagen.«

»Bestimmt«, sagte Smiley.

»Wie wir, in den alten Tagen.«

»Genau.«

Er war gepflegt und trat unbefangen auf, und er hatte ein gepflegtes schwarzes Schnurrbärtchen. Smiley konnte ihn sich ohne dieses Bärtchen nicht vorstellen. Er war um die fünfzig. Er hatte viele Jahre im Fernen Osten verbracht, wo sie einmal gemeinsam eine Blitzaktion gegen einen chinesischen Geheimsender durchgeführt hatten. Haut und Haar fingen an, grau zu werden, aber im übrigen sah er noch immer aus wie fünfunddreißig. Er konnte grinsen wie ein Schuljunge, seine Kameradschaftlichkeit war aufrichtig. Er hielt beide Hände über dem Tisch wie beim Kartenspiel und blickte Smiley mit einem Besitzerstolz an, als wäre er sein Vater oder sein Sohn oder beides.

»Wenn unser Freund über fünf kommt«, sagte er und lächelte noch immer, »geben Sie Laut, Harry, ja? Im übrigen halten Sie die Klappe, ich versuche gerade, einen Ölscheich rumzukriegen.« Er sprach in einen Apparat auf seinem Schreibtisch. »Wo ist er jetzt?«

»Drei plus«, sagte die schnarrende Stimme. Smiley vermutete, sie gehöre dem lädierten Mann mit dem Überdruck.

»Dann kann er noch acht verlieren«, sagte Sam milde. Halten Sie ihn am Tisch, das ist wichtig. Machen Sie einen Helden aus ihm.« Er schaltete ab und grinste. Smiley grinste zurück.

»Wirklich, ein großartiges Leben«, versicherte Sam. »Auf jeden Fall besser, als Waschmaschinen verkaufen. Bißchen komisch natürlich, sich um zehn Uhr früh in den Smoking zu schmeißen. Erinnert mich an diplomatische Tarnung.« Smiley lachte. »Geht sogar ehrlich zu, ob Sie's glauben oder nicht«, ergänzte Sam, ohne eine Miene zu verziehen. »Man muß nur gut rechnen können.«

»Das können Sie bestimmt«, sagte Smiley wiederum äußerst höflich.

»Möchten Sie Musik hören?«

Es war Tonband-Musik und kam aus der Decke. Sam drehte so laut auf, wie sie es ertragen konnten.

»Also, was kann ich für Sie tun?« fragte Sam und grinste noch breiter.

»Ich möchte mit Ihnen über die Nacht sprechen, in der die Schüsse auf Jim Prideaux fielen. Sie waren Offizier vom Dienst.«

Es entstand eine lange Pause. Sam rauchte braune Zigaretten, die wie Zigarren rochen. Er zündete eine an, ließ das Ende Feuer fangen und sah dann zu, wie die Flamme verglühte.

»Schreiben Sie Ihre Memoiren, alter Junge?« fragte Sam.

»Wir rollen den Fall erneut auf.«

»Wer ist *wir*, alter Junge?«

»Ich, meine Wenigkeit und Ihr sehr Ergebener, wobei Lacon schiebt und der Minister zieht.«

»Macht verdirbt den Charakter, aber irgendwer muß regieren, und in diesem Fall wird Bruder Lacon sich widerwillig an die Spitze schieben.«

»Es hat sich nichts geändert«, sagte Smiley.

Sam zog nachdenklich an seiner Zigarette. Die Musik ging in Sätze von Noel Coward über.

»Ein alter Traum von mir«, sagte Sam Collins durch den Rauch. »Eines schönen Tages spaziert Percy Alleline mit einem schäbigen braunen Köfferchen durch diese Tür und bittet um ein Spielchen. Er setzt alle Geheimstimmen auf Rot und verliert.«

»Die Akte ist geflöht«, sagte Smiley. »Jetzt muß ich bei den Leuten 'rumgehen und fragen, woran sie sich erinnern. So gut wie keine Unterlagen greifbar.«

»Überrascht mich nicht«, sagte Sam. Übers Telefon bestellte er Sandwiches. »Lebe davon«, erklärte er. »Sandwiches und Kanapees. Gehört zur Pfründe.«

Er goß Kaffee ein, als das rote Lämpchen zwischen ihnen auf dem Schreibtisch aufleuchtete.

»Unser Freund ist patt«, sagte die schnarrende Stimme.

»Dann zählen Sie mit«, sagte Sam und schaltete ab.

Sam erzählte schlicht, aber exakt, wie ein guter Soldat den Hergang einer Schlacht rekapituliert, nicht um nochmals zu gewinnen oder zu verlieren, sondern einfach zur Erinnerung. Er sei gerade aus dem Ausland zurückgekommen, sagte er, von einem Dreijahres-Kontrakt in Vientiane. Er hatte sich bei der Personalabteilung zurückgemeldet, alles mit dem Delphin ins reine gebracht, und da niemand Pläne für ihn zu haben schien, überlegte er, ob er nicht einen Monat Urlaub in Südfrankreich machen sollte, als Mac Fadean, der alte Portier, der praktisch Controls Kammerdiener war, ihn im Korridor aufgriff und in Controls Büro schleppte.

»Das war an welchem Tag genau?« sagte Smiley.

»Am 19. Oktober.«

»Donnerstag.«

»Donnerstag. Ich hatte vor, am Montag nach Nizza zu fliegen. Sie waren in Berlin. Ich wollte Sie zu einem Glas einladen, aber die Mütter sagten, Sie seien *occupé*, und als ich bei der Reisestelle nachfragte, hieß es, Sie seien nach Berlin geflogen.«
»Ja, das stimmt«, sagte Smiley nur. »Control hat mich hingeschickt.«
Um mich aus dem Weg zu räumen, hätte er hinzufügen können: sogar damals hatte er dieses Gefühl gehabt.
»Ich habe überall nach Bill herumgeschnüffelt, aber Bill war ebenfalls Fehlanzeige. Control hatte ihn irgendwohin aufs Land geschickt«, sagte Sam und mied Smileys Blick.
»Zur Schmetterlings-Hatz«, murmelte Smiley, »aber er ist wiedergekommen.«
Hier schickte Sam einen scharfen, fragenden Blick in Smileys Richtung, aber er berührte das Thema von Bill Haydons Reise nicht mehr.
»Das ganze Haus war wie ausgestorben. Um ein Haar hätte ich die erste Maschine zurück nach Vientiane genommen.«
»Es war wirklich so gut wie tot«, gestand Smiley und dachte: ausgenommen *Witchcraft*.
Und Control, sagte Sam, sah aus, als habe er Malaria. Er war von einem Meer von Akten umgeben, seine Haut war gelb, und beim Sprechen unterbrach er sich ständig, um sich mit dem Taschentuch die Stirn zu wischen. Er hielt sich kaum mit dem üblichen Tam-tam auf, sagte Sam. Er beglückwünschte ihn nicht zu den drei erfolgreichen Jahren im Außendienst und machte nicht einmal eine hinterhältige Anspielung auf sein Privatleben, das damals ziemlich unruhig war; er sagte nur, daß es ihm recht wäre, wenn Sam an Stelle von Mary Masterman den Wochenend-Dienst übernähme, ob Sam es einrichten könne?
»Klar kann ich's einrichten«, sagte ich. »Wenn Sie wollen, daß ich den O.v.D. mache, dann mach' ich ihn.« Er sagte, den Rest der Geschichte werde er mir Sonnabend erzählen. Inzwischen dürfe ich niemandem etwas sagen. Kein Wort zu irgendwem im Hause, auch nicht darüber, worum er mich vorhin gebeten habe. Er brauche einen tüchtigen Mann, der die Telefonzentrale bedienen könne, falls eine Krise ausbräche, aber es mußte jemand von

einem Außenposten sein oder jemand wie ich, der lange vom Hauptbüro weggewesen sei. Und es mußte ein alter Hase sein.«
Also ging Sam zu Mary Masterman und jammerte ihr vor, daß er den Mieter nicht aus seiner Wohnung herauskriegen könne, ehe er am Montag seinen Urlaub antrete; wie wär's, wenn sie ihn ihren Dienst übernehmen ließe, dann könne er das Hotel sparen? Sam trat am Sonnabend um neun Uhr früh an, mit seiner Zahnbürste und sechs Dosen Bier in einer Aktenmappe, auf der noch Hoteletiketten mit Palmen klebten. Geoff Agate sollte ihn am Sonntag ablösen.
Nochmals hielt Sam sich darüber auf, wie tot das Haus war. Früher war der Sonnabend gewesen wie jeder andere Tag, sagte er. Die meisten Abteilungen hatten über das ganze Wochenende einen Notdienst eingerichtet, manche sogar eine besondere Nachtschicht, und wenn man die Runde im Haus machte, hatte man das Gefühl, daß in diesem Laden einiges los war. Aber an diesem Sonnabendvormittag hätte das Haus evakuiert sein können; was es, wie er später erfuhr, auch tatsächlich gewesen war –, aber auf Controls Befehl. Ein paar Funker werkten im zweiten Stock, die Sende- und Codierräume liefen auf Hochtouren, aber die Jungens dort arbeiteten ohnehin zu jeder Tages- und Nachtzeit. Im übrigen, sagte Sam, herrschte das große Schweigen. Er saß herum und wartete auf Controls Anruf, aber nichts kam. Er schlug eine weitere Stunde damit tot, daß er sich die Portiers vornahm, die er als den faulsten Haufen im ganzen Circus bezeichnete. Er prüfte ihre Anwesenheitslisten und fand zwei Stenotypistinnen und einen diensthabenden Beamten eingetragen, die jedoch nicht da waren, also setzte er den ersten Wachmann, einen Neuen namens Mellows, auf die Meldeliste. Schließlich ging er hinauf, um nachzusehen, ob Control da sei.
»Er saß ganz allein oben, nur McFadean war bei ihm. Die Mütter nicht, Sie nicht, nur der alte Mac, der mit Jasmintee und Sympathie herumhuschte. Zu viel?«
»Nein, bitte erzählen Sie weiter. So viele Einzelheiten, wie sie noch zusammenbringen.«
»Dann ließ Control einen weiteren Schleier fallen. Einen halben Schleier. Irgend jemand erledige etwas für ihn, sagte er. Es sei

von größter Wichtigkeit für den Geheimdienst. Das sagte er mehrmals: den Geheimdienst. Nicht für Whitehall oder das Pfund Sterling oder die Fischpreise, sondern für uns. Auch wenn alles vorüber sei, dürfe ich keinen Ton verlauten lassen. Auch nicht zu Ihnen. Oder zu Bill oder Bland oder sonstwem.«

»Und Alleline?«

»Percy hat er überhaupt nicht erwähnt.«

»Nein«, pflichtete Smiley bei. »Das konnte er in diesem Stadium wohl kaum mehr.«

»Ich sollte ihn für den Rest der Nacht als Einsatzleiter betrachten. Ich selber sollte als Schaltstelle zwischen Control und allem, was sonstwo im Haus vorgehen mochte, tätig sein. Wenn irgend etwas hereinkomme, ein Signal, ein Anruf, wie unwichtig es auch immer erschiene, dann sollte ich warten, bis die Luft rein sei, dann hinaufflitzen und es Control übermitteln. Niemand dürfe wissen, jetzt oder später, daß Control der Mann am Abzug gewesen war. Auf keinen Fall sollte ich ihn anrufen oder ihm eine Notiz zukommen lassen; sogar die Hausleitungen waren tabu. Ehrlich, George«, sagte Sam und nahm sich ein Sandwich.

»Oh, ich glaube Ihnen«, sagte Smiley, und es kam ihm von Herzen. Sollten Telegramme abzuschicken sein, so müsse Sam ebenfalls den Mittler machen. Er müsse vor dem Abend nicht mit viel Betrieb rechnen. Den Portiers und solchen Leuten, wie Control sich ausdrückte, gegenüber, sollte Sam das verdammtest Mögliche tun, um sich natürlich zu geben und beschäftigt zu wirken. Als die Séance vorüber war, kehrte Sam ins Wachzimmer zurück, ließ sich eine Abendzeitung holen, öffnete eine Bierdose, suchte sich eine Amtsleitung und fing an, sein Hemd zu verwetten. In Kempton fand ein Hindernisrennen statt, was er seit Jahren nicht mehr verfolgt hatte. Am frühen Abend machte er einen zweiten Rundgang und testete die Alarmschwellen im Fußboden der Registratur. Drei von fünfzehn funktionierten nicht, und inzwischen hatten die Portiers ihn aufrichtig lieben gelernt. Er kochte sich ein Ei, und als er es gegessen hatte, trottete er hinauf, um dem alten Mac ein Pfund abzuknöpfen und ihm ein Bier zu bringen.

»Er hatte mich beauftragt, das Geld für ihn auf irgendeinen alten

Klepper mit drei linken Beinen zu setzen. Ich plauderte zehn Minuten mit ihm, dann ging ich wieder hinunter in meinen Bau, schrieb ein paar Briefe, sah mir einen miesen Film an und legte mich in die Falle. Der erste Anruf kam in dem Augenblick, als ich am Einschlafen war. Genau elf Uhr zwanzig. Während der nächsten zehn Stunden hörten die Telefone nicht mehr auf zu klingeln. Ich dachte schon, die Schaltanlagen würden mir ins Gesicht explodieren.«

»Arcadi ist fünf minus«, sagte eine Stimme über die Sprechanlage.

»Entschuldigen Sie mich«, sagte Sam mit seinem gewohnten Grinsen und ließ Smiley mit der Musik allein, um droben die Sache in Ordnung zu bringen.

Smiley sah zu, wie Sams braune Zigarette langsam im Aschenbecher verbrannte. Er wartete, Sam kam nicht zurück, er fragte sich, ob er sie ausdrücken sollte. Rauchen im Dienst ist verboten, dachte er; Hausordnung.

»Erledigt«, sagte Sam.

Der erste Anruf kam von dem im Hause wohnenden Sekretär des *Foreign Office* über die direkte Leitung, sagte Sam. Das *Foreign Office* hatte sozusagen beim Großen Preis von Whitehall mit einer gerümpften Nasenlänge gewonnen.

»Der Reuter-Chef in London hatte ihm gerade telefonisch von einer Schießerei in Prag Mitteilung gemacht. Ein britischer Spion sei von russischen Sicherheitskräften erschossen worden, die Jagd nach seinem Komplizen sei in vollem Gang, ob das *Foreign Office* interessiert sei! Der Sekretär gab es zur Information an uns weiter. Ich sagte, es klinge nach einer Ente, und legte auf, als Mike Meakin von den Funkern herunterkam, um mir zu sagen, daß über der Tschechoslowakei der Teufel los sei. Die Hälfte sei verschlüsselt, aber die andere Hälfte im Klartext. Er fange dauernd verstümmelte Geschichten über eine Schießerei in der Nähe von Brünn auf. Prag oder Brünn? fragte ich. Oder beides? Nur Brünn. Ich sagte, bleiben Sie dran, und da gingen auch schon alle fünf Summer. Als ich gerade hinausgehen wollte, kam nochmals der Sekretär auf der direkten Leitung. Reuter habe die Meldung berichtigt, sagte er: nicht Prag, sondern Brünn. Ich schloß die Tür, und es war, als hätte man ein Wespennest hinter sich gelassen. Control stand an seinem Schreibtisch, als ich das Büro betrat. Er hatte mich heraufkommen hören. Hat Alleline übrigens diese Treppe mit Läufern belegen lassen?«

»Nein«, sagte Smiley. Er war völlig teilnahmslos. ›George ist wie ein Lurch‹, hatte Ann einmal in seiner Gegenwart zu Haydon gesagt. »Er senkt seine Körpertemperatur, bis sie mit der Temperatur seiner Umwelt übereinstimmt. Dann verschwendet er keine Anpassungsenergie.«

»Sie wissen, wie schnell er war, wenn er einen ansah. Er schaute auf meine Hände, ob ich ein Telegramm für ihn hätte, und ich wünschte, ich hätte irgend etwas zwischen den Fingern gehabt, aber sie waren leer! ›Ich fürchte, es ist eine kleine Panik ausgebrochen‹, sagte ich. Ich setzte ihn kurz ins Bild, er sah auf seine Uhr, vermutlich rechnete er aus, was jetzt hätte geschehen sollen, wenn alles geklappt hätte. Ich sagte: ›Kann ich bitte Instruktionen haben?‹ Er setzte sich, ich konnte ihn nicht sehr gut sehen, er hatte nur die niedrige grüne Schreiblampe brennen. Ich wiederholte: ›Ich brauche Instruktionen. Soll ich ableugnen? Kann ich irgend jemanden hinzuziehen?‹ Keine Antwort. Wissen Sie, es gab keinen Menschen, den ich hätte hinzuziehen können, aber das wußte ich damals nicht. ›Ich muß Instruktionen haben.‹ Wir hörten drunten Schritte, und ich wußte, daß die Radiojungens mich suchten. ›Möchten Sie hinunterkommen und die Sache selber übernehmen?‹ fragte ich. Ich ging um den Schreibtisch herum, stieg über die Akten, die alle an verschiedenen Stellen aufgeschlagen waren; man konnte meinen, er stelle eine Enzyklopädie zusammen. Einige mußten aus der Zeit von vor dem Krieg stammen. Er saß so da.«

Sam schloß die Finger, legte die Spitzen an die Stirn und starrte auf den Schreibtisch. Die andere Hand lag auf der Platte und hielt Controls imaginäre Taschenuhr. »›Sagen Sie Mac Fadean, er soll mir ein Taxi besorgen, dann schaffen Sie mir Smiley herbei.‹ ›Und dieses Unternehmen?‹ fragte ich. Ich mußte die halbe Nacht auf eine Antwort waren. ›Ist abzuleugnen‹, sagte er. ›Beide Männer hatten ausländische Pässe. In diesem Stadium kann kein Mensch wissen, daß sie Engländer sind.‹ ›Es wird nur von einem Mann gesprochen‹, sagte ich. Dann sagte ich: ›Smiley ist in Berlin.‹ Jedenfalls glaube ich, daß ich das sagte. Daraufhin wieder zwei Minuten Schweigen. ›Jeder andere tut's auch. Es ist egal.‹ Er hätte mir leid tun sollen, aber in diesem Moment brachte ich wohl nicht viel Sympathie für ihn auf. Ich stand da mit dem Schwarzen Peter in der Hand und wußte nicht, was eigentlich los war. Mac Fadean war nicht zu finden, also dachte ich, Control soll sich sein Taxi selber besorgen, und als ich wieder die Treppe runter war, muß ich ausgesehen haben wie Lord Kitchener. Der alte Schraubendampfer vom Abhördienst schwenkte Berichte vor meiner Nase wie Fähnchen, ein paar Portiers brüllten mir entgegen, der Radiojunge hatte ein Bündel Meldungen in der Hand, die Telefone klingelten, nicht nur meine eigenen, sondern ein halbes Dutzend der direkten Leitungen von der vierten Etage. Ich ging zunächst ins Wachzimmer und schaltete sämtliche Leitungen ab, während ich versuchte, Haltung zu gewinnen. Die Abhör-Hexe – wie heißt dieses Weib gleich wieder – sie hat immer mit dem Delphin Golf gespielt?«

»Purcell. Molly Purcell.«

»Ja, die war's. Ihre Geschichte war wenigstens eindeutig, Radio Prag kündigte innerhalb der nächsten halben Stunde einen Sonderbericht an. Das war vor einer Viertelstunde gewesen. Der Bericht würde einen Akt gröblicher Provokation durch eine westliche Macht betreffen, eine Verletzung der tschechoslowakischen Souveränität und einen Schlag ins Gesicht aller freiheitsliebenden Völker. Davon abgesehen«, sagte Sam trocken, »nichts wie Jubel, Trubel, Heiterkeit. Ich klingelte natürlich in Bywater Street an, dann signalisierte ich nach Berlin, sie sollten Sie aufstöbern und spätestens gestern zurückschicken. Ich gab Mellows die wichtigsten Telefonnummern und schickte ihn weg, er solle sich draußen ein Telefon suchen und alles zusammentrommeln, was er von den hohen Herrschaften an die Strippe bekäme. Percy war übers Wochenende in Schottland und zum Abendessen ausgegangen. Seine Köchin gab Mellows eine Nummer, er läutete dort an und sprach zu Percys Gastgeber. Percy war soeben gegangen.«

»Verzeihung«, unterbrach Smiley. »Wozu haben Sie Bywater Street angerufen?« Er hielt seine Oberlippe zwischen Finger und Daumen und zog sie nach vorn wie eine Mißbildung, während er in die mittlere Entfernung starrte.
»Für den Fall, daß Sie früher aus Berlin zurückgekommen wären«, sagte Sam.
»Und war ich zurückgekommen?«
»Nein.«
»Mit wem haben Sie dann gesprochen?«
»Mit Ann.«
Smiley sagte: »Ann ist zur Zeit verreist. Könnten Sie mir wiederholen, wie dieses Gespräch verlaufen ist?«
»Ich fragte nach Ihnen, und sie sagte, Sie seien in Berlin.«
»Und das war alles?«
»Es war eine Krise, George«, sagte Sam in warnendem Ton.
»Und?«
»Ich fragte sie, ob sie zufällig wisse, wo Bill Haydon sei. Es war dringend. Soviel ich wußte, hatte er Urlaub, aber ich dachte, vielleicht ist er bei ihr. Irgend jemand hat mir mal gesagt, er sei ihr Vetter.« Er fügte hinzu: »Außerdem geht er bei Ihnen ein und aus, wie ich hörte.«
»Ja, das stimmt. Was hat sie gesagt?«
»Warf mir ein pikiertes ›Nein‹ hin und legte auf. Tut mir leid, George, Krieg ist Krieg.«
»Wie klang sie?« fragte Smiley, nachdem er das geflügelte Wort eine Weile in der Luft hatte hängen lassen.
»Hab' ich schon gesagt: pikiert.«
Roy Bland war in Leeds, um an der Universität nach Talenten zu schürfen, sagte Sam, war also nicht verfügbar.
Zwischen den einzelnen Anrufen machten sie Sam die Hölle heiß. Ganz, als wäre er auf Kuba eingefallen. Das Militär brüllte etwas von tschechischen Panzerbewegungen an der österreichischen Grenze, die Funker konnten nicht einmal ihre eigenen Gedanken hören, so groß war der Funksalat rings um Brünn, und im *Foreign Office* bekam der diensthabende Beamte gleichzeitig hysterische Anfälle und Gelbes Fieber. Zuerst Lacon und nach ihm der Minister bellten vor den Türen, und um halb eins kam

der tschechische Sonderbericht mit zwanzig Minuten Verspätung, aber deshalb noch genauso schlecht. Ein britischer Spion namens Jim Ellis, der mit falschen tschechischen Papieren reiste und von einem tschechischen Konterrevolutionär unterstützt wurde, habe versucht, einen nicht genannten tschechischen General in den Wäldern um Brünn zu entführen und über die österreichische Grenze zu schmuggeln. Ellis sei von Schüssen getroffen worden, aber sie sagten nicht getötet, weitere Verhaftungen standen unmittelbar bevor. Ich suchte Ellis im Verzeichnis der Arbeitsnamen auf und fand Jim Prideaux. Und ich dachte, genau wie Control gedacht haben mußte: Wenn Jim tot ist und tschechische Papiere hatte, wieso wissen sie dann, daß er Engländer ist? Dann kam Bill Haydon an, weiß wie ein Laken. Hatte die Geschichte am Fernschreiber in seinem Club aufgeschnappt. Er machte stracks kehrt und kam in den Circus.«

»Um welche Zeit war das genau?« fragte Smiley mit leichtem Stirnrunzeln. »Es muß ziemlich spät gewesen sein.«

Sam sah aus, als hätte er es ihm von Herzen gern erspart. »Ein Uhr fünfzehn«, sagte er.

»Was ziemlich spät ist, nicht wahr, um im Club Fernschreiben zu lesen?«

»Kann ich nicht sagen, alter Junge.«

»Bill ist im Savile, nicht wahr?«

»Weiß nicht«, sagte Sam bockig. Er trank einen Schluck Kaffee. »Aber Bill war eine Wucht, das kann ich Ihnen sagen. Ich habe immer gefunden, daß er ein überkandidelter Bursche ist. Aber nicht in dieser Nacht, glauben Sie mir. Ja, er war erschüttert. Wäre jeder andere auch gewesen. Er kam an und wußte weiter nichts, als daß es eine mordsmäßige Schießerei gegeben hatte. Aber als ich ihm sagte, daß Jim getroffen wurde, starrte er mich an wie ein Verrückter. Ich hab' gedacht, er geht auf mich los. ›Getroffen? Wie getroffen? Tödlich?‹ Ich schob ihm die Meldungen hin, und er las jede einzelne durch ...«

»Hätte er es nicht schon aus dem Fernschreiber wissen müssen?« fragte Smiley leise. »Ich dachte, um diese Zeit sei es bereits allgemein bekannt gewesen: Ellis niedergeschossen. Das war doch der Knüller, oder?«

»Kommt vermutlich drauf an, welche Meldung er zu sehen kriegte«, sagte Sam und tat den Einwand mit einem Achselzucken ab. »Also, er übernahm die Telefonzentrale, und bis zum Morgen hatte er das wenige zusammengeklaubt, was zu haben war, und fast so etwas wie Ruhe wiederhergestellt. Er sagte den Leuten im *Foreign Office*, sie sollten abwarten und Tee trinken, er stöberte Toby Esterhase auf und wies ihn an, ein tschechisches Agentenpaar zu kassieren, Studenten an der *London School of Economics*. Bill hatte sie bisher ungeschoren gelassen, er plante, sie umzudrehen und zurückzuspielen. Tobys Aufklärer zogen ihnen eins über und sperrten sie in Sarratt ein. Dann rief Bill den tschechischen Agentenführer in London an und brüllte wie ein Feldwebel: Wenn Jim Prideaux auch nur ein Haar gekrümmt werde, drohte er, werde er den Tschechen so bloßstellen, daß er zum Gespött der ganzen Zunft würde. Das könne er seinen Brotgebern bestellen. Auf mich wirkte das Ganze wie ein Verkehrsunfall, bei dem Bill der einzige Arzt war. Er rief eine Presseverbindung an und erzählte seinem Mann dort unter dem Siegel der Verschwiegenheit, Ellis sei ein tschechischer Söldner unter amerikanischem Vertrag; er könne die Story ohne Quellenangabe verwenden. Sie schaffte tatsächlich noch die Spätausgabe. Sobald er konnte, lief er in Jims Zimmer, um sich zu überzeugen, daß dort nichts liegengeblieben war, wo ein Journalist hätte einhaken können, falls ein Journalist clever genug wäre, den Zusammenhang herzustellen zwischen Ellis und Prideaux. Ich nehme an, er hat gründlich reinen Tisch gemacht. Angehörige, alles.

»Er hatte keine Angehörigen«, sagte Smiley. »Außer vielleicht Bill«, fügte er fast unhörbar hinzu.

Sam beendete seinen Bericht. »Um acht Uhr traf Percy Alleline ein, er hatte bei der Air Force eine Sondermaschine locker gemacht. Er grinste übers ganze Gesicht. Was ich in Anbetracht von Bills Stimmung nicht sehr schlau von ihm fand. Er wollte wissen, warum ich Dienst machte, und ich verpaßte ihm den gleichen Schmus wie Mary Masterman: aufs Wort. Er benutzte mein Telefon, um eine Verabredung mit dem Minister zu treffen, und hing noch dran, als Roy Bland ankam, stinkwütend und halb

besoffen, und wissen wollte, wer zum Teufel von seinem Tischchen gefressen habe, und bezichtigte praktisch mich. Ich sagte: »Herrgott, Mann, und unser alter Jim? Sie könnten ihn bedauern, wenn Sie schon 'mal dabei sind«, aber Roy ist ein hungriger Knabe und liebt die Lebenden mehr als die Toten. Ich übergab ihm die Telefonzentrale mit herzlichen Grüßen, ging hinüber ins *Savoy* zum Frühstück und las die Sonntagsblätter. Die meisten beschränkten sich auf eine Wiedergabe der tschechischen Berichte und ein müdes Dementi aus dem *Foreign Office.*«
Schließlich sagte Smiley: »Und danach gingen Sie nach Südfrankreich?«
»Für zwei zauberhafte Monate.«
»Hat irgend jemand Ihnen nochmals Fragen gestellt – über Control zum Beispiel?«
»Erst als ich wieder zurückkam. Sie waren inzwischen gegangen worden, Control lag krank im Spital.« Sams Stimme wurde ein wenig tiefer. »Er hat doch nichts *Dummes* angestellt, oder?«
»Nein, er ist nur gestorben.«
»Percy spielte den Obermacher. Er ließ mich rufen und wollte wissen, warum ich für die Masterman Dienst gemacht hatte und in welcher Verbindung ich mit Control stand. Ich blieb bei meiner Geschichte, und Percy nannte mich einen Lügner.«
»Also deshalb hat man Sie geschaßt: Lügen?«
»Alkoholismus, alter Junge. Die Portiers haben sich ein bißchen schadlos gehalten. Zählten fünf Bierdosen im Papierkorb des O.v.D. und meldeten es dem Personalbüro. Es gibt eine eiserne Regel: keinen Alkohol innerhalb des Hauses. Nach der üblichen Zeit befand ein Disziplinarausschuß mich für schuldig, und ich flog im hohen Bogen. Wie war's bei Ihnen?«
»Ach, ganz ähnlich. Ich vermochte sie offenbar nicht zu überzeugen, daß ich mit der Sache nichts zu tun hatte.«
»Wenn Sie mal einen aus dem Weg haben wollen«, sagte Sam, als er Smiley in aller Stille durch eine Seitentür in ein hübsches Gäßchen hinausließ, »Anruf genügt.« Smiley war in Gedanken versunken. »Und wenn Sie jemals ein Spielchen machen möchten, bringen Sie ein paar von Anns smarten Freunden her.«
»Sam, hören Sie zu. Bill war in jener Nacht mit Ann im Bett.

Nein, hören Sie zu. Sie haben angerufen, sie sagte, Bill sei nicht dort. Sobald sie aufgelegt hatte, warf sie Bill aus dem Bett und eine halbe Stunde später tauchte er im Circus auf und wußte bereits, daß es in der Tschechoslowakei eine Schießerei gegeben hatte. Wenn Sie mir die Geschichte in kurzen Worten erzählen würden – auf einer Postkarte – würden Sie es so fassen?«

»Ungefähr.«

»Aber Sie haben Ann bei Ihrem Anruf nichts von der Tschechoslowakei gesagt...«

»Er hat auf dem Weg zum Circus bei seinem Club reingeschaut.«

»Wenn geöffnet war. Gut: Aber warum wußte er dann nicht, daß Jim Prideaux getroffen worden war?«

Im Tageslicht sah Sam schlichtweg alt aus, obwohl er noch immer grinste. Er schien etwas sagen zu wollen, besann sich aber anders. Er wirkte zornig, dann enttäuscht, dann wurde sein Gesicht wieder ausdruckslos. »Also, bis dann«, sagte er. »Passen Sie auf sich auf«, und zog sich in die ewige Nacht seines selbstgewählten Arbeitsfelds zurück.

27 *Max, der Aufklärer, berichtet, wie Jim Prideaux ihn auf eine Reise mitnahm*

Als Smiley an diesem Morgen das *Islay* verlassen hatte, um sich zum Grosvenor Square zu begeben, waren die Straßen in grelles Sonnenlicht gebadet, und der Himmel war blau gewesen. Als er jetzt in seinem gemieteten Rover an den unfreundlichen Fassaden der Edgware Road entlangfuhr, hatte der Wind sich gelegt, der Himmel war von Regenwolken schwarz verhangen, und von der Sonne war nur noch ein rötlicher Widerschein auf dem Straßenbelag zurückgeblieben. Er parkte in der St. John's Wood Road, im Vorhof eines neuen Wohnturms mit verglaster Eingangshalle, benutzte aber diesen Eingang nicht. Vorbei an einer großen Skulptur, die ihm eine Art kosmischen Kuddelmuddels darzustellen schien, schritt er im eisigen Nieselregen zu einer abwärts führenden Außentreppe mit der Aufschrift: »Nur Ausgang.« Der erste Treppenabsatz war gefliest und mit einem Geländer aus afrikanischem Teakholz versehen. Danach endete die Großzügigkeit des Erbauers. Rauhputz ersetzte den früheren Luxus, und ein schaler Abfallgeruch erfüllte die Luft. Er bewegte sich mehr vorsichtig als verstohlen, aber als er die Eisentür erreicht hatte, hielt er inne, ehe er mit beiden Händen die lange Klinke anfaßte, riß sich zusammen wie zu einem schweren Gang. Die Tür öffnete sich ein paar Zentimeter weit und prallte dann gegen ein Hindernis, worauf ein zorniger Ausruf folgte, der ein vielfaches Echo auslöste wie ein Schrei in einem Hallenbad.

»He, können Sie nicht aufpassen?«

Smiley schlüpfte durch den Spalt. Die Tür hatte die Stoßstange eines funkelnden Wagens gerammt, aber Smiley beachtete den Wagen nicht. Am anderen Ende der Garage spritzten zwei Männer in Overalls einen Rolls Royce an. Beide blickten in seine Richtung.

»Warum nicht kommen andere Tür?« fragte die gleiche ärgerliche Stimme. »Sie Mieter hier? Warum nicht benutzen Mieterlift? Diese Treppe für Feuer.«

Es war nicht festzustellen, welcher der Männer sprach, aber er sprach mit einem stark slawischen Akzent. Die Beleuchtung war hinter ihnen. Der kleinere Mann hielt den Schlauch.
Smiley trat vor, wobei er darauf achtete, beide Hände außerhalb der Taschen zu halten. Der Mann mit dem Schlauch machte sich wieder an die Arbeit, aber der größere beobachtete ihn durch das Halbdunkel. Er trug einen weißen Overall und hatte den Kragen hochgeschlagen, was ihm ein verwegenes Aussehen verlieh. Das schwarze Haar war zurückgestrichen und voll.
»Nein, ich bin kein Mieter«, gestand Smiley. »Ich möchte nur fragen, ob ich vielleicht einen Abstellplatz mieten könnte. Mein Name ist *Carmichael*«, erklärte er lauter. »Ich habe eine Wohnung in dieser Straße gekauft.«
Er machte eine Handbewegung, als wolle er eine Visitenkarte zücken; als könne ein solcher Ausweis ihm förderlicher sein, als seine unbedeutende Erscheinung. »Ich zahle im voraus«, versprach er. »Ich könnte einen entsprechenden Vertrag unterschreiben, oder was immer. Ich möchte, daß alles völlig korrekt ist. Ich kann Referenzen angeben, eine Garantie hinterlegen, alles was zumutbar ist. Es muß nur korrekt sein. Es ist ein Rover. Ein neuer. Ich möchte nichts hinter dem Rücken der Verwaltung tun, es kommt nichts dabei heraus, sage ich immer. Aber alles Zumutbare soll mir recht sein. Ich hätte ihn heruntergefahren, aber ich wollte nicht vorgreifen. Und außerdem, ich weiß, es klingt albern, aber die Rampe war mir unsympathisch. Sie ist noch so neu.«
Während dieser ausgedehnten Darlegung seiner Absichten, die in wirrer Bemühtheit vorgebracht wurden, war Smiley im Strahl einer hellen Lampe stehengeblieben, die über ihm von einem Balken hing: eine flehende, ziemlich unerfreuliche Erscheinung, wie man wohl denken mochte, und über den freien Raum hinweg deutlich sichtbar. Die Pose tat ihre Wirkung. Der Mann im weißen Overall schritt auf ein Glashäuschen zu, das zwischen zwei Eisenpfeilern stand, und machte Smiley mit dem schmalen Kopf ein Zeichen, ihm zu folgen. Im Gehen zog er die Handschuhe ab. Lederhandschuhe, handgenäht und sehr elegant.
»Nächstes Mal Sie aufpassen, wie Tür aufmachen«, warnte er mit

derselben lauten Stimme. »Sie Lift benutzen, ja, oder sonst zahlen ein paar Pfund vielleicht. Mit Lift kein Problem.«
»Max, ich muß mit Ihnen sprechen«, sagte Smiley, sobald sie in dem Häuschen waren. »Allein. Nicht hier.«
Max war breit und kräftig, er hatte ein blasses Knabengesicht, aber die Haut war faltig wie bei einem alten Mann. Er war hübsch, und die braunen Augen waren sehr ruhig. Seine ganze Person strahlte tödliche Ruhe aus.
»Jetzt? Sie wollen jetzt sprechen?«
»Im Wagen. Ich hab ihn draußen. Wenn Sie die Rampe raufgehen, können Sie direkt einsteigen.«
Max legte die Hände um den Mund und brüllte durch die Garage. Er war einen halben Kopf größer als Smiley und hatte die Stimme eines Feldwebels. Smiley verstand nicht, was er schrie. Wahrscheinlich etwas auf Tschechisch. Es kam keine Antwort, aber Max knöpfte bereits seinen Overall auf.
»Wegen Jim Prideaux«, sagte Smiley.
»Klar.«
Sie fuhren nach Hampstead, wo sie in dem funkelnden Rover sitzenblieben und den Kindern zusahen, die das Eis auf dem Teich zerbrachen. Der Regen hatte endlich aufgehört, vielleicht weil es zu kalt war.
Über der Erde trug Max einen blauen Anzug und ein blaues Hemd. Auch die Krawatte war blau, aber sorgfältig von den beiden anderen Tönen abgesetzt: er hatte lang gesucht, bis er diese Nuance gefunden hatte. Er trug mehrere Ringe und Pilotenstiefel mit Reißverschluß an der Seite.
»Ich gehöre nicht mehr dazu. Hat man's Ihnen gesagt?« fragte Smiley. Max zuckte die Achseln. »Ich dachte, man würde es Ihnen sagen«, sagte Smiley.
Max saß kerzengerade; er lehnte sich nicht an, dazu war er zu stolz. Er blickte Smiley nicht an. Seine braunen Augen waren starr auf den Teich und auf die Kinder gerichtet, die im Schilf tollten und schlitterten.
»Mir erzählt man nichts«, sagte er.
»Ich bin geschaßt worden«, sagte Smiley. »Wahrscheinlich zur gleichen Zeit wie Sie.«

Max schien sich ein wenig zu recken, dann entspannte er sich wieder. »Tut mir leid, George. Was machen Sie jetzt: Geld stehlen?«

»Ich möchte nicht, daß sie's erfahren, Max.«

»Sie privat, ich privat«, sagte Max und bot Smiley aus einem goldenen Etui eine Zigarette an, die Smiley ablehnte.

»Ich möchte hören, was passiert ist«, fuhr Smiley fort. »Ich wollte es in Erfahrung bringen, bevor sie mich geschaßt haben, aber ich hatte keine Zeit mehr.«

»Sind Sie deshalb geschaßt worden?«

»Vielleicht.«

»Sie wissen nicht viel, was?« sagte Max, und sein Blick war lässig auf die Kinder gerichtet.

Smiley sprach sehr einfach und beobachtete Max dabei die ganze Zeit, falls er nicht verstehen sollte. Sie hätten deutsch sprechen können, aber Max tat das nicht gern, wie Smiley wußte. Also sprach er englisch und beobachtete Max' Gesicht.

»Ich weiß überhaupt nichts, Max. Ich hatte überhaupt nichts damit zu tun. Ich war in Berlin, als es passierte, ich wußte nichts von der Planung oder den Zusammenhängen. Sie haben mir telegrafiert, aber als ich nach London zurückkam, war es zu spät.«

»Planung«, wiederholte Max. »Das war vielleicht Planung.« Kiefer und Wangen wurden plötzlich ein Meer von Runzeln, und seine Augen verengten sich – eine Grimasse oder ein Lächeln. »Und jetzt haben Sie eine Menge Zeit, wie, George? Herrje, das nenn' ich Planung.«

»Jim hatte eine Sonderaufgabe durchzuführen. Er hat Sie angefordert.«

»Klar. Jim wollte Max als Babysitter.«

»Wie hat er Sie gekriegt? Ist er in Acton aufgetaucht und hat zu Toby Esterhase gesagt ›Toby, ich möchte Max haben.‹ Wie hat er Sie gekriegt?«

Max' Hände lagen auf seinen Knien. Sie waren gepflegt und schlank, bis auf die breiten Knöchel. Jetzt, als der Name Esterhase fiel, drehte er die Handflächen leicht nach innen und machte einen Käfig daraus, als hätte er einen Schmetterling gefangen.

»Was zum Teufel?« fragte Max.
»Also, was ist passiert?«
»War privat«, sagte Max. »Jim privat, ich privat. Genau wie jetzt.«
»Na«, sagte Smiley. »Bitte.«
Max sprach, als hätte es sich um irgendeinen Verdruß gehandelt: Familie oder Geschäft oder Liebe. Es war ein Montagabend Mitte Oktober, ja, der sechzehnte. Eine tote Zeit, er war seit Wochen nicht im Ausland gewesen und hatte genug. Den ganzen Tag hindurch hatte er ein Haus in Bloomsbury ausgekundschaftet, wo angeblich ein paar chinesische Studenten wohnten; die Aufklärer erwogen, einen Einbruch in ihre Zimmer zu inszenieren. Er wollte schon zur *Laundry* nach Acton zurückkehren, um seinen Bericht zu schreiben, als Jim ihn nach der Methode »Zufallstreffen« unterwegs auflas und bis zum Crystal Palace fuhr, wo sie im Auto sitzenblieben und redeten, genau wie jetzt, nur daß sie tschechisch sprachen.
Jim sagte, es laufe eine Sondersache, so groß, so geheim, daß kein Mensch im Circus, auch nicht Toby Esterhase, wissen dürfe, daß sie stattfinde. Komme von der obersten Spitze und sei haarig. Ob Max interessiert sei?
»Ich sage: ›Klar, Jim. Max interessiert.‹ Dann fragen er mich, Urlaub nehmen. Geh zu Toby und sag Toby, meine Mutter krank, ich brauch ein paar Tage Urlaub. Ich hab keine Mutter nicht. ›Klar‹, sag ich, ›ich nehm Urlaub. Für wie lange, bitte, Jim?‹«
Die ganze Sache sollte nicht länger als das Wochenende dauern, sagte Jim. Am Sonnabend sollten sie drinnen sein und am Sonntag wieder draußen. Dann fragte er Max, ob er zur Zeit irgendwelche gültigen Papiere habe: am besten als Österreicher, kleiner Geschäftsmann, mit passendem Führerschein. Falls Max in Acton nichts bereitliegen habe, würde Jim in Brixton etwas zusammenstellen lassen.
»›Klar‹, sage ich. ›Ich habe Hartmann, Rudi, aus Linz, Sudeten-Auswanderer.‹«
Also erzählte Max Toby eine Geschichte von Schwierigkeiten mit einem Mädchen in Bradford, und Toby hielt Max zehn Mi-

nuten lang einen Vortrag über die Sexualmoral der Engländer; und am Donnerstag trafen Jim und Max sich in einem »sicheren Haus«, das die Skalpjäger damals hatten, einer alten Bruchbude in Lambeth. Jim hatte die Schlüssel mitgebracht. Ein Drei-Tage-Werk, wiederholte Jim, eine Geheimkonferenz in der Nähe von Brünn. Jim hatte eine große Landkarte, die sie studierten. Jim wollte mit einem tschechischen Paß reisen, Max würde als Österreicher gehen. Bis Brünn würden sie getrennt reisen. Jim würde von Paris nach Prag fliegen, dann Eisenbahn bis Brünn. Er sagte nicht, welche Papiere er selber bei sich haben würde, aber Max nahm an, tschechische, denn er hatte sie ihn schon öfter benutzen sehen. Max war Hartmann, Rudi, Handelsreisender in Glas und Keramik. Er sollte mit dem Lieferwagen bei Mikulow über die österreichische Grenze, dann nordwärts nach Brünn und sich die Zeit so einteilen, daß er um sechs Uhr dreißig am Samstagabend zum Treffpunkt in einer Seitenstraße in der Nähe des Fußballplatzes sei. Um sieben Uhr würde dort ein großes Match beginnen. Sie vereinbarten die Zeiten, Ausweich-Treffs und besprachen alle Eventualitäten; und außerdem, sagte Max, kannte jeder die Handschrift des anderen. Sobald sie Brünn verlassen hätten, würden sie auf der Straße nach Bilovice bis Krtiny fahren, dann ostwärts nach Racice abzweigen. Irgendwo auf der Straße nach Racice würden sie an einem auf der linken Seite geparkten schwarzen Wagen vorbeikommen, vermutlich einem Fiat. Die ersten beiden Zahlen des Nummernschildes würden neun neun sein. Der Fahrer würde eine Zeitung lesen. Sie würden neben dem Wagen halten, Max würde hinübergehen und fragen, ob ihm etwas fehle. Der Mann würde antworten, sein Arzt habe ihm verboten, mehr als drei Stunden hintereinander zu fahren. Max würde sagen, ja, lange Fahrten gingen aufs Herz. Der Fahrer würde ihnen dann zeigen, wo sie den Lieferwagen abstellen könnten und sie in seinem eigenen Wagen zu dem Treffen mitnehmen.

»Wen haben Sie treffen wollen, Max? Hat Jim Ihnen das auch gesagt?«

Nein, Jim hatte weiter nichts gesagt.

Bis Brünn, sagte Max, ging alles ziemlich wie geplant. Als er von

Mikulow wegfuhr, folgten ihm eine Zeitlang zwei zivile Motorradfahrer, aber das schrieb er seinen österreichischen Nummernschildern zu und ließ sich nicht stören. Er kam bequem bis nachmittags nach Brünn, und der Ordnung halber nahm er ein Zimmer im Hotel und trank im Restaurant ein paar Tassen Kaffee. Irgendein Hanswurst machte sich an ihn heran, und Max erzählte ihm von den vielerlei Unbilden im Glaswarenhandel und daß ihm sein Mädel in Linz mit einem Amerikaner durchgegangen sei. Jim schaffte das erste Treffen nicht, kam aber zum Ausweich-Treff eine Stunde danach. Max dachte zuerst, der Zug habe Verspätung gehabt, aber Jim sagte »Langsam fahren«, und da wußte Max, daß etwas schiefgegangen war.

Folgendermaßen würde es ablaufen, sagte Jim. Der Plan sei geändert worden. Max sollte sich raushalten. Er sollte Jim kurz vor dem Treffpunkt absetzen und dann bis Montag früh in Brünn warten. Er dürfe mit keiner der Kontaktstellen des Circus Verbindung aufnehmen: mit niemandem von Aggravate, mit niemandem von Plato, und am allerwenigsten mit der Außenstelle in Prag. Sollte Jim am Montag bis acht Uhr früh nicht im Hotel aufgetaucht sein, so müsse Max zusehen, wie er allein herauskomme. Wenn Jim auftauchte, so bestehe Max' Aufgabe darin, Control eine Botschaft von Jim zu überbringen: die Botschaft könne sehr einfach sein, vielleicht nur ein einziges Wort. In London solle er nur zu Control persönlich gehen, über den alten MacFadean eine Verabredung treffen, und Control die Botschaft übermitteln, sei das klar? Für den Fall, daß Jim nicht zurückkommen würde, sollte Max einfach sein früheres Leben wieder aufnehmen und alles ableugnen, inner- und außerhalb des Circus.

»Hat Jim gesagt, warum der Plan geändert wurde?«

»Jim hat sich Sorgen gemacht.«

»Es war also etwas passiert, als er auf dem Weg zu dem Treffen mit Ihnen war?«

»Vielleicht. Ich sage Jim: ›Hören Sie Jim, ich komme mit. Sie Sorgen, ich Babysitter, ich fahre für Sie, schieße für Sie, was zum Teufel?‹ Jim wird verdammt wütend. Okay?«

»Okay«, sagte Smiley.

Sie fuhren die Straße nach Racice und fanden den unbeleuchteten Wagen, einen Fiat, vor einem Feldweg geparkt, neun neun auf den Nummernschildern, schwarz. Max hielt den Lieferwagen an und ließ Jim aussteigen. Als Jim auf den Fiat zuging, öffnete der Fahrer die Tür einen Spalt, um die Innenbeleuchtung anzuschalten. Über dem Steuerrad lag eine aufgeschlagene Zeitung.

»Konnten Sie sein Gesicht sehen?«

»War im Schatten.«

Max wartete, vermutlich tauschten sie Losungsworte aus, Jim stieg ein, und das Auto fuhr über den Feldweg davon, noch immer ohne Licht. Max kehrte nach Brünn zurück. Er saß gerade bei einem Schnaps im Restaurant, als die ganze Stadt zu dröhnen begann. Er dachte zuerst, es komme aus dem Fußballstadion, dann begriff er, daß es Lastwagen waren, ein ganzer Konvoi, der die Straße hinunterraste. Er fragte die Kellnerin, was los sei, und sie sagte, es habe eine Schießerei in den Wäldern gegeben, Konterrevolutionäre hätten sie angezettelt. Max ging hinaus zum Lieferwagen, stellte das Radio an und hörte die Sondermeldung aus Prag. Damals hörte er zum erstenmal etwas von einem General. Er nahm an, daß überall Absperrungen seien, und außerdem hatte er von Jim Anweisung, bis Montag früh im Hotel zu bleiben.

»Vielleicht schickt Jim mir Botschaft. Vielleicht kommt irgendwer vom Widerstand zu mir.«

»Mit diesem einen Wort«, sagte Smiley ruhig.

»Klar.«

»Er hat nicht gesagt, was für eine Art Wort es sein würde?«

»Sie verrückt«, sagte Max. Es konnte eine Feststellung oder eine Frage sein.

»Ein tschechisches Wort oder ein englisches Wort oder ein deutsches Wort?«

Niemand kam, sagte Max. Auf die verrückte Frage ging er nicht ein.

Am Montag verbrannte er den Paß, mit dem er eingereist war, wechselte die Nummernschilder an seinem Lieferwagen und benutzte seine westdeutschen Fluchtpapiere. Anstatt direkt nach Süden fuhr er nach Südwesten, ließ den Lieferwagen in einem

Straßengraben und überquerte die Grenze im Bus bis Freistadt, der sicherste Übergang, den er kannte. In Freistadt genehmigte er sich ein Glas und verbrachte die Nacht mit einem Mädchen, weil er ganz durcheinander und ärgerlich war und wieder zu Atem kommen wollte. Dienstagnacht traf er in London ein und trotz Jims Befehl dachte er, er sollte doch versuchen, Control zu erreichen: »Das war ganz verdammt schwierig«, kommentierte er.

Er versuchte es per Telefon, kam aber nicht über die Mütter hinaus. MacFadean war nicht da. Er dachte an Schreiben, aber da fiel ihm ein, daß Jim gesagt hatte, niemand sonst im Circus dürfe etwas erfahren. Er beschloß, Schreiben sei zu gefährlich. Gerüchte in Acton wollten wissen, daß Control krank sei. Er versuchte, das Krankenhaus ausfindig zu machen, aber vergebens.

»Hatten Sie den Eindruck, daß die Leute in Acton wußten, wo Sie gewesen waren?«

»Frag ich mich auch.«

Er fragte sich noch immer, als die Personalabteilung ihn kommen ließ und seinen Rudi-Hartmann-Paß sehen wollte. Er sagte, er habe ihn verloren, was schließlich der Wahrheit sehr nahekam. Warum er den Verlust nicht gemeldet habe: Wußte er nicht. Wann hatte er ihn verloren? Wußte er nicht. Wann hatte er Jim Prideaux zum letztenmal gesehen? Erinnerte er sich nicht. Sie schickten ihn zur *Nursery* nach Sarratt, aber Max fühlte sich in Form und war wütend, und nach ein paar Tagen hatten die Inquisitoren entweder genug von ihm, oder jemand pfiff sie zurück.

»Ich geh wieder zurück nach Acton, Toby Esterhase gibt mir hundert Pfund, sagt, ich soll mich zum Teufel scheren.«

Schrille Beifallsrufe stiegen vom Ufer des Teichs auf. Zwei Buben hatten eine große Eisscholle versenkt und jetzt blubberte das Wasser durch das Loch.

»Max, was ist mit Jim passiert?«

»Was zum Teufel?«

»Sie kriegen solche Dinge zu hören. Es kommt unter den Emigranten herum. Was ist mit ihm passiert? Wer hat ihn geflickt, wie haben sie ihn zurückgekauft?«

»Emigranten reden nicht mehr mit Max.«
»Aber Sie haben etwas gehört, nicht wahr?«
Dieses Mal erzählten es ihm die weißen Hände. Smiley sah, wie die Finger sich spreizten, fünf an der einen Hand, drei an der anderen, und er fühlte die Übelkeit aufsteigen, noch ehe Max sprach:
»Sie haben also Jim von hinten angeschossen. Vielleicht ist Jim davongerannt, was zum Teufel? Sie haben Jim ins Gefängnis gesteckt. Das ist nicht gut für Jim. Auch für meine Freunde. Nicht gut.« Er fing an, aufzuzählen. »Pribyl«, begann er und berührte seinen Daumen. »Bukowa, Mirek, von Pribyls Frau und Bruder.« Er nahm einen Finger. »Auch Pribyls Frau.« Ein zweiter Finger, ein dritter: »Kolin Jiri, seine Schwester auch, meistens tot. Das war Netz Aggravate.« Er nahm die andere Hand. »Nach Netz Aggravate kommt Netz Plato. Kommt Rechtsanwalt Rapotin, kommt Oberst Landkron und die Stenotypistinnen Eva Krieglowa und Hanka Bilowa. Auch meistens tot. Verdammt hoher Preis, George«, er hielt die sauberen Finger nah an Smileys Gesicht, »verdammt hoher Preis für einzigen Engländer mit Schuß im Rücken.« Er geriet außer sich. »Was geht Sie's an, George? Circus nicht gut für Tschecho. Alliierte nicht gut für Tschecho. Kein Reicher holt keinen Armen aus dem Gefängnis! Soll ich Ihnen eine Fabelgeschichte erzählen? Wie sagt man, bitte?«
»Märchen«, sagte Smiley.
»Okay, also, ich will keine verdammten Märchen mehr hören, wie die Engländer müssen die Tschechen befreien!«
»Vielleicht war es gar nicht Jim«, sagte Smiley nach langem Schweigen. »Vielleicht hat jemand anderer die Netze hochgehen lassen. Nicht Jim.«
Max öffnete bereits die Tür. »Was zum Teufel?« fragte er.
»Max«, sagte Smiley.
»Keine Angst, George. Ich hab keinen, an den ich Sie verkaufen könnte. Okay?«
»Okay.«
Smiley blieb im Auto sitzen und sah zu, wie Max einem Taxi winkte. Mit einer kurzen Handbewegung, als riefe er einen Kell-

ner herbei. Ohne einen Blick auf den Fahrer gab er die Adresse an. Dann fuhr er ab, wiederum saß er sehr aufrecht und starrte vor sich hin wie eine königliche Hoheit, die der Menge nicht achtet.
Als das Taxi verschwunden war, erhob sich Inspektor Mendel langsam von der Bank, faltete seine Zeitung zusammen und ging zu dem Rover hinüber.
»Alles in Ordnung«, sagte er. »Die Luft ist rein. Ihr Gewissen ist rein.«
Smiley, der dessen nicht ganz so sicher war, händigte Mendel die Schlüssel des Wagens aus, dann ging er zu Fuß zur Bushaltestelle, zuerst über die Straße und dann nach Westen.

28 *George Smiley trifft sich mit einem Sportjournalisten und stößt abermals auf Toby Esterhases Handschrift*

Sein Ziel war die Fleet Street, ein Kellerlokal voller Weinfässer. In anderen Stadtvierteln mochte man halb vier Uhr ein bißchen spät für den vormittäglichen Aperitif finden, aber als Smiley sachte die Tür aufdrückte, drehten sich ein Dutzend schattenhafter Gestalten um und beäugten ihn von der Theke her. Und an einem Ecktisch saß, so unbeachtet wie die künstlichen Gewölbebogen oder die imitierten Musketen an der Wand, Jerry Westerby vor einem großen rosa Gin.

»Alter Knabe«, sagte Jerry Westerby schüchtern, und seine Stimme schien aus dem Boden heraufzukommen. »Das darf doch nicht wahr sein. He, Jimmy!« Die Hand, die er auf Smileys Arm legte, während er mit der anderen Erfrischungen herbeiwinkte, war riesig und mit Muskeln gepolstert, denn Jerry war früher einmal Tormann einer Kricketmannschaft gewesen. Im Gegensatz zu den sonstigen Torwarten war er groß und füllig, aber seine Schultern waren noch immer vorgebeugt wie in Fanghaltung. Er hatte einen Schopf sandig grauen Haars und ein rotes Gesicht, und er trug die Krawatte eines berühmten Sportclubs über einem cremefarbenen Seidenhemd. Smileys Anblick entzückte ihn sichtlich, denn er strahlte vor Freude.

»Das darf doch nicht wahr sein«, wiederholte er. »Alles was recht ist. Was treiben Sie denn immer?« – und zog ihn mit Gewalt auf den Platz neben ihm. »Sonne auf'n Pelz brennen lassen, an die Decke spucken? Heh« – im Moment die dringendste Frage – »Was darf's denn sein?«

Smiley bestellte eine Bloody Mary.

»Es ist nicht nur reiner Zufall, Jerry«, gestand Smiley. Es entstand eine kurze Pause, die Jerry plötzlich schnell zu überbrükken trachtete.

»Und was macht der Dämon Weib? Alles in Ordnung? Ist *die* Sache. Eine der fabelhaftesten Ehen, hab' ich immer gesagt.«

Jerry Westerby hatte selber mehrere Ehen geschlossen, aber nur

an den wenigsten hatte er seine Freude gehabt.
»Schlage Ihnen ein Geschäft vor, George«, erbot er sich und ließ eine der mächtigen Schultern in seine Richtung rollen. »Ich zieh zu Ann und spucke an die Decke, Sie übernehmen meinen Job und schreiben über's Damen-Pingpong. Wie wär' das? Tolles Ding.«
»Cheers«, sagte Smiley jovial.
»Hab' in letzter Zeit nicht viel von den Jungen und Mädchen zu sehen gekriegt«, gestand Jerry unbeholfen und errötete wiederum grundlos. »Weihnachtskarte vom alten Toby voriges Jahr, das ist so ungefähr mein Anteil. Haben mich wohl auch abgeschrieben. Kann's ihnen nicht verübeln.« Er schnippte an den Rand seines Glases. »Zuviel von dem Zeug da, daran liegt's. Sie glauben, ich kann nicht dichthalten. Keinen Mumm mehr.«
»Das glauben sie bestimmt nicht«, sagte Smiley, und das Schweigen ergriff wiederum von ihnen Besitz.
»Zuviel Feuerwasser, nicht gut für roten Krieger«, zitierte Jerry feierlich. Es war einer ihrer alten Indianer-Witze gewesen, erinnerte Smiley sich, und das Herz wurde ihm schwer.
»Hugh«, sagte er.
»Hugh«, sagte Jerry, und sie tranken.
»Ich habe Ihren Brief sofort verbrannt, nachdem ich ihn gelesen hatte«, sagte Smiley mit ruhiger, beherrschter Stimme. »Falls Sie sich Gedanken machen sollten. Ich habe zu niemandem ein Wort gesagt. Er kam ohnehin zu spät. Es war alles schon vorbei.«
Hier wurde Jerrys lebhafte Gesichtsfarbe zu einem dunklen Scharlachrot.
»Also lag es nicht an dem Brief, den Sie mir schrieben, daß man Sie kaltgestellt hat«, fuhr Smiley im gleichen freundlichen Ton fort, »falls Sie das geglaubt haben sollten. Und außerdem haben Sie ihn doch persönlich eingeworfen.«
»Sehr anständig von Ihnen«, murmelte Jerry. »Vielen Dank. Hätte ihn nicht schreiben sollen. Aus der Schule geplaudert.«
»Unsinn«, sagte Smiley und bestellte zwei weitere. »Sie haben es für die Sache getan.«
Smiley hatte das Gefühl, Lacon sprechen zu hören. Aber wer mit Jerry Westerby sprechen wollte, mußte sich ausdrücken wie

seine Zeitung: kurze Sätze, eingängige Meinungen.
Jerry stieß den Atem und Schwaden von Zigarettenrauch aus. »Letzter Job, ach, ist Jahre her«, erinnerte er sich mit neugewonnener Munterkeit. »Länger. Kleines Päckchen in Budapest deponieren. Wirklich nichts dabei. Telefonzelle. Oberer Rand. Nur hochgelangt. Hingelegt. Kinderspiel. Glaub' nicht, daß ich's vermasselt hab' oder so. Hab' zuerst brav alles erledigt. Sicherheitssignale. ›Leerung jederzeit. Bitte sich zu bedienen.‹ So, wie sie es uns beigebracht haben, ja? Ihr Jungens müßt's schließlich wissen, oder? Ihr seid die weisen Eulen. Sein Teil beitragen, darauf kommt's an. Mehr kann man nicht tun. Eins kommt zum andern. Ergibt das Muster.«
»Sie werden bald wieder auf Sie zurückkommen«, sagte Smiley tröstend. »Wahrscheinlich sollen Sie nur ein bißchen ausruhen. Das machen sie gern so, wissen Sie.«
»Hoffentlich«, sagte Jerry mit loyalem, aber unsicherem Lächeln. Sein Glas zitterte leicht, als er trank.
»War das die Reise, die Sie gemacht haben, kurz ehe Sie mir den Brief schrieben?« fragte Smiley.
»Klar. Genau die gleiche Reise, Budapest, dann Prag.«
»Und in Prag haben Sie diese Geschichte gehört? Auf die Sie sich in Ihrem Brief bezogen haben?«
An der Theke prophezeite ein blühender Mann in schwarzem Anzug den unmittelbar bevorstehenden Zusammenbruch des Landes. Er gebe uns noch drei Monate, sagte er, dann Sense.
»Komischer Kauz, Toby Esterhase«, sagte Jerry.
»Aber gut«, sagte Smiley.
»Mein Gott, alter Knabe, erste Güte. Brillant, sage ich. Aber komisch, wissen Sie. *Hugh*!«
Sie tranken wieder, und Jerry Westerby hielt sich den gereckten Zeigefinger wie eine Apachenfeder hinter den Kopf.
»Der Haken ist«, sagte der blühende Mann an der Theke über sein Glas hinweg, »wir werden nicht mal merken, daß es passiert ist.«
Sie beschlossen, unverzüglich essen zu gehen, da Jerry seine Story für die morgige Ausgabe in Satz geben mußte: der Schläger von Bromwich Albion hatte einen Skandal verursacht. Sie gingen

in ein Curry-Lokal, wo man bereitwillig Bier zur Teestunde bekam, und sie machten aus, falls sie jemandem begegnen sollten, würde Jerry George als seinen Bankmanager vorstellen, eine Idee, die ihn während seiner herzhaften Mahlzeit immer wieder belustigte. Die Musikkulisse bezeichnete Jerry als den Hochzeitsflug des Moskitos, und manchmal drohte sie, die schwächeren Töne seiner heiseren Stimme wegzuschwemmen; was vermutlich nicht schadete. Denn während Smiley sich tapfer bemühte, Begeisterung für das Currygericht zu zeigen, war Jerry nach seinem anfänglichen Zögern in eine ganz andere Geschichte eingestiegen, bei der es um einen gewissen Jim Ellis ging: in die Geschichte, die der liebe alte Toby Esterhase ihn nicht hatte in die Zeitung bringen lassen.

Jerry Westerby gehörte einer äußerst seltenen Spezies an, er war der ideale Zeuge! Er hatte keine Phantasie, keine boshafte Ader, keine persönliche Meinung. Nur: die Sache war komisch. Er konnte sie sich nicht aus dem Kopf schlagen, und dabei fiel ihm ein, er hatte seitdem nicht mehr mit Toby gesprochen.
»Nur diese Karte da: *Fröhliche Weihnachten, Toby*. Foto der Leadenhall Street im Schnee.« Er starrte völlig perplex auf den elektrischen Ventilator. »Ist doch nichts *Besonderes* an der Leadenhall Street, wie, alter Knabe? Kein konspiratives Haus oder Treffpunkt oder sonstwas, oder?«
»Nicht daß ich wüßte«, sagte Smiley lachend.
»Konnte mir nicht vorstellen, warum er die Leadenhall Street als Weihnachtskarte benutzte. Verdammt seltsam, finden Sie nicht?«
Vielleicht habe er bloß ein Foto von London im Schnee schicken wollen, schlug Smiley vor; schließlich war Toby in mancher Hinsicht ein bißchen ungewöhnlich.
»Komische Art, Grüße zu schicken, muß schon sagen. Hat mir immer eine Kiste Scotch geschickt, pünktlich wie die Uhr.« Jerry runzelte die Stirn und trank aus seinem Krug. »Geht mir nicht um den Scotch«, erklärte er mit jener Ratlosigkeit, die häufig sein inneres Sehvermögen störte. »Kann mir meinen Scotch jederzeit selber kaufen. Nur, wenn man draußen ist, schreibt man allem

eine Bedeutung zu, deshalb sind Geschenke wichtig, verstehen Sie, was ich meine?«

Es war vor einem Jahr, ja, im Dezember. Das Restaurant *Sport* in Prag, sagte Jerry Westerby, gehöre nicht zu den Stammlokalen der Journalisten aus dem Westen. Die meisten lungerten im *Cosmo* oder im *International* herum, redeten nur leise und steckten immer zusammen, weil sie nervös waren. Aber Jerrys Lokal war das *Sport*, und seit er einmal Holotek, den Torwart, nach dem gewonnenen Match gegen die Tataren mitgebracht hatte, stand Jerry unter dem persönlichen Schutz des Barmanns namens Stanislaus oder Stan:

»Stan ist ein wahrer Fürst. Tut genau, was ihm verdammt nochmal Spaß macht. Kommt einem plötzlich vor, als wäre die Tschechoslowakei ein freies Land.«

Restaurant, erklärte er, bedeute Bar. Während Bar in der Tschechoslowakei Nachtclub bedeute, was komisch sei. Smiley stimmte zu, daß es verwirrend sein mußte.

Wie dem auch sei, Jerry hielt immer die Ohren offen, wenn er dort war, es war trotz allem ein tschechisches Lokal, und schon ein paarmal hatte er Toby von dort das fehlende Steinchen mitbringen oder ihn auf irgend jemandens Fährte setzen können.

»Auch wenn's bloß um Währungsgeschäfte ging, den schwarzen Markt. Alles Wasser auf die Mühle, meinte Toby. Kleinvieh macht auch Mist – das jedenfalls sagte Toby.«

Sehr richtig, pflichtete Smiley bei. So funktioniere es.

»Toby war die weise Eule, was?«

»Klar.«

»Ich habe früher immer direkt für Roy Bland gearbeitet, wissen Sie. Dann fiel Roy die Treppe hinauf, und Toby übernahm mich. Bißchen beunruhigend, solche Veränderungen. Cheers.«

»Wie lange hatten Sie schon für Toby gearbeitet, als Sie diese Reise unternahmen?«

»Paar Jahre, mehr nicht.«

Sie schwiegen eine Weile, das Essen kam, die Krüge wurden frisch gefüllt, und Jerry Westerby würzte sich mit seiner riesigen Hand das schärfste Currygericht der Speisekarte nach und goß feuerrote Soße über das Ganze. Die Soße, sagte er, gebe dem Gericht Aroma. »Der alte Khan hält sie eigens für mich«, erklärte er nebenbei. »Verwahrt sie im Atomkeller.«

Also damals, fuhr er fort, in jener Nacht in Stans Bar sei dieser Junge mit dem Salatschüssel-Haarschnitt und dem hübschen Mädchen am Arm dagewesen.

»Und ich dachte: aufgepaßt Jerry-Boy, das da ist ein Kommißhaarschnitt. Stimmt's?«

»Stimmt«, echote Smiley und dachte, in mancher Hinsicht war Jerry selber ein bißchen wie eine Eule.

Es stellte sich heraus, daß der Junge Stans Neffe und sehr stolz auf sein Englisch war: »Toll, was die Leute einem erzählen, wenn sie bloß mit ihren Sprachkenntnissen prahlen können.« Der Junge war auf Urlaub vom Militär und hatte sich in dieses Mädchen verliebt, er hatte noch acht Tage vor sich und hätte die ganze Welt umarmen mögen, einschließlich Jerry. Ja, Jerry sogar ganz besonders, denn Jerry zahlte den Sprit.

»Wir sitzen also alle kunterbunt um den großen Tisch in der Ecke, Studenten, hübsche Mädchen, alles mögliche. Der alte Stan war hinter seiner Theke hervorgekommen, und ein Bursche spielte recht ordentlich auf einer Quetschkommode. Jede Menge Gemütlichkeit, jede Menge Sprit, jede Menge Krach.«

Der Krach war besonders wichtig, erklärte Jerry, weil er dadurch mit dem Jungen schwatzen konnte, ohne daß jemand aufpaßte. Der Junge saß neben Jerry, er hatte ihn von Anfang an ins Herz geschlossen. Er hatte einen Arm um das Mädchen gelegt und den anderen um Jerry.

»Einer von den Bengels, die einen anfassen können, ohne daß man das Gruseln kriegt. Mag's im allgemeinen nicht, wenn mich einer anfaßt. Die Griechen tun's. Kann's persönlich nicht leiden.«

Smiley sagte, er könne es auch nicht leiden.

»Weil ich grad dran denke, das Mädchen sah ein bißchen aus wie Ann«, überlegte Jerry. »Klasse, verstehen Sie, was ich meine? Garbo-Augen, jede Menge gewisses Etwas.«

Und während alle munter sangen und tranken und Ringküssen spielten, fragte dieser Junge auf einmal Jerry, ob er die Wahrheit über Jim Ellis wissen wolle.

»Hab' getan, als hätt' ich nie von ihm gehört«, sagte Jerry zu Smiley. »›Schrecklich gern‹, sage ich. ›Wer ist denn dieser Jim Ellis?‹ Und der Junge schaut mich an, als wäre ich plemplem und sagt: ›Ein englischer Spion.‹ Nur hat's niemand gehört, sie schrien alle durcheinander und sangen gepfefferte Lieder. Der Kopf des Mädchens lag auf seiner Schulter, aber sie war schon halb hinüber und im siebenten Himmel, also redete er seelenruhig weiter und war stolz auf sein Englisch, verstehn Sie?«

»Versteh schon«, sagte Smiley.

»›Englischer Spion‹. Plärrt mir direkt ins Ohr. ›Hat im Krieg mit tschechischen Partisanen gekämpft. Kommt hierher unter dem Namen Hajek und wird von der russischen Geheimpolizei erschossen.‹ Aber ich hab' bloß die Achseln gezuckt und gesagt: ›Das erste, das ich höre, alter Junge.‹ Nur nicht drängen, wissen Sie. Auf keinen Fall drängen. Macht sie kopfscheu.«

»Da haben Sie vollkommen recht«, sagte Smiley aus vollem Herzen und beantwortete ein Weilchen geduldig weitere Fragen nach Ann, und wie es sei, wenn man liebte, einen anderen Menschen wirklich und ein ganzes Leben lang liebte.

»Ich leiste gerade meinen Militärdienst ab«, begann der Junge in Jerry Westerbys Bericht. »Ich muß, andernfalls darf ich nicht studieren.« Im Oktober hatte er an einer Grundausbildungsübung in den Wäldern bei Brünn teilgenommen. In diesen Wäldern wimmelte es ständig von Soldaten; im Sommer war das ganze Areal einen Monat lang für die Öffentlichkeit gesperrt gewesen. Es war eine langweilige Infanterieübung, die zwei Wochen dauern sollte, aber am dritten Tag wurde sie ohne Angabe von Gründen abgeblasen und die Truppen wurden in die Stadt zurückbeordert. Der Befehl lautete: Sofort packen und zurück in die Kasernen. Bis zum Abend mußte der ganze Wald geräumt sein.

»Nach wenigen Stunden schwirrte es nur so von blödsinnigen Gerüchten«, fuhr Jerry fort. »Einer sagte, die ballistische Forschungsanstalt in Tisnow sei explodiert. Ein anderer sagte, die Übungsbataillone hätten gemeutert und schössen auf die russischen Soldaten. Neuer Aufstand in Prag, die Russen haben die

Regierung übernommen, die Deutschen greifen an, Gott weiß was ist passiert. Sie wissen, wie Soldaten sind. Überall gleich, die Soldaten. Latrinengerüchte.«

Das Thema Militär brachte Jerry Westerby auf verschiedene Bekannte aus seiner eigenen Soldatenzeit, und er fragte nach Leuten, die Smiley flüchtig gekannt und wieder vergessen hatte. Endlich kamen sie wieder zur Sache.

»Sie brachen das Lager ab, beluden die Lastwagen und saßen herum und warteten, daß der Konvoi sich in Bewegung setzte. Sie waren eine halbe Stunde gefahren, als es hieß, das Ganze halt, und dem Konvoi befohlen wurde, die Straße freizumachen. Die Wagen mußten sich zwischen die Bäume verdrücken. Blieben im Dreck stecken, in Gräben, alles mögliche. Offenbar heilloses Durcheinander.«

Es seien die Russen gewesen, sagte Westerby. Sie kamen aus Richtung Brünn und hatten's furchtbar eilig, und alles, was tschechisch war, mußte die Bahn freimachen oder die Folgen tragen.

»Zuerst brauste eine Motorradstaffel mit aufgeblendeten Scheinwerfern daher, und die Fahrer brüllten sie an. Dann ein Stabsauto und Zivilisten, der Junge schätzte, im ganzen sechs Zivilisten. Dann zwei Lastwagenladungen Spezialtruppen, bis an die Zähne bewaffnet und in Tarnanzügen. Schließlich ein Wagen voller Spürhunde. Alles unter höllischem Getöse. Langweile ich Sie, alter Knabe?«

Westerby tupfte sich mit dem Taschentuch den Schweiß vom Gesicht und blinzelte, wie jemand, der gerade wieder zu sich kommt. Der Schweiß war auch durch das Hemd gedrungen; er sah aus, als hätte er unter der Dusche gestanden. Da Curry nicht zu Smileys Lieblingsgerichten zählte, bestellte er zwei weitere Krüge Bier, um den Geschmack hinunterzuspülen.

»Das war also der erste Teil der Geschichte. Tschechische Truppen raus, russische Truppen rein. Kapiert?«

Smiley sagte, ja, er glaube, er sei soweit ganz gut mitgekommen. Als sie wieder zurück in Brünn waren, erfuhr der Junge jedoch, daß seine Einheit noch längst nicht auf ihren Lorbeeren ausruhen sollte. Ihr Konvoi wurde mit einem zweiten gekoppelt, und in

der folgenden Nacht rasten sie acht bis zehn Stunden lang ohne bekanntes Ziel in der Gegend herum. Sie fuhren nach Westen bis Trebic, hielten und warteten, während die Nachrichtenabteilung eine lange Sendung durchgab, dann ging es in südöstlicher Richtung zurück, fast bis Znojmo an der österreichischen Grenze, und während des Fahrens wurde wie irre gehupt; niemand wußte, wer die Route befohlen hatte, niemand wollte irgend etwas erklären. Einmal bekamen sie Befehl, die Bajonette aufzupflanzen, ein anderes Mal schlugen sie ein Lager auf und packten alsbald ihren Kram wieder zusammen und zischten ab. Da und dort begegneten sie anderen Einheiten: Bei Breclav Feldpolizei, Panzer, die immer rundum fuhren, einmal zwei Kanonen auf Selbstfahr-Lafetten über eigens verlegte Gleise. Überall die gleiche Geschichte: kopfloses, sinnloses Getümmel. Die älteren Hasen sagten, es sei eine Strafe der Russen dafür, daß man Tscheche sei. Als sie wieder zurück in Brünn waren, hörte der Junge eine ganz andere Erklärung. Die Russen waren hinter einem englischen Spion namens Hajek her. Er hatte die Forschungsanlage ausspionieren wollen und versucht, einen General zu entführen, und die Russen hatten ihn erschossen.
»Also fragte der Junge«, sagte Jerry, »der freche kleine Teufel fragt seinen Unteroffizier: ›Wenn Hajek schon erschossen ist, warum müssen wir dann in der Gegend 'rumbrausen und einen Mordswirbel machen?‹ Und der Unteroffizier belehrt ihn: ›Weil wir hier beim Militär sind.‹ Auch überall die gleiche Marke, wie?«
Sehr ruhig fragte Smiley: »Wir sprechen da von zwei Nächten, Jerry. In welcher Nacht sind die Russen in den Wald eingedrungen?«
Jerry Westerbys Gesicht verzog sich vor Betroffenheit. »Genau das wollte der Junge mir sagen, George. Genau das wollte er mir in Stans Bar stecken. Worum's bei all den Gerüchten ging. Die Russen sind am Freitag eingedrungen. Aber Hajek haben sie erst am Sonnabend erschossen. Also sagten die Schlaumeier: ganz klar, die Russen haben Hajek aufgelauert. Wußten, daß er kommen würde. Wußten alles. Hinterhalt. Üble Geschichte, was? Schlecht für unseren guten Ruf, Sie verstehen, was ich meine.

Schlecht für großen Häuptling. Schlecht für ganzen Stamm. Hugh.«

»Hugh«, sagte Smiley in sein Bierglas.

»Toby hat es auch so aufgefaßt. Wir haben es genau gleich beurteilt, bloß verschieden reagiert.«

»Sie haben also Toby alles erzählt«, sagte Smiley beiläufig, während er Jerry eine große Schüssel Bohnen reichte. »Sie mußten ihn ohnehin aufsuchen und ihm sagen, daß Sie das Päckchen für ihn in Budapest abgeliefert hätten, also haben Sie ihm die Hajek-Story auch gleich erzählt.«

Ja, genau so war's, sagte Jerry. Das war's auch, was ihm keine Ruhe gelassen hatte, was ihm komisch vorkam, was ihn veranlaßt hatte, George zu schreiben. »Der alte Toby sagte, es sei Blech. Wird ganz befehlshaberisch und unangenehm. War zuerst ganz weg, schlägt mich auf den Rücken und Westerby ist der Beste. Dann geht er zurück in den Laden, und am nächsten Morgen fährt er das schwere Geschütz auf. Dringende Zusammenkunft, fährt mich im Wagen immer rund um den Park und brüllt Mord und Brand. Sagt, ich war damals so besoffen, daß ich Phantasie und Tatsachen nicht auseinanderhalten konnte. In dieser Tonart. Hat mich ein bißchen gefuchst.«

»Ich nehme an, Sie fragten sich, mit wem er inzwischen gesprochen haben mochte«, sagte Smiley mitfühlend. »Was hat er *genau* gesagt?« fragte er, keineswegs eindringlich, sondern nur so, als wolle er alles kristallklar vor sich sehen.

»Hat gesagt, es war höchstwahrscheinlich eine abgekartete Sache. Der Junge war ein Provokateur. Irreführung, damit der Circus hinter seinem eigenen Schwanz herjagen sollte. Reißt mir die Ohren ab, weil ich halbgare Gerüchte ausgestreut hätte. Ich sage zu ihm, ›Alter Junge‹, sage ich, ›Toby, ich hab' nur berichtet, alter Junge. Kein Anlaß, daß Ihnen der Kragen platzt. Gestern war ich noch Ihr bestes Stück. Ist doch sinnlos, auf den Boten zu schießen. Wenn die Geschichte Ihnen nicht mehr gefällt, das ist Ihre Sache.« Will mir überhaupt nicht zuhören, verstehen Sie? Völlig unlogisch, habe ich mir gedacht. Ein Bursche wie der. Ist im einen Moment heiß und im nächsten kalt. War nicht seine beste Leistung, verstehen Sie, was ich meine?«

Mit der linken Hand rieb Jerry sich die Schläfe wie ein Schuljunge, der vorgibt, nachzudenken. »Okie dokie«, sagte ich. ›Schwamm drüber. Ich schreib's für das Blättchen. Nicht den Teil über die Russen, die zuerst hingekommen sind. Den anderen Teil. *Schmutzige Arbeit im Wald*, diese Art Schmus.‹ Ich sag zu ihm: ›Wenn's für den Circus nicht gut genug ist, für's Blättchen genügt's.‹ Da geht er schon wieder die Wand hoch. Am nächsten Tag klingelt so ein Uhu unseren Alten an. Halten Sie diesen Pavian Westerby von der Ellis-Story fern. Steckt ihm die Nase in die D-Vorschrift: formelle Warnung. ›Alle weiteren Hinweise auf Jim Ellis alias Hajek gegen das nationale Interesse, also Hände weg.‹ Zurück zum Damen-Pingpong. Cheers.«

»Aber da hatten Sie mir bereits geschrieben«, erinnerte Smiley ihn.

Jerry Westerby wurde feuerrot. »Tut mir schrecklich leid«, sagte er. »Bin richtig fremdenfeindlich und mißtrauisch geworden. Kommt davon, wenn man draußen ist: man traut seinen besten Freunden nicht mehr.«

Er versuchte es nochmals; »Hab' halt gedacht, der alte Toby ist ein bißchen durchgedreht. Hätt' ich nicht tun sollen, wie? Gegen die Regeln.« Trotz seiner Verlegenheit brachte er ein mühsames Grinsen zustande. »Dann hör' ich hintenrum, daß die Firma Sie an die Luft gesetzt hat, und ich komm' mir noch verdammt blöder vor. Kein einsamer Jäger, wie, alter Knabe? Nein...?« Die Frage blieb ungestellt; aber vielleicht nicht unbeantwortet.

Als sie gingen, faßte Smiley freundlich Jerrys Arm.

»Falls Toby sich mit Ihnen in Verbindung setzen sollte, dann sagen Sie ihm besser nicht, daß wir uns heute getroffen haben. Er ist schon in Ordnung, aber er hat die fixe Idee, alle könnten sich gegen ihn verschwören.«

»Fiele mir nicht im Traum ein, alter Knabe.«

»Und falls er sich *wirklich* in den nächsten Tagen melden sollte«, fuhr Smiley fort – eine sehr entfernte Möglichkeit, besagte sein Tonfall – »könnten Sie mir einen Wink zukommen lassen. Dann kann ich Ihnen den Rücken stärken. Rufen Sie übrigens nicht *mich* an, wählen Sie diese Nummer.«

Plötzlich war Jerry Westerby in Eile; die Story über den Albion-Schläger konnte nicht mehr warten. Aber als er Smileys Karte entgegennahm, fragte er mit einem seltsamen, verlegenen Blick an Smiley vorbei: »Doch nichts Unschönes im Gang, wie, alter Knabe? Keine faulen Sachen im engen Kreise?« Das Grinsen war furchterregend: »Stamm ist nicht auf dem Kriegspfad oder so?«

Smiley lachte und legte eine Hand leicht auf Jerrys gewaltige, ein wenig hochgezogene Schulter.

»Jederzeit«, sagte Westerby.

»Werde dran denken.«

»Hab gedacht, Sie wären's gewesen, verstehn Sie: der den Alten angerufen hat.«

»Ich war's aber nicht.«

»Vielleicht war's Alleline.«

»Nehme ich an.«

»Jederzeit«, sagte Westerby nochmals. »Tut mir leid, ja? Grüßen Sie Ann.« Er zögerte.

»Na los, Jerry, raus damit«, sagte Smiley.

»Toby hat eine häßliche Geschichte über sie und Bill, das Großhirn. Hab' ihm gesagt, er soll sich's in seinen dreckigen Schlund stecken. Ist doch nichts dran, wie?«

»Vielen Dank, Jerry. Wiedersehn. Hugh.«

»Hab' gewußt, daß nichts dran ist«, sagte Jerry aufrichtig erfreut, hob wieder den Zeigefinger zur Indianerfeder und trabte zurück in seine Jagdgründe.

29 *Worin sich junge Liebe überraschend in Erinnerung bringt*

Als Smiley in dieser Nacht allein in seinem Bett im *Islay* lag und nicht einschlafen konnte, nahm er sich noch einmal die Akte vor, die Lacon ihm in Mendels Haus gegeben hatte. Sie stammte aus den späten fünfziger Jahren, als der Circus genau wie andere Whitehall-Dienststellen unter dem Druck der Konkurrenz die Zuverlässigkeit seiner Mitarbeiter genau unter die Lupe hatte nehmen müssen. Bei den meisten Einträgen handelte es sich um Routineüberprüfungen: Abgehörte Telefongespräche, Überwachungsberichte, endlose Interviews mit Universitätslehrern, Freunden und Bürgen. Ein Dokument jedoch hielt Smiley fest wie ein Magnet; er konnte sich nicht mehr davon trennen. Es war ein Brief, im Index schlicht als »Haydon an Fanshaw, 3. Februar 1937« aufgeführt. Genauer gesagt war es ein handschriftlicher Brief des Studenten Bill Haydon an seinen Tutor Fanshaw, einen Talentsucher des Circus, worin der junge Jim Prideaux als möglicher Kandidat auf eine Anwerbung für den britischen Geheimdienst vorgestellt wurde. Eine geschraubte *explication de texte* war vorangestellt. Die *Optimates* seien »ein elitärer Christ Church Club, hauptsächlich ehemalige Eton-Schüler«, schrieb der unbekannte Verfasser. Fanshaw (P.R. de T. Fanshaw, Ehrenlegion, O.B.E.* Personalakte soundso), war sein Gründer, Haydon (unzählige Referenzen) war in dem betreffenden Jahr seine Primadonna gewesen. Die politische Couleur der *Optimates,* denen schon Haydons Vater seinerzeit angehört hatte, war unverhohlen konservativ. Fanshaw, inzwischen längst gestorben, kämpfte leidenschaftlich für das Empire, und »die Optimates waren seine private Truppenreserve für das Große Spiel«, wie der Vorspann ausführte. Seltsamerweise erinnerte sich Smiley aus seiner eigenen Studienzeit undeutlich an Fanshaw: Ein dünner, emsiger Mann mit randloser Brille, Neville-Chamberlain-

* Officer of the Order of the British Empire

Regenschirm und unnatürlich geröteten Backen, als zahnte er noch immer. Steed Asprey nannte ihn den Tantenonkel.
»Mein lieber Fan, könnten Sie sich entschließen, einige Erkundigungen über den jungen Herrn einzuziehen, dessen Name auf einliegendem Stück Menschenhaut geschrieben steht? (Überflüssige Anmerkung der Inquisitoren: Prideaux.) Vermutlich kennen Sie Jim – wenn Sie ihn überhaupt kennen – als Athletikus von einigen Graden. Was Sie indes nicht wissen, aber wissen sollten, ist folgendes: Er ist kein mieser kleiner Linguist oder sonst ein kompletter Idiot...« (hier folgte ein biographischer Überblick von erstaunlicher Genauigkeit: ... Lycée Lakanal in Paris, für Eton angemeldet, aber nie hingegangen, Jesuitenschule in Prag, zwei Semester Straßburg, Eltern Bankgeschäft auf dem Balkan, Kleinadel, leben getrennt...)
»Daher die innige Vertrautheit unseres Jims mit fremden Gebieten und sein elternloses Aussehen, das ich unwiderstehlich finde. Übrigens: wenn er auch aus sämtlichen Bestandteilen Europas zusammengesetzt ist, täuschen Sie sich nicht: die komplette Mischung ist aus unserem Schrot und Korn und uns treu ergeben. Zur Zeit ist er ein bißchen aus dem Tritt, er hat nämlich soeben entdeckt, daß es außerhalb des Spielfelds auch noch eine Welt gibt, und diese Welt bin ich.
Aber zuerst sollen Sie erfahren, wie ich ihn kennenlernte.
Wie Sie wissen, entspricht es meinen Gewohnheiten (und Ihrer Anweisung), von Zeit zu Zeit arabische Tracht anzulegen und hinunter zu den Bazaren zu gehen, wo ich mich zu den großen Ungewaschenen setze und den Worten ihrer Propheten lausche, auf daß ich sie besser fertigmachen könne, wenn es soweit ist. Der Juju-Mann *en vogue* dieses Abends war direkt von Mütterchen Rußlands Busen herbeigeeilt: ein gewisser Professor Chlebnikow, zur Zeit an der Sowjetischen Botschaft in London, ein fideler, recht mitreißender kleiner Bursche, der außer dem üblichen Unsinn auch ein paar ganz witzige Dinge von sich gab. Der genannte Bazar war ein Debattierclub, genannt die Volksfreunde, unsere Konkurrenz, mein lieber Fan, und Ihnen bereits von einigen meiner früheren Streifzüge her bekannt. Nach der Predigt wurde brutal proletarischer Kaffee gereicht, dazu ein

grauenhaft demokratisches Brötchen, und ich bemerkte diesen großen Burschen, der allein ganz hinten im Saal saß und offenbar zu schüchtern war, um sich zu den anderen zu gesellen. Sein Gesicht war mir vom Kricketplatz her bekannt, und es stellte sich heraus, daß wir gemeinsam in der College-Mannschaft gespielt hatten, ohne je ein Wort zu wechseln. Ich weiß nicht recht, wie ich ihn beschreiben soll. Er hat Persönlichkeit, Fan. Ich bin jetzt ganz ernst.«

Hier wurde die Schrift, bisher verkrampft und stelzig, breiter, als der Schreiber auf Touren kam:

»Er hat die alles beherrschende Gelassenheit. Hartköpfig, im wahren Sinn des Wortes. Einer von den Stillen im Lande, die ihr Team führen, ohne daß man es merkt. Fan, Sie wissen, wie schwer es mir fällt, zu *handeln.* Sie müssen mich ständig daran erinnern, meinen Verstand daran erinnern, daß ich mich den Gefahren des Lebens stellen muß, wenn ich seine Geheimnisse ergründen will. Jim dagegen handelt aus dem Instinkt ... er ist funktionell ... Er ist meine andere Hälfte, gemeinsam würden wir einen fabelhaften Menschen ergeben, außer daß keiner von uns singen kann. Und Fan, kennen Sie das Gefühl, daß man einfach losziehen und einen neuen Menschen finden muß, oder die eigene Welt geht zum Teufel?«

Die Schrift wurde wieder stetiger.

»›Yavas Lagloo‹, sage ich, was russisch sein und etwa heißen soll, ›Komm in meine Liebeslaube‹ oder so ähnlich, und er sagt ›Oh, hallo‹, was er vermutlich auch zum Erzengel Gabriel gesagt hätte, wenn der zufällig des Wegs gekommen wäre.

›Wo klemmt's?‹ sage ich.

›Nirgends‹, sagt er, nachdem er ungefähr eine Stunde lang nachgedacht hatte.

›Was tun Sie dann hier? Wenn's nirgends klemmt, was suchen Sie dann hier?‹

Da grinst er mich breit und freundlich an, und wir hopsen rüber zum großen Chlebnikow, schütteln eine Weile seine kleine Hand und vertrollen uns dann in meine Wohnung. Wo wir trinken. Und trinken. Und Fan, er trank alles, was er zu fassen kriegte. Oder vielleicht ich, ich weiß es nicht mehr. Und wie's Tag wird,

wissen Sie, was wir taten? Ich will's Ihnen sagen, Fan. Wir spazierten feierlich hinunter zu den Sportplätzen, ich setz mich mit einer Stoppuhr auf eine Bank, Big Jim steigt in seinen Trainingsanzug und reißt zwanzig Runden herunter. Zwanzig. Ich war völlig erschöpft.
Wir können jederzeit zu Ihnen kommen, er wünscht sich nichts Besseres als meine Gesellschaft oder die meiner gottlosen, göttlichen Freunde. Kurz, er hat mich zu seinem Mephisto ernannt, und ich fühle mich sehr gebauchkitzelt. Nebenbei gesagt, er ist Jungfrau, ungefähr einsachtzig groß, und von derselben Firma hergestellt, die die Hünengräber fabriziert hat. Keine Angst!«
Danach gab die Akte wieder nichts mehr her. Smiley richtete sich auf, blätterte hastig die Seiten um und suchte ungeduldig nach etwas Handfestem. Die Tutoren beider Männer versichern (nach zwanzig Jahren), es sei undenkbar, daß die Beziehung zwischen den beiden ›mehr als rein freundschaftlicher Natur‹ gewesen sei ... Haydons Zeugenaussage wurde nie angefordert ... Jims Tutor bezeichnet ihn als ›intellektuellen Vielfraß nach langem Hungern‹ und weist jede Andeutung zurück, daß Jim etwa ›rot angehaucht‹ war. Die Gegenüberstellung in Sarratt beginnt mit langatmigen Entschuldigungen, vor allem auf Grund von Jims großartigen Leistungen während des Kriegs. Jims Antworten bringen nach den Manieriertheiten von Haydons Brief frischen Wind in die Lektüre. Ein Vertreter der Konkurrenz ist anwesend, ergreift aber kaum das Wort. Nein, Jim hatte Chlebnikow *nie* wiedergesehen, auch niemanden, der sich als dessen Abgesandter ausgab; nein, mit Ausnahme dieses einen Mals hat er nie mit ihm gesprochen. Nein, er hatte damals keine weiteren Kontakte mit Kommunisten oder Russen gehabt, er konnte sich an keinen Namen eines Mitglieds der Volksfreunde erinnern.

Frage: (Alleline) ›Was Ihnen wohl keine schlaflosen Nächte bereitet, wie?‹
Antwort: ›Ehrlich gesagt, nein.‹ (Lachen)

Ja, er war Mitglied bei den Volksfreunden gewesen, genau wie er Mitglied des Theaterclubs am College gewesen war, der philatelistischen Gesellschaft, der Gesellschaft für moderne Sprachen, der Union und der Historischen Gesellschaft, der Ethischen Gesellschaft und der Rudolf Steiner-Arbeitsgruppe... Auf diese Weise konnte man interessante Vorträge hören und Leute kennenlernen; besonders dieses. Nein, er hatte nie linke Literatur verteilt, allerdings kurze Zeit *Soviet Weekly* gelesen... Nein, er hatte niemals Beiträge an irgendeine politische Partei entrichtet, weder in Oxford noch später, er hatte sogar nie von seinem Wahlrecht Gebrauch gemacht... Daß er sich in Oxford so vielen Clubs anschloß, hatte vor allem einen Grund: Nach einer wechselvollen Schulzeit im Ausland hatte er keine gleichaltrigen englischen Kameraden von früher...

Hier sind die Inquisitoren bereits ausnahmslos auf Jims Seite; alle machen gemeinsam Front gegen die Konkurrenz und ihre bürokratische Einmischung.

Frage: (Alleline) »Nur interessehalber, hätten Sie etwas dagegen, mir zu sagen, wo Sie bei Ihren vielen Auslandsaufenthalten Kricketspielen gelernt haben?« (Lachen)

Antwort: »Wissen Sie, ich hatte einen Onkel mit einem Kricketplatz in der Nähe von Paris. Ausgesprochener Kricketfan. Mit Netz und allen Schikanen. Wenn ich in den Ferien dort war, mußte ich non-stop mit ihm spielen.«

(Anmerkung der Inquisitoren: Comte Henri de Sainte-Yvonne, Dez. 1942, Personalakte. AF64 – 7.) Ende des Interviews. Vertreter der Konkurrenz möchte Haydon als Zeugen vorführen lassen, aber Haydon ist im Ausland und verhindert. Termin auf unbestimmte Zeit verschoben...

Smiley war schon fast eingeschlafen, als er die letzte Eintragung las, die achtlos eingefügt worden war, längst nachdem Jims Sicherheitsüberprüfung durch die Konkurrenz formell abgeschlossen war. Es war ein Zeitungsausschnitt vom Juni 1938, eine Besprechung von Haydons damaliger Ein-Mann-Ausstellung, und der Titel lautete »Realismus oder Surrealismus? Oxforder Perspektiven.« Nachdem der Kritiker Bill Haydons Gemäldeausstellung in Grund und Boden verrissen hatte, endete

er mit folgender launiger Bemerkung:
»Wie uns zu Ohren kam, hat der treffliche Mr. James Prideaux sich sogar zeitweise von seinem Kricket losgerissen, um beim Hängen der Leinwände behilflich zu sein. Wir meinen zwar, daß er besser daran getan hätte, in der Banbury Road zu bleiben. Da indessen seine Rolle als Förderer der Schönen Künste das einzig Echte an der ganzen Veranstaltung war, sollten wir vielleicht nicht allzusehr lästern...«
Smiley döste, in seinem Hirn drängten sich, wohlgeordnet, Zweifel, Argwohn und Gewißheiten. Er dachte an Ann und empfand große Zärtlichkeit für sie, sehnte sich danach, ihre Schwachheit mit seiner eigenen zu beschützen. Wie ein junger Mann flüsterte er ihren Namen und stellte sich vor, daß ihr schönes Gesicht sich im Halbdunkel über ihn beuge, während Mrs. Pope Graham durchs Schlüsselloch ihren Bannfluch zeterte. Er dachte an Tarr und Irina und grübelte nutzlos über Liebe und Treue; er dachte an Jim Prideaux und was wohl der Morgen bereithalten würde. Er fühlte in aller Bescheidenheit, daß ein Sieg bevorstand. Er hatte einen weiten Weg zurückgelegt, lange auf den Meeren gekreuzt; morgen, wenn er Glück hatte, würde er vielleicht Land erblicken: eine friedliche kleine verlassene Insel zum Beispiel. Eine, von der Karla nie gehört hatte. Gerade groß genug für ihn und Ann. Er schlief ein.

Dritter Teil

30 *Jim Prideaux rüstet sich für einen Besuch und bekommt selber einen Gast*

In Jim Prideaux' Welt war der Donnerstag abgelaufen wie jeder andere Tag, nur daß irgendwann in den frühen Morgenstunden die Wunde in seinem Schulterknochen zu nässen begonnen hatte, woran wohl der Wettlauf vom Mittwochnachmittag schuld war. Er erwachte durch den Schmerz und durch den Luftzug über die feuchte Stelle seines Rückens, wo die Wundabsonderung herabrann. Es war schon einmal passiert, und damals war er mit dem Auto nach Taunton gefahren, aber die Schwestern im Kreiskrankenhaus warfen nur einen Blick auf ihn, dann verfrachteten sie ihn schleunigst in die Notstation, wo er auf Doktor Soundso und eine Röntgenaufnahme warten sollte, und er schnappte sich seine Kleider und verduftete. Er hatte genug von Ärzten und Krankenhäusern. Ob englische oder sonstige, Jim hatte die Nase voll. Sie hatten gesagt, die Wunde »zeichne noch«.

Er konnte nicht an die Wunde heranreichen, um sie zu behandeln, aber seit dem letzten Mal hatte er sich Dreiecke aus Scharpie zurechtgeschnitten und Bänder an die Ecken genäht. Nachdem er sie sich auf dem Ablaufbrett bereitgelegt hatte, kochte er Wasser, schüttete ein halbes Päckchen Salz hinein und verabreichte sich damit eine improvisierte Dusche, wobei er sich so zusammenkauerte, daß der Strahl seinen Rücken traf. Er tränkte die Scharpie mit einer Desinfektionslösung, warf sie sich auf den Rücken, verschnürte die Bänder über der Brust und legte sich bäuchlings auf sein Bett, einen Wodka in Reichweite. Der Schmerz ließ nach, und Schläfrigkeit überkam ihn, aber er wußte, wenn er jetzt nachgab, würde er den ganzen Tag schlafen; also nahm er die Wodkaflasche mit zum Fenster und setzte sich an den Tisch und korrigierte die Französischhefte von V B, während die Morgendämmerung des Donnerstags in die Senke glitt und die Saatkrähen in den Ulmen zu lärmen begannen.

Manchmal war die Wunde für ihn eine Erinnerung, die er nicht

verdrängen konnte. Er beschwor Himmel und Hölle, um sie zu verdrängen und zu vergessen, aber der Himmel oder die Hölle halfen auch nicht immer.
Er ließ sich Zeit mit dem Korrigieren, weil er es gern tat und weil diese Arbeit seine Gedanken bei der Stange hielt. Zwischen halb sieben und sieben war er fertig; er zog eine alte Flanellhose und ein Sportjackett an und schlenderte hinunter zur Kirche, die nie abgeschlossen war. Eine Weile kniete er im Mittelgang der Curtois-Kapelle, einer Familien-Gedenkstätte für die Toten zweier Kriege und fast immer leer. Das Kreuz auf dem kleinen Altar hatten Pioniere bei Verdun geschnitzt. Beim Knien tastete Jim vorsichtig unter dem Kirchenstuhl herum, bis seine Fingerspitzen auf eine Reihe von Klebestreifen stießen, und über diese Spur auf ein Etui aus kaltem Metall. Nachdem er seine Andacht verrichtet hatte, preschte er die Combe Lane bis zur nebelumwallten Spitze des Hügels hinauf, im Trab, um in Schweiß zu kommen, denn die Wärme tat ihm gut, solange sie anhielt, und der Rhythmus dämpfte seine Überwachheit. Nach der schlaflosen Nacht und dem Morgenwodka war er ein bißchen durchgedreht, und als er die Ponys am Hang sah, die ihm ihre törichten Gesichter zuwandten, schrie er sie an: »Trollt euch! Ihr blöden Viecher, glotzt mich nicht so an!« Dann stapfte er die Landstraße entlang wieder zurück, trank Kaffee und wechselte seinen Verband.
Die erste Unterrichtsstunde nach der Morgenandacht war Französisch in Klasse V B, und hier wäre Jim um ein Haar der Gaul durchgegangen: brummte diesem Blödel Clements, Sohn eines Tuchhändlers, eine Strafe auf und mußte sie am Ende der Stunde rückgängig machen. Im Aufenthaltsraum brachte er eine weitere Routine hinter sich, ähnlich der, die er in der Kirche praktiziert hatte: rasch, ohne zu denken, kein Herumfummeln und raus. Es war eine ganz simple Prozedur, die Post zu untersuchen, und es klappte. Er kannte keinen Profi, der das machte. Aber Profis erzählen nicht alles. »Man muß es so sehen«, würde er gesagt haben, »wenn die Gegenseite dich überwacht, dann überwacht sie bestimmt deine Post, denn das ist die einfachste Form der Überwachung: und noch einfacher, wenn die Gegenseite die eigene Seite ist und die Post mit ihr zusammenarbeitet. Was also ist zu

tun? Man schickt jede Woche, vom gleichen Briefkasten, zur gleichen Zeit, in gleichem Abstand, einen Umschlag an sich selber und einen zweiten an eine unbeteiligte Person mit der gleichen Adresse. Steckt irgend etwas hinein – Wohltätigkeitskarten mit Weihnachtswunsch, Sonderangebote vom Supermarkt in der Nähe – verklebt den Umschlag sorgfältig, wartet ab und vergleicht die Zeiten des Eintreffens. Wenn der Brief an die eigene Adresse später ankommt als der an die andere Person, dann ist jemand hinter einem her, in diesem Fall Toby.
Die beiden Briefe kamen gleichzeitig an, aber Jim kam zu spät, um den Umschlag an Marjoribanks abzufangen, der als ahnungsloser Mitläufer an der Reihe war. So steckte Jim seinen eigenen Brief in die Tasche und stieß hinter seinem *Daily Telegraph* mißbilligende Töne aus, während Marjoribanks mit einem wütenden »Hol euch der Teufel« eine gedruckte Einladung zur Mitgliedschaft bei den Bibelforschern zerriß. Danach ließ er sich vom üblichen Tagesablauf mittragen, bis zum Rugby-Match der Unterklassen gegen Saint-Ermin, zu dem er als Schiedsrichter abgeordnet war. Es war ein schnelles Spiel, und als es zu Ende war, meldete sein Rücken sich wieder, also trank er Wodka, bis es Zeit fürs erste Läuten war. Er hatte versprochen, dies für den jungen Elwes zu übernehmen. Warum er das versprochen hatte, wußte er nicht mehr, aber die jüngeren Lehrer und besonders die verheirateten bedachten ihn gern mit allerlei kleinen Nebenarbeiten, und er ließ es sich gefallen. Die Glocke war eine alte Schiffsglocke, die Thursgoods Vater irgendwo ausgegraben hatte und die jetzt zur Tradition gehörte. Als Jim sie läutete, sah er, daß der kleine Bill Roach direkt neben ihm stand und lächelnd und um Aufmerksamkeit heischend zu ihm hochblickte, wie er es jeden Tag ein dutzendmal tat.
»Hallo Jumbo, wo brennt's denn jetzt wieder?«
»Sir, bitte, Sir.«
»Los, Jumbo, 'raus mit der Sprache.«
»Sir, da will jemand wissen, wo Sie wohnen, Sir«, sagte Roach.
»Was für ein Jemand, Jumbo? Los, ich beiß dich nicht, los, heh ... heh! Was für ein Jemand? Mann? Frau? Juju-Mann? He! Los, alter Freund«, sagte er sanft und kauerte sich neben Roach nie-

der. »Kein Grund zum Heulen. Was ist los mit dir? Hast du Fieber?« Er zog ein Taschentuch aus seinem Ärmel. »Was für ein Jemand?« wiederholte er mit derselben leisen Stimme.

»Er hat bei Mrs. McCullum gefragt. Er sagte, er sei ein Freund. Dann hat er sich wieder in sein Auto gesetzt, es steht im Kirchhof, Sir.« Ein neuer Tränenschwall. »Er sitzt einfach drinnen.«

»Schert euch doch zum Teufel!« schrie Jim ein Grüppchen älterer Schüler an, die grinsend unter der Tür standen. »Schert euch zum Teufel! Großer Freund?« Er wandte sich wieder an Roach. »Langer Schlaks, Jumbo? Dicke Augenbrauen, schlechte Haltung? Dünner Bursche? Bradbury. Komm mal her und hör auf zu gaffen! Hilf Jumby rauf zu Matron bringen. Dünner Bursche?« fragte er wieder in gleichmütigem Ton.

Aber Roach hatte es die Sprache verschlagen. Er hatte kein Gedächtnis mehr, keinen Sinn mehr für Größe und Perspektive; sein Unterscheidungsvermögen in der Welt der Erwachsenen war fort. Große Männer, kleine Männer, alte, junge, krumme, gerade, sie waren nur noch ein Heer unerfindlicher Gefahren. Jims Frage mit nein zu beantworten, war mehr, als er ertragen konnte; mit einem Ja würde er die ganze furchtbare Verantwortung für Jims Enttäuschung auf sich laden.

Er sah Jims Augen auf sich gerichtet, sah, wie das Lächeln erlosch, und dann fühlte er die rettende Berührung der großen Hand auf seinem Arm.

»Braver Jumbo. Keiner hat je so gut beobachtet wie du, was?«

Bill Roach legte den Kopf verzagt auf Bradburys Schulter und schloß die Augen. Als er sie wieder öffnete, sah er durch die Tränen, daß Jim schon halbwegs die Treppe hinauf war.

Jim war ruhig, fast leicht zumute. Ganze vierzehn Tage lang hatte er gewußt, daß da jemand war. Auch das gehörte zu seiner Routine; die Plätze beobachten, wo die Beobachter ihre Fragen stellten. Die Kirche, wo über jeden Zu- und Weggang in der Gemeinde unbefangen geredet wird; das Rathaus, das Verzeichnis der Wähler. Geschäftsleute, falls sie die Kundenrechnungen aufhoben; Pubs, wenn die Gejagten sie nicht aufsuchten. Er wußte, daß dies in England die natürlichen Fallen waren, die die Observanten automatisch abklapperten, bevor sie über einem zuschnappten. Und so war es denn auch. Als Jim vor zwei Wochen einen netten Plausch mit einem Buchhändler hatte, stieß er auf die Spur, nach der er suchte. Ein Fremder, offenbar aus London, hatte sich nach Wahlkreisen erkundigt; ja, er war ein politischer Herr – nun, mehr so auf der Ebene politischer Erhebungen, ein Professioneller, das konnte man sehen, und unter anderem wollte er – man stelle sich das nur vor, jetzt – die neueste Aufstellung ausgerechnet von Jims Dorf – ja, die Wählerliste –, da sie erwogen, eine Fragebogen-Kampagne von Tür zu Tür in einer Gemeinde j.w.d., besonders bei neu Zugezogenen, zu starten – Ja, man stelle sich nur vor, stimmte Jim zu, und von da an traf er Vorkehrungen. Er kaufte Eisenbahn-Fahrkarten – Taunton nach Exeter, Taunton nach London, Taunton nach Swindon, gültig einen Monat – denn er wußte, wäre er mal wieder auf der Flucht, würde an Fahrkarten schwer heranzukommen sein. Er hatte seine alten Ausweise und sein Gewehr hervorgeholt und hielt sie – leicht greifbar – versteckt; er verstaute einen mit Kleidern vollgestopften Koffer im Gepäckraum des Alvis und sorgte für einen vollen Tank. Diese Vorsichtsmaßnahmen milderten seine Ängste etwas, ließen den Schlaf immerhin zu einer Möglichkeit werden, zumindest solange sein Rücken nicht schmerzte.

»Sir, wer hat gewonnen, Sir?«
Prebble, ein Neuer, im Schlafrock und voll Zahnpasta, auf dem Weg zur Krankenstube. Manchmal sprachen die Jungen Jim ohne jeden Grund an, seine Größe und der Buckel reizten sie dazu.
»Sir, das Match, Sir, gegen Saint-Ermin.«
»Sir, die *andern* haben gewonnen, Sir«, bellte Jim. »Wie Sie selber wissen würden, Sir, wenn Sie zugesehen hätten, *Sir*«, schwang eine enorme Faust in einem langsamen Schattenboxhieb gegen die Jungen und schubste beide über den Korridor zu Matrons Arzneistube.
»Nacht, Sir.«
»Nacht, du Knallfrosch«, rief Jim und ging hinüber in den Kran-

kenschlafsaal, um einen Blick auf die Kirche und den Friedhof zu werfen. Der Schlafsaal war unbeleuchtet, Jim haßte seinen Anblick und seinen Mief. Zwölf Jungen lagen im Dunkeln und dösten zwischen Abendbrot und Fiebermessen.
»Wer ist das?« krächzte eine Stimme.
»Rhino«, sagte eine andere. »He, Rhino, wer hat gegen Saint-Ermin gewonnen?«
Es war ungehörig, Jim mit seinem Spitznamen anzusprechen, aber Jungen im Krankensaal fühlten sich von der Disziplin entbunden.
»Rhino? Wer zum Teufel ist *Rhino*? Kenn ich nicht. Für mich kein Name«, schnaubte Jim und quetschte sich zwischen zwei Betten durch. »Weg mit der Taschenlampe, nicht gestattet. War ein verdammt leichter Sieg. Achtzehn zu null für die Ermins.«
Das Fenster reichte fast bis zum Boden. Ein altes Kamingitter schützte es vor den Jungen. »Zu viel Gestümper in der Dreiviertellinie«, brummte er und äugte hinunter.
»Ich hasse Rugby«, sagte ein Junge namens Stephen.
Der blaue Ford stand im Schatten der Kirche, dicht unter den Ulmen. Vom Erdgeschoß aus wäre er nicht zu sehen gewesen, aber er wirkte nicht versteckt. Jim stand ganz still da, ein bißchen vom Fenster zurück, und inspizierte den Wagen nach verräterischen Zeichen. Das Tageslicht schwand bereits, aber er hatte gute Augen und wußte, wonach er Ausschau halten mußte: zweiter Innenspiegel für den Kurier, Brandstellen unter dem Auspuff. Als sie seine Spannung spürten, begannen die Jungen zu witzeln.
»Sir, ist es eine Puppe, Sir? Taugt sie etwas, Sir?«
»Sir, brennt die Schule?«
»Sir, hat sie hübsche Beine?«
»Gosh, Sir, ist es wirklich Miss *Aaronson?*« Hier begannen alle zu kichern, denn Miss Aaronson war alt und häßlich.
»Klappe halten«, schnappte Jim ärgerlich. »Haltet die Klappe, ihr Rübenschweine.« Drunten im Tagesraum verlas Thursgood die Anwesenheitsliste der Großen vor der Lernstunde.
»Abercrombie? Sir. Astor? Sir. Blakeney? Krank, Sir.«
Von seinem Beobachtungsposten aus sah Jim, wie die Wagentür aufging und George Smiley behutsam aus dem Wagen heraus-

kletterte; er trug einen schweren Mantel.
Matrons Schritte hallten im Korridor. Er hörte das Quietschen ihrer Gummiabsätze und das Klappern der Fieberthermometer in einem Kleistertopf.
»Mein lieber Rhino, was tun Sie in meinem Krankensaal? Und schließen Sie den Vorhang, Sie böser Junge, sonst stirbt mir noch die ganze Bande an Lungenentzündung. William Merridew, aufsetzen, dalli!«
Smiley schloß den Wagen ab. Er war allein und trug nichts bei sich, nicht einmal eine Mappe.

»Sie schreien in Grenville nach Ihnen, Rhino.«
»Geh schon, bin schon weg«, gab Jim munter zurück, und mit einem zackigen »Nacht mit'nander« wuchtete er zum Grenville-Schlafsaal, wo er sein Versprechen, eine Geschichte fertigzulesen, einhalten mußte. Beim Vorlesen stellte er fest, daß er bei manchen Lauten Schwierigkeiten hatte, sie verhakten sich irgendwo in seiner Kehle. Er wußte, daß er schwitzte, er vermutete, daß sein Rücken näßte, und als er mit der Geschichte zu Ende war, hatte er eine Art Krampf im Kiefer, der nicht bloß vom Vorlesen kam. Aber das alles waren nebensächliche Symptome im Vergleich zu der Wut, die in ihm aufstieg, als er in die eisige Nachtluft hinaustrat. Eine Weile stand er unschlüssig auf der unkrautbewachsenen Terrasse und starrte auf die Kirche. Er würde drei Minuten brauchen, weniger sogar, um den Revolver unter dem Kirchenstuhl loszumachen, in den Hosenbund zu stecken, links, Griff nach innen, zur Leiste.
Aber sein Instinkt sagte »Nein«, also nahm er direkten Kurs auf den Wohnwagen und sang dabei »Hei diddel dei, hei diddel dei«, so laut seine unmelodische Stimme reichte.

31 *Jim Prideaux beschreibt einen Nachtmarsch, und George Smiley sieht zum ersten Mal Licht*

In dem Motelzimmer herrschte dauernde Ruhelosigkeit. Selbst wenn der Verkehr draußen eine seiner seltenen Pausen machte, vibrierten die Fenster weiter. Auch die Zahngläser im Bad vibrierten, und durch beide Zimmerwände und die Decke hörten sie Musik, Poltern und Gesprächsfetzen oder Lachen. Wenn ein Wagen im Vorhof ankam, schien das Türenknallen mitten im Zimmer stattzufinden, und die Schritte ebenfalls. Die Einrichtungsgegenstände waren aufeinander abgestimmt. Die gelben Stühle waren auf die gelben Bilder und den gelben Teppich abgestimmt. Die Häkeldecken über den Betten paßten zur orangefarbenen Türbemalung und zufällig auch zum Etikett auf der Wodkaflasche. Smiley hatte alles säuberlich vorbereitet. Er hatte die Stühle in angemessene Entfernung gerückt, die Wodkaflasche auf den niedrigen Tisch gestellt, und als Jim nun dasaß und ihn finster anstarrte, holte er einen Teller mit geräuchertem Lachs aus dem winzigen Kühlschrank, nebst fertig mit Butter bestrichenem Landbrot. Im Gegensatz zu Jim war er bemerkenswert gut gelaunt, und seine Bewegungen waren flink und gezielt.
»Ich dachte, wir sollten's wenigstens gemütlich haben«, sagte er mit flüchtigem Lächeln und deckte geschäftig den Tisch. »Wann müssen Sie wieder in der Schule sein? Ist eine Zeit festgesetzt?«
Als er keine Antwort erhielt, setzte er sich. »Macht Ihnen das Unterrichten Spaß? Ich glaube mich zu erinnern, daß Sie's nach dem Krieg eine Weile getan haben, stimmt das? Ehe Sie wieder zurückgeholt wurden? War das auch ein Internat?«
»Schauen Sie in den Akten nach«, bellte Jim. »Spielen Sie gefälligst nicht Katz' und Maus mit mir, George Smiley. Wenn Sie irgend etwas wissen wollen, lesen Sie meine Akte.«
Smiley langte über den Tisch, goß zwei Gläser ein und reichte eines davon Jim.
»Ihre Personalakte im Circus?«
»Holen Sie sie bei der Personalabteilung, bei Control.«

»Ja, das wäre vielleicht besser«, sagte Smiley zweifelnd. »Der Haken ist nur: Control ist tot, und ich wurde 'rausgeworfen, lange ehe Sie zurückkamen. Hat sich niemand die Mühe gemacht, Ihnen das mitzuteilen, als man Sie nach Hause holte?«
Nun wurden Jims Züge weicher, und er vollführte in Zeitlupe eine jener Handbewegungen, die den Jungen in Thursgood soviel zu lachen gaben. »Lieber Gott«, flüsterte er, »Control ist also hinüber«, fuhr sich mit der linken Hand über die Schnurrbarthörner und dann hinauf zu seinem mottenzerfressenen Haar. »Armer alter Knabe«, murmelte er. »Woran ist er gestorben, George? Herz? Herztod?«
»Nicht einmal das hat man Ihnen bei Ihrer Desinstruktion nach der Rückkehr gesagt?« fragte Smiley.
Bei dem Wort »Desinstruktion« wurde Jims Haltung steif und sein Blick wieder starr.
»Ja«, sagte Smiley, »es war sein Herz.«
»Wer hat den Job gekriegt?«
Smiley lachte: »Du liebe Güte, Jim, *worüber* habt ihr eigentlich in Sarratt gesprochen, wenn sie Ihnen nicht mal das gesagt haben?«
»Herrgott nochmal, wer hat den Job gekriegt? Sie waren's nicht, wie, Sie sind 'rausgeflogen! Wer hat den Job gekriegt, George?«
»Alleline hat ihn gekriegt«, sagte Smiley und beobachtete Jim scharf; er sah, daß der rechte Unterarm regungslos auf seinen Knien lag. »Wem hätten Sie ihn zugedacht? Sie hatten einen Kandidaten, wie, Jim?« Und nach einer langen Pause: »Und sie haben Ihnen auch nicht zufällig gesagt, was mit dem Netz Aggravate passiert ist? Mit Pribyl, mit seiner Frau und seinem Schwager? Oder mit dem Netz Plato? Landkron, Eva Krieglowa, Hanka Bilowa? Einige von ihnen haben Sie selber angeworben, nicht wahr, in den alten Tagen vor Roy Bland? Der alte Landkron hat sogar vor dem Krieg für Sie gearbeitet.«
Es war für Smiley schrecklich anzusehen, wie Jim keine Bewegung nach vorn machte und auch nicht zurück konnte. Das unregelmäßige rote Gesicht war von der Qual der Unentschlossenheit verzerrt, und Schweiß hatte sich in dicken Tropfen über den rötlichen Brauen gesammelt.

»Herrgott noch mal, George, was zum Teufel wollen Sie eigentlich? Ich habe einen Schlußstrich gezogen. Genau das sagten sie, solle ich tun. Einen Schlußstrich ziehen, ein neues Leben anfangen, die ganze Geschichte vergessen.«
»Wer sind diese *sie*, Jim? Roy? Bill, Percy?« Er wartete.
»Haben sie Ihnen gesagt, wer immer sie auch waren, was aus Max geworden ist? Max ist übrigens wohlauf«, fügte er rasch hinzu. Er stand behend auf, goß Jims Glas aufs neue voll, dann setzte er sich wieder.
»Na schön, schießen Sie los, was ist mit den beiden Netzen passiert?«
»Aufgerollt, angeblich haben Sie sie verpfiffen, um Ihre eigene Haut zu retten. Ich glaube es nicht. Aber ich muß wissen, was passiert ist.« Er sprach sofort weiter: »Ich weiß, Sie mußten Control schwören, bei allem, was heilig ist, aber das ist vorbei. Ich weiß, daß Sie halb zu Tode ausgequetscht wurden, und ich weiß, Sie haben einiges so gründlich weggepackt, daß Sie es selber kaum mehr finden und nicht mehr wissen, was Wahrheit und was Tarnung ist. Ich weiß, daß Sie einen Schlußstrich darunter gezogen haben und sich sagen, das alles ist überhaupt nicht passiert. Ich habe das selber auch versucht. Nach diesem Abend können Sie Ihren Schlußstrich ziehen. Ich habe einen Brief von Lacon bei mir, und wenn Sie ihn anrufen wollen, dann garantiert er für mich. Ich will Sie nicht zum Schweigen bringen. Eher zum Sprechen. Warum haben Sie mich nach Ihrer Rückkehr nicht zu Hause aufgesucht? Das hätten Sie doch tun können. Vor Ihrer Reise haben Sie versucht, mich zu sprechen, warum also nicht danach? Sie ließen sich nicht nur von den Vorschriften davon abhalten.«
»Ist niemand davongekommen?« sagte Jim.
»Nein. Sie wurden vermutlich alle erschossen.«

Sie hatten Lacon angerufen, und jetzt saß Smiley allein da und nippte an seinem Glas. Aus dem Badezimmer hörte er Wasserrauschen und Grunzen, als Jim sich das Gesicht abspritzte.
»Gehen wir doch um Gottes willen irgendwohin, wo man Luft kriegt«, flüsterte Jim, als sei das die Bedingung für seine Sprech-

bereitschaft. Smiley nahm die Flasche vom Tisch und ging neben ihm her über den Parkplatz zum Wagen.
Sie fuhren zwanzig Minuten lang; Jim saß am Steuer. Dann hielten sie auf dem Hügel, demselben vom Morgen, ohne Nebel und mit einem weiten Blick ins Tal. Da und dort in der Ferne blinkten einzelne Lichter. Jim saß regungslos da, mit herabhängenden Händen, die rechte Schulter hochgezogen und blickte durch die beschlagene Windschutzscheibe auf die Hügelschatten. Smiley hielt die ersten Fragen knapp. Der Zorn war aus Jims Stimme geschwunden, und allmählich sprach er freier. Einmal, als sie über Controls professionelle Geschicklichkeit sprachen, lachte er sogar, aber Smiley entspannte sich nie, er war so aufmerksam, als führte er ein Kind über die Straße. Wenn Jim zu rasch voranzog oder bockte oder aufbrausen wollte, holte Smiley ihn behutsam zurück, bis sie wieder im gleichen Schritt und in die gleiche Richtung gingen. Wenn Jim zögerte, lockte Smiley ihn geschickt über das Hindernis. Eine Mischung aus Instinkt und Logik erlaubte ihm, Jim zunächst mit seiner eigenen Geschichte zu füttern.
Hatten sie sich nicht für Jims erste Instruktionen durch Control, so fragte Smiley, außerhalb des Circus getroffen? Ja, das stimmte. Wo? In einem Apartmenthaus in St. James, Control hatte den Treffpunkt vorgeschlagen. War sonst noch jemand anwesend? Nein, niemand. Und um sich zum erstenmal mit Jim in Verbindung zu setzen, hatte Control seinen Leibdiener Mac Fadean geschickt, nicht?
Ja, der alte Mac war mit dem Brixton-Bus und einem Zettel gekommen, worin Jim für den kommenden Abend zu einem Treffen aufgefordert wurde. Jim sollte Mac ja oder nein sagen und ihm den Zettel zurückgeben. Auf keinen Fall dürfe er das Telefon benutzen, auch nicht den Hausapparat, um über die Verabredung zu sprechen. Jim hatte zu Mac »Ja« gesagt und war um sieben zur Stelle gewesen.
»Als erstes hat Control Sie vermutlich gewarnt?«
»Gesagt, ich darf keinem Menschen trauen.«
»Hat er irgend jemanden namentlich genannt?«
»Später«, sagte Jim. »Zuerst nicht. Zuerst sagte er nur: Trauen

Sie keinem. Besonders keinem von der Kerntruppe aus dem inneren Kreis. George?«

»Ja.«

»Sie sind einfach erschossen worden, ja? Landkron, Krieglowa, die Pribyls? Kurzerhand erschossen?«

»Die Geheimpolizei hat beide Netze in der gleichen Nacht aufgerollt. Was danach geschah, weiß niemand, aber den Verwandten wurde mitgeteilt, sie seien tot. Was im allgemeinen heißt, daß sie's wirklich sind.«

Zu ihrer Linken kletterte eine Reihe Tannen wie eine bewegungslose Armee aus dem Tal herauf.

»Und dann hat Control Sie vermutlich gefragt, welche gültigen tschechischen Papiere Sie zur Zeit besäßen«, fuhr Smiley fort. »Stimmt das?«

Er mußte die Frage wiederholen.

»Ich sagte, Hajek«, sagte Jim schließlich. »Jan Hajek, tschechischer Journalist, in Paris stationiert. Control fragte mich, wie lange diese Papiere noch brauchbar seien. ›Weiß man nicht‹, sagte ich. ›Manchmal sind sie nach einer einzigen Reise wertlos.‹« Seine Stimme wurde plötzlich lauter, als habe er sie nicht mehr unter Kontrolle. »Stocktaub war er, Control, wenn er nicht hören wollte.«

»Und dann sagte er Ihnen, was Sie für ihn tun sollten«, half Smiley weiter.

»Zuerst sprachen wir über die Möglichkeit, alles abzuleugnen. Er sagte, wenn ich erwischt würde, müsse ich Control raushalten. Ein Plan der Skalpjäger, eine Art Privatunternehmung. Schon damals dachte ich: wer zum Teufel soll mir das glauben? Er ließ sich jedes Wort abkaufen«, sagte Jim. »Während der ganzen Instruktion spürte ich seinen Widerstand. Er wollte mich rein gar nichts wissen lassen, aber ich sollte gut informiert sein. ›Mir ist ein Angebot zugegangen‹, sagt Control. ›Hochgestellte Persönlichkeit, Deckname *Testify*.‹ ›Tschechische Persönlichkeit?‹ frage ich. ›Hoher Militär‹, sagt er. ›Sie sind selber Militär, Jim, Sie beide sollten gut miteinander auskommen.‹ Und so ging's den ganzen Abend lang. Ich dachte, wenn du mir's nicht sagen willst, dann laß es, aber hör auf mit dem Drumrum.«

Nach einigen weiteren Runden um den heißen Brei, sagte Jim, sei Control damit herausgerückt, daß Testify ein tschechischer General der Artillerie sei. Sein Name war Stevcek, er war bekannt als pro-sowjetischer Falke in der Prager Verteidigungs-Hierarchie, was immer das bedeuten mochte. Er war Verbindungsoffizier in Moskau gewesen, einer der sehr wenigen Tschechen, denen die Russen vertrauen. Stevcek hatte Control durch einen Mittelsmann, den Control persönlich in Österreich interviewt hatte, seinen Wunsch vortragen lassen, mit einem führenden Mann des Circus über Angelegenheiten von beiderseitigem Interesse zu sprechen. Der Emissär müsse tschechisch sprechen und in der Lage sein, Entscheidungen zu treffen. Am Freitag, dem 20. Oktober, werde Stevcek die Waffenforschungsanstalt in Tisnow bei Brünn besichtigen, etwa hundert Meilen nördlich der österreichischen Grenze. Anschließend wolle er sich über das Wochenende zu einer Jagdhütte begeben, und zwar allein. Die Hütte liege hoch droben in den Wäldern, nicht weit von Racice entfernt. Er sei bereit, dort am Abend des Sonnabend, 21. Oktober, einen Emissär zu empfangen. Er würde auch nach und von Brünn eine Eskorte stellen.

Smiley fragte: »Hat Control irgend etwas über Stevceks Motiv verlauten lassen?«

»Ein Mädchen«, sagte Jim. »Eine Studentin, mit der er liiert war. Sein später Frühling, sagte Control: zwanzig Jahre Altersunterschied zwischen den beiden. Sie wurde während des Aufstands vom Sommer achtundsechzig erschossen. Bis dahin war es Stevcek gelungen, seine anti-russischen Gefühle seiner Karriere zuliebe zu unterdrücken. Der Tod des Mädchens machte dem ein Ende: er wollte sich nur noch an den Russen rächen. Fünf Jahre lang hatte er in aller Stille Informationen gesammelt, die ihnen wirklichen Schaden zufügen könnten. Sobald er unsere Zusage und einen sicheren Kanal bekommen würde, sei er bereit, uns alles zu verkaufen.«

»Hatte Control diese Angaben nachgeprüft?«

»Soweit es ihm möglich war. Über Stevcek war reichlich Material vorhanden. Hungriger Schreibtischgeneral mit einer langen Liste von Stabs-Ernennungen. Technokrat. Wenn er nicht Kurse besuchte, wetzte er sich im Ausland die Zähne: Warschau, Moskau, ein Jahr lang Peking, eine Zeitlang Militärattaché in Afrika, dann wieder Moskau. Jung für seinen Rang.«

»Hat Control Ihnen gesagt, welche Art von Informationen Sie zu erwarten hätten?«

»Verteidigungsmaterial. Raketen. Ballistik.«

»Sonst nichts?« sagte Smiley und reichte ihm die Flasche.

»Bißchen Politik.«

»Sonst nichts?«

Nicht zum erstenmal hatte Smiley das entschiedene Gefühl, daß er nicht über Jims Unwissenheit strauchelte, sondern über den Rest eines willentlichen Entschlusses, sich nicht zu erinnern. Jim Prideaux' Atem wurde im Dunkeln plötzlich tief und keuchend. Er hatte die Hände aufs Steuerrad gelegt und das Kinn aufgestützt und starrte blicklos auf die undurchsichtige Windschutzscheibe.

»Wie lange waren sie in Haft, ehe sie erschossen wurden?« fragte er.

»Ich befürchte, eine ganze Zeit länger, als Sie es waren«, gestand Smiley.

»Mein Gott«, sagte Jim. Er zog ein Taschentuch aus dem Ärmel und wischte sich den Schweiß ab, und was sonst noch auf seinem Gesicht glänzen mochte.

»Die Enthüllungen, die Control von Stevcek zu erhalten hoffte«, soufflierte Smiley so behutsam wie möglich.

»Das haben sie mich beim Verhör auch gefragt.«

»In Sarratt?«

Jim schüttelte den Kopf. »Drüben.« Er machte mit dem zottigen Kopf eine Bewegung zu den Hügeln. »Sie wußten von Anfang an, daß das Ganze Controls Unternehmen war. Ich konnte ihnen nicht weismachen, daß es das meine gewesen sei. Sie lachten nur.«

Abermals wartete Smiley geduldig, bis Jim bereit war, fortzufahren.

»Stevcek«, sagte Jim. »Control hatte sich folgende Idee in den Kopf gesetzt: Stevcek würde die Antwort liefern, Stevcek würde den Schlüssel liefern. ›Was für einen Schlüssel?‹ fragte ich. ›Was für einen Schlüssel?‹ Hatte seine Mappe bei sich, die alte braune Notenmappe. Zog Tabellen heraus, alle in seiner eigenen Handschrift angemerkt. Mit farbiger Tinte, mit Stift. ›Ihre optischen Krücken‹, sagt er. ›Das ist der Mann, den Sie treffen.‹ Stevceks Karriere Jahr für Jahr aufgezeigt: er führt sie mir von A bis Z vor. Militärakademien, Orden, Ehefrauen. ›Er hat Pferde gern‹, sagt er. ›Sie sind früher auch geritten, Jim. Wieder eine Gemeinsamkeit, denken Sie daran.‹ Ich dachte: Das wird ein Hauptspaß: ich sitze in der Tschechoslowakei, weiß die Bluthunde hinter mir und plaudere über das Zureiten von Vollblutstuten.« Er lachte ein bißchen komisch, also lachte Smiley auch.

»Die rot markierten Beförderungen waren für Stevceks Verbindungsarbeit für die Sowjets. Die grünen waren seine Geheimdienstarbeit. Stevcek hatte überall die Pfoten drin. Vierter Mann im tschechischen Abwehrdienst, Obergehilfe im Waffenwesen, Sekretär des nationalen Komitees für innere Sicherheit, eine Art Militärberater des Präsidiums. Angloamerikanischer Vertreter im militärischen Abwehrdienst der Tschechen. Dann kommt Control zu dieser Stelle in der Mitte der sechziger Jahre, Stevceks zweitem Aufenthalt in Moskau, halb grün und halb rot markiert. Nach außen hin gehörte Stevcek dem Verbindungsstab des Warschauer Pakts als Generaloberst an, sagt Control, aber das war nur Tarnung. ›Er hatte mit dem Warschauer Pakt überhaupt nichts zu tun. Sein wirklicher Job war die England-Abteilung in der Moskauer Zentrale. Er war unter dem Arbeitsnamen Minin tätig‹, sagt er. ›Er mußte die tschechische und die Moskauer Tätigkeit koordinieren. Hier liegt der Schatz‹, sagt Control. ›Was Stevcek uns wirklich verkaufen will, ist der Name des Moskauer Agenten innerhalb des Circus.‹«

Vielleicht ist es nur ein einziges Wort, dachte Smiley in Erinnerung an sein Gespräch mit Max, und plötzlich fühlte er wieder diese jähe Woge der Furcht. Er wußte, am Ende würde nur das eine herauskommen: ein Name für den Maulwurf Gerald, ein Schrei im Dunkel.

»›Es ist ein fauler Apfel dabei, Jim‹, sagte Control, ›und er steckt alle anderen an‹«, fuhr Jim fort. Seine Stimme war hart geworden, seine Miene ebenfalls. »Er sprach dauernd von Ausmerzen,

wie er die Spuren zurückverfolgt habe und allem nachgegangen und fast am Ziel sei. Es gebe fünf Möglichkeiten, sagte er. Fragen Sie mich nicht, wie er sie ausgegraben hat. ›Es ist einer von den oberen Fünf‹, sagt er. ›Fünf Finger einer Hand.‹ Er gab mir was zu trinken, und wir saßen da wie zwei Schuljungen und machten uns einen Code, ich und Control. Wir einigten uns auf Spielkarten. Auf die, die zählen, also Zehner, Bube, Dame und so weiter. Wir saßen in dieser Wohnung und knobelten es aus und tranken diesen billigen zyprischen Sherry, den er immer servierte. Falls ich nicht mehr heraus könnte, falls es nach meiner Begegnung mit Stevcek Schwierigkeiten geben sollte, falls ich in den Untergrund müßte, so müsse ich ihm dieses eine Wort zukommen lassen, und wenn ich nach Prag gehen und es mit Kreide an die Tür der Botschaft schreiben oder unseren Mann in Prag anrufen und es ihm durchs Telefon zubrüllen müßte. Zehner, Bube, Dame, König, As. Alleline war As, Haydon war König, Bland war Bube und Toby Esterhase war Zehner. Sie waren Dame«, sagte Jim.
»Ach, nein wirklich! Und was hielten Sie davon, Jim? Von Controls Theorie? Wie fanden Sie die Idee, alles in allem?«
»Verdammt albern. Schnapsidee.«
»Warum?«
»Einfach verdammt albern«, wiederholte er stur. »Daß einer von euch ein Maulwurf sein soll – *blödsinnig*!«
»Aber haben Sie es geglaubt?«
»Nein! Heiliger Gott, Mann, glauben Sie's vielleicht?«
»Warum nicht? Rein verstandesmäßig haben wir immer eingesehen, daß es früher oder später passieren würde. Wir haben einander dauernd gewarnt: sei auf der Hut. Wir haben genügend Mitglieder anderer Organisationen umgedreht: Russen, Polen, Tschechen, Franzosen. Sogar dann und wann einen Amerikaner. Was ist plötzlich an den Briten so Besonderes dran?«
Da er Jims inneren Widerstand spürte, öffnete Smiley die Tür auf seiner Seite und ließ die kalte Luft hereinströmen.
»Wie wär's mit einem kleinen Auslauf?« sagte er. »Warum sollen wir hier eingepfercht sein, wenn wir genausogut spazierengehen können?«
Die Bewegung brachte, wie Smiley vorhergesehen hatte, Jims

versiegenden Redefluß aufs neue in Schwung.
Sie waren am Westrand des Plateaus, wo nur ein paar Bäume standen und etliche gefällt am Boden lagen. Eine mit Reif bedeckte Bank lud zum Sitzen ein, aber sie machten keinen Gebrauch. Es war windstill, die Sterne waren sehr hell, und Jim nahm den Faden seiner Geschichte wieder auf, während sie nebeneinander hergingen und Jim seinen Schritt immer dem Smileys anglich. Weg vom Wagen, hin zum Wagen. Manchmal hielten sie an und blickten, Schulter an Schulter, hinunter ins Tal. Zuerst beschrieb Jim, wie er Max angeheuert und was er alles angestellt hatte, um seine Mission vor dem übrigen Circus geheimzuhalten. Er ließ durchsickern, er habe versuchsweise eine Verbindung zu einem ehrgeizigen sowjetischen Codierer in Stockholm angeknüpft und ließ auf seinen alten Arbeitsnamen Ellis eine Reise nach Kopenhagen buchen. Statt dessen flog er nach Paris, wechselte auf seine Hajek-Papiere um und landete mit dem regulären Flug am Samstagvormittag zehn Uhr auf dem Flugplatz von Prag. Er kam ohne weiteres durch die Sperre, prüfte die Abfahrtszeit seines Zuges am Hauptbahnhof nach, dann ging er spazieren, denn er mußte noch ein paar Stunden totschlagen, und dachte, er könne ein bißchen aufpassen, was sich hinter ihm tue, ehe er nach Brünn abreiste. In diesem Herbst war das Wetter ungewöhnlich schlecht gewesen. Es lag schon Schnee, und es fiel noch mehr.
In der Tschechoslowakei, sagte Jim, sei die Beschattung im allgemeinen kein Problem. Die Sicherheitsdienste arbeiteten praktisch ohne alle Raffinessen, wahrscheinlich, weil seit Menschengedenken keine Regierung sich in dieser Hinsicht je hatte Zwang antun müssen. Der Trend war noch immer, sagte Jim, mit Autos und Pflastertretern herumzuwerfen wie Al Capone, und genau danach hielt Jim Ausschau: nach schwarzen Skodas und Trios von gedrungenen Männern mit Schlapphüten. Bei Kälte sind diese Dinge ein bißchen schwerer zu entdecken, weil der Verkehr zäh läuft, die Leute schneller gehen und jeder bis über die Nasenspitze vermummt ist. Trotzdem, bis zum Masaryk-Bahnhof, oder zum Hauptbahnhof, wie er heute heißt, ging alles glatt. Aber am Bahnhof, sagte Jim, sei seine Aufmerksamkeit rein in-

stinktiv auf zwei Frauen gelenkt worden, die vor ihm am Fahrkartenschalter standen.
Nun überdachte Jim mit der leidenschaftlichen Gelassenheit des Profis noch einmal den zurückgelegten Weg. In einer Ladenarkade neben dem Wenzelsplatz hatten ihn drei Frauen überholt, die mittlere schob einen Kinderwagen. Die Frau auf der Fahrbahnseite trug eine rote Plastikhandtasche, und die Frau, die ganz innen ging, führte einen Hund an der Leine. Zehn Minuten später waren ihm zwei Frauen, Arm in Arm, entgegengekommen, sie hatten es eilig gehabt, und er dachte, wenn Toby Esterhase diese Sache organisiert hätte, so wäre das genau seine Handschrift; schnelle Ablösung am Kinderwagen, in einiger Entfernung Einsatzwagen mit Kurzwellensender oder – und ein zweites Team in Bereitschaft, für den Fall, daß das erste zum Überholen gezwungen sein würde. Als Jim nun am Masaryk-Bahnhof die beiden Frauen ansah, die vor ihm in der Schlange am Schalter standen, wußte er, daß es jetzt so weit war. Es gibt ein Kleidungsstück, das ein Beschatter weder wechseln kann noch will, schon gar nicht bei naßkaltem Wetter, und das ist sein Schuhwerk. Von den beiden Paaren, die sich am Schalter seinen Blicken darboten, erkannte Jim das eine wieder: pelzbesetzte Plastikstiefel, schwarz, mit Reißverschluß an der Außenseite und diesen dicken braunen Synthetiksohlen, die im Schnee quietschen. Er hatte sie an diesem Vormittag schon einmal gesehen, in der Sterba-Passage; die Frau, die den Kinderwagen an ihm vorbeischob, hatte sie unter einem anderen Mantel getragen. Von da an vermutete Jim nichts mehr. Er wußte, genau wie Smiley gewußt hätte.
Am Zeitungsstand kaufte Jim sich eine *Rude Pravo* und stieg in den Zug nach Brünn. Wenn sie ihn hätten festnehmen wollen, dann wäre es schon passiert. Sie mußten hinter den Nebenlinien her sein: das heißt, sie folgten Jim, um seine Verbindungsleute dingfest zu machen. Es hatte keinen Sinn, sich über das Warum den Kopf zu zerbrechen, aber Jim vermutete, daß die Hajek-Papiere hochgegangen waren und daß sie die Falle schon aufgestellt hatten, als er den Flug buchte. Solange sie nicht wußten, daß er die Hajek-Papiere ins Klo gespült hatte, war er noch immer im

Vorteil; und für kurze Zeit war Smiley wieder im besetzten Deutschland, in seinem einzigen Einsatz als Außenagent, ein Leben in ständiger Angst, jeder Blick eines Fremden schien bis auf die Haut zu gehen.

Er hätte ursprünglich den Zug um dreizehn Uhr acht benutzen sollen, der in Brünn um sechzehn Uhr siebenundzwanzig ankam. Er fiel aus, und Jim nahm einen wunderschönen Personenzug, einen Sonderzug zum Fußball-Match, der an jeder zweiten Laterne hielt, und jedesmal vermeinte Jim, seine Wachmannschaft herauspicken zu können. Ihre Qualität war unterschiedlich. In Chocen, einem elenden Kaff, stieg er aus, kaufte sich eine Wurst, und da standen nicht weniger als fünf, alles Männer, über den Bahnsteig verteilt, Hände in den Taschen, und taten so, als plauderten sie miteinander und machten sich verdammt lächerlich.

»Wenn's etwas gibt, was einen guten Beschatter von einem schlechten unterscheidet«, sagte Jim, »dann ist es die sanfte Kunst, alles ganz überzeugend wirken zu lassen.«

In Switawi kamen zwei Männer und eine Frau in sein Abteil und unterhielten sich über das große Match. Nach einer Weile beteiligte Jim sich an ihrem Gespräch: er hatte in seiner Zeitung alles darüber gelesen. Es war ein Club-Rückspiel, und alle Leute waren schon ganz verrückt. Bis Brünn hatte sich nichts Neues mehr ereignet, er stieg also aus und schlenderte durch Geschäfte und belebte Straßen, so daß sie ihm dicht auf den Fersen bleiben mußten, um ihn nicht zu verlieren.

Er wollte sie in Sicherheit wiegen, ihnen beweisen, daß er nichts ahnte. Er wußte jetzt, daß er das Ziel eines, wie Toby es nennen würde, großen Schlemm war. Die Fußgänger arbeiteten in Teams zu je sieben. Die Autos wechselten so oft, daß er sie nicht zählen konnte. Die Leitung der Aktion lag bei einem schäbigen grünen Lieferwagen, der von einem Schlägertyp gefahren wurde. Der Lieferwagen hatte eine Rundantenne, und hoch am Heck war mit Kreide ein Stern aufgemalt, an einer Stelle, die ein Kind nicht erreichen konnte. Die Autos, die er identifizieren konnte, hatten als gegenseitiges Erkennungszeichen eine Damenhandtasche auf dem Handschuhbord und eine heruntergeklappte Sonnenblende über dem Beifahrersitz. Vermutlich gab es auch noch andere Zeichen, aber diese beiden genügten Jim. Aus Tobys Erzählungen wußte er, daß solche Einsätze bis zu hundert Leuten erforderten und dennoch ergebnislos verliefen, wenn das Wild plötzlich einen Haken schlug. Deshalb haßte Toby sie.

Am Hauptplatz von Brünn gibt es einen Laden, der rein alles verkauft, sagte Jim. In der Tschechoslowakei ist das Einkaufen im allgemeinen eine Plage, weil jeder der staatlichen Industriezweige seine eigenen Verkaufsstellen hat, aber dieses Geschäft war neu und recht ansehnlich. Er kaufte Spielsachen, einen Schal, Zigaretten, und probierte Schuhe an. Er nahm an, daß seine Beschatter noch immer auf seine Kontaktperson lauerten. Er klaute eine Pelzmütze und einen weißen Plastikregenmantel und eine Tragetasche, um beides hineinzustecken. Er trieb sich in der Herrenabteilung lange genug herum, um sich zu vergewissern, daß die beiden Frauen, die das vorderste Paar bildeten, noch immer hinter ihm her waren, jedoch zögerten, ihm zu nahe zu kommen. Wahrscheinlich hatten sie männliche Ablösung angefordert und warteten nun. In der Herrentoilette handelte er blitzschnell. Er zog die weiße Regenhaut über seinen Mantel, stopfte den Tragbeutel in die Tasche und setzte die Pelzmütze auf. Er ließ seine übrigen Pakete liegen und rannte dann wie ein Irrer über die Nottreppe hinunter, stieß eine Feuertür auf, sauste eine Hintergasse entlang, schlenderte gemächlich durch eine weitere, eine Einbahnstraße, stopfte den weißen Regenmantel in den Tragebeutel, schlüpfte gerade noch in einen Laden, der bereits schließen wollte, und kaufte sich dort einen schwarzen Regenmantel, den er an Stelle des weißen überzog. Im Schutz der hinausströmenden Kunden quetschte er sich in eine volle Tram, blieb bis zur vorletzten Haltestelle, marschierte eine Stunde lang und schaffte den Ausweichtreff mit Max auf die Minute.

Nun beschrieb er sein Gespräch mit Max und sagte, um ein Haar hätten sie sich geprügelt.

Smiley fragte: »Sind Sie nie auf den Gedanken gekommen, die Sache fallenzulassen?«

»Nein. Bin ich nicht«, bellte Jim.

Seine Stimme hob sich drohend.

»Obwohl Sie von Anfang an fanden, daß es eine Schnapsidee war?« In Smileys Tonfall schwang nichts als Nachsicht. Keine Schärfe, kein Wunsch, Jim ins Unrecht zu setzen: nur der Wunsch, die Wahrheit zu erfahren, sonnenklar unter dem Nachthimmel. »Sie sind einfach weitermarschiert. Sie hatten gesehen, was Ihnen im Rücken drohte, Sie fanden den Auftrag absurd, aber Sie marschierten weiter, immer tiefer hinein in den Dschungel.«

»Ja.«

»Oder sahen Sie den Auftrag inzwischen mit anderen Augen? Hat Sie schließlich die Neugier vorwärtsgetrieben, war das der Grund? Weil Sie zum Beispiel leidenschaftlich gern wissen wollten, wer der Maulwurf war? Ich stelle nur Vermutungen an, Jim.«

»Was hat das schon zu sagen? Was zum Teufel haben meine Gründe zu sagen, wenn's um eine solche Schweinerei geht?«

Der Halbmond über dem Hügel war aus den Wolken hervorgekommen und schien sehr nah. Jim setzte sich auf die Bank. Sie stand auf einer Kiesfläche, und während des Sprechens nahm er dann und wann einen Kiesel auf und schleuderte ihn mit einem Rückhandwurf ins Farngestrüpp. Smiley saß neben ihm und schaute immer nur Jim an. Einmal trank er ebenfalls einen Schluck Wodka, um Jim Gesellschaft zu leisten und dachte an Tarr und Irina und, wie sie damals auf ihrem Hügel in Hongkong getrunken hatten. Es muß eine Berufsgewohnheit sein, dachte er: wir sprechen leichter, wenn wir eine Aussicht vor uns haben.

Durch das Fenster des geparkten Fiat, sagte Jim, kam das Codewort ohne Zögern. Der Fahrer war einer jener steifen, muskelbepackten tschechischen Magyaren mit Schnurrbart à la Edward VII. und einem Mund voller Knoblauch. Jim mochte ihn nicht, hatte das aber auch nicht erwartet. Die beiden hinteren Türen waren verschlossen, und es gab einen Streit darüber, wo er sitzen sollte. Der Magyar sagte, aus Sicherheitsgründen solle Jim nicht hinten sitzen. Außerdem sei es undemokratisch. Jim wünschte ihn zum Teufel. Er fragte Jim, ob er einen Revolver habe, und Jim sagte nein, was eine Lüge war, aber wenn der Magyar ihm nicht glaubte, so wagte er doch nicht, es zu sagen.

Er fragte, ob Jim Anweisungen für den General mitgebracht habe? Jim sagte, er habe gar nichts mitgebracht. Er sei gekommen, um zuzuhören.
Jim sei wohl etwas kribbelig, sagte er. Sie fuhren, und der Magyar sagte sein Stückchen her. Wenn sie zur Jagdhütte kämen, würde kein Licht und kein Lebenszeichen zu sehen sein. Der General würde sich in der Hütte befinden. Sollte irgend etwas, ein Fahrrad, ein Auto, ein Licht, ein Hund, irgendein Zeichen darauf hinweisen, daß die Hütte bewohnt war, so würde der Magyar zuerst hineingehen, und Jim würde im Wagen warten. Andernfalls sollte Jim allein hineingehen, und der Ungar würde draußen warten. War das klar?
Warum gingen sie nicht einfach zusammen hinein? fragte Jim.
Weil der General das nicht wünschte, sagte der Ungar.
Sie fuhren, nach Jims Uhr, eine halbe Stunde lang, immer nordostwärts und mit einem Durchschnittstempo von dreißig Stundenkilometern. Der Weg war kurvenreich und steil und von Bäumen gesäumt. Es schien kein Mond, und er konnte sehr wenig sehen, nur dann und wann hoben weitere Wälder und Hügel sich vor dem Himmel ab. Der Schnee trieb vom Norden her, stellte er fest; diese Beobachtung war später von Nutzen. Der Weg war geräumt, aber von schweren Lastwagen zerpflügt. Sie fuhren ohne Licht. Der Magyar hatte begonnen, eine unanständige Geschichte zu erzählen, und Jim vermutete, daß dies seine Art der Nervosität sei. Der Knoblauchgeruch war furchtbar. Er schien die ganze Zeit Knoblauch zu kauen. Unvermittelt stellte er den Motor ab. Sie fuhren abwärts, aber langsamer. Sie waren noch nicht ganz zum Halten gekommen, als der Magyar die Handbremse anzog, und Jim stieß mit dem Kopf gegen den Fensterrahmen und packte seinen Revolver. Sie standen an der Abzweigung eines Seitenwegs. Dreißig Meter entfernt stand an diesem Weg eine niedrige Holzhütte. Kein Lebenszeichen war zu bemerken.
Jim wies den Magyaren an, was er tun sollte. Er sollte Jims Pelzmütze und Jims Mantel anziehen und statt seiner zur Hütte gehen. Er sollte langsam gehen, die Hände im Rücken verschränkt, und sich immer in der Mitte des Weges halten. Falls er eine dieser

Anweisungen mißachte, werde Jim ihn erschießen. Wenn er bei der Hütte sei, solle er hineingehen und dem General erklären, daß Jim nur eine elementare Vorsichtsmaßnahme getroffen habe. Dann solle er langsam zurückkommen, Jim melden, daß alles in Ordnung sei und daß der General ihn empfangen wolle. Oder nicht, je nachdem.
Der Magyar schien davon nicht begeistert zu sein, aber er hatte keine Wahl. Ehe er ausstieg, ließ Jim den Wagen so drehen, daß die Scheinwerfer den Weg entlang wiesen. Sollte er Geschichten machen, erklärte Jim, so würde er die Scheinwerfer einschalten und in ihrem Licht auf ihn schießen, und zwar nicht einmal, sondern etliche Male, und bestimmt nicht in die Beine. Der Magyar ging los. Er hatte die Hütte fast erreicht, als die ganze Gegend in Flutlicht getaucht wurde: die Hütte, der Weg und ein großes Gebiet rundum. Dann geschahen mehrere Dinge gleichzeitig. Jim sah nicht alles, weil er schleunigst den Wagen wendete. Er sah vier Männer hinter den Bäumen hervorstürzen, und soviel er unterscheiden konnte, hatte einer den Magyaren niedergeschlagen. Schüsse fielen, aber keiner der vier achtete darauf, sie traten zurück, während jemand Fotos machte. Die Schüsse schienen in den hellen Himmel hinter dem Flutlicht zu zielen. Es war sehr theatralisch. Leuchtkugeln wurden abgeschossen, Leuchtraketen stiegen hoch, sogar Rauchspurgeschosse, und als Jim im Fiat den Weg entlangraste, hatte er den Eindruck, einer militärischen Galavorstellung auf ihrem Höhepunkt den Rücken zu wenden. Er war fast in Sicherheit – er hatte wirklich das Gefühl, in Sicherheit zu sein –, als plötzlich rechts im Wald aus großer Nähe Maschinengewehrfeuer auf ihn eröffnet wurde. Die erste Garbe schoß ein Hinterrad ab und stürzte den Wagen um. Jim sah das Rad über die Kühlerhaube wegfliegen, als der Wagen in den linken Weggraben rollte. Der Graben war etwa drei Meter tief, aber der Schnee linderte den Fall. Der Wagen fing nicht Feuer, also legte Jim sich dahinter und wartete, spähte über den Weg und hoffte, den Schützen aufs Korn nehmen zu können. Die nächste Salve kam von hinten und schleuderte ihn hoch und gegen den Wagen. In den Wäldern mußte es von Soldaten gewimmelt haben. Er wußte, daß er zweimal getroffen worden

war. Beide Schüsse erwischten ihn an der rechten Schulter, und als er dalag und die Vorführung verfolgte, schien es ihm erstaunlich, daß sie ihm nicht den Arm abgerissen hatten. Eine Hupe ertönte, vielleicht auch mehrere. Ein Krankenwagen kam den Weg heruntergerollt, und noch immer fielen genügend Schüsse, um das Wild auf Jahre hinaus zu verscheuchen. Der Krankenwagen erinnerte ihn an die alten Hollywood-Feuerspritzen, er war genauso hochbeinig. Eine ganze Manöverschlacht war im Gang, aber die Jungen von der Ambulanz standen da und starrten ihn völlig ungerührt an. Er war dabei, das Bewußtsein zu verlieren, als er einen zweiten Wagen ankommen hörte, und Männerstimmen, und weitere Fotos wurden geschossen, diesmal vom richtigen Mann. Jemand erteilte Befehle, aber er wußte nicht, wie sie lauteten, sie wurden in russischer Sprache erteilt. Als sie ihn auf die Bahre luden, drehte sich sein einziger Gedanke um die Rückkehr nach London. Er sah sich in der St. James-Wohnung mit den bunten Tabellen und dem Bündel Notizen im Sessel sitzen und Control erklären, wie sie beide auf ihre alten Tage in die größte Gimpelfalle der Firmengeschichte getappt waren. Sein einziger Trost war, daß sie dem Magyaren eins übergezogen hatten, aber rückblickend wünschte er, er hätte ihm das Genick gebrochen; er hätte das ohne Mühe und ohne Reue bewerkstelligen können.

32 *Dramatischer Verlauf und unerwartete Folgen der Operation* Testify

Die Beschreibung von Schmerzen war für Jim ein müßiges Unterfangen. Für Smiley hatte dieser Stoizismus etwas Furchterregendes, um so mehr, als er Jim nicht bewußt zu sein schien. Die Lücken in seinem Bericht seien hauptsächlich dort, wo er ohnmächtig geworden war. Die Ambulanz fuhr ihn, soweit er sich erinnern konnte, weiter nach Norden. Er hatte es an den Bäumen abgelesen, als man die Tür für den Arzt öffnete: der Schnee war dick, wenn er zurückblickte. Die Fahrbahn war gut, und er vermutete, daß sie sich auf der Straße nach Hradec befanden. Der Arzt gab ihm eine Spritze, und als er wieder zu sich kam, war er in einem Gefängniskrankenhaus mit vergitterten Fenstern hoch oben in der Wand, und drei Männer bewachten ihn. Dann kam er erst nach der Operation wieder zu sich, in einem anderen Bau ganz ohne Fenster, und er glaubte, das erste Verhör habe wohl hier stattgefunden, ungefähr zweiundsiebzig Stunden, nachdem sie ihn zusammengeflickt hatten, aber die Zeitbestimmung war bereits problematisch geworden, und natürlich hatten sie ihm seine Uhr weggenommen.
Sie fuhren ihn ständig herum. Entweder in andere Räume, je nachdem, was sie mit ihm vorhatten, oder in andere Gefängnisse, je nachdem, wer ihn verhörte. Manchmal sollte die Bewegung ihn einfach wachhalten, dann führten sie ihn nachts in Gefängniskorridoren herum. Er wurde auch in Lastwagen befördert und einmal mit einem tschechischen Transportflugzeug, aber er war gefesselt und mit verbundenen Augen in die Maschine gebracht worden und hatte kurz nach dem Start die Besinnung verloren. Das folgende Verhör war sehr lang. Im übrigen konnte er die einzelnen Verhöre kaum auseinanderhalten, und vom Nachdenken wurde es auch nicht besser, eher das Gegenteil. Am deutlichsten war ihm immer noch der Schlachtplan im Gedächtnis, den er sich zurechtgelegt hatte, als er auf das erste Verhör wartete. Er wußte, Schweigen würde unmöglich sein, und er

würde, wenn er den Verstand behalten oder einfach überleben wollte, einen Dialog aufrechterhalten müssen, und am Ende würden sie glauben müssen, er hätte ihnen erzählt, was er wußte, alles, was er wußte. Als er im Spital lag, teilte er sein Denken in einzelne Verteidigungslinien ein, hinter die er sich, wenn er Glück hatte, Zug um Zug absetzen könnte, bis er den Eindruck der totalen Niederlage erwecken würde. Seine vorderste und wie er annahm, auch entbehrlichste Linie war das Skelett der Operation *Testify*. Jeder sollte selber raten, ob Stevcek ein falscher Fuffziger war, oder ob man ihn verraten hatte. Aber was immer der Fall sein mochte, eins war sicher: die Tschechen wußten mehr über Stevcek als Jim. Sein erstes Zugeständnis würde also die Stevcek-Story sein, denn die kannten sie bereits; aber er würde ihnen nichts schenken. Zuerst würde er alles leugnen und bei seiner Tarnung bleiben. Nach einigem Wehren würde er eingestehen, ein britischer Spion zu sein, und seinen Arbeitsnamen Ellis angeben, damit, wenn sie ihn veröffentlichten, der Circus zumindest wüßte, daß er am Leben war und sein Bestes versuchte. Er zweifelte kaum daran, daß die ausgeklügelte Falle und die Fotos einen ganz großen Wirbel versprachen. Danach würde er, entsprechend seinem Übereinkommen mit Control, die Operation als sein Privatunternehmen darstellen, das er im Alleingang und ohne Wissen seiner Vorgesetzten aufgezogen hatte, weil er sich davon eine Beförderung erhoffte. Begraben dagegen würde er, so tief wie sie irgend schürfen konnten und noch tiefer, jeden Gedanken an einen Spion innerhalb des Circus.

»Kein Maulwurf«, sagte Jim zu den schwarzen Konturen der Quantocks. »Kein Treffen mit Control, keine Wohnung in St. James.«

»Keine Dame, König, As.«

Seine zweite Verteidigungslinie würde Max sein. Zuerst würde er vorbringen, daß er überhaupt keinen Kurier dabeigehabt habe. Dann könnte er sagen, ja, aber er kenne seinen Namen nicht. Dann – denn jeder hört gern Namen – würde er ihnen einen geben: den falschen zuerst, den richtigen danach. Inzwischen müßte Max in Sicherheit sein oder im Untergrund oder geschnappt.

Nun folgte in Jims Phantasie eine Reihe weniger heftig verteidigter Stellungen: Skalpjäger-Operationen der jüngsten Zeit, Circusklatsch, alles, was seine Inquisitoren auf die Idee brächte, sein Widerstand sei gebrochen und er packe jetzt aus, und das sei alles, was er wisse, sie hätten den letzten Schützengraben erobert. Er würde in seinem Gedächtnis nach alten Skalpjäger-Unternehmungen forschen und ihnen notfalls die Namen von ein paar sowjetischen oder den Satellitenstaaten angehörenden Beamten nennen, die in letzter Zeit umgedreht oder verbrannt worden waren; die Namen einiger, die in der Vergangenheit einen einmaligen Verkauf von Informationen tätigten und, da sie nicht übergelaufen waren, jetzt zum Verbrennen oder für eine zweite Lieferung in Frage kämen. Er würde ihnen jeden Knochen vorwerfen, den er ausgraben konnte, ihnen, wenn nötig, den ganzen Brixton-Stall verkaufen. Und das alles würde den Rauchvorhang abgeben, hinter dem Jim sein, wie er glaubte, gefährdetstes Wissen verbergen könnte, denn sie würden bestimmt annehmen, daß er es ihnen verraten könne: die Identität der Mitglieder des tschechischen Teils der Netze *Aggravate* und *Plato.*
»Landkron, Krieglowa, Bilowa, die Pribyls«, sagte Jim.
Warum wählte er für ihre Namen ausgerechnet diese Reihenfolge? fragte sich Smiley.
Jim war schon lange nicht mehr für diese Netze verantwortlich. Vor Jahren, ehe er Brixton übernahm, hatte er geholfen, sie aufzuziehen, er hatte einige der Gründungsmitglieder angeworben; inzwischen hatte sich mit ihnen in Blands und Haydons Händen eine Menge getan, wovon er nichts wußte. Aber er war überzeugt, noch immer genügend zu wissen, um sie beide himmelhochgehen zu lassen. Und am meisten bedrängte ihn die Furcht, daß Control oder Bill oder Percy Alleline oder wer immer zur Zeit das letzte Wort hatte, zu gierig oder zu langsam sein könnte, um die Netze rechtzeitig zu evakuieren, bis Jim unter einem Druck, über dessen Formen er nur Vermutungen anstellen konnte, nichts anderes mehr übrigbleiben würde, als vollständig zusammenzubrechen.
»Und jetzt kommt der Witz«, sagte Jim ohne den leisesten Anflug von Humor. »Die Netze waren ihnen scheißegal. Sie stellten

mir ein halbes Dutzend Fragen über *Aggravate*, dann verloren sie jedes Interesse. Sie wußten verdammt gut, daß *Testify* nicht meines Geistes Kind war, und sie wußten auch darüber Bescheid, wie Control sich in Wien Stevcek gekauft hatte. Sie fingen genau dort an, wo ich enden wollte: mit dem Treffen in St. James. Sie fragten mich nicht nach einem Kurier, es interessierte sie nicht, wer mich zu der Verabredung mit dem Magyaren gefahren hatte. Sie wollten immer nur über Controls Theorie vom faulen Apfel reden.«

Das eine Wort, dachte Smiley wieder. Es ist vielleicht nur ein einziges Wort. Er sagte: »Kannten sie tatsächlich die St. James-Adresse?«

»Sie kannten die Marke von dem gräßlichen Sherry, Mann.«

»Und die Tabellen?« fragte Smiley rasch. »Die Notenmappe?«

»Nein.« Er fügte hinzu: »Anfangs nicht. Nein.«

Umgestülptes Denken, nannte Steed Asprey das immer. Sie wußten das alles, weil der Maulwurf Gerald es ihnen gesagt hat, dachte Smiley. Der Maulwurf wußte, was die Personalabteilung aus dem alten Mac Fadean herausgeholt hatte. Der Circus schreitet zur Leichenöffnung: Karla kommt in den Genuß der Ergebnisse, früh genug, um sie gegen Jim einzusetzen.

»Ich nehme an, spätestens dann ist Ihnen aufgegangen, daß Control recht hatte: es *gab* einen Maulwurf«, sagte Smiley.

Jim und Smiley lehnten über einem Holzgatter. Vor ihnen fiel der Boden steil ab und ging in eine lange Kurve von Farnkraut und Feldern über. Unter ihnen lag noch ein Dorf, eine Bucht und ein dünner Streifen Meer, in Mondlicht getaucht.

»Sie fackelten nicht lange und kamen direkt auf den Kern der Dinge. ›Warum versuchte Control einen Alleingang? Was hoffte er zu erreichen?‹ ›Sein Come-back‹, sagte ich. Sie lachten nur: ›Mit wertlosen Informationen über militärische Verschiebungen um Brünn herum?‹ Dafür könnte er sich nicht einmal einen schlichten Lunch in seinem Club kaufen. ›Vielleicht glitten ihm die Fäden aus der Hand‹, sagte ich. Wenn Control die Fäden verlor, meinten sie, wer trampelte ihm dann auf den Fingern herum? ›Alleline‹, sagte ich, ›das war so das Geflüster. Alleline und Control konkurrierten miteinander bei der Beschaffung von Nachrichten. Aber in Brixton bekamen wir nur Gerüchte mit‹, sagte ich. ›Und was fördert Alleline zutage, was Control *nicht* tut?‹ ›Weiß ich nicht.‹ ›Aber Sie haben gerade gesagt, daß Alleline und Control bei der Nachrichtenbeschaffung miteinander konkurrierten!‹ ›Das sind Gerüchte. Ich weiß es nicht.‹ Zurück ins Kühlhaus.«

»Das Zeitgefühl, sagte Jim, sei ihm in diesem Stadium bereits völlig abhanden gekommen. Er lebte entweder im Dunkel der Kapuze oder im weißen Licht der Zellen. Es gab weder Tag noch Nacht, und um es noch unheimlicher zu machen, wurde er fast ständig mit Geräuschen berieselt.

Sie bearbeiteten ihn nach dem Fließbandprinzip, erklärte er: keinen Schlaf, Befragung durch wechselnde Teams, Verwirrung, körperliche Gewaltanwendung, bis das Verhör für ihn zu einem zähen Wettlauf zwischen einem kleinen Dachschaden, wie er es nannte, und dem völligen Zusammenbruch geworden war. Natürlich hoffte er, der Dachschaden würde gewinnen, aber das hatte man nicht in der Hand, denn die anderen wußten allerlei Mittel, das zu verhindern. Eine Menge besorgte elektrischer Strom.

»Es geht also wieder los. Neuer Kurs. ›Stevcek war ein bedeutender General. Wenn er einen ranghöheren britischen Beamten anforderte, so durfte er erwarten, daß dieser Mann über alle Aspekte seiner Laufbahn informiert sein würde. Wollen Sie uns erzählen, Sie hätten sich nicht informiert?‹ ›Ich sage doch, ich bekam meine Informationen von Control.‹ ›Haben Sie Stevceks Akte im Circus gelesen?‹ ›Nein.‹ ›Hat Control sie gelesen?‹ ›Das weiß ich nicht.‹ ›Welche Schlüsse zog Control aus Stevceks zweiter Berufung nach Moskau? Hat Control mit Ihnen über Stevceks Rolle im Verbindungsausschuß zum Warschauer Pakt gesprochen?‹ ›Nein.‹ Sie beharrten auf dieser Frage, und ich muß wohl auf meiner Antwort beharrt haben, denn nachdem ich noch ein paarmal ›Nein‹ gesagt hatte, wurden sie ein bißchen ungehalten. Sie schienen die Geduld zu verlieren. Als ich ohnmächtig wurde, spritzten sie mich mit dem Schlauch ab und probierten's nochmal.«

Ortswechsel, sagte Jim. Sein Bericht war seltsam sprunghaft geworden. Zellen, Korridore, Auto ... Am Flugplatz VIP-Abfertigung und eine Tracht Prügel vor dem Einstieg. Während des Fluges verlor er das Bewußtsein und erhielt seine Strafe dafür. »Bin wieder mal in einer Zelle zu mir gekommen, einer kleineren, ohne Tünche an den Wänden. Manchmal habe ich geglaubt, in Rußland zu sein; nach den Sternen hatte ich errechnet, daß wir nach Osten geflogen waren. Aber manchmal war ich wieder in Sarratt beim Abhärtungs-Training.«

Ein paar Tage lang ließen sie ihn in Ruhe. Sein Kopf war sehr wirr. Immer wieder hörte er die Schießerei im Wald, sah die Militärparade vor sich, und als schließlich die große Sitzung begann, die Marathonsitzung, trat er mit dem Handikap an, daß er sich bereits halb besiegt fühlte.

»Unter anderem einfach Frage der Gesundheit«, erklärte er nun sehr angespannt.

»Wir können eine Pause einlegen, wenn Sie wollen«, sagte Smiley. Aber dort, wo Jim war, gab es keine Pausen, und was er wollte, zählte nicht.

Dieses Verhör ging endlos, sagte Jim. Einmal erzählte er ihnen von Controls Notizen und seinen Tabellen und den farbigen Tinten und Buntstiften. Sie setzten ihm zu wie die Teufel, und er erinnerte sich an eine ausschließliche männliche Zuhörerschaft, die von der anderen Seite des Raums herüberlinste wie lauter verdammte Mediziner und miteinander tuschelte, und er berichtete von den Buntstiften nur, um das Gespräch in Gang zu halten und damit sie mit Fragen aufhörten. Sie hörten zu, aber sie hörten nicht auf.

»Sobald sie von den Farben wußten, wollten sie wissen, was die Farben bedeuteten. ›Was bedeutete blau?‹ ›Control benutzte kein Blau.‹ ›Was bedeutete rot? Nennen Sie ein Beispiel für Rot auf der Tabelle. Was bedeutet rot? Was bedeutete rot?‹ Dann gehen alle hinaus, bis auf ein paar Wachen und einen kleinen frostigen Burschen, stocksteif, schien der Chef zu sein. Die Wachen führen mich an einen Tisch, und der Kleine setzt sich neben mich wie so ein Zwerg, mit gefalteten Händen. Vor ihm liegen zwei Stifte, rot und grün, eine Tabelle von Stevceks Laufbahn.«

Jim war nicht eigentlich zusammengebrochen, seine Phantasie war einfach erschöpft. Er konnte sich keine neuen Geschichten mehr ausdenken. Die Wahrheiten, die er so tief drinnen verschlossen hatte, waren das einzige, das sich noch anbot.
»Und da haben Sie ihm von dem faulen Apfel erzählt«, sagte Smiley. »Und von Dame, König, As.«
Ja, gab Jim zu, das habe er getan. Er erzählte ihm, daß Control glaube, Stevcek könne einen Maulwurf innerhalb des Circus identifizieren.
Er erzählte ihm von dem Dame-König-Code, und wer jeder einzelne war, Namen für Namen.
»Und wie reagierte er?«
»Dachte ein Weilchen nach, dann bot er mir eine Zigarette an. Hat scheußlich geschmeckt.«
»Warum?«
»Amerikanischer Tabak. Camel, eine von der Sorte.«
»Hat er selber auch eine geraucht?«
Jim nickte kurz. »Der reinste Schlot«, sagte er.
Danach, sagte Jim, sei die Zeit von neuem in Fluß gekommen. Er wurde in ein Lager gebracht, vermutlich in der Umgebung einer Stadt, und lebte dort in einem Hüttenkomplex mit doppelter Stacheldrahtumzäunung. Mit Hilfe eines Wärters konnte er bald allein gehen; einmal machten sie sogar einen Spaziergang im Wald. Das Lager war sehr groß: seine eigene Hüttenanlage war nur ein Teil des Ganzen. Nachts konnte er im Osten den Lichtschimmer einer Stadt sehen. Die Wachen trugen Drillichanzüge und redeten nichts, also konnte er auch daran nicht feststellen, ob er in der Tschechoslowakei oder in Rußland war, aber er setzte entschieden auf Rußland, und der Arzt, der nach einiger Zeit erschien, um sich Jims Rücken anzusehen, benutzte einen russisch-englischen Dolmetscher, um seiner Verachtung für das Werk des Vorgängers Ausdruck zu verleihen. Die Befragung wurde weiterhin in Abständen durchgeführt, aber ohne Feindseligkeit. Sie setzten ein neues Team auf ihn an, aber verglichen mit den ersten elf war es ein Kaffeekränzchen. Eines Nachts wurde er zu einem Militärflugzeug gebracht und mit einem Kampfflugzeug der RAF nach Inverness transportiert. Von dort

ging es mit einer kleinen Maschine nach Elstree, dann mit dem Lieferwagen nach Sarratt, beide Male über Nacht.
Jim kam jetzt rasch zum Ende. Er hatte sogar schon mit seinen Erlebnissen in der *Nursery* angefangen, als Smiley die Frage einwarf:
»Und der Chef, der kleine Frostige: den haben Sie nie wiedergesehen?«
Einmal, bejahte Jim; kurz ehe er das Lager verließ.
»Was wollte er?«
»Klatschen.« Und dann lauter: »Eine Menge blödes Geschwätz über Leute aus dem Circus, genau gesagt.«
»Über welche Leute?«
Jim wich der Frage aus. Geschwätz darüber, wer im Kommen war und wer auf dem absteigenden Ast. Wer der nächste Anwärter für die Leitung sei: »Wie soll ich das wissen?« sagte ich. »Wissen die verdammten Personalleute längst vor Brixton.«
»Und wer genau wurde bei diesem Geschwätz genannt?«
Hauptsächlich Roy Bland, erwiderte Jim mürrisch. Wie vereinbarte Bland seinen Linksdrall mit seiner Arbeit im Circus? Er hat keinen, ganz einfach, sagte Jim. Wie stand Bland mit Esterhase und Alleline? Was hielt Bland von Bill Haydons Malkunst? Dann, wieviel Roy trank und was aus ihm würde, wenn Bill ihm jemals seine Hilfe entzöge? Jim gab dürftige Antworten auf diese Fragen.
»Wurde sonst noch jemand erwähnt?«
»Esterhase«, knurrte Jim ebenso barsch. »Der Scheißkerl wollte wissen, wie man jemals einem Ungarn trauen könnte.«
Nach Smileys nächster Frage schien es, sogar ihm selber, als senkte sich absolute Stille über das ganze schwarze Tal.
»Und was hat er über mich gesagt?« Er wiederholte: »Was hat er über mich gesagt?«
»Zeigte mir ein Feuerzeug. Sagte, es gehöre Ihnen. Geschenk von Ann. ›Für George in Liebe von Ann‹. Eingraviert.«
»Hat er gesagt, wie er zu dem Feuerzeug gekommen ist? Was hat er gesagt, Jim? Los, ich werde nicht zu heulen anfangen, bloß weil ein russischer Bauernlümmel einen schlechten Witz über mich gemacht hat.«

Jims Antwort hörte sich an wie ein militärischer Befehl. »Er könne sich vorstellen, daß sie nach ihrem Seitensprung mit Bill Haydon die Widmung ändern möchte.« Er wirbelte zum Wagen herum. »Ich hab ihm gesagt«, brüllte er wütend, »hab's ihm in seine verschrumpelte Visage gesagt. Sie können Bill nicht nach sowas beurteilen. Künstler haben völlig andere Maßstäbe. Sehen Dinge, die wir nicht sehen. Fühlen Dinge, die uns nicht zugänglich sind. Der kleine Scheißkerl lacht nur. ›Wußte nicht, daß seine Bilder so gut sind‹, sagte er. Ich sage zu ihm, George: ›Gehn Sie zum Teufel. Gehn Sie verdammt nochmal zum Teufel. Wenn ihr in euerm verdammten Laden einen einzigen Bill Haydon hättet, dann hättet ihr das Spiel längst gewonnen.‹ Ich sagte zu ihm: ›Herrgott noch mal‹, sagte ich, ›was ist das hier eigentlich, ein Geheimdienst oder die Heilsarmee?‹ «
»Sehr gut gesagt«, bemerkte Smiley endlich, als kommentierte er eine weit zurückliegende Debatte. »Und Sie hatten ihn vorher noch nie gesehen?«
»Wen?«
»Den kleinen frostigen Burschen. Er kam Ihnen nicht bekannt vor – von sehr viel früher zum Beispiel? Sie wissen doch, wie wir sind. Wir sind entsprechend ausgebildet, wir sehen eine Menge Gesichter, Fotos von Leuten aus der Moskauer Zentrale, und manchmal bleiben sie haften. Auch wenn wir ihnen keinen Namen mehr geben können. Das war hier also nicht der Fall. Hab mich nur gefragt. Weil Sie soviel Zeit zum Nachdenken hatten«, fuhr er im Gesprächston fort. »Sie lagen da und warteten auf ihre Genesung, auf Ihren Heimtransport, und womit konnten Sie sich die Zeit vertreiben, wenn nicht mit Nachdenken?« – er wartete – »Worüber haben Sie also nachgedacht, sagen Sie? Über den Auftrag. Über Ihren Auftrag, würde ich sagen.«
»Manchmal.«
»Und mit welchem Erfolg? Irgend etwas Nützliches? Irgendeinen ausgefallenen Verdacht, eine Erleuchtung, ein Hinweis, mit dem ich etwas anfangen könnte?«
»Rutschen Sie mir den Buckel runter«, herrschte Jim ihn an. »Sie kennen mich, George Smiley, ich bin kein Juju-Mann, ich bin ein...«

»Sie sind ein einfacher Außenagent, der das Denken den anderen überläßt. Trotzdem: Wenn man weiß, daß man in eine überdimensionale Falle geschickt wurde, verraten, in den Rücken geschossen, und monatelang nichts zu tun hat, als auf einer Pritsche zu liegen oder zu sitzen oder in einer russischen Zelle hin- und herzugehen, dann würde ich meinen, daß selbst der eingefleischteste Mann der Tat« – seine Stimme hatte nichts von ihrer Freundlichkeit verloren – »anfangen würde, zu überlegen, wie er in einer solchen Patsche landen konnte. Nehmen wir uns doch kurz mal Operation *Testify* vor«, forderte Smiley die regungslose Gestalt vor ihm auf. »*Testify* beendete Controls Karriere. Er fiel in Ungnade, und er konnte seinen Maulwurf nicht weiter verfolgen, falls es einen gegeben hat. Der Circus ging in andere Hände über. Und Control starb zur rechten Zeit. *Testify* bewirkte noch etwas anderes. Die Russen erfuhren dadurch – genau gesagt, durch Sie – die ganze Reichweite von Controls Verdacht. Daß er den Kreis auf fünf Personen eingeengt hatte, aber offenbar nicht weiter. Ich unterstelle nicht, daß Sie sich das alles ganz allein in Ihrer Zelle während der Wartezeit hätten zusammenreimen können. Schließlich hatten Sie in Ihrem Bau keine Ahnung, daß Control kaltgestellt worden war – obwohl Sie auf den Gedanken hätten kommen können, daß die Russen von diesem Scheingefecht im Wald nur deshalb soviel hermachten, um eine Reaktion zu provozieren. Sind Sie darauf gekommen?«
»Sie haben die Netze vergessen«, sagte Jim finster.
»Ach, die Tschechen hatten die Netze längst vor Ihrem Auftritt aufs Korn genommen. Sie haben Sie nur aufgerollt, um Controls Versagen hervorzuheben.«
Der beiläufige, fast plaudernde Ton, in dem Smiley diese Theorien vorbrachte, fand in Jim kein Echo. Smiley wartete noch eine Weile vergebens, daß er freiwillig sprechen würde, dann ließ er das Thema fallen. »Kommen wir doch mal auf Ihren Empfang in Sarratt, ja? Um das Ganze abzurunden?«
In einem für ihn seltenen Augenblick der Vergeßlichkeit bediente er sich erst aus der Wodka-Flasche, bevor er sie Jim weiterreichte.

Nach seiner Stimme zu urteilen, hatte Jim jetzt genug. Er sprach rasch und zornig, militärisch schnarrend – seine Zuflucht vor intellektuellen Streifzügen.

Vier Tage lang war Sarratt die Zwischenstation gewesen: »Viel gegessen, viel getrunken, viel geschlafen. Um den Kricketplatz spaziert.« Er wäre auch geschwommen, aber der Swimmingpool wurde zur Zeit ausgebessert, wie schon vor einem halben Jahr: ein Saustall. Er wurde ärztlich untersucht, saß in seiner Hütte vor dem Fernsehapparat und spielte Schach mit Cranko, der das Pförtneramt versah.

Die ganze Zeit wartete er auf Control, der jedoch nicht auftauchte. Der erste, der ihn aus dem Circus besuchte, war der Rückführungsberater, der von einer hilfsbereiten Agentur für Lehrpersonen sprach, danach kam ein Scheich von der Zahlstelle, um mit ihm seinen Pensionsanspruch zu erörtern, dann nochmals ein Arzt, der ihn für ein Schmerzensgeld einstufte. Jim wartete, daß die Inquisitoren erscheinen würden, aber sie blieben aus, zu seiner Erleichterung, denn er hätte nicht gewußt, was er ihnen hätte sagen sollen, solange er von Control kein grünes Licht hatte, und außerdem hingen Fragen ihm nachgerade zum Hals heraus. Er vermutete, daß Control sie fernhielt. Es schien blödsinnig, daß er den Inquisitoren verschweigen sollte, was er bereits den Russen und den Tschechen erzählt hatte, aber was sollte er tun, solange er von Control nichts hörte? Als Control weiterhin schwieg, überlegte er, ob er nicht bei Lacon vorsprechen und ihm seine Geschichte erzählen solle. Dann kam er zu dem Schluß, daß Control wartete, bis die *Nursery* ihn freigab, ehe er sich mit ihm in Verbindung setzte. Ein paar Tage lang hatte er einen Rückfall, und als er vorbei war, erschien Toby Esterhase in einem neuen Anzug, scheinbar nur, um ihm die Hand zu schütteln und viel Glück zu wünschen. Aber in Wahrheit, um ihm zu sagen, wie die Dinge standen.

»Verdammt komisch, ausgerechnet diesen Vogel herzuschicken, aber er schien die Treppe hinaufgefallen zu sein. Dann fiel mir ein, daß Control einmal gesagt hatte, man solle nur Leute von draußen verwenden.«

Esterhase berichtete ihm, daß der Circus durch *Testify* an den

Rand des Untergangs geraten und daß Jim zur Zeit im Circus der Aussätzige Nr. 1 sei. Control sei nicht mehr im Spiel, und alles werde neu organisiert, um Whitehall zu besänftigen.
»Dann sagte er, ich solle mir keine Sorgen machen«, sagte Jim.
»Worüber keine Sorgen machen?«
»Über meine Sonderinstruktion. Er sagte, ein paar Leute kennen die wahre Geschichte und ich hätte keinen Grund, mir Sorgen zu machen, alles Nötige werde getan. Alle Tatsachen seien bekannt. Dann gab er mir tausend Pfund in bar, als Extrazulage zu meinem Schmerzensgeld.«
»Von wem?«
»Hat er nicht gesagt.«
»Hat er Controls Theorie über Stevcek erwähnt? Den Spion der Moskauer Zentrale innerhalb des Circus?«
»Die Tatsachen waren bekannt«, wiederholte Jim mit starrem Blick. »Er *befahl* mir, mit keinem Menschen Kontakt aufzunehmen und nicht zu versuchen, meine Geschichte zu Gehör zu bringen, denn es werde auf höchster Ebene alles Nötige unternommen, und alles, was ich tun würde, könne den entscheidenden Schlag vermasseln. Der Circus sei wieder im Lot. Ich könne Bube, Dame und das ganze verdammte Spiel vergessen: Maulwürfe, alles. ›Mach Schluß‹, sagte er. ›Du bist ein Glückspilz, Jim‹, sagte er immer wieder. ›Du bist zum Lotos-Esser ausersehen.‹ Ich könne das Ganze vergessen. Ja? Vergessen. Einfach so tun, als wäre es nie passiert.« Er brüllte jetzt. »Und das hab' ich die ganze Zeit getan: Melde gehorsamst, alles vergessen!«
Die nächtliche Landschaft wirkte plötzlich wie unberührt; wie eine große Leinwand, auf die niemals etwas Böses oder Grausames gemalt worden war. Seite an Seite starrten sie über die Lichtbüschel hinweg ins Tal zu einer Felskuppe, die vor dem Horizont aufragte. Auf der Spitze stand ein einsamer Turm, und einen Augenblick lang bezeichnete er für Smiley das Ende der Reise.
»Ja«, sagte er. »Ich habe mich auch ein bißchen mit Vergessen beschäftigt. Toby hat also tatsächlich Ihnen gegenüber Dame, Bube erwähnt. Wie ist er nur an *diese* Geschichte herangekommen, wenn nicht... Und von Bill keine Silbe?« fuhr er fort. »Nicht einmal eine Postkarte?«

»Bill war im Ausland«, sagte Jim kurz.
»Wer hat Ihnen das gesagt?«
»Toby.«
»Sie haben Bill also kein einziges Mal gesehen: seit *Testify*, Ihren besten Freund: Er ist verschwunden.«
»Sie haben doch gehört, was Toby sagte. Ich war tabu. Quarantäne.«
»Bill hat nie besonders viel für Vorschriften übrig gehabt, oder?« sagte Smiley, wie in Erinnerung versunken.
»Und Sie haben nie besonders viel für Bill übrig gehabt«, bellte Jim.
»Tut mir leid, daß ich nicht da war, als Sie mich vor Ihrer Abreise in die Tschechoslowakei aufsuchten«, bemerkte Smiley nach einer kleinen Pause. »Control hatte mich nach Deutschland geschickt, damit ich ihm aus den Augen wäre, und als ich wiederkam – was hatten Sie eigentlich genau gewollt?«
»Nichts. Dachte, die Tschechoslowakei könnte ein bißchen haarig werden. Dachte, ich könnte vorbeischauen, mich verabschieden.«
»Vor einem Auftrag?« rief Smiley in gelinder Verwunderung. »Vor einem so ganz *besonderen* Auftrag?« Jim ließ durch nichts erkennen, daß er es gehört hatte. »Haben Sie sich von anderen auch verabschiedet? Wir waren wohl alle auswärts. Toby, Roy, Bill, haben Sie sich von ihnen verabschiedet?«
»Von keinem.«
»Bill hatte Urlaub, nicht wahr? Aber er dürfte wohl trotzdem in der Nähe gewesen sein.«
»Von keinem«, beharrte Jim, als ein furchtbarer Schmerzanfall ihn zwang, die linke Schulter hochzuziehen und den Kopf abzuwenden. »Alle auswärts«, sagte er.
»Das sieht Ihnen gar nicht ähnlich, Jim«, sagte Smiley im gleichen milden Ton, »daß Sie herumgehen und allen Leuten Pfötchen geben, ehe Sie einen wichtigen Auftrag ausführen. Es scheint, Sie werden sentimental auf Ihre alten Tage. Sie wollten ...« er zögerte. »Sie wollten nicht einen Rat oder dergleichen, wie? Schließlich hielten Sie den Auftrag doch für eine Schnapsidee, nicht wahr? Und fanden, daß Control die Dinge nicht mehr

recht im Griff hatte. Vielleicht glaubten Sie, Sie sollten eine dritte Person zuziehen? Denn ich gebe zu, das Ganze wirkte ziemlich verrückt.«

Die Fakten kennenlernen, sagte Steed Asprey immer, dann Geschichten probieren wie Kleider.

Jim verschanzte sich hinter wütendem Schweigen, und sie gingen zurück zum Wagen.

Im Motel zog Smiley zwanzig postkartengroße Fotos aus den Tiefen seines Überziehers und legte sie in zwei Reihen auf dem Keramiktisch aus. Einige waren Schnappschüsse, einige Porträtfotos; alle zeigten Männer, und keiner von ihnen sah wie ein Engländer aus. Jim verzog das Gesicht, fischte zwei davon heraus und gab sie Smiley. Beim ersten sei er ganz sicher, brummte er, beim zweiten weniger. Der erste war der Chef, der frostige Zwerg. Der zweite eins der Schweine, die im Schatten standen und zusahen, wie die Schläger Jim auseinandernahmen. Smiley steckte die Fotos wieder in die Tasche. Als er die Gläser zum Schlummertrunk füllte, hätte ein weniger gequälter Beobachter als Jim an ihm vielleicht eher eine Spur von Feierlichkeit als von Triumph bemerkt; als besiegelte dieses letzte Glas irgend etwas.

»Also, wann haben Sie nun Bill zum letztenmal gesehen? Mit ihm gesprochen«, fragte Smiley, wie man sich eben nach einem alten Freund erkundigt. Er hatte Jim offenbar aus anderen Gedanken aufgescheucht, denn es dauerte eine Weile, ehe er den Kopf hob und die Frage begriff.

»Ach, immer mal wieder«, sagte er leichthin. »Bestimmt öfter in den Korridoren mit ihm zusammengestoßen.«

»Und gesprochen? Ach, ist ja egal.« Denn Jim hatte sich wieder seinen eigenen Gedanken zugewandt.

Jim wollte nicht den ganzen Weg bis zur Schule gefahren werden. Smiley mußte ihn am Anfang des geteerten Weges absetzen, der durch den Friedhof zur Kirche führte. Er habe ein paar Hefte in der Kapelle liegenlassen, sagte er. Im Augenblick war Smiley eher geneigt, ihm nicht zu glauben, weshalb, begriff er selber nicht. Vielleicht weil er zu der Meinung gelangt war, daß Jim – trotz dreißig Jahren im Geschäft – immer noch ein ziemlich

schlechter Lügner war. Das letzte, was Smiley von ihm sah, war der seitenlastige Schatten, der auf das normannische Portal zustrebte, während seine Absätze wie Gewehrschüsse zwischen den Grabsteinen knallten.
Smiley fuhr nach Taunton und tätigte vom Schloßhotel aus eine Reihe von Telefonanrufen. Trotz seiner Erschöpfung schlief er nur mit Unterbrechungen, in seinen Träumen sah er Karla mit zwei Farbstiften an Jims Tisch sitzen, und Professor Poljakow, alias Viktorow, der, gedrängt von der Sorge um die Sicherheit seines Maulwurfs Gerald, ungeduldig darauf wartete, daß Jim in der Verhörzelle zusammenbräche: Zuletzt sah er noch Toby Esterhase, der an Stelle des abwesenden Haydon nach Sarratt gehoppelt kam und Jim jovial den Rat gab, er solle die ganze Geschichte um Bube, Dame und ihren toten Erfinder, Control, vergessen.

In der gleichen Nacht fuhr Peter Guillam nach Westen, quer durch England nach Liverpool, mit Ricki Tarr als einzigem Fahrgast. Es war eine langweilige Tour unter gräßlichen Bedingungen. Die meiste Zeit prahlte Tarr mit den Summen, die er als Belohnung fordern würde, und der Beförderung, die fällig würde, sobald er seinen Auftrag ausgeführt hätte. Dann kam er auf seine Frauen zu sprechen: Danny, ihre Mutter, Irina. Er schien ein *ménage à quatre* im Auge zu haben, wobei die beiden Frauen gemeinsam für Danny sorgen sollten:
»Irina hat viel Mütterlichkeit. Das frustriert sie natürlich.« Boris, sagte er, könne ihnen gestohlen werden, er werde Karla sagen, daß er ihn behalten solle. Als sie sich ihrem Ziel näherten, schlug seine Stimmung erneut um, und er verfiel in Schweigen. Die Morgendämmerung war kalt und nebelig. In den Vororten konnten sie nur noch dahinkriechen und wurden von Radfahrern überholt. Gestank nach Ruß und Stahl erfüllte den Wagen.
»Und halten Sie sich auch in Dublin nicht auf«, sagte Guillam plötzlich. »Es wird erwartet, daß Sie sich klammheimlich davonmachen, also ziehen Sie den Kopf ein. Nehmen Sie die erste ausfliegende Maschine.«
»Das haben wir alles bereits durchgekaut.«

»Dann kaue ich es eben nochmals durch«, gab Guillam zurück. »Wie lautet Mackelvores Arbeitsname?«

»Himmel, Zwirn und zugenäht«, schnaufte Tarr und nannte den Namen.

Es war noch dunkel, als die Fähre nach Irland ablegte. Überall wimmelte es von Soldaten und Polizei: dieser Krieg, der letzte, der vorletzte. Ein heftiger Wind blies vom Meer her, und die Überfahrt würde vermutlich bewegt werden. Für kurze Zeit wurde das Grüppchen an Land vom Gefühl der Zusammengehörigkeit erfaßt, als die Lichter des Schiffs rasch ins Dunkel davontanzten. Irgendwo weinte eine Frau, irgendwo feierte ein Betrunkener seine Freilassung.

Er fuhr langsam zurück und versuchte, über sich selber Klarheit zu gewinnen: über den neuen Guillam, der bei unvermittelten Geräuschen hochfährt, Alpträume hat und nicht nur sein Mädchen nicht halten kann, sondern sich auch noch idiotische Gründe ausdenkt, um ihr zu mißtrauen. Er hatte Camilla wegen Sand zur Rede gestellt, wegen ihrer Stunden und ihrer Geheimnistuerei im allgemeinen. Nachdem sie ihm mit ihren ernsten braunen Augen zugehört hatte, sagte sie, er sei ein Narr, und ging. »Ich bin das, wofür du mich hältst«, sagte sie und holte ihre Sachen aus dem Schlafzimmer. Von seiner leeren Wohnung aus rief er Toby Esterhase an und lud ihn für den nächsten Tag zu einem freundschaftlichen Schwatz ein.

33 *Ein Französisch-Lehrer bleibt unerlaubt dem Unterricht fern*

Smiley saß im Rolls Royce des Ministers, Lacon neben ihm. In Anns Familie wurde der Wagen als die schwarze Bettpfanne bezeichnet und wegen seiner Auffälligkeit verabscheut. Der Chauffeur war zum Frühstücken weggeschickt worden. Der Minister saß vorn, und alle drei blickten geradeaus die gestreckte Kühlerhaube entlang und sahen über den Fluß auf die vernebelten Türme des Battersea-Kraftwerks. Das Haar des Ministers war im Nacken voll und um die Ohren in kleine schwarze Hörner gelegt.

»Wenn Sie recht haben«, erklärte der Minister nach langem düsteren Schweigen, »ich sage nicht, daß Sie unrecht haben, aber wenn Sie recht haben, wieviel Porzellan wird er dann bis zum Ende des heutigen Tages zerschlagen haben?«

Smiley begriff nicht ganz.

»Ich spreche von dem Skandal. Gerald geht nach Moskau. Schön, und was passiert dann? Steigt er auf eine Seifenkiste und macht sich öffentlich lustig über alle die Leute, die er hier zum Narren gehalten hat? Ich meine, Herrgott, wir sitzen alle in diesem Boot, nicht wahr? Ich sehe nicht ein, warum wir ihn laufen lassen sollen, damit er uns das Dach über dem Kopfe einreißen kann und die Konkurrenz sich totlacht.«

Er probierte eine andere Tour. »Ich meine, nur weil die Russen unsere Geheimnisse kennen, muß nicht unbedingt die ganze Welt sie erfahren. Wir haben außer ihnen noch einiges mehr zu berücksichtigen, nicht wahr? Zum Beispiel die Schwarze Welt: sollen sie alle es innerhalb einer Woche in den Wallah-Wallah-Nachrichten lesen?«

Oder zum Beispiel seine Wählerschaft, dachte Smiley.

»Ich glaube, das ist etwas, wofür die Russen Verständnis haben«, sagte Lacon. »Schließlich, wenn man seinen Gegner als einen Narren hinstellt, verliert der Kampf seine Berechtigung.« Er fügte hinzu: »Bisher haben sie von ihren Möglichkeiten noch nie

Gebrauch gemacht, nicht wahr?«
»Dann sorgen Sie dafür, daß es auch in Zukunft so bleibt. Lassen Sie es sich schriftlich geben. Nein, lieber nicht. Aber sagen Sie ihnen, was dem einen recht ist, muß dem andern billig sein. Wir bringen die Moskauer Zentrale auch nicht öffentlich in Verschiß, also können sie sich verdammt nochmal ausnahmsweise an die Spielregeln halten.«
Das Angebot, ihn nach Hause zu fahren, lehnte Smiley mit der Erklärung ab, der Spaziergang werde ihm guttun.

Es war Thursgoods Aufsichtstag, und er empfand es als eine Zumutung. Schuldirektoren sollten seiner Meinung nach über den niedrigen Pflichten stehen und ihren Geist für die Anforderungen der Organisation und Leitung freihalten. Daß er seine Cambridge-Robe zur Schau stellen konnte, tröstete ihn nicht, und als er im Turnsaal stand und zusah, wie die Jungen in Reihen hereinkamen und zum Morgenappell Aufstellung nahmen, ruhte sein Auge finster, wenn nicht sogar feindselig auf ihnen. Aber erst Marjoribanks versetzte ihm den Todesstoß:
»Er sagt, es sei wegen seiner Mutter«, flüsterte er dumpf in Thursgoods linkes Ohr. »Er habe ein Telegramm bekommen, daß er sofort abreisen müsse. Wollte nicht mal mehr eine Tasse Tee trinken. Ich habe versprochen, es Ihnen zu bestellen.«
»Das ist ungeheuerlich, absolut ungeheuerlich«, sagte Thursgood.
»Ich übernehme sein Französisch, wenn Sie wollen. Wir können die Klassen V und VI zusammenlegen.«
»Ich bin außer mir«, sagte Thursgood. »Ich kann nicht nachdenken, ich bin völlig außer mir.«
»Und Irving sagt, er übernimmt das Rugby-Finale.«
»Berichte zu schreiben, Prüfungen, Rugby-Finale zu spielen. Was soll denn mit der Frau los sein? Wahrscheinlich einfach die Grippe, wie üblich um diese Jahreszeit. Wir haben sie alle und unsere Mütter auch. Wo lebt sie?«
»Nach dem, was er zu Sue gesagt hat, liegt sie schon im Sterben.«
»Immerhin eine Ausrede, die er kein *zweites* Mal verwenden kann«, sagte Thursgood ungerührt, dann brachte er durch ein

scharfes Bellen die Jungens zur Ruhe und verlas die Anwesenheitsliste.
»Roach?«
»Krank, Sir.«
Genau das hatte ihm jetzt noch gefehlt. Der reichste Junge an der Schule hatte einen Nervenzusammenbruch wegen seiner nichtswürdigen Eltern, und der Vater drohte, ihn wegzuholen.

34 *Toby Esterhase demonstriert die Kunst, gleichzeitig vor- und zurückzugehen, und Smiley macht sich Sorgen über Schatten auf seinen Wegen*

Es war am gleichen Tag um vier Uhr nachmittags. ›Sichere Häuser, die ich kannte‹, dachte Guillam und sah sich in der düsteren Wohnung um. Er hätte über sie schreiben können, wie ein Handlungsreisender über Hotels schreiben könnte: von Fünfsterne-Spiegelhallen im Belgravia mit Wedgwood-Pilastern und vergoldeten Eichenblättern bis zu diesem Zweizimmerschuppen der Skalpjäger in Lexham Gardens, der nach Staub und Abflüssen roch und einen ein Meter hohen Feuerlöscher in der pechdunklen Halle hatte. Über dem Kamin tranken Kavaliere aus Zinnkrügen. Auf den gedrängten Tischen Muscheln als Aschenbecher, und in der grauen Küche anonyme Anweisungen »Unbedingt beide Gashähne schließen«. Er ging durch die Diele, als die Türglocke anschlug, auf die Sekunde pünktlich. Er nahm das Haustelefon ab und hörte Tobys verzerrte Stimme in die Hörmuschel krächzen. Er drückte auf den Türöffner und hörte das Klicken des Schlosses im Treppenhaus widerhallen. Er öffnete die Vordertür, ließ jedoch die Kette eingehakt, bis er sich überzeugt hatte, daß Toby allein war.

»Na, wie geht's uns?« sagte Guillam fröhlich und ließ ihn ein.

»Ausgezeichnet, Peter«, sagte Toby und zog Mantel und Handschuhe aus.

Auf einem Tablett standen Tee und zwei Tassen. Guillam hatte alles vorbereitet. ›Sichere Häuser‹ haben eine ganz bestimmte Aufmachung. Man gibt entweder vor, hier zu wohnen oder überall zu Hause zu sein; oder einfach an alles zu denken. In unserem Metier ist Natürlichkeit eine Kunst, dachte Guillam. Das war etwas, das Camilla nicht zu schätzen wußte.

»Wirklich höchst sonderbares Wetter«, verkündete er, als hätte er eine meteorologische Studie angestellt. Sehr viel geistreichere Konversation wurde in ›sicheren Häusern‹ nie betrieben. »Man geht ein paar Schritte und ist völlig erschöpft. Wir erwarten also einen Polen?« sagte er und setzte sich. »Einen Polen im Pelzhandel, von dem sie glauben, er könne für uns Kurierdienste leisten?«

»Muß jeden Moment kommen.«

»Kennen wir ihn? Ich habe von meinen Leuten unter seinem Namen nachsehen lassen, aber sie fanden keine Spur.«

»Die freien Polen haben ihn vor ein paar Monaten angelaufen, und er hat sofort das Weite gesucht. Dann hat Karl Stock ihn bei den Lagerhäusern aufgestöbert und gedacht, er könne den Skalpjägern nützlich sein.« Er zuckte die Achseln. »Mir hat er gefallen, aber was soll's? Wir haben nicht mal genug Arbeit für unsere eigenen Leute.«

»Peter, Sie sind sehr großzügig«, sagte Esterhase ehrerbietig, und Guillam hatte das lächerliche Gefühl, ihm ein Trinkgeld gegeben zu haben. Da klingelte es zu seiner Erleichterung an der Tür, und Fawn bezog seinen Posten am Eingang.

»Tut mir leid, Toby«, sagte Smiley, von der Treppe ein wenig außer Atem. »Peter, wo soll ich meinen Mantel aufhängen?«

Guillam drehte Toby um, hob ihm die Hände und legte sie flach an die Wand, dann durchsuchte er ihn nach einer Waffe, wobei er sich reichlich Zeit ließ. Toby hatte keine Waffe.

»Ist er allein gekommen?« fragte Guillam. »Oder wartet ein lieber Freund auf der Straße?«

»Ich glaube, die Luft ist rein«, sagte Fawn.

Smiley stand am Fenster und blickte auf die Straße hinunter.

»Würden Sie bitte kurz das Licht löschen?« bat er.

»Warten Sie in der Diele«, befahl Guillam, und Fawn zog sich zurück; Smileys Mantel nahm er mit. »Was gesehen?« fragte Guillam und stellte sich neben Smiley ans Fenster.

Der Londoner Nachmittag hatte bereits die verschleierten Rosa- und Gelbtöne des Abends angenommen. Der Platz war ein typisch victorianisches Wohnviertel. In der Mitte ein umzäunter Garten, der schon dunkel war. »Vermutlich nur ein Schatten«, sagte Smiley mit einem Knurren und wandte sich wieder Esterhase zu. Die Kaminuhr klimperte vier Schläge. Fawn mußte sie aufgezogen haben.

»Ich möchte Ihnen gern eine These vortragen, Toby. Eine Theo-

rie über das, was zur Zeit vorgeht. Darf ich?«
Esterhase zuckte nicht mit der Wimper. Die kleinen Hände ruhten auf den hölzernen Armlehnen seines Sessels. Er saß ganz bequem da, aber die Spitzen und Fersen seiner glänzend geputzten Schuhe waren wie in Habacht-Stellung geschlossen.
»Sie müssen überhaupt nicht sprechen. Zuhören ist doch kein Risiko, wie?«
»Möglich.«
»Gehen wir achtzehn Monate zurück. Percy Alleline möchte Controls Job, hat aber im Circus keinen guten Stand. Dafür hat Control gesorgt. Control ist krank und über die erste Blüte hinaus, aber Percy kann ihn nicht ausbooten. Erinnern Sie sich, wie es war?«
Esterhase nickte kurz.
»Wie es so ist in der toten Saison«, sagte Smiley mit seiner vernünftigen Stimme. »Draußen gibt's nicht genügend zu tun, also fangen wir an, innerhalb der Dienststelle zu intrigieren, einer spioniert gegen den anderen. Eines Morgens sitzt Percy in seinem Büro und hat nichts zu tun. Auf dem Papier ist er zum Einsatzleiter ernannt, aber in Wahrheit ist er höchstens ein Puffer zwischen den regionalen Abteilungen und Control. Percys Tür geht auf, und jemand kommt herein. Wir wollen ihn der Einfachheit halber Gerald nennen. ›Percy‹, sagt er, ›ich bin auf eine bedeutende russische Quelle gestoßen. Könnte eine Goldmine sein.‹ Oder vielleicht sagt er gar nichts, bis sie das Dienstgebäude verlassen haben, denn Gerald ist vorwiegend ein Außenmann, von Wänden und Telefonen umgeben spricht er nicht gern. Vielleicht machen sie einen Spaziergang im Park oder eine Autofahrt. Vielleicht gehen sie irgendwohin essen, und in diesem Stadium kann Percy nicht viel mehr tun als zuhören. Percy hatte wenig Erfahrung auf dem europäischen Sektor, noch viel weniger auf dem tschechischen oder auf dem Balkan. Er hat sich seine Sporen in Südamerika verdient und anschließend die früheren Kolonien bearbeitet: Indien, den Vorderen Orient. Osteuropa ist für Percy fast ein Buch mit sieben Siegeln... Er weiß nicht viel über Russen oder Tschechen oder dergleichen, für ihn ist rot ganz einfach rot und damit punktum. Unfair?«

Esterhase schürzte die Lippen und runzelte leicht die Stirn, als wolle er sagen, daß er niemals über einen Vorgesetzten urteile. »Gerald hingegen ist Fachmann auf diesem Gebiet. Während seiner Einsatz-Zeit hat er sich ständig an den östlichen Märkten herumgetrieben. Für Percy ist das Ganze Neuland, aber höchst verlockend. Gerald steht auf vertrautem Boden. Diese russische Quelle, sagt Gerald, könne die ergiebigste sein, die der Circus seit langem hatte. Gerald möchte nicht zu viel sagen, aber er erwartet in den nächsten Tagen ein paar Proben, und die solle Percy sich dann genau ansehen, um sich ein Bild von der Qualität zu machen. Über die Quelle im einzelnen könnten sie später sprechen. ›Aber warum ich?‹ sagt Percy. ›Worum geht es eigentlich?‹ Gerald sagt es ihm also. ›Percy‹, sagt er. ›Ein paar von uns in den regionalen Abteilungen sind schon ganz krank wegen der Höhe der Einsatzverluste. Ein böser Geist scheint umzugehen. Es wird zuviel geschwatzt, innerhalb und außerhalb des Circus. Zu viele Leute haben Einsicht in die Akten. Unsere Außenagenten werden an die Wand gestellt, unsere Netze aufgerollt oder schlimmer, und jedes neue Unternehmen endet als Verkehrsunfall. Sie sollen uns helfen, das wieder in Ordnung zu bringen.‹ Gerald empört sich nicht, er vermeidet sorgfältig jede Anspielung auf einen möglichen Verräter innerhalb des Circus, der sämtliche Operationen auffliegen läßt, denn Sie und ich wissen, daß die ganze Maschinerie zum Stillstand kommt, sobald ein solches Wort sich herumspricht. Jedenfalls, das letzte, was Gerald sich wünscht, ist eine Hexenjagd. Aber er sagt immerhin, daß die Dienststelle nicht ganz dicht sei und daß Schlamperei an der Spitze zu Fehlschlägen auf den unteren Ebenen führe. Alles Musik in Percys Ohren. Gerald zählt die jüngsten Skandale auf und betont geflissentlich Allelines eigenes Nahost-Abenteuer, das so schief gelaufen war und Percy um ein Haar seine Karriere gekostet hätte. Dann rückt er mit seinem Vorschlag heraus. Er sagt folgendes. Nach meiner Theorie, wohlgemerkt; es ist nur eine Theorie.«

»Klar, George«, sagte Toby und leckte sich die Lippen.

»Eine andere Theorie könnte lauten, daß Alleline sein eigener Gerald gewesen sei, verstehen Sie. Nur daß ich das zufällig nicht glaube: Ich glaube nicht, daß Percy fähig wäre, herzugehen, sich einen erstklassigen russischen Spion zu kaufen und von da an sein Schiff mit eigenen Leuten zu bemannen. Ich nehme an, er hätte alles verpatzt.«

»Klar«, sagte Esterhase mit absoluter Bestimmtheit.

»Also, nach meiner Theorie sagt Gerald zu Percy sodann folgendes: ›Wir – das heißt, ich und die gleichgesinnten Seelen, die mit diesem Projekt verbunden sind – möchten, daß Sie, Percy, als unsere Vaterfigur handeln. Wir sind keine Politiker, wir sind Praktiker. Im Whitehall-Dschungel kennen wir uns nicht aus. Sie schon. Sie übernehmen die Ausschüsse, wir übernehmen Merlin. Wenn Sie als unsere Sicherung fungieren und uns vor dem Unfug, der dort getrieben wird, schützen, was im Effekt bedeutet, daß Sie die Kenntnis von unserer Operation auf das absolute Minimum beschränken, dann liefern wir die Ware.‹ Sie besprechen die praktischen Möglichkeiten, wie das zu bewerkstelligen wäre, dann läßt Gerald eine Weile Percy im eigenen Saft schmoren. Eine Woche, einen Monat, das weiß ich nicht. Lange genug, daß Percy es sich hat überlegen können. Eines Tages legt Gerald das erste Muster vor. Und es ist natürlich sehr gut. Sehr, sehr gut. Zufällig etwas, das die *Navy* angeht, was Percy nicht besser zupaß kommen könnte, denn er ist bei der Admiralität sehr gut angeschrieben, sie stützen ihm dort den Rücken. Percy läßt also seine Freunde von der *Navy* einen verstohlenen Blick darauf werfen, und das Wasser läuft ihnen im Mund zusammen. ›Woher kommt es? Wird noch mehr folgen?‹ Eine ganze Menge. Was die Identität der Quelle angeht – nun, die ist in diesem Stadium noch streng geheim, aber das ist ganz in Ordnung. Entschuldigen Sie, wenn ich hier vielleicht ziemlich weit danebentippe, aber ich habe als einzigen Anhaltspunkt die Akten.«

Die Erwähnung der Akten, die erste Andeutung, daß Smiley vielleicht in irgendeiner offiziellen Eigenschaft handle, rief bei Esterhase eine deutliche Reaktion hervor. Zu dem gewöhnlichen Lippenlecken gesellte sich ein Vorwärtsrecken des Kopfes und ein Ausdruck gerissener Vertraulichkeit, als versuchte Toby mittels aller dieser Signale anzudeuten, auch er habe die Akte ge-

lesen, welche Akte es auch immer gewesen sein mochte, und teile Smileys Schlußfolgerungen rückhaltlos. Smiley hatte sich abgewandt und trank einen Schluck Tee.
»Für Toby auch?« fragte er über seine Tasse hinweg.
»Mach ich«, sagte Guillam mehr energisch als gastfreundlich. »Tee, Fawn«, rief er durch die Tür. Sie öffnete sich sofort, und Fawn erschien auf der Schwelle, eine Tasse in der Hand.
Smiley stand nun wieder am Fenster. Er hatte den Vorhang einen Spalt beiseite geschoben und starrte auf den Platz hinunter.
»Toby?«
»Ja, George?«
»Haben Sie einen Babysitter mitgebracht?«
»Nein.«
»Niemanden?«
»George, warum sollte ich Babysitter mitbringen, wenn ich doch nur Peter und einen armen Polen treffen wollte?«
Smiley kehrte zu seinem Stuhl zurück. »Merlin als Quelle«, begann er von neuem. »Wo war ich stehengeblieben? Ach ja. Merlin war nicht eigentlich nur eine einzige Quelle, nicht wahr, wie Gerald nach und nach Percy und den beiden anderen beibrachte, die er inzwischen in den magischen Kreis einbezogen hatte. Gewiß. Merlin war sowjetischer Agent, aber ähnlich wie Alleline war er auch der Sprecher einer Gruppe Unzufriedener. Wir sehen uns selber gern in der Situation anderer, und ich bin überzeugt, daß Percy sich von Anfang an für Merlin erwärmte. Diese Gruppe, die Clique, deren Anführer Merlin war, bestand aus, sagen wir, einem halben Dutzend gleichgesinnter sowjetischer Beamter, von denen jeder auf seine Weise vortrefflich plaziert war. Im Lauf der Zeit hat Gerald, wie ich argwöhne, seinen Leutnants und Percy ein ziemlich genaues Bild dieser Unter-Quellen vermittelt, aber ich weiß es nicht. Merlins Job bestand darin, ihre Informationen zu sammeln und in den Westen zu spielen, und während der folgenden Monate bewies er bei dieser Tätigkeit bemerkenswertes Geschick. Er benutzte alle möglichen Methoden, und der Circus lieferte ihm nur zu gern das Rüstzeug. Geheimschriften, Mikropunkte, die über Punkte in harmlos aussehenden Briefen angebracht wurden, tote Briefkä-

sten in westlichen Hauptstädten, die von Gott weiß welchem wackeren Russen gefüllt und von Toby Esterhases wackeren Aufklärern pflichtschuldigst geleert worden waren. Sogar persönliche Zusammenkünfte, von Tobys Babysittern arrangiert und bewacht« – kurze Pause, während Smiley wieder zum Fenster blickte – »ein paar Hinterlegungen in Moskau, die von unserer dortigen Außenstelle weitergespielt werden mußten, obwohl sie dort nie erfahren durften, wer ihr Wohltäter war. Aber kein Geheimfunk. Dafür hat Merlin nichts übrig. Es war einmal vorgeschlagen worden – kam sogar bis zum Schatzamt – einen ständigen Langwellensender in Finnland einzurichten, nur zu seiner Verfügung, aber man ließ das Projekt fallen, als Merlin sagte: ›Nicht in die Tüte.‹ Muß bei Karla in die Schule gegangen sein, wie? Sie wissen, Karla haßt den Funk. Das Tollste an Merlin ist seine Beweglichkeit: sein größtes Talent. Vielleicht sitzt er im Moskauer Handelsministerium und kann die Handlungsreisenden einsetzen. Wie dem auch sei, er hat die Mittel und er hat die Kanäle, die aus Rußland herausführen. Und deshalb haben seine Mitverschwörer ihn ausersehen, mit Gerald zu verhandeln, die Bedingungen auszuhandeln, die finanziellen Bedingungen. Sie wollen nämlich Geld. Eine Menge Geld. Ich hätte das schon erwähnen sollen. In dieser Hinsicht sind Geheimdienste und ihre Konsumenten leider wie gewöhnliche Sterbliche. Sie schätzen am meisten, was am meisten kostet, und Merlin kostet ein Vermögen. Schon mal ein gefälschtes Bild gekauft?«
»Hab mal ein paar verkauft«, sagte Toby mit einem zuckenden nervösen Lächeln, aber niemand lachte.
»Je mehr man dafür zahlt, um so weniger ist man geneigt, an der Echtheit zu zweifeln. Töricht, aber so sind wir. Es ist auch für jedermann tröstlich zu wissen, daß Merlin käuflich ist. Das ist ein Motiv, das wir alle verstehen, stimmt's, Toby? Besonders im Schatzamt. Fünfzigtausend Franken pro Monat auf ein Schweizer Bankkonto: also, ich möchte wissen, wer dafür nicht ein paar Gleichheitsprinzipien ein bißchen verdreht. Whitehall zahlt ihm also ein Vermögen und bezeichnet seine Informationen als unbezahlbar. Und einiges ist tatsächlich gut«, räumte Smiley ein. »Sehr gut, meine ich, und das sollte es auch sein. Dann weiht Ge-

rald eines schönen Tages Percy in das allergrößte Geheimnis ein. Die Merlin-Clique hat einen Londoner Anhang. Es ist der Anfang, wie ich Ihnen jetzt verraten sollte, einer sehr, sehr klugen Kombination.«
Toby stellte seine Tasse ab und betupfte mit dem Taschentuch geziert seine Mundwinkel.
»Laut Gerald ist ein Mitglied der Sowjetbotschaft hier in London willens und in der Lage, als Merlins Londoner Repräsentant zu fungieren. Er kann es sich sogar leisten, in Ausnahmefällen die Botschaftseinrichtungen zu benutzen, um mit Merlin in Moskau zu sprechen, Botschaften zu senden und zu empfangen. Und daß es, vorbehaltlich aller nur denkbaren Vorsichtsmaßnahmen, Gerald sogar dann und wann möglich sei, heimliche Zusammenkünfte mit diesem Zauberer zu arrangieren, ihn zu instruieren und zu desinstruieren, Nachfaß-Fragen an Merlin zu stellen und die Antwort beinah postwendend zu erhalten. Wir wollen diesen Sowjetfunktionär Alexei Alexandrowitsch Poljakow nennen und von der Annahme ausgehen, er gehöre der Kulturabteilung der Sowjetbotschaft an. Können Sie mir folgen?«
»Ich habe kein Wort gehört«, sagte Esterhase. »Ich bin ertaubt.«
»Es heißt, er habe längere Zeit der Londoner Botschaft angehört – acht Jahre, um genau zu sein –, aber Merlin habe ihn erst kürzlich in die Herde aufgenommen. Vielleicht während Poljakow auf Urlaub in Moskau war?«
»Ich höre kein Wort.«
»Poljakow wird sehr schnell ein sehr bedeutender Mann, denn Gerald ernennt ihn alsbald zum Angelpunkt der Operation *Witchcraft* und noch zu allerhand mehr. Die toten Briefkästen in Amsterdam und Paris, die Geheimtinten, Mikropunkte: das alles geht nach wie vor weiter, aber in verringertem Maß. Man kann die Gelegenheit, Poljakow praktisch in Reichweite zu haben, einfach nicht ungenutzt lassen. Ein Teil von Merlins bestem Material wird per Diplomatengepäck nach London geschmuggelt: Poljakow hat weiter nichts zu tun, als die Umschläge aufzuschlitzen und sie an seinen Partner im Circus weiterzugeben: an Gerald oder eine von Gerald benannte Person. Wir dürfen aber niemals vergessen, daß dieser Teil der Operation Merlin tödlich,

tödlich geheim ist. Der *Witchcraft*-Ausschuß ist natürlich auch geheim, aber zahlenmäßig groß. Das ist unvermeidlich. Die Operation ist groß angelegt, der Eingang ist groß, Aufbereitung und Verteilung erfordern allein schon eine Menge bürokratischer Überwachung: Kopisten, Übersetzer, Codierer, Stenotypisten, Auswerter und was weiß ich noch alles. Nichts von alledem stört Gerald auch nur im geringsten: es ist ihm sogar recht, denn die Kunst, Gerald zu sein, besteht darin, einer aus einer großen Zahl zu sein. Wird der *Witchcraft*-Ausschuß von unten geführt? Von der Mitte, von oben? Mir gefällt Karlas Beschreibung von Ausschüssen, Ihnen nicht? Ist es ein chinesisches Sprichwort? Ein Ausschuß ist ein Tier mit vier Hinterbeinen. Aber der Londoner Anhang – Poljakows Hinterbein – dieser Teil ist auf den ursprünglichen Zauberkreis beschränkt. Skordeno, de Silski, die ganze Meute: sie können losbrausen ins Ausland und überall Handlangerdienste für Merlin leisten. Aber hier in London, der Teil der Veranstaltung, zu dem Brüderchen Poljakow gehört, die Art, wie der Knoten geschlungen ist, das ist ein ganz besonderes Geheimnis aus ganz besonderen Gründen. Sie, Percy, Bill Haydon und Roy Bland. Sie vier bilden den Zauberkreis. Stimmt's? Wir wollen einmal Vermutungen darüber anstellen, wie im einzelnen vorgegangen wird. Es gibt ein Haus, das wissen wir. Die Zusammenkünfte dort werden sehr sorgfältig vorbereitet, das dürfte feststehen, nicht wahr? Wer trifft sich mit ihm, Toby? Wer führt Poljakow? Sie? Roy? Bill?«
Smiley ergriff das breite Ende seiner Krawatte, drehte das Seidenfutter nach außen und begann, seine Brillengläser zu putzen. »Jeder von euch«, sagte er in Beantwortung seiner eigenen Frage. »Wie wäre das? Manchmal trifft Percy sich mit ihm. Ich möchte vermuten, daß Percy ihm gegenüber die Autorität spielt. ›Ist es nicht Zeit, daß Sie Urlaub nehmen? Haben Sie in dieser Woche von Ihrer Frau gehört?‹ Percy würde das gut können. Aber der *Witchcraft*-Ausschuß setzt Percy nur selten ein. Percy ist die Kanone, er muß Seltenheitswert behalten. Dann kommt Bill Haydon; Bill trifft sich mit ihm. Das würde öfter der Fall gewesen sein, nehme ich an. Bill hat eine Schwäche für Rußland, und er kann gut mit Leuten umgehen. Ich habe das Gefühl, er und

Poljakow würden gut miteinander auskommen. Ich würde sagen, Bill glänzte, wenn es zur Instruktion und zu den Nachstoß-Fragen kam, meinen Sie nicht? Dafür sorgen, daß die richtigen Botschaften nach Moskau gelangten? Manchmal nimmt er Roy Bland mit, manchmal schickt er Roy allein hin. Vermutlich machen sie das untereinander aus. Und Roy ist natürlich Wirtschaftsexperte und überdies Fachmann für die Satellitenstaaten, also wird es auch in dieser Sparte allerhand zu besprechen geben. Und manchmal – ich denke da an Geburtstage, Toby, oder an Weihnachten oder sonstige Übermittlungen von Dankbarkeit und Geld –, wird ein kleines Vermögen über Spesen gebucht, wie ich feststellte, ganz zu schweigen von Sonderprämien; manchmal, um den Kreis bei Laune zu halten, kommt ihr alle vier zusammen und hebt die Gläser auf den König jenseits des Meeres: auf Merlin, in Gestalt seines Abgesandten: Poljakow. Schließlich nehme ich an, daß auch Toby einiges mit Freund Poljakow zu besprechen hat. Fachsimpeln, nützliche Brocken über Vorgänge innerhalb der Botschaft, die den Aufklärern so zupaß kommen bei ihren kleinen Überwachungseinsätzen gegen die Gesandtschaft. Also hat auch Toby seine Solo-Sitzungen. Wir dürfen nämlich, ganz abgesehen von Poljakows Rolle als Merlins Londoner Repräsentant, auch seine Möglichkeiten am Ort nicht übersehen. Nicht alle Tage haben wir in London einen zahmen Sowjetdiplomaten, der uns aus der Hand frißt. Ein bißchen Anleitung mit der Kamera, und Poljakow könnte auch an der Heimatfront sehr nützlich sein. Vorausgesetzt, jeder hält sich auf seinem Platz.«

Sein Blick war nicht von Tobys Gesicht gewichen. »Ich könnte mir vorstellen, daß Poljakow es zu etlichen Filmspulen gebracht hat, wie? Und daß jeder, der sich mit ihm traf, nebenbei auch die Aufgabe hatte, seine Vorräte aufzufüllen: ihm kleine versiegelte Päckchen zu überbringen. Filme. Unbelichtete Filme natürlich, denn sie stammten ja aus dem Circus. Beantworten Sie mir doch bitte eine Frage, Toby, sagt Ihnen der Name Lapin irgend etwas?«

Ein Lecken, ein Stirnrunzeln, ein Lächeln, ein Vorwärtsrecken des Kopfs: »Klar, George, ich kenne Lapin.«

»Wer hat angeordnet, daß die Aufklärer-Berichte über Lapin zerstört werden sollten?«
»Ich, George.«
»Auf eigene Initiative?«
Das Lächeln wurde eine Spur breiter. »Hören Sie, George, ich bin in letzter Zeit ein paar Sprossen höhergeklettert.«
»Wer hat gesagt, Connie Sachs müsse abgesägt werden?«
»Also, ich glaube, es war Percy, okay? Vermutlich Percy, vielleicht auch Bill. Sie wissen, wie das ist bei einer großen Operation. Die Routinearbeit, der Kleinkram, es gibt dauernd irgend etwas zu tun.« Er zuckte die Achseln. »Vielleicht war's Roy, he?«
»Sie nehmen also Befehle von allen dreien entgegen«, sagte Smiley leichthin. »Das ist sehr unbedacht von Ihnen. Sie sollten es besser wissen.«
Esterhase gefiel das alles gar nicht.
»Wer hat Sie angewiesen, Max kaltzustellen, Toby? Waren es die gleichen drei Leute? Ich muß das nur alles Lacon melden, verstehen Sie. Er drängt im Moment ganz furchtbar. Der Minister scheint ihm im Nacken zu sitzen. Wer war es?«
»George, Sie haben mit den falschen Leuten geredet.«
»Einer von uns hat das getan, ja«, sagte Smiley liebenswürdig. »Soviel steht fest. Sie wollen auch einiges über Westerby wissen: Wer hat ihm den Mund gestopft? War es die gleiche Person, die Sie mit tausend Pfund und einer Instruktion nach Sarratt schickten, daß Sie Jim Prideaux' Geist Ruhe verschaffen sollten? Ich jage nur nach Fakten, Toby, nicht nach Skalpen. Sie kennen mich, ich bin nicht rachsüchtig. Und was besagt überhaupt, daß Sie nicht ein sehr loyaler Mann wären? Fragt sich nur, wem gegenüber.« Er fügte hinzu: »Nur, sie wollen es eben unbedingt wissen, verstehen Sie. Es geht sogar ein häßliches Gerücht um, daß die Konkurrenz eingeschaltet werden soll. Das möchte doch niemand, oder? Es ist, als ginge man zum Anwalt, weil man sich mit seiner Frau gezankt hat: ein unwiderruflicher Schritt. Wer hat Ihnen die Botschaft für Jim über Bube, Dame, König gegeben? Wußten Sie, was es bedeutete? Wußten Sie es direkt von Poljakow, war es das?«

»Herrgott«, flüsterte Guillam, »lassen Sie mich den Kerl in den Schwitzkasten nehmen.«
Smiley beachtete ihn nicht. »Sprechen wir noch ein wenig über Lapin. Welchen Job hatte er hier?«
»Er arbeitete für Poljakow.«
»Als sein Sekretär in der Kulturabteilung?«
»Als sein Kurier.«
»Aber, mein lieber Toby: was in aller Welt soll ein Kulturattaché mit einem eigenen Kurier anfangen?«
Esterhases Augen waren die ganze Zeit auf Smiley gerichtet. Er ist wie ein Hund, dachte Guillam, er weiß nicht, kriegt er einen Tritt oder einen Knochen. Die Augen flitzten von Smileys Gesicht zu den Händen, dann zurück zum Gesicht, sie ließen nicht ab von den verräterischen Stellen.
»Seien Sie doch nicht so verdammt albern, George«, sagte Toby nonchalant. »Poljakow arbeitet für die Moskauer Zentrale. Das wissen Sie genauso gut wie ich.« Er schlug die kurzen Beine übereinander, lehnte sich mit seiner ganzen wiederaufgelebten Arroganz in seinem Stuhl zurück und trank einen Schluck kalten Tee. Während Smileys Miene, so fand Guillam, flüchtige Entspannung verriet; woraus Guillam in seiner Verwirrung folgerte, daß Smiley sehr mit sich zufrieden sein müsse. Vielleicht, weil Toby sich endlich entschlossen hatte, zu sprechen:
»Na, los, George«, sagte Toby, »Sie sind doch kein Kind mehr. Bedenken Sie, wie viele Operationen wir auf diese Weise hinter uns gebracht haben. Wir kaufen Poljakow, okay? Poljakow ist ein Moskauer Spitzel, aber er ist unser bestes Stück. Er muß aber seinen eigenen Leuten weismachen, daß er gegen uns spioniere. Wie sonst käme er damit durch? Wie sonst könnte er den ganzen Tag in diesem Haus aus- und eingehen, ohne Gorillas, ohne Babysitters, ganz ungeniert? Er kommt hinaus in unseren Laden, wenn er ein paar Bonbons heimbringen muß. Also geben wir ihm Bonbons. Bagatellen, nur damit er sie zu Hause abliefern kann und jeder in Moskau ihm auf die Schulter klopft und sagt, er sei ein toller Bursche, passiert alle Tage.«
Wenn Guillam jetzt von einer Art rasenden Entsetzens erfüllt war, so schien Smileys Kopf bemerkenswert klar zu sein.

»Und das ist ziemlich genau die Standard-Geschichte, nicht wahr, unter den vier Eingeweihten?«

»Ob es die Geschichte ist, kann ich nicht sagen«, sagte Esterhase mit einer sehr ungarischen Handbewegung, einem Drehen der gespreizten Hand von einer Seite zur anderen.

»Wer ist also Poljakows Agent?«

Diese Frage, das sah Guillam, war Smiley sehr wichtig: er hatte alle vorhergegangenen Karten nur ausgespielt, um zu ihr zu kommen. Während Guillam wartete – die Augen bald auf Esterhase, der keineswegs so sicher war, bald auf Smileys Mandarinsgesicht gerichtet –, dämmerte auch ihm allmählich, wie Karlas letzter gekonnter Knoten geschürzt, und worum es bei seiner eigenen nervenaufreibenden Audienz bei Alleline gegangen war.

»Was ich Sie frage, ist ganz einfach«, drängte Smiley. »Rein hypothetisch, wer ist Poljakows Agent im Circus? Mein Gott, Toby, seien Sie doch nicht so vernagelt. Wenn Poljakow sich mit euch treffen kann, weil er vorgibt, gegen den Circus zu spionieren, dann muß er einen Spion im Circus haben, oder? Also, wer ist es? Poljakow kann nicht nach einem Treffen mit euch zur Botschaft zurückkommen, beladen mit einem Haufen von Circus-Abfällen, und sagen: das da hab' ich von den Jungen bekommen. Es muß eine Geschichte aufgebaut sein, und zwar eine gute: ein ganzes Gewebe aus Umwerbung, Anwerbung, heimlichen Zusammenkünften, Geld und Motiven. Stimmt doch? Lieber Gott, es ist nicht bloß Poljakows Tarngeschichte: es ist seine Lebenslinie. Sie muß durchgängig sein. Sie muß überzeugend sein; das ist wichtig. Also, wer ist es?« erkundigte Smiley sich liebenswürdig. »Sie? Toby Esterhase verkleidet sich als Spion im Circus, um Poljakow im Geschäft zu halten? Respekt, Toby, das ist eine ganze Handvoll Orden wert.«

Sie warteten, während Toby nachdachte.

»Sie sind auf einem verdammt langen Weg, George«, sagte Toby. »Was passiert, wenn Sie das andere Ende nicht erreichen?«

»Auch nicht mit Lacon hinter mir?«

»Dann bringen Sie Lacon her. Und Percy; Bill. Warum halten Sie sich an den Kleinsten? Gehen Sie zu den Großen und hacken Sie auf denen herum.«

»Ich dachte, Sie *gehörten* jetzt zu den Großen. Sie paßten ausgezeichnet für die Rolle, Toby, ungarische Abstammung, Bitterkeit mangels Beförderung, Zugang zu manchem, wenn auch nicht zu übermäßig vielem ... schneller Denker, auf Geld aus ... mit Ihnen als seinem Agenten hätte Poljakow eine Tarngeschichte, die hieb- und stichfest wäre. Die großen Drei geben Ihnen die Abfälle, Sie reichen sie an Poljakow weiter, Moskau glaubt, Toby sei ganz der ihre, jeder wird bedient, jeder ist zufrieden. Problematisch wird es erst, wenn durchsickert, daß Sie Poljakow die Kronjuwelen ausgehändigt und dafür russische Abfälle bekommen haben. Sollte sich tatsächlich herausstellen, daß das der Fall war, dann werden Sie gute Freunde bitter nötig haben. Freunde wie uns. Immer nach meiner Theorie – nur um sie zu Ende zu führen. Dieser Gerald ist ein russischer Maulwurf, geführt von Karla. Und er hat den Circus buchstäblich ausgeweidet.«

Esterhase sah ein bißchen krank aus. »Hören Sie, George. Falls Sie sich irren, dann möchte ich mich nicht ebenfalls irren, verstehen Sie mich?«

»Aber wenn er recht hat, dann möchten Sie auch recht haben«, meldete Guillam sich nach langer Zeit wieder zu Wort. »Und je eher Sie recht haben, um so glücklicher werden Sie sein.«

»Klar«, sagte Toby, dem die Ironie völlig entgangen war. »Klar. Ich meine, George hat die Sache sehr gut hingekriegt, aber, mein Gott, jeder hat seine zwei Seiten, George, besonders ein Agent, und vielleicht haben Sie die falsche erwischt. Passen Sie auf: wer hat jemals *Witchcraft* als Abfall bezeichnet? Niemand, niemals. Es ist Spitze. Dann kommt einer, der das Maul aufreißt und mit Dreck schmeißt, und schon graben Sie halb London um. Verstehn Sie mich? Ich tu doch nur, was mir gesagt wird, okay? Sie sagen, ich soll für Poljakow den Handlanger spielen, ich spiele ihn. Bringen Sie ihm diesen Film, ich bring ihn ihm. Ich bin in einer sehr gefährlichen Lage«, erklärte er. »Für mich tatsächlich sehr gefährlich.«

»Das tut mir leid«, sagte Smiley vom Fenster her, wo er aufs neue durch einen Vorhangspalt den Platz beobachtete. »Muß beunruhigend für Sie sein.«

»Äußerst«, bestätigte Toby. »Ich kriege Magengeschwüre, kann nichts essen. Sehr mißliche Lage.«
Eine Weile waren sie alle drei zu Guillams Erbitterung in schweigendem Mitgefühl mit Toby Esterhases mißlicher Lage vereint.
»Toby, Sie lügen mich doch nicht an, was diese Babysitter betrifft, wie?« erkundigte sich Smiley, der noch immer am Fenster stand.
»George, drei Finger aufs Herz, ich schwör's Ihnen.«
»Was würden Sie für solche kleinen Jobs verwenden? Autos?«
»Die Pflastertreter. Bus bis zum *Air Terminal,* dann zu Fuß zurück.«
»Wie viele?«
»Acht, zehn. In dieser Jahreszeit vielleicht nur sechs. Eine Menge sind zur Zeit krank. Weihnachten«, sagte er düster.
»Und einen einzelnen Mann?«
»Niemals. Sind Sie verrückt? Ein Mann! Glauben Sie, ich leite heutzutage ein Bonbon-Geschäft?«
Smiley ging vom Fenster weg und setzte sich wieder.
»Hören Sie George, was Sie sich da ausgedacht haben, ist furchtbar, wissen Sie das? Ich bin Patriot. Herrje«, wiederholte Toby.
»Welchen Job hat Poljakow in der Londoner Außenstelle?« fragte Smiley.
»Polly arbeitet solo.«
»Führt seinen Meisterspion im Circus?«
»Klar. Er ist von aller eigentlichen Arbeit dispensiert, sie geben ihm freie Hand, damit er Toby managen kann, den Meisterspion. Wir besprechen alles, stundenlang sitze ich mit ihm zusammen. ›Hören Sie‹, sage ich. ›Bill verdächtigt mich, meine Frau verdächtigt mich, meine Kinder haben Masern, und ich kann den Arzt nicht bezahlen.‹ Eben den Mist, den Agenten so schwatzen, den schwatze ich Poljakow vor, damit er ihn zu Hause für bare Münze verkaufen kann.«
»Und wer ist Merlin?«
Esterhase schüttelte den Kopf.
»Aber Sie haben doch zumindest gehört, daß er in Moskau sitzt«, sagte Smiley. »Und dem sowjetischen Geheimdienst angehört?«

»Das haben sie mir gesagt«, gab Esterhase zu.
»Wodurch es Poljakow möglich ist, mit ihm Verbindung zu halten. Im Interesse des Circus natürlich. Heimlich, ohne daß seine eigenen Leute Verdacht schöpfen?«
»Klar.« Toby stimmte erneut sein Klagelied an, aber Smiley schien Tönen zu lauschen, die nicht im Zimmer waren.
»Und Dame, König?«
»Herrgott, ich weiß nicht, was das soll. Ich tue, was Percy anordnet.«
»Und Percy hat angeordnet, daß Sie Jim Prideaux bestechen?«
»Klar. Vielleicht war es Bill. Oder vielleicht Roy. Hören Sie, ich muß essen, George, verstehen Sie? Ich bring mich nicht um Hals und Kragen, kapiert?«
»Es ist die perfekte Fälschung: das sehen Sie doch, nicht wahr, Toby?« bemerkte Smiley ruhig und ziemlich reserviert. »Nehmen wir an, es *ist* eine Fälschung. Sie setzt jeden ins Unrecht, der im Recht ist: Connie Sachs, Jerry Westerby ... Jim Prideaux ... sogar Control. Stopft den Zweiflern den Mund, noch ehe sie ihn aufgemacht haben ... die Abwandlungsmöglichkeiten sind zahllos, wenn erst einmal die Grundlüge steht. Nämlich, daß die Moskauer Zentrale in dem Glauben zu wiegen sei, sie habe eine wichtige Quelle im Circus; während Whitehall um keinen Preis von eben dieser Ansicht Wind bekommen dürfe. Folgern Sie logisch weiter, und Gerald brächte uns dazu, daß wir unsere eigenen Kinder in ihren Betten erwürgen. Es würde wunderbar sein in einem anderen Zusammenhang«, bemerkte er fast verträumt. »Armer Toby: ja, ich verstehe genau. Was müssen Sie durchgemacht haben, zwischen so vielen Mühlsteinen.«
Toby hatte seine nächste Ansprache schon bereit: »Selbstverständlich, wenn ich irgend etwas Praktisches tun kann, Sie kennen mich, George, ich helfe immer gern, kein Problem. Meine Jungens sind gut ausgebildet, wenn Sie sie ausleihen wollen, vielleicht können wir zu einer Einigung kommen. Natürlich muß ich zuerst mit Lacon sprechen. Ich will nur eins, ich will diese Geschichte in Ordnung gebracht haben. Zum Besten des Circus natürlich. Das ist alles, was ich will. Das Wohl der Firma. Ich bin ein bescheidener Mensch, ich will nichts für mich selber, okay?«

»Wo ist dieses ›sichere Haus‹, das Sie ausschließlich für Poljakow halten?«
»Nummer fünf, Lock Gardens, Camden Town.«
»Mit einer Haushälterin?«
»Mrs. McCraig.«
»Früher bei der Abhörabteilung?«
»Klar.«
»Sind dort Abhöranlagen eingebaut?«
»Was glauben Sie?«
»Millie McCraig besorgt also das Haus und handhabt die Aufnahmegeräte.«
Das tue sie, sagte Toby und duckte sich wachsam.
»Sie werden sie nachher gleich anrufen und ihr sagen, daß ich die Nacht über dort bleiben und die Anlage benutzen möchte. Sagen Sie ihr, ich wurde mit einer Spezialaufgabe betraut, und sie hat zu tun, was ich verlange. Ich werde gegen neun Uhr dort sein. Wie setzen Sie sich mit Poljakow in Verbindung, wenn ein Blitztreffen vereinbart werden soll?«
»Meine Jungens haben ein Zimmer in Haverstock Hill. Polly fährt jeden Morgen auf dem Weg zur Botschaft und jeden Abend auf dem Heimweg an ihrem Fenster vorbei. Wenn sie ein gelbes Plakat aushängen, mit einem Protest gegen den Verkehrslärm, dann ist das das Signal.«
»Und bei Nacht? Und am Wochenende?«
»Telefonanruf. Falsche Nummer. Aber das hat niemand gern.«
»Wurde schon einmal davon Gebrauch gemacht?«
»Weiß ich nicht.«
»Wollen Sie sagen, daß Sie sein Telefon nicht abhören?«
Keine Antwort.
»Ich möchte, daß Sie das Wochenende freinehmen. Würde das beim Circus Argwohn auslösen?« Begeistert schüttelte Esterhase den Kopf. »Sie werden sich bestimmt lieber aus der Sache raushalten, nicht wahr?« Esterhase nickte. »Sagen Sie, Sie hätten Scherereien mit einem Mädchen, oder womit immer Sie zur Zeit Scherereien haben. Sie werden die Nacht hier verbringen, möglicherweise zwei Nächte. Fawn wird sich um Sie kümmern. Essen ist in der Küche. Was ist mit Ihrer Frau?«

Während Guillam und Smiley zusahen, wählte Esterhase die Nummer des Circus und verlangte Phil Porteous. Er sagte sein Verschen tadellos auf: ein bißchen Selbstmitleid, ein bißchen Verschwörung, ein bißchen Scherz. Ein Mädchen, im Norden, das verrückt nach ihm war, Phil, und ihm mit Gräßlichem drohte, wenn er nicht käme und Händchen hielte:
»Sagen Sie nichts, ich weiß, so was passiert Ihnen alle Tage, Phil. He, was macht Ihre prächtige neue Sekretärin? Und, passen Sie auf, Phil, wenn Mara von zu Hause anruft, sagen Sie ihr, Toby ist hinter einer großen Sache her, okay? Sprengt den Kreml in die Luft, Montag wieder da. Machen Sie's anständig und wichtig, ja? Cheers, Phil.«
Er legte auf und wählte dann eine Nummer im Norden von London. »Mrs. M., hallo, hier spricht Ihr Herzensfreund, erkennen Sie die Stimme? Gut. Hören Sie, ich schicke Ihnen heute abend einen Gast, einen alten, lieben Freund, Sie werden sich wundern. – Sie haßt mich«, erklärte er den beiden und hielt die Hand über die Sprechmuschel. – »Er möchte die Drähte nachprüfen«, fuhr er fort. »Schauen Sie alles durch, überzeugen Sie sich, daß alles klappt, okay, keine schwachen Stellen, all right?«
»Wenn er Geschichten macht«, sagte Guillam im Hinausgehen voller Gehässigkeit zu Fawn, »fesseln Sie ihm Hände und Füße.«
Im Treppenhaus berührte Smiley leicht seinen Arm. »Peter, ich möchte, daß Sie aufpassen, was sich hinter mir tut. Würden Sie das machen? Geben Sie mir ein paar Minuten Vorsprung, dann treffen Sie mich an der Ecke der Marloes Road, nordwärts. Bleiben Sie auf dem westlichen Gehsteig.«

Guillam wartete, dann trat er auf die Straße. Feiner Nieselregen lag in der Luft, der unheimlich warm war, wie Tau. Wo Lichter schienen, wallte die Feuchtigkeit in dünnen Wolken, aber im Schatten konnte er sie weder sehen noch fühlen: nur ein Nebel trübte die Sicht, zwang ihn, die Augen halb zu schließen. Er machte eine Runde um die Gärten und wählte dann ein hübsches Gäßchen ziemlich weit südlich des Treffpunkts. An der Marloes Road wechselte er auf den westlichen Gehsteig über, kaufte eine

Abendzeitung und fing an, gemütlich an Villen vorüberzuschlendern, die weit hinten in großen Gärten standen. Er zählte die Fußgänger, die Radfahrer und Autos, während weit vor ihm George Smiley in Sicht kam, der steten Schrittes dahintrabte, der Prototyp des nach Hause gehenden Londoners. »Ist es ein Team?« hatte Guillam gefragt. Smiley konnte es nicht bestimmt sagen. »Kurz vor Abingdon Villas gehe ich über die Straße«, sagte er. »Achten Sie auf einen Einzelgänger. Halten Sie die Augen offen!«

Während Guillam die Augen offenhielt, hielt Smiley abrupt an, als wäre ihm gerade etwas eingefallen, trat unbedenklich auf die Fahrbahn und schlängelte sich zwischen den erbosten Autofahrern durch, um plötzlich auf der anderen Seite durch die Türen eines Spirituosenladens zu verschwinden. Und als er das tat, sah Guillam – oder glaubte zu sehen – wie eine große krumme Gestalt im dunklen Mantel ihm nachstrebte, aber in diesem Moment hielt ein Bus an und verdeckte beide, Smiley und seinen Verfolger; und als der Bus wieder abfuhr, mußte er den Verfolger mitgenommen haben, denn der einzige Überlebende auf diesem Teil des Gehsteigs war ein alter Mann mit schwarzem Plastikregenmantel und Tuchkappe, der an der Bushaltestelle lehnte und seine Abendzeitung las; und als Smiley mit seiner braunen Tasche wieder aus dem Spirituosenladen auftauchte, hob der Mann nicht einmal den Kopf von der Sportseite. Guillam folgte Smiley noch kurze Zeit durch die eleganteren Gefilde des victorianischen Kensington; Smiley huschte von einem der stillen Plätze zum nächsten, bog flugs in eine Gasse ein und auf dem gleichen Weg wieder heraus. Nur einmal, als Guillam nicht mehr an Smiley dachte, sondern sich instinktiv umdrehte, hatte er den entschiedenen Verdacht, daß eine dritte Gestalt mit ihnen marschierte: ein höckeriger Schatten an den einförmigen Ziegelmauern einer leeren Straße; aber als er darauf zugehen wollte, war der Schatten verschwunden.

In dieser Nacht überstürzten sich die Ereignisse, folgten einander so schnell, daß er sie nicht im einzelnen hatte festhalten können. Erst Tage später wurde ihm bewußt, daß die dritte Gestalt oder ihr Schatten ihn an etwas erinnert hatten. Woran, das wußte er noch immer nicht. Und dann, eines frühen Morgens, fuhr er aus dem Schlaf auf und hatte es: eine bellende militärische Stimme, Sanftheit unter rauher Schale, ein Tennisschläger, der hinter dem Safe eines Zimmers in Brixton steckte und bei dessen Anblick eine stoische Sekretärin in Tränen ausgebrochen war.

35 *In Paris springt Ricki Tarr hart mit einem alten Freund um und schickt Percy Alleline ein Grußtelegramm*

Steve Mackelvore beging an diesem selben Abend vermutlich nur den einen Kunstfehler: er machte sich Vorwürfe, daß er die Beifahrertür seines Wagens nicht abgeschlossen hatte. Als er von der Fahrerseite her eingestiegen war, hatte er es seiner eigenen Nachlässigkeit zugeschrieben, daß die andere Seite nicht verriegelt war. Überleben, wie Jim Prideaux sich immer wieder sagte, ist die unbegrenzte Fähigkeit zum Argwohn. Nach diesem strengen Maßstab hätte Mackelvore argwöhnen müssen, daß mitten in einer besonders schlimmen Stoßzeit, an einem besonders miesen Abend in einer der lärmerfüllten Seitenstraßen, die in das untere Ende der Champs Elysées münden, Ricki Tarr die Beifahrertür aufgeschlossen haben und ihn mit vorgehaltener Pistole bedrohen würde. Aber das Leben in der Pariser Außenstelle war damals wenig geeignet, den Verstand eines Mannes im ständigen Alarmzustand zu halten, und Mackelvores Arbeitstag war größtenteils mit der Aufstellung seiner wöchentlichen Spesenabrechnung und mit dem Einsammeln der Spesenquittungen seiner Mitarbeiter für die Personalabteilung vergangen. Nur der Lunch, eine recht längliche Angelegenheit mit einem heuchlerischen Englandfreund im französischen Sicherheitslabyrinth, hatte die Eintönigkeit dieses Freitags unterbrochen.
Sein Wagen war unter einer Platane geparkt, die an Auspuffgasen dahinsiechte. Er hatte exterritoriale Nummernschilder und auf der Rückseite CC aufgeklebt, denn die Außenstelle war als Konsulatsbüro getarnt, was allerdings niemand ernst nahm. Mackelvore war Circus-Veteran, ein vierschrötiger, weißhaariger Mann aus Yorkshire, mit einer langen Liste von Konsulatsposten, die ihn in den Augen der Welt nicht vorangebracht hatten. Paris war die letzte Station. Er hatte für Paris nicht besonders viel übrig und wußte aus vielen Berufsjahren im Fernen Osten, daß die Franzosen nicht sein Fall waren. Aber als Auftakt zum Ruhestand konnte es nichts Besseres geben. Die Bezüge waren reich-

lich, der Posten bequem, und in den zehn Monaten, die er jetzt hier war, hatte man nicht mehr von ihm verlangt, als sich gelegentlich eines durchreisenden Agenten anzunehmen, hier und dort ein Zeichen oder Signal anzubringen. Bei irgendeinem Unternehmen der Londoner Zentrale den Briefträger zu spielen und den »Feuerwehrleuten«, die auf einen Sprung herüberkamen, mal was Tolles zu bieten.

Das heißt, bis jetzt, bis er nun in seinem eigenen Wagen saß, mit Tarrs Kanone gegen seine Rippen gepreßt, während Tarrs Hand liebevoll auf seiner rechten Schulter ruhte, bereit, ihm den Hals umzudrehen, falls er Zicken machen sollte. Kaum einen Meter entfernt hasteten Mädchen auf ihrem Weg zur Metro vorüber, und noch einen Meter weiter war der Verkehr zum Stillstand gekommen und konnte eine Stunde lang so bleiben. Niemand kümmerte sich im geringsten um zwei Männer, die in einem geparkten Auto gemütlich miteinander plauderten.

Seit Mackelvore eingestiegen war, hatte Tarr das Reden besorgt. Er müsse dringend eine Botschaft an Alleline absenden, sagte er. *Persönlich* und *nur vom Adressaten zu entschlüsseln* und Tarr möchte, daß Mackelvore für ihn den Apparat bediene, während Tarr mit der Kanone danebenstehe.

»Was zum Teufel haben Sie ausgefressen, Ricki?« klagte Mackelvore, während sie Arm in Arm zur Außenstelle zurückgingen. »Der ganze Geheimdienst sucht Sie, das wissen Sie doch, oder? Sie ziehen Ihnen das Fell über die Ohren, wenn sie Sie finden. Wir sollen Sie bei erster Gelegenheit mit allen Mitteln dingfest machen.«

Er dachte daran, sich auf Tarr zu stürzen und ihm einen Nackenschlag zu versetzen, aber er wußte, daß er nicht schnell genug sein und daß Tarr ihn töten würde.

Die Botschaft würde etwa zweihundert Gruppen umfassen, sagte Tarr, als Mackelvore die Vordertür aufschloß und die Lichter anknipste. Wenn Steve diese Gruppen durchgegeben hätte, würden sie am Apparat sitzenbleiben und auf Percys Antwort warten. Spätestens morgen würde Percy, wenn Tarrs Instinkt nicht trog, in Paris angebraust kommen, um mit Ricki eine Unterredung zu haben. Diese Unterredung würde ebenfalls in der Außenstelle stattfinden, da Tarr es für eine Spur weniger wahrscheinlich hielt, daß die Russen versuchen würden, ihn auf konsularischem Boden umzubringen.

»Sie sind von Sinnen, Ricki. Nicht die Russen wollen Sie umbringen, sondern unsere Leute.«

Der vordere Raum wurde als Empfang bezeichnet, das einzige, was von der Tarnung übriggeblieben war. Eine alte Holztheke stand darin, und an den schmuddeligen Wänden hingen längst überholte Bekanntmachungen an britische Staatsbürger. Hier durchsuchte Tarr mit der linken Hand Mackelvore nach einer Waffe, fand jedoch keine. Das Haus war im Geviert um einen Innenhof erbaut, und fast alles Wichtige lag über dem Hof: der Chiffrierraum, der Tresorraum und die Apparate.

»Sie sind wahnsinnig, Ricki«, warnte Mackelvore nochmals, als er durch eine Reihe leerer Büros voranging und am Chiffrierraum klingelte. »Sie hielten sich schon immer für Napoleon Bonaparte, und jetzt sind Sie vollends übergeschnappt. Sie haben von Ihrem Dad zuviel Religion erwischt.«

Die stählerne Sprechklappe wurde zurückgeschoben, und ein fragendes, leicht albernes Gesicht erschien in der Öffnung. »Sie können nach Hause gehen, Ben. Gehen Sie heim zu Ihrer Missus, aber gehen Sie nicht weit vom Telefon weg, falls ich Sie brauchen sollte, mein Junge. Lassen Sie die Bücher da, wo sie sind, und stecken Sie die Schlüssel in die Maschinen. Ich muß sofort mit London sprechen, und zwar allein.«

Das Gesicht verschwand, und sie warteten, bis der junge Mann die Tür von drinnen aufgeschlossen hatte: ein Schlüssel, noch ein Schlüssel, ein Schnappschloß.

»Dieser Herr kommt aus Fernost, Ben«, erklärte Mackelvore, als die Tür aufging. »Er ist einer meiner allerbesten V-Leute.«

»Hallo, Sir«, sagte Ben. Er war ein großer Junge, der aussah wie ein Mathematikstudent, mit Brille und beharrlichem Blick.

»Trollen Sie sich nur, Ben. Ich werd's Ihnen nicht abziehen. Sie haben das Wochenende frei bei voller Bezahlung, und Sie müssen die Zeit auch nicht nacharbeiten. Also raus mit Ihnen.«

»Ben bleibt hier«, sagte Tarr.

Die Beleuchtung am Cambridge Circus war gelb, und von Mendels Standplatz im dritten Stockwerk des Bekleidungshauses funkelte die nasse Fahrbahn wie Golddoublé. Es war fast Mitternacht, und er stand seit drei Stunden dort. Er stand zwischen einer Netzgardine und einem Kleidergestell. Er stand so, wie Polizisten auf der ganzen Welt stehen: Gewicht gleichmäßig auf beide Füße verteilt, Beine gestreckt, leicht über die Standlinie zurückgebeugt. Er hatte den Hut tief ins Gesicht gezogen und den Kragen hochgeschlagen, damit man von der Straße aus sein weißes Gesicht nicht sehen könne, aber seine Augen, die den Vordereingang gegenüber beobachteten, leuchteten wie Katzenaugen in einem Keller.

Er würde noch weitere drei Stunden warten oder weitere sechs: Mendel war wieder auf Kriegspfad, die Witterung der Jagd war in seinen Nüstern. Mehr noch, er war ein Nachtvogel; die Dunkelheit in dieser Kleiderwerkstatt weckte alle seine Sinne. Das Straßenlicht, das bis hier heraufreichte, warf blasse Flecken an die Decke des Raumes. Alles übrige, die Zuschneidetische, die Stoffballen, die zugedeckten Nähmaschinen, das Dampfbügeleisen, die signierten Fotos der Fürstlichkeiten von Geblüt, war nur vorhanden, weil er es auf seinem Erkundungsgang am Nachmittag gesehen hatte; das Licht reichte nicht bis zu diesen Gegenständen, und sogar jetzt konnte er sie kaum ausmachen.

Von seinem Fenster aus überblickte er fast alles, was sich drunten tat: acht oder neun ungleiche Straßen und Gassen, die ohne ersichtlichen Grund Cambridge Circus zum Treffpunkt gewählt hatten.

Die Gebäude zwischen ihnen waren Tineff, mit Stilzutaten billig herausgeputzt: eine romantische Bank, ein Theater wie eine große säkularisierte Moschee. Dahinter schoben sich Hochbauten vor wie eine Armee von Robotern. Darüber füllte ein rosa Himmel sich langsam mit Nebel.

Warum war es so still? fragte er sich. Das Theater hatte zwar längst Schluß gemacht, aber warum sorgte die Vergnügungsindustrie von Soho, die nur einen Steinwurf von seinem Fenster entfernt war, nicht dafür, daß der Platz voll von Taxis und Grup-

pen von Nachtschwärmern war? Kein einziger Lastwagen mit Obst war auf dem Weg nach Covent Garden durch die Shaftesbury Avenue gerumpelt.
Wieder einmal betrachtete Mendel durch seinen Feldstecher das Haus direkt gegenüber. Es schien noch tiefer zu schlafen als seine Nachbarn. Die Doppeltüren des Eingangs waren geschlossen und in den Fenstern des Erdgeschosses war kein Licht zu sehen. Nur in der dritten Etage kam aus dem zweiten Fenster von links ein bleicher Schein, und Mendel wußte, daß es das Zimmer des Diensthabenden war, Smiley hatte es ihm gesagt. Er hob das Glas kurz zum Dach, wo ein Antennenwald wilde Muster an den Himmel zeichnete; dann ein Stockwerk tiefer auf die vier abgedunkelten Fenster der Funkabteilung.
»Nachts benutzen alle den Vordereingang«, hatte Guillam gesagt. »Dadurch spart man Portiers ein.«
In diesen drei Stunden hatten nur drei Ereignisse Mendels Wachsamkeit belohnt: eines pro Stunde ist nicht viel. Um fünf nach neun hatte ein blauer Ford Transit zwei Männer abgesetzt, die etwas trugen, das wie eine Munitionskiste aussah. Sie schlossen sich die Tür selber auf und wieder zu, sobald sie drinnen waren, während Mendel seinen Kommentar ins Telefon flüsterte. Um zehn Uhr oder wenig später war der Pendelbus angekommen: darauf hatte Guillam ihn ebenfalls vorbereitet. Der Pendelbus sammelte heiße Dokumente von den umliegenden Dienststellen und brachte sie übers Wochenende in den Safe des Circus. Er fuhr in Brixton vor, in Acton und in Sarratt, in dieser Reihenfolge, sagte Guillam, zuletzt bei der Admiralität, und war um zehn Uhr soundsoviel im Circus. An diesem Abend kam er punkt zehn an, und dieses Mal stürzten zwei Männer aus dem Haus und halfen beim Abladen: Mendel meldete auch dies, und Smiley bestätigte die Meldung mit einem geduldigen: »Danke.«
Saß Smiley irgendwo? Stand er im Dunkeln wie Mendel? Mendel vermutete es. Von all den komischen Vögeln, die er je gekannt hatte, war Smiley der komischste. Wenn man ihn sah, glaubte man, er könne nicht allein über die Straße gehen, aber man hätte genausogut einem Igel seinen Schutz anbieten können. Spinner, dachte Mendel. Ein Leben lang Verbrecher gejagt, und wie ende

ich? Einbruch und unbefugtes Betreten, im Dunkeln stehen und die Spinner bespitzeln. Er hatte nie etwas für Spinner übrig gehabt, bis er Smiley kennenlernte. Hielt sie für eine lästige Bande von Amateuren und College-Boys; hielt sie für verfassungswidrig; dachte, das Beste, was diese besondere Branche um ihres eigenen Wohls und des Wohls der Öffentlichkeit willen tun könne, sei »Ja, Sir«, »Nein, Sir«, sagen, und die Unterlagen verlieren. A propos, mit Ausnahme von Smiley und Guillam war es genau das, was er auch an diesem Abend dachte.

Kurz vor elf, also vor genau einer Stunde, war ein Taxi gekommen. Eine gewöhnliche zugelassene Londoner Autodroschke, die vor dem Theater hielt. Auch darauf hatte Smiley ihn hingewiesen: es war beim Geheimdienst üblich, daß man Taxis nie bis an die Tür fahren ließ. Manche hielten bei Foyle's Buchhandlung, manche in der Old Compton Street oder vor einem der Geschäfte; die meisten Circus-Leute hatten ein bestimmtes Tarnziel, Alleline zum Beispiel fuhr immer bis zum Theater. Mendel hatte Alleline noch nie gesehen, aber er hatte seine Beschreibung, und als er ihn durch das Glas beobachtete, erkannte er ihn zweifelsfrei, einen großen, schwerfälligen Mann im dunklen Mantel, und er sah sogar, daß der Taxifahrer das Trinkgeld mit saurer Miene betrachtete und ihm etwas nachrief, als Alleline nach seinen Schlüsseln tastete.

Die Vordertür ist nicht gesichert, hatte Guillam ihm erklärt, sie ist nur verschlossen. Die Sicherung beginnt erst drinnen, wenn man am Ende des Korridors links abgebogen ist. Alleline haust in der fünften Etage. Sie werden kein Licht in seinen Fenstern sehen, aber durch ein Oberlichtfenster fällt der Schein auf einen hohen Schornstein. Und tatsächlich erschien, während er das Glas nach oben gerichtet hatte, ein gelber Fleck auf den verschmutzten Klinkern des Schornsteins: Alleline hatte sein Büro betreten.

Und der junge Guillam hat Urlaub nötig, dachte Mendel. Auch *das* hatte er kommen sehen: die harten Burschen, die mit vierzig zusammenklappen. Sie schieben es beiseite, sie tun, als wäre nichts, suchen Halt bei Erwachsenen, die sich dann als gar nicht so erwachsen erweisen; und eines Tages ist es soweit, ihre Helden stürzen vom Postament, und sie selber sitzen an ihren Schreibtischen, und die Tränen tropfen auf die Löschunterlage. Er hatte den Telefonhörer auf den Boden gelegt. Nun nahm er ihn auf und sagte: »Sieht aus, als wäre das As reingeschlüpft.« Er gab die Nummer des Taxis durch und wartete.

»Wie hat er ausgesehen?« flüsterte Smiley.

»In Eile«, sagte Mendel.

»Hat allen Grund.«

Der da wird bestimmt nicht zusammenklappen, befand Mendel anerkennend: typische Schwammeiche, dieser Smiley. Sieht aus, als könnte man ihn mit einem Schubs umwerfen, aber wenn der Sturm losbricht, ist er der einzige, der am Ende stehenbleibt. Während dieser Überlegungen fuhr ein zweites Taxi vor, geradewegs am Vordereingang, und eine hohe, bedächtige Gestalt kletterte vorsichtig Stufe für Stufe hinauf, wie ein Mann, der auf sein Herz achten muß.

»Hier kommt Ihr König«, flüsterte Mendel ins Telefon. »Moment noch, der Bube ist auch da. Sieht aus wie großes Treffen der Clans. Hoppla, immer langsam.«

Ein alter Mercedes 190 kam aus der Earlham Street geschossen, machte direkt unter seinem Fenster kehrt und kratzte gerade noch die Kurve bis zum Nordende der Charing Cross Road, wo er parkte. Ein junger schwergebauter Mann mit rostbraunem Haar stieg aus, knallte die Tür zu und wuchtete über die Straße zum Eingang, ohne auch nur den Zündschlüssel abgezogen zu haben. Kurz darauf ging ein weiteres Licht im vierten Stock an, als Roy Bland sich dazugesellte.

»Jetzt brauchen wir nur noch zu wissen«, dachte Mendel, »wer kommt wieder raus?«

36 *In London bekommt Inspektor Mendel eine Freikarte für den Circus, und George Smiley macht sich auf die Socken*

Lock Gardens war eine Reihe von vier schmucklosen Häusern aus dem neunzehnten Jahrhundert, halbmondförmig angelegt, jedes mit drei Obergeschossen und einem Souterrain und einem schmalen ummauerten Hintergarten, der sich zum Regent's Canal hinunterzog. Sie waren von zwei bis fünf numeriert: Nummer eins war entweder eingestürzt oder nie erbaut worden. Nummer fünf bildete das Nordende, und als »sicheres Haus« hätte man sich nichts Vorteilhafteres denken können, denn es gab drei Zugänge im Umkreis von zehn Metern und der Treidelpfad am Kanal bot noch zwei weitere. Nördlich lag die Camden High Street als Verkehrsanschluß; südlich und westlich lagen die Parks und Primrose Hill. Und was noch hinzukam: die Gegend war vom sozialen Anstrich her nicht einzustufen und war auch nicht darauf aus. Einige Häuser waren in Ein-Zimmer-Apartments aufgeteilt und hatten zehn Türklingeln, wie Schreibmaschinentasten angeordnet. Andere waren vornehm geworden und hatten nur eine Klingel. Nr. 5 hatte zwei: eine für Millie McCraig und eine für ihren Mieter, Mr. Jefferson.

Mrs. McCraig war sehr kirchlich eingestellt und sammelte für alles, was ihr zufällig eine ausgezeichnete Gelegenheit verschaffte, die Umwohner im Auge zu behalten, wenn sie auch ihren Sammeleifer kaum so auslegten. Von Jefferson, ihrem Mieter, wußte man nur, daß er Ausländer war und in der Ölbranche und viel auf Reisen. Lock Gardens war sein *pied-à-terre*. Wenn die Nachbarn ihm überhaupt Aufmerksamkeit schenkten, so fanden sie ihn schüchtern und respektabel. Den gleichen Eindruck hätten sie auch von George Smiley gewonnen, wenn sie ihn zufällig an jenem Abend um neun Uhr im trüben Eingangslicht gesehen hätten, ehe Millie McCraig ihn ins Vorderzimmer führte und die züchtigen Gardinen zuzog. Sie war eine drahtige schottische Witwe mit braunen Strümpfen und gewelltem Haar und der blanken, runzeligen Haut eines alten Mannes. Zur Ehre Gottes

und des Circus hatte sie Bibelschulen in Mozambique geleitet und ein Seemannsheim in Hamburg, und obwohl sie seit nunmehr zwanzig Jahren berufsmäßige Lauscherin war, neigte sie noch immer dazu, alle Mannsbilder als Missetäter zu behandeln. Er konnte nicht herausfinden, was sie dachte. Ihr Benehmen war vom Augenblick seines Kommens an von tiefer und einsamer Schweigsamkeit geprägt; sie führte ihn durch das Haus wie eine Schloßherrin, deren Gäste längst tot sind.
Zuerst das Souterrain, wo sie selber wohnte und das angefüllt war mit Pflanzen und jenem Sammelsurium alter Postkarten, Messingtischchen und schwarzen geschnitzten Möbeln, das weitgereisten englischen Damen eines bestimmten Alters und Standes ans Herz gewachsen zu sein scheint. Ja, wenn der Circus ihr nachts etwas mitteilen wollte, wurde sie über den Apparat im Souterrain angerufen. Ja, oben war ein eigener Anschluß, aber nur für Gespräche vom Haus nach draußen. Das Souterrain-Telefon hatte einen Nebenapparat droben im Eßzimmer. Dann hinauf ins Erdgeschoß, einem wahren Heiligtum der kostspieligen Geschmacksverirrung der Haushälterin: aufdringliche Regency-Streifen, vergoldete Stilsessel, Plüschsofas mit Kordeleinfassung. Die Küche war unbenutzt und verwahrlost. Dahinter lag ein verglaster Anbau, halb Treibhaus, halb Spülküche, der auf den verwilderten Garten und den Kanal hinausging. Über den Fliesenboden verstreut: eine alte Wäschemangel, ein Kupferkessel und Kisten mit Tonic-Water.
»Wo sind die Mikros, Millie?« fragte Smiley, als sie wieder im Wohnzimmer waren.
Paarweise angebracht, murmelte Millie, hinter der Tapete eingelassen, zwei Paar in jedem Raum im Erdgeschoß, je ein Paar in jedem der oberen Räume. Jedes Paar war mit einem eigenen Aufnahmegerät verbunden. Er folgte Millie die steile Treppe hinauf. Das oberste Stockwerk war unmöbliert, mit Ausnahme eines Dachzimmers, das einen grauen Stahlrahmen mit acht Bandgeräten enthielt, vier oben, vier unten.
»Und Jefferson weiß über das alles Bescheid?«
Mr. Jefferson, sagte Millie steif, werde auf Vertrauensbasis behandelt. Dies war der deutlichste Ausdruck ihrer Mißbilligung

Smileys oder ihrer Ehrfurcht vor der christlichen Ethik, den sie sich gestattete.

Als sie wieder unten waren, zeigte sie ihm die Schalter, mit denen das System zu bedienen war. Es waren Doppelschalter. Wenn Mr. Jefferson oder einer der Jungens, wie sie sich ausdrückte, etwas aufnehmen wollten, mußte er nur hingehen und die linke Schalttaste hinunterdrücken. Sodann war die Anlage auf Aufnahme gestellt; das Band begann jedoch erst zu laufen, sobald jemand sprach.

»Und wo sind Sie, Millie, während das alles vor sich geht?«

Sie bleibe unten, sagte sie, als wäre das der Platz einer Frau.

Smiley öffnete Schränke und Schubladen, ging von einem Zimmer zum anderen. Dann wieder zurück in die Spülküche mit dem Blick auf den Kanal. Er nahm eine Taschenlampe und funkte einen Lichtstrahl in die Dunkelheit des Gartens.

»Wie sind die Sicherheitsvorkehrungen?« fragte Smiley und befingerte gedankenvoll den Lichtschalter an der Tür des Wohnzimmers.

Ihre Antwort kam monoton wie eine Litanei: »Zwei volle Milchflaschen auf der Türschwelle, dann kann man reinkommen und alles ist in Ordnung. Keine Milchflaschen, dann darf man nicht reinkommen.«

Aus der Richtung des Glashauses kam ein schwaches Klopfen. Smiley ging wieder zurück in die Spülküche, öffnete die Glastür, führte ein hastig geflüstertes Gespräch und kam mit Peter Guillam herein.

»Sie kennen Peter, nicht wahr, Millie?«

Es blieb dahingestellt, ob Millie ihn kannte, ihre kleinen harten Augen hatten sich voll Verachtung auf ihn geheftet. Er studierte die Schaltanlage und tastete dabei in seiner Tasche.

»Was tut er da? Er darf das nicht tun. Verbieten Sie es ihm.«

Wenn sie Bedenken hege, sagte Smiley, solle sie über den Apparat im Souterrain Lacon anrufen. Millie McCraig rührte sich nicht, aber zwei rote Flecken waren auf ihren ledrigen Wangen erschienen, und sie schnalzte ärgerlich mit den Fingern. Guillam hatte inzwischen mit einem kleinen Schraubenzieher die Schrauben zu beiden Seiten der Plastikverkleidung entfernt und sah sich die dahinterliegenden Drähte an. Dann drehte er sehr vorsichtig die linke Taste um hundertachtzig Grad, wobei er die Drähte entsprechend verbog und schraubte die Verkleidung wieder auf; die übrigen Tasten ließ er unberührt.

»Probieren wir's mal aus«, sagte Guillam, und während Smiley hinaufging, um das Bandgerät zu kontrollieren, sang Guillam ›Old Man River‹ mit der grollenden Baßstimme Paul Robesons.

»Vielen Dank«, sagte Smiley und schauderte, »das genügt vollauf.«

Millie war ins Souterrain hinuntergegangen, um Lacon anzurufen. Smiley richtete in aller Ruhe die Bühne her. Er stellte die Telefone neben einen Sessel im Wohnzimmer, dann machte er sich den Rückzug in die Spülküche frei. Er holte zwei volle Milchflaschen aus der Coca-Cola-Kühlbox in der Küche und stellte sie vor die Tür, um im McCraigschen Esperanto zu sagen, daß sie hereinkommen könnten und alles in Ordnung sei. Er zog die Schuhe aus, trug sie in die Spülküche, machte alle Lichter aus und hatte gerade seinen Posten im Sessel bezogen, als Mendel seinen Kontrollanruf tätigte.

Guillam hatte währenddessen auf dem Treidelpfad die Überwachung des Hauses wieder aufgenommen. Dieser Pfad wird eine Stunde vor Einbruch der Dunkelheit für die Öffentlichkeit gesperrt; danach dient er sowohl als Stelldichein für Liebespaare wie als Asyl für Clochards; beiden ist, wenn auch aus verschiedenen Gründen, die Dunkelheit unter den Brücken lieb. In dieser kalten Nacht sah Guillam jedoch keinen Menschen. Dann und wann raste ein unbesetzter Zug vorbei und hinterließ eine noch größere Leere. Seine Nerven waren so gespannt, seine Erwartungen so mannigfach, daß er einen Augenblick lang die ganze Szenerie dieser Nacht in apokalyptischen Bildern sah: die Signale auf der Eisenbahnbrücke wurden zu Galgen, die victorianischen Lagerhäuser mit ihren vergitterten Fenstern und Gewölben, die sich vor dem dunstigen Himmel abzeichneten, zu gigantischen Gefängnissen. Nahebei das Rascheln von Ratten und der Gestank von Brackwasser. Dann erloschen die Lichter im Wohnzimmer, und das Haus lag im Dunkeln, mit Ausnahme der gelblichen Ritzen zu beiden Seiten von Millies Souterrain-

Fenster. Aus der Spülküche winkte ihm ein dünner Lichtstrahl über den ungepflegten Garten hinweg. Er nahm eine Füllhalter-Lampe aus der Tasche, entfernte die silberne Kappe, visierte mit zitternden Fingern den Punkt an, von dem das Licht gekommen war und signalisierte zurück. Von jetzt an konnten sie nur noch warten.

Tarr warf das eingegangene Telegramm Ben zu, zusammen mit der Codeliste zum einmaligen Gebrauch aus dem Safe.
»Los«, sagte er, »verdienen Sie Ihr Geld. Trennen Sie's auf.«
»Es ist an Sie persönlich«, wandte Ben ein. »Sehen Sie. ›Persönlich von Alleline nur vom Adressaten zu entschlüsseln.‹ Ich darf es nicht anfassen. Es ist top-secret.«
»Tun Sie, was er sagt, Ben«, sagte Mackelvore und beobachtete Tarr.
Zehn Minuten lang wurde zwischen den drei Männern kein Wort gesprochen. Tarr stand am anderen Ende des Raums, sehr nervös vom Warten. Die Kanone hatte er in den Hosenbund gesteckt, Kolben nach innen, zur Leiste. Seine Jacke lag über einem Stuhl. Der Schweiß hatte sein Hemd am ganzen Rücken festgeklebt. Ben las mit Hilfe eines Lineals die Zahlengruppen ab und schrieb seine Ergebnisse sorgfältig auf einen Zeichenblock mit Maßeinteilung, der vor ihm lag. Zwecks besserer Konzentration hatte er die Zunge gegen die Zähne gepreßt, und jetzt zog er sie mit einem leisen Schnalzen zurück. Dann legte er den Stift weg und reichte Tarr das Abreißblatt.
»Lesen Sie vor«, sagte Tarr.
Bens Stimme war freundlich und ein bißchen erregt. »›Persönlich an Tarr von Alleline, nur vom Adressaten zu entschlüsseln. Verlange entschieden Aufklärung bzw. Proben vor Erfüllung Ihrer Forderung. Information in Anführung lebenswichtig für Sicherheit der Dienststelle Abführung nicht qualifiziert. Bedenken Sie Ihre ungünstige Position hier infolge schimpflichen Verschwindens stop Mackelvore ist unverzüglich ins Bild zu setzen wiederhole unverzüglich stop Chef.‹«
Ben war noch nicht ganz zu Ende, als Tarr bereits seltsam unbeherrscht zu lachen begann.

»So ist's richtig, Percy-Boy!« schrie er. »Ja wiederhole nein! Wissen Sie, warum er mauert, Herzensben? Er nimmt Maß, um mich in den Rücken zu schießen! Genauso hat er mein Ruskimädel erwischt. Wieder seine alte Masche, dieser gemeine Hund.« Er zauste Bens Haar, schrie ihn an, lachte: »Ich warne Sie, Ben: in diesem Laden stecken ein paar ganz falsche Fuffziger, also traun Sie keinem einzigen von ihnen, lassen Sie sich's gesagt sein, oder Sie werden nie groß und stark werden!«

Im dunklen Wohnzimmer wartete auch Smiley, er saß allein im unbequemen Sessel der Haushälterin, die Hörmuschel des Telefons schmerzhaft gegen den Kopf geklemmt. Dann und wann murmelte er etwas, und Mendel murmelte zurück, meist jedoch verband sie das Schweigen. Seine Stimmung war mäßig, sogar ein bißchen trübe. Wie ein Schauspieler hatte er Lampenfieber, ehe der Vorhang hochging, ein Gefühl, als ob alles Große plötzlich zu einem kleinlichen, miesen Ende zusammenschrumpfte; schließlich erschien ihm nach den Kämpfen seines Lebens sogar der Tod kleinlich und mies. Er war sich keines Siegesgefühls bewußt. Wie so oft, wenn er Furcht empfand, kreisten seine Gedanken um die betroffenen Menschen. Er hatte keine besonderen Theorien oder fertigen Urteile. Er überlegte nur, in welcher Weise jeder einzelne berührt würde; und er fühlte sich verantwortlich. Er dachte an Jim und Sam und Max und Connie und Jerry Westerby und die vielen persönlichen Treuebande, die zerrissen waren; auf anderer Ebene dachte er an Ann und die hoffnungslose Verworrenheit ihres Gesprächs auf den Klippen Cornwalls; er fragte sich, ob es überhaupt Liebe zwischen Menschen gab, die nicht auf irgendeiner Art von Selbsttäuschung beruhte; am liebsten wäre er einfach aufgestanden und weggegangen, ehe es passieren würde, aber das konnte er nicht. Er machte sich, fast wie ein Vater, Sorgen um Guillam, fragte sich, wie er die verspäteten Mühen des Erwachsenwerdens verkraften mochte. Wieder dachte er an den Tag, an dem er Control begrub. Er dachte über Verrat nach und überlegte, ob es wohl fahrlässigen Verrat geben könne, so wie es fahrlässige Körperverletzung gibt. Es bestürzte ihn, daß er sich so am Ende fühlte; daß alle in-

tellektuellen oder philosophischen Leitlinien an die er sich gehalten hatte, völlig zusammenbrachen, jetzt, da er sich mit der Situation des Menschen konfrontiert sah.
»Gibt's was?« fragte er Mendel über das Telefon.
»Ein paar Betrunkene«, sagte Mendel, »sie singen ›Am Tag, als der Regen kam‹.«
»Nie gehört.«
Er nahm den Hörer ans linke Ohr und zog die Pistole aus der Brusttasche seines Jacketts, wo sie bereits das vorzügliche Seidenfutter ruiniert hatte. Er entdeckte die Sicherung und amüsierte sich flüchtig bei dem Gedanken, daß er nicht wußte, welche Stellung ›zu‹ und welche ›auf‹ bedeutete. Er ließ das Magazin herausgleiten und steckte es wieder hinein und erinnerte sich, wie er es Hunderte von Malen im Laufen getan hatte, bei den Nachtübungen in Sarratt vor dem Krieg; er erinnerte sich daran, daß man immer mit beiden Händen schoß, Sir, eine hält die Pistole und die andere das Magazin, Sir; und an jenes Detail der Circus-Folklore, das verlangte, daß er den Zeigefinger der einen Hand flach an den Lauf legen und den Abzug mit dem anderen drücken sollte. Aber als er es versuchte, war das Gefühl dabei ausgesprochen lächerlich, und er ließ es sein.
»Geh ein bißchen spazieren«, murmelte er, und Mendel sagte: »Nur zu.«
Die Pistole noch immer in der Hand, ging er in die Spülküche, lauschte dabei auf ein Knarren der Bodenbretter, das ihn verraten könnte, aber der Boden unter dem Strohteppich mußte Zement sein; er hätte darauf herumhüpfen können, ohne daß auch nur eine Schwingung entstanden wäre. Mit der Taschenlampe gab er zwei kurze Signale, machte eine lange Pause und gab nochmals zwei. Sofort antwortete Guillam mit drei kurzen Zeichen.
»Wieder zurück.«
»Verstanden«, sagte Mendel.
Er ließ sich nieder und dachte mißlaunig an Ann: den unmöglichen Traum träumen. Er steckte die Pistole in die Tasche. Vom Kanal her das Muhen eines Nebelhorns. Bei Nacht? Fuhren dort Schiffe bei Nacht? Mußte ein Auto sein. Wie, wenn Gerald eine komplette Notstands-Prozedur hatte, über die wir nichts wis-

sen? Verbindung zwischen Fernsprechzellen, einen Auto-Treff? Wie, wenn Poljakow doch einen Kurier hatte, einen Gehilfen, den Connie nie identifizieren konnte? Das war ihm alles schon untergekommen. Solche Systeme waren wasserdicht, waren bei Zusammenkünften unter allen möglichen Umständen anwendbar. Wenn's ums Handwerkliche geht, ist Karla ein Pedant.

Und seine fixe Idee, daß er beschattet wurde? Was war damit? Was war mit dem Schatten, den er nicht gesehen, nur gefühlt hatte, bis sein Rücken unter dem beharrlichen Blick seines Beobachters zu kribbeln schien; er hatte nichts gesehen, nichts gehört, nur gefühlt. Er war zu alt, um die Warnung in den Wind zu schlagen. Das Knarren einer Stufe, die sonst nie geknarrt hatte; das Klappern eines Fensterladens, obwohl kein Wind ging; das Auto mit anderen Nummernschildern, aber dem gleichen Kratzer auf dem inneren Kotflügel: das Gesicht in der U-Bahn, das man bestimmt schon irgendwo gesehen hatte: er hatte einmal jahrelang mit diesen Zeichen gelebt; jedes einzelne von ihnen war ein ausreichender Grund gewesen, sich zu verändern, die Stadt zu wechseln, die Identität. Denn in diesem Beruf gibt es keine bloßen Zufälle.

»Einer geht«, sagte Mendel plötzlich. »Hallo?«

»Bin da.«

Jemand sei gerade aus dem Circus gekommen, sagte Mendel. Vordertür, aber er konnte nicht genau feststellen, wer es war. Trug Regenmantel und Hut. Bullig, rascher Schritt. Er mußte ein Taxi vor die Tür bestellt haben und direkt eingestiegen sein.

»Fährt nach Norden, in Ihre Richtung.«

Smiley schaute auf seine Uhr. Gib ihm zehn Minuten, dachte er. Gib ihm zwölf, er wird unterwegs haltmachen und Poljakow anrufen müssen. Dann dachte er: sei nicht albern, das hat er bereits vom Circus aus erledigt.

»Ich lege auf«, sagte Smiley.

»Cheers«, sagte Mendel.

Guillam auf dem Treidelpfad las drei lange Lichtzeichen. Der Maulwurf ist unterwegs.

In der Spülküche hatte Smiley noch einmal seine Piste geprüft, drei Liegestühle beiseitegeschoben und an die Wäschemangel eine Schnur gebunden, die ihm als Leitseil dienen sollte, denn im Dunkeln sah er schlecht. Die Schnur führte zur offenen Küchentür, die Küche führte sowohl ins Wohnzimmer wie ins Speisezimmer, die beiden Türen lagen nebeneinander. Die Küche war ein langgestreckter Raum, genau gesagt ein Anbau, ehe das Glashaus angefügt worden war. Er hatte daran gedacht, das Eßzimmer zu benutzen, aber es war zu riskant, und außerdem konnte er vom Eßzimmer aus keine Signale zu Guillam senden. Also wartete er in der Spülküche, kam sich lächerlich vor ohne Schuhe, in Socken, putzte seine Brille, denn die Hitze seines Gesichts beschlug dauernd die Gläser. Hier in der Spülküche war es viel kälter. Das Wohnzimmer war von anderen Zimmern umgeben und überheizt, die Spülküche dagegen hatte Außenwände, und das Glas und der Fliesenboden unter den Matten bewirkten, daß seine Füße sich feucht anfühlten. Der Maulwurf kommt als erster, dachte er, der Maulwurf spielt den Gastgeber: das gehört zum Protokoll, zu der Farce, wonach Poljakow Geralds Agent ist.

Ein Londoner Taxi ist eine fliegende Bombe.

Der Vergleich stieg langsam in ihm auf, aus den Tiefen seiner unbewußten Erinnerung. Das Knattern, wenn es in die ansteigende Kurve einbiegt, das regelmäßige Tick-tack, während das Taxameter stillsteht. Das Halten: wo hat es angehalten, vor welchem Haus, während wir alle hier in der Straße im Dunkeln warten, unter Tischen kauern oder uns an Seilen festhalten, vor welchem Haus? Dann das Zuknallen der Tür, die Entspannung mit der Explosion: wenn du sie hören kannst, ist sie nicht für dich bestimmt.

Aber Smiley hörte sie, und sie war für ihn bestimmt.

Er hörte die Schritte eines Paars Füße auf dem Kies, flott und kraftvoll. Sie blieben stehen. Es ist die falsche Tür, dachte Smiley absurderweise, geh weg. Er hatte die Pistole in der Hand, die Sicherung nach unten gedrückt. Er lauschte noch immer, hörte nichts. Du bist auf der Hut, Gerald, dachte er. Du bist ein alter Maulwurf, du witterst, daß etwas nicht stimmt. Millie, dachte er;

Millie hat die Milchflaschen weggenommen, ein Warnzeichen aufgestellt, ihn verscheucht. Millie hat uns den Fang verpatzt. Dann hörte er, wie das Schloß sich drehte, einmal, zweimal, es ist ein Banham-Schloß, erinnerte er sich, mein Gott, wir sorgen bei Banham für Absatz. Natürlich: der Maulwurf hatte seine Taschen nach dem Schlüssel abgeklopft. Ein nervöser Mensch hätte ihn bereits in der Hand gehalten, ihn umklammert, auf der ganzen Taxifahrt in seiner Tasche damit gespielt; nicht so der Maulwurf; der Maulwurf mochte beunruhigt sein, nervös war er nicht. Im gleichen Moment, indem das Schloß sich drehte, schlug die Klingel an: auch dies im Hauswarts-Geschmack, hoher Ton, tiefer Ton, hoher Ton. Das bedeutet, daß es einer von uns ist, hatte Millie gesagt; einer der Jungens, ihrer Jungens, Connies Jungens, Karlas Jungens. Die Vordertür ging auf, jemand trat ins Haus, er hörte das Scharren der Fußmatte, er hörte das Schließen der Tür, er hörte das Klicken der Lichtschalter und sah einen blassen Streifen unter der Küchentür erscheinen, er steckte die Pistole in die Tasche und wischte sich die Handflächen an der Jacke ab, dann nahm er die Pistole wieder heraus, und im gleichen Augenblick hörte er eine zweite fliegende Bombe, ein zweites anhaltendes Taxi und rasche Schritte: Poljakow hatte nicht nur den Schlüssel bereitgehalten, er hatte auch das Fahrgeld bereitgehalten: geben Russen Trinkgelder, fragte er sich, oder sind Trinkgelder undemokratisch? Wieder schlug die Klingel an, die Vordertür öffnete und schloß sich und Smiley hörte das doppelte Klirren, als – wie Ordnung und sauberes Arbeiten es befahlen – zwei Milchflaschen auf den Dielentisch gestellt wurden. Gott sei mir gnädig, dachte Smiley voll Entsetzen und starrte auf den alten Coca-Cola-Kühlschrank neben sich, auf diesen Gedanken bin ich überhaupt nicht gekommen: wenn er sie jetzt in die Box hätte zurückstellen wollen?
Der Lichtstreifen unter der Küchentür wurde plötzlich heller, als die Lampen im Wohnzimmer angeschaltet wurden. Eine außergewöhnliche Stille senkte sich über das Haus. An das Seil geklammert schob Smiley sich langsam über den eiskalten Boden voran. Dann hörte er Stimmen. Zuerst waren sie undeutlich. Sie müssen noch am anderen Ende des Zimmers sein, dachte er.

Oder vielleicht fangen sie immer leise an. Jetzt kam Poljakow näher: er stand am Barwagen und goß Drinks ein.
»Wie ist unsere Tarngeschichte, falls wir gestört werden sollten?« fragte er in gutem Englisch.
Hübsche Stimme, erinnerte sich Smiley, melodisch wie die Ihre. Ich habe die Bänder oft zweimal abgespielt, nur um ihm zuzuhören. Connie, Sie sollten ihn jetzt hören.
Vom entfernten Zimmerende her beantwortete ein gedämpftes Murmeln jede Frage. Smiley konnte nichts verstehen. »Wo sollen wir uns wieder sammeln?« »Was ist der Ausweich-Treff? Haben Sie irgend etwas bei sich, das Sie während unserer Unterredung lieber mir übergeben möchten, da ich diplomatische Immunität besitze?«
Es muß ein Katechismus sein, dachte Smiley, ein Teil von Karlas Schulungsroutine.
»Ist heruntergeschaltet? Würden Sie bitte nachsehen? Vielen Dank. Was möchten Sie trinken?«
»Scotch«, sagte Haydon, »und einen verdammt großen.«
Mit dem Gefühl äußerster Ungläubigkeit lauschte Smiley der vertrauten Stimme, die nun genau jenes Telegramm vorlas, das Smiley vor nur achtundvierzig Stunden ausschließlich zu Tarrs Händen abgefaßt hatte.
Dann lehnte sich einen Augenblick lang ein Teil von Smileys Persönlichkeit in offener Rebellion gegen den anderen auf. Die Woge zornigen Zweifels, die ihn in Lacons Garten überschwemmt und seitdem ständig wie ein feindlicher Sog sein Fortschreiten hatte hemmen wollen, schleuderte ihn jetzt auf die Klippen der Verzweiflung und trieb ihn dann in die Meuterei: Ich weigere mich. Nichts ist die Zerstörung eines anderen Menschen wert. Irgendwo muß der Weg von Schmerz und Verrat sein Ende finden. Bis dahin gab es keine Zukunft: es gab nur ein stetes Abgleiten in noch grauenhaftere Versionen der Gegenwart. Dieser Mann war mein Freund und Anns Geliebter, Jims Freund und, soviel Smiley wußte, auch Jims Geliebter; dem Bereich der Öffentlichkeit gehörte nur der Verrat, nicht der Mann. Haydon hatte Verrat geübt. Als Geliebter, als Kollege, als Freund, als Patriot; als Mitglied jener unschätzbaren Gemein-

schaft, die Ann vage als den *Set* bezeichnete: in jeder dieser Eigenschaften hatte Haydon nach außen hin ein einziges Ziel verfolgt und insgeheim das Gegenteil davon erreicht. Smiley wußte sehr genau, daß er nicht einmal jetzt den vollen Umfang dieses haarsträubenden Doppelspiels begriff. Und doch meldete sich bereits etwas in ihm zu Haydons Verteidigung. War Bill nicht gleichfalls verraten worden? Connies Klage hallte ihm in den Ohren: »Die armen Kinder. Für das Empire erzogen, erzogen, um die Meere zu beherrschen ... Sie sind der letzte, George, Sie und Bill.« Mit schmerzender Klarheit sah er einen ehrgeizigen Mann vor sich, der zu großen Dingen geboren war, erzogen zum Herrschen, Teilen und Erobern, dessen Planen und Trachten, genau wie es bei Percy der Fall war, dem Spiel mit der Weltkugel galt; für den die Wirklichkeit eine kümmerliche Insel war mit kaum einer Stimme darauf, die über das Wasser reichte. Daher empfand Smiley nicht nur Ekel; sondern, trotz allem, was dieser Augenblick für ihn bedeutete, regte sich Empörung gegen die Institutionen, die er von Amts wegen schützen sollte: »Der Gesellschaftsvertrag hat seine zwei Seiten«, hatte Lacon gesagt. Die lässige Verlogenheit des Ministers, Lacons schmallippige moralische Selbstgefälligkeit, die brutale Gier Percy Allelines: solche Männer machten jeden Vertrag wertlos: warum sollte irgendwer ihnen die Treue halten?

Er wußte es natürlich. Er hatte die ganze Zeit gewußt, daß es Bill war. Genau wie Control es gewußt hatte, und Lacon, damals in Mendels Haus. Genau wie Connie und Jim es gewußt hatten, und Alleline und Esterhase, sie alle hatten schweigend jenes unausgesprochene Halbwissen geteilt, von dem sie gehofft hatten, es werde vorübergehen wie ein Leiden, wenn es nur niemals eingestanden, niemals diagnostiziert würde.

Und Ann? Hatte Ann es gewußt? War dies der Schatten gewesen, der an jenem Tag auf den Klippen Cornwalls über sie beide gefallen war?

Das also war Smiley, wie er jetzt so dastand: ein fetter, barfüßiger Spion, wie Ann sagen würde, betrogen in der Liebe und ohnmächtig im Haß, im Dunkeln lauernd, in der einen Hand eine Pistole und in der anderen ein Stück Schnur. Dann ging er auf

Zehenspitzen, noch immer mit gezückter Pistole, an seinem Leitseil zurück in die Spülküche und bis zum Fenster, von wo aus er fünf kurze Lichtblitze in rascher Folge signalisierte. Er wartete, bis er die Antwort erhalten hatte, und kehrte auf seinen Lauscherposten zurück.

Guillam rannte in solcher Eile den Treidelpfad entlang, daß die Taschenlampe in seiner Hand wilde Sprünge machte, bis er eine niedrige Bogenbrücke und eine Eisentreppe erreichte, die im Zickzack zur Gloucester Avenue hinaufführte. Droben war das Gitter geschlossen und er mußte hinüberklettern, wobei er sich einen Ärmel bis zum Ellbogen aufschlitzte. Lacon stand an der Ecke der Princess Road, er trug seinen alten derben Mantel und in der Hand eine Aktentasche.

»Er ist da. Er ist gekommen«, keuchte er. »Er hat Gerald erwischt.«

»Ich möchte kein Blutvergießen«, warnte Lacon. »Es muß in aller Stille erledigt werden.«

Guillam gab sich nicht die Mühe, zu antworten. Zehn Meter entfernt wartete Mendel in einem Geheimdienst-Taxi. Sie fuhren zwei Minuten, nicht ganz so lang, und ließen das Taxi kurz vor der Steigung halten. Guillam hatte Esterhases Türschlüssel bei sich. Bei Hausnummer 5 stiegen Mendel und Guillam über das Gitter, um kein Geräusch zu riskieren, und hielten sich auf dem Rasenstreifen. Guillam blickte sich im Gehen um und glaubte einen Augenblick im gegenüberliegenden Hauseingang eine lauernde Gestalt zu sehen, ob Mann oder Frau konnte er nicht sagen; aber als er Mendels Aufmerksamkeit auf die Stelle lenkte, war sie leer, und Mendel befahl ihm ziemlich barsch, er solle sich beruhigen. Die Lampe vor dem Eingang brannte nicht. Guillam ging zur Tür, Mendel wartete unter einem Apfelbaum. Guillam steckte den Schlüssel hinein, spürte, wie das Schloß nachgab. Du verdammter Narr, dachte er triumphierend, warum hast du den Riegel nicht vorgeschoben? Er schob die Tür einen Spalt auf und zögerte. Er atmete langsam, füllte die Lungen zum Angriff. Mendel tat einen weiteren Sprung nach vorn. Auf der Straße gingen zwei Jungen vorbei, sie lachten laut, weil sie sich in der

Nacht fürchteten. Noch einmal blickte Guillam sich um, aber die Luft war rein. Er trat in die Diele. Seine Wildlederschuhe quietschten auf dem Parkett, in der Diele lag kein Teppich. An der Tür des Wohnzimmers lauschte er so lange, bis endlich die Wut in ihm die Oberhand gewann.
Seine ermordeten Agenten in Marokko, seine Verbannung nach Brixton, die tägliche Sinnlosigkeit seiner Arbeit, während er täglich älter wurde und die Jugend ihm durch die Finger rann; die graue Eintönigkeit, die ihn umschloß; seine nachlassende Fähigkeit zur Liebe, zum Genuß, zum Lachen; das ständige Abbröckeln der einfachen, heroischen Grundsätze, nach denen er leben wollte; die Grenzen und Entsagungen, die er sich im Namen schweigender Pflichterfüllung selber auferlegt hatte; das alles konnte er nun in Haydons überheblich lächelndes Gesicht schleudern. Haydon, einst sein Beichtvater, Haydon, immer zu einem Scherz, einem Schwatz und einer Tasse Kaffee zu haben; Haydon, ein Vorbild, nach dem er sein Leben aufgebaut hatte. Mehr, viel mehr. Jetzt, da er es sah, wußte er es. Haydon war mehr gewesen als sein Vorbild, er war seine Inspiration gewesen, der Fackelträger eines gewissen überholten Romantizismus, der Inbegriff einer britischen Berufung, die – allein schon weil sie vage und voller Vorbehalte und schwer zu definieren war – Guillams Leben bis jetzt einen Sinn gegeben hatte. In diesem Augenblick fühlte Guillam sich nicht nur verraten, sondern verwaist. Seine Zweifel, seine Ressentiments, die sich so lange Zeit nach außen, gegen die reale Welt gerichtet hatten – gegen seine Frauen, seine mißlungenen Liebschaften, stürzten sich jetzt auf den Circus und den trügerischen Zauber, der sein Glaubensbekenntnis gewesen war. Mit aller Kraft stieß er die Tür auf und sprang ins Zimmer, die Pistole im Anschlag. Haydon und ein schwerer Mann mit schwarzer Stirntolle saßen zu beiden Seiten eines kleinen Tisches. Poljakow – Guillam erkannte ihn nach den Fotos – rauchte eine sehr englische Pfeife. Er trug eine graue Strickweste mit Reißverschluß, wie die obere Hälfte eines Monteuranzugs. Er hatte noch nicht einmal die Pfeife aus dem Mund genommen, als Guillam bereits Haydon beim Kragen gepackt hielt. Mit einem einzigen Zug hob er ihn aus dem Sessel. Er hatte

die Pistole weggeworfen und wirbelte Haydon von einer Seite zur anderen, schüttelte ihn wie einen Hund, und brüllte. Dann erschien ihm plötzlich alles sinnlos. Schließlich war das nur Bill, und sie hatten eine Menge zusammen erlebt. Guillam war zurückgewichen, lange bevor Mendel ihn am Arm packte, und er hörte Smiley, höflich wie immer, »Bill und Oberst Viktorow«, wie er sie nannte, auffordern, die Hände zu heben und über den Kopf zu legen, bis Percy Alleline hier sei.

»Sie haben draußen niemanden sonst gesehen, oder?« fragte Smiley Guillam, während sie warteten.

»Alles ruhig wie das Grab«, sagte Mendel und antwortete für beide.

37 *Ein stilles Haus bekommt viele Besucher*

Es gibt Augenblicke, die zu vollgepackt sind, als daß man sie zu dem Zeitpunkt, da sie geschehen, ganz erleben könnte. Für Guillam und alle anderen Anwesenden war das jetzt der Fall. Smileys fortgesetzte Zerstreutheit und seine häufigen vorsichtigen Blicke aus dem Fenster, Haydons Gleichgültigkeit, Poljakows programmgemäße Entrüstung, seine Forderungen, daß man ihn behandle, wie es einem Mitglied des diplomatischen Corps zustehe – Forderungen, die Guillam von seinem Sofaplatz aus in barschen Worten zu erfüllen drohte – das Hereinplatzen Allelines und Blands, weitere Proteste und die Wallfahrt nach oben, wo Smiley die Bänder abspielte, das lange düstere Schweigen, das ihrer Rückkehr ins Wohnzimmer folgte; die Ankunft Lacons und schließlich Esterhases und Fawns, Millie McCraigs schweigendes Hantieren mit der Teekanne: alle diese Ereignisse rollten mit einer bühnenhaften Unwirklichkeit ab, die genau wie die Fahrt nach Ascot vor einer Ewigkeit durch die unwirkliche Nachtstunde vertieft wurde. Es stimmte ferner, daß diese Begebenheiten, zu denen in einem frühen Stadium die körperliche Gewaltanwendung gegen Poljakow gehörte – und ein Schwall russischer Verwünschungen gegen Fawn, der ihm trotz Mendels Wachsamkeit einen Schlag versetzt hatte, der Himmel weiß wohin – wie eine kindische Mini-Verschwörung gegen Smileys einziges Ziel wirkten, weswegen er diese Versammlung einberufen hatte: er wollte Alleline davon überzeugen, daß Haydon seine einzige Chance darstellte, mit Karla zu verhandeln und zu retten – im menschlichen, wenn auch nicht im professionellen Sinn –, was immer von den Netzen, die Haydon verraten hatte, noch übrig sein mochte. Smiley war nicht ermächtigt, diese Transaktionen zu tätigen, und es schien ihm auch gar nicht daran gelegen zu sein; vielleicht nahm er an, daß Esterhase und Bland und Alleline die geeigneteren Leute seien, zu erfahren, welche Agenten theoretisch noch vorhanden waren. Jedenfalls begab er sich bald nach

oben, wo Guillam ihn wiederum ruhelos von einem Raum zum anderen stapfen hörte, als er seine Wache an den Fenstern erneut aufnahm.
Während sich also Alleline und seine Leutnants zusammen mit Poljakow ins Eßzimmer zurückzogen, um dort ihre Geschäfte unter sich zu besprechen, saßen die übrigen schweigend im Wohnzimmer und blickten entweder Haydon an oder geflissentlich von ihm weg. Er schien ihre Anwesenheit nicht zur Kenntnis zu nehmen. Er saß allein, das Kinn in die Hand gestützt, in einer Ecke, bewacht von Fawn, und wirkte recht gelangweilt. Dann war die Besprechung im Eßzimmer zu Ende, die Teilnehmer strömten heraus, und Alleline vermeldete Lacon, der darauf bestanden hatte, bei der Unterredung nicht anwesend zu sein, daß man sich in drei Tagen am gleichen Ort wieder treffen wolle und daß in der Zwischenzeit »der Oberst Gelegenheit haben wird, seine Vorgesetzten zu konsultieren«. Lacon nickte. Es hätte eine Aufsichtsratssitzung sein können.
Der Abzug der Gesellschaft war sogar noch seltsamer, als ihre Ankunft gewesen war. Besonders der Abschied zwischen Esterhase und Poljakow verlief dramatisch. Esterhase, der schon immer lieber den Gentleman gespielt hätte als den Spion, schien ein »ritterliches Schauspiel« daraus machen zu wollen und bot Poljakow die Hand, die Poljakow erbittert ausschlug. Esterhase blickte sich hilflos nach Smiley um, vielleicht in der Hoffnung, ihn weiter für sich einzunehmen, dann zuckte er die Achseln und legte Bland den Arm um die breiten Schultern. Bald darauf gingen sie zusammen weg. Sie verabschiedeten sich von niemandem, Bland wirkte furchtbar erschüttert, und Esterhase schien ihn zu trösten, obwohl ihm seine eigene Zukunft in diesem Augenblick kaum rosig erscheinen konnte. Bald darauf kam ein Funktaxi für Poljakow, und auch er ging weg, ohne irgend jemandem auch nur zuzunicken. Jetzt war das Gespräch völlig verstummt; als der Russe nicht mehr anwesend war, wurde das Theater erbärmlich provinziell. Haydon, noch immer von Fawn und Mendel bewacht, verharrte in seiner gelangweilte Pose. Lacon und Alleline starrten ihn in stummer Verlegenheit an. Es wurde noch einige Male telefoniert, vor allem nach Taxis. Einmal kam Smiley

von oben herunter und erwähnte Tarr. Alleline rief den Circus an und diktierte ein Telegramm nach Paris des Inhalts, Tarr könne in allen Ehren nach England zurückkehren, was immer das bedeuten mochte; und ein zweites an Mackelvore, das Tarr als vertrauenswürdige Persönlichkeit auswies, was Guillam wiederum Ansichtssache zu sein schien.

Endlich kam zur allgemeinen Erleichterung ein fensterloser Lieferwagen aus der *Nursery* an, und zwei Männer stiegen aus, die Guillam noch nie gesehen hatte, der eine groß und hinkend, der andere teigig und mit rostbraunem Haar. Schaudernd wurde ihm klar, daß es Inquisitoren waren. Fawn holte Haydons Mantel aus der Diele, durchsuchte die Taschen und half ihm respektvoll hinein. In diesem Augenblick mischte Smiley sich höflich ein und bestand darauf, daß während Haydons Gang von der Vordertür zum Lieferwagen das Licht in der Diele ausgeschaltet sein und daß die Begleitmannschaft zahlreich sein müsse. Guillam, Fawn und sogar Alleline wurden zu diesem Dienst gezwungen, und schließlich schlurfte der ganze Geleitzug mit Haydon in der Mitte durch den Garten zum Lieferwagen.

»Nur vorsichtshalber«, beteuerte Smiley. Niemand hatte Lust, ihm zu widersprechen. Haydon stieg ein, die Inquisitoren folgten und verschlossen von innen das Gitter. Als die Tür sich schloß, hob Haydon eine Hand in einer leutseligen Geste der Entlassung in Richtung Allelines.

Erst später kamen Guillam die Einzelheiten zum Bewußtsein, prägten sich einzelne Personen seiner Erinnerung ein: zum Beispiel Poljakows unterschiedsloser Haß auf alle Anwesenden von der armen kleinen Millie McCraig aufwärts – er entstellte ihn buchstäblich; der Mund verzog sich zu einer wilden, unbezähmbaren Hohngrimasse, er wurde weiß und zitterte, aber nicht vor Furcht und nicht vor Wut. Es war einfach blanker Haß von einer Art, wie Guillam ihn an Haydon nicht gesehen hatte; aber schließlich war Haydon ein Mann vom gleichen Schlag wie er selber.

Für Alleline entdeckte Guillam in sich eine heimliche Bewunderung im Augenblick der Niederlage: Alleline hatte immerhin Haltung gezeigt. Später allerdings war Guillam nicht mehr so überzeugt, daß Percy bei dieser ersten Konfrontation mit den Tatsachen im vollen Umfang begriffen hatte, was die Tatsachen wirklich waren: trotz allem war er noch immer der Chef, und Haydon noch immer sein Jago.

Aber das Seltsamste war für Guillam, daß es in dem Augenblick, als sie in das Zimmer stürzten, für ihn eines Willensaktes bedurfte, und zwar eines beträchtlichen, um Bill Haydon etwas anderes als Zuneigung entgegenzubringen. Diese Einsicht nahm er mit nach Hause und überdachte sie gründlicher, als es seiner Gewohnheit entsprach. Vielleicht war er, wie Bill sagen würde, endlich erwachsen geworden. Und das Schönste war – als er am selben Abend die Treppe zu seiner Wohnung hinaufstieg, tönten ihm die vertrauten Töne von Camillas Flöte entgegen. Und wenn Camilla auch in jener Nacht einiges von ihrem geheimnisvollen Zauber verlor, so war es ihm doch bis zum Morgen gelungen, sie aus den Schlingen von Abscheulichkeit und Enttäuschung zu lösen, in die er sie verstrickt hatte.

Auch in anderer Hinsicht nahm sein Leben in den nächsten Tagen eine Wendung zum Besseren. Percy Alleline war auf unbestimmte Zeit beurlaubt worden. Smiley wurde gebeten, vorläufig zurückzukommen und das, was übrig geblieben war, ausfegen zu helfen. Man sprach davon, daß Guillam aus Brixton befreit werden sollte. Erst viel, viel später erfuhr er, daß das Drama noch einen letzten Akt gehabt hatte, und daß jener vertraute Schatten, der nun endlich einen Namen hatte, Smiley aus gutem Grund durch die nächtlichen Straßen von Kensington gefolgt war.

38 Inmitten der Nacht unter klarem Himmel beim Mondenschein

Während der folgenden zwei Tage lebte George Smiley in einer Schattenwelt. Seine Nachbarn fanden, wenn sie seiner ansichtig wurden, daß er einem zehrenden Kummer verfallen sei. Er stand spät auf, trödelte im Schlafrock im Haus herum, machte sauber, wischte Staub, kochte sich Mahlzeiten, die er nicht aß. Am Nachmittag zündete er völlig gegen die ungeschriebenen Gesetze seiner Umgebung ein Kohlenfeuer an, setzte sich davor und las seine deutschen Dichter oder schrieb Briefe an Ann, die er selten vollendete und niemals zur Post gab. Wenn das Telefon klingelte, lief er rasch hin, nur um jedesmal enttäuscht zu werden. Draußen war das Wetter nach wie vor miserabel, und die wenigen Passanten – Smiley beobachtete sie ständig – waren vermummt wie arme Leute vom Balkan. Einmal rief Lacon an und übermittelte eine Bitte des Ministers, Smiley solle »mithelfen, den Stall im Cambridge Circus auszumisten, wenn eine solche Aufforderung erginge«, in Wahrheit den Nachtwächter spielen, bis ein Ersatz für Percy Alleline gefunden wäre. Smiley antwortete ausweichend und legte Lacon nochmals ans Herz, er solle mit äußerster Umsicht über Haydons körperliche Sicherheit während des Aufenthalts in Sarratt wachen.

»Dramatisieren Sie nicht ein bißchen?« meinte Lacon. »Der einzige Platz auf der Welt, wohin er gehen kann, ist Rußland, und dorthin schicken wir ihn ohnedies.«

»Wann? Wie bald?«

Die Ausarbeitung der Einzelheiten würden noch ein paar Tage in Anspruch nehmen. Smiley verschmähte es in seiner Erschlaffung nach einem Zustand der Hochspannung zu fragen, ob es mit dem Verhör vorangehe, aber Lacons Verhalten legte nahe, daß die Antwort schlecht gewesen wäre. Mendel brachte ihm handfestere Kost.

»Der Bahnhof Immingham ist geschlossen«, sagte er. »Sie werden in Grimsby aussteigen und auf Schusters Rappen laufen oder

einen Bus nehmen müssen.«
Häufig saß Mendel einfach da und beobachtete ihn wie einen Kranken. »Das Warten bringt sie nicht zurück, oder?« sagte er. »Früher mal ging der Berg zu Mohammed. Ein zaghaft Herz hat nie die Schönste heimgeführt, wenn ich so sagen darf.«
Am Morgen des dritten Tages klingelte es an der Tür, und Smiley ging so schnell öffnen, als könne es nur Ann sein, die wie üblich ihren Schlüssel verlegt hatte. Es war Lacon. Smiley werde in Sarratt benötigt, sagte er; Haydon bestehe darauf, mit ihm zu sprechen. Die Inquisitoren hatten nichts erreicht, und die Zeit wurde knapp. Man war sich darüber einig, wenn Smiley als Beichtvater fungierte, würde Haydon ein Teilbekenntnis ablegen.
»Es wurde mir versichert, daß kein Zwang ausgeübt wurde«, sagte Lacon.
Sarratt war ein trüber Anblick nach dem Glanz, an den Smiley sich erinnerte. Die meisten Ulmen waren dem Borkenkäfer zum Opfer gefallen; Lichtmaste waren aus dem alten Kricketplatz hochgeschossen. Auch das Haus selber, ein weitläufiges, aus Ziegeln erbautes Herrenhaus, war seit der Blütezeit des Kalten Krieges in Europa sehr heruntergekommen, und der größte Teil des besseren Mobiliars schien verschwunden zu sein, er vermutete, in eines von Allelines Häusern. Er fand Haydon in einer Nissen-Hütte, die unter Bäumen versteckt war.
Drinnen herrschte der Mief einer Wachstube, die Wände waren schwarz bemalt und die hochgelegenen Fenster vergittert. In den Zimmern zu beiden Seiten waren Wachmannschaften, und sie empfingen Smiley respektvoll und nannten ihn Sir. Offenbar hatte sich einiges herumgesprochen.
Er trug einen Drillichanzug, zitterte und klagte über Schwindel. Mehrmals mußte er sich aufs Bett legen, um das Nasenbluten zu stillen. Ihm war so etwas wie ein Bart gewachsen: anscheinend herrschte Uneinigkeit darüber, ob er ein Rasiermesser bekommen dürfe.
»Kopf hoch«, sagte Smiley. »Bald sind Sie hier weg.«
Auf der Fahrt hierher hatte er versucht, an Prideaux und Irina und an die tschechischen Netze zu denken, und er hatte sogar Haydons Zimmer noch mit einem vagen Gefühl öffentlicher

Verantwortung betreten: irgendwie, dachte er, müßte er ihn im Namen aller Rechtlichdenkenden verurteilen. Statt dessen kam er sich ziemlich schüchtern vor; er spürte, daß er Haydon überhaupt nie gekannt hatte, und jetzt war es zu spät. Er ärgerte sich auch über Haydons körperlichen Zustand, aber als er den Wachen Vorwürfe machte, bekundeten sie Verständnislosigkeit. Noch ärgerlicher wurde er, als er erfuhr, daß die zusätzlichen Sicherheitsmaßnahmen, auf denen er bestanden hatte, nach dem ersten Tag gelockert worden waren. Als er Craddox, den Leiter der *Nursery*, zu sprechen verlangte, war Craddox unabkömmlich und sein Assistent stellte sich dumm.

Die Unterhaltung war stockend und banal.

Ob Smiley so freundlich sein wolle, die Post aus seinem Club nachzuschicken und Alleline zu bestellen, er möge seinen Kuhhandel mit Karla ein bißchen beschleunigen? Und er benötige Taschentücher, Papiertaschentücher für seine Nase. Daß er ständig weine, erläuterte Haydon, habe nichts mit Reue oder Schmerz zu tun, es sei eine rein physische Reaktion auf das, was er die Verbohrtheit der Inquisitoren nannte, die es sich in den Kopf gesetzt hatten, daß er, Haydon, die Namen weiterer Karla-Trabanten kenne, und sie unbedingt vor seinem Weggang erfahren wollten. Außerdem gebe es eine Richtung, die dafürhielt, daß Fanshaw von den *Christ Church Optimates* als Talentsucher sowohl für die Moskauer Zentrale wie für den Circus tätig gewesen sei. Dazu erklärte Haydon: »Ehrlich, was soll man mit solchen Eseln anfangen?« Trotz seines geschwächten Zustands gelang es ihm, den Eindruck zu vermitteln, daß er der einzige verständige Mensch weit und breit sei. Sie machten einen Spaziergang, und Smiley stellte mit gelinder Verzweiflung fest, daß im ganzen Umkreis keine Wachen patrouillierten, weder bei Nacht noch bei Tag. Nach einer Runde bat Haydon, wieder in die Hütte zurückzugehen, wo er ein Fußbodenbrett losmachte und ein paar mit Hieroglyphen bedeckte Blätter hervorholte. Sie erinnerten Smiley wider Willen an Irinas Tagebuch. Er hockte sich aufs Bett und sortierte sie, und in dieser Haltung, dem trüben Licht, mit der langen Haarsträhne, die fast bis auf das Papier hing, hätte er wieder wie damals in den sechziger Jahren in Controls Büro herumlungern und irgendein wundervoll eingängiges und gänzlich undurchführbares Projekt zum größeren Ruhme Englands entwickeln können. Smiley machte sich nicht die Mühe, irgend etwas niederzuschreiben, denn es war ihnen beiden völlig klar, daß ihr Gespräch ohnehin mitgeschnitten wurde. Der Bericht begann mit einer langen Rechtfertigung, von der Smiley sich später nur an ein paar Sätze erinnerte:

»Wir leben in einer Zeit, in der nur noch grundsätzliche Fragen Beachtung verdienen...«

»Die Vereinigten Staaten sind nicht mehr in der Lage, ihre Revolution selber zu unternehmen...«

»Die politische Potenz des Vereinigten Königreichs ist ohne jegliche Relevanz oder moralische Lebensfähigkeit in der Weltpolitik...«

Vielen dieser Behauptungen hätte Smiley unter anderen Gegebenheiten zugestimmt: es war mehr der Ton als die Musik, was ihn abstieß.

»Im kapitalistischen Amerika ist die Unterdrückung in einem Maß institutionalisiert, das nicht einmal Lenin hätte vorhersehen können...«

»Der Kalte Krieg begann 1917, aber die schwersten Kämpfe liegen noch vor uns, denn Amerika wird von seinem Todesdelirium zu immer größeren Exzessen in anderen Ländern getrieben...«

Er sprach nicht vom Verfall des Westens, sondern von seinem Tod durch Habgier und Verstopfung. Er hasse Amerika zutiefst, sagte er, und Smiley nahm es ihm ab. Haydon sah ferner als erwiesen an, daß die Geheimdienste der einzig reale Maßstab für die politische Gesundheit einer Nation waren, der einzige reale Ausdruck ihres Unterbewußtseins.

Schließlich kam er zu seinem eigenen Fall. In Oxford, sagte er, habe er aufrichtig rechts gestanden, und im Krieg sei es ziemlich belanglos gewesen, wo man gestanden habe, solange man gegen die Deutschen kämpfte.

Nach '45, sagte er, habe er sich eine Zeitlang mit Englands Rolle in der Welt zufrieden gegeben, bis ihm nach und nach dämmerte, wie unbedeutend diese Rolle gewesen sei. Wie und wann das geschah, blieb ein Geheimnis. Er konnte nicht angeben, bei welcher Gelegenheit sein historisches Weltbild diesen schweren Schock erlitten hatte: er wußte nur, wenn England nicht mehr mit von der Partie sei, so werde sich der Fischpreis nicht um einen Penny ändern. Er hatte sich oft selber die Frage gestellt, auf welcher Seite er stehen werde, wenn die entscheidende Prüfung jemals käme; nach langem Überlegen hatte er sich schließlich eingestehen müssen: falls nur einer der beiden Monolithen die Schlacht gewinnen sollte, würde ihm der Osten als Sieger lieber sein.

»Es ist unter anderem auch ein ästhetisches Urteil«, erklärte er und blickte auf. »Natürlich zum Teil auch ein moralisches.«

»Natürlich«, sagte Smiley höflich.

Von da an, sagte er, sei es nur eine Zeitfrage gewesen, bis er seine Kräfte dort einsetzte, wo seine Überzeugungen lagen.

Das war die Ernte des ersten Tages. Eine weiße Absonderung hatte sich auf Haydons Lippen gebildet, und seine Augen begannen wieder zu tränen. Sie beschlossen, sich anderentags um die gleiche Zeit wiederzusehen.

»Es wäre gut, wenn wir ein bißchen ins Detail gehen könnten, Bill«, sagte Smiley, als er sich verabschiedete.

»Ach, noch eins, sagen Sie's Jan, ja?« Haydon lag auf dem Bett und betupfte sich wieder die Nase. »Ist völlig egal, was Sie sagen, Hauptsache, Sie machen's endgültig.« Er setzte sich auf, schrieb einen Scheck aus und steckte ihn in einen braunen Umschlag. »Geben Sie ihr das für die Milchrechnung.«

Da er vielleicht bemerkte, daß Smiley von diesem Auftrag nicht gerade entzückt war: »Schließlich kann ich sie nicht gut mitnehmen, oder? Sogar wenn man sie rüberließe, wäre sie bloß ein verdammter Klotz am Bein.«

Am gleichen Abend noch fuhr Smiley nach Haydons Anweisung mit der U-Bahn nach Kentish Town und machte ein Cottage in einem noch nicht modernisierten Gäßchen ausfindig. Ein unansehnliches blondes Mädchen in Jeans öffnete ihm, es roch nach Ölfarbe und Baby. Er wußte nicht mehr, ob er sie schon einmal in der Bywater Street getroffen hatte, daher begann er: »Ich komme von Bill Haydon. Es geht ihm soweit gut, aber ich soll Ihnen einiges von ihm bestellen.«

»Herrje«, sagte das Mädchen sanft. »Ist auch wahrhaftig Zeit.« Das Wohnzimmer war schäbig. Durch die Küchentür sah er einen Stapel schmutzigen Geschirrs und schloß daraus, daß sie alles benutzte, solange der Vorrat reichte, und dann im großen abwusch. Der Fußboden war kahl bis auf langgestreckte psychedelische Muster aus Schlangen und Blumen und Insekten. »Das ist Bills Michelangelo-Decke«, sagte sie im Konversationston. »Er wird sich nur dabei nicht Michelangelos Rückenschmerzen zuziehen. Kommen Sie von der Regierung?« fragte sie und zündete sich eine Zigarette an. »Er arbeitet für die Regierung, hat er mir gesagt.« Ihre Hand zitterte, und sie hatte gelbe Monde unter den Augen.

»Also, als erstes soll ich Ihnen das da geben«, sagte Smiley, tauchte in eine Innentasche und reichte ihr den Umschlag mit dem Scheck.

»Brot«, sagte das Mädchen und legte den Umschlag neben sich.

»Brot«, sagte Smiley und grinste genau wie sie, dann aber bewirkte irgend etwas in seinem Gesichtsausdruck oder die Art, wie er dieses eine Wort wiederholt hatte, daß sie den Umschlag nahm und ihn aufriß. Es lag kein Brief darin, nur der Scheck, aber der Scheck genügte: sogar von seinem Platz aus konnte Smiley sehen, daß die Zahl vierstellig war.

Wie eine Schlafwandlerin ging sie hinüber zum Kamin und legte den Scheck zu den Haushaltsrechnungen in eine alte Blechdose auf dem Kaminsims. Dann ging sie in die Küche und bereitete zwei Tassen Neskaffee, kam aber nur mit einer wieder heraus.

»Wo ist er?« sagte sie. Sie stand vor ihm. »Er ist wieder mal mit diesem rotznäsigen kleinen Matrosen abgehauen, wie? Und das ist die Abfindung, ja? Na, Sie können ihm verdammt nochmal von mir sagen ...«

Smiley hatte solche Szenen schon öfter erlebt, und nun kamen ihm lächerlicherweise die üblichen Worte auf die Zunge:

»Bill erfüllt zur Zeit einen Auftrag von nationaler Bedeutung. Es tut mir leid, aber wir dürfen nicht darüber sprechen, und Sie dürfen es auch nicht. Er ist vor ein paar Tagen zu einem geheimen Einsatz ins Ausland gegangen. Er wird längere Zeit fort sein. Er durfte keinem Menschen etwas von seiner Abreise sagen. Er bittet Sie, ihn zu vergessen. Glauben Sie mir, es tut mir sehr leid. Soweit war er gekommen, als sie losplatzte. Er hörte nicht alles, was sie sagte, denn sie tobte und schrie, und als das Baby es hörte, fing es droben ebenfalls zu schreien an. Sie stieß Beschimpfungen aus, nicht gegen ihn, nicht einmal speziell gegen Bill, sie schimpfte und fluchte einfach tränenlos und fragte, wer zum Teufel, wer verdammt, verdammt nochmal heutzutage noch der Regierung vertraue? Dann schlug ihre Stimmung um. An den Wänden sah Smiley lauter Bilder, die Bill gemalt hatte, hauptsächlich von dem Mädchen: nur wenige waren fertig, und sie hatten etwas Verkrampftes, fast Gehetztes im Vergleich zu seinen früheren Arbeiten.

»Sie mögen ihn nicht, wie? Das weiß ich«, sagte sie. »Warum erledigen Sie dann die Dreckarbeit für ihn?«

Auch auf diese Frage schien es keine unmittelbare Antwort zu geben. Auf dem Rückweg zur Bywater Street hatte er wiederum den Eindruck, verfolgt zu werden, und versuchte Mendel anzurufen, ihm die Nummer eines Taxis durchzugeben, das ihm zweimal aufgefallen war, und ihn um sofortige Nachforschungen zu bitten. Doch Mendel war ausnahmsweise bis nach Mitternacht außer Haus: Smiley schlief unruhig und erwachte um fünf Uhr. Um acht war er bereits wieder in Sarratt, wo er Haydon in festlicher Stimmung antraf. Die Inquisitoren hatten ihn nicht mehr belästigt; Craddox hatte ihm gesagt, daß der Austausch genehmigt sei und daß er sich bereithalten solle, morgen oder übermorgen abzureisen. Seine Bitten klangen wie Abschiedsworte: man möge ihm sein restliches Gehalt und die Erlöse aus etwaigen Verkäufen in seinem Namen auf die Moskauer Narodny-Bank überweisen, die ihm auch seine Post zustellen werde. Die Galerie Arnolfini in Bristol habe einige seiner Bilder, darunter ein paar frühe Aquarelle von Damaskus, die er wiederhaben wollte. Ob Smiley bitte dafür sorgen könne? Dann, die Tarnung für sein Verschwinden:

»Ziehen Sie es möglichst lang hin«, riet er. »Sagen Sie, ich hätte dringend verreisen müssen, machen Sie es möglichst geheimnisvoll, lassen Sie ein paar Jahre drüber vergehen, dann machen Sie mir den Garaus ...«

»Ach, ich glaube, wir kriegen das schon hin, vielen Dank«, sagte Smiley.
Zum erstenmal, seit Smiley ihn kannte, machte Haydon sich Gedanken wegen seiner Kleidung. Er wolle bei seiner Ankunft nach etwas aussehen, sagte er: der erste Eindruck sei so wichtig. »Diese Moskauer Schneider sind indiskutabel. Putzen einen auf wie einen Commis.«
»Genau«, sagte Smiley, dessen Meinung über Londoner Schneider keineswegs besser war.
Ach, und da sei noch ein Junge, fügte er nonchalant hinzu, ein Freund bei der Marine, wohnte in Notting Hill. »Am besten geben Sie ihm ein paar Hunderter, damit er die Klappe hält. Können Sie das aus dem Reptilienfonds bestreiten?«
»Bestimmt.«
Er schrieb eine Adresse auf. Dann ging Haydon in der gleichen kameradschaftlichen Tonart auf das ein, was Smiley die Details genannt hatte.
Er lehnte es ab, über irgendeine Einzelheit seiner Anwerbung oder seiner lebenslangen Verbindung zu Karla zu sprechen. »Lebenslang?« wiederholte Smiley prompt. »Wann lernten Sie ihn kennen?«
Die gestrigen Versicherungen erschienen plötzlich sinnlos, aber Haydon wollte nicht ausführlicher werden.
Etwa von 1950 an hatte Haydon – wenn man ihm Glauben schenken konnte – Karla gelegentlich mit ausgewählten Geheiminformationen bestückt. Diese frühen Zuwendungen beschränkten sich auf solche Enthüllungen, die seiner Ansicht nach die russischen Interessen gegenüber den Vereinigten Staaten direkt fördern würden; er hatte »streng darauf geachtet, ihnen nichts zu geben, was uns selber schaden könnte«, wie er sich ausdrückte, oder was den Außenagenten hätte schaden können.
Das Suez-Abenteuer von '56 hatte ihn endgültig von der Unhaltbarkeit der britischen Situation überzeugt und von dem Talent Englands, den Gang der Geschichte zu hemmen, während es andererseits nicht in der Lage war, positive Beiträge zu leisten. Das Erlebnis, wie die Amerikaner das britische Eingreifen in Ägypten sabotierten, war paradoxerweise ein weiterer Beweggrund.

Deshalb würde er sagen, daß er von '56 an ein überzeugter hundertprozentiger sowjetischer Maulwurf war. 1961 bekam er die sowjetische Staatsbürgerschaft und im Verlauf der folgenden zehn Jahre zwei sowjetische Orden – kurios, er wollte nicht sagen, welche, betonte jedoch, daß sie »erste Klasse« seien. Leider beschränkten Einsätze in fernen Ländern während dieser Zeit seinen Zugriff; und da er darauf bestand, daß nach seinen Informationen wenn irgend möglich auch praktisch zu handeln sei – »daß sie nicht bloß in irgendeinem blöden Sowjetarchiv verschimmeln«, war seine Arbeit sowohl gefährlich wie qualitativ unterschiedlich. Bei seiner Rückkehr nach London schickte Karla ihm Polly (offenbar der Haus-Name für Poljakow) als Gehilfen, aber Haydon fand den ständigen Druck der heimlichen Zusammenkünfte auf die Dauer schwer erträglich, vor allem, wenn er die von ihm fotografierten Materialmengen bedachte. Er lehnte es ab, über Kameras, Ausrüstung, Bezahlung oder handwerkliche Verfahren während dieser Vor-Merlin-Periode in London zu sprechen, und Smiley war sich die ganze Zeit dessen bewußt, daß sogar das Wenige, was Haydon ihm erzählte, mit äußerster Sorgfalt aus einer größeren und vielleicht anderen Wahrheit herausgesucht war.
Inzwischen erhielten sowohl Karla wie Haydon Hinweise, wonach Control Unrat wittere. Gewiß, Control war krank, aber es war völlig klar, daß er niemals freiwillig die Zügel aus der Hand geben würde, wenn die Möglichkeit bestand, daß er damit Karla den Geheimdienst zum Geschenk machte. Es war ein Rennen zwischen Controls Nachforschungen und seiner Gesundheit. Zweimal wäre er um ein Haar fündig geworden – wiederum lehnte Haydon ab zu sagen, wie, und wenn Karla nicht unverzüglich reagiert hätte, wäre der Maulwurf Gerald in die Falle gegangen. Aus dieser nervenaufreibenden Situation war zuerst Merlin entstanden und schließlich die Operation *Testify*. *Witchcraft* war in erster Linie geschaffen worden, um die Nachfolge zu sichern: um Alleline zum Thronanwärter zu machen und Controls Abgang zu beschleunigen. Zweitens verschaffte *Witchcraft* natürlich der Zentrale völlige Verfügungsgewalt über das nach Whitehall gelangende Material. Als drittes – und in der

Folge wichtigstes Ergebnis, betonte Haydon – machte *Witchcraft* den Circus zu einer wichtigen Waffe gegen das amerikanische Ziel.
»Wieviel von dem Material war echt?« fragte Smiley.
Selbstverständlich variierte das Niveau je nachdem, was man zu erreichen beabsichtigte, sagte Haydon. Theoretisch war die Herstellung sehr einfach: Haydon mußte Karla nur benachrichtigen, auf welchen Gebieten Whitehall keine Informationen besaß, und die Hersteller schrieben prompt darüber. Ein paarmal, sagte Haydon, habe er einfach aus Spaß selber einen solchen Bericht geschrieben. Es war eine amüsante Übung, die eigene Arbeit zu erhalten, auszuwerten und zu verteilen. Die Vorteile *Witchcrafts* für interne Arbeitsmöglichkeiten waren natürlich unschätzbar. Haydon wurde dadurch praktisch Controls Zugriff entzogen und hatte eine gußeiserne Tarngeschichte, um Polly so oft zu treffen, wie er wollte. Häufig vergingen Monate, ohne daß sie einander sahen. Haydon fotografierte Circus-Dokumente in der Abgeschlossenheit seines Büros – offiziell bereitete er die Abfallprodukte für Polly vor –, gab sie, zusammen mit einem weiteren Haufen wertlosen Zeugs Esterhase und ließ sie von ihm zu dem ›sicheren Haus‹ in Lock Gardens befördern.
»Es war ein klassisches Spiel«, sagte Haydon schlicht. »Percy führte, ich folgte, Roy und Toby übernahmen die Lauferei.«
Hier fragte Smiley höflich, ob Karla je daran gedacht habe, Haydon selber den Circus übernehmen zu lassen: warum sich überhaupt mit einem Strohmann belasten? Haydon antwortete nicht, und Smiley stellte sich vor, daß Karla, genau wie Control, sehr wohl der Ansicht gewesen sein mochte, Haydon sei für eine untergeordnete Rolle besser geeignet.
Die Operation *Testify*, sagte Haydon, sei eine Art Verzweiflungstat gewesen. Haydon war überzeugt, daß Control der Wahrheit schon sehr nahe gekommen sei. Eine Analyse der Akten, die er sich kommen ließ, ergab ein beunruhigend komplettes Inventar der Operationen, die Haydon hatte hochgehen lassen oder anderswie zum Platzen gebracht hatte. Ferner war es Control gelungen, das Feld auf Beamte eines bestimmten Alters und Dienstrangs zu beschränken...

»War übrigens Stevceks ursprüngliches Angebot echt?« fragte Smiley.
»Lieber Himmel, nein«, sagte Haydon echt schockiert. »Es war von Anfang an eine Falle. Natürlich gab es Stevcek wirklich. Er war ein hoher tschechischer General. Aber er hat nie irgend jemandem ein Angebot gemacht.«
Hier spürte Smiley, wie Haydon zögerte. Zum erstenmal schien er gewisse Bedenken bezüglich der moralischen Vertretbarkeit seiner Handlungen zu haben. Sein Verhalten wurde deutlich defensiv.
»Natürlich mußten wir Gewißheit haben, daß Control reagieren würde und wie er reagieren würde... und wen er schicken würde. Wir konnten nicht zulassen, daß er irgendeinen lahmarschigen kleinen Pflastertreter schickte: es mußte eine Kanone sein, wenn die Geschichte hieb- und stichfest sein sollte. Wir wußten, daß er sich nur für jemanden von außerhalb der Zentrale entscheiden würde, und für jemanden, der keinen Zugang zum *Witchcraft*-Material hatte. Wenn wir einen Tschechen anbrachten, mußte er jemanden schicken, der tschechisch sprach, ganz klar.«
»Ganz klar.«
»Wir wollten einen alten Circus-Mann: einen, der Schlagzeilen machen würde.
»Ja«, sagte Smiley und erinnerte sich an die keuchende, schwitzende Gestalt auf dem Hügel. »Ja, ich sehe die Logik dieses Arguments ein.«
»Verdammt nochmal, ich hab ihn wieder rausgekriegt«, fuhr Haydon ihn an.
»Ja, das war sehr freundlich von Ihnen. Sagen Sie, hat Jim Sie aufgesucht, ehe er wegen dieses *Testify*-Auftrags abfuhr?«
»Ja, das hat er tatsächlich getan.«
»Und was wollte er Ihnen sagen?«
Haydon zögerte lange, sehr lange, dann antwortete er gar nicht. Aber trotzdem war die Antwort da, in der plötzlichen Leere der blassen, hellen Augen, in dem Schatten der Schuld, der sich über das schmale Gesicht legte. Er ist gekommen, um dich zu warnen, dachte Smiley; weil er dich liebte. Um dich zu warnen, genau wie

er zu mir kam, um mir zu sagen, Control sei übergeschnappt, mich aber nicht antraf, weil ich in Berlin war. Jim hat dir den Rücken gedeckt bis zum bitteren Ende.

Ferner, sagte Haydon, mußte es ein Land sein, das erst vor kurzem eine Gegenrevolution durchgemacht hatte: die Tschechoslowakei sei das einzig Richtige gewesen.

Smiley schien nicht genau zuzuhören.

»Warum haben Sie ihn wieder rausgeholt?« fragte er. »Aus alter Freundschaft? Weil er harmlos war und Sie alle Karten in der Hand hielten?«

Es war nicht nur das, erklärte Haydon. Solange Jim in einem tschechischen – er sagte nicht russischen – Gefängnis saß, hätte man Wind um ihn gemacht und ihn als eine Art Schlüsselfigur betrachtet. Aber sobald er zurück wäre, würde in Whitehall jeder alles tun, damit er den Mund nicht aufmachte: das wurde bei Rückführungen immer so gemacht.

»Ich bin überrascht, daß Karla ihn nicht einfach erschossen hat. Oder hat er aus purer Feinfühligkeit Ihnen gegenüber davon Abstand genommen?«

Aber Haydon war schon wieder in halbgare politische Dogmen versunken.

Dann begann er über sich selber zu sprechen, und schon schien er für Smileys Augen sichtlich zu etwas ganz Kleinem und Miesem zusammenzuschrumpfen. Er war tief berührt von der Meldung, daß Ionesco uns kürzlich ein Stück versprochen habe, in dem der Held beharrlich schweige und alle um ihn unaufhörlich redeten. Wenn einmal die Psychologen und die Mode-Historiker ihre Verteidigungsreden für ihn schreiben würden, so erinnerten sie sich hoffentlich, daß er selber sich genauso gesehen habe. Als Künstler habe er schon mit siebzehn Jahren alles gesagt, was er zu sagen hatte, und irgend etwas müsse man ja auch mit seinen späteren Jahren anfangen. Er bedauere schrecklich, daß er nicht ein paar seiner Freunde mitnehmen könne. Er hoffe, Smiley werde seiner in Zuneigung gedenken.

Smiley hätte ihm an dieser Stelle nur zu gern gesagt, daß er keineswegs vorhabe, in diesem Sinn an ihn zu denken, und er hätte noch manches andere gern gesagt, aber es schien keinen Sinn zu haben, und Haydon hatte wieder Nasenbluten bekommen.

»Ach, und ich sollte Sie noch bitten, jede Publicity zu vermeiden. Miles Sercombe liegt kolossal daran.«

Hier gelang Haydon ein Lachen. Nachdem er im stillen den ganzen Circus durcheinander gebracht habe, sagte er, wolle er nun nicht den Prozeß vor der Öffentlichkeit wiederholen.

Ehe er ging, stellte Smiley die eine Frage, die ihm noch immer am Herzen lag.

»Ich werde es Ann sagen müssen. Gibt es irgend etwas, das ich ihr bestellen soll?«

Es erforderte einiges Hin- und Herreden, ehe ihm die Bedeutung von Smileys Frage aufging. Zuerst glaubte er, Smiley habe gesagt »Jan« und konnte nicht begreifen, warum Smiley sie noch nicht aufgesucht hatte.

»Ach so, *Ihre* Ann«, sagte er, als gäbe es eine Menge Anns um sie herum.

Es sei Karlas Idee gewesen, erklärte er. Karla hatte längst erkannt, daß Smiley die größte Bedrohung für den Maulwurf Gerald darstellte. »Er sagt, Sie seien sehr gut.«

»Vielen Dank.«

»Aber Sie hatten diesen einen Preis: Ann. Die letzte Illusion eines illusionslosen Mannes. Er schätzte, wenn ich überall als Anns Liebhaber bekannt wäre, so würden Sie mich in anderer Hinsicht nicht so genau sehen.« Seine Augen, so stellte Smiley fest, waren sehr starr geworden. Zinnkugeln hatte Ann sie genannt. »Nichts forcieren oder so, aber wenn möglich, nehmen Sie am Rennen teil. Ja?«

»Ja«, sagte Smiley.

Zum Beispiel, in der Nacht von *Testify* hatte Karla darauf bestanden, daß Haydon wenn irgend möglich mit Ann turteln sollte. Als eine Art Versicherung.

»Und war in dieser Nacht nicht tatsächlich eine Kleinigkeit schief gegangen?« fragte Smiley und dachte an Sam Collins und die Frage, ob Ellis erschossen wurde. Haydon gab zu, daß es so gewesen sei. Wäre alles nach Plan gegangen, so hätten die ersten tschechischen Bulletins um zehn Uhr dreißig einlaufen müssen. Haydon hätte Gelegenheit gehabt, in seinem Club die Meldungen des Fernschreibers zu lesen, nachdem Collins Ann angerufen hatte und ehe er zum Circus ging, um die Sache in die Hand zu nehmen. Aber weil Jim getroffen worden war, hatte es am tschechischen Ende Kuddelmuddel gegeben und das Bulletin war erst herausgekommen, nachdem sein Club geschlossen hatte.

»Ein Glück, daß keiner es nachgeprüft hat«, sagte er und nahm sich noch eine von Smileys Zigaretten. »Welcher war ich übrigens?« fragte er leichthin. »Ich hab's vergessen.«

»König. Ich war Dame.«

Smiley hatte nun genug und ging, ohne sich zu verabschieden. Er stieg in sein Auto und fuhr eine Stunde lang blindlings dahin, bis er sich mit hundertzwanzig auf einer Landstraße nach Oxford befand, also machte er halt, aß zu Mittag und fuhr nach London zurück. Er konnte sich noch immer nicht entschließen, in die Bywater Street zurückzukehren, und ging ins Kino, aß irgendwo zu Abend und kam um Mitternacht leicht angetrunken nach Hause, wo er Lacon und Miles Sercombe auf der Türschwelle vorfand und Sercombes blödsinnigen Rolls Royce, die schwarze Bettpfanne, in seinen ganzen fünfzehn Metern Länge schräg über den Gehsteig geparkt.

Sie fuhren in einem Affentempo nach Sarratt, und dort saß, inmitten der Nacht unter einem klaren Himmel, beleuchtet von mehreren Stablampen und angestarrt von mehreren leichenblassen Insassen der *Nursery*, Bill Haydon auf einer Gartenbank und blickte auf das mondbeschienene Kricketfeld. Er trug einen gestreiften Pyjama unter seinem Mantel, der aussah wie ein Sträflingsanzug. Seine Augen waren geöffnet und sein Kopf unnatürlich nach der Seite verdreht, wie der Kopf eines Vogels, dem eine kundige Hand den Hals umgedreht hat. Über das, was geschehen war, wurde weiter nicht geredet. Um 10 Uhr 30 hatte Haydon vor seinen Wächtern über Schlaflosigkeit und Übelkeit geklagt, er meinte, er müsse etwas frische Luft schöpfen. Da sein Fall für abgeschlossen galt, kam keiner auf den Gedanken, ihn zu begleiten, und so spazierte er allein in die Dunkelheit hinaus. Einer der Wächter erinnerte sich, wie er gescherzt habe, er wolle »den Zustand des Kricket-Tores untersuchen«. Der andere war zu sehr ins Fernsehen vertieft gewesen, als daß er sich an irgend etwas hatte erinnern können. Nach einer halben Stunde wurde es ihnen mulmig, und der ältere Wächter ging, um nachzuschauen, während sein Gehilfe im Haus blieb für den Fall, daß Haydon zurückkommen sollte. Haydon wurde dort gefunden, wo er jetzt saß. Zunächst nahm der Wächter an, er sei eingeschlafen. Als er sich über ihn beugte, schlug ihm eine Alkohol-Fahne entgegen – er vermutete Gin oder Wodka –, und er hielt Haydon für betrunken. Dies überraschte ihn, da sich in der *Nursery* offiziell kein Alkohol befand. Erst als er versuchte, Haydon hochzuheben, sackte dessen Kopf weg, und der Rest folgte in seiner ganzen Schwere nach. Er mußte sich übergeben haben (die Spuren waren an einem Baum zu besichtigen), und so stützte der Wächter ihn wieder auf und schlug Alarm.

Ob Haydon während des Tages irgendwelche Nachrichten erhalten habe, fragte Smiley. Nein, aber sein Anzug sei von der Reinigung zurückgekommen, und möglicherweise sei darin eine Botschaft versteckt worden – zum Beispiel die Aufforderung zu einem Treffen.

»Die Russen haben das also getan«, verkündete der Minister befriedigt in Richtung Haydons regungsloser Gestalt. »Ihn am Ausplaudern zu hindern, nehme ich an. Verdammte Bande!«

»Nein«, sagte Smiley. »Sie setzen alles daran, um ihre Leute zurückzubekommen.«

»Wer zum Teufel hat es dann getan?« Jeder wartete auf Smileys Antwort, aber es kam keine. Die Stablampen verloschen, und die Gruppe bewegte sich langsam auf den Wagen zu.

»Können wir ihn trotzdem hergeben?« fragte der Minister auf dem Rückweg.

»Er war sowjetischer Staatsbürger. Sollen sie ihn haben«, sagte Lacon, wobei er in der Dunkelheit immer noch Smiley beobachtete.

Sie waren sich darüber einig, daß es um die Netze schade sei. Mal sehen, ob Karla trotzdem auf den Handel eingehen würde.

»Bestimmt nicht«, sagte Smiley.

39 *George Smiley kehrt zu seiner letzten Illusion zurück*

Als er all dies in der Abgeschiedenheit seines Erster-Klasse-Coupés überdachte, hatte Smiley das kuriose Empfinden, als betrachtete er Haydon durch das verkehrte Ende eines Teleskops, wo er immer kleiner wurde und schließlich ganz verschwand. Smiley hatte seit dem vergangenen Abend nur wenig gegessen, aber die Bar war während des größten Teils der Reise geöffnet gewesen.

Als Liverpool Street hinter ihm lag, hatte er sich der wehmütigen Vorstellung hingegeben, daß er Haydon gemocht und respektiert hatte: er sei trotz allem ein Mensch gewesen, der etwas zu sagen gehabt und es gesagt habe. Aber sein ganzes Denken verwarf diese bequeme Vereinfachung: je mehr er über Haydons sprunghafte Rechtfertigung nachgrübelte, um so deutlicher wurden ihm ihre Widersprüchlichkeiten. Er versuchte zuerst, in Haydon das romantische Klischee des Intellektuellen der dreißiger Jahre zu sehen, für den Moskau das natürliche Mekka bedeutete. »Moskau war Bills akademische Disziplin«, sagte er sich. »Er brauchte die Symmetrie einer historisch-ökonomischen Lösung.« Eine unzureichende Erklärung, also fügte er noch mehr über den Mann hinzu, den er zu schätzen und abzuschätzen versuchte. »Bill war ein Romantiker und ein Snob. Er träumte von einem elitären Vortrupp, der die Massen aus der Finsternis herausführen würde.« Dann fielen ihm die halbfertigen Bilder im Wohnzimmer des Mädchens in Kentish Town ein: verkrampft, bemüht, verworfen. Er erinnerte sich auch an den Geist von Bills autoritärem Vater – Ann hatte ihn den Unhold getauft – und in seinen Augen war Bills Marxismus ein Ausgleich für seine Unzulänglichkeit als Künstler und für eine lieblose Kindheit. Später hatte es dann natürlich wenig geändert, daß die Doktrin sich als nicht recht tragfähig erwies. Bill hatte die Bahn betreten, und Karla wußte ihn dort zu halten. Verrat ist größtenteils Gewohnheitssache, entschied er und sah Bill wieder auf dem Boden des

Wohnzimmers in der Bywater Street ausgestreckt, während Ann ihm Schallplatten vorspielte.
Und Bill hatte seine Rolle gern gespielt. Daran zweifelte Smiley keinen Augenblick. Im Mittelpunkt einer geheimen Bühne stehen, Welt gegen Welt ausspielen, Held und Autor in einem: o ja, diese Rolle war Bill auf den Leib geschrieben.
Dann schob er achselzuckend alles beiseite – den stereotypen Formen menschlicher Motivierung hatte er schon immer mißtraut –, und konzentrierte sich statt dessen auf das Bild einer dieser russischen Holzpuppen, die sich öffnen lassen und eine zweite Puppe freigeben und darunter eine dritte. Von allen lebenden Menschen hatte nur Karla die letzte kleine Puppe in Bill Haydons Innerem erblickt. Wann war Bill angeworben worden, und wie? War sein Rechtsdrall in Oxford eine Pose gewesen oder paradoxerweise der Zustand der Sünde, aus dem Karla ihn zur Gnade erweckt hatte?
Man müßte Karla fragen: schade, daß ich's nicht tat. Man müßte Jim fragen: werde ich nie tun.
Vor der langsam vorbeigleitenden flachen ostenglischen Landschaft schob sich Karlas unnachgiebiges Gesicht über Bill Haydons verrenkte Totenmaske. »Aber Sie hatten einen Preis«, hatte Bill so vernünftig erklärt: »Ann. Die letzte Illusion eines illusionslosen Mannes. Er schätzte, wenn ich überall als Anns Liebhaber bekannt wäre, so würden Sie mich in anderer Beziehung nicht mehr deutlich sehen können.«
Illusion? War das wirklich Karlas Bezeichnung für Liebe? Und Bills?
»Wir sind da«, sagte der Schaffner sehr laut und vielleicht schon zum zweitenmal. »Höchste Zeit. Sie wollen doch nach Grimsby, oder?«
»Nein, nein: nach Immingham.« Dann erinnerte er sich an Mendels Anweisungen und kletterte hinaus auf den Bahnsteig.
Es war kein Taxi in Sicht, also erkundigte er sich am Fahrkartenschalter und machte sich auf den Weg über den leeren Vorplatz bis zu einem grünen Schild mit der Aufschrift: »Hier anstellen«. Er hatte gehofft, daß sie ihn abholen würde, aber vielleicht hatte sie sein Telegramm nicht erhalten. Ach, ja, die Post um die

Weihnachtszeit! Kann man ihr nicht verübeln. Er fragte sich, wie sie die Nachricht über Bill aufnehmen würde; bis er wieder ihr erschrockenes Gesicht auf den Klippen in Cornwall vor sich sah und wußte, daß Bill schon damals für sie tot gewesen war; sie hatte die Kälte in seiner Berührung gefühlt und irgendwie den Rest erraten.

Illusion? sagte er sich wieder. Illusionslos?

Es war bitter kalt; er hoffte inständig, daß ihr unglückseliger Liebhaber für sie ein warmes Plätzchen zum Wohnen gefunden hatte.

Wenn er nur ihre Pelzstiefel aus dem Schrank unter der Treppe mitgebracht hätte!

Ihm fiel der Band Grimmelshausen ein, den er immer noch nicht in Martindales Club abgeholt hatte.

Dann sah er sie: ihren unmöglichen Wagen, der auf dem Streifen mit der Markierung »Nur für Autobusse« auf ihn zuhielt, und Ann am Steuer, die nach der falschen Seite Ausschau hielt. Sah sie aussteigen, während der Winker weiterblinkte, und in das Bahnhofsgebäude gehen, um sich zu erkundigen: groß und zauberisch, ungewöhnlich schön, von Kopf bis Fuß die Frau eines anderen.

Bis zum Ende des Semesters benahm sich Jim nach Roachs Ansicht etwa so, wie seine Mutter sich benahm, als sein Vater sie verlassen hatte. Er verbrachte viel Zeit mit Nichtigkeiten, arrangierte zum Beispiel die Beleuchtung für das Fußballspiel, reparierte die Fußballnetze mit Bindfaden, und in den Französischstunden machte er viel Getöse wegen kleiner Ungenauigkeiten. Die wichtigen Dinge dagegen, wie seine Spaziergänge und sein einsames Golfspiel, gab er völlig auf, blieb vom frühen Abend an in seinem Wagen und hielt sich vom Dorf fern. Das schlimmste aber war sein starrer, leerer Blick, wenn Roach ihm unversehens begegnete; außerdem vergaß er vieles beim Unterricht, sogar die roten Striche für besondere Verdienste. Roach mußte ihn daran erinnern, sie jede Woche dem Direktor vorzulegen.

Um ihn zu unterstützen, machte Roach für ihn den Hilfsbeleuchter. Daher mußte Jim ihm bei den Proben ein besonderes Zeichen geben, Bill und keinem anderen, den Arm heben und wieder fallen lassen, wenn das Rampenlicht abgeblendet werden sollte.

Mit der Zeit jedoch schien Jim auf die Behandlung zu reagieren; seine Augen wurden klarer, und er wurde wieder munter, und der Schatten des Todes seiner Mutter wich von ihm. Am Abend des Spiels war er fröhlicher, als Roach ihn je gekannt hatte. »He, Jumbo, du alberner Knallfrosch, wo ist denn dein Regenmantel, siehst du nicht, daß es schüttet?« rief er laut, als sie müde, aber siegreich nach der Vorstellung zum Hauptgebäude zurückwanderten. »Eigentlich heißt er Bill«, hörte er ihn einem Besucher erklären. »Wir sind gleichzeitig als Neue hierhergekommen.«

Die Pistole, entschied Roach schließlich, war doch nur ein Traum gewesen.

Agent in eigener Sache

Für meine Söhne
Simon, Stephen, Timothy
und Nicholas
in Liebe

1

Zwei scheinbar unzusammenhängende Ereignisse gingen dem Ruf voraus, der Smiley aus seinem dubiosen Ruhestand zurückholen sollte. Das erste hatte als Ort der Handlung Paris und als Zeit der Handlung den kochenden Monat August, wenn die Pariser traditionsgemäß ihre Stadt der sengenden Sonne und den Busladungen zusammengepferchter Touristen überlassen. An einem dieser Augusttage – dem vierten, genau gesagt, und um Schlag zwölf Uhr, wie eine Fabriksirene, gefolgt von einer Kirchenglocke, bezeugte – tauchte in einem *quartier*, das einst für seinen hohen Anteil an russischen Emigranten der ärmeren Sorte bekannt gewesen war, eine stämmige, etwa fünfzigjährige Frau mit einer Einkaufstasche in der Hand aus der Dunkelheit eines alten Lagerhauses auf und ging, nach ihrer Gewohnheit, energisch und zielstrebig das Trottoir entlang zur Bushaltestelle. Die Straße war grau und eng und verödet, mit einigen kleinen *hôtels de passe* und einer Menge Katzen. Aus irgendeinem Grund war die Gegend besonders ruhig. Das Lagerhaus blieb, seiner verderblichen Waren wegen, während der Urlaubszeit geöffnet. Die Hitze, geschwängert von Ausdünstungen, die auch nicht der leiseste Lufthauch vertrieb, stieg wie aus einem Liftschacht an ihr hoch, doch die slawischen Züge der Frau zeigten keinerlei Beschwer. Sie war für Anstrengungen an einem heißen Tag weder gekleidet noch gebaut, denn sie war so kurzbeinig und dickleibig, daß sie ein wenig rudern mußte, um vorwärts zu kommen. Ihr schwarzes Kleid von klösterlicher Strenge wies weder eine Taille noch irgendeinen Putz auf, wenn man von dem Käntchen weißer Spitze am Hals und von einem großen abgegriffenen Kreuz aus vermutlich wertlosem Metall auf ihrem Busen absah. Die rissigen Schuhe, deren Spitzen beim Gehen auswärts gerich-

tet waren, erzeugten einen hallenden Trommelschlag zwischen den Häusern mit den geschlossenen Fensterläden. Die schäbige Tasche, die seit dem frühen Morgen voll war, gab ihrer Trägerin eine leichte Schlagseite, und man sah, daß sie an Lasten gewöhnt war. Es ging aber auch etwas Fröhliches von ihr aus. Das graue Haar war zu einem Knoten gefaßt, doch eine widerspenstige Stirnlocke wippte über den Brauen im Rhythmus ihres Watschelschritts. Ein verwegener Humor sprach aus ihren Augen. Ihr Mund über dem Boxerkinn schien bereit, beim geringsten Anlaß zu lächeln.
Als sie an ihrer Bushaltestelle angekommen war, stellte sie die Tasche ab und massierte sich mit der rechten Hand den Rücken, eine Bewegung, die sie in letzter Zeit oft machte, obwohl sie ihr keine Erleichterung verschaffte. Der hohe Hocker in dem Lagerhaus, wo sie jeden Vormittag als Aufsicht arbeitete, hatte keine Lehne, und sie verspürte in zunehmendem Maß diese Unzulänglichkeit. »Du Teufel!« apostrophierte sie den schuldigen Teil. Nachdem sie ihn gerieben hatte, faltete sie die schwarzen Ellbogen nach hinten, wie eine alte Stadtkrähe, die sich zum Fliegen anschickt. »Du Teufel«, wiederholte sie. Plötzlich fühlte sie, daß sie beobachtet wurde. Sie schwenkte herum und lugte zu dem massigen Mann hoch, der wie ein Turm vor ihr aufragte. Er war außer ihr der einzige Mensch an der Haltestelle, ja sogar in der ganzen Straße. Sie hatte nie mit ihm gesprochen, und doch war sein Gesicht ihr vertraut: so groß, so weichlich, so verschwitzt. Sie hatte es gestern gesehen, sie hatte es vorgestern gesehen und, soweit sie sich erinnern konnte – Herrgott, sie war schließlich kein wandelndes Tagebuch! – auch vorvorgestern. Während der letzten drei oder vier Tage war dieser schwächliche und nervöse Riese, wenn er so auf einen Bus wartete oder vor dem Lagerhaus herumlungerte, für sie zu einer Figur der Straßenszenerie geworden; mehr noch, er gehörte einem ganz bestimmten Typus an, nur hatte sie ihn bis jetzt noch nicht einordnen können. Sie dachte, er sehe *traqué* – gehetzt – aus, wie so viele Pariser heutzutage. Sie sah so viel Angst in ihren Gesich-

tern, in der Art und Weise, wie sie grußlos aneinander vorbeigingen. Vielleicht war es überall so, wie sollte sie das wissen? Mehr als einmal hatte sie *sein* Interesse an *ihr* bemerkt. Sie hatte sich sogar gefragt, ob er womöglich Polizist sei; mit dem Gedanken gespielt, ihn zu fragen. Soviel Großstadt-Chuzpe besaß sie durchaus. Seine düstere Erscheinung verwies auf Polizei, ebenso wie sein verschwitzter Anzug und der nutzlose Regenmantel, der wie ein altes Uniformstück über seinem Arm hing. Sollte sie recht haben und er *wirklich* von der Polizei sein, dann – es war weiß Gott nicht mehr zu früh – unternahmen diese Idioten endlich etwas gegen die Flut von Diebereien, die seit Monaten ihre Inventurarbeiten zur Hölle machten.

Der Fremde hatte sie schon seit geraumer Zeit angestarrt und glotzte sie weiterhin unentwegt an.

»Ich bin von Rückenschmerzen geplagt, Monsieur«, vertraute sie ihm schließlich in ihrem langsamen und klassisch ausgesprochenen Französich an. »Der Rücken ist nicht groß, aber der Schmerz steht in keinem Verhältnis dazu. Sind Sie zufällig Arzt? Orthopäde?«

Dann fragte sie sich, wie sie so an ihm hochsah, ob er nicht selber krank sei, und sie einen schlechten Scherz gemacht habe. Sein Gesicht und Nacken glitzerten ölig, und um seine willensschwachen wäßrigen Augen lag ein Zug blinder Selbstbesessenheit. Er schien über sie hinweg auf einen eigenen Kummer zu blicken. Sie wollte ihn schon danach fragen – sind Sie vielleicht verliebt, Monsieur? – betrügt Ihre Frau Sie? – und zog bereits in Erwägung, ihn zu einem Glas Mineralwasser oder einer *tisane* in ein Bistrot zu lotsen – als er sich plötzlich von ihr abwandte und hinter sich blickte, dann über ihren Kopf hinweg in die andere Richtung die Straße hinunter. Und sie hatte den Eindruck, daß er verängstigt war; nicht nur *traqué*, sondern zu Tode erschrocken. Er war also vielleicht kein Polizist, sondern ein Dieb; obgleich der Unterschied, wie sie sehr wohl wußte, oft nur minimal war.

»Sie heißen Maria Andrejewna Ostrakowa?« sagte er plötzlich in einem Ton, als ängstige ihn die Frage.

Er sprach französisch, aber sie wußte, daß er so wenig Franzose war, wie sie Französin, und die korrekte Aussprache ihres Namens mit dem Patronymikon verwies auf seine Herkunft. Sie erkannte sofort die verschliffene Redeweise und deren Ursache, die eigenartige Zungenbewegung, und sie identifizierte zu spät und mit beträchtlichem inneren Schauder den Typus, den sie nicht hatte bestimmen können.

»Wenn schon – wer um alles in der Welt sind *Sie*?« fragte sie zurück und reckte das Kinn drohend vor.

Er schob sich einen Schritt näher. Der Größenunterschied wurde plötzlich beklemmend. Desgleichen das Maß, in dem die Züge des Mannes seinen unerfreulichen Charakter verrieten. Aus ihrer Froschperspektive sah die Ostrakowa seine Schwäche ebenso deutlich, wie seine Furcht. Sein schweißbedecktes Kinn hatte sich grimassierend nach vorn geschoben, die Mundwinkel waren nach unten gezogen, um Härte vorzutäuschen, aber sie wußte, daß er nur eine unheilbare Feigheit bannen wollte. Er sieht aus wie jemand, der sich zu einer Heldentat aufrafft, dachte sie. Oder zu einer Missetat. Er ist ein Mensch, der keiner spontanen Handlung fähig ist, dachte sie.

»Sie wurden in Leningrad am 8. Mai 1927 geboren?« fragte der Fremde.

Wahrscheinlich hatte sie »ja« gesagt. Sie war sich später dessen nicht ganz sicher. Sie sah, wie er sich wiederum mit der Zunge über die Lippen fuhr. Sie sah, wie sich seine blassen furchterfüllten Augen hoben und auf den näherkommenden Bus starrten. Sie sah, wie eine geradezu panikartige Unentschlossenheit von ihm Besitz ergriff, und sie hatte den Eindruck – der sich später als eine fast hellseherische Ahnung herausstellen sollte – daß er erwog, sie unter die Räder zu stoßen. Er tat es nicht, aber er stieß die nächste Frage auf Russisch hervor – im brutalen Moskauer Amtston:

»1956 erhielten Sie die Erlaubnis, die Sowjetunion zu verlassen zwecks Pflege Ihres kranken Ehemannes, des Verräters Ostrakow? Und auch zu gewissen anderen Zwecken?«

»Ostrakow war kein Verräter«, unterbrach sie ihn. »Er war Patriot.« Instinktiv hob sie die Einkaufstasche auf und umklammerte den Henkel mit ganzer Kraft.
Der Fremde redete ungerührt über diesen Einspruch hinweg, und sehr laut, um das Rattern des Busses zu übertönen. »Ostrakowa, ich bringe Ihnen Grüße von Ihrer Tochter aus Moskau, ferner von gewissen offiziellen Stellen. Ich möchte mit Ihnen über Ihre Tochter sprechen. Steigen Sie nicht ein.«
Der Bus hatte angehalten. Der Fahrer kannte sie und streckte die Hand nach ihrer Tasche aus. Der Fremde fügte mit gesenkter Stimme noch eine schreckliche Bemerkung hinzu: »Alexandra hat ernsthafte Schwierigkeiten, die des Beistands einer Mutter bedürfen.«
Der Fahrer forderte sie zum Einsteigen auf. Er tat es in dem ruppigen Ton, den sie beide sonst scherzhaft gebrauchten. »Los, Mütterchen! Zu heiß für die Liebe. Geben Sie mir Ihre Tasche, und ab die Post!«
Drinnen ertönte Gelächter; dann schimpfte jemand – diese Alte hält den ganzen Betrieb auf! Sie spürte die Hand des Fremden, der unbeholfen nach ihrem Arm griff, wie ein linkischer Liebhaber, der nach den Knöpfen grapscht. Sie riß sich los. Sie versuchte, dem Fahrer etwas zu sagen, brachte aber nichts heraus: Sie öffnete den Mund, schien jedoch das Sprechen verlernt zu haben. Nur mit Mühe konnte sie ein Kopfschütteln zustande bringen. Der Fahrer rief ihr noch etwas zu, dann winkte er achselzuckend. Die Schimpfkanonade verstärkte sich – alte Vettel, mittags schon besoffen, wie eine Hure! Regungslos sah die Ostrakowa zu, wie der Bus abfuhr und verschwand; sie wartete, bis ihre Sicht wieder klarer wurde und ihr Herz zu galoppieren aufhörte. Jetzt brauche *ich* ein Glas Wasser, dachte sie. Gegen die Starken kann ich mich selbst schützen. Gott bewahre mich vor den Schwachen.
Sie folgte ihm schwer hinkend in ein Lokal. In einem Zwangsarbeitslager hatte sie sich vor genau fünfundzwanzig Jahren bei einem Kohlenschlipf im Bergwerk das Bein an drei Stellen gebro-

chen. Am heutigen vierten August – das Datum war ihr nicht entfallen – war unter dem grausamen Schlag, den die Mitteilung des Fremden ihr versetzt hatte, wieder das Gefühl des Verkrüppeltseins über sie gekommen.

Das Lokal war das letzte in der Straße, wenn nicht in ganz Paris, wo es weder Neonlicht noch Jukebox gab, dafür allerdings einige Spielautomaten, die von früh bis spät rumsten und blitzten. Im übrigen herrschte das gewohnte mittägliche Stimmengewirr; es ging um hohe Politik, Pferderennen oder was sonst die Pariser beschäftigt; da war auch das übliche Trio von Prostituierten, die leise miteinander sprachen, und ein stumpfsinniger junger Kellner in einem schmutzigen Hemd, der die neuen Gäste sofort zu einem Ecktisch führte, den ein schmuddeliges Campari-Aufstellschild als reserviert kennzeichnete. Es folgte ein Augenblick lächerlicher Banalität. Der Fremde bestellte zweimal Kaffee, doch der Kellner wandte ein, daß man zu Mittag nicht den besten Tisch des Hauses reservieren lasse, nur um Kaffee zu trinken: Der *patron* muß ja schließlich seine Miete bezahlen, Monsieur. Das Ganze in einem Patois, dem der Fremde nicht zu folgen vermochte, so daß die Ostrakowa übersetzen mußte. Der Fremde errötete und bestellte, ohne die Ostrakowa zu fragen, zweimal Schinkenomelett mit *frites*, sowie zwei Bier. Dann strebte er nach »Herren«, um sich aufzumöbeln – offenbar im Vertrauen darauf, daß sie ihm inzwischen nicht ausrücken werde –, und als er zurückkam, war sein Gesicht trocken und das rötliche Haar gekämmt, doch der Mief, der jetzt in dem geschlossenen Raum von ihm ausging, erinnerte die Ostrakowa an Moskauer U-Bahnen, an Moskauer Straßenbahnen und an Moskauer Verhörräume. Auf seinem kurzen Gang von der Herrentoilette zum Tisch hatte er ihr, beredter als mit allem, was er ihr je hätte sagen können, bestätigt, was sie bereits befürchtet hatte: Er war einer von »ihnen«. Der verborgene Dünkel, die bewußte Unmenschlichkeit des Ausdrucks, die gewichtige Art, wie er jetzt die Unterarme auf dem Tisch hochwinkelte und mit gespielter Unschlüssigkeit nach einem Stück Brot im Körbchen griff, als

tauche er eine Feder ins Tintenfaß, das alles erweckte in der Ostrakowa die schlimmsten Erinnerungen an ihr Leben als »gefallene« Frau unter dem Druck einer übelwollenden Moskauer Bürokratie.
»So«, sagte er und nahm gleichzeitig ein Stück Brot. Er wählte ein knuspriges Endstück. Mit seinen Pranken hätte er es im Nu zerquetschen können, doch statt dessen zupfte er mit fetten Fingerspitzen damenhaft Flocken daraus, als sei dies die offizielle Eßart. Während er knabberte, rutschten seine Brauen in die Höhe, und seine Augen füllten sich mit Selbstmitleid, ich armer Mensch in diesem fremden Land. »Weiß man hierorts, daß Sie in Rußland ein unmoralisches Leben geführt haben?« fragte er schließlich. »Nun, vielleicht nehmen sie's in einer Stadt voller Huren damit nicht so genau.«
Die Antwort lag ihr fix und fertig auf der Zunge: *Mein Leben in Rußland war nicht unmoralisch. Unmoralisch war nur Ihr System.*
Aber sie sagte es nicht, sondern verharrte in Schweigen. Die Ostrakowa hatte sich geschworen, ihr scharfes Temperament und ihre scharfe Zunge an die Kandare zu nehmen, und sie half nun körperlich der Einhaltung dieses Gelübdes nach, indem sie unter dem Tisch ein Stück Haut an der weichen Innenseite des Handgelenks ergriff und es durch den Ärmel hindurch mit aller Gewalt zusammenkniff, so, wie sie es damals Hunderte von Malen getan hatte, als derartige Verhöre für sie an der Tagesordnung waren. – Wann haben Sie zuletzt von Ihrem Mann, dem Verräter Ostrakow, gehört? Nennen Sie alle Personen, mit denen Sie in den letzten drei Monaten zusammengekommen sind! Zu ihrer bitteren Erfahrung hatte sie auch die übrigen Lektionen des Verhörs gelernt. Ein Teil ihrer selbst spielte sie in diesem Augenblick durch, und obgleich diese Lektionen, geschichtlich gesehen, bereits der vorhergehenden Generation angehörten, schienen sie ihr so zutreffend, wie gestern, und ebenso lebenswichtig: nie der Ruppigkeit mit Ruppigkeit begegnen; sich nie provozieren lassen, nie auftrumpfen, nie witzig oder überlegen oder geistreich

sein; sich nie aus der Fassung bringen lassen aus Wut oder Verzweiflung oder durch das Aufwallen einer jähen Hoffnung, die eine bestimmte Frage erwecken könnte. Stumpfsinn mit Stumpfsinn erwidern und Routine mit Routine. Und nur tief, tief innen die beiden Geheimnisse verwahren, die alle diese Erniedrigungen erträglich machten: ihren Haß auf »sie« und die Hoffnung, eines Tages, nach endlos vielen Tropfen Wasser auf den Stein, durch Verschleiß und durch eine wunderbare Fehlschaltung des schwerfälligen Behördengetriebes, von »ihnen« die Freiheit zu erhalten, die sie ihr verweigerten.
Er hatte ein Notizbuch gezogen. In Moskau wäre es die Akte Ostrakowa gewesen, aber hier in einem Pariser Bistrot war es ein glattes, schwarzes, ledergebundenes Notizbuch, über dessen Besitz sich in Moskau sogar ein Funktionär glücklich gepriesen hätte.
Akte hin, Notizbuch her, die Vorrede war die gleiche: »Sie wurden als Maria Andrejewna Rogowa am 8. Mai 1927 in Leningrad geboren«, wiederholte er. »Am 1. September 1948 heirateten Sie, im Alter von 21 Jahren, den Verräter Ostrakow, Igor, Infanteriehauptmann in der Roten Armee, Sohn einer estnischen Mutter. 1950 desertierte besagter Ostrakow, der damals in Ost-Berlin stationiert war, mit Unterstützung reaktionärer estnischer Emigranten verräterisch in die faschistische Bundesrepublik und ließ Sie in Moskau zurück. Er ging nach Paris, nahm später die französiche Staatsbürgerschaft an und unterhielt Kontakte zu antisowjetischen Elementen. Zum Zeitpunkt seiner Fahnenflucht hatten Sie kein Kind von diesem Mann. Auch waren Sie nicht schwanger. Richtig?«
»Richtig«, sagte sie.
In Moskau hätte sie gesagt: »Richtig, Genosse Hauptmann« oder: »Richtig, Genosse Kommissar«, aber in einem lärmenden französischen Bistrot war eine derartige Förmlichkeit unangebracht. Die Hautfalte an ihrem Handgelenk war taub geworden. Sie ließ los, wartete, bis die Stelle wieder durchblutet war, und kniff von neuem zu.

»Als Ostrakows Komplizin wurden Sie zu fünf Jahren Arbeitslager verurteilt, jedoch vorzeitig aufgrund der Amnestie nach Stalins Tod im März 1953 freigelassen. Richtig?«

»Richtig.«

»Nach Ihrer Rückkehr nach Moskau haben Sie trotz der Aussichtslosigkeit eines solchen Unterfangens einen Auslandspaß beantragt, um zu ihrem Mann nach Frankreich zu reisen. Richtig?«

»Er litt an Krebs« sagte sie. »Hätte ich keinen Antrag gestellt, so wäre ich meiner Pflicht als Ehefrau nicht nachgekommen.«

Der Kellner servierte die Omelettes mit *frites* und zwei Elsässer Biere, und die Ostrakowa bat, einen *thé citron* zu bringen: Sie war durstig, machte sich aber nichts aus Bier. Als sie sich an den *garçon* wandte, versuchte sie, mit Lächeln und Blicken eine Brücke zu ihm zu schlagen, prallte aber an seiner steinernen Gleichgültigkeit ab; sie bemerkte, daß sie außer den drei Prostituierten die einzige Frau im Lokal war. Der Fremde hielt das Notizbuch schräg vor sich, wie ein Missale, schaufelte eine Gabelvoll ein, dann noch eine, während die Ostrakowa den Griff auf das Handgelenk verstärkte. Alexandras Name pulsierte in ihrem Kopf wie eine offene Wunde, und sie erwog tausenderlei *ernsthafte Schwierigkeiten*, die des *Beistands einer Mutter* bedürften.

Der Fremde fuhr essend mit ihrer Lebensgeschichte fort. Aß er zum Vergnügen, oder aß er nur, um nicht wieder aufzufallen? Sie kam zu dem Schluß, daß er ein Gewohnheitsesser sei.

»Zwischenzeitlich«, verkündete er kauend.

»Zwischenzeitlich«, flüsterte sie unwillkürlich.

»Zwischenzeitlich«, gab er mit vollem Mund von sich, »gingen Sie, ungeachtet Ihrer angeblichen Sorge um Ihren Mann, den Verräter Ostrakow, ein ehebrecherisches Verhältnis mit dem sogenannten Musikstudenten Glikman, Joseph, ein, einem Juden mit vier Vorstrafen wegen antisozialen Verhaltens, den Sie während Ihrer Haft kennengelernt hatten. Sie lebten mit diesem Juden in dessen Wohnung zusammen. Richtig oder falsch?«

»Ich war einsam.«

»Als Folge dieses Konkubinats mit Glikman haben Sie im Entbindungsheim Oktoberrevolution in Moskau eine Tochter zur Welt gebracht, Alexandra. Die Elternschaftsurkunde wurde von Glikman, Joseph, und Ostrakowa, Maria, unterzeichnet. Das Mädchen wurde auf den Namen des Juden Glikman standesamtlich eingetragen. Richtig oder falsch?«

»Richtig.«

»Die ganze Zeit über haben Sie Ihr Gesuch um einen Auslandspaß aufrechterhalten. Warum?«

»Sagte ich Ihnen schon. Mein Mann war krank. Es war meine Pflicht, das Gesuch aufrechtzuerhalten.«

Er aß wieder, so gierig, daß er seine zahlreichen schlechten Zähne zur Schau stellte. »Im Januar 1956 wurde Ihnen auf dem Gnadenweg ein Paß ausgestellt, unter der Bedingung, daß Sie Ihre Tochter Alexandra in Moskau zurückließen. Sie haben die genehmigte Aufenthaltsfrist überschritten und sind in Frankreich geblieben, ohne Rücksicht auf Ihr Kind. Richtig oder falsch?«

Die Eingangstür und die Fassade waren aus Glas. Ein großer Laster parkte davor, und im Lokal wurde es plötzlich dunkel. Der junge Kellner knallte ihren Tee hin, ohne sie anzusehen.

»Richtig«, sagte sie wieder und brachte es fertig, den Fremden anzuschauen. Sie wußte sehr wohl, was nun kommen würde, und zwang sich, ihm zu zeigen, daß sie wenigstens in dieser Hinsicht keine Zweifel und kein Bedauern hegte. »Richtig«, wiederholte sie herausfordernd.

»Als Gegenleistung für eine wohlwollende Verbescheidung Ihres Antrags durch die Behörden hatten Sie sich den Organen des Staatssicherheitsdienstes gegenüber schriftlich verpflichtet, während Ihres Pariser Aufenthalts gewisse Aufgaben durchzuführen. Erstens, Ihren Mann, den Verräter Ostrakow, zu überreden, in die Sowjetunion zurückzukehren.«

»*Versuchen*, ihn zu überreden«, sagte sie mit einem schwachen Lächeln. »Er war dieser Anregung nicht zugänglich.«

»Zweitens, Sie haben sich ebenfalls verpflichtet, Informationen

über Umtriebe und Mitglieder revanchistischer sowjetfeindlicher Emigrantengruppen zu sammeln. Sie haben zwei völlig wertlose Berichte geliefert, und dann nichts mehr. Warum?«
»Mein Mann verachtete derartige Gruppen und hatte den Kontakt mit ihnen abgebrochen.«
»Sie hätten auch ohne ihn in diesen Gruppen verkehren können. Sie haben sich schriftlich verpflichtet und die Verpflichtung nicht eingehalten. Ja oder nein?«
»Ja.«
»Und dafür lassen Sie Ihr Kind in Rußland zurück? Bei einem Juden? Um sich einem Volksfeind und Landesverräter zu widmen? Dafür vernachlässigen Sie Ihre Pflicht? Überschreiten Sie die genehmigte Frist, bleiben Sie in Frankreich?«
»Mein Mann lag im Sterben. Er brauchte mich.«
»Und das Kind Alexandra? Es brauchte Sie nicht? Ist ein sterbender Mann wichtiger als ein lebendes Kind? Ein Verräter? Ein Verschwörer gegen das Volk?«
Die Ostrakowa ließ ihr Gelenk los, griff entschlossen nach dem Tee und verfolgte das Glas mit der obenauf schwimmenden Zitronenscheibe auf dem Weg zu ihrem Mund. Über das Glas hinweg sah sie einen schmierigen Mosaikboden, und jenseits davon das geliebte, grimmig-freundliche Gesicht Glikmans, das sich über sie neigte, sie aufforderte, zu unterzeichnen, wegzugehen, alles zu schwören, was »sie« verlangten. Die Freiheit für einen ist mehr als die Sklaverei für drei, hatte er geflüstert; ein Kind von Eltern wie wir hat keine Chance in Rußland, ob du nun bleibst oder gehst; geh, und wir werden versuchen, nachzukommen; unterschreibe alles, reise ab und lebe für uns alle; wenn du mich liebst, dann geh . . .
»Damals waren die Zeiten immer noch hart«, sagte sie schließlich zu dem Fremden, als beschwöre sie Erinnerungen herauf. »Sie sind zu jung. Die Zeiten waren hart, selbst nach Stalins Tod: immer noch hart.«
»Schreibt der kriminelle Glikman weiterhin an Sie?« fragte der Fremde in überlegenem und wissendem Ton.

»Er hat nie geschrieben«, log sie. »Wie könnte er schreiben, als Dissident unter Hausarrest? Die Entscheidung, in Frankreich zu bleiben, habe ich allein getroffen.«
Schwärz dich an, dachte sie; tu alles, um die zu schonen, die in »ihrer« Gewalt sind.
»Ich habe von Glikman nichts gehört, seit ich vor mehr als zwanzig Jahren nach Frankreich kam«, fügte sie, wieder Mut fassend, hinzu. »Auf indirektem Weg habe ich erfahren, daß er über mein antisowjetisches Verhalten erzürnt war. Er wollte nichts mehr mit mir zu tun haben. Im Grunde wollte er schon damals, als ich ihn verließ, wieder einschwenken.«
»Hat er nie wegen Ihres gemeinsamen Kindes geschrieben?«
»Er hat weder geschrieben, noch Botschaften übermitteln lassen. Wie schon gesagt.«
»Wo ist Ihre Tochter jetzt?«
»Weiß ich nicht.«
»Haben Sie keine Nachricht von ihr bekommen?«
»Natürlich nicht. Ich habe nur gehört, sie sei in ein staatliches Waisenhaus gekommen und habe einen anderen Namen erhalten. Vermutlich weiß sie nichts von meiner Existenz.«
Der Fremde aß wieder mit einer Hand, während er in der anderen das Notizbuch hielt. Er schaufelte ein, mampfte ein bißchen und spülte dann das Essen mit dem Bier hinunter, ohne sein überlegenes Lächeln zu verlieren.
»Und jetzt ist auch der kriminelle Glikman tot«, gab der Fremde schließlich sein kleines Geheimnis preis. Wobei er weiteraß. Plötzlich wünschte sich die Ostrakowa, die zwanzig Jahre möchten zweihundert sein. Sie wünschte sich, Glikmans Gesicht hätte nie auf sie herabgesehen, sie hätte ihn nie geliebt, nie für ihn gesorgt, nie Tag um Tag für ihn gekocht oder sich mit ihm betrunken, in seinem Einzimmer-Exil, wo sie von der Mildtätigkeit ihrer Freunde lebten, ohne das Recht auf Arbeit, ohne das Recht auf irgendetwas außer Musik hören und einander lieben, sich betrinken, in den Wäldern umherschweifen und sich von den Nachbarn die kalte Schulter zeigen lassen.

»Wenn sie mich das nächste Mal einsperren – oder dich –, dann werden sie uns das Kind ohnehin wegnehmen. Alexandra ist für uns so und so verloren«, hatte Glikman gesagt. »Aber du kannst dich retten.«

»Ich werde mich entschließen, wenn ich dort bin«, hatte sie geantwortet.

»Entschließe dich jetzt.«

»Wenn ich dort bin.«

Der Fremde schob den leeren Teller beiseite und nahm das elegante französische Notizbuch wieder in beide Hände. Er blätterte um, als schlage er ein neues Kapitel auf.

»Was nun Ihre kriminelle Tochter Alexandra betrifft«, verkündete er mit noch immer vollem Mund.

»*Kriminell*?« flüsterte sie.

Zu ihrem Erstaunen rezitierte der Fremde eine neue Liste von Verbrechen. Die Ostrakowa glitt dabei endgültig aus der Gegenwart. Ihre Blicke lagen auf dem Mosaikboden, und sie bemerkte die Langustinenschalen und die Brotkrümel. Doch ihr Geist war wieder in dem Moskauer Gerichtssaal, wo ihr eigener Prozeß aufs neue ablief. Wenn nicht der ihre, dann der von Glikman – nein, auch der nicht. Wessen Prozeß also? Sie erinnerte sich an Prozesse, denen sie als unerwünschte Zuschauer beigewohnt hatten. Prozesse von Freunden, wenn auch nur von Zufallsfreunden: zum Beispiel Leuten, die das absolute Verfügungsrecht der Behörden infrage gestellt hatten; oder irgendeinen nicht genehmigten Gott verehrten; oder kriminell abstrakte Bilder malten; oder politisch gefährliche Liebesgedichte schrieben. Die plaudernden Gäste im Bistrot wurden zur gröhlenden *claque* der Sicherheitspolizei; das Knallen an den Spielautomaten zum Zuknallen von Eisentüren. Am soundsovielten wegen Ausbruchs aus dem staatlichen Waisenhaus an der Dingsstraße soundsoviele Monate Besserungsverwahrung. Am soundsovielten wegen Beleidigung von Organen des Staatssicherheitsdienstes soundsoviele Monate, verlängert wegen schlechter Führung; gefolgt von soundsovielen Jahren interner Verbannung. Die

Ostrakowa spürte, wie sich ihr der Magen umdrehte, und sie glaubte, ihr werde übel. Sie legte die Hände um das Teeglas und sah die roten Kneifmale an den Gelenken. Der Fremde fuhr in seiner Aufzählung fort, und sie hörte, daß man ihrer Tochter zwei weitere Jahre verpaßt hatte, wegen Arbeitsverweigerung in der Soundso-Fabrik. Gott helfe ihr, was war ihr eingefallen? Woher hatte sie das? fragte die Ostrakowa sich ungläubig. Wie hatte Glikman es angestellt, dem Kind in der kurzen Zeit, ehe es ihm weggenommen wurde, seinen Stempel aufzudrücken und alle Bemühungen des Systems zunichte zu machen? Angst, Jubel, Verwunderung wirbelten in ihrem Geist wild durcheinander, bis eine Bemerkung des Fremden alles zum Stillstand brachte.

»Ich habe nicht gehört«, flüsterte sie nach einer Ewigkeit. »Ich bin ein bißchen durcheinander. Würden Sie freundlicherweise wiederholen, was Sie eben gesagt haben?«

Er sagte es nochmals, und sie starrte ihn an, versuchte, sich an alle Tricks zu erinnern, vor denen man sie gewarnt hatte, aber es waren zu viele, und ihr war alle Gerissenheit abhanden gekommen. Sie besaß nicht mehr Glikmans Gabe – falls sie sie jemals besessen hatte –, »ihre« Lügen zu entziffern und »ihnen« immer um ein paar Züge voraus zu sein. Sie wußte nur, daß sie, um sich zu retten und um wieder mit ihrem geliebten Ostrakow vereint zu sein, eine große Sünde begangen hatte, die größte, die eine Mutter begehen kann. Der Fremde hatte angefangen, ihr zu drohen, aber die Drohung schien ausnahmsweise belanglos. Bei Verweigerung der Zusammenarbeit – sagte er gerade – würde eine Kopie der von ihr unterschriebenen Verpflichtungserklärung gegenüber den Sowjetbehörden ihren Weg zur französischen Polizei finden. Kopien ihrer zwei wertlosen Berichte (verfaßt, wie er sehr wohl wußte, einzig zu dem Zweck, die Behörden zu beschwichtigen) würden unter den noch vorhandenen Pariser Emigranten – deren Häuflein weiß Gott heutzutage kaum noch zählte! – in Umlauf gebracht werden. Wieso eigentlich sollte sie sich einem *Druck* beugen müssen, um ein Geschenk

von so unschätzbarem Wert anzunehmen – da doch aufgrund irgendeines unerklärlichen Gnadenakts dieser Mann, dieses System ihr die Chance boten, sich und ihr Kind freizukaufen? Sie wußte, daß ihre täglichen und nächtlichen Gebete um Vergebung erhört worden waren, die Tausende von Kerzen, die Tausende von Tränen. Sie ließ es ihn ein drittes Mal sagen. Sie ließ ihn das Notizbuch von seinem Gesicht wegnehmen und sah, daß sich sein weichlicher Mund zu einem halben Lächeln verzogen hatte und er sie idiotischerweise um Verzeihung zu bitten schien, noch während er diese aberwitzige gottgesandte Frage wiederholte:
»Angenommen, es wurde beschlossen, die Sowjetunion von diesem zersetzenden und asozialen Element zu befreien, was hielten Sie davon, wenn Ihre Tochter Alexandra Ihnen hierher nach Frankreich folgen würde?«

In den Wochen nach dieser Begegnung und bei all den Schritten, die sich daraus ergaben – verstohlene Besuche in der sowjetischen Botschaft, Ausfüllen von Formularen, Unterzeichnen von Eidesstattlichen Erklärungen, Einholen eines *certificat d'hébergement*, mühevolles Durchwandern immer neuer französischer Ministerien –, verfolgte die Ostrakowa ihre eigenen Unternehmungen, als handle es sich um jemand anderen. Sie betete oft, doch ging sie dabei wie zu einer Verschwörung ans Werk, verteilte die Gebete auf mehrere russisch-orthodoxe Kirchen, so daß man sie in keiner von ihnen bei einem ungebührlichen Pietätsaufwand beobachten konnte. Einige dieser Kirchen waren weiter nichts als kleine Privathäuser im 15. und 16. Arrondissement, mit Patriarchenkreuzen aus Sperrholz und mit alten, regengetränkten russischen Anschlägen an den Türen, auf denen billige Unterkunft gegen Klavierunterricht gesucht wurde. Sie ging in die Kirche der Auslandsrussen, in die Kirche zur Erscheinung der Heiligen Jungfrau, in die Kirche des Heiligen Seraphim von Sarow. Sie ging überall hin. Sie klingelte, bis jemand kam, ein Küster oder eine schmalgesichtige Frau in Schwarz; sie gab ihnen Geld und durfte sich dafür in der feuchten Kälte vor kerzenbeleuchtete Ikonen knien, den schweren Weihrauch einatmen, bis sie halb trunken war. Sie tat Gelübde an den Allmächtigen, sie dankte Ihm, bat Ihn um Rat, hätte Ihn um ein Haar gefragt, was Er wohl getan hätte, wenn ein Fremder unter ähnlichen Umständen an Ihn herangetreten wäre, erinnerte Ihn daran, daß so oder so Druck auf sie ausgeübt werde und sie verloren sei, wenn sie nicht gehorche. Zugleich aber meldete sich ihr unverwüstlicher Hausverstand, und sie fragte sich immer wieder, *warum* gerade sie, die Frau des Verräters Ostrakow, die Geliebte des Dissidenten Glikman, die Mutter einer – so wenigstens gab man ihr zu verstehen – turbulenten und asozialen Tochter, so untypischer Nachsicht teilhaftig werden sollte.

In der sowjetischen Botschaft wurde sie, als sie ihren ersten formellen Antrag stellte, so rücksichtsvoll behandelt, wie sie es sich nie hätte träumen lassen, mit einer Milde, die weder einer Überläuferin und abtrünnigen Spionin, noch der Mutter eines ungebärdigen Teufelsbratens zukam. Sie wurde nicht rauh in ein Wartezimmer verwiesen, sondern in ein Büro gebeten, wo ein junger und zuvorkommender Beamter sie mit westlicher Höflichkeit bedachte und ihr sogar, wenn Feder oder Mut sie im Stich ließen, bei der ordentlichen Formulierung ihres Falles behilflich war.

Und sie sprach mit niemanden darüber, nicht einmal mit ihren nächsten Verwandten – der nächste war ohnehin nicht besonders nah. Die Warnung des Rothaarigen klang ihr Tag und Nacht in den Ohren: Die geringste Indiskretion, und Ihre Tochter kommt nicht frei.

Und an wen, außer an Gott, konnte sie sich schließlich wenden? An ihre Halbschwester Valentina, die in Lyon lebte und mit einem Autohändler verheiratet war? Allein beim Gedanken, daß die Ostrakowa mit einem Beamten des Moskauer Geheimdienstes zusammengekommen war, würde Valentina nach ihren Riechsalzen greifen müssen. In einem *bistrot*, Maria? Am *hellichten Tag*, Maria? Ja, Valentina. Und was er gesagt hat, ist wahr. Ich habe eine uneheliche Tochter von einem Juden.

Am meisten setzte ihr die Ereignislosigkeit zu. Wochen vergingen; in der Botschaft hieß es, ihr Antrag werde in »wohlwollende Erwägung« gezogen; die französischen Behörden hätten versichert, daß Alexandra sich rasch um die französische Staatsbürgerschaft werde bewerben können. Der rothaarige Fremde hatte die Ostrakowa überredet, Alexandras Geburt rückzudatieren, so daß das Kind als eine Ostrakowa und nicht als eine Glikman gelten könne; er sagte, die französischen Behörden würden dies akzeptabler finden; und das traf anscheinend zu, obwohl sie damals bei ihren eigenen Einbürgerungsgesprächen nie die Existenz einer Tochter erwähnt hatte. Nun waren plötzlich keine Formulare mehr auszufüllen und keine Hürden mehr zu nehmen, und die Ostrakowa wartete, ohne zu wissen, worauf. Auf das Wiederauftauchen des rothaarigen Fremden? Es gab ihn nicht mehr. Im Konsum eines Schinkenomeletts mit *frites*, einiger Biere und zweier Stücke knusprigen Brots hatten sich seine existentiellen Bedürfnisse offenbar erschöpft. Sie konnte sich nicht vorstellen, in welcher Beziehung er zur Botschaft stand. Er hatte gesagt, sie solle sich dort einfinden, sie sei bereits angemeldet, was gestimmt hatte. Aber wenn sie auf »Ihren Mitarbeiter« anspielte oder deutlicher auf »Ihren großen blonden Mitarbeiter, der mich an Sie verwiesen hat«, begegnete sie nur lächelndem Unverständnis.

So hörte allmählich das, worauf sie wartete, zu existieren auf. Zuerst war es vor ihr gewesen, jetzt lag es hinter ihr, und sie hatte nicht gespürt, wann es vorbeiging, den Augenblick der Erfüllung. War Alexandra schon in Frankreich angekommen? Die Ostrakowa hielt dies langsam für möglich. Mit einem für sie neuen und untröstlichen Gefühl der Enttäuschung musterte sie die Gesichter der jungen Mädchen auf der Straße und fragte sich, wie Alexandra wohl aussehen möge. Wenn sie nach Hause kam, fiel ihr Blick automatisch auf den Dielenteppich, in der Hoffnung, eine handgeschriebene Nachricht oder einen *pneumatique* vorzufinden: »Mama, ich bin da. Ich wohne im Soundso-Hotel . . .« Ein Telegramm mit der Flugnummer: Eintreffe Orly morgen, heute abend; oder war es nicht Orly, sondern Roissy-Charles de Gaulle? Sie kannte sich in Fluglinien nicht aus, ging also in ein Reisebüro, nur um zu fragen. Beides war möglich. Sie erwog sogar, sich die Kosten für einen Telefonanschluß vom Herzen zu reißen, nur damit Alexandra sie anrufen könne. Aber was um alles in der Welt erwartete sie sich eigentlich nach all den Jahren? Tränenreiche Wiedervereinigung mit einem Kind, mit dem sie nie vereint gewesen war? Nostalgisches Wiederknüpfen eines Familienbandes, das sie vor mehr als zwanzig Jahren bewußt durchschnitten hatte? Ich habe kein Recht auf das Mädchen, verwies sie sich streng; ich habe nur Schulden und Pflichten. Sie fragte in der Botschaft nach, aber dort wußte man auch nicht mehr. Die Formalitäten seien erfüllt, hieß es. Mehr wüßten sie nicht. Und wenn sie, Ostrakowa, nun ihrer Tochter Geld schicken wollte? fragte sie listig – für den Flug zum Beispiel oder das Visum? – könne man ihr vielleicht eine Adresse geben, eine Stelle benennen, über die Alexandra zu erreichen sei? Wir sind kein Postamt, lautete der Bescheid. Die plötzliche Frostigkeit erschreckte die Ostrakowa, sie ging nicht mehr hin. Darauf machte sie sich wieder Gedanken um die paar verwischten Fotos, die alle gleich waren, und die man ihr zum Anheften an die Formulare gegeben hatte. Diese Fotos waren alles, was sie je zu Gesicht gekriegt hatte. Sie wünschte, sie hätte Kopien davon machen lassen, doch das war ihr gar nicht in den Sinn gekommen. Törichterweise hatte sie angenommen, sie werde bald das Original kennenlernen. Sie hatte die Fotos nicht länger als eine Stunde in Händen gehabt! Sie war damit straks von der Botschaft zum Ministerium geeilt, und als sie von dort wegging, hatten die Fotos bereits ihren bürokratischen Dienstweg angetreten. Aber sie hatte die Bilder genau betrachtet! Mein Gott, und wie genau, jedes einzelne, obwohl sie wirklich alle gleich waren! In der Metro, in den Vorzimmern des Ministeriums, sogar unterwegs auf der Straße hatte sie auf dieses leblose Konterfei ihres

Kindes gestarrt und mit aller Macht versucht, in den ausdruckslosen grauen Schatten irgendeinen Hinweis auf den geliebten Mann zu finden. Vergeblich. Bis jetzt hatte sie sich, wenn sie überhaupt daran zu denken wagte, vorgestellt, die Heranwachsende trüge Glikmans Züge, so klar, wie das neugeborene Kind sie getragen hatte. Es war doch ganz und gar unmöglich, daß ein so kraftvoller Mann wie Glikman in Alexandra nicht für immer weiterleben sollte. Doch die Ostrakowa sah nichts von Glikman auf diesem Foto. Er hatte sein Judentum wie eine Fahne getragen. Es war ein Teil seiner einsamen Revolution gewesen. Er war nicht orthodox, nicht einmal gläubig, und er mißbilligte ihre heimliche Frömmigkeit fast so sehr, wie er die Sowjetbürokratie verabscheute – und doch hatte er sie um ihre Brennschere gebeten und sich Schläfenlöckchen fabriziert, wie die Chassidim sie tragen, nur um dem Antisemitismus der Behörden eine Zielscheibe zu bieten, wie er sich ausdrückte. Doch in dem Gesicht auf dem Foto erkannte sie nicht einen Tropfen seines Blutes wieder, nicht den geringsten Funken seines Feuers – obwohl dieses Feuer, nach Aussage des Fremden, gewaltig in dem Mädchen loderte.

»Wenn sie eine Leiche fotografiert hätten, um zu diesem Bild zu kommen«, dachte die Ostrakowa laut in ihrer Wohnung, »dann würde mich das nicht wundern.« Und mit dieser unverblümten Feststellung gab sie ihrem wachsenden inneren Zweifel zum erstenmal äußeren Ausdruck.

Wenn sie im Lagerhaus schuftete, wenn sie an langen Abenden allein in ihrer winzigen Wohnung saß, zermarterte die Ostrakowa sich das Hirn darüber, wem sie sich anvertrauen könnte; einem Menschen, der weder verteufeln noch verhimmeln würde; der um die Ecken des Weges sehen könnte, den sie entlangging; und vor allem einem, der nicht sprechen und ihr damit – wie man ihr versichert hatte – alle Chancen verderben würde, Alexandra wiederzusehen. Plötzlich, eines Nachts, gab ihr entweder Gott oder ihr fieberhaft arbeitendes Gehirn die Antwort ein: der General! dachte sie, setzte sich im Bett auf und knipste das Licht an.

Ostrakow selbst hatte ihr von ihm erzählt! Diese Emigrantengruppen sind eine Katastrophe, hatte er immer gesagt, und man muß sie meiden, wie die Pest. Der einzige, dem man trauen kann, ist Wladimir, der General; er ist ein alter Teufel und ein Weiberheld, aber er ist ein ganzer Mann, er hat Beziehungen, und er kann den Mund halten.

Aber Ostrakow hatte dies vor etlichen zwanzig Jahren gesagt, und selbst alte Generale sind nicht unsterblich. Und außerdem – Wladimir, wer? Sie kannte nicht einmal seinen Familiennamen. Sogar den Vornamen Wladimir – so Ostrakow – hatte er sich seinerzeit für den Militärdienst zugelegt; denn sein echter Name war estnisch und untauglich zur Verwendung in der Roten Armee. Trotzdem machte sie sich am nächsten Tag zu dem Buchladen an der Sankt Alexander Newsky-Kathedrale auf, wo man oft Informationen über die dahinschwindende russische Kolonie erhalten konnte, und stellte ihre ersten Nachforschungen an. Sie erfuhr einen Namen und sogar eine Telefonnummer, aber keine Adresse. Das Telefon war abgeschaltet. Sie ging zur Post und redete so lange auf die Beamten ein, bis sie ein Telefonbuch von 1956 hervorzauberten, in dem die »Bewegung für die baltische Freiheit« eingetragen war, dahinter eine Adresse in Montparnasse. Die Ostrakowa war nicht auf den Kopf gefallen. Sie schlug im Straßenverzeichnis nach und fand unter der Adresse vier weitere Organisationen: die Riga-Gruppe, die Vereinigung der Opfer des Sowjet-Imperialismus, das Achtundvierziger-Komitee für ein freies Lettland und das Reval-Komitee für Freiheit. Obwohl sie sich lebhaft an Ostrakows bissige Bemerkungen über derartige Vereine erinnerte – seinen Beitrag hatte er aber trotz allem immer brav bezahlt –, ging sie zur angegebenen Adresse und klingelte. Das Haus war wie eine ihrer kleinen Kirchen: bizarr und scheinbar unbewohnt. Schließlich öffnete ein alter Weißrusse die Tür. Er trug eine schief zugeknöpfte Strickjacke, lehnte auf einem Spazierstock und sah sie von oben herab an.

Alle fort, sagte er und deutete mit dem Stock die kopfsteingepflasterte Straße entlang. Ausgezogen. Weg. Verdrängt von größe-

ren Organisationen, fügte er hinzu und lachte. Zu wenig Leute, zu viele Gruppen, und sie zankten sich wie Kinder. Kein Wunder, daß der Zar besiegt worden ist! Der alte Weißrusse hatte ein Gebiss, das nicht paßte, und das spärliche Haar war über den ganzen Schädel gezogen, um die Glatze zu verbergen.
Aber der General? fragte sie. Wo der General sei? Lebte er noch, oder war er –?
Der alte Russe feixte und fragte, ob es geschäftlich sei.
Privat, sagte die Ostrakowa geistesgegenwärtig, eingedenk des Rufs, den der General als Schwerenöter genossen hatte, und sie brachte sogar ein verschämtes Lächeln zustande. Der alte Russe lachte, daß seine Zähne klapperten. Er lachte nochmals und sagte: »Oh, der General!« Dann verschwand er und kam mit einer Londoner Adresse zurück, in Lila auf eine Karte gedruckt, die er ihr gab. Der General wird sich nie ändern, sagte er; noch im Himmel wird er hinter den Engeln her sein und versuchen, sie zu vernaschen, keine Frage. Und in dieser Nacht saß die Ostrakowa, während in der ganzen Nachbarschaft alles schlief, am Schreibtisch ihres toten Mannes und schrieb an den General mit dem Freimut, den wir gemeinhin Fremden vorbehalten, und nicht in Russisch, sondern in Französisch, um so größere Distanz zu sich selbst zu wahren. Sie erzählte ihm von ihrer Liebe zu Glikman und schöpfte Trost aus dem Wissen, daß der General die Frauen nicht weniger liebte, als Glikman dies getan hatte. Sie gab unumwunden zu, daß sie als Spionin nach Frankreich gekommen war, und sie erklärte, wie sie die beiden nichtssagenden Berichte zusammengeschustert hatte, die der schmutzige Preis für ihre Freiheit gewesen waren. Sie habe es *à contre cœur* getan, sagte sie, Phantasie und Phantasterei, sagte sie, ein Nichts. Aber die Berichte existierten, ebenso wie ihre schriftliche Verpflichtung, und sie zogen ihrer Freiheit enge Grenzen. Dann sprach sie ihm von ihrer Seele und von den Gebeten zu Gott in all den russischen Kirchen. Seit der rothaarige Fremde sie angesprochen habe, sei ihre Existenz unwirklich geworden; sie habe das Gefühl, man verweigere ihr eine natürliche Erklärung ihres Lebens,

und wenn es eine schmerzliche Erklärung wäre. Sie hielt mit nichts vor ihm zurück, denn ihre Schuldgefühle, so sie welche empfand, hatten nichts mit ihren Bemühungen, Alexandra in den Westen zu bringen, zu tun, sondern vielmehr mit ihrem Entschluß, in Paris zu bleiben und ihren Mann bis zu seinem Tod zu pflegen, wonach, sagte sie, die Sowjets sie ohnehin nicht mehr hätten zurückkommen lassen, da sie ja ebenfalls abtrünnig geworden war.

»Aber, General«, schrieb sie, »müßte ich heute nacht vor meinen Schöpfer persönlich treten und ihm sagen, was in den Tiefen meines Herzens verborgen ist, ich würde ihm sagen, was ich nun Ihnen sage. Ich habe meine Alexandra unter Schmerzen geboren. Tag und Nacht kämpfte sie gegen mich, und ich kämpfte zurück. Schon im Mutterleib war sie das Kind ihres Vaters. Mir blieb keine Zeit, sie lieb zu gewinnen; ich kannte sie nur als den kleinen jüdischen Streiter, den ihr Vater mir gemacht hat. Aber, General, eines weiß ich mit Sicherheit: Das Mädchen auf dem Foto ist weder Glikmans Tochter noch die meine. Man will mir ein Kuckucksei ins Nest legen, und wenn ich alte Frau mich auch nur allzugern täuschen ließe, ich durchschaue den Betrug, und mein Haß auf die Betrüger ist stärker als alles andere.«

Als sie den Brief beendet hatte, steckte sie ihn sofort in den Umschlag, damit sie ihn nicht mehr lesen und anderen Sinnes werden könne. Dann klebte sie absichtlich zu viele Briefmarken darauf, als opfere sie eine Kerze für einen geliebten Menschen.

Während der nächsten zwei Wochen nach Absendung des Schreibens ereignete sich nichts, und sie war über dieses Schweigen merkwürdig erleichtert, auf eine Art, wie dies nur Frauen möglich ist. Dem Sturm war die Ruhe gefolgt, sie hatte das Wenige getan, was sie tun konnte – hatte ihre Schwäche und ihren Verrat gestanden und ihre einzige große Sünde –, der Rest war in Gottes und des Generals Hand. Ein Streik der französischen Post erschütterte sie nicht. Sie sah darin eher ein weiteres Hindernis, das die Mächte, die ihr Schicksal gestalteten, zu überwinden hätten, wenn ihr Wille dazu stark genug war. Sie ging zufrieden zur Arbeit, und ihr Rücken hörte auf, ihr Beschwerden zu machen, was sie als Omen ansah. Sie nahm die Dinge sogar wieder philosophisch. Es ist so oder so, sagte sie sich; entweder Alexandra war im Westen und besser daran – wenn es sich tatsächlich um Alexandra handelte –, oder Alexandra war, wo sie immer gewesen war, und nicht schlechter daran. Doch allmählich meldete sich ein anderer Teil ihrer selbst, der den falschen Optimismus durchschaute. Es gab eine dritte Möglichkeit, und das war die schlimmste und ihrer Ansicht nach die bei weitem wahrscheinlichste: nämlich, daß Alexandra zu einem dunklen und vielleicht üblen Zweck eingespannt wurde; daß »sie« ihr Zwang antaten, wie »sie« ihr selber Zwang angetan hatten, die Menschlichkeit und den guten Willen mißbrauchten, die Glikman seiner Tochter mitgegeben hatte. In der vierzehnten Nacht erlitt die Ostrakowa einen heftigen Weinkrampf, mit tränenüberströmtem Gesicht wanderte sie quer durch Paris auf der Suche nach einer Kirche, irgendeiner, sofern sie nur offen war, bis sie zur Alexander Newsky Kathedrale kam. Sie war offen. Kniend betete sie lange Stunden zum heiligen Josef, der ja schließlich auch ein Vater und Beschützer war und zudem Glikmans Namenspatron, wenn Glikman sich auch über diese Verbindung mokiert hätte. Und am Tag nach dieser erschöpfenden Andachtsübung ward ihr Gebet erhört. Ein Brief kam. Er trug weder Marke noch Stempel. Sie hatte vorsichtshalber auch die Anschrift ihrer Arbeitsstätte angegeben, und der Brief erwartete sie dort, wahrscheinlich irgendwann in der Nacht durch Boten überbracht. Es war ein sehr kurzer Brief, der weder Namen noch Adresse des Absenders aufwies. Die Unterschrift fehlte. Wie ihr eigener war er in gestelztem Französisch abgefaßt, in dem kühnen, fast napoleonischen Gekleckse einer alten und diktatorischen Hand, in der sie sofort die des Generals erkannte.

Madame! – fing er an, und es klang ihr wie ein Tagesbefehl – *Ihr Brief hat den Schreiber sicher erreicht. Ein Freund unserer gemeinsamen Sache wird Sie demnächst aufsuchen. Er ist ein Ehrenmann und wird sich durch Übergabe der anderen Hälfte bei-*

liegender Ansichtskarte ausweisen. Ich ersuche Sie dringend, bis dahin mit niemandem über diese Angelegenheit zu sprechen. Der Betreffende wird zwischen acht und zehn Uhr abends zu Ihrer Wohnung kommen und dreimal klingeln. Er besitzt mein absolutes Vertrauen. Vertrauen auch Sie ihm völlig, Madame, und wir werden alles tun, um Ihnen zu helfen.

Selbst in ihrer Erleichterung amüsierte sie sich insgeheim über den melodramatischen Ton des Schreibers. Warum hatte man den Brief nicht direkt in ihre Wohnung gebracht, fragte sie sich; und warum sollte ich mich sicherer fühlen, weil er mir die Hälfte einer Londoner Ansicht gibt? Das Stück Postkarte stellte nämlich einen Teil von Picadilly Circus dar und war absichtlich brutal schräg abgerissen, nicht abgeschnitten worden. Der Raum für schriftliche Mitteilungen war leer.

Zu ihrem Erstaunen kam der Abgesandte des Generals noch am gleichen Abend.

Er klingelte dreimal, wie brieflich angekündigt, mußte aber gewußt haben, daß sie zuhause war – mußte gesehen haben, wie sie heimkam und Licht machte –, denn sie hörte nur den Deckel am Briefschlitz klappern, lauter als sonst, und als sie zur Tür ging, sah sie das abgerissene Stück Ansichtskarte am Boden liegen, an derselben Stelle, die sie so oft mit den Augen abgesucht hatte, während sie sich nach einer Botschaft von ihrer Tochter Alexandra sehnte. Sie hob es auf und lief ins Schlafzimmer zu ihrer Bibel, wo ihre eigene Hälfte bereitlag, und tatsächlich, die Teile paßten zusammen, Gott war auf ihrer Seite, der heilige Josef hatte sich für sie verwendet. (Aber trotzdem, was für ein nutzloser Unsinn, das Ganze!) Und als sie ihrem Besucher die Tür öffnete, glitt er an ihr vorbei wie ein Schatten: ein Wichtelmännchen in einem schwarzen Mantel mit Samtaufschlägen am Kragen, der ihm das Aussehen eines Operettenverschwörers verlieh. Sie haben mir einen Zwerg geschickt, um einen Riesen zu fangen, war ihr erster Gedanke. Er hatte geschwungene Brauen und ein zerfurchtes Gesicht, und über seinen spitzen Ohren standen hochgekringelte schwarze Haarbüschel, die er mit seinen kleinen

Handflächen vor dem Dielenspiegel glatt strich, als er den Hut abnahm – so munter und komisch, daß die Ostrakowa bei anderer Gelegenheit laut aufgelacht hätte über all das Leben, den Humor und die Ungeniertheit, die er ausstrahlte.

Doch nicht heute abend.

Heute abend trug er einen Ernst zur Schau, der, wie sie sofort spürte, nicht seiner Natur entsprach. Heute abend machte er ganz auf eiligen Geschäftsmann, der gerade seinem Flugzeug entstiegen war – sie hatte auch den Eindruck, er sei nur zu einer Stippvisite in der Stadt: so adrett, so leichtes Gepäck, heute abend wollte er nur zur Sache kommen.

»Haben Sie meinen Brief sicher erhalten, Madame?« Er sprach russisch, schnell, mit estnischem Akzent.

»Ich dachte, es sei der Brief des Generals gewesen«, erwiderte sie, wobei sie unwillkürlich eine gewisse Strenge in ihren Tonfall legte.

»Ich habe den Brief für ihn überbracht«, sagte er ernst. Er grub in einer Innentasche herum, und sie hatte das entsetzliche Gefühl, er werde, wie der große Russe, ein glattes schwarzes Notizbuch zücken. Statt dessen brachte er jedoch ein Foto zum Vorschein, und ein Blick darauf genügte: die bleichen verschwitzten Züge, der Ausdruck der Verachtung für alles Weibliche, nicht nur für sie, die Mischung aus Gelüst und Feigheit.

»Ja«, sagte sie. »Das ist der Fremde.«

Als sie sah, wie er aufatmete, wußte sie sogleich, daß er zu den Leuten gehörte, von denen Glikman und seine Freunde als »einer von uns« sprachen – nicht unbedingt ein Jude, aber ein ganzer Kerl. Von diesem Augenblick an nannte sie ihn im Stillen den »Magier«. In ihrer Vorstellung waren seine Taschen voll verblüffender Tricks, und in seinen fröhlichen Augen tanzten Zauberlichter.

Die halbe Nacht redete die Ostrakowa mit dem Magier, so hingegeben, wie sie es nur zu Glikmans Zeiten getan hatte. Zuerst erzählte sie alles wieder von vorne, erlebte es nochmals in allen

Einzelheiten und entdeckte zu ihrer Überraschung, wie lückenhaft ihr Brief war, den der Magier auswendig zu kennen schien. Sie erklärte ihm ihre Gefühle und ihre Tränen; ihren schrecklichen inneren Aufruhr; sie beschrieb die Tölpelhaftigkeit ihres schwitzenden Peinigers. Er war so *unfähig* – sagte sie immer wieder verwundert – als wäre es sein erstes Mal gewesen, sagte sie – keinen Schliff, kein Selbstvertrauen. Komisch, sich den Teufel als Stümper vorzustellen! Sie erzählte von dem Schinkenomlett mit *frites* und dem Bier, und er lachte; von ihrem Eindruck, daß dieser Mann gefährlich schüchtern und verklemmt sei – kein Frauenfreund. Meist stimmte der kleine Magier ihr herzlich zu, als seien er und der Rothaarige alte Bekannte. Sie vertraute dem Magier völlig, wie der General es ihr nahegelegt hatte; sie war des ewigen Argwohns müde. Sie redete, dachte sie später, so rückhaltlos wie damals mit Ostrakow in ihrer Heimatstadt, als die beiden ein junges Liebespaar gewesen waren, während der Nächte, da sie glaubten, es wäre jeweils die letzte in ihrem Leben, aneinandergeklammert, unter dem näherrückenden Kanonendonner der Belagerer; oder mit Glikman, während sie darauf warteten, daß »sie« an die Tür hämmern und ihn wieder ins Gefängnis zurückbringen würden. Sie sprach zu seinem alerten und verstehenden Blick, zu dem Lachen in ihm, zu der Toleranz, die, wie sie sofort spürte, der bessere Teil seiner unorthodoxen und vielleicht antisozialen Natur war. Und je länger sie sprach, um so mehr sagte ihr der weibliche Instinkt, daß sie in ihm eine Leidenschaft schürte – keine Liebe in diesem Fall, sondern einen scharfen und präzisen Haß, der auch der kleinsten Frage, die er stellte, Durchschlagskraft und Treffsicherheit verlieh. Was und wen er genau haßte, konnte sie nicht sagen, aber sie fürchtete für jeden, sei es nun der rothaarige Fremde oder sonstwer, der das Feuer dieses kleinen Magiers auf sich gezogen hatte. Glikmans Leidenschaft, so erinnerte sie sich, war eine allgemeine, eine diffuse Leidenschaft gewesen, die sich fast zufällig auf eine Reihe von Symptomen konzentrierte, kleine oder große. Die des Magiers aber war einstrahlig, gezielt auf einen Punkt gerichtet, den sie nicht sehen konnte.

Als der Magier sie schließlich verließ – mein Gott, dachte sie, es ist ja beinah Zeit, zur Arbeit zu gehen! – hatte die Ostrakowa ihm jedenfalls alles gesagt, was sie zu sagen hatte, und der Magier hatte seinerseits in ihr Gefühle geweckt, die seit Jahren, bis zu dieser Nacht, ausschließlich der Vergangenheit angehört hatten. Während sie benommen die Teller und Flaschen wegräumte, brachte sie es, trotz der Komplexität ihrer Gefühle für Alexandra, für sich selbst und für ihre beiden toten Männer fertig, über ihre weibliche Torheit zu lachen.
»Und dabei kenne ich nicht einmal seinen Namen!« sagte sie laut und schüttelte spöttisch den Kopf. »Wie kann ich Sie erreichen?« hatte sie gefragt. »Wie kann ich Sie benachrichtigen, wenn er wieder auftaucht?«
Gar nicht, hatte der Magier geantwortet. Aber sollte die Sache sich zuspitzen, dann könne sie wieder an den General schreiben, unter seinem englischen Namen und einer anderen Adresse. »Mr. Miller«, sagte er ernst, mit Betonung auf der zweiten Silbe, und gab ihr eine Karte, auf der eine Londoner Adresse in Großbuchstaben von Hand gedruckt war. »Aber seien Sie diskret«, mahnte er. »Sie müssen sich indirekt ausdrücken.«
An diesem ganzen Tag und noch viele weitere Tage hindurch bewahrte die Ostrakowa zuvorderst in ihrem Gedächtnis das letzte, schwindende Bild des Magiers, wie er von ihr fort und das schlecht beleuchtete Treppenhaus hinabglitt. Seinen letzten flammenden Blick, voll angespannter Entschlossenheit und Erregung: »Mein Wort, ich pauke Sie heraus. Und Dank, daß Sie mich zu den Waffen riefen.« Seine kleine weiße Hand, die auf dem breiten Treppengeländer hinunterflatterte, Runde um Runde, in einer sich verengenden Spirale von Abschiedsgrüßen, wie ein Taschentuch aus einem Eisenbahnfenster winkt, bis es in der Dunkelheit des Tunnels verschwindet.

2

Das zweite der beiden Ereignisse, die George Smiley aus seinem Ruhestand holten, fand ein paar Wochen später im Frühherbst desselben Jahres statt: nicht in Paris, sondern in Hamburg, einstmals Freie und Hansestadt, jetzt fast erdrückt unter der Last seines Wohlstands; und doch verglüht der Sommer nirgends so glanzvoll, wie an den gold-orangenen Ufern der Alster, die bis jetzt noch niemand trockengelegt oder zubetoniert hat. George Smiley bekam natürlich nichts von dieser melancholischen Herbstpracht zu sehen. Er schuftete an dem fraglichen Tag selbstvergessen und mit all der Überzeugung, die er aufbringen konnte, an seinem gewohnten Tisch in der London Library am St. James's Square vor sich hin, und alles, was er durch das Schiebefenster des Lesesaals sehen konnte, waren zwei spindlige Bäume. Die einzige Beziehung zu Hamburg, die er hätte anführen können – wäre ihm später eingefallen, einen Zusammenhang herzustellen, was jedoch nicht der Fall war –, lag auf dem parnassischen Feld deutscher Barocklyrik, denn er schrieb damals an einer Monographie über den Barden Opitz, redlich bemüht, zwischen echter Leidenschaft und öder literarischer Konvention der Zeit zu unterscheiden.

In Hamburg war es kurz nach elf Uhr morgens, und der Fußweg, der zum Landungssteg führte, war mit Sonnenlicht und abgefallenem Laub gesprenkelt. Über dem platten Wasser der Außenalster lag ein glühender Dunst, durch den die Turmhelme am Ostufer wie grüne Flecke auf den nassen Horizont hingetupft schienen. Rote Eichhörnchen schusselten am Strand entlang und sammelten Vorräte für den Winter. Der schlaksige und leicht anarchistisch wirkende junge Mann auf dem Steg, der einen Trainingsanzug und Laufschuhe trug und dessen hohlwangiges

Gesicht zwei Tage alte Bartstoppeln aufwies, hatte indessen weder Augen noch Interesse für sie. Sein rotgeränderter Blick war starr auf das ankommende Schiff geheftet. Unter den linken Arm hatte er eine Hamburger Zeitung geklemmt, und ein so geschultes Auge wie das von George Smiley hätte sofort bemerkt, daß es die Ausgabe von gestern war, nicht die von heute. In der rechten Hand hielt er krampfhaft einen Strohkorb, der besser zur stämmigen Madame Ostrakowa gepaßt hätte, als zu diesem elastischen und schmuddeligen Sportler, der aussah, als wolle er jeden Moment ins Wasser springen. Aus dem Korb lugten Orangen, auf denen ein gelber Kodak-Umschlag mit englischem Aufdruck lag. Außer dem jungen Mann war niemand auf dem Landungssteg, und der Dunst über dem Wasser verstärkte sein Gefühl der Einsamkeit. Seine einzigen Gefährten waren der Fahrplan der Alsterschiffahrt und ein uralter Anschlag, der den Krieg überstanden haben mußte und Hinweise zur Wiederbelebung von Halbertrunkenen gab; alle Gedanken des Wartenden konzentrierten sich auf die Instruktionen des Generals, die er sich immer wieder vorsagte, wie ein Gebet.

Das Schiff legte an, und der junge Mann hopste an Bord wie ein Kind in einem Tanzspiel – ein Wirbel von Schritten, dann bewegungslos, bis die Musik wieder einsetzt. Achtundvierzig Stunden lang hatte er Tag und Nacht an nichts anderes zu denken gehabt, als an diesen Augenblick: jetzt. Hinter dem Steuer seines Lasters hatte er wachsam auf die Straße gestarrt und sich zwischen kurzen Blicken auf die Photos von Frau und Töchterchen hinter dem Rückspiegel die vielen Dinge vorgestellt, die katastrophal schiefgehen konnten. Er wußte, daß er eine Begabung für Katastrophen hatte. Während der seltenen Kaffeepausen hatte er die Orangen ein Dutzendmal aus- und wieder eingepackt, den gelben Umschlag längs daraufgelegt, quer – nein, dieser Winkel ist besser, günstiger, man kann dann leichter herankommen. Am Stadtrand hatte er sich Münzen besorgt, um das Fahrgeld abgezählt bereit zu haben – wenn der Schaffner ihn nun aufhielte, in ein müssiges Gespräch verwickelte? Die Zeit war so knapp bemessen für das, was er tun mußte! Er hatte sich überlegt, daß er nicht deutsch sprechen würde. Er würde irgendetwas brabbeln, lächeln, wortkarg sein, abbittende Gesten vollführen, aber stumm bleiben. Oder er würde einige seiner estnischen Wörter von sich geben – einen Bibelvers, der ihm noch von seiner protestantischen Kindheit im Gedächtnis geblieben war, ehe sein Vater darauf bestand, daß er russisch lerne. Aber jetzt, wo der Augenblick so nah war, bemerkte der junge Mann, daß sein Plan einen Haken hatte. Wenn nun die Mitreisenden ihm zu Hilfe kamen? Im polyglotten Hamburg, nur wenige Kilometer vom Osten entfernt, konnten sechs x-beliebige Leute mit ebenso vielen Sprachen aufwarten! Besser den Mund halten, keine Miene verziehen.

Wenn er sich bloß rasiert hätte! Wenn er bloß weniger auffällig aussähe!

In der Hauptkabine des Schiffes sah der junge Mann niemanden an. Er hielt die Augen gesenkt; *Augenkontakt vermeiden,* hatte der General befohlen. Der Schaffner plauderte mit einer alten Dame und nahm keine Notiz von ihm. Er wartete nervös, versuchte, ruhig auszusehen. Er hatte den Eindruck von unterschiedslos mit grünen Filzhüten und grünen Mänteln angetanen Frauen und Männern, die ihn einhellig mißbilligten. Jetzt war er an der Reihe. Er hielt seine feuchte Handfläche hin. Eine Mark, ein Fünfzigpfennigstück, ein paar Zehnpfennigmünzen. Der Schaffner bediente sich wortlos. Linkisch tappte der junge Mann zwischen den Sitzen zum Heck. Der Landungssteg bewegte sich weg. Sie halten mich für einen Terroristen, dachte der junge Mann. Seine Hände waren mit Motoröl beschmiert, und er wünschte, er hätte es abgewischt. Vielleicht ist auch welches auf meinem Gesicht. *Keine Miene verziehen,* hatte der General gesagt. *Abseits halten. Nicht lächeln, nicht finster dreinschauen. Normal verhalten.* Er sah auf die Uhr, mit einer bemüht langsamen Bewegung. Er hatte schon vorher den linken Ärmelbund hochgerollt, um die Uhr freizumachen. Obwohl er nicht groß war, duckte er sich zusammen, als er plötzlich im Heckteil ankam, das im Freien lag und nur mit einem Sonnendach überdeckt war. Es war eine Sache von Sekunden. Nicht mehr von Tagen oder Kilometern; nicht mehr von Stunden. Sekunden. Der Stoppzeiger seiner Uhr rückte über die Sechs. Wenn er das nächste Mal die Sechs erreicht, dann los. Eine Brise hatte sich erhoben, doch er spürte sie kaum. Die Zeit war ein gräßliches Problem für ihn. Er wußte, wenn er aufgeregt war, verlor er jeden Zeitsinn. Er befürchtete, der Sekundenzeiger könne, eh er es merkte, eine Doppelrunde drehen und so zwei Minuten zu einer raffen. Im Heckteil waren alle Sitze frei. Er steuerte ruckweise auf die allerletzte Bank zu, wobei er den Korb mit den Orangen in beiden Händen vor seinem Magen und die Zeitung in die Achselhöhle geklemmt hielt: Ich bin's, entziffert meine Signale. Er kam sich idiotisch vor. Die Orangen waren viel zu auffällig. Warum um alles in der Welt sollte ein unrasierter junger Mann im Trainingsanzug einen Korb voll Orangen und die gestrige Zeitung herumtragen? Das ganze Schiff mußte aufmerksam geworden sein! »Herr Kapitän – dieser junge Mensch – dort drüben –, das ist ein Bombenleger. Er hat eine Bombe in seinem Korb, er will uns entführen oder das Schiff versenken!« Ein Paar stand Arm in Arm mit dem Rücken zu ihm an der Reling und starrte in den Dunst. Der Mann war winzig, kleiner als die Frau. Er trug einen schwarzen Mantel mit Samtkragen. Sie beachteten ihn nicht. *So weit nach hinten setzen, wie es irgend geht; direkt an den Mittelgang,* hatte der General gesagt. Er setzte sich und betete zu Gott, daß es beim erstenmal klappen möge und keine der Ausweichlösungen nötig sein würde. »Beckie, ich tu es für dich«, flüsterte er im stillen und dachte an seine Tochter, während er sich die Worte des Generals ins Gedächtnis zurückrief. Trotz seiner protestantischen Herkunft trug er unter dem Reißverschluß seiner Jacke ein Holzkreuz, ein Geschenk seiner Mutter. Warum hielt er es versteckt? Damit Gott nicht Zeuge seines Wortbruchs werde? Er wußte es nicht. Er wollte nur wieder fahren, nichts als fahren, bis er umfiele oder sicher zu Hause wäre. *Nirgends hinsehen,* hatte der General gesagt. Er solle nirgends

anders als gerade vor sich hinsehen: *Du bist der passive Partner. Du hast weiter nichts zu tun, als die Gelegenheit zu liefern. Keine Parole, nichts; nur den Korb mit den Orangen und den gelben Umschlag und die Zeitung unterm Arm.* Ich hätte mich nie darauf einlassen dürfen, dachte er. Ich bringe das Leben meiner Tochter Beckie in Gefahr. Stella wird mir nie verzeihen. Ich verliere meine Staatsbürgerschaft, ich riskiere Kopf und Kragen. *Tu's für unsere Sache*, hatte der General gesagt. General, ich habe keine: Es ist nicht meine Sache, es ist die Ihre, es war die meines Vaters, darum werfe ich jetzt die Orangen über Bord. Aber er tat es nicht. Er legte die Zeitung neben sich auf die Lattenbank und sah, daß sie verschwitzt war – daß die Druckerschwärze an den Stellen, wo er sie umklammert hatte, abgegangen war. Er schaute auf die Uhr. Der Sekundenzeiger wies auf die Zehn. Sie ist stehengeblieben! Fünfzehn Sekunden, seit ich das letzte Mal hingesehen habe – das ist schlicht unmöglich! Ein hektischer Blick aufs Ufer zeigte ihm, daß sie bereits in der Mitte der Alster waren. Wieder schaute er auf die Uhr und sah den Sekundenzeiger die Elf überspringen. Idiot, dachte er, beruhige dich. Er beugte sich nach rechts, tat, als läse er die Zeitung, während er das Zifferblatt seiner Uhr nicht aus den Augen ließ. Terroristen. Nichts als Terroristen, dachte er, als er zum zwanzigstenmal die Schlagzeilen sah. Kein Wunder, daß die Passagiere mich auch für so einen halten. *Großfahndung.* Er wußte, was das hieß und staunte selbst darüber, daß er noch soviel Deutsch konnte. *Tu's für unsere Sache.*
Der Korb mit den Orangen lehnte in labilem Gleichgewicht an seinen Füßen. *Wenn du aufstehst, stell den Korb auf die Bank, um deinen Platz zu belegen,* hatte der General gesagt. Wenn er aber umfällt? In seiner Phantasie sah er die Orangen übers ganze Deck kullern, sah den offenen gelben Umschlag die Fotos überallhin verstreuen, alles Aufnahmen von Beckie. Der Sekundenzeiger rückte über die Sechs. Er stand auf. *Jetzt.* Er fror in der Magengegend. Er zog die Jacke hinunter und brachte dadurch unabsichtlich das Holzkreuz seiner Mutter zum Vorschein. Er

zog den Reißverschluß hoch. *Schlendern. Nirgendwo hinsehen. Den Träumer spielen,* hatte der General gesagt. *Dein Vater hätte nicht einen Augenblick gezögert,* hatte der General gesagt. *So wenig, wie du zögern wirst.* Behutsam hievte er den Korb auf die Bank, balancierte ihn mit beiden Händen aus und kippte ihn leicht gegen die Rückenlehne, um ihm zusätzlichen Halt zu geben. Dann prüfte er die Standfestigkeit. Und jetzt das *Abendblatt*. Sollte er es mitnehmen oder liegenlassen? Vielleicht hatte sein Kontakt das Signal noch nicht gesehen? Er hob die Zeitung auf und klemmte sie unter den Arm.

Er ging in die Hauptkabine zurück. Ein zweites Paar war auf dem Weg zum Heck, wahrscheinlich, um Luft zu schnappen, älter, sehr gesetzt. Das erste Paar hatte sexy ausgesehen, selbst von hinten – der kleine Mann, das gutgewachsene Mädchen, beide richtig schmuck. Ein Blick genügte, um zu wissen, daß sie im Bett Spaß aneinander hatten. Das zweite Paar kam ihm wie ein Polizistengespann vor; der junge Mann war überzeugt, daß bei ihnen von Spaß keine Rede sein konnte. Wohin gehen meine Gedanken? fragte er sich verwirrt. Zu meiner Frau Stella, war die Antwort. Zu den langen köstlichen Umarmungen, mit denen es jetzt vielleicht für immer vorbei war. Schlendernd, wie man es ihm anbefohlen hatte, bewegte er sich durch den Gang hin zu der Absperrung, wo der Kapitän saß. Niemanden anzusehen, war leicht; die Passagiere drehten ihm den Rücken zu. Er war soweit nach vorne gegangen, wie es den Fahrgästen erlaubt war. *Geh zum Fenster des Kapitäns und bewundere die Aussicht. Bleib genau eine Minute dort.* Das Kabinendach war hier niedriger; er mußte sich bücken. Durch die große Windschutzscheibe vorbeiziehende Bäume und Gebäude. Er sah einen Ruderachter vorüberflitzen, gefolgt von einer einsamen blonden Göttin in einem Skiff. Brüste wie eine Statue, dachte er. Der größeren Beiläufigkeit wegen stützte er einen Laufschuh auf die Estrade des Kapitäns. Gebt mir ein Weib, dachte er verzweifelt, als der Augenblick der Entscheidung kam. Gebt mir meine Stella, verschlafen und voll Verlangen im Zwielicht des Morgens. Er legte sein lin-

kes Handgelenk auf die Reling, und sein Blick wich nicht von der Uhr.
»Wir putzen hier keine Schuhe«, grollte der Kapitän.
Hastig zog der Junge seinen Fuß zurück.
Jetzt weiß er, daß ich deutsch spreche, dachte er und fühlte, wie sein Gesicht vor Verlegenheit brannte. Aber sie wissen es ohnehin schon, dachte er dumpf, denn wozu sollte ich sonst eine deutsche Zeitung mit mir herumtragen?
Es war soweit. Schnell richtete er sich wieder zu seiner vollen Größe auf, drehte sich zu rasch um und machte sich auf den Rückweg zu seinem Platz. Die Ermahnung, nicht in die Gesichter zu starren, war jetzt zwecklos, denn die Gesichter starrten auf ihn, voller Mißbilligung über seinen zwei Tage alten Bart, seinen Trainingsanzug und seinen irren Blick. Seine Augen verließen ein Gesicht nur, um auf ein anderes zu treffen. Noch nie in seinem Leben, dachte er, hatte er einen derartigen Chor von Unwillen gesehen. Seine Trainingsbluse hatte sich wieder hochgeschoben und gab einen Strich schwarzen Haars frei. Stella wäscht sie zu heiß, dachte er. Er zog die Jacke wieder hinunter und trat ins Freie, und jetzt trug er sein Holzkreuz wie einen Orden. Nun geschahen zwei Dinge auf einmal. Auf der Bank neben dem Korb sah er die erwartete Kreidemarke. Sie lief knallgelb über zwei Latten und sagte ihm, daß die Übergabe erfolgreich vonstatten gegangen war. Dieser Anblick erfüllte ihn mit einem bisher nie gekannten Glücksgefühl; einer Befriedigung von solcher Vollkommenheit, wie keine Frau sie ihm verschaffen könnte.
Warum muß es so und nicht anders vor sich gehen? hatte er den General gefragt; warum so umständlich?
Weil das Objekt einzigartig auf der Welt ist, hatte der General erwidert. *Ein unersetzlicher Schatz. Sein Verlust würde eine Tragödie für die freie Welt sein.*
Und er hat *mich* zu seinem Kurier erwählt, dachte der junge Mann stolz, obgleich er in seinem Innersten überzeugt war, daß der alte Mann des Guten zuviel getan habe. Gelassen hob er den

gelben Umschlag auf, steckte ihn in seine Jackentasche, zog den Reißverschluß zu und ließ die Finger darüber gleiten, um sich zu vergewissern, daß die Krampen ineinander gegriffen hatten. Genau in diesem Augenblick spürte er, daß er beobachtet wurde. Die Frau an der Reling stand noch immer mit dem Rücken zu ihm, und wieder bemerkte er, daß sie sehr hübsche Hüften und Beine hatte. Ihr kleiner Begleiter im schwarzen Mantel jedoch, der so sexy wirkte, hatte sich umgedreht, und sein Ausdruck tat alle die Hochgefühle ab, in denen der junge Mann gerade noch geschwelgt hatte. Nur ein einziges Mal hatte er ein derartiges Gesicht gesehen, damals, als sein Vater in ihrem ersten englischen Heim im Sterben lag, einem Zimmer in Ruislip, ein paar Monate nach ihrer Ankunft in England. Der junge Mann hatte nie etwas so Verzweifeltes, so tief Ernstes, so völlig Schutzloses bei irgend einem anderen Menschen gesehen. Schlimmer noch, er wußte – genau wie die Ostrakowa es gewußt hatte –, daß diese Verzweiflung im Widerspruch stand zum natürlichen Ausdruck dieser Züge, denn sie waren die eines Komödianten – oder, wie die Ostrakowa es ausgedrückt hatte, eines Magiers. So daß das leidenschaftliche Starren dieses kleinen scharfgesichtigen Fremden mit seinem wütenden Flehen – »Junge, du weißt gar nicht, was du da beförderst! Behüte es mit deinem Leben!« – einen Blick hinter die Maske gewährte.
Das Schiff hatte gestoppt. Sie waren am anderen Ufer angelangt. Der junge Mann packte den Korb, sprang an Land und tauchte, fast im Laufschritt, zwischen den geschäftigen Käufern von einer Seitenstraße in die andere, ohne zu wissen, wohin sie führten.

Auf der ganzen Rückfahrt sah der junge Mann, während das Steuerrad seine Arme schütterte und der Motor ihm seinen Takt in die Ohren hämmerte, dieses Gesicht vor sich auf der nassen Straße und fragte sich, je länger er darüber nachdachte, ob er sich das alles in der Aufregung der Übergabe nur eingebildet habe. Wahrscheinlich war die echte Kontaktperson jemand ganz anderer, überlegte er, um sich zu beruhigen. Eine dieser fetten Da-

men mit Filzhut vielleicht. Ich war übererregt, sagte er sich. Im entscheidenden Augenblick hat sich ein Unbekannter umgedreht und mich angeschaut, und ich habe ihm eine ganze Geschichte angehängt, in ihm sogar meinen sterbenden Vater gesehen.
Als er in Dover ankam, war er fast überzeugt, er habe den Mann aus seinem Denken verdrängt. Er hatte die verdammten Orangen in einen Abfallkorb geworfen; der gelbe Umschlag steckte wohlverwahrt in seiner Jackentasche, eine spitze Ecke stach ihn in die Haut, und alles übrige zählte nicht. Er hatte Theorien über seinen heimlichen Komplizen aufgestellt? Weg damit! Selbst wenn er aus reinem Zufall recht gehabt haben sollte und es wirklich dieses eingefallene starrende Gesicht gewesen war – na *und*? Um so weniger Grund, es dem General vorzuplappern, dessen Sicherheitsfimmel der junge Mann mit der unanfechtbaren Besessenheit eines Sehers gleichsetzte. Der Gedanke an Stella verfolgte ihn mit schmerzender Hartnäckigkeit. Sein Verlangen wuchs mit jeder lärmenden Meile. Es war noch früh am Morgen. Er stellte sich vor, daß er sie mit seinen Liebkosungen weckte; er sah, wie sich ihr verschlafenes Lächeln langsam in Leidenschaft wandelte.

Der Ruf erreichte Smiley in derselben Nacht. Da er in letzter Zeit den entschiedenen Eindruck gehabt hatte, ganz und gar nicht gut zu schlafen, war es merkwürdig, daß das Telefon am Bett lange läuten mußte, ehe er den Hörer abnahm. Er war von der Bibliothek direkt nach Hause gegangen und hatte dann später in einem italienischen Restaurant an der King's Road frugal zu Abend gegessen, im Schutz der *Newe Orientalische Reise* des Olearius. Nach seiner Rückkehr in die Bywater Street hatte er wieder die Arbeit an seiner Monographie aufgenommen, mit der Hingabe eines Mannes, der nichts Besseres zu tun hat. Nach ein paar Stunden hatte er eine Flasche Burgunder entkorkt und sie zur Hälfte geleert, wobei er sich ein miserables Hörspiel anhörte. Er hatte unruhig geschlafen, bis der Anruf kam. Sobald er jedoch

Lacons Stimme hörte, hatte er das Gefühl gehabt, daß man ihn aus einer warmen und liebgewordenen Geborgenheit riß, in der er für immer hätte bleiben wollen. Obwohl er sich schnell bewegte, hatte er den Eindruck, unendlich lange zum Anziehen zu brauchen; und er fragte sich, ob es so wohl allen alten Männern ergehe, wenn eine Todesnachricht eintraf.

3

»Haben Sie ihn denn persönlich gekannt, Sir?« fragte der Detective Chief Superintendent der Polizei respektvoll und in bewußt gedämpftem Ton. »Oder vielleicht sollte ich besser nicht fragen.«
Die beiden Männer waren seit einer Viertelstunde zusammen, aber dies war die erste Frage des Superintendent. Eine ganze Weile schien es, als habe Smiley sie nicht gehört, doch sein Stummbleiben wirkte nicht beleidigend, er besaß die Gabe des Schweigens. Überdies stellt sich zwischen zwei Männern, die eine Leiche betrachten, ein wortloses Einverständnis her. Es war eine Stunde vor Tagesanbruch in der Hampstead Heath, eine diesige, neblige Niemands-Stunde, weder warm noch kalt, mit einem Himmel, der vom Londoner Widerschein orange gefärbt war, und mit Bäumen, die wie Ölhäute glänzten. Smiley und der Superintendent standen Seite an Seite in einer Buchenallee, und der Superintendent war um einen Kopf größer: ein junger, vorzeitig ergrauter Koloss von einem Mann, ein bißchen bombastisch vielleicht, doch von der Milde eines Riesen, die ihn sofort sympathisch machte. Smiley hatte die Patschhände über dem Bauch gefaltet, wie ein Bürgermeister vor einem Kriegerdenkmal, und für nichts anderes Augen als für die Leiche, die zu seinen Füßen im Strahl der Stablampe des Superintendent unter einer Plastikhülle lag. Der Marsch hierher hatte ihn offentsichtlich außer Atem gebracht, er schnaubte ein bißchen, wie er so niederstarrte. Aus der Dunkelheit knisterten Polizeiempfänger in die Nachtluft. Außer der Stablampe des Superintendent waren keine Lichter zu sehen; er hatte befohlen, sie auszumachen.
»Nur jemand, mit dem ich zusammenarbeitete«, erklärte Smiley nach einer langen Pause.

»So hatte man mir zu verstehen gegeben, Sir«, sagte der Superintendent.
Er wartete hoffnungsvoll, aber es kam nichts mehr. »Nicht einmal mit ihm sprechen«, hatte der Deputy Assistant Commissioner (Crime and Ops) gesagt. »Zeigen Sie ihm nur, was er will, und ab mit ihm durch die Mitte. Schnell.« Bis jetzt hatte der Superintendent sich an die Anweisung gehalten, und zwar, wie er selber fand, mit Lichtgeschwindigkeit. Die Fotografen hatten Fotos gemacht, der Arzt hatte den Exitus festgestellt, der Pathologe hatte die Leiche *in situ* inspiziert, ehe er die Autopsie vornehmen würde – das Ganze wider alle Gepflogenheit im Eiltempo, nur um den Weg freizumachen für den anrückenden *Irregulären*, wie der Deputy Assistant Commissioner (Crime and Ops) ihn zu nennen geruhte. Der Irreguläre war eingetroffen – etwa so zeremoniell wie ein Gasableser, dachte der Superintendent, der ihn sogleich im Galopp durch die Routine schleuste. Sie hatten die Fußabdrücke angeschaut, sie hatten den Weg des alten Mannes bis hierher verfolgt. Der Superintendent hatte das Verbrechen rekonstruiert, soweit er unter den gegebenen Umständen dazu fähig war, und der Superintendent war ein fähiger Mann. Nun standen sie in der Senke, dort, wo die Allee eine Biegung machte und der rollende Nebel am dichtesten war. Im Licht der Stablampe war der Leichnam der Mittelpunkt von allem. Er lag mit dem Gesicht zur Erde, die Arme ausgebreitet, als hätte man ihn auf den Kies gekreuzigt, und die Plastikplane machte ihn noch lebloser. Es war der Körper eines alten, aber immer noch breitschultrigen Mannes, ein Körper, den Kampf und Leid gezeichnet hatten. Das weiße Haar war zur Bürste geschnitten. Eine kräftige geäderte Hand umklammerte noch immer einen klobigen Spazierstock. Er trug einen schwarzen Mantel und Gummigaloschen. Eine schwarze Baskenmütze lag neben ihm auf dem Boden, und der Kies unter seinem Kopf war schwarz von Blut. Einige Münzen lagen verstreut herum, und ein Kavalierstüchlein sowie ein kleines Federmesser, das mehr nach Souvenir als nach Werkzeug aussah. Höchstwahrscheinlich haben

sie angefangen, ihn zu durchsuchen und dann abgelassen, Sir, hatte der Superintendent gesagt. Höchstwahrscheinlich wurden sie gestört, Mr. Smiley, Sir; und Smiley dachte, wie es wohl sein mochte, wenn man den warmen Körper eines Menschen berührte, den man gerade erschossen hat.

»Könnte ich wohl einen Blick auf sein Gesicht werfen, Superintendent?« sagte Smiley.

Diesmal war es am Superintendent, mit der Antwort zu zögern. »Ah, meinen Sie wirklich, Sir?« Es klang leicht verlegen. »Es gibt bessere Mittel und Wege, ihn zu identifizieren, als *das*, wissen Sie.«

»Ja. Ja, sicher«, sagte Smiley so ernst, als hätte er diesen Punkt reiflich erwogen.

Der Superintendent rief leise zu den Bäumen hinüber, wo seine Leute zwischen ihren unbeleuchteten Fahrzeugen standen wie die nächste Generation, die auf ihr Stichwort wartet.

»Ihr da. Hall. Sergeant Pike. Kommen Sie her und drehen Sie ihn um. Beeilung.«

Schnell, hatte der Deputy Assistant Commissioner (Crime and Ops) gesagt.

Zwei Männer glitten aus dem Schatten. Der Ältere trug einen schwarzen Bart. Ihre ellbogenlangen Chirurgenhandschuhe glänzten geisterhaft grau. Sie trugen blaue Overalls und schenkelhohe Gummistiefel. Der Bärtige kauerte nieder und hob vorsichtig die Plastikplane an, während der junge Constable eine Hand an die Schulter des alten Mannes legte, als wolle er ihn aufwecken. »Sie müssen schon ein bißchen kräftiger zufassen, Junge«, mahnte der Superintendent in bedeutend schärferem Ton.

Der junge Mann zog, der bärtige Sergeant half ihm, und die Leiche drehte sich widerstrebend um, wobei ein Arm steif mitschwang, während der andere am Stock festhielt.

»Herrgott«, sagte der Constable. »Gott verdammich!« und klappte eine Hand über seinen Mund. Der Sergeant packte ihn am Ellbogen und zerrte ihn weg. Man hörte würgende Laute.

»Ich persönlich halte nichts von Politik«, vertraute der Superintendent Smiley zusammenhanglos an, wobei er beharrlich nach unten starrte. »Ich halte nichts von Politik, und ich halte auch nichts von Politikern. Verrückte mit Jagdschein, die meisten, wenn Sie mich fragen. Drum bin ich auch zur Polizei gegangen, ehrlich gesagt.« Der wallende Nebel zog im Strahl seiner Stablampe seltsame Kringel. »Sie wissen nicht zufällig, was es gewesen sein kann, oder, Sir? In den ganzen fünfzehn Jahren hab ich keine derartige Wunde gesehen.«
»Ich fürchte, Ballistik schlägt nicht in mein Fach«, antwortete Smiley nach einer weiteren Denkpause.
»Nein, hab ich eigentlich auch nicht angenommen. Genug gesehen, Sir?«
Hatte Smiley offenbar nicht.
»Die meisten Leute erwarten allen Ernstes einen Brustschuß, nicht wahr, Sir?« bemerkte der Superintendent geistreich. Er hatte gelernt, daß harmloses Geplauder bei derartigen Gelegenheiten manchmal die Atmosphäre auflockere. »Ein Kügelchen, das ein schmuckes Loch bohrt. Das erwarten die meisten. Opfer sinkt sacht in die Knie zum Klang himmlischer Chöre. Kommt wahrscheinlich vom Fernsehen. Während eine echte Kugel einem heutzutage einen Arm oder ein Bein abreißen kann, wie mir meine Freunde in Braun berichten.« Seine Stimme nahm einen sachlicheren Ton an. »Hatte er denn einen Schnurrbart, Sir? Mein Sergeant bildet sich ein, die Spur weißer Haare über der Oberlippe entdeckt zu haben.«
»Einen militärischen«, sagte Smiley nach einer langen Pause, und zeichnete mit Daumen und Zeigefinger die Form auf seiner eigenen Lippe nach, während sein Blick nicht von der Leiche des alten Mannes wich. »Ob ich wohl den Inhalt seiner Taschen prüfen könnte, Superintendent?«
»Sergeant Pike.«
»Sir!«
»Decken Sie ihn wieder zu und sagen Sie Mr. Murgotroyd, er soll im Kastenwagen den Tascheninhalt für mich bereithalten,

das heißt, das, was sie davon übrig gelassen haben. Beeilung«, fügte der Superintendent gewohnheitsmäßig hinzu.
»Sir!«
»Und hören Sie.« Der Superintendent hatte den Sergeant sanft am Oberarm genommen. »Sagen Sie diesem jungen Constable Hall, daß ich ihm nicht verbieten kann, sich zu übergeben, aber ich verbitte mir seine blasphemische Redeweise.« Denn der Superintendent war im Privatleben ein praktizierender Christ und machte kein Hehl daraus. »Hier lang, Mr. Smiley, Sir«, fügte er, wieder zu seinem freundlicheren Ton zurückfindend, hinzu.
Als sie ein Stück die Allee hinaufgingen, verlor sich allmählich das Geschnatter aus den Funkgeräten, und sie hörten statt dessen den ärgerlichen Flügelschlag von Krähen und das Grollen der Stadt. Der Superintendent schritt scharf aus, wobei er sich links von der abgesperrten Fläche hielt. Smiley zappelte hinter ihm her. Ein fensterloser Kastenwagen parkte zwischen den Bäumen, die hintere Tür war offen, und im Inneren brannte ein schwaches Licht. Sie stiegen ein und setzten sich auf harte Bänke. Mr. Murgotroyd hatte graues Haar und trug einen grauen Anzug. Er kauerte vor ihnen, mit einem Plastiksack in der Hand, der wie ein durchsichtiger Kopfkissenbezug aussah. Der Sack war oben zugeschnürt, und er löste den Knoten. Darinnen schwammen kleinere Beutel. Mr. Murgotroyd fischte sie nacheinander heraus, und der Superintendent las im Licht seiner Handlampe die Aufschriften, ehe er die Beutel an Smiley zur Begutachtung weiterreichte.
»Eine abgegriffene Lederbörse kontinentaler Machart. Zur Hälfte in der Tasche, zur Hälfte draußen, Jacke, links. Sie haben die Münzen bei der Leiche gesehen – zweiundsiebzig Pence. Das war alles an Geld, was er bei sich hatte. Hat er gewöhnlich eine Brieftasche getragen, Sir?«
»Keine Ahnung.«
»Wir vermuten, daß sie die Brieftasche kassierten, sich an die Börse machten und dann davonliefen. Ein Bund Schlüssel, Haus und sonstige, Hose, rechts . . .« Er fuhr fort, doch Smileys for-

schende Aufmerksamkeit ließ nicht nach. Manche Leute *tun* so, als hätten sie ein gutes Gedächtnis, sagte sich der Superintendent, dem Smileys Konzentrationsvermögen nicht entging, manche *haben* eins. Nach der Einschätzung des Superintendenten war ein gutes Gedächtnis die bessere Hälfte der Intelligenz, er stellte es über alle anderen geistigen Fähigkeiten; und Smiley, das wußte er, besaß eins. »Ein Benutzerausweis der Stadtbücherei von Paddington, ausgestellt auf den Namen W. Miller, eine Schachtel Swan Vesta Streichhölzer, angebrochen, Mantel links. Eine Aufenthaltsgenehmigung für Ausländer, Nummer wie angegeben, ebenfalls auf den Namen Wladimir Miller. Ein Fläschchen Tabletten, Mantel links. Wofür waren die Tabletten, Sir, irgendeine Vermutung? Marke Sustac, was immer das sein mag, zwei bis dreimal täglich einzunehmen?«

»Herz«, sagte Smiley.

»Und eine Quittung über dreizehn Pfund vom Mini-Taxi-Dienst *Schnell und Sicher*, Islington, Nord 1.«

»Kann ich sehen?« sagte Smiley, und der Superintendent hielt die Quittung so, daß er das Datum und die Unterschrift des Fahrers lesen konnte, J. Lamb in Schönschrift mit einem wilden Schnörkel darunter.

Die nächste Tüte enthielt ein Stück Tafelkreide, gelb und wunderbarerweise unzerbrochen. Das zugespitzte Ende war wie von einem einzigen Strich braun gefärbt, doch das dicke Ende war unbenutzt.

»Gelbe Kreidespur auch an linker Hand«, ließ Mr. Murgotroyd sich zum erstenmal vernehmen. Seine Gesichtshaut war grau wie Stein. Auch seine Stimme war grau und traurig wie die eines Leichenbestatters. »Wir haben uns gefragt, ob er wohl im Lehrberuf tätig war«, fügte Mr. Murgotroyd hinzu, doch Smiley ging absichtlich oder versehentlich nicht darauf ein, und der Superintendent ließ es dabei bewenden.

Und ein zweites Taschentuch, Baumwolle, diesmal von Mr. Murgotroyd vorgewiesen, teils blutig, teils sauber und sorgfältig zu einem scharfen Dreieck für die Brusttasche gebügelt.

»Wahrscheinlich auf dem Weg zu einer Party, haben wir uns überlegt«, sagte Mr. Murgotroyd, diesmal ohne jede Hoffnung.
»Crime and Ops über Funk, Sir«, rief eine Stimme aus dem Vorderteil des Wagens.
Wortlos verschwand der Superintendent in die Dunkelheit und ließ Smiley unter dem deprimierten Blick Mr. Murgotroyds zurück.
»Sind Sie irgendein Experte, Sir?« fragte Mr. Murgotroyd, nachdem er seinen Gast lange und düster gemustert hatte.
»Nein. Nein, leider nicht«, sagte Smiley.
»Innenministerium, Sir?«
»Tut mir leid, auch nicht Innenministerium«, sagte Smiley leicht kopfschüttelnd, als teile er Mr. Murgotroyds Ratlosigkeit.
»Meine Vorgesetzten machen sich ein bißchen Sorge wegen der Presse, Mr. Smiley«, sagte der Superintendent, als er den Kopf wieder in den Wagen steckte. »Scheinen schon hierher unterwegs zu sein, Sir.«
Smiley kletterte hastig hinaus. Die beiden Männer standen einander in der Allee gegenüber.
»Sie waren sehr freundlich«, sagte Smiley. »Vielen Dank.«
»Keine Ursache«, sagte der Superintendent.
»Sie erinnern sich nicht zufällig, in welcher Tasche die Kreide war, oder?« fragte Smiley.
»Mantel, links«, antwortete der Superintendent leicht überrascht.
»Und die Durchsuchung – könnten Sie mir nochmals Ihre genaue Ansicht *darüber* geben?«
»Entweder, sie hatten keine Zeit mehr, ihn umzudrehen, oder es lag ihnen nichts daran. Knieten neben ihm nieder, angelten nach der Brieftasche, wollten an seine Börse. Verstreuten dabei ein paar Dinge. Hatten dann genug.«
»Vielen Dank«, sagte Smiley wieder.
Und einen Augenblick später war er mit einer Behendigkeit, die man ihm bei seiner Korpulenz nicht zugetraut hätte, zwischen den Bäumen verschwunden. Jedoch nicht, ehe der Superinten-

dent, unter Hintanstellung der bis dahin geübten Diskretion, den Strahl seiner Handlampe voll auf Smileys Gesicht gerichtet und einen intensiven geschulten Blick auf die legendären Züge getan hatte, und sei es nur, um später einmal, als Greis, seinen Enkelkindern erzählen zu können: wie George Smiley, einst Chef des Geheimdienstes und damals im Ruhestand, eines nachts aus dem Nebel auftauchte, um einen toten Ausländer zu beäugen, der unter höchst unerfreulichen Umständen ums Leben gekommen war.

Nicht eigentlich *ein* Gesicht, überlegte der Superintendent. Nicht, wenn es so von unten mit einer Stablampe indirekt angeleuchtet wurde. Eher eine ganze Reihe von Gesichtern. Eher ein Patchwork aus verschiedenen Altern, Leuten und Mühen. Sogar, dachte der Superintendent, aus verschiedenen Glaubensbekenntnissen.

»Der Beste, den ich je gekannt habe«, hatte der alte Mendel, sein Vorgänger im Amt, dem Superintendent unlängst bei einem freundschaftlichen Glas Bier anvertraut. Mendel war jetzt pensioniert, wie Smiley. Aber Mendel wußte, wovon er sprach, und er mochte die Circus-Clowns ebensowenig wie der Superintendent – Amateurfatzken, die einem dazwischenpfuschten, und meist noch dazu krumme Hunde. Nicht so Smiley. Smiley war anders, hatte Mendel gesagt. Smiley war der Beste – ganz einfach der beste Fall-Bearbeiter, den Mendel je gekannt hatte, und der alte Mendel wußte, wovon er sprach.

Eine Abtei, entschied der Superintendent. Genau das war er, eine Abtei. Er würde das bei nächster Gelegenheit in seine Predigt einarbeiten. Eine Abtei, zusammengesetzt aus allen möglichen einander widersprechenden Altern, Stilen und Überzeugungen. Der Superintendent fand an dieser Metapher immer mehr Gefallen, je länger er bei ihr verweilte. Er würde sie, sobald er nach Hause kam, zunächst an seiner Frau ausprobieren: der Mensch als Architektur Gottes, meine Liebe, geprägt von der Hand der Zeiten, unendlich in seinem Streben und in seiner Vielfalt . . . Doch hier legte der Superintendent seiner rhetorischen

Phantasie Zügel an. Vielleicht doch nicht, dachte er. Vielleicht schießen wir ein bißchen über das Ziel hinaus, mein Freund. Da war noch etwas an diesem Gesicht, was der Superintendent nicht so leicht vergessen würde. Später sprach er mit dem alten Mendel darüber, wie über so viele andere Dinge. Die Feuchtigkeit. Er hatte sie zuerst für Tau gehalten – doch sollte es Tau sein, wieso war dann das Gesicht des Superintendent strohtrocken? Es war nicht Tau, und es war auch nicht Schmerz, wenn seine Ahnung zutraf. Es war etwas, was den Superintendent gelegentlich selber ankam, und auch die Jungens, sogar die härtesten; es übermannte sie, und der Superintendent hielt danach Ausschau wie ein Falke. Gewöhnlich bei Kinderfällen, wo einem die Widersinnigkeit durch Mark und Knochen ging – Kindesmißhandlungen, Kindesentführungen, Kindermorde. Man brach nicht zusammen noch raufte man sich das Haar oder was dergleichen Theater mehr war. Man legte nur wie von ungefähr die Hand ans Gesicht und fand es feucht und fragte sich, wofür zum Teufel Christus eigentlich gestorben sei, falls ER überhaupt jemals gestorben war.

Und wenn man in *dieser* Stimmung war, sagte sich der Superintendent leicht schaudernd, dann nahm man am besten ein paar Tage Urlaub und fuhr mit seiner Frau nach Margate, sonst sprang man, ehe man recht wußte, wie es kam, mit den Leuten ein bißchen rauher um, als einem selber bekömmlich war.

»Sergeant!« brüllte der Superintendent.

Das bärtige Gesicht tauchte vor ihm auf.

»Scheinwerfer an und alles auf Normal bringen«, befahl der Superintendent. »Und sagen Sie Inspector Hallowes, er soll gefälligst hier antanzen und sich nützlich machen. Beeilung.«

4

Sie hatten die Kette an der Tür ausgehakt, um ihn einzulassen, und Fragen gestellt, noch ehe sie ihm den Mantel abnahmen: präzis und konzentriert. Wurde bei dem Toten irgendwelches kompromittierendes Material gefunden, George? Aus dem seine Verbindung zu uns hervorgeht? Mein Gott, haben Sie lange gebraucht! Sie hatten ihm gezeigt, wo er sich die Hände waschen könne und völlig vergessen, daß er mit den Örtlichkeiten vertraut war. Sie hatten ihn in einen Ledersessel bugsiert, und dort saß Smiley nun, bescheiden und unbeachtet, während Oliver Lacon, Whitehalls Obermacher in nachrichtendienstlichen Fragen, auf dem abgetretenen Teppich hin- und hertigerte, wie ein Mann, dem sein Gewissen keine Ruhe läßt, und Lauder Strickland über das alte Standtelefon in der entfernten Ecke des Zimmers alles auf fünfzehn verschiedene Arten zu fünfzehn verschiedenen Leuten nochmals sagte – »Dann geben Sie mich zurück zur Polizeiverbindungsstelle, Weib, und zwar *sofort*« – entweder bellend oder säuselnd, je nach Rang und Einfluß. Der Superintendent lag ein Leben zurück, doch zeitlich nur zehn Minuten. Die Wohnung roch nach alten Windeln und abgestandenem Zigarettenrauch und lag im obersten Stockwerk eines im überladenen spätviktorianischen Stil erbauten Apartmenthauses, keine zweihundert Yards von Hampstead Heath. In Smileys Denken vermischten sich Visionen von Wladimirs zerschossenem Gesicht mit den bleichen Gesichtern der Lebenden, doch der Tod war kein überraschender Schlag für ihn, er bestätigte ihm nur, daß seine eigenen Tage dahinschwanden, daß er auf Abruf lebte. Er saß erwartungslos da. Er saß da, wie ein alter Mann auf einem Dorfbahnhof, der zusieht, wie die Schnellzüge durchbrausen. Aber nichtsdestoweniger zusieht. Und sich an alte Fahrten erinnert.

So geht es immer bei Krisen, dachte er; zielloses Durcheinandergerede. Ein Mann am Telefon, ein anderer tot und ein Dritter auf und ab gehend. Nervöse Müdigkeit in Zeitlupe.
Er blickte um sich, versuchte, seine Gedanken auf den Verfall außerhalb seiner Person zu konzentrieren. Vergammelte Feuerlöscher, Stiftung des Arbeitsministeriums. Braune Sofas mit kratzigem Bezug, etwas fleckiger als damals. Doch im Gegensatz zu alten Generalen sterben sichere Wohnungen nie, dachte er. Sie schwinden nicht einmal dahin.
Auf dem Tisch vor ihm warteten die dürftigen Attribute der Agenten-Gastlichkeit, bereitgestellt zur Belebung des unbelebbaren Gastes. Smiley machte Bestandsaufnahme. In einem Kübel mit geschmolzenem Eis eine Flasche Stolochnaya-Wodka, Wladimirs aktenkundige Lieblingsmarke. Salzheringe, noch in der Dose. Essiggurken, lose gekauft und schon am Austrocknen. Ein obligatorischer Laib Schwarzbrot. Wie jedem Russen, den Smiley je gekannt hatte, war es Wladimir kaum möglich gewesen, seinen Wodka ohne diese Beigabe zu trinken. Zwei Wodkagläser von Marks & Spencer, könnten sauberer sein. Ein Päckchen russischer Zigaretten, ungeöffnet: Wäre er gekommen, er hätte sie aufgeraucht, er hatte keine Zigaretten bei sich gehabt, als er starb.
Wladimir hatte keine bei sich, als er starb, wiederholte er für sich und machte sich einen Knoten ins Gedächtnis.
Ein Scheppern riß Smiley aus seinen Gedanken. Der junge Mostyn hatte in der Küche einen Teller fallen lassen. Lauder Strickland wirbelte am Telefon herum und erbat sich Ruhe. Doch die war inzwischen schon wieder eingetreten. Was machte Mostyn eigentlich? Abendessen? Frühstück? Buk er Aniskuchen für den Leichenschmaus? Und was war Mostyn? *Wer* war Mostyn? Smiley hatte seine feuchte und zitternde Hand geschüttelt und augenblicks vergessen, wie er aussah, erinnerte sich nur, daß er blutjung war und ihm doch aus irgendeinem Grund vertraut, wenn auch nur als Typus. Mostyn ist ein Stück Malheur, entschied Smiley kategorisch.

Lacon blieb mitten in seinem Herumwandern abrupt stehen. »George! Sie sehen sorgenvoll aus. Nicht doch. Wir haben alle ein reines Gewissen in dieser Sache, jeder von uns!«
»Ich sorge mich nicht, Oliver.«
»Sie sehen aus, als machten Sie sich Vorwürfe. Ich kenne Sie!«
»Wenn Agenten sterben –« sagte Smiley, ließ aber den Satz in der Luft hängen, und Lacon konnte das Ende ohnehin nicht abwarten. Er hatte sich wieder in Marsch gesetzt, wie ein Wandersmann, der noch Meilen vor sich hat. Lacon, Strickland, Mostyn, dachte Smiley, als Stricklands schottisch gefärbtes Stakkato erneut einsetzte. Ein Regierungsfaktotum, ein Circus-Intrigant und ein verschreckter Junge. Warum keine echten Leute? Warum nicht Wladimirs Einsatzleiter, wer immer es sei? Warum nicht Saul Enderby, ihr Chef?
Ein Vers von Auden kam ihm in den Sinn, aus den Tagen, als er Mostyns Alter hatte: *Ehren wir, so wir können, den senkrechten Mann, wenn wir auch nur den waagrechten schätzen*. Oder so ähnlich.
Und warum Smiley? dachte er. Warum ausgerechnet ich? Ein Mann, der für sie töter ist als der alte Wladimir?
»Möchten Sie Tee, Mr. Smiley, oder lieber etwas Stärkeres?« rief Mostyn durch die offene Küchentür. Smiley fragte sich, ob der junge Mensch wohl von Natur aus so blaß war.
»Er möchte nur Tee, danke schön, Mostyn«, bellte Lacon und drehte sich scharf auf dem Absatz um. »Nach einem Schock nichts wie Tee. Mit Zucker, ja, George? Zucker gleicht Energieschwund aus. War es *grausig*, George? Wie gräßlich für Sie.«
Nein, es war nicht gräßlich, es war die Wahrheit, dachte Smiley. Er wurde erschossen, und ich habe ihn tot gesehen. Vielleicht solltet ihr das auch tun.
Lacon konnte Smiley anscheinend nicht in Ruhe lassen, er war quer durch das Zimmer zurückgekommen und schaute ihn mit aufmerksamen, verständnislosen Augen an. Er war ein fader Mensch, hektisch, aber ohne Schwung, mit grausam gealterten jugendlichen Zügen und einem häßlichen entzündeten Aus-

schlag rings um den Hals, wo das Hemd die Haut wundgescheuert hatte. In dem Kirchenlicht zwischen Dämmerung und Morgen schimmerte seine schwarze Weste und sein weißer Kragen wie eine Soutane.
»Ich habe Sie kaum begrüßt«, klagte Lacon, als sei dies Smileys Schuld. »George. Alter Freund. Mein Gott.«
»Hallo, Oliver«, sagte Smiley.
Doch Lacon blieb bei ihm stehen und sah auf ihn hinunter, den langen Kopf auf die Seite gelegt, wie ein Kind, das einen Käfer betrachtet. In Smileys Geist spulte Lacons Telefonanruf von vor zwei Stunden nochmals ab.
Es ist ein Notfall, George. Erinnern Sie sich an Wladimir? George, sind Sie wach? Erinnern Sie sich an den alten General, George? Der lange in Paris gelebt hat?
Ja, ich erinnere mich an den General, hatte er geantwortet. Ja, Oliver, ich erinnere mich an Wladimir.
Wir brauchen jemanden aus seiner Vergangenheit, George. Jemanden, der seine Lebensgewohnheiten kannte, der ihn identifizieren, einen möglichen Skandal abbiegen kann. Wir brauchen Sie, George. Jetzt. George, wachen Sie auf.
Er hatte es versucht. So, wie er versucht hatte, den Hörer zu seinem besseren Ohr hinüberzuwechseln und sich in einem Bett aufzusetzen, das zu breit für ihn war. Er strampelte sich über den kalten Platz, den seine Frau leer gelassen hatte, denn das Telefon stand auf ihrem Nachttisch.
Er wurde angeschossen, sagen Sie? hatte Smiley wiederholt. *George, warum können Sie nicht zuhören? Totgeschossen. Heute abend. George, um Himmels willen, wachen Sie auf, wir brauchen Sie!*
Lacon marschierte wieder los und drehte dabei an seinem Siegelring, als sei er ihm zu eng. *Ich brauche dich*, dachte Smiley, als er ihm zusah, wie er seine Kreise zog. *Ich liebe dich, ich hasse dich, ich brauche dich.* Diese apokalyptischen Verlautbarungen erinnerten ihn an Ann, wenn ihr das Geld oder die Liebe ausgegangen waren. Das Herz des Satzes ist das Subjekt, dachte er. Nicht

das Verbum und schon gar nicht das Objekt. Das Herz ist das Ich, das sein Teil fordert.

Mich brauchen, wozu? dachte er wieder. Um sie zu trösten? Ihnen die Absolution zu erteilen? Was haben sie getan, daß sie meine Vergangenheit brauchen, um ihre Zukunft wieder ins Lot zu bringen?

Im Hintergrund des Zimmers hielt Lauder Strickland wie ein Faschist auf einer Rednertribüne einen Arm hoch, während er sich an die Obrigkeit wandte.

»Ja, Chef, er ist zur Zeit bei uns, Sir . . . Ich werd's bestellen, Sir . . . Gewiß, Sir . . . Ich werde es ihm ausrichten . . . Ja, Sir . . .« Warum fühlen die Schotten sich von der Geheimwelt so angezogen? Smiley dachte nicht zum erstenmal in seiner Karriere darüber nach. Schiffsingenieure, Kolonialbeamte, Spione . . . Ihre häretische schottische Geschichte zog sie zu fernen Kirchen. »George!« Strickland rief Smileys Namen, plötzlich lauter, wie einen Befehl. »Sir Saul läßt Sie persönlich aufs herzlichste grüßen, George!« Er war herumgewirbelt, noch immer mit erhobenem Arm. »In einem ruhigeren Augenblick wird er Ihnen seine Dankbarkeit passender ausdrücken.« Wieder ins Telefon: »Ja, Chef, Oliver Lacon ist auch hier bei uns, und sein Gegenstück im Innenministerium konferiert gerade mit dem Commissioner of Police betreffs unseres einstigen Interesses an dem Toten und der Vorbereitung einer Presseverlautbarung.«

Einstiges Interesse, registrierte Smiley. Ein einstiges Interesse mit weggeschossenem Gesicht und keinen Zigaretten in der Tasche. Gelbe Kreide. Smiley unterzog Strickland einer offenen Musterung: den scheußlichen grünen Anzug, die zum Wildleder-Look aufgerauhten schweinsledernen Schuhe. Die einzige Veränderung, die er an ihm feststellen konnte, war ein rotbrauner Schnurrbart, nicht halb so militärisch wie Wladimirs Bart gewesen war, als er noch einen hatte.

»Jawohl, Sir, ›ein erloschener Fall, von historischen Belang‹, Sir,« schnurrte Strickland weiter ins Telefon. Erloschen stimmt, dachte Smiley. Erloschen, verloschen, ausgelöscht. »Haargenau die richtige Terminologie«, fuhr Strickland fort. »Und Oliver Lacon schlägt vor, es so Wort für Wort in die Pressenotiz aufzunehmen. Liege ich da richtig, Oliver?«

»*Rein* historisch«, korrigierte Lacon ihn gereizt. »Nicht von historischem *Belang*. Das fehlte uns gerade noch! Rein historisch.« Er durchquerte das Zimmer, offensichtlich, um durch das Fenster auf den kommenden Tag zu schauen.

»Enderby hat *immer noch* das Sagen, wie, Oliver?« fragte Smiley den ihm zugewandten Rücken Lacons.

»Ja. Ja, immer noch Saul Enderby, Ihr alter Gegenspieler, und er tut Wunder«, gab Lacon ungeduldig zurück. Er zog so heftig an der Gardine, daß sie aus der Gleitschiene sprang. »Nicht Ihr Stil, zugegeben, aber warum auch? Überzeugter Atlantiker.« Er versuchte, den Fensterflügel mit Gewalt zu öffnen. »Man hat's nicht leicht unter einer derartigen Regierung, das kann ich Ihnen sagen.« Er versetzte dem Griff einen weiteren heftigen Stoß. Ein eisiger Luftzug strich um Smileys Knie. »Halten einen ganz schön auf Trab. Mostyn, wo bleibt der Tee. Wir warten schon eine Ewigkeit darauf.«

Unser ganzes Leben lang, dachte Smiley. Durch das Gekeuche eines bergauf fahrenden Lasters hörte er wieder Strickland, dessen Gespräch mit Saul Enderby sich hinzog. »Ich meine, wir dürfen ihn bei der Presse nicht *zu weit* herunterspielen, Chef. Dumm stellen ist alles, in einem derartigen Fall. Auch der Einstieg über das Privatleben ist hier gefährlich. Was wir brauchen, ist ein absoluter Mangel an Gegenwartsbezug. Wie wahr, wie wahr, ganz richtig, Chef –« Und weiter dröhnte er in alerter Speichelleckerei.

»Oliver –« begann Smiley, der die Geduld verlor. »Oliver, hätten Sie etwas dagegen, mir –«

Doch Lacon wollte reden, nicht zuhören. »Wie geht's Ann?« fragte er vage herüber und lehnte die Unterarme aufs Fensterbrett. »Hoffentlich hübsch zu Hause und so weiter, streunt nicht, oder? Mein *Gott*, ich hasse den Herbst.«

»Gut, danke. Wie geht's –« Er versuchte vergebens, sich an den Vornamen von Lacons Frau zu erinnern.

»Auf und davon, verdammich. Durchgebrannt mit ihrem windigen Reitlehrer, hol sie der Teufel. Hat mich mit den Kindern sitzen lassen. Die Mädchen sind Gott sei Dank in Internaten untergebracht.« Er stützte sich auf die Hände und starrte in den heller werdenden Himmel. »Ist das, was da droben wie ein Golfball zwischen den Kaminhauben steckt, der Orion?« fragte er.
Womit wir einen weiteren Todesfall hätten, dachte Smiley traurig, und ließ seinen Geist kurz bei Lacons zerbrochener Ehe verweilen. Er erinnerte sich an eine hübsche weltfremde Frau und eine Meute von Töchtern, die sich im Garten des unübersichtlichen Hauses in Ascot auf Ponys tummelten.
»Tut mir leid, Oliver«, sagte er.
»Warum denn? Ist ja nicht *Ihre* Frau. Ist *meine*. In der Liebe ist jeder sich selbst der Nächste.«
»Würden Sie bitte das Fenster schließen!« rief Strickland und wählte bereits eine neue Nummer. »Verdammt arktisch hier hinten.«
Gereizt schlug Lacon das Fenster zu und schlenderte ins Zimmer zurück.
Smiley unternahm einen zweiten Versuch: »Oliver, was geht hier vor?« fragte er. »Warum habt Ihr mich geholt?«
»Zunächst nur jemanden, der ihn kannte. Strickland, sind Sie halbwegs durch? Er ist wie eine von diesen Flughafen-Ansagerinnen«, verkündete er Smiley mit törichtem Grinsen. »*Niemals* fertig.«
Du bist am Zusammenklappen, Oliver, dachte Smiley, als er unter dem Licht die Starre in Lacons Augen bemerkte. Es war zuviel für dich, dachte er in unerwartetem Mitgefühl. Für uns beide.
Aus der Küche erschien der mysteriöse Mostyn mit Tee: ein ernsthaftes heutig aussehendes Kind mit weiten Hosen und einer Mähne braunen Haars. Als er sah, wie der Junge das Tablett absetzte, konnte Smiley ihn endlich in seiner eigenen Vergangenheit unterbringen. Ann hatte einmal einen ähnlichen Liebhaber gehabt, einen Seminaristen vom Wells Theological College. Sie

hatte ihn auf der M 4 aufgegabelt und, wie sie später anführte, davor bewahrt, Homo zu werden.

»In welcher Abteilung sind Sie, Mostyn«, fragte Smiley ihn ruhig.

»Zwinger, Sir.« Er kauerte auf Tischhöhe nieder, wobei er asiatische Geschmeidigkeit bewies. »Schon seit Ihrer Zeit, Sir. Es ist eine Art Operationspool. Hauptsächlich Praktikanten, die auf einen Übersee-Einsatz warten.«

»Verstehe.«

»Ich habe Ihre Vorträge in der Nursery in Sarratt gehört, Sir. Anfängerkurs. ›Führung von Agenten im Feldeinsatz‹. War das beste in den ganzen zwei Jahren.«

»Vielen Dank.«

Doch Mostyns Kalbsaugen wichen nicht von ihm.

»Vielen Dank«, sagte Smiley nochmals, ratloser denn zuvor.

»Milch, Sir, oder Zitrone? Die Zitrone war für *ihn*«, sagte Mostyn leise beiseite, als sei dies eine Empfehlung für die Zitrone. Strickland hatte eingehängt und fummelte an seinem Hosenbund, machte ihn weiter oder enger.

»Nun ja, wir müssen die Wahrheit mildern, George!« bellte Lacon plötzlich heraus, als handle es sich um ein persönliches Glaubensbekenntnis. »Manchmal ist jemand unschuldig, aber die Umstände können ihn in einem ganz anderen Licht erscheinen lassen. Es hat nie ein Goldenes Zeitalter gegeben. Nur eine Goldene Mitte. Das dürfen wir nie vergessen. Malt's auch auf eure Rasierspiegel.«

»Mit gelber Kreide«, dachte Smiley. Strickland watschelte quer durchs Zimmer.

»He! Mostyn. Jungmann Nigel. Ja, Sie, Sir.«

Mostyn hob zur Antwort die ernsten braunen Augen.

»Daß Sie mir nichts zu Papier bringen«, warnte ihn Strickland, wobei er mit dem Handrücken über seinen Schnurrbart fuhr, als sei Hand oder Bart naß geworden. »Hören Sie? Das ist ein Befehl. Es gab kein Treffen, also brauchen Sie auch nicht das übliche Treff-Formular oder dergleichen Zeug auszufüllen. Sie müs-

sen weiter nichts tun, als die Klappe halten. Verstanden? Sie rechnen Ihre Spesen ohne Beleg als allgemeine Nebenausgaben ab. Direkt über mich. Kein Aktenbezug. Verstanden?«
»Ich verstehe«, sagte Mostyn.
»Und keine Flüsterverlautbarungen zu diesen kleinen Nutten von der Registratur, ich erfahr's ja doch. Kapiert? Geben Sie uns Tee.«
Etwas tat sich im Inneren George Smileys, als er dieses Gespräch hörte. Aus der formlosen Ungenauigkeit dieser Dialoge, aus dem Grauen der Szene auf der Heath brach die eine ätzende Wahrheit über ihn herein. Er spürte ein Ziehen in der Brust und hatte das momentane Gefühl, von dem Zimmer und den drei verstörten Menschen, die er darin vorgefunden hatte, abgeschnitten zu sein. *Treff*-Formular? Kein *Treff*? *Treff* zwischen Mostyn und Wladimir? *Gott im Himmel*, dachte er und vollzog die Quadratur des Narrenkreises. *Der Herr behüte, bewahre und beschütze uns. Mostyn hatte als Wladimirs Einsatzleiter fungiert. Dieser alte Mann, ein General, einst unser Stolz, und sie hatten ihn einem unbedarften Knaben ausgeliefert!* Dann ein weiterer, noch heftigerer Stich, als seine Überraschung in einer Explosion innerlicher Wut hinweggefegt wurde. Er fühlte, wie seine Lippen zitterten, er fühlte, wie seine Kehle sich zuschnürte und seine Worte blockierte, und als er sich Lacon zuwandte, schienen seine Brillengläser sich von der Hitze zu beschlagen.
»Oliver, ob Sie nun endlich die Güte hätten, mir zu verraten, was ich hier soll«, hörte er sich zum drittenmal in einem Ton sagen, der kaum mehr war als ein Flüstern.
Er streckte den Arm aus und zog die Wodkaflasche aus dem Kübel. Unaufgefordert brach er die Kapsel und schenkte sich ein ziemlich großes Tröpfchen ein.

Auch jetzt noch überlegte Lacon, erwog, ließ die Blicke schweifen, zögerte. In Lacons Welt waren direkte Fragen der Gipfel des schlechten Geschmacks, aber direkte Antworten waren noch schlimmer. Eine Weile blieb er mitten in der Bewegung erstarrt im Zimmer stehen und glotzte Smiley ungläubig an. Ein Wagen mühte sich hügelan, brachte Kunde von der wirklichen Welt draußen vor dem Fenster. Lauder Strickland schlürfte seinen Tee. Mostyn setzte sich artig auf einen Klavierhocker, zu dem es kein Klavier gab. Und Lacon hakte mit ruckartigen Bewegungen nach Worten, die elliptisch genug wären, um ihren wirklichen Sinn zu verbergen.

»George«, sagte er. Ein Regenschauer trommelte wie Maschinengewehrfeuer gegen die Scheiben, doch er achtete nicht darauf. »Wo ist Mostyn?« fragte er.

Mostyn war, kaum zu Stuhl gekommen, wieder aus dem Zimmer geflitzt, um einem nervösen Bedürfnis abzuhelfen. Sie hörten die Spülung donnern, lautstark wie ein Blasorchester, und die Abflußrohre das ganze Haus hinunter gurgeln. Lacon hob eine Hand an den Hals und fuhr die Schürfmale entlang.

Widerstrebend begann er: »Vor drei Jahren, George – fangen wir da an –, kurz nachdem Sie den Circus verließen – hat Ihr Nachfolger Saul Enderby –, Ihr *würdiger* Nachfolger – unter dem Druck eines besorgten Kabinetts –, mit *besorgt* meine ich, neu gebildet –, hat also Ihr Nachfolger die Einführung weitreichender Änderungen in der nachrichtendienstlichen Praxis beschlossen. Ich gebe Ihnen den *Background*, George«, unterbrach er sich erläuternd. »Ich tue das, weil Sie sind, wer Sie sind, der alten Zeiten wegen und wegen« – er wies mit einem ausgestreckten Finger zum Fenster –, »wegen da draußen.«

Strickland hatte die Weste aufgeknöpft und lag dösend und satt da, wie ein Erster-Klasse-Passagier in einem Nachtflugzeug. Doch seine kleinen wachsamen Augen folgten jedem Ausfall, den Lacon machte. Die Tür öffnete und schloß sich, ließ Mostyn ein, der seinen Hochsitz auf dem Klavierhocker wieder einnahm.

»Mostyn, ich erwarte von Ihnen, daß Sie jetzt weghören. Es geht um hohe, allerhöchste Politik. Eine dieser *weitreichenden* Änderungen, George, war die Entscheidung, einen interministeriellen Leitausschuß zu bilden. Einen *gemischten* Ausschuß« – er bildete mit beiden Händen einen in der Luft –, »teils Westminster, teils Whitehall, der das Kabinett ebenso vertrat wie die größeren Whitehall-Kunden. Bekannt als die Weisen. Jedoch eingeschaltet – George –, eingeschaltet *zwischen* der nachrichtendienstlichen Bruderschaft und dem Kabinett. Als Verbindung, als Filter, als Bremse.« Die eine Hand war ausgestreckt geblieben, spielte diese Methaphern aus wie Karten. »Um dem Circus auf die Finger zu schauen. Um Kontrolle auszuüben, George. Wachsamkeit und Verantwortungsgefühl im Interesse einer transparenten Regierung. Ist nicht Ihr Geschmack. Ich seh's Ihnen an.«

»Ich bin aus dem Spiel«, sagte Smiley. »Ich kann mir kein Urteil erlauben.«

Plötzlich nahm Lacons Gesicht einen konsternierten Ausdruck an, und in seinem Ton schwang fast so etwas wie Verzweiflung. »Sie sollten sie *hören*, George, unsere neuen Herren! Sollten *hören*, wie sie über den Circus sprechen! Ich bin ihr Prügelknabe, verdammich; ich *weiß* es, ich krieg täglich mein Fett ab. Verleumdungen. Verdächtigungen. Mißtrauen an jeder Ecke, selbst von seiten der Minister, die's eigentlich besser wissen sollten. Als wäre der Circus eine Art wildes Fabeltier und somit unberechenbar. Als wäre der britische Geheimdienst etwas wie eine hundertprozentige Filiale der Konservativen Partei. Nicht ihr Verbündeter, sondern eine autonome Natter in ihrem sozialistischen Nest. Haargenau wie in den Dreißigern. Sogar das Gerede von einem ›Britischen Gesetz über die Informationsfreiheit‹ nach amerikanischem Muster wird wieder laut, wissen Sie das? *Mitten* aus dem Kabinett. Offene Hearings, Enthüllungen, alles zum Gaudium der Öffentlichkeit? George, Sie würden schokkiert sein. Schmerzlich betroffen. Bedenken Sie, wie sich so etwas allein auf die Truppenmoral auswirkt. Wäre zum Beispiel unser Mostyn hier jemals zum Circus gegangen, nach dieser Art von trauriger Berühmtheit, in der Presse und sonstwo? Wären Sie, Mostyn?«

Die Frage schien Mostyn sehr tief zu treffen, denn seine ernsten

Augen, die durch seine kränkliche Blässe dunkler als sonst erschienen, wurden noch ernster, und er legte Daumen und Zeigefinger auf die Lippen. Sagte aber nichts.
»Wo war ich stehengeblieben, George?« fragte Lacon, plötzlich wie verloren.
»Die Weisen«, sagte Smiley mitfühlend.
Vom Sofa her verkündete Lauder Strickland sein Urteil über diese Körperschaft: »Weise, von wegen. Ein Haufen linkslastiger Krämerseelen. Führen uns am Gängelband. Sagen uns, wie wir den Laden schmeißen sollen. Klopfen uns auf die Finger, wenn unsere Zahlen nicht stimmen.«
Lacon warf Strickland einen tadelnden Blick zu, widersprach ihm aber nicht.
»Eine der weniger strittigen Übungen der Weisen, George, eine ihrer ersten Aufgaben, die ihnen – laut einer gemeinsam ausgearbeiteten Charta – von unseren Herren ganz speziell übertragen wurde, war die *Bestandsaufnahme*. Die Betriebsmittel des Circus weltweit registrieren und sie legitimen, zeitgemäßen Zielen zuordnen. Fragen Sie mich nicht, was in ihrer Sicht ein legitimes, zeitgemäßes Ziel darstellt. Das ist ein sehr kitzliger Punkt. Doch ich will nicht unloyal sein.« Er nahm seinen Text wieder auf. »Nur soviel sei gesagt, daß diese Revision über sechs Monate durchgeführt und die Axt gebührend angelegt wurde.« Er brach ab und starrte Smiley an.
»Folgen Sie mir, George?« fragte er perplex.
Doch es war im Augenblick kaum festzustellen, ob Smiley irgendwem folgte. Seine schweren Lider waren fast geschlossen, und der sichtbare Rest seiner Augen lag im Schatten der dicken Brillengläser. Er saß bolzengerade, doch sein Kopf war so weit nach vorn gefallen, daß die prallen Kinne auf der Brust ruhten.
Lacon zögerte noch einen Moment, dann fuhr er fort: »Nun, als Folge dieses Axtanlegens – dieser Bestandsaufnahme, wenn Ihnen das lieber ist – seitens der Weisen wurden bestimmte Kategorien von Geheimoperationen *ipso facto* als unzulässig erklärt. Njet. Klar?«

Auf sein Sofa hingelümmelt stimmte Strickland die Litanei des Unsagbaren an: »Keine Leimruten. Keine Gimpelfallen. Keine Schaukelpferde. Keine Abwerbungen. Keine Emigranten. Kein Garnichts.«

»Wie bitte?« sagte Smiley, als erwache er jäh aus einem tiefen Schlaf. Doch solch unverblümte Rede war nicht nach Lacons Geschmack, und er wischte sie weg.

»Wir wollen nicht simplifizieren, bitte, Lauder. Wir wollen die Dinge organisch angehen. Hier muß in Konzepten gedacht werden. Die Weisen haben also einen *Kodex* aufgestellt, George«, faßte er an Smileys Adresse zusammen. »Einen Katalog geächteter Praktiken. Klar?« Aber Smiley harrte eher des Kommenden, als daß er zuhörte. »Haben das ganze Feld abgesteckt – über Gebrauch und Mißbrauch von Agenten, über unsere Fischereirechte – oder deren Verweigerung – in den Commonwealthstaaten und dergleichen mehr. Lauscher, Überseebeobachter, Operationen unter falscher Flagge – eine Mammutaufgabe, die sie wacker angingen.« Zu jedermanns, außer seinem eigenen Erstaunen verschränkte Lacon die Finger, drehte die Handfläche nach unten und ließ die Gelenke in herausforderndem Stakkato knacken.

Er fuhr fort: »*Ebenfalls* auf ihrer Verbotsliste – und sie *ist* ein krudes Instrument, George, respektiert keine Tradition –, stehen solche Dinge wie die klassische Verwendung von Doppelagenten. *Obsession* belieben das unsere neuen Herren in ihren Untersuchungsberichten zu nennen. Die alten Spiele des Anlaufens, des Umdrehens und Rückspielens von Feindspionen – zu Ihrer Zeit das tägliche Brot der Spionageabwehr –, gelten heutzutage, George, nach der übereinstimmenden Meinung der Weisen, als veraltet. Unwirtschaftlich. Weg damit.«

Ein weiterer Laster donnerte schlingernd den Hügel hinunter oder hinauf. Sie hörten, wie seine Reifen an den Bordstein schlugen.

»Herrgott«, murrte Strickland.

»Oder – ich greife willkürlich ein anderes Beispiel heraus – die Überbewertung der Exilgruppen.«

Diesmal gab es keinen Lastwagen, nur die tiefe anklagende Stille, die der Durchfahrt des letzten gefolgt war. Smiley saß da wie vorher, aufnahmebereit und meinungslos, ganz auf Lacon konzentriert, das Gehör geschärft wie das eines Blinden.
»Exilgruppen, das wird Sie interessieren«, fuhr Lacon fort »oder besser gesagt, die altbewährten Verbindungen des Circus zu ihnen – die Weisen ziehen den Ausdruck *Abhängigkeit* vor, den ich eine Spur zu hart finde – mein Einspruch wurde allerdings abgewiesen –, Exilgruppen gelten heutzutage als provokatorisch, entspannungsfeindlich und aufrührerisch. Ein teurer Spaß. Wer sich mit ihnen abgibt, tut dies bei Strafe der *Exkommunikation*. Im Ernst, George. So weit sind wir gekommen. Völlig unter ihrer Fuchtel. Stellen Sie sich das vor!«
Mit einer Bewegung, als wolle er die Brust freimachen für Smileys Todesstoß, breitete Lacon die Arme aus, blieb stehen und linste auf ihn hinunter, wie er es schon vorher getan hatte, während im Hintergrund Stricklands schottisches Echo dieselbe Wahrheit nochmals, nur brutaler, verkündete:
»Die Gruppen sind auf den Müll geworfen worden, George«, sagte Strickland. »Samt und sonders. Befehl von oben. Kein Kontakt, nicht einmal auf Armlänge. Einschließlich der Kamikaze-Helden des verblichenen Wladimir. Spezielles Doppelschlüssel-Archiv für sie auf der fünften Etage. Kein Zutritt ohne schriftliche Genehmigung vom Chef. Durchschlag in die wöchentliche Post an die Weisen zur Begutachtung. Trübe Zeiten, George, das kann ich Ihnen sagen, trübe Zeiten.«
»George, ich muß schon bitten«, rügte Lacon unbehaglich, denn er hatte etwas gehört, was den anderen entgangen war.
»Alles barer Unsinn«, wiederholte Smiley demonstrativ.
Er hatte den Kopf gehoben, und seine Augen ruhten voll auf Lacon, als wolle er die Unverblümtheit seines Protests noch betonen. »Wladimir war nicht *teuer*. Er war auch kein *Spaß*. Und am allerwenigsten unwirtschaftlich. Sie wissen ganz genau, wie ungern er unser Geld nahm. Wir mußten es ihm aufzwingen, sonst wäre er verhungert. Und von wegen aufrührerisch und entspan-

nungsfeindlich – was immer man damit sagen will –, sicher, von Zeit zu Zeit mußten wir ihm die Zügel anziehen, wie den meisten guten Agenten, aber wenn es darauf ankam, dann folgte er unseren Anweisungen wie ein Lamm. Oliver, Sie waren einer seiner Bewunderer. Sie wissen so gut wie ich, was er wert war.«
Smileys ruhiger Ton verhehlte nicht die Spannung in seiner Stimme. Auch waren Lacon die gefährlichen Farbflecke auf seinen Backen nicht entgangen.
Scharf wandte er sich an das schwächste Glied unter den Anwesenden: »Mostyn, ich erwarte von Ihnen, daß Sie dies alles vergessen. Hören Sie mich? Strickland, sagen Sie's ihm.«
Strickland beeilte sich, der Aufforderung nachzukommen: »Mostyn, Sie stellen sich heute Vormittag um Punkt zehn Uhr dreißig bei den Housekeepers ein und unterschreiben eine Belehrungsbestätigung, die ich persönlich abfassen und gegenzeichnen werde!«
»Yes, Sir«, sagte Mostyn nach einer kurzen, fast gespenstischen Pause.
Erst jetzt ging Lacon auf Smileys Bemerkung ein: »George, ich habe den *Mann* bewundert. Nie seine Gruppe. Hier muß scharf getrennt werden. Der Mann, ja. In mancher Hinsicht eine heroische Gestalt, wenn Sie so wollen. Aber nicht sein Umgang: die Phantasten, die verlotterten Prinzlinge. Noch die Unterwanderer aus der Moskauer Zentrale, die sie warm an ihre Brust drückten. Nie. In diesem Punkt haben die Weisen recht, das können Sie nicht leugnen.«
Smiley hatte die Brille abgenommen und putzte sie mit dem breiten Ende seiner Krawatte. Im fahlen Licht, das jetzt durch die Vorhänge drang, sah sein volles Gesicht feucht und schutzlos aus.
»Wladimir war einer der besten Agenten, die wir je hatten«, sagte er schroff.
»Wohl weil er Ihrer war, wie?« höhnte Strickland hinter Smileys Rücken.
»Weil er gut war«, schnappte Smiley, und alle schwiegen betrof-

fen, während er sich wieder faßte. »Wladimirs Vater war Este und leidenschaftlicher Bolschewik, Oliver«, fuhr er in ruhigerem Ton fort. »Von Beruf Rechtsanwalt. Stalin belohnte seine Loyalität, indem er ihn bei den Säuberungen ermorden ließ. Wladimir hieß eigentlich Woldemar, hatte aber seinen Namen aus Treue zu Moskau und zur Revolution geändert. Er wollte immer noch glauben, trotz allem, was sie seinem Vater getan hatten. Er ging zur Roten Armee, und einzig Gottes Hilfe bewahrte ihn davor, ebenfalls liquidiert zu werden. Der Krieg brachte ihm Beförderung, er kämpfte wie ein Löwe, und nach Kriegsende wartete er auf die Grossrussische Liberalisierung, von der er geträumt hatte, und auf die Befreiung seines eigenen Volkes. Wozu es nie kam. Statt dessen erlebte er die erbarmungslose Unterdrückung seines Heimatlandes durch die Regierung, der er gedient hatte. Abertausende seiner ehemaligen estnischen Landsleute kamen in Lager, darunter einige seiner eigenen Verwandten.« Lacon öffnete schon den Mund zu einer Unterbrechung, schloß ihn aber klugerweise wieder. »Die Glücklicheren entkamen nach Schweden und Deutschland. Wir sprechen von einer Million nüchterner, hart arbeitender Leute, die man durch den Wolf drehte. Eines nachts bot er uns aus Verzweiflung seine Dienste an. Uns, den Briten. In Moskau. Drei Jahre lang hat er für uns inmitten der Hauptstadt spioniert. Tagtäglich alles für uns riskiert.«

»Und überflüssig zu sagen, daß unser George hier ihn geführt hat«, knurrte Strickland, der immer noch zu suggerieren versuchte, daß diese Tatsache Smiley als Zeugen disqualifiziere. Doch Smiley war nicht mehr zu bremsen. Zu seinen Füßen hatte der junge Mostyn die Augen weit aufgerissen und lauschte in einer Art Trance.

»Wir haben ihm sogar eine Auszeichnung verliehen, wenn Sie sich erinnern, Oliver. Nicht zum Tragen oder Vorzeigen, das natürlich nicht. Aber irgendwo auf einem Stück Pergament, auf das er gelegentlich einen Blick tun durfte, war eine Unterschrift, die deutlich nach der des Monarchen aussah.«

»George, das ist Geschichte«, protestierte Lacon schwach. »Das hat nichts mit *heute* zu tun.«
»Drei lange Jahre hindurch war Wladimir die beste Informationsquelle über sowjetische Mittel und Absichten – und das auf dem Höhepunkt des Kalten Krieges. Er hatte engen Kontakt zu ihrer nachrichtendienstlichen Gemeinde und berichtete uns auch darüber. Dann hat er eines Tages, bei einer Dienstreise nach Paris, seine Chance ergriffen und sich abgesetzt, Gott sei Dank, denn sonst wäre er schon viel eher erschossen worden.«
Lacon schien plötzlich überhaupt nichts mehr zu verstehen. »Was *meinen* Sie damit?« fragte er. »Wieso *viel eher*? Was soll das heißen?«
»Das soll heißen, daß der Circus damals ziemlich fest im Griff eines Agenten der Moskauer Zentrale war«, erwiderte Smiley mit tödlicher Geduld. »Es war pures Glück, daß Bill Haydon zufällig im Ausland stationiert war, als Wladimir für uns arbeitete. Noch drei Monate länger, und Bill hätte ihn unweigerlich hochgehen lassen.«
Lacon wußte darauf nichts zu sagen, also sprang Strickland für ihn ein.
»Bill Haydon, dauernd Bill Haydon«, geiferte er. »Nur weil Sie zu ihm noch in dieser speziellen Beziehung standen –« Er wollte weitersprechen, besann sich jedoch eines besseren. »Haydon ist tot, verdammtnochmal«, schloß er mürrisch, »und der ganze Laden dazu.«
»Nicht zu vergessen Wladimir«, ergänzte Smiley ruhig, und wiederum trat eine Stockung im Verfahren ein.
»George«, flehte Lacon, als habe er endlich die richtige Stelle im Gesangbuch gefunden.» Wir sind *Pragmatiker*, George. Wir *passen* uns *an*. Wir sind *nicht* die Hüter irgendeiner heiligen Flamme. Ich bitte Sie, ich beschwöre Sie, vergessen Sie das nicht!«
Doch der ruhige, aber entschlossene Smiley war mit seinem Nachruf auf den alten Mann noch nicht am Ende, und vielleicht ahnte er, daß dies die einzige Leichenrede sein würde, deren der Verstorbene teilhaftig werden sollte.

»Und als er dann wirklich herüben war, na schön, da war er ein Trumpf, der nicht mehr stach, wie jeder Ex-Agent.«

»Fürwahr«, sagte Strickland *sotto voce*.

»Er blieb in Paris und stürzte sich mit Leib und Seele in die baltische Unabhängigkeitsbewegung. Klar, es war eine verlorene Sache. Allerdings haben die Briten bis heute die Annektierung der drei baltischen Staaten durch die Sowjets *de jure* nicht anerkannt, aber sei's drum. Estland – das wissen Sie vielleicht, Oliver – unterhält eine Delegation und ein völlig reguläres Generalkonsulat in Queen's Gate. Offenbar macht es uns nichts aus, eine verlorene Sache zu unterstützen, wenn sie nur völlig verloren ist. Vorher nicht.« Er zog scharf die Luft ein. »Und zugegeben, in Paris gründete er eine baltische Gruppe, mit der es bergab ging, wie das Emigrantengruppen und verlorene Sachen so an sich haben – lassen Sie mich zu Ende reden, Oliver, ich mach's nicht häufig so lang.«

»Mein lieber Freund«, sagte Lacon errötend. »Machen Sie's so lang, wie Sie wollen«, was Strickland von neuem aufstöhnen ließ.

»Seine Gruppe zersplitterte, zerstritt sich. Wladimir hatte es eilig und wollte alle Fraktionen unter einen Hut bringen. Die Fraktionen aber hatten ihre eigenen althergebrachten Interessen und konnten sich nicht einigen. Es kam zu einer regelrechten Schlacht, einige Köpfe gingen zu Bruch, und die Franzosen haben ihn hinausgeworfen. Wir brachten ihn, zusammen mit ein paar von seinen Leutnants, nach London. Wladimir hat sich im Alter wieder der evangelischen Religion seiner Vorfahren zugewandt und den marxistischen Retter gegen den christlichen Messias vertauscht. Soviel ich weiß, sollten wir dergleichen Wandlungen fördern. Oder vielleicht entspricht das nicht mehr den heutigen Richtlinien. Jetzt ist er ermordet worden. Soviel zum Thema Wladimirs *Background*. Und nun, warum bin ich hier?«

Das Anschlagen der Türklingel hätte nicht gelegener kommen können. Lacon war noch immer rosenrot, und Smiley putzte wieder einmal schwer atmend seine Brille. Ehrfurchtsvoll stand

Mostyn, der Jünger, auf, hakte die Kette aus und ließ einen hochgewachsenen Boten in Motarradfahrerkluft ein, einen schwarzen Engel, der einen Bund Schlüssel in seiner behandschuhten Hand schwang. Ehrfurchtsvoll brachte Mostyn die Schlüssel zu Strickland, der quittierte und einen Eintrag in sein Logbuch machte. Nach einem langen und fast liebevollen Blick auf Smiley entfernte sich der Bote, und Smiley blieb mit dem schuldbewußten Gefühl zurück, daß er den Mann auch in seiner jetzigen Verkleidung hätte erkennen müssen. Doch Smiley hatte drückendere Sorgen. Ohne jede Ehrfurcht ließ Strickland die Schlüssel in Lacons offene Hand fallen.

»Also schön, Mostyn, sagen Sie's ihm!« dröhnte Lacon plötzlich und zog damit, erwünscht oder unerwünscht, einen Schlußstrich unter Smileys bittere Tirade. »Sagen Sie's ihm, mit Ihren eigenen Worten.«

5

Mostyn saß in seltsamer Starre da. Er sprach leise. Lacon hatte sich zum Zuhören in eine Ecke verzogen und die Hände wie ein Richter unter der Nase gefaltet. Doch Strickland hatte sich bolzengerade aufgesetzt und schien, genau wie Mostyn selber es tat, die Worte des Jungen nach Ausrutschern abzupatrouillieren.
»Wladimir rief den Circus heute zur Lunchzeit an, Sir«, begann Mostyn, wobei einigermaßen unklar blieb, an welchen »Sir« er sich wandte. »Ich war gerade der Diensthabende im Zwinger und nahm den Anruf entgegen.«
Strickland verbesserte ihn mit unschöner Hast: »Sie meinen, *gestern*. Immer präzise, wenn ich bitten darf.«
»Verzeihung, Sir. Gestern«, sagte Mostyn.
»Passen Sie besser auf«, mahnte Strickland.
Diensthabender im Zwinger sein, erklärte Mostyn, bedeute kaum mehr, als die Mittagslücke füllen und bei Büroschluß Schreibtische und Papierkörbe kontrollieren. Das Personal des Zwinger sei zu unerfahren für den Nachtdienst, und so sehe der Dienstplan nur die Lunchzeit und den Abend vor.
Und Wladimir, wiederholte er, habe zur Lunchzeit angerufen, über die Lebensleitung.
»*Lebensleitung*?« wiederholte Smiley ratlos. »Ich glaube nicht, daß ich genau weiß, was darunter zu verstehen ist.«
»So heißt unser Kontaksystem mit toten Agenten, Sir«, sagte Mostyn, legte dann die Finger an die Schläfen und flüsterte: »Oh mein Gott.« Er nahm einen neuen Anlauf: »Ich meine, ausgediente Agenten, die immer noch auf der Unterstützungliste stehen, Sir«, sagte Mostyn gequält.
»Er hat also angerufen und Sie haben abgehoben«, sagte Smiley freundlich. »Um wieviel Uhr war das?«

»Genau um ein Uhr fünfzehn, Sir. Der Zwinger sieht aus wie eine Zeitungsredaktion, verstehen Sie. Zwölf Schreibtische und der Hühnerkäfig des Abteilungsleiters am Ende, mit einer Glaswand zwischen uns und ihm. Die Lebensleitung ist in einem verschlossenen Kasten, und normalerweise hat der Abteilungsleiter den Schlüssel dazu. Aber zur Mittagszeit gibt er ihn dem Diensthund. Ich habe den Kasten aufgesperrt und dann diese fremdländische Stimme ›Hallo‹ sagen hören.«
»Machen Sie schon weiter, Mostyn«, knurrte Strickland.
»Ich habe auch nur ›Hallo‹ gesagt, Mr. Smiley. Mehr tun wir nicht. Wir nennen keine Nummer. Er sagte: ›Hier ist Gregory, ich will Max sprechen. Ich habe etwas sehr Dringendes für ihn. Bitte, holen Sie sofort Max.‹ Ich fragte ihn routinemäßig, von woher er anrufe, aber er sagte nur, er habe genügend Kleingeld. Wir haben keine Anweisung, ankommende Gespräche zu lokalisieren, und außerdem würde das ohnehin zu lange dauern. Bei der Lebensleitung ist ein elektrischer Karteikartenwähler mit allen Decknamen. Ich sagte dem Anrufer, er solle am Apparat bleiben und habe ›Gregory‹ eingetippt. Das tun wir als nächstes, nachdem wir gefragt haben, woher der Anruf komme. Und schon hatte ich die Antwort aus dem Wähler. ›Gregory gleich Wladimir, Ex-Agent, Ex-General der Sowjet-Armee, Ex-Führer der Rigagruppe.‹ Dann das Aktenzeichen. Ich habe ›Max‹ eingetippt und Sie gefunden, Sir.« Smiley nickte kurz. »›Max gleich Smiley.‹ Dann habe ich ›Riga-Gruppe‹ eingetippt und festgestellt, daß Sie ihr letzter Vikar waren.«
»Ihr *Vikar*?« sagte Lacon, als habe er eine Häresie entdeckt. »Smiley ihr letzter *Vikar*, Mostyn? Was soll nun das schon wieder –?«
»Ich dachte, Sie hätten von all dem gehört, Oliver«, unterbrach Smiley ihn.
»Nur in Grundzügen«, gab Lacon zurück. »In einer Krisensituation beschränkt man sich auf das Grundsätzliche.«
Ohne Mostyn aus den Augen zu lassen, lieferte Strickland in seinem verquetschten Schottisch die gewünschte Erläuterung:

»Organisationen wie diese Gruppe hatten traditionsgemäß zwei Einsatzleiter. Den Postboten, der die Kleinarbeit für sie erledigte, und den Vikar, der über dem Getümmel stand. Ihre Vaterfigur«, sagte er, und nickte flüchtig in Smileys Richtung.
»Und wer war als letzter Postbote der Gruppe eingetragen, Mostyn?« fragte Smiley, ohne Strickland im mindesten zu beachten.
»Esterhase, Sir, Codename Hector.«
»Und der Anrufer hat nicht nach ihm verlangt?« sagte Smiley zu Mostyn, wiederum direkt an Strickland vorbei.
»Wie bitte, Sir?«
»Wladimir hat nicht Hector verlangt? Seinen Postboten? Er hat mich verlangt. Max. Nur Max. Wissen Sie das ganz genau?«
»Er verlangte Sie und niemanden sonst, Sir«, erwiderte Mostyn ernst.
»Haben Sie sich Notizen gemacht?«
»Die Lebensleitung liegt automatisch auf Band, Sir. Sie ist außerdem an die Zeitansage angeschlossen, so daß wir auch da genaue Angaben bekommen.«
»Verdammt, Mostyn, das ist eine vertrauliche Angelegenheit«, schnappte Strickland. »Mr. Smiley ist zwar ein hervorragendes Ex-Mitglied, aber er gehört nicht mehr zur Familie.«
»Was haben Sie dann als Nächstes getan?« fragte Smiley.
»Die Dienstvorschrift ließ mir sehr wenig Spielraum, Sir«, antwortete Mostyn, wobei er wieder, wie Smiley, gezielt an Strickland vorbeiredete. »Sowohl ›Smiley‹ wie ›Esterhase‹ standen auf der Warteliste, das heißt, sie konnten nur über die fünfte Etage angesprochen werden. Mein Abteilungsleiter war zum Lunch gegangen und wurde nicht vor zwei Uhr fünfzehn zurückerwartet.« Er zuckte leicht die Achseln. »Ich habe abgeblockt. Ihm gesagt, er solle es um zwei Uhr dreißig nochmals versuchen.«
Smiley wandte sich an Strickland. »Sagten Sie nicht, daß alle Emigranten-Akten gesondert geführt und verwahrt werden?«
»Stimmt.«
»Hätte nicht irgendetwas Diesbezügliches auf der Karte erscheinen müssen?«

»Hätte schon, hat aber nicht«, sagte Strickland.

»Genau das war der springende Punkt, Sir«, pflichtete Mostyn bei, ausschließlich an Smileys Adresse. »Nichts deutete bei diesem Stand der Dinge darauf hin, daß Wladimir und seine Gruppe tabu waren. Der Karte nach sah er wie ein x-beliebiger pensionierter Agent aus, der Wind machte. Ich nahm an, er wolle ein bißchen Geld oder Gesellschaft oder dergleichen. Wir haben einige von dieser Sorte. Überlaß ihn dem Abteilungsleiter, dachte ich.«

»Keine Namen, Mostyn«, sagte Strickland. »Vergessen Sie das nicht.«

Hier hatte Smiley den Eindruck, daß Mostyn vielleicht mit seinem Zögern – seiner Miene, als streiche er bei allem, was er sagte, angewidert um irgendein gefährliches Geheimnis – zu verstehen geben wolle, er decke einen nachlässigen Vorgesetzten. Doch Mostyns nächste Worte widerlegten diesen Eindruck, denn er deutete jetzt sehr wohl an, daß sein Boß einen Fehler begangen habe.

»Die Sache war nur, daß mein Abteilungsleiter erst um drei Uhr fünfzehn vom Lunch zurückkam, und als Wladimir um zwei Uhr dreißig anrief, mußte ich ihn also wieder vertrösten. Er war wütend«, sagte Mostyn. »Wladimir, meine ich. Ich fragte ihn, ob ich inzwischen irgendetwas für ihn tun könne, und er sagte: ›Finden Sie Max. Sehen Sie zu, daß Sie Max finden. Sagen Sie Max, ich sei in Verbindung gewesen mit gewissen Freunden, und über Freunde auch mit Nachbarn.‹ Auf der Karte waren ein paar Anmerkungen zu seinem Wortcode, und ich sah, daß mit *Nachbar* der sowjetische Geheimdienst gemeint war.«

Smileys Gesicht hatte jeden Ausdruck verloren. Die Erregung von vorhin war völlig verschwunden.

»Was Sie alles pflichtgemäß Ihrem Abteilungschef um drei Uhr fünfzehn meldeten?«

»Jawohl, Sir.«

»Spielten Sie ihm das Band vor?«

»Er hatte keine Zeit, es sich anzuhören«, sagte Mostyn gnadenlos. »Er mußte unverzüglich zu einem langen Wochenende aufbrechen.«

Mostyns hartnäckige Bündigkeit war jetzt so ausgeprägt, daß Strickland sich offenbar verpflichtet glaubte, die Lücken zu füllen.

»Nun ja, wenn wir nach Sündenböcken suchen, George, dann kann man nur sagen, daß der Abteilungsleiter sich bis auf die Knochen blamiert hat, das steht völlig außer Frage«, erklärte Strickland forsch. »Er versäumte es, nach Wladimirs Unterlagen zu schicken – die natürlich nie gekommen wären. Er versäumte es, sich mit der geltenden Regelung über die Behandlung von Emigranten vertraut zu machen. Auch schien er einem schweren Anfall von Wochenend-Fieber erlegen zu sein und nicht hinterlassen zu haben, wo man ihn im Ernstfall erreichen könne. Gott stehe ihm am Montagmorgen bei, kann ich nur sagen. Weiter im Text, Mostyn, wir warten, mein Junge.«

Mostyn nahm gehorsam den Faden wieder auf. »Wladimir rief zum dritten- und letztenmal um drei Uhr dreiundvierzig an, Sir«, sagte er, wobei er noch langsamer sprach als bisher. »Eigentlich war ein Viertel vor vier abgemacht, aber er ging zwei Minuten vor.« Mostyn hatte inzwischen summarische Anweisungen von seinem Chef bekommen, die er jetzt für Smiley wiederholte: »Er nannte es eine Baldrian-Tour. Ich sollte herausfinden, was der alte Knabe eigentlich wollte, und wenn es gar nicht anders ginge, einen Treff mit ihm ausmachen, damit er Ruhe gebe. Ich sollte ihm einen Drink spendieren, Sir, ihm auf die Schulter klopfen und ihm weiter nichts versprechen, als daß ich seine Botschaft weitervermitteln würde.«

»Und die *Nachbarn*?« fragte Smiley. »Haben die Ihren Abteilungsleiter nicht stutzig gemacht?«

»Er dachte, es sei die übliche Agenten-Angeberei, Sir.«

»Verstehe. Ja, ich verstehe«, sagte Smiley und schüttelte im Widerspruch zu dieser Behauptung ratlos den Kopf. »Wie verlief nun Ihr drittes Gespräch mit Wladimir?«

»Laut Wladimir sollte es ein sofortiger Treff sein oder gar nichts,

Sir. Ich habe, wie befohlen, alle Alternativen an ihm ausprobiert – ›Schreiben Sie uns einen Brief – wollen Sie Geld haben? – hat sicher Zeit bis Montag‹ –, aber da hat er mich auch schon niedergebrüllt. ›Ein Treff oder gar nichts. Heute abend oder überhaupt nicht. Moskauer Regeln. Betone, Moskauer Regeln. Sagen Sie das Max – ‹«

Mostyn unterbrach sich, hob den Kopf und gab, ohne mit der Wimper zu zucken, Stricklands feindseliges Glotzen zurück.

»Sagen Sie *was* Max?« sagte Smiley, und sein Blick flog zwischen den beiden hin und her.

»Wir sprachen französisch, Sir. Laut Karte war französisch seine bevorzugte Fremdsprache, und ich bin im Russischen erst Anfänger.«

»Unerheblich«, schnappte Strickland.

»Sagen Sie Max *was*?« beharrte Smiley.

Mostyns Blick wählte als neuen Fixierpunkt einen Fleck auf dem Fußboden, in ein bis zwei Metern Entfernung von seinen Füßen.

»Er meinte: ›Sagen Sie Max, unter allen Umständen Moskauer Regeln.‹«

Lacon, der sich während der letzten Minuten ganz unnatürlich still verhalten hatte, fiel nun ein: »Hier gilt es, einen wichtigen Punkt klarzumachen: Der Circus war in diesem Fall nicht der Bittsteller. Das war *er*. Der Ex-Agent. Er hat *alles* durchdrücken wollen, er hat *alles* eingefädelt. Hätte er unseren Vorschlag angenommen und uns seine Information brieflich gegeben, dann hätte nichts von alledem passieren müssen. Er hat es sich selbst zuzuschreiben, George, ich möchte dies nochmals unmißverständlich klarstellen!«

Strickland zündete sich eine neue Zigarette an.

»Moskauer Regeln in Hampstead. Ist ja zum totlachen«, sagte Strickland und wedelte das Streichholz aus.

»Tot ist richtig«, sagte Smiley ruhig.

»Mostyn, bringen Sie die Geschichte zu Ende«, befahl Lacon, der dunkelrot anlief.

Sie hatten sich auf einen Zeitpunkt geeinigt, faßte Mostyn höl-

zern zusammen und starrte jetzt in seine linke Handfläche, als wolle er sich selber wahrsagen. »Zehn Uhr zwanzig, Sir.«
Sie hatten sich auf Moskauer Regeln geeinigt, sagte er, und auf die üblichen Kontaktprozeduren, die Mostyn bereits am früheren Nachmittag anhand des im Zwinger aufliegenden Treff-Index zusammengestellt hatte.
»Und was *waren* die Kontakt-Prozeduren genau?« fragte Smiley.
»Ein Bilderbuch-Treff, Sir«, antwortete Mostyn. »Genau, wie wir's im Ausbildungskurs in Sarratt gelernt haben.«
Smiley spürte plötzlich, wie Mostyns unverhüllte Respektsbezeigungen ihm lästig wurden. Er wollte nicht der Held dieses Jungen sein, nicht von seiner Stimme, seinen Blicken, seinem »Sir« umworben werden. Er war auf die besitzergreifende Bewunderung dieses Fremden nicht vorbereitet.
»Auf der Hampstead Heath steht ein Schutzhäuschen, zehn Minuten zu Fuß von der East Heath Road, über einem Spielfeld an der Südseite der Allee, Sir. Das Sicherheitssignal war eine neue Reißzwecke oben im ersten Holzsparren links vom Eingang.«
»Und das Gegensignal?« fragte Smiley.
Doch er kannte die Antwort bereits.
»Ein gelber Kreidestrich«, sagte Mostyn. »Ich vermute, gelb war eine Art Gruppenkennzeichen aus den alten Tagen.« Jetzt verriet sein Tonfall, daß es dem Ende zuging. »Ich brachte die Reißzwecke an, kam dann nach hierher zurück und wartete. Als er nicht auftauchte, dachte ich, na schön, wenn er den Geheimnisfimmel hat, dann muß ich eben nochmals zur Hütte und nach seinem Gegensignal schauen, dann wird sich schon herausstellen, ob er in der Gegend ist und es lieber mit der Ausweich-Lösung probieren will.«
»Die worin bestand?«
»Aufgabeln mit einem Auto Nähe Swiss Cottage U-Bahn-Station um elf Uhr vierzig, Sir. Ich wollte gerade aufbrechen, als Mr. Strickland anrief und mir befahl, ich solle mich bis auf weiteres nicht vom Fleck rühren.« Smiley nahm an, er sei nun am

Ende, aber das traf nicht ganz zu. Mostyn, der alle übrigen Anwesenden vergessen zu haben schien, schüttelte langsam den hübschen bleichen Kopf. »Ich habe ihn nie kennengelernt«, sagte er in bedächtigem Staunen. »Er war mein erster Agent, und ich habe ihn nicht einmal zu sehen bekommen. Ich werde nie erfahren, was er mit erzählen wollte«, sagte er. »Mein erster Agent, und er ist tot. Unglaublich. Ich bin schon ein Unglücksrabe.« Sein Kopfschütteln hielt noch eine ganze Weile an, nachdem er zu sprechen aufgehört hatte.

Lacon fügte ein schwungvolles Postscriptum hinzu: »Nun, Scotland Yard verfügt heutzutage über einen Computer, George. Die Polizeistreife Heath fand die Leiche und sperrte die Gegend ab, und sowie der Name in den Computer eingefüttert worden war, spuckte der eine Menge Bits oder dergleichen Zeugs aus, und sofort wußte man, daß er auf unserer Sonderüberwachungsliste stand. Von da an lief alles wie am Schnürchen. Der Commissioner rief das Innenministerium an, das Innenministerium rief den Circus an – «

»Und Sie riefen mich an«, sagte Smiley. »Warum, Oliver? Von wem ging der Vorschlag aus, mich in dieses Spiel einzubeziehen?«

»George, ist das wichtig?«

»Enderby?«

»Wenn Sie es unbedingt wissen wollen: Ja, es war Saul Enderby. George, hören Sie mir zu.«

Endlich war Lacons großer Augenblick gekommen. Das Ziel, was immer es sein mochte, lag vor ihnen, sie hatten es umschrieben, wenn auch noch nicht definiert. Mostyn war vergessen. Lacon beugte sich zutraulich über Smileys sitzende Gestalt und gab sich ganz als guter alter Freund.

»George, wie die Dinge stehen, kann ich zu den Weisen gehen und sagen: ›Ich habe Nachforschungen angestellt, die Hände des Circus sind rein.‹ Das kann ich sagen. ›Der Circus hat weder diese Leute noch ihren Anführer ermutigt. Seit einem Jahr hat er von dort weder Gehalt noch Unterstützung bezogen!‹ Auf Ehre. Der Circus ist nicht Eigentümer der Wohnung dieses Mannes oder seines Wagens, bezahlt nicht seine Miete, kommt nicht für seine unehelichen Kinder auf, schickt seiner Mätresse keine Blumen, unterhält keine der alten- und beklagenswerten Beziehungen mit ihm oder seinesgleichen. Die einzige Verbindung gehört der Vergangenheit an. Seine Einsatzleiter sind endgültig von der Bühne abgetreten. Sie und Esterhase, beide Ehemalige, beide aus dem Spiel. Das kann ich, Hand aufs Herz, sagen. Den Weisen, und wenn nötig, meinem Minister persönlich.«

»Ich komme da nicht mit«, sagte Smiley mit vorsätzlicher Begriffsstutzigkeit. »Wladimir war unser Agent. Er versuchte, uns etwas mitzuteilen.«

»Unser Ex-Agent, George. Woher wollen Sie *wissen*, daß er uns etwas mitteilen wollte? Er hatte keinen *Auftrag* von uns. Er sprach von Dringlichkeit – sogar vom sowjetischen Geheimdienst –, das tun eine Menge Ex-Agenten, wenn sie ihre Mütze für einen Zuschuß hinhalten.«

»Nicht Wladimir«, sagte Smiley.

Aber Sophisterei war Lacons zweite Natur. Er war dafür geboren, er atmete sie, er konnte darin fliegen und schwimmen, niemand in Whitehall war darin besser als er.

»George, man *kann* uns nicht für jeden Ex-Agenten verantwortlich machen, der unklugerweise einen nächtlichen Spaziergang auf einer von Londons immer gefährlicher werdenden Freiflächen unternimmt!« Er streckte die Hände beschwörend aus. »George. Was soll es sein? Wählen Sie. Die Wahl liegt bei *Ihnen*. Entweder, Wladimir bat um ein Plauderstündchen mit Ihnen. Pensionierte Kumpels – ein Schwatz über alte Zeiten –, warum nicht? Und um der Sache in bißchen Pepp zu geben, was ja nur menschlich ist, behauptet er, etwas für Sie zu haben. Ein Goldkörnchen Information. Warum nicht? So machen sie's alle. Auf dieser Basis wird mein Minister uns decken. Keine Köpfe müssen rollen, es gibt kein Trara, keine Kabinetts-Hysterie. Er wird uns helfen, den Fall zu begraben. Natürlich kein Vertuschen.

Aber er wird seinen Grips bemühen. Wenn ich ihn in der richtigen Stimmung erwische, könnte er sogar entscheiden, daß kein Anlaß bestehe, die Weisen damit zu belästigen.«
»Amen«, echote Strickland.
»Oder aber«, fuhr Lacon gewichtig fort und bot seine ganze Überredungskunst für den Fangschuß auf, »sollten irgendwelche Dinge aufgerührt werden, George, und der Minister zu der Annahme gelangen, daß wir seine guten Dienste mißbrauchten, um die Spuren eines nicht abgesegneten verunglückten Abenteuers zu verwischen« – er schritt aufs neue aus, umging einen imaginären Morast –, »und es kommt zu einem Skandal, George, und der Circus ist nachweislich darin verwickelt – Ihr altes Amt, George, an dem Sie noch immer hängen, da bin ich ganz sicher, gibt sich mit einer notorisch revanchistischen Emigrantengruppe ab – unberechenbaren, schwatzhaften, bis aufs Messer entspannungsfeindlichen Elementen – mit allen möglichen anachronistischen Komplexen – totales Relikt aus den schlimmsten Tagen des kalten Krieges – Musterbeispiel für alles, wovor unsere Herren und Meister uns gewarnt haben« – er war wieder in seiner Ecke angelangt, ein wenig außerhalb des Lichtkreises –, »und es hat dabei einen Toten gegeben, George, und einen Vertuschungsversuch, wie sie es zweifellos nennen würden – mit der ganzen dazugehörigen Publicity –, nun, dann könnte es gerade *ein* Skandal zuviel sein. Das Amt ist immer noch ein schwaches Kind, George, kränklich und in den Händen dieser Leute verzweifelt anfällig. In diesem Stadium seiner Wiedergeburt könnte es an einem gemeinen Schnupfen eingehen. Sollte es soweit kommen, dann wäre dafür nicht zuletzt auch Ihre Generation zu tadeln. George, Ihnen ist eine Pflicht auferlegt, wie uns allen. Eine Loyalität.«
Pflicht *wozu*? fragte sich jener Teil von Smileys Ich, der manchmal als Zuschauer den Rest zu beobachten schien. Loyalität *wem* gegenüber? »Es gibt keine Loyalität ohne Verrat«, beliebte Ann in ihrer Jugend zu ihm zu sagen, wenn er es wagte, gegen ihre Seitensprünge zu protestieren.

Eine Zeitlang sprach niemand.

»Und die Waffe?« fragte Smiley schließlich in einem Ton, als wolle er eine Theorie testen. »Wo bringen Sie die unter, Oliver?«

»Was für eine Waffe? Da war keine Waffe. Er wurde erschossen, wahrscheinlich von seinen eigenen Genossen, sind ja dauernd untereinander in Kabalen verstrickt. Ganz zu schweigen von seinem Appetit auf anderer Leute Frauen.«

»Ja, er wurde erschossen«, pflichtete Smiley bei. »Mitten ins Gesicht geschossen. Aus nächster Nähe. Mit einem Dumdum-Geschoß. Und flüchtig durchsucht. Brieftasche abgenommen. Soweit die Polizeidiagnose. Aber unsere Diagnose würde anders lauten, nicht wahr, Lauder?«

»Keineswegs«, sagte Strickland und glotzte ihn durch eine Wolke von Zigarettenrauch finster an.

»Nun, meine schon.«

»Dann heraus damit, George«, sagte Lacon großmütig.

»Die Waffe, mit der Wladimir getötet wurde, war ein Standard-Mordinstrument aus der Zentrale Moskau«, sagte Smiley. »Versteckt in einer Kamera, in einer Aktenmappe oder wie immer. Ein Dumdum-Geschoß wird aus nächster Nähe abgefeuert. Um auszulöschen, zu bestrafen und andere einzuschüchtern. Wenn ich mich recht erinnere, war sogar ein Exemplar in Sarratt ausgestellt, in dem schwarzen Museum neben der Bar.«

»Ist es noch. Ein grauenhaftes Ding«, sagte Mostyn.

Strickland bedachte ihn mit einem giftigen Blick.

»Aber George!« rief Lacon.

Smiley wartete, denn er wußte, daß Lacon in seiner jetzigen Stimmung fähig gewesen wäre, das Vorhandensein von Big Ben abzustreiten.

»Diese Leute – diese Emigranten –, zu denen der arme Kerl ja gehörte – *kommen* sie denn nicht aus Rußland? Hatte nicht die Hälfte von ihnen irgendwann *Kontakt* mit der Moskauer Zentrale – sei es mit unserem Wissen, sei es ohne? Eine derartige Waffe – ich sage natürlich nicht, daß Sie recht haben –, eine derartige Waffe könnte in ihrer Welt etwas so Landläufiges sein, wie Käse!«

Mit der Dummheit kämpfen Götter selbst vergebens, dachte Smiley; aber Schiller hatte die Bürokraten vergessen. Lacon wandte sich an Strickland.
»Lauder. Da steht immer noch diese Presseverlautbarung aus.« Es war ein Befehl. »Vielleicht sollten Sie mal nachstochern und sehen, wie weit es damit ist.«
Strickland machte sich gehorsam auf die Socken, tappte durchs Zimmer und wählte eine Nummer.
»Mostyn, vielleicht sollten Sie das alles hier in die Küche bringen. Wir müssen ja nicht unbedingt Spuren hinterlassen, nicht wahr?«
Nachdem Mostyn ebenfalls aus dem Weg war, waren Lacon und Smiley plötzlich allein.
»Ein klares Ja oder Nein, George«, sagte Lacon. »Jemand muß den Aufwasch machen, Erklärungen geben, den Geschäftsleuten, was weiß ich. Post. Milch. Freunde. Was eben bei solchen Leuten anfällt. Keiner kennt sich da so aus wie Sie. Die Polizei hat versprochen, Ihnen einen Vorsprung zu lassen. Sie wird nichts verschleppen, nur eine gemessene Ordnung bei der Erledigung der Dinge einhalten und der Routine ihren Lauf lassen.«
Mit einem nervösen Sprung näherte Lacon sich Smileys Sessel und hockte sich linkisch auf die Armlehne. »George, Sie waren sein Vikar. Na schön, dann bitte ich Sie jetzt, hinzugehen und die Messe zu lesen. Er wollte *Sie*, George. Nicht uns. Sie.«
Von seinem Stammplatz am Telefon aus unterbrach ihn Strickland: »Man braucht eine Unterschrift für diese Presseverlautbarung, Oliver. Vorzugweise die Ihre, wenn's Ihnen nichts ausmacht.«
»Warum nicht die vom Chef?« fragte Lacon vorsichtig.
»Scheinen anzunehmen, Ihre hätte mehr Gewicht, wenn Sie mich fragen.«
»Sagen Sie, Moment noch«, sagte Lacon und rammte mit windmühlenartigem Armschwung eine Faust in die Tasche. »Kann ich Ihnen die Schlüssel geben, George?« Er ließ sie vor Smileys Gesicht baumeln. »Unter bestimmten Bedingungen? Einver-

standen?« Die Schlüssel baumelten weiter. Smiley starrte sie an, und vielleicht fragte er »Welche Bedingungen?«, aber vielleicht starrte er auch schweigend; er war nicht eigentlich in der Stimmung zu palavern. Seine Gedanken waren bei Mostyn und den fehlenden Zigaretten; oder bei Anrufen, Nachbarn betreffend; bei Agenten ohne Gesicht; beim Schlaf. Lacon zählte auf. Er legte größten Wert auf Numerierung seiner Klauseln. »Erstens, daß Sie Privatmann sind. Wladimirs Testamentsvollstrecker, nicht unserer. Zweitens, daß Sie der Vergangenheit angehören, nicht der Gegenwart, und sich entsprechend verhalten. Der *keimfreien* Vergangenheit. Daß Sie Öl auf die Wogen gießen und sie nicht etwa aufrühren. Daß sie Ihr altes berufliches Interesse an ihm unterdrücken, versteht sich, denn Ihres bedeutet unseres. Kann ich Ihnen zu diesen Bedingungen die Schlüssel geben? Ja? Nein?«

Mostyn stand in der Küchentür. Er wandte sich an Lacon, doch seine ernsten Augen glitten dauernd zu Smiley.

»Was gibt's, Mostyn?« fragte Lacon. »Machen Sie schon!«

»Mir ist gerade eine Eintragung auf Wladimirs Karte eingefallen, Sir. Er hatte eine Frau in Reval. Ich fragte mich, ob sie benachrichtigt werden sollte. Ich dachte nur, ich müßte es erwähnen.«

»Die Kartei ist auch hierin ungenau«, sagte Smiley und erwiderte Mostyns Blick. »Seine Frau war bei ihm in Moskau, als er überlief, sie wurde verhaftet und in ein Arbeitslager gebracht, wo sie starb.«

»Mr. Smiley muß in dieser Angelegenheit das tun, was er für richtig hält«, sagte Lacon schnell, um einem weiteren Ausbruch zuvorzukommen, und ließ die Schlüssel in Smileys passive Hand fallen. Plötzlich geriet alles in Bewegung. Smiley war auf den Beinen, Lacon war bereits halbwegs durchs Zimmer, und Strickland hielt ihm den Hörer hin. Mostyn war in die dunkle Diele geschlüpft und hatte Smileys Regenmantel vom Haken genommen.

»Was hat Wladimir sonst noch am Telefon zu Ihnen gesagt, Mostyn?« fragte Smiley ruhig und ließ einen Arm in den Ärmel fallen.

»Er sagte: ›Sagen Sie Max, es betrifft den Sandmann. Sagen Sie ihm, ich habe zwei Beweise und kann sie mitbringen. Dann wird er mich vielleicht treffen wollen.‹ Er sagte es zweimal. Es war auf dem Band, aber Strickland hat es gelöscht.«

»Wissen Sie, was Wladimir damit gemeint hat? Sprechen Sie leise.«

»Nein, Sir.«

»Nichts auf der Karte?«

»Nein, Sir.«

»Wissen die *anderen*, was er meinte?« fragte Smiley und ruckte mit dem Kopf rasch in Richtung Strickland und Lacon.

»Strickland vielleicht, ich bin nicht sicher.«

»Wladimir hat wirklich nicht nach Esterhase gefragt?«

»Nein, Sir.«

Lacon war am Telefon fertig. Strickland nahm ihm den Hörer ab und sprach selber hinein. Als er Smiley an der Tür sah, sprang Lacon quer durchs Zimmer und schüttelte seine Hand wie einen Pumpenschwengel.

»George! Altes Haus! Leben Sie wohl! Hören Sie. Ich möchte mit Ihnen gelegentlich über die Ehe sprechen. Ein Seminar, bei dem alle Griffe erlaubt sind. Ich erwarte von Ihnen eine Aufklärung mit allen Schikanen. George!«

»Ja. Wir müssen uns wiedersehen«, sagte Smiley.

Als er an sich herunterblickte, sah er, daß Lacon ihm die Hand schüttelte.

Ein bizarres Nachspiel machte den konspirativen Zweck dieser Zusammenkunft zunichte. Nach den gängigen Zunftregeln des Circus müssen in sicheren Häusern verborgene Mikrophone angebracht werden. Die Agenten finden sich in ihrer sonderbaren Art damit ab, auch wenn sie darüber nicht informiert werden, auch wenn ihre Einsatzleiter so tun, als machten sie sich Notizen. Für seinen Treff mit Wladimir hatte Mostyn in Erwartung des alten Mannes die Anlage ordnungsgemäß eingeschaltet, und niemandem war es in der darauffolgenden Panik eingefallen, sie wieder abzustellen. Der Routineweg brachte die Bänder zur Abteilung Abhörprotokollierung, die in aller Unschuld einige Exemplare des ausgeschriebenen Textes in Umlauf gab. Der glücklose Chef des Zwingers bekam eine Kopie, desgleichen das Sekretariat, desgleichen die Leiter der Abteilungen Personal, Einsatz und Finanzen. Erst, als eine Kopie in Lauder Stricklands Einlaufkorb landete, kam es zum Knall, und die unschuldsvollen Empfänger wurden unter allen möglichen fürchterlichen Drohungen zur Geheimhaltung vergattert. Das Band ist tadellos. Lacons rastloses Hin- und Hergehen ist darauf, Stricklands halblaute Bemerkungen, einige davon obszöner Natur, sind zu hören. Nur Mostyns in der Diele geflüsterte Geständnisse fehlen.

Was Mostyn selber betrifft, so spielte er in der Angelegenheit weiter keine Rolle mehr. Er reichte einige Monate später von sich aus seine Entlassung ein und erhöhte so die Ausschußrate, über die heutzutage allerseits so bewegte Klage geführt wird.

6

Das gleiche ungewisse Licht, das Smiley begrüßte, als er dankbar aus der sicheren Wohnung in die frische Luft dieses Hampstead-Morgens trat, begrüßte auch die Ostrakowa – obgleich der Pariser Herbst schon weiter fortgeschritten war und nur noch einige wenige Blätter an den Platanen hingen. Wie Smiley hatte sie eine ruhelose Nacht verbracht. Noch vor Tagesanbruch war sie aufgestanden, hatte sich bedachtsam angezogen und, da es draußen kalt aussah, überlegt, ob dies nicht der Tag sei, die Winterstiefel hervorzuholen, denn der Durchzug im Lagerhaus konnte abscheulich sein und setzte ihren Beinen immer mehr zu. Immer noch unentschlossen hatte sie das warme Schuhwerk aus dem Schrank gefischt, abgewischt und sogar poliert, ohne sich indes endgültig entscheiden zu können, ob sie die Stiefel anziehen sollte oder nicht. So ging es ihr immer, wenn sie sich mit einem großen Problem herumschlug: Die Kleinigkeiten wuchsen ihr über den Kopf. Sie kannte alle die Zeichen, fühlte sie herankommen, konnte aber nichts dagegen tun. Sie würde ihre Geldbörse verlegen, bei der Buchführung im Lagerhaus patzen, sich aus ihrer Wohnung aussperren und diese alte Närrin von Concierge holen müssen, Madame la Pierre, die schniefte und mit dem Kopf ruckte, wie eine Ziege im Brennesselschlag. Auch konnte sie in dieser Stimmung, trotz fünfzehnjähriger Gewohnheit, in den falschen Bus steigen und wütend in irgendeiner fremden Umgebung wieder auftauchen. Schließlich zog sie die Stiefel doch an – nannte sich dabei brummend »alte Närrin, Kretin« und dergleichen mehr – und machte sich mit ihrer schweren Einkaufstasche, die sie schon am Vorabend bereitgestellt hatte, auf den gewohnten Weg. Sie ging an ihren drei Stammgeschäften vorbei, ohne eines davon zu betreten, und versuchte herauszufinden, ob sie dabei sei, den Verstand zu verlieren oder nicht. *Ich bin verrückt. Ich bin nicht verrückt. Jemand versucht, mich umzubringen. Jemand versucht, mich zu beschützen. Ich bin in Sicherheit. Ich bin in Lebensgefahr*. Hin und her.

In den vier Wochen, die seit dem Besuch ihres kleinen estnischen Beichtvaters vergangen waren, hatte sie viele Veränderungen an sich festgestellt, und für die meisten war sie gar nicht undankbar. Die Frage, ob sie sich in ihn verliebt habe, stand dabei nicht zur Debatte: Er war im genau richtigen Augenblick erschienen, und das Piratenhafte an ihm hatte ihren Oppositionsgeist neu angefacht, als er gerade zu erlöschen drohte. Der Magier hatte sie dem Leben wiedergegeben, und er besaß genug von einem Gassenkater, um sie an Glikman und auch an andere Männer zu erinnern; sie war nie eine Kostverächterin gewesen. Und da der Magier, dachte sie, zu alledem gut aussieht und ein Frauenkenner ist und in mein Leben tritt, bewaffnet mit einem Bild meines Peinigers sowie dem offensichtlichen Vorsatz, diesem Burschen das Handwerk zu legen – nun, da wäre es doch für eine alte einsame Närrin wie mich ausgesprochen unschicklich, sich *nicht* auf der Stelle in ihn zu verlieben!

Doch mehr als sein Zauber hatte sie sein Ernst beeindruckt. »Sie dürfen nicht *ausschmücken*«, hatte er mit ungewöhnlicher Schärfe zu ihr gesagt, wenn sie sich zur Unterhaltung oder Abwechslung eine kleine Abschweifung von ihrer schriftlichen Version an den General erlaubte. »Nur weil Sie sich erleichtert fühlen, dürfen Sie nicht fälschlich annehmen, die Gefahr sei vorüber.«

Sie hatte Besserung gelobt.

»Die Gefahr ist absolut«, hatte er zu ihr gesagt, als er ging. »Es liegt nicht in Ihrer Macht, sie größer oder kleiner zu machen.« Schon früher hatten manche Leute ihr von Gefahr gesprochen, aber wenn der Magier es sagte, so glaubte sie ihm.

»Gefahr für meine Tochter?« hatte sie gefragt. »Gefahr für Alexandra?«

»Ihre Tochter hat damit nichts zu tun. Sie können sicher sein,

daß das Mädchen keine Ahnung von dem hat, was vorgeht.«
»Gefahr für wen also?«
»Gefahr für uns alle, die wir von der Sache wissen«, hatte er geantwortet, als sie ihm unter der Tür voll Glück eine – die einzige – Umarmung gewährte. »Gefahr vor allem für Sie.«
Und nun, während der letzten drei Tage – oder waren es zwei? oder zehn? –, hätte die Ostrakowa geschworen, daß die Gefahren sich um sie scharten wie eine Armee von Schatten um ihr eigenes Totenbett. Die absolute Gefahr; die größer oder kleiner zu machen nicht in ihrer Macht lag. Und sie sah die Gefahr wieder an diesem Samstagmorgen, als sie in ihren frisch geputzten Winterstiefeln dahinstapfte und die schwere Einkaufstasche an der Seite schwang: dieselben beiden Männer, die ihr, trotz Wochenende, beharrlich folgten. Harte Burschen. Härter als der Rothaarige. Männer, die in den Zentralen herumsitzen und Verhören beiwohnen. Und nie ein Wort sprechen. Der eine ging fünf Meter hinter ihr, der andere hielt sich auf der gegenüberliegenden Straßenseite auf gleicher Höhe mit ihr, ging gerade an der Tür dieses Halunken Mercier vorbei, des Krämers, dessen rot-grüne Markise so tief herabhing, daß sie sogar für jemanden vom bescheidenen Wuchs der Ostrakowa eine Gefahr war.
Als sie sich zum erstenmal gestattete, von den beiden Notiz zu nehmen, hatte sie beschlossen, sie für die Männer des Generals zu halten. Das war am Montag gewesen, oder war's am Freitag? General Wladimir hat mir seine Leibwache abgetreten, dachte sie belustigt, und einen ganzen gefährlichen Vormittag hindurch hatte sie sich die freundlichen Gesten ausgemalt, mit denen sie den beiden ihre Dankbarkeit kundtun wollte: das wissende Lächeln, das sie ihnen schenken würde, wenn niemand hersah; sogar die Suppe, die sie ihnen bereiten und bringen wollte, um ihnen das Wachestehen in den Tornischen zu erleichtern. Zwei hünenhafte Leibwächter, nur für eine alte Dame, dachte sie. Ostrakow hatte recht gehabt: Der General war ein ganzer Mann!
Am zweiten Tag entschied sie, daß es die beiden überhaupt nicht gebe und daß das Hirngespinst von den zwei Schutzengeln nur

ihrem Wunsch nach einem erneuten Zusammensein mit dem Magier entsprungen sei. Ich versuche, Brücken zu ihm zu schlagen, dachte sie; so, wie ich es nicht über mich brachte, das Glas abzuwaschen, aus dem er seinen Wodka getrunken hat, oder die Kissen aufzuschütteln, auf denen er saß und mir einen Vortrag über die Gefahr hielt.

Doch am dritten – oder war es am fünften? – Tag rang sie sich zu einer anderen und rüderen Ansicht über ihre vorgeblichen Beschützer durch. Sie hörte auf, das kleine Mädchen zu spielen. Als sie an irgendeinem Tag frühmorgens ihre Wohnung verließ, um eine besondere Anlieferung im Lagerhaus zu kontrollieren, trat sie aus dem Hort ihrer Selbsttäuschungen direkt auf die Straßen Moskaus hinaus, wie sie ihr aus den Jahren mit Glikman in deutlicher Erinnerung waren. Die schlecht beleuchtete, mit Kopfsteinen gepflasterte Straße war leer, mit Ausnahme eines schwarzen Wagens, der zwanzig Meter von ihrer Haustür entfernt parkte. Wahrscheinlich war er in diesem Augenblick angekommen. Nachträglich war ihr, als habe sie ihn heranfahren sehen, vielleicht sollte er die Posten zum Wacheschieben abliefern. Scharf bremsen, gerade, als sie herauskam. Und abblenden. Resolut machte sie sich auf den Weg die Straße entlang. »Gefahr vor allem für *Sie*«, erinnerte sie sich immer wieder; »Gefahr für uns alle, die wir Bescheid wissen.«

Der Wagen folgte ihr.

Sie halten mich für eine Hure, versuchte sie sich einzureden, eine von diesen alten, die den Morgenmarkt abgrasen.

Plötzlich hatte sie nur noch ein Ziel: in eine Kirche schlüpfen. Irgendeine. Die nächste russisch-orthodoxe Kirche war zwanzig Minuten entfernt und so klein, daß das Beten dort einer spiritistischen Sitzung gleichkam; die unmittelbare Nähe der Heiligen Familie sicherte allein schon Vergebung der Sünden. Doch zwanzig Minuten waren eine Ewigkeit. Nicht-orthodoxe Kirchen mied sie in der Regel konsequent – sie waren ein Verrat an ihrer Herkunft. Doch als an diesem Morgen der Wagen hinter ihr herkroch, hatte sie ihr Vorurteil überwunden und war in die

erstbeste Kirche getaucht, die sich nicht nur als katholisch erwies, sondern sogar als fortschrittlich katholisch, so daß sie die Messe zweimal in schlechtem Französisch über sich ergehen lassen mußte, gelesen von einem Arbeiterpriester, der nach Knoblauch und Schlimmerem roch. Als sie die Kirche wieder verließ, waren die Männer nirgends zu sehen, und das war schließlich die Hauptsache – auch wenn die Ostrakowa, als sie im Lagerhaus eintraf, sich zu zwei Überstunden verpflichten mußte, um die durch ihr Zuspätkommen verursachten Schwierigkeiten wettzumachen. Egal, es war und blieb die Hauptsache.
Danach, drei Tage lang nichts, oder waren es fünf? Der Ostrakowa rann jetzt auch die Zeit durch die Finger, wie Geld. Drei oder fünf, sie waren weg, es hatte sie nie gegeben. Alles war nur ihre »Ausschmückerei«, wie der Magier es genannt hatte, ihre dumme Gewohnheit, zuviel zu sehen, zuvielen Leuten in die Augen zu schauen, zuviele Episoden zu erfinden. Bis heute früh, als sie wieder da waren. Nur daß heute fünfzigtausendmal schlimmer war, denn heute war *jetzt*, und die Straße war heute so leer wie am letzten Tag oder am ersten, und der Mann, der sich fünf Meter hinter ihr hielt, kam näher, und der Mann, der unter Merciers gefährlich herabhängender Markise gegangen war, überquerte die Straße, um sich zu seinem Kollegen zu gesellen.

Was dann geschah, hätte nach den Kenntnissen oder Vorstellungen der Ostrakowa wie der Blitz passieren müssen. In dem einen Augenblick ging man noch aufrecht die Straße entlang, im nächsten wurde man unter einem Geflirr von Lichtern und dem Geheul von Sirenen auf einen Operationstisch geweht, den Chirurgen mit verschiedenfarbigen Gesichtsmasken umstanden. Oder man war im Himmel vor dem Allmächtigen und murmelte Entschuldigungen wegen gewisser Fehltritte, die man nicht wirklich bedauerte; und Er – wenn man Ihn recht verstand –, auch nicht. Oder, und das war das Schlimmste, man kam davon und wurde als gehfähiger Verwundeter nach Hause entlassen, und die lästige Halbschwester Valentina ließ höchst ungehalten alles liegen und

stehen, um aus Lyon herbeizueilen und am Krankenbett dauernd auf einen herunterzukeifen.
Keine dieser Annahmen traf zu.
Alles ging mit der Langsamkeit eines Unterwasserballetts vor sich. Der Mann, der zu ihr aufschloß, hielt sich rechts und ging an der Häuserseite neben ihr her. Der Mann, der bei Merciers Laden die Straße überquert hatte, hielt sich links von ihr, nicht auf dem Trottoir, sondern im Rinnstein, wobei er sie bei jedem Schritt mit dem Regenwasser von gestern anspritzte. Mit ihrer fatalen Angewohnheit, anderen Leuten in die Augen zu schauen, starrte die Ostrakowa auf ihre beiden Begleiter und sah Gesichter, die sie bereits identifiziert hatte und auswendig kannte. Sie hatten Ostrakow gejagt, sie hatten Glikman ermordet, und ihrer persönlichen Ansicht nach ermordeten sie schon seit Jahrhunderten das ganze russische Volk, sei es im Namen des Zaren, Gottes oder Lenins. Als ihr Blick sich von ihnen löste, sah sie den schwarzen Wagen, der ihr auf dem Weg zur Kirche gefolgt war, langsam die leere Straße entlang auf sich zufahren. Also tat sie genau das, was sie die ganze Nacht lang geplant, sich, während sie wach lag, ausgedacht hatte. In ihrer Einkaufstasche steckte heute ein altes Bügeleisen, ein Stück Trödel, den Ostrakow in den Tagen erworben hatte, als der arme sterbende Mann sich einbildete, mit dem Antiquitätenhandel ein paar zusätzliche Francs verdienen zu können. Die Einkaufstasche war aus grünen und braunen Lederflecken und sehr stabil. Die Ostrakowa holte nach hinten aus, ließ die Tasche kreisen und schwang sie mit aller Kraft nach dem Mann im Rinnstein – nach seinen Leisten, dem verhaßten Sitz seiner Schlechtigkeit. Er fluchte – in welcher Sprache, konnte sie nicht hören – und ging in die Kniee. Von hier an kam ihr Plan ins Schleudern. Sie hatte nicht mit zwei Wegelagerern, einem rechts, einem links, gerechnet, und sie brauchte Zeit, um wieder ins Gleichgewicht zu kommen und das Plätteisen nach dem zweiten Mann zu schwingen. Er ließ sie nicht dazu kommen. Er schlang seine Arme um die ihren, packte sie wie den Fettsack, der sie war, und hob sie in die Luft. Sie sah ihre Tasche

fallen und hörte das Scheppern des Bügeleisens, als es aus der Tasche auf einen Kanaldeckel fiel. Wie sie so immer noch nach unten blickte, sah sie, daß ihre Stiefel zehn Zentimeter über dem Boden baumelten, als hätte sie sich aufgehängt wie ihr Bruder Niki – seine Füße waren genauso verdreht gewesen wie die eines Schwachsinnigen. Sie bemerkte, daß eine ihrer Stiefelkappen, die linke, bei der Keilerei verkratzt worden war. Die Arme ihres Angreifers schlossen sich noch enger um ihre Brust, und sie fragte sich, ob wohl ihre Rippen brechen würden, ehe sie erstickte. Sie fühlte, wie der Mann sie nach hinten bog und vermutete, daß er Stand fassen wollte, um sie in den Wagen zu schwingen, der nun ziemlich schnell näherkam: daß sie entführt werden sollte. Diese Vorstellung entsetzte sie. Nichts, am wenigsten der Tod, erschien ihr in diesem Augenblick so schrecklich wie der Gedanke, diese Schweine würden sie nach Rußland zurückbringen und jenem langsamen doktrinären Gefängnistod ausliefern, an dem, dessen war sie sicher, Glikman zugrunde gegangen war. Sie wehrte sich mit aller Kraft, brachte es fertig, ihn in die Hand zu beißen. Sie sah ein paar Passanten, die genauso verschreckt zu sein schienen wie sie selber. Dann bemerkte sie, daß der Wagen nicht verlangsamte und daß die Männer etwas ganz anderes im Sinn hatten: Man wollte sie keineswegs entführen, man wollte sie töten.

Er schleuderte sie.

Sie trudelte, stürzte aber nicht, und als der Wagen ausbog, um sie zu überrollen, dankte sie Gott und allen seinen Engeln, daß sie sich doch noch zu den Winterstiefeln entschlossen hatte, denn die Stoßstange traf sie an den Wadenbeinen, und als sie ihre Füße wiedersah, waren sie in gerader Linie vor ihrem Gesicht, und ihre bloßen Schenkel waren gespreizt wie bei einer Geburt. Eine Weile flog sie, und schlug dann mit allem zugleich aufs Pflaster – mit dem Kopf, dem Rückgrat und den Fersen –, rollte danach wie eine Wurst über die Steine. Der Wagen war vorüber, aber sie hörte ihn kreischend anhalten und fragte sich, ob er wohl umkehren und sie nochmals überfahren werde. Sie versuchte, sich zu bewegen, fühlte sich aber zu schläfrig. Sie hörte Stimmen und das Schlagen von Autotüren, sie hörte den Motor aufbrüllen und verklingen, also entfernte er sich entweder, oder sie verlor das Gehör.

»Nicht anfassen«, sagte jemand.

»Nein, bitte *nicht*«, dachte sie.

»Es ist nur der Mangel an Sauerstoff«, hörte sie sich sagen. »Helfen Sie mir auf die Beine, und alles ist wieder gut.«

Warum sagte sie das? Oder dachte sie es nur?

»*Auberginen*«, sagte sie. »Holen Sie die *Auberginen*.« Sie wußte nicht, ob sie von ihren Einkäufen sprach oder von den Politessen, die wegen der Farbe ihrer Uniform im Pariser Argot so hießen.

Dann legten ein Paar Frauenhände eine Decke über sie, und es entspann sich eine hitzige gallische Auseinandersetzung über das, was nun zu tun sei. Hat jemand die Nummer aufgeschrieben? wollte sie fragen. Aber sie war wirklich zu schläfrig dazu, und zudem fehlte es ihr an Sauerstoff – der Sturz hatte ihn ein für allemal aus ihrem Körper gequetscht. In Erinnerung an russische Landschaften hatte sie eine Vision von angeschossenen Vögeln, die hilflos am Boden flatterten und auf den Biß der Hunde warteten. General, dachte sie, haben Sie meinen zweiten Brief bekommen? Im Hinübergleiten forderte sie ihn auf, beschwor ihn, den Brief zu lesen und auf sein Flehen einzugehen. General, lesen Sie meinen zweiten Brief.

Vor einer Woche hatte sie ihn in einem Augenblick der Verzweiflung geschrieben und ihn gestern, in einem ebensolchen Augenblick, aufgegeben.

7

In der Gegend der Paddington Station gibt es viktorianische Häuserblocks, die außen strahlend weiß sind, wie Luxusdampfer, und innen dunkel wie Gräber. Westbourne Terrace glänzte an diesem Samstagmorgen so hell wie nur irgendeines der Gebäude, doch die Dienstboten- und Lieferantenanfahrt, die zu Wladimirs Behausung führte, wurde am einen Ende von einem Haufen faulender Matratzen blockiert und am anderen durch einen zersplitterten Schlagbaum, gleich einer Grenzschranke.

»Vielen Dank, ich steige hier aus«, sagte Smiley höflich bei den Matratzen und bezahlte den Taxifahrer.

Er war direkt von Hampstead hierhergekommen, und seine Knie schmerzten. Der griechische Chauffeur hatte ihm während der ganzen Fahrt einen Vortrag über Zypern gehalten, und Smiley hatte sich aus Artigkeit auf den Klappsitz gekniet, um den Ausführungen trotz des Motorgeräuschs besser folgen zu können. Wladimir, wir hätten dir Besseres zukommen lassen sollen, dachte er beim Anblick des verdreckten Pflasters und der armseligen Wäsche, die von den Balkonen hing. Der Circus hätte seinem senkrechten Mann mehr Ehre erweisen sollen. *Es betrifft den Sandmann*, dachte er. *Sagen Sie ihm, ich habe zwei Beweise und kann sie mitbringen.*

Er ging langsam, denn er wußte, daß sich der frühe Morgen eher zum Verlassen als zum Betreten von Häusern eignet. An der Bushaltestelle hatte sich eine kleine Schlange gebildet. Ein Milchmann drehte seine Runde, desgleichen ein Zeitungsjunge. Ein Schwarm landsässiger Möwen säuberte graziös das Umfeld der überquellenden Müllkästen. Wenn die Möwen in die Städte kommen, dachte er, werden dann die Tauben ans Meer ziehen? Als er den Lieferantenweg überquerte, sah er, wie ein Motorradfahrer mit amtlich schwarzer Beiwagen-Maschine seinen Renner hundert Yards entfernt am Randstein parkte. Etwas an der Haltung des Mannes erinnerte ihn an den großen Boten, der die Schlüssel in die sichere Wohnung gebracht hatte – ein Eindruck von Verläßlichkeit, selbst auf diese Entfernung; eine respektvolle, fast militärische Aufmerksamkeit.

Abblätternde Kastanienbäume verdunkelten den Säuleneingang, eine narbenbedeckte Katze äugte argwöhnisch zu Smiley hoch. Die Türklingel war ganz oben, die letzte von dreißig, aber Smiley klingelte nicht, und als er gegen die zweiflügelige Tür drückte, schwang sie widerstandslos auf und gab den Zugang zu den gleichen düsteren, zum Schutz vor Graffiti-Schreibern mit einem Ölanstrich versehenen Korridoren frei, und zu den gleichen mit quietschendem Linoleum belegten Treppen. Er erinnerte sich an alles. Nichts hatte sich geändert, und jetzt würde sich nie mehr etwas ändern. Es gab keinen Lichtschalter, und das Treppenhaus wurde immer dunkler, je höher er stieg. Warum hatten Wladimirs Mörder ihm die Schlüssel nicht abgenommen? fragte er sich, als er sie bei jedem Schritt gegen seine Hüfte schlagen fühlte. Vielleicht brauchten sie die Schlüssel nicht. Vielleicht hatten sie bereits ihren eigenen Satz. Er erreichte ein Podest und zwängte sich an einem luxuriösen Kinderwagen vorbei. Er hörte Hundegeheul, die Morgennachrichten in deutsch und die Wasserspülung aus einem Gemeinschaftsklo. Er hörte ein Kind, das seine Mutter anschrie, dann einen Klatsch, und den Vater, der das Kind anschrie. *Sagen Sie Max, es betrifft den Sandmann.* Es roch nach Curry und billigem Bratfett und Desinfektionsmitteln. Es roch nach zu vielen Menschen mit zu wenig Geld, auf zu engem Raum zusammengepfercht. Auch daran erinnerte er sich. Nichts hatte sich geändert.

Wenn wir ihn besser behandelt hätten, wäre es nie passiert, dachte Smiley. Vernachlässigte werden zu leicht umgebracht, dachte er und stellte damit, ohne es zu wissen, eine Parallele zu der Ostrakowa her. Er erinnerte sich an den Tag, als sie ihn hierher gebracht hatten, Smiley, der Vikar und Esterhase, der Postbote. Sie waren nach Heathrow gefahren, um ihn abzuholen: Toby, der mit allen Wassern gewaschene Kanalarbeiter, wie er sich selbst nannte. Obwohl Toby fuhr wie der Teufel, wären sie damals beinah zu spät gekommen. Das Flugzeug war bereits gelandet. Sie hasteten zur Zollabfertigung, und da stand er: silberhaarig und majestätisch, reglos wie ein Turm im Getümmel der gewöhnlichen Sterblichen, die auf dem Weg von der Landungshalle an ihm vorbeiströmten. Er erinnerte sich an ihre feierliche Umarmung – »Max, alter Freund, sind Sie's wirklich?« »Ja, Wladimir, ich bin's wirklich, man hat uns wieder zusammengespannt.« Er erinnerte sich, wie Toby Esterhase sie durch die Hintertüren der Einwanderungskontrolle schmuggelte, da die wütende französische Polizei dem alten Knaben, ehe sie ihn hinauswarf, die Papiere abgenommen hatte. Er erinnerte sich an das Mittagessen selbdritt bei Scott's, als der alte Knabe in seiner Euphorie sogar aufs Trinken vergessen und mit Grandezza von einer Zukunft gesprochen hatte, die, wie sie alle wußten, hinter ihm lag. »Es wird wieder genauso sein, wie in Moskau, Max. Vielleicht schnappen wir uns sogar den Sandmann.« Am nächsten Tag gingen sie auf Wohnungssuche. »Nur um Ihnen ein paar Möglichkeiten zu zeigen, General«, wie Toby Esterhase erklärt hatte. Es war um die Weihnachtszeit, und der Übersiedelungs-Etat für das laufende Jahr war aufgebraucht. Smiley hatte sich an die Finanzabteilung gewandt; Lacon und das Schatzamt um einen Nachtragshaushalt bekniet, jedoch ohne Erfolg. »Ein Schuß Realität wird ihn wieder auf den Boden der Tatsachen zurückbringen«, hatte Lacon entschieden. »Machen Sie Ihren Einfluß auf ihn geltend, George. Dafür haben wir Sie wieder eingesetzt.« Der erste Schuß Realität war ein Nuttenbunker in Kensington gewesen, der zweite ging auf einen Rangierbahnhof bei der Waterloo-Station hinaus. Westbourne Terrace war der dritte, und als sie, mit Toby an der Spitze, dieselbe Treppe hinaufquietschten, die Smiley jetzt erklomm, war der alte Mann plötzlich stehengeblieben, hatte den großen gesprenkelten Kopf zurückgeworfen und theatralisch die Nüstern gebläht.

Ah! Wenn ich Hunger kriege, brauche ich nur auf den Korridor hinausgehen und schnuppern, und schon bin ich satt! hatte er in seinem harten Französisch verkündet. *So kann ich's eine ganze Woche ohne Essen aushalten!*
Jetzt war es selbst Wladimir aufgegangen, daß man ihn endgültig abhalftern wollte.
Smiley kehrte wieder in die Gegenwart zurück. Auf dem nächsten Podest beherrschte, wie er bei seinem einsamen Aufstieg feststellte, die Musik das Feld. Durch eine Tür kamen in voller Lautstärke Rockrhythmen, durch die andere Sibelius und der Geruch von gebratenem Speck. Als er durchs Treppenfenster lugte, sah er zwischen den Kastanien zwei Männer herumlungern, die bei seiner Ankunft noch nicht dagewesen waren. So würde ein Team vorgehen, dachte er. Ein Team würde Späher aufstellen, während die anderen ins Haus gingen. Ein Team, das für *wen* arbeitete? Für Moskau? Für die Polizei? Für Saul Enderby? Weiter unten auf der Straße hatte der große Motorradfahrer eine kleinformatige Zeitung gekauft, die er nun im Sattel sitzend las.
Auf Smileys Seite öffnete sich eine Tür, und eine alte Frau im Morgenrock erschien mit einer Katze auf der Schulter. Er konnte die Alkoholfahne von gestern abend riechen, noch ehe die Frau den Mund auftat und ihn fragte:
»Sind Sie ein Einbrecher, Herzchen?«
»Ich muß Sie leider enttäuschen«, erwiderte Smiley lachend. »Nur ein Besucher.«
»Egal, Hauptsache, man ist gefragt, nicht wahr, Herzchen?«
»Da haben Sie recht«, sagte Smiley höflich.
Die letzte Treppe war steil und sehr eng und erhielt echtes Tageslicht durch eine vergitterte Luke in der Dachschräge. Auf dem obersten Podest waren zwei Türen, beide zu, beide sehr schmal. An eine war eine maschinengeschriebene Karte geheftet: »Mr. W. Miller, ÜBERSETZUNGEN.« Smiley erinnerte sich an das Gerangel um Wladimirs neue Identität, jetzt, da er Londoner werden und auf Tauchstation bleiben sollte. »Miller« war kein

Problem gewesen. Aus irgendeinem unerfindlichen Grund fand der alte Knabe, Miller sei großartig. »Miller, *c'est bien*«, hatte er erklärt. »Miller gefällt mir, Max.« Aber »Mister« war alles andere als gut. Er bestand zunächst auf General, ließ sich dann bis zum Colonel herab. Smiley, als wiedererstandener Vikar, war indessen in diesem Punkt unnachgiebig: Mister bringe weit weniger Scherereien, als ein falscher Dienstgrad in der verkehrten Armee, hatte er verfügt.

Er klopfte kräftig, da er wußte, daß ein leises Anklopfen mehr auffällt, als ein lautes. Er hörte das Echo, sonst nichts. Kein Geräusch von Schritten, keinen plötzlich verstummenden Laut. Er rief »Wladimir« durch den Briefschlitz, als sei er ein alter Freund, der auf Besuch kommt. Er probierte einen Yale-Schlüssel aus dem Bund; der Schlüssel klemmte. Er probierte einen zweiten. Er paßte. Smiley trat in die Wohnung und schloß die Tür. Er war auf einen Schlag über den Hinterkopf gefaßt, dachte aber, ein eingeschlagener Schädel sei immer noch besser, als ein weggeschoßenes Gesicht. Er fühlte Schwindel und merkte, daß er den Atem anhielt. Der gleiche weiße Anstrich, stellte er fest, die gleiche Gefängnisöde. Dieselbe merkwürdige Stille, wie in einer Telefonzelle, und auch dieselbe Mischung von öffentlichen Gerüchen.

Genau an dieser Stelle, so erinnerte sich Smiley, standen wir drei an jenem Nachmittag. Toby und ich wie Hochseeschlepper mit dem alten Schlachtschiff zwischen uns. Das Angebot der Immobilienfirma hatte von einem »Penthouse« gesprochen.

»Hoffnungslos«, hatte Toby Esterhase, der wie immer als erster das Wort ergriff, in seinem ungarischen Französisch verkündet und sich bereits wieder zur Tür gewandt, um die Wohnung zu verlassen. »Ich meine, absolut gräßlich. Ich meine, ich hätte sie mir vorher ansehen sollen, ich Idiot«, hatte Toby gesagt, als Wladimir sich immer noch nicht rührte. »General, ich muß mich bei Ihnen entschuldigen. Das hier ist wirklich eine Zumutung.« Smiley hatte sich im gleichen Sinn geäußert. Wir können Ihnen etwas Besseres bieten, als das, Wladi. Etwas viel Besseres. Wir dürfen nur nicht locker lassen.

Doch die Augen des alten Mannes hatten auf dem Fenster verweilt, so wie jetzt Smileys Augen, auf dem Wald von Kaminen und Giebeln und schrägen Dächern, der jenseits der Brüstung aufschoß. Und plötzlich hatte er eine behandschuhte Pranke auf Smileys Schulter fallen lassen.
»Verwenden Sie Ihr Geld lieber dazu, diese Schweine in Moskau abzuknallen, Max«, hatte er geraten.
Unter Tränen, die ihm die Wangen hinabrannen, und mit dem gleichen entschlossenen Lächeln hatte Wladimir weiter auf die Moskauer Kamine gestarrt; und auf den schwindenden Traum von einem Leben unter russischem Himmel.
»*On reste ici*«, hatte er schließlich befohlen, so, als beziehe er eine letzte Verteidigungsstellung.
Eine schmale Bettcouch stand an einer Wand, auf dem Fensterbrett ein Gaskocher. Der Geruch nach Gipsmörtel weckte in Smiley die Vermutung, daß der alte Mann die Wohnung ständig selbst getüncht, die feuchten Stellen übermalt und die Risse verspachtelt hatte. Auf einem Schreib- und Eßtisch waren eine uralte Remington und ein paar abgegriffene Wörterbücher. Seine Übersetzungsarbeit, dachte Smiley, ein paar Extra-Pennies zur Aufbesserung seiner »Rente«. Smiley drückte die Ellbogen nach hinten, als schmerze ihn das Rückgrat, richtete sich zu seiner ganzen, wenn auch nicht stolzen Größe auf und machte sich an den Vollzug der vertrauten Totenriten für heimgegangene Spione. Eine estnische Bibel lag auf dem Nachtkästchen aus Fichtenholz. Er tastete das Buch behutsam nach Hohlräumen ab, hielt es dann mit der Schnittseite nach unten, um Papierschnitzel oder Fotos herauszuschütteln. Er zog die Kommodenschublade auf und fand darin ein Fläschen mit Patentpillen zur Neubelebung der schwindenden Manneskraft und drei auf einer Chromspange aufgezogene Tapferkeitsorden der Roten Armee. Soviel zur Tarnung, dachte Smiley und fragte sich, wie um alles in der Welt Wladimir und seine zahlreichen Gespielinnen auf diesem kärglichen Lager zurechtgekommen sein mochten. Ein Lutherbild hing über dem Kopfende der Bettcouch. Daneben ein Farb-

druck, betitelt »Die roten Dächer von Alt-Riga«, den Wladimir wohl irgendwo herausgerissen und auf ein Stück Pappe geklebt hatte. Eine weitere Ansicht zeigte »Die Kazari-Küste«, eine dritte »Windmühlen mit Burgruine«. Smiley suchte die Wand hinter den Bildern ab. Dann fiel sein Blick auf die Nachttischlampe. Er drückte auf den Knopf, und als kein Licht anging, zog er den Stecker heraus, entfernte die Glühbirne und fischte im Sockel herum, ohne Erfolg. Bloß die Birne ausgebrannt, dachte er. Ein jäher Schrei von draußen ließ ihn an die Wand zurückweichen, doch als er sich wieder gefaßt hatte, sah er, daß es wieder diese Binnenmöwen waren: eine ganze Kolonie hatte sich rings um die Kaminhauben geschart. Wieder spähte er hinunter auf die Straße. Die beiden Eckensteher waren verschwunden. Sie sind schon unterwegs zu mir herauf, dachte er; mein Vorsprung ist abgelaufen. Es sind gar keine Polizisten, dachte er; es sind Mörder. Das Motorrad mit seinem schwarzen Beiwagen stand einsam und verlassen. Er schloß das Fenster und sinnierte, ob es wohl ein Spezial-Walhall für tote Spione gebe, wo er und Wladimir einander wiedersehen würden und er die Dinge richtigstellen könnte; er sagte sich, daß sein Leben lange genug gewährt habe und daß dieser Augenblick so gut wie jeder andere sei, ihm ein Ende zu setzen. Ohne auch nur eine Sekunde daran zu glauben.

Die Tischlade enthielt leeres Schreibpapier, einen Heftapparat, einen angenagten Bleistift, ein paar Gummiringe und eine unlängst ausgestellte, nicht bezahlte Telefonrechnung über achtundsiebzig Pfund, eine Summe, die ihm mit Wladimirs einfacher Lebensweise in krassem Widerspruch zu stehen schien. Er öffnete den Heftapparat und fand nichts. Er steckte die Telefonrechnung zu späterer Prüfung in die Tasche und suchte weiter, wobei er genau wußte, daß dies eigentlich keine richtige Durchsuchung war, daß zu einer richtigen Durchsuchung drei Männer mehrere Tage gebraucht hätten, ehe sie mit Sicherheit hätten sagen können, es sei alles gefunden worden, was zu finden war. Wenn er überhaupt nach etwas Bestimmtem Ausschau hielt, dann am ehesten nach einem Adressen- oder Tagebuch oder etwas, das dem einen oder anderen Zweck hatte dienen können, und wäre es auch nur ein Fetzchen Papier. Er wußte, daß alte Spione, selbst die besten, manchmal wie alte Liebhaber waren: Wenn sie in die Jahre kamen fingen sie an zu mogeln, aus Angst, ihre Fähigkeiten könnten sie im Stich lassen. Sie behaupteten, alles im Kopf zu haben, aber so, wie sie insgeheim ihrer Männlichkeit nachhalfen, so schrieben sie insgeheim Dinge auf, oft in einem selbstgebastelten Code, den jeder, der die Spielregeln kannte, innerhalb von Stunden oder Minuten knacken konnte: Namen und Adressen von Kontakten, Unteragenten. Nichts war ihnen heilig. Prozeduren, Treffzeiten und -orte, Decknamen, Telefonnummern, sogar Safekombinationen, als Sozialversicherungsnummern und Geburtsdaten getarnt. Zu seiner Zeit hatte Smiley erlebt, daß ganze Netze gefährdet wurden, nur, weil ein Agent seinem Gedächtnis nicht mehr traute. Er glaubte nicht, daß dies bei Wladimir der Fall gewesen war, aber es gab immer ein Erstesmal.

Sagen Sie ihm, ich habe zwei Beweise und kann sie mitbringen . . .

Er stand an der Stelle, die der alte Mann seine Küche genannt haben würde: am Fenstersims mit dem Gaskocher darauf und dem selbstgebastelten Vorratskästchen, in das Luftlöcher gebohrt waren. Wir Männer, die unsere Kocherei selber besorgen müssen, sind Halb-Menschen, dachte er, als er die zwei Regale musterte, den Topf und die Bratpfanne herauszog, zwischen Cayenne-Pfeffer und Paprika herumstocherte. Überall sonst im Haus – sogar im Bett – kann man sich einigeln, seine Bücher lesen, sich einreden, daß der Mensch am besten allein sei. Doch in der Küche sind die Zeichen der Unvollständigkeit zu augenfällig. Ein halber Laib Schwarzbrot. Eine halbe Mettwurst. Eine halbe Zwiebel. Eine halbe Flasche Milch. Eine halbe Zitrone. Ein halbes Päckchen schwarzer Tee. Ein halbes Leben. Er öffnete alles, was sich öffnen ließ, grub mit einem Finger im Paprika. Er entdeckte eine lose Kachel und krallte sie heraus, er schraubte den

Holzgriff der Bratpfanne ab. Als er den Kleiderschrank aufmachen wollte, hielt er mitten in der Bewegung inne, als lausche er wieder, doch diesmal hatte er etwas gesehen, nicht gehört.
Auf dem Vorratsschränkchen lag eine Stange Gauloises Caporal, Wladimirs Lieblingszigaretten, wenn er keine russischen kriegen konnte. Er las die verschiedenen Aufdrucke. »*Duty Free*«, »*Filtre*«, ferner »*Exportation*« und »*Made in France*«. In einer Zellophanhülle. Er nahm sie herunter. Von den ursprünglichen zehn Päckchen fehlte eines. Im Aschenbecher drei ausgedrückte Stummel derselben Marke. Er schnüffelte, und jetzt erst gewahrte er, neben dem Geruch nach Essen und Gipsmörtel, ganz schwach das Aroma französischer Zigaretten in der Luft.
Und keine Zigaretten in der Tasche, erinnerte er sich.
Smiley hielt die blaue Packung in beiden Händen, drehte sie langsam und versuchte, hinter ihren tieferen Sinn zu kommen. Sein Instinkt – besser gesagt, eine noch unterschwellige Wahrnehmung – signalisierte ihm eindringlich, daß an diesen Zigaretten irgendetwas faul war. Nicht das Äußere. Nicht die Füllung, kein Mikrofilm oder Sprengstoff oder Dumdum-Geschoße oder ähnlich abgedroschenes Zeug.
Nur die Tatsache, daß sie hier waren, hier und nirgendwo anders, war faul.
So neu, so staubfrei, ein fehlendes Päckchen, drei Zigaretten geraucht.
Und keine Zigaretten in der Tasche.
Er arbeitete jetzt rascher, wollte möglichst schnell weg. Die Wohnung lag zu hoch oben. Sie war zu leer und zu voll. Er hatte immer mehr das Gefühl, daß irgendetwas nicht stimmte. Warum hatten sie die Schlüssel nicht genommen? Smiley öffnete den Schrank. Er enthielt Kleidung und Schriften, doch Wladimir besaß von beiden nicht sehr viel. Die Schriften waren meist hektographierte Pamphlete in Russisch und Englisch oder in etwas, das Smiley für eine der baltischen Sprachen hielt. Da war ein Ordner mit Briefen aus dem alten Pariser Hauptquartier der Gruppe und eine Anzahl Plakate mit Aufschriften wie »DENKT

AN LETTLAND«, »DENKT AN ESTLAND«, »DENKT AN LITAUEN«, vermutlich zum Aushang bei öffentlichen Veranstaltungen. Da war eine Schachtel Schulkreide, gelb, aus der zwei Stücke fehlten. Und Wladimirs heißgeliebtes Norfolk-Jackett, vom Haken auf den Boden gefallen. Vielleicht heruntergerutscht, als Wladimir die Schranktür ein bißchen zu hastig geschlossen hatte.

Wladimir, der so eitel war? dachte Smiley. So militärisch in seiner Erscheinung? Und sein bestes Jackett liegt zusammengeknüllt auf dem Schrankboden? Oder hatte eine achtlosere Hand als die Wladimirs es nicht wieder über den Bügel gehängt?

Smiley hob das Jackett auf, durchsuchte die Taschen, hing es dann wieder in den Schrank zurück und schlug die Tür zu, um zu sehen, ob es herunterfallen würde.

Was es tat.

Sie haben die Schlüssel nicht genommen, und sie haben seine Wohnung nicht durchsucht, dachte er. Sie haben Wladimir durchsucht, wurden jedoch, nach Meinung des Superintendent, dabei gestört.

Sagen Sie ihm, ich habe zwei Beweise und kann sie mitbringen.

Er ging wieder ins Küchenrevier zurück, stellte sich vor das Schränkchen und betrachtete nochmals eingehend die blaue Packung, die obenauf lag. Dann schaute er in den Papierkorb. Wiederum nachdenklich auf den Aschenbecher. Dann in den Abfalleimer, ob das fehlende Päckchen vielleicht zerknüllt darin liege. Er fand nichts, und aus irgendeinem Grund freute er sich darüber.

Zeit zu gehen.

Aber er ging nicht, noch nicht. Eine weitere Viertelstunde grub und stocherte Smiley herum, wobei er mit einem Ohr auf verdächtige Geräusche lauschte. Er hob Dinge auf und stellte sie wieder zurück, immer noch auf der Suche nach dem losen Dielenbrett oder der klassischen Nische hinter den Regalen. Aber diesmal wollte er *nichts* finden. Diesmal wollte er nur ein Nichtvorhandensein feststellen. Erst als er sich soweit überzeugt hatte,

wie die Umstände dies zuließen, trat er endlich leise auf den Treppenabsatz hinaus und versperrte hinter sich die Tür. Auf dem Podest der nächsten Etage begegnete er einem Aushilfsbriefträger mit Armbinde, der aus einem anderen Korridor aufgetaucht war. Smiley tippte ihn am Ellbogen an.
»Wenn Sie irgendetwas für Wohnung 6 B haben, dann kann ich Ihnen den Aufstieg ersparen«, sagte er bescheiden.
Der Briefträger kramte in seiner Tasche und brachte einen braunen Umschlag zum Vorschein. Abgestempelt in Paris vor fünf Tagen, im fünfzehnten Arrondissement. Smiley steckte ihn ein. Noch ein Stockwerk weiter unten würde eine Tür zur Feuertreppe führen, die mit einem Riegel gesichert und nur von innen zu öffnen war. Smiley hatte sich das beim Hinaufsteigen im Geist notiert. Er drückte, die Tür gab nach, er klomm eine ekelhafte Betontreppe hinab und ging durch einen Innenhof auf eine menschenleere Hintergasse hinaus, wobei er noch immer über die Unterlassung nachgrübelte. Warum hatten sie seine Wohnung nicht durchsucht? Die Moskauer Zentrale hatte, wie jeder andere bürokratische Apparat, feste Prozeduren. Man beschließt, einen Mann zu töten. Also stellt man Posten vor seinem Haus sowie auf seinem Weg auf und setzt dann das Mörderteam an, tötet ihn. Die klassische Methode. Warum also nicht auch seine Wohnung durchsuchen? – Wladimir, ein Junggeselle, der in einem Haus wohnte, wo dauernd Fremde aus- und eingingen? Warum nicht die Posten heraufschicken, sobald er sich auf den Weg gemacht hatte? *Weil sie wußten, daß er es bei sich hatte,* dachte Smiley. Und die Durchsuchung des Toten, die der Superintendent als flüchtig bezeichnet hatte? Angenommen, sie waren nicht gestört worden, sondern hatten bereits gefunden, was sie suchten?
Er rief ein Taxi und sagte zum Fahrer: »Bywater Street in Chelsea bitte, an der King's Road.«
Nach Hause, dachte er. Ein Bad nehmen, die Sache durchdenken. Rasieren. *Sagen Sie ihm, ich habe zwei Beweise und kann sie mitbringen.*
Plötzlich beugte er sich vor, klopfte an die Trennscheibe und

nannte ein neues Ziel. Als sie wendeten, hielt der Motorradfahrer kreischend hinter ihnen an, stieg ab und schob seine mächtige schwarze Maschine samt Beiwagen gemessen auf die Gegenspur. Ein Herrschaftsdiener, dachte Smiley, der ihm zusah. Ein Herrschaftsdiener, der den Teewagen hereinrollt. Mit durchgedrücktem Kreuz und ausgestellten Ellbogen folgte er ihnen wie eine offizielle Eskorte durch die Außenviertel von Camden, dann, immer noch in vorschriftsmäßigem Abstand, langsam hügelan. Das Taxi hielt, Smiley beugte sich vor, um den Fahrpreis zu entrichten. In diesem Augenblick zog die dunkle Gestalt feierlich an ihnen vorbei, die ledergepanzerte Faust salutierend aus dem Ellbogen hochgewinkelt.

8

Er stand an der Mündung der Allee und spähte in den Tunnel aus Birkenbäumen, die wie eine Armee auf dem Rückzug immer mehr im Dunst versanken. Die Dunkelheit war widerstrebend einem Stubendämmer gewichen. Es hätte schon auf den Abend zugehen können: Teestunde in einem alten Landhaus. Die Straßenlampen rechts und links von ihm waren trübe Funzeln, die nichts erhellten. Die Luft war warm und schwer. Er hatte erwartet, noch Polizisten zu sehen und eine abgesperrte Fläche. Er hatte Journalisten und neugierige Gaffer erwartet. Es ist überhaupt nie passiert, sagte er sich, als er langsam den Hang hinunterging. Ich habe den Schauplatz kaum verlassen, da hat sich Wladimir, mit dem Stock in der Hand, vergnügt aufgerappelt, sein grauenhaftes Make-up weggewischt und ist mit dem übrigen Ensemble auf ein Bierchen zum Polizeirevier geflitzt.

Stock in der Hand, wiederholte er für sich, und dachte dabei an etwas, das der Superintendent zu ihm gesagt hatte. Linke Hand oder rechte Hand? »Kreidespur an der linken Hand«, hatte Mr. Murgotroyd im Kastenwagen gesagt. »Daumen, Zeige- und Mittelfinger.«

Während er weiterging, wurde die Allee immer dunkler und der Dunst dichter. Seine Schritte warfen ein blechernes Echo voraus. Zwanzig Yards höher brannte braunes Sonnenlicht wie ein schwelendes Freudenfeuer. Doch hier unten in der Senke hatte der Dunst sich zu einem kalten Nebel verdichtet, und Wladimir war tot, ein für allemal. Er sah Reifenspuren, wo die Polizeifahrzeuge geparkt hatten, bemerkte das Fehlen von Laub und die unnatürliche Sauberkeit des Kieswegs. Was tun sie nur? fragte er sich. Den Weg mit einem Schlauch abspritzen? Das Laub in ein paar von ihren Plastikkopfkissen kehren?

Seine Müdigkeit war einer neuen geheimnisvollen Klarheit gewichen. Er schritt weiter die Allee entlang, wünschte Wladimir guten Morgen und gute Nacht und kam sich dabei nicht lächerlich vor, dachte intensiv nach über Reißzwecken und Kreide und französische Zigaretten und Moskauer Regeln, hielt Ausschau nach einer Blechhütte an einem Spielfeld. Der Reihe nach vorgehen, ermahnte er sich. Mit dem Anfang beginnen. Laß die Gauloises auf ihrem Regal. Er kam zu einer Wegkreuzung, überquerte sie, ging weiter hügelan. Zu seiner Rechten erschienen Torpfosten und dahinter eine grüne, angerostete und anscheinend leere Wellblechhütte. Er stapfte über das Spielfeld, wobei Regenwasser seine Schuhe durchnäßte. Hinter der Hütte lief eine steile Schlammböschung entlang, auf der die Kinder glatte Schlitterbahnen gezogen hatten. Er kletterte die Böschung hinauf, drang in ein Dickicht und kletterte weiter. Der Nebel war noch nicht zwischen die Bäume gedrungen, und als Smiley auf dem Hügelrücken ankam, war die Luft klar. Es war noch immer niemand in Sicht. Er kehrte um und näherte sich durch die Bäume der Hütte. Es war ein Blechschuppen, weiter nichts, an der Spielfeldseite offen. Das einzige Möbel war eine roh gezimmerte Bank voller Kerben und messergeschnitzter Inschriften, der einzige Anwesende eine Gestalt, die bäuchlings auf der Bank lag, unter einer Decke, die den Kopf verhüllte und nur die braunen Stiefel freiließ. Eine Schrecksekunde lang fragte sich Smiley, ob man wohl dem Liegenden auch das Gesicht weggeschossen habe. Balken stützten das Dach, ernste moralische Appelle belebten den abblätternden grünen Anstrich. »Punks sind zersetzend. Die Gesellschaft braucht sie nicht.« Diese Behauptung rief in ihm einen Augenblick der Unentschlossenheit hervor. »Oh, die Gesellschaft braucht sie sehr wohl«, hätte er gern erwidert; »die Gesellschaft ist eine Ansammlung von Minderheiten.« Die Reißzwecke befand sich dort, wo Mostyn gesagt hatte, daß sie sein würde, genau in Kopfhöhe, ordnungsgemäß nach bester Sarratt-Tradition, ihr ärarischer Messingkopf war so neu und unbefleckt, wie der Knabe, der sie angebracht hatte.

Geh zum Treff, besagte sie; *keine Gefahr gesichtet.*

Moskauer Regeln, dachte Smiley wieder einmal. Moskau, wo ein Außenmann drei Tage brauchen konnte, um einen Brief zu einer sicheren Adresse zu bringen. Moskau, wo alle Minderheiten Punks sind.

Sagen Sie ihm, ich habe zwei Beweise und kann sie mitbringen . . .

Wladimirs Bestätigung in Kreide lief dicht an der Reißzwecke entlang, ein flatternder gelber Wurm von einer Botschaft, der sich den ganzen Pfosten hinunterkringelte. Vielleicht hatte der alte Mann sich wegen des Regens Sorgen gemacht, dachte Smiley. Vielleicht befürchtete er, der Regen werde die Markierung abwaschen. Oder vielleicht hat er auch nur in seiner Aufregung zu heftig auf die Kreide gedrückt, so wie er sein Norfolk-Jackett auf dem Schrankboden hatte liegen lassen. *Ein Treff oder gar nichts*, hatte er zu Mostyn gesagt . . . *Heute abend oder überhaupt nicht . . . Sagen Sie ihm, ich habe zwei Beweise und kann sie mitbringen* . . . Trotz allem hätte nur ein sehr aufmerksamer Beobachter die Markierung bemerkt, so augenfällig sie auch war; desgleichen die glänzende Reißzwecke, und nicht einmal der sehr aufmerksame Beobachter wäre stutzig geworden, denn Hampstead Heath wimmelt von Zetteln und Botschaften, angebracht von Leuten, die keineswegs samt und sonders Spione sind. Einige sind Kinder, einige sind Landstreicher, einige sind Gläubige im Herrn und Organisierer von Wohltätigkeitsmärschen, einige suchen entlaufene Haustiere, wieder andere sehnen sich nach Abwechslung in der Liebe und müssen ihre Nöte unbedingt von einer Hügelkuppe herab kundtun. Beileibe nicht allen wird mit einer Mordwaffe aus der Moskauer Zentrale das Gesicht aus nächster Nähe weggeschossen.

Und der Zweck dieser Bestätigung? Als Smiley von seinem Schreibtisch in London aus in letzter Instanz für Wladimirs Einsatz verantwortlich gewesen war, hatte man für Agenten in Moskau, mit deren Verschwinden jederzeit gerechnet werden mußte, diese Zeichen erdacht – abgebrochene Zweige auf einem

Weg, der immer der letzte sein konnte. *Ich sehe keine Gefahr und gehe laut Instruktionen zum vereinbarten Treff*, besagte Wladimirs letzte – und unglücklicherweise falsche – Botschaft an die Welt der Lebenden.

Smiley verließ die Hütte und ging ein kleines Stück den Weg zurück, auf dem er gerade gekommen war. Er memorierte dabei gewissenhaft die Ausführungen des Superintendent über Wladimirs letzten Gang, zog die Schubladen seines Gedächtnisses auf, als kramte er in einem Archiv.

Diese Gummigaloschen sind eine Gottesgabe, Mr. Smiley, hatte der Superintendent fromm erklärt; North British Century, Diamant-Profilsohlen, Sir, und kaum getragen – also, man könnte ihm durch einen Haufen Fußballfans folgen, wenn's sein müßte!

»Ich gebe Ihnen die autorisierte Fassung«, hatte der Superintendent gesagt und dabei schneller gesprochen, da die Zeit drängte. »Fertig, Mr. Smiley?«

Fertig, hatte Smiley gesagt.

Der Tonfall des Superintendent hatte sich verändert. Geplauder und Beweisaufnahme waren zwei Paar Stiefel. Er ließ den Schein der Stablampe im Rhythmus seiner Ausführungen auf den nassen Kies der abgeseilten Fläche fallen. Eine Vorlesung mit Laterna Magica, dachte Smiley; um ein Haar hätte er mitgeschrieben. »Hier taucht er auf und kommt jetzt den Hügel herunter, Sir. Sehen Sie ihn dort? Normaler Schritt, hübsche Absatz-Spitze-Abrollbewegung, normales Tempo, alles sonnenklar. Gesehen, Mr. Smiley?«

Smiley hatte es gesehen.

»Auch die Stockspur da, mit der rechten Hand, haben Sie die ebenfalls gesehen, Mr. Smiley?«

Smiley hatte ebenfalls gesehen, wie der Spazierstock mit der Gummizwinge ein tiefes rundes Loch bei jeder zweiten Fußstapfe hinterlassen hatte.

»Während er natürlich den Stock in der *linken* Hand hielt, als er erschossen wurde, nicht wahr? Haben Sie auch gesehen, Sir, wie

ich bemerkte. Wissen Sie zufällig, welches Bein das schlechtere war, wenn überhaupt, Sir?«
»Das rechte«, hatte Smiley gesagt.
»Ah. Dann hat er auch normalerweise den Stock höchstwahrscheinlich rechts benützt. Bitte, hier runter, Sir, da geht's lang. Gangart immer noch normal, wie Sie bitte beachten wollen.« Der regelmäßige Diamant-Profilsohlenabdruck, Absatz und Spitze, war im Schein der Stablampe unverändert über fünf weitere Schritte zu sehen. Jetzt, bei Tageslicht, sah Smiley ihn nur noch als Gespenst. Der Regen, andere Füße, die Reifenspuren verkehrswidriger Radfahrer hatten das meiste ausgelöscht. Doch nachts, während der Laternenschau des Superintendent, hatte er die Abdrücke echt gesehen, so echt, wie die mit Plastik bedeckte Leiche ein Stück weiter unten, in der Senke, wo die Spur geendet hatte.
»Hier«, hatte der Superintendent befriedigt erklärt, wobei er stehengeblieben war und den Kegel seiner Stablampe auf einem zertretenen Stück Boden verweilen ließ.
»Wie alt war er, sagten Sie, Sir?« fragte der Superintendent.
»Ich habe nichts gesagt, aber er ging auf die neunundsechzig zu.«
»Und dann erst kürzlich ein Herzanfall, vermute ich. Also, Sir. Zuerst stoppt er scharf. Fragen Sie mich nicht, warum, vielleicht wurde er angesprochen. Ich würde sagen, er hörte etwas. Hinter sich. Bemerken Sie die Art, wie die Schritte kürzer werden, bemerken Sie die Stellung der Füße, als er sich halb umdreht, über die Schulter schaut oder dergleichen? Wie dem auch sei, er *dreht sich um*, darum sage ich ›hinter sich‹. Und was immer er sah oder nicht sah, hörte oder nicht hörte – er beschließt zu laufen. Und los prescht er, sehen Sie her!« drängte der Superintendent mit der plötzlichen Begeisterung des Sportsmanns. »Längerer Schritt, Absätze berühren kaum noch den Boden. Ein völlig anderer Abdruck, rennt, was das Zeug hält. Man kann sogar sehen, wo er sich mit dem Stock abstieß, um nachzuhelfen.«
Als Smiley jetzt bei Tageslicht auf den Boden spähte, konnte er die verzweifelten Abdrücke der zuerst senkrecht, dann schräg

nach unten gestossenen Zwinge nicht mehr mit Sicherheit sehen, so, wie er sie gestern Nacht tatsächlich – und heute Morgen im Geist – gesehen hatte.

»Der Haken war nur«, hatte der Superintendent ruhig und wieder in seinem Gerichtssaalton kommentiert, »daß, was immer ihn umgebracht hat, vor ihm war, nicht wahr? Keineswegs hinter ihm.«

Sowohl, als auch, dachte Smiley jetzt, mit der Kenntnis, die einige Stunden Abstand verschaffen. Sie *trieben* ihn, dachte er und versuchte vergebens, sich an den Sarratt-Ausdruck für diese besondere Technik zu erinnern. Sie kannten seinen Weg, und sie *trieben* ihn. Der Angstmacher scheucht das Ziel von hinten, der Killer lauert unentdeckt vorne, bis das Ziel direkt in ihn hineinrennt. Denn auch die Mörder-Teams aus der Moskauer Zentrale wußten, daß selbst die ältesten Hasen stundenlang auf ihre Rükkendeckung achten, auf ihre Flankendeckung, auf Autos, die vorbeifahren oder nicht, auf Straßen, die sie überqueren, und Häuser, die sie betreten. Und wenn es dann soweit ist, nicht in der Lage sind, die Gefahr zu erkennen, die ihnen von Angesicht zu Angesicht begegnet.

»Rennt immer noch«, hatte der Superintendent gesagt und sich stetig dem Toten unten am Hügel genähert. »Bemerken Sie, wie sein Schritt jetzt ein wenig länger wird wegen des steileren Gefälles? Auch unregelmäßig, sehen Sie? Die Füße fliegen in wilder Hast. Läuft ums liebe Leben. Buchstäblich. Und der Spazierstock immer noch in der rechten Hand. Jetzt schert er aus, Richtung Straßenrand. Hat wohl den Kopf verloren, wäre ja auch kein Wunder. Hierher, bitte. Erklären Sie *das*, wenn Sie können!«

Der Lampenstrahl verweilte auf einem Fleck mit dicht aneinanderliegenden Fußabdrücken, fünf oder sechs, alle auf sehr engem Raum, am Grasrand zwischen zwei hohen Bäumen.

»Wieder stehengeblieben«, verkündete der Superintendent. »Oder vielleicht nicht *ganz*, eigentlich mehr auf der Stelle getreten. Fragen Sie mich nicht, warum. Möglicherweise hat er nur die Füße durcheinandergebracht. Möglicherweise war es ihm unheimlich, so dicht an den Bäumen zu sein. Möglicherweise hat sein Herz gestreikt, wenn Sie sagen, daß es einen Knacks hatte. Dann rast er wieder los, wie zuvor.«

»Mit dem Stock in der linken Hand«, hatte Smiley ruhig gesagt.

»Warum? Das frage ich mich, Sir, aber vielleicht wißt Ihr Leute die Antwort. Warum? Hat er wieder etwas gehört? Sich an etwas erinnert? Warum – wenn man um sein Leben rennt –, warum stehen bleiben, herumtrampeln, den Stock in die andere Hand nehmen und dann wieder losrennen? Direkt in die Arme des Mörders? Es sei denn, natürlich, der Bursche hinter ihm hat ihn hier *überholt*, vielleicht einen Bogen durch die Bäume geschlagen? Irgendeine Erklärung von *Ihrer* Seite der Straße, Mr. Smiley?«

Diese Frage klang Smiley immer noch im Ohr, als sie schließlich bei der Leiche angekommen waren, die wie ein Embryo in ihrem Plastikbauch schwamm.

Doch an diesem darauffolgenden Morgen blieb Smiley kurz vor der Senke stehen. Er stellte seine durchnäßten Schuhe, so gut er konnte, jeweils auf den genau richtigen Fleck und versuchte, die Bewegungen zu imitieren, die der alte Mann gemacht haben mochte. Und da Smiley dies alles in Zeitlupe und mit allen Anzeichen äußerster Konzentration unter dem Blick von zwei behosten Damen tat, die ihre Schäferhunde Gassi führten, wurde er für einen Jünger der als neueste Marotte grassierenden Chinesischen Kampfübungen und dementsprechend für verrückt gehalten.

Zuerst stellte er die Füße nebeneinander, die Spitzen hügelabwärts gerichtet. Dann schob er den linken Fuß vor und drehte den rechten, bis die Spitze direkt auf eine Schonung zeigte. Dabei drehte sich die rechte Schulter ganz von selbst mit, und sein Instinkt sagte ihm, daß genau dies der Augenblick sein würde, um den Stock von der rechten in die linke Hand zu nehmen. Aber *warum*? Wie schon der Superintendent gefragt hatte: Warum den Stock überhaupt in die andere Hand nehmen?

Warum sollte er in diesem vielleicht allerletzten Augenblick seines Lebens einen Spazierstock feierlich von der rechten in die linke Hand genommen haben? Sicher nicht, um sich zu verteidigen – er war ja Rechtshänder. Um sich zu verteidigen, würde er den Stock nur fester gepackt haben. Oder mit beiden Händen umklammert, wie einen Schläger.

Wollte er die rechte Hand dadurch frei bekommen? Doch: frei, wozu?

Smiley, der sich jetzt eindeutig beobachtet fühlte, linste scharf nach hinten und sah zwei Knirpse in Klubjacken, die stehengeblieben waren, um dieses rundliche bebrillte Männchen bei seiner possierlichen Fußgymnastik zu beobachten. Er blitzte sie in seiner schulmeisterlichsten Manier an, und sie entfernten sich schleunigst.

Die rechte Hand freizubekommen, wofür? fragte Smiley sich wieder. Und warum einen Augenblick später aufs neue losrennen?

Wladimir drehte sich nach rechts, dachte Smiley und vollzog wiederum gleichzeitig mit dem Gedanken auch die Bewegung. Wladimir drehte sich nach rechts. Er stand vor der Schonung, er nahm den Stock von der rechten in die linke Hand. Laut Schlußfolgerung des Superintendent verharrte er einen Moment. *Dann* rannte er weiter.

Moskauer Regeln, dachte Smiley und starrte auf seine eigene rechte Hand. Langsam steckte er sie in die Tasche seines Regenmantels. Die leer war, so wie die rechte Manteltasche des toten Wladimir leer gewesen war.

Hatte er vielleicht beabsichtigt, eine Botschaft zu schreiben? Smiley zwang sich, die Theorie durchzuspielen, obwohl er sie bereits ausgeschaltet hatte. Eine Botschaft zu schreiben, mit der *Kreide* zum Beispiel? Wladimir erkannte seinen Verfolger und wollte irgendwo einen Namen oder ein Zeichen hinkreiden. Aber worauf? Ganz sicher nicht auf diese naßen Baumstämme. Auch nicht auf den Lehm, das abgefallene Laub, den Kies. Smiley blickte in die Runde und wurde sich einer Besonderheit seines Standplatzes bewußt. Hier, am Saum der Allee, ziemlich genau zwischen zwei Bäumen, wo der Nebel sich am stärksten verdichtete, war er so gut wie außer Sicht. Die Allee führte hügelab, ja, und stieg vor ihm an, aber sie beschrieb auch eine Kurve, und von dem Platz, wo er stand, war der Ausblick nach oben in beiden Richtungen durch Baumstämme und dichtes Jungholz verstellt. Auf der ganzen Strecke von Wladimirs letztem, verzweifelten Gang, einer Strecke, die er, wohlgemerkt, gut gekannt und für ähnliche Treffs benützt hatte, war dies, wie Smiley mit wachsender Genugtuung bemerkte, der einzige Punkt, wo der Fliehende weder von vorn noch von hinten gesehen werden konnte. Und war stehengeblieben.

Hatte seine rechte Hand freigemacht.

Hatte mit ihr – sagen wir einmal – in die Tasche gegriffen.

Nach seinen Herztabletten? Nein. Wie die gelbe Kreide und die Zündhölzer waren sie in der linken Tasche gewesen, nicht in der rechten.

Nach irgendetwas, das – sagen wir einmal – nicht mehr in der Tasche war, als man ihn tot aufgefunden hatte.

Wonach also?

Sagen Sie ihm, ich habe zwei Beweise und kann sie mitbringen . . . Dann wird er mich vielleicht sehen wollen . . . Hier ist Gregory, ich möchte Max sprechen. Ich habe etwas für ihn, bitte . . .

Beweise. Beweise, die zu kostbar waren, als daß man sie der Post anvertrauen durfte. Er brachte etwas. Zwei Etwase. Nicht nur in seinem Kopf – in der Tasche. Und hielt sich an die Moskauer Regeln. Regeln, die dem General vom ersten Tag nach seinem Frontwechsel an eingebläut worden waren. Von keinem Geringeren als George Smiley, und von seinem örtlichen Einsatzleiter. Überlebensregeln für ihn und sein Netz. Smiley spürte, wie sich sein Magen vor Erregung zusammenzog, als werde ihm übel. Laut Moskauer Regeln muß jeder, der eine Botschaft *physisch* bei sich trägt, auch die Mittel zu ihrer Beseitigung mitführen!

Ganz gleich, wie die Botschaft getarnt oder worin sie verborgen ist – Mikropunkte, Geheimschrift, unentwickelter Film, irgendeine der hundert riskanten und ausgeklügelten Methoden –, als *Gegenstand* muß sie so beschaffen sein, daß man sie als erstes und am leichtesten in die Hand bekommt und am unauffälligsten abstoßen kann.
Zum Beispiel ein Fläschen Tabletten, dachte er und beruhigte sich wieder ein bißchen. Zum Beispiel eine Schachtel Streichhölzer.
Eine Schachtel Swan Vesta Streichhölzer, angebrochen, Mantel, links, erinnerte er sich. Raucherstreichhölzer, wohlgemerkt. Und in der sicheren Wohnung, bohrte er weiter – wobei er sich selbstquälerisch von der Lösung fernhielt –, da wartete auf dem Tisch ein Päckchen Zigaretten auf ihn. Wladimirs Lieblingsmarke. Und in Westbourne Terrace auf dem Vorratsschränkchen neun Päckchen Gauloises Caporal. Neun von zehn.
Aber keine Zigaretten in den Taschen. Keine, wie der wackere Superintendent gesagt haben würde, bei seiner Person. Das heißt, keine jedenfalls, als er gefunden wurde.
Wie also lautet die Prämisse, George? fragte Smiley sich, wobei er Lacon nachahmte – Lacons direktorialen Zeigefinger anklagend auf sein eigenes unzerschossenes Gesicht richtete –, die Prämisse? Die Prämisse, Oliver, lautet, daß ein Raucher, ein Gewohnheitsraucher, sich im Zustand hochgradiger Nervosität auf den Weg macht zu einem geheimen hochwichtigen Treffen, wohlversehen mit Streichhölzern, doch ohne auch nur die Spur eines, und wäre es auch nur *leeren* Päckchens Zigaretten – obwohl er nachweislich einen größeren Vorrat davon zu Hause hat. Also haben entweder die Mörder es gefunden und mitgenommen – den Beweis, die Beweise, von denen Wladimir sprach –, oder – oder was? Oder Wladimir hat rechtzeitig den Stock von der Rechten in die Linke genommen. Und rechtzeitig die rechte Hand in die Tasche gesteckt. Und sie ebenso rechtzeitig wieder herausgezogen, genau an der Stelle, wo er nicht gesehen werden konnte. Und den Beweis oder die Beweise nach den Moskauer Regeln abgestoßen.

Nachdem er so seinem eigenen hartnäckigen Drängen auf logische Abfolge der Ereignisse Genüge getan hatte, watete Smiley vorsichtig durch das hohe Gras, das zur Schonung führte, wobei er seine Hosen bis zu den Knien durchnäßte. Er suchte eine halbe Stunde oder noch länger, tastete im Gras und im Laub umher, kam immer wieder auf seine Spuren zurück, verfluchte seine Tollpatschigkeit, gab auf, fing wieder an, antwortete auf die idiotischen Fragen der Passanten, die ihn mit zotigen Bemerkungen oder übertriebener Aufmerksamkeit bedachten. Sogar zwei Buddhistenmönche aus dem nahen Seminar, in safrangelben Gewändern, Schnürsandalen und gestrickten Wollkappen, kamen vorüber und boten ihre Hilfe an. Smiley lehnte höflich dankend ab. Er fand zwei zerbrochene Drachen, eine Anzahl Coca-Cola-Dosen. Er fand Fetzen des weiblichen Körpers, einige davon in Farbe, einige in Schwarz-Weiß, aus Magazinen gerissen. Er fand einen alten Laufschuh, schwarz, Reste einer alten verbrannten Decke. Er fand vier Bierflaschen, leer, und vier leere Zigarettenpäckchen, die so alt und durchweicht waren, daß sie nicht in Betracht kamen. Und, eingeklemmt in einer Gabel zwischen dem Ansatz eines Astes und seinem Baumstamm, das fünfte Päckchen – oder besser gesagt, das zehnte –, und es war nicht leer; ein verhältnismäßig trockenes Päckchen Gauloises Caporal, *Filtre* und *Duty Free*, hoch oben. Smiley streckte sich danach, wie nach einer verbotenen Frucht, aber wie alle verbotenen Früchte war es außerhalb seiner Reichweite. Er sprang danach und fühlte seinen Rücken bersten: ein deutlicher und nervtötender Riß, der ihm noch nach Tagen stechende Schmerzen verursachen sollte. Er sagte laut »verdammt« und rieb sich die Stelle, wie die Ostrakowa es getan haben könnte. Zwei Stenotypistinnen, die auf dem Weg ins Büro vorbeikamen, trösteten ihn mit ihrem Kichern. Er fand einen Stecken, stocherte das Päckchen herunter, öffnete es. Es waren noch vier Zigaretten darin. Hinter den vier Zigaretten, halb versteckt und durch die Zellophanhülle geschützt, etwas, das er erkannte, aber nicht mit seinen nassen und zitternden Fingern zu berühren wagte. Etwas, das er nicht einmal zu betrachten wagte, solange er sich an diesem unheimlichen Ort befand, wo kichernde Tippmädchen und buddhistische Mönche in aller Unschuld über die Stelle trampelten, auf der Wladimir gestorben war. Sie haben den einen, ich habe den anderen, dachte er. Ich teile die Hinterlassenschaft des alten Mannes mit seinen Mördern.

Dem Verkehr trotzend, wanderte er auf dem schmalen Gehsteig hügelabwärts, bis er nach South End Green kam, wo er ein Café zu finden hoffte, um dort Tee zu trinken. Da keines offen war, setzte er sich auf eine Bank, einem Kino gegenüber, betrachtete einen alten Marmorbrunnen und zwei rote Telefonzellen, eine verdreckter als die andere. Ein warmer Sprühregen hatte eingesetzt; einige Ladenbesitzer ließen schon die Markisen herunter; ein Delikatessenladen nahm eine Lieferung Brot in Empfang. Smiley saß mit eingezogenen Schultern, und die feuchten Spitzen seines Mantelkragens stachen ihn in die unrasierten Wangen, sooft er den Kopf drehte. »So trauere doch, um Himmels willen!« hatte Ann ihm einmal entgegengeschleudert, wütend über die Gefaßtheit, die er zur Schau trug, als wieder einmal ein Freund gestorben war. »Wenn du um die Toten nicht trauern willst, wie kannst du dann die Lebenden lieben?« Jetzt, da er auf dieser Bank über den nächsten Schritt nachsann, ließ Smiley ihr die Antwort zukommen, die ihm damals nicht eingefallen war. »Du irrst«, sagte er zerstreut zu ihr. »Ich trauere aufrichtig um die Toten, und in diesem Augenblick ganz besonders tief um Wladimir. Wogegen es zuweilen nicht ganz einfach ist, die Lebenden zu lieben.«

Er probierte die beiden Telefonzellen, und die zweite funktionierte. Wundersamerweise war auch der Band S–Z uversehrt, und der Mini-Taxi-Dienst »Schnell und Sicher«, Islingston Nr. 1, hatte sich, um dem Wunder die Krone aufzusetzen, in die Unkosten eines Fettdrucks gestürzt. Er wählte die Nummer, und während das Freizeichen ertönte, verfiel er in Panik, da er glaubte, sich nicht mehr an den Namen des Fahrers auf Wladi-

mirs Quittung erinnern zu können. Er hängte ein und nahm sein Geldstück wieder an sich. Lane? Lang? Er wählte wieder. Eine weibliche Stimme meldete sich in gelangweiltem Singsang: »Hier Schnell und Sicher! Name-wann-und-wo-*hin*, bitte?«
»Könnte ich bitte Mr. J. Lamb sprechen, einen Ihrer Fahrer?« sagte Smiley höflich.
»Be-dauere, keine Privatgespräche auf dieser Leitung«, sang sie und legte auf.
Er wählte ein drittes Mal. Es sei keineswegs privat, sagte er scharf, da er jetzt seiner Sache sicherer war. Er wolle Mr. Lamb als Fahrer, und zwar ausschließlich Mr. Lamb und keinen sonst. »Sagen Sie ihm, es ist eine lange Fahrt. Stratford-on-Avon« – er nannte die erste Stadt, die ihm einfiel –, »sagen Sie ihm, ich möchte nach Stratford fahren.« *Sampson*, antwortete er, als sie auf einem Namen bestand. Sampson mit »p«.
Er ging wieder zu seiner Bank zurück und wartete.
Lacon anrufen? Wozu? Nach Hause eilen, das Zigarettenpäckchen öffnen, den kostbaren Inhalt prüfen? Wladimir hat es als erstes weggeworfen, dachte er: Im Spionagegeschäft trennen wir uns zuerst von dem, was wir am meisten lieben. Ich kann schließlich doch noch von Glück sagen. Ein älteres Paar hatte sich ihm gegenüber niedergelassen. Der Mann trug eine Melone und blies Kriegsweisen auf einem Blechpfeifchen. Seine Frau grinste die Vorübergehenden idiotisch an. Um ihren Blick zu vermeiden, entsann Smiley sich des braunen Umschlags aus Paris. Er riß ihn auf, in Erwartung welchen Inhalts? Einer Rechnung vermutlich, irgendeines Überbleibsels aus dem Leben des alten Knaben dort drüben. Oder eines dieser hektographierten Schlachtrufe, die Emigranten einander zusenden wie Weihnachtskarten. Aber es war weder eine Rechnung noch ein Rundschreiben, sondern ein persönlicher Brief: ein Hilferuf, aber einer von ganz besonderer Art. Ohne Unterschrift, ohne Absender. In französisch, sehr schnell mit der Hand geschrieben. Smiley las ihn einmal, und er war gerade dabei, ihn ein zweites Mal zu lesen, als ein bunt lackierter Ford Cortina, an dessen Steuer

ein Junge im Polohemd saß, rasant schlitternd vor dem Kino zum Stehen kam. Smiley steckte den Brief in die Tasche und ging über die Straße zum Taxi.

»Sampson mit ›p‹? krähte der Junge impertinent durch das Fenster und stieß dann die hintere Tür von innen auf. Smiley kletterte hinein. Es roch nach einer Mischung von Rasierwasser und abgestandenem Zigarettenrauch. Er hielt eine Zehnpfundnote gut sichtbar in der Hand.

»Würden Sie bitte den Motor abstellen«, sagte Smiley.

Der Junge gehorchte und sah ihn dabei unverwandt im Rückspiegel an. Er war braunhaarig und trug eine Afro-Frisur. Weiße, sorgfältig manikürte Hände.

»Ich bin Privatdetektiv«, erklärte Smiley. »Sicher haben Sie oft mit unseresgleichen zu tun, und ich weiß, wir sind eine Landplage, aber ich würde mir eine kleine Auskunft gern etwas kosten lassen. Sie haben gestern eine Quittung über dreizehn Pfund ausgestellt. Können Sie sich an Ihren Fahrgast erinnern?«

»Großer Typ. Ausländer. Weißer Schnurrbart und Hinkebein.«

»Alt?«

»Sehr. Mit Krückstock und so.«

»Wo haben Sie ihn abgeholt?«

»Restaurant Cosmo, Praed Street, zehn Uhr dreißig vormittags«, rasselte der Junge in einem Zug herunter.

Praed Street war fünf Minuten zu Fuß von Westbourne Terrace entfernt.

»Und wo, bitte, haben Sie ihn hingefahren?«

»Charlton.«

»Charlton in Süd-Ost-London?«

»Sankt Sowieso-Kirche, Höhe Battle-of-the-Nile Street. Am Pub ›Zum besiegten Frosch‹ abgesetzt.«

»Frosch?«

»Franzose.«

»Haben Sie ihn dort gelassen?«

»Eine Stunde gewartet, dann zurück zur Praed Street.«

»Hielten Sie sonst noch irgendwo?«

»Einmal vor einem Spielzeugladen, auf der Hinfahrt, einmal an einer Telefonzelle, auf dem Rückweg. Fahrgast kaufte Holzente auf Rädern.« Er drehte den Oberkörper, stützte das Kinn auf die Rückenlehne des Sitzes und spreizte respektlos die Hände, um die Größe anzuzeigen. »Gelbes Dings«, sagte er. »Das Telefonat war ein Ortsgespräch.«

»Woher wissen Sie das?«

»Hab ihm Twopence gepumpt, oder? Ist dann zurückgekommen und hat sich nochmal zwei Zehner ausgeliehen, für alle Fälle.«

Ich fragte ihn, von wo er anrufe, aber er sagte nur, er habe genügend Kleingeld, hatte Mostyn gesagt.

Smiley reichte dem Jungen die Zehnpfundnote und streckte die Hand nach dem Türgriff aus.

»Sie können Ihrer Firma sagen, ich sei nicht aufgetaucht«, sagte er.

»Denen sag ich verdammtnochmal, was mir paßt, oder?«

Smiley kletterte hastig hinaus und konnte gerade noch die Tür schließen, ehe der Junge mit dem gleichen Höllentempo wieder abfuhr. Er vollendete im Stehen die zweite Lektüre des Briefes und hatte ihn nun endgültig im Kopf. Eine Frau, dachte er instinktiv. Und sie glaubt, daß sie sterben muß. Nun, das glauben wir alle, und wir haben recht. Er spielte sich selber den Leichtherzigen vor, den Gleichgültigen. Der Mensch verfügt nur über ein bestimmtes Quantum Mitgefühl, und meines, so befand er, ist für heute erschöpft. Aber der Brief erschreckte ihn dennoch und stachelte ihn aufs neue zur Eile an.

General, ich will nicht dramatisieren, aber ein paar Männer beobachten mein Haus, und ich glaube nicht, daß es Freunde von mir sind. Heute morgen hatte ich den Eindruck, daß sie versuchten, mich umzubringen. Könnten Sie mir nicht nochmals Ihren Freund, den Magier, schicken?

Er hatte Dinge zu verbergen. Zu kaschieren, wie man in Sarratt sagen mußte. Er fuhr mit Bussen, stieg mehrmals um, hielt nach Verfolgern Ausschau, döste. Das schwarze Motorrad mit seinem

Beiwagen war nicht wieder aufgetaucht; er konnte keinen anderen Observanten ausmachen. In einem Schreibwarenladen in der Baker Street kaufte er eine große Pappschachtel, ein paar Zeitungen, Einwickelpapier und eine Rolle Scotchtape. Er rief ein Taxi, kauerte sich in den Fond und machte sein Paket zurecht. Er legte Wladimirs Zigarettenpäckchen hinein, zusammen mit dem Brief der Ostrakowa und stopfte den Leerraum mit Zeitungen aus. Er wickelte die Schachtel ein und verhedderte seine Finger im Scotchtape. Mit Klebebändern war er noch nie zu Rande gekommen. Er schrieb seinen eigenen Namen obenauf und den Zusatz »Wird abgeholt«. Er entlohnte das Taxi am Savoy Hotel, wo er die Schachtel, zusammen mit einer Pfundnote, dem Wärter des Waschraums für Herren zur Verwahrung gab.

»Nicht schwer genug für eine Bombe, wie, Sir?« fragte der Wärter und hielt das Paket scherzhaft ans Ohr.

»Da würde ich nicht so sicher sein«, sagte Smiley, und sie lachten beide herzhaft darüber.

Sagen Sie Max, es betrifft den Sandmann«, dachte er. Wladimir, fragte Smiley sich nachdenklich, was war dein zweiter Beweis?

9

Krane und Gasometer verstellten den Horizont, Schornsteine spuckten träge ockerfarbenen Rauch in die niedrig hängenden Regenwolken. Wäre es nicht Sonnabend gewesen, Smiley hätte die öffentlichen Verkehrsmittel benutzt, doch an Samstagen wagte er sich ans Steuer, obwohl er mit dem Verbrennungsmotor auf Kriegsfuß stand. Er hatte die Themse an der Vauxhall Bridge überquert, Greenwich lag hinter ihm, und er fuhr jetzt durch das flache zersiedelte Hinterland der Docks. Während die Scheibenwischer hin- und herzitterten, krochen große Regentropfen durch die Karosserie seines armen englischen Kleinwagens. Mißmutige Kinder, die unter dem Schutzdach einer Bushaltestelle standen, riefen: »Nimm's Gas weg, Chef.«
Er hatte sich rasiert, ein Bad genommen, aber nicht geschlafen. Er hatte Wladimirs Telefonrechnung an Lacon geschickt mit der Bitte um sofortige Aufschlüsselung aller nachprüfbaren Anrufe. Sein Geist war klar, wurde aber von anarchischen Stimmungsschwankungen heimgesucht. Er trug den braunen Tweedmantel, den er immer auf Reisen benutzte. Er meisterte einen Kreisverkehr, fuhr eine Anhöhe hinauf, und plötzlich stand unter einem Aushängeschild, das einen rotgesichtigen Krieger darstellte, ein prachtvoller Pub im viktorianischen Stil vor ihm. Die Battle-of-the-Nile Street nahm hier ihren Anfang und führte zu einer Insel aus zertretenem Gras, und auf der Insel erhob sich die aus Stein und Klinker erbaute Sankt Saviour's Kirche, die den zerfallenden viktorianischen Lagerhäusern Gottes Botschaft verkündete. Ein Anschlag besagte, daß die Predigt am nächsten Sonntag von einem weiblichen Major der Heilsarmee gehalten werde, und vor dem Anschlag stand das Monstrum: ein zehn Meter langer knallroter Riesenlaster. Die Seitenfenster waren mit Fußballwimpeln

bestückt, und eine Menge buntscheckiger Hotelaufkleber bedeckten eine der Türen. Der Laster war das größte Ding weit und breit, größer sogar als die Kirche. Irgendwo in der Ferne hörte Smiley, wie ein Motorrad verlangsamte und dann wieder beschleunigte, aber er nahm sich nicht einmal die Mühe, umzuschauen. Die vertraute Eskorte war ihm seit Chelsea gefolgt; doch Angst ist, wie er in Sarratt zu predigen pflegte, eine Ermessensfrage.

Smiley folgte einem Pfad durch einen gräberlosen Friedhof. Reihen von Leichensteinen begrenzten die Fläche, den Mittelpunkt bildeten ein Klettergerüst und drei neue Standard-Einfamilienhäuser. Das erste Haus hieß Zion, das zweite trug keinen Namen, und das dritte hieß Nummer Drei. Alle hatten breite Fenster, doch nur Nummer Drei besaß Spitzengardinen. Als Smiley das Gartentor aufstieß, war alles, was er sah, ein einzelner Schatten im Oberstock des Hauses. Der Schatten war zuerst unbeweglich, dann sank er in sich zusammen, als habe der Fußboden ihn aufgesogen. Blitzartig fuhr Smiley die schreckliche Frage durch den Kopf, ob er nicht soeben Zeuge eines weiteren Mordes gewesen sei. Er drückte auf die Klingel, und im Hausinneren explodierte ein Glockenspiel. Die Tür bestand aus geriffeltem Glas. Er preßte ein Auge dagegen und sah einen braunen Treppenläufer und etwas, das ein Kinderwagen sein mochte. Er klingelte nochmals und hörte einen Schrei, der leise einsetzte und stetig anschwoll. Zuerst glaubte er, es sei ein Kind, dann eine Katze, dann ein Flötenkessel. Das Geräusch erreichte seinen Höhepunkt, verharrte dort eine Weile und brach dann jäh ab, weil entweder jemand den Kessel vom Feuer genommen hatte oder der Pfeifaufsatz weggesprungen war. Er ging zur Rückseite des Hauses. Sie unterschied sich in nichts von der Vorderseite, abgesehen von den Abflußrohren, einem Gemüsebeet und einem winzigen Goldfischbecken aus vorgefertigten Teilen. Im Becken war kein Wasser und folglich auch kein Goldfisch, doch eine gelbe Holzente lag umgestürzt auf dem Grund. Ihr Schnabel war offen, ihre Augen starrten in den Himmel, und ihre Räder drehten sich noch.

Der Fahrgast kaufte eine Holzente auf Rädern, hatte der Mini-Taxi-Chauffeur gesagt und sich dabei umgedreht, um mit seinen weißen Händen die Größe anzudeuten. »Gelbes Dings.«

An der Hintertür war ein Klopfer. Smiley schlug ihn leicht an und drehte den Türknauf, der nachgab. Er trat ein und schloß die Tür sorgfältig hinter sich. Er stand in einer Spülküche, die zur eigentlichen Küche führte, und das erste, was er in der Küche sah, war ein Wasserkessel, den jemand vom Gas gestellt hatte und aus dessen Pfeifdüse sich lautlos eine dünne Dampfspirale kringelte. Und zwei Tassen und einen Milchkrug und eine Teekanne auf einem Tablett.

»Mrs. Craven?« rief er leise. »Stella?«

Er durchquerte das Eßzimmer und stand in der Diele auf dem braunen Teppich neben dem Kinderwagen, und im Geist schloß er einen Pakt mit Gott: Bloß keine Toten mehr, bloß keine Wladimirs mehr, und ich werde Dich anbeten bis an unser Lebensende.

»Stella? Ich bin's. Max,« sagte er.

Er stieß die Tür zum Wohnzimmer auf, und da saß sie, in der Ecke zwischen dem Klavier und dem Fenster, und schaute ihn mit kalter Entschlossenheit an. Sie hatte keine Angst, aber sie sah aus, als haße sie ihn. Sie trug ein langes asiatisches Gewand und kein Make-up. Sie hielt das Kind im Arm, einen Knaben oder ein Mädchen, er konnte es nicht sagen und sich auch nicht erinnern. Sie drückte den zerzausten Kopf an ihre Schulter, hielt dem Kleinen eine Hand über den Mund, um es am Schreien zu hindern, und sah Smiley über das Kind hinweg herausfordernd und argwöhnisch an.

»Wo ist Willem?« fragte er.

Langsam nahm sie ihre Hand weg, und Smiley erwartete, daß das Kind losbrüllen werde, doch es starrte ihn nur zur Begrüßung an.

»Er heißt William«, sagte sie ruhig. »Merken Sie sich das endlich, Max. Sein eigener Entschluß. William Craven. Britisch bis ins

Mark. Nicht estnisch, nicht russisch. Britisch.« Sie war eine schöne, dunkelhaarige und stille Frau. Wie sie so in der Ecke saß und ihr Kind hielt, sah sie aus, als sei sie für alle Zeiten vor den schwarzen Hintergrund gemalt.

»Ich möchte mit ihm sprechen, Stella. Ich verlange nicht, daß er irgendetwas tut. Vielleicht kann ich ihm sogar helfen.«

»Das hab ich schon mal gehört, oder nicht? Er ist weggegangen, zur Arbeit, wo er hingehört.«

Smiley ließ es einsickern.

»Was tut dann sein Laster vor der Tür?« wandte er sanft ein.

»William ist im Lagerhaus. Wurde mit einem Auto abgeholt.«

Smiley ließ auch dies einsickern.

»Für wen ist dann die zweite Teetasse in der Küche?«

»Er hat nichts damit zu tun«, sagte sie.

Smiley ging nach oben, und sie ließ ihn gewähren. Eine Tür war direkt vor ihm, rechts und links waren zwei weitere Türen, beide offen, eine führte ins Kinderzimmer, die andere ins Schlafzimmer. Die Tür vor ihm war geschlossen, und als er klopfte, kam keine Antwort.

»Willem, ich bin's, Max«, sagte er. »Ich muß mit Ihnen reden, bitte. Dann geh ich und laß Sie in Ruhe, das verspreche ich Ihnen.«

Er wiederholte das Ganze nochmals, Wort für Wort, und stieg dann wieder die steile Treppe zum Wohnzimmer hinunter. Das Kind hatte laut zu weinen angefangen.

»Vielleicht könnten Sie jetzt diesen Tee machen«, schlug er zwischen zwei Schluchzern des Kindes vor.

»Sie sprechen mir nicht mehr mit ihm allein, Max. Ich will nicht, daß Sie ihn wieder in Versuchung führen.«

»Das habe ich nie getan. Das war nicht meine Aufgabe.«

»Er hält immer noch die größten Stücke auf Sie. Das genügt mir.«

»Es geht um Wladimir«, sagte Smiley.

»Ich weiß, worum es geht. Schließlich haben sie ja die halbe Nacht angerufen, nicht wahr?«

»Wer, *sie*?«

»›Wo ist Wladimir? Wo ist Wladi?‹ Wofür hält man William eigentlich? Für Jack the Ripper? Er hat seit Gott weiß wie lange von Wladimir weder etwas gehört noch gesehen. Oh, Beckie, Darling, sei doch still!« Sie ging durchs Zimmer, grub unter einem Wäschehaufen eine Dose Biskuits hervor und schob dem Kind eines davon energisch in den Mund. »Ich bin sonst nicht so«, sagte sie.

»*Wer* hat nach ihm gefragt?« beharrte Smiley sanft.

»Mikhel, wer sonst? An Mikhel erinnern Sie sich doch, unser As von Radio Freies Europa, designierter Premierminister von Estland, Renntip – Hausierer? Um drei Uhr morgens, während Beckie einen Zahn bekommt, geht das Misttelefon. Am Apparat ist Mikhel, und er zieht seine Schnauf- und Flüsternummer ab. ›Wo ist Wladi, Stella? Wo ist unser Führer?‹ Ich sage zu ihm: ›Sie sind wohl bescheuert, wie? Glauben Sie denn, Sie könnten mit Ihrem Gewisper eine Abhörschaltung austricksen? Sie sind total meschugge‹, sag ich zu ihm. ›Bleiben Sie bei Ihren Rennpferden und lassen Sie die Pfoten von der Politik‹, hab ich zu ihm gesagt.«

»Warum war er so besorgt?« fragte Smiley.

»Wladi schuldete ihm Geld, darum. Fünfzig Pfund. Vermutlich gemeinsam auf ein Pferd verwettet, eines ihrer zahlreichen ›Ferner liefen‹, Wladi hatte versprochen, das Geld bei Mikhel vorbeizubringen und mit ihm eine Partie Schach zu spielen. Mitten in der Nacht, wohlgemerkt. Schlaflosigkeit und Patriotismus gehen offenbar Hand in Hand. ›Unser Führer ist nicht gekommen!‹ Tragödie. ›Warum zum Teufel soll William wissen, wo er ist?‹ frage ich ihn. ›Gehen Sie schlafen.‹ Eine Stunde später, wer ist wieder am Apparat? Schnaufend, wie zuvor? Unser Major Mikhel, Held der Königlich Estnischen Kavallerie. Knallt die Hacken zusammen und entschuldigt sich. Er war bei Wladi, hat an die Tür gebollert und geklingelt. Niemand zu Hause. ›Hören Sie, Mikhel‹, sage ich. ›Wir verstecken ihn nicht auf dem Dachboden, wir haben ihn seit Beckies Taufe weder gesehen noch etwas von ihm gehört. Kapiert? William ist gerade aus Hamburg

zurückgekommen, er braucht Schlaf, und ich werde ihn nicht wecken.‹«
»Er hat also wieder eingehängt«, meinte Smiley.
»Den Teufel hat er! Er ist ein aufdringlicher Kerl. ›William ist Wladis Favorit‹, sagt er. ›Wofür?‹ sage ich. ›Für das Drei-Uhr-dreißig-Rennen in Ascot? Nun gehn Sie schon verdammt nochmal schlafen!‹ ›Wladimir hat immer zu mir gesagt, wenn etwas schief geht, soll ich William anrufen.‹ ›Was soll er denn tun?‹ sage ich. ›Mit dem Brummi in die Stadt fahren und auch an Wladimirs Tür bollern?‹ Herrgottnochmal!«
Sie setzte das Kind auf einen Stuhl. Es blieb sitzen und mümmelte zufrieden an seinem Biskuit.
Man hörte das Geräusch einer heftig zugeschlagenen Tür, gefolgt von schnellen Schritten, die die Treppe herabkamen.
»William ist aus der Sache raus, Max«, warnte Stella und starrte Smiley unverwandt an. »Er ist unpolitisch, er ist unabhängig und er hat's verwunden, daß sein Vater ein Märtyrer war. Er ist jetzt ein großer Junge und kann auf eigenen Füßen stehen. Klar? Ich sagte ›Klar‹?«
Smiley war ans andere Ende des Zimmers gegangen, möglichst weit weg von der Tür. Willem kam zielstrebig herein, immer noch in Trainigsanzug und Laufschuhen, ungefähr zehn Jahre jünger als Stella und irgendwie leichtgewichtiger, als für ihn gut war. Er hockte sich aufs Sofa, an die Kante, und sein Blick ging gespannt zwischen seiner Frau und Smiley hin und her, als überlege er, wer von den beiden ihn zuerst anspringen werde. Seine hohe Stirn sah seltsam bleich aus unter dem dunklen zurückgestrichenen Haar. Er hatte sich rasiert, wodurch sein Gesicht voller und sogar noch jünger wirkte. Die vom Fahren rot geränderten Augen waren braun und leidenschaftlich.

»Hallo, Willem«, sagte Smiley.
»William«, verbesserte ihn Stella.
Willem nickte ernsthaft, als ob er beide Formen anerkenne.
»Hallo, Max«, sagte Willem. Auf seinem Schoß fanden sich die

Hände und hielten einander fest. »Wie geht's, Max? Wie steht's, he?«
»Ich nehme an, Sie haben schon von Wladimir gehört«, sagte Smiley.
»Gehört? Was gehört, bitte?«
Smiley ließ sich Zeit. Er beobachtete ihn und spürte seine Nervenanspannung.
»Daß er verschwunden ist«, antwortete Smiley schließlich leichthin. »Ich nehme an, seine Freunde haben Sie zu ganz unchristlichen Zeiten angerufen.«
»Freunde?« Willem warf einen hilfesuchenden Blick auf Stella. »Alte Emigranten, trinken Tee, spielen den ganzen Tag Schach, politisieren? Spinnen verrückte Träume? Mikhel ist nicht mein Freund, Max.«
Er redete schnell, die fremde Sprache machte ihn ungeduldig, dieser armselige Ersatz für seine eigene. Während Smiley sprach, als habe er den ganzen Tag vor sich.
»Aber *Wladi* ist Ihr Freund«, wandte er ein. »Wladi war schon ein Freund Ihres Vaters. Die beiden waren in Paris zusammen. Waffenbrüder. Sind zusammen nach England gekommen.«
Willems schmaler Körper stemmte sich mit einem Wirbel von Bewegungen gegen die Wucht dieses Einwands. Seine Hände fuhren auseinander und beschrieben hektische Bogen, das braune Haar flog auf und nieder.
»Sicher! Wladimir war Freund meines Vaters. Guter Freund. Auch von Beckie der Taufpate, okay? Aber nicht für Politik. Nicht mehr.« Er blickte Zustimmung heischend auf Stella. »Ich, ich bin William Craven. Ich hab englisches Haus, englische Frau, englisches Kind, englischen Namen, okay?«
»Und einen englischen Job«, warf Stella ruhig ein und sah ihn an.
»Guter Job! Wissen Sie, wieviel ich verdiene, Max? Wir kaufen Haus. Vielleicht sogar Wagen, okay?«
Etwas an Williams Verhalten – seine Redewut vielleicht oder die Energie, mit der er sich verteidigte – hatte die Aufmerksamkeit seiner Frau erregt, denn jetzt beobachtete Stella ihn ebenso in-

tensiv, wie Smiley dies tat, und sie hielt das Baby zerstreut, fast gleichgültig vor sich hin.

»Wann haben Sie ihn zuletzt gesehen, William?« fragte Smiley.

»Wen, Max? Wen gesehen? Ich versteh' Sie nicht, bitte.«

»Sag's ihm, Bill«, befahl Stella und ließ ihren Mann keine Sekunde aus den Augen.

»Wann haben Sie Wladimir zuletzt gesehen?« wiederholte Smiley geduldig.

»Lang her, Max.«

»Wochen?«

»Sicher. Wochen.«

»Monate?«

»Monate. Sechs Monate! Sieben! Bei Taufe. Er war Pate. Wir geben Party. Aber keine Politik.«

Smileys Pausen hatten allmählich eine peinliche Spannung hervorgerufen.

»Und seitdem nicht?« fragte er schließlich.

»Nein.«

Smiley wandte sich an Stella, die immer noch ihren Mann anstarrte.

»Wann ist William gestern zurückgekommen?«

»Früh«, sagte sie.

»Schon um zehn Uhr früh?«

»Möglich. Ich war nicht hier. Ich habe meine Mutter besucht.«

»Wladimir ist gestern mit dem Taxi hierhergefahren«, erklärte Smiley, immer noch an Stella gewandt. »Ich glaube, er hat William gesehen.«

Niemand half dem jungen Mann, nicht Smiley, nicht seine Frau. Sogar das Kind verhielt sich still.

»Auf dem Weg hierher hat er ein Spielzeug gekauft. Das Taxi wartete eine Stunde lang unten an der Straße und fuhr ihn dann wieder nach Paddington zurück, wo er wohnt«, sagte Smiley, immer noch sorgfältig darauf bedacht, die Gegenwartsform zu wählen.

Willem hatte endlich seine Stimme wiedergefunden. »Wladi ist von Beckie Pate!« protestierte er, wobei er wiederum errötete, als sein Englisch ihn vollends im Stich zu lassen drohte. »Stella mag ihn nicht, also muß er hier kommen wie Dieb, okay? Er bringt meiner Beckie Spielzeug, okay? Ist schon Verbrechen, Max? Gibt Gesetz, daß alter Mann seinem Patenkind nicht Spielzeug bringen darf?«

Wieder sprachen weder Smiley noch Stella. Sie warteten beide auf den Zusammenbruch, der unweigerlich kommen mußte.

»Wladi ist alter Mann, Max! Wer weiß, wann er Beckie wiedersieht? Er ist Freund von Familie!«

»Nicht von dieser Familie«, sagte Stella. »Nicht mehr.«

»Er war Freund von meinem Vater! Kamerad! Haben in Paris zusammen gegen Bolschewismus gekämpft. Er bringt also Beckie Spielzeug. Warum nicht, bitte? Warum nicht, Max?«

»Du hast gesagt, du hättest das verdammte Ding selber gekauft«, sagte Stella. Sie legte eine Hand auf die Brust und machte einen Knopf zu, als wolle sie ihn ausschließen.

Willem schwang sich zu Smiley herum, rief ihn um Beistand an: »Stella mag alten Mann nicht, okay? Hat Angst, ich mache mit ihm Politik, okay? Ich sag also Stella nichts. Sie besucht ihre Mutter im Krankenhaus von Staines, und während sie weg ist, kommt Wladi auf kleinen Besuch, um Beckie zu sehen, hallo zu sagen, warum nicht?« In seiner Verzweiflung sprang er auf und warf die Arme übertrieben beteuernd in die Höhe. »Stella!« rief er. »Hör zu! Wladi kommt also letzte Nacht nicht nach Hause? Bitte, tut mir leid! Ist aber nicht meine Schuld, okay, Max? Dieser Wladi ist alter Mann! Einsam. Hat sich vielleicht eine Frau gefunden. Okay? Kann nicht viel mit ihr anfangen, ist aber froh um Gesellschaft. Dafür war er ganz schön berühmt, glaube ich! Okay? Warum nicht?«

»Und *vor* gestern?« fragte Smiley nach einer Ewigkeit. Da Willem nicht zu verstehen schien, baute Smiley die Frage für ihn aus: »Sie haben Wladimir gestern gesehen. Er war mit dem Taxi gekommen und hatte eine gelbe Holzente für Beckie gekauft. Auf Rädern.«

»Sicher.«
»Sehr schön. Aber vor gestern – ich meine, abgesehen von gestern –, wann haben Sie ihn da das letzte Mal gesehen?«
Manche Fragen stellt man auf gut Glück, manche aus Instinkt, wieder andere – wie diese hier – beruhen auf einer Vorauskenntnis, die mehr ist als Instinkt und weniger als Wissen.
Willem fuhr sich mit dem Handrücken über die Lippen. »Am Montag«, sagte er kläglich. »Ich seh' ihn am Montag. Er ruft mich an, wir treffen uns. Sicher.«
Stella flüsterte: »Oh, Willem«, und hielt das Kind senkrecht vor sich hin wie einen kleinen Soldaten, während sie nach unten auf den Sisalteppich blickte und wartete, daß ihre Gefühle wieder ins Lot kämen.
Das Telefon begann zu schrillen. Wie ein wütendes Kind sprang Willem darauf zu, hob den Hörer ab, schmetterte ihn wieder auf die Gabel, schmiß dann den ganzen Apparat auf den Boden und stieß mit dem Fuß den Hörer weg. Dann setzte er sich.
Stella wandte sich an Smiley. »Ich möchte, daß Sie gehen«, sagte sie. »Verschwinden Sie, und kommen Sie nie mehr wieder. Bitte, Max. Sofort.«
Eine Weile schien Smiley sich ganz ernsthaft zu überlegen, ob er dieser Aufforderung nachkommen solle. Dann tauchte er in die Innentasche seines Mantels und zog ein Exemplar der Frühausgabe des *Evening Standard* hervor. Er reichte es Stella, nicht Willem, teils wegen der Sprachbarriere, teils, weil er vermutete, daß Willem unter dem Schlag zusammenbrechen werde.
»Leider ist Wladi für immer von uns gegangen, William«, sagte er im Ton schlichten Bedauerns. »Es steht in den Zeitungen. Er wurde erschossen. Die Polizei wird Ihnen Fragen stellen. Ich muß wissen, was passiert ist und Ihnen sagen, was Sie antworten sollen.«
Willem flüsterte irgendetwas Hoffnungsloses auf Russisch, Stella, die mehr sein Ton rührte, als das, was er sagte, setzte das eine Kind ab und ging hin, das andere zu trösten, und Smiley hätte ebenso gut nicht im Zimmer sein können. Eine Zeitlang blieb er

also einfach so sitzen, dachte an Wladimirs Negativ, das unentzifferbar bleiben würde, solange er es nicht in ein Positiv verwandelte, und das in seinem Karton im Savoy Hotel ruhte, zusammen mit dem anonymen Brief aus Paris, mit dem er noch nichts anfangen konnte. Und an den zweiten Beweis, fragte sich, worin er wohl bestanden und wie der alte Mann ihn mit sich geführt haben mochte: in der Brieftasche, vermutete er und war überzeugt, daß er es nie erfahren würde.

Willem saß tapfer da, als wohnte er bereits Wladimirs Beerdigung bei. Stella saß neben ihm und hatte ihre Hand auf seine Hand gelegt, Beckie, das Kind, lag auf dem Boden und schlief. Während Willem sprach, liefen ihm manchmal hemmungslos Tränen über die bleichen Wangen.
»Auf die anderen gebe ich nichts«, sagte Willem. »Auf Wladi alles. Ich liebe diesen Mann.« Er begann wieder: »Nach dem Tod meines Vaters ist Wladi für mich Vater geworden. Manchmal nenne ich ihn sogar ›Vater‹. Nicht Onkel. Vater.«
»Vielleicht könnten wir mit dem Montag anfangen«, schlug Smiley vor. »Mit dem ersten Treffen.«
Wladi hatte telefoniert, sagte Willem. Es war das erste Mal seit Monaten, daß Willem etwas von ihm oder von irgendjemandem aus der Gruppe hörte. Wladi hatte Willem im Lagerhaus angerufen, aus heiterem Himmel, während Willem gerade seine Fracht verzurrte und im Büro vor dem Aufbruch nach Dover die Verladepapiere prüfte. So lautete die Vereinbarung, sagte Willem, so war es mit der Gruppe abgemacht. Er stand außerhalb, wie sie alle mehr oder weniger aus dem Spiel waren, aber falls er dringend benötigt werden sollte, so könnte man ihn an Montagvormittagen im Lagerhaus erreichen, nicht zu Hause, wegen Stella. Wladi war Beckies Pate, und als Pate konnte er jederzeit zu Hause anrufen. Aber nicht geschäftlich. Niemals.
»Ich frage ihn: ›Wladi! Was gibt's? Hören Sie, wie geht's Ihnen?‹«
Wladimir war in einer Telefonzelle am anderen Ende der Straße.

Er wollte Willem sofort persönlich sprechen. Entgegen allen Bestimmungen der Betriebsordnung ließ Willem ihn an der Kreuzung einsteigen, und Wladimir fuhr den halben Weg nach Dover mit: »Schwarz«, sagte Willem, und meinte damit »vorschriftswidrig«. Der alte Knabe hatte einen Strohkorb voller Orangen dabei, aber Willem war nicht in der Stimmung gewesen zu fragen, warum er sich ein paar Pfund Apfelsinen aufhalsen sollte. Zuerst sprach Wladimir von Paris und von Willems Vater und von den großen Schlachten, die sie zusammen geschlagen hatten, dann fing er von einer kleinen Gefälligkeit an, die Willem ihm erweisen könne. Der alten Zeiten wegen, eine kleine Gefälligkeit. Willems Vater wegen, den Wladimir geliebt hatte. Der Gruppe wegen, deren großer Held einst Willems Vater gewesen war.
»Ich sag zu ihm: ›Wladi, diese kleine Gefälligkeit ist unmöglich für mich. Ich verspreche Stella: ist unmöglich.‹«
Stellas Hand hob sich von der ihres Mannes, und die junge Frau saß da, hin- und hergerissen zwischen dem Wunsch, ihn zu trösten, und ihrem Kummer über seinen Wortbruch.
Nur eine ganz kleine Gefälligkeit, hatte Wladimir betont. Klein, keine Scherereien, kein Risiko, aber eine große Hilfe für unsere Sache: außerdem Willems Pflicht. Dann brachte Wladimir Schnappschüße zum Vorschein, die er bei Beckies Taufe aufgenommen hatte. Sie waren in einem gelben Kodak-Umschlag, die Abzüge auf einer Seite, die Negative in einer Zellophanschutzhülle auf der anderen, und das blaue Etikett des Drogisten noch immer außen angeheftet, alles ganz und gar harmlos.
Eine Weile bewunderten sie die Bilder, bis Wladimir plötzlich sagte: »Es ist für Beckie, Willem. Was wir tun, tun wir für Beckies Zukunft.«
Während Willem diese Worte Wladimirs wiederholte, ballte Stella die Fäuste, und als sie wieder aufsah, wirkte sie entschlossen und sehr viel älter, mit Inseln von Fältchen um die Augenwinkel.
Willem fuhr in seiner Geschichte fort: »Dann sagt Wladimir zu mir: ›Willem. Jeden Montag fährst du nach Hannover und

Hamburg, und kommst freitags zurück. Wie lange Zeit bleibst du in Hamburg, bitte?‹«

Worauf Willem geantwortet hatte, so wenig, wie möglich, je nachdem, wie lange er zum Ausladen brauchte, je nachdem, ob die Lieferung an den Kommissionär ging oder an den Empfänger, je nachdem, zu welcher Tageszeit er ankam und wieviele Stunden er schon in seinem Fahrtenbuch hatte. Es kamen noch mehr Fragen dieser Art – viele davon völlig banal –, und Willem gab auch sie wieder: wo Willem unterwegs schlafe, wo er esse – und Smiley wußte, daß der alte Mann auf ziemlich monströse Art genau das tat, was auch er selber getan hätte; er redete Willem in eine Ecke, veranlaßte ihn zu antworten, als Vorspiel zu seinem Nachgeben. Und jetzt erst erklärte Wladimir unter Aufgebot aller seiner militärischen und familiären Autorität, was Willem tun sollte.

»Er sagt zu mir: ›Willem, nimm diese Orangen für mich nach Hamburg mit. Nimm diesen Korb.‹ ›Wozu?‹ frag ich ihn. ›General, warum soll ich diesen Korb nehmen?‹ Da gibt er mir Geld, fünfzig Pfund. ›Für Notfälle‹, sagt er zu mir. ›Im Notfall sind hier fünfzig Pfund.‹ ›Aber wozu denn der Korb?‹ frag ich ihn. ›Was für ein Notfall ist denn vorgesehen, General?‹«

Dann rezitierte Wladimir die Instruktionen für Willem, sie schlossen Ausweichmöglichkeiten und alle erdenklichen Eventualitäten mit ein – sogar eine zusätzliche Übernachtung mit Hilfe der fünfzig Pfund –, und Smiley stellte fest, daß der General auch hier, genau wie bei Mostyn, strikt auf Moskauer Regeln bestanden und, wie alle seinesgleichen, des Guten zuviel getan hatte – je älter er wurde, desto mehr verstrickte sich der alte Knabe in das Netz seiner eigenen Verschwörungen. Willem sollte den gelben Kodak-Umschlag mit Beckies Fotos oben auf die Orangen legen, nach vorn zum Schiffsbug schlendern – was Willem dann alles tatsächlich getan hatte, sagte er –, und der Umschlag war der Briefkasten, und das Zeichen dafür, daß er aufgefüllt worden war, würde eine gelbe Kreidemarke sein, »so gelb, wie der Umschlag, was eine Tradition unserer Gruppe ist«, sagte Willem.

»Und das Sicherheitssignal?« fragte Smiley. »Das Signal, das besagt: ›Ich werde nicht verfolgt‹?«

»War Hamburger Zeitung von gestern«, antwortete Willem prompt – indessen habe es, wie er gestand, über diesen Punkt eine kleine Auseinandersetzung gegeben, trotz des Respekts, den er Wladimir als Führer, als General und als Freund seines Vaters schuldete –

»Er spricht zu mir, ›Willem, du steckst diese Zeitung in deine Tasche.‹ Aber ich sag ihm: ›Wladi, bitte schauen Sie mich an, ich hab nur Trainingsanzug, keine Taschen.‹ Also sagt er, ›Willem, dann trägst du die Zeitung unterm Arm.‹«

»Bill«, sagte Stella und atmete tief durch, wie nach einem Schock. »Bill, du hirnverbrannter Narr.« Sie wandte sich an Smiley. »Ich meine, warum hat er es, was immer es auch war, nicht mit der Scheißpost geschickt und damit basta?«

Weil es ein Negativ war. Und nach Moskauer Regeln sind ausschließlich Negative beweiskräftig. Weil der General in der beständigen Furcht vor Verrat lebte, dachte Smiley. Er witterte ihn in allem und jedem. Und wenn der Tod Beweiskraft besitzt, dann hatte er Recht gehabt.

»Und es hat geklappt?« fragte Smiley schließlich Willem mit großer Behutsamkeit. »Die Übergabe hat geklappt?«

»Sicher! Großartig geklappt«, stimmte Willem lebhaft zu und warf einen trotzigen Blick auf Stella.

»Und haben Sie irgendeine Ahnung, zum Beispiel, wer Ihr Kontakt bei diesem Treffen gewesen sein könnte?«

Nur sehr zögernd und nach vielem Zureden, teils von Stella, berichtete Willem auch davon: von dem hohlwangigen Gesicht, das so verzweifelt ausgesehen und ihn an seinen Vater erinnert hatte; von dem warnenden Starren, das er vielleicht wirklich gesehen oder sich in seiner Aufregung nur eingebildet hatte. So, wie manchmal im Fernsehen, wenn man ein Fußballspiel verfolgt, was er leidenschaftlich gerne tat, die Kamera ein Gesicht aus der Menge herausholt, das einem dann bis zum Ende des Spiels gegenwärtig bleibt, auch wenn es nie wieder auftauchte –

genau so war es ihm mit dem Gesicht auf dem Schiff gegangen. Er beschrieb die aufgezwirbelten Haarbüschel und zog mit den Fingerspitzen tiefe Furchen in seine eigenen glatten Wangen. Er beschrieb, wie klein der Mann war, und sogar, wie sexy er wirkte – Willem sagte, da sei er sicher. Er beschrieb sogar, wie er den Eindruck gehabt habe, der Mann wolle ihn er*mahnen* – ermahnen, auf das wertvolle Ding achtzugeben. Genau so würde er selber dreinschauen – sagte Willem zu Stella in einer jähen tragischen Vision –, wenn wieder Krieg wäre und Kämpfe und er Beckie einem Fremden in Obhut geben müßte! Und dies war das Stichwort für weitere Tränen und weitere Aussöhnung und weitere Wehklagen über den Tod des alten Mannes, denen Smileys nächste Frage unweigerlich neue Nahrung gab:
»Also: Sie haben den gelben Umschlag zurückgebracht, und gestern, als der General mit der Ente für Beckie hierherkam, haben Sie ihm den Umschlag ausgehändigt«, spann Smiley den Faden so vorsichtig wie irgend möglich weiter, aber er mußte noch eine gute Weile warten, bis eine zusammenhängende Erzählung zustande kam.

William hatte es sich, sagte er, zur Gewohnheit gemacht, am Freitag, ehe er vom Lager nach Hause fuhr, ein paar Stunden in der Kabine des Lasters zu schlafen, sich dann zu rasieren und eine Tasse Tee mit den Jungens zu trinken, so daß er ausgeruht daheim ankam und nicht nervös und mißgelaunt. Es war ein Trick, den er von den alten Hasen gelernt hatte, sagte er: Nicht direkt heimbrausen, das gibt nur Ärger. Aber gestern war's anders, sagte er, und außerdem – er stutzte plötzlich die Namen auf eine Silbe zusammen – war Stell mit Beck zu Ma nach Staines gefahren. Also war er ausnahmsweise geradewegs nach Hause gekommen, hatte Wladimir angerufen und ihm das vereinbarte Codewort gegeben.
»Wo angerufen?« unterbrach Smiley ihn sanft.
»In Wohnung. Er hat mir gesagt: ›Nur in Wohnung anrufen. Niemals in der Bibliothek. Mikhel ist guter Mann, aber er ist nicht eingeweiht.‹«

Und, fuhr Willem fort, innerhalb kürzester Zeit – er hatte vergessen, wie kurz – war Wladimir in einem Mini-Taxi gekommen, was er nie zuvor getan hatte, mit der Ente für Beck. Willem gab ihm den gelben Umschlag mit den Schnappschüssen, und Wladimir ging damit zum Fenster. Sehr langsam, »als ob's was Geweihtes aus einer Kirche wäre«, hatte Wladimir, mit dem Rükken zu Willem, die Negative nacheinander gegen das Licht gehalten, bis er offenbar auf das gesuchte gestoßen war, und danach hatte er es noch eine lange Zeit betrachtet.
»Nur eines?« fragte Smiley schnell, da er wieder an die zwei Beweise dachte. »*Ein* Negativ?«
»Sicher.«
»Einen Rahmen oder einen Streifen?«
Rahmen: Willem war sicher. Ein kleiner Rahmen. Jawohl, fünfunddreißig Millimeter, wie seine eigene Agfa Automatic. Nein, Willem hatte nicht sehen können, was darauf war, Text oder sonstwas. Er hatte nur Wladimir gesehen, sonst nichts.
»Wladi war rot, Max. Wild im Gesicht, Max, glänzend mit den Augen. Er war alter Mann.«
»Und auf der Fahrt«, unterbrach Smiley Willems Bericht, um eine entscheidende Frage zu stellen. »Auf dem ganzen Weg von Hamburg nach Hause, haben Sie da nie einen Blick darauf riskiert?«
»War Geheimnis, Max. War militärisches Geheimnis.«
Smiley blickte Stella an.
»Würde er nie tun«, sagte sie in Beantwortung seiner stummen Frage. »Dafür ist er zu ehrlich.«
Smiley glaubte ihr.
Willem nahm seine Geschichte wieder auf. Wladimir steckte den gelben Umschlag in die Tasche, führte Willem in den Garten und dankte ihm, hielt Willems Hand in beiden Händen und sagte ihm, was für eine Großtat er vollbracht habe, die allergrößte: daß Willem seines Vaters Sohn sei, ein noch besserer Soldat sogar als sein Vater – beste estnische Rasse, seriös, gewissenhaft und zuverlässig; daß sie mit diesem Foto viele Schulden abtragen und es

den Bolschewiken ordentlich heimzahlen könnten; daß das Foto ein Beweis sei, um den niemand herumkomme. Ein Beweis, wofür, sagte er jedoch nicht – nur, daß Max ihn sehen und daran glauben und entsprechend handeln werde. Willem wußte nicht recht, warum sie in den Garten hatten gehen müssen, aber er vermutete, daß der alte Mann in seiner Erregung vor Mikrophonen Angst bekommen hatte, denn er sprach auch schon wieder jede Menge über Sicherheit.
»Ich bring ihn zur Gartentür, aber nicht zum Taxi. Er sagt, ich soll nicht zum Taxi mitkommen. ›Willem, ich bin alter Mann‹, sagt er zu mir. Wir sprechen russisch. ›Kann sein, nächste Woche fall ich tot um. Wenn schon! Heute haben wir große Schlacht gewonnen. Max wird mächtig stolz auf uns sein!«
Die Richtigkeit der letzten Worte des Generals traf Willem so sehr, daß seine braunen Augen loderten und er wütend aufsprang. »War Sowjets!« schrie er. »War Sowjetspione, Max, *sie* töten Wladimir. Er weiß zuviel!«
»Genau wie du«, sagte Stella, und es folgte ein langes verlegenes Schweigen. »So, wie wir alle«, fügte sie mit einem Blick auf Smiley hinzu.
»War das alles?« fragte Smiley. »Hat er sonst nichts gesagt, zum Beispiel über die Wichtigkeit der Aufgabe, die Sie erledigt haben? Nur, daß Max glauben wird?«
Willem schüttelte den Kopf.
»Oder über irgendwelche weiteren Beweise?«
Nichts, sagte Willem; sonst nichts.
»Auch nichts darüber, wie er sich vorher mit Hamburg in Verbindung gesetzt und alles abgesprochen hatte? Ob noch andere Gruppen beteiligt waren? Bitte, denken Sie nach.«
Willem dachte nach, jedoch ohne Erfolg.
»Wem haben Sie denn noch davon erzählt, außer mir?« fragte Smiley.
»Niemand! Max, niemand!«
»Hat gar nicht Zeit dazu gehabt«, sagte Stella.
»Niemand! Auf Fahrt schlafe ich in Kabine, spare zehn Pfund

Übernachtungsgeld. Wir kaufen Haus mit Erspartem. In Hamburg erzähle ich *niemand*. Im Lagerhaus, *niemand!*«

»Hat Wladimir jemanden ins Vertrauen gezogen – ich meine, jemanden, den Sie kennen?«

»Von der Gruppe niemand, nur Mikhel, wie nötig, aber nicht ganz, nicht einmal Mikhel. Ich frag ihn: ›Wladimir, wer weiß, daß ich das für Sie tue?‹ ›Nur Mikhel ein ganz kleines bißchen‹, sagt er. ›Mikhel leiht mir Geld, leiht mir Fotokopierer, er ist mein Freund. Aber selbst Freunden können wir nicht trauen. Feinde fürchte ich nicht, Willem. Aber Freunde fürchte ich gewaltig.‹«

Smiley wandte sich an Stella: »*Sollte* die Polizei hierherkommen«, sagte er. »Sollte sie kommen, so wird sie nur wissen, daß Wladimir gestern bei Ihnen vorbeigeschaut hat. Sie wird bis zum Taxifahrer vorgestoßen sein, genau wie ich.«

Stella beobachtete ihn mit ihren großen klugen Augen.

»Also?« fragte sie.

»Also behalten Sie den Rest für sich. Die Polizei weiß, was sie wissen muß. Alles weitere würde nur eine Belastung für sie sein.«

»Für *sie* oder für *Sie*?« fragte Stella.

»Wladimir hat gestern Beckie besucht und ihr ein Geschenk gebracht. Das ist die Legende, haargenau Williams erste Version der Geschichte. Wladimir wußte nicht, daß Sie mit Beckie zu Ihrer Mutter gefahren waren. Er fand William allein vor, die beiden haben über alte Zeiten geplaudert und sind im Garten spazieren gegangen. Er konnte wegen des Taxis nicht mehr länger warten und ist also abgezogen, ohne Sie oder sein Patenkind gesehen zu haben. Mehr war nicht.«

»Sind *Sie* hier gewesen?« Stella beobachtete ihn immer noch.

»Wenn danach gefragt wird, ja. Ich bin heute gekommen, um Ihnen die schlechte Nachricht schonend beizubringen. Daß William der Gruppe angehört hat, interessiert die Polizei nicht. Für sie zählt nur die Gegenwart.«

Erst jetzt wandte Smiley seine Aufmerksamkeit wieder Willem

zu. »Sagen Sie, haben Sie noch etwas anderes für Wladimir mitgebracht?« fragte er. »Außer dem, was im Umschlag war? Ein Geschenk vielleicht? Was er gern hatte, aber nicht selbst kaufen konnte?«

Willem konzentrierte sich energisch auf die Frage, ehe er antwortete. »Zigaretten!« rief er plötzlich. »Auf Boot kaufe ich ihm französische Zigaretten als Geschenk. Gauloises, Max. Mag er sehr gern! ›Gauloises Caporal, mit Filter, Willem.‹ Sicher!«

»Und die fünfzig Pfund, die Wladimir von Mikhel geborgt hatte?« fragte Smiley.

»Geb ich zurück. Sicher.«

»Alles?« sagte Smiley.

»Alles. Zigaretten waren Geschenk. Max, ich liebe diesen Mann.«

Stella brachte ihn hinaus, und an der Tür nahm er sie sanft am Arm und führte sie ein paar Schritte in den Garten, außer Hörweite ihres Mannes.

»Ihr habt den Zug verpaßt«, sagte sie zu ihm. »Was ihr auch tut, früher oder später muß die eine oder die andere Seite aufstecken. Ihr seid wie die Gruppe.«

»Seien Sie ruhig und hören Sie zu«, sagte Smiley. »Hören Sie zu?«

»Ja.«

»William darf mit niemandem über diese Sache sprechen. Mit wem redet er gern im Lagerhaus?«

»Mit aller Welt.«

»Schön, tun Sie, was Sie können. Hat außer Mikhel sonst noch wer angerufen? Vielleicht jemand, der sich verwählt hat? Einmal klingeln lassen – dann wieder aufgelegt?«

Sie überlegte und schüttelte dann den Kopf.

»Ist jemand an die Tür gekommen? Vertreter, Marktforscher, Wanderprediger? Meinungsumfrager? Irgend jemand? Sind Sie sicher?«

Sie starrte ihn weiter an, und ihre Augen schienen ihn zusehends zu ergründen und ihm Achtung zu bezeugen. Dann schüttelte sie wiederum den Kopf, verwehrte ihm die Partnerschaft, um die er warb.

»Bleiben Sie ihm vom Leib, Max. Sie und alle anderen. Ganz gleich, was passiert und wie schlimm es ist. Er ist erwachsen. Er braucht keinen Vikar mehr.«

Sie sah ihm nach, vielleicht, um sicher zu sein, daß er wirklich ging. Wie er so dahinfuhr, brannte ihm eine Weile die Sorge um Wladimirs Negativ in der Zigarettenschachtel auf der Seele wie Angst um verstecktes Geld – ob es wohl in Sicherheit war, ob er einen Blick darauf tun oder einen Abzug machen solle; schließlich war es unter Hingabe des Lebens durch die feindlichen Linien gebracht worden. Doch als er sich dem Fluß näherte, hatten seine Gedanken und Vorhaben eine andere Richtung eingeschlagen. Er umfuhr Chelsea, reihte sich in den nordwärts fließenden Wochenendverkehr ein, den hauptsächlich junge Familien in alten Wagen bestritten. Und ein wohlvertrautes Motorrad mit schwarzem Beiwagen, das ihm auf der ganzen Strecke nach Bloomsbury getreulich auf den Fersen blieb.

10

Die Freie Baltische Bibliothek befand sich im dritten Stock über einem verstaubten Antiquariat, das auf Spiritismus spezialisiert war. Seine kleinen Fenster schielten auf einen Vorhof des Britischen Museums hinunter. Bei seinem mühsamen Aufstieg durch ein geschwungenes holzverkleidetes Treppenhaus war Smiley an einigen betagten, handgezeichneten Plakaten vorbeigekommen, die an Reißnägeln hingen, sowie an einem Stapel brauner Schachteln mit Toilettenartikeln, Eigentum des Drogisten von nebenan. Als er schließlich sein Ziel erreicht hatte, bemerkte er, daß er gründlich außer Atem gekommen war, und er legte klugerweise eine kleine Rast ein, bevor er läutete. In seiner momentanen Erschöpfung wurde er dabei von einer Halluzination heimgesucht. Ihm war, als strebe er immer wieder demselben hochgelegenen Ort zu: der sicheren Wohnung in Hampstead, Wladimirs Mansarde in Westbourne Terrace, und jetzt diesem gespenstischen Rückstand aus den fünfziger Jahren, einstigem Sammelpunkt der sogenannten Bloomsbury Irregulars. Die drei Orte fügten sich in seinem Geist zu einem einzigen zusammen, zu ein und demselben Versuchsgelände für unerprobte Tugenden. Das Trugbild wich, er läutete dreimal kurz, einmal lang, fragte sich, ob sie wohl das Signal geändert hatten, bezweifelte es aber; machte sich weiterhin Gedanken um Willem oder um Stella oder vielleicht nur um das Kind. Er hörte das nahe Knacken von Bodenbrettern und vermutete, daß ihn jemand aus einem Fuß Entfernung durch das Guckloch musterte. Die Türe ging schnell auf, er trat in einen düsteren Raum und fühlte sich von zwei sehnigen Armen liebevoll umfaßt. Er roch Hitze und Schweiß und Zigarettenrauch, und ein unrasiertes Gesicht preßte sich gegen seines – rechte Wange, linke Wange, wie bei einer Ordensverleihung –, nochmals linke Wange, als Beweis besonderer Zuneigung.

»Max«, murmelte Mikhel in einem Ton, der für sich genommen schon ein Requiem war. »Sie sind gekommen. Ich bin froh. Ich hatte gehofft, aber nicht gewagt, damit zu rechnen. Ich habe trotzdem auf Sie gewartet. Den ganzen Tag, bis jetzt. Er liebte Sie, Max. Sie waren für ihn der Beste. Hat er immer gesagt. Sie waren seine Inspiration. So drückte er es aus. Sein großes Beispiel.«

»Tut mir leid, Mikhel«, sagte Smiley. »Ehrlich leid.«

»Wie uns allen, Max. Wie uns allen. Unsagbar. Aber wir sind Soldaten.«

Er war gepflegt und drahtig, jeder Zoll der Major der Kavallerie, der er vorgab, gewesen zu sein. Seine braunen, von der Nachtwache geröteten Augen waren dekorativ umschattet.

Er trug einen schwarzen Blazer, den er wie einen Husaren-Dolman über die Schultern geworfen hatte, und schwarze, auf Hochglanz polierte Stiefel, die wirklich zum Reiten hätten dienen können. Sein graues Haar war militärisch korrekt geschnitten und sein üppiger Schnurrbart sorgfältig gestutzt. Sein Gesicht wirkte auf den ersten Blick jugendlich, und erst wenn man genauer auf die zahllosen winzigen Faltendeltas in der bleichen Haut sah, gab es Mikhels sechzig oder noch mehr Jahre preis.

Smiley folgte ihm schweigend in die Bibliothek. Sie nahm die ganze Breite des Hauses ein und war durch Nischen in entschwundene Länder unterteilt – Lettland, Litauen und – nicht zuletzt – Estland. In jeder Nische waren ein Tisch und eine Flagge, und auf einigen Tischen lagen, spielbereit, Schachbretter, doch es wurde nicht gespielt, so wenig wie gelesen.

Es war niemand da bis auf eine blonde, ausladende Frau in den Vierzigern, die einen kurzen Rock und Söckchen trug. Ihr gelbes, an den Wurzeln dunkles Haar war zu einem strengen Knoten geschlungen. Sie hatte sich neben einem Samowar eingenistet und las ein Reisemagazin, dessen Titelseite Birkenwälder im Herbst zeigte. Als Mikhel in Höhe ihres Tisches angekommen war, blieb er stehen und schien ihr seinen Begleiter vorstellen zu wollen, doch beim Anblick Smileys flammte in ihren Augen intensiver, unmißverständlicher Zorn auf. Sie sah ihn an, ihr Mund verzog sich verächtlich, und ihr Blick glitt von ihm weg zu einem regenverschmierten Fenster. Ihre Wangen glänzten vom Weinen, und unter ihren Augen mit den schweren Lidern waren dunkle Flecke.

»Elvira liebte ihn auch sehr«, bemerkte Mikhel erklärend, als sie außer Hörweite waren. »Er war für sie wie ein Bruder. Er instruierte sie.«

»Elvira?«

»Meine Frau, Max. Nach vielen Jahren haben wir geheiratet. Ich war lange dagegen. Es ist nicht immer gut für unsere Arbeit. Aber ich war ihr diese Sicherheit schuldig.«

Sie setzten sich. Um sie herum an den Wänden hingen Märtyrer vergessener Bewegungen. Dieser hier im Gefängnis, durch die Stäbe hindurch fotografiert. Jener dort, tot, und wie bei Wladimir hatte man das Tuch weggezogen, um sein blutiges Gesicht freizumachen. Ein dritter, der eine verbeulte Partisanenmütze und ein langläufiges Gewehr trug, lachte in die Kamera. Vom anderen Ende des Raums hörten sie eine kleine Explosion, gefolgt von einem kräftigen, russischen Fluch. Elvira, Mikhels Gattin, zündete den Samowar an.

»Tut mir leid«, wiederholte Smiley.

Feinde fürchte ich nicht, Willem, dachte Smiley. *Aber Freunde fürchte ich gewaltig*.

Sie waren in Mikhels Privatnische, die er sein Büro nannte. Ein altmodisches Telefon stand auf dem Tisch neben einer Remington Schreibmaschine aus der Gründerzeit, die gleiche, wie sie Wladimir besessen hatte. Jemand mußte einmal eine Menge davon aufgekauft haben, dachte Smiley. Aber das Paradestück war ein handgeschnitzter Sessel mit gedrechselten Beinen und einem kaiserlichen Wappen, das auf die Hinterseite der Rückenlehne gestickt war. Mikhel saß steif darauf, Knie und Stiefel zusammengepreßt, wie ein Vizekönig, der für diesen Thron zu klein war. Er hatte sich eine Zigarette angezündet und hielt sie wie eine Fackel senkrecht, mit dem brennenden Ende nach oben. Über ihm hing eine Rauchwolke gleich einem Regenschleier, genau wie Smiley es in Erinnerung hatte. Im Papierkorb bemerkte Smiley einige weggeworfene Nummern von *Sporting Life*.

»Er war ein Führer, Max, er war ein Held,« erklärte Mikhel. »Wir müssen versuchen, seinem Mut und seinem Beispiel nachzueifern.« Er machte eine Pause, wie um Smiley Gelegenheit zu geben, den Ausspruch zur Veröffentlichung niederzuschreiben. »In derartigen Fällen fragt man sich natürlich, wie es denn weitergehen soll. Wer ist wert, ihm nachzufolgen? Wer hat seine Statur, sein Ehrgefühl, sein Sendungsbewußtsein? Glücklicherweise ist unsere Bewegung ein Prozeß, der sich dauernd weiterentwickelt. Sie ist größer als jeder Einzelne, größer sogar, als jede Gruppe.«

Als er Mikhels glänzender Rhetorik lauschte, seine glänzenden Stiefel betrachtete, fragte sich Smiley, wie alt der Mann wohl sein mochte. Die Russen hatten, erinnerte er sich, Estland im Jahre 1940 besetzt. Wenn Mikhel damals Kavallerieoffizier gewesen war, dann müßte er heute gut und gern sechzig sein. Er versuchte den Rest von Mikhels turbulenter Biographie zusammenzubringen – der lange Weg durch fremde Kriege und mit Mißtrauen verfolgte ethnische Brigaden, alle die Kapitel der Geschichte, an denen dieser kleine Körper teilgehabt hatte. Er fragte sich, wie alt seine Stiefel sein mochten.

»Erzählen Sie mir von seinen letzten Tagen, Mikhel«, regte Smiley an. »War er aktiv bis zum Ende?«

»Völlig aktiv, Max, aktiv in jeder Beziehung. Als Patriot. Als Mann. Als Führer.«

Mit dem gleichen verächtlichen Ausdruck, den sie vorher gezeigt hatte, stellte Elvira den Tee vor sie hin, zwei Tassen mit Zitrone, und kleine Marzipanplätzchen. Sie bewegte sich aufreizend, mit schwingenden Hüften und einer mürrischen Andeutung von Herausforderung. Smiley versuchte, sich ihren Background ins Gedächtnis zu rufen, bekam ihn aber nicht zu fassen, vielleicht

weil er ihn nie gekannt hatte. *Er war für sie wie ein Bruder*, dachte er. *Er instruierte sie*. Doch irgendetwas aus seinem eigenen Leben mahnte ihn schon seit langem, Erklärungen zu mißtrauen, besonders wenn Liebe mit im Spiel war.
»Und als Mitglied der Gruppe?« fragte Smiley, als sie wieder weggegangen war. »Ebenfalls aktiv?«
»Immer«, sagte Mikhel ernst.
Eine kleine Pause trat ein, als jeder höflich wartete, daß der andere fortfahren möge.
»Wer, glauben Sie, hat es getan, Mikhel? Ist er verraten worden?«
»Max, Sie wissen so gut wie ich, wer es getan hat. Wir sind alle bedroht. Ausnahmslos. Wir können jederzeit abgerufen werden. Wichtig ist nur, daß man darauf vorbereitet ist. Ich für meine Person bin Soldat, ich bin vorbereitet, ich bin bereit. Wenn ich heimgehe, hat Elvira ihre Sicherheit. Das ist alles. Für die Bolschewisten bleiben wir Exilrussen der Feind Nummer eins. Die Verfluchten. Wo sie können, zerstören sie uns. Immer noch. Wie sie einst unsere Kirchen und unsere Dörfer und unsere Schulen und unsere Kultur zerstört haben. Und sie haben recht, Max. Sie haben recht, wenn sie uns fürchten. Denn eines Tages werden wir es ihnen heimzahlen.«
»Aber warum haben sie gerade diesen Augenblick gewählt«, warf Smiley nach dieser etwas rituellen Verlautbarung sanft ein. »Sie hätten Wladimir schon vor Jahren töten können.«
Mikhel hatte eine flache Blechschachtel mit zwei kleinen wäschemangelartigen Rollen obenauf und ein Packet grobes, gelbes Zigarettenpapier zum Vorschein gebracht. Er leckte über ein Blättchen, legte es auf die Rollen und schüttete schwarzen Tabak darauf. Ein Schnappen, die Mangel drehte sich, und eine dicke, lose gestopfte Zigarette erschien auf der versilberten Oberfläche. Er wollte sie gerade in den Mund stecken, als Elvira kam und sie ihm wegschnappte. Er rollte sich eine andere und steckte die Schachtel wieder in die Tasche.
»Es sei denn, Wladimir führte etwas im Schilde«, fuhr Smiley

nach dieser Drehpause fort. »Provozierte sie auf irgendeine Art – wozu er durchaus imstande war, wie wir wissen.«
»Wer kann das sagen?« fragte Mikhel und blies den Rauch sorgfältig nach oben in die Luft.
»Nun, wenn irgendjemand, dann *Sie. Ihnen* hat er sich doch sicher anvertraut. Sie waren seit über zwanzig Jahren seine rechte Hand. Zuerst in Paris und dann hier. Sagen Sie nur nicht, daß er *Ihnen* nicht vertraute«, sagte Smiley in gespielter Naivität.
»Unser Führer war ein verschwiegener Mann, Max. Das war seine Stärke. Er mußte es zwangsläufig sein. Aus militärischen Gründen.«
»Doch sicher nicht *Ihnen* gegenüber?« beharrte Smiley in seinem einschmeichelndsten Ton. »Sein Pariser Adjutant. Sein Aide-de-camp. Sein Privatsekretär. Nicht doch, Sie tun sich selber unrecht.«
Mikhel beugte sich auf seinem Thron nach vorne und legte eine kleine Hand genau aufs Herz. Seine dunkle Stimme wurde noch tiefer.
»Max. Selbst mir gegenüber. Am Ende, selbst Mikhel gegenüber. Zu meinem Schutz. Um mir gefährliches Wissen zu ersparen. Er hat sogar zu mir gesagt: ›Mikhel, es ist besser, daß Sie – selbst Sie – nicht wissen, was die Vergangenheit hochgespült hat.‹ Ich flehte ihn an. Vergebens. Eines Abends besuchte er mich. Hier. Ich schlief oben. Er hat das geheime Klingelzeichen gegeben: ›Mikhel, ich brauche fünfzig Pfund.‹«
Elvira kam zurück, diesmal mit einem leeren Aschenbecher. Als sie ihn auf den Tisch stellte, fühlte Smiley eine Spannung hochsteigen, wie das plötzliche Wirken eines Medikaments. Er hatte diese Empfindung manchmal beim Fahren, wenn er auf einen Zusammenstoß wartete, der nicht kam. Er hatte sie, wenn er Ann bei ihrer Rückkehr von einer angeblich harmlosen Verabredung beobachtete und wußte, ganz einfach wußte, daß von Harmlosigkeit keine Rede sein konnte.
»Wann war das?« fragte Smiley, als sie wieder weggegangen war.
»Vor zwölf Tagen. Letzten Montag vor einer Woche. An seinem

Verhalten hab ich sofort gemerkt, daß es sich um nichts Privates handelte. Er hatte mich nie vorher um Geld gebeten. ›General‹, sage ich zu ihm. ›Sie machen eine Verschwörung. Sagen Sie mir, worum es geht.‹ Aber er schüttelt den Kopf. ›Hören Sie‹, sag ich zu ihm, ›wenn es eine Verschwörung ist, dann folgen Sie meinem Rat und gehen Sie zu Max.‹ Er lehnte ab: ›Max ist ein ausgezeichneter Mann, aber er hat kein Vertrauen mehr zu unserer Gruppe. Er möchte sogar, daß wir den Kampf einstellen. Doch sobald ich den erhofften, großen Fisch gelandet habe, geh' ich zu Max und verlange unsere Spesen und vielleicht noch viele andere Dinge dazu. Aber das tu ich nachher, nicht vorher. Bis dahin kann ich diese Sache nicht in einem schmutzigen Hemd erledigen. Bitte, Mikhel. Leihen Sie mir fünfzig Pfund. Das ist die wichtigste Aufgabe meines ganzen Lebens. Sie reicht weit in unsere Vergangenheit zurück.‹ Das hat er gesagt. Wort für Wort. In meiner Brieftasche sind fünfzig Pfund – glücklicherweise hatte ich an diesem Tag eine erfolgreiche Investition getätigt –, ich gebe sie ihm. ›General‹, sage ich. ›Nehmen Sie alles, was ich habe. Was mir gehört, gehört auch Ihnen. Bitte‹«, sagte Mikhel, und um diese Geste zu unterstreichen oder um sie zu beglaubigen, zog er heftig an seiner gelben Zigarette.
In dem verschmierten Fenster über ihnen sah Smiley das Spiegelbild Elviras, die in der Mitte des Raums stand und ihrem Gespräch zuhörte. Auch Mikhel hatte sie bemerkt und ihr sogar einen unwirschen Blick zugeworfen; aber er wollte oder konnte sie nicht wegscheuchen.
»Das war sehr gütig von Ihnen«, sagte Smiley nach einer angemessenen Pause.
»Max, es war meine Pflicht. Eine Herzenspflicht. Ich kenne kein anderes Gesetz.«
Sie verachtet mich, weil ich dem alten Mann nicht geholfen habe. Sie war mit von der Partie, sie hat Bescheid gewußt, und nun verachtet sie mich, weil ich ihm in der Stunde seiner Not nicht geholfen habe. *Er war für sie wie ein Bruder*, erinnerte er sich. *Er instruierte sie*.

»Und dieses Ansinnen an Sie – diese Bitte um Betriebsmittel –« sagte Smiley. »Kam das aus heiterem Himmel? War vorher nichts gewesen, woraus Sie hätten schließen können, daß er einen großen Coup vorhatte?«
Wieder runzelte Mikhel die Stirne, ließ sich Zeit, und es war klar, daß er von Fragen nicht viel hielt.
»Vor ein paar Monaten, zwei vielleicht, hat er einen Brief bekommen«, sagte er vorsichtig. »Hierher adressiert.«
»Hat er denn so wenige gekriegt?«
»Dieser Brief war etwas Besonderes«, sagte Mikhel, in dem gleichen, vorsichtigen Ton, und Smiley wurde plötzlich klar, daß Mikhel, wie es die Sarratt Inquisitoren nannten, in der Verliererecke saß, denn er hatte keine Ahnung – er konnte nur raten –, wieviel oder wie wenig Smiley bereits wußte. Daher würde Mikhel mit seiner Information haushälterisch umgehen, in der Hoffnung, Smiley dabei in die Karten sehen zu können.
»Von wem war er?«
Mikhel antwortete, wie so oft, ganz leicht daneben.
»Er war aus Paris, Max, ein langer Brief, viele Seiten, handgeschrieben. An den General persönlich adressiert, nicht an Miller. An General Wladimir, streng persönlich. Auf dem Umschlag stand geschrieben: ›streng persönlich‹, auf französisch. Ich sperr den Brief in meinen Schreibtisch, und um elf Uhr kommt er wie immer daher: ›Mikhel, ich grüße Sie.‹ Manchmal, glauben Sie mir, salutierten wir sogar voreinander. Ich geb ihm den Brief, er setzt sich« – er deutete in Elviras Richtung –, »er setzt sich da hinten hin, öffnet ihn ganz lässig, als erwarte er sich nichts davon, und ich sehe, wie der Brief ihn zunehmend beschäftigt. Gefangen nimmt. Ich möchte sagen, fasziniert. Ja, sogar aufwühlt. Ich spreche ihn an. Er antwortet nicht. Ich versuche es nochmals. – Sie kennen ja seine Art – er ignoriert mich völlig. Er geht weg auf einen Spaziergang. ›Ich komme wieder‹, sagt er.«
»Und nahm den Brief mit?«
»Natürlich. Wenn er ein großes Problem im Kopf wälzte, dann machte er immer einen Spaziergang. Wie er wiederkommt, be-

merkte ich eine tiefe Erregung an ihm. Eine Spannung. ›Mikhel.‹ Sie wissen ja, wie er sprach. Alles hört auf mein Kommando. ›Mikhel, schalten Sie den Fotokopierer an. Legen Sie Papier für mich ein. Ich muß ein Schriftstück ablichten.‹ Ich frag ihn, wie oft. ›Einmal‹. Ich frag ihn, wieviele Blätter. ›Sieben. Bitte halten Sie sich in fünf Schritten Entfernung, während ich den Apparat bediene‹, sagt er zu mir. ›Ich kann Sie in diese Sache nicht mit hineinziehen.‹«

Wieder deutete Mikhel auf die Stelle, als beweise sie die absolute Wahrheit seiner Geschichte. Der schwarze Fotokopierer stand auf einem eigenen Tisch, wie eine alte Dampfmaschine, mit Rollen und mit Löchern zum Eingießen der verschiedenen Chemikalien. »Der General war technisch unbegabt. Ich schalte die Maschine für ihn ein, stelle mich dann – so – hier hin und rufe ihm meine Anweisungen durch den Raum zu. Wie er fertig ist, beugt er sich über die Kopien, während sie trocknen, faltet sie zusammen und steckt sie ein.«

»Und das Original?«

»Steckt er auch ein.«

»Sie haben also den Brief nie gelesen?« sagte Smiley im Ton leichten Bedauerns.

»Nein, Max. Tut mir leid, habe ich nicht.«

»Aber Sie haben den Umschlag gesehen. Sie hatten den Brief ja hier für ihn verwahrt, bis er kam.«

»Sagte ich Ihnen schon, Max. Er war aus Paris.«

»Welches Arrondissement?«

Wieder das Zögern.

»Das fünfzehnte«, sagte Mikhel. »Ich glaube, es war das fünfzehnte. Wo immer viele unserer Leute gewohnt haben.«

»Und das Datum. Könnten Sie das näher präzisieren? Sie sagten, vor etwa zwei Monaten.«

»Anfang September. Ich würde sagen, Anfang September. Möglicherweise Ende August. Vor rund sechs Wochen.«

»Die Adresse auf dem Umschlag war auch mit der Hand geschrieben?«

»Richtig, Max. Richtig.«
»Welche Farbe hatte der Umschlag?«
»Braun.«
»Und die Tinte?«
»Blau, nehme ich an.«
»War er versiegelt?«
»Wie bitte?«
»War der Umschlag mit Wachs oder mit einem Klebeband versiegelt? Oder war er nur auf die übliche Art zugeklebt?«
Mikhel zuckte die Achseln, als seien derartige Details unter seiner Würde.
»Aber der Absender war vermutlich außen angegeben?« beharrte Smiley leichthin.
Wenn dem so war, dann gab Mikhel es nicht zu.
Einen Augenblick ließ Smiley seine Gedanken zu dem braunen Umschlag in der Herrentoilette des Savoy abschweifen und zu dem leidenschaftlichen Hilferuf, den er enthielt.
Heute morgen hatte ich den Eindruck, sie versuchten, mich umzubringen. Könnten Sie mir nicht nochmals Ihren Freund, den Magier schicken? Poststempel Paris, dachte er. Fünfzehntes Arrondissement. Nach dem ersten Brief gab Wladimir dem Schreiber seine Privatadresse, dachte er. So wie er Willem seine private Telefonnummer gegeben hatte. Nach dem ersten Brief wollte er Mikhel umgehen.
Das Telefon läutete. Mikhel meldete sich sofort mit einem kurzen ›Ja‹ und hörte dann zu.
»Dann fünf auf beide«, murrte er und legte mit herrischer Würde wieder auf.
Je mehr er sich dem Hauptzweck seines Besuchs näherte, desto behutsamer ging Smiley zu Werk. Mikhel hatte vor seinem Eintritt in die Pariser Gruppe die Hälfte aller Verhörzentren Osteuropas von Innen kennengelernt, und Smiley erinnerte sich, daß er immer dann auf stur schaltete, wenn man ihm zusetzte, eine Eigenheit, durch die er seinerzeit die Sarratt-Inquisitoren beinahe in den Wahnsinn getrieben hätte.

»Darf ich Sie etwas fragen, Mikhel?« sagte Smiley und wählte einen Annäherungsweg, der schräg zur Hauptbohrrichtung verlief.

»Bitte sehr«.

»An dem Abend, als er hierher kam, um sich Geld von Ihnen zu leihen: Ist er da geblieben? Haben Sie ihm Tee gemacht? Vielleicht eine Partie Schach mit ihm gespielt? Könnten Sie diesen Abend ein bißchen für mich ausmalen?«

»Wir haben Schach gespielt, aber unkonzentriert. Er war in Gedanken, Max.«

»Hat er noch etwas über den großen Fisch gesagt?«

Die halb geschlossenen Augen sahen ihn seelenvoll an.

»Wie bitte, Max?«

»Der große Fisch. Der Coup, den er, wie er sagte, plante. Hat er sich weiter darüber ausgelassen?«

»Nichts. Überhaupt nichts. Kein Sterbenswörtchen.«

»Hatten Sie den Eindruck, daß ein anderes Land im Spiel war?«

»Er sprach nur davon, daß er keinen Paß habe. Es hat ihn gekränkt – Max, ich muß es Ihnen ehrlich sagen –, es hat ihn verletzt, daß der Circus ihm keinen Paß mehr ausstellen lassen wollte. Nach all den Diensten, all der Hingabe – er war verletzt.«

»Es war zu seinem eigenen Besten, Mikhel.«

»Max, *ich* verstehe vollkommen. Ich bin jünger, ein Mann von heute, anpassungsfähig. Der General war zuweilen impulsiv, Max. Vorkehrungen mußten getroffen werden, manchmal sogar von denen, die ihn bewunderten, um seinen Tatendrang zu bändigen. Bitte. Aber für den Mann selbst war es unverständlich. Eine Schmach.«

Hinter sich hörte Smiley Getrampel, als Elvira verächtlich in ihre Ecke zurückstapfte.

»Wer, glauben Sie, sollte die Reise für ihn machen?« fragte Smiley und nahm wieder keinerlei Notiz von ihr.

»Willem«, sagte Mikhel mit offensichtlicher Mißbilligung. »Er sagte es mir nicht ausdrücklich, aber ich glaube, er schickte Willem. Das war mein Eindruck. Daß Willem fahren würde. General Wladimir sprach sehr stolz von Willems Jugend und Ehrgefühl. Auch von seinem Vater. Er stellte sogar einen historischen Bezug her. Er sprach davon, daß man die neue Generation einsetzen solle, um das Unrecht der alten wieder gutzumachen. Er war sehr bewegt.«

»Wo hat er ihn hingeschickt? Hat Wladi irgendeine Anspielung darauf gemacht?«

»Er sagt es mir nicht. Er sagt nur zu mir: ›Willem hat einen Paß, er ist ein braver Junge, ein guter Balte, seriös, er kann reisen, aber man muß ihn auch beschützen.‹ Ich bohre nicht. Ich dränge nicht. Das ist nicht meine Art, Max. Sie wissen das.«

»Aber Sie haben sich doch eine Meinung gebildet, nehme ich an«, sagte Smiley. »Wie man das eben so tut. Schließlich konnte Willem ja nicht x-beliebig wohin fahren. Schon gar nicht mit fünfzig Pfund. Und da war auch noch Willems Arbeit, nicht wahr. Ganz zu schweigen von seiner Frau. Er konnte nicht einfach ins Blaue fahren, wenn ihm danach war.«

Mikhel machte eine militärische Geste. Er schob die Lippen vor, bis sein Schnurrbart fast umgestülpt war und zupfte mit Daumen und Zeigefinger überlegend an der Nase. »Der General hat auch nach Karten gefragt. Ich war hin- und hergerissen, ob ich es Ihnen sagen sollte. Sie sind sein Vikar, Max, aber Sie kämpfen nicht für unsere Sache. Da ich Ihnen aber vertraue, sage ich es Ihnen.«

»Was für Karten?«

»Straßenkarten.« Er holte mit einer Hand nach den Regalen aus, als befehle er ihnen, sich zu nähern. »Stadtpläne. Von Danzig. Hamburg. Lübeck. Helsinki. Die Nordseeküste. Ich frage ihn: ›General, Sir, lassen Sie mich Ihnen helfen‹, sagte ich zu ihm. ›Bitte. Ich bin Ihr Assistent für alles. Ich habe ein Recht darauf. Wladimir. Lassen Sie mich Ihnen helfen.‹ Er lehnte ab. Er wollte völlig für sich allein sein.«

Moskauer Regeln, dachte Smiley wieder. Viele Karten und nur eine von ihnen ist die richtige. Und wieder tat Wladimir alles, um seine Absichten vor seinem vertrauenswürdigen Pariser Adjutanten zu verschleiern.

»Worauf er dann ging?« fragte Smiley.
»Richtig.«
»Um wieviel Uhr?«
»Es war spät.«
»Können Sie sagen, wie spät?«
»Zwei. Drei. Vielleicht sogar vier. Ich bin nicht sicher.«
Smiley spürte, wie Mikhels Blick millimeterweise an ihm hoch und über seine Schulter glitt und hinter ihm verweilte, und ein Instinkt, der ihn zeitlebens nie im Stich gelassen hatte, ließ ihn die Frage stellen:
»Ist Wladimir allein hierher gekommen?«
»Natürlich, Max. Wen hätte er mitbringen sollen?«
Sie wurden durch ein Klirren von Geschirr unterbrochen, als Elvira am anderen Ende des Raums wieder gewichtig zur Erfüllung ihrer Pflichten schritt. Smiley wagte nun einen Blick auf Mikhel und sah, wie er ihr mit einem Ausdruck nachstarrte, den er für den Bruchteil einer Sekunde erkannte, aber nicht einordnen konnte: hoffnungslos und liebevoll zugleich, zwischen Abhängigkeit und Abneigung. Bis Smiley schließlich erkannte, daß er mit krankhaftem Mitgefühl in sein eigenes Gesicht starrte, wie es ihn zu oft mit rot geränderten Augen aus den hübschen, goldgerahmten Spiegeln Anns in der Bywater Street angesehen hatte.
»Wenn er sich also nicht von Ihnen helfen lassen wollte, was haben Sie dann getan?« fragte Smiley mit beflissener Beiläufigkeit. »Sind Sie aufgeblieben und haben gelesen – Schach gespielt mit Elvira?«
Mikhels braune Augen ruhten einen Augenblick auf ihm, glitten ab, kamen wieder zu ihm zurück.
»Nein, Max«, antwortete er äußerst höflich. »Ich hab ihm die Karten gegeben. Er wollte mit ihnen allein sein. Ich wünschte ihm gute Nacht. Als er ging, schlief ich schon.«
Doch Elvira ganz offensichtlich nicht, dachte Smiley.
Elvira blieb und wartete auf Instruktionen von ihrem Vize-Bruder. *Aktiv als Patriot, als Mann, als Führer*, memorierte Smiley. *Aktiv in jeder Beziehung.*

»Und welchen Kontakt hatten Sie mit ihm seitdem?« fragte Smiley, und Mikhel war plötzlich bei gestern angekommen. »Keinen bis gestern«, sagte Mikhel.
»Gestern nachmittag hat er mich angerufen. Max, ich schwöre Ihnen, ich hatte ihn seit Jahren nicht mehr so aufgeregt gehört. Glücklich, ich würde sagen, ekstatisch. ›Mikhel! Mikhel!‹ Max, der Mann war verzückt. Er würde am Abend zu mir kommen. Gestern abend. Spät möglicherweise, aber er wird mir die fünfzig Pfund bringen. ›General‹, sag ich zu ihm. ›Was sind schon fünfzig Pfund? Sind Sie wohlauf? Sind Sie in Sicherheit? Erzählen Sie mir.‹ ›Mikhel; ich war auf Fischfang, und ich bin glücklich. Bleiben Sie wach‹, sagt er zu mir. ›Ich bin um elf Uhr bei Ihnen, oder kurz danach. Mit dem Geld. Ich muß Sie auch im Schach schlagen, um meine Nerven zu beruhigen.‹ Ich bleibe wach, mache Tee, warte auf ihn. Max, ich bin Soldat, um mich habe ich keine Angst. Aber um den General, um diesen alten Mann hatte ich Angst. Ich rufe den Circus an, ein Notfall. Sie haben einfach eingehängt. Warum, Max? Warum haben Sie das getan, bitte?«
»Ich hatte nicht Dienst«, sagte Smiley und sah Mikhel jetzt so scharf an, wie er es irgend wagte. »Sagen Sie, Mikhel«, begann er.
»Max.«
»Was wollte Wladimir Ihrer Ansicht nach tun, nachdem er bei Ihnen angerufen hatte, um von der guten Nachricht zu sprechen und bevor er kommen würde, um die fünfzig Pfund zurückzuzahlen?«
Mikhel zögerte nicht. »Ich habe selbstverständlich angenommen, daß er zu Max gehen würde«, sagte er. »Er hatte seinen großen Fisch gelandet. Jetzt würde er zu Max gehen, seine Spesen verlangen, ihn mit der sensationellen Neuigkeit überraschen. Selbstverständlich«, wiederholte er und schaute Smiley ein bißchen zu fest in die Augen.
Selbstverständlich, dachte Smiley. Und du hast auf die Minute genau gewußt, wann er von zu Hause fortgehen würde und auf

den Meter genau den Weg gekannt, den er nehmen würde, um zu der sicheren Wohnung in Hampstead zu gehen.
»Er kam also nicht, Sie riefen den Circus an, und wir haben Sie abblitzen lassen«, faßte Smiley kurz zusammen.
»Tut mir leid. Was haben Sie als nächstes getan?«
»Ich rufe Willem an. Ich wollte mich zunächst vergewissern, daß der Junge wohlauf war und ihn auch fragen: Wo ist unser Führer? Seine englische Frau hat mich angeschnauzt. Schließlich bin ich zu seiner Wohnung gegangen. Nicht gern – es war aufdringlich –, sein Privatleben geht niemand etwas an – aber ich bin hingegangen. Ich habe geläutet. Keine Antwort. Ich ging wieder nach Hause. Heute vormittag um elf ruft Jüri an. Ich hatte die Frühausgabe der Abendzeitungen nicht gelesen, ich bin kein Freund von englischen Zeitungen. Jüri hatte sie gelesen. Wladimir, unser Führer, war tot«, endete er.
Elvira stand neben ihm. Sie hatte zwei Gläser mit Wodka auf einem Tablett.
»Bitte«, sagte Mikhel. Smiley nahm ein Glas, Mikhel das andere.
»Auf das Leben!« sagte Mikhel sehr laut und trank, während ihm die Tränen in die Augen schossen.
»Auf das Leben«, sagte Smiley, während Elvira sie beide beobachtete.
Sie ist mit ihm hingegangen, dachte Smiley. Sie hat Mikhel gezwungen, zur Wohnung des alten Mannes zu gehen, sie hat ihn bis vor seine Türe gezerrt.
»Haben Sie jemand anderem davon erzählt, Mikhel?« fragte Smiley, als sie wieder einmal wegging.
»Jüri traue ich nicht«, sagte Mikhel und schneuzte sich.
»Haben Sie Jüri von Willem erzählt?«
»Wie bitte?«
»Haben Sie ihm gegenüber Willem erwähnt? Haben Sie Jüri gegenüber durchblicken lassen, daß Willem in irgendeiner Weise mit Wladimir zu tun gehabt haben könnte?«
Mikhel hatte anscheinend keine dieser Sünden begangen.
»In dieser Sache sollten Sie niemandem trauen«, sagte Smiley in

förmlicherem Ton, als er sich anschickte zu gehen. »Nicht einmal der Polizei. So lautet die Order. Die Polizei darf nicht erfahren, daß Wladimir bei einem Einsatz gestorben ist. Das ist wichtig für die Sicherheit. Die Ihre und die unsere. Sonst hat er Ihnen keine Botschaft übermittelt? Eine Nachricht für Max, zum Beispiel?«

Sagen Sie Max, es betrifft den Sandmann, dachte er.

Mikhel lächelte bedauernd.

»Hat Wladimir kürzlich Hector erwähnt?«

»Für ihn taugte Hector nichts.«

»Hat Wladimir das gesagt?«

»Bitte, Max. Ich habe nichts persönlich gegen Hector. Hector ist Hector, er ist kein Gentleman, aber in unserer Branche müssen wir viele Arten und Abarten von Menschen verwenden. Ich gebe nur die Meinung des Generals wieder. Unser Führer war ein alter Mann. ›Hector‹, sagt Wladimir zu mir, ›Hector taugt nichts. Unser guter Postbote Hector ist wie die City-Banken. Wenn es regnet, heißt es, nehmen einem die Banken den Schirm weg. Unser Postbote Hector ist wie sie.‹ Bitte. Das sagt Wladimir. Nicht Mikhel. ›Hector taugt nichts.‹«

»Wann hat er das gesagt?«

»Er sagte es mehrmals.«

»Kürzlich?«

»Ja.«

»Wie kürzlich?«

»Kann zwei Monate her sein. Vielleicht weniger.«

»Nachdem er den Brief aus Paris erhielt oder vorher?«

»Nachher. Ganz fraglos.«

Mikhel begleitete ihn zur Tür, ganz der Gentleman, der Toby Esterhase nicht war. Elvira saß rauchend an ihrem Platz neben dem Samowar und betrachtete dasselbe Bild mit den Birken. Als sie an ihr vorbeigingen, hörte Smiley eine Art Zischen, das aus dem Mund oder aus der Nase oder aus beidem kam, als eine letzte Bekundung ihrer Verachtung.

»Was werden Sie nun tun?« fragte Mikhel, als richte er sich an die

trauernden Hinterbliebenen. Aus dem Augenwinkel heraus sah Smiley, wie ihr Kopf sich hob und ihre Finger sich über die Seite spreizten. Eine letzte Idee kam ihm: »Und die Handschrift haben Sie nicht erkannt?« fragte er.
»Welche Handschrift meinen Sie, Max?«
»Die auf dem Umschlag aus Paris.«
Plötzlich hatte er keine Zeit mehr, um auf die Anwort zu warten, plötzlich war er die dauernden Ausflüchte leid.
»Good bye, Mikhel.«
»Leben Sie wohl, Max.«
Elviras Kopf neigte sich wieder über die Birken.

Ich werde es nie erfahren, dachte Smiley, als er schnell die Holztreppe hinunterging. Niemand von uns wird es erfahren. War er Mikhel, der Verräter, der dem alten Mann verübelte, daß er mit ihm seine Frau teilen mußte und der nach der Krone dürstete, die man ihm zu lange vorenthielt? Oder war er Mikhel, der selbstlose Offizier und Gentleman, Mikhel, der ewig treue Diener? Oder war er vielleicht, wie viele treue Diener, beides?
Er dachte an Mikhels Kavalleristenstolz, der so schrecklich verletzbar war wie jede andere Mannestugend eines Helden. An seinen Stolz, der Hüter des Generals zu sein, den Stolz, sein Statthalter zu sein. Das schmachvolle Gefühl, ausgeschlossen zu werden. Dann wieder sein Stolz – in wieviele Wege er sich verästelte! Doch wie weit reichte er? Bis zum Stolz, jedem Herrn nobel aufzuwarten, zum Beispiel?
Ich habe beide Herren gut bedient, sagt der perfekte Doppelagent im Zwielicht seines Lebens. Und sagt es zudem mit Stolz, dachte Smiley, der etliche von ihnen gekannt hatte.
Er dachte an den siebenseitigen Brief aus Paris. Er dachte an zweite Beweise. Er fragte sich, bei wem die Fotokopie wohl gelandet war – vielleicht bei Esterhase? Er fragte sich, wo das Original sein mochte. Wer ist wohl nach Paris gegangen, fragte er sich. Wenn Willem nach Hamburg ging, wer war dann der kleine Magier? Er war hundemüde. Seine Müdigkeit setzte ihm zu wie

ein Virus. Er fühlte sie in den Knien, in den Hüften, in seinem ganzen erlahmenden Körper. Doch er marschierte weiter, denn sein Geist verweigerte die Rast. Und überdies war der Augenblick gekommen, wo er nicht mehr eskortiert werden wollte, weder von Freund noch von Feind.

11

Gehen konnte die Ostrakowa gerade noch, und gehen war das einzige, was sie wollte. Gehen und auf den Magier warten. Nichts war gebrochen. Wenn auch ihr kleiner stämmiger Körper, nachdem man sie gebadet hatte, schwarzfleckig wurde wie eine Karte von den sibirischen Kohlefeldern, so war doch nichts gebrochen. Und ihr armes Kreuz, das ihr im Lagerhaus immer ein bißchen zu schaffen gemacht hatte, sah bereits so aus, als hätten die vereinten Geheimarmeen Sowjetrußlands sie mit Fußtritten quer durch Paris gejagt: Doch gebrochen war nichts. Sie hatten jeden einzelnen Teil von ihr durchleuchtet, sie wie Fleisch zweifelhafter Qualität nach inneren Blutungen abgetastet. Nur um ihr schließlich düster zu erklären, daß sie das Opfer eines Wunders sei.

Sie hatten sie trotzdem behalten wollen. Zur Behandlung ihres Schocks, zur Verabreichung von Beruhigungsmitteln – wenigstens für eine Nacht! Die Polizei, die sechs Zeugen ermittelt hatte, mit sieben einander widersprechenden Aussagen (War der Wagen grau oder blau? ein Marseiller oder ein ausländisches Nummernschild?), die Polizei hatte sie lange vernommen und gedroht, zwecks weiterer Einvernahme zurückzukommen. Doch die Ostrakowa hatte trotz allem ihre Entlassung aus dem Krankenhaus durchgesetzt.

Ob sie denn wenigstens Kinder habe, die sich um sie kümmern würden, hatten sie gefragt. Oh, gewiß, massenhaft, sagte sie. Töchter, die ihr den geringsten Wunsch von den Augen ablesen, Söhne, die sie die Treppe hinauf und hinunter bringen würden! Jede Menge – so viele sie wollten! Den Schwestern zu Gefallen lieferte sie sogar die Lebensläufe ihrer Kinder, obwohl ihr der Schädel dröhnte wie eine Kriegstrommel. Sie hatte sich Kleider besorgen lassen. Ihre eigenen waren in Fetzen, und der liebe Gott mußte höchst persönlich rot geworden sein, als er sah, in welchem Zustand man sie aufgelesen hatte. Sie gab eine falsche Adresse an, die zu ihrem falschen Namen paßte; sie wollte keine Nachbehandlung, keine Besucher. Und um Schlag sieben Uhr abends wurde die Ostrakowa durch einen reinen Willensakt zur Ex-Patientin, als sie vorsichtig und äußerst mühsam die Auffahrt des großen, schwarzen Krankenhauses hinunterging, um dieselbe Welt wiederzufinden, die an eben diesem Tag alles getan hatte, um sie für immer los zu werden. Sie trug ihre Stiefel, die wie sie selbst verbeult, aber wunderbarerweise ganz waren; und sie war mächtig stolz auf die Art, wie sie ihr Halt gegeben hatten. Sie trug sie immer noch. Im Dämmerlicht ihrer eigenen Wohnung, während sie in Ostrakows zerschlissenem Sessel saß und sich geduldig mit seinem alten Armeerevolver plagte, zu ergründen versuchte, wie er sich laden, entsichern und abfeuern ließ, trug sie ihre Stiefel wie eine Uniform: ›Ich bin eine Einmannarmee.‹ Am Leben bleiben, das war ihr einziges Ziel, und je länger ihr dies gelänge, desto größer würde ihr Sieg sein. Am Leben bleiben, bis der General käme oder ihr den Magier schicken würde. Ihnen entkommen, wie Ostrakow? Nun, das hatte sie fertig gebracht. Sie zum Narren halten, wie Glikman, sie in Ecken drängen, wo ihnen nichts anderes übrig blieb, als ihre eigene Obszönität zu betrachten. Seinerzeit, erinnerte sie sich wohlgefällig, hatte sie das auch ein bißchen betrieben. Aber überleben, wie dies keiner ihrer beiden Männer getan hatte, sich ans Leben klammern, gegen all die Bemühungen dieser seelenlosen und erdrückenden Welt von stumpfsinnigen Funktionären; ihnen jede Stunde des Tages ein Stachel im Fleisch sein, nur indem sie lebte, atmete, sich bewegte, bei Verstand blieb – das, hatte die Ostrakowa entschieden, war eine Beschäftigung, die ihres Kampfgeists, ihres Glaubens und ihrer beiden Lieben würdig war. Sie hatte sich sofort mit gebührender Hingabe ans Werk gemacht. Schon hatte sie diese Närrin von Hausmeisterin zum Einkaufen geschickt: Auch Kranksein hatte seine guten Seiten.

»Ich habe einen kleinen *Anfall* erlitten, Madame« – ob sie eine Herzschwäche, ein Magenübel oder die russische Geheimpolizei angefallen hatte, band sie der alten Ziege nicht auf die Nase –, »ich soll ein paar Wochen mit der Arbeit aussetzen und mich schonen – ich bin erschöpft, Madame –, es gibt Zeiten, da will man nichts als allein sein. Hier Madame, nehmen Sie – ich weiß, Sie sind keine geldgierige Schnüfflerin.« Madame la Pierre schloß die Hand um die Banknote und linste nur auf eine Ecke des Scheins, ehe sie ihn in ihrem Rockbund verschwinden ließ. »Und noch etwas, Madame, falls jemand nach mir fragt, sagen Sie bitte, ich sei verreist; ich werde auf der Straßenseite kein Licht machen. Sensible Frauen wie wir haben schließlich das Recht auf ein bißchen Ruhe, meinen Sie nicht auch? Doch, Madame, bitte, merken Sie sich diese Besucher und sagen Sie mir, wer es war – der Gasmann, jemand von der Caritas –, sagen Sie mir alles, es tut mir gut, wenn ich höre, wie das Leben draußen weitergeht.« Die Concierge kam zu dem Schluß, daß Maria Ostrakowa verrückt sei, aber ihr Geld war normal, und nichts mochte die Concierge lieber als Geld, und außerdem war sie selber verrückt. Innerhalb weniger Stunden war Maria Ostrakowa gerissener geworden, als sie es jemals in Moskau gewesen war. Der Mann der Concierge kam herauf – gleichfalls ein Bandit, schlimmer noch als die alte Ziege – und montierte, durch weitere Zahlungen angespornt, Sperrketten an die Wohnungstür.

Morgen würde er ein Guckloch anbringen, gegen Bezahlung. Die Concierge versprach, die Post für sie entgegenzunehmen und zu verabredeten Zeiten heraufzubringen – um Punkt elf Uhr vormittags, um sechs Uhr nachmittags, zweimal kurz klingeln, –, gegen Bezahlung. Wenn sie die Lamellen des winzigen Ventilators in der Toilette auseinanderbog und auf einen Stuhl stieg, konnte die Ostrakowa jederzeit den Hof überblicken und sehen, wer kam und ging. Sie hatte an das Lagerhaus geschrieben, daß sie unpäßlich sei. Ihr Doppelbett konnte sie nicht vom Fleck rücken, also trug sie Kissen und Federbett zum Diwan und stellte ihn so, daß er wie ein Torpedo durch die geöffnete Tür des

Wohnzimmers direkt auf die Flurtür zielte. Sie brauchte sich nur noch hinzulegen, die Stiefel gegen den Feind gerichtet, und genau über die Spitzen hinweg zu feuern, und wenn sie sich dabei nicht den eigenen Fuß abschoß, so würde sie den Eindringling im ersten Augenblick der Überraschung erwischen, ehe er sich auf sie stürzen konnte: Sie hatte alles bedacht. Ihr Schädel dröhnte und tobte, bei jeder jähen Kopfbewegung wurde ihr schwarz vor den Augen, sie hatte hohes Fieber und war manchmal einer Ohnmacht nahe. Aber sie hatte alles bedacht, sie hatte ihre Vorkehrungen getroffen, und bis zur Ankunft des Generals oder des Magiers würde es wieder ganz so sein wie in Moskau. »Du bist auf dich allein gestellt, du alte Närrin«, schalt sie sich laut. »Du mußt dir schon selber helfen, also tu's auch.«
Mit einem Foto von Glikmann und einem von Ostrakow rechts und links von ihr auf dem Boden, und einer Ikone der Heiligen Jungfrau unter der Bettdecke schickte Maria Ostrakowa sich zu ihrer ersten Nachtwache an, flehte während der langen Stunden eine Armee von Heiligen an – nicht zuletzt den heiligen Josef –, sie möchten ihr den Retter schicken, den Magier.
Niemand klopft mir eine Botschaft über die Wasserleitung durch, dachte sie. Nicht einmal ein Wärter kommt, der mich mit Beschimpfungen aufweckt.

12

Es war immer noch derselbe Tag und kein Ende, kein Bett in Sicht. Nachdem George Smiley die Bibliothek verlassen hatte, marschierte er eine Weile ziellos dahin. Er war zu müde, zu angespannt, um sich ans Steuer seines Autos zu wagen, aber immerhin wach genug, um nach Verfolgern Ausschau zu halten und jene Art vager, aber jäher Haken zu schlagen, auf die eventuelle Beschatter nicht gefaßt sind. Er kämpfte gegen die Müdigkeit und versuchte zugleich Dampf abzulassen, wegzukommen vom Dauerstreß seiner vierundzwanzigstündigen Parforcejagd. Das Embankment sah ihn, und auch ein Pub an der Northumberland Avenue, wo er sich, abgekämpft und verschmuddelt, einen großen Whisky genehmigte und hin und her überlegte, ob er nicht Stella anrufen solle – alles in Ordnung? Dann aber die Nutzlosigkeit des Unterfangens einsah –, er konnte schwerlich jeden Abend telefonieren und fragen, ob sie und Willem noch am Leben seien. Also machte er sich wieder auf den Weg und landete schließlich in Soho, das an Samstagabenden womöglich noch mieser ist als sonst. Lacon anbohren, dachte er, Schutz für die Familie anfordern. Aber er brauchte sich nur die Szene auszumalen, um zu wissen, daß nichts dabei herauskommen würde. Wenn der Circus schon für Wladimir nicht zuständig war, wie konnte er es dann für Willem sein? Und wie, bitte sehr, sollte man ein Team von Babysittern auf einen Fernlastfahrer ansetzen, dessen Fahrtziele auf dem Kontinent lagen? Sein einziger Trost war, daß Wladimirs Mörder anscheinend gefunden hatten, was sie suchten: daß ihr Bedarf gedeckt war. Doch wie stand es mit der Frau in Paris?

Wie stand es mit der Schreiberin der beiden Briefe?

Geh nach Hause, dachte er. Zweimal tätigte er Scheinanrufe von

Telefonzellen aus und überwachte dabei den Gehsteig. Einmal ging er in eine Sackgasse und krebste wieder zurück, wobei er auf den huschenden Schritt achtete, auf das Auge, das seinem Blick auswich. Er erwog, ein Hotelzimmer zu nehmen. Er tat das zuweilen. Nur, um eine Nacht lang in Sicherheit zu sein. Manchmal war seine Wohnung einfach zu gefährlich für ihn.
Er dachte an das Negativ: Zeit, die Schachtel zu öffnen. Als er sich dabei ertappte, wie er instinktiv seinem alten Amtssitz am Cambridge Circus zustrebte, bog er hastig ostwärts ab und gelangte schließlich wieder zu seinem Wagen. Wenn er auch das Gefühl hatte, nicht beobachtet zu werden, so fuhr er doch auf Schleichpfaden nach Bayswater, ohne eine Sekunde den Rückspiegel aus den Augen zu lassen. Bei einem pakistanischen Eisenwarenhändler, der alles verkaufte, erstand er zwei Abspülschüsseln aus Plastik und ein Stück Bilderglas, dreieinhalb auf fünf Zoll; und in einem Drogeriemarkt, drei Türen weiter, zehn Blatt Glanzpapier derselben Größe sowie eine Kindertaschenlampe mit einem Raumfahrer auf dem Griff und einem roten Filter, der über die Linse glitt, wenn man auf einen Nickelknopf drückte. Von Bayswater fuhr er auf ausgeklügelten Umwegen zum Savoy, das er von der Embankment-Seite her betrat. Niemand war ihm gefolgt. In der Herrengarderobe hatte noch derselbe Wärter Dienst und erinnerte sich sogar noch an ihren Scherz.
»Ich warte immer noch darauf, daß sie explodiert«, sagte er lächelnd, als er Smiley die Schachtel zurückgab. »Ein paarmal habe ich, wenn ich mich nicht täusche, was drinnen ticken gehört.«
An seiner Haustür waren die winzigen Holzsplinte immer noch da, wo er sie vor seiner Fahrt nach Charlton angebracht hatte. In den Fenstern der Nachbarhäuser sah er sonnabendliches Kerzenlicht und redende Köpfe, doch bei ihm waren die Gardinen immer noch zugezogen, wie vor seinem Weggang, und in der Diele empfing ihn Anns hübsche kleine Großmutteruhr in völliger Dunkelheit, ein Zustand, dem er schleunigst abhalf.
Obwohl er todmüde war, ging er methodisch ans Werk.

Zuerst legte er drei Feueranzünder auf den Kaminrost im Wohnzimmer, schaufelte rauchlose Kohle darüber und spannte Anns Badezimmer-Wäscheleine quer vor die Feuerstelle. Als Arbeitskluft hing er sich eine alte Küchenschürze um, wobei er sicherheitshalber die Bänder fest um seine füllige Taille zurrte. Im Treppenverschlag grub er einen Stoß grünes Verdunkelungspapier aus und einen Küchenhocker und trug beides ins Erdgeschoß. Nachdem er das Fenster abgedunkelt hatte, ging er wieder hinauf, wickelte die Schachtel aus, öffnete sie, und, nein, sie enthielt keine Bombe, sondern einen Brief, sowie ein zerknülltes Zigarettenpäckchen mit Wladimirs Negativ darin. Er nahm den Film heraus, ging damit wieder ins Untergeschoß, knipste die rotlichtige Taschenlampe an und machte sich an die Arbeit, obwohl er, weiß Gott, ein blutiger Laie auf diesem Gebiet war und die Sache, zumindest theoretisch, über Lauder Strickland durch die Fotoabteilung des Circus im Handumdrehen hätte erledigen lassen können. Oder von irgendeinem aus dem guten halben Dutzend »Kunsthandwerker«, wie sie im Jargon des Circus hießen: Auf bestimmte Gebiete spezialisierte Mitarbeiter, die verpflichtet sind, zu jeder Zeit alles liegen und stehen zu lassen, keine Fragen zu stellen und ihre Fertigkeiten dem Amt zur Verfügung zu stellen. Einer dieser Kunsthandwerker wohnte keinen Steinwurf weit vom Sloane Square entfernt, eine gute Seele, spezialisiert auf Hochzeitsfotos. Smiley hatte nur zehn Minuten weit zu gehen und auf die Klingel zu drücken. Eine halbe Stunde später würde er seine Abzüge haben. Aber er tat es nicht. Er zog es vor, den Abzug in der Geborgenheit seines Hauses selber anzufertigen und dabei die Beschwerlichkeit und Unvollkommenheit seiner Bemühungen in Kauf zu nehmen und sein Ohr dem ununterbrochenen Klingeln des Telefons im Obergeschoß zu verschließen.

Er zog die langwierige Methode vor, durch wiederholte Proben und Fehlschläge schließlich zum Ziel zu gelangen: das Negativ zuerst zu lang, dann zu kurz unter der Raumleuchte zu exponieren; als Zeitmesser den unhandlichen Küchenwecker zu benützen, der tickte und ratterte wie etwas aus *Coppélia*. Er zog es vor, zu raunzen und erbittert zu fluchen, in der Dunkelheit zu schwitzen und mindestens sechs Bogen Glanzpapier zu vergeuden, ehe der Entwickler in der Spülschüssel ein halbwegs brauchbares Bild lieferte, das er drei Minuten lang ins Fixierbad legte. Und abwusch. Und mit einem sauberen Geschirrtuch abtupfte, das man daraufhin vermutlich nur noch wegwerfen konnte, das wagte er nicht zu entscheiden. Ein Bild, das er schließlich nach oben trug und an die Wäscheleine klammerte. Für Liebhaber bedeutsamer Symbole sei gesagt, daß das Feuer trotz der Anzünder am Ausgehen war, da die Kohle zum größten Teil aus feuchter Schlacke bestand, und daß George Smiley, um ein völliges Erlöschen zu verhindern, sich auf alle Viere niederlassen und die Flammen anpusten mußte. Dabei hätte ihm in den Sinn kommen können – was jedoch nicht zutraf, da seine introvertierte Haltung wieder einer lebhaften Neugier gewichen war –, daß er genau entgegen Lacons striktem Befehl handelte, die Flammen einzudämmen, nicht anzufachen.

Nachdem der Abzug nun sicher vor dem Kamin hing, ging Smiley zu dem hübschen eingelegten Schreibtisch, in dem Ann ihre »Sachen« mit peinlicher Offenheit verwahrte. Zum Beispiel einen Bogen Briefpapier, auf den sie nur das eine Wort »Darling« geworfen hatte, weiter nichts, vielleicht unschlüssig, an welchen Darling sie schreiben sollte. Zum Beispiel Zündholzbriefchen aus Restaurants, in denen er nie gewesen war, und Briefe in einer Handschrift, die er nicht kannte. Aus diesem verwirrenden Durcheinander fischte er eine große viktorianische Lupe mit Perlmuttgriff, die Ann zur Entzifferung der Auflösungen von nie ganz ausgefüllten Kreuzworträtseln benutzte. Derart ausgerüstet – die Abfolge dieser Handlungen ermangelte aufgrund seiner Müdigkeit der absoluten Logik – legte er eine Mahler-Platte auf, die Ann ihm geschenkt hatte, und setzte sich in den Ledersessel, an dem ein Lesepult aus Mahagoni befestigt war, das man wie ein Bett-Tablett vor den Magen schwenken konnte. Unvorsichtigerweise schloß er die Augen, während er teils auf die Musik, teils auf das Platsch-Platsch des tröpfelnden Fotos und teils auf das unwillige Knistern des Feuers lauschte. Als er dreißig Minuten später hochfuhr, war der Abzug trocken, und der Mahler drehte sich stumm auf dem Plattenteller.

Er starrte auf das Bild, wobei er eine Hand an die Brille legte und mit der anderen die Lupe langsam über dem Abzug kreisen ließ. Es war ein Gruppenbild, aber es handelte sich um nichts Politisches und auch nicht um eine Badepartie, denn niemand trug Badekleidung. Die Gruppe bestand aus einem Quartett, zwei Damen, zwei Herren, und sie lagerten auf Polstersofas um einen niedrigen, mit Zigaretten und Flaschen beladenen Tisch. Die Damen waren nackt und jung und hübsch. Die Herren, die kaum besser bedeckt waren, lagen nebeneinander, und die Mädchen hatten sich pflichtschuldigst um ihren Erwählten geschlungen. Das Licht auf dem Foto war fahl und unirdisch, und kraft der geringen Kenntnisse, die er auf diesem Gebiet besaß, schloß Smiley, daß zur Aufnahme ein hochempfindlicher Film verwendet worden war, denn der Abzug war körnig. Die Oberflächenstruktur erinnerte ihn, wenn er es sich recht überlegte, an Aufnahmen von Terroristen-Geiseln, nur daß die Vier auf dem Bild miteinander beschäftigt waren, während Geiseln immer in die Linse starren wie in einen Gewehrlauf. Auf der Suche nach dem, was er operative Information genannt haben würde, versuchte er, die vermutliche Stellung der Kamera auszumachen und kam zu der Annahme, daß sie sich hoch über den Akteuren befunden haben mußte. Die Vier schienen in der Mitte einer Grube zu liegen, unter dem Auge der Kamera, die auf sie herabblickte. Ein sehr dunkler Schatten – eine Balustrade, ein Fenstersims oder vielleicht auch nur die Schulter von irgendjemandem – verdeckte einen Teil des Vordergrunds. Als habe trotz des günstigen strategischen Punkts nur die Hälfte des Objektivs es gewagt, über die Sichtlinie zu linsen.

Hier versuchte Smiley seine erste Schlußfolgerung. Ein Schritt – kein großer, aber er hatte sich bereits genug große

Schritte im Geist zurechtgelegt. Nennen wir es einen technischen Schritt: einen bescheidenen technischen Schritt. Das Bild trug alle Anzeichen dessen, was man in einschlägigen Kreisen ein *Meuchelfoto* nannte. Meuchlings aufgenommen mit der Absicht, jemanden zu *verbrennen*, das heißt zu erpressen. Aber wen erpressen? Und wozu?

Während er darüber nachdachte, schlief Smiley wahrscheinlich ein. Das Telefon stand auf Anns kleinem Schreibtisch, und es mußte drei- oder viermal geklingelt haben, ehe er es hörte.

»Ja, Oliver?« sagte Smiley vorsichtig.

»Endlich, George. Hab's schon früher versucht. Gut zurückgekommen, nehme ich an?«

»Von wo?« fragte Smiley.

Lacon geruhte darauf nicht zu antworten. »Hatte das Gefühl, Ihnen einen Anruf schuldig zu sein. Wir trennten uns ein bißchen mißgestimmt. Ich war schroff. Zuviel auf dem Hals. Bitte um Entschuldigung. Wie steht's? Total erledigt? Fertig?«

Im Hintergrund hörte Smiley Lacons Töchter darüber zanken, wieviel Miete für ein Hotel an der Parkallee zu zahlen sei. Er hat sie übers Wochenende zu Hause, dachte Smiley.

»Hatte das Innenministerium wieder an der Strippe, George«, fuhr Lacon leiser fort, ohne auf Smileys Antwort zu warten. »Der gerichtsmedizinische Befund liegt vor, die Leiche kann freigegeben werden. Baldige Einäscherung wird empfohlen. Ich dachte, wenn ich Ihnen den Namen des Bestattungsinstituts mitteile, können Sie ihn an die Betroffenen weitergeben. Ohne Quellenangabe, versteht sich. Haben Sie die Pressemeldung gesehen? Mir schien sie gekonnt. Schien mir genau den richtigen Ton zu treffen.«

»Ich hol mir einen Stift«, sagte Smiley und fummelte wieder in der Schublade herum, bis er ein birnenförmiges Plastikgebilde mit Lederriemen fand, das Ann manchmal um den Hals trug. Er bekam es mit einiger Mühe auf und schrieb nach Lacons Diktat:

Firmenname, Adresse, nochmals Firmenname und wiederum die Adresse.
»Haben Sie's? Soll ich wiederholen? Oder lesen Sie es mir nochmals vor, von wegen doppelt genäht hält besser?«
»Ich glaube, ich hab's mitgekriegt, vielen Dank«, sagte Smiley. Etwas verspätet dämmerte ihm, daß Lacon betrunken war.
»George, wir haben eine Verabredung, vergessen Sie's nicht. Ein Seminar über die Ehe, bei dem alle Griffe erlaubt sind. Ich hab Sie zu meinem Guru ausersehen. Da ist ein nicht unübles Steak-House gleich um die Ecke, und ich werde Ihnen ein gepflegtes Dinner auffahren lassen, während Sie mir etwas von Ihrer Weisheit abgeben. Haben Sie einen Terminkalender zur Hand? Tragen wir doch gleich was ein.«
Voll düsterer Vorahnungen machte Smiley ein Datum fest. Nachdem er ein Leben lang Legenden für jede Gelegenheit erfunden hatte, war er immer noch außerstande, sich aus einer Dinner-Einladung herauszureden.
»Und Sie haben nichts gefunden?« fragte Lacon, jetzt wieder in leiserem Ton. »Keinen Haken? Keinen Wurm? Keinen dicken Hund? War ein Sturm im Wasserglas, wie wir vermuteten, nicht wahr?«
Eine Menge Antworten kamen Smiley in den Sinn, aber er erachtete sie alle für zwecklos.
»Was ist mit der Telefonrechnung?« frage Smiley.
»Telefonrechnung? Welche Telefonrechnung? Ah, Sie meinen *seine*. Bezahlen Sie, und schicken Sie mir die Quittung. Kein Problem. Noch besser, schicken Sie die Rechnung an Strickland.«
»Ich habe Sie Ihnen bereits zugesandt«, sagte Smiley geduldig. »Ich bat Sie, die nachprüfbaren Anrufe aufschlüsseln zu lassen.«
»Werde mich sofort darum kümmern«, antwortete Lacon leutselig. »Sonst noch was?«
»Nein. Nein, ich glaube nicht. Sonst nichts.«
»Legen Sie sich ein bißchen aufs Ohr. Sie klingen ganz erschossen.«
»Gute Nacht«, sagte Smiley.

Mit Anns Lupe in der drallen Hand machte Smiley sich von neuem an die Untersuchung des Bildes. Der Boden der Grube war mit einem anscheinend weißen Teppich ausgelegt; die Sofas standen im Halbrund vor der Stoffbespannung, die das Gesichtsfeld abschloß. Im Hintergrund sah man eine Polstertür, und daran hingen die abgelegten Kleidungsstücke der Männer – Jakken, Krawatten, Hosen –, so ordentlich wie in einem Spitalzimmer. Auf dem Tisch stand ein Aschenbecher, und Smiley versuchte, die Aufschrift auf dem Rand zu entziffern. Nach vielem Hin- und Hergeschiebe der Lupe fand er schließlich, was der verhinderte Philologe in ihm als die erschlossene (putative) Buchstabengruppe »A-C-H-T« bezeichnete. Er konnte jedoch nicht sagen, ob es sich dabei um das deutsche Zahlwort handelte oder um vier Buchstaben eines längeren Worts, zum Beispiel des Worts »Achtung«. Er stellte in diesem Stadium auch keine weiteren Spekulationen an, sondern speicherte einfach die Nachricht in einer rückwärtigen Zelle seines Gedächtnisses, solange, bis irgendein weiteres Teilstück des Puzzles zwangsläufig die richtige Plazierung ergeben würde.

Ann rief an. Er mußte wieder einmal eingedöst sein, denn er erinnerte sich später nicht daran, das Klingeln des Telefons gehört zu haben, nur ihre Stimme, als er langsam den Hörer ans Ohr gehoben hatte: »George, George«, als ob sie schon eine ganze Weile nach ihm gerufen und er sich erst jetzt aufgerafft oder bequemt hätte, ihr zu antworten.
Sie begannen ihr Gespräch wie zwei Fremde, so, wie sie sich im Bett einander näherten.
»Wie geht es dir?« fragte sie.
»Danke, gut, sehr gut. Und dir? Was kann ich für dich tun?«
»Ich möchte es wirklich wissen«, beharrte Ann. »Wie geht es dir? Sag.«
»Ich sagte doch schon: gut.«
»Ich habe heute Vormittag angerufen. Warum hast du dich nicht gemeldet?«

»Ich war aus.«
Lange Pause, während sie die fadenscheinige Begründung zu werten schien. Das Telefon hatte sie nie zur Eile angestachelt.
»Aus, beruflich?«
»Eine Verwaltungssache für Lacon.«
»Der fängt aber neuerdings früh mit dem Verwalten an.«
»Seine Frau hat ihn verlassen«, sagte Smiley als Erklärung.
Keine Antwort.
»Du hast immer gesagt, daß sie das tun sollte«, fuhr er fort. »Sie solle zusehen, daß sie da rauskomme, hast du gesagt, bevor sie ebenfalls zur Beamten-Geisha würde.«
»Ich habe es mir überlegt. Er braucht sie.«
»Aber sie braucht ihn offenbar nicht«, beschied Smiley sie in gewollt lehrhaftem Ton.
»Dummes Weib«, sagte Ann, und es folgte eine weitere Pause, die diesmal auf Smileys Konto ging, denn er mußte über den unversehends aufgetauchten Berg von Möglichkeiten nachdenken, vor den sie ihn gestellt hatte.
Wieder zusammensein, wie sie es manchmal nannte.
Die Wunden vergessen, die Liste von Liebhabern; Bill Haydon vergessen, den Circus-Verräter, dessen Schatten noch immer über ihr Gesicht fiel, sooft er die Arme nach ihr ausstreckte, dessen Andenken er wie einen ständigen Schmerz in sich trug. Bill, seinen Freund, Bill, die Blüte der ganzen Generation, den Spaßmacher, den Charmeur, den bilderstürmenden Konformisten; Bill, den geborenen Betrüger, den die Suche nach dem höchsten Treuebruch ins Bett der Russen und in Anns Bett geführt hatte. Die Flitterwochen neu auflegen, fortfliegen nach Südfrankreich, Spezialitäten essen, Kleider kaufen, den ganzen Zauber aufziehen, den Liebende sich vorspielen. Und für wie lange? Wie lange würde es dauern, bis ihr Lächeln dahinschwinden, ihre Augen den Glanz verlieren und diese mythischen Verwandten sie wieder zu sich rufen würden, damit sie ihre mythischen Gebrechen in weit entlegenen Orten pflege?
»Wo bist du?« fragte er.

»Bei Hilda.«
»Ich dachte, du seist in Cornwall.«
Hilda war eine geschiedene Frau, die ein flottes Leben führte. Sie wohnte in Kensington, knappe zwanzig Minuten zu Fuß entfernt.
»Und wo ist Hilda?«
»Ausgegangen.«
»Die ganze Nacht?«
»Wie ich Hilda kenne, ja. Es sei denn, sie bringt ihn in die Wohnung.«
»Nun, dann mußt du dich wohl ohne sie amüsieren, so gut du kannst«, sagte er, doch noch während er sprach, hörte er sie flüstern: »George.«
Eine tiefe und heftige Furcht griff nach Smileys Herz. Er starrte durch das Zimmer auf den Lesesessel und sah den Kontaktabzug immer noch auf dem Bücherpult neben ihrer Lupe; in einer einzigen Aufwallung der Erinnerung beschwor er all die Dinge, die ihn diesen ganzen endlosen Tag hindurch bedrängt und auf ihn eingeflüstert hatten; er hörte die Trommelschläge seiner eigenen Vergangenheit, die ihn aufforderten, in einer letzten Anstrengung den Konflikt, den er so lange in sich getragen hatte, nach außen zu kehren und zu lösen. Dabei wollte er sie nicht in der Nähe haben. *Sagen Sie Max, es betrifft den Sandmann*. Mit einer Klarheit, wie sie nur Hunger, Müdigkeit und Verzweiflung verleihen, erkannte Smiley, daß sie keinen Anteil an dem haben durfte, was er tun mußte. Wenn er auch erst an der Schwelle stand, so wußte er doch, daß ihm in seinen alten Tagen wider alles Erwarten die Chance geboten wurde, auf alle die abgeblasenen Kämpfe seines Lebens zurückzukommen und sie schließlich doch noch auszutragen. Wenn dem so war, dann sollte keine Ann, kein falscher Friede, kein befangener Zeuge seiner Taten ihn bei seiner einsamen Suche stören. Er hatte bis jetzt seinen Weg nicht gekannt. Nun kannte er ihn.
»Auf keinen Fall«, sagte er. »Du darfst auf keinen Fall hierherkommen. Es hat nichts mit grundsätzlichen Entscheidungen zu

tun, nur mit praktischen Erwägungen. Du darfst nicht hierherkommen.« Seine eigenen Worte schienen ihm einen merkwürdigen Klang zu haben.

»Dann komm du hierher«, sagte sie.

Er legte auf. Jetzt würde sie wohl in Tränen ausbrechen, dann nach dem Adressenbüchlein greifen, nachsehen, wer aus der Ersten Elf, wie sie sich ausdrückte, sie an seiner Stelle trösten könne. Er schenkte sich einen strammen Whisky ein, Lacons Patentrezept. Er ging in die Küche, vergaß warum, wanderte in sein Arbeitszimmer. Soda, dachte er. Zu spät. Dann eben ohne. Ich muß verrückt geworden sein, dachte er. Ich jage Gespenstern nach, es steckt nichts dahinter. Ein seniler General hat einen Traum geträumt und ist dafür gestorben. Er erinnerte sich an einen Ausspruch Oscar Wildes: Daß ein Mensch für eine Sache stirbt, heiligt nicht die Sache. Ein Bild hing schief. Er rückte daran, zu viel, zu wenig, trat dabei jedesmal ein wenig zurück. *Sagen Sie Max, es betrifft den Sandmann*. Er ging wieder zum Lesesessel und fixierte seine zwei Prostituierten durch Anns Lupe mit einem Ingrimm, vor dem sie, hätten sie ihn sehen können, schreiend zu ihren Mackern geflüchtet wären.

Sie gehörten eindeutig zur Spitzenklasse ihrer Zunft, sie waren jung, wohlgestaltet und wohlgepflegt. Jemand schien sie – wenn es nicht purer Zufall war – wegen des Kontrastes ausgewählt zu haben, den sie bildeten. Das Mädchen zur Linken war blond und feingliedrig, von fast klassischem Wuchs, mit langen Oberschenkeln und kleinen hohen Brüsten. Ihre Gefährtin dagegen war dunkelhaarig und gedrungen, mit ausladenden Hüften und breiten, vielleicht eurasischen Zügen. Die Blonde trug, wie er feststellte, ankerförmige Ohrringe, was ihm ungewöhnlich erschien, denn nach seiner wenn auch beschränkten Erfahrung mit dem schwachen Geschlecht waren Ohrringe das erste, was Frauen ablegten. Ann brauchte nur ohne Ohrringe fortzugehen, und schon wurde ihm das Herz schwer. Sonst fiel ihm zu keinem der beiden Mädchen irgendetwas Schlaues ein, und so wandte er nach einem weiteren kräftigen Schluck Whisky pur seine Aufmerksamkeit wieder den Männern zu – denen sie, wenn er ehrlich sein wollte, von Anfang an bei der Betrachtung des Bildes in erster Linie gegolten hatte. Wie die Mädchen, so unterschieden sich auch die Männer scharf voneinander, und bei ihnen kam hinzu, daß – da sie erheblich älter waren – die Unterschiede deutlicher hervortraten und die Charaktereigenschaften verrieten. Der Mann mit dem blonden Mädchen war hellhäutig und wirkte auf den ersten Blick stumpfsinnig, während der Mann mit der Schwarzen nicht nur dunkelhäutig war, sondern Züge von romanischer, ja, levantinischer Lebhaftigkeit besaß sowie ein ansteckendes Lächeln, das einzig Sympathische auf dem Foto. Der helle Mann war breit und unförmig, der dunkle Mann war klein und witzig genug, um sein Hofnarr zu sein: ein Kobold mit einem freundlichen Gesicht und Haarbüscheln, die wie Hörner über den Ohren aufgezwirbelt waren.

Eine plötzliche Nervosität – die sich später als so etwas wie eine Vorahnung erweisen sollte – veranlaßte ihn, sich zuerst den Hellhäutigen vorzunehmen. Es war eine Stunde, in der man sich bei Fremden sicherer fühlte.

Der Oberkörper des Mannes war robust, aber nicht durchtrainiert, die Gliedmaßen schwer, ohne den Eindruck von Kraft zu vermitteln. Die Helle von Haut und Haaren betonte seine Beleibtheit. Die Hände, von denen eine auf der Hüfte, die andere um die Taille des Mädchens lag, waren fett und plump. Smiley ließ die Lupe langsam über die nackte Brust zum Kopf hochgleiten. Mit vierzig, hatte ein kluger Mann einmal drohend geschrieben, bekommt der Mensch das Gesicht, das er verdient. Smiley bezweifelte das. Er hatte empfindsame Seelen gekannt, die zu lebenslanger Haft hinter einer abstoßenden Fassade verdammt gewesen waren, und Verbrecher mit Engelsgesichtern. Wie auch immer, es war kein Schmuckstück von einem Gesicht, und die Kamera hatte es zudem nicht von seiner vorteilhaftesten Seite aufgenommen. Charakterlich schien es in zwei Teile zu zerfallen: die untere Partie, die zu einem Grinsen fieser Hochstimmung verzogen war, während der Mann, wie der geöffnete Mund vermuten ließ, etwas zu seinem Gefährten sagte; die obere, die von zwei kleinen blassen Augen beherrscht wurde, in deren Winkeln weder Fröhlichkeit nistete noch eine Spur von Hochstimmung, und die mit der kalten Ungeniertheit eines Kindes aus ihrem teigigen Umfeld blickten. Die Nase war platt, das Haar voll und der Schnitt mitteleuropäisch.

Gierig, würde Ann gesagt haben, die dazu neigte, ein absolutes Urteil über Leute zu fällen, deren Konterfei sie in der Zeitung gesehen hatte. Gierig, schwach, lasterhaft. Meiden. Nur schade, daß sie bei Haydon nicht zu demselben Schluß gekommen war, zumindest nicht rechtzeitig.

Smiley ging wieder in die Küche, benetzte sich das Gesicht, erinnerte sich dann, daß er eigentlich Wasser für seinen Whisky hatte holen wollen. Er ließ sich wieder in dem Lesesessel nieder und schob die Lupe über den zweiten Mann, den Hofnarren. Der Whisky hielt ihn wach und machte ihn zugleich schläfrig. Warum rief sie nicht nochmals an? dachte er. Wenn sie nochmals anruft, geh ich zu ihr. Doch in Wirklichkeit war sein Denken ganz von diesem zweiten Gesicht in Anspruch genommen, weil die Vertrautheit darin ihn verwirrte, so wie der Ausdruck beschwörender Komplizenschaft bereits Willem und die Ostrakowa verwirrt hatte. Smiley betrachtete das Gesicht, und seine Müdigkeit schwand; er schien neue Kraft aus ihm zu schöpfen. Manche Gesichter sind uns, wie Willem an jenem Morgen gesagt hatte, bekannt, noch ehe wir sie sahen; andere sehen wir ein einziges Mal und erinnern uns unser ganzes Leben lang an sie; wieder andere sehen wir tagtäglich und erinnern uns überhaupt nie an sie. Zu welcher Kategorie gehörte dieses hier?

Ein Toulouse-Lautrec-Gesicht, dachte Smiley, als er es nachdenklich anlinste – festgehalten in dem Augenblick, in dem seine Augen gerade zu irgendeiner unwiderstehlichen, vielleicht erotischen Ablenkung hinüberglitten. Ann wäre sofort auf ihn geflogen; er hatte den gefährlichen Einschlag, den sie liebte.

Ein Toulouse-Lautrec-Gesicht, festgehalten, während der verirrte Strahl einer Rummelplatzbeleuchtung die eingefallene, gezeichnete Wange erhellte. Ein Gesicht, wie gemeißelt, voller Schroffen und Schründe, über dessen Stirn, Nase und Backenknochen die gleichen erodierenden Unwetter hinweggefegt waren. Ein Toulouse-Lautrec-Gesicht, beweglich und anziehend. Das Gesicht eines Kellners, nicht das eines Gastes. Auf dem der Zorn des Kellners am hellsten lodert hinter einem dienernden Lächeln. Ann würde diese Seite weniger mögen. Smiley ließ den Abzug, wo er lag, rappelte sich langsam in die Höhe und stapfte, um sich wach zu halten, im Zimmer herum; versuchte, das Gesicht unterzubringen, konnte es nicht, fragte sich, ob alles nur Einbildung sei. Manche Menschen *übertragen*, dachte er. Manchen Menschen braucht man nur zu begegnen, und schon überreichen sie einem ihre ganze Vergangenheit wie ein Geschenk. Manche Menschen sind die verkörperte Intimität.

Er blieb an Anns Schreibtisch stehen und starrte wieder auf das Telefon. Ihr Telefon. Ihr und Haydons Telefon, ihr und jedermanns Telefon. *Trimline*, dachte er. Oder war es *Slimline?* Fünf Pfund Zusatzgebühr für den zweifelhaften Luxus seiner altmodisch-futuristischen Form. *Mein Nuttentelefon*, wie sie es immer nannte. *Das kleine Ding-Dong für meine kleinen Lieben, das laute Bim-Bam für meine großen*. Er konstatierte, daß es klingelte. Schon seit geraumer Zeit klingelte, das kleine Ding-Dong für die kleinen Lieben. Er stellte sein Glas ab und starrte weiter auf das trillernde Telefon. Sie stellte es immer zwischen ihren Schallplatten auf den Fußboden, wenn sie sich Musik vorspielte. Sie lag dabei immer daneben – dort, beim Kamin –, lässig auf eine Hüfte hochgestützt, für den Fall, daß es sie rufen würde. Wenn sie schlafen ging, zog sie den Stöpsel aus der Dose und nahm es mit, drückte es an die Brust, auf daß es ihr in der Nacht Gesellschaft leiste. Wenn sie sich liebten, wußte er, daß er nur der Ersatz für alle die Männer war, die nicht angerufen hatten. Für die Erste Elf.

Sogar für den toten Bill Haydon.

Es hatte zu klingeln aufgehört.

Was tut sie jetzt? Die Zweite Elf probieren? Schön sein und Ann ist *eine* Sache, hatte sie erst unlängst zu ihm gesagt – schön sein und in Anns Alter wird bald eine *andere* sein. Und häßlich und in meinem Alter sein ist nochmals eine andere, dachte er wütend. Er hob den Kontaktabzug auf und machte sich mit neuer Energie wieder an seine Betrachtungen.

Schatten, dachte er, Flecke von Hell und Dunkel auf den Wegen, die wir entlangtaumeln. Koboldshörner, Teufelshörner, unsere Schatten soviel größer als wir selber. Wer ist er? Wer war er? Bin ich ihm begegnet? Habe ich eine Begegnung abgelehnt? Und wenn ich abgelehnt habe, wieso kenne ich ihn dann? Er war irgendeine Art Bittsteller, ein Mann, der etwas verkaufen wollte – Informationen? Träume?

Wieder vollwach, streckte er sich auf dem Sofa aus – alles, nur nicht hinauf ins Bett gehen – und schweifte, mit dem Foto in der Hand, durch die langen Galerien seiner Erinnerung, hielt die Laterne an halbvergessene Portraits von Scharlatanen, Goldmachern, Fälschern, Hausierern, Mittelsmännern, Spionen, Schurken und gelegentlich auch Helden, die in seinem vielschichtigen Bekanntenkreis die Nebenrollen gespielt hatten. Dabei hielt er Ausschau nach dem einen scharf beleuchteten Gesicht, das sich aus dem Kontaktabzug herausgelöst zu haben schien und nun wie ein heimlicher Teilhaber einen Platz in seinem schwankenden Bewußtsein suchte. Der Strahl der Lampe glitt ab, zögerte, kam wieder darauf zurück. Die Dunkelheit hat mich irre geführt.

Ich bin ihm im Licht begegnet. Er sah ein gräßliches, neonbeleuchtetes Hotelzimmer – Musikberieselung und Karotapeten – und den kleinen Fremden, der lächelnd in einer Ecke kauerte und ihn Max nannte. Ein kleiner Botschafter – aber welche Sache vertrat er, welches Land? Er erinnerte sich an einen Mantel mit Samtaufschlägen und an harte, kleine Hände, die ihr eigenes Ballett aufführten. Er erinnerte sich an die leidenschaftlichen, lachenden Augen, den lebhaften Mund, der schnell auf und zu ging, aber er hörte keine Wörter. Er hatte das Gefühl, daß ihm etwas entglitt, daß er am Ziel vorbeischoß, daß da noch ein anderer, hochaufragender Schatten gewesen war, während sie sprachen.

Vielleicht, dachte er. Alles ist vielleicht. Vielleicht war Wladimir doch von einem eifersüchtigen Ehemann erschossen worden, dachte er, als die Glocke an der Wohnungstür wie ein Geier auf ihn einkreischte, zwei Klingelzeichen.

Sie hat wie immer ihren Schlüssel vergessen, dachte er.

Er war in der Diele, bevor er es recht gewahr wurde, und fummelte am Schloß. Ihr Schlüssel würde nichts nützen, stellte er fest, wie die Ostrakowa hatte er die Kette vorgelegt. Er fischte nach der Kette, rief »Ann, Moment!« und fühlte, daß seine Finger nichts faßten. Er rammte den Bolzen in der Laufschiene zurück und hörte den Knall im ganzen Haus widerhallen. »Komme schon!« rief er. »Warte! Nicht weggehen!«

Er riß die Tür weit auf, trat schwankend auf die Schwelle und bot sein Gesicht wie eine Opfergabe der mitternächtlichen Luft und der schwarzschimmernden lederbekleideten Gestalt dar, die mit dem Sturzhelm unter dem Arm gleich einem Sendboten des Todes vor ihm stand.

»Ich wollte Sie nicht erschrecken Sir, gewiß nicht«, sagte der Fremde.

Smiley klammerte sich an die Türfüllung und starrte den Fremden wortlos an. Er war groß, trug einen Bürstenhaarschnitt und seine Augen spiegelten unerwiderte Loyalität.

»Ferguson, Sir. Erinnern Sie sich an mich, Sir, Ferguson? Leitete früher die Fahrbereitschaft für Mr. Esterhases Pfadfinder.«

Das schwarze Motorrad mit dem Seitenwagen war hinter ihm am Rinnstein geparkt, die liebevoll polierten Flächen der Maschine glitzerten unter der Straßenbeleuchtung.

»Ich dachte, die Pfadfinder seien aufgelöst«, sagte Smiley und starrte ihn immer noch an.

»Das stimmt, Sir. In alle vier Winde zerstreut, wie ich leider sagen muß. Die Kameradschaft, der Corpsgeist, alles für immer dahin.«
»Wer ist dann Ihr Auftraggeber?«
»Eigentlich niemand, Sir. Das heißt, offiziell niemand. Aber nach wie vor auf Seiten der Schutzengel.«
»Ich wußte gar nicht, daß wir Schutzengel haben.«
»Nein, es stimmt aber, Sir. Alle Menschen sind fehlbar, sage ich immer. Besonders heutzutage.« Er hielt Smiley einen braunen Umschlag hin. »Von gewissen Freunden von Ihnen, Sir, sagen wir mal so. Betrifft eine Telefonabrechnung, über die Sie Nachforschungen anstellten. Die Post spurt im allgemeinen recht gut, möchte ich sagen. Gute Nacht, Sir. Entschuldigen Sie die Störung. Zeit, daß Sie eine Mütze voll Schlaf bekommen, nicht wahr? Gute Männer sind Mangelware, sage ich immer.«
»Gute Nacht«, sagte Smiley.
Aber sein Besucher zögerte, wie jemand, der auf Trinkgeld wartet. »Aber in Wirklichkeit erinnern Sie sich sehr wohl an mich, Sir, wie? War bloß ein Versehen, nicht wahr?«
»Natürlich.«
Als er die Tür schloß, sah er, daß der Himmel voller Sterne war. Klare, vom Tau noch vergrößerte Sterne. Fröstelnd nahm er eines von Anns zahlreichen Fotoalben heraus und öffnete es in der Mitte. Wenn eine Aufnahme ihr gefiel, klemmte sie immer das Negativ dahinter. Er wählte ein Bild, das sie beide am Cap Ferrat zeigte – Ann im Badeanzug, Smiley wohlweislich bedeckt –, und tauschte das Negativ gegen Wladimirs Film aus. Er räumte Chemikalien und Geräte weg und ließ den Abzug in den zehnten Band seines Oxford Dictionary von 1961 gleiten, unter Y für *Yesterday*. Er öffnete Fergusons Umschlag, schaute verdrossen auf seinen Inhalt, registrierte ein paar Eintragungen und das Wort »Hamburg« und schob das Ganze in eine Schreibtischlade. Morgen, dachte er, jedem Tag sein Rätsel. Er kroch ins Bett, wie immer unschlüssig, auf welcher Seite er schlafen sollte. Er schloß die Augen, und sofort schossen ihm, wie nicht anders zu erwar-

ten gewesen war, die Fragen in wilden, chaotischen Salven durch den Kopf.

Warum hat Wladimir nicht Hector verlangt, fragte er sich zum hundertsten Mal. Warum hat der alte Mann Esterhase, alias Hector, mit den City Banken verglichen, die einem den Schirm wegnehmen, wenn es regnet?

Sagen Sie Max, es betrifft den Sandmann.

Sie anrufen? Sich in den Anzug werfen und zu ihr stürzen, wie ein heimlicher Liebhaber, der sich bei Tagesanbruch wieder davonschleicht? Zu spät, sie war bereits versorgt.

Plötzlich begehrte er sie brennend. Er konnte den Raum um sich nicht mehr ertragen, der sie nicht enthielt, er sehnte sich nach ihrem bebenden Körper, nach ihrem Lachen, wenn sie ihm zurief, ihn ihren einzig wahren, ihren besten Liebhaber nannte, sie wollte keinen anderen, niemals: »Frauen sind gesetzlos, George«, hatte sie einmal in einem der seltenen Augenblicke gesagt, als sie friedlich nebeneinanderlagen. »Und was bin ich?« hatte er gefragt, und sie darauf: »Mein Gesetz.« »Und was war Haydon?« hatte er gefragt. Und sie lachte und sagte: »Meine Anarchie.«

Er sah wieder das kleine Foto vor sich, das, wie der kleine Fremde selbst, in seine schwindende Erinnerung geprägt war. Ein kleiner Mann, mit einem großen Schatten. Er erinnerte sich an Willems Beschreibung von der kleinen Gestalt auf dem Boot in Hamburg, die wie Hörner aufgezwirbelten Haarbüschel, das zerfurchte Gesicht, die mahnenden Augen. *General*, dachte er chaotisch, *könnten Sie mir nicht Ihren Freund, den Magier, nochmals schicken?*

Vielleicht. Alles ist vielleicht.

Hamburg, dachte er, kletterte schnell aus dem Bett und zog seinen Morgenrock an. Er setzte sich wieder an Anns Schreibtisch und machte sich ernsthaft an die Prüfung der Liste von Wladimirs Anrufen, die ein Postbeamter in gestochener Schrift aufgestellt hatte. Er nahm ein Blatt Papier und warf Notizen darauf.

Faktum: Anfang September erhält Wladimir den Brief aus Paris und räumt ihn Mikhel aus den Klauen.

Faktum: Etwa um dieselbe Zeit tätigt Wladimir ganz ungewöhnlicherweise einen kostspieligen Fernruf nach Hamburg, handvermittelt, vermutlich, damit er später die Gebühren zurückbekommen kann.
Faktum: Nochmals drei Tage danach, am achten, nimmt Wladimir ein R-Gespräch aus Hamburg entgegen, Gebühr zwei Pfund achtzig. Anrufer, Dauer und Uhrzeit sind aufgeführt, und der Anrufer hat dieselbe Nummer, mit der Wladimir vor drei Tagen telefoniert hatte.
Hamburg, dachte Smiley wieder, und seine Gedanken schweiften zu dem Knirps auf dem Foto. Die R-Gespräche waren mit Unterbrechungen bis vor drei Tagen weitergegangen, neun Anrufe zu insgesamt einundzwanzig Pfund, alle aus Hamburg an Wladimir. Aber wer hatte ihn angerufen? Aus Hamburg? Wer?
Plötzlich fiel es ihm ein.
Die hochaufragende Gestalt in dem Hotelzimmer, der große Schatten des kleinen Mannes, war Wladimir selbst gewesen. Er sah sie nebeneinander stehen, beide in schwarzen Mänteln, der Riese und der Zwerg.
Das verlotterte Hotel mit Musikberieselung und Karotapete lag am Flughafen Heathrow, wohin die beiden so ungleichen Männer zu einer Unterredung geflogen waren, genau in dem Augenblick, als Smileys berufliche Identität in Trümmer ging. *Max, wir brauchen Sie. Max, geben Sie uns eine Chance.*
Smiley hob ab und wählte die Nummer in Hamburg. Am anderen Ende sagte eine männliche Stimme leise »Ja?« und ließ eine Pause folgen.
»Könnte ich«, sagte Smiley und wählte auf gut Glück einen Namen, »könnte ich bitte Herrn Dieter Fassbender sprechen?« Deutsch war Smileys zweite Sprache und manchmal seine erste.
»Hier gibt es keinen Fassbender« sagte dieselbe Stimme kühl nach einer kleinen Pause, als habe der Sprecher sich bei jemandem erkundigt. Smiley konnte leise Musik im Hintergrund hören.

»Hier ist Leber«, beharrte Smiley. »Ich muß dringend Herrn Fassbender sprechen. Ich bin sein Partner.«

Wieder längere Zeit nichts.

»Bedaure«, sagte der Mann nach einer weiteren Pause kurz angebunden – und legte auf.

Kein Privathaus, dachte Smiley, der hastig seine Eindrücke zu Papier brachte. – Der Sprecher hatte die Wahl zwischen zu vielen Möglichkeiten. Keine Behörde, denn welche Behörde spielt leise Hintergrundmusik und ist um Mitternacht an einem Samstag geöffnet? Ein Hotel? Möglich, aber ein einigermaßen großes Hotel hätte ihn mit dem Empfang verbunden und ein Minimum von Höflichkeit an den Tag gelegt. Ein Restaurant? Zu verstohlen, zu sehr auf der Hut – und zudem hätten sie sich sicher mit Namen gemeldet.

Die Teile nicht gewaltsam zusammenfügen, mahnte er sich. Einspeichern. Geduld. Aber wie soll man geduldig sein, wenn man so wenig Zeit hat?

Er ging wieder ins Bett, öffnete eine Nummer von Cobbetts *Rural Rides* und versuchte darin zu lesen, während er müßig über so gewichtige Dinge nachdachte, wie über seinen Bürgersinn und wieviel oder wie wenig davon er Oliver Lacon schuldete: ›Ihre *Pflicht*, George.‹ Doch wer könnte ernsthaft Lacons Mann sein? Wer könnte Lacons schwache Argumente als Hinweise für das nehmen, was des Kaisers ist?

»Emigranten hui, Emigranten pfui. Rein in die Kartoffeln, raus aus den Kartoffeln«, murrte er laut.

Es schien Smiley, als hätte er sein ganzes Berufsleben lang nichts als derartige Absurditäten zu hören bekommen, die angeblich einschneidende Änderungen in der Whitehall-Doktrin signalisierten; Zurückhaltung predigten, Selbstverleugnung, immer irgendeinen Grund, um nichts zu tun. Er hatte beobachtet, wie Whitehalls Rocksäume nach oben rutschten, dann wieder nach unten, wie der Gürtel enger geschnallt wurde, weiter, enger. Er war der Zeuge oder das Opfer – manchmal sogar der unfreiwillige Prophet – solch flüchtiger Kulte gewesen wie Lateralismus,

Parallelismus, Separatismus, operative Dezentralisierung, und jetzt – wenn er Lacons jüngste Ausführungen noch richtig im Kopf hatte – Integration. Jede neue Mode war jubelnd als Patentrezept begrüßt worden: ›Jetzt werden wir siegen, jetzt wird die Maschine funktionieren.‹ Jede war sang- und klanglos untergegangen, unter Hinterlassung des üblichen englischen Kuddelmuddels, als dessen lebenslangen Sachwalter er sich, in der Rückschau, immer mehr sah. Er hatte Zurückhaltung geübt, in der Hoffnung, daß andere dies auch tun würden, was dann aber nicht der Fall war. Er hatte in den Kulissen gewerkt, während Hohlköpfe die Bühne beherrschten, damals wie heute. Vor fünf Jahren noch hätte er sich derartige Gefühle nie eingestanden. Aber heute sah Smiley leidenschaftslos in sein eigenes Herz und erkannte, daß er ungeführt und vielleicht unführbar war; daß die einzigen Forderungen, denen er sich fügte, die seines Verstandes und seiner Menschlichkeit waren. Es war ihm mit seinem Dienst an der Öffentlichkeit so ergangen wie mit seiner Ehe: Ich habe mein Leben in Institutionen investiert, dachte er ohne Bitterkeit, und alles, was mir geblieben ist, bin nur ich selbst.

Und Karla, dachte er, mein schwarzer Gral.

Er konnte nichts dagegen tun, sein schweifender Geist wollte ihn einfach nicht zur Ruhe kommen lassen. Er starrte vor sich hin ins Dunkel, sah Karlas Bild vor sich, wie es in den schwebenden Schattenflecken zerbarst und wiedererstand. Er sah, wie die braunen, aufmerksamen Augen ihn abschätzten, so wie sie ihn damals, vor hundert Jahren, aus der Dunkelheit der Verhörzelle eines Gefängnisses in Delhi abgeschätzt hatten: Augen, die auf den ersten Blick Sensibilität und Kameradschaft anzuzeigen schienen; sich dann wie schmelzendes Glas langsam zu vollkommener Spröde und Unnachgiebigkeit verhärteten. Er sah sich auf die staubverwehte Rollbahn des Flughafens in Delhi treten und eine Grimasse schneiden, als die indische Hitze vom Boden zu ihm hochschlug. Smiley, alias Barraclough oder Standfast oder welchen Namen auch immer er in jener Woche aus der Mappe gefischt hatte – er wußte es nicht mehr.

Auf alle Fälle ein Smiley der sechziger Jahre, Smiley, der Handlungsreisende, wie sie ihn nannten, der im Auftrag des Circus den Globus abgraste und umsteigwilligen Agenten aus der Moskauer Zentrale die Vorteile eines Frontwechsels schmackhaft machte. Die Zentrale führte damals gerade eine ihrer periodischen Säuberungsaktionen durch, und die Wälder wimmelten von russischen Außenagenten, die sich nicht mehr nach Hause trauten. Ein Smiley, der Anns Ehemann und Bill Haydons Kollege war und der sich immer noch einen Rest von Illusionen bewahrt hatte. Ein Smiley, der nichtsdestoweniger am Rand einer inneren Krise balancierte, denn es war das Jahr, in dem Ann ihr Herz an einen Ballettänzer verlor; Bill sollte erst später an die Reihe kommen.
In der Dunkelheit von Anns Schlafzimmer erlebte er wieder seine Fahrt zum Gefängnis, in einem ratternden und tutenden Jeep, auf dessen Trittbrett lachende Kinder hingen; sah die Ochsenkarren und das ewige, indische Menschengewimmel, die Hütten am braunen Flußufer. Er nahm den Geruch von getrockneten Kuhfladen und ewig schwelenden Feuern wahr – Feuer zum Kochen und Feuer zum Reinigen; Feuer zur Beseitigung der Toten. Er sah das Eisentor des alten Gefängnisses und die perfekt gebügelten britischen Uniformen der Wärter, als sie knietief durch die Gefangenen wateten.
»Hier entlang, Euer Gnaden, Sir. Wollen Eure Exzellenz bitte die Güte haben, uns zu folgen!«
Ein europäischer Gefangener, der sich Gerstmann nannte.
Ein kleiner, grauhaariger und blauäugiger Mann in einem roten Kattun-Kittel, der wie der letzte Überlebende einer ausgestorbenen Priesterschaft aussah.
In Handschellen: »Bitte abnehmen, Officer, und bringen Sie ein paar Zigaretten«, sagte Smiley.
Ein Gefangener, den London als einen Agenten der Moskauer Zentrale identifiziert hatte und der jetzt darauf wartete, nach Rußland abgeschoben zu werden. Ein kleiner Infanterist des Kalten Krieges, wie es damals schien, der wußte – mit tödlicher

Sicherheit wußte –, daß ihn bei einer Rückkehr nach Rußland der Gulag oder das Erschießungskommando oder beides erwartete. Jemand, der in den Händen des Feindes gewesen war, war in den Augen der Zentrale selbst zu einem Feind geworden: Ob er nun gesprochen oder dicht gehalten hatte, spielte dabei keine Rolle. Kommen Sie zu uns, hatte Smiley über den Eisentisch hinweg gesagt.

Kommen Sie zu uns, und Sie erwartet das Leben.

Gehen Sie nach Hause, und Sie erwartet der Tod.

Seine Hände waren feucht – Smileys Hände. Die Hitze war fürchterlich. Zigarette? hatte Smiley gefragt, hier, nehmen Sie mein Feuerzeug. Es war ein goldenes Feuerzeug, das seine Schweißspuren trug. Graviert. Ein Geschenk Anns zum Trost für ein Mißverhalten. *Für George von Ann in aller Liebe*. Es gibt große Lieben und kleine Lieben, sagte Ann gerne, doch als sie die Inschrift verfaßt hatte, bedachte sie ihn mit beiden Spielarten. Es war vermutlich die einzige Gelegenheit, bei der sie das tat.

Kommen Sie zu uns, hatte Smiley gesagt. Retten Sie sich.

Sie haben nicht das Recht, eine Überlebenschance abzulehnen.

Smiley wiederholte zuerst mechanisch, dann leidenschaftlich, alle die gängigen Argumente, während sein Schweiß auf den Tisch tropfte. Kommen Sie zu uns. Sie haben nichts zu verlieren. Ihre Lieben in Rußland sind bereits verloren. Ihre Rückkehr würde für sie die Dinge nur noch schlimmer machen, nicht besser.

Kommen Sie zu uns. Ich bitte Sie. Hören Sie auf mich, auf die Argumente, die Philosophie.

Und er wartete darauf, daß sein Gegenüber irgendeine Reaktion auf sein zunehmend verzweifelteres Drängen zeigen würde. Daß die braunen Augen zucken, daß die steifen Lippen durch die Kringel des Zigarettenrauchs ein einziges Wort aussprechen würden: Ja, ich komme zu euch. Ja, ich will auspacken. Ja, ich akzeptiere euer Geld, euer Versprechen, für mich zu sorgen, das Rumpfleben eines Überläufers. Er wartete darauf, daß die von den Handschellen befreiten Hände aufhören würden, mit Anns

Feuerzeug herumzuspielen, für George von Ann in aller Liebe. Doch je mehr Smiley in ihn drang, desto dogmatischer wurde Gerstmanns Schweigen. Smiley drängte ihm Antworten auf, doch Gerstmann hatte keine dazu passenden Fragen. Allmählich wurde Gerstmanns fugenlose Festigkeit unheimlich. Er war ein Mann, der sich mit dem Galgen abgefunden hatte, der lieber von der Hand seiner Freunde sterben, als von der Hand seiner Feinde leben wollte. Am nächsten Morgen gingen sie auseinander, jeder seinem vorgezeichneten Schicksal entgegen: Gerstmann flog nach Moskau zurück, überlebte gegen jede Wahrscheinlichkeit die Säuberung und florierte und gedieh. Smiley kehrte mit hohem Fieber zu seiner Ann und zu – fast – all ihrer Liebe zurück; und zu der späteren Erkenntnis, daß Gerstmann niemand anderer als Karla selbst war, Bill Haydons Anwerber, Einsatzleiter, Mentor; und der Mann, der Bill in Anns Bett gezaubert hatte – in eben das Bett, in dem Smiley jetzt lag – um Smileys sich verdichtenden Argwohn von Bills größerem Verrat abzulenken, vom Verrat am britischen Geheimdienst und seinen Agenten.

Karla, dachte er, als sich seine Augen in die Dunkelheit bohrten, was willst du jetzt von mir? *Sagen Sie Max, es betrifft den Sandmann.*

Sandmann, dachte er: Warum hältst du mich wach, wo du mich doch eigentlich einschläfern sollst?

Gleicherweise von Geist und Körper gequält, konnte die Ostrakowa in ihrer kleinen Pariser Wohnung nicht schlafen, selbst wenn sie es gewollt hätte: Die ganze Zauberkraft des Sandmanns hätte ihr nicht helfen können. Sie drehte sich auf die Seite, und ihre zerquetschten Rippen stachen, als lägen immer noch die Arme um sie, die versucht hatten, sie unter den Wagen zu schleudern. Sie probierte die Rückenlage, und der Schmerz in ihrem Kreuz war so stark, daß ihr übel wurde. Und wenn sie sich auf den Bauch drehte, wurden ihre Brüste wund wie damals, als

sie versucht hatte, Alexandra zu stillen, in den Monaten, bevor sie ihr Kind verließ, und sie haßte sie darum.
Es ist Gottes Strafe, sagte sie ohne zu große Überzeugung. Erst als der Morgen kam und sie wieder mit dem Revolver auf den Knien in Ostrakows Armsessel saß, erlöste die erwachende Welt sie für ein paar Stunden von ihren Gedanken.

13

Die Kunstgalerie lag an jenem Ende der Bond Street, das in Fachkreisen als das Schlechte gilt, und Smiley fand sich am Montagvormittag dort ein, lang ehe irgendein respektabler Kunsthändler aus den Federn war.

Er hatte einen unwahrscheinlich ruhigen Sonntag verbracht. Die Bywater Street war spät erwacht, und Smiley mit ihr. Während er schlief, hatte sein Gedächtnis weitergearbeitet und den ganzen Tag hindurch war es auf dem Sprung gewesen, mit dem einen oder anderen bescheidenen Fundstück aufzuwarten. Zumindest in seinem Gedächtnis war sein schwarzer Gral ein Stück nähergerückt. Sein Telefon hatte kein einziges Mal geklingelt, ein leichter, aber beharrlicher Katzenjammer sorgte für anhaltende stille Nachdenklichkeit. Er war, wider bessere Einsicht, Mitglied eines Clubs in der Nähe von Pall Mall, wo er in kaiserlicher Einsamkeit einen Lunch aus aufgewärmtem Steak-und-Kidney-Pie zu sich nahm. Anschließend hatte er sich vom Chefportier seine Kassette aus dem Clubsafe geben lassen und ihr in aller Stille ein paar illegale Besitztümer entnommen, unter anderem einen auf seinen Arbeitsnamen Standfast lautenden britischen Paß, der nie den Weg zurück zu den Housekeepers des Circus gefunden hatte; einen dazu passenden internationalen Führerschein; eine ansehnliche Geldsumme in Schweizer Franken, die unstreitig sein Privatbesitz waren, aber ebenso unstreitig im Widerspruch zu den geltenden Devisenbestimmungen hier lagerten. Jetzt steckten sie in seiner Tasche.

Die Galerie war in blendendem Weiß gehalten, die Leinwände hinter den Fenstern aus Panzerglas hoben sich kaum davon ab: weiß auf weiß, und die gerade noch wahrnehmbare Kontur einer Moschee oder der St. Paul's Cathedral – oder war es Washing-

ton? – mit einem Finger in den dicken Brei gegraben. Vor einem halben Jahr hatte das über dem Gehsteig hängende Schild verkündet: *The Wandering Snail Coffee Shop.* Heute lautete die Inschrift: *Atelier Benati, goût arabe, Paris, New York, Monaco,* und eine diskrete Speisenkarte an der Tür zählte die Spezialitäten des neuen Chefs auf: *Islam, Klassik und Moderne. Innenraumgestaltung. Übernahme von Ausstattungsaufträgen. Sonnez.*
Smiley tat, wie ihm geheißen, ein elektrischer Türöffner kreischte, die Glastür gab nach. Eine leicht angestaubte Ladenhüterin, aschblond und halbwach, beäugte ihn argwöhnisch über einen weißen Schreibtisch hinweg.
»Dürfte ich mich bitte einmal umsehen?« sagte Smiley.
Ihre Augen hoben sich leicht zu einem islamischen Himmel. »Die kleinen roten Punkte bedeuten verkauft«, knautschte sie, reichte ihm eine maschinengeschriebene Preisliste, seufzte und widmete sich wieder ihrer Zigarette und ihrem Horoskop.
Ein paar Minuten lang schlurfte Smiley unglücklich von einer Leinwand zur anderen, bis er aufs neue vor dem Mädchen stand.
»Könnte ich bitte Mister Benati sprechen?« sagte er.
»Oh, Mister Benati ist im Augenblick leider *total* ausgebucht. Der Nachteil, wenn man international ist«, fügte sie mit mehr als einer Spur Sarkasmus hinzu.
»Vielleicht könnten Sie ihm sagen, Mr. Engel möchte ihn sprechen«, schlug Smiley mit anhaltender Schüchternheit vor. »Wenn Sie ihm das vielleicht sagen könnten. Engel, Alan Engel, er kennt mich nämlich.«
Er setzte sich auf das S-förmige Sofa. Es war mit zweitausend Pfund ausgezeichnet und mit einer schützenden Zellophanhülle bezogen, die quietschte, wenn Smiley sich bewegte. Er hörte, wie sie den Telefonhörer abhob und hineinseufzte.
»Hab' einen Engel für Sie«, hauchte sie mit Schlafzimmerstimme. »Wie im Paradies, ja, Engel?«
Wenig später klomm Smiley eine Wendeltreppe ins Dunkel hinab. Drunten wartete er. Es klickte, und ein halbes Dutzend Lampen bestrahlten leere Stellen, an denen keine Bilder hingen.

Eine Tür ging auf und gab den Blick frei auf eine kleine adrette Gestalt. Der Mann stand regungslos da. Das volle weiße Haar war flott nach hinten gekämmt. Er trug einen pechschwarzen Anzug mit breiten Streifen, und Schnallenschuhe. Der Streifen war entschieden zu breit für ihn. Die rechte Faust steckte in der Jackentasche, doch als er Smiley sah, zog er die Hand heraus und hielt sie seinem Besucher wie eine gefährliche flache Klinge hin. »Nein, Mr. Engel«, rief er mit deutlichem mitteleuropäischen Akzent und warf rasch einen Blick treppauf, als wolle er sehen, wer zuhörte. »Was für eine große Freude, Sir. Haben uns viel zu lange nicht gesehen. Bitte treten Sie näher.«
Sie reichten sich die Hände, doch jeder wahrte Distanz.
»Hallo, Mister Benati«, sagte Smiley und folgte ihm in ein Büro, das sie durchschritten, und in einen dahinterliegenden Raum, wo Mr. Benati die Tür schloß und sich bedächtig dagegen lehnte, vielleicht um jedes unbefugte Eindringen zu verhindern. Danach sprach längere Zeit keiner der beiden Männer ein Wort, dafür musterte jeder den anderen in respektvollem Schweigen. Mr. Benatis Augen waren braun und beweglich und blickten nirgendwo lange hin und nirgendwohin ohne bestimmten Grund. Der Raum machte den Eindruck eines dürftigen Boudoirs, mit einer Chaiselongue und einem rosa Waschbecken in einer Ecke.
»Nun, wie geht's Geschäft, Toby?« fragte Smiley.
Toby Esterhase reagierte auf diese Frage mit einem besonderen Lächeln und einer besonderen Art, die kleinen Handflächen nach oben zu drehen.
»Es floriert, George. Erfolgreicher Start, dann fantastischer Sommer. Der Herbst, George« – wieder die Handbewegung –, »der Herbst, würde ich sagen, ist eher schleppend. Man muß, genau gesagt, vom eigenen Höker zehren. Kaffee, George? Meine Sekretärin kann uns Kaffee machen.«
»Wladimir ist tot«, sagte Smiley nach einer weiteren ziemlich langen Pause. »Erschossen, in Hampstead Heath.«
»Traurig. Der alte Mann, wie? Traurig.«
»Oliver Lacon möchte, daß ich den Aufwasch besorge. Da Sie

der Postbote in der Gruppe waren, würde ich mich gern mit Ihnen unterhalten.«

»Klar«, sagte Toby entgegenkommend.

»Also wußten Sie davon? Von seinem Tod?«

»Hab's in der Zeitung gelesen.«

Smiley ließ die Blicke durch den Raum schweifen. Nirgends war eine Zeitung zu sehen.

»Irgendeine Theorie, wer es getan hat?« fragte Smiley.

»In *seinem* Alter, George? Nach einem Leben voll Enttäuschungen, wie man wohl sagen kann? Keine Familie, keine Zukunft, die Gruppe völlig dahin – ich vermute, er hat es selber getan. Ganz natürlich.«

Vorsichtig ließ Smiley sich auf die Chaiselongue nieder und nahm, scharf beobachtet von Toby, das Bronze-Modell einer Tänzerin vom Tisch.

»Sollte dies hier nicht eine Nummer tragen, wenn es ein Degas ist, Toby?« fragte Smiley.

»Bei Degas gibt es eine gewaltige Grauzone, George. Da muß man schon hundertprozentig sicher sein.«

»Aber das hier ist echt?« fragte Smiley, und es klang, als wolle er es tatsächlich wissen.

»Vollkommen«.

»Würden Sie mir die Statuette verkaufen?«

»Was soll das?«

»Rein akademisches Interesse. Ist sie verkäuflich? Käme ich, gegebenenfalls, als Käufer überhaupt in Betracht?«

Toby zuckte leicht verlegen die Achseln.

»George, hören Sie, hier geht es um Tausende, verstehen Sie? So was wie eine Jahresrente oder dergleichen.«

»Wann haben Sie eigentlich zuletzt mit Wladimirs Netz zu tun gehabt, Toby?« fragte Smiley und stellte die Tänzerin wieder auf den Tisch.

Toby verdaute die Frage ausgiebig.

»Netz?« echote er schließlich ungläubig. »Habe ich ›Netz‹ gehört, George?« Normalerweise war in Tobys Repertoire we-

nig Platz für Lachen, aber jetzt brachte er doch einen kleinen, wenn auch verkrampften Heiterkeitsausbruch zustande. »Diese Gruppe von Verrückten nennen Sie ein Netz? Zwanzig meschuggene Balten, undicht wie alte Scheunen, das gibt bereits ein *Netz*?«
»Nun ja, irgendwie müssen wir sie benennen«, meinte Smiley einlenkend.
»Irgendwie, klar. Bloß nicht Netz, okay?«
»Wie lautet also die Antwort?«
»Welche Antwort?«
»Wann hatten Sie den letzten Kontakt mit der Gruppe?«
»Jahre her. Bevor sie mich geschaßt haben. Jahre her.«
»Wieviele Jahre.«
»Weiß ich nicht.«
»Drei?«
»Möglich.«
»Zwei?«
»George, wollen Sie mich festnageln?«
»Sieht so aus. Ja.«
Toby nickte ernst, als habe er das schon die ganze Zeit kommen sehen.
»Und haben Sie vergessen, George, wie es bei unseren Lamplighters zuging? Wie überlastet wir waren? Wie meine Jungens und ich für die Hälfte aller Netze des Circus Postboten spielten? Erinnern Sie sich? Wieviele Treffs, wieviele Autokunden in einer Woche? Zwanzig, dreißig? Einmal, in der Hochsaison, vierzig? Gehen Sie in die Registratur, George. Wenn Sie Lacons Segen haben, gehen Sie in die Registratur, holen Sie die Akte, sehen Sie sich die Treff-Formulare an. Dann wissen Sie es genau. Kommen Sie nicht hierher und versuchen Sie nicht, mir ein Bein zu stellen, Sie wissen, was ich meine, wie? Degas, Wladimir – ich mag diese Fragen nicht. Ein Freund, ein ehemaliger Boß, mein eigenes Haus – es regt mich auf, okay?«
Nach dieser, sowohl für Smiley wie für ihn selber überraschend langen Rede schwieg Toby, als warte er darauf, daß Smiley die

Erklärung für soviel Beredsamkeit lieferte. Dann trat er einen Schritt vor und drehte flehend die Handflächen nach oben.
»George«, sagte er vorwurfsvoll. »George, mein Name lautet Benati, okay?«
Smiley schien in tiefe Niedergeschlagenheit verfallen zu sein. Düster starrte er auf die Stapel schmieriger Kunstkataloge, die über den ganzen Teppich verteilt waren.
»Ich heiße nicht Hector, ganz entschieden nicht Esterhase«, sagte Toby energisch. »Ich habe ein Alibi für jeden Tag des Jahres – habe mich vor meiner Kreditbank versteckt. Glauben Sie, ich möchte mir Scherereien aufhalsen? Emigranten, sogar Polizei? Ist dies ein Verhör, George?«
»Toby, Sie kennen mich.«
»Eben. Ich kenne Sie, George. Ich soll Ihnen Streichhölzer geben, damit Sie mich rösten können.«
Smileys Blick blieb starr auf die Kataloge gerichtet. »Ehe Wladimir starb – Stunden vorher –, rief er den Circus an«, sagte er. »Er sagte, er habe Informationen für uns.«
»Aber dieser Wladimir war ein alter Mann, George!« Tobys Proteste klangen, zumindest für Smileys Ohr, allzu energisch. »Hören Sie, von seiner Sorte gibt's jede Menge. Großer Background, zu lange auf der Gehaltsliste gewesen, sie werden alt, verkalkt, schreiben an verrückten Memoiren, sehen überall weltweite Verschwörungen, verstehen Sie, was ich meine?«
Smiley betrachtete unbewegt die Kataloge, der runde Kopf ruhte auf den geballten Fäusten.
»Warum sagen Sie das eigentlich, Toby?« fragte er nörgelnd. »Ich kann Ihrem Gedankengang nicht folgen.«
»Was meinen Sie mit ›warum ich das sage‹? Alte Überläufer, alte Spione, sie werden ein bißchen plemplem. Hören Stimmen, reden mit den Piepmätzen. Ganz normal.«
»Hat Wladimir Stimmen gehört?«
»Wie soll ich das wissen?«
»Genau das habe ich Sie gefragt, Toby«, erklärte Smiley nüchtern den Katalogen. »Ich habe gesagt, Wladimir behauptete,

Neuigkeiten für uns zu haben, und *Sie* antworteten, er sei nicht mehr ganz richtig im Kopf gewesen. Ich fragte mich, woher Sie das wissen. Daß Wladimir nicht mehr ganz richtig im Kopf war. Ich fragte mich, welchen Datums wohl Ihre Kenntnis seines Geisteszustands sein mag. Und warum es Sie gar nicht interessiert, was er uns hat sagen wollen. Weiter nichts.«

»George, das sind alte Spiele, die Sie da treiben. Drehen Sie mir nicht das Wort im Mund um, okay? Wenn Sie mich fragen wollen, fragen Sie. Bitte. Aber nicht meine Worte verdrehen.«

»Es war kein Selbstmord, Toby«, sagte Smiley, noch immer ohne ihn anzublicken. »Es war *eindeutig* kein Selbstmord. Ich sah die Leiche, Sie dürfen mir glauben. Es war auch kein eifersüchtiger Ehemann – es sei denn, er wäre mit einer Mordwaffe aus der Moskauer Zentrale ausgerüstet gewesen. Wie haben wir diese Spezialwaffe immer genannt? Den inhumanen Killer, stimmt's? Genau das hat Moskau benutzt. Einen inhumanen Killer.«

Wiederum versank Smiley in Nachdenken, doch diesmal war Toby – wenn auch verspätet – schlau genug, schweigend zu warten.

»Also, Toby, als Wladimir vor seinem Tod im Circus anrief, verlangte er *Max*. Mich, mit anderen Worten. Nicht seinen Postboten, der *Sie* gewesen wären. Nicht Hector. Er verlangte seinen Vikar, der, bis daß der Tod uns scheiden würde, ich war. Gegen alles Protokoll, gegen alle Regeln und gegen alles bisher Dagewesene. Hat das noch nie getan. Ich war natürlich nicht da – also boten sie ihm einen Ersatzmann an, einen albernen grünen Jungen namens Mostyn. Es spielte keine Rolle, denn sie trafen einander ohnehin nicht, als es soweit war. Aber können *Sie* mir sagen, warum er nicht Hector sprechen wollte?«

»George, also, ich muß schon *sagen!* Schatten, Sie machen Jagd auf Schatten! Soll ich jetzt wissen, warum er nicht *mich* verlangt hat? Wir sind plötzlich schuld an dem, was andere Leute *nicht* tun? Was soll das?«

»Hatten Sie Streit mit ihm? Könnte das der Grund gewesen sein?«

»Warum sollte ich mit Wladimir Streit haben? Er war immer so dramatisch, George. So sind sie, diese alten Knaben im Ruhestand.« Toby legte eine Pause ein, wie um anzudeuten, daß auch Smiley nicht über solche kleinen Schwächen erhaben sei. »Sie langweilen sich, vermissen ihre Einsätze, möchten gestreichelt werden, also blasen sie eine Mücke zum Elefanten auf.«
»Aber nicht alle werden dabei erschossen, nicht wahr, Toby? Hier liegt der Haken, verstehen Sie. Ursache und Wirkung. Eines Tages streitet Toby sich mit Wladimir, und am nächsten Tag wird Wladimir mit einer russischen Waffe erschossen. Die Polizei spricht in solchen Fällen von einer peinlichen Verkettung der Ereignisse. Wir übrigens auch.«
»George, sind Sie verrückt? Was zum Teufel soll das mit dem Streit? Ich sage Ihnen doch: Ich habe nie im Leben mit dem alten Mann Streit gehabt!«
»Mikhel sagt, Sie hätten.«
»Mikhel? Sie haben sich bei *Mikhel* erkundigt?«
»Laut Mikhel war der alte Mann sehr erzürnt über Sie. ›Hector taugt nichts‹, habe Wladimir ihm wiederholt gesagt. Er zitierte Wladimir wörtlich. ›Hector taugt nichts.‹ Mikhel war sehr erstaunt. Wladimir hatte immer große Stücke auf Sie gehalten. Mikhel konnte sich nicht vorstellen, welche Geschichte zwischen Ihnen beiden einen so ernsthaften Umschwung verursacht haben mochte. ›Hector taugt nichts.‹ *Warum* taugten Sie nichts, Toby? Was ist passiert, warum ereiferte Wladimir sich derart über Sie? Ich möchte es der Polizei gern verschweigen, wenn irgend möglich, verstehen Sie. Um unser aller willen.«
Doch der Außenmann in Toby Esterhase war jetzt voll erwacht, und er wußte, daß Verhöre, genau wie Schlachten, niemals gewonnen, immer nur verloren werden.
»George, das ist doch absurd«, erklärte er, eher mitleidig als gekränkt. »Ich meine, ein Blinder sieht, daß Sie mich zum besten halten. Oder? Ein alter Mann baut Luftschlösser, und damit wollen Sie gleich zur Polizei laufen? Hat Lacon Sie dafür angeheuert? Ist das der Aufwasch, den Sie besorgen sollen? George?«

Diesmal schien das lange Schweigen irgendeinen Entschluß in Smiley gezeitigt zu haben, und als er wieder sprach, klang es, als habe er es eilig. Sein Tonfall war bündig, sogar ungeduldig.
»Wladimir suchte Sie auf. Ich weiß nicht, wann, aber in den letzten Wochen. Entweder Sie trafen ihn, oder es war ein Telefongespräch – zwischen zwei öffentlichen Fernsprechzellen oder was immer die Abmachung war. Er bat Sie, etwas für ihn zu erledigen; Sie lehnten ab. Deshalb verlangte er Max, als er Freitagabend im Circus anrief. Er hatte Hectors Antwort bereits erhalten, und sie lautete ›nein‹. Das ist auch der Grund, warum Hector ›nichts taugt‹. Sie haben ihn abgewimmelt.«
Diesmal unternahm Toby keinen Versuch zu unterbrechen.
»Und, wenn ich das sagen darf, Sie haben Angst!« fuhr Smiley fort und blickte geflissentlich nicht auf die Beule in Tobys Jakkett. »Sie wissen ziemlich genau, wer Wladimir tötete und glauben, man könne Sie gleichfalls töten. Ja, Sie hielten es sogar für möglich, daß ich der falsche Engel sein könnte.« Er wartete, aber Toby erhob keinen Einspruch. Smileys Ton wurde milder.
»Toby, *Sie* erinnern sich, was wir in Sarratt immer sagten – daß Angst gleich Information ohne Daumenschrauben sei. Daß wir sie würdigen sollten. Nun, ich würdige Ihre Angst, Toby. Ich möchte mehr darüber wissen. Woher sie kam. Ob ich sie teilen sollte. Weiter nichts.«
Toby Esterhase stand noch immer an der Tür, preßte jetzt die Handflächen gegen die Füllung und musterte Smiley mit höchster Aufmerksamkeit und ohne die geringste Lockerung seiner gespannten Haltung. Er mühte sich sogar, durch die Tiefe und den fragenden Ausdruck seines Blicks klarzumachen, daß seine Besorgnis jetzt eher Smiley gelte, als seiner eigenen Person. Danach trat er, auch dies mit allen Anzeichen der Wohlgewogenheit, einen Schritt, dann zwei Schritte ins Zimmer – aber zögernd, etwa so, wie man das Krankenhauszimmer eines darniederliegenden Freundes betritt. Erst dann, und mit einer recht passablen Imitation des mitfühlenden Besuchers, reagierte er auf Smileys Anschuldigung mit einer höchst treffenden Frage, einer

Frage, über die Smiley selber zufällig während der vergangenen beiden Tage weidlich gegrübelt hatte.
»George. Bitte beantworten Sie mir eins. Wer spricht hier eigentlich? George Smiley? Oliver Lacon? Mikhel? Wer spricht, bitte?« Als er nicht sofort Antwort erhielt, setzte er seinen Vormarsch bis zu einem schäbigen seidenbezogenen Taburett fort, wo er sich adrett wie eine Katze niederließ, eine Hand auf jedem Knie. »Denn für einen beauftragten Vertreter, George, stellen Sie ein paar verdammt unbeauftragte Fragen, das erstaunt mich. Ich finde, Sie benehmen sich ziemlich unbeauftragt.«
»Sie haben Wladimir gesehen und mit ihm gesprochen. Was ist passiert?« fragte Smiley, völlig unberührt von Tobys Herausforderung. »Sagen Sie mir das, und dann sage ich Ihnen, wer hier spricht.«
In der hintersten Ecke des Plafonds war ein gelblicher Glasquader von etwa einem Meter Seitenlänge eingelassen, und die Schatten, die darüberspielten, waren die Füße von Straßenpassanten. Aus irgendeinem Grund hatte Tobys Blick sich an dieser seltsamen Stelle festgesogen, er schien seinen Entschluß von diesem Glas abzulesen wie eine Anweisung von einem Bildschirm.
»Wladimir hat eine Notruf-Rakete steigen lassen«, sagte Toby im genau gleichen Tonfall wie vorher, weder nachgebend noch zugebend. Ja, er brachte es sogar mit Hilfe eines Stimmtricks fertig, eine Drohung mitschwingen zu lassen.
»Durch den Circus?«
»Durch Freunde von mir«, sagte Toby.
»Wann?«
Toby nannte ein Datum. Vor zwei Wochen. Ein Blitz-Treff. Smiley fragte, wo er stattgefunden habe.
»Im Science Museum«, antwortete Toby wieder ganz obenauf. »Im Café im obersten Stock, George. Wir tranken Kaffee, bewunderten die alten Flugzeuge, die von der Decke hängen. Wollen Sie das alles Lacon berichten, George? Bitte, jederzeit, okay? Ganz wie Sie wünschen. Ich habe nichts zu verbergen.«
»Und er trug sein Anliegen vor?«

»Klar. Er trug mir sein Anliegen vor. Er wollte, daß ich für ihn den Lamplighter spiele. Sein Kamel. Das war ein alter Scherz aus den Moskauer Tagen, wissen Sie noch? Aufsammeln, durch die Wüste tragen, abliefern. ›Toby, ich habe keinen Paß. *Aidez-moi. Mon ami, aidez-moi.*‹ Sie wissen, wie er redete. Wie de Gaulle. Wir nannten ihn immer ›Der andere General‹. Wissen Sie noch?«
»Was tragen?«
»Er legte sich nicht fest. Nur: ein Dokument, klein, nichts, was man verstecken muß. Soviel sagte er mir.«
»Für jemand, der nur die Fühler ausstreckt, scheint mir das eine ganze Menge.«
»Und er hat auch eine ganze Menge verlangt«, sagte Toby und wartete auf Smileys nächste Frage.
»Und das Wo?« fragte Smiley. »Hat Wladimir Ihnen das auch gesagt?«
»Deutschland.«
»Welches?«
»Unseres. Der Norden.«
»Zufällige Begegnung? Tote Briefkästen? Lebende? Welche Art von Treff?«
»Fliegender. Ich sollte mit der Bahn reisen. Von Hamburg nach Norden. Übergabe im Zug, Näheres bei Zusage.«
»Und es sollte eine private Abmachung sein. Kein Circus, kein Max?«
»Zunächst äußerst privat, George.«
Smiley wählte die nächsten Worte besonders taktvoll. »Und die Gegenleistung für Ihre Bemühungen?«
Tobys Antwort klang eindeutig skeptisch: »›Wenn wir das Dokument‹ – so nannte er es, okay? Dokument, – ›wenn wir das Dokument kriegen, und das Dokument ist echt‹ – er schwor, es werde echt sein –, ›so ist uns ein Platz im Himmel sicher. Zuerst bringen wir das Dokument zu Max, erzählen Max die Geschichte. Max wird wissen, was es bedeutet. Max wird den immensen Wert des Dokuments erkennen. Max wird uns belohnen. Geschenke, Beförderung, Orden, Max bringt uns ins House of

Lords.‹ Klar. Der Haken war nur, Wladimir wußte nicht, daß Max ausrangiert war und der Circus unter die Boy Scouts gegangen ist.«

»Wußte er, daß Hector ausrangiert war?«

»Halb und halb, George.«

»Was soll das heißen?« Dann tat Smiley mit einem »Egal« seine eigene Frage wieder ab und verfiel erneut in längeres Nachdenken.

»George, darf ich bitten, Nachforschungen in dieser Richtung einzustellen«, sagte Toby ernst. »Ich rate Ihnen dringend, Hände weg«, sagte er und wartete.

Es war, als habe Smiley nichts gehört. Nach einem kurzen Schock schien er das Ausmaß von Tobys Schuld zu wägen.

»Kurzum: Sie haben ihn abblitzen lassen«, murmelte er und starrte unverwandt ins Leere. »Er ging Sie um Hilfe an, und Sie schlugen sie ihm rundweg ab. Wie konnten Sie das tun, Toby? Ausgerechnet Sie?«

Unter der Wucht dieses Vorwurfs sprang Toby wütend auf, was vielleicht hatte bewirkt werden sollen. Seine Augen flammten, die Wangen röteten sich, der schlafende Ungar in ihm war hellwach.

»Und vielleicht wollen Sie wissen, warum? Warum ich zu ihm gesagt habe: ›Scheren Sie sich zum Teufel, Wladimir. Aus meinen Augen, bitte, Sie machen mich krank?‹ Wollen Sie wissen, wer sein Verbindungsmann dort drüben ist – dieser Zauberkünstler in Norddeutschland, der auf dem Topf voll Gold sitzt und uns über Nacht zu Millionären machen soll. George – wollen Sie seine Personalien erfahren? Erinnern Sie sich zufällig noch an den Namen Otto Leipzig? Vielfacher Inhaber des Titels Knilch des Jahres? Märchenerzähler, Nachrichtenhausierer, Bauernfänger, Sittenstrolch, Zuhälter, außerdem vielseitig kriminell? Erinnern Sie sich an *diesen* großen Helden?«

Smiley sah wieder das Schottenmuster der Hoteltapete vor sich und die scheußlichen Jagddrucke, auf denen die Jorrocks mit Heissa und Hussa dahersprengten, er sah die beiden Gestalten in

ihren schwarzen Mänteln, den Riesen und den Zwerg, und die fleckige Pranke des Generals auf der schmalen Schulter seines Schützlings. »Max, das ist mein guter Freund Otto. Ich habe ihn mitgebracht, damit er Ihnen selber seine Geschichte erzählt.« Er hörte das pausenlose Donnern der auf dem Londoner Flugplatz landenden und startenden Maschinen.
»Vage«, räumte Smiley ein. »Ja, vage erinnere ich mich an Otto Leipzig. Erzählen Sie mir von ihm. Wenn ich nicht irre, hatte er eine *Menge* Namen. Aber das haben wir alle schließlich auch, wie?«
»Ungefähr zweihundert, aber Leipzig behielt er am Ende bei. Wissen Sie, warum? Leipzig in Ostdeutschland: Die Gefängnisse dort hatten es ihm angetan. Er besaß diese Art Galgenhumor. Wissen Sie zufällig noch, mit welcher Art Stoff er hausieren ging?« Toby, der glaubte, nun die Initiative zu haben, trat kühn einen Schritt vor, beugte sich zu dem passiv dasitzenden Smiley hinunter und fuhr fort: »George, erinnern Sie sich nicht mal an den kompletten Quatsch, den dieser Knilch Jahr für Jahr unter fünfzehn verschiedenen Quellenangaben unseren westeuropäischen Stationen angedreht hat, vornehmlich den deutschen? Unser Experte für die Neue Estnische Ordnung? Unsere Top-Quelle für sowjetische Waffensendungen aus Leningrad? Unser inneres Ohr in der Moskauer Zentrale, ja, sogar unser oberster Karla-Späher?« Smiley regte sich nicht. »Wie er zum Beispiel unserem Berliner Residenten zweitausend Deutsche Mark für einen Bericht abknöpfte, den er aus dem *Stern* abgeschrieben hatte? Wie er dem alten General mitgespielt hat, ihn ausgesaugt wie ein Blutegel, immer wieder aufs neue – ›Wir alten Exil-Balten‹ –, auf diese Tour? – ›General, ich kann Ihnen die Kronjuwelen holen –, das Dumme ist nur, ich hab das Geld für den Flug nicht flüsssig.‹ Hergott!«
»Es waren aber nicht *nur* Märchen, Toby, wie?« wandte Smiley milde ein. »Manches erwies sich – wenn ich mich recht erinnere –, zumindest aus bestimmten Bereichen, als recht brauchbar.«
»Kann man an einem Finger abzählen.«

»Sein Material über die Moskauer Zentrale zum Beispiel. Ich entsinne mich nicht, daß daran jemals etwas auszusetzen war.«
»Okay. Die Zentrale hat ihm gelegentlich ein paar Körnchen Wahrheit hingeworfen, damit er uns den übrigen Mist andrehen konnte! Das klassische Vorgehen aller Doppelagenten!«
Smiley schien hier widersprechen zu wollen, überlegte es sich dann aber anders.
»Verstehe«, sagte er schließlich, als gebe er sich geschlagen. »Ja, ich verstehe, was Sie meinen. Ein Spion.«
»Kein Spion, nur ein Windbeutel. Hier ein bißchen, dort ein bißchen. Ein Hausierer. Keine Grundsätze. Kein Berufsethos. Arbeitet für jeden, der ein paar Kröten springen läßt.«
»Eins zu null für Sie«, sagte Smiley ernsthaft und ebenso kleinlaut, wie vorher. »Und er hat sich ja auch in Norddeutschland niedergelassen, nicht wahr? Irgendwo droben bei Travemünde.«
»Otto Leipzig hat sich in seinem ganzen Leben nirgendwo niedergelassen«, sagte Toby verächtlich. »George, der Kerl ist ein Stromer, ein kompletter Strolch. Kleidet sich wie ein Rothschild, besitzt eine Katze und ein Fahrrad. Wissen Sie, was er zuletzt gemacht hat, der große Spion? Nachtwächter in einem miesen Hamburger Lagerschuppen! Schwamm drüber.«
»Und er hatte einen Partner«, sagte Smiley, wiederum so unschuldig, als sei es ihm eben erst eingefallen. »Ja, jetzt kommt es mir wieder. Einen Immigranten, einen Ostdeutschen.«
»Schlimmer, einen Sachsen. Familienname Kretzschmar, Vorname Claus. Claus mit C, fragen Sie mich nicht, warum. Ich meine, diese Menschen haben überhaupt keine Logik. Claus war auch ein Windhund. Die beiden klauten gemeinsam, hurten gemeinsam, fälschten gemeinsam ihre Berichte.«
»Aber das war vor langer Zeit, Toby«, wandte Smiley sanft ein.
»Na und? Es war eine ideale Ehe.«
»Dann dürfte sie nicht lang gedauert haben«, sagte Smiley wie im Selbstgespräch.
Aber vielleicht hatte Smiley seine Demutshaltung diesmal übertrieben, oder vielleicht kannte Toby ihn einfach zu gut. Denn in

seinem flinken Ungarnauge war ein Warnlicht aufgeblitzt, und eine argwöhnische Falte erschien auf der glatten Stirn. Er trat zurück, betrachtete Smiley und strich sich nachdenklich über das makellos weiße Haar.

»George«, sagte er. »Hören Sie, wen halten Sie hier zum Narren, okay?«

Smiley sagte nichts. Er hob nur den Degas auf, drehte ihn einmal rundum und stellte ihn dann wieder hin.

»George, hören Sie ein einziges Mal auf mich. Bitte! Okay, George? Vielleicht darf ich Ihnen ein einziges Mal einen Vortrag halten.«

Smiley warf ihm einen raschen Blick zu und sah wieder weg. »George, ich bin in Ihrer Schuld. Sie müssen zuhören, Sie haben mich in Wien als Lausejungen aus der Gosse geholt. Ich war ein Leipzig. Ein Strolch. Sie haben mir meinen Job beim Circus verschafft. Wir haben oft zusammengearbeitet, manches Pferd gestohlen. Erinnern Sie sich an das erste Gebot für den Ruhestand, George? ›Keine Schwarzarbeit. Kein Weiterstricken an unerledigten Fällen. Keinerlei private Initiative.‹ Wissen Sie noch, wer dieses Gebot verkündet hat? In Sarratt? Wo man ging und stand? Unser George Smiley. ›Wenn es aus ist, ist es aus. Rolläden runter und nach Hause gehen!‹ Und was soll das jetzt plötzlich sein? Dieses Trara um einen alten General, der tot ist, aber nicht liegenbleiben will, und um einen Allerweltskomödianten wie Otto Leipzig? Was soll das sein? Der letzte Reiterangriff auf den Kreml? Wir sind aus dem Spiel, George. Wir haben keinen Jagdschein. Man will uns nicht mehr. Schluß der Vorstellung.« Er zögerte, schien plötzlich verlegen. »Okay, Ann hat Ihnen mit Bill Haydon schwer mitgespielt. Klar, es geht um Karla, und Karla war Bills Schutzpatron in Moskau. George, ich meine, das Ganze ist ziemlich primitiv, nicht wahr?«

Seine Hände fielen kraftlos herab. Er starrte auf die regungslose Gestalt seines Gegenübers. Smileys Lider waren fast geschlossen. Sein Kopf hing auf die Brust. Durch die Verschiebung der Wangen erschienen tiefe Schatten um Mund und Augen.

»Was Leipzigs Berichte über die Moskauer Zentrale betraf, so haben wir ihn nie bei einem Schwindel erwischt«, sagte Smiley, als habe er Tobys letzte Sätze nicht gehört. »Das weiß ich noch ganz genau. Auch nicht bei den Berichten über Karla. Wladimir vertraute ihm blind. In bezug auf das Moskau-Material. Und wir auch.«

»George, wer hat jemals einen Bericht über die Moskauer Zentrale als Schwindel entlarven können? Bitte? Okay, dann und wann kriegen wir einen Überläufer, und der sagt: ›Das da ist Mist, und das hier könnte wahr sein.‹ Wo ist die Garantie? Wo ist der wahre Kern, wie Sie immer sagten? Jemand tischt einem eine Geschichte auf: ›Karla hat gerade eine neue Agentenschule in Sibirien eingerichtet.‹ Wer kann das Gegenteil beweisen? Nur immer hübsch allgemein bleiben, dann kann man nicht verlieren.«

»Eben deshalb haben wir Otto Leipzig trotz allem gehalten«, fuhr Smiley fort, als habe Toby nichts gesagt. »Wo es um den sowjetischen Geheimdienst ging, trieb er ein ehrliches Spiel.«

»George«, sagte Toby sanft und schüttelte den Kopf. »Sie müssen aufwachen. Die jubelnde Menge ist längst nach Hause gegangen.«

»Wollen Sie mir jetzt den Rest der Geschichte erzählen, Toby? Wollen Sie mir genau berichten, was Wladimir zu Ihnen gesagt hat? Bitte.«

Und so erzählte Toby schließlich, als widerstrebend gewährten Freundschaftsbeweis, was Smiley wissen wollte – mit einer Offenheit, die dem Eingeständnis seiner Niederlage gleichkam.

Die Statuette, die ein Degas hätte sein können, stellte eine Tänzerin mit erhobenen Armen dar. Der Körper war weit zurückgebogen, der Mund wie in Ekstase geöffnet, und es stand außer Frage, daß sie, ob gefälscht oder echt, eine zwar flüchtige, aber beunruhigende Ähnlichkeit mit Ann hatte. Smiley hatte sie wieder vom Tisch genommen und drehte sie jetzt langsam zwischen den Händen, beäugte sie, ohne dabei wirklich mit ihr ins Reine zu kommen, bald von der einen, bald von der anderen Seite.

Toby saß wieder auf seinem seidenen Taburett. Die Schattenfüße glitten munter über das Oberlicht.
Toby und Wladimir hatten sich im Café des Science Museum getroffen, droben in der aeronautischen Abteilung, wiederholte Toby. Wladimir war äußerst erregt und packte Toby immer wieder am Arm, was Toby nicht leiden konnte, es war ihm zu auffällig. Otto Leipzig habe das Unmögliche fertiggebracht, sagte Wladimir mehrmals. Der Haupttreffer, Toby, die Chance eins zu einer Million; Otto Leipzig habe den Fisch an Land gezogen, von dem Max die ganze Zeit träumte, »die hundertprozentige Begleichung aller unserer Ansprüche«, wie Wladimir sich ausdrückte. Als Toby ihn ein bißchen scharf fragte, welche Ansprüche er meine, konnte oder wollte Wladimir ihm nicht antworten. »›Fragen Sie Max‹, sagte er immer nur. ›Wenn Sie mir nicht glauben, fragen Sie Max, sagen Sie Max, es ist der große Fisch.‹«
»Wie lautet also der Handel«, hatte Toby gefragt – da er, wie er sagte, gewußt habe, daß überall, wo Otto Leipzig im Spiel war, die Rechnung zuerst eintraf und die Ware lang, lang danach. »Wieviel verlangt er, der große Held?«
Toby gab zu, daß er seine Skepsis nur schwer habe verbergen können – »was von Anfang an eine schlechte Atmosphäre schuf«. Wladimir umriß die Bedingungen. Leipzig habe die Story, sagte Wladimir, aber er habe auch gewisse greifbare Beweise für ihre Richtigkeit. Erstens ein Dokument, und dieses Dokument sei, wie Leipzig es nannte, eine Vorspeise, ein Appetithappen. Ein weiterer Beweis, ein Brief, sei in seinem, Wladimirs, Besitz. Und schließlich die Story selbst, die aus weiteren Unterlagen hervorgehe, Unterlagen, die Leipzig in sichere Verwahrung gegeben habe. Das Dokument zeige, wie die Story an Land gezogen wurde, die Unterlagen seien unwiderlegbar.
»Und worum ging es?« fragte Smiley.
»Keine Aussage«, erwiderte Toby kurz. »Hector gegenüber keine Aussage. Holen Sie Max, und okay, Wladimir wird sagen, worum es geht. Hector sollte zunächst nur die Klappe halten und den Botenjungen spielen.«

Eine Weile schien es, als wollte Toby sich in eine weitere Abschreckungskampagne stürzen. »George, ich meine, der alte Knabe war einfach total plemplem«, begann er. »Otto Leipzig hat ihn komplett auf die Schippe genommen.« Dann sah er Smileys tief versunkene und unzugängliche Miene und begnügte sich mit der Wiedergabe von Otto Leipzigs unverschämten Forderungen: »Das Dokument ist Max von Wladimir persönlich auszuhändigen. Alles strikt nach Moskauer Regeln, kein Mittelsmann, keine postalische Beförderung. Bei den bereits geführten vorbereitenden Telefongesprächen –«

»Telefongespräche zwischen London und Hamburg?« unterbrach Smiley, und sein Tonfall gab zu verstehen, daß es sich hier um eine neue und unwillkommene Information handelte.

»Sie hätten Wort-Code benutzt, sagt er. Alte Kumpels, sie kennen den Dreh. Aber nicht mit dem Beweis, sagt Wladi: Mit dem Beweis wird kein Dreh gemacht. Kein Telefon, keine Post, kein Lastwagentransport, nur per Kamel, punktum. Wladi hat den Sicherheitsfimmel, okay, das wissen wir schon. Von jetzt an gelten nur noch Moskauer Regeln.«

Smiley dachte an seinen eigenen Anruf in der Nacht des Samstag und fragte sich erneut, welche Lokalität Otto Leipzig wohl als Telefonzentrale benutzt haben mochte.

»Sobald der Circus sein Interesse bekundet habe«, fuhr Toby fort, »sei eine Anzahlung an Otto Leipzig zu tätigen, fünf Schweizer Riesen, für ein mündliches Exposé, George! Fünf Schweizer Riesen! Als Aufnahmegebühr! Nur um ins Spiel zu kommen! Danach – hören Sie sich das an, George –, danach sei Otto Leipzig zu einem sicheren Haus in England zu fliegen, wo er das mündliche Exposé liefern würde. George, ich meine, sowas Irres habe ich noch nie gehört. Wollen Sie wissen, wie's weitergeht? Sollte der Circus, aufgrund der Exposés, sich zum Kauf der Unterlagen entschließen – wollen Sie hören, wieviel?«

Smiley wollte.

»Fünfzig Schweizer Riesen. Würden Sie mir vielleicht einen Scheck ausstellen?«

Toby wartete auf den Schrei der Entrüstung, aber es kam keiner.
»Alles für Leipzig?«
»Klar. Das waren Leipzigs Bedingungen. Wer sonst würde so meschugge sein?«
»Was verlangte Wladimir für sich?«
Kurzes Zögern. »Nichts«, sagte Toby widerstrebend. Dann ließ er, als wolle er diesen Punkt möglichst rasch abtun, eine neue Suada der Empörung los.
»*Basta.* Hector mußte also nur auf eigene Kosten nach Hamburg fliegen, in einen Zug nach Norden steigen und das Karnickel abgeben in irgendeiner blödsinnigen Treibjagd, die Otto Leipzig zu seinen eigenen Gunsten veranstalten will, mit den Ostdeutschen, den Russen, den Polen, den Bulgaren, den Kubanern, und, er ist schließlich ein moderner Mensch, zweifellos auch den Chinesen als Teilnehmer. Ich sagte zu ihm – passen Sie gut auf, George –, ich sagte zu ihm: ›Wladimir, alter Freund, hören Sie ausnahmsweise einmal zu. Sagen Sie mir, was in aller Welt ist so wichtig, daß der Circus fünf Schweizer Riesen aus seinem kostbaren Reptilienfonds zahlt, nur um sich ein einziges Mal diesen lausigen Otto Leipzig anhören zu dürfen? Soviel kriegte nicht einmal die Callas, und glauben Sie mir, sie sang verdammt viel besser als Otto.‹ Er packt mich am Arm. Hier.« Demonstrativ umklammerte Toby seinen eigenen Bizeps. »Preßt mich, als wäre ich eine Orange. Der alte Knabe hatte noch allerhand Kräfte, glauben Sie mir. ›Holen Sie mir das Dokument her, Hector.‹ Er spricht jetzt russisch. Ein sehr stiller Ort, dieses Museum. Alles schweigt und hört ihm zu. Mir wird ganz flau. Er weint sogar. ›Um Gottes willen, Hector, ich bin ein alter Mann. Ich habe keine Beine, keinen Paß, keinen Menschen, dem ich vertrauen kann, außer Otto Leipzig. Fliegen Sie nach Hamburg, und holen Sie sein Dokument. Wenn Max den Beweis sieht, wird er mir glauben, Max hat Vertrauen.‹ Ich will ihn trösten, mache ein paar Andeutungen. Ich sage ihm, Emigranten sind heutzutage unten durch, Kurswechsel, neue Regierung. Ich rate ihm: ›Wladimir, gehen Sie nach Hause, spielen Sie Schach. Hören Sie, ich komme

vielleicht gelegentlich auf eine Partie in der Bibliothek vorbei.‹ Dann sagt er zu mir: ›Hector, ich habe diese Sache eingeleitet. *Ich* habe Otto Leipzig veranlaßt, die Lage zu erkunden. *Ich* habe ihm das Geld für die Vorarbeiten geschickt, alles, was ich hatte.‹ Hören Sie, er war ein alter trauriger Mann. *Passé*.«
Toby machte eine Pause, aber Smiley rührte sich nicht. Toby stand auf, ging zu einem Schränkchen, goß zwei Gläser von einem unsäglichen Sherry ein und stellte eines neben die Degas-Bronze auf den Tisch. Er sagte: »Cheers« und trank sein Glas bis zur Neige aus, aber noch immer regte Smiley sich nicht. Seine Passivität heizte Tobys Ärger von neuem an.
»Also habe ich ihn umgebracht, George, okay? Hector ist schuld, okay? Hector ist persönlich und allein verantwortlich für den Tod des alten Mannes. Das ist doch die Höhe!« Er warf beide Hände vor, Handflächen nach oben. »George! sagen Sie selbst! –, George, für diese Geschichte sollte ich nach Hamburg fliegen, privat, ohne Legende, ohne Babysitter. Wissen Sie, wo dort oben die Grenze zu Ostdeutschland ist? Zwei Kilometer von Lübeck? Weniger. Erinnern Sie sich? In Travemünde mußte man auf der linken Straßenseite bleiben, oder man war versehentlich übergelaufen.« Smiley lachte nicht. »Und für den unwahrscheinlichen Fall, daß ich zurückkäme, sollte ich George Smiley mobilisieren, mit ihm rübergehen zu Saul Enderby, an die Hintertür klopfen wie ein Schnorrer – ›Lassen Sie uns rein, Saul, bitte, wir haben von Otto Leipzig eine total zuverlässige Information, nur fünf Schweizer Riesen für ein mündliches Exposé über Dinge, die nach den Gesetzen der Boy Scouts streng verboten sind?‹ Sollte ich das tun, George?«
Aus einer Innentasche zog Smiley ein zerknittertes englisches Zigarettenpäckchen. Aus dem Päckchen zog er den selbstgefertigten Kontaktabzug, den er Toby über den Tisch hinweg zur Ansicht reichte: »Wer ist der zweite Mann?«
»Weiß ich nicht.«
»Nicht sein Partner, der Sachse, der Mann, mit dem er in den alten Zeiten zum Klauen ging? Kretzschmar?«

Toby Esterhase schüttelte den Kopf und blickte unverwandt das Bild an.
»Wer ist der zweite Mann?« fragte Smiley abermals.
Toby gab das Foto zurück. »George, darf ich Ihnen etwas sagen, bitte?« sagte er ruhig. »Hören Sie mir zu?«
Vielleicht hörte Smiley zu, vielleicht auch nicht. Er schob den Abzug wieder in das Zigarettenpäckchen.
»Heutzutage kann man so etwas leicht fälschen, wissen Sie? Ein Kinderspiel, George. Ich will einen Kopf auf eine andere Schulter setzen, ich habe die Ausrüstung, ich brauche vielleicht zwei Minuten. Sie sind nicht technisch veranlagt, George, von solchen Sachen verstehen Sie nichts. Sie kaufen keine Fotos von Otto Leipzig, Sie kaufen keinen Degas von Signor Benati, können Sie mir folgen?«
»Kann man auch Negative fälschen?«
»Klar. Man fälscht den Abzug, fotografiert ihn, macht ein neues Negativ, warum nicht?«
»Ist das hier eine Fälschung?« fragte Smiley.
Toby zögerte lange. »Ich glaube nicht.«
»Leipzig war viel auf Reisen. Wie erreichten wir ihn, wenn wir ihn brauchten?« fragte Smiley.
»Er durfte uns nicht nahekommen. Niemals.«
»Wie erreichten wir ihn also?«
»Für einen Routinetreff per Heiratsanzeige im *Hamburger Abendblatt:* Petra, 22, zierliche Blondine, ehem. Sängerin . . . diesen Schmus. George, hören Sie mir zu. Leipzig ist ein gefährlicher Strolch mit sehr vielen lausigen Verbindungen, die meisten noch in Moskau.«
»Und in dringenden Fällen? Hatte er ein Haus? Ein Mädchen?«
»Er hatte nie im Leben ein Haus. Für Blitztreffs amtierte Kretzschmar als Schlüsselverwahrer. George, hören Sie mir doch um Gottes willen einmal zu –«
»Und wie erreichten wir Kretzschmar?«
»Er besitzt ein paar Nightclubs. Puffs. Dort hinterließen wir Nachricht.«

Ein warnendes Schnarren ertönte, und von droben hörten sie eine Auseinandersetzung zwischen zwei Stimmen.
»Bedauere, aber Signor Benati hat heute eine Besprechung in Florenz«, sagte das blonde Mädchen. »Das kommt davon, wenn man international ist.«
Doch der Besucher wollte ihr nicht glauben. Smiley hörte die anschwellende Woge seiner Widerrede. Für den Bruchteil einer Sekunde zuckten Tobys braune Augen bei dieser Verlautbarung nach oben, dann öffnete er seufzend einen Wandschrank und entnahm ihm, ungeachtet der Sonnenhelle im Oberlicht, einen schmierigen Regenmantel und einen braunen Hut.
»Wie heißt er?« fragte Smiley. »Kretzschmars Nightclub. Wie heißt er?«
»The Blue Diamond. George, tun Sie's nicht, okay? Was immer Sie vorhaben, lassen Sie's. Selbst wenn das Foto echt ist, was dann? Dann verdankt der Circus Otto Leipzig das Bild von irgendeinem Kerl. Glauben Sie, das ist plötzlich eine Goldmine? Glauben Sie, daß es Saul Enderby vom Stuhl reißt?«
Smiley sah Toby vor sich, sah ihn in der Erinnerung und erinnerte sich auch, daß in all den Jahren, die sie einander gekannt und zusammen gearbeitet hatten, Toby kein einziges Mal freiwillig mit der Wahrheit herausgerückt war; daß Information für ihn Geld war; selbst wenn er sie für wertlos hielt, warf er sie niemals weg.
»Was hat Wladimir Ihnen sonst noch über Leipzigs Information gesagt?« fragte Smiley.
»Er sagte, es sei ein alter Fall, der wieder akut geworden ist. Jahrelange Investitionen. Irgendeinen Mist über den Sandmann. Er war wieder ein Kind, erinnerte sich an Märchen, du lieber Himmel! Verstehen Sie, was ich meine?«
»Was ist mit dem Sandmann?«
»Ich sollte Ihnen sagen, es betrifft den Sandmann. Sonst nichts. Der Sandmann baut eine Legende für ein Mädchen. Max wird verstehen. George, er hat geweint, du lieber Gott. Er hätte alles gesagt, was ihm gerade einfiel. Er wollte den Kampf. Er war ein

alter Spion, dem nicht mehr viel Zeit blieb. Wir sagten immer, die sind die Schlimmsten.«

Toby war schon halbwegs durch die Hintertür. Aber er machte kehrt und kam zurück, trotz des Lärms, der sich von droben näherte, denn etwas an Smileys Verhalten schien ihn zu beunruhigen – »Er glotzte so bedrohlich«, wie er später erklärte, »als hätte ich ihn irgendwie schrecklich beleidigt.«

»George? George, ich bin's, Toby, erinnern Sie sich? Wenn Sie nicht schleunigst zusehen, daß Sie hier rauskommen, dann wird der Kerl dort droben Sie als Abschlagszahlung kassieren, hören Sie?«

Was Smiley offenbar nicht tat. »Jahrelange Investitionen, und der Sandmann baut eine Legende für ein Mädchen?« wiederholte er. »Was sonst noch? Toby, was sonst noch?«

»Er benahm sich wie ein Irrer.«

»Der General? Wladi benahm sich wie ein Irrer?«

»Nein, der Sandmann. George, hören Sie bloß: ›Der Sandmann benimmt sich wieder wie ein Irrer, der Sandmann baut eine Legende für ein Mädchen. Max wird verstehen.‹ Finito. Ende des Fahnenmastes. Ich habe Ihnen jedes Wort gesagt. Lassen Sie's jetzt gut sein, ja?«

Die streitenden Stimmen droben wurden lauter. Eine Tür schlug zu, stampfende Schritte näherten sich der Treppe. Toby versetzte Smileys Arm einen letzten flüchtigen Klaps.

»Leben Sie wohl, George. Wenn Sie eines Tages einen ungarischen Babysitter brauchen, rufen Sie mich an. Hören Sie? Wenn Sie sich mit einem Knilch wie Otto Leipzig einlassen wollen, dann sollten Sie einen Knilch wie Toby zu ihrem Schutz dabeihaben. Gehen Sie nachts nicht alleine aus, Sie sind noch zu jung.«

Als Smiley die Eisentreppe zur Galerie hinaufkletterte, hätte er um ein Haar einen erbosten Gläubiger beim Abstieg angerempelt. Aber das war Smiley egal, desgleichen das freche Aufseufzen der Aschblonden, als er auf die Straße trat. Wichtig war nur, daß er einen Namen für das zweite Gesicht auf dem Foto hatte; und die zu dem Namen gehörige Geschichte, die während der letzten sechsunddreißig Stunden an seinem Gedächtnis gezerrt hatte, wie ein nicht diagnostizierter Schmerz – wie Toby vielleicht gesagt hätte, die Geschichte einer Legende.

Und hier liegt in der Tat das Dilemma jener Möchtegern-Historiker, die es sich, Monate nur nach Abschluß des Falls, angelegen sein lassen, das Ineinandergreifen von Smileys Wissen und Handeln nachzuzeichnen. Toby berichtete ihm dies und jenes, sagen sie, folglich tat er dies und jenes. Oder: Wäre eine bestimmte Sache nicht passiert, dann hätte es keinen Entschluß gegeben. Doch die Wahrheit ist viel komplizierter und weit weniger bequem zur Hand. Wie ein Patient nach dem Erwachen aus der Narkose seine Gliedmaßen durchprobiert – linkes Bein, rechtes Bein, lassen sich die Finger beugen und strecken? –, so wuchs Smiley dank einer Abfolge von vorsichtigen Bewegungen wieder seine eigene körperliche und geistige Kraft zu, und er sondierte die Motive seines Gegners, wie er seine eigenen sondierte.

14

Er fuhr über ein Hochplateau, und das Plateau lag über den Baumwipfeln, denn die Fichten waren drunten in der Talsenke gepflanzt worden. Es war am frühen Abend desselben Tages, und in der Ebene stachen die ersten Lichter durch die feuchte Dämmerung. Am Horizont schwamm auf dem Bodennebel die Stadt Oxfort, ein akademisches Jerusalem. Die Ansicht von dieser Seite war ihm neu, was sein Gefühl der Unwirklichkeit verstärkte, den Eindruck, daß er nicht nach eigenem Plan steuere, sondern gesteuert werde; daß nicht er selber, sondern ein anderer seine Gedanken lenke. Sein Besuch bei Toby Esterhase hatte sich, bei großzügiger Auslegung, noch innerhalb der Grenzen von Lacons rüder Anweisung bewegt; diese Reise hingegen führte, das wußte er, auf Gedeih oder Verderb ins verbotene Land seiner persönlichen Interessen.

Dennoch sah er keine Alternative und wollte auch keine. Wie ein Archäologe, der im ganzen Leben nicht fündig geworden war, hatte Smiley sich noch einen einzigen letzten Tag erbeten, diesen heutigen.

Anfangs hatte er ständig den Rückspiegel im Auge behalten, beobachtet, daß das wohlvertraute Motorrad ihm folgte, wie Möwen einem Schiff. Aber hinter der letzten Abzweigung war der Mann namens Ferguson nicht gefolgt, und als Smiley anhielt, um die Karte zu studieren, überholte ihn nichts; also hatten sie entweder sein Ziel erraten oder ihrem Mann aus unerforschlichen Verfahrensgründen verboten, die Grafschaft zu verlassen.

Unterwegs fielen ihn von Zeit zu Zeit jähe Skrupel an. Laß sie in Ruhe, dachte er. Er hatte einiges gehört, nicht viel, aber genug, um den Rest zu erraten. Laß sie, laß sie ihren Frieden finden, so gut sie kann. Aber er wußte, daß es nicht seines Amtes war, Frie-

den zu geben, daß der Kampf, in den er verstrickt war, immer weitergehen mußte, wenn er überhaupt Sinn haben sollte.
Das Hinweisschild des Tierheims war wie ein gemaltes Grinsen: MERRILEE HEISST IHREN LIEBLING WILLKOMMEN! EIER! Ein hingekleckster gelber Hund, der einen Zylinder trug, wies mit der Pfote den Fahrweg entlang; und der Weg, den Smiley nun einschlug, führte so steil bergab, daß die Fahrt einem freien Fall glich. Er passierte einen Leitungsmast und hörte den Wind darin heulen; er fuhr in die Baumpflanzung ein. Zuerst kam das Jungholz, dann schlossen sich die hohen Wipfel über ihm, und er war im Schwarzwald seiner deutschen Kindheit und strebte einem tief verborgenen Innern entgegen. Er schaltete die Scheinwerfer ein, bog um eine enge Kurve, eine zweite und dritte, und da war die Hütte, fast genau so, wie er sie sich vorgestellt hatte – ihre *Datscha*, wie sie immer gesagt hatte. Früher hatte sie ein Haus in Oxford gehabt und die Datscha als Ausweichstelle. Jetzt war nur die Datscha geblieben, die Städte hatte sie für immer verlassen. Das Häuschen stand auf einer Lichtung aus Baumstümpfen und zertrampelter Erde, hatte eine wackelige Veranda, ein Schindeldach und einen Blechkamin, aus dem Rauch aufstieg. Die Holzverschalung der Wände war schwarz geteert, ein verzinkter Futtertrog blockierte fast den Vordereingang. Auf einem kleinen Rasenfleck stand ein selbstgebastelter Vogeltisch mit genügend Brot für eine ganze Arche Noah, und rings um die Lichtung standen, wie Schreberhäuschen, die Asbestschuppen und Drahtgehege für die Hühner und die unterschiedslos willkommenen Lieblinge.
Karla, dachte er, ausgerechnet hier muß ich nach dir suchen. Er parkte den Wagen, und sofort brach die Hölle los, Hunde winselten herzzerbrechend, und dünne Wände krachten unter dem Anprall verzweifelter Leiber. Er ging auf das Haus zu, die Flaschen im Plastikbeutel schlugen ihm gegen das Bein. Trotz des Getöses hörte er, wie unter seinen Füßen die sechs Stufen der Veranda ächzten. An der Tür hing ein Zettel mit der Aufschrift: »Wenn GESCHLOSSEN, Tiere NICHT hier deponieren.«

Und darunter, offenbar in großer Erregung hinzugefügt: »Keine verdammten Affen.«
Der Klingelzug war ein Eselsschwanz aus Plastik. Er streckte die Hand danach aus, doch die Tür öffnete sich bereits, und eine zarte hübsche Frau blickte ihm aus dem dunklen Innern der Datscha entgegen. Ihre Augen waren scheu und grau, sie besaß jene altmodische englische Schönheit, die einst auch Ann ausgezeichnet hatte: verstehend und ernst. Sie sah ihn und erstarrte. »O Gott«, flüsterte sie, »herrje!«. Dann senkte sie den Blick auf ihre klobigen Schuhe, schob mit dem Finger eine Haarsträhne aus der Stirn, während die Hunde sich hinter ihrem Drahtzaun heiser bellten.
»Entschuldigen Sie, Hilary«, sagte Smiley sehr sanft. »Es dauert nur eine Stunde, Ehrenwort. Mehr will ich nicht. Eine Stunde.«
Eine männlich klingende Stimme ließ sich langsam aus dem Dunkel hinter Hilary vernehmen: »Was steht ins Haus, Hils?« grollte die Stimme. »Rüsselkäfer, Wellensittich oder Giraffe?« Der Frage folgte ein dumpfer Ton, als werde ein Stück Stoff über einem Hohlraum bewegt.
»Besuch, Con«, rief Hilary über die Schulter ins Haus und widmete sich dann wieder der Betrachtung ihres derben Schuhwerks.
»Weiblich oder von der anderen Sorte?« wollte die Stimme wissen.
»George ist da, Con. Nicht böse sein, Con.«
»*George*? Welcher *George*? Der Schwarze George, der mir die Kohlen wässert, oder Schlachter George, der mir die Hunde vergiftet?«
»Es sind bloß ein paar Fragen, Hilary«, versicherte Smiley ihr im gleichen Ton aufrichtigen Mitgefühls. »Ein alter Fall. Nichts Gravierendes, glauben Sie mir.«
»Schon in Ordnung, George«, sagte Hilary und blickte dabei unverwandt zu Boden. »Wirklich. Wir freuen uns.«
»Schluß mit dem Geflirte!« befahl die Stimme von drinnen. »Hände weg von ihr, wer immer Sie sind!«

Als die dumpfen Laute näher kamen, beugte Smiley sich vor und sagte, an Hilary vorbei, durch die Tür: »Connie, ich bin's.« Und wiederum mühte sein Tonfall sich nach Kräften, redliche Absichten auszudrücken.
Zuerst kamen die Welpen – vier an der Zahl, vermutlich Whippets – in einer rasenden Meute. Dann folgte ein räudiger alter Köter, in dem gerade noch soviel Leben steckte, daß er die Veranda erreichen und dort zu Boden plumpsen konnte. Und dann öffnete die Tür sich ruckweise sperrangelweit und gab den Blick frei auf eine massige Frau, die gebeugt zwischen zwei dicken hölzernen Krücken steckte, anscheinend, ohne sie festzuhalten. Sie hatte weißes Haar, zum Herrenschnitt gestutzt, und wäßrige, sehr schlaue Augen, deren starrer Blick ihn unerbittlich festnagelte. So lange, so bedächtig, so eingehend war die Musterung, der sie ihn unterzog – sein ernstes Gesicht, seinen formlosen Anzug, die Plastiktüte, die von seiner linken Hand baumelte, die demütige Haltung, in der er darauf wartete, vorgelassen zu werden –, daß sie ihr eine fast königliche Macht über ihn verlieh, die durch ihr Schweigen, ihr mühsames Atmen und ihre Hinfälligkeit nur noch vollkommener wurde.
»Mich laust der Affe!« verkündete sie, den Blick noch immer auf Smiley gerichtet, und stieß einen Atemstrom aus. »Jetzt schlägt's dreizehn! Fahr zur Hölle, George Smiley, und alle, die mit dir segeln. Willkommen in Sibirien.«
Dann lächelte sie, und ihr Lächeln war so unvermittelt und frisch und kindlich, daß es die vorangegangene strenge Prüfung beinah wegwischte.
»Hallo, Con«, sagte Smiley.
Sie lächelte noch immer, doch ihre Augen blieben desungeachtet weiter auf ihn gerichtet. Sie waren so blaß wie die Augen eines Neugeborenen.
»Hils«, sagte sie schließlich. »Hörst du nicht, *Hils!*«
»Ja, Con?«
»Geh und füttere die Wauwaus, Darling. Und das widerliche Federvieh. Wirf den Raubtieren ihren Fraß vor. Danach mixt du

das Fressen für morgen, und *da*nach bring mir den humanen Killer, damit ich diese lästige Type in ein frühes Paradies befördern kann. Komm, George.«
Hilary lächelte, schien indes jeder Bewegung unfähig, bis Connie sie sanft in die Rippen stieß und so in Gang setzte.
»Troll dich, Darling. Er kann dir jetzt nichts tun. Er hat sein Pulver verschossen, genau wie du und, weiß Gott, ich auch.«

Im Haus herrschten Tag und Nacht zugleich. In der Mitte stand, auf einem Tisch voller Toastkrümel und Eintopfresten, eine alte Petroleumlampe, deren gelbe Lichtkugel die Dunkelheit ringsum noch vertiefte. Die französischen Fenster an der Stirnseite waren vom Widerschein blauer Regenwolken und ein paar letzten Sonnenstrahlen erfüllt. Während Smiley Connies lähmend langsamem Vormarsch folgte, wurde ihm nach und nach klar, daß das Holzhaus nur aus diesem einzigen Raum bestand. Als Büro hatten sie den Rollschreibtisch, auf dem sich Rechnungen und Flohpulver türmten; als Schlafzimmer das Doppelbett aus Messing mit einer Herde ausgestopfter Spieltiere, die wie tote Soldaten zwischen den Kissen lagen; als Salon Connies Schaukelstuhl und ein krümelndes Korbsofa; als Küche einen Gaskocher nebst dazugehöriger Propanflache; und als Innendekoration das undefinierbare Durcheinander des Alters.
»Connie kommt nicht zurück, George«, rief sie, während sie vor ihm herhumpelte. »Und wenn die Wildpferde schnauben und sich das scheinheilige Herz aus dem Leib wiehern, die alte Närrin hat ihre Stiefel ein für allemal an die Wand gehängt.« Sie hatte den Schaukelstuhl erreicht und begann ein schwerfälliges Wendemanöver, bis sie mit dem Rücken zum Sitz stand. »Sollten Sie also deshalb gekommen sein, dann können Sie Saul Enderby melden, er soll sich's in die Pfeife stopfen und rauchen.« Sie streckte ihm die Arme entgegen, und er glaubte, sie wolle einen Kuß. »*Nicht* doch, Sie Lustmolch. Nur Händchenhalten!«
Das tat er und ließ sie in ihren Sessel sinken.

»Ich bin nicht deshalb gekommen, Con«, sagte Smiley. »Ich will nicht versuchen, Sie von hier fortzulocken, Ehrenwort.«
»Und das aus gutem Grund: Mit ihr geht's dahin«, verkündete sie energisch, ohne seine Versicherung zu beachten. »Die Alte wird abkratzen, je eher, desto besser. Der Quacksalber will mir natürlich alles mögliche einreden, der Duckmäuser. Bronchitis. Rheuma. Kommt vom Wetter. Alles Mist. Meine Krankheit ist der Tod. Das systematische Anrücken des großen T. Ist das Schnaps, was Sie da in der Tüte mitschleppen?«
»Ja. Ja, stimmt«, sagte Smiley.
»Prima. Dann her damit in Mengen. Wie geht's dem Dämon Ann?«
Auf dem Ablaufbrett fand er in einem permanenten Geschirrstapel zwei Gläser und füllte sie zur Hälfte.
»Blüht und gedeiht, wie ich annehme«, antwortete er.
Er erwiderte ihr offensichtliches Vergnügen über seinen Besuch durch freundliches Lächeln, reichte ihr ein Glas, und sie umklammerte es mit beiden, aus Pulswärmern ragenden Händen.
»Annehmen!« echote sie. »Wenn Sie's nur endlich tun würden. An die Leine nehmen, das sollten Sie. Oder ihr gemahlenes Glas in den Kaffee schütten. Also dann, worauf sind Sie aus?« sagte sie, alles in einem Atemzug. »Ich habe nie erlebt, daß Sie irgendetwas ohne Grund tun. Auf Ihr Wohl!«
»Auf das Ihre, Con«, sagte Smiley.
Zum Trinken mußte sie den ganzen Oberkörper dem Glas nähern, und als ihr gewaltiger Kopf in den Lampenschein geriet, sah er – sagte ihm seine allzu lange Erfahrung –, daß sie die Wahrheit gesprochen und ihre Haut das aussätzige Weiß des Todes hatte.
»Los. Raus damit«, befahl sie mit ihrer strengsten Stimme. »Ob ich Ihnen helfen werde, weiß ich allerdings nicht. Seit unserer Trennung habe ich die Liebe entdeckt. Versaut die Hormone, weicht die Zähne auf.«
Er hätte gern mehr Zeit gehabt, um sie wieder kennenzulernen. Er war ihrer nicht sicher.

»Nur einer unserer alten Fälle, Con, nichts weiter«, begann er beschwichtigend. »Er ist wieder akut geworden, auch nichts Ungewöhnliches.« Er versuchte, seine Stimme um eine Stufe höherzuschrauben, damit sie beiläufiger klinge. »Wir brauchen noch ein paar Einzelheiten. Wissen Sie zufällig noch, wie eigen Sie mit Ihren Berichten waren?« fügte er scherzend hinzu.

Ihre Augen wichen nicht von seinem Gesicht.

»Kirow«, fuhr er fort und sprach den Namen sehr langsam aus. »Kirow, Vorname Oleg. Sagt Ihnen das etwas? Sowjetbotschaft, Paris, vor drei bis vier Jahren, Zweiter Botschaftssekretär? Wir glaubten, er sei ein Mann aus der Moskauer Zentrale.«

»War er«, sagte sie, und lehnte sich ein wenig zurück, beobachtete ihn jedoch unablässig.

Sie wollte eine Zigarette. Auf dem Tisch lag eine Zehnerpakkung. Er steckte ihr eine zwischen die Lippen und gab ihr Feuer, aber noch immer wollte ihr Blick nicht von seinem Gesicht ablassen.

»Saul Enderby hat diesen Fall abgewürgt«, sagte sie, spitzte die Lippen und blies einen mächtigen Rauchstrahl senkrecht nach unten, an Smileys Gesicht vorbei.

»Er ordnete an, daß der Fall nicht weiter bearbeitet werde«, korrigierte Smiley.

»Wo liegt der Unterschied?«

Smiley sah sich überraschend vor die Aufgabe gestellt, Saul Enderby zu verteidigen.

»Der Fall lief noch eine Weile, dann, in der Übergangszeit zwischen meiner Amtsführung und der seinen, erklärte er ihn verständlicherweise für unproduktiv.« Smiley hatte seine Worte mit größter Umsicht gewählt.

»Und jetzt hat er sich's anders überlegt«, sagte sie.

»Ich habe Einzelteile, Con. Ich will das Ganze.«

»Wie immer«, sagte sie. »George«, brabbelte sie. »George Smiley. Herr im Himmel. Der Herr beschütze und bewahre uns. *George.*« Ihr Blick war halb besitzergreifend, halb tadelnd, als wäre er ein auf Abwege geratener geliebter Sohn. Noch eine

Weile hielt dieser Blick ihn fest, dann schweiften ihre Augen hinüber zu den französischen Fenstern und dem dunkelnden Himmel draußen.

»Kirow«, sagte er nochmals, eindringlicher, und wartete, fragte sich allen Ernstes, ob es wirklich aus und vorbei sei mit ihr; ob ihr Geist zusammen mit ihrem Körper verfalle und nichts mehr zu holen sei.

»Kirow, Oleg«, wiederholte sie nachdenklich. »Geboren Leningrad Oktober 1929, laut Reisepaß, was keinen Pfifferling besagt, außer daß er Leningrad im ganzen Leben nicht einmal von fern gesehen hat.« Sie lächelte, als sei dies eben der Lauf der schnöden Welt. »Ankunft in Paris 1. Juni 1974, Rang und Stellung des Zweiten Botschaftssekretärs, Handelsabteilung. Vor drei bis vier Jahren, sagten Sie? Lieber Himmel, es könnten zwanzig sein. Stimmt, Darling, er war vom Geheimdienst. Klar. Indentifiziert durch die Pariser Loge der armen alten Riga-Gruppe, was uns auch nicht weiterhalf, schon gar nicht auf der fünften Etage. Wie war sein richtiger Name? Kursky. Natürlich, so hieß er. Ja, ich glaube, ich erinnere mich. Oleg Kirow, né Kursky, genau.« Ihr Lächeln kehrte zurück und war wiederum sehr hübsch. »Dürfte so ziemlich Wladimirs letzter Fall gewesen sein. Wie geht's dem alten Sünder?« fragte sie, und ihre feuchten klugen Augen warteten auf die Antwort.

»Oh, in Hochform«, sagte Smiley.

»Immer noch der Jungfernschreck von Paddington?«

»Bin ich überzeugt.«

»Hol's der Kuckuck, Darling«, sagte Connie und drehte den Kopf, bis sie ihm das Profil zuwandte, das ganz dunkel war bis auf den einen dünnen Strahl der Petroleumlampe, während sie wieder durchs Fenster starrte.

»Gehen Sie raus und sehen Sie nach dem verrückten Huhn, ja?« sagte sie liebevoll. »Am Ende hat sie sich in den Mühlbach gestürzt oder den Universal-Unkrautvertilger ausgetrunken.«

Smiley trat hinaus auf die Veranda und erspähte in der niedersinkenden Nacht Hilarys Gestalt, die mit ungelenken langen Schrit-

ten von Käfig zu Käfig ging. Er hörte die Schöpfkelle gegen den Eimer klappern und dann und wann ihre wohlerzogene Stimme durch die Nachtluft klingen, wenn sie kindische Namen rief: Komm, Whitey, Flopsy, Bo.
»Alles in Ordnung«, sagte Smiley, als er wieder ins Haus trat. »Füttert die Hühner.«
»Ich sollte sie ins andere Lager schicken, meinen Sie nicht, George?« bemerkte sie, als habe sie seinen Lagebericht nicht gehört. »›Zieh hinaus in die Welt, Hils, mein Kind.‹ Das sollte ich sagen. ›Bleib nicht länger bei einem morschen alten Wrack wie Con. Heirate den nächstbesten Narren, wirf ein paar Bälger, erfülle deine niederträchtige Bestimmung.‹« Connie hatte für all und jeden eine besondere Stimme, erinnerte er sich: sogar für sich selber. Sie hatte sie auch jetzt noch. »Der Teufel soll mich holen, wenn ich's tue, George. Ich brauche sie. Jeden prachtvollen Zentimeter. Ich würde sie mitnehmen, wenn's irgend möglich wäre. Sollte man vielleicht wirklich versuchen.« Pause. »Wie *geht's* all den Jungens und Mädels?«
Sekundenlang begriff er ihre Frage nicht; seine Gedanken waren noch immer bei Hilary und Ann.
»Seine Gnaden Saul Enderby führen immer noch die Meute an, ja? Frißt ordentlich, wie ich hoffe? Keine Staupe?«
»Oh, Saul entwickelt sich von Tag zu Tag prächtiger, danke.«
»Diese Kröte Sam Collins immer noch Leiter von London Station?«
Lauter heikle Fragen, aber es blieb ihm keine Wahl, er mußte antworten.
»Sam geht's auch prima«, sagte er.
»Toby Esterhase schlängelt sich nach wie vor durch die Korridore?«
»Alles ist noch ziemlich so, wie früher.«
Ihr Gesicht lag nun für ihn völlig im Dunkeln, so daß er nicht feststellen konnte, ob sie Miene machte, weiterzusprechen. Er hörte sie atmen und das Rasseln in ihrer Brust. Aber er wußte, daß er noch immer Gegenstand ihrer Aufmerksamkeit war.

»*Sie* würden nie und nimmer für dieses Pack arbeiten, George«, bemerkte sie schließlich, als handelte es sich dabei um die augenfälligste Binsenwahrheit. »Nicht Sie. Geben Sie mir noch einen Schluck.«

Smiley war froh, aufstehen zu können und ging wieder quer durch das Zimmer.

»*Kirow*, sagten Sie?« rief Connie ihm zu.

»Stimmt«, sagte Smiley vergnügt und kehrte mit ihrem frisch gefüllten Glas zurück.

»Dieses Frettchen Otto Leipzig war die erste Hürde«, bemerkte sie voll Behagen, nachdem sie einen tüchtigen Zug genommen hatte. »Die fünfte Etage wollte *ihm* kein Wort glauben, wie? Nicht unserem kleinen Otto, oh nein! Otto war ein Lügenmaul, punktum!«

»Aber ich glaube nicht, daß Leipzig uns jemals über *Moskau* belogen hat«, sagte Smiley, als kramte er gleichfalls in Erinnerungen.

»Nein, Darling, das hat er *nicht*«, sagte sie beifällig. »Er hatte seine Schwächen, zugegeben. Aber wenn es um die große Sache ging, hat er immer ehrlich gespielt. Und Sie haben das begriffen, als einziger Ihres Stammes, Respekt. Aber Sie erhielten wenig Unterstützung von den *übrigen* Baronen, wie?«

»Auch Wladimir hat er nie belogen«, sagte Smiley. »Allein schon deshalb, weil Wladimirs Fluchtkanäle ihm seinerzeit aus Rußland heraushalfen.«

»Ja, ja,« sagte Connie nach einer weiteren langen Pause.

»Kirow, né Kursky, das Rote-Rübenschwein.«

Sie sagte es ein zweites Mal – »Kirow, né Kursky« –, ein Sammelsignal an ihr eigenes ungeheuerliches Gedächtnis. Während dieser Worte sah Smiley im Geist wiederum das Zimmer im Flughafenhotel vor sich und die beiden seltsamen Verschwörer in ihren schwarzen Mänteln: der eine so hünenhaft, der andere winzig; der alte General, der seine Körpergröße einsetzte, um seinem leidenschaftlichen Flehen Nachdruck zu verleihen; daneben der kleine Leipzig, wie ein Hündchen, das an der Leine zerrt.

Connie war der Verführung erlegen.
Aus dem Glimmen der Petroleumlampe war ein rauchiger Lichtball geworden, und Connie saß in ihrem Schaukelstuhl, ganz vorn an der Kante, Mütterchen Rußland persönlich, wie sie im Circus geheißen hatte, das zerrüttete Gesicht verklärt von Erinnerung, während sie die Geschichte dieses einen ihrer ungezählten mißratenen Kinder entrollte. Was auch immer sie als wahren Grund für Smileys Auftauchen argwöhnen mochte, sie schob es von sich: Dies war ihr Lebensinhalt gewesen, ihr Hohelied, auch wenn sie es nun zum letztenmal sang; in diesen überwältigenden Gedächtnisleistungen lag ihr Genie. In den alten Tagen, dachte Smiley, hätte sie mit ihm geflirtet, mit ihrer Stimme kokettiert, gewaltige Bogen durch anscheinend Unwesentliches zur Geschichte der Moskauer Zentrale geschlagen, alles nur, um ihn näher zu locken. Doch heute abend war ihr Erzählstil von erschreckender Nüchternheit, als wisse sie, daß ihr nur noch wenig Zeit blieb.
Oleg Kirow sei direkt aus Moskau in Paris eingetroffen, wiederholte sie – damals im Juni, Darling, wie ich schon sagte –, damals, als es regnete und regnete und das alljährliche Cricketmatch von Sarratt drei Sonntage nacheinander abgesagt werden mußte. Der Fette Oleg wurde als Einzelgänger geführt, und er löste auch niemand anderen ab. Sein Schreibtisch stand in der zweiten Etage mit Blick auf die Rue Saint-Simon – verkehrsreich, aber *hübsch*, Darling –, während die Residentur der Moskauer Zentrale sich im dritten und vierten Stock breit machte, zum wütenden Ärger des Botschafters, der sich von seinen ungeliebten Nachbarn wie in einen Schrank gepfercht fühlte. Nach außen hin schien Kirow daher auf den ersten Blick ein weißer Rabe im diplomatischen Corps der Sowjets zu sein – nämlich ein echter Diplomat. Aber in Paris war es damals Usus – und, soviel Connie wußte, auch noch heutzutage –, daß, sobald in der Sowjetbotschaft ein neues Gesicht auftauchte, sein Foto an alle Stammeshäuptlinge der Emigranten verteilt wurde. Brüderchen Kirows Foto gelangte ebenfalls auf diesem Weg an die Gruppen,

und im Handumdrehen donnerte dieser alte Teufel Wladimir im Zustand höchster Erregung an die Tür seines Einsatzleiters – Steve Mackelvore war damals Resident in Paris gewesen, Gott hab ihn selig, er starb bald danach an Herzversagen, aber das ist eine andere Geschichte – und behauptete, »seine Leute« hätten Kirow als einen ehemaligen *agent provocateur* namens Kursky identifiziert, der als Student an der Technischen Hochschule in Reval eine Vereinigung regimekritischer estnischer Hafenarbeiter gegründet habe, genannt »Blockfreier Diskussionsclub«, und die Mitglieder dann an die Geheimpolizei verpfiff. Wladimirs Quelle war einer dieser unglücklichen Dockarbeiter, der sich zur Zeit in Paris aufhielt und der einst um seiner Sünden willen besonders eng mit Kursky befreundet gewesen war, bis er prompt von ihm verraten wurde.

So weit, so gut, nur, daß Wladis Quelle – sagte Connie – kein anderer gewesen sei, als unser gottvergessener kleiner Otto, was bedeutete, daß die Sache von Anfang an verkorkst war.

Während Connie weitersprach, begannen Smileys Erinnerungen aufs neue, die ihren zu ergänzen. Er sah sich in den letzten Monaten seiner kommissarischen Amtsführung als Chef des Circus, wie er müde die wackelige Holztreppe von der fünften Etage zur Montagsbesprechung hinunterklomm, ein Bündel zerlesener Akten unter den Arm geklemmt. Der Circus hatte in jenen Tagen einem zerbombten Bauwerk geglichen, erinnerte er sich; das Personal in alle Winde zerstreut, der Etat an allen Enden beschnitten, die Agenten hochgegangen oder tot oder abgeschaltet. Bill Haydons Entlarvung war in allen Gemütern eine offene Wunde: Sie nannten sie den Sündenfall und empfanden alle die gleiche uralte Scham. Im Innersten machten sie vielleicht sogar Smiley dafür verantwortlich, denn Smiley hatte Bills Verrat aufgedeckt. Er sah sich selber, wie er den Vorsitz bei der Besprechung führte, und den Kreis feindseliger Gesichter, der sich um ihn geschlossen hatte, während die Fälle der Woche einer um den anderen zur Debatte gestellt und den üblichen Fragen unterworfen wurden: Wollen wir diesen weiter verfolgen oder nicht? Sagen wir, noch eine Woche lang? Noch einen Monat? Noch ein Jahr? Ist es nur eine Finte, können wir uns notfalls distanzieren, liegt es im Rahmen unseres Auftrags? Welche Mittel sind nötig, und würden sie besser anderweitig eingesetzt? Wer wird verantwortlich zeichnen? Wer soll informiert werden? Wieviel wird es kosten? Er entsann sich des stürmischen Protests, den der bloße Name oder Arbeitsname Otto Leipzig bei solch fragwürdigen Richtern wie Lauder Strickland, Sam Collins und ihresgleichen sofort auslöste. Er versuchte sich zu erinnern, wer außer Connie und ihren Kohorten aus der Rußland-Abteilung noch dabei gewesen war. Der Chef der Finanzabteilung, der Chef des Ressorts Westeuropa, der Chef von Sowjet Attack, die meisten bereits Saul Enderbys Leute.

Und Enderby selber, damals nominell noch im Auswärtigen Dienst und von seiner eigenen Palastwache in der Maske des Verbindungsmanns zu Whitehall eingeschleust. Doch schon war sein Lächeln ihr Lachen, sein Stirnrunzeln ihre Ablehnung. Smiley sah sich wieder als Zeuge der Kapitulation – Connies Kapitulation –, die sie nun noch einmal schilderte, zusammen mit den Ergebnissen ihrer vorangegangenen Recherchen.

Ottos Geschichte sei *schlüssig*, hatte sie behauptet. Bisher habe man keine Unstimmigkeiten gefunden. Sie hatte ihre Ergebnisse vorgewiesen:

Ihre eigene Rußland-Abteilung habe in gedruckten Quellen die Bestätigung gefunden, daß ein Jura-Student Oleg Kursky während der entscheidenden Zeitspanne an der Universität von Riga gewesen sei, sagte sie.

Unterlagen des Foreign Office aus dieser Zeit sprächen von Unruhen in den Docks.

Ein bei den amerikanischen Vettern vorhandener Überläufer-Bericht nenne einen gewissen Kursky oder Karsky, Anwalt, Vorname Oleg, der 1971 einen Ausbildungskursus der Moskauer Zentrale in Kiew absolviert habe.

Dieselbe, allerdings suspekte Quelle sei der Meinung, Kursky habe später auf Anraten seiner Vorgesetzten seinen Namen geändert, »aufgrund seiner bereits gesammelten Erfahrungen als Außenagent«.

Den, wenn auch notorisch unzuverlässigen, routinemäßig ausgetauschten französischen Berichten sei zu entnehmen, daß Kirow in der Tat für einen Zweiten Sekretär der Handelsabteilung in Paris ungewöhnliche Freiheiten genieße: Er gehe zum Beispiel allein einkaufen und besuche Empfänge der Dritten Welt ohne die übliche fünfzehnköpfige Begleitmannschaft.

Kurzum, dies alles – so hatte Connie viel zu energisch für den Geschmack der fünften Etage geendet –, dies alles bestätige Leipzigs Geschichte und den Verdacht, daß Kirow mit geheimdienstlichen Aufgaben betraut sei. Dann klatschte sie die Akte auf den Tisch und ließ ihre Fotos herumgehen – eben jene von französischen Abwehrteams routinemäßig geschossenen Aufnahmen, die den ursprünglichen Tumult in den Zentralen der Pariser Riga-Gruppe ausgelöst hatten. Kirow steigt in einen Wagen der Gesandtschaft. Kirow verläßt mit einer Aktenmappe die Moskauer Norodny-Bank. Kirow verweilt vor dem Schaufenster einer auf Erotica spezialisierten Buchhandlung, um mißbilligend die Titelseiten der Magazine zu betrachten.

Aber keines der Fotos, dachte Smiley – der wieder in die Gegenwart zurückkehrte –, keines zeigte Oleg Kirow und sein einstiges Opfer Otto Leipzig, wie sie sich mit zwei Damen verlustierten.

»Das also war der *Fall*, Darling«, verkündete Connie, nachdem sie einen tüchtigen Schluck aus ihrem Glas genommen hatte. »Wir hatten die Aussage Klein-Ottos und jede Menge in den Akten, um deren Richtigkeit zu bestätigen. Wir hatten einiges an Stützmaterial aus anderen Quellen – nicht gerade Unmengen, das nicht, aber es war ein Anfang. Kirow war von Moskau eingeschleust, er war neu auf seinem Posten, aber zu welchem *Zweck*, das konnte man nur raten. Und das machte ihn *interessant*, nicht war, Darling?«

»Ja«, sagte Smiley zerstreut. »Ja, Connie, ich erinnere mich, daß es so war.«

»Er gehörte nicht zum Stammpersonal der Residentur, das wußten wir vom ersten Tag an. Er fuhr nicht in Wagen der Residentur herum, machte keinen Nachtdienst oder arbeitete im Tandem mit identifizierten Leuten der Residentur, er benutzte weder ihren Chiffrierraum noch nahm er an den wöchentlichen Andachtsübungen teil oder fütterte die Hauskatze der Residentur, nichts dergleichen. Andererseits war Kirow auch nicht Karlas Mann, oder, Herzchen? Und das war das Merkwürdige an der Sache.«

»Warum nicht?« fragte Smiley, ohne sie anzusehen. Aber Connie sah sehr wohl Smiley an. Connie machte eine ihrer langen Pausen, um ihn ausgiebig zu betrachten, während draußen in den absterbenden Ulmen die klugen Krähen die jähe Stille nutzten, um ein Shakespearesches Omen zu krächzen.

»Weil Karla bereits seinen Mann in Paris *hatte*, Darling«, erklärte sie geduldig. »Wie Sie sehr wohl wissen. Diesen alten Querkopf Pudin, den stellvertretenden Militärattaché. Sie erinnern sich noch, daß Karla immer eine Vorliebe für Soldaten hatte. Hat er noch immer, soviel ich weiß.« Connie brach ab, um aufs neue Smileys ausdruckslose Miene zu studieren.

Er hatte das Kinn in beide Hände gestützt und die halb geschlossenen Augen zu Boden gerichtet. »Außerdem war Kirow ein Idiot, und wenn es etwas gab, was Karla noch nie leiden konnte, dann waren es Idioten, stimmt's? Übrigens hatten Sie selber für diese Sorte nie viel übrig. Oleg Kirow hatte keine Manieren, stank, schwitzte und fiel überall auf, wie ein Fisch in einem Baum. Karla wäre *meilenweit* gerannt, ehe er einen solchen Hornochsen angeheuert hätte.« Wieder eine Pause. »Und Sie auch«, fügte sie hinzu.

Smiley hob eine Hand und legte sie mit den Fingern nach oben an die Schläfe, wie ein Kind bei einer Prüfung. »Es sei denn –«, sagte er.

»Es sei denn, *was*? Es sei denn, er hätte nicht mehr alle Tassen im Schrank, wie? Also, *den* Tag möchte ich noch erleben!«

»Und damals gingen auch diese Gerüchte um«, sagte Smiley aus der Tiefe seiner Gedanken.

»Welche Gerüchte? Gerüchte hat es immer gegeben, Schafskopf.«
»Oh, nur Berichte von Überläufern«, sagte er geringschätzig. »Geschichten über seltsame Vorgänge in Karlas Hofstaat. Zweitrangige Quellen, natürlich. Aber wiesen sie nicht darauf hin –«
»Worauf?«
»Nun ja, wiesen sie nicht darauf hin, daß er recht seltsame Leute auf seine Besoldungsliste setzte? Mitten in der Nacht Besprechungen mit ihnen abhielt? Alles nur geringwertiges Material, ich weiß. Ich erwähne es nur so *en passant*.«
»Und wir bekamen Anweisung, uns nicht darum zu kümmern«, sagte Connie sehr bestimmt. »Kirow war das Ziel. Nicht Karla. So lautete der Befehl aus der fünften Etage, George, zu der auch Sie gehörten. ›Schluß mit der Sternguckerei, konzentriert euch auf die irdischen Aufgaben‹, sagten Sie.« Connie verzog den Mund, legte den Kopf zurück und lieferte eine beklemmend realistische Karikatur von Saul Enderby: »›Aufgabe dieser Dienststelle ist das Sammeln von Erkenntnissen‹«, knautschte sie, »›*nicht* die Befehdung der Gegenseite.‹ Sagen Sie bloß nicht, er habe seine Sprechweise inzwischen geändert, Darling. Wie? *George?*« flüsterte sie. »O George, Sie sind gemein!«
Er holte ihr einen weiteren Drink, und als er zurückkam, sah er, daß ihre Augen vor boshafter Erregung glänzten. Sie zerrte an den Büscheln ihres weißen Haars, wie früher, als sie es noch lang getragen hatte.
»Der springende Punkt ist doch, daß wir die Operation genehmigt haben, Con«, sagte Smiley und versuchte, sie durch seinen sachlichen Ton im Zaum zu halten. »Wir haben die Zweifler überstimmt und Ihnen die Erlaubnis erteilt, mit Kirow bis an die Strafraumgrenze weiterzumachen. Wie ist es danach gelaufen?«

Doch der Alkohol, die Erinnerungen, das wieder heraufbeschworene Jagdfieber hatten sie so in Schwung gebracht, daß auch Smileys militärischster Tonfall sie nicht mehr bremsen konnte. Während des Sprechens beschleunigte sich ihr Atem, bis sie keuchte, wie ein gefährlich überhitzter Dampfkessel. Sie erzählte Otto Leipzigs Geschichte, wie Leipzig sie Wladimir erzählt hatte. Smiley hatte geglaubt, noch mit ihr zusammen im Circus zu sein, in jener Zeit, als die Ermittlungen gegen Kirow gerade anliefen. Sie war indes in ihrer Phantasie zurückgegangen bis in das Tallinn von einst, mehr als ein Vierteljahrhundert vor der Gegenwart. Sie kannte diese Stadt, in ihrer ungewöhnlichen Vorstellungskraft war sie tatsächlich dort gewesen; sie hatte Leipzig und Kirow in der Zeit ihrer Freundschaft gekannt. Eine Love-Story, behauptete sie. Klein Otto und der Fette Oleg. Das sei der Schlüssel des Ganzen, sagte sie; soll die alte Närrin doch die Geschichte so erzählen, wie sie wirklich war, sagte sie, und Sie, George, können Ihre eigenen schnöden Ziele verfolgen, während ich spreche.

»Die Schildkröte und der Hase, Darling, genau das waren die beiden. Kirow, das dicke traurige Baby, studiert fleißig die Gesetzesbücher an der Uni und sieht in der verfluchten Geheimpolizei seinen Daddy; und unser kleiner Otto Leipzig, der Teufel in Person, mit allen Wassern gewaschen und auch schon im Gefängnis gewesen, arbeitet tagsüber in den Docks und schürt bei Nacht den Aufruhr bei den Blockfreien. Die beiden lernen sich in einer Kneipe kennen, und es war Liebe auf den ersten Blick. Otto riß die Mädchen auf, Oleg Kirow segelte in seinem Kielwasser und angelte sich die Reste. Was haben Sie mit mir vor, George? Heilige Johanna spielen?«

Er hatte ihr eine frische Zigarette angezündet und sie ihr in den Mund gesteckt, da er hoffte, sie zu beruhigen, aber durch das fieberhafte Sprechen war die Zigarette bereits weit genug abgebrannt, um sie zu versengen. Smiley nahm ihr flugs die Zigarette weg und drückte sie auf dem Blechdeckel aus, der als Aschenbecher diente.

»Eine Zeitlang teilten sie sich sogar ein Mädchen«, sagte Connie so laut, daß sie beinah schrie. »Und eines Tages, ob Sie's glauben oder nicht, kam diese arme Irre doch tatsächlich zu Klein Otto und warnte ihn unverblümt. ›Dein fetter Freund ist eifersüchtig auf dich; und er ist ein Spitzel der Geheimpolizei‹, sagte sie. ›Der blockfreie Diskussionsclub wird demnächst hopsgenommen. Hüte dich vor den Iden des März!‹«

»Sachte, Con«, warnte Smiley sie ängstlich. »Con, immer mit der Ruhe!«

Ihre Stimme wurde noch lauter: »Otto warf das Mädchen hinaus, und eine Woche später wurde der ganze Verein verhaftet. Einschließlich des fetten Oleg, versteht sich, der sie verpfiffen hatte – aber sie wußten es. Oh, *sie* wußten es!« Connie zögerte, als habe sie den Faden verloren. »Und das dumme Ding, das ihn hatte warnen wollen, starb«, sagte sie. »Vermißt, vermutlich beim Verhör abhanden gekommen. Otto kämmte alles nach ihr durch, bis er jemand fand, der mit ihr in den Zellen gewesen war. Tot wie ein Dodo. Zwei Dodos. Tot, wie ich es bald sein werde, verdammt bald.«

»Machen wir doch später weiter«, sagte Smiley. Er hätte auch alles getan um sie zu bremsen – Tee gemacht, übers Wetter geplaudert, irgendetwas, nur um ihr wachsendes Tempo zu bremsen –, aber sie hatte einen zweiten Sprung getan und war schon wieder zurück in Paris, beschrieb, wie Otto Leipzig mit dem ungern erteilten Segen der fünften Etage und der leidenschaftlichen Unterstützung des alten Generals sich daran machte, die Wiederbegegnung, nach allen diesen verlorenen Jahren, mit dem Zweiten Botschaftssekretär Kirow zu inszenieren, den Connie als das Rote-Rübenschwein bezeichnete. Smiley vermutete, daß sie ihn damals so nannte. Ihr Gesicht war scharlachrot und ihr Atem zu knapp für ihre Geschichte, so daß er immer wieder röchelnd aussetzte, doch sie zwang sich, weiterzusprechen.

»Connie«, flehte er abermals, aber es nutzte nichts, und vielleicht hätte überhaupt nichts genutzt.

Klein Otto begann die Suche nach dem Rote-Rübenschwein damit, daß er sämtliche franco-sowjetischen Freundschaftsclubs aufsuchte, in denen Kirow verkehrte.

»Der arme kleine Otto muß den ›Panzerkreuzer Potemkin‹ fünf-

zehnmal gesehen haben, aber kein einziges Mal tauchte das Rote-Rübenschwein auf.«
Dann hieß es, Kirow zeige ernsthaftes Interesse an Emigranten und bezeichne sich sogar als ihr heimlicher Sympathisant, halte bei ihnen Umfragen, ob er, als Botschaftsangehöriger, irgendetwas tun könne, um ihren Angehörigen in der Sowjetunion zu helfen. Mit Wladimirs Hilfe versuchte Leipzig, Kirow zufällig in den Weg zu laufen, aber wiederum hatte er kein Glück. Dann fing Kirow an zu reisen – überallhin zu reisen, mein Lieber, der reinste Fliegende Holländer –, so daß Connie und ihre Jungens sich bereits fragten, ob er vielleicht eine Art Verwaltungsbeamter für die Moskauer Zentrale sei und überhaupt nicht operativ eingesetzt: zum Beispiel Rechnungsprüfer für eine Gruppe europäischer Residenturen, mit Hauptstelle in Paris, Bonn, Madrid, Stockholm, Wien.
»Für Karla oder für das Amt?« fragte Smiley ruhig.
Nur Gedanken seien zollfrei, sagte Connie, aber sie wette ihren letzten Penny, daß es für Karla war. Auch wenn Pudin bereits am Ort gewesen sei. Auch wenn Kirow ein Idiot gewesen sei und kein Soldat: Es *mußte* für Karla gewesen sein, sagte Connie und widerlegte so ihre eigenen vorhergegangenen Behauptungen. Hätte Kirow die Residenturen der Zentrale besucht, so wäre er von identifizierten Geheimdienstleuten behaust und bewirtet worden. Aber nichts dergleichen, er lebte seine Legende und hielt sich nur bei seinen Landsleuten und Kollegen in den Handelsabteilungen auf.
Trotzdem, die Fliegerei hat es schließlich gebracht, sagte Connie. Klein Otto wartete, bis Kirow einen Flug nach Wien gebucht hatte, vergewisserte sich, daß Oleg allein reiste, nahm dieselbe Maschine und schon waren sie im Geschäft.
»Eine schlichte Gimpelfalle, wie sie im Lehrbuch steht, darauf wollten wir hinaus«, sang Connie jetzt sehr laut. »Die gute alte Sex-Falle. Ein großer Fisch würde vielleicht bloß lachen, aber nicht Genosse Kirow, am allerwenigsten, wenn er bei Karla im Sold stand. Schlüpfrige Fotos und Auskünfte mit Drohungen,

das wollten wir haben. Und wenn wir mit ihm fertig gewesen wären und herausgefunden hätten, wer seine sauberen Freunde waren und wer ihm soviel berauschende Freiheit gewährte, dann hätten wir ihn uns entweder als Überläufer gekauft oder ihn in den Tümpel zurückgeworfen, je nachdem, wieviel von ihm übrig gewesen wäre!«
Sie hielt jäh inne. Sie öffnete den Mund, schloß ihn, holte ein wenig Atem und hielt Smiley ihr Glas hin.
»Darling, hol dem alten Schwamm noch ein Schlückchen, dalli-dalli, ja? Connie kriegt ihre Zustände. Nein, lieber nicht. Bleiben Sie sitzen.«
Eine fatale Sekunde lang war Smiley ratlos.
»George?«
»Connie, hier bin ich. Was ist los?«
Er war schnell, aber nicht schnell genug. Er sah, wie ihr Gesicht versteinerte, sah die verkrümmten Hände hochfliegen und ihre Augen sich vor Ekel zusammenkneifen, als hätte sie einen grauenhaften Unfall gesehen.
»Hils, schnell!« schrie sie. »Verflixt nochmal!«
Er nahm sie in die Arme und spürte, wie sie die Hände um seinen Nacken schlang, um ihn noch fester zu halten. Ihre Haut war kalt, sie zitterte, aber vor Entsetzen, nicht vor Kälte. Er blieb ganz nah bei ihr, roch Scotch und medizinischen Hautpuder und alte Dame, während er versuchte, sie zu trösten. Ihre Tränen liefen ihm über die Wangen, er konnte sie fühlen und hatte noch den salzigen Geschmack im Mund, als Connie ihn wegstieß. Er fand ihre Handtasche, öffnete sie und reichte sie ihr, dann lief er hastig wieder hinaus auf die Veranda und rief nach Hilary. Sie kam aus dem Dunkeln angerannt, die Fäuste halb geschlossen, Ellbogen und Hüften rotierend, ein Anblick, bei dem Männer meist lachen müssen. Grinsend vor Verlegenheit hastete sie an ihm vorbei, und er blieb allein auf der Veranda und fühlte die kalte Nachtluft auf seinen Wangen prickeln, während er in die aufziehenden Regenwolken starrte und in die Fichten, die der Mond zu versilbern begann. Die Hunde hatten sich beruhigt.

Nur die kreisenden Krähen ließen ihre mißtönenden Warnrufe hören. Geh, sagte er sich. Weg von hier. Nichts wie weg. Der Wagen wartete kaum hundert Schritt von ihm entfernt, schon bildete sich Reif auf dem Dach. Er stellte sich vor, wie er hineinspringen würde und den Hügel hinauffahren, durch die Fichtenschonung und immer weiter, um nie mehr zurückzukehren. Aber er wußte, daß er es nicht fertigbrächte.

»Sie sollen wieder reinkommen, George«, sagte Hilary streng von der Tür her, mit der Autorität der Menschen, die Sterbende pflegen.

Aber als er wieder ins Haus trat, war alles in schönster Ordnung.

15

Alles war in schönster Ordnung. Connie saß gepudert und würdig in ihrem Schaukelstuhl, und ihre Augen waren, als er hereinkam, genauso fest auf ihn gerichtet wie bei seinem ersten Eintreten. Hilary hatte sie beruhigt, Hilary hatte sie ernüchtert, und jetzt stand Hilary hinter ihr, die Hände auf Connies Nacken, Daumen eingezogen und massierte ihr sanft das Genick.

»Anwandlung von *timor mortis*, Darling«, erklärte Connie. »Der Doktor verschreibt Valium, aber die alte Närrin hält sich lieber an den Schnaps. Davon erzählen Sie aber Saul Enderby nichts, wie, Herzchen, wenn Sie Ihren Rapport machen?«

»Nein, natürlich nicht.«

»Wann werden Sie denn Ihren Rapport machen, Darling?«

»Bald«, sagte Smiley.

»Heute nacht, wenn Sie zurückkommen?«

»Je nachdem, was es zu berichten gibt.«

»Con hat alles aufgeschrieben, das wissen Sie, George«, fuhr sie mit großer Eindringlichkeit fort. »Die Akten der alten Närrin über den Fall waren sehr *voll*, dächte ich. Sehr *detailliert*. Und sehr *eingehend*, ausnahmsweise. Aber Sie haben sie nicht zu Rate gezogen.« Smiley sagte nichts. »Die Akten gingen verloren. Wurden vernichtet. Oder Sie hatten keine Zeit. Schon gut. Dabei waren Sie doch immer so scharf auf den Papierkram. *Höher*, Hils«, befahl sie, ohne den glühenden Blick von Smiley abzuwenden. »Höher, Darling. Dort, wo die Wirbelsäule in die Mandeln sticht.«

Smiley setzte sich auf das alte Korbsofa.

»Ich hab diese Doppel-Doppelspiele immer gemocht«, gestand Connie verträumt und rollte den Kopf, um Hilarys Hände damit zu streicheln. »Stimmt's nicht, Hils? Das ganze menschliche Le-

ben lag darin. Du weißt das vermutlich nicht mehr, wie? Seit du durchgedreht hast.«
Sie wandte sich wieder an Smiley: »Soll ich weitermachen, Süßer?« Die Stimme gehörte jetzt zu einer Nutte aus dem East End.
»Nur in großen Zügen«, sagte Smiley. »Aber nicht, wenn es – «
»Wo waren wir stehengeblieben? Ich weiß schon. Wir waren hoch droben im Flugzeug mit dem Rübenschwein. Er ist auf dem Weg nach Wien, hat die Pfoten in einem Trog voll Bier. Blickt auf, und wen sieht er vor sich stehen, wie sein eigenes schlechtes Gewissen: Keinen anderen als seinen lieben alten Kumpel von vor fünfundzwanzig Jahren, Klein Otto, feixend wie Beelzebub persönlich. Was *empfindet* er, fragen wir uns, vorausgesetzt, er hat überhaupt Empfindungen? *Weiß* Otto – fragt er sich –, daß ich der Bösewicht war, der ihn verpfiffen und in den Gulag gebracht hat? Was also tut er?«
»Was tut er?« sagte Smiley, ohne auf ihre Mätzchen einzugehen.
»Er entscheidet sich für die herzliche Masche, Süßer. Nicht wahr, Hils? Pfeift den Kaviar herbei und sagt ›Gott sei Dank‹.« Sie flüsterte etwas, und Hilary beugte den Kopf, um es zu hören und kicherte dann. »›Champagner!‹ sagt er. Und, mein Gott, sie kriegen ihn, und er bezahlt ihn, und sie trinken ihn, und sie fahren gemeinsam im Taxi in die Stadt und zwitschern sogar rasch noch einen in einem Café, ehe das Rübenschwein seinen dunklen Pflichten nachgeht. Kirow *mag* Otto«, behauptete Connie. »*Liebt* ihn, nicht wahr, Hils? Die beiden sind das ideale Pärchen, genau wie wir. Otto ist sexy, Otto ist amüsant, Otto ist elegant und antiautoritär und gewandt – und –, oh, alles, was das Rübenschwein nie sein könnte, in tausend Jahren nicht! Warum glaubte die fünfte Etage immer, die Leute hätten nur ein einziges Motiv?«
»Ich glaubte das bestimmt nicht«, sagte Smiley inbrünstig.
Aber Connie sprach schon wieder zu Hilary und keineswegs zu Smiley. »Kirow *langweilte* sich, Kindchen. Otto bedeutete für ihn Leben. So, wie du für mich. Ich tanze mit dir in den Himmel hinein. Hatte Kirow nicht daran gehindert, ihn zu verpfeifen, aber das ist nur natürlich.«

Hilary, die noch immer sanft Connies Rücken massierte, nickte zerstreut Zustimmung.

»Und was bedeutete Kirow für Otto Leipzig?« fragte Smiley.

»Haß, Darling«, erwiderte Connie ohne Zögern. »Reinen, unverdünnten Haß. Simplen, ehrlichen, alten Abscheu. Haß und Geld. Ottos Leitsterne. Otto war immer überzeugt, daß er etwas guthabe für all die Jahre im Knast. Und er wollte auch gleich für das Mädchen mitkassieren. Sein großer Traum war, daß er eines Tages Kirow für eine Menge Geld verkaufen würde. Mengen und *Unmengen* von Geld. Und es dann durchbringen.«

Die Erbitterung eines Kellners, dachte Smiley, als er sich an den Fotoabzug erinnerte. Er erinnerte sich auch wieder an das Zimmer im Flughafenhotel und an Ottos ruhige deutsche Stimme mit ihrem einschmeichelnden Akzent; erinnerte sich an die braunen steten Augen, die wie Fenster seiner schwelenden Seele waren. Nach der Begegnung in Wien hatten die beiden Männer ein Wiedersehen in Paris verabredet, sagte Connie, und Otto ließ sich wohlweislich Zeit. In Wien hatte Otto keine einzige Frage gestellt, an der das Rübenschwein hätte Anstoß nehmen können; Otto sei Profi, sagte Connie. Ob Kirow verheiratet sei? habe er gefragt. Kirow habe daraufhin die Hände gen Himmel geworfen und sei in brüllendes Gelächter ausgebrochen, was besagen sollte, weder jetzt noch in Zukunft. *Verheiratet, aber Ehefrau in Moskau*, habe Otto berichtet – um so wirksamer würde eine Sex-Falle funktionieren. Kirow hatte Leipzig nach seinem derzeitigen Job gefragt, und Leipzig hatte großzügig geantwortet »Import-Export« und sich als eine Art fliegenden Händler bezeichnet, heute Wien, morgen Hamburg. Also: Otto wartete einen ganzen Monat – nach fünfundzwanzig Jahren, sagte Connie, konnte er sich das leisten –, und während dieses Monats wurde Kirow von den Franzosen dabei beobachtet, wie er sich in drei verschiedenen Fällen an ältere, in Paris ansässige russische Emigranten heranmacht: an einen Taxichauffeur, an einen Ladeninhaber, an einen Gastwirt, alle drei mit Angehörigen in der Sowjetunion. Er machte sich erbötig, Briefe, Botschaften, Adressen mit hinüberzunehmen; er bot sogar an, Geld mitzunehmen und, wenn sie nicht allzu umfangreich seien, auch Geschenke. Und das gleiche in der Gegenrichtung bei seiner Rückkehr. Niemand akzeptierte sein Angebot. In der fünften Woche rief Otto bei Kirow in dessen Wohnung an, sagte, er sei soeben aus Hamburg gelandet und ob sie sich nicht einen vergnügten Abend zusammen machen wollten. Beim Essen, genau im richtigen Moment, sagte Otto, heute werde er der Gastgeber sein; er habe gerade klotzig an einer gewissen Lieferung an ein gewisses Land verdient, und Geld spiele keine Rolle.

»Das war der Köder, den wir für ihn präpariert hatten, Darling«, erläuterte Connie, und wandte sich endlich wieder direkt an Smiley. »Und das Rübenschwein schnappte danach, und wie, das tun sie alle, nicht wahr, wie Lachse nach der Fliege, jedesmal.«

Was für eine Lieferung? hatte Kirow wissen wollen. Was für ein Land? Als Antwort hatte Leipzig mit dem Zeigefinger über seiner eigenen Nase einen krummen Erker in die Luft gezeichnet und schallend gelacht. Kirow lachte ebenfalls, aber er war jetzt eindeutig höchst interessiert. Nach *Israel*? sagte er: Und was für eine Art von Lieferung? Leipzig richtete nun den Zeigefinger auf Kirow und tat, als drücke er auf einen Abzug. *Waffen* nach Israel? fragte Kirow baß erstaunt, aber Leipzig war ein Profi und antwortete nicht mehr. Sie tranken, besuchten ein Strip-Lokal und plauderten von alten Zeiten. Kirow kam sogar auf ihre gemeinsame Freundin zu sprechen und fragte, ob Leipzig wisse, was aus ihr geworden sei. Leipzig sagte, keine Ahnung. Gegen Morgen hatte Leipzig vorgeschlagen, sie sollten sich ein paar Gefährtinnen suchen und alle zusammen in seine Wohnung gehen, aber zu seiner Enttäuschung lehnte Kirow ab: nicht in Paris, zu gefährlich. In Wien oder Hamburg, jederzeit. Aber nicht in Paris. Um die Frühstückszeit trennten sie sich, stockbesoffen, und der Circus war um hundert Pfund leichter.

»Dann gingen die verdammten Palastkämpfe los«, sagte Connie, unvermittelt das Thema wechselnd. »Die Große Debatte um die

Leitung von London Station. Debatte, daß ich nicht lache. Sie, George, waren im Ausland, Saul Enderby setzte einen manikürten Huf hinein, und allen übrigen fiel prompt das Herz in die Hosen – und das war's dann.« Wieder ihre Barons-Stimme: »›Otto Leipzig nimmt uns auf die Schippe ... Wir haben die Operation nicht mit den Fröschen abgeklärt ... Foreign Office beunruhigt über mögliche Weiterungen ... Kirow ist ein Ablenkungsmanöver ... Die Riga-Gruppe eine total unrealistische Basis für ein Unternehmen dieses Ausmaßes ...‹ Wo waren Sie übrigens damals? In Berlin, nicht wahr?«
»Hongkong.«
»Ach, dort«, sagte sie vage und sank in ihrem Stuhl zusammen, während ihre Lider sich nahezu schlossen.

Smiley hatte Hilary gebeten, Tee zu machen, und sie klapperte am anderen Ende des Zimmers mit dem Geschirr. Er warf einen Blick zu ihr hinüber, weil er überlegte, ob er sie nicht rufen sollte und sah sie genauso dastehen, wie er sie zuletzt im Circus gesehen hatte, in jener Nacht, als er zu Hilfe gerufen wurde – stocksteif, die Fingerknöchel der geballten Fäuste auf den Mund gepreßt; um einen lautlosen Schrei zu ersticken. Er hatte noch gearbeitet – es war um etwa diese Zeit gewesen; ja, er hatte seine Abreise nach Hongkong vorbereitet –, als plötzlich sein Haustelefon klingelte und er eine sehr erregte Männerstimme hörte, die ihn bat, unverzüglich in den Chiffrierraum zu kommen, Mr. Smiley, Sir, es ist dringend. Sekunden später eilte er einen kahlen Korridor entlang, flankiert von zwei besorgten Wachposten. Sie stießen die Tür vor ihm auf, er trat in den Raum, sie blieben draußen. Er sah die zertrümmerten Apparate, die Akten und Karteikarten und Telegramme auf dem Boden verstreut wie Abfall auf einem Fußballplatz, er sah die obszönen Graffiti mit Lippenstift an die Wand geschmiert. Und in der Mitte des Ganzen sah er Hilary, die Täterin – genau, wie sie jetzt dastand –, verzweifelt durch die dicken Netzgardinen in den freien weißen Himmel hinausstarren: Hilary, unsere Vestalin, so wohlerzogen; Hilary, unsere Circus-Braut.

»Was zum Teufel treibst du, Hils?« fragte Connie barsch aus ihrem Schaukelstuhl.
»Tee machen, Con. George möchte eine Tasse Tee.«
»Zum Teufel damit, was *George* möchte«, gab sie zornglühend zurück. »George ist *fünfte Etage*. George hat den Kirow-Fall abgeblasen, und jetzt möchte er's wieder gut machen, im Alleingang, auf seine alten Tage. Stimmt's, George? Stimmts's? Lügt mich sogar an über diesen alten Teufel Wladimir, der in Hampstead Heath geradewegs in eine Kugel marschierte, wie die Zeitungen vermelden, aber die liest er anscheinend nicht, so wenig, wie meine Berichte!«
Sie tranken den Tee. Ein Regenguß setzte ein. Die ersten harten Tropfen hämmerten bereits auf das Holzdach.

Smiley hatte sie bezaubert, Smiley hatte ihr geschmeichelt, Smiley hatte bewirkt, daß sie weitermachte. Schon hatte sie den Faden halbwegs ausgesponnen. Er war entschlossen, daß sie ihn bis zum Ende ausspinnen müsse.
»Ich muß das Ganze haben, Con«, wiederholte er. »Ich muß alles und jedes hören, so, wie Sie sich daran erinnern, auch wenn das Ende schmerzlich ist.«
»Das Ende ist *verdammt* schmerzlich«, erwiderte sie.
Doch schon erlahmten ihre Stimme, ihr Gesicht, sogar die Brillanz ihres Gedächtnisses, und er wußte, daß es ein Wettlauf gegen die Zeit sein werde.
Jetzt sei Kirow an der Reihe gewesen, die klassische Karte auszuspielen, sagte sie müde. Beim nächsten Zusammentreffen, einen Monat später in Brüssel, kam Kirow auf die Sache mit der Waffenlieferung nach Israel zu sprechen und sagte, er habe sie beiläufig einem guten Bekannten gegenüber erwähnt, einem seiner Kollegen in der Handelsabteilung der Botschaft, der an einer Studie über die israelische Verteidigungsfinanzierung mitarbeite und für seine Recherchen sogar über einen Spezialfonds verfügen könne. Ob Leipzig gegebenenfalls bereit wäre – nein, ganz im Ernst, Otto! –, mit dem Mann zu sprechen oder, noch besser,

seinem alten Kumpel Oleg die Geschichte gleich hier und jetzt zu erzählen und Oleg damit auch eine kleine Anerkennung zu verschaffen? Otto sagte: »Vorausgesetzt, es lohnt sich und schadet niemandem.« Dann verpaßte er Oleg einen Haufen wertloser Informationen, die Connie und die Leute von der Nahost-Abteilung vorbereitet hatten – selbstverständlich alles wahr und absolut stichhaltig, auch wenn niemand etwas damit anfangen konnte –, und Kirow schrieb feierlich alles auf, obgleich beide, wie Connie sagte, genau wußten, daß weder Kirow noch sein Auftraggeber, wer immer das sein mochte, das geringste Interesse an Israel hatten oder an Waffen oder an Lieferungen oder an der israelischen Verteidigungsfinanzierung – jedenfalls nicht in *diesem* Zusammenhang. Kirow lag lediglich daran, eine konspirative Beziehung herzustellen, wie ihre nächste Begegnung in Paris klar bewies. Kirow bekundete gewaltige Begeisterung über den Bericht, bestand darauf, daß Otto dafür fünfhundert Dollar entgegennehme und – reine Formsache – eine Quittung unterschreibe. Und nachdem Otto dies getan hatte und somit ein für allemal am Angelhaken hing, kam Kirow geradewegs zur Sache, mit der ganzen Brutalität, die er aufzubieten vermochte – und das war nicht wenig, sagte Connie –, und fragte Otto, wie gut er mit den ortsansässigen russischen Emigranten stehe.

»Bitte, Con«, flüsterte Smiley. »Wir haben's fast geschafft!« Sie war ihm so nah, doch er spürte, wie sie ihm immer mehr entglitt. Hilary lag auf dem Fußboden und hatte den Kopf an Connies Knie gelehnt. Connies Hände in den Pulswärmern suchten Halt in Hilarys Haar, und ihre Augen waren fast geschlossen.

»Connie!« wiederholte Smiley.

Connie öffnete die Augen und lächelte schwach.

»Es war nur der Fächertanz, Darling«, sagte sie. »Das Er-weiß-daß-ich-weiß-daß-du-weißt. Der übliche Fächertanz«, wiederholte sie nachsichtig, und ihre Augen fielen wieder zu.

»Und was hat Leipzig ihm geantwortet? *Connie!*«

»Er hat getan, was wir alle getan hätten, Darling«, murmelte sie. »Verzögerungstaktik. Gab zu, daß er bei den Emigrantengruppen gern gesehen sei und mit dem General ein Herz und eine Seele. Dann nichts mehr. Sagte, er komme nicht sehr häufig nach Paris. ›Warum nicht einen Ortsansässigen anheuern?‹ sagte er. Er hat gemauert, Hils, Darling, verstehst du? Fragte wieder: Würde es irgendwem schaden? Fragte, worin eigentlich der Job bestehe? Was dabei herausspringe? Gib mir einen Schluck, Hils.«

»Nein«, sagte Hilary.

»Los.«

Smiley goß ihr zwei Finger hoch Whisky ein und sah zu, wie sie ihn schlürfte.

»Was sollte Otto bei den Emigranten für Kirow erledigen?« sagte er.

»Kirow brauchte eine Legende«, antwortete sie. »Er brauchte eine Legende für ein Mädchen.«

Nichts an Smileys Verhalten ließ erkennen, daß er diesen Satz erst vor ein paar Stunden von Toby Esterhase gehört hatte. Vor vier Jahren, wiederholte Connie, habe Oleg Kirow eine Legende gebraucht. Genau wie der Sandmann, nach Aussagen Tobys und des Generals – dachte Smiley –, heute eine Legende brauchte. Kirow brauchte eine Tarnung für eine Agentin, die man nach Frankreich einschleusen wollte. Das sei des Pudels Kern gewesen, sagte Connie. Kirow sagte das natürlich nicht; im Gegenteil, er stellte es ganz anders dar. Er erzählte Otto, Moskau habe an alle Botschaften eine geheime Anweisung ergehen lassen, des Inhalts, daß auseinandergerissene russische Familien unter gewissen Voraussetzungen im Ausland wieder zusammengeführt werden sollten. Wenn genügend Familien gefunden werden könnten, die diesen Wunsch hegten, so die Anweisung, dann wolle Moskau das Vorhaben an die Öffentlichkeit bringen und damit das Image der Sowjetunion auf dem Gebiet der Menschenrechte aufwerten. Am liebsten wären ihnen Fälle mit Gefühlsgehalt: Töchter in Rußland zum Beispiel, von ihren Angehörigen im Westen abgeschnitten, alleinstehende Mädchen, vielleicht im

heiratsfähigen Alter. Geheimhaltung sei wichtig, sagte Kirow, bis eine Liste passender Fälle beisammen sei – nicht auszudenken das Geschrei, wenn die Sache vorzeitig durchsickere!
Das Rote-Rübenschwein sei so plump vorgegangen, sagte Connie, daß Otto den Vorschlag zunächst einfach um der Wahrscheinlichkeit willen habe lächerlich machen müssen; das Ganze sei zu verrückt, zu weit hergeholt, sagte er – geheime Listen, was für ein Nonsens! Warum wandte Kirow sich nicht direkt an die Emigranten-Organisationen und ließ sie Verschwiegenheit schwören? Warum einen krassen Außenseiter für seine Dreckarbeit engagieren? Je länger Leipzig herumredete, um so hitziger wurde Kirow. Es sei nicht Leipzigs Job, sich über Erlasse der Moskauer Zentrale lustig zu machen, sagte Kirow. Er begann Otto anzubrüllen, und irgendwie fand Connie die Kraft, gleichfalls zu brüllen oder wenigstens die müde Stimme ein wenig zu heben und ihr den gutturalen russischen Klang zu verleihen, den Kirow ihrer Meinung nach haben mußte. »›Wo bleibt dein Mitgefühl?‹ sagte er. ›Willst du deinen Mitmenschen nicht helfen? Warum verhöhnst du eine menschliche Geste, nur weil sie von Rußland ausgeht?‹« Kirow sagte, er habe bereits persönlich einige Familien aufgesucht, aber kein Vertrauen gefunden und keine Fortschritte erzielt. Er fing an, Druck auf Leipzig auszuüben, zuerst persönlicher Natur – ›Willst du mir nicht helfen, beruflich weiterzukommen?‹ –, und als das nicht verfing, gab er zu bedenken, daß Leipzig, da er bereits geheime Informationen gegen Entgelt an die Botschaft geliefert habe, vielleicht gut daran tue weiterzumachen, andernfalls die westdeutschen Behörden von dieser Verbindung Wind bekommen und ihn aus Hamburg hinauswerfen könnten – vielleicht überhaupt aus Deutschland. Ob Otto das angenehm sein würde? Und schließlich, sagte Connie, habe Kirow Geld geboten, und eben hier habe das Wunder gelegen: »Für jede erfolgreich durchgeführte Wiedervereinigung zehntausend US-Dollar«, verkündete sie. »Für jeden passenden Kandidaten, ob eine Zusammenführung zustande kommt oder nicht, tausend US-Dollar, auf die hohle Hand. Barzahlung.«

Dies sei natürlich, sagte Connie, der Zeitpunkt gewesen, an dem die fünfte Etage entschied, Kirow müsse übergeschnappt sein, und den Fall mit sofortiger Wirkung abblies.
»Und ich aus dem Fernen Osten zurückkam«, sagte Smiley.
»Wie der arme König Richard aus den Kreuzzügen, so kamen Sie zurück, Darling!« pflichtete Connie ihm bei. »*Und* fanden die Bauern in Aufruhr und Ihren sauberen Bruder auf dem Thron. Geschieht Ihnen recht.« Sie gähnte gewaltig. »Fall im Eimer«, erklärte sie. »Die deutsche Polizei verlangte Leipzigs Ausweisung aus Frankreich; wir hätten sie ohne weiteres umstimmen können, aber wir taten es nicht. Keine Sex-Falle, kein Ergebnis, kein Garnichts. Das Stück war abgesetzt.«
»Und wie hat Wladimir das alles aufgenommen?« fragte Smiley, als wisse er es wirklich nicht.
Connie öffnete mühsam die Augen: »Was aufgenommen?«
»Daß das Stück abgesetzt wurde.«
»Oh, er *tobte*, was hatten Sie erwartet? Tobt und tobt. Sagt, wir hätten uns den Fang des Jahrhunderts durch die Lappen gehen lassen. Schwor, er werde den Krieg mit anderen Mitteln weiterführen.«
»Welche *Art* Fang?«
Sie überhörte seine Frage. »Bei diesem Krieg wird nicht mehr *geschossen*, George«, sagte sie, und wieder sanken ihre Lider herab. »Das ist es ja. Alles grau in grau. Halb-Engel kämpfen gegen Halb-Teufel. Niemand weiß, wo die Front verläuft. Kein Peng-peng.«
Wiederum sah Smiley in der Erinnerung das Hotelzimmer und die beiden schwarzen Mäntel nebeneinander, während Wladimir ihn verzweifelt beschwor, daß der Fall wieder aufgenommen werden müsse: »Max, hören Sie uns noch dieses eine Mal zu, hören Sie sich an, was passiert ist, seit Sie den Haltebefehl gaben!« Die beiden waren auf eigene Kosten von Paris herübergeflogen, um mit ihm zu sprechen, da die Finanzabteilung gemäß Enderbys Befehl das Konto für diesen Fall aufgelöst hatte.
»Max, bitte, hören Sie uns an«, hatte Wladimir gefleht. »Kirow

hat Otto gestern noch spät nachts in seine Wohnung bestellt. Die beiden haben sich erneut getroffen, Otto und Kirow. Kirow hat sich betrunken und erstaunliche Sachen gesagt!«
Er sah sich wieder in seinem alten Büro im Circus, Enderby saß bereits an seinem Schreibtisch. Es war am selben Tag, nur ein paar Stunden später.
»Klingt wie Klein Ottos letzter Grabenkampf vor dem Zugriff der Hunnen«, hatte Enderby gesagt, nachdem Smiley zu Ende gesprochen hatte. »Weshalb sind sie eigentlich hinter ihm her, Diebstahl oder Lustmord?«
»Betrug«, hatte Smiley resigniert erwidert, was der traurigen Wahrheit entsprach.

Connie summte ein paar Töne. Sie versuchte, ein Lied daraus zu machen, dann einen Limerick. Sie verlangte etwas zu trinken, aber Hilary hatte ihr Glas weggestellt.
»Bitte gehen Sie jetzt«, sagte Hilary direkt in Smileys Gesicht. Smiley beugte sich auf dem Korbsofa vor und stellte seine letzte Frage. Er stellte sie scheinbar zögernd, fast widerwillig. Sein weiches Gesicht war hart geworden vor Entschlossenheit, aber die Härte vermochte die Zeichen der Drangsal nicht zu tilgen.
»Erinnern Sie sich an eine Geschichte, Con, die der alte Wladimir oft erzählte? Und die wir niemals weitererzählten? Die wir hüteten, wie ein Kleinod? Daß Karla eine Mätresse habe, eine Frau, die er liebe?«
»Seine Ann«, sagte sie tonlos.
»Daß sie auf der ganzen Welt das einzige sei, um dessentwillen er zu hirnverbranntem Handeln fähig wäre?«
Langsam hob sich ihr Kopf, und er sah, wie ihr Gesicht sich aufhellte, und seine Stimme wurde rascher und dringlicher.
»Wie dieses Gerücht in der Moskauer Zentrale die Runde machte – unter den Eingeweihten? Karlas Erfindung – seine Schöpfung? Wie er sie fand, als sie noch ein Kind war und während des Krieges in einem ausgebrannten Dorf umherirrte? Sie adoptierte, aufzog, sich in sie verliebte?«

Er beobachtete sie, und trotz des Whiskys, trotz ihrer tödlichen Müdigkeit sah er die letzte Erregung, wie den letzten Tropfen in der Flasche, langsam ihre Züge noch einmal beleben.
»Er war hinter den deutschen Linien«, sagte sie. »In den vierziger Jahren. Mit einem Team, das die Balten aufwiegeln sollte. Bauten Netze auf, Widerstandsgruppen. Es war eine große Operation. Karla war der Boß. Das Mädchen wurde ihr Maskottchen. Sie schleppten sie auf Schritt und Tritt mit. Ein Kind. O George!«
Er hielt den Atem an, um jedes ihrer Worte zu erhaschen. Das Prasseln auf dem Dach wurde lauter, er hörte das anschwellende Grollen des Waldes, als der Regen auf ihn niederrauschte. Sein Gesicht war ganz nah an dem ihren; und es war, Widerwille hin oder her, vom gleichen Feuer beseelt, wie das ihre.
»Und was dann?« sagte er.
»Dann hat er sie abgemurkst, Darling. Das war dann.«
»Warum?« Er rückte noch näher, als fürchte er, die Sprache werde ihr genau im entscheidenden Moment versagen. »*Warum*, Connie? Warum sie töten, wenn er sie liebte?«
»Er hatte alles für sie getan. Pflegeeltern für sie gefunden. Gute Schulen. Ließ sie zu seinem Traumweib erziehen. Spielte Daddy, spielte Liebhaber, spielte Gott. Sie war sein Spielzeug. Dann, eines schönen Tages, setzt sie sich plötzlich Flausen in den Kopf.«
»Was für Flausen?«
»Rebelliert. Verkehrt mit Scheiß-Intellektuellen. Wollen den Staat zersetzen. Fragt das große ›Warum?‹ und das große ›Warum nicht?‹ Er sagt, sie soll die Klappe halten. Was sie nicht tat. Sie hatte den Teufel im Leib. Er ließ sie ins Lager verfrachten. Machte sie nur noch schlimmer.«
»Und sie hatte ein Kind«, soufflierte Smiley und nahm ihre Hand in seine beiden Hände. »Ein Kind von ihm, erinnern Sie sich?«
Ihre Hand war zwischen seinem und ihrem Gesicht. »Sie haben Recherchen nach dem Kind angestellt, ja? Es war Saure-Gurken-Zeit, und ich ließ Sie von der Leine. ›Nimm die Fährte auf,

Con‹«, sagte ich, »›verfolg sie, wohin sie auch führt.‹ Wissen Sie noch?«

Unter Smileys beschwörendem Zuspruch steigerte sich Connies Rede zum Furioso einer letzten Liebe. Sie sprach schnell, ihre Augen strömten über. Sie verfolgte die Fährte in die Vergangenheit, stöberte in allen Winkeln ihres Gedächtnisses . . . Karla hatte dieses Mädel . . . ja, Darling, das war die Story, hören Sie mich? – Ja, Connie, weiter, ich höre. Dann passen Sie auf. Er zog sie groß, machte sie zu seiner Geliebten, das Balg kam, und der Zank drehte sich um dieses Balg. George, Darling, lieben Sie mich noch, wie in den alten Tagen? – Weiter, Con, wie ging es aus, ja, natürlich liebe ich Sie. Er beschuldigte sie, sie vergifte die kostbare Seele des Kindes mit gefährlichen Ideen – wie zum Beispiel Freiheit. Oder Liebe. Ein Mädchen – das Ebenbild der Mutter –, angeblich eine Schönheit. Schließlich schlug die Liebe des alten Tyrannen in Haß um, und er ließ sein Ideal deportieren und umlegen: Ende der Geschichte . . . Wir bekamen sie zuerst von Wladimir, dann ein paar Brocken, nie etwas Verläßliches . . . Name unbekannt, Darling, weil er alle Unterlagen über sie vernichtete, jeden umbrachte, der womöglich etwas wußte, typisch Karla, hol ihn der Kuckuck, wie Darling, so war er schon immer? Es hieß auch, sie sei überhaupt nicht tot, die Geschichte von ihrer Ermordung sei gezielte Falschinformation, um die Spur zu löschen. So, sie hat's geschafft, wie? Die alte Närrin hat sich erinnert!«

»Und das Kind?« fragte Smiley. »Das Mädchen, das Ebenbild der Mutter? Es gab Aussagen eines Überläufers – worum ging es da?«

Sie zögerte nicht. Auch daran hatte sie sich erinnert, ihr Denken raste vor ihr her, so wie ihre Stimme dem Atem davonlief. Irgendein Dozent der Universität Leningrad, sagte Connie. Behauptete, man habe ihm befohlen, einem geheimnisvollen Mädchen abends Nachhilfestunden in Politik zu erteilen – einer Art Privatpatientin, die anti-sozialistische Symptome zeige, Tochter eines hohen Funktionärs . . . Tatjana, er kannte sie nur als Tatjana. Sie hatte in der ganzen Stadt Krakeel gemacht, aber ihr Vater war ein großes Tier in Moskau, und sie war tabu. Das Mädchen versuchte, ihn zu verführen, tat es vermutlich, dann erzählte sie ihm eine Geschichte, wie Daddy ihre Mammi killte, weil sie mangelndes Vertrauen in den historischen Prozeß bewies. Anderntags ließ sein Ordinarius ihn kommen und sagte, wenn er jemals ein Wort dieses Gesprächs verlauten lasse, so werde er auf einer sehr großen Bananenschale ausrutschen . . . Connie war nicht mehr zu bremsen, sie zitierte Hinweise, die im Sand verlaufen, Quellen, die im Augenblick der Entdeckung versickert waren. Unglaublich, daß ihr zerrütteter und vom Trinken entstellter Körper noch einmal soviel Kraft aufzubieten vermochte.

»O George, Darling, nehmen Sie mich mit! Ja, das haben Sie vor, jetzt weiß ich's. Wer tötete Wladimir und warum! Hab's Ihrem häßlichen Gesicht angesehen, schon als Sie hereinkamen. Kam nicht gleich drauf, jetzt weiß ich's. Sie haben Ihr Karla-Gesicht! Wladi hat die Ader wieder angezapft, deshalb ließ Karla ihn töten! Das ist Ihr Banner, George. Ich sehe Sie marschieren. Nehmen Sie mich mit, George, ich flehe Sie an! Ich verlasse Hils, ich verlasse alles, keinen Tropfen mehr, ich schwöre. Bringen Sie mich nach London, und ich finde Ihnen sein Traumweib, auch wenn es gar nicht existiert, auch wenn es das Letzte ist, was ich tue!«

»Warum nannte Wladimir ihn den Sandmann?« fragte Smiley, obwohl er die Antwort bereits kannte.

»Es war ein Scherz. Ein Märchen, das Wladi in Estland von einem seiner nordischen Vorfahren gehört hatte. Karla ist unser Sandmann. Jeder, der ihm zu nahe kommt, fällt in einen besonders tiefen Schlaf. Wir wußten es nie genau, Darling, wie wäre das möglich gewesen? In der Lubjanka hatte jemand einen Mann kennengelernt, der eine Frau kannte, die sie gekannt hatte. Ein anderer kannte jemanden, der mithalf, sie zu begraben. Dieses Weib war Karlas Heiligtum. Und sie betrog ihn. Zwillingsstädte, so nannten wir ihn und Sie, zwei Hälften vom selben Apfel.

George, Darling, nicht! Bitte!«

Sie hatte zu sprechen aufgehört, und er sah, daß sie angstvoll zu ihm hinaufstarrte, daß ihr Gesicht ein Stück unterhalb des seinen war; er stand und starrte wild auf sie hinab.

Hilary war an die Wand zurückgewichen und rief: »Halt, halt!«

Er stand dicht vor der sitzenden Connie, wutentbrannt über ihren billigen und ungerechten Vergleich, er wußte, daß er weder Karlas Methoden noch Karlas Machtanspruch teilte. Er hörte sich sagen: *»Nein. Connie!«* und entdeckte, daß er beide Hände auf Brusthöhe gehoben hatte, steif ausgestreckt und Handflächen nach unten, als drücke er etwas mit aller Kraft in die Erde. Und er begriff, daß seine Leidenschaftlichkeit sie erschreckt, daß er ihr gegenüber noch nie soviel von seiner Überzeugung – oder von seinen Gefühlen – enthüllt hatte.

»Ich werde alt«, murmelte er und lächelte schüchtern. Als er sich beruhigte, wurde auch ihr Körper langsam wieder schlaff, und der Traum in ihr starb. Die Hände, die ihn noch vor ein paar Sekunden umklammert hatten, lagen in ihrem Schoß wie zwei tote Soldaten in einem Schützengraben.

»Es war lauter Quatsch«, sagte sie verdrießlich. Tiefe und endgültige Apathie ergriff von ihr Besitz. »Gelangweilte Emigranten, die in ihren Wodka flennen. Geben Sie's auf, George. Karla hat Sie auf der ganzen Linie geschlagen. Er hat Sie zum besten gehalten, hat Ihnen Ihre Zeit gestohlen . . . *Unsere* Zeit.«

Sie trank, es war ihr jetzt egal, was sie sagte. Ihr Kopf baumelte wieder nach vorn, und einen Augenblick lang glaubte er, sie sei wirklich eingeschlafen. »Er hat *Sie* zum besten gehalten, er hat *mich* zum besten gehalten, und als Sie Lunte rochen, brachte er Bill dazu, Ann zum besten zu halten, damit Sie die Witterung verloren.« Mit Mühe hob sie den Kopf, um ihn noch einmal anzustarren. »Gehen Sie heim, George. Karla gibt Ihnen Ihre Vergangenheit nicht zurück. Machen Sie's, wie die alte Närrin hier. Leisten Sie sich ein bißchen Liebe, und warten Sie bis der Vorhang fällt.«

Sie fing wieder an zu husten, hoffnungslos, einen harten, würgenden Stoß nach dem anderen.

Der Regen hatte aufgehört. Als Smiley durch die französischen Fenster blickte, sah er wieder das Mondlicht auf den Käfigen liegen, die bereiften Drahtgitter streifen, er sah die weiß-glänzenden Baumwipfel hügelan in einen schwarzen Himmel aufsteigen; er sah eine verkehrte Welt, in der alles Helle zu Schatten verdunkelt war, und alles Dunkle wie Leuchtzeichen aus dem weißen Grund stach. Er sah einen jähen Mond aus den Wolken treten, dessen Strahl ihn in einen Abgrund locken wollte.
Er sah eine schwarze Gestalt mit Gummistiefeln und Kopftuch den Weg entlanglaufen und erkannte, daß es Hilary war; sie mußte, von ihm unbemerkt, hinausgeschlüpft sein. Er entsann sich, daß er eine Tür hatte zufallen hören. Er ging wieder zu Connie und setzte sich neben sie, auf das Sofa. Connie weinte und redete wirres Zeug, sprach von Liebe. Die Liebe ist eine absolute Macht, sagte sie vage – fragen Sie Hils. Aber Hilary war nicht da, er konnte sie nicht fragen. Die Liebe sei ein Stein, den man ins Wasser wirft, und wenn es genügend Steine gäbe und wir alle zusammen liebten, so würden eines Tages die Wellenkreise stark genug sein, um über das Meer zu reichen und die Hasser und Zyniker zu ertränken – »sogar diesen Schuft Karla, Darling«, versicherte sie ihm. »Das sagt Hils immer. Quatsch, wie? Es ist Quatsch, Hils!« kreischte sie.
Dann schloß Connie die Augen aufs neue, und nach einer Weile schien sie, nach ihrem Atmen zu schließen, einzudösen. Oder vielleicht tat sie nur so, um die Qual des Abschieds zu vermeiden. Auf Zehenspitzen trat Smiley in die kalte Nacht hinaus. Der Motor seines Wagens sprang wunderbarerweise an; Smiley fuhr langsam den Weg hinauf und hielt dabei nach Hilary Ausschau. Er bog um eine Kurve und sah sie im Scheinwerferlicht. Sie kauerte unter den Bäumen, wartete, daß er verschwinde, ehe sie wieder zu Connie zurückging. Wieder hatte sie die Hände vors Gesicht geschlagen, und er glaubte, Blut zu sehen; vielleicht

hatte sie sich mit den Fingernägeln zerkratzt. Er fuhr vorbei und sah sie im Autorückspiegel, wie sie ihm im Rot seiner Rücklichter nachstarrte, und einen Augenblick lang verkörperte sie für ihn alle jene schlammigen Gespenster, die wahren Opfer der Konflikte: die aus dem Rauch des Krieges taumeln, verschmutzt und verhungert und um alles gebracht, was sie je besaßen. Er wartete, bis er sie wieder hügelabwärts laufen sah, auf die Lichter der Datscha zu.

Ich habe mein eigenes Gedächtnis konsultiert, dachte er, und vorgegeben, ich konsultierte das ihre.

Am Flughafen Heathrow kaufte er sein Ticket für den nächsten Morgen, dann lag er auf seinem Hotelbett – und für ihn war es das gleiche wie damals, obwohl die Wände kein Schottenmuster hatten. Das Hotel blieb die ganze Nacht über wach und Smiley mit ihm. Er hörte das Tosen der Wasserleitungen, das Klingeln der Telefone und das Gebumse von Liebespaaren, die nicht schlafen wollten oder konnten.

Max, hören Sie uns noch ein einziges Mal an – klang es ihm in den Ohren –, *der Sandmann persönlich hat Kirow zu den Emigranten geschickt, um die Legende zu suchen.*

16

Smiley kam in Hamburg Mitte des Vormittags an und fuhr mit dem Flughafenbus ins Stadtzentrum. Es war neblig und sehr kalt. Am Bahnhofsplatz fand er nach einigen ›Bedauere, ausgebucht‹ ein schmalbrüstiges Hotel mit einem Lift, den, laut Vorschrift, nur jeweils drei Personen benutzen durften. Er trug sich als Standfast ein und ging dann zu einer Autovermietung, wo er sich einen kleinen Opel aussuchte, den er in einer mit gedämpfter Beethovenmusik berieselten Tiefgarage parkte. Der Wagen war seine Hintertüre. Er wußte nicht, ob er ihn benötigen würde, aber es war nötig, daß er da war. Er machte sich wieder zu Fuß auf den Weg in Richtung Alster, wobei er alles mit besonderer Schärfe wahrnahm: Den irren Verkehr und die Spielzeugläden für Millionärskinder. Der Stadtlärm sprang ihn wie ein Sturm an und ließ ihn die Kälte vergessen. Deutschland war seine zweite Natur, ja seine zweite Seele. In seiner Jugend war die deutsche Literatur seine Leidenschaft und sein Studienfach gewesen. Er konnte die deutsche Sprache anlegen wie eine Uniform und sich kühn darin bewegen. Und doch hatte er das Gefühl, daß jeder Schritt, den er tat, Gefahr bedeutete, denn Smiley hatte hier als junger Mann den halben Krieg in der einsamen Angst des Spions verbracht, und das Bewußtsein, in Feindesland zu sein, war unausrottbar in ihm verwurzelt. In seiner Kindheit hatte er Hamburg als eine reiche und elegante Hafenstadt kennengelernt, die ihre flatterhafte Seele unter einem Mantel von Englischtümelei verbarg; im Erwachsenenalter, als eine Stadt, die durch Luftangriffe von tausend Flugzeugen in mittelalterliche Finsternis zurückgebombt wurde. Er hatte sie in den ersten Friedensjahren gesehen, eine endlose, schwelende Ruinenstätte, in der die Überlebenden den Schutt wie Felder bearbeiteten. Und er sah sie heu-

te, auf der Flucht in die Anonymität von Konservenmusik, Betontürmen und getöntem Glas.
An der Alster ging er den anmutigen Fußweg hinunter zum Landungssteg, wo Willem das Schiff bestiegen hatte. An Wochentagen fuhr, wie er feststellte, das erste Boot um 7 Uhr 10, das letzte um 20 Uhr 15, und Willem war an einem Wochentag hiergewesen. Das nächste Schiff war in fünfzehn Minuten fällig. Während er darauf wartete, beobachtete er die Ruderboote und die roten Eichhörnchen, genau wie Willem dies getan hatte, und als das Schiff ankam, setzte er sich ins Heck, wo Willem gesessen hatte, im Freien unter dem Schutzdach. Seine Mitpassagiere waren eine Horde Schulkinder und drei Nonnen. Er kniff vor der blendenden Helle die Augen halb zu und lauschte dem Geschnatter der Kinder. Auf halber Strecke stand er auf, schritt durch die Kabinen zum vorderen Fenster und sah hinaus, offensichtlich um etwas zu überprüfen, schaute auf die Uhr, kehrte dann wieder zu seinem Platz zurück und blieb sitzen bis zum Jungfernstieg, wo er an Land ging.
Willems Geschichte stimmte. Smiley hatte es nicht anders erwartet, aber in einer Welt beständigen Zweifels war ein zusätzlicher Beweis immer willkommen.
Er aß zu Mittag, ging dann zur Hauptpost und studierte eine Stunde lang alte Telefonbücher, wie damals die Ostrakowa in Paris, wenn auch aus anderen Gründen. Nach Beendigung seiner Nachforschungen ließ er sich zufrieden in der Halle des Hotels Vier Jahreszeiten nieder und las Zeitungen bis zum Abend.

In einem Hamburger Vergnügungsführer war das ›Blue Diamond‹ nicht unter Nachtklubs angeführt, sondern unter ›L'amour‹ und mit drei Sternen ausgezeichnet wegen seiner Exklusivität und seiner hohen Preise. Es lag in Sankt Pauli, doch diskret abseits vom Touristenrummel, in einer leicht abfallenden, gepflasterten Straße, die dunkel war und nach Fisch roch. Smiley drückte auf die Klingel, und ein elektrischer Türöffner summte. Er trat ein und stand unmittelbar in einem gepflegten

Vorraum, voll grauer Apparaturen, die von einem smarten jungen Mann in grauem Anzug bedient wurden. An der Wand drehten sich langsam graue Tonbandspulen, doch die Musik, die sie spielten, war anderswo zu hören. Am Empfangspult flackerte und tickte eine mit den letzten Raffinessen ausgestattete Telefonanlage.

»Ich möchte einige Zeit hier verbringen«, sagte er.

Von hier aus haben sie auf meinen Telefonanruf geantwortet, dachte er, als ich Wladimirs Hamburger Gesprächspartner zu erreichen suchte.

Der smarte junge Mann zog ein Formular aus seinem Pult und erklärte in vertraulichem Gemurmel die Prozedur, wie ein Rechtsanwalt, der er wahrscheinlich tagsüber hauptberuflich war. Mitgliedsbeitrag einhundertfünfundsiebzig Mark, sagte er leise. Dies sei eine einmalige Beitrittsgebühr, die Smiley ein volles Jahr zu freiem Eintritt berechtige, sooft er wolle. Das erste Getränk würde ihn weitere fünfundzwanzig Mark kosten, und danach seien die Preise hoch, aber nicht übermäßig. Das erste Getränk sei obligatorisch und, wie der Mitgliedsbeitrag, vor Eintritt zu bezahlen. Alle anderen Arten der Unterhaltung seien gebührenfrei, doch nähmen die Mädchen Zuwendungen dankend entgegen. Smiley solle das Formular mit einem Namen seiner Wahl unterschreiben. Es würde von dem jungen Mann hier höchstpersönlich abgelegt werden. Bei seinem nächsten Besuch brauche er sich dann nur an seinen Beitrittsnamen zu erinnern, und er würde dann ohne weitere Formalitäten eingelassen werden.

Smiley zählte sein Geld hin und fügte den Dutzenden von falschen Namen, die er in seinem Leben verwendet hatte, einen weiteren hinzu. Er stieg eine Treppe hinunter bis zu einer zweiten Tür, die sich ebenfalls elektronisch öffnete und einen Durchgang freigab, an dem eine Reihe Séparées lagen, leer, denn in dieser Welt fing die Nacht gerade erst an. Am Ende des Durchgangs war eine dritte Tür, hinter der ihn totale Finsternis empfing und die auf höchste Lautstärke gedrehte Musik von den Tonbändern des smarten jungen Mannes. Eine männliche Stimme sprach zu ihm, ein Punktlicht führte ihn an einen Tisch. Er bekam eine Getränkekarte ausgehändigt. ›Besitzer C. Kretzschmar‹, las er unten auf der Seite in Kleindruck. Er bestellte Whisky.

»Ich möchte allein bleiben. Keine Gesellschaft.«

»Ich werde entsprechend Bescheid geben, mein Herr«, sagte der Kellner mit vertraulicher Würde und nahm sein Trinkgeld an.

»Übrigens, Herr Kretzschmar. Ist er zufällig aus Sachsen?«

»Jawohl, mein Herr.«

Schlimmer als ein Ostdeutscher, hatte Toby Esterhase gesagt. *Ein Sachse. Sie klauten zusammen. Sie hurten zusammen, sie fälschten zusammen Berichte. Eine ideale Ehe.*

Er nippte an seinem Whisky und wartete, bis sich seine Augen an das Licht gewöhnt hatten. Von irgendwoher strahlte blaues Schummerlicht und hob Manschetten und Kragen gespenstisch hervor. Er sah weiße Gesichter und weiße Körper. Der Raum war in zwei Ebenen angelegt. Die untere, wo er saß, war mit Tischen und Armstühlen ausgestattet. Die obere bestand aus sechs Chambres séparées, die wie Theaterlogen aussahen, jedes mit seinem eigenen blauen Schummerlicht. In einer davon hatte, das stand für ihn fest, das Quartett wissentlich oder unwissentlich für den Fotografen posiert. Er erinnerte sich an den Standpunkt, von dem aus das Bild aufgenommen worden war. Von oben – von hoch oben. Aber ›hoch oben‹ bedeutete irgendwo im Dunkel der Mauern, wohin kein Auge dringen konnte, nicht einmal das von Smiley.

Die Musik erstarb, und aus den Lautsprechern wurde eine Nummer angekündigt. ›Alt Berlin‹, sagte der *compère*, und die Stimme des *compère* war auch altberlinerisch: bestimmt, nasal und suggestiv. Der smarte junge Mann hat das Tonband gewechselt, dachte Smiley. Ein Vorhang ging hoch und gab eine kleine Bühne frei. In dem Licht, das von ihr fiel, schaute Smiley schnell nach oben, und diesmal sah er, wonach er gesucht hatte: ein kleines Beobachtungsfenster aus Rauchglas, sehr hoch oben in der

Wand. Der Fotograf hat Spezialkameras benützt, dachte er vage. Heutzutage war, wie er sich hatte sagen lassen, Dunkelheit kein Hindernis mehr. Ich hätte Toby fragen sollen, dachte er. Toby kennt diese Finessen auswendig. Auf der Bühne führte ein Paar den Liebesakt vor, mechanisch, witzlos, abschreckend. Smiley wendete seine Aufmerksamkeit den im Raum verstreuten Mitgästen zu. Die Mädchen waren schön und nackt und jung, wie die Mädchen auf dem Foto. Wenn sie versorgt waren, saßen sie eng umschlungen mit ihren Partnern, offensichtlich entzückt über deren Senilität und Häßlichkeit. Die Nichtversorgten saßen schweigend in einer Gruppe zusammen, wie Ersatzspieler auf der Reservebank. Der Lärm aus den Lautsprechern schwoll an, eine Mischung aus Musik und hektischer Berichterstattung. Und in Berlin spielen sie Alt Hamburg, dachte Smiley. Auf der Bühne verdoppelte das Paar seine Anstrengungen, ohne daß viel dabei herauskam. Smiley fragte sich, ob er wohl die Mädchen von dem Foto erkennen würde, wenn sie erscheinen sollten. Sicher nicht, dachte er. Der Vorhang fiel. Erleichtert bestellte er noch einen Whisky.

»Ist Herr Kretzschmar heute abend im Haus?« fragte er den Kellner.

Herr Kretzschmar habe viele Verpflichtungen, erklärte der Kellner. Herr Kretzschmar müsse seine Zeit zwischen mehreren Etablissements teilen.

»Sollte er kommen, lassen Sie es mich bitte wissen.«

»Er wird um Punkt elf Uhr hier sein, mein Herr.«

An der Bar hatten nackte Paare zu tanzen begonnen. Er litt eine weitere halbe Stunde, bevor er an den jetzt teilweise besetzten Nischen vorbei zum Vorraum am Eingang zurückging. Der smarte junge Mann fragte ihn, wen er melden dürfe.

»Sagen Sie ihm, es handle sich um ein spezielles Anliegen.«

Der smarte junge Mann drückte auf einen Knopf und redete in dem extrem ruhigen Ton, in dem er mit Smiley gsprochen hatte.

Das Büro oben war so blank wie ein ärztliches Behandlungszimmer mit einem polierten Plastikschreibtisch und einer Menge weiterer Apparaturen. Eine Industriefernsehanlage lieferte ein gestochen scharfes Bild dessen, was unten vorging. Durch das Beobachtungsfenster, das Smiley bereits bemerkt hatte, sah man in die Séparées. Herr Kretzschmar war das, was die Deutschen seriös nennen. In den Fünfzigern, gepflegt, massig, mit dunklem Anzug und heller Kravatte. Sein Haar war strohblond, wie es sich für einen guten Sachsen gehört, und sein ausdrucksloses Gesicht verriet weder Freude noch Ärger über den Besuch. Er schüttelte Smiley lebhaft die Hand und winkte ihn in einen Sessel. Er schien mit der Handhabung spezieller Anliegen wohl vertraut zu sein.

»Bitte«, sagte er, und damit waren die Präliminarien erledigt. Nun gab es nur noch die Flucht nach vorne.

»Wenn ich mich nicht täusche, dann waren Sie einmal der Geschäftspartner eines meiner Bekannten namens Otto Leipzig«, sagte Smiley, und seine Stimme kam ihm ein bißchen zu laut vor. »Ich bin zufällig in Hamburg und habe mich gefragt, ob Sie wohl wissen, wo er ist. Seine Adresse scheint nirgends verzeichnet zu sein.«

Herrn Kretzschmars Kaffee war in einer Silberkanne, deren Henkel mit einer Papierserviette umwickelt war, damit er sich beim Ausgießen die Finger nicht verbrenne. Er trank und stellte seine Tasse sorgfältig ab, um jeden Aufprall zu vermeiden.

»Wer sind Sie, bitte?« fragte Herr Kretzschmar. Der sächselnde Tonfall quetschte seine Stimme platt. Ein kleines Stirnrunzeln verstärkte noch den Eindruck der Seriosität.

»Otto nannte mich Max«, sagte Smiley.

Herr Kretzschmar ging auf diese Information nicht ein, doch er nahm sich Zeit, ehe er seine nächste Frage vorbrachte. Wieder bemerkte Smiley, daß sein Blick seltsam unschuldig war. *Otto hatte in seinem ganzen Leben nie ein Haus*, hatte Toby gesagt. *Bei Blitztreffs amtierte Kretzschmar als Schlüsselverwahrer.*

»Und Ihre Geschäfte mit Herrn Leipzig, wenn ich fragen darf?«

»Ich vertrete eine große Firma. Neben anderen Beteiligungsge-

sellschaften besitzen wir eine literarische und fotografische Agentur für freiberufliche Reporter.«
»Und?«
»Vor längerer Zeit hatte mein Stammhaus gelegentlich Angebote Herrn Leipzigs angenommen – über Vermittler – und sie an unsere Kunden zur Verarbeitung und Unterbringung weitergegeben.
»Und?« wiederholte Herr Kretzschmar. Sein Kopf hatte sich leicht gehoben, aber sein Ausdruck blieb unverändert.
»Kürzlich ist die Geschäftsverbindung zwischen meinem Stammhaus und Herrn Leipzig wieder aufgelebt.« Er machte eine kleine Pause. »Zunächst über das Telefon«, sagte er, aber Herr Kretzschmar hatte vielleicht nie etwas von Fernsprechern gehört. »Dann schickte er uns, wieder über Mittelsmänner, eine Musterkollektion seiner Arbeiten, die wir das Vergnügen hatten, für ihn unterzubringen. Ich bin hierher gekommen, um über Bedingungen zu sprechen und um weitere Arbeiten in Auftrag zu geben. Vorausgesetzt natürlich, daß Herr Leipzig in der Lage ist, sie auszuführen.«
»Was war das für eine Art Arbeit, bitte, die Herr Leipzig Ihnen gesandt hat, bitte, Herr Max?«
»Es war ein Fotonegativ mit erotischem Inhalt. Meine Firma besteht immer auf Negativen. Herr Leipzig wußte das natürlich.« Smiley deutete bedächtig durch das Zimmer. »Ich möchte annehmen, daß es von diesem Fenster aus aufgenommen wurde. Das Besondere an diesem Foto ist, daß Herr Leipzig selbst darauf figuriert. Es ist daher anzunehmen, daß ein Freund oder Geschäftspartner die Kamera bedient hat.«
Herrn Kretzschmars blauäugiger Blick verlor nichts von seiner Direktheit und Unschuld. Sein seltsam glattes Gesicht kam Smiley mutig vor, ohne daß er hätte sagen können, warum.
Wenn Sie sich mit einem Knilch wie Leipzig einlassen wollen, dann sollten Sie einen Knilch wie Toby zu Ihrem Schutz dabei haben, hatte Toby gesagt.
»Da ist noch ein anderer Aspekt«, sagte Smiley.

»Ja?«
»Unglücklicherweise erlitt der Herr, der bei dieser Gelegenheit als Vermittler fungierte, einen schweren Unfall, kurz nachdem das Negativ in unseren Besitz gelangt war. Die übliche Verbindung zu Herrn Leipzig war damit abgebrochen.«
Herr Kretzschmar machte kein Hehl aus seiner Bestürzung. Ein Schatten, der echte Besorgnis auszudrücken schien, flog über sein Gesicht, und er sagte scharf:
»Wieso ein Unfall? Was für ein Unfall?«
»Ein tödlicher. Ich bin gekommen, um Otto zu warnen und um mit ihm zu sprechen.«
Herr Kretzschmar besaß einen schönen, goldenen Kugelschreiber. Er zog ihn bedachtsam aus einer Innentasche, ließ die Spitze herausspringen und zeichnete, immer noch stirnrunzelnd, einen perfekten Kreis auf die Schreibunterlage vor ihm. Dann setzte er obenauf ein Kreuz, zog einen Strich durch sein Werk, machte »ts, ts«, sagte »schade«, und nachdem er dies alles getan hatte, richtete er sich auf und sprach in knappem Ton in einen Apparat: »Ich bin für niemanden zu sprechen.« Murmelnd bestätigte die Stimme des grauen Empfangschefs die Anweisung.
»Sie sagten, Herr Leipzig sei ein alter Bekannter Ihres Stammhauses?« faßte Herr Kretzschmar zusammen.
»Wie Sie selbst auch, glaube ich, Herr Kretzschmar.«
»Bitte, erklären Sie das näher,« sagte Herr Kretzschmar und drehte den Kugelschreiber langsam in beiden Händen, als wolle er die Qualität des Goldes prüfen.
»Wir sprechen natürlich von alten Geschichten«, sagte Smiley beschwichtigend.
»So habe icn es verstanden.«
»Nach seiner Flucht aus Rußland kam Herr Leipzig nach Schleswig-Holstein«, sagte Smiley. »Die Organisation, die seine Flucht ermöglicht hatte, war in Paris ansässig, aber als Balte zog er es vor, in Norddeutschland zu leben. Deutschland war immer noch besetzt, und es war schwierig für ihn, sich seinen Lebensunterhalt zu verdienen.«

»Für jeden«, korrigierte ihn Herr Kretzschmar. »Für jeden war es schwierig. Die Zeiten waren phantastisch hart. Die Jugend von heute hat keine Ahnung.«

»Nicht die geringste«, bestätigte Smiley. »Und sie waren besonders hart für Flüchtlinge. Ob sie nun aus Estland oder aus Sachsen kamen, das Leben war hart für sie.«

»Absolut richtig. Die Flüchtlinge hatten es am schwersten. Bitte, fahren Sie fort.«

»Damals blühte der Handel mit Informationen. Aller Art von Informationen. Militärischer, industrieller, politischer, wirtschaftlicher. Die Siegermächte waren bereit, hohe Summen für Material zu bezahlen, das sie jeweils über die anderen aufklärte. Mein Stammhaus war in diesem Handel tätig und unterhielt hier einen Vertreter, dessen Aufgabe darin bestand, derartiges Material zu sammeln und es nach London zu übermitteln. Herr Leipzig und sein Partner wurden gelegentlich von uns mit Aufträgen betraut. Als freie Mitarbeiter.«

Trotz der Nachricht vom tödlichen Unfall des Generals huschte ein schnelles und unerwartetes Lächeln wie eine Brise über Herrn Kretzschmars Züge:

»Freie Mitarbeiter«, sagte er, als habe der Ausdruck es ihm besonders angetan. »Frei«, wiederholte er. »Genau das waren wir.«

»Derartige Verbindungen sind naturgemäß nicht auf Dauer angelegt«, fuhr Smiley fort. »Doch Herr Leipzig hatte als Balte gewisse Ziele im Auge und korrespondierte weiterhin noch längere Zeit mit meiner Firma über Mittelsmänner in Paris«, er hielt inne, »vornehmlich über einen General. Der General mußte vor ein paar Jahren aufgrund eines Streits nach London übersiedeln, doch Otto blieb mit ihm in Kontakt. Und der General seinerseits spielte weiter den Mittelsmann.«

»Bis zu seinem Unfall«, warf Herr Kretzschmar ein.

»Ganz recht.«

»War es ein Verkehrsunfall? Ein alter Mann – ein bißchen unachtsam?«

»Erschossen«, sagte Smiley und sah, wie Herrn Kretzschmars Gesicht sich wieder unwillig verzog. »Er ist erschossen *worden*«, fügte Smiley hinzu, wie um ihn zu beruhigen. »Es war kein Selbstmord oder sonstiges Selbstverschulden.«

»Natürlich«, sagte Herr Kretzschmar und bot Smiley eine Zigarette an. Smiley lehnte ab, also zündete er sich selbst eine an, tat ein paar Züge und drückte sie aus. Seine blasse Gesichtsfarbe war um eine Schattierung bleicher geworden.

»Sind Sie mit Otto zusammengekommen? Kennen Sie ihn?« fragte Herr Kretzschmar und machte auf leichten Plauderton.

»Ich bin einmal mit ihm zusammengekommen.«

»Wo?«

»Ich bin nicht befugt, darüber zu sprechen.«

Herr Kretzschmar runzelte die Stirne, doch eher ratlos als mißbilligend.

»Sagen Sie, bitte. Wenn Ihr Stammhaus – na schön, London – Herrn Leipzig direkt erreichen wollte, wie ging es da vor?« fragte Herr Kretzschmar.

»Über das *Hamburger Abendblatt*.«

»Und wenn es sehr dringend war?«

»Über Sie.«

»Sind Sie von der Polizei?« fragte Herr Kretzschmar ruhig. »Scotland Yard?«

»Nein.« Smiley starrte Herrn Kretzschmar an, und Herr Kretzschmar starrte zurück.

»Haben Sie etwas für mich mitgebracht?« fragte Herr Kretzschmar. Smiley war ratlos und antwortete nicht sofort. »So etwas wie einen Empfehlungsbrief? Eine Karte, zum Beispiel?«

»Nein.«

»Nichts vorzuzeigen? Sehr schade.«

»Vielleicht werde ich Ihre Frage besser verstehen, wenn ich ihn gesehen habe.«

»Aber das Foto, das haben Sie doch offensichtlich gesehen? Haben Sie es zufällig bei sich?«

Smiley zog seine Brieftasche und reichte den Abzug über den

Schreibtisch. Herr Kretzschmar hielt ihn an den Rändern, sah ihn einen Augenblick prüfend an, aber nur pro forma und legte ihn dann auf die Plastikfläche vor sich hin. Sein sechster Sinn sagte Smiley, daß Herr Kretzschmar sich anschickte, eine Aussage zu machen, wie dies die Deutschen manchmal so tun, eine Aussage zu seiner philosophischen Einstellung oder seiner persönlichen Entlastung, auf daß man ihn liebe oder bemitleide. Smiley schwante, daß Herr Kretzschmar, zumindest nach seinem Selbstverständnis, ein umgänglicher, wenn auch mißverstandener Mensch war; ein Mann von Herz, ja Herzensgüte, und daß seine Wortkargheit nur ein berufliches Requisit war, das er widerstrebend zur Schau stellte, in einer Welt, die mit seinem von Natur aus zartbesaiteten Wesen oft nicht in Einklang stand.
»Ich möchte Ihnen nur sagen, daß ich hier ein anständiges Haus leite«, bemerkte Herr Kretzschmar, nachdem er nochmals einen Blick auf den Abzug unter der klinisch modernen Lampe geworfen hatte. »Es liegt nicht in meiner Gewohnheit, Gäste zu fotografieren. Manche Leute verkaufen Krawatten, ich verkaufe Sex. Ich lege größten Wert auf korrektes Geschäftsgebaren. Aber hier handelte es sich nicht um Geschäft. Hier handelte es sich um Freundschaft.«
Smiley war klug genug, den Mund zu halten.
Herr Kretzschmar runzelte die Stirn. Seine Stimme senkte sich zu einem vertraulichen Ton: »Kannten Sie ihn, Herr Max? Den alten General? Waren Sie ihm persönlich verbunden?«
»Ja.«
»Er war wer. Stimmt's?«
»Stimmt.«
»Ein Löwe, was?«
»Ein Löwe.«
»Otto hat einen Narren an ihm gefressen. Ich heiße Claus. ›Claus‹, sagte er immer zu mir. ›Dieser Wladimir. Ich liebe diesen Mann.‹ Können Sie mir folgen? Otto ist ein äußerst loyaler Bursche. Der General auch?«
»Genau so«, sagte Smiley. »Gewesen.«

»Eine Menge Leute glaubten nicht an Otto. Auch ihr Stammhaus glaubte nicht immer an ihn. Das ist verständlich. Ich mache niemandem einen Vorwurf. Aber der General, der glaubte an Otto. Nicht in allen Kleinigkeiten. Aber in den großen Dingen.« Herr Kretzschmar winkelte den Unterarm hoch und ballte die Hand zur Faust, zu einer überraschend stattlichen Faust. »Wenn's mulmig wurde, glaubte der General hundertprozentig an Otto. Auch ich glaube an Otto, Herr Max. In den großen Dingen. Aber ich bin Deutscher, ich interessiere mich nicht für Politik, nur für Geschäfte. Diese Flüchtlingsgeschichten sind für mich aus und vorbei. Können Sie mir folgen?«

»Ich glaube schon.«

»Aber nicht für Otto. Nie und nimmer. Otto ist ein Fanatiker. Das darf ich wohl sagen. Ein Fanatiker. Das ist einer der Gründe, warum sich unsere Wege getrennt haben. Aber er ist mein Freund geblieben. Wer Otto etwas antut, der kriegt es mit Kretzschmar zu tun.« Ein Schatten der Ratlosigkeit überflog sein Gesicht. »Sie haben wirklich nichts für mich, Herr Max?«

»Außer dem Foto habe ich nichts für Sie.«

Widerstrebend fand Herr Kretzschmar sich mit dieser Tatsache ab, aber er brauchte einige Zeit dazu. Verlegene Pause.

»Der alte General wurde in England erschossen?« fragte er schließlich.

»Ja.«

»Und Sie glauben trotzdem, daß auch Otto in Gefahr ist?«

»Ja. Aber ich glaube, er will es nicht anders.«

Herrn Kretzschmar gefiel diese Antwort, und er nickte zweimal energisch mit dem Kopf.

»Das glaube ich auch. Genau diesen Eindruck habe ich auch von ihm. Wie oft hab' ich zu ihm gesagt: ›Otto, du hättest Hochseilkünstler werden sollen.‹ Für Otto ist ein Tag, der nicht bei sechs verschiedenen Gelegenheiten sein letzter werden könnte, nicht lebenswert. Gestatten Sie mir ein paar Bemerkungen über meine Beziehung zu Otto?«

»Bitte«, sagte Smiley höflich.

Herr Kretzschmar legte die Unterarme auf die Schreibtischplatte und setzte sich bequem zur Beichte zurecht. »Es gab eine Zeit, da haben Otto und Claus Kretzschmar alles zusammen getan, eine Menge Pferde gestohlen, wie man so sagt. Ich bin aus Sachsen gekommen, Otto aus dem Osten. Ein Balte. Nicht aus Rußland, aus Estland, wie er immer betonte. Er hatte viel durchgemacht, eine ganze Anzahl Gefängnisse von innen kennengelernt, ein paar üble Burschen hatten ihn verraten, damals in Estland. Ein Mädchen war gestorben, was ihm ziemlich zugesetzt hatte. Da gab's einen Onkel in der Nähe von Kiel, aber das war ein Schwein. Das kann man wohl sagen. Ein Schwein. Wir hatten kein Geld, wir waren Kameraden und Diebsgenossen. Das war normal, Herr Max.«

Smiley bestätigte nickend diese Auslegung des Zeitgeists.

»Einer unserer Geschäftszweige war der Verkauf von Informationen. Wie Sie ganz richtig bemerkten, war Information damals eine geschätzte Handelsware. Wir hörten zum Beispiel von einem Flüchtling, der gerade von drüben gekommen war und den die Alliierten noch nicht ausgequetscht hatten. Oder vielleicht von einem russischen Deserteur. Oder dem Kapitän eines Frachters. Wir hören von ihm, wir fragen ihn aus. Wenn wir es schlau anstellen, können wir den gleichen Bericht in verschiedenen Fassungen an zwei oder drei Käufer absetzen. Die Amerikaner, die Franzosen, die Briten und die Deutschen, die schon wieder fest mitmischten, jawohl. Manchmal, wenn er nur vage genug war, sogar an *fünf* Käufer.« Er lachte herzlich. »Aber nur, wenn er vage war, okay? Bei anderen Gelegenheiten haben wir, wenn uns die Quellen ausgingen, einfach erfunden – ohne Frage. Wir hatten Landkarten, eine gute Phantasie, gute Kontakte. Mißverstehen Sie mich nicht: Kretzschmar ist ein Kommunistenfeind. Wir sprechen von alten Geschichten, wie Sie sagten, Herr Max. Es war eine Frage des Überlebens. Otto hatte die Idee, Kretzschmar tat die Arbeit. Otto hat die Arbeit nicht erfunden, möchte ich sagen.« Herr Kretzschmar runzelte die Stirne. »Aber in einer Hinsicht kannte Otto keinen Spaß. Er hatte eine Schuld zu kassieren.

Davon hat er öfter gesprochen. Der Schuldner war vielleicht der Bursche, der ihn verraten und sein Mädchen umgebracht hat, vielleicht aber auch die ganze menschliche Rasse. Was weiß ich? Er mußte einfach aktiv sein. Politisch aktiv. Dazu fuhr er nach Paris, sooft sich eine Gelegenheit bot. Immer wieder.«
Herr Kretzschmar gestattete sich eine kurze Denkpause.
»Ich werde ganz offen sein«, verkündete er.
»Und ich werde Ihr Vertrauen zu würdigen wissen«, sagte Smiley.
»Ich glaube Ihnen. Sie sind Max. Der General war Ihr Freund, das weiß ich von Otto. Otto ist einmal mit Ihnen zusammengekommen, er bewunderte Sie. Schön. Ich will Ihnen gegenüber ganz offen sein. Vor vielen Jahren ist Otto für mich ins Gefängnis gegangen. Damals war ich keine Respektsperson. Heute hab ich Geld und kann es mir leisten, eine zu sein. Wir haben gemeinsam etwas gestohlen, er wurde gefaßt, er hat gelogen und alles auf sich genommen. Ich wollte ihn dafür entschädigen. Er sagte: ›Was soll der Quatsch? Wenn man Otto Leipzig ist, ist ein Jahr Gefängnis der reinste Urlaub.‹ Ich besuchte ihn jede Woche, ich habe die Wärter bestochen, damit sie ihm anständiges Essen und einmal sogar ein Mädchen besorgten. Als er herauskam, versuchte ich wieder, ihn mit Geld zu entschädigen. Er hat meine Angebote abgelehnt. ›Eines Tages werd' ich dich um etwas bitten‹, sagte er. ›Vielleicht um deine Frau.‹ ›Ich geb sie dir‹, sagte ich zu ihm. ›Kein Problem.‹ Herr Max, ich nehme an, Sie sind Engländer. Sie werden meine Lage verstehen.«
Smiley sagte, er verstehe.
»Vor zwei Monaten – was weiß ich, kann länger, kann kürzer zurückliegen – ruft der alte General an. Er brauche dringend den Otto. ›Nicht morgen, sondern heute abend.‹ Manchmal hatte er so von Paris aus angerufen, mit Codenamen und all diesem Blödsinn. Der alte General ist ein Geheimniskrämer. Otto ebenfalls. Wie Kinder, verstehen Sie? Wie dem auch sei.«
Herr Kretzschmar fuhr sich mit seiner großen Hand nachsichtig über die Stirn, als wolle er Spinnweben wegwischen.

»›Hören Sie‹, sage ich zu ihm. ›Ich weiß nicht, wo Otto ist. Als ich das letzte Mal von ihm gehört habe, steckte er wegen irgendwelcher Geschäfte in einer üblen Klemme. Ich muß ihn zuerst finden, und das kann etwas dauern. Vielleicht morgen, vielleicht in zehn Tagen.‹ Der alte Mann sagt zu mir: ›Ich schicke Ihnen einen Brief für ihn. Behüten Sie ihn mit Ihrem Leben.‹ Am nächsten Tag kommt der Brief, per Eilboten für Kretzschmar, abgestempelt in London. Drinnen ein zweiter Umschlag. ›Dringend und streng geheim‹ für Otto. *Streng geheim*, verstehen Sie. Der Alte ist verrückt. Sei's drum. Sie kennen ja seine große Handschrift, energisch wie ein Heeresbefehl.«
Smiley kannte sie.
»Ich finde Otto. Er ist wieder mal in Geldschwierigkeiten und versteckt sich. Hat nur einen einzigen Anzug, ist aber gekleidet wie ein Filmstar. Ich gebe ihm den Brief des Alten.«
»Ein dicker Brief«, meinte Smiley und dachte dabei an die sieben Seiten Fotokopierpapier. An Mikhels schwarze Maschine, die wie ein alter Tank in der Bibliothek stand.
»Sicher. Ein langer Brief. Er hat ihn in meiner Gegenwart aufgemacht –«
Herr Kretschmar unterbrach sich, starrte auf Smiley, und in seinen Zügen schien sich das unwillkürliche Eingeständnis einer gewissen Hemmung zu spiegeln.
»Ein langer Brief«, wiederholte er. »Viele Seiten. Otto ist beim Lesen ganz aufgeregt geworden. ›Claus‹, hat er gesagt. ›Leih mir ein bißchen Geld. Ich muß nach Paris.‹ Ich leih ihm ein bißchen Geld, fünfhundert Mark, kein Problem. Danach hab' ich längere Zeit nicht viel von ihm gesehen. Ein paarmal kommt er hierher und telefoniert. Ich hör nicht hin. Vor einem Monat ist er dann zu mir gekommen.« Wieder unterbrach er sich und wieder spürte Smiley sein inneres Zögern. »Ich will ganz offen sein«, sagte er, als wolle er Smiley nochmals zur Geheimhaltung vergattern. »Er war, nun, ich würde sagen, aufgeregt.«
»Er wollte Ihren Nachtklub für seine Zwecke benutzen«, sprang Smiley hilfreich ein.

»›Claus‹, sagte er. ›Tu, was ich verlange, und du hast deine Schuld mir gegenüber abgetragen.‹ Er nannte es eine Sex-Falle. Er wollte einen Mann in den Klub mitbringen, einen Iwan, den er gut kannte, den er sich seit Jahren warm hielt, ein ganz besonderes Schwein. Dieser Mann war das *Ziel*. Er nannte ihn: ›Das Ziel‹. Er sagte, es sei *die* Chance seines Lebens, alles, worauf er seit jeher gewartet habe. Die besten Mädchen, der beste Champagner, die beste Show. Für eine Nacht, gratis und franko von Kretzschmar. Die Krönung seiner Bemühungen, sagte er. Die Gelegenheit, alte Schulden abzutragen und ein bißchen Geld zu machen. Er habe gesät, sagte er. Jetzt würde er ernten. Er versprach, daß keinerlei Folgen zu befürchten seien. Ich sagte ›kein Problem‹. ›Also, Claus, ich möchte, daß du uns fotografierst‹, sagt er zu mir. Ich sage wieder ›kein Problem‹. Dann ist er gekommen und hat sein ›Ziel‹ mitgebracht.«
Herrn Kretzschmars Erzählweise war plötzlich ungewöhnlich schmucklos geworden. Abgehackt. In eine der Pausen ließ Smiley eine Frage gleiten, die weit über den Gegenstand hinauspeilte, den sie betraf.
»In welcher Sprache unterhielten sie sich denn?«
Herr Kretzschmar zögerte, zog die Stirn kraus und antwortete schließlich:
»Zuerst gab sein Ziel vor, Franzose zu sein, aber die Mädchen konnten nur ein paar Brocken französisch, also sprach er deutsch mit ihnen. Aber mit Otto sprach er russisch. Er war unangenehm, dieses Ziel. Er stank furchtbar, er schwitzte furchtbar und war auch in gewissen anderen Beziehungen kein Gentleman. Die Mädchen wollten nicht bei ihm bleiben. Sie sind zu mir gekommen und haben sich beklagt. Ich hab' sie zurückgeschickt, aber sie murrten.«
Es schien ihm peinlich zu sein.
»Noch eine kleine Frage«, sagte Smiley, als wieder ein Augenblick der Verlegenheit eintrat.
»Bitte.«
»Wie konnte Otto Leipzig versprechen, daß keine Folgen zu be-

fürchten seien, wo doch das Ganze vermutlich auf eine Erpressung hinauslief.«

»Das Ziel war nicht der *Zweck*«, sagte Herr Kretzschmar, wobei er die Lippen schürzte, um diesem Punkt Nachdruck zu verleihen. »Er war das Mittel.«

»Das Mittel, zu jemand anderem zu gelangen?«

»Otto drückte sich nicht klar aus. ›Eine Sprosse auf der Leiter des Generals‹ war seine Rede. ›Für mich, Claus, genügt das Ziel. Das Ziel und später das Geld. Aber für den General ist er nur eine Sprosse auf der Leiter. Für Max auch.‹ Aus Gründen, die ich nicht verstand, hing die Bezahlung des Geldes auch davon ab, ob der General zufrieden sein würde. Oder vielleicht auch Sie.« Er machte eine Pause, als hoffe er, Smiley würde ihn aufklären. Was Smiley nicht tat. »Ich wollte weder Fragen noch Bedingungen stellen«, fuhr Herr Kretzschmar fort und wählte seine Worte mit noch strengerer Sorgfalt. »Otto und sein Ziel wurden durch den Hintereingang eingelassen und direkt in ein Séparée geführt. Wir haben dafür gesorgt, daß nirgends der Name des Etablissements erschien. Kürzlich ist ein Nachtklub am anderen Ende der Straße bankrott gegangen«, sagte Herr Kretzschmar in einem Ton, der anzudeuten schien, daß ihm dieses Ereignis nicht völlig das Herz gebrochen hatte. »Ein Lokal namens ›Freudenjacht‹. Ich hatte bei der Versteigerung ein paar Dinge gekauft. Zündhölzer. Teller. Wir haben sie über die Séparées verteilt.«

Smiley erinnerte sich an die Buchstaben ACHT auf dem Aschenbecher des Fotos.

»Können Sie mir sagen, worüber sich die beiden Männer unterhielten?«

»Nein.« Er korrigierte seine Antwort. »Ich kann nicht russisch«, sagte er. Wieder machte er mit der Hand diese wegwischende Bewegung. »Auf deutsch sprachen sie über Gott und die Welt. Alles und jedes.«

»Verstehe.«

»Das ist alles, was ich weiß.«

»Wie hat Otto sich verhalten? War er immer noch so aufgeregt?«

»Ich hatte Otto vorher nie im Leben so gesehen. Er lachte wie ein Henker, sprach drei Sprachen auf einmal, war nicht betrunken, aber ziemlich angeheitert, sang, riß Witze, was weiß ich. Das ist alles, was ich weiß«, wiederholte Herr Kretzschmar verlegen. Smiley warf diskret einen Blick auf das Beobachtungsfenster und auf die grauen Gehäuse der Apparaturen. Er sah wieder auf Herrn Kretzschmars kleinem Bildschirm, wie die weißen Körper jenseits der Wand sich lautlos umschlangen und trennten. Er sah seine letzte Frage, erkannte ihre Logik, erahnte den Schatz der Erkenntnisse, die sie versprach. Doch derselbe lebenslange Instinkt, der ihn bis hierher gebracht hatte, hielt ihn nun zurück. Nichts, keine kurzfristige Dividende war im Augenblick das Risiko wert, Herrn Kretzschmar zu vergrämen und den Weg zu Otto Leipzig zu versperren.

»Und Otto hat Ihnen sonst weiter nichts über dieses Ziel gesagt?« fragte Smiley, nur um irgendwas zu fragen; um das Gespräch zum Abschluß zu bringen.

»Im Verlauf des Abends kam er einmal zu mir herauf. Hierher. Er entschuldigte sich bei den anderen und kam hierher, um sich zu vergewissern, daß alles plangemäß verlief. Er schaute auf den Bildschirm da und lachte. ›Jetzt hab' ich ihn in der Zange, und er kann nicht mehr raus‹, sagte er. Ich habe nicht weiter gefragt. Das war alles.«

Herr Kretzschmar schrieb seine Instruktionen für Smiley auf einer Schreibunterlage aus Leder mit Goldecken.

»Otto lebt in schlimmen Verhältnissen«, sagte er. »Daran kann man nichts ändern. Sein sozialer Status läßt sich durch Geldzuwendungen nicht verbessern. Er bleibt –« Herr Kretzschmar zögerte, »– er bleibt im Herzen, Herr Max, ein *Zigeuner*. Mißverstehen Sie mich nicht.«

»Werden Sie ihm melden, daß ich komme?«

»Wir haben abgemacht, auf telefonische Verständigung zu verzichten. Es besteht keinerlei offizielle Verbindung mehr zwischen uns.« Er reichte ihm das Blatt Papier. »Ich rate Ihnen dringend, sich vorzusehen«, sagte Herr Kretzschmar. »Otto wird sehr zornig sein, wenn er erfährt, daß der alte General erschossen worden ist.« Er begleitete Smiley zur Tür. »Wieviel haben sie Ihnen drunten berechnet?«

»Wie, bitte?«

»Im Lokal unten. Wieviel haben Sie bezahlt?«

»Einhundertfünfundsiebzig Mark Mitgliedsbeitrag.«

»Mit den Getränken mindestens zweihundert. Ich werde Anweisung geben, daß man Ihnen den Betrag am Eingang zurückerstattet. Ihr Engländer seid recht arm geworden. Zuviele Gewerkschaften. Wie hat Ihnen die Show gefallen?«

»Sehr künstlerisch«, sagte Smiley.

Herrn Kretzschmar schien diese Antwort zu gefallen. Er klopfte Smiley auf die Schulter.

»Vielleicht sollten Sie sich ein bißchen mehr amüsieren in Ihrem Leben.«

»Hätte ich vielleicht tun sollen«, pflichtete Smiley bei.

»Grüßen Sie Otto von mir«, sagte Herr Kretzschmar.

»Werde ich nicht verfehlen«, versprach Smiley.

Herr Kretzschmar zögerte, und wieder flog über sein Gesicht ein Schatten von Ratlosigkeit.

»Und Sie haben nichts für mich?« wiederholte er. »Keine Papiere, zum Beispiel?«

»Nein.«

»Schade.«

Als Smiley ging, war Herr Kretzschmar bereits wieder am Telefon und nahm weitere spezielle Anliegen entgegen.

Er kehrte in sein Hotel zurück. Er wurde eingelassen von einem betrunkenen Nachtportier, der Smiley Wundersames zu berichten wußte über die herrlichen Mädchen, die er ihm aufs Zimmer schicken könnte. Der Klang von Kirchenglocken und das Tuten der Schiffe, das der Wind vom Hafen herüberwehte, weckte ihn auf, wenn er überhaupt geschlafen haben sollte. Doch es gibt Alpträume, die nicht dem Tageslicht weichen, und als er in seinem gemieteten Opel durch die Marschen nach Norden fuhr, lauerten in den Nebelschwaden die gleichen Schreckensbilder, die ihn die ganze Nacht hindurch gepeinigt hatten.

17

Die Straßen waren so leer wie die Landschaft. Durch Risse im Nebel erhaschte sein Blick hier einen Flecken Getreidefeld, dort ein rotes Bauernhaus, das sich tief zusammengeduckt gegen den Wind stemmte. Auf einem blauen Schild stand »Kai«. Er schwenkte scharf in eine Laderampe ein, fuhr steil hinunter und sah vor sich die Pier, eine Ansammlung grauer Baracken, die vor den Decks der Frachtschiffe zwergisch wirkten. Ein weiß-roter Schlagbaum versperrte den Weg, und an einer Tafel waren Zollvorschriften in mehreren Sprachen angeschlagen. Keine Menschenseele weit und breit. Smiley stoppte, stieg aus und ging leichtfüßig zur Schranke. Der rote Druckknopf war so groß wie eine Untertasse. Er drückte darauf, und das Kreischen der Klingel scheuchte ein Fischreiherpaar auf, das in den weißen Nebel flatterte. Zu seiner Linken stand ein Wachturm auf Röhrenbeinen. Er hörte eine Tür knallen und ein Metallgeräusch und sah eine bärtige Gestalt in blauer Uniform die Eisenstiege herunterstapfen. Von der untersten Treppe aus rief der Mann ihm zu: »Was wollen Sie denn?« Ohne auf eine Antwort zu warten, ließ er den Schlagbaum hochgehen und winkte Smiley weiter. Die von Kranen gesäumte und vom nebelweißen Himmel plattgedrückte Schotterdecke wirkte wie zerbombt und mit Beton ausgeflickt.

Die flache See dahinter schien zu zerbrechlich für die Last so vieler Schiffe. Er schaute in den Rückspiegel und sah die Turmspitzen einer Hafenstadt wie auf einem alten Stich halb ins Bild hineinragen. Er schaute aufs Meer hinaus und sah durch den Nebel eine Linie aus Bojen und Baken, die die Wassergrenze zu Ostdeutschland markierte und den Beginn von siebeneinhalbtausend Meilen Sowjetimperium. Dahin sind die Reiher geflogen,

dachte er. Er fuhr im Kriechtempo zwischen weiß-roten Richtungskegeln auf einen Container-Parkplatz zu, auf dem Wagenreifen und Holzbalken gestapelt waren. ›Links vom Container-Parkplatz‹, hatte Herr Kretzschmar gesagt. Gehorsam bog Smiley nach links ab und hielt nach einem alten Haus Ausschau, obgleich ein altes Haus auf diesem hanseatischen Schuttabladeplatz ein Ding der Unmöglichkeit schien. Aber Herr Kretzschmar hatte gesagt: ›Halten Sie Ausschau nach einem alten Haus, auf dem ›Büro‹ steht‹, und Herr Kretzschmar irrte sich nie.
Er rumpelte über ein Bahngleis und hielt auf die Frachter zu. Die Morgensonne war durch den Nebel gebrochen und ließ den weißen Anstrich der Schiffe aufblitzen. Er fuhr in eine Allee aus Kransteuerwarten ein, die alle wie moderne Stellwerke aussahen, mit grünen Hebeln und großen Fenstern. Und da, am Ende der Allee, stand, genau wie Herr Kretzschmar versprochen hatte, das alte Wellblechhaus mit einem hohen Blechgiebel, der einer Laubsägearbeit glich und von einem abblätternden Flaggstock gekrönt war. Die elektrischen Versorgungsleitungen schienen das Haus aufrecht zu halten. Neben der Kate stand ein alter, tröpfelnder Brunnen mit einem angeketteten Blechkrug. Auf der Holztür stand in verblaßten gotischen Lettern das Wort ›Bureau‹, in französischer Schreibweise, nicht in deutscher, und darüber eine Inschrift neueren Datums ›P. K. Bergen, Import-Export‹. *Er arbeitet dort nachts*, hatte Herr Kretzschmar gesagt. *Was er tagsüber treibt, das wissen nur Gott und der Teufel.*
Er drückte auf die Klingel und trat dann gebührend zurück, so daß er gut sichtbar war. Er steckte die Hände nicht in die Taschen und sorgte dafür, daß sie außerdem noch gut sichtbar waren. Er hatte seinen Mantel bis oben zugeknöpft. Er trug keinen Hut. Den Wagen hatte er seitlich vom Haus geparkt, so daß man von drinnen sehen konnte, daß er leer war. *Ich bin allein und unbewaffnet*, versuchte er zu sagen. *Ich stehe nicht auf Seiten der anderen, sodern auf Ihrer*. Er läutete nochmals und rief »Herr Leipzig!« Oben ging ein Fenster auf, und eine hübsche Frau sah

heraus. Sie hatte schwarze Ringe unter den Augen und eine Decke um die Schultern geschlungen.

»Verzeihen Sie bitte«, rief Smiley höflich zu ihr hinauf. »Ich suche Herrn Leipzig. Es ist sehr wichtig.«

»Nicht hier«, antwortete sie und lächelte.

Ein Mann trat an ihre Seite. Er war jung und unrasiert und trug Tätowierungen auf den Armen und der Brust. Sie sprachen einen Augenblick miteinander in einer Sprache, die Smiley für polnisch hielt.

»Nix hier«, bestätigte der Mann vorsichtig. *»Otto nix hier.«*

»Wir sind nur Gelegenheitsmieter«, rief das Mädchen hinunter. »Wenn Otto pleite ist, zieht er in seine Stadtvilla und überläßt uns die Wohnung.«

Sie wiederholte das Ganze für ihren Freund, der diesmal lachte.

»Nix hier«, wiederholte er. »Kein Geld. Niemand hat Geld.«

Sie genossen die Morgenfrische und die Gesellschaft.

»Wann haben sie ihn das letzte Mal gesehen?« fragte Smiley.

Neuerliche Beratung. War es an diesem Tag oder an jenem? Smiley hatte den Eindruck, daß sie außerhalb der Zeit lebten.

»Donnerstag«, verkündete das Mädchen und lächelte wieder.

»Donnerstag«, wiederholte der Mann.

»Ich habe gute Nachrichten für ihn«, erklärte Smiley fröhlich, ganz auf ihren Ton eingestimmt. Er klopfte auf seine Brieftasche. »Geld, Pinkepinke. Alles für Otto. Ist seine Provision für ein Geschäft. Ich hatte es ihm für gestern versprochen.«

Das Mädchen verdolmetschte das alles, die beiden redeten hin und her, und das Mädchen lachte wieder.

»Mein Freund sagt, Sie sollen es Otto nicht geben, sonst kommt er zurück und wirft uns raus, und wir haben wieder nichts, wo wir miteinander schlafen können.«

Versuchen Sie es mal mit dem Campingplatz am See, schlug sie vor und streckte den nackten Arm aus. Zwei Kilometer die Hauptstraße entlang, über die Eisenbahnlinie und an der Windmühle vorbei, dann rechts – sie schaute auf ihre Hände, bog dann eine anmutig zu ihrem Liebhaber hin –, ja, rechts; rechts, auf den

See zu, aber den sehen Sie erst, wenn Sie direkt davor stehen.
»Wie heißt der Ort?«
»Hat keinen Namen«, sagte sie, »es ist einfach nur ein Ort. Fragen Sie nach ›Ferienhäuser zu vermieten‹, und fahren Sie dann auf die Boote zu. Fragen Sie nach Walter. Wenn Otto in der Gegend ist, dann weiß Walter, wo man ihn finden kann.«
»Walter weiß alles«, rief sie. »Er ist der reinste Professor.«
Sie übersetzte wieder, aber diesmal schaute der Mann ärgerlich drein.
»*Schlechter* Professor!« rief er herunter. »Walter schlechter Mensch!«
»Sind Sie auch ein Professor?« fragte das Mädchen Smiley.
»Nein. Nein, leider nicht.« Er lachte und dankte ihnen, und sie beobachteten ihn auf seinem Weg zum Wagen wie Kinder bei einer Feier. Der Tag, die strahlende Sonne, sein Besuch – alles war Spaß für sie. Er kurbelte das Fenster herunter, um sich zu verabschieden, als er sie etwas rufen hörte, was er nicht verstand.
»Wie war das?« rief er zu ihr hinauf, immer noch lächelnd.
»Ich habe gesagt, dann hat Otto zur Abwechslung doppelt Glück gehabt!« wiederholte das Mädchen.
»Wieso?« fragte Smiley und stellte den Motor ab. »Wieso hat er doppelt Glück gehabt?«
Das Mädchen hob die Schultern. Die Decke glitt ab, und die Decke war das einzige, was sie trug. Ihr Freund legte einen Arm um sie und zog die Decke züchtig wieder hoch.
»Letzte Woche der unerwartete Besuch aus dem Osten«, sagte sie, »und heute das Geld. Otto ist ausnahmsweise ein Sonntagskind. Mehr wollte ich nicht sagen.«
Dann sah sie Smileys Gesicht und das Lachen wich jäh aus ihrer Stimme.
»Besuch?« wiederholte Smiley. »Was für ein Besuch?«
»Aus dem Osten«, sagte sie.
Smiley, der ihre Bestürzung sah und befürchtete, sie könnte auf Nimmerwiedersehen verschwinden, ließ mühsam wieder den Anschein von guter Laune erstehen.

»Doch nicht sein Bruder, oder doch?« fragte er, ganz Begeisterung. Er streckte eine Hand aus und legte sie auf den Kopf des mythischen Bruders. »Kleiner Bursche? Brille wie meine?«
»Nein, *nein!* Ein großer Bursche. Mit Chauffeur. Reich.«
Smiley schüttelte den Kopf und mimte sorglose Enttäuschung. »Dann kenn ich ihn nicht«, sagte er. »Ottos Bruder ist ganz sicher nie reich gewesen.« Er brachte ein unbekümmertes Lachen zustande.»Es sei denn, er war der Chauffeur«, fügte er hinzu.

Er folgte genau ihren Anweisungen, mit der tiefen Ruhe, die aus der Not geboren wird. Gelenkt werden. Keinen eigenen Willen haben. Gelenkt werden, beten, dem Schöpfer einen Handel vorschlagen. Oh Gott, laß es nicht zu, nicht noch einen Wladimir, und ich werde jeden Sonntag in die Kirche gehen, bis ans Ende meiner Tage. Die braunen Felder hatten sich in der Sonne golden gefärbt, doch auf Smileys Rücken war der Schweiß wie eine kalte Hand, die über die Haut strich. Er sah alles, als wäre es sein letzter Tag, wußte, daß der große Bursche mit seinem Chauffeur denselben Weg vor ihm gefahren war. Er sah das Bauernhaus mit dem alten Pferdepflug in der Scheune, das flackernde Neonschild einer Bierreklame, die Blumenkästen voll blutroter Geranien. Er sah die Windmühle, die wie eine riesige Pfeffermühle aussah, und die Wiese mit den weißen Gänsen, die im böigen Wind dahinliefen. Er sah die Reiher wie Segel über die Marschen schweben. Er fuhr zu schnell. Ich müßte öfter fahren, dachte er; ich bin außer Übung, hab' den Wagen nicht unter Kontrolle. Die Straße wechselte von Schotter zu Splitt und von Splitt zu Staub, und der Staub trieb um das Auto wie ein Sandsturm. Er fuhr durch ein Kiefernwäldchen und sah, als er wieder herauskam, ein Schild mit der Aufschrift ›Ferienwohnungen zu vermieten‹ und eine Reihe unbewohnter Bungalows, die auf den Sommeranstrich warteten. Er fuhr zügig dahin und sah in der Ferne ein Dickicht von Masten und braunes, niedriges Wasser in einem Bassin. Er hielt auf die Maste zu, rumpelte über ein Schlagloch und hörte ein fürchterliches Krachen unter dem Wagen. Er ver-

mutete, daß es der Auspuff war, denn das Motorgeräusch war plötzlich sehr viel lauter geworden und hatte die Hälfte aller Wasservögel von Schleswig-Holstein aufgescheucht. Er fuhr an einem Gehöft vorbei, durchquerte die schützende Dunkelheit einer Baumgruppe und tauchte dann in ein Bild von blendender Weiße mit einem schadhaften Landungssteg und ein paar schwanken, olivfarbenen Schilfrohren als niedrigem Vordergrund, über den sich ein riesiger Himmel wölbte. Die Boote lagen zu seiner Rechten, neben einer Fahrrinne. Schäbige Wohnwagen waren an der Zufahrt entlang geparkt, schmuddelige Wäsche hing zwischen den Fernsehantennen. Er fuhr an einem Zelt vorbei, das inmitten eines eigenen Gemüsegartens stand, und an einigen baufälligen Schuppen, die einst militärischen Zwecken gedient hatten. Auf einen war ein psychedelischer Sonnenaufgang gemalt, der am Abblättern war. Drei alte Wagen, daneben ein Abfallhaufen. Er parkte und folgte einem Trampelpfad durch das Schilf zum Strand. Im Naturhafen ankerte ein Schwarm improvisierter Hausboote, einige davon umgebaute Landungsfahrzeuge aus dem Krieg. Es war kälter hier und aus irgendeinem Grund auch dunkler. Die Boote, die er zuerst gesehen hatte, waren Segelboote und lagen, eng zusammengedrängt, meist unter einer Persenning, ein wenig abseits vertäut. Ein paar Radios spielten, doch er konnte zunächst niemand sehen. Dann bemerkte er ein Haffwasser und darin festgemacht einen blauen Dingi. Und in dem Dingi einen knorrigen alten Mann, in Segeltuchjacke und schwarzer Zipfelmütze, der sich das Genick massierte, als sei er gerade aufgewacht.
»Sind Sie Walter?« fragte Smiley.
Der Alte schien zu nicken, während er sich weiterhin das Genick rieb.
»Ich suche Otto Leipzig. Am Kai hat man mir gesagt, daß er hier zu finden sei.«
Walters Augen waren mandelförmig in eine verschrumpelte, braune Pergamenthaut geschnitten.
»*Isadora*«, sagte er.
Er deutete auf einen wackeligen Landungssteg weiter unten am

Strand. Und tatsächlich, an seinem äußeren Ende lag die *Isadora*, eine zwölf Meter lange, völlig abgetakelte Motorbarkasse, ein Grandhotel, das auf seinen Abbruch wartete. Die Bullaugen trugen Vorhänge, eines war eingeschlagen, ein anderes mit Tesafilm repariert. Die Planken des Stegs gaben besorgniserregend unter Smileys Tritt nach. Einmal wäre er beinahe gestürzt, und zweimal mußte er zur Überwindung von Lücken seine kurzen Beine gefährlich weit spreizen. Als er am Ende des Stegs angekommen war, stellte er fest, daß die *Isadora* abgelegt hatte. Sie war aus ihren Haltetauen am Heck geschlüpft und drei Meter weit in See gestochen, eine Fahrt, die wohl die größte ihrer alten Tage bleiben würde. Die Kabinentüren waren geschlossen, die Fenster mit Vorhängen versehen. Keinerlei Beiboot.

Der Alte saß fünfzig Meter entfernt auf seine Ruder gestützt. Er kam nun aus dem Haffwasser heraus, um besser beobachten zu können. Smiley legte die Hände um den Mund und gellte: »Wie komm ich zu ihm hin?«

»Rufen Sie ihn doch, wenn Sie ihn brauchen«, antwortete der Alte, ohne dabei die Stimme merklich zu heben.

Smiley drehte sich wieder zur alten Barkasse um und rief ›Otto‹. Zuerst leise, dann lauter, aber im Innern der *Isadora* regte sich nichts. Er beobachtete die Vorhänge. Er beobachtete das ölige Wasser, das an den rostenden Rumpf klatschte.

Er lauschte und glaubte, Musik zu hören, die so klang, wie die in Herrn Kretzschmars Klub, aber sie konnte auch von einem anderen Schiff kommen. Vom Dingi her beobachtete ihn immer noch Walters braunes Gesicht.

»Nochmals rufen«, grollte er. »Rufen Sie doch weiter, wenn Sie wollen, daß er kommt.«

Doch Smiley wollte sich von dem Alten nicht herumkommandieren lassen. Er spürte seine Autorität und seine Verachtung und verübelte ihm beides.

»Ist er drinnen oder nicht?« rief Smiley. »Ich habe gesagt, ist er drinnen?«

Der Alte reagierte nicht.

»Haben Sie ihn an Bord gehen sehen?« bohrte Smiley weiter. Er sah, wie der braune Kopf sich abwandte und wußte, daß der Alte ins Wasser spuckte.
»Die Wildsau kommt und geht«, hörte er ihn sagen. »Was zum Teufel schert das mich?«
»Wann ist er denn das letzte Mal gekommen?«
Beim Klang ihrer Stimmen waren ein paar Köpfe aus den anderen Booten aufgetaucht. Sie starrten Smiley ausdruckslos an: den kleinen, dicken Fremden, der am Ende des zerbrochenen Stegs stand. Am Strand hatte sich eine bunt zusammengewürfelte Gruppe gebildet: ein Mädchen in Shorts, eine alte Frau, zwei gleich angezogene Halbwüchsige. Sie hatten etwas an sich, das sie trotz ihrer Verschiedenartigkeit verband: eine Sträflingsmiene, Gehorsam gegenüber denselben üblen Gesetzen.
»Ich suche Otto Leipzig«, rief Smiley ihnen allen zu. »Kann jemand mir bitte sagen, ob er in der Gegend ist?« Auf einem nicht allzuweit entfernten Hausboot ließ ein bärtiger Mann einen Eimer ins Wasser. Smileys Auge fiel auf ihn. »Ist jemand an Bord der *Isadora*?« fragte er.
Der Eimer gurgelte und lief voll. Der Bärtige zog ihn heraus, sagte aber nichts.
»Sie sollten seinen Wagen sehen«, schrie eine Frau schrill vom Strand herüber, oder vielleicht war es auch ein Kind gewesen. »Sie haben ihn in den Wald gefahren.«
Der Wald lag hundert Meter vom Wasser entfernt und bestand hauptsächlich aus Jungholz und Birken.
»Wer?« fragte Smiley. »Wer hat ihn dahin gefahren?«
Der Sprecher von vorhin, wer immer es auch gewesen war, zog es jetzt vor, nicht mehr zu sprechen. Der Alte ruderte auf den Steg zu. Smiley beobachtete ihn, wie er näher kam, wie er achtern auf die Treppen des Stegs zusteuerte. Ohne zu zögern, kletterte er in das Boot. Der Alte brachte ihn mit ein paar Ruderschlägen zur *Isadora*. Eine Zigarette war zwischen seine rissigen Lippen geklemmt, sie schimmerte unwirklich vor der bösartigen Düsterkeit seines verwitterten Gesichts.

»Von weit her?« fragte der Alte.
»Ich bin ein Freund von ihm«, sagte Smiley.
Die Leiter der *Isadora* war voller Rost und Algen, das Deck schlüpfrig vor Tau. Smiley hielt nach Lebenszeichen Ausschau, sah aber keine. Er hielt nach Fußabdrücken im Tau Ausschau, ohne Erfolg. Ein paar Angelschnüre hingen von der rostigen Reling ins Wasser, aber sie konnten schon seit Wochen daran festgebunden sein. Er lauschte und hörte wieder, ganz schwach, Fetzen einer langsamen Tanzmusik. Der Klang kam von unten, und es war, als spiele jemand eine 78-Schallplatte mit 33.
Er schaute hinunter und sah den Alten in seinem Dingi. Er hatte sich zurückgelehnt, den Zipfel seiner Mütze über die Augen gezogen und schlug langsam den Takt zur Musik. Smiley drückte auf die Klinke der Kabinentüre. Sie war verschlossen, doch die Tür schien, wie alles andere auch, nicht sehr solide zu sein. Er ging also auf dem Deck herum, bis er einen rostigen Schraubenzieher fand, der sich als Stemmeisen verwenden ließ. Er zwängte ihn in die Spalte, ruckte ihn hin und her, und plötzlich gab zu seiner Überraschung die ganze Tür nach, Rahmen, Angeln, Schloß und der Rest fielen mit einem explosionsartigen Knall nach hinten, in einer Wolke roten Staubs aus verrottetem Holz. Eine große, langsam fliegende Motte stieß an seine Wange, und er spürte noch eine Weile danach einen Schmerz wie von einem Stich, so daß er sich allmählich fragte, ob es nicht eine Wespe gewesen war. In der Kabine war es stockdunkel, doch die Musik war ein wenig lauter. Er stand auf der obersten Sprosse der Leiter, und trotz des Tageslichts hinter ihm blieb es unten pechschwarz. Er drückte auf einen Lichtschalter, der nicht funktionierte. Smiley ging wieder zurück und rief zu dem Alten in seinem Dingi hinunter: »Streichhölzer!«
Beinahe wäre er aus der Ruhe gekommen. Die Zipfelmütze rührte sich nicht, und das Taktschlagen hörte nicht auf. Er schrie, und diesmal landete eine Streichholzschachtel vor seinen Füßen. Er nahm sie mit in die Kabine, zündete ein Streichholz an und sah das erschöpfte Transistorradio, das mit seiner letzten

Energie Musik ausstieß. Es war so ziemlich das einzige, was noch ganz war, das einzige, was noch funktionierte in all der Verwüstung ringsum.
Das Streichholz war ausgegangen, und ehe er ein neues anzündete, zog er die Vorhänge zurück, doch nicht auf der Landseite. Er wollte nicht, daß der Alte hereinschaute. Im grauen, schräg einfallenden Licht wirkte Leipzig so lächerlich wie sein winziges Konterfei auf dem Foto, das Herr Kretzschmar aufgenommen hatte. Er lag da, wo sie ihn gefesselt hatten, nackt, doch ohne Mädchen und ohne Kirow. Das kantige Toulouse-Lautrec-Gesicht, grün und blau geschlagen und mit Seilenden geknebelt, war im Tod so zerklüftet und ausdrucksvoll, wie Smiley es vom Leben her in Erinnerung hatte. Die Musik hatte vermutlich den Lärm übertönen sollen, während sie ihn folterten. Doch die Musik allein dürfte wohl dazu nicht ausgereicht haben. Er starrte unverwandt auf das Radio, wie auf einen Bezugspunkt, ein Ding, auf das man mit Ohren und Augen zurückkommen konnte, wenn der Anblick der Leiche unerträglich werden sollte, bevor das Streichholz ausging. Japanisch, bemerkte er. Merkwürdig, dachte er. Sich ganz auf diese Merkwürdigkeit konzentrieren. Wie merkwürdig, daß die technischen Deutschen japanische Radios kaufen. Er fragte sich, ob die Japaner das Kompliment wohl zurückgaben. Frag dich nur, ermunterte er sich grimmig. Richte dein ganzes Augenmerk auf das interessante Wirtschaftsproblem des Handelsaustausches zwischen hochindustrialisierten Ländern.
Ohne das Radio aus den Augen zu lassen, richtete er einen Klappstuhl auf und setzte sich darauf. Langsam wendete er den Blick wieder zu Leipzigs Gesicht. Manche Gesichter, ging es ihm durch den Kopf, nehmen im Tod ein stumpfsinniges, ja geradezu idiotisches Aussehen an, wie das eines Kranken unter Betäubung. Andere spiegeln eine einzige Stimmung ihrer vielschichtigen Natur wieder – der Tote als Liebhaber, als Vater, als Autofahrer, Bridgespieler, Tyrann. Und einige, wie das von Wladimir, spiegeln gar nichts wider. Doch Leipzigs Gesicht

drückte, trotz des Knebels, eine Stimmung aus, und zwar Zorn, zur Wut gesteigert durch den Schmerz; Zorn, der angewachsen war und den ganzen Mann erfaßt hatte, als der Körper seine Kraft verlor.

Haß, hatte Connie gesagt.

Smiley sah methodisch um sich, dachte so langsam, wie er es irgend fertig brachte, versuchte, aus den Trümmern den Handlungsablauf zu rekonstruieren. Zuerst der Kampf, bevor sie ihn überwältigten, abzulesen an den zertrümmerten Tischbeinen und Stühlen und Lampen und Regalen und an allem anderen, was man irgendwo abreißen und zum Schlagen oder Schleudern verwenden konnte. Dann die Durchsuchung, nachdem sie ihn gefesselt hatten, während der Verhörpausen. Ihre Enttäuschung war überall deutlich sichtbar. Sie hatten Wand- und Fußbodenbretter herausgerissen, Schubladen, Kleider und Matratzen, und schließlich, als Otto Leipzig sich immer noch weigerte zu sprechen, alles, was sich auseinandernehmen ließ, bis auf winzigste Gegenstände. Er bemerkte Blut an den überraschendsten Stellen – im Waschbecken, über dem Herd. Der Gedanke, daß nicht alles von Otto Leipzig stammen könnte, bereitete ihm eine gewisse Genugtuung. Schließlich hatten sie ihn aus Verzweiflung umgebracht, denn so lauteten Karlas Befehle, das war Karlas Philosophie: Killen geht vor kirren, hatte Wladimir immer gesagt.

Auch ich glaube an Otto Leipzig, dachte Smiley töricht, in Erinnerung an Herrn Kretzschmars Worte. *Nicht in allen Kleinigkeiten, aber in den großen Dingen*. Ich auch, dachte er. Er glaubte in diesem Augenblick auch an ihn, so sicher, wie er an den Tod glaubte und an den Sandmann. Und was für Wladimir galt, galt auch für Otto Leipzig: Der Tod hatte entschieden, daß er die Wahrheit gesagt hatte.

Vom Strand her hörte er eine Frau gellen:

»Was hat er gefunden? Hat er was gefunden? Wer ist er?«

Er stieg wieder nach oben. Der Alte hatte die Ruder eingezogen und ließ das Dingi treiben. Er saß mit dem Rücken zur Leiter, den Kopf tief zwischen die breiten Schultern gesteckt. Er hatte seine Zigarette zu Ende geraucht und sich eine Zigarre angezündet, als sei es Sonntag. In dem Augenblick, als Smiley den Alten sah, sah er auch die Kreidemarke. Sie lag in der gleichen Blickrichtung, doch ganz dicht vor ihm, sie flimmerte in den beschlagenen Gläsern seiner Brille. Er mußte den Kopf senken und über den Brillenrand schauen, um sie deutlich wahrzunehmen. Eine Kreidemarke, scharf und gelb. Ein sorgfältig über den Rost der Reling gezogener Strich, und dicht daneben eine Angelschnur, die mit einem Seemansknoten festgemacht war. Der Alte beobachtete ihn, desgleichen wahrscheinlich die wachsende Gruppe von Zuschauern am Strand, doch ihm blieb keine andere Wahl. Er zog an der Schnur, und sie spannte sich. Er zog stetig, Hand über Hand, bis die Schnur in Darm überging, und nun zog er daran. Plötzlich wurde der Darm sehr straff. Vorsichtig zog er weiter. Die Leute am Strand warteten gespannt, er konnte ihr Interesse sogar über das Wasser hinweg spüren. Der Alte hatte den Kopf nach hinten gelegt und schaute durch den schwarzen Schatten seiner Mütze. Plötzlich sprang der Fang mit einem ›Plup‹ aus dem Wasser, und ein schallendes Gelächter erhob sich unter den Zuschauern. Ein alter Turnschuh, grün, mit eingezogenem Schuhband. Der Haken, an dem er hing, war groß genug, um einen Haifisch zu landen. Das Gelächter erstarb allmählich. Smiley nahm den Schuh vom Haken. Dann strebte er auf die Kabine zu, als hätte er dort noch etwas zu erledigen, und verschwand darin. Die Tür ließ er einen Spalt offen, damit Licht hereinkam. Aber zufällig hatte er den Turnschuh mitgenommen.

Ein in Ölhaut gewickeltes Päckchen war in die Schuhspitze geheftet. Er zog es heraus. Es war ein Tabaksbeutel, der oben zugenäht und mehrmals gefaltet war. *Moskauer Regeln*, dachte er hölzern. *Moskauer Regeln von A bis Z*. Wieviele Hinterlassenschaften toter Männer muß ich noch erben? fragte er sich. *Wenn wir auch nur den waagrechten schätzen*. Er zupfte die Naht auf. Im Beutel war eine weitere Schutzhülle, ein Latexgummifutteral, das oben zugeschnürt war. Und darinnen verborgen ein hartes Stück Pappe, kleiner als ein Zündholzbriefchen. Smiley faltete es

auseinander. Es war die Hälfte einer Ansichtskarte. Schwarzweiß, nicht einmal farbig. Die Hälfte einer öden Schleswig-Holsteinischen Landschaft, mit der Hälfte einer Herde von friesischen Rindviechern, die im grauen Sonnenlicht grasten. Mit absichtlicher Brutalität durchgerissen. Auf der Rückseite kein Text, keine Adresse, kein Stempel. Nur die Hälfte einer langweiligen, nicht aufgegebenen Postkarte: Aber sie hatten ihn ihretwegen gefoltert und umgebracht und die Karte trotzdem nicht gefunden, und auch keinen der Schätze, zu denen sie den Schlüssel lieferte. Smiley steckte sie mit ihren Hüllen in die Brusttasche seiner Jacke und ging wieder auf Deck zurück. Der Alte in seinem Dingi hatte längsseits angelegt. Wortlos kletterte Smiley die Leiter hinunter. Die Menge am Strand war inzwischen noch größer geworden.
»Besoffen?« fragte der Alte. »Schläft seinen Rausch aus?«
Smiley stieg in das Dingi, und während der Alte wegruderte, schaute er nochmals auf die *Isadora* zurück. Er sah das zerbrochene Bullauge, er dachte an die Verwüstung in der Kabine, die papierdünnen Seitenwände, durch die er sogar das Schlurfen der Schritte am Strand hatte hören können. Er stellte sich den Kampf vor und Otto Leipzigs Schreie, die das ganze Lager mit ihrem Lärm erfüllt hatten. Er stellte sich die schweigende Gruppe vor, wie sie auf dem Fleck gestanden hatte, wo sie jetzt auch stand, ohne daß sich eine Stimme, eine helfende Hand erhoben hätte.
»Es war eine Party«, sagte der Alte gleichgültig, während er das Dingi am Steg festmachte. »Jede Menge Musik, Gesang. Haben uns vorher gewarnt, daß es laut werden würde.« Er zerrte an einem Knoten. »Vielleicht haben sie miteinander gestritten. Na und? 'n Haufen Leute streiten sich. Sie haben Krach gemacht, Jazz gespielt. Na und? Wir sind Musikliebhaber hier.«
»Sie waren von der Polizei«, gellte eine Frau aus der Gruppe am Strand. »Wenn die Polizei ihre Pflicht tut, dann hat der Bürger die Klappe zu halten.«
»Zeigen Sie mir seinen Wagen«, sagte Smiley.
Sie gingen in einem ungeordneten Haufen dahin, den niemand

anführte. Der Alte marschierte an Smileys Seite, halb Wärter, halb Leibwächter, und machte ihm mit possenhafter Würde den Weg frei. Die Kinder rannten überall herum, hielten sich aber in sicherer Entfernung vom Alten. Der Volkswagen stand in einem Dickicht und war ebenso verwüstet wie die Kabine der *Isadora*. Die Dachpolsterung hing in Fetzen herunter, die Sitze hatte man herausgenommen und aufgeschlitzt. Die Räder fehlten, doch Smiley vermutete, daß sie nachträglich abhandengekommen waren. Die Lagerbewohner standen ehrfürchtig um das Auto geschart, als handle es sich um »ihr« Ausstellungsstück. Jemand hatte versucht, es anzuzünden, doch das Feuer war nicht angegangen.

»Er war nichts wert«, erklärte der Alte. »Wie die alle hier. Sehen Sie sich die Brüder doch an. Polacken, Verbrecher, Untermenschen.«

Smileys Wagen war noch immer da, wo er ihn geparkt hatte, am Rand des Pfades, dicht neben den Abfallbehältern, und die beiden blonden, gleich gekleideten Halbwüchsigen standen am Kofferraum und droschen mit Hämmern auf den Deckel ein. Er konnte sehen, wie ihre Stirnlocken bei jedem Schlag auf- und niederhüpften. Sie trugen Jeans und schwarze Stiefeletten, die mit Nieten in Form von Gänseblümchen geschmückt waren.

»Sagen Sie ihnen, sie sollen aufhören, auf meinen Wagen einzuschlagen«, sagte Smiley zum Alten.

Die Lagerbewohner folgten ihnen in einiger Entfernung. Er konnte wieder das Schlurfen ihrer Schritte hören, wie eine Armee von Flüchtlingen. Als er mit den Schlüsseln in der Hand seinen Wagen erreichte, waren die beiden Jungen immer noch über den rückwärtigen Teil gebeugt und schlugen aus Leibeskräften darauf ein. Er ging um das Auto herum, um nachzusehen. Sie hatten den Kofferraumdeckel aus den Scharnieren geschlagen, ihn gebogen und wieder flach gedengelt, und jetzt lag er wie ein unförmiges Paket auf dem Boden. Er schaute auf die Räder, doch es schien nichts zu fehlen. Es fiel ihm nichts mehr ein, wo er noch nachsehen könnte. Da bemerkte er, daß sie einen Abfalleimer an die hintere Stoßstange gebunden hatten. Er zerrte an der Schnur, um sie abzureißen, doch sie gab nicht nach. Er versuchte es mit den Zähnen, ohne Erfolg. Der Alte lieh ihm ein Taschenmesser, und Smiley schnitt die Schnur durch, wobei er sich immer in geziemender Entfernung von den beiden Jungen mit ihren Hämmern hielt. Die Lagerbewohner hatten einen Halbkreis gebildet und hielten ihre Kinder zum Abschiedwinken hoch. Smiley stieg in das Auto, und der Alte knallte mit einem gewaltigen Schwung die Tür hinter ihm zu. Smiley steckte den Schlüssel in die Zündung, doch während er ihn drehte, hatte einer der Jungen sich lässig quer über die Kühlerhaube gelegt wie ein Modell bei einem Auto-Korso, und der andere klopfte höflich an die Scheibe. Smiley kurbelte das Fenster herunter.

»Was wollen Sie?« fragte Smiley.

Der Junge hielt die Hand hin. »Reparatur«, erklärte er. »Ihr Kofferaum hat nicht ordentlich geschlossen. Arbeitszeit und Material. Unkosten. Parkgebühren.« Er deutete auf seinen Daumennagel. »Mein Kollege hat sich die Hand verletzt. Hätte schlimm ausgehen können.«

Smiley schaute in das Gesicht des Jungen und sah darin keine menschliche Regung, die er verstand.

»Sie haben gar nichts repariert. Nur Schaden angerichtet. Sagen Sie Ihrem Freund, er soll von meinem Wagen heruntergehen.«

Die beiden Jungen berieten sich, schienen uneins. Sie taten dies alles unter den aufmerksamen Blicken der Menge, in äußerst gesetzter Form, stießen sich gegenseitig langsam mit den Schultern an und machten Rednergesten, die nicht mit ihren Worten übereinstimmten. Sie sprachen über Natur und Politik, und ihr platonischer Dialog hätte endlos weitergehen können, wenn der Junge auf dem Wagen sich nicht aufgerichtet hätte, um einem Argument besonderen Nachdruck zu verleihen. Dabei brach er einen Scheibenwischer ab und reichte ihn dem Alten wie eine Blume. Beim Wegfahren schaute Smiley in den Rückspiegel und sah einen Kreis von Gesichtern, die ihm nachstarrten, mit dem Alten in der Mitte. Niemand winkte. –

Er fuhr ohne Hast, wog seine Chancen ab, während das Auto schepperte wie ein alter Feuerwehrwagen. Er vermutete, daß sie mit dem Wagen noch irgendetwas angestellt hatten, was ihm entgangen war. Er hatte Deutschland schon öfter verlassen. Er war heimlich aus- und eingereist. Er hatte gejagt, während er selbst gejagt wurde, und obgleich er jetzt alt und in einem anderen Deutschland war, hatte er den Eindruck, wieder auf freier Wildbahn zu sein. Er wußte nicht, ob irgend jemand vom Campingplatz an die Polizei telefoniert hatte, doch er nahm es als gegeben an. Das Boot war offen, und sein Geheimnis lag klar zutage. Alle, die weggeschaut hatten, würden sich nun als erste auf ihre Bürgerpflicht besinnen. Er hatte das alles schon erlebt.

Er fuhr in eine Küstenstadt, der Kofferraum – wenn es *wirklich* der Kofferraum war – schepperte immer noch hinter ihm. Vielleicht ist es auch der Auspuff, dachte er: das Schlagloch, über das ich auf dem Weg zum Lager gefahren bin. Eine für die Jahreszeit ungewöhnlich heiße Sonne hatte die Morgennebel verdrängt. Nirgends waren Bäume, nur blendende Helle um ihn. Es war noch früh am Tag, und leere Pferdedroschken warteten auf die ersten Touristen. Der Sand wies ein Muster aus Kratern auf, die Sonnenanbeter im Sommer zum Schutz gegen den Wind gegraben hatten. Er konnte das blecherne Echo hören, das bei seiner Durchfahrt von den buntbemalten Ladenfassaden widerhallte und von der Sonne noch verstärkt zu werden schien. Wenn er an Leuten vorbeifuhr, sah er, wie ihre Köpfe sich hoben und ihm, wegen des Krachs, den er machte, nachstarrten.

›Sie werden den Wagen erkennen‹, dachte er. Selbst wenn sich niemand von den Campern an die Nummer erinnerte, würde ihn der zertrümmerte Kofferraum verraten. Er bog von der Hauptstraße ab. Die Sonne war wirklich sehr stark.

›Ein Mann ist gekommen, Herr Wachtmeister‹, würden sie zur Funkstreife sagen. ›Heute morgen, Herr Wachtmeister. Er hat gesagt, er sei ein Freund. Er hat im Boot nachgesehen und ist dann weggefahren. Er hat uns keine Fragen gestellt, Herr Inspektor. Er war völlig ungerührt. Er hat einen Schuh herausge-

fischt, Herr Wachtmeister. Stellen Sie sich vor: einen Schuh!‹ Er folgte den Hinweisschildern zum Bahnhof und hielt dabei nach einem Platz Ausschau, wo er den Wagen den ganzen Tag abstellen könnte. Der Bahnhof war ein massiver Backsteinbau, wahrscheinlich von vor dem Krieg. Er fuhr daran vorbei und fand zu seiner Linken einen großen Parkplatz. Eine Baumzeile teilte ihn in zwei Hälften, und auf einigen Wagen lag abgefallenes Laub. Ein Automat nahm sein Geld und gab ihm dafür ein Ticket zum Anstecken an die Windschutzscheibe. Er fuhr in die Mitte einer Reihe rückwärts ein, stieß so weit es ging nach hinten bis zu einem Erdwall, so daß sein Kofferraum möglichst außer Sicht war. Er stieg aus, und die Hitze traf ihn wie ein Schlag. Es war nicht der leiseste Windhauch zu spüren. Er sperrte den Wagen ab und legte die Schlüssel in den Auspuff, ohne daß er hätte sagen können warum, vielleicht aus Schuldgefühl gegenüber der Verleihfirma. Er häufte mit dem Fuß Laub und Sand, bis das vordere Nummernschild fast verschwunden war. Bei diesem Altweibersommerwetter würden in einer Stunde hundert und noch mehr Wagen auf dem Parkplatz sein.
Er hatte ein Herrenbekleidungsgeschäft in der Hauptstraße bemerkt. Er kaufte eine Leinenjacke und sonst nichts, denn an Leute, die sich vollständig ausstaffieren, erinnert man sich. Er zog die Jacke nicht an, sondern ließ sie in eine Plastiktüte stekken: In einer Seitenstraße voller Boutiquen kaufte er sich einen auffälligen Strohhut und in einem Papierwarengeschäft eine Wanderkarte von der Umgebung sowie einen Fahrplan von Hamburg, Schleswig-Holstein und Niedersachsen. Auch den Hut setzte er nicht auf, sondern steckte ihn, wie die Jacke, in eine Plastiktüte. Die unerwartete Hitze machte ihm zu schaffen. Er ärgerte sich darüber, sie war so unangebracht wie Schnee im Sommer. Er betrat eine Telefonzelle und wälzte wieder Telefonbücher. Das Ortsverzeichnis von Hamburg kannte keinen Kretzschmar, doch in einem der Telefonbücher von Schleswig-Holstein stand ein Kretzschmar, der an einem Ort wohnte, von dem Smiley nie gehört hatte. Er studierte seine Landkarte

und fand eine kleine Stadt, die so hieß und die zu seiner großen Genugtuung auf der Hauptbahnlinie nach Hamburg lag.
Wieder schob Smiley alle anderen Gedanken eisern beiseite und überdachte in aller Ruhe die Lage. Unmittelbar nach Auffindung des Wagens würde die Polizei sich mit der Verleihfirma in Hamburg in Verbindung setzen. Sobald sie von ihr Namen und Personenbeschreibung des Ausleihers bekommen hätte, würde sie den Flugplatz und andere Grenzstationen alarmieren. Kretzschmar war ein Nachtvogel und würde lange schlafen. Die Stadt, in der er wohnte, war in einer Stunde mit dem Personenzug zu erreichen.
Er ging wieder zum Bahnhof zurück. Die Schalterhalle war eine wagnersche Phantasie von einem gotischen Königshof, mit einer gewölbten Decke und einem riesigen Butzenscheibenfenster, durch das farbige Sonnenstrahlen auf den gekachelten Boden fielen. Von einer Telefonzelle aus rief er den Flughafen Hamburg an, meldete sich mit J. Standfast, dem Namen, der auf dem Paß stand, den er in seinem Londoner Klub mitgenommen hatte. Das nächste Flugzeug nach London ging abends um sechs, aber es waren nur noch Plätze in der ersten Klasse verfügbar. Er buchte erste Klasse und sagte, er würde am Flugplatz den Aufschlag auf sein Economy Ticket bezahlen. Das Mädchen sagte: »Dann kommen Sie bitte eine halbe Stunde vor der Abfertigung.« Smiley versprach das – er wollte, daß sie sich daran erinnerte –, nein, leider, Mister Standfast konnte keine Telefonnummer angeben, unter der er bis dahin zu erreichen war. Nichts in ihrem Ton deutete an, daß ein Sicherheitsbeamter mit einem Fernschreiben in der Hand hinter ihr stand und ihr Anweisungen ins Ohr wisperte, doch er vermutete, daß Mister Standfasts Platzreservierung in ein paar Stunden eine Kettenreaktion auslösen würde, denn schließlich hatte ja ein Mister Standfast den Opel gemietet. Er ging wieder zur Bahnhofshalle und zu den farbigen Lichtbündeln zurück. Es waren zwei Schalter vorhanden, mit zwei kurzen Schlangen davor. Am ersten bediente ihn ein intelligentes Mädchen, und er erstand einen Fahrschein, zweite Klasse, ein-

fach, nach Hamburg. Doch es war ein absichtlich umständlicher Kauf, voller Unentschlossenheit und Nervosität. Und als er ihn getätigt hatte, wollte er sich die Abfahrts- und Ankunftszeiten aufschreiben. Wozu er sich von ihr Kugelschreiber und Schreibblock auslieh.

Auf der Herrentoilette räumte er zuerst den Inhalt seiner Taschen um, allem voran das wohlbehütete Stück Ansichtskarte aus Leipzigs Boot, zog die Leinenjacke an und setzte den Strohhut auf und ging dann zum zweiten Schalter, wo er ohne viel Aufhebens eine Fahrkarte für den Personenzug nach Kretzschmars Wohnort kaufte. Dabei vermied er es, den Beamten anzuschauen, konzentrierte sich im Schutz seines auffallenden Strohhuts völlig auf die Fahrkarte und das Fahrgeld. Bevor er die Halle verließ, traf er eine letzte Vorsichtsmaßnahme. Er rief bei Kretzschmar an, sagte, er habe sich verwählt und erfuhr von einer empörten Frau, daß es ein Skandal sei, irgend jemanden zu so nachtschlafender Zeit aufzuwecken. Schließlich faltete er noch die Plastiktüten zusammen und steckte sie ein.

Die Stadt lag mitten im Grünen und bestand aus weitläufigen Rasenflächen und sorgfältig eingezäunten Villen. Jeglicher Überrest einstmaligen Landlebens war seit langem den Armeen der Suburbia anheimgefallen, doch die strahlende Sonne verschönte alles. Nummer acht war auf der rechten Straßenseite, ein stattliches, zweistöckiges Haus mit Walmdach und Doppelgarage inmitten einer breit gestreuten Auswahl viel zu eng aneinander gepflanzter Bäume. Eine Hollywoodschaukel mit geblümtem Plastiksitz stand neben einem Fischteich, Produkt der letzten Nostalgiewelle. Doch die Hauptattraktion und Herrn Kretzschmars Stolz war ein Swimming-pool in einem eigens dafür angelegten Patio aus knallroten Ziegeln, und dort sah Smiley ihn im Schoß seiner Familie und im Kreis einiger Nachbarn, die er an diesem unwahrscheinlichen Herbsttag zu einer zwanglosen Gartenparty eingeladen hatte. Herr Kretzschmar war in Shorts und bediente höchstselbst den Grill, und als Smiley auf die Klinke des Gartentors drückte, unterbrach er sein löbliches Tun, um sich nach dem Neuankömmling umzusehen. Doch der Strohhut und die Leinenjacke führten ihn irre, und er schickte seine Frau.

Frau Kretzschmar erschien in einem rosa Badeanzug und einen durchsichtigen rosa Umhang, den sie auf dem Weg zum Gartentor kühn hinter sich herflattern ließ. Sie trug ein Sektglas vor sich her wie eine Kerze.

»Wer *kommt* denn da? Wer *macht* uns diese hübsche Überraschung?« fragte sie neckisch, als spräche sie zu ihrem Hündchen. Sie blieb vor ihm stehen. Sie war braungebrannt und groß und, wie ihr Mann, solide gebaut. Smiley konnte nur wenig von ihrem Gesicht sehen, denn sie trug eine Sonnenbrille mit dunklen Gläsern und einem weißen Plastikschnabel als Nasenschutz gegen Sonnenbrand.

»Hier ist die Familie Kretzschmar, die ihren Freizeitvergnügungen nachgeht«, sagte sie ein wenig zurückhaltender, als Smiley sich immer noch nicht vorgestellt hatte. »Was können wir für Sie tun? Womit können wir *dienen*?«

»Ich muß Ihren Mann sprechen«, sagte Smiley. Es waren seine ersten Worte seit dem Fahrscheinkauf und seine Stimme war belegt und unnatürlich.

»Aber Cläuschen arbeitet tagsüber nicht«, sagte sie fest, wenn auch immer noch lächelnd. »Tagsüber hat das Profitdenken laut Familienerlaß Ruhe. Soll ich ihm Handschellen anlegen, um Ihnen zu beweisen, daß er hier bis Sonnenuntergang unser Gefangener ist?«

Ihr Badeanzug war zweiteilig und ihr glatter, praller Bauch mit Sonnenöl eingerieben. Sie trug ein goldenes Kettchen um das Fußgelenk, wahrscheinlich als zusätzliches Zeichen ihrer Natürlichkeit. Und Goldsandaletten mit sehr hohen Absätzen.

»Bitte sagen Sie Ihrem Mann, daß es sich um nichts Geschäftliches handelt«, sagte Smiley. »Es ist ein Freundschaftsbesuch.«

Frau Kretzschmar nippte an ihrem Sekt, dann nahm sie die dunklen Gläser mit dem Plastikschnabel ab, wie bei einem Maskenball um Mitternacht. Sie hatte eine Stupsnase. Ihr freundliches Gesicht war ein gut Teil älter als ihr Körper.

»Wie kann es sich um einen Freundschaftsbesuch handeln, wo ich nicht einmal Ihren Namen kenne?« fragte sie, unschlüssig darüber, ob sie weiterhin zuvorkommend oder abweisend sein sollte.
Inzwischen war Herr Kretzschmar ihr nachgegangen und ließ seinen Blick von Smiley zu seiner Frau, dann wieder zurück zu Smiley schweifen. Die gesetzte Haltung und der starre Gesichtsausdruck des Besuchers ließen Herrn Kretzschmar vielleicht den Grund von Smileys Kommen ahnen.
»Schau nach dem Grill«, sagte er in knappem Ton.
Herr Kretzschmar nahm Smiley am Arm und führte ihn in ein Wohnzimmer mit Messingleuchtern und einem Panoramafenster voller Dschungelkakteen.
»Otto Leipzig ist tot«, sagte Smiley unvermittelt, sobald die Tür hinten ihnen zu war. »Zwei Männer haben ihn umgebracht.«
Herrn Kretzschmars Augen öffenten sich sehr weit, dann drehte er sich um und legte die Hände vors Gesicht.
»Sie haben eine Bandaufnahme gemacht«, sagte Smiley, ohne im mindesten auf diese Gefühlsentfaltung zu achten. »Es gibt das Foto, das ich Ihnen gezeigt habe, und irgendwo gibt es auch eine Bandaufnahme, die Sie für ihn verwahren.« Der Rücken vor Smiley ließ nicht erkennen, ob Herr Kretzschmar zugehört hatte. »Sie haben selbst gestern Nacht davon gesprochen«, fuhr Smiley im gleichen ungerührten Ton fort. »Sie sagten, sie hätten über Gott und die Welt geredet. Sie sagten, Otto hätte gelacht, wie ein Henker, drei Sprachen gleichzeitig gesprochen, gesungen, Witze gerissen. Sie haben nicht nur die Fotos für Otto aufgenommen, sondern auch das Gespräch. Ich vermute, daß Sie auch den Brief haben, der ihm über Sie aus London geschickt wurde.«
Herr Kretzschmar hatte sich umgedreht und starrte in heller Empörung auf Smiley.
»Wer hat ihn umgebracht?« fragte er. »Herr Max, ich frage Sie als Soldat!«
Smiley hatte das abgerissene Stück Postkarte aus der Tasche gezogen.

»Wer hat ihn umgebracht?« wiederholte Herr Kretzschmar. »Ich will es wissen!«
»Das sollte ich Ihnen doch vergangene Nacht bringen?« sagte Smiley, ohne auf seine Frage einzugehen. »Wer immer Ihnen das da bringt, bekommt dafür die Bänder und was Sie sonst noch für ihn verwahrt haben. So lautete die Abmachung zwischen Ihnen beiden.«
Kretzschmar nahm die Karte.
»Er nannte es seine Moskauer Regeln«, sagte Herr Kretzschmar. »Otto und der General bestanden darauf, obgleich es mir persönlich lächerlich vorkam.«
»Haben Sie die andere Hälfte der Karte?« fragte Smiley.
»Ja«, sagte Herr Kretzschmar.
»Dann bitte prüfen Sie, ob sie zusammenpassen und geben Sie mir das Material. Ich werde es genau so verwenden, wie Otto dies gewünscht hätte.«
Er mußte es zweimal in jeweils anderer Formulierung sagen, bevor Herr Kretzschmar antwortete.
»Versprechen Sie das?«
»Ja.«
»Und die Mörder? Was passiert mit denen?«
»Wahrscheinlich sind sie bereits auf der anderen Seite des Wassers in Sicherheit«, sagte Smiley. »Es sind ja nur ein paar Kilometer.«
»Wozu soll das Material dann gut sein?«
»Das Material bringt den Mann in Schwierigkeiten, der die Mörder ausgeschickt hat«, sagte Smiley, und vielleicht ließ die eiserne Beherrschung seines Besuchers Herrn Kretzschmar ahnen, daß Smiley ebenso schmerzlich, vielleicht sogar, auf seine spezielle Art, noch schmerzlicher betroffen war als er selbst.
»Es bedeutet also seinen Tod?« fragte Herr Kretzschmar.
Smiley ließ sich zur Beantwortung dieser Frage viel Zeit.
»Es bedeutet schlimmeres für ihn als den Tod«, sagte er.
Einen Augenblick schien es, als ob Herr Kretzschmar fragen wollte, was denn schlimmer sei als der Tod; doch er unterließ es.

Er hielt die halbe Postkarte apathisch in der Hand und verließ das Zimmer. Smiley wartete geduldig. Eine Messinguhr mit automatischem Aufzug werkte rastlos vor sich hin, Goldfische glotzten ihn aus einem Aquarium an. Herr Kretzschmar kam wieder zurück, mit einer weißen Pappschachtel in der Hand. Darinnen lagen, in einem Polster aus Klosettpapier, ein Stoß zusammengefalteter, fotokopierter Blätter, die mit einer ihm bereits vertrauten Handschrift bedeckt waren, sowie sechs Miniaturkassetten aus blauem Plastik, die Art, wie sie Menschen von heute bevorzugen.

»Er hat sie mir anvertraut«, sagte Herr Kreztschmar.

»Das war klug von ihm«, sagte Smiley.

Herr Kretzschmar legte eine Hand auf Smileys Schulter: »Wenn Sie etwas brauchen, lassen Sie's mich wissen«, sagte er. »Ich habe meine Leute. Wir leben in einer gewalttätigen Zeit.«

Von einer Telefonzelle aus rief Smiley nochmals den Flughafen Hamburg an, um Mister Standfasts Flug nach London Heathrow zu bestätigen. Danach kaufte er Briefmarken und einen kräftigen Umschlag, auf den er eine fiktive Adresse in Adelaide, Australien, schrieb. Er steckte Mister Standfasts Paß hinein und warf das Kuvert in einen Briefkasten. Dann ging er als ganz einfacher Mister George Smiley, Beruf Angestellter, zum Bahnhof zurück und fuhr ohne Zwischenfall über die Grenze nach Dänemark. Während der Fahrt ging er auf die Toilette und las dort Maria Ostrakowas Brief, alle sieben Seiten, die der General selbst auf Mikhels antiquiertem Naßkopierer in der kleinen Bibliothek am Britischen Museum abgelichtet hatte. Was er las, paßte zu dem, was er an diesem Tag erlebt hatte und erfüllte ihn mit wachsender, schier unbändiger Sorge. Per Bahn, Fährschiff und Taxi eilte er zum Flughafen Castrup in Kopenhagen. Von dort flog er am Nachmittag weiter nach Paris, und obwohl die Flugzeit nur eine Stunde betrug, füllte sie in Smileys Geist die Spanne eines Lebens und führte ihn durch die ganze Skala seiner Erinnerungen, Empfindungen und Erwartungen. Die Wut und

Bestürzung über Leipzigs Ermordung, die er bis jetzt unterdrückt hatte, wallten nun in ihm auf, wichen aber sofort seiner Angst um die Ostrakowa: Wenn sie schon bei Leipzig und dem General vor nichts zurückgeschreckt waren, was würden sie dann erst mit der Ostrakowa anstellen? Die Blitzreise durch Schleswig-Holstein hatte ihm die Behendigkeit der Jugend wiedergegeben, doch jetzt, nachdem der Höhepunkt überschritten war, fiel ihn erneut die unheilbare Gleichgültigkeit des Alters an. Wenn der Tod so nahe, so allgegenwärtig ist, dachte er, aus welchem Grund sollte man da weiterkämpfen? Er dachte wieder an Karla und an dessen Absolutheit, die zumindest dem dauernden Chaos, das Leben hieß, eine bestimmte Richtung gab, eine Richtung auf Gewalttätigkeit und Tod; an Karla, für den Mord nie mehr gewesen war als das notwendige Mittel zu einem großen Zweck.

Wie kann ich gewinnen? fragte er sich; allein, voller Zweifel und von Skrupeln gehemmt, wie kann ich da – wie könnte da irgend jemand von uns – gegen diese gnadenlosen Exekutionskommandos gewinnen?

Die bevorstehende Landung des Flugzeugs und die Aussicht auf neuerliche Jagd belebten ihn wieder. Es gibt zwei Karlas, überlegte er in Erinnerung an das unbewegte Gesicht, an die geduldigen braunen Augen, den drahtigen Körper des Mannes, der stoisch auf seine eigene Zerstörung hinarbeitete. Da ist Karla, der Profi, der so kaltblütig war, daß er, wenn nötig, zehn Jahre warten konnte, bis sich ein Einsatz auszahlte: in Bill Haydons Fall, zwanzig; Karla, der alte Spion, der Pragmatiker, der ein Dutzend Fehlschläge für einen großen Erfolg in Kauf nahm.

Und da ist der andere Karla, der Mann, der letzten Endes doch ein Herz besitzt, einer großen Liebe fähig ist, Karla, dem der Makel der Menschlichkeit anhaftet. Ich sollte mich nicht kopfscheu machen lassen, wenn er, um seine Schwäche zu verteidigen, auf die einschlägigen Methoden seines Metiers zurückgreift.

Als er in seinem Abteil nach dem Strohhut über sich griff und bereits im Geist die nächsten Schachzüge plante, erinnerte Smiley

sich an ein leichtsinniges Versprechen, das er einst gegeben hatte: Auch Karla könne man zu Fall bringen. »Nein«, war damals seine Antwort auf eine Frage gewesen, die fast aufs Haar derjenigen glich, die er sich soeben selber gestellt hatte. »Nein, Karla ist nicht kugelfest. Weil er ein Fanatiker ist. Und wenn ich dann noch ein Wort mitzureden habe, wird ihn eines Tages eben dieser Mangel an Mäßigung zu Fall bringen.«
Als er zum Taxistand hastete, fiel ihm ein, daß er diese Bemerkung damals einem gewissen Peter Guillam gegenüber getan hatte, Peter Guillam, an den er zufälligerweise gerade sehr viel denken mußte.

18

Maria Ostrakowa lag auf dem Sofa, blickte hinaus ins Zwielicht und fragte sich ernsthaft, ob es wohl den Weltuntergang ankündige.

Den ganzen Tag hatte dasselbe trübe Grau über dem Hof gelegen und ihr winziges Universum einem immerwährenden Abend ausgeliefert. In der bräunlichen Morgendämmerung war das Grau noch dichter geworden. Um Mittag, kurz nach dem Auftauchen der Männer, erfolgte eine himmlische Stromsperre, Grabesfinsternis sank herab, wie ein Vorgriff auf Maria Ostrakowas eigenes Ende. Und jetzt, am Abend, schickte sich ein kriechender Nebel an, die vor der Dunkelheit zurückweichenden Kräfte des Lichts endgültig zu besiegen. Und genauso wird es mit der Ostrakowa enden, dachte sie ohne Bitterkeit: mit meinem zerschlagenen, schwarz und blau gefleckten Körper und mit meiner belagerten Festung und mit meinen Hoffnungen auf die Wiederkunft des Erlösers; genauso wird es enden, mein Lebenslicht wird dahinschwinden.

Als sie an diesem Morgen erwacht war, hatte sie sich an Händen und Füßen gefesselt geglaubt. Sie hatte versucht, ein Bein zu bewegen, und schon schnitten glühende Ketten ihr in Schenkel, Brust und Bauch. Sie hatte einen Arm angehoben, doch eiserne Bande rissen ihn wieder zurück. Es hatte eine Ewigkeit gedauert, bis sie ins Badezimmer gekrochen, und eine zweite, bis sie ausgezogen war und im warmen Wasser lag. Beim Hineinsteigen fürchtete sie, vor Schmerzen ohnmächtig zu werden, ihre vom Straßenpflaster aufgeschundene Haut brannte wie Feuer. Sie hörte ein Hämmern und glaubte, es sei in ihrem Kopf, bis sie begriff, daß es von einem aufgebrachten Nachbarn stammte. Als sie die Schläge der Kirchenuhr zählte, kam sie nur auf vier; kein

Wunder also, wenn der Nachbar gegen das donnernde Rauschen in den alten Leitungen protestierte. Die Anstrengung des Kaffeekochens hatte sie erschöpft, aber sie konnte sich plötzlich nicht mehr setzen, es war genauso unerträglich, wie das Liegen. Blieb als Ruhestellung nur noch, daß sie sich über den Ausguß beugte und die Ellbogen auf das Ablaufbrett stützte. Von hier aus konnte sie den Hof überblicken, zum Zeitvertreib und zur Sicherheit, und von hier aus hatte sie die Männer erspäht, die beiden Geschöpfe der Finsternis – wie sie jetzt befand –, und gehört, daß sie der Concierge etwas zuriefen und die dumme alte Ziege zurückblökte und dabei ihren blöden Kopf schüttelte – »Nein, Madame Ostrakowa ist nicht da, nicht da« –, nicht da, in zehn verschiedenen Variationen, daß es gleich einer Arie durch den Hof schallte – *ist nicht da* –, alles übertönte, das Teppichklopfen und den Kinderlärm und das Geschnatter der beiden alten Weiber vom dritten Stock, die ihre mit Schals umwickelten Köpfe aus zwei Meter voneinander entfernten Fenstern streckten – *ist nicht da!* –, bis nicht einmal ein Kind es mehr geglaubt hätte.

Wenn sie lesen wollte, mußte sie das Buch auf das Ablaufbrett legen, und dort deponierte sie nach dem Auftauchen der Männer auch die Waffe, bis sie die Öse am Kolben bemerkte und, als praktische Frau, aus Bindfaden eine Schlaufe anfertigte und sich die Pistole um den Hals hängte. So hatte sie beide Hände frei, um sich bei jeder Fortbewegung abstützen zu können. Aber als die Waffe ihr gegen die Brüste stieß, wurde ihr vor Schmerz übel. Nachdem die Männer wieder gegangen waren, hatte sie bei ihren häuslichen Verrichtungen, die sie während ihrer Gefangenschaft nicht vernachlässigen wollte, laut vor sich hinzureden begonnen. »Ein *großer* Mann, ein *Leder*mantel, ein Homburg-*Hut*«, hatte sie gemurmelt und sich zur Herzstärkung eine tüchtige Dosis Wodka genehmigt. »Ein *breiter* Mann, schütteres *Haar*, graue *Schuhe* mit Lochmuster!« Lieder machen aus meinen Erinnerungen, hatte sie gedacht; sie dem Magier vorsingen, dem General – oh, warum antworten sie nicht auf meinen zweiten Brief?

Sie war wieder ein Kind, stürzte von ihrem Pony, und das Pony machte kehrt und trampelte auf ihr herum. Sie war wieder eine Frau und versuchte, Mutter zu werden. Sie entsann sich der drei Tage währenden unmenschlichen Qualen, als Alexandra sich erbittert dagegen wehrte, in das graue und gefährliche Licht einer unsauberen Moskauer Gebärklinik zu treten – das gleiche Licht, das jetzt vor dem Fenster herrschte und wie künstlicher Staub auf den gebohnerten Fußböden der Wohnung lag. Sie hörte sich nach Glikman rufen: »Er soll kommen, er soll kommen.« Sie erinnerte sich, daß ihr manchmal war, als trage sie Glikman, ihren Liebsten, und nicht ihr Kind; als versuche sein ganzer kraftvoller haariger Körper sich seinen Weg aus ihr – oder in sie? – zu bahnen; als liefere sie mit dieser Geburt Glikman der Gefangenschaft aus, vor der sie ihn so gern bewahrt hätte.
Warum war er nicht da, warum kam er nicht? fragte sie sich und verwechselte Glikman mit dem General und mit dem Magier. Sie wußte sehr wohl, warum Glikman nicht gekommen war, während sie mit Alexandra rang. Sie selbst hatte ihn gebeten, wegzubleiben. »Du hast den Mut zu leiden, und das genügt«, hatte sie zu ihm gesagt. »Aber du hast nicht den Mut, die Leiden anderer mitanzusehen, und auch darum liebe ich dich. Christus hatte es zu leicht«, sagte sie. »Christus konnte die Aussätzigen heilen, Christus konnte die Blinden sehend machen und die Toten wieder zum Leben erwecken. Aber du bist nicht Christus, du bist Glikman, und du kannst nichts gegen meine Leiden tun als zusehen und mitleiden, und davon hat niemand etwas.«
Aber der General und sein Magier konnten mehr, sagte sie sich ein wenig ungehalten; sie haben sich anheischig gemacht, mich von meinem Übel zu heilen, und ich habe ein Recht auf ihre Hilfe!
Zur verabredeten Zeit war die blöde, blökende Concierge heraufgekommen, komplett mit Ehetrottel und Schraubenzieher. Sie waren voll freudiger Erregung und frohlockten, der Ostrakowa so erquickende Kunde bringen zu können. Die Ostrakowa hatte sich auf ihr Kommen sorgfältig vorbereitet, Musik einge-

schaltet und Make-up aufgelegt und Bücher neben dem Sofa gestapelt, um eine Atmosphäre entspannter Beschaulichkeit zu schaffen.

»Besuch, Madame, *Herren* . . . Nein, ihren Namen wollten sie nicht sagen . . . nur auf der Durchreise . . . kannten ihren *Gatten*, Madame. Emigranten, wie Sie . . . Nein, es sollte eine *Überraschung* bleiben, Madame . . . Die Herren sagten, sie hätten *Geschenke* für Sie von Verwandten, Madame . . . ein Geheimnis, Madame, und einer war so groß und kräftig, ein schöner Mann . . . Nein, sie kommen ein andermal wieder, sie sind geschäftlich hier, viele Termine, sagten sie . . . Nein, in einem Taxi, und sie ließen es warten – was das gekostet haben muß, bedenken Sie bloß!«

Die Ostrakowa hatte gelacht und der Concierge die Hand auf den Arm gelegt, um sie auch physisch in ein großes Geheimnis einzubeziehen, während der Ehetrottel dastand und die beiden Frauen mit Zigarettenrauch und Knoblauch einnebelte.

»Hören Sie zu«, sagte die Ostrakowa. »Alle beide. Passen Sie gut auf. Ich weiß genau, wer sie sind, diese reichen und gutaussehenden Besucher. Es sind die beiden nichtsnutzigen Neffen meines Mannes aus Marseille, Faulpelze und Herumtreiber. Wenn sie mir ein Geschenk mitbringen, dann können Sie sicher sein, daß sie dafür ein Bett und womöglich auch Abendessen wollen. Seien Sie so gut und sagen Sie ihnen, ich bliebe noch ein paar Tage auf dem Land. Ich habe die beiden von Herzen gern, aber ich brauche meine Ruhe.«

Mochten auch Reste von Zweifel oder Enttäuschung in den hausmeisterlichen Herzen zurückgeblieben sein, die Ostrakowa entschädigte sie durch eine Geldspende, und jetzt war sie wieder allein – die Schlaufe um den Hals. Sie streckte sich auf dem Sofa aus und schob ein Kissen unter die Hüfte, eine halbwegs erträgliche Lage. Die Waffe in ihrer Hand war auf die Tür gerichtet, und sie konnte die treppauf kommenden Schritte hören, zwei Paar Füße, das eine schwer, das andere leicht.

Wieder sagte sie vor sich hin: »Ein *großer* Mann, ein Leder*man*-

tel . . . Ein *breiter* Mann, graue *Schuhe* mit Lochmuster . . .«
Dann das Klopfen, schüchtern wie eine kindliche Liebeserklärung. Und die unvertraute Stimme, die ein unvertrautes Französisch sprach mit einem unvertrauten Akzent, langsam und klassisch, wie ihr Mann Ostrakow, und mit der gleichen gewinnenden Weichheit.
»Madame Ostrakowa. Bitte lassen Sie mich ein. Ich will Ihnen helfen.«
Mit dem Gefühl, das Ende aller Dinge sei da, entsicherte die Ostrakowa bedächtig die Pistole ihres Mannes und begab sich mit festen, wenn auch schmerzenden Schritten zur Tür. Sie schob sich seitwärts heran, und sie trug keine Schuhe, und sie mißtraute dem Guckloch. Nichts vermochte sie zu überzeugen, daß es nicht in beide Richtungen gucken konnte. Deshalb nahm sie den Umweg an der Wand entlang, denn sie hoffte, so aus der Sichtlinie zu bleiben, und unterwegs kam sie an Ostrakows verblichenem Portrait vorbei und verübelte ihm sehr, daß er so egoistisch gewesen war, früh zu sterben, anstatt am Leben zu bleiben und sie zu beschützen. Dann dachte sie: nein. Darüber bin ich hinaus. Ich habe selber Mut genug.
Und den hatte sie. Sie zog in den Kampf, jeder Augenblick konnte ihr letzter sein, aber der Schmerz war verschwunden, ihr Körper fühlte sich so bereit, wie er es für Glikman gewesen war, immer, zu jeder Zeit; sie fühlte seine Kraft in ihre Glieder strömen wie ein Verstärkungskontingent. Glikman war bei ihr, und sie entsann sich seiner Stärke, ohne sie sich zu wünschen. Wie ein biblisches Wunder schien seine unerschöpfliche Liebesfähigkeit sie für diesen Moment gestählt zu haben. Sie hatte Ostrakows Ruhe und sie hatte Ostrakows Ehre; sie hatte seine Waffe. Doch ihr verzweifelter einsamer Mut kam aus ihr selber, war der Mut einer bedrohten und beraubten und bis aufs Blut gereizten Mutter: Alexandra! Die Männer, die gekommen waren, um sie zu töten, waren die gleichen, die sie unerfüllter Mutterpflichten geziehen, die Ostrakow und Glikman getötet hatten und die ganze unselige Welt töten würden, wenn sie, Maria Ostrakowa, ihnen nicht Einhalt gebot.

Sie wollte genau zielen, ehe sie feuerte, und sie hatte sich ausgedacht, daß sie, da die Tür geschlossen und die Kette vorgelegt und das Guckloch da war, aus nächster Nähe zielen könnte, denn sie machte sich keine Illusionen über ihre Treffsicherheit. Sie legte den Finger auf das Guckloch, damit niemand mehr hereinschauen könne, dann preßte sie das Auge dagegen, um zu sehen, wer draußen sei, und das erste, was sie sah, war ihre verblödete Concierge, ganz nah, rund wie eine Zwiebel im verzerrenden Glas, mit grünem Haar vom Widerschein der Keramikfliesen des Treppenpodests und einem gewaltigen Gummigrinsen und einer Nase, die wie ein Entenschnabel vorsprang. Und der Ostrakowa ging flüchtig durch den Kopf, daß die leichten Schritte von der Concierge gestammt hatten – Leichtigkeit war, wie Schmerz und Freude, stets eine relative Größe, abhängig vom Vorher und Nachher. Und als zweites sah sie einen kleinen Mann im braunen Tweedmantel, der im Guckloch so kugelig war wie das Michelin-Männchen. Und während sie ihn beäugte, nahm er einen Strohhut ab, der geradewegs aus einem Roman von Turgenjew stammte, und hielt ihn seitwärts an sich gepreßt, als werde die Nationalhymne seines Landes gespielt. Und sie schloß aus dieser Geste, der kleine Mann wolle ihr sagen, er wisse, daß sie sich am allermeisten vor einem überschatteten Gesicht fürchte und habe den Kopf entblößt, um ihr gewissermaßen seine redlichen Absichten zu enthüllen.

Seine Regungslosigkeit und sein Ernst hatten etwas soldatisch Respektvolles und erinnerten sie, genau wie die Stimme, wiederum an Ostrakow; mochte das Glas ihn zu einem Frosch verzerren, seiner Haltung konnte es nichts anhaben. Auch die Brille erinnerte sie an Ostrakow, eine Sehhilfe, so notwendig, wie die Krücke eines Invaliden. Das alles gewahrte die Ostrakowa mit hämmerndem Herzen, aber sehr ruhigem Auge, bei ihrer ersten langen Musterung, während sie die Waffe an die Tür und den Finger an den Abzug preßte und überlegte, ob sie den Mann nicht sofort und auf der Stelle, durch die Tür hindurch, erschießen solle – »Nimm *das* für Glikman, *das* für Ostrakow, *das* für Alexandra!«

Denn in ihrem Argwohn hielt sie es für möglich, daß man den Mann eben wegen seines menschlichen Aussehens gewählt hatte; weil man wußte, daß auch Ostrakow diese Gabe besessen hatte, fett und würdevoll zugleich zu sein.
»Ich brauche keine Hilfe«, rief die Ostrakowa schließlich zur Antwort und beobachtete schreckensstarr, welche Wirkung diese Worte auf ihn haben würden. Doch während sie beobachtete, beschloß die schwachsinnige Concierge, auf eigene Rechnung loszuplärren.
»Madame, er ist ein Gentleman! Er ist Engländer! Er sorgt sich um Sie. Sie sind krank, Madame, die ganze Straße macht sich Ihretwegen Sorgen! Madame, Sie dürfen sich nicht länger so einschließen.« Pause. »Er ist Arzt, Madame – nicht wahr, Monsieur? Ein berühmter Arzt für Gemütsleiden!« Dann hörte die Ostrakowa das blöde Weib zischeln: »Sagen Sie's ihr, Monsieur. Sagen Sie ihr, daß Sie Arzt sind!«
Doch der Fremde schüttelte ablehnend den Kopf und erwiderte: »Nein. Ich bin kein Arzt.«
»Madame, machen Sie auf oder ich hole die Polizei!« schrie die Concierge. »Eine Russin und sich so aufführen!«
»Ich brauche keine Hilfe«, wiederholte die Ostrakowa jetzt bedeutend lauter.
Aber sie wußte, daß sie nichts so dringend brauchte wie Hilfe, daß sie ohne Hilfe nie imstande sein würde zu töten, so wenig, wie Glikman je dazu imstande gewesen wäre. Auch nicht, wenn sie den Teufel persönlich im Visier hätte, könnte sie das Kind einer Mutter töten.
Während sie weiter die Pistole im Anschlag hielt, trat der kleine Mann langsam einen Schritt vor, bis sie im Guckloch nur noch sein Gesicht, verzerrt, wie ein Gesicht unter Wasser, sehen konnte; und sie sah zum erstenmal die Müdigkeit darin, die geröteten Augen hinter den Brillengläsern, die schweren Schatten darunter; und sie spürte das leidenschaftliche Interesse, das er an ihr hatte, und das nicht ihrem Tod galt, sondern ihrem Überleben; sie spürte, daß sie in ein teilnehmendes Gesicht blickte, aus

dem das Mitgefühl nicht für immer verbannt war. Das Gesicht kam noch näher, und das Schnappen der Briefklappe genügte, daß sie um ein Haar die Waffe versehentlich abgefeuert hätte, und diese Tatsache erfüllte sie mit Entsetzen. Sie hatte bereits das Zucken in ihrer Hand gefühlt und es gerade noch im Augenblick der Ausführung gebremst; dann bückte sie sich, um den Umschlag aufzuheben. Es war ihr eigener Brief, an den General adressiert – der zweite, in dem stand »Jemand versucht, mich zu töten«, in Französisch geschrieben. Als letzten hinhaltenden Widerstand schützte sie den Verdacht vor, der Brief könne ein Trick sein, »sie« hätten ihn abgefangen oder gestohlen oder was Betrüger sonst anstellen mochten. Aber als sie den Brief sah, die Anfangsworte und den verzweifelten Ton wiedererkannte, wurde sie jeglichen Betrugs unendlich müde, müde auch allen Argwohns und müde der Versuche, Böses zu sehen, wo sie sich aus tiefstem Herzen Gutes zu sehen wünschte. Wieder hörte sie die Stimme des dicken Mannes, ein korrekt erlerntes, aber leicht angerostetes Französisch, und es erinnerte sie an halbvergessene Schulgedichte. Und wenn, was er sagte, Lüge war, so war es die gerissenste Lüge, die sie je im Leben gehört hatte.
»Der Magier ist tot, Madame«, sagte er, und sein Atem beschlug das Guckloch. »Ich komme aus London, um Ihnen an seiner Statt zu helfen.«

Noch Jahre danach und vermutlich sein ganzes Leben lang schilderte Peter Guillam immer wieder, mit wechselnder Offenheit, wie er an jenem Abend nach Hause gekommen war. Er wies jedesmal besonders darauf hin, daß die Umstände außergewöhnlich gewesen waren. Er hatte – erstens – schlechte Laune gehabt, schon den ganzen Tag. Zweitens – sein Botschafter tadelte ihn bei der wöchentlichen Mitarbeiterbesprechung vor versammelter Mannschaft wegen einer unziemlich leichtfertigen Bemerkung über die britische Zahlungsbilanz. Er war – drittens – erst seit kurzem verheiratet und seine sehr junge Frau erwartete ein Kind. Ihr Telefonanruf kam – viertens – wenige Minuten, nach-

dem er ein langes und höchst langweiliges Fernschreiben des Circus entschlüsselt hatte, worin er zum fünfzehntenmal ermahnt wurde, auf französischem Boden keine – wiederhole, *keine* – Operationen ohne vorherige schriftliche Genehmigung der Londoner Einsatzzentrale zu unternehmen. Zudem – fünftens – litt *tout Paris* wieder einmal unter der periodisch auftretenden Kidnapping-Panik. Und schließlich galt der Posten des Circus-Residenten in Paris allgemein als vorletzte Ruhestätte für pensionsreife Funktionäre, denn was dort geboten wurde, beschränkte sich im Wesentlichen auf endlose Déjeuners mit einem Sammelsurium sehr korrupter, sehr langweiliger Chefs rivalisierender Geheimdienste, die mehr Zeit darauf verwendeten, sich gegenseitig zu bespitzeln, als die mutmaßlichen Feinde auszuspähen. Alle diese Faktoren, so betonte Guillam später ausdrücklich, seien zu berücksichtigen, ehe man ihn der Unbeherrschtheit bezichtige. Guillam war übrigens väterlicherseits französicher Abstammung, doch in seiner sportlichen Erscheinung dominierte die englische Hälfte; er war schlank und sah recht gut aus, aber er ging auch – wenngleich er unermüdlich dagegen ankämpfte – auf die Fünfzig zu, eine Weiche, die nur wenige Außenagenten überfahren, ohne aufs Abstellgleis zu geraten. Er fuhr einen brandneuen deutschen Porsche, den er, einigermaßen schlechten Gewissens, mit Diplomatenrabatt gekauft hatte und zur schärfsten Mißbilligung des Botschafters auf dem Gesandtschaftsparkplatz abstellte.
Damals also rief Marie-Claire Guillam ihren Mann punkt sechs Uhr an, gerade, als Guillam seine Codebücher wegschloß. Guillam hatte zwei Telofonanschlüsse, einen, der theoretisch operativen Anrufen diente und direkt war. Der zweite ging über die Hausvermittlung. Marie-Claire rief über die direkte Leitung an, was, wie sie mit ihrem Mann übereingekommen war, äußersten Notfällen vorbehalten bleiben mußte. Seit einiger Zeit bedienten beide sich des Englischen, damit Marie-Claire es fließender sprechen lerne, jetzt aber sprach sie französisch, ihre Muttersprache.
»Peter«, begann sie.

Er hörte sofort die Erregung in ihrer Stimme.
»Maire-Claire? Was ist los?«
»Peter, hier ist ein Herr. Er möchte, daß du sofort kommst.«
»Wer?«
»Das kann ich nicht sagen. Es ist wichtig. Bitte komm sofort nach Hause«, wiederholte sie und legte auf.
Guillams Bürovorsteher, ein Mr. Anstruther, hatte an der Tür zum Tresorraum auf ihn gewartet, als der Anruf kam, denn Guillam mußte das Kombinationsschloß einstellen, ehe er und der Bürovorsteher ihre Schlüssel betätigten. Anstruther sah durch die offene Bürotür, wie Guillam den Hörer auf die Gabel knallte, und als nächstes sah er den geheiligten *persönlichen* Schlüssel des Residenten, eine Art Symbol seines Amtes, durch die Luft fliegen – ein weiter Flug, wohl an die fünfzehn Fuß –, und wie durch ein Wunder gelang es Mr. Anstruther, den Schlüssel aufzufangen: griff mit der linken Hand nach oben und schnappte ihn aus der Luft, wie ein amerikanischer Baseball-Star; er würde es nie wieder fertigbringen, und wenn er es hundertmal versuchte, sagte er später zu Guillam.
»Rühren Sie sich nicht aus dem Büro, bis ich anrufe!« rief Guillam. »Sie setzen sich an meinen Schreibtisch und bedienen diese Telefone. Hören Sie?«
Anstruther hörte, aber inzwischen war Guillam schon halbwegs die lächerlich zierliche geschwungene Treppe der Botschaft hinuntergerast, überholte Stenotypistinnen und Wachleute und clevere junge Männer, die auf dem Weg zur abendlichen Cocktail-Runde waren. Sekunden später saß er am Steuer des Porsche und jagte den Motor auf Touren, wie ein Rennfahrer, der er in einem anderen Leben durchaus hätte sein können. Guillam wohnte in Neuilly, und gewöhnlich machten die Spurts durch den Verkehrsstrom ihm Spaß, denn sie erinnerten ihn täglich zweimal daran – so sagte er –, daß die Arbeit in der Botschaft zwar geisttötend langweilig, das Leben draußen aber immer noch gefahrvoll, kernig und köstlich war. Manchmal stoppte er sogar seine Fahrzeit. Über die Avenue Charles de Gaulle und bei günstigem

Wind an den Ampeln waren fünfundzwanzig Minuten im Abendverkehr nicht unmöglich. Spät nachts oder frühmorgens schaffte er es bei leeren Straßen und dank des CD-Schilds in einer Viertelstunde, aber zur Stoßzeit waren fünfunddreißig Minuten schon optimal und vierzig die Norm. An jenem Abend legte er, gejagt von der Vorstellung einer von verblendeten Nihilisten mit der Waffe bedrohten Marie-Claire, die Strecke in glatten achtzehn Minuten zurück. Polizeiprotokolle, die später auf den Schreibtisch des Botschafters flatterten, sprachen von drei überfahrenen Rotlichtern und knappen Hundertvierzig in der Zielgeraden, aber diese Angabe konnte nur auf Schätzung beruhen, denn niemand hatte die geringste Lust gehabt, mit ihm gleichzuziehen. Guillam selber erinnert sich kaum an die Fahrt, nur noch an einen Beinahe-Zusammenstoß mit einem Lastwagen und an einen verrückt gewordenen Radfahrer, der dringend links hatte abbiegen müssen, als Guillam nur noch hundertfünfzig Meter hinter ihm war.

Seine Wohnung lag an einer Privatstraße im dritten Stock. Kurz vor der Zufahrt trat er hart auf die Bremse, stellte den Motor ab und kam schlitternd am Straßenrand zum Stehen, dann sauste er bis zur Haustür, so leise, wie sein Tempo es zuließ. Er hatte erwartet, irgendwo in der Nähe ein parkendes Fluchtauto zu sehen, wahrscheinlich mit einem Fahrer startbereit am Steuer, doch zu seiner vorübergehenden Erleichterung war keines in Sicht. Aber im Schlafzimmer brannte Licht, und jetzt stellte er sich Marie-Claire geknebelt und ans Bett gefesselt vor und daneben die Banditen, die auf sein Eintreffen warteten. Sollten sie es auf Guillam abgesehen haben, so war er gesonnen, sie nicht zu enttäuschen. Er war unbewaffnet gekommen, notgedrungen. Die Housekeepers des Circus hegten einen heiligen Abscheu vor Schußwaffen, und sein verbotswidriger Revolver lag in der Nachttischlade, wo die Banditen ihn inzwischen zweifellos gefunden hatten. Er flitzte lautlos die drei Treppen hinauf, und vor der Wohnungstür warf er sein Jackett ab und ließ es neben sich auf den Boden fallen. Er hatte den Schlüssel bereits in der Hand, und jetzt schob er ihn so behutsam wie möglich ins Schloß, dann drückte er auf den Klingelknopf und rief durch den Briefschlitz »Facteur« – Postbote – und dann *»Exprès«*. Mit der Hand am Schlüssel wartete er, bis er Schritte herankommen hörte, die, wie er sogleich wußte, nicht von Marie-Claires Füßen stammten. Die Schritte waren langsam, ja, gewichtiger, und für Guillams Ohr längst nicht verstohlen genug. Und sie kamen vom Schlafzimmer her. Danach tat er eine Menge Dinge gleichzeitig. Das Öffnen der Tür von innen erforderte, wie er wußte, zwei genau definierte Handgriffe: zuerst die Kette aushängen, dann den Schnapper zurückziehen. Geduckt wartete Guillam, bis er die Kette gleiten hörte, dann setzte er seine Überraschungswaffe ein: Er drehte seinen Schlüssel, warf sich mit dem ganzen Gewicht gegen die Tür und genoß im nächsten Moment den zutiefst befriedigenden Anblick einer fülligen männlichen Gestalt, die rücklings gegen den Dielenspiegel flog und ihn aus der Halterung riß, während Guillam den Arm des Mannes packte und mit einem gemeinen Griff fast bis zum Brechen verdrehte – nur um in die bestürzten Züge seines lebenslangen Freundes und Mentors George Smiley zu blicken, die ihn hilflos anstarrten.

Was auf diesen Zusammenprall folgte, wird von Guillam ein wenig nebulos geschildert; er hatte natürlich keine Ahnung von Smileys Kommen gehabt, und solange sie in der Wohnung waren, sagte Smiley – vielleicht aus Furcht vor Mikrophonen – wenig Erhellendes. Marie-Claire war im Schlafzimmer, aber weder gefesselt noch geknebelt, und auf dem Bett lag, von Marie-Claire dorthin beordert, die Ostrakowa, noch immer in ihrem alten schwarzen Kleid, und Marie-Claire verwöhnte sie mit allem, was das Haus zu bieten hatte – Hühnerbrüstchen in Aspik, Pfefferminztee, sämtlichen Schongerichten, die sie emsig für den wundervollen, doch leider nicht absehbaren Tag gehortet hatte, an dem Guillam krankheitshalber ihrer Betreuung bedürfte. Wie Guillam feststellte, mußte die Ostrakowa (deren Namen er allerdings noch nicht kannte) gewaltige Prügel bezogen haben.

Graue Druckstellen breiteten sich um Augen und Mund aus, und ihre Finger waren schwer lädiert, offenbar hatte sie versucht, sich zu wehren. Nachdem Smiley den Hausherrn einen kurzen Blick auf die Szene hatte werfen lassen – die Dame in der Obhut der besorgten Kind-Frau –, führte er Guillam in dessen eigenen Salon und erteilte ihm mit der Autorität des ehemaligen Chefs, der er ja war, in aller Eile seine Anweisungen. Erst jetzt erhielt Guillams hastige Heimfahrt doch noch ihre nachträgliche Rechtfertigung. Die Ostrakowa – Smiley sagte nur »unser Gast« – müsse noch heute Abend Paris verlassen, sagte er. Das sichere Haus der Residentur in der Nähe von Orléans – er sagte »unser Landsitz« – sei nicht sicher genug, sie müsse an einen Ort gebracht werden, wo sie Pflege und Schutz fände. Guillam entsann sich eines französischen Ehepaars in Arras. Eines pensionierten Agenten und dessen Frau, die schon früher den einen oder anderen Zugvogel des Circus beherbergt hatten. Man kam überein, daß er in Arras anrufe, aber nicht von der Wohnung aus: Smiley schickte ihn zu einer öffentlichen Telefonzelle. Als er die notwendigen Verabredungen getroffen hatte und wieder heimkam, hatte Smiley bereits ein kurzes Fernschreiben auf einem Bogen von Marie-Claires abscheulichem Briefpapier mit den grasenden Häschen entworfen, das Guillam unverzüglich an den Circus absenden sollte. »Persönlich an Saul Enderby, nur vom Empfänger zu entschlüsseln.« Der Text, den Guillam auf Smileys Geheiß lesen mußte (aber nicht laut), bat Enderby »betreffs eines zweiten, Ihnen inzwischen sicherlich zur Kenntnis gelangten Todesfalls« höflich um eine Zusammenkunft bei Ben in achtundvierzig Stunden. Guillam hatte keine Ahnung, wer Ben war.
»Und, Peter.«
»Ja, George«, sagte Guillam, noch immer ganz benommen.
»Ich nehme an, es gibt eine offiziellle Telefonliste der in Paris akkreditierten Diplomaten. Haben Sie zufällig so ein Ding in der Wohnung?«
Guillam hatte eines. Marie-Claire konnte ohne dieses Verzeichnis nicht leben. Sie hatte überhaupt kein Namensgedächtnis, da-

her das Heft neben dem Telefon im Schlafzimmer, damit sie es konsultieren konnte, sooft sie von einem Mitglied ausländischer Botschaften telefonisch zu einem Drink, einem Dinner oder im schlimmsten Fall anläßlich der zahlreichen Nationalfeiertage eingeladen wurden. Guillam holte es und lugte Smiley über die Schulter. »Kirow« las er – aber auch diesmal nicht laut –, als er Smileys Daumennagel folgte »Kirow, Oleg, Zweiter Sekretär (Handel), unverheiratet.« Danach eine Adresse im 7. Arrondissement, dem Getto der Sowjetbotschaft.

»Schon mal getroffen?« fragte Smiley.

Guillam schüttelte den Kopf. »Vor ein paar Jahren haben wir ihn uns angesehen. Er ist tabu«, antwortete er.

»Wann wurde diese Liste zusammengestellt?« fragte Smiley. Die Antwort stand auf dem Deckel. Dezember des vergangenen Jahres.

Smiley sagte: »Also, wenn Sie in Ihr Büro kommen – «

»Schaue ich in der Kartei nach«, versprach Guillam.

»Und dann noch *das* hier«, sagte Smiley scharf und reichte Guillam eine einfache Kuriertasche, in der sich, wie Guillam später feststellte, mehrere Mikrokassetten sowie ein dicker brauner Briefumschlag befanden.

»Mit der ersten Kurierpost morgen früh, bitte«, sagte Smiley. »Gleiche Einstufung und Adresse wie das Fernschreiben.«

Guillam ließ Smiley beim weiteren Studium der Telefonliste und die beiden Frauen in der Abgeschiedenheit des Schlafzimmers zurück und raste wieder zur Botschaft, wo er den verwirrten Anstruther von seiner Telefonwache erlöste und ihm die Kuriertasche zusammen mit Smileys Instruktionen ans Herz legte. Die Spannung in Smiley hatte Guillam beträchtlich zugesetzt, er schwitzte. In all den Jahren, seit er George kannte, habe er ihn, so sagte er später, nie so verschlossen, so erregt, so elliptisch, so verzweifelt gesehen. Guillam schloß den Tresorraum wieder auf, codierte das Fernschreiben, schickte es ab und wartete nur, bis die Empfangsbestätigung aus London eingegangen war; dann holte er sich die Akte über Personalveränderungen in der So-

wjetbotschaft und blätterte die letzten Ausgaben der Beobachtungslisten durch. Er mußte nicht lange suchen. Bereits die dritte Drucksache, Kopie nach London, gab die gewünschte Auskunft. Kirow, Oleg, Zweiter Sekretär, Handel, hier bezeichnet als »verheiratet, aber Ehefrau nicht *en poste*«, war vor zwei Wochen nach Moskau zurückgekehrt. In der Spalte für verschiedene Anmerkungen hatte die französische Verbindungs-Dienststelle eingetragen, laut informierter sowjetischer Quellen sei Kirow »kurzfristig an das sowjetische Außenministerium berufen worden, um dort einen überraschend freigewordenen höheren Posten anzutreten«. Die üblichen Abschiedspartys hatten daher nicht stattfinden können.
In Neuilly wurden Guillams Eröffnungen von Smiley mit tiefem Schweigen quittiert. Er wirkte nicht überrascht, aber er wirkte wie von einem Schauder erfaßt, und als er schließlich sprach – was er erst tat, nachdem sie alle drei im Auto saßen und in Richtung Arras brausten –, hatte seine Stimme einen fast hoffnungslosen Klang. »Ja«, sagte er – als seien Guillam die Zusammenhänge längst bekannt. »Ja, genau das *würde* er natürlich tun, nicht wahr? Er würde Kirow unter dem Vorwand einer Beförderung zurückrufen, damit er auch ganz gewiß käme.«
So hatte Georges Stimme bisher nur ein einzigesmal geklungen, sagte Guillam, der es im Nachhinein mit Sicherheit zu wissen glaubte – in jener Nacht nämlich, in der er Bill Haydon als Karlas Maulwurf und zugleich als Anns Liebhaber entlarvt hatte.

Auch die Ostrakowa hatte rückblickend kaum eine zusammenhängende Erinnerung an diese Nacht, weder an die Autofahrt, auf der sie endlich Schlaf fand, noch an das geduldige, aber hartnäckige Verhör, dem der pummelige Mann sie unterzog. Vielleicht hatte sie überhaupt vorübergehend ihre Wahrnehmungskraft – und entsprechend auch das Erinnerungsvermögen – eingebüßt. Sie beantwortete seine Fragen, sie war ihm dankbar, sie gab ihm – ohne die Zusätze oder »Ausschmückung« – dieselbe Information, die sie auch dem Magier gegeben hatte, obgleich

der dicke Mann das meiste bereits zu wissen schien. »Der Magier«, sagte sie einmal. »Tot. Mein Gott.«
Sie fragte nach dem General, achtete jedoch kaum auf Smileys unverbindliche Antwort. Sie dachte, Ostrakow, dann Glikman und jetzt der Magier – und nie sollte sie seinen Namen erfahren. Ihr Gastgeber und dessen Frau waren gleichfalls freundlich zu ihr, prägten sich jedoch ihrem Bewußtsein nicht ein. Es regnete, und sie konnte die fernen Felder nicht sehen.
Gleichwohl begann die Ostrakowa allmählich, während Woche um Woche verging, sich in ihrem Winterquartier wohlzufühlen. Die große Kälte kam früh in diesem Jahr, und sie ließ sich behaglich einschneien; sie machte kurze Spaziergänge, dann sehr ausgedehnte, ging früh zu Bett und sprach wenig, und im gleichen Maß, wie ihr Körper sich erholte, genaß auch ihr Geist. Anfangs herrschte verzeihliche Wirrnis in ihrem Kopf, und sie ertappte sich dabei, daß sie in denselben Ausdrücken an ihre Tochter dachte, mit denen der rothaarige Mann sie beschrieben hatte: staatsfeindliche Ausreißerin und starrsinnige Rebellin. Dann dämmerte ihr langsam die Logik der ganzen Geschichte. Irgendwo, so argumentierte sie, gab es die echte Alexandra, die lebte und ihr Dasein führte, wie vordem. Oder, auch wie vordem, nicht lebte. In jedem Fall bezogen sich die Lügen des rothaarigen Mannes auf ein ganz anderes Mädchen, eines, das »sie« eigens für ihre Zwecke erfunden hatten. Die Ostrakowa brachte es sogar fertig, sich mit dem Gedanken zu trösten, daß ihre Tochter, wenn überhaupt, in völliger Unkenntnis dieser Machenschaften lebte.
Vielleicht bewirkten die Wunden, die ihr an Geist und Körper zugefügt worden waren, was jahrelange Gebete und Ängste nicht vermocht hatten, und befreiten sie von ihren Schuldgefühlen gegenüber Alexandra. Sie trauerte aus tiefstem Herzen um Glikman, sie war sich klar darüber, daß sie allein in der Welt stand, doch auf dem winterlichen Land war ihr diese Einsamkeit nicht unlieb. Ein pensionierter *brigadier* machte ihr einen Heiratsantrag, aber sie lehnte ab. Später stellte sich heraus, daß er al-

len weiblichen Wesen Heiratsanträge machte. Peter Guillam besuchte sie mindestens jede Woche, und manchmal gingen sie ein paar Stunden miteinander spazieren. Er plauderte in fehlerfreiem Französisch mit ihr, vorwiegend über Landschaftsgärtnerei, ein Gebiet, auf dem er schier unerschöpfliche Kenntisse besaß. Das war das Leben der Maria Ostrakowa, soweit es mit dieser Geschichte zu tun hat. Und es wurde in völliger Unkenntnis der Geschehnisse zu Ende gelebt, die ihr erster Brief an den General ins Rollen gebracht hatte.

19

»Wissen Sie, daß er tatsächlich Ferguson heißt?« knautschte Saul Enderby in besonders breitem Belgravia-Cockney, der letzten Unsitte der englischen Oberklasse.

»Ich habe nie daran gezweifelt«, sagte Smiley.

»Er ist ungefähr alles, was von diesem ganzen Pfadfinder-Stall übrig ist. Die Weisen sind heutzutage nicht für Inlands-Aufklärung. Parteiwidrig oder sonst ein Käse.« Enderby konzentrierte sich wieder auf das umfangreiche Dokument, das er in der Hand hielt. »Und wie heißen *Sie*, George Smiley? Sherlock Holmes, der seinen armen alten Moriarty hetzt? Kapitän Ahab, der seinen großen weißen Wal jagt? Wer sind Sie?«

Smiley antwortete nicht.

»Ehrlich gesagt, möchte ich gern einen Feind haben«, bemerkte Enderby und blätterte ein paar Seiten um. »Bin schon seit Olims Zeiten auf der Suche. Oder, Sam?«

»Tag und Nacht, Chef«, pflichtete Sam Collins munter bei und bedachte seinen Meister mit einem vertraulichen Grinsen.

Bei Ben waren die rückwärtigen Räumlichkeiten eines dunklen Hotels in Knightsbridge, und dort hatten die drei Männer sich vor einer Stunde getroffen. An der Tür hing ein Schild »Geschäftsleitung, nur privat«, und dahinter war ein Vorraum mit Garderobe und WC, und dahinter lag das Allerheiligste, angefüllt mit Büchern und Moschusduft, das hinwiederum Zugang gewährte zu einem kleinen ummauerten Gartengeviert – vom Park abgezwackt –, mit einem Fischteich und einem Marmorengel und einem Pfad zu sinnendem Umherwandeln. Bens Identität war, falls er jemals eine besessen hatte, in den ungeschriebenen Archiven der Circus-Mythologie abgelegt. Aber diese nach ihm benannte Stätte war geblieben, als nicht registriertes Zube-

hör von Enderbys – und vor ihm von Smileys – Posten und als Stelldichein für Treffen, die später nie stattgefunden hatten.
»Ich möchte es nochmals durchgehen, wenn's Ihnen recht ist«, sagte Enderby. »Bin um diese Tageszeit ein bißchen langsam von Begriff.«
»Wäre sicher riesig hilfreich, Chef«, sage Collins.
Enderby rückte an seiner Halb-Brille, aber nur, um darüber hinwegzublicken, und Smiley war insgeheim überzeugt, daß sie ohnehin aus Fensterglas bestand.
»Kirow ist also der Sprecher. Nachdem Leipzig ihm die Daumenschrauben angesetzt hat, stimmt's, George?« Smiley nickte zerstreut. »Die beiden sitzen immer noch in Unterhosen in diesem Puff, aber es ist fünf Uhr morgens, und die Mädchen wurden heimgeschickt. Zunächst kommt Kirows tränenreiches Wie–konntest–du–mir–das–antun? ›Ich hielt dich für meinen Freund, Otto!‹ sagt er. Herrgott, wie man sich doch täuschen kann! Dann folgt seine Aussage, von den Übersetzern in schlechtes Englisch gebracht. Sie haben eine Konkordanz angefertigt – ist dies das richtige Wort, George? Die ›Ähs‹ und ›Ehems‹ ausgelassen?«
Smiley ließ dahingestellt, ob es das richtige Wort war oder nicht. Vielleicht wurde auch keine Antwort erwartet. Er saß sehr still in einem Lederfauteuil, über die gefalteten Hände gebeugt, und er hatte seinen braunen Tweedmantel nicht ausgezogen. Ein Exemplar der Kirow-Umschrift lag in Reichweite. Er sah mitgenommen aus, und Enderby äußerte später, er habe damals offenbar eine Hungerkur gemacht. Sam Collins, oberster Einsatzleiter, saß buchstäblich in Enderbys Schatten; ein eleganter Mann mit dunklem Lippenbärtchen und einem strahlenden Lächeln zum An- und Ausknipsen. Früher einmal war Collins der harte Mann des Circus gewesen, der in jahrelangen Außeneinsätzen die Liebedienerei der fünften Etage verachten gelernt hatte. Jetzt war aus dem Wildschützen ein Forstgehilfe geworden, der für seine eigene Rente und Sicherheit Sorge trug, so wie er einst für seine Netze Sorge getragen hatte. Er enthielt sich jeder eigenen

Meinung; er rauchte seine braunen Zigaretten bis zur Hälftenmarkierung, dann drückte er sie in einer zersprungenen Muschel aus, und sein treuer Hundeblick ruhte unverwandt auf Enderby, seinem Herrn. Enderby lehnte am Mittelrahmen einer Fenstertür, so daß seine Gestalt sich dunkel vor dem Licht von draußen abhob, und stocherte mit einem abgebrochenen Streichholz in den Zähnen. Aus seinem linken Ärmel lugte ein seidenes Taschentuch, und er hatte ein Knie vorgeschoben und leicht gebeugt, als befände er sich hinter der Prominenten-Barriere in Ascot. Über dem Rasen im Garten lagen Nebelschleier wie dünne Gaze. Enderby legte den Kopf zurück und hielt das Dokument mit ausgestrecktem Arm, wie eine Speisenkarte.

»Also los. Ich bin Kirow. ›Als Finanzbeamter der Moskauer Zentrale war ich von 1970 bis 1974 mit der Aufgabe betraut, Unregelmäßigkeiten in den Abrechnungen europäischer Residenturen aufzuspüren und die Schuldigen zur Anzeige zu bringen.‹«

Enderby brach ab und linste wieder über die Halb-Brille. »Das alles war, ehe Kirow den Posten in Paris antrat, stimmt's?«

»Stimmt genau«, sagte Collins keck und blickte Smiley Beistand heischend an, erhielt jedoch keinen.

»Muß mich erst orientieren, ja, George«, erklärte Enderby. »Muß erst die Strecke auslegen. Habe nicht Ihre kleinen grauen Zellen.«

Sam Collins lächelte strahlend über so viel unangebrachte Bescheidenheit seines Chefs.

Enderby las weiter: »›Im Zuge dieser äußerst delikaten und vertraulichen Erhebungen, die in manchen Fällen zur Bestrafung hoher Funktionäre der Moskauer Zentrale führten, machte ich die Bekanntschaft des Leiters des unabhängigen Dreizehnten Direktoriums, einer Unterabteilung des Zentralkomitees der Partei; eines Mannes, der in der Zentrale nur unter seinem Arbeitsnamen Karla bekannt ist. Karla ist ein Frauenname und war angeblich der Name des ersten Netzes, das er geführt hat.‹ Stimmt das, George?«

»Das war während des Spanischen Bürgerkriegs«, sagte Smiley.

»Der große Tummelplatz. Na schön. Es geht weiter. ›Das Dreizehnte Direktorium ist innerhalb der Zentrale eine Sonderabteilung, denn seine Hauptaufgabe besteht in der Anwerbung, Ausbildung und Einschleusung von Tiefenagenten in faschistische Länder, sogenannten Maulwürfen‹ . . . bla . . . bla . . . bla. ›Häufig dauert es viele Jahre, bis ein Maulwurf innerhalb des Ziellandes richtig plaziert und geheimdienstlich aktiv werden kann.‹ Siehe Bill Haydon. ›Die Aufgabe, solche Maulwürfe zu bedienen, wird nicht den normalen Residenturen im Ausland anvertaut, sondern einem Beauftragten des genannten Karla, gewöhnlich einem Militär, der offiziell als Attaché an einer Botschaft tätig ist. Diese Beauftragten werden von Karla persönlich handverlesen und bilden eine Elite‹ . . . bla . . . bla . . . ›Sie genießen weit mehr Vertrauen und Freiheit als die übrigen Funktionäre der Zentrale und Privilegien in Form von Geld und Reisen. Weshalb sie die Eifersucht des übrigen Geheimdienstes auf sich ziehen.‹«

Enderby stieß einen bühnenreifen Seufzer aus: »*Herrgott*, diese Übersetzer!« rief er. »Oder vielleicht redet Kirow wirklich so schwülstig. Man sollte meinen, wer seine letzte Beichte ablegt, würde soviel Benimm haben und sich kurz fassen, nicht wahr?«

Nur Collins lachte.

»Also weiter«, sagte Enderby und verfiel wieder in seinen feierlichen Ton. »›Im Verlauf meiner umfassenden Fahndung nach finanziellen Unregelmäßigkeiten geriet die Integrität eines Karla-Residenten ins Zwielicht, des Residenten in Lissabon, Oberst Orlow. Karla berief ein Geheimtribunal seiner eigenen Leute zusammen, das über den Fall befinden sollte, und aufgrund meines Beweismaterials wurde Oberst Orlow am 10. Juni 1973 in Moskau liquidiert.‹ Das haut hin, sagen Sie, Sam?«

»Wir haben einen nicht bestätigten Überläufer-Bericht, wonach er von einem Exekutionskommando erschossen wurde«, sagte Collins forsch.

»Glückwunsch, Genosse Kirow, Beelzebubs Busenfreund. Herrje, was für eine Schlangengrube. Schlimmer als wir.« Enderby las weiter: »›Für meinen Anteil an der Überführung des Verbrechers Orlow wurde ich von Karla persönlich belobigt und mußte ihm Geheimhaltung schwören, da er den Verstoß Oberst Orlows als eine Schande für sein Direktorium und als Schädigung seines eigenen Ansehens innerhalb der Moskauer Zentrale empfand. Karla ist als Genosse von hohen moralischen Maßstäben bekannt und hat aus diesem Grund viele Feinde in den Reihen der Laxen.‹«

Enderby machte eine Kunstpause und blickte Smiley aufs neue über die Brille hinweg an.

»Wir drehen uns alle selber den Strick, an dem wir baumeln werden, wie, George?«

»Wie Spinnen, die sich im eigenen Netz erdrosseln, Chef«, sagte Collins munter und schoß ein noch strahlenderes Lächeln auf eine Stelle zwischen den beiden Männern ab.

Aber Smiley war völlig in sein Exemplar von Kirows Aussage vertieft und allen Späßen unzugänglich.

»Überspringen wir das nächste Jahr von Brüderchen Kirows Leben und Lieben und kommen wir gleich zu seiner nächsten Begegnung mit Karla«, schlug Enderby, unangefochten von Smileys Wortkargkeit, vor. »Die nächtlichen Vorladungen . . . die Norm, nehme ich an.« Er blätterte ein paar Seiten weiter. Smiley tat desgleichen. »Wagen fährt vor Kirows Moskauer Domizil vor – warum zum Teufel können sie nicht einfach *Wohnung* sagen? –, er wird aus dem Bett getrommelt und mit unbekanntem Ziel abtransportiert. Führen schon ein kurioses Leben, diese Gorillas von der Moskauer Zentrale, wie? Wissen nie, ob ein Orden oder eine Kugel auf sie wartet.« Er bezog sich wieder auf den Bericht: »Paßt das alles, George? Die Fahrt und so weiter? Eine halbe Stunde im Auto, kleines Flugzeug etcetera?«

»Das Dreizehnte Direktorium hat drei oder vier Niederlassungen, einschließlich eines großen Ausbildungslagers in der Nähe von Minsk«, sagte Smiley.

Enderby blätterte nochmals weiter.

»Also, Kirow ist jetzt wieder bei Karla: im Niemandsland, selbe

Nacht. Karla und Kirow ganz unter sich, kleine Blockhütte, Art Eremitenklause, kein Drum und Dran, keine Zeugen – jedenfalls keine zu sehen. Karla kommt sofort zur Sache: Wie würde Kirow ein Posten in Paris gefallen? Würde Kirow sehr gut gefallen, Sir –« Er schlug die nächste Seite auf. »Kirow hat das Dreizehnte Direktorium schon immer bewundert, Sir, bla, bla – immer schon Karla-Fan gewesen –, kriechen, krabbeln, kriechen. Hört sich an wie Sie, Sam. Interessant, daß Kirow fand, Karla wirke müde – merken Sie was? –, nervös. Karla steht unter Streß, raucht wie ein Schlot.«

»Das hat er immer getan«, sagte Smiley.

»Was hat er getan?«

»Er war von jeher ein sehr starker Raucher«, sagte Smiley.

»Was Sie nicht sagen!«

Enderby blätterte weiter. »Jetzt Kirows Auftrag«, sagte er. »Karla instruiert ihn. ›In offizieller Mission bekleide ich einen Posten in der Handelsabteilung der Botschaft, und als Sondermission sollte ich die Kontrolle und Führung der Konten sämtlicher Außenstellen des Dreizehnten Direktoriums in folgenden Städten übernehmen . . .‹ Kirow zählt sie sodann auf. Bonn gehört dazu, aber nicht Hamburg. Mitgekommen, Sam?«

»Auf der ganzen Linie, Chef.«

»Nicht im Labyrinth verirrt?«

»Keinen Schritt, Chef.«

»Schlaue Lümmel, diese Russkis.«

»Teuflisch.«

»Wieder Kirow: ›Er schärfte mir die immense Wichtigkeit meiner Aufgabe ein‹ – bla, bla –, ›erinnerte an meine ausgezeichnete Arbeit im Fall Orlow und wies mich an, daß ich meine Berichte in Anbetracht des besonders delikaten Charakters der von mir wahrzunehmenden Tätigkeit direkt an Karlas Privatbüro schikken und hierfür einen Spezial-Code benutzen würde . . .‹ Aufschlagen Seite fünfzehn –«

»Seite fünfzehn aufgeschlagen, Chef«, sagte Collins.

Smiley hatte die Stelle bereits gefunden.

»›Zusätzlich zu meiner Arbeit als Revisor des Dreizehnten Direktoriums für die westeuropäischen Außenstellen würde ich jedoch, wie Karla mir mitteilte, mit gewissen geheimzubleibenden Aktivitäten betraut werden, zwecks Erstellung von Tarn-Vitae oder Legenden für künftige Agenten. Sämtliche Mitglieder seines Direktoriums seien damit befaßt, sagte er, aber die Ausarbeitung von Legenden unterliege dennoch verschärfter Geheimhaltung, und ich dürfe unter gar keinen Umständen mit irgend jemandem darüber sprechen. Weder mit meinem Botschafter noch mit Major Pudin, Karlas ständigem operativem Vertreter in unserer Pariser Botschaft. Ich sagte natürlich zu und trat nach Ableistung eines Sonderkursus in Sicherheit und Kommunikation meinen Posten an. Ich war noch nicht lange in Paris, als Karla mir in einem persönlichen Fernschreiben mitteilte, daß dringend eine Legende für eine Agentin benötigt werde, Alter etwa einundzwanzig Jahre.‹ Jetzt sind wir soweit«, kommentierte Enderby voll Genugtuung. »›Karlas Fernschreiben nannte mir mehrere Emigrantenfamilien, die unter entsprechendem Druck einwilligen könnten, eine solche Agentin als ihre eigene Tochter auszugeben, denn für Karla ist Erpressung ein probateres Mittel als Bestechung.‹ Womit er verdammt recht hat«, stimmte Enderby lebhaft zu. »Bei der heutigen Inflationsrate ist Erpressung ungefähr die einzige Valuta, die ihre Kaufkraft behält.« Sam Collins bekundete seinen Beifall durch ein volltönendes Lachen. »Danke, Sam«, sagte Enderby huldvoll. »Verbindlichsten Dank.«

Ein geringerer Mann als Enderby – oder ein Mann von geringerer Dickfelligkeit – hätte vielleicht die nächsten paar Seiten übersprungen, denn sie bestätigten größtenteils, wie recht Connie Sachs und Smiley gehabt hatten, als sie vor drei Jahren auf eine Durchleuchtung der Leipzig-Kirow-Verbindung drängten.

»Kirow klappert pflichtschuldigst die Emigranten ab, aber ohne Erfolg«, verkündete Enderby, als lese er die Untertitel im Kino vor. »Karla mahnt Kirow zu größerem Eifer, Kirow verdoppelt seine Anstrengungen, wieder Fehlanzeige.«

Enderby brach ab und blickte Smiley an, diesmal sehr direkt.
»Kirow taugte nichts, wie, George?« sagte er.
»Nein«, sagte Smiley.
»Karla konnte seinen eigenen Leuten nicht trauen, darauf wollen Sie doch hinaus. Er mußte sich unterm Fußvolk umsehen und einen so unsicheren Kantonisten wie Kirow anwerben.«
»Ja.«
»Einen Tölpel. Der nie und nimmer Sarratt geschafft hätte.«
»Genau.«
»Mit anderen Worten: Nachdem er seinen eigenen Apparat aufgezogen und ihm seine eisernen Regeln antrainiert hat, wagte er nicht, ihn in dieser speziellen Sache einzusetzen. Wollen Sie darauf hinaus?«
»Ja«, sagte Smiley. »Darauf will ich hinaus.«
Als Kirow nun im Flugzeug nach Wien ach so zufällig Leipzig wiedersah – Enderby gab nun den Inhalt von Kirows Bericht in seiner eigenen Formulierung wieder –, erschien Otto ihm wie ein Geschenk des Himmels. Was tat's, daß Ottos Sitz in Hamburg war, was tat's, daß damals in Riga manch Unschönes passierte: Otto war Emigrant, hatte Kontakt mit den Emigrantengruppen, Otto der Goldjunge. Kirow jagte eine Meldung an Karla und schlug vor, daß Leipzig als Emigranten-Quelle und Talentsucher angeheuert werde. Karla gab seine Zustimmung.
»Auch eine kuriose Sache, wenn man's bedenkt«, bemerkte Enderby. »Herrje, ich meine, wie kann ein Mensch, der seine fünf Sinne beisammen hat, auf einen Gaul mit Leipzigs Ruf setzen? Noch dazu für einen solchen Job?«
»Karla war im Druck«, sagte Smiley. »Kirow sagte das aus, und es wird auch von anderer Seite bestätigt. Er war in Eile. Er mußte Risiken eingehen.«
»Leute umlegen, zum Beispiel?«
»Das war erst kürzlich«, sagte Smiley in so begütigendem Ton, daß Enderby ihm einen scharfen Blick zuwarf.
»In letzter Zeit sind Sie verdammt nachsichtig, wie, George?« sagte Enderby argwöhnisch.

»Tatsächlich?« Smiley schien durch die Frage verwirrt. »Wenn Sie es sagen, Saul.«
»Und verdammt sanftmütig obendrein.« Er wandte sich wieder der Tonbandabschrift zu. »Seite einundzwanzig, dann ist Feierabend.« Er las langsam, um der Stelle besonderes Gewicht zu verleihen. »Seite einundzwanzig«, wiederholte er. »›Im Anschluß an die erfolgreiche Anwerbung der Ostrakowa und die amtliche Ausstellung eines französischen Visums für ihre Tochter Alexandra erhielt ich den Auftrag, ab sofort monatlich zehntausend US-Dollar aus dem Pariser Spesenfonds für die Bedienung dieser neuen Tiefenagentin abzuzweigen, die unter dem Arbeitsnamen KOMET geführt werde. Die Agentin KOMET erhielt außerdem die höchste Geheimhaltungsstufe innerhalb des Direktoriums, so daß alle sie betreffenden Meldungen dem Leiter persönlich unter Benutzung des Absender-Empfänger-Codes und ohne Mittelsperson zugehen mußten. Wenn irgend möglich, sollten solche Mitteilungen per Kurier reisen, da Karla strikter Gegner unnötiger Funkkontakte ist.‹ Ist da etwas Wahres dran, George?« fragte Enderby leichthin.
»Auf diese Weise haben wir ihn damals in Indien geschnappt«, sagte Smiley, ohne den Kopf zu heben. »Wir haben seine Codes geknackt, und daraufhin schwor er, nie wieder Funk zu benutzen. Wie die meisten Schwüre wurde auch dieser nur bedingt gehalten.«
Enderby biß ein Streichholzende ab und schmierte es auf seinen Handrücken. »Möchten Sie nicht den Mantel ablegen, George?« fragte er. »Sam, fragen Sie ihn, was er trinken möchte.«
Sam fragte, aber Smiley war so sehr in die Tonbandabschrift vertieft, daß er nicht antwortete.
Enderby nahm seine Vorlesung wieder auf. »›Ferner erhielt ich Anweisung, dafür zu sorgen, daß in den Jahresabrechnungen für Westeuropa, die ich als Revisor abzeichnen und Karla zur Vorlage beim Collegium der Moskauer Zentrale am Ende eines jeden Geschäftsjahres übermitteln mußte, kein Hinweis auf KOMET zu finden sein würde . . . Nein, ich bin der Agentin KOMET

nie persönlich begegnet und weiß auch nicht, was aus ihr geworden ist oder in welchem Land sie operiert. Ich weiß nur, daß sie unter dem Namen Alexandra Ostrakowa lebt, Tochter in Frankreich naturalisierter Eltern . . .‹« Weiteres Umblättern. »›Die monatliche Summe von zehntausend Dollar wurde nicht durch mich direkt ausbezahlt, sondern an eine Bank in Thun, im schweizerischen Kanton Bern, überwiesen. Die Überweisung geschieht per Dauerauftrag zu Gunsten eines Dr. Adolf Glaser. Glaser ist nomineller Konto-Inhaber, aber ich glaube, Glaser ist nur der Arbeitsname eines Karla-Mannes an der Sowjetbotschaft in Bern, dessen richtiger Name Grigoriew lautet. Zu dieser Annahme gelangte ich aus folgendem Grund: Bei einer dieser Geldsendungen nach Bern unterlief der überweisenden Bank ein Irrtum, und das Geld traf nicht in Bern ein. Als Karla davon erfuhr, trug er mir auf, sofort denselben Betrag nochmals und zwar an Grigoriew persönlich zu überweisen, während die Bank der Sache nachging. Ich führte den Befehl aus und erhielt später die doppelt bezahlte Summe zurück. Das ist alles, was ich weiß. Otto, mein Freund, ich flehe dich an, behalte diese vertraulichen Informationen für dich, sie könnten mein Tod sein.‹ Womit er verdammt recht hat. Waren sie.« Enderby warf das Protokoll auf einen Tisch, wo es mit lautem Klatschen landete. »Kirows Testament und Letzter Wille, könnte man sagen. Das wär's. George?«

»Ja, Saul?«

»Wirklich nichts zu trinken?«

»Danke, ich bin ganz zufrieden.«

»Ich bin noch immer am Ausklamüsern, bei mir geht's nicht so schnell. Rechnen wir mal gemeinsam nach. Im Kopfrechnen sind Sie mir um Längen voraus. Also, Zug um Zug.« Er erinnerte an Lacon, als er eine weiße Hand hochhielt und die Finger spreizte, an denen er sodann abzählte.

»Nummer eins: Die Ostrakowa schreibt an Wladimir. Ihr Brief rührt alte Geschichten wieder auf. Vermutlich hat Mikhel ihn abgefangen und gelesen, aber das werden wir nie erfahren. Wir könnten ihn in den Schwitzkasten nehmen, aber das würde vermutlich nicht nur nichts nützen, sondern höchstwahrscheinlich in Karlas Taubenschlag Großalarm auslösen.« Er packte einen zweiten Finger. »Nummer zwei: Wladimir schickt eine Kopie des Briefes an Otto Leipzig mit der dringenden Bitte, er möge umgehend seine Freundschaft mit Kirow aufwärmen. Nummer drei: Leipzig braust nach Paris, besucht die Ostrakowa, läuft seinem lieben alten Kumpel Kirow über den Weg, lockt ihn nach Hamburg – wohin Kirow schließlich ohne weiteres mitdarf, denn Leipzig steht bei Karla immer noch als Kirows Agent auf der Liste. Aber jetzt frage ich mich etwas, George.«

Smiley wartete.

»In Hamburg zieht Leipzig seinem Freund Kirow die Würmer aus der Nase. Ja? Beweis liegt hier in unseren Schwitzhändchen. Aber ich frage mich – wie?«

Vermochte Smiley wirklich nicht zu folgen oder lag ihm daran, Enderby noch ein bißchen Kopfarbeit leisten zu lassen. Jedenfalls zog er es vor, Enderbys Frage als rhetorisch zu betrachten.

»*Wie* erpreßt Leipzig ihn genau?« bohrte Enderby. »Was ist das Druckmittel? Sex-Fotos? Schön, okay. Karla ist Puritaner, Kirow auch. Aber ich meine, Herrgott, wir leben nicht mehr in den fünfziger Jahren, wie? Heutzutage kann jeder sich ein bißchen Fleischeslust erlauben, was?«

Smiley lieferte keinen Kommentar zu russischen *mores*; aber zum Thema Druckmittel äußerte er sich so präzise, wie Karla es vermutlich getan hätte. »Ihre Ethik ist anders als die unsrige. Sie duldet keine Dummköpfe. Wir halten uns immer für leichter erpreßbar als die Russen. Das stimmt nicht. Das stimmt ganz einfach nicht.« Er schien in diesem Punkt sehr sicher zu sein. Er schien in letzter Zeit reichlich darüber nachgedacht zu haben: »Kirow war unfähig und indiskret. Allein seiner Indiskretion wegen hätte Karla ihn vernichtet. Leipzig besaß den Beweis dafür. Vielleicht erinnern Sie sich, als wir die ersten Recherchen über Kirow anstellten: Damals hatte Kirow sich betrunken und höchst unklug über Karla ausgepackt. Hat Leipzig erzählt, Karla

habe ihm befohlen, die Legende für eine Agentin aufzubauen. Damals mißtrauten Sie der Geschichte, aber sie stimmte.«
Enderby war kein Mann, der errötete, aber er hatte tatsächlich soviel Anstand, ein schiefes Grinsen zu zeigen, ehe er in seiner Tasche nach einem weiteren Streichholz fischte.
»*Und wer einen Stein wälzt, auf den rollt er zurück*«, zitierte er befriedigt, ob er allerdings auf sein eigenes Versäumnis anspielte oder auf Kirows Achtlosigkeit, blieb unklar. »›Erzähl uns den Rest, Kumpel, oder ich erzähle Karla, was du mir schon alles erzählt hast‹, sagt Klein Otto zu der Fliege. Herrje, Sie haben recht, er hatte Kirow *wirklich* am Wickel!«
Sam Collins riskierte eine vermittelnde Bemerkung. »Ich glaube, was George sagt, paßt ziemlich genau zu dem Hinweis auf Seite zwei, Chef«, sagte er. »An dieser Stelle erwähnt Leipzig tatsächlich ›unsere Gespräche in Paris‹. Da hat er schon das Karla-Messer angesetzt, keine Frage. Stimmt's, George?«
Aber was die Aufmerksamkeit anging, die Smiley und Enderby ihm zollten, hätte Sam Collins ebenso gut im Nebenzimmer sprechen können.
»Leipzig hatte auch den Brief der Ostrakowa«, ergänzte Smiley. »Der Inhalt sprach nicht gerade für Kirow.«
»Noch etwas«, sagte Enderby.
»Ja, Saul?«
»Vier Jahre, ja? Es ist volle vier Jahre her, seit Kirow seinen ersten Versuch bei Leipzig gemacht hat. Plötzlich reißt er die Ostrakowa auf und probiert die gleiche Masche. Vier Jahre später. Wollen Sie sagen, er sei die ganze Zeit über mit ein und demselben Auftrag Karlas schwanger gegangen, ohne mit einem Resultat niederzukommen?«
Smileys Antwort war seltsam bürokratisch. »Man kann nur vermuten, daß Karlas Bedarf nicht mehr gegeben war und später wieder akut wurde«, erwiderte er steif, und Enderby war klug genug, nicht weiter in ihn zu dringen.
»Kurz und gut: Leipzig erspreßt Kirow nach Strich und Faden und macht Wladimir davon Mitteilung«, faßte Enderby zusam-

men, und hob abermals zählend die gespreizten Finger. »Wladimir schickt Willem als Kurier los. Inzwischen hat Karla auf seiner Ranch in Moskau Lunte gerochen, oder Mikhel hat gepfiffen, vermutlich letzteres. Wie dem auch sei, Karla beordert Kirow unter dem Vorwand einer Beförderung nach Hause und hängt ihn an den Ohren auf. Kirow singt sofort, hätte ich auch getan. Karla versucht, die Zahnpasta wieder in die Tube zu drükken. Tötet Wladimir, der mit dem Brief der Ostrakowa auf dem Weg zu unserem Treff ist. Tötet Leipzig. Macht einen gemeinen Mordanschlag auf die alte Dame, aber es klappt nicht. Wie ist ihm jetzt zu Mute?«

»Er sitzt in Moskau und wartet, daß Holmes oder Kapitän Ahab bei ihm auftauchen«, scherzte Sam Collins mit seiner Samtstimme und zündete sich seine soundsovielte Zigarette an.

Enderby mußte nicht lachen. »Und warum buddelt Karla seinen Schatz nicht wieder aus, George? Deponiert ihn anderswo? Wenn Kirow Karla beichtete, was er Leipzig gebeichtet hat, dann mußte Karla als erstes alle Spuren verwischen!«

»Vielleicht ist der Schatz nicht zu transferieren«, erwiderte Smiley. »Vielleicht sind Karlas Möglichkeiten erschöpft.«

»Aber es wäre heller Wahnsinn, dieses Bankkonto stehenzulassen!«

»Es war auch heller Wahnsinn, einen Idioten wie Kirow einzusetzen«, sagte Smiley. »Es war Wahnsinn, ihn Leipzig anwerben zu lassen, Wahnsinn, sich an die Ostrakowa heranzumachen, und Wahnsinn zu glauben, durch drei Morde könne er das Leck stopfen. Die Voraussetzung voller Zurechnungsfähigkeit ist daher nicht gegeben. Warum auch?« Er schwieg eine Weile. »Und Karla *glaubt* es offenbar *immer* noch, sonst würde Grigoriew nicht nach wie vor in Bern sein. Das ist er doch, wenn ich Sie recht verstanden habe?« Nur die Andeutung eines Seitenblicks zu Collins.

»Bis dato sitzt er noch brav im alten Nest«, sagte Collins mit seinem Allwetter-Lächeln.

»Dann wäre ein Transfer des Bankkontos kaum ein logischer

Schritt«, bemerkte Smiley. Und er fügte hinzu: »Nicht einmal für einen Wahnsinnigen.«
Und es war seltsam – das äußerten Collins und Enderby später übereinstimmend im engsten Kreis –, daß alles, was Smiley sagte, wie ein kalter Hauch durch den Raum zu wehen schien, daß sie beide, ohne zu begreifen, wie es zuging, sich in eine höhere Sphäre menschlichen Verhaltens versetzt sahen, für die sie nicht gebaut waren.
»Wer ist also seine Dunkle Dame?« fragte Enderby. »Wer ist ihm zehntausend pro Monat und seine ganze verdammte Karriere wert? Bringt ihn soweit, daß er Gimpel ausschickt, statt seiner eigenen regulären Halsabschneider? Muß eine bemerkenswerte Puppe sein.«

Wiederum kann man nur raten, warum Smiley beschlossen hatte, diese Frage nicht direkt zu beantworten. Vielleicht liegt die Erklärung in seiner eisernen Unzugänglichkeit; oder vielleicht haben wir es mit der hartnäckigen Weigerung des geborenen Agenten zu tun, seinem Vorgesetzten irgendetwas zu offenbaren, was für die Zusammenarbeit nicht unbedingt notwendig ist. Ganz bestimmt hatte sein Entschluß einen philosophischen Grund. Schon war Smiley überzeugt, niemandem außer sich selber verantworlich zu sein: Warum sollte er handeln, als wäre dies nicht der Fall? »Alle Fäden führen in mein eigenes Leben!« mag er argumentiert haben. »Warum meinem Gegenspieler die Enden in die Hand geben, nur damit er mich daran gängeln kann?« Oder aber, er dachte – und vermutlich zu recht –, daß Enderby die Wirrungen von Karlas Lebensweg ebenso bekannt waren wie Smiley; und daß er, falls dem nicht so gewesen sein sollte, seine Rußland-Spezialisten die ganze Nacht hindurch hatte wühlen lassen, bis sie auf die Antworten gestoßen waren, die ihm fehlten.
Was immer zutreffen mag, fest steht, daß Smiley sein Wissen für sich behielt.
»George?« sagte Enderby nach langer Pause.

Ein Flugzeug donnerte im Tiefflug über das Haus.

»Die Frage ist ganz einfach, ob Sie das Produkt haben möchten«, antwortete Smiley schließlich. »Ich sehe sonst nichts, was letztlich von großer Bedeutung wäre.«

»Ach, Sie sehen sonst nichts!« sagte Enderby, zog die Hand vom Mund und damit das Streichholz. »Oh doch, ich *möchte* ihn haben«, fuhr er fort, als sei dies nur ein Teil des Ganzen. »Ich *möchte* die Mona Lisa haben und den Vorsitzenden der Volksrepublik China und den Sieger des nächstjährigen Irish Sweep. Ich *möchte* Karla in Sarratt auf dem heißen Stuhl haben, wo er vor den Inquisitoren seine Lebensgeschichte ausspuckt. Ich *möchte*, daß mir die amerikanischen Vettern noch jahrelang aus der Hand fressen. Ich *möchte* alle Trümpfe haben, klar, daß ich das *möchte*. Aber das hilft mir nicht aus dem Schlamassel.«

Doch Smiley schien an Enderbys Dilemma seltsam uninteressiert.

»Bruder Lacon dürfte Sie doch aufgeklärt haben? Über den Stillhalte-Befehl und so?« fragte Enderby. »Ein junges idealistisches Kabinett, nichts geht über Entspannung, Transparenz der Regierungsarbeit ist die Parole, diesen ganzen Scheiß? Schluß mit den bedingten Reflexen des Kalten Krieges? Schnüffeln unter jedem Whitehall-Bett nach Tory-Verschwörungen, besonders unter dem unsrigen? Hat er das getan? Hat er Ihnen gesagt, daß sie eine gewaltige anglo-russische Friedensinitiative starten wollen, wieder einmal, die prompt spätestens bis nächste Weihnachten platzen wird?«

»Nein. Nein, davon hat er mir nichts gesagt.«

»Aber das Vorhaben besteht wirklich. Und wir dürfen es nicht gefährden, tra-la-la. Typisch, derselbe Verein, der die Friedenstrommeln rührt, schreit Zeter und Mordio, wenn wir die Ware nicht liefern. Das muß jedem einleuchten, wie? Schon jetzt möchten sie wissen, wie die Reaktion der Sowjets ausfallen wird. War das schon immer so?«

Smiley zögerte so lange mit der Antwort, als müsse er das Urteil des Jüngsten Gerichts fällen. »Ja. Ich glaube schon. Ich glaube,

in der einen oder anderen Form war es schon immer so«, sagte er schließlich, und diese Feststellung schien für ihn selber viel zu bedeuten.
»Hätten Sie mir vorher sagen können.«
Enderby schlenderte zur Mitte des Zimmers und goß sich am Buffet ein Glas reines Sodawasser ein; er starrte Smiley in anscheinend ehrlicher Unschlüssigkeit an. Starrte ihn an, wandte den Kopf und starrte ihn aufs neue an, zeigte alle Symptome eines Mannes, der mit einem unlösbaren Problem konfrontiert ist.
»Eine harte Nuß, Chef, wahrhaftig«, sagte Sam Collins, wovon keiner der beiden anderen Männer die geringste Notiz nahm.
»Und es ist nicht einfach ein gemeines Bolschi-Komplott, George, das uns ins eigene Grab locken soll – sind Sie da *ganz* sicher?«
»Ich fürchte, diesen Aufwand sind wir nicht mehr wert, Saul«, sagte Smiley mit abbittendem Lächeln.
Enderby war nicht erpicht darauf, an die Grenzen von Britanniens Größe erinnert zu werden, und sekundenlang verzog sich sein Mund zu einer säuerlichen Grimasse.
»All right, Maud«, sagte er nach einer Weile. »Laß uns in den Garten gehen.«

Sie spazierten Seite an Seite. Collins war auf ein Nicken Enderbys hin im Haus geblieben. Unter dem sachten Regen kräuselte sich die Wasserfläche des Teichs, und der Marmorengel glänzte im Dämmerlicht. Von Zeit zu Zeit schüttelte eine kurze Brise einen Wasserschauer von den hängenden Zweigen auf den Rasen und auf den einen oder anderen der beiden Männer. Aber Enderby war ein englischer Gentleman, Gottes Regen mochte den Rest der Menschheit durchnässen, doch er wollte verdammt sein, wenn auch er etwas abbekäme. Das Licht fiel in kleinen Flecken auf sie. Aus Bens Fenstertüren fielen kleine gelbe Rechtecke über den Teich. Von jenseits der Ziegelmauer kam der kränklich grüne Schimmer einer modernen Straßenlampe. Sie drehten schweigend eine Runde, ehe Enderby sprach.

»Sie haben uns ganz schön in Trab gehalten, George, das muß ich schon sagen. Willem, Mikhel, Toby, Connie. Der arme alte Ferguson hatte kaum Zeit, seine Spesenabrechnung auszufüllen, und schon waren Sie wieder auf Achse. ›Muß er denn nie schlafen?‹ hat er mich gefragt. ›Muß er nie was trinken?‹«
»Tut mir leid«, murmelte Smiley, um irgendetwas zu sagen.
»Eben nicht«, sagte Enderby und blieb unvermittelt stehen. »*Verdammte* Schnürsenkel«, brummte er und beugte sich über seinen Stiefel, »immer der gleiche Jammer bei Wildleder. Zu wenige Ösen, daher. Sollte man nicht einmal den verdammten Briten zutrauen, daß sie's fertigbringen, mit *Löchern* zu knausern, wie?«
Enderby setzte den Fuß wieder auf den Boden und hob den anderen.
»Ich will ihn, wie er leibt und lebt, George, hören Sie? Bringen Sie mir einen lebendigen, redenden Karla, und ich nehme ihn und entschuldige mich später dafür. Karla bittet um Asyl? Nun ja, ehem, nicht eben gern, aber er soll's haben. Bis die Weisen ihre Donnerbüchsen geladen haben, um mich abzuschießen, habe ich genügend aus ihm rausgequetscht, daß ihnen für immer das Maul gestopft ist. Den ganzen Mann oder gar nichts, verstanden?«
Sie hatten ihre Wanderung wieder aufgenommen, Smiley trottete hinter Enderby her, der jedoch, obgleich er sprach, nicht den Kopf wandte.
»Und bilden Sie sich bloß nicht ein, Sie könnten diese Sippschaft abhängen«, warnte er. »Wenn Sie und Karla auf dem schmalen Felsvorsprung über den Reichenbach-Fällen nicht mehr vor- und zurückkönnen und Sie schon die Hände um Karlas Hals legen, steht plötzlich Bruder Lacon hinter Ihnen, zerrt an Ihren Rockschößen und sagt, daß man zu einem Russen nicht garstig sein darf. Ist Ihnen das klar?«
Smiley sagte, ja, es sei ihm klar.
»Was haben Sie bisher gegen ihn vorzubringen? Mißbrauch seiner Amtsbefugnisse, nehme ich an. Betrug. Veruntreuung öf-

fentlicher Gelder, genau das, weswegen er den Knaben aus Lissabon hinrichten ließ. Ungesetzliches Vorgehen im Ausland, einschließlich einiger Mordanschläge. Vermutlich eine verdammt lange Liste, wenn man's zusammenzählt. *Plus* dieser Bande eifersüchtiger Biber in der Moskauer Zentrale, die schon lang nach seinem Blut lechzen. Er hat recht: Erpressung ist verdammt besser als Bestechung.«

Smiley sagte ja, es scheine so.

»Und Sie werden Leute brauchen. Babysitter, Pfadfinder, sämtliches verbotene Spielzeug. Kein Wort darüber zu mir, suchen Sie sich selber, was Sie brauchen. Geld ist etwas anderes. Ich kann Sie auf Jahre hinaus in den Konten verschwinden lassen, so, wie diese Hampelmänner im Schatzamt arbeiten. Sagen Sie mir nur, wann, wieviel und wohin, und ich mache Ihren Karla und frisiere die Bücher. Wie steht's mit Pässen und so? Wollen Sie Adressen haben?«

»Ich glaube, ich bin versorgt, danke.«

»Ich lasse Sie Tag und Nacht überwachen. Wenn das Unternehmen schief geht und es einen Skandal gibt, möchte ich mir nicht vorwerfen lassen, ich hätte Sie unter Beobachtung halten sollen. Ich werde sagen, daß ich nach der Sache mit Wladimir einen Alleingang befürchtet und beschlossen hätte, Sie für alle Fälle an die lange Leine zu nehmen. Ich werde sagen, die ganze Katastrophe sei nur das lächerliche Ein-Mann-Unternehmen eines senilen Spions, der nicht mehr alle Tassen im Schrank hat.«

Smiley sagte, das halte er für eine gute Idee.

»Ich kann zwar kein großes Aufgebot auf die Straße schicken, aber ich kann immerhin Ihr Telefon anzapfen, Ihre Briefe aufdämpfen und wenn's mir Spaß macht, in Ihrem Schlafzimmer Wanzen setzen. Genau gesagt, sind wir schon seit Samstag in der Leitung. Nichts natürlich, aber was kann man schon erwarten?«

Smiley nickte mitfühlend.

»Sollte Ihre Abreise ins Ausland mir als überstürzt oder geheimnisvoll auffallen, so werde ich Meldung machen. Außerdem brauche ich eine Legende für Ihre Besuche im Archiv des Circus.

Sie werden zwar nur nachts hingehen, aber jemand könnte Sie erkennen, und ich will mich auch *hierbei* nicht erwischen lassen.«

»Es bestand einmal der Plan, eine interne Geschichte der Dienststelle in Auftrag zu geben«, sagte Smiley hilfsbereit. »Natürlich nicht zur Veröffentlichung, aber doch eine Art fortlaufender Chronik, die Neulingen und gewissen Verbindungsdienststellen zur Verfügung stehen könnte.«

»Ich schicke Ihnen ein offizielles Schreiben«, sagte Enderby. »Und ich werde es wohlweislich zurückdatieren. Sollten Sie während Ihres Aufenthalts innerhalb des Gebäudes Ihre Befugnisse übertreten, so ist das nicht meine Schuld. Der Bursche da in Bern, den Kirow erwähnte, Grigoriew, Handelsattaché. Der Bursche, an den die Moneten gehen?«

Smiley schien tief in Gedanken. »Ja, ja, natürlich«, sagte er. »Grigoriew.«

»Ich nehme an, er ist Ihre nächste Station, wie?«

Eine Sternschnuppe sauste über den Himmel, und einen Augenblick lang sahen sie ihr beide nach.

Enderby zog ein einfaches gefaltetes Blatt Papier aus der Innentasche. »Hier, das ist Grigoriews Stammbaum, so weit wir ihn kennen. Er ist sauber durch und durch. Einer der ganz Wenigen. War früher Dozent für Volkswirtschaft an irgendeiner russischen Universität. Mit einer Schreckschraube verheiratet.«

»Vielen Dank«, sagte Smiley höflich. »Herzlichen Dank.«

»Inzwischen haben Sie meinen Segen, was ich im Ernstfall strikt ableugnen werde«, sagte Enderby, während sie sich auf den Rückweg zum Haus machten.

»Vielen Dank«, sagte Smiley wieder.

»Tut mir leid, daß Sie ein Opfer der imperialistischen Heuchelei werden mußten, aber Sie sind nicht der einzige.«

»Keine Ursache«, sagte Smiley.

Enderby blieb stehen und wartete, bis Smiley ihn eingeholt hatte.

»Wie geht's Ann?«

»Danke, gut.«
»Wie viel –« Plötzlich geriet er aus dem Konzept. »Sagen wir mal so, George«, meinte er, nachdem er eine Weile die köstliche Nachtluft genossen hatte. »Reisen Sie in diesem Fall in Geschäften oder zum Vergnügen? Worum geht's?«
Smileys Antwort ließ auf sich warten und war ebenso indirekt: »Mit dem Begriff Vergnügen konnte ich nie viel anfangen«, sagte er. »Oder vielleicht sollte ich sagen: mit dem Unterschied.«
»Hat Karla noch immer das Feuerzeug, das sie Ihnen schenkte? Das stimmt doch, oder? Es heißt, damals, als Sie in Delhi mit ihm sprachen – ihn umdrehen wollten –, habe er Ihnen das Feuerzeug geklaut. Besitzt es heute noch, wie? Benutzt es noch immer? Würde mich ganz schön wurmen, wenn es mir gehört hätte.«
»Es war nur ein gewöhnliches Ronson-Feuerzeug«, sagte Smiley. »Allerdings sind diese Dinger sehr stabil, so gut wie unverwüstlich, nicht wahr?«
Sie trennten sich grußlos.

20

In den Wochen nach seiner Unterredung mit Enderby war George Smileys Stimmung so komplex und vielschichtig wie die Skala der Vorbereitungsarbeiten, die er in Angriff genommen hatte. Er fand keine Ruhe; alles an ihm war in undefinierbarer Bewegung, die einzige Konstante war seine zielgerichtete Entschlossenheit. Jäger, weltabgeschiedener Liebhaber, Einsamer auf der Suche nach Ergänzung, subtiler Teilnehmer am Großen Spiel, Zweifler auf der Suche nach Bestätigung – Smiley verkörperte abwechselnd jede dieser Rollen und manchmal sogar mehrere zugleich. Wer immer sich später an ihn erinnerte – Mendel, der Polizist im Ruhestand, einer seiner wenigen Vertrauten; eine gewisse Mrs. Gray, Besitzerin einer bescheidenen Frühstückspension für alleinstehende Herren in Pimlico, wo er aus Sicherheitsgründen vorübergehend sein Hauptquartier aufgeschlagen hatte; Toby Esterhase, alias Benati, der distinguierte, auf Arabica spezialisierte Kunsthändler, alle sprachen auf ihre Art von einer ominösen *Insichgekehrtheit*, einer Ruhe, einer Knappheit an Worten und Blicken, und sie beschrieben es je nach dem Grad ihrer Vertrautheit mit ihm und ihrer eigenen Lebenslage.
Mendel, ein springlebendiger, scharf beobachtender Mann mit einem Hang zur Bienenzucht, sagte rundheraus, daß George sich für seinen großen Kampf warm trainiere. Als ehemaliger Amateurboxer, der seinerzeit im Mittelgewicht die Farben seiner Abteilung vertreten hatte, machte er sich anheischig, die Zeichen eines bevorstehenden Kampfes zu erkennen: eine Nüchternheit, eine klärende Einsamkeit, die bewiesen, daß Smiley »an seine Hände dachte«. Mendel scheint ihn gelegentlich eingeladen und ihm Mahlzeiten gekocht zu haben. Aber Mendel war zu klarsichtig, um nicht auch Smileys andere Seiten zu bemerken: die

Ratlosigkeit, oft als gesellschaftliche Verpflichtung getarnt; seine Gewohnheit, sich unter einem fadenscheinigen Vorwand davonzumachen, als halte er das Stillsitzen nicht mehr länger aus, als brauche er Bewegung, um sich selbst zu entrinnen.
Für seine Zimmerwirtin, Mrs. Gray, war Smiley ganz einfach ein Hinterbliebener. Sie wußte nichts von ihm, außer daß er Lorimer hieß und pensionierter Buchhändler war. Doch sie sagte zu den anderen Herren, sie könne spüren, daß er einen *Verlust* erlitten habe, denn warum sollte er sonst seinen Frühstücksspeck stehen lassen; sehr oft, aber immer allein, ausgehen und bei angemachtem Licht schlafen? Er erinnere sie an ihren Vater, nach ›Mutters Heimgang‹. Und damit traf sie ins Schwarze, denn die beiden Morde setzten Smiley während dieser Kampfpause immer noch zu, wenn sie auch in keiner Weise die Schnelligkeit seiner Hände minderten, im Gegenteil. Sie hatte auch recht, wenn sie ihn *geteilt* nannte, denn in kleinen Dingen wechselte er dauernd seine Meinung: Wie der Ostrakowa fielen ihm die nebensächlichen Entscheidungen des Lebens zunehmend schwerer.
Toby Esterhase, der viel mit ihm zu tun hatte, kam zu einer sachkundigeren Beurteilung, in die sich natürlich seine eigene freudige Genugtung darüber mischte, wieder am Ball zu sein. Die Aussicht, Karla ›am großen Tisch‹ auszuspielen, wie er es nannte, hatte einen neuen Menschen aus Toby gemacht. Mister Benati war jetzt wirklich international geworden. Zwei Wochen lang kämmte er die Niederungen von Europas mieseren Städten durch und musterte seine bizzare Armee von abgehalfterten Spezialisten: die Pflastertreter, die Tondiebe, die Fahrer, die Fotografen. Er rief, wo immer er auch war, täglich Smiley an, wählte jeweils einen anderen Teilnehmer, der von der Pension aus bequem zu Fuß zu erreichen war, und berichtete in einem verabredeten Wortcode über den Fortgang seiner Arbeit. Wenn Toby durch London kam, fuhr Smiley zu einem Flugplatzhotel und ließ sich in einem der ihm nun wohlvertrauten Zimmer informieren. George machte, wie Toby erklärte, eine Flucht nach vorn, aus Verzweiflung, wegen der Schwäche seiner Rückendeckung

oder ganz einfach, weil er seine Schiffe hinter sich verbrannt hatte. Was der eigentliche Grund war, konnte er nicht genau beschreiben. ›Hören Sie‹, pflegte er zu sagen, ›George hat es immer auf die Sachte gemacht, wenn Sie verstehen, was ich meine. Man sieht eine Menge – die Augen gehen einem über. Möglich, daß George einfach zuviel gesehen hat.‹ Und in einem Satz, der seinen bescheidenen Platz in der Circus-Folklore gefunden hat, fügte er hinzu – ›George hat zuviele Köpfe unter seinem Hut‹. An Smileys Führungsqualitäten dagegen hegte Toby nicht den mindesten Zweifel. ›Gründlich bis zum Exzeß‹, erklärte er respektvoll, selbst wenn dieser Exzeß bedeutete, daß man seine Reiseabrechnung bis auf den letzten Rappen überprüfte, eine Prozedur, die er mit resigniertem Wohlwollen über sich ergehen ließ. George war nervös, sagte er, wie sie alle, und seine Nervosität erreichte ihren Höhepunkt, als Toby begann, seine Teams in Zweier- oder Dreiereinheiten auf die Zielstadt Bern zu konzentrieren und sehr, sehr vorsichtig die ersten Schritte in Richtung auf das Wild zu tun. ›George stieg zu sehr in die Einzelheiten ein‹, beklagte sich Toby. ›Als wollte er mit uns auf dem Pflaster sein. Als altem Fall-Berater fiel es ihm schwer zu delegieren.‹ Selbst als die Teams alle zusammengestellt, abgesegnet und instruiert waren, bestand Smiley von seiner Londoner Basis aus auf drei Tagen praktischer Untätigkeit, während derer alle sich in die Stadt einleben, sich ortsübliche Kleidung und Transportmittel zulegen und das Kommunikationssystem nochmals durchproben sollten: ›Nur keine Überstürzung, Toby‹, wiederholte er besorgt. ›Je länger nichts passiert, desto sicherer wird Karla sich fühlen. Ein einziger vorschneller Zug, und Karla gerät in Panik, und wir haben das Nachsehen.‹ Nach dem ersten operativen Anlauf wurde Toby von Smiley wieder zur Berichterstattung befohlen: ›Sind Sie sicher, daß kein Augenkontakt stattgefunden hat? Haben Sie wirklich alle Eventualitäten berücksichtigt? Brauchen Sie mehr Wagen, mehr Leute?‹ Dann, sagte Toby, mußte er nochmals mit ihm das ganze Manöver anhand von Straßenkarten und Aufnahmen des Zielhauses durchgehen, genau erklären, wo die statischen Posten standen, wo ein Team vom nächsten abgelöst wurde. ›Warten Sie, bis Sie sein Muster haben‹, sagte Smiley, als sie sich trennten. ›Wenn Sie sein Verhaltensmuster haben, komme ich. Vorher nicht.‹

Toby sagte, er ließ sich wirklich verdammt Zeit.

Über Smileys Besuche im Circus während dieser aufreibenden Zeit gibt es natürlich keine offiziellen Unterlagen. Er betrat das Gebäude wie sein eigener Geist, schwebte wie unsichtbar durch die vertrauten Korridore. Auf Enderbys Anraten kam er um ein Viertel nach sechs Uhr abends, gerade nach Beendigung der Tagschicht und bevor die Nachtmannschaft ins Geschirr gegangen war. Er hatte Hindernisse erwartet, war darauf gefaßt gewesen, daß Pförtner, die ihn seit zwanzig Jahre kannten, sich durch Rückfrage in der fünften Etage absichern würden. Doch Enderby hatte die Dinge anders arrangiert, und als Smiley sich ohne Durchlaßschein an der hölzernen Sperre einfand, dirigierte ihn ein Junge, den er nie zuvor gesehen hatte, mit einem sorglosen Kopfnicken zum offenen Lift. Er fuhr unangefochten in das Untergeschoß. Beim Aussteigen sah er als erstes das schwarze Brett des Freizeitklubs, und die Anschläge, die daran hingen, hatten sich seit seiner Zeit um kein Wort geändert: Kätzchen unentgeltlich abzugeben an Tierliebhaber; die Nachwuchs-Theatergruppe würde am Freitag *The Admirable Crichton*, falsch geschrieben, in der Kantine in einer Lesung zum besten geben. Das gleiche Squash-Turnier, mit Spielern, die aus Sicherheitsgründen unter ihrem Arbeitsnamen aufgeführt waren. Dieselben Ventilatoren gaben ihr stotterndes Summen von sich. So daß er, als er schließlich die Drahtglastür des Archivs öffnete und den Geruch von Druckerschwärze und verstaubten Büchern einatmete, halb und halb erwartete, seinen eigenen rundlichen Schatten zu sehen, im Licht der grünbeschirmten Leselampe über den Eckschreibtisch geneigt, wie damals in den vielen Nächten, in denen er Bill Haydons hektischen Zickzackkurs eines Verräters nachvollzog, versuchte, durch die Umkehrung eines logischen Prozesses die Fehlstellen in der Rüstung der Moskauer Zentrale aufzuspüren.

»Ah, wie ich höre, schreiben Sie jetzt an der Geschichte unserer glorreichen Vergangenheit«, bemerkte die Nachtarchivarin nachsichtig. Sie war ein großes Mädchen vom Lande und hatte einen Gang wie Hilary: Selbst im Sitzen schien sie dauernd vornüber zu kippen. Sie knallte einen alten, blechernen Aktenbehälter auf den Tisch. »Mit vielen Grüßen von der fünften Etage«, sagte sie. »Geben Sie Laut, wenn Sie was brauchen, ja?« Die Aufschrift auf dem Griff lautete ›Memorabilien‹. Smiley hob den Deckel in die Höhe und sah einen Haufen gebundener Akten, die mit einer grünen Kordel umwickelt waren. Er löste sacht die Umschnürung und schlug den ersten Band auf, und sofort starrte Karlas verschwommenes Foto zu ihm auf, wie eine Leiche aus der Dunkelheit ihres Sarges. Er las die ganze Nacht, rührte sich kaum von seinem Platz. Er las sich ebenso weit in seine eigene Vergangenheit hinein wie in die Karlas, und manchmal schien es ihm, als sei das eine Leben ganz einfach die Ergänzung des anderen; als seien sie die Ursachen derselben unheilbaren Krankheit. Und wie schon so oft zuvor fragte er sich wieder, was wohl aus ihm geworden wäre, wenn er Karlas Kindheit gehabt hätte, durch die gleichen Feueröfen revolutionärer Erschütterungen gegangen wäre. Und wie schon so oft zuvor, erlag er der Faszination, die das schiere Ausmaß des Leidens, die bedenkenlose Barbarei und der Heldenmut des russischen Volkes auf ihn ausübten. Im Vergleich dazu fühlte er sich klein und zahm, wenn er auch der Ansicht war, daß es seinem eigenen Leben nicht an Leid gebrach. Als die Nachtschicht endete, saß er immer noch da und starrte auf die vergilbten Seiten, ›wie ein Pferd, das im Stehen schläft‹, wie es die Nachtarchivarin formulierte, die an Reitturnieren teilnahm. Selbst als sie die Akten wegnahm, um sie wieder zur fünften Etage hinaufzubringen, starrte er noch weiter vor sich hin, bis sie ihn sanft am Ellbogen berührte.

Er kam die nächste Nacht und die übernächste, verschwand dann und tauchte eine Woche später wortlos wieder auf. Als er mit Karla fertig war, ließ er sich die Akten über Kirow, über Mikhel, über Willem und über die Gruppe im allgemeinen kommen, und sei es auch nur, um rückblickend die Leipzig-Kirow-Affäre – alles, was er gehört hatte und woran er sich erinnerte – dokumentarisch zu belegen. Denn da lebte noch etwas anderes in Smiley, ein Gelehrter oder meinetwegen ein Pedant, für den die Akte die einzige Wahrheit war und alles übrige pure Extravaganz, solange es sich nicht in die Aufzeichnungen fügte. Er ließ sich auch die Unterlagen über Otto Leipzig und den General kommen und fügte, zur Ehrung ihres Andenkens, wenn schon zu nichts anderem sonst, jeweils eine Notiz hinzu, aus der die wahren Umstände ihres Todes erhellten. Schließlich ließ er sich als letzte die Akte über Bill Haydon kommen. Man zögerte zuerst, sie herauszugeben, und der Diensthabende in der fünften Etage, wer immer es auch war, ließ Enderby aus einer privaten Dinner-Party bei einem Minister herausrufen, um die Frage mit ihm zu klären. Enderby war, das muß zu seiner Ehre gesagt werden, wütend: »Mann Gottes, er hat doch das verdammte Ding in erster Linie verfaßt, oder nicht? Wenn George seine eigenen Berichte nicht mehr lesen darf, wer zum Teufel soll's dann dürfen?« Smiley las eigentlich nicht, berichtete die Archivarin, die den heimlichen Auftrag hatte, alles, was er sich bringen ließ, zu notieren. Es war mehr ein *Schmökern*, sagte sie, und beschrieb ein langsames und nachdenkliches Umblättern, ›wie jemand, der nach einem Bild sucht, das er irgendwo gesehen hat und nicht wiederfinden kann‹. Er behielt die Akte nur eine Stunde oder so und gab sie dann mit einem höflichen ›Danke sehr‹ zurück. Danach kam er nicht mehr, aber die Pförtner wissen zu berichten, daß er in jener Nacht, nachdem er die Unterlagen geordnet, seinen Arbeitsplatz abgeräumt und die wenigen hingekritzelten Notizen in den Behälter ›Material für den Papierwolf‹ gesteckt hatte, kurz nach elf Uhr beobachtet wurde, wie er lange im Hinterhof stand – einem trübseligen Platz voll weißer Fliesen, schwarzer Regentraufen und Katzengestank – und auf das Gebäude starrte, das er nun verlassen wollte, und auf das schwache Licht in seinem ehemaligen Büro – so wie alte Männer auf die Häuser schauen, in denen sie geboren, die Schulen, in denen sie erzogen, und die Kirchen, in denen sie getraut wurden. Und von Cambridge Circus, es war inzwischen elf Uhr dreißig geworden, fuhr er, zu jedermanns Verblüffung, mit einem Taxi nach Paddington und stieg in den Schlafwagenzug nach Penzance, der kurz nach Mitternacht abfährt. Er hatte die Fahrkarte weder vorher gekauft noch telefonisch bestellt; auch hatte er keine Nachtsachen bei sich, nicht einmal einen Rasierapparat – den borgte er sich am nächsten Morgen vom Schaffner. Sam Collins hatte damals ein bunt zusammengewürfeltes Team von Observanten auf ihn angesetzt, einen zugegeben amateurhaften Haufen, die hinterher nur sagen konnten, er habe von einer Zelle aus telefoniert, und ihnen sei keine Zeit mehr geblieben, um irgendetwas zu unternehmen.

»Verdammt komischer Zeitpunkt, um Urlaub zu machen, was?« bemerkte Enderby verdrießlich, als ihm diese Information präsentiert wurde zusammen mit viel Gestöhne seitens des Personals von wegen Überstunden . . . Fahrzeiten und Prämien für Einsatz zu unchristlichen Zeiten. Dann erinnerte er sich und sagte: »Oh, du großer Gott, er besucht seine Hurengöttin. Hat er denn nicht schon genug Probleme damit, daß er Karla ganz allein angehen muß?« Die ganze Geschichte ging Enderby ungewöhnlich auf die Nerven. Er schäumte den ganzen Tag und beschimpfte Sam Collins vor versammelter Mannschaft. Als ehemaliger Diplomat hatte er einen Horror vor unumwundenen Kurzverlautbarungen, was ihn jedoch nicht daran hinderte, dauernd welche von sich zu geben.

Das Haus stand auf einem Hügel, in einem Dickicht aus kahlen Ulmen. Es war groß und aus verwittertem Granit, mit einer Menge Giebel, die wie schwarze, zerrissene Zelte über die Baumwipfel ragten. Mehrere Hektar kaputter Gewächshäuser führten darauf zu, verfallene Ställe und ein verwahrloster Küchengarten lagen unterhalb im Tal. Die Hügel, einstige Befestigungen, waren olivbraun und kahl. *Harrys kornischer Haufen*, nannte sie das Ganze. Zwischen den Hügeln sah man das Meer, das an diesem Morgen unter den tief hängenden Wolkenbänken hart wie Schiefer wirkte. Ein Taxi, ein alter Humber, der wie ein Generalstabswagen aus dem Krieg aussah, fuhr ihn den holprigen Weg hinauf. Hier hat sie ihre Kindheit verbracht, dachte Smiley; und hier hat sie die meine adoptiert. Die Auffahrt war voller Löcher, Stümpfe gefällter Bäume lagen wie gelbe Grabsteine an beiden Seiten. Sie wird im Haupthaus sein, dachte er. Das Cottage, wo sie zusammen ihren Urlaub verbracht hatten, lag jenseits des Bergrückens, doch wenn sie allein war, wohnte sie im Haus, in ihrem ehemaligen Jungmädchenzimmer. Er sagte zum Fahrer, daß er nicht zu warten brauche und ging auf den Vordereingang zu, wobei er vorsichtig einen Weg zwischen den Pfützen suchte, um seine Londoner Schuhe nicht in Gefahr zu bringen. Es ist nicht mehr meine Welt, dachte er. Es ist Anns Welt und die der Ihren. Er ließ seinen Blick forschend über die vielen Fenster der Vorderfassade gleiten und versuchte, ihre Silhouette hinter einem davon zu erhaschen. Sie hätte mich sicher am Bahnhof abgeholt, aber sie hat wieder einmal die Zeit nicht richtig mitgekriegt, dachte er, nach dem Motto ›Im Zweifel für den Angeklagten‹. Aber ihr Wagen war in den Ställen geparkt und noch mit dem Morgenreif bedeckt; er hatte ihn erspäht, während er den Taxifahrer bezahlte. Er läutete und hörte Schritte auf den Fliesen, doch es war Mrs. Tremedda, die ihm öffnete und ihn in einen der Salons führte – Rauchzimmer, Frühstückszimmer, Wohnzimmer –, er hatte sie nie recht auseinanderhalten können. Ein Kaminfeuer brannte.

»Ich hole sie«, sagte Mrs. Tremedda.

Wenigstens brauche ich mich nicht mit dem verrückten Harry über Kommunisten zu unterhalten, dachte Smiley, während er wartete. Wenigstens brauche ich mir nicht anzuhören, daß die ganzen chinesischen Kellner von Penzance nur auf Order aus Peking warten, um ihre Gäste zu vergiften. Oder daß die verdammten Streiker an die Wand gestellt und erschossen gehören – was ist denn das für eine Auffassung von Pflichterfüllung, um Himmels willen? Oder daß Hitler zwar ein Schuft gewesen ist,

daß aber seine Ansichten in puncto Juden goldrichtig waren. Oder irgendeine ähnlich monströse, doch ernsthaft vorgebrachte Meinung.
Sie hat der Familie Anweisung gegeben, sich fern zu halten, dachte er.
Er konnte den Honig durch den Holzrauch riechen und fragte sich, wie immer, woher dieser Geruch kam. Vom Möbelwachs? Oder war da irgendwo in den Katakomben ein Honigzimmer, so wie da ein Gewehrzimmer, ein Angelzimmer, ein Boxraum und, soviel er wußte, ein Liebeszimmer waren? Er schaute nach der Tiepolo-Zeichnung, die immer über dem Kamin gehangen hatte, eine Szene aus dem venetianischen Leben. Sie haben sie verkauft, dachte er. So oft er kam, war die Sammlung um irgendein weiteres hübsches Stück ärmer geworden. Wofür Harry das Geld ausgab, konnte niemand sagen: Sicher nicht für den Unterhalt des Hauses.
Sie ging durch das Zimmer, und er war froh, daß sie auf ihn zukam und nicht er auf sie, denn er wäre sicher über irgendetwas gestolpert. Sein Mund war trocken, und er hatte einen Kaktusklumpen im Magen, er wollte sie nicht zu nahe an sich haben, ihre Wirklichkeit war plötzlich zu viel für ihn. Sie sah schön und keltisch aus, wie immer hier unten, und ihre braunen Augen versuchten, als sie auf ihn zukam, seine Stimmung zu erforschen. Sie küßte ihn auf den Mund, legte ihre Finger um seinen Nacken, um ihn zu führen, und Haydons Schatten fiel zwischen sie wie ein Schwert.
»Du hast nicht zufällig die Morgenzeitung am Bahnhof gekauft, nein?« fragte sie. »Harry hat sie wieder einmal abbestellt.«
Sie fragte, ob er schon gefrühstückt habe, und er log und sagte ja. Vielleicht könnten sie einen kleinen Spaziergang machen, schlug sie vor, als sei er gekommen, um sich das Gut anzusehen. Sie führte ihn in das Gewehrzimmer, wo sie nach passenden Stiefeln für ihn suchten. Da waren Stiefel, die wie Roßkastanien glänzten, und Stiefel, die immer feucht wirkten. Der Küstenpfad führte in beiden Richtungen aus der Bucht heraus. Harry hatte in

regelmäßigen Abständen Stacheldrahtabsperrungen angebracht oder Schilder aufgestellt mit der Aufschrift »LEBENSGEFAHR! SELBSTSCHÜSSE«. Er lag mit dem Stadtrat in heftiger Fehde wegen der Genehmigung zur Errichtung eines Campingplatzes, und die abschlägigen Bescheide brachten ihn manchmal zum Rasen. Sie wählten den Nordhang und den Wind, und sie hatte sich bei ihm eingehängt, um besser zuhören zu können. Der Norden war windiger, aber am Südhang mußte man hintereinander durch den Stechginster gehen.
»Ich muß ein bißchen weg, Ann«, sagte er und versuchte ihren Namen natürlich auszusprechen. »Ich wollte am Telefon nicht darüber reden.« Er hatte seine ›Ich-zieh-in-den-Krieg-Stimme‹ angenommen und kam sich wie ein Idiot vor, als sie ihm in den Ohren klang. »Ich muß weg, um einen Liebhaber zu erpressen«, hätte er zu ihr sagen sollen.
»Weg irgendwohin Bestimmtes, oder nur weg von mir?«
»Ich muß etwas im Ausland erledigen«, sagte er und versuchte vergeblich von seiner Rolle als Kriegsheld wegzukommen. »Ich glaube nicht, daß du während meiner Abwesenheit in die Bywater Street kommen solltest.«
Sie hatte ihre Finger in die seinen verschränkt, aber das gehörte eben so zu den Dingen, die sie tat: Sie verhielt sich natürlich den Leuten gegenüber, allen Leuten. Unter ihnen, in der Felsenkluft, brach sich die See und bildete wütend Muster aus Gischtschlangen.
»Und du bist den ganzen Weg hierher gekommen, nur um mir zu sagen, daß das Haus unzugänglich ist?« fragte sie.
Er gab keine Antwort.
»Ich werde es anders versuchen«, schlug sie vor, nachdem sie eine Weile gewandert waren. »Wenn die Bywater Street noch zugänglich wäre, hättest du dann vorgeschlagen, ich solle kommen? Oder willst du mir sagen, daß sie endgültig unzugänglich ist?«
Sie blieb stehen und schaute ihn an, hielt ihn von sich und versuchte seine Antwort zu lesen. Sie flüsterte ›Um Himmels wil-

len‹, und er konnte zugleich den Zweifel, den Stolz und die Hoffnung auf ihrem Gesicht sehen und fragte sich, was sie in seinem sah, denn er selbst wußte nicht, was er fühlte, außer, daß er nirgendwo in ihre Nähe gehörte, nirgendwo in die Nähe dieses Ortes, sie war wie eine Frau auf einer schwimmenden Insel, die sich schnell von ihm wegbewegte, inmitten der Schatten all ihrer Liebhaber.

Er empfand Liebe für sie, Gleichgültigkeit, er beobachtete mit dem Fluch der Leidenschaftslosigkeit, wie sie ihn verließ. Wenn ich mich selbst nicht kenne, wie kann ich dann sagen, wer du bist? Er sah die Linien des Alters und des Leidens und des Kampfes, die ihr gemeinsames Leben gezogen hatte. Sie war alles, was er wollte, sie war nichts, sie erinnerte ihn an jemanden, den er einst vor langer Zeit gekannt hatte; sie war ihm ein Rätsel, er kannte sie genau. Er sah den Ernst auf ihrem Gesicht und fragte sich eine Minute lang, wie er dies je hatte für Tiefe halten können; in der nächsten Minute verachtete er sich wegen seiner Abhängigkeit von ihr und wollte nur noch frei sein. Er wollte rufen ›Komm zurück‹, tat es aber nicht: Er streckte nicht einmal eine Hand aus, um zu verhindern, daß sie von ihm wegglitt.

»Du hast doch gesagt, daß ich immer wieder nach dir schauen soll«, sagte er. Diese Feststellung klang wie der Vorspann zu einer Frage, doch die Frage kam nicht.

Sie wartete, dann bot sie ihrerseits eine Feststellung an.

»Ich bin eine Komödiantin, George«, sagte sie. »Ich brauche einen vernünftigen Mann. Ich brauche dich.«

Doch er sah sie wie aus weiter Ferne.

»Es ist wegen der Sache, die ich erledigen muß«, sagte er.

»Ich kann nicht leben mit ihnen. Ich kann nicht leben ohne sie.«

Er vermutete, daß sie wieder von ihren Liebhabern sprach. »Nur eins ist schlimmer als der Wechsel, und das ist der Status Quo. Ich wähle nicht gern. Ich liebe dich. Verstehst du?« Es folgte eine Pause, während der er irgendetwas gesagt haben mußte. Sie stützte sich nicht auf ihn, aber sie lehnte an ihm, während sie weinte, denn das Weinen hatte ihre ganze Kraft aufgezehrt. »Du

hast nie gewußt, wie frei du bist, George«, hörte er sie sagen. »Ich mußte für uns beide frei sein.«
Dann schien sie sich ihrer eigenen Absurdität bewußt zu werden, und sie lachte.
Ann ließ seinen Arm los, und sie gingen eine Weile dahin, während sie versuchte, klar zu kommen, indem sie einfache Fragen stellte. Er sagte: »Wochen, vielleicht länger.« Er sagte: »In einem Hotel«, sagte aber nicht in welcher Stadt oder in welchem Land. Sie schaute ihn wieder an, und die Tränen liefen plötzlich von neuem, schlimmer als zuvor, doch sie rührten ihn noch immer nicht so, wie er es gewünscht hätte.
»George, das ist alles, was noch bleibt, glaube mir«, sagte sie und blieb stehen, um sich Gehör zu verschaffen. »Der Zug ist abgefahren, in deiner Welt und in meiner. Wir sind beieinander gelandet. Damit hat's sich. Am Durchschnitt gemessen, gehören wir zu den glücklichsten Menschen der Welt.«
Er nickte, schien es als gegeben hinzunehmen, daß sie irgendwo gewesen war, wo er nicht gewesen war, ohne es jedoch als endgültig zu betrachten. Sie gingen wieder eine Weile dahin, und er bemerkte, daß er mit ihr verbunden war, solange sie nicht redete, doch nur in dem Sinn, daß sie ein anderer lebender Mensch war, der denselben Pfad entlangging, wie er selbst.
»Es hat mit Leuten zu tun, die Bill Haydon auf dem Gewissen haben«, sagte er zu ihr, entweder als Trost oder als Entschuldigung für seinen Rückzug. Aber er dachte: ›Die dich auf dem Gewissen haben.‹

Er verpaßte den Zug und mußte zwei Stunden totschlagen. Es war Ebbe, und so ging er den Strand entlang bei Marazion, erschrocken über seine Gleichgültigkeit. Der Tag war grau, die Seevögel hoben sich blendendweiß gegen das Schiefermeer ab. Ein paar wackere Kinder plantschten in der Brandung. Ich bin ein Geistdieb, dachte er niedergeschlagen. Ich habe keinen Glauben und verfolge einen Anderen wegen seiner Überzeugung. Ich versuche, mich am Feuer anderer Leute zu wärmen. Er

sah den Kindern zu und erinnerte sich an einen Gedichtfetzen aus lang vergangener Zeit:
Wie Schwimmer, die in reine Fluten springen.
Wend ich mich froh von einer Welt, die alt und kalt und müd geworden.
Ja, dachte er düster, das tu ich.

»Nun, George«, fragte Lacon. »Glauben Sie, daß wir unsere Frauen einfach zu hoch einschätzen, daß wir Burschen aus der englischen Mittelschicht *hier* auf dem Holzweg sind? Glauben Sie – ich will's mal anders ausdrücken –, daß wir Engländer mit unseren Traditionen und Schulen von unserem Weibervolk erwarten, daß sie für eine *Menge* stehen, und sie dann dafür *tadeln*, daß sie für nichts einstehen? Wir sehen sie als Konzepte und nicht als Wesen aus Fleisch und Blut. Hakt's da bei uns?«
Smiley sagte, das könne wohl sein.
»Wenn's das *nicht* ist, warum verknallt sich dann Val *dauernd* in solche Scheißkerle?« schnappte Lacon agressiv, zur Überraschung des Paares, das am Nachbartisch saß.
Sie hatten miserabel in dem Steakhaus gegessen, das Lacon vorgeschlagen hatte, hatten offenen, spanischen Burgunder getrunken, und Lacon hatte sich weidlich über das politische Dilemma in Großbritannien ereifert. Sie tranken nun Kaffee und einen verdächtigen Brandy. Die Kommunistenfresserei sei überholt. Lacon war sich da ganz sicher. Die Kommunisten seien ja schließlich auch nur *Menschen*. Sie seien keine Ungeheuer mit Messern zwischen den Zähnen, nicht mehr. Die Kommunisten wünschten, was jeder wünschte: Wohlstand und ein bißchen Ruhe und Frieden. *Die* Chance, mit dieser verdammten Feindseligkeit Schluß zu machen. Und wenn sie das nicht wollten – nun, was könnten wir dagegen tun? hatte er gefragt. Manche Probleme – man denke nur an das Irische – seien unlösbar, aber man würde die Amerikaner nie dazu bringen zuzugeben, daß *irgendetwas* unlösbar sei. Großbritannien sei unregierbar, und in ein paar Jahren würden das auch alle anderen Länder sein. Unsere

Zukunft liege im Kollektiv, doch unser Überleben hänge am Individuum, und an diesem Paradox litten wir jeden Tag.

»Nun, George, wie sehen Sie die Sache? Sie sind ja schließlich aus dem Geschirr. Sie haben den objektiven Blick, die umfassende Übersicht.«

Smiley hörte sich irgendetwas Blödsinniges über ein Spektrum murmeln.

Und nun war das Hauptthema, vor dem Smiley sich den ganzen Abend gefürchtet hatte, auf dem Tisch: Ihr Seminar über die Ehe hatte begonnen.

»*Man* hat *uns* immer beigebracht, Frauen müßten liebevoll behandelt werden«, erklärte Lacon voller Ressentiment. »Wenn man sie nicht jede Minute des Tages fühlen läßt, daß sie geliebt werden, drehen sie durch. Aber dieser Bursche, mit dem Val sich rumtreibt – nun, wenn sie ihm auf die Nerven geht oder ungefragt redet, dann gibt er ihr eins auf die Schnauze. Wir beide tun das nie, oder?«

»Ganz gewiß nicht«, sagte Smiley.

»Schauen Sie. Angenommen, ich geh zu ihr – stelle sie in seinem Haus – zieh andere Seiten auf – drohe mit Gericht und so – könnte das die Wende bringen? Schließlich bin ich größer als er, weiß Gott. Mir fehlt's nicht an schlagenden Argumenten, in keinem Sinne!«

Sie standen auf dem Gehsteig unter den Sternen und warteten auf Smileys Taxi.

»Na, auf alle Fälle, guten Urlaub, Sie haben ihn verdient«, sagte Lacon. »Irgendwohin, wo's warm ist?«

»Nun, ich dachte, einfach weg und wandern.«

»Sie Glücklicher! Mein Gott, wie ich Sie um Ihre Freiheit beneide! Nun, wie dem auch sei, Sie waren eine große Hilfe. Ich werde Ihren Rat wortwörtlich befolgen.«

»Aber Oliver, ich habe Ihnen doch gar keinen Rat gegeben«, protestierte Smiley leicht beunruhigt.

Lacon achtete nicht darauf. »Und die andere Sache ist ausgebügelt, wie ich gehört habe«, sagte er fröhlich. »Keine Folgen, kein

Kuddelmuddel. Gut gemacht, George. Loyal. Ich werde mal sehen, wie wir uns dafür ein bißchen erkenntlich zeigen können. Ich weiß nicht mehr, was Sie alles schon haben. Ein Bursche hat kürzlich im Athenaeum gesagt, sie verdienten einen Adelstitel.«
Das Taxi kam, und zu Smileys Verlegenheit bestand Lacon darauf, ihm die Hand zu schütteln. »George. Gehaben Sie sich wohl. Sie sind Spitze gewesen. Wir sind aus demselben Holz geschnitzt, George. Beide Patrioten, Geber, keine Nehmer. Zur Pflicht erzogen. An unserem Land. Wir müssen den Preis dafür bezahlen. Wenn Ann statt Ihrer Frau Ihr Agent gewesen wäre, Sie hätten sie wahrscheinlich tadellos geführt.«
Nach einem Anruf von Toby, der besagte, daß ›der Handel spruchreif geworden war‹, flog Smiley in aller Ruhe unter dem Arbeitsnamen Barraclough in die Schweiz. Vom Flughafen Zürich fuhr er mit dem Swissair-Bus nach Bern und begab sich direkt ins Hotel Bellevue, einen riesigen Prachtpalast von ruhiger Vornehmheit, von dem aus man an klaren Tagen über die Vorberge auf die glitzernden Alpen sehen konnte, der aber an diesem Abend in einen brauenden Winternebel eingehüllt war. Er hatte bescheidenere Unterkünfte in Erwägung gezogen. Er hatte an eine von Tobys sicheren Wohnungen gedacht. Aber Toby hatte ihn davon überzeugt, daß das Bellevue das Beste sei. Es besaß mehrere Ausgänge, es lag zentral, und es war das erste Hotel in Bern, in dem man ihn suchen würde, und daher das letzte, in dem Karla, sollte er nach ihm Ausschau halten, erwarten würde, ihn zu finden. Als er in die riesige Empfangshalle ging, hatte Smiley das Gefühl, ein Passagierschiff auf hoher See zu betreten.

21

Sein Zimmer war ein Schweizer Miniatur-Versailles. Das Zylinderbüro war mit Messing verziert und hatte eine Marmorauflage, ein Bartlett-Stich nach Lord Byrons Childe Harold hing über dem uralten Doppelbett. Der Nebel vor dem Fenster bildete einen grauen Wall. Er packte aus und ging dann wieder hinunter zur Bar, wo ein ältlicher Pianist ein Potpourri von Schlagern aus den Fünfzigern spielte, einstmals Anns Lieblingsmelodien und vermutlich auch seine. Er aß Käse, trank ein Glas Fendant und dachte: jetzt. Jetzt ist es so weit. Um zehn Uhr machte er sich auf den Weg in die Altstadt, die er sehr liebte. Die Straßen hatten Kopfsteinpflaster, die frostige Luft roch nach gerösteten Kastanien und Zigarren. Die alten Brunnen schienen durch den Nebel auf ihn zuzukommen, die mittelalterlichen Häuser bildeten die Kulisse zu einem Spiel, in dem für ihn keine Rolle vorgesehen war. Er ging durch die Arkaden, vorbei an Kunstgallerien und Antiquitätenläden und Eingängen, durch die man hoch zu Roß hätte reiten können. An der Nydegg Brücke blieb er stehen und starrte in den Fluß. Soviele Nächte, dachte er. Soviele Straßen bis hierher. Hesse fiel ihm ein: *Seltsam im Nebel zu wandern . . . Kein Baum sieht den andern.* Der gefrorene Nebel zog tief über die reißenden Wasser; das Wehr brannte gelblich durch den Dunst.

Ein orangefarbener Volvo-Kombi mit Berner Nummernschild kam hinter ihm angefahren und blendete kurz ab. Als Smiley auf ihn zuging, öffnete sich die Tür, und unter der Innenbeleuchtung sah er Toby Esterhase auf dem Fahrersitz und hinten eine streng dreinschauende Dame in der Uniform einer Berner Hausfrau, die ein Kind auf den Knien schaukelte. Er benützt sie als Tarnung, dachte Smiley, als das, was die Observanten Silhouette nennen. Sie fuhren wieder an, und die Frau begann auf das Kind einzureden. Ihr Schweizerdeutsch klang, als regte sie sich dauernd über etwas auf. Schau da, der Kran, Eduard . . . jetzt fahren wir am Bärengraben vorbei, Eduard . . . schau, Eduard, eine Tram . . . Observanten können nie genug sehen, erinnerte er sich; das ist das Schicksal eines jeden Voyeurs. Sie deutete herum, richtete die Augen des Kindes auf alles. *Ein Familienabend, Herr Schutzmann*, besagte das Szenarium. *Wir fahren in unserem schönen, orangefarbenen Volvo spazieren, Herr Schutzmann. Wir sind auf dem Heimweg.* Und die Männer, Herr Schutzmann, sitzen natürlich vorne. Sie waren jetzt in Elfenau, dem Diplomaten-Getto von Bern. Durch den Nebel sah Smiley frostweiße Gärten und die grünen Portikos von Villen. Die Scheinwerfer hoben eine Messingplatte aus dem Dunkel, die einen arabischen Staat verkündete, und zwei Leibwächter, die ihn beschützten. Sie fuhren an einer englischen Kirche und einer Reihe von Tennisplätzen vorbei; sie bogen in eine Avenue ein, die von kahlen Buchen gesäumt war. Die Straßenlampen hingen in ihnen wie Lampions.

»Nummer achtzehn ist fünfhundert Meter weiter zur Linken«, sagte Toby leise. »Grigoriew und seine Frau bewohnen das Erdgeschoß.« Er fuhr langsam, benutzte den Nebel als Vorwand für sein Schneckentempo.

»Da wohnen sehr reiche Leute, Eduard«, sang die Frau hinter ihnen. »Alles Ausländer. Viel reicher als wir, da kannst du Gift drauf nehmen. Schau gut hin, dann siehst du vielleicht einen Schwarzen! Selbst die Schwarzen sind reich!«

»Die meisten Leute von hinter dem eisernen Vorhang wohnen in Muri, nicht in Elfenau«, fuhr Toby fort. »Es ist eine Kommune. Sie tun alles in Gruppen. Gehn einkaufen in Gruppen, gehn spazieren in Gruppen, was Sie wollen. Die Grigoriews sind anders. Vor sechs Monaten sind sie von Muri weggezogen und haben diese Wohnung hier privat gemietet. Dreitausendfünfhundert im Monat, George, er bezahlt sie persönlich dem Hausherrn.«

»Bar?«

»Monatlich in Hundertern.«
»Wie wird bei den anderen Botschaftsleuten die Miete bezahlt?«
»Über Missionskonto. Nicht bei Grigoriew. Grigoriew bildet eine Ausnahme.«
Eine Funkstreife zog langsam wie ein Schleppkahn an ihnen vorbei; Smiley sah die drei ihnen zugewandten Köpfe.
»Schau Eduard, Polizei!« rief die Frau und versuchte, das Kind zum Winken zu veranlassen.
»Diplomaten bezahlen keine Steuern«, sagte sie zu dem Kind. »Die bezahlt deine Mammi. Diplomaten können parken, wo sie wollen. So ist das eben.«
Toby war darauf bedacht, keine Sprechpause eintreten zu lassen. »Sie glauben, daß die Palästinenser den ganzen Ort in die Luft sprengen werden. Das war gut für uns, aber auch schlecht, George. Wenn wir uns ungeschickt anstellen, kann Grigoriew sich immer noch sagen, daß wir lokale Schutzengel sind. Bei der Polizei hat das nicht die gleiche Wirkung. Einhundert Meter, George. Schauen Sie nach einem schwarzen Mercedes im Vorgarten. Das übrige Personal benützt Dienstwagen. Nicht Grigoriew. Grigoriew fährt seinen eigenen Mercedes.«
»Wann hat er ihn gekauft?«
»Vor sechs Monaten, gebraucht. Als er von Muri wegzog. War ein großer Sprung für ihn, George. So viele Dinge, wie an einem Geburtstag. Der Wagen, das Haus, Beförderung vom Ersten Sekretär zum Botschaftsrat.«
Es war eine Stuckvilla in einem weitläufigen Garten, dessen hinterer Teil sich im Nebel verlor. In einem Erkerfenster bemerkte Smiley schwaches Licht hinter den Vorhängen. Im Garten war ein Kinderschlitten zu sehen und etwas, das einem leeren Swimming-pool glich. Auf dem Kiesweg stand ein schwarzer Mercedes mit Diplomatenschild.
»Alle Nummern der sowjetischen Botschaftswagen enden auf 73«, sagte Toby. »Bei den Briten ist's 72. Die Grigoriewa hat vor zwei Monaten ihren Führerschein gemacht. In der ganzen Botschaft haben nur zwei Frauen einen Führerschein. Sie ist eine da-

von, und sie fährt furchtbar, George. Wirklich entsetzlich.«
»Wer bewohnt den Rest des Hauses?«
»Der Eigentümer. Ein Professor an der Universität Bern, ein Miesling. Vor drei Monaten haben die Vettern sich an ihn herangemacht und gesagt, sie würden gern ein paar Wanzen im Erdgeschoß installieren, gegen Bezahlung. Der Professor hat das Geld genommen und sie als anständiger Bürger bei der Bundespolizei angezeigt. Die Bundespolizei hat's mit der Angst gekriegt. Die hatten den Vettern versprochen, wegzuschauen, wenn sie dafür einen Blick aufs Produkt tun könnten. Operation abgeblasen. Die Vettern hatten anscheinend kein besonderes Interesse an Grigoriew. War eine reine Routinesache.«
»Wo sind die Grigoriew-Kinder?«
»In Genf, in der russischen Schule, die Woche über im Internat. Kommen Freitagabend nach Hause. Am Wochenende macht die Familie Ausflüge. Wanderungen, Langlauf, Federball, Pilze suchen. Die Grigoriewa ist eine Frischluftfanatikerin. Haben auch angefangen, radzufahren«, fügte Toby mit einem bezeichnenden Blick hinzu.
»Ist Grigoriew bei diesen Familienausflügen dabei?«
»Samstags arbeitet er, George; sicher nur, um sich zu drücken.« Toby hatte sich eine ganz bestimmte Ansicht über Grigoriews Ehe gebildet, bemerkte Smiley. Er fragte sich, wie weit darin die Erfahrungen zum Ausdruck kamen, die Toby in einer seiner eigenen gemacht hatte.
Sie hatten die Avenue verlassen und waren in eine Seitenstraße eingebogen. »Hören Sie, George«, sagte Toby, der immer noch bei Grigoriews Wochenenden verweilte. »Okay? Die Observanten haben eine üppige Phantasie. Müssen sie, gehört zu ihrem Job. Da gibt's ein Mädchen, das in der Visa-Abteilung arbeitet. Brünett und sexy für eine Russin. Die Jungens nennen sie Klein-Natascha. Sie heißt anders, aber für die Jungens ist sie Natascha. Samstags kommt sie in die Botschaft. Zum Arbeiten. Ein paarmal hat Grigoriew sie nach Muri heimgefahren. Wir haben Aufnahmen gemacht, nicht schlecht. Sie ist kurz vor ihrer Woh-

nung ausgestiegen und die letzten fünfhundert Meter zu Fuß gegangen. Warum? Ein anderes Mal hat er sie nirgendwohin gefahren – nur rund um den Gurten, aber in innigem Gespräch. Vielleicht ist das nur ein Wunschdenken der Jungens, wegen der Grigoriewa. Sie mögen den Burschen. George, Sie wissen ja, wie Observanten sind. Ganz Liebe oder ganz Haß. Sie mögen ihn.«
Er bremste. Die Lichter eines kleinen Cafés blinzelten sie durch den Nebel an. Im Vorgarten stand ein grüner Citroën 2 CV mit Genfer Nummer. Auf dem Hintersitz lag ein Haufen Pappschachteln, wie Handelsmuster, und ein Fuchsschwanz baumelte an der Antenne. Toby sprang aus dem Wagen, riß die spindige Türe des 2 CV auf und drängte Smiley auf den Mitfahrersitz. Dann reichte er ihm einen weichen Filzhut, den Smiley aufsetzte. Für sich selbst hatte Toby eine russische Pelzmütze. Sie fuhren wieder an, und Smiley sah die Berner Matrone vorne in den Volvo klettern, den Toby und er gerade verlassen hatten. Ihr Kind winkte ihnen verzagt durch das Rückfenster zu, als sie wegfuhren.
»Wie geht's denn allen so?« sagte Smiley.
»Großartig. Scharren ungeduldig mit den Hufen, George, alle wie sie da sind. Einem der Brüder Sartor ist ein Kind krank geworden, und er mußte heim nach Wien. Hat ihm fast das Herz gebrochen. Aber sonst, großartig. George, Sie sind die Nummer Eins für alle. Da vorne rechts kommt Slingo. Erinnern Sie sich an Harry? War meine Schützenhilfe in Acton.«
»Wie ich höre, hat sein Sohn ein Stipendium für Oxford bekommen«, sagte Smiley.
»Physik. Wadham, Oxford. Der Junge ist ein Genie. Schauen Sie immer nur die Straße hinunter, nicht den Kopf bewegen, George.«
Sie fuhren an einem Kastenwagen vorbei, an dessen Seitenwand in schwungvoller Schrift *Auto-Schnelldienst* stand und dessen Fahrer am Steuer vor sich hindöste.
»Wer ist hinten drin?« fragte Smiley, als sie genügend weit entfernt waren.

»Pete Lusty, ehemaliger Skalpjäger. Diese Burschen haben eine schwere Zeit hinter sich, George. Keine Arbeit, kein Rummel. Pete ist in die Rhodesische Armee eingetreten. Hat ein paar Kerle umgelegt, war ihm zu langweilig, ist zurückgekommen. Kein Wunder, daß die Jungens Sie lieben.«
Sie fuhren wieder an Grigoriews Haus vorbei. Ein Licht brannte hinter dem anderen Fenster.
»Die Grigoriews gehen früh schlafen«, sagte Toby mit einer Art Schaudern.
Vor ihnen stand eine geparkte Limousine mit einem Zürcher Konsulatsschild. Auf dem Fahrersitz las ein Chauffeur ein Taschenbuch.
»Das ist Canada Bill«, erklärte Toby. »Wenn Grigoriew das Haus verläßt und nach rechts fährt, kommt er an Pete Lusty vorbei. Nach links, an Canada Bill. Tüchtige Burschen. Sehr wachsam.«
»Wer ist hinter uns?«
»Die Meinertzhagen-Mädchen. Die Große hat geheiratet.«
Der Nebel dämpfte das Motorgeräusch und hüllte sie schützend ein. Sie fuhren einen sanften Hügel hinunter, am Wohnsitz des britischen Botschafters vorbei. Die Straße bog nach links ab, und Toby folgte ihr. Der Wagen, der bis jetzt hinter ihnen gefahren war, überholte sie und schaltete dabei ordnungsgemäß seine Fernlichter ein. Ihr Strahl, der parallel zu Smileys auf die Straße gerichtetem Blick verlief, fiel in eine baumbestandene Sackgasse mit zwei großen, verschlossenen Toren am Ende, hinter denen eine kleine Wachmannschaft stand. Der Rest war völlig von den Bäumen verdeckt.
»Die Sowjetbotschaft heißt Sie willkommen, George. Vierundzwanzig Diplomaten, fünfzig andere Ränge – Chiffrierer, Stenotypistinnen und ein paar ganz miese Fahrer, alle aus Rußland importiert. Die Handelsdelegation ist in einem anderen Gebäude untergebracht, in der Schanzeneckstraße 17. Grigoriew geht dort häufig ein und aus. In Bern gibt es auch die Tass und Novosti, meist Wald- und Wiesen-Spione. Die Stammresidentur ist in

Genf, unter UN-Tarnung, ungefähr zweihundert Mann stark. Das hier ist ein Nebenzweig, zwölf, fünfzehn im ganzen, wächst, aber nur langsam. Das Konsulat ist hinten an die Botschaft angebaut. Man kommt durch ein Tor in der Umzäunung hinein, als sei es eine Opiumhöhle oder ein Puff. Der Zugang wird durch eine Fernsehkamera überwacht, und im Warteraum sind Abtastgeräte. Versuchen Sie doch einmal, ein Visum zu beantragen.«

»Ich glaube, ich werde darauf verzichten, vielen Dank«, sagte Smiley, und Toby gab eines seiner seltenen Lachen von sich.

»Gehört alles zur Botschaft«, sagte Toby, als die Scheinwerfer über einen Hochwald strichen, der nach links abfiel. »Hier spielt die Grigoriewa Volleyball, gibt sie den Kindern politischen Unterricht. George, glauben Sie mir, das ist ein äußerst krasses Weib. Botschaftskindergarten, ideologische Schulung, Tischtennisklub, Damen-Federball – diese Frau schmeißt den ganzen Laden. Wenn Sie's mir nicht glauben, fragen Sie nur die Jungens.« Als sie von der Sackgasse wegfuhren, schaute Smiley zu dem oberen Fenster des Eckhauses hinauf und sah ein Licht aus- und wieder angehen.

»Und das ist Pauli Skordeno, der zu Ihnen sagt ›Willkommen in Bern‹«, bemerkte Toby. »Es ist uns letzte Woche gelungen, die obere Wohnung zu mieten. Pauli ist ein Reuter-Korrespondent. Wir haben sogar einen Pressepaß für ihn gefälscht. Telegrammkarten, alles.«

Toby hatte am Thunplatz geparkt. Von einem modernen Glokkenturm her schlug es elf Uhr. Es fiel feiner Schnee, doch der Nebel riß nicht auf. Einen Augenblick lang sprach keiner von beiden.

»Heute war es genau wie letzte Woche, und letzte Woche genau wie vorletzte, George«, sagte Toby. »Jeden Donnerstag ist es das gleiche. Nach Arbeitsschluß fährt er den Mercedes in eine Garage, läßt auftanken, Ölstand und Batterien prüfen, verlangt eine Quittung. Dann nach Hause. Kurz nach sechs fährt ein Botschaftswagen vor und heraus steigt Krassky, der reguläre Donnerstagkurier aus Moskau. Allein. Ein Bursche, mit dem nicht gut Kirschen essen ist, ein Profi. Bei allen anderen Gelegenheiten ist Krassky immer mit seinem Begleiter Boganow unterwegs. Fliegen zusammen, befördern zusammen, essen zusammen. Wenn er jedoch Grigoriew besucht, tanzt Krassky aus der Reihe und kommt allein. Bleibt eine halbe Stunde, geht wieder. Warum? Für einen Kurier ist das völlig regelwidrig, George. Äußerst gefährlich, wenn er nicht die nötige Rückendeckung hat, glauben Sie mir.«

»Was halten Sie also von ihm, Toby?« fragte Smiley. »Was ist er?«

Toby wendete die ausgestreckte Hand hin und her. »Grigoriew ist kein ausgebildeter Spion, George. Nicht vom Bau, eine einzige Katastrophe. Aber er ist auch nicht hasenrein. Ein Zwitter, George.«

Genau wie Kirow, dachte Smiley.

»Glauben Sie, daß wir genug über ihn haben?« fragte Smiley.

»Technisch kein Problem; die Bank, der falsche Name, vor allem Klein-Natascha: Technisch haben wir eine Handvoll Trümpfe.«

»Und Sie meinen, daß er brennen wird«, sagte Smiley mehr bestätigend als fragend.

In der Dunkelheit drehte Toby wieder die Hand, nach oben, nach unten.

»Verbrennen ist immer Glückssache, George, verstehen Sie mich? Manche Burschen kriegen's mit der Heldenhaftigkeit und wollen plötzlich für ihr Vaterland sterben. Andere wieder rollen sich zusammen und rühren sich nicht mehr, sobald man den Arm um sie legt. Bei Erpressung schalten manche Leute auf stur, verstehen Sie?«

»Ja, ja, ich glaube schon«, sagte Smiley. Er erinnerte sich wieder an Delhi und an das stumme Gesicht, das ihn durch den Zigarettenrauch hindurch beobachtete.

»Immer mit der Ruhe, George. Okay? Sie müssen ab und zu das Gas wegnehmen.«

»Gute Nacht«, sagte Smiley.

Er fuhr mit der letzten Tram in die Stadtmitte. Als er zum Bellevue kam, schneite es heftig: große Flocken, die in dem gelben Licht wirbelten, die aber zu naß waren, um liegenzubleiben. Er stellte seinen Wecker auf sieben.

22

Das Mädchen, das Alexandra genannt wurde, war seit genau einer Stunde wach, seit dem Weckruf, doch als sie die Glocke gehört hatte, zog sie sofort die Knie in ihrem Kalikonachthemd in die Höhe, kniff die Augen zu und schwor bei sich selbst, daß sie noch immer schlief, ein ruhebedürftiges Kind. Die Glocke rasselte wie Smileys Wecker um sieben Uhr los, doch schon um sechs hatte sie das Läuten aus dem Tal gehört, die katholischen Glocken, die protestantischen, dann die vom Rathaus, aber sie traute keiner von ihnen. Nicht diesem Gott, nicht jenem und am wenigsten den Bürgern mit ihren Fleischergesichtern, die beim jährlichen Fest mit herausgestreckten Bäuchen in Habachtstellung dastanden, während der Feuerwehrchor patriotische Lieder im Dialekt gröhlte.

Sie wußte das alles, denn man hatte ihr als besondere Vergünstigung erlaubt, an dem Fest teilzunehmen: Ihr erstes, und zu ihrem großen Gaudium galt es, die gemeine Zwiebel zu feiern. Sie hatte zwischen Schwester Ursula und Schwester Béatitude gestanden, und sie wußte, daß beide scharf aufpaßten für den Fall, daß sie, Alexandra, versuchte auszureißen oder daß sie ins Haus zurückrennen und verrückt spielen würde, und sie ließ eine Stunde langweiligster Ansprachen über sich ergehen, dann eine Stunde Gesang, begleitet von schmetternder militärischer Blechmusik. Anschließend ein Vorbeimarsch von Leuten in Dorftracht, die Ketten von Zwiebeln an langen Stöcken trugen, allen voran der Fahnenschwinger, der an gewöhnlichen Tagen die Milch zum Pförtnerhaus und, wann immer er daran vorbeiwischen konnte, zum Tor des Heims brachte, in der Hoffnung, eines der Mädchen durch das Fenster zu sehen, oder vielleicht war es auch Alexandra, die versuchte, ihn zu sehen.

Nachdem die Dorfglocken sechs Uhr geläutet hatten, beschloß Alexandra, in den tiefsten Tiefen ihres Bettes die Sekunden bis in alle Ewigkeit zu zählen. In ihrer selbstauferlegten Rolle als Kind hatte sie vor sich hingewispert: ›eintausendund*eins*, eintausendund*zwei*. Um zwölf Minuten nach sechs, nach ihrer kindlichen Berechnung, hörte sie, wie die Oberin Felicitas auf dem Rückweg von der Messe mit ihrem Prachtmoped die Anfahrt hinaufschnurrte und dabei jedem verkündete, daß Felicitas-Felicitas – pop-pop – und niemand sonst – pop-pop – unsere Direktorin und die offizielle Ingangbringerin des Tages war: Niemand sonst – pop-pop – hatte das Zeug dazu. Sie hieß komischerweise gar nicht Felicitas, diesen Namen trug sie für die anderen Nonnen. Ihr eigentlicher Name war, wie sie Alexandra als Geheimnis anvertraut hatte, Nadezhda, was ›Hoffnung‹ bedeutet. Alexandra hatte dafür Felicitas gesagt, daß *ihr* eigentlicher Name Tatjana sei und nicht Alexandra: *Alexandra* sei ein neuer Name, erklärte sie, den sie sich speziell für die Schweiz zugelegt habe. Doch Felicitas-Felicitas hatte scharf erwidert, sie solle kein dummes Ding sein.

Nach der Ankunft von Mutter Felicitas hatte Alexandra die weiße Bettdecke bis zu den Augen hochgezogen und beschlossen, daß die Zeit still stehen solle, daß sie ein Kind sei in einem weißen Kinderreich, wo alles schattenlos war, selbst Alexandra, selbst Tatjana. Weiße Lampen, weiße Wände, ein weißes, eisernes Bettgestell. Weiße Heizkörper. Durch die hohen Fenster weiße Berge vor einem weißen Himmel.

Herr Dr. Rüedi, dachte sie, hier ist ein neuer Traum für unser nächstes Donnerstagsgespräch, oder ist es Dienstag?

Hören Sie gut zu, Herr Doktor. Reicht Ihr Russisch dazu aus? Manchmal behaupten Sie, mehr zu verstehen, als in Wirklichkeit der Fall ist. Schön, ich fange an. Ich heiße Tatjana, und ich stehe in meinem weißen Nachthemd vor der weißen Alpenlandschaft, versuche mit der weißen Kreide von Felicitas-Felicitas, deren wirklicher Name Nadezhda ist, auf die Bergwand zu schreiben. Ich trage nichts darunter. Sie behaupten, sich aus solchen Dingen nichts zu machen, aber wenn ich Ihnen erzähle, wie sehr ich meinen Körper liebe, dann sind Sie ganz Ohr, nicht wahr, Herr Dr. Rüedi? Ich kritzle mit der Kreide auf die Bergwand. Ich drücke darauf, wie mit einer Zigarette, die man ausmacht. Ich denke an die schmutzigsten Wörter, die ich kenne – jawohl, Herr Doktor Rüedi, *dieses* Wort, *jenes* Wort, doch ich fürchte, daß sie in Ihrem russischen Wortschatz fehlen –, ich versuche, sie hinzuschreiben, aber weiß auf weiß, was kann ein kleines Mädchen schon bewirken, ich frage Sie, Herr Doktor?

Herr Doktor, es ist furchtbar, Sie dürfen nie meine Träume haben. Wissen Sie, daß ich einst eine Hure war, namens Tatjana? Daß ich kein Unrecht tun kann? Daß ich Dinge in Brand stecken kann, auch mich selbst, den Staat schlecht machen und *trotzdem* von der weisen Obrigkeit nicht bestraft werde? Daß man mich statt dessen durch die Hintertür hinausläßt – geh, Tajana, geh. Wußten Sie das?

Als sie Schritte auf dem Flur hörte, kroch Alexandra noch tiefer unter die Decke: Die Französin wird auf die Toilette geführt, dachte sie. Die Französin war das schönste Mädchen des Heims. Alexandra liebte sie, wegen ihrer Schönheit. Die Französin hob damit das ganze System aus den Angeln. Selbst wenn sie in die Zwangsjacke gesteckt wurde – weil sie sich selbst verkratzt oder besudelt oder irgendetwas zerbrochen hatte – schaute ihr Engelsgesicht sie an wie eine der zahlreich vorhandenen Ikonen. Selbst wenn sie ihr form- und knopfloses Nachtgewand trug, spannten ihre Brüste den Stoff zu einem steilen Grat, und niemand, nicht einmal die Eifersüchtigsten, nicht einmal Felicitas-Felicitas, die eigentlich ›Hoffnung‹ hieß, konnte sie daran hindern, wie ein Filmstar auszusehen. Wenn sie sich die Kleider vom Leib riß, dann starrten die Nonnen sie in einer Art begehrlichem Schauder an. Nur die Amerikanerin hatte es an Schönheit mit ihr aufnehmen können, aber die Amerikanerin war weggebracht worden, sie war zu schlimm gewesen. Die Französin war schon schlimm genug mit ihrem Entkleidungsfimmel, ihrer Pulsadernaufschneiderei, ihren Wutanfällen gegenüber Felicitas-Felicitas – aber das war alles nichts im Vergleich zu dem, was die Amerikanerin getrieben hatte, bevor sie wegging. Die Schwestern hatten Kranko aus dem Pförtnerhaus holen müssen, damit er sie zur Verabreichung einer Spritze niederhielte. Sie hatten dazu den ganzen restlichen Flügel räumen lassen müssen, doch als der Kastenwagen die Amerikanerin wegbrachte, war es wie ein Todesfall in der Familie gewesen, und Schwester Béatitude hatte während der ganzen Morgenandacht geweint und später, als Alexandra sie drängte, alles zu erzählen, hatte Schwester Béatitude sie bei ihrem Kosenamen genannt, ein sicheres Zeichen von Verzweiflung.

»Die Amerikanerin ist nach Untersee gegangen«, hatte sie auf Drängen Alexandras unter Tränen gesagt. »Oh, Sascha, Sascha, versprich mir, daß du nie nach Untersee gehen wirst.« So wie man sie in dem Leben, von dem sie nicht sprechen durfte, gebeten hatte: »Tatjana, du darfst diese verrückten und gefährlichen Dinge nicht tun!«

Danach war ›Untersee‹ für Alexandra zum schlimmsten Schreckgespenst geworden, zu einer Drohung, die sie jederzeit zur Räson bringen konnte, auch wenn sie noch so ungebärdig war: »Wenn du böse bist, kommst du nach Untersee, Sascha. Wenn du Herrn Doktor Rüedi ärgerst, vor ihm deinen Rock hochziehst und die Beine übereinanderschlägst, muß dich Mutter Felicitas nach Untersee schicken. Ruhig, oder du kommst nach Untersee.«

Die Schritte kamen wieder den Flur zurück. Die Französin wird zum Anziehen gebracht. Manchmal wehrte sie sich dagegen und landete in der Zwangsjacke. Manchmal ließ man Alexandra holen, damit sie das Mädchen beruhigen solle. Sie kämmte dann wortlos der Französin das Haar, solange, bis das Mädchen sich entspannte und anfing, ihr die Hände zu küssen. Dann wurde Alexandra fortgeschickt, denn Liebe stand nicht, stand keineswegs, stand unter gar keinen Umständen auf dem Lehrplan.

Die Tür flog auf und Alexandra hörte Felicitas-Felicitas' artige Stimme, die sie mahnte wie ein altes Kindermädchen in einem russischen Stück:

»Sascha! Du mußt sofort aufstehen! Sascha, wach sofort auf! Sascha, wach auf! Sascha!«
Sie kam einen Schritt näher. Alexandra fragte sich, ob sie wohl die Decke wegreißen und sie aus dem Bett ziehen würde. Mutter Felicitas konnte, trotz ihres aristokratischen Bluts, rauh sein wie ein Soldat. Sie war kein Tyrann, verstand aber keinen Spaß und war schnell eingeschnappt.
»Sascha, du kommst zu spät zum Frühstück. Die anderen Mädchen werden auf dich schauen und lachen und sagen, daß wir dummen Russen immer zu spät dran sind. Sascha? Sascha, willst du die Morgenandacht versäumen? Gott wird sehr böse auf dich sein, Sascha. Er wird traurig sein, und Er wird weinen. Vielleicht muß Er sich auch überlegen, wie Er dich bestrafen soll.«
Sascha, willst du nach Untersee kommen?
Alexandra drückte die Lider noch fester zu. Ich bin sechs Jahre alt, und ich brauche meinen Schlaf, Ehrwürdige Mutter. Gott, mach mich fünf Jahre alt, Gott, mach mich vier. Ich bin drei Jahre alt und brauche meinen Schlaf.
»Sascha, hast du vergessen, daß heute dein besonderer Tag ist? Sascha, hast du vergessen, daß heute dein Besuch kommt?«
Gott, mach, daß ich zwei Jahre alt bin, Gott, mach, daß ich ein Jahr alt bin, Gott, mach, daß ich nichts bin und ungeboren. Nein, ich habe meinen Besuch nicht vergessen, Ehrwürdige Mutter. Ich hab' an meinen Besuch gedacht vor dem Einschlafen, ich hab' von ihm geträumt, ich hab' an nichts anderes gedacht, seit ich wach bin. Aber, Ehrwürdige Mutter, ich will meinen Besuch heute nicht und auch an keinem anderen Tag, ich kann nicht, ich kann mein Leben nicht in die Lüge zwingen, ich weiß nicht, wie ich das machen soll, und darum will ich nicht, will ich ganz und gar nicht, daß der Tag beginnt.
Gehorsam kletterte Alexandra aus dem Bett.
»Brav«, sagte Mutter Felicitas und gab ihr einen flüchtigen Kuß, bevor sie den Flur hinuntereilte, wobei sie ständig »Wieder zu spät! Wieder zu spät!« rief und in die Hände klatschte, ›husch, husch‹, als wolle sie eine Herde dummer Hühner scheuchen.

23

Die Bahnfahrt nach Thun dauerte eine halbe Stunde, und vom Bahnhof aus unternahm Smiley einen Schaufensterbummel, wobei er kleine Umwege machte. *Manche Burschen kriegen's mit der Heldenhaftigkeit und wollen plötzlich dringend für ihr Vaterland sterben*, dachte er . . . *Bei Erpressung schalten manche Leute auf stur.* Er fragte sich, worauf er schalten würde.
Es war ein Tag, an dem alles in düstere Leere getaucht war. Die wenigen Fußgänger glitten wie langsame Schatten durch den Nebel, und die Seedampfer lagen in ihren Fahrrinnen eingefroren. Gelegentlich teilte sich die Leere zu einem Durchblick auf eine Burg, einen Baum, ein Stück Stadtmauer. Und schloß sich dann schnell wieder. Schnee lag auf dem Kopfsteinpflaster und im Geäst der Kugelbäume. Die wenigen Autos fuhren mit angeschalteten Scheinwerfern, ihre Reifen knirschten auf dem Matsch. Die einzigen Farben waren in den Auslagen: goldene Uhren, Skianzüge wie Nationalflaggen. »Kommen Sie frühestens um elf,« hatte Toby gesagt. »Selbst elf ist noch zu früh, George, sie kommen nicht vor zwölf.« Es war erst zehn Uhr dreißig, aber er brauchte die Zeit, er wollte kreisen, bevor er sich niederließ, Zeit, wie Enderby sagen würde, um die Strecke auszulegen. Er ging in eine enge Gasse hinein und sah das Schloß direkt über sich aufragen. Die Arkade wurde zu einem Gehsteig, dann zu einer Treppe, dann zu einem steilen Abhang, den er hinaufstieg. Er ging an einem English Tea-Room, einer American-Bar, einem Oasis Night-Club vorbei, alle bebindestricht, alle neonbeleuchtet, alle eine keimfreie Kopie eines verlorenen Originals. Er kam auf einen Platz und sah die Bank, diejenige welche, und direkt gegenüber auf der anderen Straßenseite das kleine Hotel, genau wie Toby es beschrieben hatte, mit seinem

Café-Restaurant im Erdgeschoß und den Gästezimmern darüber. Er sah das gelbe Postauto, das kühn unter einem Parkverbotsschild abgestellt war, und er wußte, daß es sich um Tobys statischen Posten handelte. Toby hatte sein Leben lang an Postautos geglaubt, er stahl sie, wo immer er sich befand, behauptete, daß niemand sie wahrnehme oder sich an sie erinnern könne. Er hatte neue Nummernschilder angebracht, aber sie sahen älter aus, als der Wagen. Smiley ging über den Platz. Ein Anschlag an der Bank besagte: Geöffnet Montag bis Donnerstag von 7 Uhr 45 bis 17 Uhr, Freitag von 7 Uhr 45 bis 18 Uhr 15.

»Grigoriew bevorzugt die Mittagszeit, weil in Thun niemand seine Essenspause für einen Gang auf die Bank verschwenden würde,« hatte Toby erklärt. »Er verwechselt ganz einfach Ruhe mit Sicherheit, George. Leere Räume, volle Aufmerksamkeit, Grigoriew verhält sich so auffällig, daß es schon peinlich ist, George.« Er ging über eine Fußgängerbrücke. Es war zehn vor elf. Er überquerte die Straße und hielt auf das kleine Hotel zu, das freie Sicht auf Grigoriews Bank gewährte. Spannung in einem Vakuum, dachte er, und lauschte auf das Stapfen seiner Füße und auf das Gurgeln des Wassers aus den Regentraufen; die Saison war zu Ende, und die Stadt lebte außerhalb der Zeit. *Verbrennen, George, ist immer Glückssache.* Wie würde Karla es machen? fragte er sich. Was würde der Absolutist anders machen als wir? Smiley fiel nichts ein, er kam zu keiner eindeutigen Schlußfolgerung. Karla würde die operativen Informationen sammeln, dachte er, und dann auf gut Glück vorgehen. Er öffnete die Tür des Cafés, und die warme Luft schlug ihm entgegen. Er ging auf einen Fenstertisch zu, den ein Schild als ›Reserviert‹ auswies. »Ich warte auf Herrn Jakobi«, sagte er zu der Kellnerin. Sie nickte mißbilligend und schaute an ihm vorbei. Ihr Gesicht war blaß und völlig ausdruckslos. Er bestellte einen *café crême* im Glas, aber sie sagte, wenn er im Glas serviert werde, müsse er einen Schnaps dazunehmen.

»Dann in der Tasse«, kapitulierte er.

Warum hatte er ihn zuerst im Glas verlangt?

Spannung in einem Vakuum, dachte er wieder und sah sich um. Das Café war in neuantikem Stil eingerichtet. Gekreuzte Plastiklanzen hingen an Stuckpfeilern. Verborgene Lautsprecher spielten nichtssagende Musik, die Stücke wurden von einer diskreten Stimme in jeweils einer anderen Sprache angekündigt. In einer Ecke spielten vier Männer schweigend Karten. Er schaute zum Fenster hinaus auf den leeren Platz. Ein Junge fuhr auf einem Rad vorbei. Er trug eine rote Wollmütze, und die Mütze bewegte sich die Straße hinunter wie eine Fackel, bis der Nebel sie auslöschte. Der Bankeingang bestand aus einer Doppeltür mit einer elektronischen Lichtschranke. Er sah auf die Uhr. Zehn nach elf. Eine Registrierkasse klingelte. Eine Kaffeemaschine zischte. Einer der Kartenspieler war am Mischen. An den Wänden hingen Holzplatten: tanzende Paare in Nationaltracht. Die Lampen waren aus Schmiedeeisen, doch das Licht kam von kreisförmig an der Decke angebrachten Neonröhren, und es war sehr grell. Er dachte an Hongkong mit seinen bayerischen Bierkellern im fünfzehnten Stock, und wie damals hatte er das Gefühl, auf Erklärungen zu warten, die nie kommen würden. Und dabei geht es heute nur um die Vorbereitung, dachte er: Heute findet nicht einmal der Anstoß statt. Er schaute wieder auf die Bank. Niemand ging hinein, niemand kam heraus. Ihm war, als habe er sein ganzes Leben auf etwas gewartet, das er nicht mehr definieren konnte: Vielleicht könnte man es Entschluß nennen. Er erinnerte sich an Ann und an ihren letzten Spaziergang. Entschluß im Vakuum. Er hörte einen Stuhl knarzen, sah die Hand, die Toby ihm nach Schweizer Art zum Schütteln hinhielt, und Tobys strahlendes Gesicht, das glänzte, als komme er von einem Waldlauf.

»Die Grigoriews haben das Haus in Elfenau vor fünf Minuten verlassen«, sagte er ruhig. »Die Grigoriewa fährt. Wahrscheinlich kommen sie sowieso unterwegs um.«

»Und die Fahrräder?« fragte Smiley besorgt.

»Wie immer«, sagte Toby und zog einen Stuhl heran.

»Ist sie letzte Woche gefahren?«

»Auch die vorletzte. Sie besteht darauf. George, dieses Weib ist wirklich ein Monstrum.« Die Kellnerin brachte ihm ungefragt einen Kaffee. »Letzte Woche hat sie Grigoriew förmlich aus dem Fahrersitz gehievt und hat dann den Wagen gegen den Torpfosten gefahren und den Kotflügel verbeult. Pauli und Canada Bill haben so gelacht, daß wir glaubten, es würde die Flüsterer zerreißen.« Er legte Smiley freundschaftlich eine Hand auf die Schulter. »Hören Sie, es wird ein hübscher Tag werden. Glauben Sie mir. Hübsches Licht, hübsche Ausstattung, Sie müssen sich nur zurücklehnen und die Schau genießen.«

Ein Telefon läutete, und die Kellnerin rief: ›Herr Jakobi.‹ Toby ging beschwingt zur Theke. Sie reichte ihm den Hörer und errötete über irgendetwas, was er ihr zuflüsterte. Von der Küche her kam der Chef mit seinem kleinen Sohn: ›Herr Jakobi!‹ Die Chrysanthemen auf Smileys Tisch waren aus Plastik, aber irgend jemand hatte Wasser in die Vase getan.

»Ciao«, rief Toby angeregt in das Telefon und kam zurück. »Alle sind auf ihrem Posten, alle sind glücklich«, verkündete er zufrieden. »Essen Sie doch was. Amüsieren Sie sich, George. Wir sind doch schließlich in der Schweiz.«

Toby trat fröhlich auf die Straße. *Genießen Sie die Schau*, dachte Smiley. Genau. Ich hab' sie geschrieben, Toby hat sie inszeniert, und alles, was ich jetzt tun kann, ist mich zurücklehnen und zuschauen. Nein, dachte er und korrigierte sich: Karla hat sie geschrieben, und manchmal machte ihm das ganz gehörig zu schaffen.

Zwei Mädchen in Camperinnen-Aufmachung gingen durch die Doppeltür der Bank, auf dem Fuße gefolgt von Toby. Er packt die Bank voll, dachte Smiley. Er beschickt jeden Schalter mit zwei Leuten. Nach Toby ein junges Paar, Arm in Arm, dann eine stämmige Frau mit zwei Einkaufstaschen. Das gelbe Postauto hatte sich nicht vom Fleck gerührt: Niemand vergreift sich an einem Postwagen. Er bemerkte eine öffentliche Telefonzelle und darin zwei zusammengekuschelte Gestalten, die sich vielleicht wegen des Regens untergestellt hatten. Zwei sind unauffälliger als einer, predigte man immer in Sarratt, und drei sind unauffälliger als ein Paar. Ein leerer Ausflugsbus fuhr vorbei. Eine Glocke schlug zwölf, und wie auf ein Stichwort schlitterte ein schwarzer Mercedes aus dem Nebel heraus, dessen eingelassene Scheinwerfer einen glitzernden Strahl auf das Kopfsteinpflaster warfen. Der Wagen bumste gegen den Rinnstein und kam vor der Bank, sechs Fuß vor Tobys Postauto, zum Stehen. *Alle Nummern der sowjetischen Botschaftswagen enden auf 73*, hatte Toby gesagt. *Sie setzt ihn ab und fährt dann ein paarmal um den Block, bis er wieder herauskommt*, hatte Toby gesagt. Doch heute bei dem scheußlichen Wetter hatten die Grigoriews anscheinend beschlossen, den Parkgesetzen und auch Karlas Gesetzen ein Schnippchen zu schlagen und sich darauf zu verlassen, daß ihr CD-Schild sie vor Unannehmlichkeiten bewahren würde. Die Tür an der Mitfahrerseite ging auf, und ein untersetzter, dunkelgekleideter und bebrillter Mann eilte, mit einer Aktenmappe in der Hand, geschäftig zum Bankeingang. Smiley hatte gerade Zeit genug, das dichte, graue Haar und die randlose Brille zu registrieren, die er auf den Fotos gesehen hatte, bevor ein Lastwagen ihm die Sicht verstellte. Als der Laster wieder weiterfuhr, war Grigoriew verschwunden, doch dafür hatte Smiley jetzt die massige Grigoriewa mit ihrem roten Haar im Visier, die mit verbiesterter Fahrschülermiene hinter dem Steuer saß. *George, glauben Sie mir, das ist ein äußerst krasses Weib.* Als er sie jetzt sah, die ausgeprägten Kinnbacken, den finsteren Blick, teilte Smiley, wenn auch nur vorsichtig, zum erstenmal Tobys Optimismus. Wenn Furcht die Hauptvoraussetzung für erfolgreiches Verbrennen war, dann berechtigte die Grigoriewa zu den schönsten Hoffnungen. Sie war wirklich zum Fürchten.

Vor Smileys geistigem Auge spielte sich nun die Szene ab, genau wie er und Toby sie geplant hatten. Die Bank war klein, ein Team von sieben Leuten konnte sie überfluten. Toby hatte für sich selbst ein Privatkonto eröffnet. Herr Jakobi, ein paar tausend Franken. Toby würde sich einen Schalter vornehmen und ihn mit kleinen Transaktionen beschäftigen. Die Devisenstelle war auch kein Problem. Zwei von Tobys Leuten konnten sie, mit einer weit gefächerten Palette von Währungen, einige Minuten lang auf Trab halten. Er konnte sich Tobys lärmende Heiterkeit vorstellen, die Grigoriew zwang, die Stimme zu heben, um sich verständlich zu machen. Er stellte sich die beiden Camperinnen vor, wie sie ihre Doppelnummer abzogen, ein Rucksack, der nachlässig vor Grigoriews Füße plumste und alles aufnahm, was er zu dem Kassierer sagte; und die verborgenen Kameras, die aus Umhängetaschen knipsten, aus Rucksäcken, Mappen, Bettsäcken oder wo sonst immer sie untergebracht waren. »Es ist wie bei einem Erschießungskommando, George«, erklärte Toby, als Smiley sich wegen des Klickens der Verschlüsse besorgt zeigte. »Jeder hört das Geräusch, mit Ausnahme des Opfers.«

Die Banktüren glitten auf. Zwei Geschäftsleute kamen heraus, ordneten ihre Regenmäntel, als seien sie auf der Toilette gewesen. Die stämmige Frau mit den beiden Einkaufstaschen folgte ihnen, und dann kam Toby, der lebhaft mit den Camperinnen plauderte. Schließlich erschien Grigoriew. Selbstvergessen hopste er in den schwarzen Mercedes und drückte seiner Frau einen Kuß auf die Wange, bevor sie den Kopf wegdrehen konnte. Smiley sah, wie ihr Mund sich tadelnd verzog und bemerkte Grigoriews versöhnliches Lächeln, als er antwortete. Ja, dachte Smiley, da ist sicher etwas, weswegen er sich schuldig fühlt; ja, dachte er und erinnerte sich an das Faible der Observanten für ihn. Ja, ich verstehe auch das. Die Grigoriews fuhren nicht weg, noch nicht. Kaum hatte Grigoriew die Tür hinter sich geschlossen, als eine große Frau in einem grünen Lodenmantel, die Smiley vage bekannt vorkam, sich dem Wagen näherte, grimmig an das Fenster des Beifahrers klopfte und anscheinend eine geharnischte Rede über das verwerfliche Verhalten von Parksündern losließ. Grigoriew war verlegen, doch die Grigoriewa lehnte sich über ihn hinweg und belferte zum Fenster hinaus – Smiley hörte sogar das Wort ›Diplomat‹ in schwerfälligem Deutsch durch den Verkehrslärm herüberschallen –, aber die Frau blieb stehen, wo sie war, mit der Handtasche unter dem Arm und schimpfte ihnen nach, als sie wegfuhren. Sie hat sie im Wagen aufgenommen, mit dem Bankeingang im Hintergrund, dachte er. Heutzutage kann man durch winzige Löcher fotografieren; ein halbes Dutzend nadelstrichfeine Öffnungen, und die Linse kann tadellos sehen. Toby war wieder zurückgekommen und hatte sich zu ihm an den Tisch gesetzt. Er hatte sich ein Zigarillo angezündet. Smiley konnte spüren, daß er zitterte, wie ein Hund nach der Jagd. »Grigoriew hat seine üblichen zehntausend abgehoben«, sagte er. Sein Englisch war ein bißchen hastig geworden. »Genau wie letzte Woche, genau wie vorletzte Woche. Wir haben sie, George, die ganze Szene. Die Jungens sind überglücklich, die Mädchen auch. George, wirklich, sie sind phantastisch. Das Beste vom Besten. Ich hatte noch nie so gute. Was halten Sie von ihm?«

Eine scharfe männliche Stimme unterbrach ihn. »Herr Jakobi!« Aber es war nur der Küchenchef, der Toby mit einem Schnapsglas zuprostete.

In seiner Überraschung über die Frage lachte Smiley doch tatsächlich auf.

»Er steht sicher unter dem Pantoffel«, meinte er.

»Und ein netter Bursche, wissen Sie? Vernünftig. Er wird sicher auch vernünftig reagieren. Das ist meine Ansicht, George. Und auch die der Jungens.«

»Wohin fahren die Grigoriews von hier aus?«

»Zum Mittagessen am Bahnhofsbuffet, erster Klasse. Die Grigoriewa nimmt Schweinekotelett mit Chips, Grigoriew ein Steak und ein Glas Bier. Vielleicht genehmigen sie sich auch ein paar Wodkas.«

»Und was tun sie nach dem Mittagessen?«

Toby nickte heftig, als bedürfe die Frage keiner Klärung.

»Natürlich«, sagte er. »Genau das. George, nur Mut. Der Bursche wird gefügig sein, glauben Sie mir. Sie haben nie eine derartige Frau gehabt. Und Natascha ist ein süßes Kind.« Er senkte die Stimme. »Karla ist sein Nährvater. So einfach ist das. Aber die einfachen Dinge verstehen Sie nicht immer, George. Glauben Sie, die Grigoriewa wird zulassen, daß er die neue Wohnung aufgibt? Den Mercedes?«

Alexandras allwöchentlicher Besuch kam, wie immer, pünktlich, wie immer um dieselbe Zeit, am Freitag nach der Mittagsruhe. Gegessen wurde um ein Uhr, und freitags gab es kalten Braten, Rösti und Apfelkompott oder vielleicht Pflaumen, je nach der Jahreszeit, aber sie konnte nichts essen, und manchmal würgte sie so lange, bis sie sich übergab, oder sie rannte auf die Toilette oder rief Felicitas-Felicitas und beklagte sich in den gemeinsten Ausdrücken über die Qualität der Mahlzeiten. Die Oberin zeigte sich immer sehr betroffen darüber. Das Heim war stolz darauf, das Obst aus eigenem Anbau zu beziehen, und die Werbebroschüren in Felicitas-Felicitas' Büro enthielten viele Fotos von Früchten und blühenden Bäumen und Alpenbächen und Bergen, alles bunt durcheinandergewürfelt, als ob der Liebe Gott oder die Schwestern oder Dr. Rüedi diese ganze Pracht eigens für die Heiminsassinnen geschaffen hätten. Nach dem Mittagessen kam eine Ruhestunde, und freitags empfand Alexandra diese Stunde als ganz besonders schlimm, die schlimmste der ganzen Woche, wenn sie sich auf die weiße Bettstatt legen mußte, angeblich, um sich zu entspannen, während sie den nächstbesten Gott anrief und ihn bat, er möge Onkel Anton überfahren oder einen Herzanfall erleiden oder am allerbesten ganz und gar verschwinden lassen – wegsperren mit ihrer eigenen Vergangenheit, ihren Geheimnissen und ihrem Namen Tatjana. Sie dachte an seine randlose Brille, und in ihrer Phantasie trieb sie ihm diese Brille in den Schädel, so daß sie auf der anderen Seite wieder herauskam zusammen mit seinen Augen, und Alexandra, statt seinem wäßrigen Blick zu begegnen, direkt durch ihn hindurch auf die Welt draußen schauen konnte.
Und jetzt war die Ruhezeit wenigstens vorbei, und Alexandra stand, sonntäglich angezogen, in dem leeren Speiseraum und blickte durch das Fenster auf das Pförtnerhaus, während zwei

dienende Nonnen den gefliesten Boden schrubbten. Ihr war übel. Klump, dachte sie. Fahr dein blödes Rad zu Klump und dich dazu. Andere Mädchen bekamen auch Besuch, aber nur samstags, und keine hatte einen Onkel Anton, nur wenige bekamen männlichen Besuch irgendwelcher Art, meist kamen bläßliche Tanten und gelangweilte Schwestern. Und keiner wurde Felicitas-Felicitas' Arbeitszimmer zur Verfügung gestellt, damit sie den Besucher hinter verschlossener Tür allein empfangen könne. Das war ein Privileg, das allein Alexandra und Onkel Anton genossen, wie Schwester Béatitude nicht müde wurde zu betonen. Doch Alexandra hätte diese Vergünstigung und noch etliche dazu liebend gern für das Privileg eingetauscht, keinerlei Besuch von Onkel Anton zu erhalten.
Das Tor am Pförtnerhaus ging auf, und sie fing absichtlich an zu zittern, schüttelte ihre Hände in den Gelenken, als habe sie eine Maus, eine Spinne oder einen nackten Mann vor sich gesehen. Eine rundliche Gestalt in einem braunen Anzug radelte die Anfahrt herauf. Aus seiner Bemühtheit konnte sie schließen, daß er kein geübter Radfahrer war. Er kam nicht von weit und brachte auch keine Frische von draußen mit. Es mochte brütend heiß sein, Onkel Anton schwitzte nicht und kochte nicht. Es mochte in Strömen regnen, Onkel Antons Mackintosh und Hut würden, wenn er am Haupttor ankam, kaum naß sein, und seine Schuhe waren nie schmutzig. Nur vor drei Wochen, oder war's vor drei Jahren, als gewaltige Massen von Schnee gefallen waren und einen zusätzlichen Wall von einem Meter Höhe um das tote Schloß gezogen hatten, sah Onkel Anton annähernd wie ein echter Mensch aus, der aus echten Elementen kam: Wie er so in seinen dicken Stiefeln, seinem Anorak und seiner Pelzkappe an den Tannen entlang den Pfad heraufstapfte, trat er geradewegs aus Erinnerungen, von denen sie nie sprechen durfte. Und als er sie umarmte, sie »mein Töchterchen« nannte, seine großen Handschuhe auf Felicitas-Felicitas' glänzend polierten Tisch knallte, da spürte sie ein Gefühl der Verwandtschaft und eine Hoffnung in sich hochsteigen, so übermächtig, daß sie sich

noch Tage später dabei ertappte, wie sie in der Erinnerung daran lächelte.
»Er war so warm«, vertraute sie Schwester Béatitude in ihrem bißchen Französisch an. »Er hat mich im Arm gehalten, wie einen Freund! Warum macht der Schnee ihn so zärtlich?«
Doch heute sah man nur Matsch und Nebel und große, weiche Flocken, die auf dem gelben Kies nicht liegenbleiben würden. Er kommt in einem Wagen, Sascha – hatte Schwester Béatitude einmal zu ihr gesagt –, mit einer *Frau*, Sascha. Béatitude hatte sie gesehen. Zweimal. Sie natürlich als gute Schweizerin beobachtet. Sie hatten Fahrräder auf das Autodach geschnallt, auf den Kopf gestellt, und die Frau saß am Steuer, eine große, starke Frau, ein bißchen wie Mutter Felicitas, bloß nicht so christlich, mit Haaren, die rot genug waren, um einen Stier zu reizen. Wenn sie am Dorfrand ankamen, parkten sie den Wagen hinter der Scheune von Andreas Gertsch, und Onkel Anton nahm sein Fahrrad herunter und fuhr zum Pförtnerhaus. Doch die Frau blieb im Wagen, rauchte und las die *Schweizer Illustrierte*, manchmal schimpfte sie in den Rückspiegel, und ihr Rad blieb, während sie las, immer auf dem Dach, wie eine Sau, die auf dem Rücken liegt! Und stell dir vor! Onkel Antons Fahrrad war *gesetzeswidrig*! Das Rad – als gute Schweizerin hatte Schwester Béatitude hierauf ganz selbstverständlich ihr Augenmerk gerichtet –, Onkel Antons Rad hatte kein Schild, keine Zulassung, er machte sich strafbar, wie seine Frau, aber die war wahrscheinlich zu dick, um zu radeln!
Doch Alexandra ließen gesetzeswidrige Fahrräder kalt. Was sie interessierte, war das Auto. Welche Marke? Welche Farbe? Und vor allem, woher kam es? Aus Moskau? Aus Paris? Woher? Doch Schwester Béatitude war vom Lande und schlichten Gemüts, für sie war in der Welt hinter den Bergen eine Stadt wie die andere. Was waren denn für Buchstaben auf dem Nummernschild, um Himmels willen, du Dummkopf, schrie Alexandra. Schwester Béatitude hatte keine Ahnung. Schwester Béatitude schüttelte den Kopf, wie das tumbe Milchmädchen, das sie war.

Von Fahrrädern und Kühen verstand sie etwas. Autos gingen über ihren Horizont.

Alexandra beobachtete, wie Grigoriew näherkam, sie wartete auf den Augenblick, wo er den Kopf nach vorne über die Lenkstange neigen, sein ausladendes Hinterteil lüpfen und ein Beinchen über den Sattel schwingen würde, als klettere er von einer Frau herunter. Sie sah, daß die kurze Fahrt sein Gesicht gerötet hatte, sie verfolgte, wie er die Mappe aus dem Gepäckträger über dem Hinterrad zog. Sie lief zur Tür und versuchte ihn zu küssen, zuerst auf die Wange und dann auf die Lippen, denn sie hatte sich vorgenommen, ihre Zunge als Willkommensgruß in seinen Mund zu stecken, doch er schusselte mit gesenktem Kopf an ihr vorbei, als sei er schon wieder auf dem Rückweg zu seiner Frau.

»Grüß dich, Alexandra Borisowna«, hörte sie ihn aufgeregt flüstern. Er sprach ihren Vaternamen aus, als sei er ein Staatsgeheimnis.

»Grüß dich, Onkel Anton«, antwortete sie, als Schwester Béatitude sie grob am Arm packte und flüsterte, sie solle sich benehmen, denn sonst . . .

Das Arbeitszimmer von Mutter Felicitas war bescheiden und prächtig zugleich. Es war klein und karg und sehr hygienisch, die Nonnen schrubbten und polierten es täglich, so daß es wie in einem Schwimmbad roch. Doch ihre kleinen russischen Dinge glänzten wie Geschmeide. Sie besaß Ikonen und reich gerahmte Sepiafotografien von Prinzessinnen, die sie geliebt, und Bischöfen, denen sie gedient hatte, und an ihrem Namenstag – oder war es ihr Geburtstag oder der des Bischofs? – brachte sie das alles nach unten und machte daraus eine Schaubühne mit Kerzen, einer Jungfrau und dem Christkind. Alexandra wußte das, denn Felicitas hatte sie kommen lassen und neben sich gesetzt, ihr laut alte russische Gebete vorgelesen und Stücke aus der Liturgie im Marschrhythmus vorgesungen, ihr Plätzchen und Punsch gegeben, nur um russische Gesellschaft zu haben an ihrem Namenstag – oder war es Ostern oder Weihnachten gewesen? Die Russen sind die besten Menschen der Welt, hatte sie gesagt. Trotz der vielen Pillen, die sie genommen hatte, wurde Alexandra allmählich klar, daß Felicitas-Felicitas stockbetrunken war. Sie hob ihr die Beine hoch, legte ein Kissen für sie zurecht, küßte sie aufs Haar und ließ sie auf dem Tweedsofa einschlafen, auf dem die Eltern saßen, wenn sie neue Patienten anmeldeten. Es war dasselbe Sofa, auf dem Alexandra nun saß und auf Onkel Anton starrte, der das kleine Notizbuch aus der Tasche zog. Sie bemerkte, daß er seinen braunen Tag hatte: brauner Anzug, braune Krawatte, braunes Hemd.

»Du solltest dir braune Hosenklammern kaufen«, sagte sie zu ihm auf Russisch.

Onkel Anton lachte nicht. Um sein Notizbuch war ein strumpfbandartiges Stück Gummi geschlungen, das er jetzt wie widerwillig löste, während er die offiziellen Lippen befeuchtete. Manchmal hielt Alexandra ihn für einen Polizisten, manchmal für einen verkleideten Priester, manchmal für einen Rechtsanwalt oder Schullehrer und manchmal sogar für eine besondere Art von Arzt. Doch was immer er auch war, er wollte ihr durch das Gummiband und das Notizbuch sowie durch den Ausdruck nervösen Wohlwollens klar zu verstehen geben, daß es da ein Höheres Gesetz gab, für das weder er noch sie persönlich verantwortlich waren, daß er nicht ihr Kerkermeister war, daß er sie, wenn schon nicht um ihre Liebe, so doch um Vergebung für die Umstände bat, die ihn zwangen, sie von der Welt abzuschließen. Und sie sollte auch wissen, daß er traurig war, sogar einsam und ganz sicherlich ihr zugetan und daß er in einer besseren Welt der Onkel gewesen wäre, der ihr getreulich Geburtstagsgeschenke, Weihnachtsgeschenke gebracht, ihr jedes Jahr – ›meine Sascha, wie groß du bist‹ – unters Kinn gegriffen und unauffällig eine ihrer Rundungen betätschelt hätte, um anzudeuten, ›meine Sascha, bald bist du reif für den Topf‹.

»Wie geht's mit deiner Lektüre vorwärts, Alexandra?« fragte er, während er das vor ihm liegende Notizbuch glattstrich und nach der Liste blätterte. Das war Geplauder. Das war nicht das Höhere Gesetz. Das war wie ein Gespräch über das Wetter, oder was für ein hübsches Kleid sie trug, oder wie glücklich sie heute aussah, ganz und gar nicht so wie letzte Woche.

»Ich heiße Tatjana und komme vom Mond«, antwortete sie. Onkel Anton tat, als habe sie nichts gesagt, sie hatte also vielleicht nur zu sich selbst gesprochen, lautlos in Gedanken, wo sie sich eine Menge Dinge erzählte.

»Bist du mit der Novelle von Turgenjew fertig, die ich dir gebracht hatte?« fragte er. »Du hast inzwischen wohl die ›Frühlingsströme‹ gelesen, nehme ich an.«

»Mutter Felicitas liest sie mir vor, aber sie ist zur Zeit heiser«, sagte Alexandra.

»So.«

Das war eine Lüge. Sie hatte ihr Essen auf den Boden geworfen, und um sie zu strafen, las Felicitas-Felicitas ihr nicht mehr vor. Onkel Anton hatte in seinem Notizbuch die Seite mit der Liste gefunden, und auch seinen Kugelschreiber hatte er gefunden, einen Silberstift mit Gleitmine, auf den er ungemein stolz zu sein schien.

»So«, sagte er. »Also dann, Alexandra!«

Plötzlich wollte Alexandra nicht mehr auf seine Fragen antworten. Plötzlich war ihr das unmöglich. Sie überlegte, ob sie ihm nicht die Hosen herunterziehen und ihn verknuspern sollte. Sie überlegte, ob sie nicht wie die Französin in eine Ecke machen sollte. Sie zeigte ihm die blutig gekauten Stellen an ihren Händen. Sie wollte ihm durch ihr eigenes göttliches Blut zu verstehen geben, daß sie seine erste Frage nicht hören wollte. Sie stand auf, hielt ihm eine Hand hin, während sie die Zähne in die andere grub. Sie wollte Onkel Anton ein für allemal klarmachen, daß die Frage, die er im Kopf hatte, obszön war, beleidigend, unannehmbar und verrückt, und zu dieser Demonstration hatte sie das nächstliegende und beste Beispiel gewählt, das Beispiel Christi: Hing Er nicht an Felicitas' Wand, direkt vor ihr, und Blut lief an seinen Handgelenken herab? *Ich hab' das für dich vergossen, Onkel Anton*, erklärte sie und dachte jetzt an Ostern, an Felicitas und ihren Gang rund um das Schloß beim Eierpecken. *Bitte. Das*

ist mein Blut, Onkel Anton. Ich hab' es für dich vergossen. Doch die andere Hand hielt sie auf den Mund gepreßt, und alles, was sie mit ihrer Sprechstimme zustande brachte, war ein Schluchzer. Schließlich setzte sie sich stirnrunzelnd wieder hin, die im Schoß verschränkten Hände bluteten nicht eigentlich, aber sie waren zumindest naß von ihrem Speichel.
Onkel Anton hielt in der Rechten das Notizbuch und in der Linken den Stift. Er war der einzige Linkshänder, den sie kannte, und wenn sie ihm beim Schreiben zusah, fragte sie sich manchmal, ob er nicht ein Spiegelbild war und sein echtes Ich im Wagen hinter der Scheune von Andreas Gertsch saß. Sie dachte, daß man auf diese Weise glänzend mit dem fertig werden könnte, was Doktor Rüedli eine *gespaltene Natur* nannte – man schickte eine Hälfte auf einem Fahrrad weg, während die andere Hälfte bei der rothaarigen Frau im Wagen blieb. Felicitas-Felicitas, wenn du mir dein pop-pop Moped leihst, dann setz ich meinen schlechten Teil darauf und schick ihn weg.
Plötzlich hörte sie sich sprechen. Es war ein herrlicher Klang. Ein Klang, den sie an den kräftigen, gesunden Stimmen um sich herum liebte: Politiker im Rundfunk, Ärzte, wenn sie sich über ihr Bett beugten.
»Onkel Anton, wo kommst du bitte her?« hörte sie sich mit gemessener Neugierde fragen. »Onkel Anton, paß bitte genau auf, während ich jetzt eine Aussage mache. Bevor du mir nicht sagst, wer du bist und ob du wirklich mein Onkel bist, und was für ein Nummernschild dein großer, schwarzer Wagen hat, beantworte ich keine einzige deiner Fragen mehr. Tut mir leid, aber es geht nicht anders. Ich will auch wissen, ob die Rothaarige deine Frau ist oder Felicitas-Felicitas mit gefärbtem Haar, wie Schwester Béatitude immer sagt.«
Doch Alexandras Geist sprach zu oft Wörter, die ihr Mund nicht weitergab, sodaß die Wörter in ihr herumflogen, unfreiwillig von ihr bewacht, so unfreiwillig wie Onkel Anton vorgab, sie selbst zu bewachen.
»Wer gibt dir das Geld, damit du Felicitas-Felicitas für meine In-

haftierung bezahlen kannst? Wer bezahlt Dr. Rüedi? Wer bestimmt, welche Fragen jede Woche in dein Notizbuch kommen? An wen gibst du die Antworten weiter, die du so gewissenhaft niederschreibst?«

Doch wieder flogen die Wörter in ihr herum wie die Vögel in Krankos Gewächshaus während der Obstzeit, und es gab nichts, womit Alexandra sie bewegen konnte, herauszukommen.

»Also?« sagte Onkel Anton zum drittenmal, mit dem verwaschenen Lächeln, das Dr. Rüedi aufsetzte, wenn er ihr eine Spritze gab. »Würdest du mir zuerst einmal deinen vollen Namen nennen, Alexandra?«

Alexandra hielt drei Finger in die Höhe und zählte wie ein braves Kind an ihnen ab. »Alexandra Borisowna Ostrakowa«, sagte sie mit kindlicher Stimme.

»Gut. Und wie hast du dich diese Woche gefühlt, Sascha?«

Alexandra lächelte höflich.

»Danke, Onkel Anton. Ich habe mich diese Woche viel besser gefühlt. Dr. Rüedi sagt, daß ich jetzt überm Berg bin.«

»Hast du irgendwie – per Post, Telefon oder mündlich – eine Botschaft von außerhalb bekommen?«

Alexandra hatte nun beschlossen, eine Heilige zu sein. Sie faltete die Hände auf dem Schoß und legte den Kopf auf die Seite und stellte sich vor, sie sei eine von Felicitas-Felicitas' russisch-orthodoxen Heiligen, die hinter dem Schreibtisch an der Wand hingen. Vera, der Glaube, Liubow, die Liebe; Sofia, Olga, Irina oder Xenia; alle die Namen, die Felicitas sie an jenem Abend lehrte, als sie ihr anvertraute, daß ihr richtiger Name ›Hoffnung‹ sei – während Alexandras Name Alexandra oder Sascha war und nicht, aber schon ganz und gar nicht Tatjana, merk dir das. Alexandra lächelte Onkel Anton an, und sie wußte, daß ihr Lächeln sublim war und tolerant und weise; und daß sie Gottes Stimme hörte und nicht die Onkel Antons; und Onkel Anton wußte das auch, denn er gab einen langen Seufzer von sich, legte das Notizbuch beiseite und drückte auf die Klingel, um Mutter Felicitas zur Geldzeremonie herbeizurufen.

Mutter Felicitas kam hastig herein, und Alexandra vermutete, daß sie nicht weit von der Türe entfernt auf der anderen Seite gewartet hatte. Sie hielt die Rechnung fertig in der Hand. Onkel Anton prüfte sie stirnrunzelnd wie immer, zählte dann die Scheine, blaue und orangefarbene, einzeln auf den Tisch, so daß jeder einen Augenblick lang im Strahl der Leselampe durchsichtig wurde. Dann tätschelte Onkel Anton Alexandra die Schulter, als sei sie fünfzehn und nicht fünfundzwanzig oder zwanzig oder wie alt auch immer sie war, als sie die verbotenen Teile ihres Lebens abgekappt hatte. Sie sah zu, wie er zur Tür und dann zum Rad watschelte. Sie beobachtete, wie sein Strampeln immer regelmäßiger wurde, als er von ihr weg an Krankos Pförtnerhaus vorbei den Hügel hinab zum Dorf fuhr. Und dabei sah sie etwas Merkwürdiges, etwas, was nie zuvor passiert war, zumindest nicht Onkel Anton. Aus dem Nichts tauchten zwei entschlossene Gestalten auf, ein Mann und eine Frau, die ein Motorrad schoben. Sie mußten auf der Sonnenbank auf der anderen Seite des Pförtnerhauses gesessen haben, hatten sich vor den Blicken verborgen, vielleicht um sich zu lieben. Sie schwenkten in die Straße ein und starrten ihm nach, stiegen aber nicht auf ihr Motorrad, noch nicht. Sie warteten, bis er fast außer Sicht war, bevor sie hügelab hinter ihm herfuhren. Nun entschloß Alexandra sich zu schreien, und diesmal fand sie ihre Sprechstimme, und der Schrei zerriß das Haus vom First bis zum Grund, bis Schwester Béatitude sich auf sie stürzte, um sie mit einem heftigen Schlag auf den Mund zu zähmen.
»Es sind dieselben Leute«, erklärte Alexandra.
»Wer, es?« fragte Schwester Béatitude, die Hand erhoben für den Fall, daß sie sie nochmals benötigen würde. »Wer sind dieselben Leute, du böses Mädchen?«
»Die Leute, die meiner Mutter nachgegangen sind, bevor sie sie weggezogen und umgebracht haben.«
Schwester Béatitude schnaubte ungläubig. »Mit Rappen, wahrscheinlich!« spottete sie. »Auf einem Schlitten quer durch Sibirien gezogen.«

Alexandra hatte diese Geschichten schon mehrmals ausgesponnen. Daß ihr Vater ein Fürst war, mächtiger als der Zar. Daß er nachts herrschte, wie die Eulen, wenn die Falken ruhen. Daß seine grauen Augen ihr überallhin folgten, daß seine geheimen Ohren jedes Wort hörten, das sie sagte. Und daß er eines Nachts, als er ihre Mutter im Schlaf beten hörte, nach seinen Männern schickte, die sie mit in den Schnee hinausnahmen. Niemand hat sie je wiedergesehen, nicht einmal der liebe Gott, er schaut immer noch nach ihr aus.

24

Das Verbrennen von »Tricky Tony« – so der launige Codename, den Grigoriew von seinen Beschattern erhielt – ging später in die Circus-Mythologie als eine jener seltenen Operationen ein, bei denen sich Glück, Zeitwahl und organisatorische Vorbereitung zur idealen Verbindung zusammentaten. Allen Beteiligten war von Anfang an klar gewesen, daß es darum ging, Grigoriews allein habhaft zu werden, und zwar bei einer Gelegenheit, die ein paar Stunden später eine reibungslose Rückführung in sein normales Leben ermöglichen würde. Doch bis zum Wochenende nach dem Einsatz in der Thuner Bank hatte die intensive Ausforschung von Grigoriews Verhaltensmuster noch keine klaren Hinweise darauf ergeben, wann eine solche Gelegenheit eintreten werde. Skordeno und de Silsky, Tobys harte Männer, entwarfen in ihrer Verzweiflung bereits den hirnrissigen Plan, Grigoriew auf dem Weg zur Arbeit zu schnappen, irgendwo an den paar hundert Metern zwischen seinem Haus und der Botschaft. Toby winkte sofort ab. Eines der Mädchen bot sich als Lockvogel an: Vielleicht könnte sie sich als Anhalterin an Grigoriew heranmachen? Ihre noble Geste erntete Beifall, die praktische Durchführbarkeit war jedoch gleich null.

Das Hauptproblem war, daß Grigoriew unter doppelter Bewachung stand. Nicht nur hielten die Sicherheitsbeamten der Botschaft routinemäßig ein Auge auf ihn; seine Gattin stand ihnen an Wachsamkeit nicht nach. Die Observanten waren überzeugt, daß Madame Grigoriewa den Gatten einer kleinen Schwäche für Klein-Natascha verdächtigte. Diese Überzeugung bestätigte sich, als es Tobys Lauschtrupp gelang, den Kabelkasten an der Straßenecke anzuzapfen. Während eines einzigen Tages rief die Grigoriewa ihren Mann nicht weniger als dreimal an, nur um sich zu vergewissern, daß er wirklich noch in der Botschaft war. »George, ich meine, dieses Weib ist ein Ungeheuer«, wetterte Toby, als er davon erfuhr. »Liebe – ich meine, alles recht und schön. Aber totale Besitzergreifung, das verurteile ich absolut. Für mich ist das eine Prinzipfrage.«

Das einzige schwache Glied in der Kette war Grigoriews regelmäßige Donnerstag-Nachmittagsfahrt zur Autowerkstatt, wo er den Mercedes nachsehen ließ. Wenn ein erfahrener Altwagenfrisierer wie Canada Bill in der Nacht vom Mittwoch einen Motorschaden basteln könnte – so daß der Mercedes zwar vom Fleck käme, aber nur mit knapper Not –, wäre es dann nicht möglich, Grigoriew aus der Werkstatt zu schnappen, während er darauf wartete, daß der Mechaniker den Fehler entdeckte? Der Plan starrte von Unsicherheitsfaktoren. Selbst wenn alles klappen sollte, wie lange würden sie Grigoriew für sich haben? Zum Beispiel mußte Grigoriew an Donnerstagen rechtzeitig wieder zu Hause sein, um den allwöchentlichen Besuch des Kuriers Krassky nicht zu versäumen. Trotz allem blieb es ihr bisher einziger Plan – der schlechteste mit Ausnahme aller übrigen, sagte Toby –, und so begann ein banges fünftägiges Warten, während Toby und seine Teamführer über Ausweich-Prozeduren für die zahlreichen unerfreulichen Folgesituationen brüteten, die ein Platzen des Vorhabens nach sich ziehen würde: Jeder mußte sein Bündel geschnürt und sich in seinem Hotel abgemeldet haben; Fluchtpapiere und Geld allezeit bei sich tragen; Funkausrüstung verpacken und unter einem amerikanischen Namen in den Tresorräumen einer größeren Bank verwahren, damit eventuelle Spuren auf die Vettern, nicht auf den Circus verweisen würden; keinerlei Zusammenkünfte, nur kurzer Wortwechsel auf der Straße im Vorübergehen; Wellenlängen alle vier Stunden ändern. Toby kannte seine schweizerische Polizei, sagte er. Er hatte schon früher hier gejagt. Wenn die Sache aufflöge, sagte er, sei es umso besser, je weniger von seinen Jungens und Mädchen in der Gegend seien und Fragen beantworten könnten. »Gott sei Dank, daß die Schweizer bloß neutral sind!«

Als recht schwachen Trost und zur Auffrischung der anfälligen Kampfmoral der Observanten bestimmten Smiley und Toby, daß Grigoriews Überwachung während der bevorstehenden Wartetage auf vollen Touren weiterlaufen sollte. Der Beobachtungsposten am Brunnadernrain würde rund um die Uhr besetzt sein; Auto- und Motorradpatrouillen verkürzten die Abstände. Jeder sollte sprungbereit sein, für den unwahrscheinlichen Fall, daß Gott in einer völlig uncharakteristischen Anwandlung sich auf die Seite der Gerechten schlagen würde.

In der Tat schickte Gott ein idyllisches Sonntagswetter, und dies brachte die Entscheidung. Gegen zehn Uhr vormittags schien es, als sei die Alpensonne vom Oberland herabgestiegen, um das Leben der umnebelten Talbewohner zu erleuchten. Im Bellevue Palace, wo sonntags geradezu überwältigende Stille herrscht, hatte ein Kellner soeben fürsorglich eine Serviette über Smileys Knie gebreitet. Smiley trank geruhsam Kaffee und versuchte, sich auf die Wochenend-Ausgabe der *Herald Tribune* zu konzentrieren, als er, aufblickend, die liebenswürdige Erscheinung des Chefportiers Franz vor sich stehen sah.

»Excusez, Mr. Barraclough, Sie werden am Telefon verlangt. Ein Mr. Anselm.«

Die Kabinen waren in der Haupthalle, die Stimme war Tobys Stimme, und der Name Anselm bedeutete Alarmstufe 6. »Das Büro in Genf meldete uns soeben, daß der Herr Generaldirektor jetzt auf dem Wege nach Bern ist.«

Das Büro in Genf war der Codename des Beobachtungspostens Brunnadernrain.

»Fährt seine Gattin mit?« sagte Smiley.

»Madame ist leider verhindert, sie macht einen Ausflug mit den Kindern«, erwiderte Toby. »Könnten Sie vielleicht in die Filiale herüberkommen, Mr. Barraclough?«

Tobys Filiale war ein Pavillon in einem gepflegten Park in der Nähe des Bundeshauses. Smiley war in fünf Minuten dort. Unten lag das Bett des grünen Flusses. In der Ferne ragten die besonnten Gipfel des Berner Oberlands prachtvoll in den blauen Himmel.

»Grigoriew hat die Botschaft vor fünf Minuten verlassen, allein, in Hut und Mantel«, sagte Toby zur Begrüßung. »Er ist zu Fuß auf dem Weg in die Stadt. Alles, wie am ersten Sonntag unserer Beschattung. Er geht zu Fuß zur Botschaft, zehn Minuten später marschiert er in die Stadt. Er will das Schachspiel verfolgen, George, kein Zweifel. Was sagen Sie?«

»Wer ist bei ihm?«

»Skordeno und de Silsky zu Fuß, dahinter ein Observierungswagen, zwei weitere Autos vor ihm. Ein Team ist im Moment unterwegs zur Münsterterrasse. Wollen wir, George, oder wollen wir nicht?«

Sekundenlang konnte Toby wieder jenen Zwiespalt wahrnehmen, der Smiley immer dann zu befallen schien, wenn ein Unternehmen ins Rollen kam: nicht so sehr Unentschlossenheit, vielmehr ein rätselhafter Widerwillen gegen den Vorstoß.

Toby drängte: »Grünes Licht, George? Oder nicht? George, bitte! Es geht jetzt um Sekunden!«

»Wird das Haus überwacht sein, wenn die Grigoriewa mit den Kindern zurückkommt?«

»Vollständig.«

Wiederum zögerte Smiley sekundenlang. Sekundenlang wog er die Mittel gegen den Zweck ab, dann schien Karlas graue und ferne Gestalt ihn anzuspornen.

»Also grünes Licht«, sagte Smiley. »Ja. Wir wollen.«

Er hatte kaum zu Ende gesprochen, als Toby auch schon in der keine zwanzig Meter vom Pavillon entfernten Telefonzelle stand. »Mit Herzklopfen wie eine komplette Dampfmaschine«, wie er später behauptete. Aber auch mit dem Feuer des Kampfes in den Augen.

In Sarratt existiert sogar ein maßstabgetreues Modell der Szene, und von Zeit zu Zeit holen die Schulungsleiter es hervor und erzählen die Geschichte.

Die Altstadt von Bern beschreibt man am besten als einen Berg, eine Festung und eine Halbinsel, alles zugleich, wie das Modell zeigt. Zwischen der Kirchenfeld- und der Kornhausbrücke zieht die Aare, tief in einer schwindelnden Schlucht, einen hufeisenförmigen Bogen, und die alte Stadt nistet besonnen in seinem Schutz, ihre mittelalterlichen Straßen steigen hügelan bis zu dem prächtigen Spitzturm des spätgotischen Münsters, das die Krone und die Krönung des Berges bildet. Der Fremdling, der die Aussicht von der Südseite, der auf gleicher Höhe liegenden Plattform, aus genießen will, mag schaudernd unter sich etwa dreißig Meter nackte Felswand erblicken, die senkrecht in den brodelnden Fluß abstürzt. Eine Stelle, die Selbstmörder anziehen muß und es zweifellos schon mehrmals getan hat. Eine Stelle, an der, wie der Volksmund zu berichten weiß, einst ein frommer Mann von seinem Pferd abgeworfen wurde, und, obgleich er in diese furchtbare Tiefe stürzte, durch Gottes Hilfe überlebte, von Stund an der heiligen Kirche diente und dreißig Jahre danach in hohem Alter eines friedlichen Todes starb. Im übrigen ist die Plattform ein angenehmer Aufenthaltsort mit Bänken und Baumreihen und einem Kinderspielplatz – und, seit kurzem, einem Freiluft-Schachspiel. Die Figuren sind über einen halben Meter hoch, leicht genug, daß man sie bewegen kann, aber schwer genug, um den gelegentlichen Stößen des Südwinds standzuhalten, der von den Höhen herabstürmt. Auch diese Schachfiguren sind im Sandkastenmodell von Sarratt zu sehen.

Als Toby Esterhase an jenem Sonntagvormittag dort ankam, hatte der unerwartete Sonnenschein bereits eine kleine und adrette Schar von Spielbegeisterten angezogen, die rings um das schwarz-weiß karierte Pflastergeviert standen oder saßen. Und mitten unter ihnen, keine zwei Meter von Toby entfernt, stand, so blind und taub für seine Umgebung, wie man es sich irgend wünschen konnte, Botschaftsrat (Außenhandel) Anton Grigoriew von der sowjetischen Gesandtschaft in Bern, der alle Amts- und Familienbande abgeschüttelt hatte und aufmerksam durch seine randlose Brille jeden Zug der Spieler verfolgte. Und hinter Grigoriew standen Skordeno und sein Kollege de Silsky und beobachteten Grigoriew. Die Spieler waren jung und bärtig und lässig – Kunststudenten vielleicht, auf jeden Fall wollten sie für solche gehalten werden. Und sie vergaßen auch nicht einen Augenblick lang, daß sie ein Duell unter den Augen der Öffentlichkeit ausfochten.

Toby war schon früher ebenso nah an Grigoriew herangekommen, aber nie, während die Aufmerksamkeit des Russen so ausschließlich einer anderen Sache galt. Mit der Ruhe, die dem Kampf vorausgeht, taxierte Toby ihn und fand bestätigt, was er schon immer behauptet hatte: Anton Grigoriew war kein ausgebildeter Agent. Seine hingerissene Aufmerksamkeit, die sorglose Offenheit seines Mienenspiels verrieten eine Unschuld, die in den Palastkämpfen der Moskauer Zentrale nie und nimmer hätte überleben können.

Tobys äußere Erscheinung gehörte gleichfalls zu den Glückstreffern dieses Tages. Zu Ehren des Berner Sonntags trug er einen dunklen Mantel und seine schwarze Pelzmütze. Somit war er in diesem entscheidenden Augenblick aus dem Stegreif das, was er zu scheinen beabsichtigt hätte, wenn alles bis in die letzte Kleinigkeit geplant gewesen wäre: ein angesehener Bürger, der sich sonntags ein bißchen Muße gönnt.

Tobys dunkle Augen hoben sich zum Münsterplatz. Die Absetzautos standen bereit.

Gedämpftes Lachen stieg auf. Mit ausholender Bewegung hob einer der bärtigen Spieler seine Königin vom Feld, wirbelte sie scheinbar mühsam, als wäre sie zentnerschwer, ein paar Schritte weit und ließ sie ächzend niederplumpsen. Grigoriew runzelte düster die Stirn, während er diesen unerwarteten Zug betrachtete. Auf Tobys Nicken hin schoben sich Skordeno und de Silsky rechts und links an ihn heran, so dicht, daß Skordenos Schulter an die Schulter der Beute stieß, doch Grigoriew achtete nicht darauf. Tobys Hilfstruppen, die dies als ihr Signal auffaßten, schlängelten sich langsam durch die Menge und bildeten eine zweite Staffel hinter de Silsky und Skordeno. Jetzt wartete Toby nicht länger. Er trat direkt vor Grigoriew hin, lächelte und lüftete die Pelzmütze. Grigoriew erwiderte das Lächeln – ein wenig

unsicher, es mochte sich um einen anderen Diplomaten handeln, an den er sich nicht mehr recht erinnerte – und lüftete gleichfalls den Hut.
»Wie geht's Ihnen heute, Herr Botschaftsrat?« fragte Toby auf Russisch, in leicht scherzendem Ton.
Verwirrter denn je sagte Grigoriew, vielen Dank, es gehe ihm gut.
»Ich hoffe, der kleine Ausflug am Freitag hat Ihnen Spaß gemacht«, fuhr Toby im gleichen ungezwungenen, aber sehr leisen Ton fort, während er Grigoriew unterhakte. »Ich sage immer, die alte Stadt Thun erfährt bei den Mitgliedern unserer noblen diplomatischen Gemeinde nicht die ihr gebührende Würdigung. Dabei empfiehlt sich dieses Städtchen, wenn Sie mich fragen, nicht nur wegen seiner Altertümlichkeit, sondern auch wegen seines Bankwesens. Finden Sie nicht auch?«
Diese Offensive war lang genug und bestürzend genug, um Grigoriew widerstandslos an den Rand des Zuschauerkreises zu befördern. Skordeno und de Silsky hatten dicht aufgeschlossen.
»Mein Name ist Kurt Siebel«, raunte Toby vertraulich in Grigoriews Ohr, und seine Hand ruhte noch immer auf Grigoriews Arm. »Ich bin Chefrevisor der Berner Standard Bank in Thun. Wir haben ein paar Fragen betreffs des Privatkontos, das Dr. Adolf Glaser bei uns unterhält. Tun Sie, als wären wir Bekannte, es ist in Ihrem eigenen Interesse.« Sie gingen noch immer. Hinter ihnen folgten die Observanten in schräger Linie, wie Rugbyspieler, die einen Durchbruch des Gegners verhindern wollen. »Bitte beunruhigen Sie sich nicht«, fuhr Toby fort und zählte die Schritte, während Grigoriew sich an seiner Seite hielt. »Wenn Sie eine Stunde für uns erübrigen könnten, so ließe die Sache sich gewiß aus der Welt schaffen, ohne daß Ihr häusliches oder berufliches Leben eine Störung erfahren würde. Bitte.«
In der Welt eines Geheimagenten ist die Mauer zwischen Sicherheit und höchster Gefahr so gut wie nichts, ein dünnes Häutchen, das in Sekundenschnelle bersten kann. Er mag seinen Mann jahrelang umworben und für die Pfanne gemästet haben.

Aber der Augenblick, wenn er ihn in die Pfanne haut – »wirst du, wirst du nicht?« –, ist ein Sprung entweder ins Verderben oder zum Sieg, und sekundenlang glaubte Toby, dem Verderben ins Antlitz zu blicken. Grigoriew war endlich stehengeblieben und hatte sich umgewandt, um ihn anzustarren. Er war bleich wie ein Schwerkranker. Sein Kinn hob sich, er öffnete den Mund zum Protest gegen eine monströse Anschuldigung. Er zerrte an seinem blockierten Arm, um sich loszumachen, aber Toby hielt ihn fest. Skordeno und de Silsky gaben Rückendeckung, doch die Entfernung zum Wagen betrug noch immer fünfzehn Meter, und das war nach Tobys Maßstäben ein weiter Weg, wenn man einen stämmigen Russen mit sich zerren mußte. Toby redete ununterbrochen; das gebot ihm sein Instinkt.
»Es liegen gewisse Unregelmäßigkeiten vor, Herr Botschaftsrat. Schwere Unregelmäßigkeiten. Wir haben eine Akte über Ihre werte Person, liest sich höchst unerfreulich. Wenn ich dieses Dossier der Schweizer Polizei übergeben würde, so könnten alle diplomatischen Proteste der Welt Sie nicht vor der peinlichsten öffentlichen Bloßstellung schützen. Welche Folgen dies für ihre berufliche Karriere haben würde, muß ich wohl nicht erwähnen. Bitte. Ich sagte *bitte*.«
Grigoriew hatte sich noch immer nicht geregt. Er schien gelähmt vor Unentschlossenheit. Toby schubste ihn am Arm, aber Grigoriew stand wie ein Fels und schien den physischen Druck nicht wahrzunehmen. Toby schob energischer an. Skordeno und de Silsky rückten noch dichter auf, doch Grigoriew besaß die störrische Kraft eines Irren. Sein Mund öffnete sich, er schluckte, sein Blick heftete sich dümmlich auf Toby.
»Welche Unregelmäßigkeiten?« sagte er schließlich. Nur der Schock und die Ruhe in seiner Stimme gaben Grund zur Hoffnung. Sein dicker Körper stemmte sich auch weiterhin gegen jede Bewegung. »Wer ist dieser Glaser, von dem Sie sprechen?« fragte er heiser, im gleichen benommenen Ton. »Ich bin nicht Glaser. Ich bin Diplomat. Grigoriew. Das Konto, von dem Sie sprechen, ist durchaus legal. Als Handelsattaché habe ich Im-

munität. Ich habe auch das Recht, im Ausland Bankkonten zu unterhalten.«

Toby feuerte seinen zweiten und letzten Schuß ab. *Das Geld und das Mädchen*, hatte Smiley gesagt. *Das Geld und das Mädchen sind Ihre einzigen Trümpfe, mehr haben Sie nicht auszuspielen*.

»Es geht auch noch um das delikate Problem Ihrer Ehe, Herr Botschaftsrat«, begann Toby aufs neue mit gespielter Verlegenheit. »Ich muß Sie darauf hinweisen, daß Ihre Eskapaden innerhalb der Botschaft unerfreuliche Auswirkungen auf Ihre Häuslichkeit haben könnten.« Grigoriew setzte sich in Bewegung, und man hörte ihn murmeln *Bankier* – ob es ungläubig oder höhnisch gemeint war, wird man nie erfahren. Seine Augen schlossen sich, und er wiederholte das Wort, diesmal – laut Skordeno – klang es eindeutig obszön. Aber er setzte sich wieder in Bewegung. Die rückwärtige Tür des Wagens war geöffnet. Der zweite Wagen wartete dahinter. Toby plapperte irgendeinen Unsinn über die Hinterziehung von Steuern auf schweizerische Bankzinsen, aber er wußte, daß Grigoriew ihm nicht wirklich zuhörte. De Silsky schlüpfte an ihnen vorbei, sprang in den Fond des Wagens, und Skordeno warf Grigoriew direkt hinterher, dann setzte er sich neben ihn und schmetterte die Tür zu. Toby nahm den Beifahrersitz ein; eines der Meinertzhagen-Mädchen chauffierte. Toby ermahnte sie auf Deutsch, langsam zu fahren und um Gottes willen zu bedenken, was ein Berner Sonntag sei. Kein Englisch in seiner Hörweite, hatte Smiley gesagt.

Irgendwo in der Nähe des Bahnhofs mußte Grigoriew auf dumme Gedanken gekommen sein, denn es entstand ein kurzes Handgemenge, und als Toby in den Rückspiegel blickte, war Grigoriews Gesicht schmerzverzerrt, und er hielt beide Hände über die Leistengegend. Sie fuhren zur Länggass-Straße, einer öden Straße hinter der Universität. Die Tür des Miethauses öffnete sich im selben Augenblick, als sie davor hielten. Auf der Schwelle stand eine magere Frau. Es war Millie McCraig, die Haushälterin und altgediente Circus-Kraft. Beim Anblick ihres Lächelns bäumte Grigoriew sich auf, und nun ging es nur noch um Tempo, nicht mehr um Tarnung. Skordeno sprang auf den Gehsteig, packte Grigoriews Arm und riß ihn fast aus dem Gelenk; de Silsky mußte einen weiteren Schlag gelandet haben, obgleich er später schwor, es sei ein unglücklicher Zufall gewesen, denn Grigoriew tauchte zusammengekrümmt aus dem Wagen, und sie trugen ihn zwischen sich über die Schwelle wie eine Braut und stolperten selbdritt geräuschvoll ins Wohnzimmer. Smiley saß in einer Ecke und erwartete sie. Im Zimmer herrschten brauner Chintz und Spitzendeckchen vor. Die Tür fiel zu, die Entführer leisteten sich eine kurze Siegerpause. Skordeno und de Silsky lachten vor Erleichterung laut auf. Toby nahm die Mütze ab und wischte sich den Schweiß von der Stirn.

»Ruhe«, sagte er leise. Sie gehorchten ihm sofort.

Grigoriew massierte sich die Schulter, der Schmerz schien ihn für alles andere unempfänglich zu machen. Smiley, der ihn genau beobachtete, schöpfte Trost aus dieser Selbstbezogenheit: Unbewußt stellte Grigoriew sich mit diesem Schulterreiben in die Reihen der Verlierer. Smiley erinnerte sich an Kirow, an das Fiasko mit der Ostrakowa und an seine beflissene Anwerbung Otto Leipzigs. Er blickte Grigoriew an und las aus allem, was er sah, die gleiche unheilbare Mittelmäßigkeit: aus dem neuen, aber schlecht gewählten gestreiften Anzug, der die Beleibtheit des Trägers betonte; den teuren grauen Schuhen, perforiert, um luftdurchlässig, aber zu schmal, um bequem zu sein; dem geschniegelten gewellten Haar. Alle diese winzigen nutzlosen Werke der Eitelkeit meldeten Smiley einen Drang zur Größe, der, wie er wußte – und wie auch Grigoriew zu wissen schien –, niemals Erfüllung finden würde.

Ehemaliger Universitätsdozent, besagte das Schriftstück, das Enderby ihm bei *Ben* ausgehändigt hatte. *Vertauschte offenbar die akademische Laufbahn gegen die Annehmlichkeiten des Diplomatenstatus.*

Ein Kneifer, hätte Ann gesagt, die seine Sexualität mit einem einzigen Blick erfaßt hätte. *Heimschicken*.

Aber Smiley konnte ihn nicht heimschicken. Grigoriew war ein angehakter Fisch, und Smiley mußte sich in Sekundenschnelle entscheiden, wie er ihn an Land ziehen sollte. Grigoriew trug eine randlose Brille und wurde um das Kinn herum zu fett. Sein Haaröl, von der erhöhten Körpertemperatur erwärmt, gab einen Zitronendunst ab. Er knetete noch immer seine Schulter, aber jetzt starrte er seine Entführer der Reihe nach an. Schweiß rann über sein Gesicht wie Regentropfen.

»Wo bin ich?« verlangte er wild von Toby zu wissen, den er für den Anführer hielt; Smiley ignorierte er vollständig. Seine Stimme war heiser und schrill. Er sprach deutsch, mit slavischen Kehllauten.

Drei Jahre als Erster Sekretär (Handel), sowjetische Militärmission in Potsdam, erinnerte sich Smiley. *Kein Hinweis auf geheimdienstliche Verbindung.*

»Ich verlange zu erfahren, wo ich bin!« schrie Grigoriew. »Ich bin höherer Sowjetdiplomat. Ich verlange, unverzüglich mit meinem Botschafter zu sprechen!«

Die unablässige Beschäftigung seiner Hand mit der lädierten Schulter nahm seiner Entrüstung die Schärfe.

»Man hat mich gekidnappt! Ich wurde gegen meinen Willen hierher gebracht! Wenn Sie mich nicht unverzüglich zu meinem Botschafter zurückkehren lassen, gibt es einen ernsten internationalen Zwischenfall!«

Grigoriew hatte die Bühne für sich allein und vermochte sie nicht ganz auszufüllen. Nur George wird Fragen stellen, hatte Toby seinem Team eingeschärft. Nur George wird antworten. Doch Smiley saß so still da wie ein Bestattungsunternehmer; anscheinend konnte nichts ihn aus der Ruhe bringen.

»Wollen Sie Lösegeld?« rief Grigoriew ihnen allen zu. Ein gräßlicher Gedanke schien ihm zu kommen. »Sind Sie Terroristen?« flüsterte er. »Aber wenn Sie Terroristen sind, warum verbinden Sie mir nicht die Augen? Warum lassen Sie mich Ihre Gesichter sehen?« Er glotzte zuerst de Silsky an, dann Skordeno. »Legen Sie Gesichtsmasken an. Gesichtsmasken! Ich will keinen von Ihnen kennen!«

Gereizt durch das anhaltende Schweigen schlug Grigoriew die geballte Faust in die Handfläche und brüllte zweimal: »Ich bestehe darauf!« Woraufhin Smiley mit der Miene amtlichen Bedauerns ein Notizbuch öffnete, das auf seinem Schoß lag, etwa so, wie es Kirow getan hätte, und einen leisen, sehr amtlichen Seufzer von sich gab. »Sie sind Botschaftsrat Grigoriew von der sowjetischen Botschaft in Bern?« fragte er mit denkbar gelangweilter Stimme.

»Grigoriew! Ich bin Grigoriew! Ja, ausgezeichnet, ich bin Grigoriew! Und wer sind Sie, bitte? Al Capone? Wer sind Sie? Warum fixieren Sie mich wie ein Kommissar?«

Kommissar war für die Beschreibung von Smileys Verhalten unübertrefflich: Es war träge bis zur Gleichgültigkeit.

»Nun, Herr Botschaftsrat, wir haben keine Zeit zu verlieren, ich muß Sie daher bitten, sich die belastenden Fotos auf dem Tisch hinter Ihnen genau anzusehen«, sagte Smiley mit der gleichen wohlberechneten Trägheit.

»Fotos? Was für Fotos? Wie können Sie einen Diplomaten belasten? Ich verlange, unverzüglich mit meinem Botschafter zu telefonieren!«

»Ich würde dem Herrn Botschaftsrat empfehlen, zuerst die Fotos anzusehen«, sagte Smiley in mürrischem, keinem Bundesland zugehörigen Deutsch. »Nach Kenntnisnahme steht es dem Herrn Botschaftsrat frei, anzurufen, wen immer er möchte. Bitte links zu beginnen«, schlug er vor. »Die Fotos sind von links nach rechts angeordnet.«

Ein Mensch, der erpreßt wird, hat die Würde aller unserer Schwächen, dachte Smiley, als er verstohlen beobachtete, wie Grigoriew am Tisch entlangschlurfte, als träfe er die Auslese an einem der zahllosen diplomatischen Buffets. Ein Mensch, der erpreßt wird, ist unser aller Ebenbild, geschnappt im letzten Moment, wenn wir versuchen, der Falle zu entrinnen. Smiley hatte die Anordnung der Bilder persönlich besorgt; er hatte sich dabei die orchestrierte Abfolge von Katastrophen aus Grigoriews Sicht vorgestellt. Die Grigoriews parken ihren Mercedes vor der Bank. Die Grigoriewa wartet mit ihrem chronisch verbiesterten Gesichtsausdruck allein auf dem Fahrersitz und umklammert das Steuer, für den Fall, daß jemand versuchen sollte, es ihr wegzunehmen. Grigoriew und die kleine Natascha auf einem Tele-Foto, dicht an dicht auf einer Bank sitzend. Grigoriew im Bankgebäude, mehrere Aufnahmen, als Gipfelpunkt ein prachtvoller Schnappschuß über die Schulter Grigoriews, der eine Auszahlungsquittung unterschreibt, mit dem vollen Namen Adolf Glaser klar leserlich in Maschinenschrift über seinem Namenszug. Dann Grigoriew, sichtlich ungelenk auf einem Fahrrad, wie er in die Auffahrt zum Sanatorium einschwenkt; dann wiederum die Grigoriewa, verdrossen im Wagen hockend, diesmal neben Gertschens Scheune, auf dem Wagendach ihr Fahrrad verzurrt. Aber das Foto, das Grigoriew am längsten fesselte, war, wie Smiley feststellte, die Tele-Aufnahme, die den Meinertzhagen-Mädchen gelungen war. Die Qualität war nicht besonders, aber die beiden Köpfe im Wagen konnte man deutlich erkennen, auch wenn sie Mund an Mund zusammengewachsen schienen. Einer gehörte Grigoriew. Der andere, der mit menschenfresserischer Gier über ihn herfiel, gehörte der kleinen Natascha.

»Das Telefon steht zu Ihrer Verfügung, Herr Botschaftsrat«, ließ Smiley sich ruhig vernehmen, als Grigoriew sich noch immer nicht regte.

Doch Grigoriew war über diesem letzten Foto erstarrt, und seine Miene drückte äußerste Verzweiflung aus. Er war nicht nur ein ertappter Mann, dachte Smiley; er war ein Mann, dessen schönster und bisher in den Schleier des Geheimnisses gehüllter Liebestraum plötzlich an die Öffentlichkeit gezerrt und zum Gespött geworden war.

Wiederum im gleichen lustlosen Ton amtlicher Notwendigkeit begann Smiley nun mit dem, was Karla als die Pressionsphase bezeichnet hätte. Andere Inquisitoren, sagt Toby, hätten Grigoriew eine Wahl geboten und dadurch unweigerlich den Widerstand des Russen und den russischen Hang zur Selbstzerstörung wachgerufen: eben jene Impulse, sagt er, die eine Katastrophe hätten heraufbeschwören können. Andere Inquisitoren, behauptet er, hätten gedroht, gebrüllt, wären schließlich pathetisch und vielleicht sogar gewalttätig geworden. Nicht so George, sagt er: niemals. George hielt bis zuletzt den gleichmütigen Erfüllungsgehilfen durch: Grigoriew, wie alle Grigoriews dieser Welt, nahm ihn als sein unabwendbares Geschick an. George schloß jede Wahl kategorisch aus. George machte Grigoriew klar, warum er keine Wahl haben könne: Das Wichtigste, Herr Botschaftsrat – sagte Smiley, als erläuterte er eine Steuerforderung –, sei zu bedenken, welche Wirkung diese Fotos dort auslösen könnten, wo sie sehr bald unter die Lupe genommen würden, wenn man nichts unternähme, um ihre Weiterleitung zu verhindern. Da seien erstens einmal die Schweizer Behörden, sagte Smiley, die verständlicherweise über den Mißbrauch eines schweizerischen Passes durch einen akkreditierten Diplomaten ungehalten sein würden, ganz zu schweigen von dem schweren Verstoß gegen die Bankgesetze. Energischer offizieller Protest müßte die Folge sein, und die Grigoriews würden über Nacht nach Moskau zurückgeschickt, alle zusammen, um nie wieder die Früchte eines Auslandsposten zu genießen. Aber auch daheim in Moskau würde man Grigoriew kaum mit offenen Armen empfangen, erklärte Smiley. Seine Vorgesetzten im Außenministerium brächten wohl wenig Verständnis auf für sein Verhalten, »sowohl im privaten wie im beruflichen Bereich«; von einer weiteren Verwendung im Staatsdienst könne keine Rede sein. Er würde als Verbannter im eigenen Land leben müssen, sagte Smiley, und seine Familie mit ihm. Seine ganze Familie. »Stellen Sie sich vor, daß Sie vierundzwanzig Stunden am Tag Madame Grigoriewas Grimm im hintersten Sibirien über sich ergehen lassen müßten«, war der Sinn seiner Rede.

Woraufhin Grigoriew auf einen Stuhl plumpste und beide Hände über dem Kopf zusammenschlug, als fürchte er, der Schädel könne ihm platzen.

»Und schließlich«, sagte Smiley und blickte, wenn auch nur ganz kurz, von seinem Notizbuch auf – und was er darin las, sagte Toby, weiß Gott allein, die Seiten waren liniert, aber im übrigen völlig leer –, »schließlich, Herr Botschaftsrat, gilt es noch, die Reaktion gewisser staatlicher Sicherheitsorgane auf diese Fotos zu bedenken.«

Und nun ließ Grigoriew seinen Kopf los, zog das Taschentuch aus der Brusttasche und begann, sich die Stirn zu wischen, doch so heftig er auch wischte, der Schweiß trat immer wieder von neuem hervor. Er rann so unaufhaltsam, wie Smileys Schweiß damals im Verhörraum in Delhi, als er Karla Auge in Auge gegenübergesessen hatte.

Smiley ging völlig in seiner Rolle als bürokratischer Sendbote des Unvermeidlichen auf: Er seufzte abermals und wendete pedantisch eine weitere Seite in seinem Notizbuch um.

»Herr Botschaftsrat, darf ich fragen, um welche Zeit Sie Ihre Gattin und die Kinder vom Picknick zurückerwarten?«

Grigoriew war noch immer ausschließlich mit seinem Taschentuch beschäftigt.

»Madame Grigoriewa und die Kinder picknicken in den Wäldern von Elfenau«, erinnerte Smiley ihn. »Wir haben Ihnen ein paar Fragen zu stellen, indes wäre es bedauerlich, wenn Ihre Abwesenheit von zu Hause Anlaß zu Besorgnis gäbe.«

Grigoriew steckte das Taschentuch weg. »Sie sind Spione?« flüsterte er. »Sie sind Spione der Westmächte?«

»Herr Botschaftsrat, es ist besser, wenn Sie nicht wissen, wer wir sind«, sagte Smiley ernst. »Solches Wissen ist eine gefährliche Bürde. Erfüllen Sie unsere Forderungen, und Sie werden als freier Mann von hier fortgehen. Sie haben unser Wort. Weder Ihre Gattin noch die Moskauer Zentrale – auch sie nicht – sollen jemals etwas erfahren. Bitte sagen Sie mir, wann die Ihren von Elfenau zurückkommen –« Smiley brach ab.

Grigoriew setzte, ziemlich halbherzig und wie um der Form zu genügen, zu einem Ausbruchsversuch an. Er stand auf und machte einen Satz auf die Tür zu. Paul Skordeno sah für einen harten Mann ein bißchen phlegmatisch aus, aber er hatte den Flücht-

ling an der Krawatte, noch ehe Grigoriew einen zweiten Schritt tun konnte, und führte ihn behutsam, um keine Druckmale zu hinterlassen, zu seinem Stuhl zurück. Mit einem weiteren bühnenreifen Ächzen warf Grigoriew verzweifelt die Arme hoch. Das schwere Gesicht wurde dunkelrot und schmerzverzerrt, die breiten Schultern dehnten sich noch vor Erregung, und aus seinem Mund quoll ein trostloser Sturzbach von Selbstanklagen. Er sprach halb russisch, halb deutsch. Er verfluchte sich mit langsamer und heiliger Inbrunst, und danach verfluchte er seine Mutter, seine Frau, sein persönliches Pech und seine verhängnisvolle Schwäche als Vater. Er hätte in Moskau bleiben sollen, im Wirtschaftsministerium. Er hätte sich niemals von der Alma Mater fortlocken lassen sollen, nur weil sein törichtes Weib nach ausländischen Kleidern und Musik und Privilegien gierte. Er hätte sich längst von ihr scheiden lassen sollen, aber er könnte die Trennung von den Kindern nicht ertragen, ein Narr und ein Clown, der er sei. Er selber sollte in der geschlossenen Anstalt sitzen, nicht das Mädchen. Als er damals nach Moskau zitiert wurde, hätte er nein sagen, sich dem Druck widersetzen und, die ganze Sache nach seiner Rückkehr dem Botschafter melden sollen.
»Oh, Grigoriew!« rief er aus. »Oh, Grigoriew! Du bist so schwach, so schwach!«
Als nächstes ließ er eine Tirade gegen die Konspiration vom Stapel. Die Konspiration sei sein Fluch, mehrmals in seiner Karriere sei er gezwungen gewesen, mit den verhaßten »Nachbarn« bei irgendeinem blödsinnigen Unternehmen zu kollaborieren, jedesmal habe es mit einer Katastrophe geendet. Geheimdienstleute seien Verbrecher, Scharlatane und Narren, eine Clique von Ungeheuern. Warum waren die Russen so sehr in sie verliebt? Oh, das fatale Unvermögen zur Heuchelei in der russischen Seele!
»Die Konspiration hat den Glauben ersetzt!« jammerte Grigoriew den Versammelten auf Deutsch vor. »Sie ist unsere Ersatzreligion! Und ihre Agenten sind unsere Jesuiten, diese Schweine, sie machen alles kaputt!«
Er ballte jetzt die Fäuste und rammte sie sich in die Wangen, mal-

trätierte sich in Gewissensbissen, bis Smiley ihn mit einem Wedeln des Notizbuches auf seinen Knien streng wieder zur Sache brachte: »Betreffs Madame Grigoriewa und Ihrer Kinder, Herr Botschaftsrat«, sagte er. »Es ist wirklich wichtig, daß wir wissen, um welche Zeit sie daheim zurückerwartet werden.«

Bei jedem erfolgreichen Verhör – so pflegt Toby Esterhase an dieser Stelle seiner Schilderung *ex cathedra* zu erklären – passiert eine einzige kleine Fehlleistung, die nicht wieder gutzumachen ist; eine einzige Gebärde, schweigend oder beredt oder sogar nur aus einem angedeuteten Lächeln bestehend oder der Entgegennahme einer Zigarette, die den Wechsel vom Widerstand zur Zusammenarbeit markiert. Grigoriew passierte – in Tobys Darstellung der Szene – seine Fehlleistung eben jetzt. »Sie wird um ein Uhr zu Hause sein«, murmelte er und vermied sowohl Smileys wie Tobys Blick.
Smiley sah auf seine Uhr. Zu Tobys geheimem Entzücken tat Grigoriew es ihm nach.
»Aber sie könnte sich verspäten«, wandte Smiley ein.
»Sie verspätet sich nie«, gab Grigoriew finster zurück.
»Dann darf ich Sie bitten, mit der Schilderung Ihrer Beziehung zu dem Mädchen Ostrakowa zu beginnen«, fuhr Smiley sofort sein schweres Geschütz auf – sagt Toby – und ließ die Aufforderung dennoch so klingen, als sei sie die natürliche Fortsetzung der Frage nach Madame Grigoriewas Pünktlichkeit. Dann zückte er die Feder, und zwar so, sagt Toby, daß ein Mann wie Grigoriew einfach gar nicht anders konnte, als ihm etwas zu schreiben zu liefern. Trotz alledem war Grigoriews Widerstandskraft noch nicht völlig verpufft. Seine Selbstachtung erforderte zumindest noch eine letzte Kundgebung. Also wandte er sich mit ausgestreckten Händen an Toby: *»Ostrakowa!«* wiederholte er mit übertriebener Verachtung. »Er fragt mich nach einer Person namens *Ostrakowa*? Ich kenne keine solche Frau. Vielleicht er, aber ich nicht. Ich bin Diplomat. Lassen Sie mich unverzüglich frei. Ich habe wichtige Termine.«

Aber seine Proteste verloren rasch an Dampf und auch an Logik. Grigoriew wußte das genauso gut wie alle anderen.
»Alexandra Borisowna Ostrakowa«, deklamierte Smiley, während er mit dem breiten Ende seiner Krawatte die Brille polierte: »Eine junge Russin, aber mit französischem Paß.« Er setzte die Brille wieder auf. »So, wie Sie, Herr Botschafter, Russe sind, aber einen Schweizer Paß haben. Unter falschem Namen. Also, wie sind Sie mit ihr in Verbindung gekommen, bitte?«
»*Verbindung?* Jetzt sagt er schon, ich habe eine *Verbindung* mit ihr! Glauben Sie, ich bin so infam und schlafe mit geisteskranken Mädchen? Ich wurde erpreßt. Wie Sie mich jetzt erpressen, so wurde ich damals *erpreßt*. Unter Druck gesetzt! Immer unter Druck, immer Grigoriew!«
»Dann erzählen Sie, wie man Sie erpreßt hat«, schlug Smiley, flüchtig zu ihm aufblickend, vor.
Grigoriew schaute angelegentlich in seine Hände, hob sie, ließ sie jedoch, ausnahmsweise ungenutzt, wieder auf seine Knie fallen. Dann betupfte er sich mit dem Taschentuch die Lippen. Er schüttelte den Kopf über die Schlechtigkeit der Welt.
»Ich war in Moskau«, sagte er, und in Tobys Ohren jauchzten, wie er später erklärt, Engelchöre ihr Hallelujah. George hatte es geschafft, und Grigoriews Beichte hatte begonnen.
Smiley hingegen verriet keinerlei Jubel ob seines Erfolgs. Im Gegenteil, sein molliges Gesicht zog sich zu einer gereizten Grimasse zusammen.
»Das *Datum*, bitte, Herr Botschaftsrat«, sagte er, als sei der Ort völlig unwichtig. »Geben Sie das *Datum* Ihres Aufenthalts in Moskau an. Und in der Folge bitte zu jeder Begebenheit das Datum.«
Absolut klassisch, erklärt Toby hierzu: Der erfahrene Befrager wird immer ein paar falsche Leuchtzeichen setzen.
»September«, sagte Grigoriew verdutzt.
»Welches Jahr?« sagte Smiley, während er schrieb.
Grigoriew schickte abermals einen wehen Blick zu Toby. »Welches Jahr! Ich sage September, er fragt mich, *welcher* September.

Ist er Geschichtsschreiber? Ich glaube, er ist Geschichtsschreiber. *Diesen* September«, sagte er grämlich zu Smiley. »Ich wurde zu einer wichtigen Handelskonferenz nach Moskau gerufen. Ich bin Experte für gewisse hochspezialisierte Wirtschaftszweige. Eine solche Konferenz wäre ohne meine Anwesenheit sinnlos gewesen.«

»Hat Ihre Gattin Sie auf dieser Reise begleitet?«

Grigoriew stieß eine hohle Lache aus. »Jetzt hält er uns für Kapitalisten!« belehrte er Toby. »Er glaubt, wir lassen unsere Ehefrauen wegen einer Konferenz von zwei Wochen in der Welt herumfliegen, erster Klasse, Swissair.«

»›Im September dieses Jahres erhielt ich Anweisung, allein nach Moskau zu fliegen, um dort an einer zwei Wochen dauernden Wirtschaftskonferenz teilzunehmen‹«, faßte Smiley zusammen, als verlese er Grigoriews Aussage. »›Meine Frau blieb in Bern‹. Bitte beschreiben Sie den Zweck der Konferenz.«

»Der Gegenstand unserer auf höchster Ebene geführten Besprechung war streng geheim«, erwiderte Grigoriew resigniert. »Mein Ministerium wollte Möglichkeiten erwägen, wie der offiziellen sowjetischen Haltung gegenüber solchen Nationen, die Waffen an China liefern, mehr Nachdruck verliehen werden könnte. Wir sollten darüber beraten, mit welchen Sanktionen die Schuldigen zu belegen seien.«

Smileys Ausdruckslosigkeit, das Verhalten des Bürokraten, der, wenn auch bedauernd, nur seine Pflicht tut, war jetzt nicht mehr lediglich angedeutet, sagt Toby, es war perfekt: Grigoriew hatte es in Bausch und Bogen akzeptiert, mit philosophischem und sehr russischem Pessimismus. Die übrigen Anwesenden konnten später kaum glauben, daß der Botschaftsrat nicht bereits in redseliger Stimmung die Wohnung betreten hatte.

»Wo fand die Konferenz statt?« fragte Smiley, als interessierten Geheimsachen ihn weit weniger als formale Einzelheiten.

»Im Wirtschaftsministerium. Vierte Etage . . . im Konferenzzimmer. Gegenüber den Toiletten«, parierte Grigoriew mit mißglücktem Sarkasmus.

»Wo wohnten Sie?«
In einem Gästehaus für höhere Beamte, erwiderte Grigoriew. Er nannte die Anschrift und fügte sogar ironisch seine Zimmernummer hinzu. Manchmal endeten unsere Besprechungen erst spät nachts, sagte er – jetzt gab er sogar Auskünfte, die gar nicht verlangt worden waren; doch am Freitag herrschte noch immer sehr heißes Sommerwetter, und daher wurde die Sitzung früher aufgehoben, damit die Teilnehmer, wenn sie dies wünschten, aufs Land fahren könnten. Grigoriew hatte keine derartigen Pläne. Grigoriew sagte, er habe über das Wochenende in Moskau bleiben wollen. Aus gutem Grund: »Ich hatte verabredet, zwei Tage in der Wohnung einer jungen Frau namens Eudokia zu verbringen, meiner früheren Sekretärin. Ihr Mann war auswärts beim Militär«, erklärte er, als handelte es sich hier um ein ganz gängiges Arrangement zwischen Männern von Welt; ein Arrangement, das zumindest Toby, als verwandte Seele, gebilligt hätte, auch wenn seelenlose Kommissare dafür kein Verständnis aufbrachten. Dann ging es, zu Tobys Erstaunen, straks weiter. Von seinem Techtelmechtel mit Eudokia kam Grigoriew unerwartet und unmittelbar zum Kern aller Fragen:
»Leider scheiterte meine Wahrnehmung des getroffenen Übereinkommens am Dazwischentreten von Mitgliedern des Dreizehnten Direktoriums, bekannt auch als Karla-Direktorium. Ich erhielt Anweisung, mich unverzüglich zu einer Besprechung einzustellen.«

In diesem Augenblick klingelte das Telefon. Toby nahm den Anruf entgegen, legte auf und sprach zu Smiley.
»Sie ist wieder zu Hause eingetroffen«, sagte er, immer noch auf Deutsch.
Ohne Umschweife wandte Smiley sich direkt an Grigoriew: »Herr Botschaftsrat, man meldet uns, Ihre Gattin sei jetzt wieder zu Hause. Es läßt sich daher nicht umgehen, daß Sie unverzüglich dort anrufen.«
»Dort anrufen?« Grigoriew fuhr entsetzt zu Toby herum. »Er

sagt mir, dort anrufen! Was sage ich ihr? ›Grigoriewa, hier spricht liebender Gatte! Bin von West-Spionen entführt!‹ Ihr Kommissar ist verrückt! Verrückt!«
»Sagen Sie ihr bitte, daß Sie gegen Ihren Willen aufgehalten wurden«, sagte Smiley.
Seine Friedfertigkeit schürte noch Grigoriews lodernde Entrüstung: »Ich sage das zu meiner Frau? Zu Grigoriewa? Bilden Sie sich ein, Sie wird mir glauben? Sie wird mich sofort bei meinem Botschafter anzeigen. ›Herr Botschafter, mein Mann ist weggelaufen! Holen Sie ihn zurück!‹«
»Der Kurier Krassky überbringt Ihnen allwöchentlich Befehle aus Moskau, nicht wahr?« fragte Smiley.
»Der Kommissar weiß alles«, sagte Grigoriew zu Toby und fuhr sich mit der Hand übers Kinn. »Wenn er alles weiß, warum spricht er dann nicht selber mit Grigoriewa?«
»Sie werden am Telefon einen dienstlichen Ton anschlagen, Herr Botschafter«, riet Smiley. »Erwähnen Sie Krassky nicht namentlich, aber lassen Sie durchblicken, daß Sie Anweisung erhielten, ihn zu einem konspirativen Gespräch irgendwo in der Stadt zu treffen. Dringender Fall. Krassky hat seine Pläne geändert. Sie haben keine Ahnung, wann Sie nach Hause kommen oder was er will. Wenn sie protestiert, machen Sie kurzen Prozeß. Sagen Sie ihr, es sei ein Staatsgeheimnis.«
Sie sahen, wie er erschrak, sie sahen, wie er nachdachte. Und dann sahen sie, wie sich ein leises Lächeln in seine Züge stahl.
»Ein Geheimnis«, wiederholte Grigoriew leise. »Ein Staatsgeheimnis. Ja.«
Kühnen Schritts begab er sich zum Telefon und wählte eine Nummer. Toby stand dicht neben ihm und hielt eine Hand diskret in der Schwebe, um sie auf die Gabel zu schmettern, falls Grigoriew irgendeinen Trick versuchen sollte, doch Smiley wies ihn mit einem kleinen Kopfnicken auf seinen Platz zurück. Sie hörten Grigoriewas Stimme »Ja?« sagen, auf Deutsch. Sie hörten Grigoriews kühne Erwiderung, danach wieder seine Gattin – es ist alles auf Band –, die energisch zu wissen begehrte, wo er jetzt

sei. Sie sahen, wie er sich straffte und das Kinn reckte und eine dienstliche Miene aufsetzte; sie hörten ihn ein paar knappe Sätze bellen und eine Frage stellen, auf die offenbar keine Antwort erfolgte. Sie sahen, wie er den Hörer wieder auflegte, blankäugig und rosig vor Vergnügen und die kurzen Arme entzückt in die Luft warf, wie jemand, der ein Tor geschossen hat. Und dann brach es aus ihm hervor, ein dröhnendes anhaltendes Lachen, pralle Schwaden slavischen Lachens, die Tonleiter hinauf und hinunter. Spontan fielen die anderen in dieses Lachen mit ein – Skordeno, de Silsky und Toby. Grigoriew schüttelte Toby die Hand.

»Heute freut Konspiration mich ungemein!« schrie Grigoriew zwischen weiteren Anfällen brausenden Lachens. »Konspiration ist heute sehr gut!«

Smiley schloß sich der allgemeinen Feststimmung nicht an, doch obwohl er sich die Rolle des Spielverderbers auferlegt hatte, saß er da und blätterte geduldig in seinem Notizbuch, bis der Spaß sich ausgetobt hatte.

»Sie schilderten zuletzt, wie Sie von Mitgliedern des Dreizehnten Direktoriums aufgesucht wurden«, sagte Smiley, als wieder Ruhe eingekehrt war. »Auch bekannt als das Karla-Direktorium. Bitte fortzufahren.«

25

Fühlte Grigoriew die neue Hochspannung im Raum – das Erstarren jeglicher Bewegung? Fiel ihm auf, wie Skordenos und de Silskys Blicke Smileys ausdrucksloses Gesicht suchten und daran haften blieben? Wie Millie McCraig lautlos in die Küche verschwand, um nochmals ihre Bandgeräte zu kontrollieren, für den Fall, daß die Hand einer mißgünstigen Gottheit den Hauptapparat und die Reservegarnitur gleichzeitig außer Betrieb gesetzt hätte? Fiel ihm Smileys jetzt fast orientalische Apathie auf – das genaue Gegenteil von Interessiertheit –, die Art, wie seine ganze Person sich in den Faltenwurf des braunen Reisemantels zurückzog, während er geduldig Daumen und Zeigefinger netzte und eine neue Seite aufschlug?
Toby jedenfalls entging dies alles nicht – Toby hatte in seiner dunklen Ecke neben dem Telefon einen Logenplatz, von dem aus er jeden beobachten und selber so gut wie unbeobachtet bleiben konnte. Wäre eine Fliege über den Fußboden gekrochen, Tobys wachsame Augen hätten ihre Odyssee vom Start bis zum Ziel registriert. Toby beschreibt sogar seine eigenen Symptome – ein heißes Gefühl rings um das Halsbündchen, sagt er, ein Krampf in der Kehle und im Magen –, Toby ertrug solches Ungemach nicht nur, er behielt es auch treulich im Gedächtnis. Ob Grigoriew auf die veränderte Atmosphäre ansprach, ist eine andere Frage. Höchstwahrscheinlich war er zu sehr von seiner zentralen Rolle durchdrungen. Der Triumph des Telefongesprächs hatte ihn stimuliert und sein Selbstvertrauen neu belebt, und es war bezeichnend, daß die ersten Worte, die er nun wieder an sein gebannt lauschendes Publikum richtete, nicht dem Karla-Direktorium galten, sondern seiner eigenen Bravour als Liebhaber von Klein-Natascha. »In unserem Alter *braucht* man so ein Mädel«,

erklärte er Toby augenzwinkernd, »es macht uns wieder zu den jungen Männern, die wir einmal waren!«

»Also, Sie flogen allein nach Moskau«, sagte Smiley ziemlich barsch. »Die Konferenz war im Gange, Sie wurden zu einer Unterredung beordert. Bitte fahren Sie hier fort. Wir haben nicht den ganzen Nachmittag Zeit, wie Sie wissen.«

Die Konferenz habe am Montag angefangen, wiederholte Grigoriew gehorsam, was er bereits ausgesagt hatte. »Am Freitagnachmittag kehrte ich ins Gästehaus zurück, um meine Sachen zu holen und sie in Eudokias Wohnung zu bringen, zu unserem kleinen gemeinsamen Wochenende. Doch statt dessen erwarteten mich drei Herren und nötigten mich in ihren Wagen, noch kommentarloser, als Sie das taten« – Seitenblick zu Toby – »Sie sagten mir nur, ich würde für eine Sonderaufgabe benötigt. Während der Fahrt ließen sie mich wissen, daß sie dem Dreizehnten Direktorium der Moskauer Zentrale angehörten, also der Elite, wie das ganze offizielle Moskau weiß. Ich hatte den Eindruck, daß es sich um intelligente Leute handelte, über dem Durchschnitt ihres Gewerbes, der, mit Verlaub gesagt, nicht sehr hoch ist. Ich hatte den Eindruck, daß sie höhere Chargen seien, nicht bloß Lakaien. Dennoch machte ich mir weiter keine Sorgen. Ich nahm an, man benötige mein fachliches Gutachten über irgendeine Geheimsache, das war alles. Die Herren waren höflich, und ich fühlte mich sogar irgendwie geschmeichelt . . .«

»Wie lang war die Fahrt?« unterbrach Smiley ihn, ohne mit dem Schreiben innezuhalten.

Quer durch die Stadt, erwiderte Grigoriew vage. Quer durch die Stadt, dann hinaus aufs Land, bis zum Einbruch der Dunkelheit. Bis wir zu diesem kleinen Mann kamen, der wie ein Mönch in einer Art Zelle saß und ihr Chef zu sein schien.

Hier bestätigt Toby unweigerlich aufs neue, wie einzigartig Smiley die Situation meisterte. Es beweise Smileys bisher unerreichte Verfahrenstechnik, sagt Toby – und auch, wie völlig er Grigoriew im Griff hatte –, daß er während Grigoriews langat-

miger Schilderung nicht ein einziges Mal, ob durch eine überstürzte Nachstoß-Frage oder auch nur die geringste Abweichung in seinem Tonfall, der unpersönlichen Rolle untreu wurde, die er für das Verhör gewählt hatte. Durch seine Zurückgenommenheit, behauptet Toby, hielt George die ganze Szene rundum in der Hand«. Die kleinste unbedachte Regung seinerseits hätte alles verderben können, aber er machte keine. Und als krönendes Beispiel bringt Toby gern diesen entscheidenden Moment, in dem der wirkliche Karla zum erstenmal auftauchte. Jeder andere Befrager, sagt Toby, hätte bei der bloßen Erwähnung eines »kleinen Mannes, wie ein Mönch, der ihr Chef zu sein schien«, auf eine Beschreibung gedrängt – sein Alter, Rang, was er trug, rauchte, wieso wußten Sie, daß er der Chef war? Nicht Smiley. Smiley stieß mit einem unterdrückten Ausruf des Unmuts die Spitze des Kugelschreibers mehrmals auf seinen Notizblock und forderte Grigoriew mit Engelsgeduld auf, jetzt und in Zukunft freundlichst *nicht* über faktische Einzelheiten hinwegzugehen. »Lassen Sie mich die Frage wiederholen. Wie lang war die Fahrt? Bitte beschreiben Sie alles ganz genau nach Ihrer Erinnerung, und dann wollen wir weitergehen.«
Der geknickte Grigoriew bat tatsächlich um Entschuldigung. Er würde sagen, daß sie vier Stunden lang mit hoher Geschwindigkeit gefahren seien, vielleicht länger. Er erinnere sich jetzt, daß sie zweimal haltgemacht hätten, um sich zu erleichtern. Nach vier Stunden seien sie in ein Sperrgebiet eingefahren – nein, ich sah keine Achselstücke, die Wachen trugen einfache Anzüge – und mindestens eine halbe Stunde lang tief ins Innere gefahren. Wie in einem Alptraum.
Hier machte Smiley wiederum einen Einwand, denn er war entschlossen, die Temperatur so niedrig wie möglich zu halten. Wie es ein Alptraum sein konnte, wollte er wissen, da Grigoriew doch erst vorhin behauptete, er habe sich nicht geängstigt?
Nun ja, nicht direkt ein Alptraum, genauer gesagt, ein Traum. In diesem Augenblick habe Grigoriew den Eindruck gehabt, er werde vor den *Gutsherrn* gebracht – er benutzte das russische

Wort, und Toby übersetzte es –, während er selber sich immer mehr wie ein armer Bauer fühlte. Daher ängstigte er sich auch nicht, denn er hatte keine Macht über die Ereignisse, und folglich hatte er sich auch nichts vorzuwerfen. Aber als der Wagen endlich anhielt und einer der Männer ihm die Hand auf den Arm legte und eine Warnung aussprach; von diesem Moment an habe seine Haltung sich völlig verändert: »Sie werden jetzt einem großen Sowjetkämpfer und einem mächtigen Mann begegnen«, hatte die Warnung gelautet. »Sollten Sie es ihm gegenüber an Respekt fehlen lassen oder versuchen, ihn zu belügen, so werden Sie Ihre Frau und Ihre Familie vielleicht niemals wiedersehen.«

»Wie heißt dieser Mann?« hatte Grigoriew gefragt.

Aber der andere erwiderte lächelnd, dieser große Sowjetkämpfer habe keinen Namen. Grigoriew fragte, ob es vielleicht Karla persönlich sei; er wußte, daß Karla der Codename des Vorsitzenden des Dreizehnten Direktoriums war. Der Mann wiederholte nur, der große Kämpfer habe keinen Namen.

»So wurde aus dem Traum ein Alptraum«, sagte Grigoriew erbötig. »Und mein Liebes-Wochenende könne ich abschreiben, sagten sie. Meine kleine Eudokia müsse sich ihren Spaß anderweitig suchen, sagten sie. Dann lachte einer von ihnen.«

Nun bekam Grigoriew große Angst, und als er den ersten Raum betreten hatte und sich der zweiten Tür näherte, zitterten ihm die Knie vor Furcht. Er hatte sogar noch Zeit, sich um die geliebte Eudokia Sorgen zu machen. Wer mochte dieser Übermensch sein, fragte er sich in ehrfürchtigem Schrecken, der fast schon vor Grigoriew selber von dieser Verabredung mit Eudokia an diesem Wochenende wissen konnte?

»Dann klopften Sie an die Tür«, sagte Smiley eifrig schreibend.

»Und wurde aufgefordert, einzutreten!« fuhr Grigoriew fort. Seine Geständnisfreudigkeit stieg; und damit die Abhängigkeit von seinem Befrager. Seine Stimme war lauter geworden, sein Gestus freier. Es war, als versuchte er, sagt Toby, Smiley mit physischen Mitteln aus der Reserve zu locken; während in Wahrheit Smileys gespielte Gleichgültigkeit Grigoriew dazu verlockte, immer mehr aus sich herauszugehen. »Dann stand ich nicht etwa in einem geräumigen und prächtigen Büro, wie es einem hohen Staatsbeamten und großen Sowjetkämpfer zukommt, sondern in einem so kärglichen Raum, daß er als Gefängniszelle hätte dienen können, mit einem leeren Schreibtisch in der Mitte und einem hölzernen Besucherstuhl davor: Bedenken Sie, ein großer Sowjetkämpfer und ein mächtiger Mann! Und alles, was er hatte, war ein leerer Schreibtisch, den nur eine höchst armselige Lampe beleuchtete! Und dahinter saß dieser Priester, ein Mann ohne alle Eitelkeit oder Großspurigkeit – ein Mann von gründlicher Erfahrung, würde ich sagen –, ein Mann aus den Wurzeln seines Landes gewachsen, mit kleinen, stetig blickenden Augen und kurzem grauen Haar, und er hielt die Hände aneinander, während er rauchte.«

»*Was* rauchte?« fragte Smiley und schrieb.

»Wie bitte?«

»Was rauchte er? Die Frage ist doch sehr einfach. Eine Pfeife, Zigaretten, Zigarren?«

»Zigaretten. Amerikanische, und der Raum war voll von ihrem Aroma. Es war wieder wie in Potsdam, als wir mit den amerikanischen Offizieren aus Berlin verhandelten. ›Wenn dieser Mann die ganze Zeit Amerikanische raucht‹, dachte ich, ›dann ist er bestimmt ein Mann von Einfluß.‹« In seiner Erregung fuhr Grigoriew wieder zu Toby herum und erklärte ihm dasselbe nochmals auf Russisch. Amerikanische Zigaretten rauchen, Kettenrauchen, sagte er: Man stelle sich die Kosten vor, den Einfluß, den man haben muß, um so viele Päckchen zu bekommen!

Dann bat Smiley, getreu seinem pedantischen Gehabe, Grigoriew möge vormachen, was er meine mit »die Hände aneinanderhalten«, während er rauchte. Und er beobachtete gleichmütig, wie Grigoriew einen braunen hölzernen Bleistift aus der Tasche nahm und seine beiden plumpen Hände vor dem Gesicht darüber schloß, den Bleistift in beiden Händen hielt und parodierend daran sog, wie jemand, der beidhändig aus einem Becher trinkt.

»So!« erklärte er, und unversehends schlug seine Stimme abermals um, und er rief laut lachend Toby etwas auf Russisch zu, was Toby zu diesem Zeitpunkt nicht übersetzungswürdig fand und was auch in der Tonbandumschrift nur als »obszön« wiedergegeben wird.

Der Priester befahl Grigoriew Platz zu nehmen und beschrieb zehn Minuten lang die intimsten Details von Grigoriews Liebesverhältnis mit Eudokia, desgleichen seiner Affairen mit zwei weiteren jungen Frauen, die beide früher als seine Sekretärinnen, eine in Potsdam, die andere in Bonn, gearbeitet und schließlich – was die Grigoriewa nicht wußte – sein Lager geteilt hatten. An dieser Stelle konnte Grigoriew, wenn man ihm glauben durfte, nicht mehr an sich halten, er sprang beherzt auf und fragte, ob er deshalb quer durch halb Rußland hierhergebracht worden sei, um sich eine Moralpredigt anzuhören: »Daß jemand mit seiner Sekretärin schlief, sei kein unbekanntes Phänomen, sagte ich ihm, nicht einmal im Politbüro! Ich schwor ihm, daß ich niemals Affairen mit Ausländerinnen gehabt hätte, nur mit Russinnen. ›Auch das ist mir bekannt‹, sagte er. ›Indes bezweifle ich, daß die Grigoriewa diesen feinen Unterschied zu würdigen wüßte.‹«

Und dann ließ Grigoriew zu Tobys anhaltender Verblüffung eine weitere Salve kehligen Lachens los; und obwohl de Silsky und Skordeno gemäßigter mit einstimmten, überdauerte Grigoriews unbändige Heiterkeit die aller übrigen, so daß sie warten mußten, bis sie abgeklungen war.

»Sagen Sie uns jetzt bitte, warum der Mann, den Sie den Priester nennen, Sie holen ließ«, sagte Smiley aus den Tiefen des braunen Tweedmantels.

»Er teilte mir mit, daß ich für das Dreizehnte Direktorium einen Sonderauftrag in Bern übernehmen solle. Ich dürfe mit niemandem darüber sprechen, auch nicht mit meinem Botschafter, es sei zu streng geheim für jeden Dritten. ›Aber‹, sagt der Priester, ›Ihrer Frau werden Sie es sagen. Die persönlichen Umstände machen es Ihnen unmöglich, ohne Kenntnis Ihrer Frau einen konspirativen Auftrag zu erfüllen. Das weiß ich, Grigoriew. Also sagen Sie's ihr.‹ Und er hatte recht«, kommentierte Grigoriew. »Ein kluger Mann. Er hat klar bewiesen, daß nichts Menschliches ihm fremd ist.«

Smiley wandte eine Seite um und schrieb weiter. »Bitte, fahren Sie fort«, sagte er.

Zuerst, sagte der Priester, müsse Grigoriew in der Schweiz ein Bankkonto eröffnen. Der Priester händigte ihm tausend Schweizer Franken in Hunderternoten aus und wies ihn an, sie als erste Einzahlung zu benutzen. Er solle das Konto nicht in Bern eröffnen, wo er bekannt sei, auch nicht in Zürich, wo es eine Sowjetische Handelsbank gibt. »Die Vozhod«, erläuterte Grigoriew aus freien Stücken. »Über diese Bank werden viele offizielle und inoffizielle Transaktionen abgewickelt.« Also nicht in Zürich, sondern in der kleinen Stadt Thun, wenige Kilometer von Bern entfernt. Er solle das Konto unter dem Namen Glaser, eines Schweizer Bürgers, eröffnen. »Aber ich bin sowjetischer Diplomat!« hatte Grigoriew eingewendet. »Ich bin nicht Glaser, ich bin Grigoriew!«

Gleichwohl händigte der Priester ihm einen schweizerischen Paß auf den Namen Adolf Glaser aus. Jeden Monat, sagte der Priester, würden auf dieses Konto mehrere tausend Schweizer Franken überwiesen werden, manchmal sogar zehn- oder fünfzehntausend. Grigoriew werde jeweils Anweisung erhalten, wie er sie zu verwenden habe. Es sei streng geheim, wiederholte der Priester geduldig, und zu dem Geheimnis gehörte sowohl eine Belohnung wie eine Drohung. Beides machte der Priester ihm ungeschminkt deutlich, ganz ähnlich, wie Smiley es vor einer Stunde getan hatte. »Sie hätten ihn sehen sollen, wie er mir gegenübersaß«, sagte Grigoriew ergriffen zu Smiley. »Seine Ruhe, seine Autorität in jeder Situation! Beim Schach würde er jedes Spiel gewinnen, allein durch seine Nerven.«

»Aber er hat nicht Schach gespielt«, wandte Smiley ungerührt ein.

»Nein, wahrhaftig nicht«, pflichtete Grigoriew ihm bei und nahm unter betrübtem Kopfschütteln seine Erzählung wieder auf.

»Eine Belohnung und eine Drohung«, wiederholte er.
Die Drohung bestand aus einem Wink an Grigoriews zuständiges Ministerium, daß er aufgrund seiner Liebesaffairen unzuverlässig sei und daher für Auslandsposten künftig nicht mehr in Frage komme. Dies würde nicht nur Grigoriews Karriere schaden, sondern auch seiner Ehe. Soweit die Drohung.
»Es würde äußerst gräßlich für mich sein«, fügte Grigoriew überflüssigerweise hinzu.
Nun zur Belohnung, und die würde beträchtlich sein. Wenn Grigoriew seine Sache gut machte und absolutes Schweigen wahrte, wolle man seine Karriere fördern und über seine Affairen hinwegsehen. Er würde sich in Bern eine angenehmere Wohnung nehmen können, was der Grigoriewa gewiß gefiele; aus einem Spezialfonds dürfe er sich einen imposanten Wagen kaufen, was durchaus in Grigoriewas Sinn wäre; auch könnte er dann auf Botschafts-Chauffeure verzichten, die zwar in der Mehrzahl *Nachbarn* seien, aber keinen Zugang zu diesem großen Geheimnis bekommen dürften. Und schließlich, sagte der Priester, sollte seine Beförderung zum Botschaftsrat beschleunigt werden, womit sich sein höherer Lebensstandard erklären ließe.
Grigoriew blickte nun auf den Stapel Schweizer Franken, der zwischen ihnen auf dem Schreibtisch lag, dann auf den Schweizer Paß, dann auf den Priester. Und er fragte, was passieren würde, wenn er sagte, daß er sich lieber doch nicht an dieser Verschwörung beteiligen möchte. Der Priester nickte. Auch er habe, so versicherte er Grigoriew, diese dritte Möglichkeit erwogen, doch leider lasse die Dringlichkeit des Falles einen solchen Ausweg nicht zu.
»Dann sagen Sie mir, was ich mit diesem Geld tun muß«, sagte Grigoriew.
Reine Routine, erwiderte der Priester, und dies sei ein weiterer Grund, warum man gerade Grigoriew ausgesucht habe. »In Routineangelegenheiten gelten Sie als sehr tüchtig«, sagte er.
Obgleich Grigoriew bereits von kaltem Grausen erfaßt war,

durch alles, was der Priester ihm mitgeteilt hatte, fühlte er sich jetzt doch geschmeichelt. »Man hat mich ihm empfohlen«, erklärte er Smiley voll Stolz. Dann erzählte der Priester Grigoriew von dem verrückten Mädchen.

Smiley zuckte nicht mit der Wimper. Er hielt beim Schreiben die Augen fast geschlossen, aber er schrieb unentwegt – obwohl nur Gott allein weiß, *was* er schrieb, sagt Toby, denn George hätte sich nicht im Traum einfallen lassen, irgendetwas von auch nur vorübergehender Wichtigkeit einem Notizblock anzuvertrauen. Von Zeit zu Zeit, sagt Toby, während Grigoriew weitersprach, sei aus dem Mantelkragen Georges Kopf gerade weit genug aufgetaucht, daß er die Hände des Sprechenden oder sogar sein Gesicht betrachten konnte. Im übrigen scheine er von allem und allen im Zimmer unendlich weit entfernt gewesen zu sein. Millie McCraig stand unter der Tür, de Silsky und Skordeno glichen zwei Statuen, während Toby nur still betete, Grigoriew möge »weiterreden, ich meine weiterreden um jeden Preis, ganz egal. Wir haben jetzt Karlas Verfahrenstechnik aus erster Hand kennengelernt.«
Der Priester versicherte Grigoriew, daß er ihm nichts verschweigen werde – was, wie jedermann im Zimmer, mit Ausnahme Grigoriews, sofort begriff, im Klartext hieß, daß er ihm sehr wohl etwas zu verschweigen gedachte.
In einer psychiatrischen Privatklinik in der Schweiz, sagte der Priester, lebe seit kurzem eine junge Russin, die an Schizophrenie im fortgeschrittenen Stadium leide: »In der Sowjetunion ist man mit dieser Art Krankheit nicht ausreichend vertraut«, sagte der Priester. Grigoriew erinnerte sich, daß diese kategorische Erklärung des Priesters ihn seltsam berührte. »Diagnose und Therapie werden allzu häufig durch politische Erwägungen kompliziert«, fuhr der Priester fort. »Während der vierjährigen Behandlung in unseren Anstalten wurde das Mädchen Alexandra von den Ärzten aller möglichen Dinge bezichtigt. ›Paranoides Reformertum und Wahnvorstellungen . . . Überhöhtes Selbstwertgefühl . . .

Mangelhafte soziale Anpassungsfähigkeit . . . Überschätzung der eigenen Fähigkeiten . . . Bourgeoise Dekadenz des Sexualverhaltens.‹ Die Sowjetärzte hätten ihr wiederholt befohlen, solche abwegigen Ideen aufzugeben. »Das ist nicht Medizin«, sagte der Priester unglücklich zu Grigoriew, »das ist Politik. In Schweizer Kliniken nimmt man solchen Fällen gegenüber eine weit fortschrittlichere Haltung ein. Grigoriew, das Kind Alexandra mußte in die Schweiz gebracht werden!«

Inzwischen war es Grigoriew klar geworden, daß der hohe Funktionär persönlichen Anteil an dem Problem des Mädchens nahm und mit jedem seiner Aspekte vertraut war. Schon fing Grigoriew selber an, Mitleid zu empfinden. Sie sei die Tochter eines Sowjethelden – sagte der Priester –, eines ehemaligen Offiziers der Roten Armee, der jetzt, als Verräter am Sowjetstaat getarnt, in sehr bedrängten Verhältnissen unter lauter zaristischen Konterrevolutionären in Paris lebe.

»Sein Name«, sagte der Priester jetzt und weihte damit Grigoriew in das größte aller Geheimnisse ein, »sein Name«, sagte er, »ist Oberst Ostrakow. Er ist einer unserer besten und aktivsten Geheimagenten. Er liefert uns hundertprozentig zuverlässiges Nachrichtenmaterial über revolutionsfeindliche Verschwörer in Paris.«

Niemand im Zimmer, sagt Toby, verriet die geringste Überraschung ob dieser Glorifizierung eines toten russischen Deserteurs.

Der Priester, sagte Grigoriew, habe sich nun angeschickt, die Lebensweise des heldenhaften Agenten Ostrakow zu schildern und gleichzeitig Grigoriew in die Mysterien der geheimdienstlichen Tätigkeit einzuführen. Um der Wachsamkeit imperialistischer Spionage-Abwehr zu entgehen, erklärte der Priester, müsse man für einen Agenten eine Legende oder gefälschte Biographie erfinden, die ihn für anti-sowjetische Elemente attraktiv mache. Ostrakow wurde daher nach außen hin zum Deserteur aus der Roten Armee, der nach Westberlin »geflüchtet« sei und von dort aus nach Paris, während er seine Frau und eine Tochter in Moskau zurückgelassen habe. Aber um Ostrakows Ansehen bei den Pariser Emigranten aufrechtzuerhalten, sei es logischerweise notwendig, daß seine Frau für die verräterischen Handlungen ihres Mannes büßen mußte.

»Denn schließlich«, sagte der Priester, »falls imperialistische Spione melden sollten, daß die Ostrakowa, Ehefrau eines Deserteurs und Abtrünnigen, in Moskau in guten Verhältnissen lebe – zum Beispiel die Bezüge ihres Mannes weiterhin erhalte oder noch dieselbe Wohnung innehabe –, stellen Sie sich vor, wie sich das auf Ostrakows Glaubwürdigkeit auswirken würde!«

Grigoriew sagte, das könne er sich gut vorstellen. Der Priester, fügte er beiläufig hinzu, habe in keiner Weise die Autorität herausgekehrt, er habe vielmehr Grigoriew eher wie seinesgleichen behandelt, zweifellos mit Rücksicht auf dessen akademische Qualifikation.

»Zweifellos«, sagte Smiley und machte sich eine Notiz.

Daher, habe der Priester ein wenig übergangslos gesagt, seien die Ostrakowa und ihre Tochter mit voller Billigung ihres Ehemannes in eine entlegene Provinz verbracht worden, wo sie ein eigenes Haus und andere Namen erhielten und sogar – bescheiden und selbstlos, wie sie seien – eine unerläßliche neue Legende. So, sagte der Priester, sehe die bittere Wirklichkeit jener Menschen aus, die sich für Sonderaufgaben zur Verfügung stellten. Und bedenken Sie, Grigoriew – habe er in eindringlichem Ton hinzugefügt –, bedenken Sie, welche Wirkung diese Entbehrungen und Ausflüchte, ganz zu schweigen von der Veränderung der Identität, auf ein empfindsames und vielleicht schon damals labiles Mädchen haben mochten: ein abwesender Vater, dessen Name sogar für immer aus ihrem Leben getilgt bleiben mußte! Eine Mutter, die, ehe man sie in Sicherheit brachte, die ganze Wucht der öffentlichen Schande zu ertragen hatte! Malen Sie sich selbst aus, beschwor der Priester ihn – Sie, als Vater –, welche Belastung dies alles für das junge und zarte Gemüt eines heranreifenden Mädchens bedeutete!

Überwältigt von diesem Wortschwall beeilte Grigoriew sich zu sagen, daß er, als Vater, sich diese Belastung unschwer ausmalen könne; und in diesem Moment ging Toby und vermutlich auch allen anderen Anwesenden auf, daß Grigoriew genau das war, was er zu sein behauptete: ein gutherziger und anständiger Mensch in den Fängen von Ereignissen, die sich seinem Verständnis und seiner Kontrolle entzogen.

Während der letzten Jahre, fuhr der Priester fort, und seine Stimme klang jetzt dumpf und bekümmert, sei das Mädchen Alexandra – oder Tatjana, wie sie sich selber nannte – in der Provinz, in der sie lebte, sittenlos und asozial geworden. Auf die Zwänge, denen ihre Situation sie unterwarf, habe sie mit verschiedenen kriminellen Handlungen reagiert, zu denen Brandstiftung und Ladendiebstahl zählten. Sie habe sich mit pseudointellektuellen Verbrechern und den denkbar übelsten anti-sozialistischen Elementen eingelassen. Sie habe sich hemmungslos Männern hingegeben, oft mehreren an einem Tag. Als sie die ersten Male festgenommen wurde, sei es dem Priester und seinen Leuten noch möglich gewesen, den Lauf der Gerechtigkeit aufzuhalten. Doch in der Folge mußte dieser Beistand aus Sicherheitsgründen eingestellt werden, und Alexandra sei wiederholt in staatliche psychiatrische Anstalten eingewiesen worden, die auf die Behandlung von erblichen sozialen Anpassungsschwierigkeiten spezialisiert waren – die negativen Resultate habe er bereits geschildert.

»Außerdem mußte sie mehrmals in gewöhnlichen Strafanstalten einsitzen«, sagte der Priester leise. Und, laut Grigoriew, beschloß er seine traurige Erzählung wie folgt: »Daher werden Sie, mein lieber Grigoriew, als Akademiker, als Vater, ohne weiteres begreifen, wie tragisch die immer betrüblicheren Nachrichten von seiner Tochter sich auf die Nützlichkeit unseres heldenhaften Agenten Ostrakow in seinem einsamen Pariser Exil auswirkten.« Wiederum habe ihn, Grigoriew, das ungewöhnliche Maß von Mitgefühl beeindruckt – er würde sogar von einem Gefühl unmittelbarer persönlicher Verantwortlichkeit sprechen –, das der Priester bei seinem Zuhörer zu wecken vermochte.

In unverändert dürrem Ton machte Smiley hier einen weiteren Einwurf.
»Und die Mutter ist jetzt *wo*, Herr Botschaftsrat, nach Angabe Ihres Priesters?« fragte er.
»Tot«, erwiderte Grigoriew. »Sie starb in der Provinz. Der Provinz, in die sie verbracht worden war. Natürlich wurde sie unter einem anderen Namen begraben. Nach dem, was er mir erzählte, starb sie an gebrochenem Herzen. Auch das bürdete dem heldenhaften Agenten des Priesters in Paris eine schwere Last auf«, fügte er hinzu. »Und den Behörden in Rußland ebenfalls.«
»Natürlich«, sagte Smiley, und seine Feierlichkeit übertrug sich auf die vier regungslosen Gestalten, die rings im Zimmer aufgestellt waren.
Schließlich, sagte Grigoriew, sei der Priester zu dem eigentlichen Grund für Grigoriews Vorladung gekommen. Der Tod der Ostrakowa, zusammen mit dem furchtbaren Schicksal Alexandras, habe im Leben des heldenhaften Außenagenten eine schwere Krise heraufbeschworen. Kurze Zeit sei er sogar versucht gewesen, seine eminent wichtige Arbeit in Paris aufzugeben, um nach Rußland zurückzukehren und sich seines zerrütteten und mutterlosen Kindes anzunehmen. Aber letzten Endes sei man doch zu einer anderen Lösung gelangt. Da Ostrakow nicht nach Rußland kommen konnte, mußte seine Tochter in den Westen gebracht und in einer Privatklinik gepflegt werden, die dem Vater zugänglich war, wann immer er das Mädchen zu besuchen wünschte. Frankreich war für diesen Zweck zu gefährlich, aber jenseits der Grenze, in der Schweiz, dem argwöhnischen Auge von Ostrakows konterrevolutionären Kumpanen entzogen, konnte die Behandlung durchgeführt werden. Als französischer Staatsbürger hatte der Vater die Ausreisegenehmigung für seine Tochter fordern und die notwendigen Papiere erlangen können. Eine passende Klinik war gefunden worden, nur eine kurze Autofahrt von Bern entfernt. Grigoriews Aufgabe bestehe nun darin, daß er sich um dieses Kind während des Aufenthaltes in der Klinik kümmere. Er müsse das Mädchen besuchen, die Kosten

begleichen und wöchentlich über ihre Fortschritte nach Moskau berichten, so daß die Meldung unverzüglich an den Vater weitergeleitet werden könne. Dies sei der Zweck, sowohl des Bankkontos wie dessen, was der Priester als Grigoriews Schweizer Identität bezeichnete.

»Und Sie willigten ein«, sagte Smiley, als Grigoriew eine Pause machte, und man hörte seinen Stift emsig über das Papier kritzeln.

»Nicht sofort. Ich stellte ihm zuvor noch zwei Fragen«, sagte Grigoriew mit einer kuriosen Aufwallung von Eitelkeit. »Wir Akademiker lassen uns nicht so leicht hinters Licht führen, wissen Sie. Zuerst fragte ich ihn natürlich, warum diese Aufgabe nicht von einem der zahlreichen in der Schweiz postierten Vertreter unseres Staatssicherheitsdienstes wahrgenommen werden könne.«

»Eine ausgezeichnete Frage«, sagte Smiley – ein überraschendes Lob aus seinem Munde. »Was hat er darauf geantwortet?«

»Es sei zu geheim. Geheimhaltung, sagte er, sei eine Frage der Abschottung. Er wünsche nicht, daß der Name Ostrakow mit dem Kernpersonal der Moskauer Zentrale in Verbindung gebracht werde. Bei der jetzigen Regelung, sagte er, würde er im Fall einer Panne wissen, daß nur Grigoriew der Schuldige sein könne. Ich war für diese Auszeichnung nicht dankbar«, sagte Grigoriew und feixte Nick de Silsky ein bißchen gezwungen an.

»Und wie lautete Ihre zweite Frage, Herr Botschaftsrat?«

»Sie betraf den Vater in Paris: Wie oft würde er das Mädchen besuchen? Wenn der Vater häufig käme, so wäre mein Auftreten als Ersatzvater völlig überflüssig. Direkte Zahlungen an die Klinik ließen sich arrangieren, der Vater könne jeden Monat aus Paris zu Besuch kommen und sich selber um das Wohlergehen seiner Tochter kümmern. Darauf erwiderte der Priester, der Vater könne nur sehr selten kommen und dürfe in Gesprächen mit dem Mädchen Alexandra auf keinen Fall erwähnt werden. Er fügte, wenig folgerichtig, hinzu, das Thema ›Tochter‹ sei für den Vater höchst schmerzlich, und es sei daher denkbar, daß er sie überhaupt nie besuchen werde. Ich solle mich geehrt fühlen, einem geheimen Helden der Sowjetunion einen so wichtigen Dienst erweisen zu dürfen. Er wurde scharf. Er sagte, es stehe mir nicht zu, das Verfahren von Fachleuten mit der Logik eines Amateurs zu messen. Ich entschuldigte mich. Ich sagte, daß ich mich in der Tat geehrt fühle. Daß ich stolz darauf sei, meinen Beitrag im Kampf gegen den Imperialismus zu leisten.«

»Aber sie sagten es ohne innere Überzeugung?« mutmaßte Smiley, blickte abermals auf und hielt mit Schreiben inne.

»Ja, das stimmt.«

»Warum?«

Zunächst schien Grigoriew nicht recht zu wissen, warum. Vielleicht hatte ihn noch nie jemand aufgefordert, die Wahrheit über seine Gefühle zu äußern.

»Vielleicht, weil Sie dem Priester nicht *glaubten*?« half Smiley aus.

»Die Geschichte enthielt viele Widersprüchlichkeiten«, antwortete Grigoriew stirnrunzelnd. »Zweifellos ist das in der Geheimarbeit unvermeidlich. Dennoch empfand ich vieles als unwahrscheinlich oder unwahr.«

»Können Sie erklären, warum?«

In der Katharsis des Bekennens vergaß Grigoriew erneut, in welcher Gefahr er schwebte, und lächelte überlegen.

»Er hat Gefühle gezeigt«, sagte er. »Ich fragte mich. Danach, als ich anderntags bei Eudokia war, an ihrer Seite lag, die Sache mit ihr durchsprach, fragte ich mich: Was ist zwischen dem Priester und diesem Ostrakow? Sind sie Brüder? Alte Kameraden? Dieser große Mann, zu dem man mich gebracht hatte, der so mächtig ist, so geheim – er macht Verschwörungen in der ganzen Welt, setzt Druckmittel ein, vergibt Sonderaufträge. Er ist ein gnadenloser Mann in einem gnadenlosen Beruf. Und doch, während ich, Grigoriew, bei ihm sitze, und wir sprechen über irgend jemands geistesgestörte Tochter, dann habe ich das Gefühl, ich lese die intimsten Liebesbriefe dieses großen Mannes. Ich sagte zu ihm: ›Genosse. Sie erzählen mir viel zuviel. Erzählen Sie mir nichts, was ich nicht unbedingt wissen muß. Sagen Sie mir bloß, was ich tun soll.‹ Aber er sagt zu mir: ›Grigoriew, Sie müssen diesem Kind ein Freund sein. Dann werden Sie auch mein Freund sein. Das verworrene Leben ihres Vaters hat sich schlimm auf sie ausgewirkt. Sie weiß nicht, wer sie ist und wohin sie gehört. Sie spricht von Freiheit und hat keine Ahnung, was das bedeutet. Sie ist das Opfer gemeingefährlicher bourgeoiser Hirngespinste. Sie gebraucht schmutzige Ausdrücke, die sich für ein junges Mädchen nicht schicken. Im Lügen besitzt sie das Ingenium des Wahnsinns. Nichts von alledem ist ihre Schuld.‹ Dann frage ich ihn: ›Genosse, kennen Sie dieses Mädchen persönlich?‹ Und er sagt nur darauf: ›Grigoriew, Sie müssen ihr ein Vater sein. Ihre Mutter war in vieler Beziehung auch keine bequeme Frau. Für diese Dinge haben Sie Verständnis. Im späteren Leben wurde sie verbittert und unterstützte sogar ihre Tochter in deren anti-sozialistischen Phantastereien.‹«

Grigoriew schwieg eine Weile, und Toby Esterhase, dem noch immer schwindelte bei dem Gedanken, daß Grigoriew Karlas Vorschlag nur wenige Stunden danach mit seiner zeitweiligen Geliebten besprochen hatte, war dankbar für die Atempause. »Ich fühlte, daß er auf mich angewiesen war«, fuhr Grigoriew sodann fort. »Ich fühlte, daß er nicht nur Fakten, sondern auch Gefühle verschwieg.«

Blieben noch, sagte Grigoriew, die praktischen Details. Der Priester hatte bereits vorgesorgt. Leiterin der Klinik sei eine Weißrussin, Ordensfrau, früher Angehörige der russisch-orthodoxen Gemeinde in Jerusalem, aber eine tüchtige Person. In solchen Fällen sollten wir keinen allzu strengen politischen Maßstab anlegen, habe der Priester gesagt. Diese Frau habe Alexandra persönlich in Paris abgeholt und in die Schweiz gebracht. Die Klinik verfüge auch über einen russisch sprechenden Arzt. Das Mädchen spreche, dank der ethnischen Verbindungen ihrer Mutter, auch deutsch, weigere sich aber häufig, das zu tun. Diese Faktoren hätten, zusammen mit der isolierten Lage des Hauses, bei der Wahl dieser Klinik den Ausschlag gegeben. Das Geld, das auf das Konto in Thun einbezahlt werde, reiche aus zur Begleichung der Klinikkosten, der ärztlichen Betreuung, die im Monat bis zu tausend Franken gehen dürften, und decke den geheimen Zuschuß für Grigoriews neuen Lebensstil. Weitere Gelder seien verfügbar, falls Grigoriew dies für nötig erachte; er solle keine Rechnungen oder Quittungen aufbewahren; falls Grigoriew betrügen sollte, würde der Priester dies umgehend erfahren. Grigoriew solle einmal wöchentlich die Klinik aufsuchen, um die Rechnung zu bezahlen und sich über das Befinden des Mädchens zu erkundigen; der sowjetische Botschafter in Bern werde dahingehend informiert, daß die Grigoriews mit einem geheimdienstlichen Auftrag betraut seien und daß er ihnen entsprechenden Bewegungsspielraum lassen solle.

Dann kam der Priester auf die Frage zu sprechen, wie Grigoriew Verbindung mit Moskau halten solle.

»Er fragte mich: ›Kennen Sie den Kurier Krassky?‹ Ich antworte, natürlich kenne ich diesen Kurier; Krassky kommt mit seiner Eskorte jede Woche einmal, zuweilen auch zweimal in die Botschaft. Wenn man nett ist mit ihm, bringt er einem einen Laib Schwarzbrot direkt aus Moskau mit.«

In Zukunft, sagte der Priester, werde Krassky pünktlich jeden Donnerstagabend während seines offiziellen Besuchs in Bern Grigoriew privat aufsuchen, entweder in dessen Haus oder im Büro in der Botschaft, aber wenn irgend möglich zu Hause. Es würden keine konspirativen Gespräche geführt werden, sondern Krassky werde Grigoriew lediglich einen Umschlag mit einem angeblichen persönlichen Brief von Grigoriews Tante in Moskau aushändigen. Den Brief werde Grigoriew an einem sicheren Ort bei vorgeschriebenen Temperaturen mit drei chemischen Lösungen behandeln, die auf dem freien Markt erhältlich seien, der Priester nannte sie, Grigoriew wiederholte jetzt die Bezeichnungen. Die Schrift, die dann zum Vorschein komme, sagte der Priester, enthalte eine Liste von Fragen, die Grigoriew dem Mädchen Alexandra beim nächsten wöchentlichen Besuch zu stellen habe. Beim selben Treffen mit Krassky solle Grigoriew ihm einen Brief

an dieselbe Tante übergeben, in dem er scheinbar in allen Einzelheiten über das Befinden seiner Gattin Grigoriewa schreiben, in Wahrheit jedoch dem Priester alles über das Mädchen Alexandra berichten werde. Das nenne man Wort-Code. Später werde der Priester, falls sich dies als nötig erweisen sollte, Grigoriew mit Material zum Zweck einer noch geheimeren Korrespondenz versorgen, doch zunächst genüge der Wort-Code-Brief an Grigoriews Tante.
Dann händigte der Priester Grigoriew ein ärztliches Zeugnis aus, das von einer Moskauer Kapazität stammte.
»Während Ihres Aufenthalts hier in Moskau erlitten Sie eine kleine Herzattacke als Folge von Streß und Überarbeitung«, sagte der Priester. »Der Arzt rät zu regelmäßigem Radfahren zwecks Besserung Ihrer physischen Kondition. Ihre Frau wird Sie dabei begleiten.«
Indem Grigoriew sich per Fahrrad oder zu Fuß zur Klinik begebe, erklärte der Priester, werde niemand das Nummernschild des Diplomatischen Corps an seinem Wagen sehen.
Dann erlaubte ihm der Priester den Kauf zweier gebrauchter Fahrräder. Nun blieb noch die Frage, welcher Wochentag sich am besten für Grigoriews Besuche in der Klinik eigne. Samstag war der normale Besuchstag, aber das war zu gefährlich; mehrere Insassinnen waren aus Bern, und so bestand immer das Risiko, daß »Glaser« erkannt würde. Die Leiterin habe daher Mitteilung erhalten, daß die Samstage nicht in Frage kämen, und sei, ausnahmsweise, mit regelmäßigen Besuchen am Freitag einverstanden. Der Botschafter werde keine Einwände erheben, aber wie wolle Grigoriew seine Abwesenheit an den Freitagen mit seinen routinemäßigen Obliegenheiten vereinbaren?
Das sei kein Problem, antwortete Grigoriew. Es sei durchaus zulässig, Freitag und Samstag zu vertauschen, er werde also einfach darum nachsuchen, am Samstag arbeiten zu dürfen; dann hätte er den Freitag frei.
Nach beendigter Beichte ließ Grigoriew seinem Publikum ein rasches, überbelichtetes Lächeln zukommen.

»Zufällig arbeitete auch eine gewisse junge Dame in der Visa-Abteilung immer samstags«, sagte er und zwinkerte zu Toby hinüber. »Dadurch hatten wir Gelegenheit, miteinander ein bißchen allein zu sein.«
Diesmal war das allgemeine Gelächter nicht ganz so herzhaft, wie es hätte sein können. Die Zeit näherte sich, genau wie Grigoriews Erzählung, ihrem Ende.

Sie waren wieder dort angelangt, wo sie begonnen hatten, und plötzlich hatten sie nur noch Grigoriew als Gegenüber, Grigoriew, um den allein sie sich sorgen, den allein sie festhalten mußten. Er saß feixend auf dem Sofa, aber sein Übermut verflüchtigte sich zusehends. Er hatte die Hände ergeben gefaltet und blickte von einem zum andern, als warte er auf Befehle.
»Meine Frau kann nicht radfahren«, bemerkte er mit einem leisen traurigen Lächeln. »Sie hat es immer wieder versucht.«
Ihr Versagen schien ihm eine ganze Menge zu bedeuten. »Der Priester schrieb mir aus Moskau: ›Nehmen Sie Ihre Frau mit zu Alexandra. Vielleicht braucht das Mädchen auch eine Mutter.‹«
Ratlos schüttelte er den Kopf. »Sie kann es einfach nicht«, sagte er zu Smiley. »Wie kann ich Moskau in einer so wichtigen Geheimsache sagen, Grigoriewa kann nicht radfahren?« Vielleicht bewährte Smiley sich in seiner Rolle als federführendes Organ niemals trefflicher als durch die Art und Weise, wie er nun, fast *en passant*, die bisherige Quelle Grigoriew in den idealen Überläufer Grigoriew verwandelte.
»Herr Botschaftsrat, wie immer auf längere Sicht Ihre Pläne sein mögen, bleiben Sie bitte noch mindestens zwei Wochen an der Botschaft«, verfügte er und schloß umständlich sein Notizbuch. »Danach wird Ihnen, falls Sie sich entschließen sollten, irgendwo im Westen ein neues Leben zu beginnen, ein freundlicher Empfang sicher sein.« Er ließ das Notizbuch in seine Tasche gleiten. »Aber am nächsten Freitag werden Sie unter gar keinen Umständen das Mädchen Alexandra besuchen. Sagen Sie Ihrer Gattin, dies sei der Inhalt Ihres heutigen Treffens mit Krassky

gewesen. Wenn der Kurier Krassky Ihnen den fälligen Donnerstagsbrief bringt, nehmen sie ihn wie immer entgegen, aber Sie werden auch danach Ihrer Gattin gegenüber dabei bleiben, daß kein Besuch bei Alexandra stattfinden dürfe. Keine weiteren Erklärungen. Lassen Sie Madame Grigoriewa getrost im dunkeln tappen.«

Grigoriew quittierte diese Instruktionen durch ein unbehagliches Nicken.

»Ich muß Sie indes warnen: Sollten Sie auch nur den kleinsten Fehler machen oder, in der anderen Richtung, irgendeinen Trick versuchen, so wird der Priester es erfahren und Sie vernichten. Außerdem würden Sie Ihre Chancen für eine wohlwollende Aufnahme im Westen verwirken. Ist Ihnen das klar?«

Nun mußte man Grigoriew nur noch die Telefonnummern geben, bei denen er sich gegebenenfalls melden sollte, und ihm erklären, wie Anrufe zwischen öffentlichen Fernsprechzellen zu tätigen sind; und wider alle Gesetze des Metiers erlaubte Smiley ihm, sich alles aufzuschreiben, denn er wußte, daß Grigoriew die Nummern nicht im Gedächtnis behalten könnte. Als auch das erledigt war, verabschiedete Grigoriew sich in dumpfer Niedergeschlagenheit. Toby fuhr ihn zu einer Stelle, wo er unauffällig abgesetzt werden konnte, und kehrte dann zu einem kurzen Lebewohl in die Wohnung zurück.

Smiley saß noch immer in seinem Sessel und hielt die Hände im Schoß gefaltet. Die übrigen waren unter Millie McCraigs Oberbefehl emsig damit beschäftigt, die Spuren ihrer Anwesenheit zu tilgen, sie putzten und polierten, leerten Aschenbecher und Papierkörbe. Toby sagte, außer Smiley und ihm werde alles heute die Stadt verlassen, auch das Observierungsteam. Nicht heute abend, nicht morgen. Jetzt. Sie säßen auf einer Super-Zeitbombe, sagte er: Schon in diesem Augenblick könne Grigoriew, wenn sein Bekennerdrang anhalte, die ganze Episode seinem gräßlichen Eheweib beichten. Wenn er Eudokia alles über Karla berichtet hatte, wer könne dann sagen, daß er nicht auch der Grigoriewa oder etwa Klein-Natascha sein heutiges Schwätzchen mit George schildern werde? Niemand solle sich abgeschoben, niemand solle sich ausgeschlossen fühlen, sagte Toby. Sie hätten großartige Arbeit geleistet, und sie würden sich bald wieder treffen, um ihr Werk zu krönen. Man schüttelte sich die Hände, vergoß sogar ein paar Tränen, aber die Aussicht auf den letzten Akt versüßte allen den Abschied.

Und Smiley, der so still, so regungslos inmitten des allgemeinen Aufbruchs saß, was empfand Smiley? Äußerlich betrachtet konnte er einen stolzen Erfolg verzeichnen. Alles, was er sich vorgenommen hatte, war ihm gelungen, auch wenn er dabei zu Karlas Techniken hatte greifen müssen. Er hatte es ganz allein geschafft; und heute hatte er, wie die Aufzeichnungen zeigen würden, innerhalb weniger Stunden Karlas so sorgfältig ausgewählten Agenten geknackt und umgedreht. Allein gelassen, ja, sogar behindert von denen, die seine Dienste erneut gefordert hatten, hatte er sich durchgekämpft bis zu dem Punkt, wo er ehrlich sagen konnte, daß das letzte entscheidende Schloß gesprengt sei. Er war ein betagter Mann, und doch hatte er nie bessere Arbeit geleistet; zum erstenmal in seiner beruflichen Laufbahn lag er in Führung vor seinem alten Gegenspieler.
Andererseits hatte dieser Gegenspieler jetzt ein menschliches Gesicht von bestürzender Klarheit angenommen. Er war keine reißende Bestie, die Smiley mit solcher Meisterschaft jagte, auch kein hemmungsloser Fanatiker, kein seelenloser Automat. Er war ein Mensch; und einer, dessen Sturz, sobald Smiley sich entschließen würde, ihn herbeizuführen, letztlich keine sträflichere Ursache hätte als ein Übermaß an Liebe, eine Schwäche, die Smiley aus den Verstrickungen seines eigenen Lebens in hohem Maß vertraut war.

26

Laut Circus-Überlieferung ist die Zeit, die man bei einer Geheimaktion mit Warten verbringt, länger als die Ewigkeit, und George Smiley wie auch Toby Esterhase hatten, jeder auf seine ganz spezielle Art, den Eindruck, daß die Zeit zwischen Samstagabend und Freitag es durchaus mit der Endlosigkeit des Jenseits aufnehmen konnte.

Sie lebten eigentlich nicht so sehr nach den Moskauer Regeln, sagte Toby, als vielmehr nach Georges Kriegsregeln. Beide wechselten noch am selben Samstagabend Hotel und Namen. Smiley zog in ein kleines *hôtel garni* in der Altstadt, das Arca, und Toby in ein scheußliches Motel außerhalb der Stadt. Danach verständigten sich die beiden Männer per Telefon von öffentlichen Zellen aus, die sie in einem vorher abgesprochenen Turnus benützten, und wenn sie sich treffen wollten, wählten sie belebte Orte im Freien, gingen eine kurze Strecke nebeneinander her und trennten sich wieder. Toby hatte beschlossen, seine Spuren zu verwischen, wie er sagte, und er verwendete den Wagen so wenig wie möglich. Er hatte die Aufgabe, Grigoriew im Auge zu behalten. Die ganze Woche gab er der unerschütterlichen Überzeugung Ausdruck, daß Grigogiew, nach den kürzlich genossenen Wonnen eines Geständnisses, sich todsicher den Luxus einer weiteren Beichte leisten würde. Um dem zuvorzukommen, hielt er Grigoriew so kurz wie möglich an der Leine, aber es war schon ein Kunststück, ihn überhaupt zu halten. So brach Grigoriew zum Beispiel jeden Morgen um ein Viertel vor acht Uhr von zu Hause auf und ging fünf Minuten zu Fuß zur Botschaft. So weit, so gut: Toby fuhr dann um Punkt sieben Uhr fünfzig die Straße hinunter. Trug Grigoriew seine Mappe in der rechten Hand, dann wußte Toby, daß nichts im Busch war. Die Linke bedeutete jedoch »Alarm« mit einem Blitztreff in den Gärten von Schloß Elfenau und einer Ausweichlösung in der Stadt. Am Montag und Dienstag benützte Grigoriew über die ganze Strecke nur die rechte Hand. Doch am Mittwoch schneite es, er wollte seine Brillengläser abwischen, blieb also stehen und suchte nach dem Taschentuch. Ergebnis: Toby sah zuerst die Mappe in seiner Linken, raste um den Block, um sich nochmals zu vergewissern, und siehe da, Grigoriew grinste ihn an wie ein Irrer und winkte ihm mit der Mappe zu, die er in der Rechten hielt. Toby hatte, nach seinen eigenen Worten, ›einen totalen Herzanfall‹. Am nächsten Tag, dem entscheidenden Donnerstag, brachte Toby in dem kleinen Dorf Allmendingen, vor den Toren der Stadt, einen Autotreff mit Grigoriew zustande und konnte direkt mit ihm sprechen. Eine Stunde zuvor war der Kurier Krassky gekommen und hatte Karlas wöchentliche Order gebracht: Toby hatte ihn bei Grigoriew ins Haus gehen sehen. Wo sind also die Instruktionen aus Moskau? fragte Toby. Grigoriew war aufsässig und ein wenig betrunken. Er verlangte zehntausend Dollar für den Brief, was Toby so wütend machte, daß er Grigoriew mit allen möglichen Bloßstellungen bedrohte; er würde ihn zur nächsten Polizeiwache bringen und ihn persönlich anzeigen, weil er sich als Schweizer ausgab, weil er seinen Status als Diplomat mißbrauchte, weil er die Schweizer Zollgesetze verletzte und noch wegen fünfzehn anderer Dinge einschließlich Hurerei und Spionage. Der Bluff funktionierte, Grigoriew rückte den bereits behandelten Brief heraus, die Geheimschrift trat deutlich lesbar zwischen den handgeschriebenen Zeilen hervor. Toby machte mehrere Aufnahmen davon und gab ihn dann Grigoriew zurück.

Die Fragen aus Moskau, die Toby spät am Abend Smiley bei einem ihrer seltenen Treffen in einer Landgaststätte zeigte, hatten einen flehenden Klang:

». . . berichten Sie ausführlicher über Alexandras Aussehen und Geistesverfassung . . . Ist sie bei Verstand? Lacht sie und klingt ihr Lachen glücklich oder traurig? Hält sie sich reinlich, saubere

Fingernägel, Haar gebürstet? Wie lautet der letzte Befund des Arztes, empfiehlt er irgendeine andere Behandlung?«
Doch Grigoriews Hauptsorge bei ihrem Treffen in Allmendingen galt weder Krassky noch dem Brief, noch dem Verfasser des Briefes. Seine Freundin aus der Visa-Abteilung habe ihn wegen seiner Freitagsausflüge zur Rede gestellt. Daher seine Depression und sein betrunkener Zustand. Grigoriew hatte ausweichend geantwortet, aber er hatte sie im Verdacht, eine Spionin aus Moskau zu sein, die entweder der Priester oder, schlimmer noch, irgendein Organ des Staatssicherheitsdienstes auf ihn angesetzt hatte. Toby teilte zufällig diese Vermutung, hatte aber den Eindruck, daß nichts damit ausgerichtet wäre, wenn er es sagte.
»Ich habe ihr gesagt, ich würde erst wieder mit ihr ins Bett gehen, wenn ich ihr völlig trauen könnte«, sagte Grigoriew ernsthaft. »Ich bin mir auch noch nicht ganz sicher, ob sie mich nach Australien begleiten und mit mir ein neues Leben anfangen darf.«
»George, das ist ein Narrenhaus!« sagte Toby zu Smiley in einem Furioso von Bildern, während Smiley weiterhin Karlas drängende Fragen studierte, ungeachtet der Tatsache, daß sie in Russisch abgefaßt waren. »Hören Sie, wie lange meinen Sie, daß wir den Damm noch halten können? Der Kerl ist total übergeschnappt!«
»Wann fliegt Krassky nach Moskau zurück?«
»Samstagmittag.«
»Grigoriew muß vor seinem Rückflug ein Treffen mit ihm vereinbaren. Er soll Krassky sagen, er habe eine Sonderbotschaft für ihn. Eine dringende.«
»Klar«, sagte Toby. »Klar, George.« Und damit hatte es sich. Wo weilte George in seinen Gedanken? fragte sich Toby, während er Smiley wieder einmal in der Menge verschwinden sah. Karlas Instruktionen an Grigoriew schienen Smiley aus dem Häuschen gebracht zu haben. »Ich war eingeklemmt zwischen einem komplett Schwachsinnigen und einem total Depressiven«, lautet Tobys Urteil über diese aufreibenden Tage.

Während Toby wenigstens über die Flausen seines Herrn und seines Agenten stöhnen konnte, hatte Smiley nichts Gleichwertiges zum Zeitvertreib, und dieser Mangel schien ihm zu schaffen zu machen. Am Donnerstag fuhr er mit der Bahn nach Zürich und aß in der Kronenhalle mit Peter Guillam zu Mittag, der auf Saul Enderbys Order über London angeflogen war. Ihre Unterhaltung war reserviert, und das nicht nur aus Sicherheitsgründen. Guillam hatte, wie er sagte, bei seinem Londoner Aufenthalt aus eigenem Antrieb Ann aufgesucht und sei nun gespannt zu erfahren, ob er ihr irgendeine Botschaft übermitteln könne? Smiley sagte eisig, daß es nichts zu übermitteln gebe, und ließ Guillam etwas zuteil werden, was, soweit der sich zurückerinnern konnte, einem Anschnauzer am nächsten kam. Bei anderer Gelegenheit, gab er zu verstehen, würde Guillam vielleicht so freundlich sein, seine verdammten Finger von Smileys Privatangelegenheiten zu lassen. Guillam schaltete hastig aufs Geschäftliche um. A propos Grigoriew, sagte er. Saul Enderby trage sich mit der Idee, Grigoriew, so wie er war, an die Vettern zu verkaufen, statt ihn in Sarratt zu bearbeiten. Was meine George dazu? Saul habe so das Gefühl, der Glanz eines höherrangigen russischen Überläufers würde den Vettern in Washington einen dringend benötigten Auftrieb geben, selbst wenn er nichts zu erzählen hätte, während Grigoriew in London sozusagen den zu erwartenden reinen Wein nur verwässern würde. Was George nun davon halte?

»Genau«, sagte Smiley.

»Saul hat sich auch gefragt, ob diese Freitagsache wirklich so dringend notwendig war«, sagte Guillam mit offensichtlicher Überwindung.

Smiley hob ein Tischmesser auf und starrte lang auf die Klinge. »Sie ist ihm seine Karriere wert«, sagte er schließlich mit aufreizender Hartnäckigkeit. »Er stiehlt für sie, er lügt für sie, er riskiert seinen Hals für sie. Er muß unbedingt wissen, ob sie sich die Fingernägel putzt und das Haar bürstet. Meinen Sie nicht, daß wir verpflichtet sind, sie uns anzuschauen?«

Verpflichtet wem gegenüber? fragte sich Guillam nervös, als er zur Berichterstattung nach London zurückflog. Hatte Smiley gemeint, er sei sich selbst gegenüber dazu verpflichtet? Oder meinte er Karla gegenüber? Aber er war zu vorsichtig, um diese Theorien vor Saul Enderby auszubreiten.

Aus der Ferne gesehen hätte es ein Schloß sein können oder eines dieser Gehöfte, die im Schweizer Weinland auf den Hügelkuppen kauern, mit Türmchen und Wassergräben, über die überdachte Brücken zu Innenhöfen führen. Wenn man näher kam, nahm es prosaischere Züge an, mit einer Müllverbrennungsanlage, einem Obstgarten und modernen Anbauten, deren Fenster ziemlich klein waren. Am Dorfrand gab ein Schild die Richtung an, pries die ruhige Lage, den Komfort und die Tüchtigkeit des Personals. Der Orden wurde als ›interkonfessionell christlich-theosophisch‹ bezeichnet, und ausländische Patienten seien eine Spezialität des Hauses. Felder und Dächer waren mit altem, schwerem Schnee bedeckt, doch die Straße, auf der Smiley fuhr, war geräumt. Der Tag war makellos weiß, Himmel und Schnee waren zu einer einzigen, unvermessenen Leere verschmolzen. Vom Haus am Eingangstor rief ein finsterer Pförtner telefonisch nach oben, erhielt von irgend jemand die Erlaubnis und winkte Smiley weiter. Ein Parkplatz war ›Für Ärzte‹ und einer ›Für Besucher‹, und Smiley stellte seinen Wagen auf dem zweiten ab. Als er auf die Klingel drückte, öffnete ihm eine einfältig aussehende, grau gekleidete Frau, die errötete, bevor Smiley überhaupt den Mund aufgemacht hatte. Er hörte Krematoriumsmusik, Geschirrklappern aus der Küche und menschliche Stimmen, alles durcheinander. Es war ein Haus mit blanken Fußböden und vorhanglosen Fenstern.

»Mutter Felicitas erwartet Sie«, flüsterte Schwester Béatitude scheu.

Ein Schrei würde im ganzen Haus widerhallen, dachte Smiley. Er bemerkte Topfpflanzen, die außer Reichweite standen. Seine Begleiterin schlug kräftig an eine Tür mit der Aufschrift ›Büro‹

und stieß sie dann auf. Die Oberin Felicitas war eine große, temperamentvoll wirkende Frau, mit einem Blick von verwirrender Weltlichkeit. Smiley saß ihr gegenüber. Auf ihrem ausladenden Busen ruhte ein reich geschmücktes Kreuz, über das sie beim Sprechen mit ihren breiten Händen strich. Ihr Deutsch war langsam und königlich.

»So«, sagte sie. »So, Sie sind also Herr Lachmann, und Herr Lachmann ist ein Bekannter von Herrn Glaser, und Herr Glaser ist diese Woche unpäßlich.« Sie spielte mit diesen Namen, als wüßte sie genau, daß sie falsch waren. »Er war nicht so unpäßlich, daß er nicht hätte telefonieren können, aber er war so unpäßlich, daß er nicht radfahren konnte. Ist das so?«

Smiley sagte, daß es so sei.

»Bitte, senken Sie nicht Ihre Stimme, nur weil ich eine Nonne bin. Wir betreuen hier ein lärmendes Haus, aber deswegen ist niemand weniger fromm. Sie sehen blaß aus. Haben Sie Grippe?«

»Nein. Nein, ich fühle mich ganz wohl.«

»Nun, dann sind Sie besser dran als Herr Glaser, der an Grippe erkrankt ist. Letztes Jahr hatten wir die ägyptische Grippe, vorletztes die asiatische Grippe, doch heuer scheint das *malheur* ganz und gar einheimischen Ursprungs zu sein. Darf ich fragen, ob Herr Lachmann Papiere hat, die ihn ausweisen?«

Smiley reichte ihr eine Schweizer Kennkarte.

»Aber, aber. Ihre Hand zittert ja. Doch Sie haben keine Grippe. Beruf *Professor*«, las sie laut. »Herr Lachmann stellt sein Licht unter den Scheffel. Herr Lachmann ist Herr Professor Lachmann. Darf man fragen, in welchem Fach Herr Professor Professor ist?«

»Philologie.«

»So, so. Philologie. Und Herr *Glaser*, was ist er von Beruf? Er hat es mir gegenüber nie erwähnt.«

»Soviel ich weiß, ist er geschäftlich tätig.«

»Ein Geschäftsmann, der perfekt russisch spricht. Sprechen Sie auch perfekt russisch, Herr Professor?«

»Leider, nein.«
»Aber Sie sind Freunde.« Sie gab ihm die Kennkarte zurück. »Ein schweizerisch-russischer Geschäftsmann und ein bescheidener Professor der Philologie sind Freunde. So, so. Hoffen wir, daß es eine fruchtbare Freundschaft ist.«
»Wir sind auch Nachbarn«, sagte Smiley.
»Wir sind alle Nachbarn, Herr Lachmann. Kennen Sie Alexandra schon?«
»Nein.«
»Junge Mädchen werden in vielen Eigenschaften hierher gebracht. Wir haben Patenkinder. Wir haben Mündel. Nichten. Waisen. Vettern und Basen. Tanten, ein paar. Etliche Schwestern. Aber Sie würden überrascht sein zu erfahren, wie wenig Töchter es auf der Welt gibt. Wie ist zum Beispiel Herr Glaser mit Alexandra verwandt?«
»Soviel ich weiß, ist er ein Freund von Monsieur Ostrakow.«
»Der in Paris lebt. Aber unsichtbar ist. Genau wie Madame Ostrakowa. Unsichtbar. Wie heute auch Herr Glaser. Sie sehen, wie schwierig es für uns ist, die Welt in den Griff zu bekommen. Wenn wir selbst kaum wissen, wer wir sind, wie können wir dann *ihnen* sagen, wer *sie* sind.« Eine Glocke verkündete das Ende der Ruhezeit. »Manchmal lebt sie in Dunkelheit. Manchmal sieht sie zuviel. Beides ist schmerzlich. Sie ist in Rußland aufgewachsen. Ich weiß nicht, warum. Es ist eine komplizierte Geschichte, voller Kontraste, voller Lücken. Wenn es auch nicht der Grund ihrer Krankheit ist, so ist es doch sicherlich, sagen wir einmal, der äußere Anlaß. Sie glauben wohl nicht, daß Herr Glaser der Vater ist?«
»Nein.«
»Ich auch nicht. Haben Sie den unsichtbaren Ostrakow kennengelernt? Nein. Existiert der unsichtbare Ostrakow überhaupt? Alexandra behauptet, er sei ein Phantom. Alexandra bildet sich ganz andere Eltern ein. Nun, das tun viele von uns.«
»Darf ich fragen, was Sie ihr über mich erzählt haben?«
»Alles, was ich weiß. Das heißt, nichts. Daß Sie ein Freund von

Onkel Anton sind, den sie nicht als ihren Onkel akzeptiert. Daß Onkel Anton krank ist, was sie anscheinend entzückt, aber wahrscheinlich sehr beunruhigt. Ich hab' ihr gesagt, ihr Vater wünsche, daß jemand sie einmal die Woche besuche, aber sie sagte mir, ihr Vater sei ein Bandit und habe ihre Mutter mitten in der Nacht von einem Berg hinabgestürzt. Ich hab' ihr gesagt, sie solle deutsch mit Ihnen sprechen, aber es kann sein, daß sie russisch für besser hält.«

»Ich verstehe«, sagte Smiley.

»Da kann ich Sie nur beglückwünschen«, gab Mutter Felicitas zurück. »Ich kann nicht das gleiche von mir behaupten.«

Alexandra trat ein, und er sah zuerst nur ihre Augen: so klar, so schutzlos. Er hatte sie sich aus irgendeinem Grund größer vorgestellt. Ihre Lippen waren voll in der Mitte, doch an den Winkeln bereits ausgedünnt und zu beweglich, und ihr Lächeln war von gefährlicher Entrücktheit. Mutter Felicitas befahl ihr, sich zu setzen, sagte etwas auf Russisch, küßte sie auf das flachsfarbene Haar und verließ das Zimmer. Sie hörten ihre Schlüssel klirren, als sie den Flur hinunterging, hörten, wie sie auf Französisch eine der Schwestern anherrschte, sie möge unverzüglich diesen Dreck aufputzen. Alexandra trug einen grünen Hänger mit langen, an den Handgelenken enganliegenden Ärmeln und eine Strickweste, die sie wie ein Cape um die Schultern geworfen hatte. Sie schien ihre Kleidung mehr herumzutragen als zu tragen, als hätte jemand sie für dieses Treffen angezogen.

»Ist Anton tot?« fragte sie, und Smiley bemerkte, daß zwischen dem Ausdruck auf ihrem Gesicht und den Gedanken in ihrem Kopf keine Verbindung bestand.

»Nein, Anton hat eine böse Grippe«, antwortete er.

»Anton sagt, er sei mein Onkel, aber das stimmt nicht«, erklärte sie. Ihr Deutsch war gut, und er fragte sich, ob sie es wirklich, wie Karla zu Grigoriew gesagt hatte, von ihrer Mutter mitbekommen oder ob sie die Sprachbegabung ihres Vaters geerbt habe, oder beides. »Er behauptet auch, keinen Wagen zu haben.« Wie einst ihr Vater, sah sie ihn unbewegt und unbeteiligt

an. »Wo ist Ihre Liste?« fragte sie. »Anton bringt immer eine Liste mit.«
»Oh, ich habe meine Fragen im Kopf.«
»Es ist verboten, Fragen zu stellen, ohne eine Liste zu haben. Fragen aus dem Kopf sind von meinem Vater ganz und gar verboten.«
»Wer ist Ihr Vater?« fragte Smiley.
Eine Zeitlang sah er wieder nur ihre Augen, die ihn wie die einer Blinden aus ihrer unzugänglichen Einsamkeit anstarrten. Sie hatte eine Rolle Scotchtape vom Schreibtisch der Mutter Felicitas aufgenommen und strich mit den Fingern leicht über die glänzende Oberfläche.
»Ich habe Ihren Wagen gesehen«, sagte sie. »BE bedeutet Bern.«
»Stimmt«, sagte Smiley.
»Was für einen Wagen hat Anton?«
»Einen Mercedes. Einen schwarzen. Sehr groß.«
»Wieviel hat er dafür bezahlt?«
»Er hat ihn gebraucht gekauft. An die fünftausend Franken würde ich sagen.«
»Warum kommt er dann immer per Fahrrad zu mir?«
»Vielleicht braucht er ein bißchen körperliche Bewegung.«
»Nein«, sagte sie. »Er hat ein Geheimnis.«
»Haben *Sie* ein Geheimnis, Alexandra?« fragte Smiley.
Sie hörte seine Frage, lächelte darüber und nickte ihm mehrmals zu, als sei er weit von ihr entfernt. »Mein Geheimnis heißt Tatjana.«
»Ein guter Name«, sagte Smiley. »Wie sind Sie dazu gekommen?«
Sie hob den Kopf und lächelte strahlend die Ikone an der Wand an. »Es ist verboten, darüber zu sprechen. Wenn man darüber spricht, glaubt einem niemand, und man wird in eine Klinik gebracht.«
»Aber Sie sind ja bereits in einer Klinik«, bemerkte Smiley.
Sie sprach nicht lauter, nur schneller. Dabei war sie so völlig reglos, daß sie nicht einmal zwischen den Wörtern Atem zu ho-

len schien. Ihre Klarsichtigkeit und ihre Höflichkeit hatten etwas Unheimliches. Sie respektiere seine Freundlichkeit, sagte sie, aber sie wisse, daß er ein äußerst gefährlicher Mann sei, gefährlicher als Lehrer oder Polizisten. Herr Doktor Rüedi habe das Eigentum und die Gefängnisse erfunden und viele der geschickten Argumente, die es der Welt erlaubten, ihre Lügen völlig auszuleben, sagte sie. Mutter Felicitas sei zu nahe an Gott, sie begreife nicht, daß Gott jemand war, dem man die Peitsche und die Sporen geben müsse wie einem Pferd, damit er einen in die richtige Richtung trüge:

»Aber Sie, Herr Lachmann, repräsentieren die Vergebung der Obrigkeit. Ja, das wird wohl leider so sein.«

Sie seufzte und bedachte ihn mit einem müden, nachsichtigen Lächeln, doch als er auf den Tisch sah, bemerkte er, daß sie ihren Daumen gepackt hatte und ihn zurückbog, bis er fast zu brechen schien.

»Vielleicht sind *Sie* mein Vater, Herr Lachmann«, meinte sie lächelnd.

»Nein, leider, ich habe keine Kinder«, antwortete Smiley.

»Sind Sie Gott?«

»Nein, ich bin nur ein ganz gewöhnlicher Mensch.«

»Mutter Felicitas sagt, in jedem gewöhnlichen Menschen steckt ein Teil, der Gott ist.«

Diesmal ließ Smiley mit der Antwort lange auf sich warten. Er machte den Mund auf und schloß ihn dann wieder mit einem ganz uncharakteristischen Zögern.

»Das hab' ich auch sagen hören«, antwortete er und sah dabei einen Augenblick von ihr weg.

»Sie müssen mich fragen, ob ich mich besser fühle.«

»Fühlen Sie sich besser, Alexandra?

»Ich heiße Tatjana«, sagte sie.

»Wie fühlt sich dann Tatjana?«

Sie lachte. Ihre Augen glänzten unnatürlich. »Tatjana ist die Tochter eines Mannes, der so wichtig ist, daß es ihn gar nicht gibt«, sagte sie. »Er herrscht über ganz Rußland, aber es gibt ihn

nicht. Wenn irgendwelche Leute sie verhaften, dann sorgt ihr Vater dafür, daß sie wieder frei kommt. Es gibt ihn nicht, aber jeder fürchtet ihn. Tatjana gibt es auch nicht«, fügte sie hinzu. »Es gibt nur Alexandra.«
»Und wie steht es mit Tatjanas Mutter?«
»Sie ist bestraft worden«, sagte Alexandra ruhig, wobei sie diese Information mehr den Ikonen anvertraute als Smiley. »Sie ist der Geschichte nicht gefolgt. Das heißt, sie glaubte, die Geschichte habe einen falschen Lauf genommen. Sie irrte. Das Volk sollte nie versuchen, die Geschichte zu ändern. Es ist Sache der Geschichte, das Volk zu ändern. Ich möchte, daß Sie mich mitnehmen, bitte. Ich möchte aus dieser Klinik heraus.«
Ihre Hände rangen wütend miteinander, während sie weiterhin die Ikone anlächelte.
»Hat Tatjana je ihren Vater kennengelernt?«
»Ein kleiner Mann hat die Kinder immer auf ihrem Weg zur Schule beobachtet«, antwortete sie. Er wartete, aber sie sprach nicht weiter.
»Und dann?« fragte er.
»Von einem Wagen aus. Er hat immer das Fenster heruntergekurbelt und nur mich angeschaut.«
»Haben auch Sie ihn angeschaut?«
»Natürlich. Wie könnte ich sonst wissen, daß er mich angeschaut hat?«
»Wie sah er aus? War er groß? War er klein? Hat er gelächelt?«
»Er rauchte. Bitte, tun Sie sich keinen Zwang an. Mutter Felicitas genehmigt sich auch ab und zu eine Zigarette. Aber das ist nur menschlich, nicht wahr? Rauchen beruhigt das Gewissen, wie man mir gesagt hat.«
Sie hatte auf die Klingel gedrückt. Die Hand ausgestreckt und lange darauf gedrückt. Er hörte wieder das Klirren der Schlüssel, als Mutter Felicitas den teppichlosen Gang herunterkam, hörte sie mit den Füßen scharren, als sie vor der Tür stehenblieb, um aufzusperren, hörte die Geräusche, die jedem Gefängnis der Welt zueigen sind.

»Ich möchte mit Ihnen in Ihrem Wagen wegfahren«, sagte Alexandra.
Smiley beglich die Rechnung, und Alexandra sah zu, wie er die Scheine unter der Lampe hinzählte, genau wie Onkel Anton dies immer tat. Mutter Felicitas bemerkte Alexandras gespannten Blick, und vielleicht witterte sie Ungemach, denn sie blickte Smiley scharf an, als verdächtige sie ihn einer Ungehörigkeit. Alexandra begleitete ihn zur Tür, war Schwester Béatitude beim Öffnen behilflich, schüttelte Smiley mit Grandezza die Hand, wobei sie den Ellbogen abspreizte und das Knie des vorgestellten Beins beugte. Sie versuchte, ihm die Hand zu küssen, doch Schwester Béatitude hinderte sie daran. Sie schaute ihm auf dem Weg zum Wagen nach und begann zu winken. Er war bereits am Anfahren, als er sie aus nächster Nähe schreien hörte und sah, daß sie versuchte, die Wagentür zu öffnen, um mit ihm zu kommen. Schwester Béatitude riß sie vom Auto und zog die unaufhörlich Schreiende ins Haus zurück.

Eine halbe Stunde später in Thun, in demselben Café, von dem aus Smiley vor einer Woche Grigoriews Gang zur Bank beobachtet hatte, händigte er Toby wortlos den von ihm vorbereiteten Brief aus. Grigoriew solle ihn am heute abend Krassky geben, sagte er.
»Grigoriew möchte diese Nacht abspringen«, wandte Toby ein.
Smiley schrie. Zum erstenmal in seinem Leben schrie er. Er riß den Mund sehr weit auf, er schrie, und das ganze Café fuhr hoch – das heißt, das Mädchen hinter der Theke sah von ihren Heiratsanzeigen auf, und von den vier Kartenspielern in der Ecke drehte mindestens einer den Kopf. »Noch nicht!«
Und um zu zeigen, daß er sich wieder in der Gewalt hatte, wiederholte er ruhig: »Noch nicht, Toby. Verzeihen Sie bitte. Noch nicht.«

Von dem Brief, den Smiley über Grigoriew an Karla schickte, existiert keine Kopie, ein Manko, das vielleicht von Smiley beabsichtigt war, indes kann kaum ein Zweifel über den Tenor des Schreibens bestehen, war doch Karla, wie er selbst von sich gesagt hatte, ein erklärter Verfechter der Kunst dessen, was er Unterdrucksetzen nannte. Smiley dürfte die nackten Tatsachen vorgebracht haben: daß Alexandra unbestreitbar seine Tochter sei und die seiner ehemaligen und jetzt toten Geliebten, deren anti-sowjetische Einstellung amtsbekannt war; daß er Alexandras illegale Ausreise aus der Sowjetunion bewerkstelligt habe, unter dem Vorwand, sie sei seine Geheimagentin; daß er öffentliche Gelder und Einrichtungen mißbraucht habe; daß er zwei Morde und vielleicht auch die mutmaßliche offizielle Hinrichtung von Kirow organisiert habe, um sein verbrecherisches Vorhaben zu decken. Smiley dürfte auch darauf hingewiesen haben, daß angesichts Karlas prekärer Stellung innerhalb der Moskauer Zentrale die angehäufte Beweislast mehr als genüge, um seine Liquidierung durch die Kollegiumsgenossen zu sichern; und daß, falls dies eintreten sollte, die Zukunft seiner Tochter im Westen – wo sie unter falschen Angaben weilte – äußerst unsicher sein würde, um es milde auszudrücken. Es würde kein Geld für sie da sein, und aus Alexandra würde eine auf Lebenszeit zum Exil verdammte Kranke werden, die man von Spital zu Spital schleppt, ohne Freunde, ohne ordentliche Papiere, völlig mittellos. Im schlimmsten aller denkbaren Fälle würde sie nach Rußland zurückgebracht und dem vollen Zorn der Feinde ihres Vaters ausgeliefert werden.

Nach der Peitsche bot Smiley das Zuckerbrot, wie vor mehr als zwanzig Jahren in Delhi: Retten Sie Ihre Haut, kommen Sie zu uns, sagen Sie uns, was Sie wissen, und wir werden für Sie sorgen. Ein klares Wiederholungsspiel, sagte später Enderby, der sportliche Metaphern liebte. Er dürfte Karla auch versprochen haben, daß man ihn nicht wegen Beihilfe zum Mord an Wladimir belangen würde, und es gibt Beweise dafür, daß Enderby über seine deutsche Verbindungsstelle die gleiche Zusicherung der Straffreiheit im Hinblick auf den Mord an Otto Leipzig erwirkte. Ganz zweifellos stellte Smiley auch noch allgemeine Garantien bezüglich Alexandras Zukunft im Westen in Aussicht – Behandlung, Pflege und, wenn nötig, Staatsbürgerschaft. Schlug er wieder die Saite der Seelenverwandtschaft an, wie damals in Delhi? Appellierte er an Karlas Menschlichkeit, die jetzt so demonstrativ zur Schau stand? Versetzte er das alles mit Argumenten, die Karla das Gefühl der Demütigung ersparen und, angesichts seines Stolzes, vor einem Akt der Selbstzerstörung bewahren sollten?

Ganz sicher gab er Karla wenig Zeit, sich zu entschließen. Einer der Lehrsätze über die Ausübung von Druck lautet, wie auch Karla sehr wohl wußte: Zeit zum Nachdenken ist gefährlich. Nur daß in diesem Fall Anlaß besteht zu vermuten, daß die Zeit auch für Smiley gefährlich war, wenn auch aus völlig anderen Gründen: Er hätte in elfter Stunde zurückschrecken können. Ausschließlich der unmittelbare Zwang zum Handeln kann, nach Sarratt-Überlieferung, das Wild dazu bringen, seine Scheu abzuwerfen und sich jedem angeborenen oder anerzogenen Instinkt zuwider ins Unbekannte zu stürzen. Das gleiche mag bei dieser Gelegenheit wohl auch für den Jäger gegolten haben.

27

Es ist, als setze man sein ganzes Geld auf Schwarz, dachte Guillam, als er aus dem Fenster des Cafés starrte: Alles, was man auf der Welt hat, seine Frau, sein ungeborenes Kind. Und dann wartet, Stunde um Stunde, bis der Croupier die Scheibe in Bewegung setzt.
Er hatte Berlin gekannt, als es noch die Welthauptstadt des Kalten Krieges war, als jeder Übergang von Ost nach West einem chirurgischen Eingriff gleichkam. Er erinnerte sich, wie in Nächten wie dieser Scharen von Berliner Polizisten und alliierter Soldaten immer unter den Bogenlampen herumstanden, füßestapfend auf die Kälte fluchten, das Gewehr von einer Schulter auf die andere warfen und sich gegenseitig frostige Atemwolken ins Gesicht bliesen. Er erinnerte sich, wie die Tanks mit laufendem Motor warteten, die Kanonenläufe in Imponiergebärde nach drüben gerichtet. Er erinnerte sich an das plötzliche Aufheulen von Alarmsirenen und an die Blitzfahrt zur Bernauerstraße oder wo immer der letzte Fluchtversuch stattgefunden hatte. Er erinnerte sich an das Ausfahren von Feuerwehrleitern, die Befehle, zurückzuschießen; nicht zurückzuschießen; an die Toten, einige davon Agenten. Doch nach der heutigen Nacht, das wußte er, würde er sich an die Stadt nur noch als etwas erinnern, das so dunkel war, daß man nicht ohne Taschenlampe auf die Straße gehen wollte, so still, daß man das Spannen eines Gewehrhahns über den Fluß herüber hörte.
»Was wird er als Tarnung benützen?« fragte er.
Smiley saß ihm an dem kleinen Plastiktisch gegenüber, an seinem rechten Ellbogen stand eine Tasse mit kaltem Kaffee. Er sah sehr klein aus in seinem Mantel.
»Etwas Bescheidenes«, sagte Smiley. »Etwas Passendes. Hier

kommen meist nur betagte Rentner herüber, nehme ich an.« Er rauchte eine von Guillams Zigaretten, die seine gesammelte Aufmerksamkeit in Anspruch zu nehmen schien.

»Was um alles auf der Welt wollen denn Rentner hier?« fragte Guillam.

»Manche arbeiten. Manche besuchen Verwandte. Ich habe mich nicht sehr eingehend erkundigt, fürchte ich.«

Guillam schien diese Erklärung nicht zu befriedigen.

»Wir Rentner bleiben am liebsten unter uns«, fügte Smiley in dem kläglichen Versuch, einen Scherz zu machen, hinzu.

»Wem sagen Sie das«, sagte Guillam.

Das Café lag im türkischen Viertel, denn die Türken sind jetzt die armen Weißen von West-Berlin, und Wohnungen sind am miesesten und am billigsten in der Nähe der Mauer. Smiley und Guillam waren die einzigen Fremden. An einem langen Tisch saß eine ganze türkische Familie, kaute Fladenbrot und trank Kaffee und Coca Cola. Die Kinder hatten kahlgeschorene Schädel und die großen, verwunderten Augen von Flüchtlingen. Islamitische Musik ertönte von einem alten Bandgerät. Farbige Plastikbänder hingen von dem aus einer Hartfaserplatte geschnittenen islamitischen Türbogen.

Guillam wandte den Blick wieder dem Fenster und der Brücke zu. Zuerst kamen die Pfeiler der Hochbahn, dann das alte Backsteinhaus, das von Sam Collins diskret als Beobachtungszentrale requiriert worden war. Seine Leute hatten in den letzten beiden Tagen heimlich darin Stellung bezogen. Dann kam der Lichthof von Bogenlampen und dahinter eine Absperrung, ein MG-Stand und schließlich die Brücke. Die Brücke war nur für Fußgänger, und der einzige Weg darüber bestand aus einem stahlumzäunten, laufgitterartigen Korridor, der manchmal einer, manchmal drei Personen Durchgang gewährte. Gelegentlich kam jemand mit beflissen harmloser Miene und steten Schritts herüber, bemüht, den Wachturm nicht zu beunruhigen, und trat dann in den Lichtkreis der Bogenlampen, wenn er den Westen erreicht hatte. Bei Tageslicht war der Laufgang grau, nachts aus irgendeinem

Grund gelb und seltsam leuchtend. Der MG-Stand befand sich einen oder zwei Meter innerhalb der Grenze, sein Dach überragte nur knapp die Absperrung. Beherrscht wurde das Ganze von dem Turm, einem eisenschwarzen, rechteckigen Gebilde in der Mitte der Brücke. Selbst der Schnee hielt sich von ihm fern. Er lag auf den Betonzähnen, die jeglichen Autoverkehr verhinderten, er wirbelte um die Lampen und den MG-Stand und ließ sich malerisch auf das Kopfsteinpflaster nieder; doch der Wachturm war tabu, als ob nicht einmal der Schnee sich ihm aus eigenem freien Willen nähern wollte. Kurz vor den Lampen verengte sich der Laufgang zu einem letzten Gatter und einem Pferch. Das Gatter, sagte Toby, konnte im Nu vom Inneren des MG-Stands aus automatisch geschlossen werden.

Es war zehn Uhr dreißig, doch es hätte ebensogut drei Uhr morgens sein können, denn an der Grenze entlang geht Berlin mit Einbruch der Dunkelheit schlafen. Im Landesinneren mag die Inselstadt plaudern und trinken und huren und ihr Geld verpulvern; die Leuchtreklamen und die wiederaufgebauten Kirchen und Konferenzhallen mögen glitzern wie ein Rummelplatz: Auf den dunklen Grenzstreifen schweigt das Leben ab sieben Uhr abends. Dicht neben den Bogenlampen stand ein Christbaum, aber nur die obere Hälfte war mit Lichtern versehen, denn nur die obere Hälfte konnte man vom anderen Ufer aus sehen. Es ist ein Ort, der keinen Kompromiß kennt, dachte Guillam, keinen dritten Weg. Welche Vorbehalte er auch gelegentlich gegenüber der westlichen Freiheit gehegt haben mochte, an dieser Grenze wurden sie, wie die meisten anderen Dinge, null und nichtig.

»George«, sagte Guillam leise und warf Smiley einen fragenden Blick zu.

Ein Arbeiter war in den Lichtkreis getreten. Er schien förmlich hineinzuwachsen, wie alle, wenn sie aus dem Laufgang kamen: Als sei eine Last von ihren Schultern gefallen. Er trug eine kleine Mappe und etwas, das wie eine Eisenbahnerlampe aussah. Er war von schmalem Wuchs. Doch Smiley war, wenn er den Mann überhaupt bemerkt hatte, wieder zu den Revers seines braunen

Mantels und zu seinen einsamen, in der Ferne weilenden Gedanken zurückgekehrt. »Wenn er kommt, kommt er pünktlich«, hatte er gesagt. Warum müssen wir dann zwei Stunden früher hier sein? war Guillam versucht zu fragen. Warum sitzen wir hier wie zwei Fremde, trinken aus winzigen Tassen süßen Kaffee, der vom Dampf der elenden türkischen Küche durchtränkt ist und reden nichtssagendes Zeugs? Aber er kannte die Antwort bereits. Weil wir dazu *verpflichtet* sind, würde Smiley gesagt haben, wenn Smiley in gesprächiger Stimmung gewesen wäre. Weil wir verpflichtet sind, uns zu sorgen und zu warten, verpflichtet, die Bemühungen eines Mannes zu honorieren, der dem System entrinnen will, das er mitgeholfen hat zu schaffen. Denn solange er versucht, uns zu erreichen, sind wir seine Freunde. Niemand sonst ist auf seiner Seite.

Er kommt, dachte Guillam. Er kommt nicht. Er kommt vielleicht. Wenn das kein Gebet ist, dachte er, was ist dann eins?

»Noch einen Kaffee, George?«

»Nein, danke Peter; nein, ich glaube nicht. Nein.«

»Es scheint auch so etwas wie Suppe zu geben. Falls das nicht der Kaffee war.«

»Vielen Dank, ich glaube, ich habe alles zu mir genommen, was in mich hineingeht«, sagte Smiley im Plauderton, so, als wolle er jedem eventuellen Lauscher die Möglichkeit geben, auf seine Kosten zu kommen.

»Vielleicht sollten wir etwas bestellen, nur einfach als Miete«, sagte Guillam.

»Miete? Verzeihung. Natürlich. Weiß Gott, wovon sie leben.«

Guillam bestellte zwei weitere Kaffees, die er sofort bezahlte. Er tat dies jedesmal, für den Fall, daß sie schnell weg müßten. Komm George zuliebe, dachte er, mir zuliebe. Komm verdammt nochmal uns allen zuliebe, damit wir die unmögliche Ernte einbringen können, von der wir schon so lange träumen.

»Wann haben Sie gesagt, daß das Baby fällig ist, Peter?«

»Im März.«

»Ah, im März. Wie werden Sie es nennen?«

»Das haben wir uns eigentlich noch nicht überlegt.«
Im Licht eines Möbelgeschäftes, das Schmiedeeisen-Imitationen, Brokat und falsche Zinnkrüge und Musketen verkaufte, bemerkte Guillam die vermummte Gestalt Toby Esterhases, der unter seiner balkanesischen Pelzmütze heraus angelegentlich das Warenangebot musterte. Toby und sein Team hielten die Straßen besetzt, Sam Collins den Beobachtungsposten: So war es abgemacht. Toby hatte darauf bestanden, daß Taxis als Fluchtwagen genommen wurden, und da waren sie, drei an der Zahl, gebührend schäbig, in der Dunkelheit unter den Bogen der Hochbahn, an ihren Windschutzscheiben steckten Schilder mit der Aufschrift ›Außer Dienst‹, und ihre Fahrer lungerten am Imbißstand und aßen Würstchen mit süßem Senf von Papiertellern.
Der Ort ist ein Minenfeld, Peter, hatte Toby gewarnt. *Türken, Griechen, Jugoslawen, ein Haufen Gauner – selbst die Katzen sind elektrisch geladen, ohne Spaß.*
Nirgends auch nur ein Flüstern, hatte Smiley befohlen. *Kein Mucks, Peter. Sagen Sie das Collins.*
Komm schon, dachte Guillam beschwörend. Wir stehen uns für dich alle die Beine in den Bauch. Komm schon.
Von Tobys Rücken hob Guillam den Blick langsam bis zum obersten Fenster des alten Hauses, wo Collins Beobachtungsposten war. Guillam hatte sein Berlin-Soll erfüllt, war ein dutzendmal mit dabei gewesen. Die Fernrohre und Kameras, die Richtmikrophone, der ganze nutzlose Trödel, der angeblich das Warten leichter machte; das Knistern der Funkgeräte, der Kaffee- und Tabakgestank; die Klappbetten. Er stellte sich den abkommandierten westdeutschen Polizisten vor, der keine Ahnung hatte, was er eigentlich hier sollte, und der würde bleiben müssen, bis zum erfolgreichen Abschluß oder zum Abbruch der Operation – der Mann, der die Brücke auswendig kannte, die regelmäßigen von den gelegentlichen Grenzgängern zu unterscheiden vermochte und das geringste böse Omen auf der Stelle ausmachen konnte: die lautlose Wachverstärkung, die Vopo-Scharfschützen, die unauffällig in Stellung gingen.

Und wenn sie ihn erschießen? dachte Guillam. Wenn sie ihn verhaften? Wenn sie ihn, nach bewährter Art, auf dem Laufgang, keine zwei Meter vom Lichtkreis der Lampen entfernt, mit dem Gesicht nach unten verbluten lassen?

Komm schon, dachte er ein bißchen weniger zuversichtlich und richtete seine Gebete an den schwarzen Horizont im Osten. Komm trotz allem.

Ein dünner, sehr heller Lichtstrahl huschte über das oberste, nach Westen gehende Fenster des Beobachterhauses und brachte Guillam auf die Beine. Er drehte sich um und sah, daß Smiley bereits auf dem halben Weg zur Tür war. Toby Esterhase erwartete sie auf dem Gehsteig.

»Es ist nur eine Möglichkeit, George«, sagte er im Ton eines Mannes, der jemand eine Enttäuschung ersparen will. »Nur eine schmale Chance, aber es könnte unser Mann sein.«

Sie folgten ihm wortlos. Die Kälte war grimmig.

Sie gingen an einem Schneiderladen vorbei, in dem zwei dunkelhaarige Mädchen nadelten. Sie gingen an Plakaten vorbei, die billigen Skiurlaub, Tod den Faschisten und Tod dem Schah anboten. Die Kälte nahm ihnen den Atem. Als Guillam wegen des wirbelnden Schnees den Kopf zur Seite drehte, sah er einen Abenteuerspielplatz mit alten Eisenbahnschlafwagen. Sie gingen in der pechschwarzen, frostigen Dunkelheit an düsteren, toten Gebäuden entlang, dann nach rechts über die gepflasterte Straße zum Flußufer, wo ein alter, kugelsicherer Holzunterstand mit Schießscharten war, von dem aus man die ganze Länge der Brücke überblicken konnte. Zu ihrer Linken hob sich ein großes, mit Stacheldraht umwickeltes Holzkreuz schwarz gegen das feindselige Ufer ab, erinnerte an einen Unbekannten, der es nicht ganz geschafft hatte.

Toby zog schweigend einen Feldstecher aus dem Mantel und reichte ihn Smiley.

»George. Hören Sie. Viel Glück, okay?«

Tobys Hand schloß sich kurz um Guillams Arm. Dann verschwand er wieder in der Dunkelheit.

Die Luft im Unterstand war stickig und roch nach vermodertem Laub. Smiley kauerte sich an die Schießscharte, der Saum seines Tweedmantels schleifte über den Schmutz, während er die Szene vor sich betrachtete, als spielte sich in ihr sein eigenes langes Leben ab. Der Fluß war breit und langsam und nebelig vor Kälte. Bogenlampen ließen ihre Strahlen, in denen der Schnee tanzte, darüber spielen. Die Brücke ruhte auf mächtigen Steinpfeilern, sechs oder acht an der Zahl, die sich, wo sie ins Wasser tauchten, zu klobigen Sockeln verdickten. Zwischen den Pfeilern rundeten sich Bogen, von denen einer, der mittlere, so begradigt war, daß Schiffe durchfahren konnten. Doch das einzige Schiff war ein graues, am Ostufer festgemachtes Patrouillenboot, und das einzige Handelsgut, das es zu bieten hatte, war der Tod. Hinter der Brücke stand, wie ihr eigener, riesiger Schatten, die Bahnüberführung, aber wie der Fluß war auch sie stillgelegt, es fuhren keine Züge mehr darüber. Die Lagerhäuser am fernen Ufer wirkten monströs, wie die Gefängnisschiffe eines vergangenen, barbarischen Zeitalters, und die Brücke mit ihrem gelben Laufgang schien auf halber Höhe aus ihnen herauszuspringen, wie ein phantastischer Lichtweg aus der Dunkelheit. Von seinem strategischen Punkt aus konnte Smiley mit dem Feldstecher die ganze Strecke überblicken, von dem flutlichtüberstrahlten, weißen Barackenbau am Ostufer bis zum schwarzen Wachturm am Ende der Steigung und dann, leicht bergab nach der westlichen Seite, bis zum Pferch, dem MG-Stand, der das Gatter überwachte, und schließlich dem Lichthof der Bogenlampen.
Guillam stand knapp hinter ihm, doch Guillam hätte ebensogut in Paris sein können, so wenig war Smiley sich seiner Anwesenheit bewußt: Er hatte gesehen, wie die einsame, schwarze Gestalt zu ihrem Gang ansetzte; er hatte das Aufglühen des Zigarettenstummels gesehen, als der Mann einen letzten Zug tat; den Funkenregen, als er ihn über die Eisenumzäunung des Laufgangs ins Wasser schnippte. Ein kleiner Mann, in einem halblangen Arbeitskittel, eine Werkzeugtasche über die schmale Brust gehängt, der weder schnell noch langsam ging, sondern eben so wie

ein Mann, der gewohnt ist, viel zu gehen. Ein kleiner Mann, der Körper ein bißchen zu groß im Verhältnis zu den Beinen, barhäuptig trotz des Schnees. Das ist alles, dachte er: Ein kleiner Mann geht über eine Brücke.

»Ist er es?« flüsterte Guillam. »George, sagen Sie. Ist es Karla?«

Komm nicht, dachte Smiley. *Schießt doch*, dachte Smiley und sprach zu Karlas Leuten, nicht zu den seinen. Der Gedanke, daß dieses schmächtige Wesen dabei war, sich von der unüberwindlichen Festung in seinem Rücken abzuschneiden, dieses Vorherwissen war ihm plötzlich unerträglich. Schießt ihn nieder vom Wachturm aus, vom MG-Stand, von dem weißen Barackenbau, von dem Ausguck des Lagerhausgefängnisses aus, schlagt das Gatter vor ihm zu, legt ihn um, euren Verräter, tötet ihn! In seiner fieberhaften Phantasie sah er, wie die Szene sich abspielte: Die Moskauer Zentrale entdeckt in letzter Minute Karlas Schandtat und telefoniert an die Grenze: ›Haltet ihn auf, um jeden Preis.‹ Und schließlich die Schüsse, nie zuviele, gerade genug, um einen Mann ein- oder zweimal zu treffen. Dann das Abwarten.

»Er ist es!« flüsterte Guillam. Er hatte das Fernglas aus Smileys willenloser Hand genommen. »Es ist derselbe Mann. Das Foto, das an Ihrer Wand im Circus hing. George, Sie Zauberkünstler!«

Doch Smiley sah im Geist nur die Suchscheinwerfer der Vopos, die Karla einfingen wie Autoscheinwerfer einen Hasen, so schwarz vor dem weißen Hintergrund des Schnees, sah Karlas hoffnungslosen Altmännerlauf, bevor die Kugeln ihn von den Beinen rissen und wie eine Stoffpuppe purzeln ließen. Wie Guillam hatte Smiley das alles schon einmal miterlebt. Er schaute wieder über den Fluß in die Dunkelheit, und ein frevlerischer Schwindel erfaßte ihn, als das Böse, das er bekämpft hatte, nach ihm zu greifen, von ihm Besitz zu nehmen schien, trotz seiner Gegenwehr auf ihn Anspruch erhob und ihn auch einen Verräter nannte; ihn verspottete und zugleich seinen Verrat guthieß. Über Karla war der Fluch von Smileys Mitgefühl gekommen; über Smiley der Fluch von Karlas Fanatismus: Ich habe ihn mit

den Waffen zerstört, die ich verabscheute, mit den seinen. Wir haben einer des anderen Grenze überschritten, wir sind Niemande in diesem Niemandsland.
»Nur immer weitergehen«, murmelte Guillam. »Nur immer weitergehen, laß dich durch nichts aufhalten.«
Als er sich der Schwärze des Wachturms näherte, machte Karla ein paar kürzere Schritte, und einen Augenblick lang dachte Smiley wirklich, er habe sich eines anderen besonnen und wolle sich den Ostdeutschen ergeben. Dann sah er das Züngeln einer Flamme, als Karla sich eine neue Zigarette anzündete. Mit einem Zündholz oder mit einem Feuerzeug? fragte sich Smiley. *Für George von Ann in aller Liebe.*
»Mann, der hat Nerven!« sagte Guillam.
Die kleine Gestalt setzte sich wieder in Bewegung, doch langsamer, als sei sie müde geworden. Er facht seinen Mut für den letzten Schritt an, dachte Smiley, oder er versucht, seinen Mut zu zügeln. Er dachte an Waldimir und an Otto Leipzig und an den toten Kirow, er dachte an Haydon und an die Trümmer seines eigenen Lebens; er dachte an Ann, die Karlas listige und Haydons berechnende Liebesmühe in seinen Augen für immer gezeichnet hatte. Er sagte sich in seiner Verzweiflung eine ganze Liste von Verbrechen vor – die Folterungen, die Morde, die endlose Kette der Korruption –, die dem einsamen Fußgänger auf der Brücke anzulasten waren, doch die Last glitt von den schmächtigen Schultern des Mannes: Er wollte die Beute nicht, die mit diesen Methoden erjagt worden war. Und wieder hatte Smiley den Eindruck, daß der gezackte Horizont ihn zu sich hinüberwinkte, ihn im Inferno des wirbelnden Schnees ansog wie ein schwindelerregender Abgrund. Eine weitere Sekunde stand er schwankend am Rand des schwelenden Flusses.
Sie hatten sich in Bewegung gesetzt und gingen nun den Treidelweg entlang, Guillam voraus, Smiley widerstrebend hinterher. Der Lichtkreis lag vor ihnen, wurde immer größer, je mehr sie sich ihm näherten. *Wie zwei gewöhnliche Fußgänger*, hatte Toby gesagt. *Gehen Sie einfach zur Brücke und warten Sie, das ist völ-*

lig normal. Aus der Dunkelheit um ihn hörte Smiley flüsternde Stimmen und das flüchtige, gedämpfte Geräusch von hastigen, mit Nervosität geladenen Bewegungen. *George*, flüsterte jemand. *George.* In einer gelben Telefonzelle hob eine unbekannte Gestalt die Hand zu einem diskreten Gruß, und er hörte, wie ihm durch die nasse, gefrierende Luft das Wort *Sieg* zugeschmuggelt wurde. Der Schnee trübte seine Gläser, und er hatte Mühe zu sehen. Hinter den Fenstern des Beobachtungspostens zu ihrer Rechten brannte kein Licht. Vor dem Hauseingang bemerkte Smiley einen geparkten Kastenwagen und stellte fest, daß es ein Berliner Postauto war, Tobys Lieblingsmarke. Guillam blieb zurück. Smiley hörte so etwas wie ›Preis einheimsen‹.

Sie hatten den Saum des Lichtkreises erreicht. Ein orangefarbener Wall entzog Brücke und Absperrung ihren Blicken. Doch auch sie waren außerhalb der Sichtlinie des Schilderhauses. Toby Esterhase stand, über dem Christbaum schwebend, auf dem Beobachtungsgerüst und mimte, mit einem Fernglas bewaffnet, gelassen den Kalten-Krieg-Touristen, sekundiert von einer stämmigen Observantin. Ein alter Anschlag machte ihnen klar, daß sie auf eigene Gefahr hier standen. Auf der zerstörten Backsteinüberführung erspähte Smiley ein vergessenes Wappen. Toby machte eine winzige Handbewegung: *Daumen nach oben, unser Mann kommt.* Von jenseits des Walls hörte Smiley leichte Fußtritte und das Vibrieren eines Eisengitters. Er nahm den Geruch einer amerikanischen Zigarette wahr, den der eisige Wind dem Raucher vorausschickte. Da ist immer noch das automatisch gesteuerte Gatter, dachte er. Er wartete auf das hallende Geräusch des Zuschlagens, doch es kam keines. Er überlegte, daß er eigentlich gar nicht wußte, wie er seinen Gegner anreden sollte: Er kannte nur einen Codenamen und noch dazu einen weiblichen. Selbst sein militärischer Rang war ein Geheimnis. Und immer noch zögerte Smiley, wie jemand, der sich weigerte, die Bühne zu betreten.

Guillam schloß zu ihm auf und schien zu versuchen, ihn vorwärts zu drängen. Er hörte leise Fußtritte, als Tobys Observanten im Schutz des Walls zum Rand der beleuchteten Zone kamen, wo sie mit angehaltenem Atem auf das Kommen des Wildes warteten. Und plötzlich stand er da, wie ein Mann, der unbemerkt in eine belebte Halle gleitet. Seine kleine, rechte Hand hing flach und bloß an der Seite herunter, die Linke hielt die Zigarette schüchtern vor der Brust. Ein kleiner Mann, barhäuptig, mit einer Werkzeugtasche. Er trat einen Schritt vor, und im Lichtschein sah Smiley sein Gesicht, gealtert, müde und gezeichnet, das kurze Haar vom Schnee weiß gestäubt. Er trug ein schmuddeliges Hemd und eine schwarze Krawatte: ein armer Mann, der zum Begräbnis eines Freundes geht. Die Kälte hatte seine Wangen tief nach unten gezogen und so seinem Alter noch ein paar Jahre hinzugefügt. Sie sahen sich an; sie waren vielleicht einen Meter voneinander entfernt, wie damals im Gefängnis von Delhi. Smiley hörte wieder Schritte, und diesmal kam das Geräusch von Toby, der behend die Holzleiter herunterkletterte; er hörte leise Stimmen und leises Gelächter; er glaubte sogar ein Geräusch zu vernehmen, das sich wie leichtes Schulterklopfen anhörte, aber er war sich nicht sicher; es wimmelte von Schatten, und sobald er im Lichtkreis stand, hatte er Mühe, darüber hinauszusehen. Paul Skordeno glitt nach vorne und nahm auf einer Seite Karlas Aufstellung, Nick de Silsky auf der anderen. Er hörte Guillam zu irgend jemandem sagen, man möge doch den verdammten Wagen herbringen, bevor sie über die Brücke kämen und ihn wieder zurückholten. Er hörte das Klirren von etwas Metallischem, das aufs Pflaster fiel, und er wußte, daß es Anns Feuerzeug war, doch außer ihm schien es niemand bemerkt zu haben. Sie wechselten noch einen Blick, und vielleicht sah jeder diese eine Sekunde lang in dem anderen etwas von sich selbst. Er hörte das Knirschen von Reifen und das Geräusch von aufgehenden Türen, während der Motor weiterlief. De Silsky und Skordeno bewegten sich auf das Auto zu, und Karla ging mit ihnen, obwohl sie ihn nicht führten; er schien bereits die unterwürfige Haltung eines Gefangenen angenommen zu haben, so, wie er es in einer harten Schule gelernt hatte. Smiley trat zurück, und die drei gingen leise an ihm vorbei, ohne ihn weiter zu beachten, ganz auf ihr Ritual konzentriert. Der Lichtkreis war leer. Er hörte das sanfte Schließen von Türen und das Geräusch des abfahrenden Autos. Er hörte die beiden anderen Wagen nachher oder gleichzeitig wegfahren. Er sah ihnen nicht nach. Er fühlte, wie Toby Esterhases Arme sich um seine Schultern legten, und sah, daß Tobys Augen mit Tränen gefüllt waren.

»George«, fing Toby an. »Ihr ganzes Leben. Phantastisch!« Dann ließ irgendetwas an Smileys Steifheit ihn zurückweichen, und Smiley selbst trat schnell aus dem Lichtkreis und ging dabei nahe an Anns Feuerzeug vorbei. Es lag leicht schräg genau am Rande des Lichtkreises und glitzerte wie Katzengold auf dem Pflaster. Einen Augenblick erwog er, das Feuerzeug aufzuheben, aber es schien keinen Sinn zu ergeben, und niemand sonst hatte es anscheinend bemerkt. Jemand schüttelte ihm die Hand, jemand anderer klopfte ihm auf die Schulter. Toby hielt sie behutsam zurück.

»Passen Sie auf sich auf, George«, sagte Toby. »Machen Sie's gut, hören Sie?«

Smiley hörte, wie Tobys Leute sich einer nach dem andern entfernten, bis nur noch Peter Guillam übrig blieb. Sie gingen ein kurzes Stück am Ufer entlang zurück, fast bis zum Kreuz, und Smiley schaute wieder auf die Brücke, wie um festzustellen, ob sich etwas geändert habe. Doch alles war wie vorher, und obgleich der Wind ein bißchen stärker wehte, wirbelte der Schnee immer noch in alle Richtungen.

Peter Guillam berührte Smileys Arm.

»Kommen Sie, alter Freund«, sagte er. »Es ist Zeit, schlafen zu gehen.«

Aus alter Gewohnheit hatte Smiley seine Brille abgenommen und putzte sie geistesabwesend mit dem breiten Ende seiner Krawatte, die er dazu mühevoll aus den Tiefen seines Tweedmantels hatte fischen müssen.

»George, Sie haben gewonnen«, sagte Guillam, als sie langsam zum Wagen gingen.

»Wirklich?« sagte Smiley. »Ja. Ja, es sieht wohl so aus.«